L'INDIVIDU EFFACÉ

DU MÊME AUTEUR

Hobbes et l'État représentatif moderne, Paris, Presses universitaires de France, 1986 (coll. « Philosophie d'aujourd'hui »).

Le Discours jacobin et la démocratie, Paris, Fayard, 1989.

Les Déclarations des droits de l'homme (Du débat 1789-1793 au Préambule de 1946), Paris, Flammarion, 1989 (coll. Garnier-Flammarion).

Échec au libéralisme. Les Jacobins et l'État, Paris, Kimé, 1990.

En codirection :

1789 et l'invention de la Constitution, sous dir. L. Jaume et M. Troper, Bruylant et LGDJ, 1994 (coll. « La pensée juridique »).

Liberté, libéraux et constitutions, sous dir. J.-P. Clément, L. Jaume et M. Verpeaux, Presses universitaires d'Aix-Marseille et Économica, 1997 (coll. « Droit public positif »).

Lucien Jaume

L'INDIVIDU EFFACÉ

ou le paradoxe du libéralisme français

« J'ai toujours combattu pour la liberté des autres. »
Edmund Burke

Fayard

Introduction

HORREUR DES CORPS, CHARME DES CORPS ?

Comment faire de la « corporation » ou de l'incorporation [1] dans une société que la Révolution française a destinée à l'individualisme (c'est-à-dire à être composée d'atomes individuels libres, égaux, indépendants) ? Telle est la préoccupation du courant majoritaire du libéralisme et l'une des clefs du libéralisme français au XIXe siècle. On aimerait, à la façon de Michel Foucault au début de *Les Mots et les Choses*, citer un équivalent du texte de Borges qu'il évoque (au titre d'une taxinomie déroutante), en relisant une intervention parlementaire de Lamartine, le 10 mai 1838, sur la question suivante : les chemins de fer seront-ils, pour leur infrastructure, construits et financés par l'État ou par les compagnies privées ? Prenant parti dans ce débat, le poète développe autour du thème de la « corporation » une suite de variations qui, flamboyantes de style et contradictoires de contenu, réactivent une nouvelle fois, au sein de la Chambre des députés, la métaphysique de l'unité nationale, de l'intérêt général, de la primauté de l'État, du danger des intérêts particuliers – une veine souvent exploitée depuis les assemblées de la Révolution. Il vaut la peine de réentendre ces propos où pouvaient communier des jacobins, des républicains, des socialistes et (pour certains d'entre eux) des libéraux : « Ah ! Messieurs, il y a un sentiment qui m'a toujours puissamment travaillé en lisant l'histoire ou en voyant les faits : c'est *l'horreur des corps*, c'est l'incompatibilité de la liberté sincère, progressive, avec l'existence des corps dans un État ou dans une civilisation. Je sais que ce n'est pas la pensée commune, qui leur attribue au contraire une sorte de corrélation avec la liberté : mais on ne fait pas

1. La corporation souhaitée pourra être réelle ou phantasmatique, elle pourra exister *de facto* ou recevoir une institutionnalisation, elle pourra être pleinement avouée ou dissimulée comme répréhensible, etc. C'est la métaphore et son imaginaire qui importent.

attention que l'on entend alors la liberté aristocratique et non pas la liberté démocratique, et que si les corps résistent à ce qui est au-dessus d'eux, ils oppriment de la même force tout ce qui est au-dessous[2]. »

D'emblée, le grand orateur du « parti social » a mis le doigt sur le point névralgique : les « corps » ne sont pas incompatibles avec la liberté, lorsqu'il s'agit d'entendre par là le droit à la particularité, au privilège, à la diversité contre un pouvoir d'État dont l'action est uniformisatrice et, en ce sens, favorable à l'égalité. Il y aurait donc une liberté « aristocratique », aveu qui se paye chez le démocrate Lamartine par une répulsion – un sentiment qui le « travaille » –, et cette liberté renverrait soit à la France d'Ancien Régime (France des parlements, France des « corps intermédiaires » dont avait parlé Montesquieu), soit à l'Angleterre où, selon l'expression de maints publicistes de l'époque, « la liberté est toute aristocratique ». Mais que serait donc une liberté fondée dans les seules forces de l'individu, une liberté démocratique parce que bien commun des masses et de l'individu ? Lamartine y viendra, une fois épuisée la rhétorique inspirée par l'« horreur des corps ». Écoutons-le encore :

« C'est la tyrannie la plus odieuse, parce qu'elle est la plus durable, la tyrannie à mille têtes, à mille vies, à mille racines, la tyrannie que l'on ne peut ni briser, ni tuer, ni extirper ; c'est la meilleure forme que l'oppression ait jamais pu prendre pour écraser les individus et les intérêts généraux. [...] Les corps ou (ce qui leur ressemble) les intérêts collectifs reconnus par la loi et organisés, c'est la même chose ; c'est l'asservissement prompt, inévitable, perpétuel de tous les autres intérêts. On ne peut plus y toucher sans qu'ils jettent un cri qui effraye ou qui ébranle tout autour d'eux. »

Telle est la liberté (d'industrie) qui opprime ; elle écrase deux types d'êtres, les uns incarnés (les individus), les autres abstraits mais essentiels pour toute vie politique, les intérêts généraux, qui ne sont pas les grands « intérêts collectifs », lesquels s'incarnent aussi, dans des compagnies de chemin de fer, dans des maîtres de forges, dans des capitalistes[3]. Il est clair qu'il ne s'agit plus des corporations d'Ancien Régime, mais qu'importe : ce sont encore des corps. Les corps, « *ou ce qui leur ressemble*, les intérêts collectifs reconnus par la loi et organisés ». On refait donc de l'aristocratie et des privilèges avec ces gens-là, on le fera dès que l'État leur donnera en concession les voies de circulation : « Vous qui avez renversé la féodalité et ses péages, et ses droits de passe, et ses limites, et ses poteaux, vous les laisserez entraver le peuple et murer le territoire par la féodalité de l'argent ! » Comme le savent encore les

2. Lamartine, *Œuvres*, Pagnerre, t. XIII, 1849, p. 182 ; tome I de *Tribune de M. de Lamartine*. Dans toutes les références à venir, quand le lieu n'est pas indiqué, il s'agit de Paris.

3. Ces « deux cents familles », si l'on peut dire, sont nommées plus loin : « Soixante ou quatre-vingts fabricants de fer tyrannisent impunément tout le pays » (p. 184).

gouvernants actuels, pour promouvoir une réforme en France, il faut dire qu'on s'attaque aux « privilèges ». Pour étouffer une réforme, et faire descendre dans la rue, aussi. Il est convenu, dans une sorte de discours d'unanimité, que les « privilèges » ne sont pas la liberté dont les Français veulent, puisqu'il y a eu 1789 et la Déclaration, instituant l'homme et le citoyen dans son (ou leur) individualité émancipée.

Cependant, lorsque Lamartine progresse dans son argumentation, les choses se compliquent. Tout d'abord, il lui faut reconnaître que les « intérêts collectifs » savent s'étendre et s'agréger ces *individus* que sont les actionnaires : « Que sera-ce, grand Dieu, quand, selon votre imprudent système, vous aurez constitué en intérêt collectif, et en corporations industrielles et financières, les innombrables actionnaires de 5 ou 6 milliards que l'organisation de vos chemins de fer agglomérera entre les mains de ces compagnies ? » Les chefs de corporation auront donc leur piétaille, et ils sauront la faire agir comme un moderne *groupe d'intérêt*, dans la société et au Parlement[4]. Mais ces intérêts collectifs ne sont que des « intérêts particuliers » – terme qui avertit aussitôt du danger dans le discours libéral ou républicain. L'antithèse reste bien entre « particulier » et « général », « aristocratique » et « démocratique » : « Les compagnies vous feront des chemins aristocratiques, dont le peuple sera exclu ; l'État vous fera des voies démocratiques, où tout le monde circulera aux frais de tout le monde. »

Mais il faut en venir aux solutions : proposer celle qui, sauvant la liberté de l'individu, la conciliera avec les intérêts généraux, évitera qu'elle ne s'aliène dans les redoutables corporations où l'aristocratie bourgeoise dicte une loi d'oppression. Aussi Lamartine interpelle-t-il ses collègues : ces « associations individuelles [...], les comparerez-vous avec l'État, être universel et impérissable, qui a sous la main, et préparés d'avance dans des noviciats honorables, dans *des corps spéciaux* où l'honneur d'un seul est l'honneur de tous, les instruments de ses entreprises, et qui peut à son gré, par sa toute-puissance législative, varier, modifier, perfectionner ses moyens d'action, parce qu'il n'est commandé que par le bien public, parce qu'il a en vue non pas le lucre, non pas l'exécution littérale d'un cahier des charges, mais l'intérêt de tout le pays et de tous les temps ? » Voilà donc le nouvel être que le discours convoque : après l'individu et les intérêts généraux, apparaît l'État dans sa majesté (universel, impérissable), dans sa souveraineté (toute-puissance législative), dans sa bonté (il abhorre le lucre). Mais surtout l'État a sous la main des « corps » : lui aussi !

Comment est-ce possible aux yeux de celui qui confessait quelques

4. « Changez donc les tarifs alors ! Mais comment les changerez-vous ? Par la loi ? Mais qui votera la loi ? Des actionnaires, en majorité. Intervertissez donc les lignes. Mais qui votera les lignes ? Des actionnaires encore ! etc. »

secondes auparavant son horreur des corps ? Et pourtant, c'est bien cela la solution proposée, l'*État est la grande corporation légitime*, composée de corporations subordonnées, de « ces belles administrations spéciales, ces corps qui sont nés, qui ont grandi, qui grandissent tous les jours avec les perfectionnements de l'administration publique ». Et de nommer Polytechnique, les Ponts et Chaussées, les « armées d'ingénieurs, civils, militaires » : les « grands corps » en effet, et comme nous disons aujourd'hui. Il n'y manque qu'une école natinale d'administration (dont le projet échouera dix ans plus tard, sous la IIe République).

Mais l'individu, dira-t-on, Lamartine l'a-t-il oublié dans ce tournant de son discours ? Non pas, mais son visage change : si l'Administration commande, l'individu est sauf, puisque l'Administration ne travaille que pour l'intérêt général, il ne sert donc à rien de le nommer. En revanche, voudrait-on opposer un « droit de l'individu », ou un intérêt, qui s'exclurait de la puissance publique : c'est là l'*individualisme* – ce n'est pas un modèle de liberté. « Détruisez tout cela, si cela ne vous sert à rien ; mettez tout à l'enchère, tout à l'entreprise, *tout à l'individualisme*, depuis la Guerre jusqu'à la Marine, depuis le ministère des Travaux publics jusqu'à l'Université, jusqu'à l'astronomie [5] ; vous verrez comment l'individualisme et l'association, si riches apparemment en capacités dont vous vous prétendez si pauvres, vous serviront ! Je ne vous donnerai pas dix ans pour être le plus désorganisé et le plus mal administré de tous les peuples. »

Et puis enfin, un peu plus loin dans le discours, Lamartine s'en prend aux « compagnies *individuelles* » (p. 191), qui n'auront ni responsabilité à craindre ni ressort intime qui soit distinct de l'égoïsme – à quoi il oppose, respectivement, la responsabilité de l'administrateur (à travers l'interpellation parlementaire) et le « patriotisme discipliné ». D'ailleurs, l'expérience a parlé : en France c'est l'État administratif qui a tout fait : voyez le Simplon, et « ces ponts et ces monuments innombrables que la main de Louis XIV et de Napoléon ont fait surgir du sol, et qui restent comme des témoignages éternels de la puissance, de la volonté et de la force de l'administration ». Plus l'Administration est pharaonique, par ses grands travaux, plus elle rend ostensible et respecté l'intérêt général, qui est donc l'*intérêt de chacun*. Mais, comme on le voit, l'individu est maintenant suspect (pour son « individualisme »), l'individu est passé (rhétoriquement parlant) du côté des « associations individuelles » si nocives.

Comment un tel voyage aux antipodes, en l'espace de quelques pages, est-il possible ? L'orateur commence par se faire l'avocat de l'individu contre les « organismes » qui le menacent d'asphyxie, ou d'embrigadement mercantile, et il termine par l'éloge du grand Organisme adminis-

5. Car Arago, « savant illustre sorti de ces corps », est dans la salle et il a eu le mauvais goût de se prononcer pour la concession aux compagnies.

tratif, devant lequel l'individu s'évapore (s'il est de bonne composition). Le lecteur songera qu'on en a vu d'autres, dans cette veine. Mais en 1838 ! Mais de la part de quelqu'un qui se situe à mi-chemin entre les monarchistes de la branche aînée et les libéraux !

On aurait tort de croire que Lamartine est déjà le leader de la révolution républicaine et socialisante de 1848, ou que personne parmi les libéraux ne parle comme lui. Même s'il perd sur la question des chemins de fer, on le voit sous la Monarchie de Juillet défendre la liberté d'enseignement dans le sens des catholiques libéraux et de Tocqueville ; inversement, on voit Guizot, en 1844, faire l'éloge de l'Université – du « monopole universitaire » de Napoléon, comme on disait –, en tant qu'elle est une « corporation » avec un grand maître à sa tête. En réalité, Lamartine a prononcé le nom décisif, avec lequel les différents courants libéraux doivent tous compter : Napoléon. Faut-il renverser les institutions de l'Empire, les fameuses « masses de granit », ou faut-il les garder en les *libéralisant* ? Telle est la question qui court sans cesse au sein de ce que nous appellerons la mouvance libérale, aussi divisée soit-elle sur des questions comme : l'enseignement, la centralisation, la presse, le jury, la justice administrative et son Conseil d'État. Faut-il admettre un droit de l'individu, et notamment le droit de juger de son droit, face au pouvoir politique et administratif – ou faut-il, plutôt, envisager les libertés du point de vue de la puissance publique, comme autant de limitations que, par bénévolence, elle s'inflige ? Mais, à travers toutes ces interrogations, on retrouvera la même alternative, tantôt clairement formulée, tantôt obscurément ressentie : privilégier l'individu, jusqu'à, éventuellement, un libéralisme du sujet (Mme de Staël), assujettir l'individu à un esprit de corps qui le discipline (point de départ de Guizot). Le libéralisme français a, très majoritairement adopté la seconde voie, celle d'un libéralisme par l'État, et non contre ou hors l'État. Ce qui, encore une fois, ne dépayse pas le lecteur d'aujourd'hui.

ET POURTANT !

Et pourtant, n'est-il pas habituel de considérer le libéralisme comme la doctrine qui fait droit par excellence à l'individu moderne, émancipé à la fois de la tutelle spirituelle que faisait peser l'Église et de l'omnipotence conférée à la souveraineté, dans les monarchies absolues ? Le libéralisme, dit-on souvent, est par définition l'individualisme conséquent. Outre que la notion d'individualisme, trop plurivoque, demandera des éclaircissements au cours de ce travail, il faut prendre garde de distinguer entre les diverses réalisations *nationales* du libéralisme – qui n'a pas l'universalité qu'on lui accorde trop vite –, mais aussi entre les élaborations *théoriques* du libéralisme et ce que fut sa pratique effective, les problèmes complexes qu'il dut résoudre tant dans l'aménagement des institutions modernes que dans les alliances politiques qu'il devait passer, les adversaires qu'il lui fallait se donner. En laissant pour le moment de côté le libéralisme économique, on peut recenser trois façons de penser le libéralisme politique : comme théorie libérale, comme philosophie, comme doctrine juridique. Il faut examiner brièvement ces trois modes d'approche, afin de comprendre en quoi aucun ne pouvait servir ici de *point de départ*. La question de la définition du libéralisme engage un véritable débat de méthode si, comme nous le pensons, l'appréhension de l'ensemble de la réalité libérale demande de l'interroger avant tout comme *discours* et comme ensemble de *prises de position* sur des enjeux spécifiés – bref, de retracer chaque fois, en France, en Angleterre ou ailleurs, son expérience historique.

La théorie libérale : un corps de principes

La théorie libérale est bien connue dans les réquisits qui l'animent, et que l'on peut résumer en quatre points principaux. Tout d'abord, l'individu avec ses droits constitue, effectivement, la préoccupation fondamentale, qui requiert elle-même la recherche de moyens pour limiter le pouvoir. Ensuite, la liberté est le bien suprême, le bien en soi : ce n'est pas une liberté « pour la vérité » (comme on l'affirme chez les catholiques libéraux), ou une liberté pour toute autre valeur prééminente, pour une Loi supérieure. Ce que l'individu fait de sa liberté ne regarde que lui, elle n'a donc pas à être spécifiée davantage, étant entendu que le rôle de la loi *civile* est d'empêcher que la liberté de l'individu ne porte atteinte à celle d'autrui [6]. Cela implique, dans l'ordre politique, un espace de pluralité et de coexistence garantie entre *des* libertés. En troisième lieu, le pouvoir politique n'est pas une fin mais un moyen : il est l'*expression* de la société (notamment à travers la représentation politique) et un *instrument* de cette société ; le rôle instrumental du pouvoir est véritablement le sens qui complète et même achève, sans ambiguïté, l'idée du pouvoir comme expression de la société dans ses opinions, ses forces et ses besoins. Cette mission d'un pouvoir « modeste » (qui n'existe plus pour la gloire du Prince ou la splendeur de l'État ou la correction des vices humains) concorde avec ce que Montesquieu dit du *vécu* de la liberté : « L'opinion que l'on a de sa sûreté. » Le dernier point n'est que la conséquence des précédents : la société libérale connaît un espace public neutre (certains disent « laïc »), qu'il faut protéger des hégémonies religieuses ou doctrinales, de façon que l'opinion qui gouverne

6. Le rôle de la loi pénale est répressif et non préventif : cet aspect, qui est capital car il décide de l'exercice de la responsabilité individuelle, est bien souvent bafoué dans les « démocraties libérales » comme le rappelle de nos jours A.-G. Slama.

pour un temps soit toujours « mise au concours » (pour reprendre une formule de Rémusat). Dans cet espace public qui accomplit la séparation du public et du privé, les potentialités du « délibérable », si l'on peut forger ce terme, sont quasi infinies.

Le libéralisme comme objet de la philosophie

La deuxième voie d'approche pour penser le libéralisme consisterait à définir quelques enjeux majeurs à l'intérieur des grandes philosophies qui ont forgé la culture libérale. On peut ainsi considérer la « *property* » chez Locke et le pouvoir souverain du peuple comme une problématique qui a pour enjeu le *statut de l'homme*, être soumis à la loi naturelle donnée par Dieu, qui permet une articulation décisive entre le particulier et l'universel[7], contrairement aux lectures straussienne et marxiste de Locke. De même, chez Hobbes, les relations entre l'état de nature et l'état civil ont pour conséquence la dissociation entre le statut d'un *homme* doté de certains droits, protégé en tant que personne privée, et un *citoyen* politiquement passif parce que, et dans l'exacte mesure où, il se trouve représenté[8]. On peut encore valoriser le rôle de l'individualité chez John Stuart Mill et chez Humboldt comme clé de la richesse et de la progressivité (opposée à la « stagnation ») dans le monde culturel et social, ou montrer comment la réinterprétation chez Rawls du contrat vise à rendre possible un « consensus par recoupement », etc.

Mais, dira-t-on, cette démarche consistant à déterminer des enjeux importants pour le libéralisme à l'intérieur de certaines grandes philosophies de la modernité signifie-t-elle qu'*en lui-même* le libéralisme n'est pas une philosophie (ou n'a pas d'expression philosophique propre) ? La question du libéralisme comme philosophie est un véritable problème, si on le compare par exemple à ce qu'est le « cartésianisme » chez son fondateur et dans ses filiations diverses (Leibniz, Spinoza, Malebranche, etc.), ou au cas du marxisme, doctrine issue d'une critique de la philosophie « classique ». Si certains philosophes ont pu donner une contribution à la cause libérale, produire l'élaboration la plus approchée de la préoccupation libérale (on songera à Locke par excellence), en lui-même le libéralisme est plutôt un ensemble de *principes* (évoqués ci-dessus) qu'une philosophie[9]. Le terme même de libéralisme en France[10] naît

7. Pour cette lecture de Locke, voir notre article « Citoyenneté » dans le *Dictionnaire de philosophie politique*, sous dir. Ph. Raynaud et S. Rials, PUF, 1996.

8. Nous avons confronté la problématique de Hobbes au dispositif de la Déclaration de 1789 dans *Hobbes et l'État représentatif moderne*, PUF, 1986.

9. Du moins jusqu'à l'époque toute récente, où l'on voit avec Rawls une véritable tentative de le prendre non seulement pour objet philosophique mais d'en faire le cœur d'une théorie philosophique de la justice.

10. Nous aurons l'occasion de faire référence à l'important article de G. de Bertier de Sauvigny, « Libéralisme. Aux origines d'un mot », *Commentaire*, n° 7, automne 1979,

dans le contexte d'une attitude de vigilance critique envers les pouvoirs (Constant), d'une menace de retour à l'« ancien », qui a précédé la Révolution française, et d'un combat contre les forces politiques et les doctrines qui appuyaient cette « réaction » (autre terme popularisé par Benjamin Constant quelques années auparavant). Le terme connote donc un parti en politique, un groupe qui, comme dans les Cortès espagnoles de 1812 (les *Liberales*) ou dans le Parlement anglais de 1816 (les *Whigs*), est engagé dans le combat politique : le terme est forgé dans la lutte et fraye son chemin comme un signe de ralliement, un drapeau dans l'Europe du premier quart du siècle. En toute rigueur, parler de la « philosophie libérale » de Constant, de Guizot et même de Tocqueville est plutôt une formule de facilité, un abus de langage alors qu'il s'agit d'un combat argumentatif et conceptuel pour les principes libéraux. Il reste cependant que les philosophes « professionnels » ont pris, en France, le libéralisme pour objet, au titre d'un mouvement de la société qui appelait l'élucidation et qui avait leur sympathie active : il s'agit de Victor Cousin et de son école, l'éclectisme, qui domine tout le siècle tant par l'orientation tracée que par le contrôle des institutions savantes ou universitaires et lègue finalement à la IIIe République un héritage *spiritualiste* qui restera important quoique désormais contesté (positivisme, naissance de la sociologie, etc.)[11]. Il faut bien le reconnaître : la philosophie de Cousin, ses lectures de Descartes, de Locke, de Kant sont de piètre qualité[12]. Y est certainement pour beaucoup l'omniprésence du souci politique (comme le relèvent les contemporains) qui transforme l'école éclectique en auxiliaire direct du pouvoir doctrinaire orléaniste sous Juillet : la France n'a pas eu, pour penser le libéralisme, une ressource philosophique comparable à Locke en Angleterre. On verra qu'un philosophe de valeur comme Maine de Biran, orienté vers une philosophie du sujet, de la liberté et du lien social est par ailleurs hostile au libéralisme ; en outre, certains facteurs permirent sa « domestication » posthume par Cousin.

Le constitutionnalisme libéral

Enfin, le libéralisme est très largement l'idéal d'un *mode constitutionnel* de gouvernement, depuis les origines, chez Montesquieu et le *Fédéraliste* américain, jusqu'à l'essor du contrôle constitutionnel que la

---

pp. 420-424. « Libéraux » est d'abord une étiquette dépréciative, reprise par le goupe de Benjamin Constant (les Indépendants, à la Chambre). Mais les « idées libérales » sont dans... la proclamation de Bonaparte, le lendemain du coup de Brumaire.

11. Sur cette relève, réalisée vers 1880, voir l'ouvrage de W. Logue, *From philosophy to sociology. The evolution of French liberalism, 1870-1914*, De Kalb, Illinois, Northern Illinois University Press, 1983. Également, J. A. Scott, *Republican ideas and the liberal tradition in France – 1870-1914*, New York, Columbia UP, 1951.

12. Voir notre troisième partie : « Les philosophes et le libéralisme ».

France a rejoint depuis le tournant de 1971 et l'intégration de la déclaration de 1789 au « bloc de constitutionnalité ». En tant que doctrine juridico-politique, le libéralisme considère que le mode d'organisation, de contrepoids, éventuellement d'équilibre des organes de pouvoir doit être conçu de sorte que l'homme soit soumis au pouvoir de la loi et non au pouvoir de l'homme. C'est la non-dissémination du pouvoir (synonyme au XVIIIe siècle du « despotisme ») qui produirait sa personnalisation, source d'asservissement [13].

La tâche historique du libéralisme en France

Ces trois modes de pensée – théorique, philosophique et juridico-politique – sont maintenant assez bien connus, ils ont participé à la culture politique libérale et ils nous ont rendu familier le visage du libéralisme, qui s'assimile quasiment à l'ensemble de la pensée moderne ou peu s'en faut [14]. La difficulté est d'établir les liens, le mode de passage entre ces types de pensée et la réalité pratique du libéralisme français entre 1814 et 1880, dans les controverses qu'il mène, les reclassements qu'il engendre et qui l'amènent à se diviser jusqu'au conflit. On se heurte alors à des phénomènes qui soit se présentent comme tout autres que ce que l'on attendait, soit même sont en contradiction avec les principes, les références théoriques ou philosophiques qui viennent d'être évoquées. Citons, parmi les traits les plus caractéristiques : la place centrale de l'État (particulièrement valorisé chez les doctrinaires puis les orléanistes), la recherche obstinée d'un nouveau « pouvoir spirituel », la faible portée de l'esprit constitutionnaliste chez beaucoup de libéraux français – sauf l'exception, capitale, du courant Constant-Sismondi –, la minimisation frappante de l'ordre du marché et des lois du capitalisme, la curieuse configuration éclectique-spiritualiste, avec son hostilité systématique à l'individualisme et à l'utilitarisme (qui nourrit le libéralisme anglais ou américain), etc. Force était d'en tirer les conséquences : pour appréhender la mouvance libérale dans sa réalité et sa diversité, on ne peut espérer passer de la doctrine libérale dans sa plus grande généralité à la lettre du débat politique et institutionnel, comme si elle trouvait là son illustration attendue.

En d'autres termes, il fallait redécouvrir les spécificités du libéralisme

---

13. La préoccupation constitutionnaliste prend des voies et des formes différentes selon les traditions nationales : voir les trois modèles étudiés par Maurizio Fioravanti dans *Appunti di storia delle costituzioni moderne*, t. I (« Le liberta : presupposti culturali e modelli storici »), Turin, Giappichelli editore, 1991, 2e éd. révisée, 1995.

14. Pour une bonne synthèse sur le libéralisme *européen* et *américain*, sa place dans la modernité, voir l'ouvrage de Nicola Matteucci : *Organizzazione dei potere e liberta*, Turin, UTET, 1976. Un recueil de textes utile est donné par Pierre Manent : *Les Libéraux*, Hachette, « Pluriel », 1986, 2 vol. Voir aussi Mikaël Garandeau, *Le Libéralisme. Une anthologie*, Garnier-Flammarion (à paraître).

français non pas en recensant ce qu'il pouvait avoir de commun avec ses frères ou ses cousins en doctrine [15], mais en tant que *discours libéral* justificateur de pratiques, de perceptions, de prises de position au cœur de la controverse sur les institutions [16]. En adoptant cette grille de lecture, qui vise à déterminer les *enjeux*, explicites ou non exprimés par les acteurs, on peut vérifier que le discours libéral revient toujours à une tâche historique qu'il lui a fallu affronter : *concilier, si possible, les droits et libertés de l'individu moderne avec la légitimité de l'État souverain* [17].

En cela, et si le chercheur peut faire état de son expérience personnelle, je découvrais qu'après une dizaine d'années passées en terre jacobine [18], le dépaysement n'était pas aussi grand que j'aurais pu le croire, puisque la souveraineté restait décidément, avec la figure de l'État gardien de l'intérêt général, la grande question que la France se posait, y compris pour ceux qui faisaient profession d'abhorrer le « jacobinisme » (véritable mythe et repoussoir du discours libéral). Ce qui devait conduire, en fin de compte, à réélaborer un concept de la *souveraineté*, notamment pour rendre compte de la composante catholique libérale, trop souvent négligée dans les études sur les libéraux [19].

Le second enseignement à tirer était de se garder d'unifier artificiellement une « mouvance libérale » qui est, en réalité, diversifiée et, par moments, conflictuelle. De là le choix de deux modes d'analyse complémentaires et même interdépendants, et qui expliquent l'ordre des matières suivi dans ce livre. Puisque la pratique et le discours libéral sur près de soixante-dix années de controverses donnent à voir un certain nombre de *prises de position*, on pouvait peut-être dégager quelques options significatives et qui se répètent sur plusieurs générations [20]. Ces options avaient tantôt une portée théorique (la vision de l'individu, par

---

15. Sans refuser le comparatisme, le présent ouvrage y recourt *lorsque* les acteurs eux-mêmes s'engagent dans la comparaison ou dans la tentative d'emprunt, notamment vis-à-vis de l'expérience britannique : c'est le cas pour la recherche de la « nouvelle aristocratie » (chap. II de la première partie et surtout chap. Ier de la deuxième), ou pour l'usage qui est fait d'Adam Smith, chez Biran et chez Cousin, dans des sens opposés (chap. IV et V de la troisième partie).

16. Cette étude du discours libéral renoue donc avec la méthode utilisée dans *Le Discours jacobin et la démocratie* (Fayard, 1989), et elle a de nombreux points communs avec la « politique du discours » illustrée par Mauro Barberis pour le cas de Constant : *Benjamin Constant. Rivoluzione, costituzione, progresso*, Bologne, Il Mulino, 1988.

17. Ce qu'illustre le discours de Lamartine, en 1838, cité plus haut, faisant option d'une logique étatiste, d'une liberté par l'État et ses « corps ».

18. Objet notamment de deux ouvrages : *Le Discours jacobin et la démocratie*, éd. cit., *Échec au libéralisme. Les Jacobins et l'État*, Kimé, 1990.

19. Cf. chap. III de la première partie.

20. Comme le dit très bien Françoise Mélonio, il y a eu « des générations libérales plutôt qu'*un* libéralisme français » et, « selon l'urgence du moment ou l'adversaire à combattre, [les libéraux] sont plus attentifs à la défense de l'individu ou plus soucieux de cohésion sociale, plus conservateurs ou plus novateurs » (*Magazine littéraire*, n° 236, déc. 1986, p. 29, numéro sur Tocqueville).

exemple, ou la définition de ce qu'est l'opinion publique), tantôt une portée politique directe (par exemple, l'acceptation ou le refus d'une justice administrative spécifique). Il fallait chercher à construire une *typologie* des courants libéraux français tels qu'ils se situent à l'intérieur de la mouvance libérale en général. L'enjeu majeur de ces grandes lignes de clivage s'est confirmé être l'acceptation ou non de l'« individualisme » (à redéfinir) et de ses conséquences. C'est l'objet de la première partie de l'ouvrage. En même temps, il fallait tester la typologie proposée, en affiner certains aspects par l'étude de quelques grandes *controverses institutionnelles* du siècle, s'assurer, en définitive, de la prégnance de cette typologie et de la question fondamentale qui concourt à sa structuration : droit de l'individu, et notamment droit de juger *versus* légitimité et prestige de l'État. La deuxième partie est donc consacrée au « libéralisme à l'œuvre ».

Restait alors la question de la place et du sens de la philosophie dominante du siècle, plus précisément éclectique, plus largement spiritualiste : sa détermination par le contexte, par le problème même de la mise en œuvre, ou de la *mise en latence*, de l'individualisme, dans le pays de la Déclaration des droits de l'homme et du citoyen, peut recevoir nombre de confirmations et justifie que son analyse soit réservée pour la troisième et dernière partie (« Les philosophes et le libéralisme »). Ce n'est pas cette philosophie qui inspire ou explique les enjeux politiques et les controverses institutionnelles : on serait tenté de dire que c'est exactement l'inverse, si ce renversement n'était trop simple et mécanique. En tout cas, loin de nous éclairer sur les enjeux du libéralisme auxquel il s'est allié, Cousin tend plutôt à nous les voiler. Il importait également d'essayer de comprendre pourquoi l'éclectisme s'intéresse à l'*économie politique*, et entre ainsi sur le territoire du « libéralisme économique » ; et de confirmer, en quelque sorte par la négative, pourquoi un philosophe du *sujet* comme Maine de Biran développe ce que l'école de Cousin ne veut pas thématiser, révélant où était le problème délicat pour Cousin et ses alliés doctrinaires.

Ainsi qu'il a déjà été signalé, le libéralisme du sujet et de la conscience tel que Mme de Staël en donne les premiers fondements, notamment dans son ouvrage *De l'Allemagne*, ne reçoit pas le traitement philosophique conséquent qu'il aurait mérité ; il constitue une veine minoritaire de la pensée française – veine marquée par ses origines suisses et protestantes – dont la reformulation ou la résurgence se fera à l'intérieur de la sphère républicaine, qui, avec Jules Ferry, sait capter cette source, et dans la philosophie d'Alain qui représente en fait une haute école de libéralisme (le citoyen juge du pouvoir). Cependant, il a fécondé aussi, en partie, la réflexion de Tocqueville et les écrits de Laboulaye, éditeur de Constant sous le Second Empire.

UNE CULTURE ET UN IMAGINAIRE LIBÉRAL

Si le libéralisme relève plus, à ce moment, d'un corps de principes que d'une doctrine ou d'une philosophie, il est aussi, par excellence, une *culture politique et morale* qui façonne les individus et les élites culturelles[21]. Il y a, comme on essaiera de le montrer, un esprit libéral, une attitude devant le monde dont rend assez fidèlement compte l'étude de Nefftzer (1863) placée en appendice à cet ouvrage. C'est cette éducation à l'esprit libéral qui, passant par la fréquentation des humanités, le goût de la discussion et de la délibération au service de l'action publique, la méfiance envers les classes peu intruites, a souvent été tenue pour la forme d'un esprit philosophique, au sens des « philosophes » du XVIIIe siècle. Ainsi retrouvons-nous la question de la philosophie : quelqu'un comme Rémusat affirmera qu'en tant que parti de l'intelligence, le libéralisme est le parti de la philosophie[22]. Là encore, c'était beaucoup dire, c'était surtout s'approprier une étiquette respectable pour le parti doctrinaire en quête de légitimation dans un pays où la politique doit, pour acquérir impact et durée, paraître être une « politique d'idées ». S'il combat Auguste Comte à diverses reprises, Rémusat en a retenu la thèse du caractère indispensable d'un « pouvoir spirituel ». En fait, qu'il soit de tendance notabiliaire et élitiste ou qu'il privilégie l'individu et frise l'esprit démocratique – selon ses deux grandes tendances principales –, le libéralisme français est surtout une éducation, une *Bildung* de la personnalité et une culture politique. Il se donne pour *valeurs* les grands principes qui ont été cités ci-dessus : la liberté comme bien en soi, la séparation du public et du privé, etc. Ce qui ne veut pas dire que dans la pratique il respecte ces valeurs, comme le montrera la deuxième partie de l'ouvrage. D'où d'ailleurs la dispersion du spectre des réponses données au problème majeur déjà défini : comment satisfaire à l'émancipation moderne de l'individu sans porter atteinte à la légitimité d'un État conçu comme l'instance de définition, de contrôle, de mise en application

---

21. Point qu'avait bien montré l'ouvrage cité de N. Matteucci, notamment au chapitre 8 (« Constitutionnalisme et libéralisme ») : l'auteur souligne la divergence de départ entre le « libéralisme éthique » et le « libéralisme utilitariste », divergence qui s'atténue à partir de John Stuart Mill (pp. 221-222). Cette réflexion est reprise par l'auteur dans « Per una definizione teorica della liberta », *Filosofia politica*, ann. VII, n° 2, août 1993 : la « véritable liberté libérale » est conçue « comme émancipation ou, mieux encore, autoréalisation de l'homme » (p. 283).

22. Cf. son discours de réception à l'Académie française, consacré à Royer-Collard : « Quand on parle de la Révolution, il faut bientôt parler de la philosophie. L'une ramène à l'autre. Ils ont raison, amis ou ennemis, ceux qui remontent dans la nuit des âges pour expliquer le cours des événements par les progrès de la pensée. L'esprit humain dispose à la longue du sort des sociétés. Son royaume est de ce monde » (*Passé et présent*, Didier, éd. revue et augmentée, 1859, t. II, p. 358).

de l'*intérêt général* ? Dans quelle mesure l'expression et la représentation des « intérêts particuliers » peut-elle recevoir une légitimité ? La répartition des réponses autour, chaque fois, d'un centre de gravité spécifique permet de considérer *des* libéralismes à l'intérieur de ce que nous appellerons « la mouvance libérale ».

LES LIBÉRALISMES

La typologie construite dans la première partie amènera à distinguer trois grands courants. La première ligne de démarcation passe entre ceux qui privilégient les garanties individuelles vis-à-vis du pouvoir d'État (ou contre lui) et de son administration, et ceux qui privilégient les droits de la puissance publique, à qui il revient de poser les règles d'expression des droits individuels et, finalement, leur étendue. Tandis que le premier courant est fondé par la fille de Necker, Germaine de Staël, le second, parrainé par Guizot, diffusera ensuite à l'intérieur de la galaxie orléaniste. Le premier courant, libéralisme du sujet, de la conscience ou de l'individu (selon certaines différences), susceptible de devenir un « libéralisme contre l'État », est aussi un constitutionnalisme (avec l'intérêt notamment pour le « pouvoir neutre » cher à Constant) ; il aura de grandes personnalités en son sein, mais restera minoritaire (en passant par Tocqueville, Prévost-Paradol, Eugène Poitou, Édouard Laboulaye) dans ses effets politiques pratiques. À l'intérieur du second goupe, que l'on peut appeler « libéralisme notabiliaire », on constate l'attention prioritaire portée à la gouvernabilité, le primat du sociologique sur le juridique, du *groupe par rapport à l'individu*, la tentation de préférer la prévention à la répression (ce qui, en théorie, est une violation du credo libéral). Lorsqu'il s'exprime en philosophie, ès qualités, c'est une forme de l'anti-individualisme (Cousin et son école éclectique). Ce courant du libéralisme, majoritaire de façon presque écrasante, est à la source de l'orléanisme, puis du compromis de 1875 ; il a largement contribué à forger l'*image* postérieure que les Français vont garder du libéralisme : ils oublieront l'apport capital d'un Constant (et aussi, pour partie, de Tocqueville[23]) et ne prendront pas garde à ce qui peut unir Jules Ferry aussi bien à Mme de Staël qu'à Guizot[24], du fait d'une certaine propagande

23. Sur Tocqueville célèbre, oublié, retrouvé, baromètre de la vie politique et intellectuelle en France, voir le livre de F. Mélonio : *Tocqueville et les Français*, Aubier, 1993.

24. Sur le rapport Guizot-Ferry voir le livre de P. Rosanvallon, auquel nous sommes très redevable : *Le Moment Guizot*, Gallimard, 1985 ; sur Ferry et l'esprit du libéralisme de l'individu, il faut lire la préface et l'édition par Odile Rudelle : J. Ferry, *La République des citoyens*, Imprimerie nationale, 2 vol. 1996. Enfin, nous devons redire notre dette envers F. Furet, notre admiration pour *La Révolution (1770-1880)*, Hachette, 1989, qui participe à la réappréciation de Jules Ferry.

républicaine de combat. En réalité, c'est précisément le refus de l'individualité comme lieu du jugement critique et autonome, y compris dans les conséquences institutionnelles de ce refus, qui paraît expliquer, ou contribue à expliquer, la relève républicaine au tournant des années 1875-1880, sur lequel nous arrêtons cette étude. C'est d'ailleurs une fin de cycle, une phase d'essoufflement pour le « libéralisme », dont l'appellation même devient à ce moment d'un vague extrême.

Quant au troisième grand courant, le catholicisme libéral, sa contradiction propre est de défendre à la fois les « droits de la Vérité » (doctrine de l'Église jusqu'à Vatican II) et les libertés modernes (de presse, d'opinion, d'association, d'élection, d'enseignement), ce qui le mène à des prouesses argumentatives d'un grand intérêt, car les tensions de la modernité s'y donnent à lire avec plus de netteté qu'ailleurs. La résistance pathétique de Montalembert aux droits individuels comme droits de l'homme de 1789 faiblit puis cède (1863 : tournant de Malines) et le conduit à la fin de sa vie à un *libéralisme catholique* qui n'est plus loin de Tocqueville, mais le place en conflit public avec le *Syllabus*, puis avec le concile du Vatican, sur le point de proclamer l'infaillibilité pontificale au moment où Montalembert meurt. Caractéristique est également le style de la revue *Le Correspondant*, toujours à mi-chemin entre modernité et traditionalisme, que Montalembert reprend en 1855 avec un petit groupe d'amis.

En dehors de ces trois groupes composant la mouvance libérale, on peut rencontrer des *revendications libérales* chez d'autres cercles politiques – par exemple le légitimisme dans ses projets décentralisateurs ou plaidant à certains moments pour la liberté d'enseignement. Mais ce sont des aspects ou des traits dans une conception d'ensemble qui est différente, d'esprit autoritaire, hiérarchique, souvent « holiste » pour reprendre la catégorie de Louis Dumont. Il est d'ailleurs important de relever qu'une revendication d'esprit libéral sur un objet précis peut être le fait d'un adversaire du camp libéral ; non simplement par opportunité politique (comme la fameuse alliance carlo-républicaine sous Juillet), mais du fait de l'absence d'unité philosophique et même doctrinale dans le libéralisme ; cette absence d'unité rend possible à la fois : la pluralité et la conflictualité des libéralismes[25], l'incorporation éventuelle de syntagmes libéraux à une vision qui est hostile au monde moderne égalitaire et en voie de sécularisation.

Il reste à signaler que, dans un champ d'étude qui était immense, même si la décision de le recentrer sur la question de l'individu donnait davantage de repères, il fallait inévitablement faire des choix : choix

25. Voir sur cette pluralité les remarques de Siep Stuurmann, dans l'ouvrage publié sous sa direction : *Les Libéralismes, la théorie politique et l'histoire*, Amsterdam University Press, 1994.

entre les controverses, dont nous n'avons gardé que celles qui ont paru les plus significatives, choix entre les auteurs dont on n'a pas privilégié la notoriété mais le caractère ou bien représentatif ou au contraire surprenant par le caractère exceptionnel des thèses soutenues. Il faut espérer que de grandes pensées comme celles de Necker ou Sismondi, des essayistes pertinents comme Eugène Poitou et Émile de Girardin feront prochainement l'objet d'autres études : nous avons voulu songer aux étudiants et futurs chercheurs, en tentant de donner en notes le maximum de références, si elles étaient en relation directe avec notre propos et en étant conscient qu'il était impossible – même sur la question individu/corporation – d'être exhaustif[26]. Bien des travaux restent à mener dans l'histoire des idées politiques : il me faut, à ce propos, exprimer ma reconnaissance vis-à-vis du CNRS et des commissions de science politique. Recruter un chercheur et le laisser mener pendant sept ans l'investigation nécessaire pour l'achèvement de son livre suppose de la part de la nation un acte de confiance, et un financement, dont il faut toujours se demander si l'on s'en est rendu digne.

Je ne saurais, d'ailleurs, remercier toutes les personnalités et les chercheurs, en France et à l'étranger, qui m'ont soutenu dans une tâche dont je doutais, parfois, de voir la fin. Qu'il me suffise de dire combien des milieux de haute culture comme l'Association Benjamin Constant, dont le siège est à Lausanne, et la Société des études staëliennes, avec à sa tête Simone Balayé, m'ont servi de stimulant. De même pour le château de Coppet, où le comte d'Haussonville sait faire vivre le souvenir de Necker et de Mme de Staël : je n'en ai jamais franchi le seuil sans une profonde émotion. C'est un souvenir émouvant également que le colloque tenu en 1994, dans la maison de Guizot, maintenue en état par la fondation Guizot-Val Richer[27].

ADDENDUM. Depuis que ces lignes ont été écrites, François Furet nous a été enlevé. Il restera le Maître irremplaçable.

---

26. Il a fallu laisser de côté, et à regret, les questions proprement constitutionnelles, même si, par la force des choses, certains aspects ont dû être évoqués chemin faisant (comme la théorie du « pouvoir neutre » chez Constant, pour ce qui touche à la souveraineté). Le constitutionnalisme est certes un aspect essentiel de la vision libérale (ou de certains libéraux, en réalité) mais appellerait un ouvrage spécifique, et il existe d'excellents travaux.

27. Les actes de ce colloque, en tirage hors-commerce, ont été réunis par Dario Roldan : *Guizot, les doctrinaires et la presse*, Fondation Guizot-Val Richer, 1994, 165 p., intr. par F. Furet.

PREMIÈRE PARTIE

ÉCOLES FONDATRICES ET LIGNES DE PARTAGE

CHAPITRE PREMIER

La constitution d'un libéralisme du sujet : Mme de Staël et Benjamin Constant

« L'indépendance de l'âme fondera celle des États. »
Mme de STAËL, *De l'Allemagne*.

« On dirait que c'est un autre peuple qui est gouverné. Le pouvoir arbitraire s'élève et se forme dans un instant. »
MONTESQUIEU,
Fragments d'une Histoire de France.

L'ŒUVRE DE PENSÉE DE MME DE STAËL

Si l'on voulait donner une unité artificielle à la pensée libérale française, on pourrait dater son commencement immédiat, au XIXe siècle, de deux ouvrages de Germaine de Staël, dans la période 1799-1813. Le premier, inachevé et publié seulement au XXe siècle, s'intitule *Des circonstances actuelles qui peuvent terminer la Révolution et des principes qui doivent fonder la République en France* ; le second, *De l'Allemagne*, saisi par Napoléon en 1810 avant publication, fut d'abord édité en Angleterre (1813). Il pourrait sembler que se trouve là une matrice de toute la pensée libérale, en y ajoutant ce bilan-testament et ouvrage à grand succès que furent les *Considérations sur la Révolution française* (posthume, 1818) : Mme de Staël a été la « mère de la Doctrine » aux yeux de certains historiens du libéralisme[1], et plus précisément, on a pu voir en elle l'inspiratrice du groupe *doctrinaire*, comme le soutenait Sainte-Beuve et, avant lui, Lerminier dans ses célèbres *Lettres philoso-*

1. L'expression vient de Thibaudet dans ses *Idées politiques de la France* (Stock, 1932) et a été reprise par André Jardin (*Histoire du libéralisme politique*, Hachette, 1985, p. 210).

phiques[2]. En fait, la divergence est profonde, mais elle ne s'exprimera véritablement qu'au moment où l'école doctrinaire se constitue (vers 1814) et trouve en face d'elle, dans la controverse politique comme dans la pensée théorique, Benjamin Constant et le groupe des Indépendants. Deux libéralismes d'esprit différent se font alors face, celui de Constant étant, quoique avec des nuances, fidèle à la pensée philosophique et politique de Mme de Staël, au-delà à celle de Necker et enfin, sur un plan très large, à l'esprit de Coppet. Car si Coppet est « la maison-mère du libéralisme », comme a pu l'écrire Albert Thibaudet (*op. cit.*, p. 44), il reste que le courant dominant, qui formera l'essentiel de l'orléanisme, s'en est beaucoup éloigné.

Il importe donc de déterminer l'originalité de la pensée staëlienne, ce qui ne peut se faire qu'en la replaçant dans le contexte à l'intérieur duquel elle se forme puis se réforme, et contre lequel, finalement, elle doit s'affirmer[3]. La période qui commence juste après 1800, avec la découverte proprement bouleversante de Kant (lettre à de Gérando[4]), est le véritable point-tournant dans cette évolution, dont le voyage à Weimar (1803) puis la rédaction du livre, interdit à la publication par Napoléon *(De l'Allemagne)*, constituent les effets logiques et à court terme. Sainte-Beuve a caractérisé en une phrase la prise de conscience qui saisit Mme de Staël dans la période 1801-1803, tandis que le Premier Consul lui interdit de résider à Paris : « Se lancer ainsi du premier bond au-delà du Rhin, c'était rompre brusquement d'une part avec Bonaparte irrité, c'était rompre aussi avec les habitudes de la philosophie du XVIIIe siècle, qu'elle venait en apparence d'épouser par un choix d'éclat[5]. » Le choix d'éclat auquel fait allusion Sainte-Beuve est le livre *De la littérature considérée dans ses rapports avec les institutions sociales*, paru en 1800 : Mme de Staël y faisait l'éloge de la « perfectibilité », notion en effet

---

2. E. Lerminier, *Lettres philosophiques adressées à un Berlinois*, Paulin, 1832, 4e Lettre : « De l'école appelée doctrinaire ». Après avoir rattaché Mme de Staël, et à juste titre, au libéralisme de l'école anglaise (Montesquieu, Delolme, Mounier, Malouet), l'auteur écrit : « Elle a de trop bonne heure emporté avec elle l'enthousiasme dont elle échauffait son école qui est restée après elle raisonneuse, sans imagination, studieuse mais sans chaleur » (p. 109). Que Mme de Staël soit très respectée des doctrinaires et que des liens multiples aient existé, cela ne fait pas de doute. Le jeune Guizot, qui l'admire, vient la visiter à Coppet ; Barante, très épris, maintient de longues relations ; Victor de Broglie épouse Albertine, fille de Mme de Staël, tandis que le fils, Auguste, rejoint le groupe doctrinaire à la Chambre, etc.

3. Le récent ouvrage de Simone Balayé, *Madame de Staël : écrire, lutter, vivre*, Genève, Droz, 1994, est une excellente initiation au monde qui fut celui de cette personnalité sur le plan historique, politique ou artistique.

4. Contrairement à tous les commentateurs, B. Jasinski a daté la lettre de 1801 et non 1802, les raisons paraissant très solides : voir Mme de Staël, *Correspondance générale*, publ. par B. Jasinski, Jean-Jacques Pauvert, t. IV-2 (« Lettres d'une républicaine sous le Consulat »), 1978, pp. 422-424.

5. « Madame de Staël », in *Portraits de femmes*, repr. *Œuvres de Sainte-Beuve*, « Pléiade », publ. par M. Leroy, 1951, t. II, p. 1110.

venue du XVIIIe siècle des philosophes, et qui provoqua aussitôt une bruyante controverse ; les amis de Chateaubriand, comme Fontanes, puis Chateaubriand lui-même, dans leur désir de promouvoir les *Beautés de la religion chrétienne* en voie de parution (c'est-à-dire *Le Génie du christianisme*), attaquent une notion qui leur paraît quasi subversive, propre à ranimer les passions révolutionnaires auxquelles le nouveau pouvoir a heureusement mis fin. Un article anonyme du *Journal des débats*, le 3 juillet 1800 (14 messidor an VIII), fait l'éloge de Bonaparte comme du législateur qui est revenu de pareilles illusions : « Le génie qui préside maintenant aux destinées de la France est un génie de sagesse [...]. Il ne s'égare point dans de vaines théories et n'ambitionne pas la gloire des systèmes ; il sait que les hommes ont toujours été les mêmes, que rien ne peut changer leur nature ; et c'est dans le passé qu'il va puiser des leçons pour régler le présent[6]. »

Si les hommes sont toujours les mêmes, la perfectibilité est une chimère inutile et dangereuse, c'est par la gestion des passions et des intérêts, également par une religion nationale à réinstituer qu'il convient de conduire les peuples. Ainsi se marquait, sept mois après le coup d'État de Brumaire, le clivage entre le groupe des Idéologues, qui avaient aidé à l'ascension de Bonaparte, et le courant prônant, avec Chateaubriand, la restauration du catholicisme. Mme de Staël pouvait paraître dans *De la littérature* (et malgré certaines formulations) encore fidèle au credo des Idéologues ; c'était surtout en l'an III que les relations personnelles avaient été le plus fortes, bien que le personnel fréquentant son salon d'épouse de l'ambassadeur de Suède, le « ruisseau de la rue du Bac », fût alors fort varié – comme en a témoigné, par exemple, Benjamin Constant dans les souvenirs dictés à Coulmann. En 1795, Mme de Staël essayait d'agir sur la Commission des Onze, par l'intermédiaire de Lanjuinais et de Boissy d'Anglas, afin de faire apparaître un exécutif vigoureux[7]. Lorsque éclate la querelle de la « perfectibilité », la *Décade philosophique et littéraire*, journal de l'idéologie, prend le parti du livre attaqué. Cabanis n'avait-il pas publié déjà en 1798 une « Lettre sur la perfectibilité de l'esprit humain » afin de défendre l'esprit de la philosophie des Lumières[8] ? Au fond de cette communauté de vue entre

6. Cit. *in* Sainte-Beuve, éd. cit., p. 1087.

7. Cf. Sainte-Beuve de nouveau : « Garat, Cabanis, Ginguené, Daunou, se réunissaient à dîner chez elle avec Benjamin Constant une fois par semaine ou plutôt par *décadi* (on disait encore ainsi) » (*ibid.*, « Pléiade », t. II, p. 1082). Voir aussi B. Munteano, *Les Idées politiques de Mme de Staël et la Constitution de l'an III*, Les Belles Lettres, 1931. Sur les relations entre Mme de Staël et les Idéologues (amitié et communauté d'idées puis rupture intellectuelle), voir le livre trop peu connu de G. E. Gwynne, *Madame de Staël et la Révolution française*, Nizet, 1969, notamment la troisième partie. Le livre contient d'excellentes analyses et commentaires de textes.

8. La lettre a d'abord été reproduite et attribuée à Cabanis par F. Picavet (*Les Idéologues*, Alcan, 1891, p. 590 et suiv.).

Germaine et le groupe d'Auteuil, il y a une continuation des idées de Turgot et de Condorcet sur les progrès indéfinis dont est susceptible l'espèce humaine.

Et pourtant c'est bien au congédiement de l'idéologie comme philosophie sensualiste et utilitariste que procède le livre *De l'Allemagne*, ce point faisant l'acccord des commentateurs. Au total, et comme l'indiquait la première citation de Sainte-Beuve, dans le tournant de 1801-1803 il s'opère une double rupture. D'une part avec Bonaparte – c'est-à-dire un certain état d'esprit que nous appellerons désormais l'esprit napoléonien[9] –, la rupture se creuse, *Delphine*, dédié à « la France silencieuse », étant considéré comme un « ouvrage antisocial » par le Premier Consul ; mais rupture aussi, sur le plan des idées (et non des relations personnelles), avec les Idéologues. Il ne s'agit d'ailleurs pas de deux questions totalement distinctes, car il existe certains liens entre l'esprit napoléonien et l'idéologie. Problème complexe, puisque d'un côté le jeune héros d'Arcole puis général de l'armée d'Égypte, fier de son titre de membre de l'Institut, a pris le pouvoir avec l'appui de ce goupe[10] ; mais très vite il a affirmé ne pouvoir s'entendre avec les propagateurs d'une « métaphysique ténébreuse », selon son expression. Sans que nous puissions retracer ici l'historique des relations d'alliance, de malentendu et de rivalité qui se sont établies entre le pouvoir et les intellectuels à ce moment[11], il convient de préciser ce qui, dans leurs idées, parut désormais erroné à Mme de Staël.

La déception devant la liberté absente : les Idéologues et Bonaparte aux yeux de Mme de Staël

La politique des Idéologues : une propension en fait autoritaire

Cette politique tend à l'organisation d'une élite du savoir qui, gérant l'État, les grandes institutions du patrimoine national et de l'administration, diffuserait les lumières, principalement à travers l'école. « De cette position d'intellectuels organiques, incarnant la raison raisonnable, ils

9. Rappelons que le Consulat à vie est proclamé par le sénatus-consulte du 2 août 1802 ; l'Empire le sera le 18 mai 1804.

10. Cf. par exemple Jules Simon : « Volney, Cabanis, Destutt de Tracy furent activement mêlés à la conspiration » (*Une Académie sous le Directoire*, Calmann-Lévy, 1885, p. 468). L'ouvrage de Simon reste utile pour la connaissance de cette seconde classe de l'Institut (sciences morales et politiques), dans laquelle Bonaparte a pris appui en même temps que dans la première (analyse des sensations et des idées).

11. On trouvera un bon résumé, teinté d'ironie, dans l'article « Idéologues » du *Dictionnaire Napoléon* (sous dir. J. Tulard, Fayard, 1987) par André Cabanis. Se reporter également à la somme de G. Gusdorf, *La Conscience révolutionnaire. Les Idéologues*, Payot, 1978, chap. III : « Les Idéologues face à Napoléon Bonaparte ».

dirigèrent et défendirent les écoles centrales, pièces maîtresses de leur dispositif de rationalisation de la société », ainsi que l'écrit Alain Le Guyader dans une synthèse brève mais suggestive [12]. Écoles centrales que Napoléon ne tarda pas à supprimer pour les remplacer par les lycées.

Cette politique se veut fondée sur une vision de l'homme, un soubassement philosophique ; dans la continuité d'Helvétius et de Condillac, la science de la formation de nos *idées* (l'origine du terme « idéologie » chez Destutt de Tracy) doit relier ces dernières à leur origine exclusive, qui est la sensation, les décomposer, les dénombrer, les classer. Dans cette optique, l'idéologie devient une théorie des *méthodes* : méthodes dans la façon de penser et méthodes dans la façon d'enseigner à penser. Garat affirme : « On a le droit de conclure qu'alors qu'on aura appris à tous comment ils pensent lorsqu'ils pensent bien, tous pourront porter leur pensée sur les objets qu'ils auront intérêt à connaître et toujours avec la même justesse et le même succès [13]. » Animée de cette foi dans le travail de décomposition des idées et du raisonnement, l'idéologie est, en même temps, un sensualisme déterministe et un intellectualisme moral. La morale consiste dans l'art de dégager les idées vraies portant sur notre *intérêt* bien compris. Comme l'écrivait Cabanis, « l'homme est naturellement disposé au bien, en ce sens qu'il n'y a que des idées fausses qui puissent l'en détourner ; il est de son intérêt évident de le suivre ; et les erreurs même des passions dépendent presque toujours de celles du jugement. Tout ce qui cultive le jugement, tout ce qui l'habitue à des examens continuels et réfléchis, tout ce qui lui fait prendre des notions justes de chaque chose, tend en même temps à rendre l'homme plus moral [14] ». Dans un acte de foi qui n'est pas sans rappeler la physiocratie, l'idéologie considère que rien ne peut se dérober à la lumière de l'évidence éclairant l'intérêt de chacun ; cet intérêt étant strictement déterminé par le milieu et l'éducation, il s'agit de choisir les méthodes d'éducation appropriées pour « rendre la justice nécessaire », comme disait déjà Hobbes, philosophe apprécié par Tracy.

Hobbes écrivait en effet : « Je le déclare, quelle que soit la cause *nécessaire* qui précède une action, si cette dernière est néanmoins inter-

---

12. « Les Idéologues », in *L'État de la France pendant la Révolution*, sous dir. M. Vovelle, La Découverte, 1988, p. 429. Parmi les synthèses récentes faisant suite aux travaux de fond de Picavet et de S. Moravia, voir *L'Institution de la raison. La Révolution culturelle des Idéologues*, sous dir. F. Azouvi, Éditions de l'EHESS, Vrin, 1992.

13. Cit. donnée par P. Macherey : « L'idéologie avant l'idéologie : l'École normale de l'an III », in *L'Institution de la raison*, *op. cit.*, p. 47.

14. « Opinion sur le projet d'organisation des écoles primaires », discours aux Cinq-Cents, *Œuvres philosophiques*, publ. par C. Lebec et J. Cazeneuve, PUF, 1956, t. II, p. 449, note 1. Sur l'échec de cette pédagogie laïque et de cette élite des compétences face aux tendances religieuses (ou déistes) de l'époque, voir M. S. Staum, « L'idéologie dans les écoles centrales », in *L'Institution de la raison*, p. 163 et suiv.

dite, celui qui l'accomplit volontairement peut à bon droit être puni. Supposons, par exemple, que la loi interdise le vol sous peine de mort, et qu'il y ait un homme qui, par la force de la tentation, soit poussé *nécessairement* à voler et qui là-dessus soit mis à mort : ce châtiment n'en dissuade-t-il pas d'autres de voler ? N'est-il pas cause que d'autres ne voleront pas ? Ne forme-t-il pas, ne façonne-t-il pas leur volonté à la justice ? Faire la loi c'est donc faire une cause de justice et rendre la justice nécessaire [15]. » Or c'est bien la même perspective d'un déterminisme fondamental des conduites que concevait Tracy en 1798 en répondant à la question posée par l'Institut : « Quels sont les moyens de développer la morale chez un peuple ? » En effet, il écrivait : « Ce serait un projet chimérique d'ôter aux hommes toute occasion de se nuire, il ne reste d'autres moyens que de leur en ôter le désir : puisque les lois ne peuvent être infaillibles, il faut, pour anéantir ce désir, agir sur toutes les manières individuelles, influer sur leurs inclinations : pour conduire la volonté, il ne s'agit que de diriger leur jugement en les endoctrinant. »

De même, dans *De l'esprit*, Helvétius avait expliqué que l'homme ne peut agir que par passion et intérêts, et que tout le problème politique est de fortifier les intérêts « utiles au public ». La *vertu* est une passion sociale dont le contenu change avec les sociétés, que le législateur valorise et oriente de façon à nous procurer un plaisir qui est utile à tous : « L'homme vertueux n'est donc point celui qui sacrifie ses plaisirs, ses habitudes et ses plus fortes passions à l'intérêt public, puisqu'un tel homme est impossible [16]. » Dans ces pages (qui irritèrent J.-J. Rousseau, puis Robespierre), la définition de l'homme vertueux devient : « Celui dont la plus forte passion est tellement conforme à l'intérêt général, qu'il est presque toujours nécessité à la vertu. » Tel est bien au fond le projet politico-moral qui court d'Helvétius aux Idéologues : « nécessiter » les citoyens à la vertu pour assurer l'ordre social. La liberté civile selon l'idéologie suppose donc le refus de la liberté métaphysique, la chimère du libre arbitre. « On ne peut attacher aucune idée nette à ce mot de *liberté* », avait écrit Helvétius (*De l'esprit*, éd. cit., p. 46), tandis que Tracy développe longuement dans ses *Éléments d'idéologie* l'identification de la liberté à la *puissance* individuelle : « La faculté de vouloir n'est qu'un mode de la faculté de sentir : c'est notre faculté de sentir modifiée de la manière qui la rend capable de jouir ou de souffrir et de

---

15. Hobbes, *De la liberté et de la nécessité*, publ. par F. Lessay, Vrin, 1993, p. 76. Comme le remarque F. Lessay, citant Bramhall : « Par son nécessitarisme absolu, Hobbes "ne laisse à la loi rien d'autre à faire que ce qui est déjà fait, ou bien ce qui est impossible à faire". »

16. *De l'esprit*, éd. Marabout, publ. par F. Châtelet, 1973, p. 298 (chap. XVI du Discours troisième : « À quelle cause on doit attribuer l'indifférence de certains peuples pour la vertu »).

réagir sur nos organes[17]. » Or la liberté est « la puissance d'exécuter sa volonté, d'agir conformément à son désir » (*ibid.*, p. 108). Cette satisfaction libre des désirs est elle-même commandée par les « impressions antérieures » qui se sont exercées sur la formation de nos désirs. Le but fixé à la société est donc « d'augmenter la puissance de chacun en faisant concourir celle des autres avec elle, et en les empêchant de se nuire réciproquement » (*ibid.*, p. 137).

Comme on le voit, la conception déterministe (et même matérialiste pour Tracy) qui anime le groupe rend problématique l'attribution qu'on leur a souvent donnée : être les fondateurs du libéralisme[18]. Ils sont en fait libéraux comme l'étaient les physiocrates[19] qui associaient au « despotisme de la raison » les lois « naturelles » du marché et la foi dans l'instruction ; cette filiation apparaît clairement chez Daunou dans l'*Essai sur les garanties individuelles*, de date plus tardive[20]. Dans le chapitre « De la liberté des opinions », Daunou explique que l'opinion ne jouit d'aucune liberté pour se constituer, soit que l'on considère la véritable opinion publique qui « caractérise les classes éclairées de la société » (p. 84) et qui ne peut se dérober à la lumière de l'évidence, soit que l'on parle de « ces opinions populaires qui dominent au sein des ténèbres ou bien au sein des troubles civils ». L'opinion éclairée et porteuse de vérité est tout autant régie par la nécessité que les opinions populaires, qu'il faut redouter parce qu'elles sont « les meilleures garanties du pouvoir arbitraire et du pouvoir usurpé ». Sous la catégorie générale de l'arbitraire, Daunou fait la critique conjointe de la Terreur et de Napoléon : emprisonné quatorze mois sous la Convention (il avait protesté contre le coup de force des 31 mai-2 juin), il a été contraint par Bonaparte à coucher dans la Constitution de l'an VIII des conceptions qu'il n'approuvait pas[21].

Il est vrai que, mûri par l'expérience, Daunou développe une conception libérale de la force de l'opinion contre l'oppression du pouvoir ; lorqu'on veut l'étouffer, observe-t-il, « elle n'a plus d'organe et se conserve silencieusement en dépôt dans les esprits sages, dans les

17. *Traité de la volonté et de ses effets*, éd. Veuve Courcier, 1815, p. 68. Il s'agit de la quatrième et cinquième partie des *Éléments d'idéologie*. L'ouvrage a été réédité chez Fayard (« Corpus des œuvres de philosophie en langue française », 1994).

18. Claude Nicolet a rappelé l'attention sur les Idéologues, considérés comme fondateurs de l'esprit de la IIIe République. Nous ne partageons pas le point de vue selon lequel cette école ferait droit fondamentalement à « la liberté du sujet » (*L'Idée républicaine en France*, Gallimard, 1982, p. 127), car c'est la notion même de *sujet* qui nous semble faire problème. Voir notre troisième partie : « Les philosophes et le libéralisme ».

19. Voir également notre troisième partie, sur les philosophes.

20. Paris, Foulon, 1818. Nous citons d'après l'édition de 1819.

21. Voir la remarquable étude de Jean Bourdon, *La Constitution de l'an VIII*, thèse, Rodez, Carrière édit., 1941.

consciences pures[22]. [...] Avec de l'habileté et de l'audace, on gouverne des opinions populaires, mais l'un des caractères essentiels de l'opinion publique est de se soustraire à toute direction impérieuse ; elle est ingouvernable. On la peut comprimer, étouffer, anéantir peut-être : on ne saurait la régir. Vainement le pouvoir se consume à la former telle qu'il la veut, à la modifier au gré des intérêts et des besoins qu'il donne. Le besoin, l'intérêt qu'il a réellement est de la bien connaître toujours » (p. 86 et 87).

Néanmoins, cet éloge de l'opinion – que l'on retrouve à la même date chez Constant[23] – découle du postulat déterministe : si l'évidence est irrésistible, si les esprits éclairés ne peuvent qu'assentir à la vérité, le pouvoir politique sera encore moins à même de freiner cette force.

Au vu de cette conception, dont Mme de Staël finira par se détacher dans le temps même où elle cherche des armes contre le despotisme, on peut penser que l'option des Idéologues en faveur de Bonaparte était bien plus que d'opportunité politique (sauver une République sans cesse affaiblie par les « coups » portés à droite et à gauche et par les violations de la légalité[24]). Car, à en juger par le discours-fleuve prononcé par Cabanis aux Cinq-Cents (le 25 frimaire an VIII), l'approbation de l'*autoritarisme* pouvait aller loin ; un autoritarisme qui prenait sous sa protection ce que Cabanis appelle la liberté.

Selon une problématique de nouveau hobbesienne, Cabanis explique qu'il faut rendre le peuple « libre mais calme » : « Dans le *véritable* système représentatif, tout se fait au nom du peuple et pour le peuple, rien ne se fait directement par lui : il est la source sacrée de tous les pouvoirs, mais il n'en exerce aucun[25]. » Pour l'orateur, la nouvelle

---

22. Il y a peut-être là un écho de cette volonté générale selon Rousseau, dont les passions peuvent recouvrir la voix mais qui reste latente et indestructible.

23. Pour Constant, le pouvoir est un effet de l'opinion et non sa cause : « C'est aux opinions seules que l'empire du monde a été donné. Ce sont les opinions qui créent la force en créant des sentiments ou des passions ou des enthousiasmes. Elles se forment et s'élaborent dans le silence ; elles se rencontrent et s'électrisent par le commerce des individus. Ainsi, soutenues, complétées l'une par l'autre, elles se précipitent bientôt avec une impétuosité irrésistible. Jamais une idée vraie mise en circulation n'en a été retirée ; jamais une révolution fondée sur une idée vraie n'a manqué d'en établir l'empire, à moins que l'idée ne fût incomplète ». *In* Constant, publ. par M. Gauchet, *De la liberté chez les modernes*, Hachette, « Pluriel », 1980, p. 604. L'opuscule *Du gouvernement actuel* (publ. par Philippe Raynaud, Garnier-Flammarion, 1988, p. 78) remplaçait « opinions » par « idées ».

24. Il semble que Daunou ait annoncé le coup d'État : cf. l'analyse de l'article anonyme paru dans la *Décade* (10 brumaire an VIII) par Paolo Colombo, *Governo e costituzione*, Giuffrè, Milan 1993 (notamment p. 456). Cette attribution est cependant contestée : par exemple, Marc Régaldo donne Amaury Duval comme auteur.

25. « Quelques considérations sur l'organisation sociale en général et particulièrement sur la nouvelle Constitution », *Œuvres philosophiques*, éd. cit., t. II, p. 481. Sur la critique exercée par Benjamin Constant contre ce texte, voir les *Principes de politique* (chap. v) et *infra*, nos développements sur Constant.

Constitution présente l'avantage de concilier la démocratie avec son épuration nécessaire, apportée par la représentation ; de même que dans le *Léviathan*, celui qui porte la « personne de la multitude » est autorisé à commander sans contrepartie, Cabanis décrit avec lyrisme la nouvelle entité politique : « Voilà, dis-je, la démocratie purgée de tous ses inconvénients. Il n'y a plus ici de populace à remuer au forum ou dans les clubs [...]. Tout se fait pour le peuple et au nom du peuple ; rien ne se fait ni par lui ni sous sa dictée irréfléchie ; et, tandis que sa force colossale anime toutes les parties de l'organisation publique[26], tandis que sa souveraineté, source véritable, source unique de tous les pouvoirs, imprime à leurs différents actes un caractère solennel et sacré, il vit tranquille sous la protection des lois. »

Cet idéal de vie tranquille sous tutelle va susciter plus tard la critique de Tocqueville : les Français ont privilégié l'égalité passive sur la liberté ; Napoléon a lui-même énoncé cette préférence, concédant ensuite, aux Cent-Jours, qu'il n'avait pas eu le temps de donner la liberté politique, ce que répétera encore son neveu : la liberté n'est que « le couronnement de l'édifice », ce qui vient en dernier[27]. Au moment de Brumaire, celui qui est encore Bonaparte entend assurer une forme précise de liberté : la liberté de jouir de ses propriétés sans être inquiété, point capital du fait de l'immense transfert que constitue la vente des biens nationaux[28], la liberté de pratiquer sa religion, la liberté de vivre sans la hantise des proscriptions, émeutes, coups d'État. C'est ce type de liberté-protection qu'évoque Cabanis qui termine ainsi le passage où il évoque le peuple de frimaire an VIII : « Ses facultés se développent, son industrie s'exerce et s'étend sans obstacles ; il jouit, en un mot, des doux fruits d'une véritable liberté, garantie par un gouvernement assez fort pour être toujours protecteur » (*loc. cit.*, p. 475). La véritable liberté n'est pas celle où le peuple veut prendre lui-même ses affaires en main, où il fait les lois, où il administre et où il juge : cela convenait aux « démocraties anarchiques de l'Antiquité » ; il faut que le peuple se borne à proposer des listes d'éligibles (les « listes de confiance » conçues par Sieyès) et

---

26. Pour cette vision du peuple-colosse, qui chemine de l'absolutisme aux Jacobins, nous renvoyons à notre commentaire dans *Le Discours jacobin et la démocratie* (Fayard, 1989, pp. 336-357) et dans *Échec au libéralisme* (Kimé, 1990, p. 86, note 26) : le 10 août 1793, notamment, le président de la Convention s'adresse à la statue colossale figurant, sous la forme d'Hercule, le Peuple français.

27. Aux Cent-Jours, Napoléon déclare à Constant : « La nation s'est reposée douze ans de toute agitation politique » : c'est la « vie tranquille » de Cabanis. Et il ajoute : « Le goût des constitutions, des débats, des harangues paraît revenu [...]. Voyez donc ce qui vous semble possible ; apportez-moi vos idées. Des discussions publiques, des élections libres, des ministres responsables, la liberté de la presse, je veux tout cela » (*in* B. Constant, *Mémoires sur les Cent-Jours*, publ. par O. Pozzo di Borgo, éd. Pauvert, 1961, pp. 133-135).

28. Voir l'analyse de Brumaire par F. Furet, in *La Révolution. 1770-1880*, Hachette, 1988, pp. 218-219.

que l'autorité existante puise parmi ces propositions : « Les choix doivent partir non d'en bas, où ils se font toujours nécessairement mal, mais d'en haut où ils se feront nécessairement bien [29]. » C'est, poursuit Cabanis, « la bonne démocratie », car « l'égalité la plus parfaite règne entre tous les citoyens ; chacun peut se trouver inscrit sur les listes de confiance et y rester en passant à travers toutes les réductions ; il suffit qu'il obtienne les suffrages ». Telle est la démocratie « purgée de tous ses inconvénients ».

La « démocratie purgée » est un rêve persistant qui ne va cesser de hanter les élites françaises (y compris chez Mme de Staël en l'an III) et au moins jusqu'à la fondation de la IIIe République en 1875 ; elle reformulait, à travers le concours que Cabanis, Roederer, Sieyès, Daunou, Tracy, Say, Volney apportaient à Bonaparte, l'espérance déçue que les constituants avaient placée dans le suffrage censitaire de 1791 – lequel était quasi universel à la base, fortement sélectif aux assemblées de second degré. Précisément, le « cercle d'Auteuil », comme on désigne parfois les Idéologues se réunissant chez Mme Helvétius, avait siégé, dans sa quasi-totalité, sur les bancs de la Constituante. En Brumaire, les Idéologues sont fortement représentés dans les deux commissions intermédiaires (ou « sections ») chargées de rédiger le projet de constitution, surtout celle des Cinq-Cents : on relève les noms de Daunou, Chénier, Cabanis, Lucien Bonaparte, travaillant aux côtés de Boulay (de la Meurthe), Chazal, Chénier, Chabaud (du Gard). Dans la commission des Anciens, il faut noter Garat (en compagnie de Laussat, Lemercier, Lenoir-Laroche et Regnier).

La duperie de Brumaire

Il ne faut jamais oublier qu'à beaucoup de républicains sincères le coup d'État de Brumaire apparut comme le moyen de sauver la République – et c'est à tort que, par la suite, on a lu cet événement à la lumière du 2 Décembre – ainsi qu'en témoigna par exemple La Fayette (lettre qu'il écrivit au moment du Consulat à vie) ou Carnot (retour de Louis XVIII). Le jeune général de la campagne d'Italie, le vainqueur d'Arcole (novembre 1796), avait déjà dans le passé sauvé la République, le 13 Vendémiaire ; après le traité de Campo-Formio, il avait eu soin d'apparaître comme l'ami des Lumières, une sorte de philosophe à la tête des armées : « Les vraies conquêtes, déclara-t-il, les seules qui ne donnent aucun regret sont celles que l'on fait sur l'ignorance. [...] La vraie puissance de la République française doit consister désormais à ne pas permettre qu'il existe une seule idée nouvelle qui ne lui appar-

29. C'est une idée commune à ce moment à Sieyès, Roederer et Cabanis. Voir « Du gouvernement représentatif » par Roederer (17 frimaire an VIII), repr. *in* L. Jaume, *Échec au libéralisme*, pp. 106-110, et notre commentaire (chap. III).

tienne[30]. » Rentré d'Égypte où il avait emmené les savants les plus éminents, le nouveau Washington recevait chez lui « tous les grands personnages du gouvernement, de l'armée, de l'Institut[31] ». Si l'on veut comprendre l'esprit qui animait les amis de la liberté à ce moment, il faut relire ce qu'écrivait Rémusat en 1818, alors qu'il était devenu de bon ton de blâmer le « despote » relégué à Sainte-Hélène : « Où donc Bonaparte aurait-il trouvé de la résistance ? [...] Il apparaissait comme un sauveur, dans tout l'éclat de la jeunesse et du talent. Son origine rassurait l'égalité ; la liberté se rappelait les républiques fondées par ses victoires [en Italie]. Il promettait ensemble le repos et la force : quelle séduction toute-puissante sur un peuple désuni et découragé ! Hors quelques esprits qu'un instinct prophétique avertissait, quel Français a vu avec inquiétude le vainqueur de l'étranger recevoir la pourpre consulaire[32] ? »

Comme la plupart des esprits de son temps, Mme de Staël était pleine d'admiration pour celui qu'elle saluait dans les *Circonstances* du titre d'étoile montante très prometteuse. Peut-être est-il vrai cependant que, comme l'indique le comte d'Haussonville, elle éprouvât une fascination mêlée d'inquiétude devant le jeune Bonaparte[33], que l'on allait commencer d'appeler « le héros ». En tout cas, elle accourt à Paris le soir du 18 brumaire et elle a certainement le projet d'influencer le général en faveur de qui Cabanis, à ce qui reste des Cinq-Cents, fait voter le Consulat ; elle pense que Sieyès aux côtés de l'homme providentiel est une garantie pour un texte constitutionnel qui saura, à la différence de celui de l'an III, concilier la liberté avec la force du pouvoir exécutif. Elle déchantera vite, ce dont on peut juger à travers sa correspondance, du moins autant qu'elle peut s'y exprimer avec quelque liberté – notamment lorsqu'elle écrit à Dupont de Nemours qui vit en Amérique[34]. Il semble par ailleurs que Necker a détruit les lettres de sa fille dans cette période, dont on ne peut juger qu'à travers les réponses qu'il donne (éd. d'Haus-

30. F. Picavet, *Les Idéologues*, éd. cit., p. 221.

31. Sainte-Beuve, « Roederer », *Causeries du Lundi*, Garnier, s. d., t. VIII, p. 361.

32. « La Révolution française », étude reproduite *in* Rémusat, *Passé et présent (Critiques et études littéraires)*, nouvelle éd., Didier, 1859, t. I, p. 102.

33. Cf. le passage de *Jean de Witt, tragédie en cinq actes et en vers* reproduit par d'Haussonville (*Madame de Staël et M. Necker d'après leur correspondance inédite*, Calmann-Lévy, 1925, p. 81) : « Ce calme inaltérable, au sein de la jeunesse, Loin de me rassurer, me remplit de terreur. Son intérêt déjà seul commande à son cœur : On ne voit rien en lui qui soit involontaire », etc. Au moment où cette pièce est écrite (1797), Bonaparte a vingt-huit ans. Selon *Dix Années d'exil*, dans la première version du texte : « Pendant le séjour que Bonaparte fit à Paris avant d'aller en Égypte, je le recontrai plusieurs fois dans diverses sociétés, et jamais l'impression de malaise qu'il m'avait fait éprouver ne se dissipa » (éd. critique par S. Balayé et M. V. Bonifacio, Fayard 1996, p. 320). On doit prendre avec précaution ces reconstructions de la mémoire ; aussi nous nous limiterons à la correspondance de Mme de Staël pour ce qui concerne Brumaire.

34. Mme de Staël, *Correspondance générale*, publ. par B. Jasinski, t. IV-1 (« Du Directoire au Consulat »), Pauvert, 1976.

sonville citée). L'observateur de Coppet la met en garde d'entrée de jeu, et à plusieurs reprises par la suite, contre l'enthousiasme des brumairiens, auquel elle semble participer : « Tu me peins avec des couleurs animées la joie de Paris et la part que tu prends à la gloire et au pouvoir de ton héros » (25 brumaire, éd. d'Haussonville, p. 101). Trois jours après, le projet de Sieyès commençant à être connu, Necker y critique l'apparition d'un pouvoir trop personnalisé pour être républicain[35] : « Voilà donc [avec le projet Sieyès] un changement de scène absolu. Il y aura un simulacre de République, et l'autorité sera toute dans la main du général » (*ibid.*, pp. 102-103). À la différence d'un nouveau Washington, on construit l'édifice autour de quelqu'un qui risque de ne pas être remplaçable (*ibid.*, p. 105).

Quant à Mme de Staël elle-même, si elle a peut-être d'abord approuvé le texte définitif[36], elle exprime ses réserves à Dupont de Nemours au printemps 1800 : la Constitution ne conviendra pas à son correspondant, parce qu'il conserve « son fidèle amour pour la liberté » ; elle ajoute que tout dépendra en France de la guerre, des retentissements qu'elle aura sur la politique intérieure. Enfin, elle relève la servilité des élites du moment : « Les courtisans de Bonaparte sont plus irritables que lui-même, car il convient dans un pays bien gouverné, et ce n'est pas de gouvernement que nous manquons[37]. » Il apparaît donc que, dès ce moment, elle dissocie le « héros », l'« homme unique », auquel, tout comme Necker et comme bien d'autres, elle va garder son admiration, qui culmine au moment de Marengo (juin 1800), et le législateur-gouvernant qui n'a aucune estime pour la liberté. Dans le texte – certes bien plus tardif – des *Considérations sur la Révolution française*, elle résumera en une phrase le mécanisme voulu par ce législateur : « Bonaparte se faisait dire sa volonté sur divers tons, tantôt par la voix sage du Sénat, tantôt par les cris commandés des tribuns, tantôt par le scrutin silencieux du Corps législatif ; et ce chœur à trois parties était censé l'organe de la nation, quoiqu'un même maître en fût le coryphée[38]. »

Mme de Staël analyse donc la machinerie vantée par Cabanis – où

35. Ce qui a toute sa valeur chez quelqu'un qui n'a cessé d'étudier de façon comparative les tentatives françaises et notamment par rapport à ce qui s'était fait aux États-Unis : voir principalement *Du pouvoir exécutif dans les grands États*, paru en 1792, et *De la Révolution française*, 1796.

36. Dans la mesure où Necker s'exclame le 27 frimaire : « Voilà bien du bric-broc, et tout est dédié, dans un ouvrage des siècles, à une seule personne que ses hauts talents n'empêchent pas d'être mortelle. Et vous êtes tous dans l'enchantement ! » (éd. d'Haussonville, p. 110). Mais il se peut que Mme de Staël ait rédigé un texte à ce moment (entre le 1er et le 12 décembre 1799), où elle s'élève contre le monopole de l'initiative des lois confié à l'exécutif : texte repr. par L. Omacini, « Fragments politiques inédits de Madame de Staël », *Cahiers staëliens*, n° 42, 1990-1991 (voir pp. 66-69).

37. *Correspondance générale*, IV-1, p. 271.

38. *Considérations sur la Révolution française*, publ. par J. Godechot, Tallandier, 1983, p. 364. Voir également l'analyse faite par Necker dans ses *Dernières Vues de*

tout se fait pour le peuple mais sans lui – comme un moyen d'assurer l'ordre en bas, combiné avec un système de sinécures en haut : sa lettre à Samuel de Constant du 8 juin 1800 fait entendre la critique de façon voilée puisque le cabinet noir veille : « Ce sont des rentiers à quinze mille livres de rente [39], les sénateurs à vingt-cinq, les législateurs à dix ; et le vrai tribun, le vrai sénateur, le vrai législateur, c'est Bonaparte. Le pays s'en trouve beaucoup mieux. N'est-ce pas alors le cas d'oublier les principes ? C'est ce que l'on fait assez généralement [40]. » La même critique est répétée, cettte fois en toute clarté, à Dupont de Nemours, le 28 juin 1801 : « Il n'y a qu'un homme en France [...]. On aperçoit un brouillard qu'on appelle la nation, mais on n'y distingue rien. Lui seul est sur le devant du tableau [41]. »

Avec Marengo, comme il a été signalé plus haut, Necker et sa fille ne peuvent se cacher l'admiration qu'ils éprouvent pour le « héros ». Germaine de Staël s'en ouvre à de Gérando : « J'ai cédé à l'enthousiasme moi-même, que la flatterie éloignait de l'admiration. Les *gouvernementalistes* seront bien contents de moi cet hiver, du moins ceux qui veulent la louange sans la bassesse [42]. » Elle apprécie, comme son père, le geste de pacification qu'accomplit Bonaparte en faisant rentrer les proscrits d'esprit modéré : les libéraux de 89, les constitutionnels de 91-92, les fructidorisés de 1797 [43]. Elle espère que son père pourra rentrer dans ses fonds, car il a prêté 2 millions de francs au Trésor lorsqu'il était au gouvernement, sous Louis XVI. En même temps, elle se rend parfaitement compte qu'après l'épuration qu'il a pratiquée dans le Tribunat, le Premier Consul n'admettra plus la liberté de l'esprit critique, ce qu'elle exprime encore à Dupont de Nemours : « Je suis convaincue que Bonaparte aime les lumières, mais quelques personnes se persuadent que c'est

politique et de finance (1802) et commentée par Mme de Staël (pp. 378-384 des *Considérations*), avec notamment la dénonciation de l'article 75 de la Constitution de l'an VIII, sur la « garantie des fonctionnaires » – point de départ d'une lancinante revendication libérale dans le siècle.

39. Il s'agit des tribuns, dont Benjamin Constant : elle l'a poussé au Tribunat, avec l'aide de Sieyès, mais il regimbe dès le fameux discours du 15 nivôse (5 janvier 1800), où il dénonce les conditions faites à cet organe qui ne peut trouver le temps d'examiner les projets de loi. La rupture avec Bonaparte et Roederer commence à ce moment. Dans ses *Dix Années d'exil* (première partie, chap. II, ou, dans l'édition Fayard, p. 85), Mme de Staël a raconté comment l'acte d'indépendance de Constant vida le soir même son salon où elle organisait une réception.

40. *C. G.*, IV-1, p. 283.

41. Reproduit par S. Balayé, *Madame de Staël, lumières et liberté*, Klincksieck, 1979, p. 79. L'auteur résume de façon synthétique l'évolution suivie par Mme de Staël dans cette période. Reste également utile l'ouvrage publié par Paul Gautier en 1903 (*Madame de Staël et Napoléon*, Plon), même s'il ne tient pas assez compte de la correspondance avec Necker que lui avait communiquée d'Haussonville. Voir notamment les chap. III et IV.

42. *C. G.*, IV-1, p. 289, 4 juillet 1800.

43. Cf. l'importante lettre à Dupont de Nemours du 6 août 1800 : *C. G.*, IV-1, p. 300.

lui faire sa cour que de ne louer dans le monde que le pouvoir, et d'écarter ceux qui ont l'habitude de l'analyser. » La périphrase est suffisamment transparente. Au reste, poursuit-elle, il faut attendre le retour définitif à la paix, qui conduira sans doute le pouvoir à lâcher du lest et à modifier la Constitution ; pour le moment, « c'est une dictature glorieuse par les armes, à côté de laquelle rien n'existe et rien ne paraît ». C'est dans cette espérance que Necker, infatigable théoricien du gouvernement constitutionnel, rédige ses *Dernières Vues de politique et de finance* où, appelant Bonaparte « l'homme nécessaire », il lui donne diverses suggestions pour réformer la « République une et indivisible » dans le sens de la liberté. Ami de toujours du pouvoir monarchique, âgé, revenu de bien des déceptions, Necker a le sentiment, en l'occurrence, de faire un énorme effort sur lui-même[44]. Le geste était assez naïf et révèle combien le groupe de Coppet ne pouvait se faire à l'idée que la Révolution de 1789 déboucherait sur une monocratie despotique.

Le consul Lebrun, répondant avec morgue à l'auteur du livre, lui signifie qu'il a encore aggravé son cas aux yeux de Bonaparte, d'autant plus que ce dernier était persuadé que les *Dernières Vues* étaient aussi pour une part l'œuvre de Germaine – cette femme qu'il considère désormais comme redoutable – : « Si vous aviez des vérités utiles à révéler, il était dans les convenances que vous commençassiez par lui, et vous ne deviez les livrer au public, si tant est pourtant que vous le dussiez, que quand l'homme que vous appelez *nécessaire* les aurait méconnues et repoussées[45]. » La réponse est jolie, comme on voit, du moins Necker pourrait-il se dire, vivant aujourd'hui, que les hommes politiques de ce temps-là lisaient les réflexions d'intellectuels solitaires et laborieux ! De fait, Napoléon Bonaparte lisait beaucoup et n'hésita pas, quand il fallait répondre à quelqu'un, à prendre lui-même la plume dans les journaux qu'il avait domestiqués[46].

Nous arrêterons là l'examen des réactions induites chez Mme de Staël par le choc de Brumaire : ces précisions étaient indispensables puisqu'elle a été beaucoup attaquée et même vilipendée. En tant que femme

44. Voir l'excellent livre d'Henri Grange, *Les Idées de Necker*, Klincksieck, 1974. Necker mourra deux ans après.

45. Comte d'Haussonville, éd. cit., p. 240. À Sainte-Hélène, Napoléon en riait encore (entretien du 13 août 1816 avec Las Cases : *Le Mémorial de Sainte-Hélène*, publ. par M. Dunan, Garnier-Flammarion, 1983, t. II, p.188). On ne sait s'il faut admirer le courage ou la naïveté de Necker, qui écrivait dans les *Dernières Vues* : « Changez le titre de la Constitution de l'an huit ; mettez en place : conditions d'une dictature pour tant d'années, vous n'y trouverez rien à redire ; mais, sous le nom de constitution républicaine, tout y manque » (cit. par É. Hofmann, « Necker, Constant et la question constitutionnelle, 1800-1802 », *Cahiers staëliens*, n° 36, 1985, p. 75).

46. Cf. notre chapitre sur la presse.

se mêlant de politique, en tant qu'« étrangère » (pourtant née sur le sol français), en tant que médiatrice entre des milieux brillants mais divisés, elle a dû affronter nombre d'attaques, en termes parfois des plus grossiers, depuis le Directoire[47]. Surtout, on ne peut comprendre sans avoir cette période présente à l'esprit la portée réelle de *De l'Allemagne* huit ans plus tard : les épreuves qui vont s'accumuler (avec l'interdiction répétée de regagner Paris) lui permettront de formuler non seulement la leçon du conflit avec Napoléon mais les fondements d'un esprit libéral nouveau. Ce pourquoi l'on peut véritablement parler d'une pensée « en travail ».

Il reste cependant à dire quelques mots sur l'attitude de Constant devant Brumaire, puisque, pour lui aussi, la matrice du Consulat et de l'Empire va devenir une puissante incitation à la réflexion. Comme on le sait, sa conduite entre Sieyès et Bonaparte reste très discutée. Il semble que sa méfiance soit d'emblée mise en éveil, si l'on suit l'analyse de François Furet qui s'appuie sur une lettre à Sieyès, récemment retrouvée, du matin du 19 brumaire : « Citoyen Directeur, après le premier sentiment de joie que m'a inspiré la nouvelle de notre délivrance, d'autres réflexions se sont présentées à moi, peut-être y attaché-je trop d'importance, mais je vous conjure de les lire : je crois le moment décisif pour la liberté. [...] Ses proclamations où il ne parle que de lui, où il dit que son retour a fait espérer qu'il mettrait un terme aux maux de la France, m'ont convaincu plus que jamais que, dans tout ce qu'il fait, il ne voit que son élévation[48]. »

Plus clairement que chez Mme de Staël, l'ambition semble commander l'attitude de Benjamin Constant qui, ne se faisant aucune illusion sur le sens dans lequel penchait Bonaparte, va travailler à se faire une position dans le Tribunat (d'où il est chassé en 1802), tout en y développant une attitude de frein et de vigile face au Pouvoir qui sera ensuite, à travers l'élaboration théorique, la contrepartie de sa théorie des institutions. Là aussi, et à son corps défendant, Bonaparte remplit une fonction d'accoucheur. *Felix culpa*, dirait-on en théologie.

LA RATIONALISATION DE LA RUPTURE : *DE L'ALLEMAGNE*

Lorsque Savary, duc de Rovigo, fait saisir les premiers exemplaires de l'ouvrage de Mme de Staël, il lui écrit : « Votre exil est une consé-

47. Lorsqu'elle essayait d'influer sur la rédaction de la Constitution de l'an III, Legendre, à la tribune de la Convention, avait mis en garde contre les « sirènes enchanteresses » qui représentaient les émigrés dans la République. Il y eut des termes plus violents.

48. Cit. *in* F. Furet, *La Révolution. 1770-1880*, éd. cit., p. 217. Voir aussi la notice sur Constant par Étienne Hofmann, dans le *Dictionnaire Napoléon* et N. King, É. Hofmann, « Les lettres de Benjamin Constant à Sieyès », *Annales Benjamin Constant*, n° 3, 1983.

quence naturelle de la marche que vous suivez constamment depuis plusieurs années. Il m'a paru que l'air de ce pays-ci ne vous convenait point, et nous n'en sommes pas encore réduits à chercher des modèles dans les peuples que vous admirez. Votre ouvrage n'est point français. »

Ce qui signifiait de la part du ministre de la Police : votre livre est incompatible avec le contrat que le pouvoir a passé avec le peuple français. Ce contrat reposait sur un certain nombre de principes ou de présupposés dans l'ordre *moral*, dont la fille de Necker pense qu'il faut se débarrasser pour concevoir d'abord la liberté, et pour la faire respecter ensuite. Dans cette perspective, qui doit être celle d'une « lecture politique de *De l'Allemagne* » – selon l'expression de Simone Balayé[49] –, les passages essentiels se trouvent dans la troisième partie de l'ouvrage : le chapitre 12 (« De la morale fondée sur l'intérêt personnel »), que l'on pourrait intituler en fait « Morale des Idéologues », et le chapitre 13 (« De la morale fondée sur l'intérêt national ») qui pourrait s'appeler « Morale napoléonienne[50] ». L'argumentation développée dans chacun des chapitres renvoie à l'autre, on doit donc les considérer de façon comparative plutôt que séparément.

La critique de l'utilitarisme

La question de la morale établie sur l'intérêt personnel telle que la traite l'auteur mérite l'attention car elle va faire date ; non seulement elle fonde la critique envers le milieu de l'idéologie qui fut le sien, mais elle ferme désormais en France une voie qui sera très importante au sein du libéralisme *anglais* et de ce que l'on appelle le radicalisme : l'utilitarisme comme pensée et pratique de l'harmonisation des intérêts[51]. Est d'ailleurs significative, ou prémonitoire, la note critique sur Bentham et Dumont placée à la fin du chapitre 12 par Mme de Staël. Tocqueville fera ensuite observer combien les Français, parce que allergiques à l'utilitarisme, paraissent démunis de moyens pour développer l'esprit d'asso-

49. Cf. S. Balayé, « Pour une lecture politique de *De l'Allemagne* », dans son ouvrage déjà cité : *Madame de Staël : écrire, lutter, vivre*.

50. Nous citons d'après l'édition courante due à S. Balayé, Garnier-Flammarion, 1968. Les chapitres en question se trouvent au tome II. La confrontation avec les manuscrits de Mme de Staël serait intéressante pour certaines variantes, nous ne pouvons la mener ici ; voir l'édition critique par la comtesse Jean de Pange et S. Balayé, Hachette, 1958-1960, 5 vol.

51. L'ouvrage de référence reste l'étude d'Élie Halévy, *La Formation du radicalisme philosophique*, qui fait maintenant l'objet d'une redécouverte (réédition aux PUF, 1996). Voir la mise en perspective comparatiste donnée par P. Manent : « La Révolution française et le libéralisme français et anglais », *in* F. Furet dir., *L'Héritage de la Révolution française*, Hachette, 1989, et également l'étude de P. Rosanvallon : « L'utilitarisme français et les ambiguïtés de la culture politique prérévolutionnaire », in *The French Revolution and the creation of modern political culture*, t. I, K. Baker dir., Oxford, Pergamon Press, 1987.

ciation : il s'agit du chapitre classique « Comment les Américains combattent l'individualisme par la doctrine de l'intérêt bien entendu ».

On a vu que chez Helvétius puis chez les Idéologues l'utilitarisme conscient appelle un procès intellectualiste de *réflexion* sur l'intérêt, donnée supposée objective et qui ne demanderait qu'à être analysée. *De l'Allemagne* critique la légitimité même de cette démarche : « Si la morale n'est qu'un bon calcul, celui qui peut y manquer ne doit être accusé que d'avoir l'esprit faux. L'on ne saurait éprouver le noble sentiment de l'estime pour quelqu'un parce qu'il calcule bien, ni la vigueur du mépris contre un autre parce qu'il calcule mal. [...] Aussi les philosophes de cette école se servent-ils plus souvent du mot de faute que de celui de crime ; car, d'après leur manière de voir, il n'y a dans la conduite de la vie que des combinaisons habiles ou maladroites » (p. 182). Si le méchant n'est qu'un sot et l'homme de bien un habile calculateur, on légitime le « but principal de tous les hommes corrompus qui veulent mettre de niveau le juste avec l'injuste ».

Non seulement s'exprime ici le refus de réduire la morale aux « impératifs de l'habileté » (pour reprendre un concept de Kant), mais on peut penser que Mme de Staël exprime aussi son scepticisme sur l'instruction comme moyen *politique direct* de réformer la société, ce qui était le grand acte de foi des Idéologues ; cette conséquence n'est pas abordée dans le chapitre, mais elle s'en déduit, d'autant plus que Mme de Staël exprimera une autocritique sur l'illusion intellectualiste qui fut la sienne, du temps de sa collaboration avec Talleyrand et de ce qu'elle écrivit sous le Directoire. Elle confessera : « Dans toutes les circonstances de ma vie, les erreurs que j'ai commises en politique sont venues de l'idée que les hommes étaient toujours remuables par la vérité, si elle leur était présentée avec force[52]. » Pour ses amis Idéologues, la force de l'intérêt étant spontanément présente, il suffisait de la systématiser.

Dans ce chapitre, l'accent est mis sur la notion de *devoir*, réélaborée par l'auteur sur la base des lectures qu'elle a faites et des échanges qu'elle a eus à propos de la philosophie allemande, et notamment de Kant. Elle rencontre inévitablement le problème, que Max Weber a rendu célèbre, du conflit entre l'éthique de conviction et l'éthique de responsabilité. D'un côté, Mme de Staël ne veut pas admettre que l'homme politique puisse se forger une morale spécifique qui justifierait tous les accommodements : « Tous les principes vrais sont absolus : si deux et deux ne font pas quatre, les plus profonds calculs de l'algèbre sont absurdes ; s'il y a dans la théorie un seul cas où l'homme doive manquer

52. Cf. dans les *Circonstances*, en 1799 : « Le dernier degré de la perfectibilité de l'esprit humain, c'est l'application du calcul à toutes les branches du système moral » (éd. Droz, pp. 26-27, et aussi p. 31). La rupture avec l'esprit de Condorcet (évidemment évoqué ici) ne se poursuit pas chez Constant, qui reste beaucoup plus attaché à l'école de Locke et de Condorcet, à travers la notion de « perfectibilité » (cf. *infra*).

à son devoir, toutes les maximes philosophiques et religieuses sont renversées, et ce qui reste n'est plus que de la prudence ou de l'hypocrisie » (chap. 13, p. 190).

Pourtant, dans le chapitre précédent, elle a fait une concession, admettant que l'on prenne en compte les conséquences de l'action, pourvu que ce ne soit pas le calcul des conséquences qui soit la règle déterminante de l'action : « La conduite d'un homme n'est vraiment morale que quand il ne compte jamais pour rien les suites heureuses ou malheureuses de ses actions, lorsque ces actions sont dictées par le devoir » (p. 183). Ce qu'il s'agit de montrer, c'est que seule la dimension fondatrice de la liberté, et donc du désintéressement de l'agent, donne le critère de l'action justifiée ; la prise en compte des conséquences ne doit venir qu'en second lieu. La prudence est à considérer, mais elle « est à la vertu comme le bon sens au génie : tout ce qui est vraiment beau est inspiré, tout ce qui est désintéressé est religieux ».

Il reste que la conciliation est plus postulée qu'établie. Mme de Staël est meilleure pédagogue que philosophe : elle veut convaincre de la nécessité d'enseigner au citoyen le « beau moral » ou, comme elle dit encore, l'« enthousiasme ». Lectrice de Rousseau depuis sa jeunesse, elle réagit contre l'esprit dominant de la philosophie du XVIIIe siècle : « Le calcul est l'ouvrier du génie, le serviteur de l'âme, mais s'il devient le maître, il n'y a plus rien de grand ni de noble dans l'homme. [...] C'est un bon moyen d'exécution, mais il faut que la source de la volonté soit d'une nature plus élevée, et qu'on ait en soi-même un sentiment intérieur qui nous force aux sacrifices de nos intérêts personnels. »

C'est ce sentiment intérieur qui fait la moralité et l'indépendance de l'âme, souvenir et transposition du *respect* chez Kant : on sait que, chez ce dernier, le respect ayant le devoir pour cause et le devoir pour objet humilie la sensibilité dans l'homme (la préférence pour l'intérêt personnel), mais lui fait découvrir sa liberté intérieure, sa capacité d'agir en fonction de l'universel. Et cette découverte peut motiver le sens d'un beau moral, plus élevé, qui est le sublime, comme l'explique la *Critique du jugement*.

En bonne pédagogue, Mme de Staël veut répondre à l'opinion commune : oui, il est vrai « qu'on ne saurait réfuter complètement » ceux qui ordonnent tout autour de l'utilité personnelle et de la recherche exclusive du bonheur comme idéal de l'imagination, « car, en fait de chances, une sur mille peut suffire pour exciter l'imagination à tout faire pour l'obtenir ; et certes, il y a plus d'un contre mille à parier en faveur des succès du vice ». L'attraction de l'intérêt peronnel est indéniable et l'imagination humaine est très fertile en la matière : l'ambition, la cupidité, la vanité sont des mobiles sur lesquels le politique sait jouer depuis longtemps. La conception déterministe fait fond sur une idée toute empirique de la nature humaine, se réfère à l'expérience et à cette « vérité effective » *(cosa effectuale)* dont parlait Machiavel : « Si les circonstances nous créent ce que nous sommes, nous ne pouvons pas nous opposer à leur ascendant ; si les objets extérieurs sont la cause de tout ce qui se passe dans notre âme, quelle pensée indépendante nous affranchirait de leur influence[53] ? » Or c'est bien là le choix métaphysique qu'opère Mme de Staël au moment où, s'éloignant des thèses de Cabanis, elle écrit à Gérando pour lui confier sa découverte de Kant[54] : il y a une *indépendance* de l'âme, dont l'empirisme récusera qu'elle soit un phénomène observable, mais dont le sentiment du respect pour le devoir porte témoignage, et dont les implications sont considérables en morale et en politique (mais aussi, point qui importe beaucoup à Mme de Staël, en religion).

Comment Mme de Staël peut-elle faire entendre au sens commun la portée de ce véritable *changement de terrain* qu'elle opère en publiant un livre qui « n'est pas français » ? Elle s'y emploie en rappelant qu'il existe des « actions sublimes » dont l'utilitarisme ne pourrait rendre compte qu'au prix de propos déraisonnables ; ainsi de Thomas More marchant au supplice, de Socrate condamné à boire la ciguë ou des chrétiens qui vivaient dans les catacombes : « Si quelqu'un avait dit qu'ils entendaient bien leur intérêt, quel froid glacé se serait répandu dans les veines en l'écoutant ! » (p. 184)[55]. Sans doute est-il une citation qui résume le mieux son propos, celle reprise de saint Vincent de Paul : « Me croyez-vous assez lâche pour préférer ma vie à moi ? » Le débat qu'ouvre *De l'Allemagne* porte sur le sens de ce « moi ». Pour l'auteur, il implique, à travers la loi morale, un rapport à autrui, c'est-à-dire qu'il porte en lui-même un principe d'*universalité* que le sujet moral peut consulter : cette idée va être explicitée par l'auteur dans le chapitre 13, davantage consacré à la politique.

---

53. Ce passage provient du chapitre « De la philosophie » (t. II, p. 92), où l'auteur affirme le libre arbitre comme option et critère distinctif en philosophie.

54. Nous avons évoqué plus haut la lettre de 1801 à de Gérando (*C. G.*, IV-2, pp. 422-424). Mme de Staël découvre Kant à travers le livre de Villers (dont la présentation est philosophiquement très fautive), paru en 1801 : *Philosophie de Kant ou principes fondamentaux de la philosophie transcendantale* (Metz, Collignon). Elle écrit à Gérando : « Le système de Kant m'offre une lueur de plus sur l'immortalité, et j'aime mieux cette lueur que toutes les clartés matérielles. » Cabanis achèvera en 1802 l'édition des *Rapports du physique et du moral*. Notons que, comme le souligne F. Azouvi, si Cabanis conçoit une « production » des idées et des sentiments « par le jeu des organes », il ne se veut ni matérialiste ni spiritualiste, car aucune connaissance fondée n'est possible du principe vital, sensible et intelligent « qui anime l'univers » (*Dictionnaire des philosophes*, D. Huisman dir., PUF, 1984).

55. Dix ans plus tôt, le chapitre « De la philosophie », dans l'ouvrage sur *La Littérature considérée dans ses rapports avec les institutions sociales*, refusait de soumettre la morale au calcul : « Dans les âmes vertueuses, il existe un principe d'action tout à fait différent d'un calcul individuel quelconque » (éd. Garnier-Flammarion, publ. par G. Gengembre et J. Goldzinck, 1991, p. 378). En même temps, elle plaide encore pour un sensualisme philosophique hérité de Locke et de Condillac (voir *ibid.*, pp. 248, 366, 370).

On constate donc que Mme de Staël est sur la voie d'un libéralisme du sujet, où l'indépendance métaphysique de l'esprit constitue la pierre de touche d'une vision de l'homme et d'une politique. On le voit encore dans un passage consacré à la philosophie anglaise (troisième partie, chap. 2), où l'auteur énonce un point de vue nouveau pour les recherches de l'avenir : « L'âme est un foyer qui rayonne dans tous les sens ; toutes les observations et tous les efforts des philosophes doivent se tourner vers ce *moi*, centre et mobile de nos sentiments et de nos idées » (p. 96). Il est d'ailleurs frappant que ce programme soit mis en œuvre par quelqu'un qui, authentique philosophe, fréquente Mme de Staël sous la Restauration et rend hommage à *De l'Allemagne* dans son Journal : Maine de Biran. C'est en consonance avec ce projet, et venant lui aussi de l'idéologie, que Biran note en 1819 : « La distinction de l'homme intérieur et de l'homme extérieur est *capitale* : ce sera le fondement de toutes mes recherches ultérieures. [...] Il y a, en arrière de cet homme extérieur, tel que le considère et en discourt la philosophie logique, morale et physiologique, un *homme intérieur*, qui est un sujet à part, accessible à sa propre aperception ou intuition, qui porte en lui sa lumière propre, laquelle s'obscurcit, loin de s'aviver, par les rayons venus du dehors[56]. » C'est avec une admirable obstination, coupée de bien des découragements, que Biran va poursuivre la recherche de l'homme intérieur, de l'aperception du moi à travers la conscience de l'effort volontaire. Malheureusement pour la lignée libérale ouverte par la perspective staëlienne, Biran est... un adversaire du libéralisme politique, alors que lui seul pouvait en donner les substructures philosophiques.

Malheureusement une seconde fois pour Germaine de Staël, Cousin, lecteur de ses textes auxquels il a rendu hommage, en tirera des développements (sous le nom de « démarche psychologique ») allant dans une tout autre direction. Au contact de Royer-Collard et de Maine de Biran, et lisant *De l'Allemagne*, Cousin va bâtir son projet d'une critique de Locke et de l'« école sensualiste », qui ne fortifie pas la liberté individuelle mais l'assujettit à l'obscure « raison impersonnelle[57] ». La cri-

56. Maine de Biran, *Journal intime*, publ. par A. de La Valette-Monbrun, Plon, 1927-1931, t. II, pp. 192-193. En 1815, Biran écrit qu'il « relit avec intérêt pour la troisième fois *De l'Allemagne* », et que « cet ouvrage est bon pour le siècle et pour la nation, dont il contredit la pente » (*ibid.*, t. I, p. 154). Ce n'est pas un hasard si, en même temps, ainsi qu'il l'indique dans ce passage, le gentilhomme de Grateloup travaille sur Kant (les antinomies de la raison). Sur Maine de Biran comme sur Cousin, voir notre dernière partie : « Les philosophes et le libéralisme ».

57. Tel sera le drapeau de ralliement de la tendance très majoritaire du libéralisme philosophique en France : une réinscription de la pensée du sujet dans le retour à Malebranche et à Fénelon, un spiritualisme qui repousse les dangers de l'« individualisme ». C'est le point de départ de la « souveraineté de la raison » professée en politique par les doctrinaires.

tique de l'idéologie semble se faire sous les auspices staëliennes, pour lui tourner en réalité le dos.

L'homme d'État : la critique de Napoléon

On sait que Napoléon a émis des affirmations de tonalité cynique sur le métier politique et sur la raison d'État, du type des propos tenus à Benjamin Constant, que rappelle Guizot dans ses Mémoires : « Que me parle-t-on de bonté, de justice abstraite, de lois naturelles ? La première loi, c'est la nécessité ; la première justice, c'est le salut public [...]. À chaque jour sa peine, à chaque circonstance sa loi, à chacun sa nature[58]. » Ce à quoi Mme de Staël répond dans le chapitre qui traite « De la morale des hommes publics » : « Quand, à l'époque la plus sanglante de la Révolution, on a voulu autoriser tous les crimes, on a nommé le gouvernement *comité de salut public* ; c'était mettre en lumière cette maxime reçue que le salut du peuple est la suprême loi. La suprême loi, c'est la justice » (p. 188).

Salus populi : l'auteur conteste ici la maxime politique la plus communément admise. Il pouvait sembler qu'entre la morale concernant l'homme dans sa vie personnelle et la morale relative à l'homme d'État (pour autant que cette spécificité ait un sens), la différence tînt au nombre : en tant qu'individualité morale, le juste peut se sacrifier si telle est l'issue que sa conscience le contraint à envisager, mais en quoi le chef d'État serait-il autorisé à risquer la vie de tout un peuple ? Dans ce débat, où elle évoque les écrits politiques de Kant, Mme de Staël dénonce le sophisme du *nombre* : « Ce n'est pas le nombre des individus qui constitue leur importance en morale. Lorsqu'un innocent meurt sur un échafaud, des générations entières s'occupent de son malheur, tandis que des milliers d'hommes périssent dans une bataille sans qu'on s'informe de leur sort. D'où vient cette prodigieuse différence que mettent tous les hommes entre l'injustice commise envers un seul et la mort de plusieurs ? C'est à cause de l'importance que tous attachent à la loi morale ; elle est mille fois plus que la vie physique dans l'univers, et dans l'âme de chacun de nous qui est aussi un univers » (p. 189).

L'enjeu philosophique de ce passage réside dans la répétition du mot « tous » : il ne désigne pas le groupe comme totalité additive – au sens où le « salut de tous » serait la loi absolue – mais le point de vue que *chacun* peut adopter pour juger sainement ; autrement dit, et contrairement aux enseignements de Machiavel, l'individu cherchant à apprécier si la justice est satisfaite ou si une injustice est commise au nom de l'intérêt national a autant de droit à en juger que le Prince. Machiavel

58. *In* Guizot, *Mémoires pour servir à l'histoire de mon temps*, Michel Lévy, 1872, nouvelle éd. 1875, t. I, p. 68.

soutenait que la position du Prince est unique parce que lui seul dispose du point de vue d'ensemble tant par rapport à son peuple que vis-à-vis des autres puissances. Lui seul peut arbitrer entre les intérêts. Il a aussi le droit de présenter la situation sous un jour autre que ce qu'elle est en fait pourvu que cela soit avantageux à son peuple ; le Prince doit se rendre maître de l'apparence, car la politique est l'art de faire apparaître, de constituer cet apparaître en « réel » (dès lors qu'on en détient la clef et qu'il s'impose à l'adversaire), et de faire juger l'opinion sur ce « donné à voir » ainsi constitué. C'est ce que l'homme politique appelle « être jugé aux résultats ». C'est alors le *nombre*, l'intérêt collectif qui est présenté comme le tribunal du juste et du bien, puisque c'est lui qui est convoqué à l'appréciation. Contestant avec quelque ironie le piège tendu par le cynisme politique, Mme de Staël relève que l'espèce humaine « demande à grands cris qu'on sacrifie tout à son intérêt, et finit par compromettre cet intérêt à force de vouloir y tout immoler » (p. 194). Le cynisme politique s'appuie sur une part de réalité, qui est cette attente exprimée par les peuples, mais pour son propre profit. Si, dans le chapitre précédent, l'auteur tentait de ne pas mettre en divorce le respect pour le devoir et la prudence, il ne faudrait pas que, au nom du réalisme, la politique soit traitée comme un calcul d'intérêt à la libre appréciation des dirigeants ; au contraire, « il serait temps de dire [à l'espèce humaine] que son bonheur même, dont on s'est tant servi comme prétexte, n'est sacré que par ses rapports avec la morale ; car sans elle qu'*importeraient tous à chacun* ? »

Cette dernière phrase est philosophiquement remarquable ; elle n'est pas, comme pourraient croire certains, d'esprit « individualiste », mais, au contraire, elle signifie qu'aucun citoyen, parce qu'il s'ouvre à l'universel par la loi morale et par elle seule, ne doit être privé de son droit à juger de ce qui est juste. On pourrait ajouter, comme le fera notamment Sismondi : surtout s'il appartient à une minorité dans l'opinion qu'il défend. C'est évidemment l'expérience du gouvernement impérial pratiquant le cynisme, la censure et la fraude que Mme de Staël a présente à l'esprit[59]. Et si le lecteur pouvait en douter, la phrase qui suit, la dernière du chapitre, est suffisamment claire : « Quand une fois l'on s'est dit qu'il faut sacrifier la morale à l'intérêt national, on est bien près de resserrer de jour en jour le sens du mot nation, et d'en faire d'abord ses

59. Ce qu'a bien décrit un commentateur comme Émile Faguet : « Elle doit à Napoléon Ier d'avoir su d'une manière plus sûre et plus nette ce qu'elle était. [...] Mme de Staël a pris tant de plaisir à être différente de Napoléon, qu'elle a comme confirmé et fortifié sa personnalité dans cette haine. Tout son caractère et toutes ses idées générales ont trouvé un point d'appui dans cette résistance, et dans ce point d'appui le soutien d'un plus grand essor » (*Politiques et moralistes du dix-neuvième siècle*, 1re série, Lecène Oudin et Cie, 4e éd., 1891, pp. 148-149). Voir la comparaison tracée ensuite par Faguet entre les deux personnalités.

partisans, puis ses amis, puis sa famille, qui n'est qu'un terme décent pour se désigner soi-même. »

Ecce homo ! Le Corse, avec son clan installé au pouvoir [60], s'est évidemment reconnu dans le livre qu'il décida de prohiber sur le sol français. Sur le plan moral et philosophique, le message est tout aussi clair. Le vice contenu dans l'argument du nombre c'est que, sous l'apparence du respect de la démocratie, il fait le jeu de ceux qui le mettent en avant, en lieu et place du peuple invoqué. Napoléon disait avec une sereine hypocrisie que nul plus que lui n'a eu le souci de la souveraineté du peuple, du sentiment exprimé par la majorité nationale [61].

Dans les années 1880, luttant pour la séparation de l'Église et de l'école au nom de la liberté de conscience *dans l'individu*, Jules Ferry reprendra la perspective staëlienne : « C'est toujours, note-t-il, par l'argument des majorités que toutes les conquêtes faites par la liberté de conscience dans notre pays ont été battues en brèche. » Si l'on se fondait sur la croyance de l'immense majorité des Français, donc en termes numériques, l'enseignement public et national devrait être un enseignement confessionnel, mais « les questions de liberté de conscience ne sont pas des questions de quantité : ce sont des questions de principe ; et, la liberté de conscience ne fût-elle violée que chez un seul citoyen, un législateur français se fera toujours honneur de légiférer ne fût-ce que pour ce cas unique [62] ».

Le même argument du nombre comme couverture très commode est aussi employé, sous une autre variante, dans les régimes de terreur : j'ai, dit-on, occupé mes fonctions pour éviter un mal plus grand, qu'un autre à ma place aurait commis. Sophisme que le XXe siècle des régimes totalitaires a bien connu et que l'auteur dénonce pour la France de 1793 : « Pendant les périodes les plus funestes de la Terreur, beaucoup d'honnêtes gens ont accepté des emplois dans l'administration, et même dans les tribunaux criminels, soit pour y faire du bien, soit pour diminuer le mal qui s'y commettait ; et tous s'appuyaient sur un raisonnement assez généralement reçu, c'est qu'ils empêchaient un scélérat d'occuper la

60. Clan, d'ailleurs, se faisant servir par l'ancienne aristocratie, ce qui était particulièrement indigne aux yeux de Mme de Staël. Elle a tenté de dissuader son ancien amant, le comte de Narbonne, d'en faire autant, dans une lettre ainsi résumée par Paul Gautier : « Des Montmorency, des Rohan, des La Rochefoucauld servaient de domestiques et de femmes de chambre à des bourgeois et des bourgeoises d'Ajaccio ! Il fallait repousser de pareils honneurs ! » (in *Madame de Staël et Napoléon*, éd. cit., p. 168). La lettre est tombée entre les mains de Napoléon, rappelle P. Gautier, et seule l'insistance de Fouché a évité l'arrestation de Mme de Staël : elle serait plus utile comme appât ou leurre.

61. Par exemple au Sénat en 1804 : « Nous avons été constamment guidés par cette grande vérité : que la souveraineté nationale réside dans le peuple français, dans ce sens que tout, sans exception, doit être fait pour son intérêt, pour son bonheur et pour sa gloire », *in* D. Hinard, *Napoléon, ses opinions et jugements*, Paulin, 1838, t. II, p. 494.

62. *In* Jules Ferry, *La République des citoyens*, publ. par O. Rudelle, Imprimerie nationale, 1996, t. II, pp. 55-56. Pour la première citation, de décembre 1880 : t. II, p. 30.

place qu'ils remplissaient, et rendaient ainsi service aux opprimés » (p. 191).

Contre cette argumentation, Mme de Staël fait l'éloge de l'esprit de refus : refus politique de la collaboration avec un régime illégitime, refus moral de la justification des moyens par une fin prétendue bonne. Sur le premier point, elle demande « de quel droit les hommes qui étaient les instruments d'une autorité factieuse conservaient-ils le titre d'honnêtes gens parce qu'ils faisaient avec douceur une chose injuste ». Et d'ajouter qu'il aurait mieux valu qu'ils agissent avec rudesse, car « de tous les assemblages, le plus corrupteur c'est celui d'un décret sanguinaire et d'un exécuteur bénin[63] ».

Quant à la justification par la fin (se servir du système pour l'infléchir à la marge), Mme de Staël montre que la première des compromissions entraîne nécessairement les autres : « Dès qu'on se met à négocier avec les circonstances, tout est perdu, car il n'est personne qui n'ait des circonstances. Les uns ont une femme, des enfants, ou des neveux, pour lesquels il faut de la fortune », les autres quantité de raisons : la seule véritable, écrit l'auteur, est la recherche des places. Ce passage, dans la version soumise à la censure, avait été amputé (note de Mme de Staël) : il correspondait trop à l'attribution des places, dont Napoléon était très fier (selon ses propres dires) pour attirer à lui les personnalités de tous les partis. C'était encore une façon de comprendre la morale « fondée sur l'intérêt national » : associer tout le monde, si possible, à la perte de liberté.

En définitive, c'est bien sur un plan d'esprit métaphysique que Mme de Staël prend acte en 1810 de sa rencontre avec le kantisme (si superficielle soit la connaissance ou la compréhension qu'elle en a), et tire le bilan des expériences et des controverses traversées depuis son enfance : elle découvre le libre arbitre comme la question clef, celle qui décide de la place et de la dignité de l'homme et du citoyen[64]. Elle confère au libéralisme un fondement idéaliste, contre toute problématique utilitariste, empiriste ou matérialiste, ce que va nous confirmer un examen rapide des ouvrages antérieurs. Avant de quitter *L'Allemagne*, il vaut la peine de rappeler un passage qui exprime clairement le credo auquel l'auteur

---

63. Il n'est pas besoin de souligner que la controverse sur les exécuteurs des lois de Vichy (à commencer par un ancien président de la République) rend le propos très actuel. Dans l'un des manuscrits de l'*Allemagne*, l'auteur ajoutait, à l'adresse de ceux qui l'accuseraient de manquer de réalisme et d'abandonner les emplois publics aux scélérats : « Un pays ne peut pas être gouverné longtemps par des scélérats, mais très longtemps par des demi-honnêtes gens, et c'est l'espèce la plus recherchée comme instrument par les factieux ardents et tyranniques » (éd. de Pange, t. IV, p. 305). Ces « demi-honnêtes » sont le vrai terreau de la servitude volontaire.

64. Cf. d'ailleurs ce propos rédigé dans un moment de désespoir, en 1805 : « Ce n'est pas seulement la liberté, mais le libre arbitre qui me paraît banni de la terre » (à la grande duchesse de Saxe-Weimar, *C. G.*, V-2, p. 652).

est parvenu sept ans avant sa mort : « Ce n'est sûrement pas pour les avantages de cette vie, pour assurer quelques jouissances de plus à quelques jours d'existence, [...] que la conscience et la religion nous ont été données. C'est pour que des créatures en possession du libre arbitre choisissent ce qui est juste en sacrifiant ce qui est utile, préfèrent l'avenir au présent, l'invisible au visible, et la dignité de l'espèce humaine à la conservation de tous les individus » (pp. 189-190).

De tels propos sont d'ordre moral et philosophique ; pouvaient-ils fonder une conduite politique ? Sans doute impliqueraient-ils pour ceux qui s'en inspirent d'adopter une attitude de critique méthodique face aux pouvoirs. On songe à bien des préceptes ou axiomes d'Alain, tel celui-ci : « Il n'y a que l'individu qui pense ; toute assemblée est sotte » (*Le Citoyen contre les pouvoirs*). On verra ultérieurement le profit que tirera Benjamin Constant des réflexions de son amie. Car le libéralisme du sujet, ou, si l'on veut, de la conscience, dont Germaine est l'inspiratrice au sein du groupe de Coppet, tend au libéralisme d'opposition que Constant va rationaliser et mettre en œuvre sous la Restauration ; on peut penser que si la mort ne l'avait pas emporté à la fin de 1830, il aurait pu en expliciter toutes les lignes de force, face à l'orléanisme gouvernant.

Les incertitudes staëliennes sous le Directoire

Pour mesurer l'évolution suivie par la fille de Necker, on pourrait comparer *De l'Allemagne* avec divers écrits antérieurs, le plus frappant étant le manuscrit resté inachevé, rédigé vers 1798-1799 et que Brumaire va obliger à remiser : *Des circonstances actuelles qui peuvent terminer la Révolution et des principes qui doivent fonder la République en France*[65]. Le texte est composite et en cela révélateur d'une réflexion encore inachevée chez l'auteur. Mme de Staël déplore le retour des méthodes violentes (censure, arrestations, déportations) de la part du gouvernement républicain et plaide pour une politique de générosité, de « pitié » (comme elle dit souvent, dans une réminiscence rousseauiste), qui réconcilierait les vainqueurs et les vaincus de 1793 au profit du parti constitutionnel, du « parti mitoyen » qu'elle avait soutenu en 1789 et en 1790-91[66]. Elle déplore et s'indigne en même temps de la lassitude et

65. Publié en 1906 par John Viénot chez Fischbacher. Nous citons d'après l'édition scientifique due à Lucia Omacini (Droz, 1979), qui montre les passages annotés ou corrigés de la main de Benjamin Constant. Viénot datait le manuscrit de février-mars 1799 d'après une référence aux dix-huit mois écoulés depuis le coup antiroyaliste du 18 fructidor.

66. Voir notre communication au colloque de Dijon sur « La Constitution de l'an III ou l'ordre républicain » (octobre 1996) : « L'esprit de Coppet et l'organisation du pouvoir exécutif ».

de l'égoïsme suscités par le gouvernement du moment : « L'existence n'est plus qu'une lutte entre le dégoût de la vie et l'effroi de la mort » (p. 349) ; pour ceux qui le peuvent, « l'argent est devenu le seul moyen d'indépendance, le premier bonheur, l'unique espoir de salut. [...] On a besoin d'argent pour avoir la faculté de quitter tous les jours son pays, parce que, tous les jours, on craint une crise publique ou une proscription individuelle » (p. 324).

Écrivant dans cette situation profondément troublée, l'auteur est à la recherche d'un moyen de reconstitution du lien social : « Dans un pays où l'on veut établir l'égalité, il faut trouver le lien volontaire des hommes entre eux : la considération et le respect ; et vous ne pouvez le composer, ce lien, qu'à l'aide des vertus les plus régulières. Les dons de l'esprit ne tiennent point à distance. Il n'y a que la morale qui marque des gradations sans créer de privilèges » (p. 341). Si Mme de Staël partage, à ce moment, avec ses amis Idéologues, l'idée qu'une « morale philosophique » est nécessaire à la France, elle hésite cependant entre la voie de la science et la voie de la religion.

L'idée d'une politique rationnelle

Les *Circonstances* contiennent en effet de vibrants appels à la soumission des « sciences politiques et morales » à la « méthode géométrique », comme ce sera encore le cas dans *De la littérature*, en 1800. Lectrice passionnée de Condorcet dont elle fréquente l'épouse, Mme de Staël exprime un intellectualisme optimiste : « Je tiens cette idée comme principale : tout ce qui est soumis au calcul n'est plus susceptible de guerre, parce que les passions n'ont plus de prise sur les vérités rendues mathématiques. Il n'y a point de rivalités, de haines de parti parmi les géomètres, quoique sans doute ils aient de l'amour-propre comme tous les autres hommes ; l'évidence apaise tout » (p. 31).

Faisant l'éloge de l'Institut, et reconnaissante à Bonaparte d'en être devenu membre[67], Mme de Staël place donc ses espoirs dans une diffusion des lumières par en haut, à partir des élites existantes qu'il faut fortifier : « Pour terminer la Révolution [...] c'est à la philosophie d'analyse qu'il faut recourir » (p. 282) ; on reconnaît dans cette « analyse » la méthode des disciples de Condillac, la foi dans la fécondité de la démarche de réflexion : « Le sentiment naturel est l'instinct du calcul, c'est la sensation involontaire que la réflexion analyse » (p. 27). La politique, dans cette vision, se divise en une question d'institution (le manuscrit donne une esquisse constitutionnelle), et une méthodologie de la science politique, laquelle reste encore à construire : « L'objet de guerre de nos jours, la science politique, ce sont les écrivains philosophes

67. P. 289. Voir aussi la note 19, p. 302, par L. Omacini.

qui le termineront. Ils porteront l'analyse et, par conséquent, la lumière dans ces grandes questions, et le calcul fera tomber les armes » (p. 281). On mesure combien cette foi est forte sous le Directoire, alors qu'elle disparaîtra entièrement dans *De l'Allemagne*, où la nouvelle philosophie est celle de l'âme, du libre arbitre, du devoir et, comme on le verra, de l'enthousiasme. Mme de Staël ira jusqu'à écrire que « diviser pour comprendre est en philosophie un signe de faiblesse[68] ». Le piquant de cette formule est que, dix ans plus tôt, l'auteur faisait un compte rendu élogieux de l'ouvrage de Gérando, *Des signes et de l'art de penser*. Elle comparait la démarche à imiter à celle du physiologiste qui « commence par décrire les diverses parties de notre corps [...] et passe ensuite à l'étude de leurs fonctions et de leurs rapports ». Elle opposait l'« esprit d'analyse » aux vaines « idées absolues » caractéristiques de la métaphysique[69].

Si dans les *Circonstances* l'auteur formule la théorie de la liberté des modernes opposée à la liberté antique[70], on peut observer que c'est davantage comme vision alternative vis-à-vis des méthodes de terreur que comme conséquence de la primauté des droits individuels. De fait, ces derniers ne sont pas pensés, dans le texte, à partir de l'individu prenant conscience de son autonomie : l'idéal de la science tient la place d'une intériorisation de la liberté et de la loi morale. Réciproquement, la liberté est conçue comme attachée à l'aisance et aux lumières, non comme développement de la personnalité et exercice d'une faculté intérieure de juger (comme le fera ensuite Constant).

Lorsque Faguet écrit de Mme de Staël qu'elle est « individualiste avant d'être libérale », cette formule ne s'applique pas aux *Circonstances*, que d'ailleurs Faguet ne pouvait connaître[71] en 1902.

La tentation de la religion civique

Le libéralisme staëlien est loin de s'être trouvé en 1798 ; non seulement il emprunte beaucoup à l'utilitarisme sensualiste, mais sur le plan

68. « De la philosophie anglaise », p. 97, in *De l'Allemagne*.

69. Compte rendu repr. par S. Balayé in *Cahiers staëliens*, n° 7, mai 1968, pp. 17-31. En octobre 1802, Mme de Staël dit encore son admiration pour un autre ouvrage de Gérando, *De la génération des connaissances humaines* (cf. *C. G.*, IV-2, 566).

70. « C'est le respect de l'existence particulière, de la fortune privée, qui seul peut faire aimer la République. La liberté des temps actuels, c'est tout ce qui garantit l'indépendance des citoyens contre le pouvoir du gouvernement » (p. 111). C'est le point de départ de la célèbre conférence donnée par Constant à l'Athénée, sous la Restauration.

71. *Politiques et moralistes du dix-neuvième siècle*, éd. cit., p. 128. Faguet appelle individualisme « cette idée qu'une personne humaine est chose sacrée, inviolable, non organe et fonction subordonnée d'un grand corps, mais vivant pour elle et but à elle-même, à tel point que l'organisation générale doit tendre précisément à ce qu'elle soit respectée et aisément active ». Cependant, la personne individuelle ne sera pas chez Mme de Staël « but à elle-même », comme on a pu le voir précédemment : l'individu est aussi capacité d'universel.

politique il montre une hostilité prononcée à la liberté de presse (chapitre « Des journaux ») qui peut surprendre, mais s'explique par les attaques haineuses, calomniatrices, dont elle eut à souffrir en sa qualité de femme, d'« étrangère » et de protagoniste du débat politique. Mais c'est surtout dans le domaine de la morale et de la politique, réunies ensemble, que le texte montre des difficultés rémanentes.

D'un côté, Mme de Staël proteste contre l'imposition d'une morale officielle, car elle pense au règne de la vertu jacobine ; elle va jusqu'à écrire que, dans l'espace public, la seule morale exigible est d'essence négative : « Quand il serait à désirer que tous les hommes fussent enthousiastes de la liberté, dévoués à la patrie, le pays le plus tyrannisé de la terre serait celui où de telles vertus seraient exigées. [...] Ce que les hommes mettent en commun, ce sont les vertus négatives [72] : ne pas se nuire, ne pas se voler, ne pas se détruire. Tout ce qui est par-delà est individuel, parce que la vertu doit être volontaire, et qu'il n'y a de mouvement spontané qu'en soi-même » (p. 284). Et d'ajouter que « le gouvernement républicain qui, par un raffinement singulier, voudrait établir une sorte d'obéissance nouvelle, le *volontaire forcé*, serait infiniment plus tyrannique que le simple despotisme » (p. 323). Et pourtant, contre le repli égoïste qui règne, contre la soif d'enrichissement, on a vu qu'elle souhaitait une morale publique. Cette morale pourrait-elle provenir de l'élite de l'Institut si elle était à même de gouverner la France ? Mme de Staël ne le pense qu'en partie [73], tandis que les espoirs qu'elle fonde sur l'instruction publique sont plutôt exprimés ailleurs, dans le chapitre « De la constitution ».

Le plaidoyer n'a pas le caractère systématique que l'on trouve chez les Idéologues. Elle se sépare d'ailleurs entièrement d'eux (chap. « De la religion ») lorsqu'elle fait l'éloge des croyances religieuses. Ici les « philosophes » sont critiqués : « L'athéisme est une idée purement négative [74]. Or, comme le monde, la vie est un fait purement positif : la négation l'explique encore moins que l'adoption des idées religieuses. Le besoin de l'opinion publique, la conscience, l'amour du beau moral, l'estime de soi, tous ces sentiments que les philosophes mettent en opposition avec les idées religieuses ne sont autre chose qu'elles-mêmes » (p. 225).

C'est bien d'une religion sociale, d'État que, selon l'auteur, la France

72. Édition Viénot. L'édition Omacini écrit : « forces négatives ».

73. « L'Institut national de France est l'association d'hommes qui doit obtenir, avec le temps, la première considération en France. [...] C'est de la raison philosophique réunie aux talents de l'écrivain que doit partir l'impulsion de l'esprit national en France » (p. 289).

74. En sens inverse de ce qui est dit des « vertus négatives » : l'athéisme ne joue pas le rôle de la vertu d'abstention vis-à-vis des droits d'autrui. Il désole les esprits au lieu de les harmoniser.

aurait besoin – car les « vertus négatives » sont insuffisantes pour recréer le lien social. L'amour même de la patrie, pris en lui-même, est aveugle quoique puissant : « Jamais il ne suffit pour nous éclairer avec certitude sur ce qu'il faut au bien de cette patrie. » Dès lors, exprimant son admiration pour la théophilanthropie [75], mais regrettant que la finalité politique de ce culte ait été peu discrète, la fille de Necker retourne à l'inspiration paternelle : « Je crois que, dans tous les sacrifices [...] de son intérêt à la justice, dans tous les sacrifices où il faut combattre le sang au lieu de s'y laisser entraîner, résister au ressentiment, à la colère, à l'ambition, je crois, j'ai souvent éprouvé qu'il faut recourir à une idée religieuse » (p. 225).

De l'importance, donc, des idées religieuses : c'est le titre de l'ouvrage que Necker avait fait paraître en 1788, et que sa fille (d'après la correspondance) appréciait beaucoup. Il est intéressant de remarquer que, avant sa fille, Necker avait contesté que les lumières de la *science* pussent entraîner dans le peuple, et comme mécaniquement, une amélioration morale [76]. Lui aussi avait proposé de remplacer les catéchismes de politique laïque, en vogue avant la Révolution, par la morale religieuse. Necker critiquait en ces termes Helvétius, d'Holbach, La Mettrie ou Diderot : « Ce n'est pas un catéchisme politique qu'il faut destiner à l'instruction du peuple, ce n'est pas un cours d'enseignement fondé sur les rapports de l'intérêt personnel avec l'intérêt public qui peut convenir à la mesure de son intelligence, et quand une pareille doctrine serait aussi juste qu'elle me paraît susceptible de contradictions, on ne pourrait jamais en rendre les principes assez distincts pour les mettre à l'usage de tous ceux dont l'éducation ne dure qu'un moment. »

Dans les *Circonstances*, Mme de Staël va plus loin : à défaut de la théophilanthropie, elle recommande le *protestantisme* (sous une forme très épurée, à tendance socinienne) comme morale de la République, afin de supplanter le catholicisme, religion d'obéissance et de fanatisme : « Alors l'État aura dans sa main toute l'influence du culte entretenu par lui, et cette grande puissance qu'exercent toujours les interprètes des idées religieuses sera l'appui du gouvernement républicain » (p. 233) [77].

On constate donc que le riche et beau texte des *Circonstances* est traversé de diverses tensions : Mme de Staël, à ce moment, réagit davan-

75. Sur ce culte apparu en 1797 et patronné par La Reveillère-Lépeaux, voir la note 4, p. 293 de l'édition Omacini. Ne rencontrant aucun succès, la théophilanthropie constitue le second échec après la tentative robespierriste (culte de l'Être suprême), ou le troisième après le culte de la Raison.

76. Cf. les bons développements de Henri Grange, *Les Idées de Necker*, éd. cit., p. 545.

77. Grande différence ici avec Necker, qui, considérant que le catholicisme est la « religion dominante » des Français (selon la célèbre formule qu'avait combattue Mirabeau en 1789), estime qu'il faut entériner le *statu quo* (cf. H. Grange, pp. 559-565) : c'est l'argument des « majorités » dont on a vu la critique chez Jules Ferry.

tage aux « circonstances » évoquées par le titre qu'elle n'apporte des « principes » propres à fonder la République. Comme beaucoup de républicains modérés de ce temps, elle envisage des solutions – comme le Sénat à vie abritant les illustrations républicaines, ou la religion d'État – qui s'accordent mal avec l'esprit libéral. Est *libérale* la générosité dont fait preuve l'auteur, sa volonté de réconcilier deux France, si l'on se souvient du sens premier du terme, qui signifiait pardon pour les erreurs passées. L'ironie de l'Histoire veut que cette acception des « idées libérales » ait été introduite par Bonaparte au moment de Brumaire[78]. L'esprit libéral arrive à une formulation plus claire avec le tournant des années 1801, après les hésitations que montre encore *De la littérature*[79] ; réagissant cette fois à la politique de Napoléon, mais trouvant *en elle* les échos éveillés par la métaphysique allemande et les écrits politiques de Kant, Mme de Staël conçoit avec fermeté les exigences de l'autonomie individuelle. Et elle pense certainement à son propre cheminement intellectuel lorsqu'elle écrit dans *De l'Allemagne* : « L'intelligence contient en elle-même le principe de tout ce qu'elle acquiert par l'expérience. Fontenelle disait avec justesse "qu'on croyait reconnaître une vérité la première fois qu'elle nous était annoncée" » (t. II, p. 246). Prenant, au propre et au figuré, le chemin de l'Allemagne (où elle fera deux voyages, en 1803 et en 1808), Mme de Staël aura l'impression d'avoir trouvé un nouveau monde – qui était en elle. Elle termine sa préface de 1815 à *De l'Allemagne* par cette formule : "L'indépendance de l'âme fondera la liberté des États." »

L'ENTHOUSIASME, POINT D'ORGUE DE *L'ALLEMAGNE*

Paul Gautier estimait que la notion d'« enthousiasme » était dans *De l'Allemagne* la véritable clef du livre[80]. Il est de fait que les trois chapitres consacrés à l'enthousiasme clôturent l'ouvrage et que, à propos de l'un d'entre eux, l'auteur écrit : « Ce chapitre est à quelques égards le résumé de tout mon ouvrage[81]. » Les commentateurs ne semblent pas avoir tiré tout le parti possible de la piste interprétative que livre Mme de Staël et qui renvoie de nouveau à ses liens avec les écrits de Kant même si, par ailleurs, tout le XVIIIe siècle avait usé de cette notion (Burke au premier

78. Voir l'excellent article de G. de Berthier de Sauvigny, « Libéralisme. Aux origines d'un mot », *Commentaire*, n° 7, automne 1979, pp. 420-424.

79. Qui contient déjà des piques contre Bonaparte : cf. le chapitre « De la littérature dans ses rapports avec la liberté ». Il y est dit qu'« il faut que l'esprit militaire s'efface » après la conquête, pour « faire naître dans l'âme des hommes quelque chose de spontané, de volontaire » (voir p. 76-82 de l'éd. Garnier-Flammarion).

80. *Madame de Staël et Napoléon*, éd. cit., pp. 271-274.

81. Dans la quatrième partie (« La religion et l'enthousiasme »), chap. XI intitulé : « De l'influence de l'enthousiasme sur les lumières » (cit. p. 305).

chef). On peut dire que chez Germaine de Staël l'enthousiasme est le sentiment-index du bien, le signal, dans la conscience, de la prise en compte de l'universel moral. Et, selon l'étymologie que l'auteur aime à rappeler, il marque également le rapport de la moralité avec le divin – préoccupation dont on vient de voir toute l'importance chez elle.

En premier lieu, l'enthousiasme est un sentiment de degré supérieur et expression d'une plénitude ; il s'oppose au *fanatisme* qui est aveugle et emporté : « Le fanatisme est une passion exclusive dont une opinion est l'objet ; l'enthousiasme se rallie à l'harmonie universelle : c'est l'amour du beau, l'élévation de l'âme, la jouissance du dévouement, réunis dans un même sentiment qui a de la grandeur et du calme » (p. 301). S'il peut prendre pour objet le *spectacle* des actions humaines, et en cela porter sur autrui plutôt que sur nous-mêmes[82], ce sentiment est également décrit comme cause et effet de l'action morale : « Tout ce qui nous porte à sacrifier notre propre bien-être ou notre propre vie est presque toujours de l'enthousiasme : car le droit chemin de la raison égoïste doit être de se prendre soi-même pour but de tous ses efforts, et de n'estimer dans ce monde que la santé, l'argent et le pouvoir. » Là encore, l'antimodèle, l'homme incapable d'enthousiasme, c'est Bonaparte – comme le confirme une citation rapportée ailleurs par l'auteur. En 1805, Napoléon dit au comte Melzi (conseillé auparavant par Germaine) : « Ne donnez pas, croyez-moi, dans cette philanthropie romanesque du dix-huitième siècle ; il n'y a qu'une seule chose à faire dans ce monde ; c'est d'acquérir toujours plus d'argent et de pouvoir ; tout le reste est chimère[83]. » Mais, au-delà de l'expérience vécue, la pensée s'élève à une vérité générale de première importance : l'enthousiasme est révélateur de « cette dignité morale à laquelle rien ne saurait porter atteinte [...], ce qu'il y a de plus admirable dans le don de l'existence » (p. 304). Parce qu'il fait observer chez autrui ou fait jouer en nous le désintéressement, ce sentiment enlève radicalement la moralité aux doc-

82. « Loin qu'on puisse redouter les excès de l'enthousiasme, il porte peut-être en général à la tendance contemplative qui nuit à la puissance d'agir » (p. 303). L'auteur ajoute que pour l'action le « caractère » doit s'ajouter à l'enthousiasme contemplatif, et que « les nations libres ont besoin de l'un et de l'autre ». Les Allemands seraient riches en enthousiasme, pauvres en caractère – thèse souvent développée par Mme de Staël, reprise par Marx sous la forme du décalage en Allemagne entre philosophie spéculative et politique active. Lecteur de Mme de Staël, Marx écrivait en 1846 qu'elle « ressassa beaucoup de lieux communs et les réhabilita quelque temps dans le plus beau style du monde ». Voire !

83. *Considérations sur la Révolution française*, publ. par J. Godechot, Tallandier, 1983, p. 424. Voir aussi *Dix Années d'exil*, éd. cit., Fayard, p. 389. Dans les *Considérations*, l'auteur ajoute sur Napoléon : « Il ne croyait point à la puissance de l'âme ; il comptait les baïonnettes ; et, comme avant l'arrivée des armées anglaises, il n'y en avait presque point en Espagne, il n'a pas su redouter la seule puissance invincible, l'enthousiasme de tout un peuple » (p. 425). L'Espagne est la première erreur militaire de Napoléon, parce qu'il n'a tenu compte que d'une logique toute matérielle.

trines de l'intérêt calculé : « L'enthousiasme prête la vie à ce qui est invisible, et de l'intérêt à ce qui n'a point d'action immédiate sur notre bien-être dans ce monde. » Il accompagne autant la recherche désintéressée du bien que celle de la vérité : « La pensée de l'homme prend un caractère sublime quand il parvient à se considérer lui-même d'un point de vue universel ; il sert alors en silence aux triomphes de la vérité. »

Ce caractère désintéressé que Mme de Staël place dans l'enthousiasme fait évidemment songer aux développements de Kant dans son texte de 1789, *Le Conflit des facultés*[84]. Le philosophe allemand avait écrit : « Le véritable enthousiasme ne se rapporte toujours qu'à ce qui est *idéal*, plus précisément à ce qui est purement moral, le concept de droit par exemple, et il ne peut se greffer sur l'intérêt » (p. 172). Kant avait aussi opposé l'enthousiasme à la passion fanatique (ou *Schwärmerei*), où ce n'est pas l'idée du droit qui est présente à la conscience humaine mais une opinion subjective qu'on veut imposer par la contrainte. Sans avoir une formation philosophique qui puisse étoffer leur réflexion, Mme de Staël et Benjamin Constant étaient réceptifs à la portée philosophique de la notion et à ses enjeux pour la vision de l'homme, pour les conséquences morales et politiques du libéralisme qu'il cherchaient à fonder en France et en Europe. Dans un chapitre des *Mélanges de politique et de littérature* (1829), intitulé « De Mme de Staël et de ses ouvrages », Constant s'attarde sur la notion[85]. Il s'agit cette fois de Corinne, héroïne staëlienne, incarnatrice en 1807 de l'esprit d'enthousiasme. On dit que l'enthousiasme est dangereux par son mépris des réalités concrètes ? « Vraiment, je ne me doutais pas que ces dangers nous entourassent : je regarde autour de moi, et, je l'avoue, je ne m'aperçois pas qu'en fait d'enthousiasme le feu soit à la maison. [...] Voyons-nous beaucoup d'hommes ou même beaucoup de femmes sacrifier leurs intérêts à leurs sentiments, négliger par exaltation le soin de leur fortune, de leur considération ou de leur repos ? [...] À voir tant d'écrivains courir au secours de l'égoïsme, ne dirait-on pas qu'il est menacé ? Rassurons-nous, il n'a rien à craindre. Nous sommes à l'abri de l'enthousiasme » (pp. 868-869). Si l'enthousiasme prend ici un sens éminemment romantique, comme abandon à la passion, il garde cette portée anti-utilitariste que Constant et Staël ont contribué à lui attacher. On en voit les suites, par exemple, dans la critique

84. Plus précisément : « Reprise de la question : le genre humain est-il en progrès constant ? », dans le chapitre « Conflit de la faculté de philosophie avec la faculté de droit ». Nous citons d'après l'édition Piobetta : Kant, *La Philosophie de l'histoire*, Gonthier, 1947.

85. Nous citons d'après l'édition de la Pléiade, *Œuvres*, publ. par A. Roulin, 1957. Le texte n'est pas reproduit dans l'édition par M. Gauchet (B. Constant, *De la liberté chez les modernes*). Le passage des *Mélanges* est bien repris du texte original paru en mai 1807 dans *Le Publiciste*, comme le confirme l'établissement du texte par S. Balayé, *in* B. Constant, *Œuvres complètes*, III-2, sous dir. P. Delbouille et M. de Rougemont, Tübingen, Max Niemeyer Verlag, 1995, pp. 1063-1064.

envers l'« individualisme étroit » et la « monarchie des intérêts » dont Tocqueville se fait l'expression sous Juillet [86].

Dans le *Conflit des facultés* Kant avait posé la question : existe-t-il un moyen de prouver que le progrès est possible et même, qu'il est à l'œuvre dans le genre humain ? Kant se tourne alors vers l'expérience de la Révolution française ; ce n'était pas l'événement en lui-même qui pouvait fournir la réponse, et d'ailleurs aucun fait empirique ne pouvait fonder la réponse à une telle question. L'intérêt philosophique de Kant se porte sur l'*observation* que l'on pouvait mener à son époque : l'objet de l'observation, ce sont les témoins et spectateurs, par exemple en Allemagne, qui assistent au spectacle de la Révolution se déroulant en France. Il s'agit donc de l'observation philosophique d'une observation passionnée des événements et, par là, d'une phénoménologie de la « sympathie d'aspiration » entre ceux qui agissent (en France) et ceux qui contemplent (en Allemagne). Ce n'est donc pas l'événement Révolution française qui prouve par lui-même l'effectivité du progrès [87], « il s'agit seulement, écrit Kant, de la manière de penser des spectateurs qui se traduit publiquement dans ce jeu de grandes révolutions et qui, même au prix du danger que pourrait leur attirer [dans leur pays] une telle partialité, manifeste néanmoins un intérêt universel, qui n'est cependant pas égoïste, pour les joueurs d'un parti contre ceux de l'autre » (éd. Piobetta, p. 170).

On retrouve évidemment dans cette contemplation passionnée, dans cet intérêt non égoïste l'une des faces de l'enthousiasme selon Germaine de Staël : le fait de prêter « intérêt à ce qui n'a point d'action immédiate sur notre bien-être dans ce monde ». Pour Kant, l'événement objet de l'enthousisasme acquiert une fonction de signe [88], il est porteur d'un *sens* pour et par une certaine disposition de l'esprit, en œuvre dans la conscience de chaque spectateur. Le sens ainsi révélé à l'occasion d'un sentiment, l'« intérêt pratique » (c'est-à-dire moral) éprouvé par le spectateur, n'est autre qu'une Idée de la raison, l'Idée du *droit*. On peut donc dire que l'enthousiasme défini par Kant, s'il contient un excès passionnel toujours répréhensible, dévoile cependant l'idée politique par excellence, ce que Kant appelle la constitution républicaine (qui consiste à « gouverner dans un esprit de liberté », selon des règles constitutionnelles).

---

86. Cf. le discours du 28 janvier 1848, annonciateur de la révolution, où Tocqueville conteste la séparation acceptée entre morale privée et morale publique : « Savez-vous quelle est la cause générale, efficiente, profonde, qui fait que les mœurs privées se dépravent ? C'est que les mœurs publiques s'altèrent. [...] C'est parce que l'intérêt a remplacé dans la vie publique les sentiments désintéressés que l'intérêt fait la loi dans la vie privée. » Tocqueville attaque ici la façon de gouverner de Guizot, appuyée sur la corruption. Lamartine dira : « La France s'ennuie ».

87. Cf. l'analyse de J.-M. Muglioni, « République et révolution selon Kant », *Cahiers philosophiques*, n° 38, CNDP, mars 1989.

88. « Signum rememorativum, demonstrativum, prognosticum » (éd. cit., p. 170).

Elle est l'idée *libérale* qui commande à la conduite des chefs d'État : ceux-ci ne peuvent imposer à un peuple ce que le peuple n'adopterait pas, en droit, pour lui-même [89] ; elle s'impose aussi aux citoyens qui peuvent et doivent juger d'après les principes universels du droit et selon la maxime des Lumières *sapere aude* (ose te servir de ton entendement) [90].

En définitive, on voit pourquoi l'événement lui-même, la Révolution française, se trouve valorisé ; dans la mesure où il ne reste pas un événement pris dans la contingence, mais est le révélateur d'une disposition morale, « un tel phénomène dans l'histoire de l'humanité ne s'oublie plus, parce qu'il a révélé dans la nature humaine une disposition, une faculté de progresser telle qu'aucune politique n'aurait pu, à force de subtilité, la dégager du cours antérieur des événements » (p. 173). Ce qui s'est montré *dans* le cours de la Révolution française, c'est le travail de la liberté, et c'est une telle visée [91] à l'œuvre dans l'histoire que les spectateurs ont appréhendée dans l'enthousiasme. D'où en effet la radicale différence entre fanatisme et enthousiasme, ce que Mme de Staël a bien retenu, elle qui redoutait le fanatisme révolutionnaire et qui, dans les *Circonstances*, tentait de démontrer que la Terreur était dissociable du régime républicain. La réconciliation entre les partis demandée dans les *Circonstances* était politiquement envisageable parce que, moralement, l'union des individus pouvait être refaite autour des idéaux de 1789. Pour elle aussi, la Révolution prend la valeur d'un événement à jamais mémorable, tandis que la Terreur a été profondément corruptrice.

Ce dernier point est développé dans le chapitre « De l'influence de l'enthousisasme sur les lumières » : « Les événements terribles dont nous avons été les témoins ont blasé les âmes, et tout ce qui tient à la pensée paraît terne à côté de la toute-puissance de l'action [...]. Il en est résulté qu'on ne croit plus aux idées, ou qu'on les considère tout au plus comme

89. « C'est le devoir des monarques, tout en régnant en autocrates, de gouverner néanmoins selon la méthode républicaine (je ne dis pas démocratique) c'est-à-dire de traiter le peuple suivant des principes conformes à l'esprit des lois de la liberté (comme un peuple de même raison se les prescrirait à lui-même), encore qu'à la lettre ce peuple ne soit pas invité à donner son consentement » (p. 177).

90. Kant, *Réponse à la question « Qu'est-ce que les Lumières ? »*

91. Terme impropre si on ne le rattache pas à l'hypothèse d'un « plan de la nature » exposé par Kant dans l'*Idée d'une histoire universelle*. Dans la *Critique du jugement* Kant insiste sur la représentation simplement négative qu'apporte l'enthousiasme à l'esprit, soit qu'il indique « l'idée du bien accompagnée d'émotion », soit qu'il suggère, dans le spectacle de la nature, le sentiment de l'absence de limite (le sublime) et de l'existence du supra-sensible. Le *Schwärmerei* consiste à *voir* quelque chose par-delà les limites de la sensibilité, et conduit au délire. Cette distinction semble comprise par Mme de Staël lorsqu'elle parle du sentiment de l'infini : « Nous nous sentons comme dégagés, par l'admiration, des entraves de la destinée humaine et il nous *semble* qu'on nous révèle des secrets merveilleux, pour affranchir l'âme à jamais de la langueur et du déclin » (p. 238). Comparer avec *Critique du jugement*, trad. A. Philonenko, Vrin, 1965, pp. 108-111.

des moyens » (pp. 307-308). Les « témoins » dont parle l'auteur, ce sont les protagonistes de la Révolution, ce sont les Français, risquant, à l'inverse du spectateur étranger de Kant, de se fermer à l'esprit de liberté pour y substituer cynisme et raillerie envers l'enthousiasme. Sur ce terreau où l'espérance est morte prospère Napoléon, esprit pragmatique : « On ne croit plus aux idées [92]. » Ou, ce qui est la même chose, on raille les idéalistes comme faisait M. de Maltigues dans *Corinne* (paru en 1807 et rédigé parallèlement à *De l'Allemagne*) : « La vertu est un langage pour le vulgaire, que les augures ne peuvent se parler entre eux sans rire. Toute cette poésie que l'on appelle la conscience, le dévouement, l'enthousiasme, a été inventée pour consoler ceux qui n'ont pas su réussir dans le monde. » Réciproquement, pour Napoléon, Mme de Staël est, selon son expression, une « folle », qui risque d'entraîner l'opinion. Il explique en 1807 au fils Auguste de Staël (dix-sept ans !) venu le voir en intercédant pour sa mère : « Elle n'est habituée à aucune espèce de subordination [...]. Votre mère n'aurait pas été six mois à Paris que je serais forcé de la faire mettre à Bicêtre ou au Temple ; [...] n'est-ce pas déjà elle qui m'a perdu le Tribunat [93] ? »

UN PARCOURS INACHEVÉ

On n'insistera pas sur les approximations, voire les contresens de l'auteur en matière philosophique [94]. Mme de Staël s'intéressait avant tout aux conséquences de la pensée spéculative : ce qu'une doctrine apportait aux manières, aux façons de vivre, aux institutions. Pour elle, les systèmes les plus abstraits ne peuvent rester sans effet sur la société dans laquelle ils prennent naissance, tout comme la littérature et les arts en général. Il suffit de considérer son tableau de la « philosophie française » (c'est elle sans doute qui a lancé l'expression), laudateur pour le XVIIe siècle, beaucoup plus critique pour le siècle suivant [95] : on y trouve

92. Jugement peu équitable si l'on songe aux réalisations par lesquelles l'Empire asseoit l'œuvre de la Révolution (par exemple le Code civil) ou au message dont Napoléon est porteur en Europe. Mais il s'agit ici de la liberté politique dont l'Empereur est, en France, la captation vivante. Dans les *Considérations*, Mme de Staël devra reconnaître, quoique de mauvaise grâce, l'œuvre législative et administrative.

93. Comtesse Jean de Pange, *Mme de Staël et la découverte de l'Allemagne*, Edgar Malfère, 1928, p. 78.

94. C'est le cas, notamment, dans le chapitre consacré à Kant. Quelqu'un comme Cousin, philosophe de profession, est beaucoup moins excusable pour les mêmes confusions (entre l'espace et le temps, formes *a priori* de la sensibilité et les catégories de l'entendement, par exemple). Kant ne commence à être lu avec rigueur qu'au tournant du XXe siècle.

95. Cf. le chapitre « De la philosophie française », et le suivant : « Du persiflage introduit par un certain genre de philosophie ».

nombre de traits pénétrants, intéressants encore pour le lecteur d'aujourd'hui.

Se souvenant sans doute de ce que Montesquieu avait écrit sur l'« âme universelle » ou « esprit général d'un peuple[96] », elle se proposait dans *De l'Allemagne* une sociologie – bien dans l'esprit de Barante, de Sismondi et des autres membres du cercle de Coppet – qui établirait les relations entre philosophies et réalités nationales : « Le système philosophique adopté dans un pays exerce une grande influence sur la tendance des esprits : c'est le moule universel dans lequel se jettent toutes les pensées ; ceux même qui n'ont point étudié ce système se conforment sans le savoir à la disposition générale qu'il inspire » (*De l'Allemagne*, t. II, p. 113).

En recensant les éléments qui lui permettaient de penser les différences entre l'esprit général de la France napoléonienne et celui qui régnait en Allemagne, elle risquait d'idéaliser ce dernier pays et de ne le voir qu'à travers ses théoriciens, ce que ne manqua pas de lui rétorquer Heine dans un autre *De l'Allemagne*, d'une ironie mordante[97]. Il lui fallait se désolidariser de son pays de naissance mais aussi de tout un univers culturel dans lequel elle avait été éduquée à l'époque du salon de sa mère fréquenté par les Encyclopédistes[98]. Elle se forge progressivement la conviction que le « persiflage » régnant en France a paralysé la prise en compte du sujet intérieur, c'est-à-dire de l'âme, que Descartes avait promue. Comparant Descartes, esprit méditant, à Bacon, esprit tourné vers les méthodes empiriques, elle exprime son admiration pour le métaphysicien : « C'est à lui qu'appartient la gloire d'avoir dirigé la philosophie moderne de son temps vers le développement intérieur de l'âme »

96. *Esprit des lois*, XIX, 5, mais surtout le fragment « De la politique » : « Dans toutes les sociétés, qui ne sont qu'une union des esprits, il se forme un caractère commun. Cette âme universelle prend une manière de penser qui est l'effet d'une chaîne de causes infinies, qui se multiplient et se combinent de siècle en siècle. » Encore enfant, la fille des Necker savait par cœur les œuvres de Montesquieu.

97. « Elle considérait nos philosophes comme on considère différents parfums de glace et avala Kant comme un sorbet à la vanille, Fichte comme un sorbet à la pistache et Schelling comme un arlequin. Elle ne vit partout que ce qu'elle voulait voir et n'entendit que ce qu'elle voulait entendre [...] partout elle voit le spiritualisme allemand, elle loue notre honnêteté, notre vertu, notre culture intellectuelle – elle ne voit pas nos prisons, nos maisons closes, nos casernes ». Cité par E. Behler, « Kant vu par le Groupe de Coppet », in *Le Groupe de Coppet*, sous dir. S. Balayé et J.-D. Candaux, Genève, Slatkine, Paris, Champion, 1977, pp. 157-158. À contrebalancer par les nombreux documents *in* d'Haussonville, *Madame de Staël et l'Allemagne*, Calmann-Lévy, 1928 et par le dossier des confrontations menées par Ève Sourian : *Madame de Staël et Henri Heine : les deux Allemagnes*, Didier, 1974. Le petit livre de la comtesse Jean de Pange, *Mme de Staël et la découverte de l'Allemagne*, reste précieux à consulter.

98. « Le dernier des grands salons de l'Ancien Régime » (S. Balayé, in *Dictionnaire Napoléon*). Voir J. Roussel, *Jean-Jacques Rousseau en France après la Révolution*, Armand Colin, 1972, p. 321 : la relation de compétition avec la mère a été pour la fille de Necker un puissant stimulant à l'écriture. Nombreuses informations également dans P. Köhler, *Madame de Staël et la Suisse*, Payot, 1916.

(p. 106). Le XVIIIe siècle de Condillac, Helvétius et Voltaire a perdu le véritable sens philosophique[99] : « La philosophie des sensations est une des principales causes de cette frivolité. Depuis qu'on a considéré l'âme comme passive, un grand nombre de travaux philosophiques ont été dédaignés » (p. 114). En 1802, écrivant à Charles de Villers, l'un de ses introducteurs au kantisme, elle résumait de façon pénétrante et malicieuse son objection fondamentale à la parabole de la statue chez Condillac : « Il me semble que l'on aurait pu faire une supposition métaphysique inverse de la sienne, lorsqu'il représente une statue gagnant des idées à mesure qu'elle acquiert un sens de plus : on aurait pu calculer tout ce que l'homme privé successivement de chacun de ses sens pourrait non seulement conserver mais acquérir d'idées sans eux[100]. »

L'intuition profonde de celle que l'on a souvent raillée comme une mondaine très attachée aux biens matériels est que tout tient à la liberté intérieure, à la capacité de détachement du sujet par rapport au monde des sensations, de l'opinion et de la société. Elle éprouve en fait les conflits intimes que Biran exprime douloureusement dans son Journal, une dizaine d'années après. La vérité, pense-t-elle, est à chercher dans l'âme, et non dans l'accumulation d'observations minutieuses sur ce qui nous entoure, car qui ne commence pas par l'âme, ne saura pas ensuite dominer ses observations[101] : « Si l'on admettait, au contraire, que l'âme agit par elle-même, qu'il faut puiser en soi pour y trouver quelque vérité [...], la direction entière des esprits serait changée » (p. 115). Ne nommant jamais ses amis idéologues avec qui elle opère une rupture, l'auteur de *L'Allemagne* réexamine, dans une sorte de thérapie intellectuelle (en « puisant en soi »), ce qui a constitué le socle commun de leur pensée par-delà les différences de génération entre elle et eux. Elle se convainc que la politique dépend de questions métaphysiques, comme le libre arbitre, questions avec lesquelles le siècle antirousseauiste a rompu.

99. Selon un jugement partagé par Maine de Biran : « On peut dire avec vérité, et en rendant justice à tout le monde, que la vraie métaphysique n'a fait que dégénérer : elle a été tout à fait méconnue parmi nous depuis Locke d'abord, et ensuite Condillac, qui ont eu la vogue exclusive » (*Journal intime*, 11 mai 1817, éd. La Valette-Monbrun, II, 29). Voir toute la page écrite par Biran.

100. *C. G.*, IV-2, p. 539. Dans cette même lettre elle l'informe qu'elle « étudie l'allemand avec soin ». Sur les relations avec Villers, voir d'Haussonville, *Madame de Staël et M. Necker*, p. 351 à la fin, ainsi que l'édition bien annotée par K. Kloocke : *Madame de Staël, Charles de Villers, Benjamin Constant, Correspondance*, Francfort, Peter Lang, 1993. Le recensement des ouvrages en allemand de la bibliothèque de Mme de Staël est donné par G. Solovieff, *L'Allemagne et Mme de Staël*, Klincksieck, 1990.

101. Comme très souvent, Mme de Staël annonce la philosophie rationaliste d'Alain. L'opposition entre Descartes et Bacon (un thème par ailleurs courant) se retrouve chez Alain : « Descartes a osé rendre ses idées indépendantes de l'expérience. Nous voilà bien loin des faciles déclamations de Bacon, qui ne voyait que l'expérience, encore l'expérience et toujours l'expérience. Or, Descartes est lu encore et suivi par deux ou trois obstinés ; le troupeau a galopé avec Bacon » (*Propos sur le pouvoir*, p. 301).

« Raisonnez sur la liberté de l'homme et vous n'y croirez pas ; mettez la main sur votre conscience et vous n'y pouvez douter. » Ce serait, pour Mme de Staël, le lieu de dire avec Pascal : « Nous avons une impuissance de prouver, invincible à tout le dogmatisme. Nous avons une idée de la vérité, invincible à tout le pyrrhonisme. »

En fait, elle n'est pas loin de préoccupations déjà exprimées précédemment, dans le livre de 1796, *De l'influence des passions*, sorte d'auto-analyse rationnelle qu'on n'a pas assez prise au sérieux. Dans la conclusion de l'ouvrage, elle opposait la philosophie, qui « est en nous », aux passions qui expriment notre « besoin des autres ». Elle affirmait, comme pour s'en convaincre : « Il faut que l'existence parte de soi, au lieu d'y revenir, et que, sans jamais être le centre, on soit toujours la force impulsive de sa propre destinée[102]. » Elle ajoutait : « C'est moi-même aussi que j'ai voulu persuader ; j'ai écrit [...] pour dégager mes facultés de l'esclavage des sentiments, pour m'élever jusqu'à une sorte d'abstraction qui me permît d'observer la douleur en mon âme, d'examiner dans mes propres impressions les mouvements de la nature morale et de généraliser tout ce que la pensée me donnait d'expérience. » On comprend que ce travail de retour sur soi, en d'autres termes la conquête de l'autonomie intérieure, ait porté ses fruits et, en quelque sorte, ait trouvé sa vérité, au contact de l'Allemagne de Goethe, Kant, Fichte et Jacobi. Sans doute fallait-il une culture protestante pour que se produise une pareille aventure intellectuelle dans la France impériale : les contemporains ne s'y sont pas trompés.

Quand on considère la « situation de Mme de Staël » (au sens sartrien) au sortir de ce travail de pensée, on pourrait dire qu'il lui reste à harmoniser sa vision de l'individualité morale avec une théorie des institutions politiques – c'est-à-dire à fonder proprement le libéralisme politique. Ce serait en fait reprendre à neuf le projet ambitieux qu'annonçait l'introduction à *De l'influence des passions* : établir la relation qui doit exister « entre le système du bonheur de l'individu et celui du bonheur des nations ». L'ouvrage publié à l'automne 1796 ne contenait que la première partie, celle qui concerne l'individu dans sa possibilité d'indépendance vis-à-vis des passions ; pourtant, l'introduction exposait les principes politiques auxquels l'auteur était attaché : l'« aristocratie des meilleurs » à travers l'élection, la « prééminence des vertus, des talents et des propriétés », la séparation des pouvoirs et le bicamérisme, la force de l'exécutif[103]. En 1810, la République directoriale est loin, défaite et

102. *Œuvres*, Firmin-Didot, Treuttel et Würtz, 1844, t. 1, p. 172. Également dans l'édition publ. par M. Tournier, *Essai sur les fictions*, suivi de *De l'influence des passions sur le bonheur des individus et des nations*, Ramsay, 1979, p. 243.

103. Nous ne pouvons examiner ici la permanence de ces thèmes à travers les écrits du Directoire : voir G. E. Gwynne, « L'évolution de la pensée politique de Mme de Staël pendant la Révolution », in *Madame de Staël et la Révolution française*, *op. cit.*

déconsidérée, Napoléon a bouleversé toutes les données politiques et institutionnelles. Il y a donc un décalage sensible entre la phase de pensée des institutions chez Germaine de Staël (entre 1790 et 1799), et la phase « philosophique » de découverte du sujet libéral (entre 1801 et 1810). Elle mourra en 1817, dans la journée symbolique du 14 juillet, sans avoir pu reformuler une vision d'ensemble – car il faut dire que les *Considérations sur la Révolution française*, publiées par sa famille [104], ne remplissent pas cette mission, même si l'ouvrage posthume a reçu un écho considérable. Il revenait à Benjamin Constant de tirer tous les fruits de la réflexion menée par son amie – souvent conjointement avec lui – tout en y ajoutant sa propre recherche et l'acquis de l'expérience nouvelle : le besoin d'une monarchie constitutionnelle, et du « pouvoir neutre » à construire sur la désagrégation de l'Empire, après la phase ambiguë des Cent-Jours ; également une conception du sujet libéral, mais qui ne réintégrera pas toutes les influences philosophiques dont Mme de Staël avait fait son miel, et fera retour, pour partie, à l'école des Idéologues.

BENJAMIN CONSTANT : LA NÉCESSAIRE INDIVIDUALISATION DE LA LIBERTÉ POLITIQUE

Avec Constant s'accomplit véritablement le passage à une politique de l'individu-citoyen comme individu éduqué et éclairé qui doit apprécier en conscience les actes du pouvoir : il n'y a une « opinion publique » légitime que s'il y a des actes de jugement diversifiés, des opinions individuelles. L'exigence du *jugement* en politique – telle qu'on la rencontre d'abord chez Locke et chez Kant – devient fondatrice, elle constitue une sorte de Liberté matricielle pour toutes les libertés, l'une de ses traductions directes étant l'écrit : Benjamin Constant affirmera à diverses reprises que la plus fondamentale des « garanties » libérales est dans la liberté de la presse, cette dernière étant entendue comme la faculté d'examiner, de proposer, de critiquer, donc de communiquer ses jugements, d'en attendre une réponse en retour, etc.

Le grand œuvre de Constant en matière de réflexion sur le jugement en politique, et sur une politique du jugement, a été achevé pour sa plus grande partie durant l'année 1806 ; il s'agit du brouillon intitulé *Principes de politique applicables à tous les gouvernements*, dont Étienne Hofmann a établi l'édition scientifique à partir des manuscrits recueillis

104. Et expurgées, dans l'attente de l'édition que préparent Simone Balayé et John Isbell.

à Lausanne et à Paris[105]. Il faut également mentionner l'autre partie, détachée sous forme d'un manuscrit distinct et récemment édité par Henri Grange, *Fragments d'un ouvrage abandonné sur la possibilité d'une constitution républicaine dans un grand pays*, qui semble[106] avoir été composé entre 1795 et 1807 et correspond au versant plus institutionnel, à la recherche des « garanties » (selon le langage consacré des juristes). Durant le reste de sa vie, Constant a puisé dans le trésor inédit de ces deux écrits pour tel ou tel livre, article ou discours[107]. Il importe de remonter à ces sources pour comprendre le socle fondamental de la pensée de Constant, même s'il est vrai qu'un texte que l'auteur a lui-même édité donne l'assurance d'un contrôle authentifié. Mais, dans le cas de Benjamin Constant, il s'agit de quelqu'un qui rédige ses manuscrits avec beaucoup de minutie, et aussi avec plus de liberté que dans le texte finalement publié. Nous n'hésiterons donc pas à puiser autant dans le manuscrit des *Principes*[108] que dans les divers articles ou ouvrages auxquels l'auteur a attaché son nom.

Du jugement individuel

L'appétit naturel de l'esprit pour la vérité

Le *Manuscrit des Principes* offre des pages remarquables pour qui essaie de restituer la vision de la *connaissance* qui sous-tend la réflexion politique de Constant. Commentant cette tendance forte en France, selon laquelle la société doit être instituée par le pouvoir, Constant s'oppose à l'artificialisme qui inspire cette conception, ou la légitime, chez les théoriciens. « Créer l'opinion, régénérer l'opinion, éclairer l'opinion sont des mots que nous rencontrons à chaque page comme attribution du gouvernement dans toutes les brochures, dans tous les livres, dans tous

105. Genève, Droz, 1980, t. II. Le tome I est une analyse par É. Hofmann des thèmes majeurs de Constant : *La Genèse d'une œuvre et l'évolution de la pensée de leur auteur (1798-1806)*. Pour une bonne analyse de l'évolution suivie par Constant, voir K. Kloocke, *Benjamin Constant.Une biographie intellectuelle*, Genève, Droz, 1984.

106. Voir l'introduction par H. Grange aux *Fragments d'un ouvrage abandonné*, Aubier, 1991, p. 28.

107. Aussi l'édition des textes de Constant est-elle toujours un casse-tête dès lors qu'on retrouve ailleurs le même passage, repris par l'auteur avec ajouts ou modifications, en version double, triple, quadruple, voire davantage. Lorsque nous citerons un tel passage, sauf exception justifiée, nous ne signalerons pas les versions jumelles.

108. Signalé ainsi : *Manuscrit des Principes*, par différence avec les *Principes de politique*, cités à partir de l'édition publ. par M. Gauchet (in *De la liberté chez les modernes*, « Pluriel » ; Livre de Poche, 1980). Malgré l'analogie des titres, rappelons que le texte de 1806 est beaucoup plus riche dans ses thèmes que le livre publié en 1815 (par exemple en matière d'économie). *De la liberté chez les modernes* a été réédité récemment par Marcel Gauchet sous le titre *Écrits politiques*, Folio-Essais, 1997.

les projets de politique, et, durant la Révolution française, nous les rencontrions dans tous les actes d'autorité » (p. 77). Ce n'est pas l'effectivité ni l'efficacité d'un tel modèlement de l'opinion que conteste l'auteur, c'est sa légitimité eu égard à ce qu'il considère comme l'*ordre naturel* des idées dans la production d'une vérité, ou l'ordre des principes et des conséquences en morale. Le livre VII (« De la liberté de la pensée ») et le livre XIV (« De l'action de l'autorité sur les lumières ») développent une profession de foi que l'on dira aujourd'hui anti-artificialiste et antipositiviste.

Tout d'abord, pour Benjamin Constant la vérité n'est pas d'ordre conventionnel mais répond à un besoin intime de l'esprit, et même à un devoir de connaissance et de transmission à autrui : « La vérité n'est pas seulement bonne à connaître, mais bonne à chercher. Lors même qu'on se trompe dans cette recherche, on est plus heureux qu'en y renonçant. L'idée de la vérité est du repos pour l'esprit, comme l'idée de la morale est du repos pour le cœur » (p. 362). Le propre de la vérité, comme le propre du devoir moral, est de balayer l'incertitude ou l'irrésolution, ce que ne saurait apporter une conception conventionnaliste.

Comme chez Germaine de Staël, il entre certainement une expérience personnelle dans cette thèse. Personnalité déchirée par les conflits passionnels et l'indécision, Constant aspire au sentiment et à la conscience de *nécessité* qu'apporte la découverte d'une vérité. En matière de morale, il écrivait, par exemple, dans son Journal : « L'indécision est le grand supplice de la vie. Or il n'y a que le devoir qui nous en préserve. Quand on ne calcule que son intérêt, le résultat seul décide si l'on ne s'est pas trompé, et si l'on s'est trompé, on n'a aucun sentiment qui adoucisse la peine qu'on en éprouve. Mais en obéissant au devoir, on ne peut pas se tromper, car le résultat, quel qu'il soit, ne change pas ce qu'on a dû faire [109]. »

Le modèle de la nécessité morale (connaissance de ce qu'il faut faire et vérité sur soi du sujet) sert à reconnaître l'expérience de la nécessité dans l'ordre de la connaisssance. Par extension, il n'est pas possible de priver *autrui* de la connaissance d'une vérité : Constant s'engage dans la réfutation de la thèse, connue en politique, selon laquelle il est sage de maintenir les préjugés et les erreurs populaires [110]. De tels théoriciens,

109. « Journal intime », 15 avril 1804, in *Œuvres,* Pléiade, éd. cit., p. 293. Cf. le passage de *L'Allemagne* où Mme de Staël insistait sur le devoir comme expérience de liberté : « Le devoir est la preuve et la garantie de l'indépendance métaphysique de l'homme. »

110. Il songe aussi bien à la défense des préjugés par Burke qu'aux « beaux mensonges » platoniciens ou à la religion nationale selon Machiavel. Mais c'est aussi la reprise de la réponse qu'avait donnée Condorcet à une question mise au concours par Frédéric II. Cf. Condorcet, « Dissertation philosophique et politique, ou réflexions sur cette question : S'il est utile aux hommes d'être trompés », in *Œuvres de Condorcet,* Firmin-Didot, 1847-1849, t. V, p. 333 et suiv.

observe l'auteur, « oublient le danger de donner à l'homme l'habitude de l'erreur. La raison est une faculté qui se perfectionne ou se détériore. En imposant à l'homme une erreur, vous détériorez en lui cette faculté. Vous brisez la chaîne de ses idées. [...] S'il était accordé à l'homme d'intervertir une seule fois l'ordre des saisons, quelque avantage qu'il pût retirer de ce privilège dans une circonstance particulière, il n'en éprouverait pas moins un désavantage incalculable, en ce qu'il ne pourrait plus dans la suite se reposer sur la succession uniforme et l'invariable régularité qui sert de base à ses travaux. Il en est de la nature morale comme de la nature physique. Toute erreur fausse l'esprit ; car pour y pénétrer, il faut qu'elle l'empêche de marcher suivant sa destination, du principe à la conséquence » (pp. 358-359). Il est clair que l'« erreur » dont parle ici Constant n'est pas le résultat malencontreux d'une recherche, une défaillance de l'esprit par rapport à soi-même, mais la consolidation d'un préjugé chez les gouvernés, voulue par l'autorité : c'est en ce sens qu'elle peut être dite « fausser l'esprit », comme on dérègle une machine en la détournant de sa fonction ou de son régime habituel. Or ce calcul du pouvoir n'est pas même judicieux, car nul ne peut maîtriser les *conséquences* d'une politique de l'illusion. Par exemple, « un esprit que vous avez accoutumé à raisonner faux dans telle occasion où l'imperfection de sa logique vous paraissait commode et se prêtait à vos vues, raisonnera faux dans telle occasion où le vice de son raisonnement contrariera vos intentions » (p. 359). Tout pouvoir qui s'écarte sciemment de la vérité contredit l'ordre des choses et porte atteinte à la « nature », c'est-à-dire à la façon naturelle de raisonner de l'esprit humain, à ce que les philosophes dénomment la lumière naturelle.

On voit que cette contestation du machiavélisme s'appuie chez Constant sur une idée de la connaissance, comme harmonie entre l'esprit et l'ordre naturel, assez spinoziste : l'idée vraie agrandit la part active de notre être et procure la paix intérieure. De même, la critique des abus d'autorité renvoie à une conception des droits naturels de la personne : « L'erreur est à la vérité ce que le machiavélisme est à la morale. Si vous abandonnez la morale, pour vous jeter dans les ruses du machiavélisme, vous n'êtes jamais sûr d'avoir entre ces ruses choisi la meilleure. Si vous renoncez à la recherche de la vérité, vous n'êtes jamais certain d'avoir choisi l'erreur la plus utile » (p. 361). De nouveau, le propos, avec la répétition du terme *erreur*, s'adresse aux gouvernants. En effet, qui a « choisi » ? Ce ne peut être celui qui est trompé, le gouverné, puisque par définition il ignore que le faux dont il est victime est faux ; ce ne peut être que le trompeur, le pouvoir qui nourrit les préjugés. Mais le maintien par Constant du terme « erreur » – au lieu de mensonge politique – suggère que le gouvernant qui méprise la raison des gouvernés ne sait pas clairement lui-même où est le vrai et où est le faux. Le trompeur participe quelque peu à sa tromperie, car il a « renoncé à la recherche de la vérité » ; il n'écoute que ce qu'il croit être son intérêt : que quelque chose – pas nécessairement déterminé de façon claire – ne se sache pas, ou ne se formule pas dans l'espace public. Ce gouvernant, technicien de l'habileté pris lui-même entre vérité et illusion, spécialiste en « fictions parlées [111] », ressemble fort au sophiste platonicien réfugié dans le repaire du non-être.

Il faut également relever que, au cœur de cette réflexion sur le besoin de vérité, Constant définit un véritable *droit* du citoyen à la vérité, à l'encontre de toute raison d'État. Il le pose toutefois à l'intérieur de certaines limites. En premier lieu, il demande non pas que le pouvoir *procure* la connaissance de la vérité [112], mais n'y mette pas d'obstacle sciemment. Par ailleurs, la connaissance d'une vérité devenant, dans certains cas, un véritable enjeu de pouvoir entre ceux qui la détiennent et ceux qui la cherchent, on peut peut-être mieux comprendre le sens de la controverse avec Kant [113], en 1797. Constant écrivait : « Nul homme n'a droit à la vérité qui nuit à autrui » (p. 137), formulation que, bien entendu, Kant juge « dépourvue de sens », puisque « la vérité n'est pas un bien dont on serait propriétaire [114] ». Mais ce que veut dire sans doute Constant c'est que, dans l'ordre politique, les pouvoirs, par une véritable inversion des choses, se considèrent comme propriétaires légitimes de la vérité, connue ou à connaître, et n'admettent pas qu'on la leur dérobe. Telle vérité devient alors un bien (parfois monnayable très cher) que gouvernés et gouvernants en viennent à se disputer. Dans ces conditions, il faut dire qu'il existe un droit du citoyen que la Déclaration de 1789 n'a même pas songé à énoncer, le droit de savoir la vérité sur ce qui se fait en son nom, mais, comme tout droit individuel, il ne saurait s'étendre jusqu'au point où il nuit à autrui. Voilà en quel sens, semble-t-il, Constant pouvait écrire que nul n'a « droit » à une vérité qui peut nuire à autrui, chez les gouvernants comme chez les gouvernés : trop d'exemples aujourd'hui montreraient l'extrême actualité de cette thèse ! Ce n'est pas le devoir moral de véracité qui est en jeu (dire que l'on cache quelqu'un chez soi, dans l'exemple de Constant) [115], mais l'impertinente prétention du pouvoir politique au droit de savoir, et par là, à violer le domicile.

Ensuite, Constant examine la thèse inverse : l'autorité doit-elle pré-

---

111. Selon une formule de Platon que nous rappelons ici, puisque Constant est un grand lecteur des philosophes et des écrivains antiques.

112. On devra revenir sur ce point : cf. l'alinéa suivant : « Le pouvoir peut-il être ami des lumières ? »

113. Cf. le chap. VIII du livre *Des réactions politiques*, publ. par Ph. Raynaud, Flammarion, 1988.

114. Kant, *Sur un prétendu droit de mentir par humanité*, Vrin, 1980, p. 71.

115. À l'époque, il s'agissait de Mme de Staël abritant chez elle Mathieu de Montmorency, selon J. Isbell, *The Birth of European Romanticism. Truth and Propaganda in Staël's De l'Allemagne*, Cambridge, Cambridge University Press, 1994, pp. 135-136.

server les hommes de l'erreur, de façon active, jusqu'à leur « apporter » la vérité[116] ? Conception aussi illégitime que la précédente (sur les « beaux mensonges »), car c'est la nature même de l'esprit humain que lui seul puisse découvrir et appréhender une vérité comme vérité : « L'appui du pouvoir assuré même à la vérité se transforme en cause d'erreur. Le sentier naturel de la vérité, c'est l'évidence. La route naturelle vers la vérité, c'est le raisonnement, la comparaison, l'examen. Persuader à l'homme que l'évidence, ou ce qui lui paraît l'évidence, n'est pas le seul motif qui doive le déterminer dans ses opinions [...] c'est fausser ses facultés intellectuelles. C'est établir une *relation factice* entre l'opinion qu'on lui présente et l'instrument avec lequel il doit la juger » (p. 362).

Relation factice : on voit de nouveau que tout artificialisme en matière de philosophie politique est récusé par Constant, à la fois pour des raisons d'ordre cognitif (il existe une « lumière naturelle » de l'esprit) et pour des raisons morales (faire croire sur parole donnée par l'autorité, c'est « détériorer » l'aptitude à juger). En fin de compte, l'erreur personnelle a ceci de (relativement) bon qu'elle provient de nous-même dans la recherche du vrai. « L'on peut dire [...] que l'adoption d'une erreur d'après nous-mêmes, et parce qu'elle nous paraît la vérité, est une opération plus favorable au perfectionnement de notre esprit que l'adoption d'une vérité sur la parole d'une autorité quelconque. »

Constant a lui-même ressenti profondément la *valeur* de la pensée comme cheminement libre et responsable ; la reproduction quasi maniaque de passages de ses manuscrits traduit ce sentiment d'une naturalité de l'idée vraie – conquise de haute lutte, parce que naturalité n'est pas spontanéité –, et d'une objectivité du vrai, à laquelle la subjectivité se soumet légitimement. Dans le respect de l'objectivité ainsi conquise, il y va de la *liberté* du sujet connaissant et, par là, du sujet politique.

La liberté du sujet politique est donc une liberté pour l'erreur, contrairement à la thèse que l'Église catholique soutiendra longtemps et selon laquelle « la vérité seule a des droits », tandis que l'erreur n'a aucun droit[117]. En personnalisant la vérité de cette façon, puisqu'on en fait un sujet de droits, on l'identifie au pouvoir ou à l'institution qui en devient propriétaire, et c'est la conscience individuelle qui perd toute autonomie. Combattant la thèse des « droits de la Vérité », Constant écrit : « Le droit dont je suis le plus jaloux [...] c'est celui de me tromper. [...] Sans ce droit, il n'existe ni indépendance d'opinion ni possibilité de liberté individuelle. Si les hommes permettent à l'autorité de leur enlever ce droit, ils n'auront plus aucune liberté individuelle, et ce sacrifice ne les mettra

116. Liv. XIV, chap. III : « De l'autorité employée en faveur de la vérité ». Le chapitre précédent s'intitulait « De l'utilité qu'on attribue aux erreurs ».

117. Cf. notre chapitre « Église et politique », *infra*.

point à l'abri de l'erreur, puisque l'autorité ne fera que substituer les siennes à celles des individus » (p. 76).

On est loin ici de la religion d'État dont Mme de Staël préconisait l'adoption dans *Des circonstances actuelles*. Il est vrai que, dans ses *Considérations sur la Révolution française*, elle se retrouve entièrement sur la même ligne que Constant : « Il n'est, écrit-elle, aucune question, ni de morale ni de politique, dans laquelle il faille admettre ce qu'on appelle l'autorité. La conscience des hommes est en eux une révélation perpétuelle, et leur raison un fait inaltérable[118]. » De plus, tandis que son amie faisait la critique de la conception déterministe (détermination par le milieu) des Idéologues, qui fonde leur conception d'un gouvernement de la raison, Constant approfondit et généralise la réflexion : aucun pouvoir ne peut prétendre guider vers la vérité[119]. Cela vaut d'abord pour l'expérience de la Révolution française, mais aussi, plus généralement, à l'encontre de la thèse sur « la protection des lumières par l'autorité » (titre du chap. 4, liv. XIV).

Considérons tout d'abord le cas de la Révolution : elle « avait été dirigée contre des erreurs de tout genre ; c'est-à-dire qu'elle avait eu pour but d'enlever à ces erreurs l'appui de l'autorité. Les chefs de cette révolution voulurent aller plus loin. Ils voulurent faire servir l'autorité même à la destruction de ces erreurs. Aussitôt le mouvement national s'arrêta. [...] Qu'avait en effet voulu cette masse d'hommes éclairés et d'un sens droit qui, durant la dernière moitié du dix-huitième siècle, avait soutenu la philosophie contre la cour et le clergé ? L'indépendance de l'opinion, la liberté de la pensée. Mais aussitôt que le pouvoir se mettait du côté des philosophes et s'exerçait en sa faveur, l'opinion n'était plus indépendante, la pensée n'était plus libre » (p. 365).

On peut donc réclamer la liberté de pensée selon deux inspirations différentes : soit dans l'intention de la garantir au moyen du pouvoir et des institutions, ce qui est la rendre à elle-même, soit comme instrument de conquête du pouvoir, que l'on supprime ensuite au nom de la « réalisation » des lumières. Outre le cas du despotisme éclairé, que l'on va maintenant envisager, l'expérience contemporaine des révolutions au XXe siècle ne fait que confirmer la pénétration de Constant. La liberté réclamée qui ne s'exerce pas comme liberté *des individus* est un slogan ou un simulacre.

118. Éd. cit., p. 444. Dans ce passage (chap. II de la 5e partie), Mme de Staël oppose à la formule de saint Paul, abondamment utilisée en faveur de la monarchie, « Respectez les puisssances de la terre car tout pouvoir vient de Dieu », la nécessité du jugement intérieur : « Ce qui fait l'essence de la religion chrétienne, c'est l'accord de nos sentiments intimes avec les paroles de Jésus-Christ. »

119. Source intellectuelle, comme on le verra, de son opposition à Guizot.

Le pouvoir peut-il être l'ami des lumières ?

Nous avons vu que Constant radicalisait les analyses de Mme de Staël ; c'est en effet la politique du despotisme éclairé, mythe puissant à l'époque[120], que Benjamin contredit avec brio : « Vous réduisez-vous à demander que l'autorité favorise de tout son pouvoir l'accroissement infini des lumières ? Mais en chargeant l'autorité de cette fonction, vous êtes-vous bien assurés que vous ne lui imposez pas un devoir en sens inverse de ses intérêts ? » L'argument peut paraître inattendu, il découle en fait de la distinction qu'opère l'auteur entre les scientifiques et ce que l'on peut appeler le public cultivé qui lit (cf. Kant, *Qu'est-ce que les Lumières ?*). Les sciences tendent à devenir « une espèce d'industrie » étrangère à l'ordre des fins, aux valeurs, à « ce que l'on entend particulièrement par philosophie ». Ces sciences, séparées de la réflexion sur les valeurs, n'inquiètent pas les pouvoirs : « Ils font avec elles un marché, en vertu duquel elles s'engagent à ne pas sortir de la sphère convenue[121]. »

Quant aux lumières véritables, c'est-à-dire le mariage d'une culture humaniste et d'un exercice libre du jugement, le pouvoir les redoute toujours. Il est intéressant, en notre époque de technocratie triomphante, de relire cette page : « L'intérêt des gouvernants comme gouvernants c'est que les gouvernés possèdent un degré de lumières qui les rende des agents habiles, mais qui ne diminue point leur docilité [...]. Le pouvoir, sous quelque forme qu'il existe, quelque légitime, quelque modéré que vous le supposiez, est impatient de la surveillance. Or plus les nations sont éclairées, plus la surveillance est redoutable. [...] La conscience de chaque individu de la classe cultivée constitue un tribunal inflexible, qui juge les actes de l'autorité. Les gouvernants, comme gouvernants, n'ont donc pas intérêt à un progrès indéfini des lumières mais à un progrès relatif et limité » (p. 366).

Parce que le pouvoir moderne sait que, pour persévérer dans son être, il a besoin de l'opinion, il ne peut qu'éprouver l'envie de faire lui-même cette opinion et percevoir comme un rival ce que nous appelons aujourd'hui l'intellectuel. Réciproquement, l'illusion qui guette l'intellectuel est d'entrer dans cette rivalité, c'est-à-dire d'aspirer au pouvoir – ou, à tout le moins, confondre cette « classe cultivée qui lit » (pour reprendre

---

120. Voir notamment J.-J. Chevallier, article « Despotisme éclairé » dans *Encyclopaedia universalis*.

121. Cf. *Principes de politique* (éd. Gauchet), p. 324 : « Les savants proprement dits sont rarement froissés par le pouvoir même injuste. Il ne hait que la pensée. Il aime assez les sciences comme moyens pour les gouvernants, et les beaux-arts comme distraction pour les gouvernés ». Dans cette critique, Constant retrouve, pour une fois, le Rousseau du premier *Discours*.

encore Kant) avec l'*opinion publique* de la scène politique (et, aujourd'hui, médiatique). On comprend pourquoi le libéralisme théoricien de Benjamin Constant a pris cette posture critique si caractéristique, au point qu'on a pu le baptiser « libéralisme d'opposition » (Pierre Manent[122]) ou dire, avec Faguet, qu'un libéralisme authentique ne peut gouverner : « Il est absolument impossible à un gouvernement, quel qu'il soit, de ne pas considérer comme contraire à lui tout ce qui est en dehors de lui [...], de ne pas considérer comme "un État dans l'État" tout ce qui a un minimum de liberté et d'autonomie dans l'État. Il n'y a pas de gouvernement libéral[123]. »

Si l'on en revient à l'expérience du despotisme éclairé, nécessairement présente à l'esprit des héritiers de Voltaire, il faut relever l'hésitation significative que Constant éprouve devant le règne de Frédéric II, ce « prince éclairé » vanté par Kant. Le chapitre sur « la protection des lumières par l'autorité » raille les penseurs ou écrivains français accourus en Prusse, qui furent comblés de distinctions, ainsi que les auxiliaires du souverain en Prusse même. « Le génie de Frédéric ne pouvait effacer le caractère indélébile de l'autorité. Ses protégés répétaient, il est vrai, des idées philosophiques, parce que ces idées étaient le mot d'ordre [...]. Ils écrivaient des choses hardies, mais ils les écrivaient d'une main tremblante, incertains sur les résultats qu'il était prudent d'en tirer et se retournant sans cesse avec inquiétude pour consulter le pouvoir. » En revanche, un autre chapitre, sur la liberté de pensée (livre VII), fait l'éloge du règne frédéricien, parce que, malgré l'absence de liberté politique, la liberté de pensée et la liberté de presse ont créé « un esprit public » qui a fait la force de la Prusse durant la guerre avec l'Europe coalisée. « Il laissa la plus grande latitude à la pensée, il permit l'examen de toutes les questions de politique et de religion. Son aversion même pour la littérature allemande, qu'il connaissait peu, fut très favorable à la liberté complète des écrivains allemands. Le plus grand service que l'autorité puisse rendre aux lumières, c'est de ne pas s'en occuper » (p. 141).

Quel que soit le diagnostic porté sur le règne de Frédéric II, le message reste en tout cas le même : le *jugement* des citoyens gouvernés s'exerce d'un autre lieu et répond à une autre fonction que l'expression, chez les gouvernants, de leur opinion ou de leur doctrine. Et l'ordre naturel de découverte et d'appropriation de la vérité est favorisé par la séparation entre la société et l'État ; rien ne serait pire que de les confondre. La cause du vrai en politique s'identifie ainsi avec l'exercice des droits

122. Cf. l'étude citée de P. Manent, *in* F. Furet dir., *L'Héritage de la Révolution française*, p. 74.

123. É. Faguet, *Le Libéralisme*, Société française d'imprimerie et de librairie, 1903, pp. 40-41. Propos bien entendu excessifs, mais qui visaient l'« intolérance républicaine » de l'époque dans la lutte contre les congrégations. Cf. J.-P. Machelon, *La République contre les libertés ?*, Presses de la FNSP, 1976.

individuels : comme le dira Alain, « la fonction de juger ne se délègue point ». Constant, quant à lui, ne craint pas d'écrire : « S'il fallait choisir entre la persécution et la protection, la persécution vaudrait mieux pour les lumières » (*Manuscrit des Principes*, p. 368).

Toujours dans la lignée de cette pensée qui donnera la philosophie du pouvoir d'Alain, Constant pose pour thèse fondamentale : « Il y a dans le pouvoir quelque chose qui fausse plus ou moins le jugement. » Le philosophe-roi n'est pas le modèle qu'il s'agirait de mettre naïvement en pratique [124]. D'où cet axiome que l'auteur croit pouvoir énoncer : « Toutes choses égales, il est toujours vraisemblable que les gouvernants auront des opinions moins justes, moins saines, moins impartiales que les gouvernés » (*ibid.*, p. 73).

DE L'USAGE DES FICTIONS : CRITIQUE DES HYPOSTASES

Affirmer que la conscience individuelle est la source légitime du jugement en politique impliquait, aux yeux de Benjamin Constant, de lever un obstacle qui tenait une place considérable dans la vision politique française, l'abus d'entités collectives abstraites (« holistes », dirait-on aujourd'hui) telles que « le Peuple », « la Société », « la Volonté générale ». Ces entités – que nous appellerons désormais *hypostases* - permettent à un leader de se les approprier, dans et par le discours politique, de confondre sa volonté avec celle de la collectivité et de passer outre aux droits des individus ou des minorités.

Du fait de l'attachement à l'idée d'*unité* – elle-même identifiée au rôle salvateur de l'État –, les groupes dirigeants, pendant la Révolution, ont fait un usage continuel et intempérant de ces entités. À vrai dire, la doctrine révolutionnaire de la représentation est tout entière construite à cet effet, ériger une hypostase.

L'exemple de la représentation révolutionnaire

En vue de refréner ce qui était perçu comme une menace du nombre démocratique, la Constitution de 1791 a mis en œuvre une solution mixte [125] : d'un côté, le vote issu des assemblées de canton devait traduire

124. Ces formulations de Constant, capitales pour caractériser le libéralisme du sujet, peuvent aussi être rapprochées de ce qu'écrivait Kant en 1795 dans le *Projet de paix perpétuelle* : « On ne doit pas s'attendre à ce que des rois se mettent à philosopher ou que des philosophes deviennent rois ; ce n'est pas non plus désirable, parce que détenir le pouvoir corrompt inévitablement le libre jugement de la raison » (trad. J. Gibelin, Vrin, 1975, p. 51).

125. Nous suivons l'analyse de Patrice Gueniffey dans son excellent ouvrage : *Le Nombre et la raison. La Révolution française et les élections*, Éditions de l'EHESS, 1994.

les choix locaux (dédaigneusement appelés en l'an VIII « choix sectionnaires »), c'est-à-dire la diversité des intérêts en présence qu'il faut exprimer selon la logique démocratique du « reflet » ; de l'autre côté, on trouve l'institution de grands électeurs réunis en assemblées de département, en fonction d'un cens élevé ; cette dernière modalité, combinée avec la thèse selon laquelle le député représente la nation et non son département, aboutissait à ce que la volonté générale (nationale) ne pût apparaître que dans l'Assemblée élue. Selon la formulation vigoureuse de Sieyès, le peuple « n'existe que là », c'est-à-dire il n'existe que mis en représentation [126]. La nation n'était donc pas un être empirique, une collection d'individus exprimant leur volonté propre, mais un *être fictif*, une entité juridique construite à partir du choix, fait par les assemblées électorales de second degré, d'un certain nombre de personnalités revêtues de la confiance. Par la Constitution de l'an VIII, Bonaparte ne fit que pousser cette conception à l'extrême, avec l'approbation de Sieyès, du moins sur ce point : les assemblées électorales n'ont plus qu'un droit de *présentation*, tandis que le Sénat supposé représenter la nation (mais en fait nommé par le Premier Consul) exerce lui le droit d'élection (en fait encore, de nomination). Dans le texte déjà cité plus haut, Cabanis explique que désormais « les choix doivent partir non d'en bas, où ils se font toujours nécessairement mal, mais d'en haut où ils se feront nécessairement bien ».

Ce choix venu d'en haut se justifie par le fait que seul le Sénat, doté du « pouvoir électoral », représente la nation dans son unité indivise. Ainsi, dans le discours prononcé par Cabanis devant les Cinq-Cents, le « peuple » était partagé entre sa réalité toute passive (« il vit tranquille sous la protection des lois ») et sa fiction agissante (le corps sénatorial qui parlait en son nom). Mais comme le Sénat était nommé et rétribué par le pouvoir exécutif, on peut dire que la fiction représentative couvrait le pouvoir du Premier Consul, qui parlait au nom du peuple par l'organe du Sénat : coryphée des divers organes institués, il « se faisait dire sa volonté sur divers tons » (Mme de Staël) [127].

---

126. Sieyès reste fidèle à cette idée de 1789 à l'an VIII. Cf. le discours du 7 septembre 1789, publié sous le titre *Dire sur le veto royal* : « Le peuple ne peut parler, ne peut agir que par ses représentants » (*Archives parlementaires*, 1re série, t. VIII, p. 595). Comparer avec les observations dictées à Boulay de la Meurthe pour la Constitution de Bonaparte : « Dans un gouvernement représentatif, nul fonctionnaire ne doit être nommé par ceux sur qui doit peser son autorité. La nomination doit venir des supérieurs qui représentent le corps de la nation. Le peuple, dans son activité politique, n'est que dans la représentation nationale, il ne fait corps que là » (A. N., cahier « Observations constitutionnelles dictées au citoyen Boulay de la Meurthe »).

127. En 1814, l'Empereur rétorque au Corps législatif : « Il n'y a de représentant en France que moi » (Napoléon, publ. par A. Dansette, *Vues politiques*, Fayard, 1939, p. 46). Le 15 décembre 1808, le *Moniteur* avait publié un rectificatif à des propos malheureux de l'Impératrice : « le premier représentant de la nation, c'est l'Empereur ». L'ancien Premier Consul revendique toute la fonction de représentation-incarnation vis-à-vis de la nation.

On peut donc dire que, à ses différentes phases, la Révolution a poursuivi la préservation d'une unité de la Nation qu'elle considérait comme menacée : menace démocratique (par opposition, dans les termes de Sieyès, à l'« État représentatif »), menace « fédéraliste », menace de guerre civile, menace des « factions » – tous dangers qu'il fallait contenir par une monarchie ou une république « une et indivisible », confectionnant par en haut l'unité de la société. La réflexion critique de Constant s'exerce inlassablement contre cette matrice parce que, à ses yeux, elle a justifié aussi bien la Terreur que le pouvoir despotique d'un seul. Contre Rousseau, contre le système du Gouvernement révolutionnaire ou contre le texte même de Cabanis, qu'il reproduit et commente [128], Constant refuse de considérer la nation comme une entité où s'évanouiraient les parties composantes. Il reprenait d'ailleurs par là un thème développé par Turgot, puis renouvelé par Bentham, et qui allait devenir un *locus* classique du libéralisme. Turgot écrivait : « On s'est beaucoup trop accoutumé dans les gouvernements à immoler toujours le bonheur des particuliers à de prétendus droits de la société. On oublie que la société est faite pour les particuliers ; qu'elle n'est instituée que pour protéger les droits de tous, en assurant l'accomplissement de tous les devoirs mutuels [129]. »

Si l'on se tourne vers Alain, au XXe siècle, l'on retrouve la même critique d'une confusion génératrice de conflits ; par exemple, Alain critique un manifeste de Barbusse qu'il vient de recevoir, contre la guerre et en faveur du « droit des peuples à disposer d'eux-mêmes ». « Qu'est-ce qu'un peuple ? écrit Alain. Idée creuse. Encore quand un peuple est un fait, on peut dire qu'il dispose de lui-même en proportion du droit qui s'y trouve. Mais ce précieux droit lui est intérieur, et le sujet du droit c'est ici comme toujours l'individu. Quand je dis qu'un peuple a le droit, je veux l'entendre précisément en ce sens que les individus y vivent selon le droit, c'est-à-dire que chacun d'eux dispose de lui-même par la commodité de cette société où il vit [130]. »

Parmi les hypostases oppressives, l'idée de majorité

On ne reprendra pas ici toutes les occurrences où apparaît la critique des hypostases, il suffit de mentionner quelques cibles sur lesquelles elle s'exerce : le pouvoir jacobin, l'usage répressif de la notion de société, la conception du droit des majorités. La critique du Gouvernement révolutionnaire est bien connue, elle s'articule chez Constant avec le refus

128. *Principes de politique*, chap. V (notamment pp. 305-308).

129. Turgot, « Deuxième lettre à un grand vicaire », in *Œuvres*, publ. par G. Schelle, Alcan, 1913-1923, t. I, p. 424.

130. Alain, *Suite à Mars. Convulsions de la force*, Gallimard, 1939, p. 233.

d'une souveraineté *illimitée* que Rousseau aurait permise dans la mesure où « il oublie que tous ces attributs préservateurs qu'il confère à l'être abstrait qu'il nomme le souverain résultent de ce que cet être se compose de tous les individus sans exception [131] ». Les dirigeants du Gouvernement révolutionnaire estiment eux aussi n'être que l'expression de la volonté du peuple, c'est-à-dire du souverain : « Sous les Jacobins, on eût dit qu'il n'y avait de salut que dans la République et qu'il fallait tout immoler à la République et à la patrie » ; cependant, les Français ne s'y trompèrent pas et ont compris que « ce qu'on nommait la République n'était pas la liberté et que la patrie se composait précisément de toutes les affections et de toutes les jouissances dont on exigeait le sacrifice au nom de l'abstraction qu'on désignait ainsi [132] ».

Et quand on considère l'époque de la Restauration, pourtant fort différente, on voit que, pour faire passer une loi visant à bâillonner la presse, le gouvernement ne pouvait que prétendre « défendre la société ». Constant trouve encore là l'occasion de dénoncer une fiction qui a la vie dure : « La société sera sans défense ? Et n'êtes-vous pas fatigué de ces abstractions que je pourrais nommer révolutionnaires, à l'aide desquelles depuis trente ans tous les pouvoirs ont imposé toutes les servitudes ? C'est au nom de la société que parlait la Convention. C'est au nom de la société que le Comité de salut public fut institué. C'est au nom de la société que fut rédigée la loi des suspects. Et toujours les hommes ambitieux de tyrannie ont personnifié de la sorte la société en masse, pour s'offrir à eux-mêmes, dans l'intérêt de cette société fictive et abstraite, l'holocauste des citoyens en détail [133]. »

La défense des droits de l'individu – que Constant a su illustrer dans la pratique [134] – devait naturellement déboucher sur une réflexion concernant les minorités. Le *Manuscrit des Principes* constate que « la plupart des écrivains politiques [...] sont tombés dans une erreur bizarre en parlant des droits de la majorité. Ils l'ont représentée comme un être réel dont l'existence se prolonge et qui est toujours composé des mêmes parties » (p. 53). Cette « erreur » est visiblement liée à la révérence qui entoure la souveraineté et, par délégation, l'exercice de la souveraineté. En effet, si l'on fait de la souveraineté une entité qui est toujours dans

131. *Principes de politique*, éd. cit., p. 272.

132. Cité par André Jardin, *Histoire du libéralisme politique*, p. 233.

133. Cité par A. de Grattier, *Commentaire des lois de la presse*, Librairie Alphonse Delhomme, 1847, p. 83.

134. Citons l'affaire Wilfrid Regnault où Constant marche sur les traces de Voltaire défendant Calas ou La Barre : « Lettre à M. Odilon Barrot sur le procès de Wilfrid Regnault », *in* Constant, *Cours de politique constitutionnelle*, publ. par É. Laboulaye, 2e éd. 1872, t. II, p. 397 et suiv. Sur le procès truqué fait à Regnault, mais aussi la lutte contre les négriers (une cause chère à tout le groupe de Coppet), la défense des protestants, voir P. Bastid, *Benjamin Constant et sa doctrine*, Armand Colin, 1966, t. II, le chapitre sur « La défense des causes humaines » (p. 846 et suiv.).

le vrai et dans le bien[135], la minorité ne reçoit aucun statut positif, sa faiblesse numérique se transforme en précarité ontologique : elle ne peut que confesser son erreur. Pareille conception confirme la magnification du tout, ou l'identification française de la majorité à l'État prestigieux et salvateur. Outre sa propre culture suisse, Constant a certainement eu l'attention attirée sur cette aberration par les écrits de Sismondi. Il avait eu en main en 1800-1801 le manuscrit des *Études sur les constitutions des peuples libres*[136], il savait que son ami Sismondi avait fait de la protection de la minorité une « règle fondamentale » de l'équilibre constitutionnel – ainsi qu'il l'écrira encore en février 1816 à Étienne Dumont[137].

Il faut ajouter, puisque Bentham vient d'être évoqué, que l'identification de la majorité au tout est généralement considérée comme absurde dans la culture anglo-saxonne, pour qui la majorité reste une coalition empirique, provisoire, expression des intérêts de *la société* (elle-même plurielle et divisée) et non de l'État[138]. Avec bon sens, Constant fait observer : « Il arrive sans cesse qu'une partie de la majorité de hier forme la minorité d'aujourd'hui. En défendant les droits de la minorité, l'on défend donc les droits de tous. Car chacun à son tour se trouve en minorité. » L'auteur retrouve la formule qu'il a maintes fois employée : consentir à ce que le pouvoir de la majorité soit sans limites, « c'est offrir au peuple en masse l'holocauste du peuple en détail ».

D'ailleurs, s'agit-il toujours de la majorité effective ? Revenant sur ses premières réflexions, Constant observe maintenant (addition au manuscrit) que la « majorité » risque de n'être que la fiction au nom de laquelle la tyrannie agit, car la tyrannie a besoin de se créditer d'un consentement populaire. C'est là le piège remarquable auquel chacun peut se prendre dès qu'il commence à croire lui-même que « la majorité le veut » : « Ce n'est au fond jamais la majorité qui opprime. On lui ravit son nom et on se sert contre elle-même des armes qu'elle a fournies.

135. Nous y reviendrons : voir le chapitre « Église et politique : les souverainetés rivales ».

136. Ce n'est qu'en 1836 que Sismondi publie le livre (notamment chez Dumont, à Bruxelles). Sur l'indispensable protection de la minorité, voir le 3e Essai : « De la délibération nationale ; moyens d'appeler la raison publique à la souveraineté ».

137. Sismondi appelle Dumont à ne pas se cacher derrière Bentham, qu'il est en train d'éditer (*Tactique des assemblées législatives*), et à montrer, dans une introduction, « comment tous les malheurs de la Révolution peuvent s'expliquer par le mépris de ce seul principe » qu'est le respect de la minorité délibérante : Sismondi, *Epistolario*, éd. commencée par C. Pellegrini, Florence, La Nuova Italia, 1932-1975, 5 vol., cit. au t. II, p. 305.

138. On sait que Tocqueville et Stuart Mill se sont accordé sur le thème de la « tyrannie des majorités ». Mill écrit notamment : « Si tous les hommes moins un partageaient la même opinion, ils n'en auraient pas pour autant le droit d'imposer silence à cette personne, pas plus que celle-ci d'imposer silence aux hommes, si elle en avait le pouvoir » (*De la liberté*, trad. L. Lenglet, publ. par P. Bouretz, Gallimard, 1990, p. 85).

L'intérêt de la majorité n'est jamais d'opprimer ; la somme de malheurs qui existe dans une société s'étend plus ou moins à tous les membres et s'augmente par l'injustice. Nuire à un individu ou à une classe, c'est nuire à la totalité » (*Manuscrit des Principes*, p. 523).

Constant est ici très près de définir un ressort de l'opinion collective ; celle-ci prend sa consistance de façon circulaire, du fait du sentiment que chacun ressent en se fondant sur ce qu'il attribue à tous, comme le montrera Jean Stoetzel dans sa *Théorie des opinions*[139]. Toute norme reconnue par l'individu et qu'il attribue au consentement majoritaire agit en retour sur lui comme « facteur de conformité » (Stoetzel). Le dirigeant politique qui a compris ce processus peut dès lors persuader qu'il agit au nom de la majorité, et opprimer en son nom. C'est aujourd'hui le propre de la démocratie capable de maturité que de rendre tangible le caractère empirique, fluctuant et révisable des majorités. Selon l'expression de Karl Popper, « les démocraties ne sont pas la souveraineté du peuple, mais elles sont, en premier lieu, des institutions armées contre la dictature[140] ».

Le Moloch de l'intérêt général

Benjamin Constant ne pouvait manquer de rencontrer un reproche perpétuellement renouvelé : dissoudre la société en atomes désunis, jusqu'à la disparition de tout lien social. On connaît la formule d'Auguste Comte dans le *Système de politique positive* : « Une société n'est pas plus décomposable en individus qu'une surface géométrique ne l'est en lignes ou une ligne en points. » Dans cette conception, ce n'est pas la notion de société qui est une abstraction, mais bien celle d'individu. Pour faire bonne mesure, on ajoutera que la recherche de la « sécurité dans les jouissances privées », selon la formule de Constant, signifiait une apologie de l'individualisme égoïste. Contresens inévitable dès lors, que de l'extrême droite traditionaliste au centre-gauche doctrinaire, on pense la société issue de la Révolution à l'aune de catégories hypostasiées, comme l'« intérêt général » en lutte contre l'individualisme.

---

139. PUF, 1943. Voir nos développements dans *Échec au libéralisme* (chap. III : « Opinion publique et légitimité »). Cette problématique a été également développée dans les textes d'Alain : « Admirez cette opinion qui nous mène tous, et qui n'est peut-être de personne », écrivait-il dans *Convulsions de la force*, éd. cit., p. 217 ; cf. aussi *Propos sur les pouvoirs*, éd. cit., p. 203-204 : « L'on m'a répété, d'un homme paisible, cette parole, qu'il fallait fusiller ceux qui parlaient de paix [lors de la dernière guerre]. Le pensait-il ? Je crois qu'il pensait plutôt que tous le pensaient ; et ainsi il s'élevait lui-même à ce degré de fanatisme, non pas à ce que je crois par prudence, mais plutôt par entraînement. [...] Dès que la liberté se montre, chacun s'étonne de ne pas plus trouver dans les autres qu'en lui-même ce qu'il nommait l'opinion de tous. C'est alors que les tyrans font leur chute verticale. »

140. Cit. *in* J. Baudouin, *La Philosophie politique de Karl Popper*, PUF, 1994, p. 195.

La difficulté qu'accepte d'affronter Constant est de proposer une autre vision de l'intérêt général. Un chapitre des *Principes de politique* s'attaque à cette question, à propos de la représentation [141]. La thèse essentielle est que « l'intérêt général est distinct des intérêts particuliers, mais il ne leur est point contraire ». Contestant la vision de la Révolution qui a généralement opposé ces deux aspects, Constant plaide pour une représentation sincère des intérêts différenciés, qui peuvent et doivent *négocier* entre eux, pour construire la formulation de l'intérêt général, lequel n'exprime ni un dépassement ni une transcendance, mais un arbitrage. En d'autres termes, si la fonction d'unité est bien le résultat recherché, ce n'est pas la représentation qui donne cette unité ; elle est le produit du processus de *délibération* que la représentation (ou plutôt l'assemblée représentative) va permettre, ultérieurement, en son sein. Cette thèse très simple n'eut pratiquement aucun écho parce qu'elle faisait droit à une différence (représenter et délibérer) assez étrangère à la vision révolutionnaire [142].

Pourtant, il est probable que Constant avait perçu chez Sieyès un précurseur de ses idées : la brochure *Vues sur les moyens d'exécution dont les représentants de la France pourront disposer en 1789* ainsi que les manuscrits de l'abbé expliquent que « l'intérêt général ne peut se déterminer que par le choc des intérêts particuliers qui, se heurtant, se mêlant, se confondant, finissent par donner le résultat de la réunion du plus grand nombre. Sa connaissance suit la délibération et ne la précède pas. En vain prétendez-vous la pressentir. Exclure un seul intérêt particulier de la délibération, c'est préjuger l'intérêt général, et personne n'en a le droit [143] ». Et comme chez Constant, Sieyès prend soin de préciser que l'intérêt général n'est pas donné de l'extérieur, il est proprement un effet d'émergence : « L'intérêt général n'est rien s'il n'est pas l'intérêt de quelqu'un. Il ne peut se composer que des intérêts particuliers. [...] L'intérêt général n'est et ne peut être que celui des intérêts particuliers qui est commun au plus grand nombre. » À vrai dire, ces formulations sont peu compatibles, chez le même Sieyès, avec la lutte, présentée comme nécessaire, contre les dangers de l'intérêt particulier [144].

141. Chap. V : « De l'élection des assemblées représentatives », voir notamment p. 306. Cf. aussi le chap. VII : « De la discussion dans les assemblées représentatives », où une véritable théorie de la délibération se fait jour.

142. Sur cette différence, voir l'étude classique de Bernard Manin : « Volonté générale ou délibération ? Esquisse d'une théorie de la délibération politique », *Le Débat*, nº 33, 1985.

143. Manuscrits de Sieyès, cit. *in* Stefano Mannoni, *Une et indivisible. Storia dell'accentramento amministrativo in Francia*, Milan, Giuffrè, t. I, 1994, pp. 240-241. Les *Vues* de Sieyès sont citées et commentées dans B. Manin, *La democrazia dei moderni*, Milan, Anabasi, 1992, p. 126 et suiv.

144. Comparer, par exemple, chez S. Mannoni, la citation précédente (note 28, p. 269) et le passage page 277. On sait que pour Sieyès l'intérêt aristocratique est « sinistre ». Voir notre chapitre sur ces questions : « Les intérêts particuliers : une légitimité problématique ».

Dans le *Manuscrit des Principes*, Constant a mené une réflexion subtile, s'appliquant cette fois à la compatibilité des *droits* entre les individus présents au sein même de la société, en dehors de toute procédure représentative. La thèse exposée est la suivante : « C'est une erreur de conclure de ce qu'un objet intéresse tous les membres d'une société, que ce soit un objet d'intérêt commun » (p. 53). En effet, l'exemple de la religion montre le cas d'une préoccupation qui peut être forte pour chaque individu, mais en tant qu'homme, non en tant que citoyen, et selon une diversité de professions de foi dont les pouvoirs publics n'ont pas à connaître. Autant l'État a à se prononcer sur un objet d'« intérêt commun », autant il doit se garder d'assimiler à ce dernier ce qui regarde chacun *singulatim* : « L'autorité sociale doit toujours s'exercer sur l'intérêt commun, mais ne doit s'exercer sur celui de tous qu'autant que l'intérêt commun s'y trouve aussi compromis. [...] Avant de permettre à l'autorité sociale de s'exercer sur cet objet, il faut voir s'il a un point d'intérêt commun, c'est-à-dire si les intérêts de chacun sur ce point sont de nature à se rencontrer et à se froisser les uns les autres. »

En revanche, si ces intérêts « coexistent sans se confondre, ils ne sont point sous la juridiction de l'autorité sociale ». Constant rencontre ici les ambiguïtés possibles dans l'interprétation de la Déclaration de 1789, ou, selon un débat que le siècle va rencontrer sans cesse, le passage de la « répression » à la « prévention ». Si on peut dire légitimement que la liberté « consiste à faire tout ce qui ne nuit pas à autrui », vouloir que les bornes d'exercice des droits naturels ne puissent « être déterminées que par la loi » prête davantage à controverse. On risque de glisser vers une définition *a priori* du droit, en établissant préventivement sa limite. La liberté n'est plus alors ce que la loi laisse indéterminé, mais ce qu'elle *autorise* : on pourra constater en matière de presse ou de droit de réunion [145] le caractère peu libéral que les divers gouvernements ont donné à la législation. Quant à la religion, ici évoquée par Constant, elle fait l'objet dans la Charte non d'un régime de liberté, mais de « protection ». Selon l'article 5 de la Charte de 1814, « chacun professe sa religion avec une égale liberté et obtient pour son culte la même protection ». De plus, cette protection égale est fortement modifiée par l'article suivant : « Cependant, la religion catholique, apostolique et romaine est la religion de l'État ». Enfin, l'article 7 réserve aux ministres des religions chrétiennes un traitement versé par l'État [146]. Décrivant les ambiguïtés fran-

---

145. De nos jours, sur le recours, tentant pour les gouvernements, à la déresponsabilisation des gouvernés par le moyen de la *prévention*, voir les articles et les ouvrages d'Alain-Gérard Slama, qui expriment une position authentiquement libérale, notamment *L'Angélisme exterminateur. Essai sur l'ordre moral contemporain*, Grasset, 1993 et Pluriel, 1995.

146. L'Acte additionnel, rédigé principalement par Constant, stipulait de façon plus claire et plus libérale : « La liberté des cultes est garantie à tous » (art. 62). À comparer

çaises, Jules Simon notait en 1883 : « Nous écrivons dans une même loi le principe de la liberté des cultes et la nécessité de l'autorisation préalable : s'il y eut jamais dans la législation d'un peuple une contradiction manifeste, la voilà [147]. » C'est que, dans les termes de Benjamin Constant, l'autorisation d'un culte par l'État est appréciée comme une question d'intérêt commun ; ce sera également le cas en matière d'enseignement, de la part des divers gouvernements.

Pour que, selon la distinction de Benjamin Constant, l'« intérêt de tous » soit effectivement distingué de l'intérêt commun, il aurait fallu que les gouvernants prennent au sérieux les capacités d'initiative et les risques inhérents à l'exercice des droits individuels, et donc, finalement, il faut admettre la *primauté* de ces derniers. La tradition française et le légicentrisme révolutionnaire tendaient au contraire à faire de l'État l'« instituteur du social » (selon la formule de P. Rosanvallon) et à donner la primauté à la loi ; du coup, chaque réalisation d'un droit individuel est examinée comme ce qui doit être comparé à l'intérêt commun, selon l'idée que s'en fait le pouvoir gouvernant. Chez Constant, le concept d'intérêt de tous visait à tracer un intermédiaire, une zone d'autonomie sociale, en dehors du face à face entre l'intérêt général porté et magnifié par l'État et l'intérêt particulier en position serve ou suspecte. Il s'agissait, pour l'auteur, de montrer que l'hégémonie de l'« intérêt général » était encore une hypostase dangereuse, là où en réalité l'individu pouvait se rapporter à autrui sans que cela relève du domaine public : la liberté d'opinion, par exemple, dans sa pluralité effective, n'impliquait pas le dirigisme étatique et le contrôle administratif, qui traduit toujours une crainte politique.

De même, lorsqu'il discute les conditions d'élaboration de l'intérêt général sur la base de la représentation, Constant veut montrer que tant que les représentants ne s'écoutent pas et ne se critiquent pas les uns les autres [148], l'intérêt général reste un simulacre, couvrant des réalités qui doivent rester occultes. Pour que la discussion ait lieu, il faut que les divergences s'expriment. Constant en déduit que le principe d'*unité* attribué au Sénat consulaire était radicalement erroné : il fallait adopter le

---

avec l'article 354 de la Constitution de l'an III : « Nul ne peut être empêché d'exercer, en se conformant aux lois, le culte qu'il a choisi. La République n'en salarie aucun ». Cette formulation, purement négative, faisait véritablement droit à la liberté individuelle, ce que le concordat napoléonien remit en question.

147. J. Simon, *La Liberté de conscience*, Hachette, 1883, p. 340. La première édition est de 1859. Jules Simon considère que la IIIe République n'a pas fait un progrès suffisant dans l'esprit de liberté.

148. Cf. le chapitre VII des *Principes de politique*, l'ouvrage, rappelons-le, étant destiné à justifier l'Acte additionnel : « Nous sommes revenus à des idées simples. Nous avons senti que l'on ne s'assemblait que dans l'espoir de s'entendre, que pour s'entendre il fallait parler », d'où la nécessité de proscrire le plus possible l'intervention rédigée d'avance par écrit.

principe opposé. « Cent députés nommés par cent sections d'un État apportent dans le sein de l'assemblée les intérêts particuliers, les préventions locales de leurs commettants », ce dont il faut se féliciter : « Forcés de délibérer ensemble, ils s'aperçoivent bientôt des sacrifices respectifs qui sont indispensables. [...] La nécessité finit toujours par les réunir dans une transaction commune, et plus les choix ont été sectionnaires, plus la représentation atteint son but général » (*Manuscrit des Principes*, p. 391).

On notera que, autant l'idée de « transaction commune » s'applique aux intérêts sociaux qui doivent être soumis à la délibération, de sorte que la paix se fasse et que la société garde le contrôle sur elle-même, autant cette idée est jugée illégitime par Constant si l'on envisage l'ordre de la connaissance et de la recherche de la vérité. On ne peut faire de transactions sur la vérité : « Toute transaction entre les raisons individuelles pour former une raison collective a lieu aux dépens des plus parfaites » (*ibid.*, p. 603). On peut négocier, mais on ne peut pas penser à plusieurs : la « souveraineté de la raison » entendue à la façon des doctrinaires est une autre hypostase trompeuse (tout comme la « raison impersonnelle » de Cousin). « La pensée est une et individuelle par sa nature. Il est impossible d'en faire un être collectif. » Ce passage du *Manuscrit* vise principalement ceux qui voudraient attribuer à la société une « idée dominante et collective ». En 1789, Mirabeau (c'est à lui que Constant se réfère) avait raillé l'idée de déclarer la foi catholique « religion dominante » des Français, comme on l'a vu précédemment.

L'individualisme que l'on attache souvent au nom de Benjamin Constant ne vise donc pas à dissoudre le lien social, mais au contraire à le ranimer, dans un pays où la notion d'« intérêts sectionnaires » est, littéralement, impie. Les hypostases sacrées, ou pies – volonté générale, unité nationale, peuple souverain –, servent en apparence à assurer l'union de la société avec le pouvoir politique et administratif ; en fait, elles occultent et aggravent la rupture de la nation réelle avec ses gouvernants. Pour Constant, la séparation nécessaire et féconde entre la société et l'État ouvre à la redécouverte et au respect des individus, qui sont la réalité de la société. Au moment où l'usage péjoratif du terme « individualisme » se répandait[149], Constant rétorque : « L'unité de marche, de doctrines, de croyances est impossible désormais. [...] Je vois

149. Créé par Maistre en 1820, le terme devient un quasi-concept chez Jouffroy, dans son *Cours de droit naturel* (Leçon « Du scepticisme actuel », 1834) : « Chaque individu a le droit de croire ce qu'il veut et d'affirmer ce qu'il lui plaît. Au nom de quoi, en effet, pourrait-on contester ce qu'il avance ? Au nom d'une vérité supérieure reconnue ? Il n'y en a point ; reste donc l'autorité individuelle de celui qui conteste, laquelle est égale à la sienne et ne peut la juger. Ce temps-ci est donc le règne de l'individualisme, et de l'individualisme le plus exagéré et le plus complet » (Hachette, 3e éd. 1858, t. I, p. 256).

dans l'individualité dont on se plaint le perfectionnement de l'espèce ; car l'espèce n'est au fond que l'agrégation des individus ; elle s'enrichit de la valeur morale à laquelle chacun d'eux parvient[150]. » À ceux qui, comme Jouffroy ou le *Mémorial catholique*, prétendent en déduire que, dans ces conditions, tout se vaut et rien ne peut être vrai, l'auteur répond que la ficelle est trop grosse : « L'anarchie intellectuelle qu'on déplore me semble un progrès immense de l'intelligence ; car le triomphe de l'intelligence n'est pas de découvrir la vérité absolue qu'elle ne trouvera jamais, mais de se fortifier en exerçant ses forces, d'arriver à des vérités partielles et relatives qu'elle enregistre sur sa route, et d'avancer ainsi sur cette route où chaque pas est une conquête, bien que le terme en soit inconnu. » Cette méfiance envers les mauvais universaux, cultivés par un discours politique à la recherche d'une nouvelle religion, éclaire le sens de la célèbre conférence de 1819, et de la dichotomie entre liberté des anciens et liberté des modernes.

L'INSUFFISANTE « LIBERTÉ DES MODERNES »

« De la liberté des anciens comparée à celle des modernes » : la conférence prononcée à l'Athénée royal de Paris devint aussitôt célèbre[151], parce que Constant systématisait une idée qui était apparue bien plus tôt (on la trouve par exemple chez Montesquieu[152]), mais dont toute son époque s'accordait à reconnaître le caractère très actuel : le citoyen de la société industrieuse, commerciale, ne pouvait revendiquer la participation au pouvoir, le dévouement au politique et la soumission aux dieux de la Cité que l'Antiquité avait pratiqués, et que Jean-Jacques Rousseau défendait encore sur un mode nostalgique. On connaît la formulation, admirablement frappée : « Nous ne pouvons plus jouir de la liberté des anciens, qui se composait de la participation active et constante au pouvoir collectif. Notre liberté à nous doit se composer de la jouissance paisible de l'indépendance privée » (p. 501). Mais de cette formulation on a trop vite déduit que la *seule* jouissance de l'indépendance privée pouvait constituer la liberté moderne ; en fait, c'est, pour Constant, une part seulement de la liberté désirable.

De même, les contemporains du conférencier ont retenu que la *finalité*

150. Écrit en 1829, en introduction à la seconde édition des *Mémoires sur les Cent-Jours* (éd. cit., p. 15).

151. Nous citons d'après l'édition donnée par M. Gauchet, in *De la liberté chez les modernes*.

152. Mais surtout Constant développe (parfois de façon littérale) ce qu'avait écrit Mme de Staël dans *Des circonstances actuelles* (éd. cit., pp. 109-112). Cependant, il atténue la typologie staëlienne, comme on le verra. Dans une lettre de mai 1814, Stendhal exposait de façon précise la « liberté des modernes » : voir Stendhal, *Mélanges de politique et d'histoire*, publ. par H. Martineau, Le Divan, 1933, t. I, pp. 40-43.

de l'organisation moderne du pouvoir, c'est-à-dire du gouvernement représentatif, se trouvait dans la sphère du privé et ont conclu que Constant faisait sienne cette conception[153]. L'auteur ne dit-il pas lui-même, en termes exprès : « Le but des anciens était le partage du pouvoir social entre tous les citoyens d'une même patrie. C'était là ce qu'ils nommaient liberté. Le but des modernes est la sécurité dans les jouissances privées ; et ils nomment liberté les garanties accordées par les institutions à ces jouissances » (p. 502). Mais pour qui regarde attentivement la fin de la conférence, il apparaît que l'auteur a une vision plus large ou plus exigeante que celle qu'il attribue aux modernes : « Le danger de la liberté moderne, c'est qu'absorbés dans la jouissance de notre indépendance privée et dans la poursuite de nos intérêts particuliers, nous ne renoncions trop facilement à notre droit de partage dans le pouvoir politique » (p. 513). Et non seulement, comme le signale Marcel Gauchet en note (p. 690, note 17), Tocqueville va développer la perspective d'un tel danger, mais Constant lui-même a exposé sa pensée sur ce point dans des textes suffisamment clairs[154]. Pour que le bonheur individuel soit rendu possible, explique l'auteur dans la présente conférence, il faut qu'il reçoive des garanties sociales, institutionnelles[155]. « Où trouverions-nous ces garanties, si nous renoncions à la liberté politique ? » Tout dépend donc de ce que Constant entend par liberté politique, du moins dans ces pages. Est-ce le seul système représentatif, dont il vient de parler, « une procuration donnée à un certain nombre d'hommes par la masse du peuple, qui veut que ses intérêts soient défendus, et qui néanmoins n'a pas le temps de les défendre lui-même » ? En ce cas, il s'agirait de la pratique du vote ; or la fin du texte explique que l'enjeu est bien plus étendu : contrôler l'exercice du pouvoir, se livrer à

153. Nous avons également pratiqué cette lecture trop superficielle dans la communication donnée en 1986 au colloque de Chicago : *The French Revolution and the creation of modern political culture*, t. I, éd. cit., « Citoyenneté et souveraineté : le poids de l'absolutisme ».

154. Il s'agit, on y reviendra, d'un article commentant l'utilitarisme de Bentham et des écrits sur la perfectibilité humaine. Alan Kahan a relevé combien Constant est épris d'une vision de « culture civique » qui suppose l'intérêt actif du citoyen pour la vie politique : cf. A. Kahan, *Aristocratic liberalism. The social and political thought of J. Burckhardt, J. S. Mill and Alexis de Tocqueville*, New York et Oxford, Oxford University Press, 1992. En France, la perception de cette question a été corrigée grâce à la traduction de l'ouvrage de S. Holmes : *Benjamin Constant and the making of modern liberalism*, Yale University, 1984, *Benjamin Constant et la genèse du libéralisme moderne*, PUF, 1994. Le livre (en italien) de Mauro Barberis, *Benjamin Constant* (Il Mulino, 1988) donne également une lecture critique, extrêmement utile, de la prétendue « liberté négative » chez Constant (voir notamment pp. 303-312). Cf. aussi, plus récemment, J.-F. Spitz, *La Liberté politique*, PUF, 1995, chapitre final : « Les doutes de deux libéraux : Alexis de Tocqueville et Benjamin Constant ».

155. C'est l'objet d'étude des *Fragments sur une constitution républicaine*. Mais c'est aussi le leitmotiv des libéraux.

la vérification de la loi et de son application – tâche des citoyens, et non des seuls députés.

En d'autres termes, Constant n'invite nullement à se désintéresser de la participation à la chose publique ; mais il n'appelle pas pour autant à régresser en deçà de l'invention du système représentatif ou à contester la confiance nécessaire qu'implique le système des « procurations représentatives[156] ». Sa pensée véritable pourrait être dénommée « garantisme », par opposition au « démocratisme ». La problématique libérale, de façon plus générale, n'est pas celle de la méfiance envers la fiction représentative, car il est entendu que la volonté du représentant ne *remplace* pas celle du représenté et ne lui « ressemble » pas : la critique dérivée du rousseauisme[157] ne s'applique pas. La problématique de type « garantiste » met l'accent non pas sur l'amont du processus politique (la représentation comme participation médiatisée au pouvoir) mais sur son aval : le contrôle de la loi et de son application par rapport aux finalités de la loi, s'exerçant elles-mêmes dans le respect du texte constitutionnel[158] et des droits individuels.

L'intérêt pour la chose publique signifie donc ici l'attention que le citoyen doit porter aux nouveaux textes législatifs ou réglementaires parce qu'ils vont, tout simplement, commander à la vie de chacun. C'est en ce sens que la liberté des modernes implique aussi de renouer, pour partie, avec la liberté des anciens : celui qui croirait, une fois qu'il a voté (dans un cadre censitaire ou non), pouvoir ne s'intéresser qu'aux satisfactions privées, s'exposerait à de fâcheuses déconvenues. « Loin donc, Messieurs, de renoncer à aucune des deux espèces de libertés dont je vous ai parlé, il faut, je l'ai démontré, apprendre à les combiner l'une avec l'autre » (p. 514). Or, pour apprendre cela, il faut que l'individu fasse un effort particulier, et il s'agit même d'une question *morale* car les institutions « atteignent d'autant mieux leur but qu'elles élèvent le plus grand nombre possible de citoyens à la plus haute dignité morale ».

La « dignité » évoquée n'est pas une nouvelle hypostase que Benjamin Constant aurait inventée, quitte à se contredire, mais elle dépend de l'initiative des citoyens, qui auront la liberté et le bonheur qu'ils méritent, en fin de compte ; cependant, vers la fin de sa conférence, l'orateur insiste de plus en plus sur le rôle des institutions : il faudrait que ces dernières soient conçues en vue de fortifier l'initiative civique, au lieu

156. Sur cette notion venue de Sieyès, voir P. Pasquino, « E. Sieyès, B. Constant et le "gouvernement des modernes" », *Revue française de science politique*, vol. 37, n° 2, avril 1987.

157. Voir notre ouvrage sur *La Représentation* (Fayard).

158. L'étude de certaines lois (presse par exemple) montrera que cette préoccupation était vivante, et relativement opératoire, sous le régime de la Charte de 1814. Il est vrai que les instruments du contrôle sont quasi inexistants. Cf. les réflexions de G.D. Lavroff, in *Liberté, libéraux et constitutions*, sous dir. J.-P. Clément, L. Jaume, M. Verpeaux, Economica, 1997.

de la décourager ou de la réprimer. Les institutions ainsi visées sont le jury, l'expression par voie d'imprimerie, le droit de se réunir et de se concerter, le droit de rechercher le suffrage des électeurs et d'en débattre avec eux, le droit d'adresser des pétitions, etc. Toutes institutions qui étaient précisément en discussion à ce moment – et qui vont sérieusement rétrograder dès l'année suivante (1820) avec l'assassinat du duc de Berry –, institutions où, estime Constant, le *mariage* de la conception antique et de la conception moderne doit s'opérer : « L'œuvre du législateur n'est point complète quand il a seulement rendu le peuple tranquille [159] [...]. Il faut que les institutions achèvent l'éducation morale des citoyens. » Il est clair que cette prescription ne répond pas à l'image répandue de l'« individualiste Constant ». L'orateur poursuit en introduisant une cheville, le mot « pourtant », qui aurait dû mettre davantage en éveil les contemporains et les interprètes de sa pensée : « En respectant leurs droits individuels, en ménageant leur indépendance, en ne troublant point leurs occupations, [les institutions] doivent *pourtant* consacrer leur influence sur la chose publique, les appeler à concourir par leurs déterminations et par leurs suffrages à l'exercice du pouvoir, leur garantir un droit de contrôle et de surveillance par la manifestation de leurs opinions, etc. »

Il devient clair que la formulation primitive sur le but des modernes [160] doit être rectifiée, pour ce qui concerne l'option personnelle de Constant en matière de liberté : la sécurité de l'individu comme liberté confinée au privé n'est pas le but de l'institution sociale, mais sa *conséquence*. Le but du pouvoir représentatif des modernes est dans la liberté politique plus le perfectionnement moral. C'est bien l'épanouissement des talents individuels que vise Constant, fondateur du libéralisme de la Restauration, mais en supposant réalisées des conditions telles que la vitalité du lien social, la richesse du rapport à autrui et le débat politique [161]. Tout part de l'individu et tout retourne à l'individu... si les institutions ont été

159. L'ironie de la formule évoque les propos de Cabanis sur l'acte constitutionnel de l'an VIII : cf. supra.

160. « Le but des modernes est la sécurité dans les jouissances privées ».

161. Cf. ce passage de la conférence : « Ce n'est pas au bonheur seul, c'est au perfectionnement que notre destinée nous appelle ; et la liberté politique est le plus puissant, le plus énergique moyen de perfectionnement que le Ciel nous ait donné » (p. 513). De tels passages démentent l'analyse récente de François Boituzat (*Un droit de mentir ? Constant ou Kant*, PUF, 1993), pour qui Constant, en optant pour la seule liberté des modernes, retrouverait les positions de Burke : « Il reprend à son compte [dans *Des réactions politiques* et contre Kant] l'argument par lequel Burke opposait à la conception positive de la liberté à l'œuvre dans Rousseau une définition négative de la liberté consistant, selon l'expression d'Isaiah Berlin, dans "le droit pour chaque individu d'agir librement à l'intérieur d'un espace délimité" » (p. 71). Chez les admirateurs de Constant ou, comme ici, chez ses détracteurs, une lecture unilatérale de la conférence de 1819 conduit finalement au contresens. Le concept dû à Berlin de « liberté négative » ne convient pas pour Constant, comme l'a montré S. Holmes.

conçues de façon à favoriser un certain profil moral, psychologique et social, une certaine individualité qui est le produit du rapport entre société et nature humaine. Car, selon Constant, l'individualité libérale est spécifique : il ne s'agit pas de l'individu abstraitement considéré, atome numérique et indifférencié vis-à-vis de ses « semblables ». La catégorie d'individualisme pourrait en l'occurrence être trompeuse.

Constitution du sujet libéral

On ne peut accéder à la compréhension exacte du sujet moral et politique que Constant place au fondement du libéralisme qu'en complétant la conférence de l'Athénée royal (1819) par les textes qui concernent soit la doctrine « industrialiste » de l'époque, soit les limites de l'obéissance à la loi. Ces textes se recoupent en bien des points, ils ont notamment pour domaine commun la critique du positivisme et de l'utilitarisme de Bentham.

Issus d'un chapitre du *Manuscrit des Principes*[162], ces développements obéissent à une logique éditoriale complexe[163]. On retiendra ici deux publications suffisamment distinctes entre elles : l'article de 1826 (*Revue encyclopédique*), qui concerne l'industrialisme de Charles Dunoyer[164], et le très bel article du *Mercure de France* (novembre 1817), intitulé « De l'obéissance à la loi[165] ».

Les réserves vis-à-vis de l'industrialisme

Comme l'a montré Ephraïm Harpaz dans diverses études, il est avéré que Constant se reconnaît dans la vision « industrialiste » exposée par Charles Comte et Charles Dunoyer dans le *Censeur* (devenu le *Censeur européen* à la fin de 1816). Si le bonheur libéral consiste pour l'individu « dans l'usage le plus complet possible de ses facultés exercées légitimement[166] », cet usage est désormais puissamment encouragé par le

162. Liv. XVIII, chap. II : « De l'obéissance à la loi », *Manuscrit des Principes*, p. 476 et suiv.

163. Retracée par Marcel Gauchet, *De la liberté chez les modernes*, p. 431.

164. « L'industrie et la morale considérées dans leurs rapports avec la liberté, par Charles Dunoyer », repr. *in* E. Harpaz, *Benjamin Constant publiciste. 1825-1830*, Paris, Genève, Champion/Slatkine, 1987, pp. 83-103. Contrairement à ce qu'écrit M. Gauchet (loc. cit., note 1, p. 694), cet article de la *Revue encyclopédique* n'est pas identique au chapitre « De M. Dunoyer et de quelques-uns de ses ouvrages », paru dans les *Mélanges de littérature et de politique*.

165. Repr. *in* B. Constant, *Recueil d'articles. Le Mercure, La Minerve, La Renommée*, publ. par E. Harpaz, Droz, 1972, t. I, pp. 317-328.

166. Formule d'Étienne Aignan, rendant compte du *Cours de politique constitutionnelle* de Constant en 1820 ; cit. *in* E. Harpaz, *L'École libérale sous la Restauration*, Droz, 1968, p. 32. Ce dernier ouvrage est important pour toute la vision de l'époque.

développement économique, qu'on appelle à l'époque l'« industrie ». Traçant un panorama des progrès de la civilisation, Constant écrivait en 1825 : « Le besoin dominant du quinzième et du seizième siècle était celui du libre examen. Le besoin dominant de notre époque, c'est non seulement la liberté des croyances et de l'opinion, mais l'indépendance de l' existence matérielle, sans laquelle l'intelligence [...] est menacée toujours de retomber dans la servitude. De là, il y a trois cents ans, la Réforme, qui, bien qu'elle ait dévié souvent de son principe et se soit souillée par l'intolérance, n'était autre chose que l'affranchissement de la pensée. De là, de nos jours, les efforts de l'industrie, qui n'expriment que la volonté de trouver des moyens de bien-être physique hors de la protection et des faveurs du pouvoir [167]. »

Comme le montre bien ce passage, la liberté moderne que permet l'« industrie » ne signifie pas une renonciation à l'esprit d'examen pour obtenir les jouissances que recherchent les modernes, mais elle doit unir les deux. L'économie est un facteur d'émancipation de la société parce qu'elle suppose l'appel à la liberté individuelle, qu'elle implique l'établissement de la paix, contre les régimes fondés sur la conquête [168] et qu'elle fait peser sur les gouvernements la menace du retrait de la confiance. Selon l'expression de Benjamin Constant, « le crédit toujours imploré protège ou venge la pensée proscrite » : les gouvernements ne peuvent longtemps agir contre l'opinion. « Que serait aujourd'hui l'autorité séparée de la richesse ? On ne saurait à la fois lever le bras pour comprimer les peuples et tendre la main pour emprunter leur argent [169]. »

Cependant, toujours nuancé dans ses analyses de la civilisation moderne, Constant ne peut ratifier sans plus la vision industrialiste, il émet dans son article de 1826 certaines critiques à l'égard du livre qu'avait fait paraître Dunoyer. Il loue cet auteur d'avoir examiné « quel est le genre de vie le plus favorable au développement de toutes nos facultés [170] », mais lui reproche d'avoir cédé à l'apologie pure et simple du développement économique. Ce que Dunoyer refuse de considérer c'est l'*apathie civique* que l'aisance matérielle peut susciter : « Comme ces jouissances et la facilité que nous trouvons à les obtenir attachent chacun de nous à la position qui les lui assure, il est évident que nous éprouvons plus de répugnance à risquer cette position, même quand le

---

167. « Coup d'œil sur la tendance générale des esprits dans le dix-neuvième siècle », discours à l'Athénée du 3 décembre 1825, article (incomplet) de la *Revue encyclopédique* de décembre 1825, repr. *in* E. Harpaz, *Benjamin Constant publiciste. 1825-1830*, éd. cit., p. 71.

168. Cf. *De l'esprit de conquête et de l'usurpation*, paru en 1814.

169. « Coup d'œil sur la tendance générale des esprits... », éd. cit., p. 84. Pour ce même thème chez Mme de Staël, voir l'étude de John Isbell : « Inventing the French Revolution : Staël considers national credit, 1789-1818 », *Acts of the Hofstra colloqium on French women writers*, 1994 (sous presse).

170. « L'industrie et la morale... », éd. cit., p. 84.

devoir nous y invite » (*loc. cit.*, pp. 88-89). La conséquence est que « cet état de civilisation tend à la stabilité, et, si l'on veut, au bon ordre, plus qu'à la vertu morale ». Comme le signale en note E. Harpaz, lorsque Dunoyer rattache mécaniquement la morale à l'industrie, il est sur la voie de « l'intérêt bien entendu d'Helvétius et d'autres philosophes [171] ». Or, selon Benjamin Constant, cette façon de voir fait perdre le prix le plus élevé de la civilisation : l'épanouissement intellectuel et moral de l'individu, qu'il faut concevoir comme capacité d'*autonomie critique* et non comme satisfaction de tout besoin exprimé ou exprimable : « Si [...] on sacrifie toutes les émotions généreuses, on réduit les hommes à un état peu différent de celui de certains animaux industrieux, dont les ruches bien ordonnées et les cases artistement construites ne sauraient pourtant être le beau idéal de l'espèce humaine » (p. 89). Cette contestation du productivisme optimiste attaque l'idéologie majeure du siècle, qui aura un effet considérable jusqu'à nos jours (en passant par les diverses variantes du socialisme comme théorie d'un mode d'économie émancipateur). Aussi, chez les libéraux, la critique de la « ruche » deviendra un *topos* obligé, non sans fondement d'ailleurs.

Il importe, en tout cas, de relever que ce n'est pas seulement la dignité morale de la personne que Constant estime menacée par l'illusion industrialiste – d'abord chez Dunoyer, puis chez les saint-simoniens –, mais la capacité *politique* de résister à l'oppression. Ce sont d'ailleurs deux attributs (dignité et capacité d'esprit critique) qui sont inséparables dans la vision constantienne du citoyen. Si l'économie de marché appelle la liberté et le crédit, elle peut aussi, par le même mouvement, anesthésier les populations dont le niveau de vie s'élève : « Le plus imminent de ces dangers, c'est une espèce de résignation fondée sur le calcul, et qui, balançant les inconvénients des résistances avec les inconvénients des transactions, nuit également et au maintien de la liberté contre le despotisme intérieur, et à la défense de l'indépendance contre les invasions étrangères » (p. 89). Cette « espèce de résignation » qui s'accommoderait de tous les régimes et de tous les impérialismes peut évoquer par anticipation le « despotisme que les nations démocratiques ont à craindre », étudié à la fin de la seconde *Démocratie en Amérique*.

En fait, en cette année 1826, et, plus largement, avant la révolution de Juillet, il semble qu'on est sur une ligne de partage. Alors que par la suite Tocqueville fera preuve de pessimisme, Constant reste encore persuadé de la marche du progrès : « Si la civilisation a des inconvénients, ils sont momentanés, et c'est à elle qu'il faut recourir pour y porter

171. Ce que l'on peut confirmer par divers textes de Dunoyer, économiste libéral de notable importance jusque sous le Second Empire. Cf. par exemple, « Des principes de la morale » (projet de rapport à l'Académie des sciences morales et politiques, juillet-août 1860), in *Notices d'économie sociale*, t. II des *Œuvres* de Dunoyer, Guillaumin, 1870, pp. 614-677.

remède [...]. Elle nous inspire un attachement à nos jouissances qui offre des chances de succès au despotisme intérieur. Mais répandez plus de lumières, le despotisme mis à nu s'écroulera, faute d'appui. Un sentiment d'infériorité et de faiblesse l'entourera, le pénétrera, paralysera tous ses mouvements » (p. 92).

Là où Tocqueville décrit les maux de l'*individualisme* égalisateur, Constant voit encore dans ce terme[172] l'aurore d'une nouvelle ère de liberté. Mais, du sein même de cet optimisme raisonné, Constant redoute le dernier rejeton en date de l'industrialisme, c'est-à-dire l'école saint-simonienne. Ajoutant un post-scriptum à son article, il relève dans le journal *Le Producteur*, sous la plume de Pierre-Isidore Rouen, une amplification telle des thèses de Dunoyer qu'elle finit même par en renverser les prémisses. La secte saint-simonienne rêve de rétablir l'unité spirituelle perdue, sur les fondements de l'essor économique ; elle veut dépasser la conception individualiste de la liberté, celle de Comte et Dunoyer, ce qui constitue une véritable régression aux yeux de Constant.

Voici ce qu'écrivait Rouen sur la liberté : « Elle n'a pas la mission de féconder le monde, il est vrai, mais de le purifier, pour le livrer ensuite au pouvoir générateur de la science. Ce n'est que lorsque, la détournant de sa fonction naturelle, on veut en faire un instrument d'édification, que la liberté dénaturée devient une cause permanente d'anarchie [...]. Il est des temps où les idées de liberté n'ont plus que peu de choses à faire, où il est bien plus urgent de coordonner que de dissoudre, et où la théorie positive doit succéder aux théories critiques. » Dans cette prétention à subordonner et même dépasser l'idée de liberté, Rouen suivait les indications de son maître Saint-Simon. En un passage célèbre du *Système industriel* (1821), ce dernier avait écrit : « En aucun cas le maintien des libertés individuelles ne peut être le but du contrat social. La liberté, considérée sous son vrai point de vue, est une conséquence de la civilisation, progressive comme elle, mais elle ne saurait en être le but. On ne s'associe point pour être libres[173]. » Cette affirmation prend le contre-pied de l'idée majeure du libéralisme : la protection des libertés individuelles est la raison d'être, la « cause finale », avait dit Sieyès, de la société moderne. Pour Saint-Simon, « il faut un but d'activité », qui est l'organisation rationnelle de la production et qui donc, loin d'être un produit de la liberté, en fournit la base. L'exigence de l'autonomie individuelle, si elle continuait à être maintenue, ferait obstacle au développement en cours qui accroît les solidarités fonctionnelles créées par la division du travail : « L'idée vague et métaphysique de liberté, telle qu'elle est en circulation aujourd'hui, si on continuait de la prendre pour

172. Terme qu'il emploie en un sens positif : « L'industrie et la morale... », p. 92.

173. Ce texte est reproduit dans le recueil d'Alain Laurent, utile pour tout le débat sur l'individualisme : *L'Individu et ses ennemis*, Hachette, « Pluriel », 1987, pp. 246-247.

base des doctrines politiques, tendrait éminemment à gêner l'action de la masse sur les individus. Sous ce point de vue, elle serait contraire au but de la civilisation et à l'organisation d'un système bien ordonné, qui exige que les parties soient fortement liées à l'ensemble et dans sa dépendance. »

Un an après la mort de Saint-Simon, Constant voit dans les propos de Rouen l'apparition d'une « nouvelle secte, qui veut fonder un papisme industriel ». À cette secte il oppose la nécessité de protéger l'individualité libérale [174], dont Dunoyer représente, toutes choses égales par ailleurs, un authentique défenseur : « Le système de M. Dunoyer est ce que ses critiques appellent l'*individualisme* ; c'est-à-dire qu'il établit pour premier principe que les individus sont appelés à développer leurs facultés dans toute l'étendue dont elles sont susceptibles ; que ces facultés ne doivent être limitées qu'autant que le nécessite le maintien de la tranquillité, de la sûreté publique, et que nul n'est obligé, dans ce qui concerne ses opinions, ses croyances, ses doctrines, à se soumettre à une autorité intellectuelle en dehors de lui » (p. 100).

Compris en ce sens, le libéralisme de Constant est un individualisme, conscient de sa force à l'heure du développement des échanges, dans l'ordre économique, et de la pratique constitutionnelle, dans l'ordre politique, mais conscient également de sa précarité, dans une société où la liberté peut passer pour l'anarchie. Comme Constant le signale à la fin de son article, le combat contre les ennemis de la liberté individuelle se mène sur deux fronts : celui de l'industrialisme transformé en productivisme scientiste, celui du traditionalisme de Lamennais et de Joseph de Maistre [175]. Et, en effet, tirant les conséquences de l'idée que tout est

174. Même critique chez Rémusat, sur ce point nettement plus « individualiste » que les autres doctrinaires : dans « De l'état des opinions » (1828), il raille « un système social qui ferait de l'humanité un grand couvent polytechnique gouverné par l'Académie des sciences » (repr. in *Passé et présent*, t. II, p. 22 et suiv.). Pourtant, dans ses manuscrits de jeunesse ou dans ses controverses avec Lamennais, Rémusat n'apparaît pas vraiment comme un défenseur de l'individualisme (cf. chap. suivant). Il cultive une certaine ambiguïté.

175. Cf. A. Laurent, *L'Individu et ses ennemis*, chapitre « La "Sainte-Alliance" des anti-individualismes politiques ». Ajoutons que, à l'époque de son apparition, le saint-simonisme fut accusé de « panthéisme », dans la mesure où il combattait l'individualisme. L'écho s'en trouve chez Lerminier, *Lettres philosophiques adressées à un berlinois*, éd. cit., 7e lettre. Doctrinaire, puis saint-simonien pendant quelque mois en 1830, Lerminier a été titulaire au Collège de France d'une chaire de législation comparée. Les usages du terme « individualisme » au XIXe siècle restent à inventorier ; voir un aperçu dans Koenraad W. Swart, « "Individualism" in the mid-nineteenth century (1826-1860) », *Journal of the history of ideas*, janv.-mars 1962, pp. 77-90. La leçon de Jouffroy citée plus haut, sur « le scepticisme actuel » (1834), est contemporaine de la définition donnée par Boiste dans son *Dictionnaire universel de la langue française* (8e éd., 1834) : « Attitude d'esprit, état de fait favorisant l'initiative et la réflexion individuelle, le goût de l'indépendance » (selon le *Trésor de la langue française*). Ce n'est qu'après 1848, signale K. Swart, que le terme redevient laudatif, sous la plume de libéraux comme Renan.

permis au pouvoir quand il est bon, Michel Chevalier écrira dans *Le Globe* devenu saint-simonien après Juillet : « Il faut des mesures extraordinaires qui frappent le peuple, l'exaltent et l'emplissent d'espérance [...]. Il faut un coup d'État, un coup d'État industriel. » Chevalier annonce, avec vingt-deux ans d'avance, son ralliement à Louis-Napoléon, la convergence des buts entre le saint-simonisme et le Second Empire. L'antiparlementarisme est le même : « Le système parlementaire a été institué pour entraver l'action du gouvernement, parce que le gouvernement était supposé mauvais *a priori*[176]. »

La critique de Bentham : un relativisme sans règle

La discussion menée par Constant vis-à-vis de la théorie benthamienne de la législation comporte deux faces. Dans son aspect constructif, cette critique expose que l'obéissance à la loi, loin d'être inconditionnée, « repose sur la supposition que la loi part d'une source légitime et se renferme dans de justes bornes[177] ». Sous son angle proprement critique, le texte de Constant reproche à Bentham d'éliminer toute présence d'un sujet judicatif : la conscience individuelle assujettie à la loi, qui peut et doit l'examiner, tant dans sa forme (source de la loi) que dans son contenu. Les deux aspects sont liés : envisageant la loi comme une pure *décision* du législateur, et non comme ce qui peut être confronté au droit naturel, Bentham écarte toute possibilité de soumettre la règle au jugement des gouvernés. Car sur quelle autre règle se fonderait ce jugement ? Il n'y a pas, selon lui, de droit en dehors de la loi positive : « Ce n'est qu'en créant des délits (c'est-à-dire en érigeant certaines actions en délits) que la loi confère des droits[178]. » Et Bentham ajoute : « Je puis rester debout ou m'asseoir, entrer ou sortir, je le tiens de la loi, parce que c'est elle qui érige en délit toute violence par laquelle on voudrait m'empêcher de faire ce qui me plaît. »

Ainsi, la loi, le délit, le droit et l'obligation sont des idées inséparables, de nature *conventionnelle*. Le droit, d'après les *Principes de législation*, « est la création de la loi proprement dite : les lois réelles donnent nais-

176. Cf. Thureau-Dangin, *Histoire de la monarchie de Juillet*, I, 270, note 1.

177. « De l'obéissance à la loi », loc. cit., p. 323. La controverse avec Bentham a été étudiée par S. Holmes dans l'ouvrage cité (pp. 125-127 de l'éd. américaine), par B. Fontana, *Benjamin Constant and the post-revolutionary mind*, New Haven, Yale UP, 1991, pp. 23-24 et 114-117, et de façon minutieuse par M. Barberis, *Benjamin Constant*, Il Mulino, Bologne, 1988, notamment pp. 283-288. M. Barberis montre que Constant vise à « la constitution d'un domaine des valeurs définitivement arraché au totalitarisme des faits » ; il nous semble que c'est aussi un domaine du *sujet*.

178. Bentham, *Vue générale d'un corps complet de législation*. Nous citons ce texte, que commente Constant, d'après sa reproduction dans le recueil sous dir. C. Grzegorczyk, F. Michaut et M. Troper, *Le Positivisme juridique*, LGDJ, 1992, p. 71. De même pour l'autre texte commenté par Constant, et tiré des *Principes de législation et d'économie politique*.

sance au droit réel [...]. Le droit naturel est la créature de la loi naturelle : c'est une métaphore qui dérive son origine d'une autre métaphore » (éd. cit., p. 197). Bentham veut dire que la loi naturelle ne fonde pas la loi positive mais est un produit imaginaire du langage qui forge une personnification de la « nature ». Dans la réalité (réalité empirique que Bentham veut seule considérer), il n'y a que des facultés naturelles de l'homme et non un droit naturel [179]. Dès lors, « le droit est la garantie, la faculté est la chose garantie. Comment peut-on s'entendre avec un langage qui confond sous le même terme deux choses aussi distinctes ? Où en serait la nomenclature des arts, si l'on donnait au *métier* qui sert à faire l'ouvrage le même nom qu'à l'ouvrage même ? » Proposition inacceptable du point de vue de Constant, d'une part parce qu'elle retire aux hommes tout moyen d'apprécier la loi édictée, voire de s'y opposer, d'autre part parce qu'elle nie l'idée même de justice, qui est présente dans la conscience individuelle. On retrouve ici la leçon de Mme de Staël, qui avait d'ailleurs lu Bentham et, à travers un ami commun, Étienne Dumont, l'avait longuement discuté lors de son séjour, trois ans plus tôt (1813) en Angleterre [180].

Constant, de son côté, songeant certainement à l'expérience de la Terreur, écrit : « Un délit, dit [Bentham], est un acte dont il résulte du mal. À ce compte, la loi peut attacher une peine à ce que je sauve la vie de mon père [...]. En sera-ce assez pour faire un délit de la piété filiale ? » (« De l'obéissance à la loi », p. 319). Cet exemple suffit à suggérer que ce n'est pas la loi seule qui peut, de façon conventionnelle, créer le délit : il faut qu'il y ait un sentiment premier, un certain accord d'opinion, au moins, entre le législateur et le peuple. D'ailleurs, ajoute Constant, dans ses *Principes de code pénal*, « Bentham se réfute lui-même, lorsqu'il

179. Dans la même lignée, Charles Comte écrit, sous la Restauration, qu'il n'y a pas un droit naturel de la presse, mais l'usage d'une « faculté naturelle » de l'homme, tout comme l'usage de mouvoir ses mains. Comte en déduit l'inutilité, et l'absurdité, d'une loi de l'usage de la presse ou... des mains.

180. Voir le riche dossier de ces discussions, à partir de documents inédits, donné par Norman King (« "The airy form of things forgotten" : Madame de Staël, l'utilitarisme et l'impulsion libérale », *Cahiers staëliens*, n° 11, 1970, pp. 5-26). Après une période de dix jours de discussion dans la propriété de Lord Lansdowne, Dumont écrit : « Il faut bien lui passer, comme à Mme du Châtelet, d'entendre Leibniz et qui, pis est, Kant et Fichte et les autres métaphysiciens allemands. On est trop avancé en Angleterre pour revenir à ce galimatias ». Préparant l'édition anglaise de l'*Allemagne*, Mme de Staël défend la notion d'enthousiasme. Le 1er novembre 1813, Dumont écrit à Maria Edgeworth : « la triste utilité [expression de Mme de Staël] vivra plus longtemps que le brillant enthousiasme ». Contrairement à N. King, nous ne pensons pas que, après Mme de Staël, l'on vit en France « le triomphe final de l'utilité sur l'enthousiasme » (p. 24). On vit plutôt un spiritualisme de troisième type (cousinien). Le séjour anglais de Mme de Staël est également retracé par N. King dans un chapitre du livre suivant : S. Balayé, *Les Carnets de voyage de Madame de Staël*, Genève, Droz, 1971. Étude passionnante, que l'on doit compléter par le propre témoignage de Mme de Staël (*Considérations sur la Révolution française*, VI, 6).

parle de délits imaginaires. Si la loi suffisait pour créer les délits, aucun délit créé par la loi ne serait imaginaire. Tout ce qu'elle aurait déclaré délit serait tel [181] ».

Le deuxième objet de controverse est la notion même de justice, remplacée par l'*utilité* chez Bentham. Constant admettrait « qu'en définissant convenablement le mot d'utilité, l'on ne parvienne à tirer de cette notion précisément les mêmes conséquences qui découlent de l'idée du droit naturel et de la justice. En examinant avec atttention toutes les questions qui paraissent mettre en opposition ce qui est utile et ce qui est juste, on trouve toujours que ce qui n'est pas juste n'est jamais utile » (p. 320). Mais l'usage courant du terme ne tarderait pas à réapparaître, « le mot reste et l'explication s'oublie ». L'utilité est soumise à tous les caprices de l'appétit individuel : « Le principe de l'utilité a ce danger de plus que celui du droit [naturel], qu'il réveille dans l'esprit des hommes l'espoir d'un profit et non le sentiment d'un devoir. Or l'évaluation d'un profit est arbitraire : c'est l'imagination qui en décide [182]. »

En fait, il faut dire que l'utile n'est pas un principe, c'est un calcul variable, une opinion du moment que chacun peut envisager de la façon la plus relativiste. Se souvenant des dévelopements staëliens (« la morale fondée sur l'intérêt personnel »), Constant fait la critique de ce relativisme : « Le droit est un principe, l'utilité n'est qu'un résultat. Le droit est une cause, l'utilité n'est qu'un effet. Vouloir soumettre le droit à l'utilité, c'est vouloir soumettre les règles éternelles de l'arithmétique à nos intérêts de chaque jour. » Pour Constant, de même que la *liberté* du sujet humain est liée à la réalité et à la stabilité des idées vraies enchaînées par le raisonnement (cf. *supra*), de même la norme de justice suppose d'être soustraite à la variabilité des opinions. La thèse de Bentham efface le sujet, en promouvant l'utile, c'est-à-dire l'arbitraire ; au contraire, le sujet libéral apte à juger de la valeur des lois n'est pas la subjectivité sans règles. Poussant son analyse jusqu'au bout, Constant observe que dans la visée positiviste et conventionnaliste qui est la sienne, Bentham sape la réalité effective de l'utile : « Sans doute, il est utile pour les transactions des hommes entre eux qu'il existe entre les nombres des rapports immuables ; mais si l'on prétendait que ces rapports n'existent que parce qu'il est utile que cela soit ainsi, l'on ne manquerait pas d'occasions où l'on prouverait qu'il serait infiniment plus utile de faire plier ces rapports. L'on oublierait que leur utilité constante

---

181. Le *Manuscrit des Principes* (note 1, p. 625) ajoutait cette remarque : « Ceux qui prétendent que c'est la loi seule qui crée les délits tombent dans un cercle vicieux sur cette question : pourquoi est-ce un délit que de désobéir à la loi ? »

182. Même thèse chez Chateaubriand : « C'est le devoir qui est un fait, et l'intérêt une fiction. » Voir « De la morale des intérêts et de celle des devoirs », *in* Chateaubriand, *Grands Écrits politiques*, publ. par J.-P. Clément, Imprimerie nationale, 1993, t. I, pp. 538-539.

vient de leur immutabilité, et cessant d'être immuables, ils cesseraient d'être utiles. »

La conclusion dégagée par l'auteur n'est pas sans rappeler la critique socratique des sophistes[183] : « Vous détruisez l'utilité par cela seul que vous la placez au premier rang. Ce n'est que lorsque la règle est démontrée, qu'il est bon de faire ressortir l'utilité qu'elle peut avoir. » La sophistique de la modernité, aux yeux de Constant, c'est celle qui dissout la capacité critique de la conscience individuelle en la dessaisissant du lien avec l'universel : « En parlant du droit, vous présentez une idée indépendante de tout calcul. En parlant de l'utilité, vous semblez inviter à remettre la chose en question, en la soumettant à une vérification nouvelle. » L'arithmétique des plaisirs et des peines, la compensation du gain et de la perte est sophistique en ce qu'elle fait de l'individu la « mesure de toutes choses » (Protagoras) – ce qui n'est pas l'individu libéral au sens où l'entend Constant, et où l'avait entendu Germaine de Staël dans sa polémique avec Bentham.

Les idées justes du benthamisme selon Constant, et que rappelle judicieusement Stephen Holmes[184], se trouvent compromises par la réduction empirique de l'individu à l'appréciation des intérêts. L'État, d'après Bentham, ne pouvait définir à la place des individus ce qu'est la voie du bonheur, pas plus qu'il ne pouvait envisager de les moraliser. Il devait leur assurer les droits d'expression, de réunion, d'association, et se plier à leur demande. C'est d'ailleurs chez Bentham (dans sa critique des « fictions ») que Constant a dû trouver le point de départ de sa propre critique des hypostases[185]. Mais, encore une fois, par le refus du droit naturel, Bentham s'interdisait de fonder la *conscience critique*, indispensable au citoyen au titre d'un for intérieur inexpugnable.

Ce choix philosophique a été maintenu avec fermeté par Constant[186]. On le retrouve en 1822-1824, dans son *Commentaire sur l'ouvrage de Filangieri*. Il exerce là sa verve contre le principe d'utilité tel que les gouvernements sauront l'utiliser : « L'on peut trouver des motifs d'utilité

183. Lorsque ceux-ci, par exemple, définissaient la justice comme « ce qui est profitable aux plus forts ». Voir d'autres rapprochements donnés par S. Holmes, avec J. Rawls et J. Elster : « Utiliarianism is a self-defeating theory » (*Benjamin Constant and the making of modern liberalism*, éd. cit. p. 126 et note 84, p. 177 de la trad. fr.).

184. *Op. cit.*, éd. originale, note 78, p. 296, voir aussi note 79, p. 297. Dans l'éd. fr. notes 78 et 79, p. 175. Signalons que Constant avait un grand respect pour Bentham, tout comme Mme de Staël d'ailleurs. À titre d'exemple, voir deux lettres de Constant à Bentham (en 1823 et 1824), reproduites dans l'article de N. King déjà cité (*Cahiers staëliens*, n° 11, 1970, p. 23).

185. Par exemple, voir dans l'édition par É. Dumont de *Tactique des assemblées législatives* : critique des métaphores suscitées par le terme « corps politique » (Bossange, 2e éd. 1822, t. I, pp. 6-7 et p. 12). La totalité fait oublier les individus : c'est le thème même de Constant.

186. Mis à part, comme on le verra en fin de chapitre, les textes sur la perfectibilité qui sont à l'enseigne de l'utilitarisme tel qu'il était reçu chez les Idéologues.

pour tous les commandements et pour toutes les prohibitions. Défendre aux citoyens de sortir de leurs maisons serait utile ; car on empêcherait ainsi tous les délits qui se commettent sur les grandes routes. Obliger chacun de se présenter tous les matins devant les magistrats serait utile ; car on découvrirait plus facilement les vagabonds et les brigands qui se cachent pour attendre les occasions de faire le mal. [...] L'utilité n'est pas susceptible d'une démonstration précise. C'est un objet d'opinion individuelle et par conséquent de discussion, de contestation indéfinie [187]. »

La nécessaire appréciation des lois

Le débat sur les conditions de l'obéissance aux lois est certes fort ancien, mais il revêt pour Benjamin Constant une importance capitale : c'est « une des plus grandes questions qui puissent attirer l'attention des hommes », d'après l'article « De l'obéissance à la loi » (p. 317, éd. cit.). Outre l'expérience de la Révolution, qui avait redonné à la question une actualité douloureuse (Constitution civile du clergé, jugement du roi, lois sur les émigrés, législation de l'an II, etc.), Constant pouvait bénéficier des réflexions de Condorcet en la matière : depuis ses premiers textes de 1789 jusqu'au projet constitutionnel de février 1793, Condorcet avait estimé que chaque citoyen, même encore peu instruit, devait être fait juge du respect de ses droits naturels dans un projet de loi ; il avait finalement conçu le mécanisme de la « censure du peuple sur les actes du Corps législatif », en vue de la révision la plus démocratique qui soit des lois existantes [188]. Lecteur assidu de Condorcet, Constant connaît ces réflexions ; cependant, outre la liberté du citoyen dans le gouvernement représentatif, l'enjeu principal chez lui concerne la *responsabilité* individuelle dans l'exécution des lois, ainsi que le soulignait le chapitre XI des *Principes de politique* (« De la responsabilité des agents inférieurs ») [189], deux ans avant l'article « De l'obéissance à la loi ».

L'étendue de cette réflexion sur la loi confirme que la vision du sujet libéral (ce que nous avons appelé sa « constitution ») vaut pour tout membre de la société chez Constant, y compris les agents de l'administration, de la police ou de l'armée. Le chapitre XI des *Principes de*

187. « Commentaire sur l'ouvrage de Filangieri », in *Œuvres de Filangieri*, nouvelle éd. 1840, J.-P. Aillaud et P. Dufart, t. III, p. 223. Sans que l'on puisse dire tout à fait comme Kurt Kloocke que le *Commentaire* de Constant est l'« exposé le plus complet de sa doctrine politique », il reste que ce remarquable écrit devrait être mieux connu.

188. Nous renvoyons à notre étude : « Garantir les droits de l'homme : 1791-1793 », *Revue Tocqueville*, vol. XIV, n° 1, 1993, pp. 49-65. Également, « Individu et souveraineté chez Condorcet », in *Condorcet...*, Minerve, 1989 (pp. 297-304), « Condorcet : des progrès de la raison aux progrès de la société », in *Le Modèle républicain*, sous dir. S. Berstein et O. Rudelle, PUF, 1992, pp. 57-69.

189. Voir aussi dans le chap. I, p. 276 (éd. Gauchet).

politique commence par affirmer que « ce n'est pas assez d'avoir établi la responsabilité des ministres ; si cette responsabilité ne commence pas à l'exécuteur immédiat de l'acte qui en est l'objet, elle n'existe point. Elle doit peser sur tous les degrés de la hiérarchie constitutionnelle » (p. 353, éd. cit.). L'exemple évoqué dans les *Principes* est celui du soldat et du gendarme. La discipline, admet l'auteur, est « la base indispensable de toute organisation militaire ». Mais, ajoute-t-il, « cette règle a des limites : ces limites ne se laissent pas décrire, parce qu'il est impossible de prévoir tous les cas qui peuvent se présenter : mais elles se sentent, la raison de chacun l'en avertit. Il est juge et il en est nécessairement le seul juge ; il en est le juge à ses risques et périls. S'il se trompe, il en porte la peine. Mais on ne fera jamais que l'homme puisse devenir totalement étranger à l'examen, et se passer de l'intelligence que la nature lui a donnée pour se conduire, et dont aucune profession ne peut le dispenser de faire usage ».

On constate que Constant étend considérablement la notion de responsabilité, qui n'est pas prise au sens politique, d'ailleurs encore confus à l'époque[190], ni au sens purement administratif (responsabilité des fonctionnaires dans les actes du service) ; il s'agit d'une véritable conscience de la loi, d'une opération de l'intelligence « dont aucune profession ne peut dispenser de faire usage ». Cette opération peut, et doit, examiner la conformité de l'ordre donné avec la constitution et la législation existante ; se référant à une loi de germinal an VI (cas d'arrestation par la force armée), l'auteur écrit : « Il faut donc que le gendarme et l'officier *jugent, avant d'obéir*[191], s'il y a un mandat d'amener, ou d'arrêt, suivant les formes, ou une ordonnance de prise de corps, ou un décret d'accusation, ou un jugement de condamnation. Voilà, je pense, assez de cas où la force armée est appelée à consulter les lois ; et pour consulter les lois, il faut bien qu'elle fasse usage de sa raison » (p. 356 des *Principes de politique*).

Aucune loi ne peut être appliquée sans compréhension de son sens : l'authentification par la source de la loi, l'intention du législateur, la compatibilité avec les autres textes ou codes en vigueur. Ce qui vaut,

190. C'est toute la question de l'interprétation de la propre brochure de Constant *De la responsabilité des ministres* : voir notre édition dans les *Œuvres complètes* de Benjamin Constant. Chez les juristes, Stéphane Rials a montré les avancées et les limites de la pensée constantienne en la matière : *Révolution et contre-révolution au XIXe siècle*, Éditions Albatros et D.U.C., 1987, pp. 144-145. Notons que Mme de Staël avait clairement énoncé le lien entre la confiance et la responsabilité, demandant que les ministes « donnent leur démission lorsqu'ils auront perdu manifestement la confiance du Corps législatif » (*Des circonstances*, cité par H. Grange, *Les Idées de Necker*, p. 473), et que Necker serait l'importateur du terme en France, par son ouvrage *De l'administration des finances de la France*, selon F. Brunot, *Histoire de la langue française*, Armand Colin, t. IX-2, 1937, p. 1050.

191. Nous soulignons.

rappelons-le, pour les agents d'exécution, vaut pour le simple citoyen : l'*obéissance* à la loi relève de la même problématique que l'*exécution* de la loi. D'ailleurs, le *Manuscrit des Principes*[192] ordonnait en développements successifs ce qui va devenir l'article du *Mercure de France* (1817) et le passage des *Principes* venant d'être cité[193].

Si l'on examine de nouveau l'article « De l'obéissance à la loi », il se propose d'« indiquer les caractères qui font qu'une loi n'est pas une loi » (p. 325), en s'opposant à la thèse célèbre de Pascal (citée p. 318), selon laquelle il faut obéir aux lois parce qu'elles sont lois. On se souvient que Pascal, pour des raisons théologiques et aussi d'ordre social, refusait le recours à la raison et à la loi naturelle : « Il y a sans doute des lois naturelles, mais cette belle raison corrompue a tout corrompu. [...] Rien suivant la seule raison n'est juste de soi, tout branle avec le temps. La coutume est toute l'équité par cette seule raison qu'elle est reçue. C'est le fondement mystique de son autorité. Qui la ramènera à son principe l'anéantit. Rien n'est si fautif que ces lois qui redressent les fautes. Qui leur obéit parce qu'elles sont justes, obéit à la justice qu'il imagine, mais non pas à l'essence de la loi. Elle est toute ramenée en soi. Elle est loi et rien davantage[194]. » Par cette référence au texte de Pascal, Constant se montre conscient de ce que le libéralisme qu'il inaugure, dans la continuité de Mme de Staël, est l'exact contrepied du pessimisme janséniste[195] : il y a un usage légitime de la raison, qui se réalise sous forme d'appréciations (individuelles, partisanes) *divergentes*, mais qui s'inscrivent dans un espace commun (dont traite le chap. VII des *Principes* : « De la discussion dans les assemblées représentatives »). Et il n'est pas vrai que, ramenée à son principe, la loi s'anéantirait, puisque l'esprit du constitutionnalisme – dont Constant est le premier grand théoricien, de l'avis de tout le XIXe siècle – repose sur cette exigence. Recourir aux « lois fondamentales » ? C'est, répond Pascal, « un jeu sûr pour tout perdre ; rien ne sera juste à cette balance ». Pourtant, c'est bien ce dont il s'agit, grâce à un espace public de controverse, dans la société comme dans les

192. Liv. XVIII : « Des devoirs des individus envers l'autorité sociale » (commençant p. 472). L'ordre des chapitres est significatif : « Difficultés relatives à la question de la résistance » pour le chap. I, puis, « De l'obéissance à la loi », « Systèmes de divers écrivains à cet égard », « Système de Bentham », et enfin, chap. V, « Principe sur l'obéissance à la loi ».

193. Tout comme la critique du positivisme utilitariste de Bentham participe de la même argumentation, dans le *Manuscrit* et dans l'article du *Mercure*, parce que, pour Constant, il s'agit d'une seule et même question : la nature du sujet politique requis par le gouvernement des modernes.

194. Pascal, *Œuvres complètes*, publ. par L. Lafuma, Le Seuil, 1963, p. 507 (fragment 60).

195. Dont finalement, comme on le verra, Guizot (curieux protestant) est plus proche. Le libéralisme de Guizot refuse explicitement, dans ses références philosophiques, de se fonder sur la conscience individuelle, et part du principe de la corruption de la nature humaine. Voir chapitre suivant.

instances juridictionnelles, et en mobilisant la participation du citoyen. Là est le véritable critère de la sortie de l'absolutisme, par la conquête de l'autonomie du jugements des gouvernés.

La première règle pour ce sujet examinant, qu'Alain appellera ensuite « le jugeur », est donc la suivante : « Le titre de loi n'impose pas seul le devoir d'obéir, [...] ce devoir suppose une recherche antérieure de la source d'où part la loi [196]. » Le régime du Comité de salut public est l'exemple d'une source de loi non légitime, car la légalité révolutionnaire ne pouvait tirer de la notion de salut public la justification de ses excès. La seconde règle consiste dans l'obligation « d'examiner le contenu aussi bien que la source de la loi », puisqu'une autorité légitime pourrait, d'aventure, faire des lois qui excèdent le champ de sa compétence : toute la question des limites de la souveraineté (cf. le début des *Principes de politique*) est *in nuce* dans ce passage.

Il faut signaler que, pour Constant, la limitation de la souveraineté ne peut résulter seulement de la séparation des pouvoirs, au sens de Montesquieu, mais doit venir aussi, et surtout, de la résistance exercée par l'*opinion* [197] ; ce qui revient, de nouveau, à faire appel au jugement civique comme composante insuppressible d'un ordre libéral.

Comme conséquence des deux règles précédentes, le devoir d'obéissance à la loi est un devoir *relatif*, conditionnel : « Il repose sur la supposition que la loi part d'une source légitime et se renferme dans de justes bornes » (« De l'obéissance à la loi », p. 323). Et Benjamin Constant relève que Bentham lui-même a hésité ; il écrivait en effet : « Faut-il rester neutre entre la loi qui ordonne le mal et la morale qui le défend ? Il faut examiner si les maux probables de l'obéissance sont moindres que ceux probables de la désobéissance. » Si Bentham reste fidèle à son arithmétique, Constant observe, pour sa part, que, dans ce passage, « il reconnaît les droits du jugement individuel, droits qu'il conteste ailleurs ». Il faudrait ajouter que cette question ne se pose que marginalement ou épisodiquement du point de vue de Bentham, alors qu'elle est centrale chez Constant. La divergence est explicitée dans le *Manuscrit des Principes*. En effet, chez Bentham, morale et législation ont en pricipe le même but : « produire la plus grande somme possible de bonheur », et pour le plus grand nombre [198]. Pour Benjamin Constant,

196. « De l'obéissance à la loi », éd. cit., p. 318.

197. Selon les *Principes de politique* (chap. I, pp. 277-278), la première force qui garantit la limitation de souveraineté, c'est l'opinion ; la séparation des pouvoirs, quoique « plus précise », vient après. « Commencez par reconnaître cette limitation salutaire. Sans cette précaution préalable, tout est inutile ». La critique de Montesquieu est très nette.

198. Un axiome que reprendra Sismondi dans sa pénétrante critique du libéralisme en économie, et qui va le rapprocher d'Étienne Dumont : cela deviendra la divergence la plus forte, chez lui, avec le groupe de Coppet. Sur Sismondi économiste, voir notre dernière partie (« Les philosophes et le libéralisme »).

« le but de la législation est beaucoup plus[199] de garantir les hommes du mal qu'ils pourraient se faire que de leur procurer la plus grande somme de bonheur possible ». Ainsi, d'un côté, l'examen de la loi est d'une nécessité vitale pour le citoyen (cf. Condorcet : la protection des droits), d'un autre côté, la morale n'est pas une affaire publique, bien qu'elle « indique aux hommes comment ils peuvent être heureux en rendant heureux leurs semblables ». D'ailleurs, Constant s'est élevé contre l'introduction par le législateur (dans les lois sur la presse de 1819) de la notion de « morale publique et religieuse[200] ». Confondre la législation et la morale, c'est courir le risque de rendre la première oppressive et la seconde dérisoire, c'est encore prétendre faire du pouvoir le propagateur des vérités, de la « bonne doctrine » (cf. *supra*). En revanche, Constant est d'accord pour considérer que « prescrire des actions contraires à la morale » est une cause d'invalidité des lois, et c'est en ce sens qu'il reste en harmonie avec Mme de Staël, qui a écrit : « La liberté n'est autre chose que la morale en politique[201] ». Tel est, pour lui, l'un des critères qui font qu'une loi peut ne pas être une loi : « Toute loi qui ordonne la délation, la dénonciation n'est pas une loi. Toute loi portant atteinte à ce penchant qui demande à l'homme de donner un refuge à qui lui demande asile n'est pas une loi[202]. » Car ici intervient l'obligation propre à un gouvernement, obligation qui ne relève que de lui : « Il n'a pas le droit de faire retomber sur l'individu qui ne remplit aucune mission ces devoirs [de police] nécessaires mais pénibles. »

Autant donc la tâche de la conscience libérale est de veiller à la justesse et à la justice des lois (leur contenu et leur légitimité), autant sa *responsabilité* n'est pas d'endosser les missions propres du pouvoir. Parce qu'il reste fidèle à sa distinction entre la société et l'État, Constant estime que le sujet individuel est aussi un homme, et pas seulement un citoyen. Cet homme ressent en lui l'appel inamissible de la loi naturelle, parfois opposable aux nécessités sociales gérées par le pouvoir politique. Il existe même, entre le pouvoir et l'individu humain, une asymétrie considérable que Constant exprime en ces termes : « C'est pour rendre la pitié individuelle inviolable que nous avons rendu l'autorité publique imposante.

199. Au lieu de « plutôt » dans le *Manuscrit* (note au chap. I du liv. III, p. 525).

200. Les trois lois présentées par de Serre, traduisant la vision doctrinaire sur la presse, font date comme les premières lois libérales, avant celle de 1881 qui nous régit encore. Dans le *Manuscrit des Principes* on trouve ce passage : « Quelle pourrait donc être cette morale publique qu'on veut opposer à la morale privée ? La morale publique ne se compose que de l'agrégation des devoirs et des droits particuliers » (p. 540). Comme dans le propos d'Alain cité précédemment, Constant considère que « les peuples ne sont que des agrégations d'individus. Leurs droits ne sont que la réunion des droits individuels » *(ibid.)*.

201. Dans un manuscrit des *Considérations*, selon N. King (article cité *supra*, *Cahiers staëliens*, nº 11, 1970, p. 7).

202. Nouvelle référence au point de controverse avec Kant (*Des réactions politiques*), dont on sent toute l'importance qu'il revêtait dans le moment thermidorien !

Nous avons voulu *conserver en nous*[203] les sentiments de la sympathie, en chargeant le pouvoir des fonctions sévères qui auraient pu blesser ou flétrir ces sentiments » (pp. 325-326, « De l'obéissance à la loi »).

La dénivellation est insurpassable aux yeux de Constant (qui a adopté cette formulation dans trois textes différents), comme elle l'était aux yeux de Germaine de Staël, notamment dans l'ouvrage *Des circonstances* : la notion de pitié désigne une vertu morale, humaine, un fait de la conscience individuelle tournée vers l'universel, bien plus qu'une vertu politique[204]. Le libéralisme, du moins dans cette école issue de Coppet, demande aussi de pratiquer des sentiments libéraux[205]. Chez Mme de Staël, la conception de la pitié, qu'elle a mise en application notamment envers la reine[206], en 1793, et au 18 fructidor, vient de ses lectures rousseauistes de jeunesse dont elle a gardé une impression ineffaçable[207].

Si donc la conscience individuelle est juge de la source et du contenu des lois, si elle porte en elle un principe de jugement, et également un sentiment, qui n'est pas transposable dans les fonctions de gouvernement du fait de la dissymétrie des rôles, on comprend que la suprême duperie soit, aux yeux de Constant, celle par laquelle on se fait agent d'un pouvoir qu'on condamne. Ici apparaît, du coup, le problème du ralliement, durant les Cent-Jours, au « nouvel Attila ». Comme le montrent nombre d'études[208], ce n'est pas seulement par ambition individuelle que Constant s'est rallié, et en tout cas pas par opportunisme (se mettre aux côtés du plus fort), mais par fidélité aux principes : il lui semble, comme à Sismondi[209], qu'une expérience libérale va être possible après l'échec des

203. Selon le principe de l'intériorité, qu'il s'agit d'opposer aux doctrines de la raison d'État (souligné par nous).

204. Du type de la grâce royale en matière pénale, ou de la magnanimité politique en vue de la réconciliation nationale.

205. Rappelons que le 8 nivôse an VIII, *L'Ami des lois* définissait ainsi le *libéralisme* de Bonaparte : « La tolérance politique et religieuse, la confiance au repentir, [...] l'oubli des injures et toutes les conceptions d'une âme forte et généreuse » (cit. *in* F. Brunot, éd. cit., IX-2, p. 661). Voir aussi l'étude citée *supra* de G. de Bertier de Sauvigny, « Libéralisme. Aux origines d'un mot ».

206. Voir l'édition récente : *Réflexions sur le procès de la reine par une femme*, Montpellier, Presses du Languedoc, 1994, avec une excellente présentation de Monique Cottret.

207. Cf. les *Lettres sur le caractère et les écrits de Jean-Jacques Rousseau* (1788). Bonne présentation dans le livre de Jean Roussel, *Jean-Jacques Rousseau en France après la Révolution*, éd. cit., 4e partie, chap. I.

208. Kurt Kloocke écrit : « Il ne s'agit jamais de revirements idéologiques mais de mouvements tactiques, à la fois signes d'une extraordinaire versatilité de l'esprit et d'une non moins extraordinaire stabilité des principes (*Benjamin Constant. Une biographie intellectuelle*, Genève, Droz, 1984, p. 186). Voir aussi la préface de M. Gauchet (« Benjamin Constant : l'illusion lucide du libéralisme », notamment pp. 15-16, in *De la liberté chez les modernes*), et les interrogations de S. Rials (*Révolution et contre-révolution au XIXe siècle*, pp. 134-135, ou article "Acte additionnel", *Dictionnaire Napoléon*).

209. L'attitude de Mme de Staël à ce moment, assez complexe, a nourri l'interprétation systématiquement hostile d'Henri Guillemin (*Mme de Staël, Benjamin Constant*

Bourbons et de tout autre prétendant du type Bernadotte. Il montre cependant beaucoup d'incertitude[210].

Pendant qu'il rédige et discute en Conseil d'État l'Acte additionnel aux constitutions de l'Empire, Constant estime qu'il est en train de faire vivre la matière de ses thèmes de réflexion depuis près de quinze ans, tels qu'ils sont consignés dans le *Manuscrit des Principes* et les *Fragments d'une constitution républicaine*. Selon la formule de Chateaubriand – qui ne peut être soupçonné de faiblesse à son égard –, l'Acte additionnel est « la Charte améliorée[211] ». En revanche, les terroristes de 1793 restent aux yeux de Constant sans excuses, même repentis. Il écrit dans « De l'obéissance à la loi » : « La terreur n'est pas une excuse plus valable que les autres passions infâmes. Malheur à ces hommes éternellement comprimés, à ce qu'ils nous disent, agents infatigables de toutes les tyrannies existantes, dénonciateurs posthumes de toutes les tyrannies renversées. » Comme Mme de Staël l'avait fait dans *De l'Allemagne*, l'auteur repousse le geste d'excuse par lequel les agents du pouvoir tyrannique invoquent la nécessité d'obéir aux ordres : nécessité qu'ils auraient compensée par la recherche du moindre mal. « Le système qu'ils ont adopté, ce système qui les autorise à se rendre les agents d'un pouvoir injuste pour en affaiblir la rigueur [...], ce système n'est qu'une transaction mensongère qui permet à chacun de marchander avec sa conscience. » Cette argumentation – que l'on retrouve au XXe siècle chez des agents de la politique antijuive de Vichy[212] –, reçoit de Constant l'appel-

---

et Napoléon, Plon, 1950). Elle écrit à Constant, le 30 avril 1815, qu'elle approuve l'Acte additionnel, quoiqu'avec des interrogations : *Lettres de Mme de Staël à Benjamin Constant*, publ. par baronne de Nolde et P. L. Léon, Kra, 1928, p. 89. Mais elle fait savoir par ailleurs qu'elle condamne l'option prise par Constant et Sismondi, qu'elle appelle « ce tour de sophisme ». Cf. sa lettre du 24 mai 1815 reproduite par N. King, « Lettres de Madame de Staël à Sir James Mackintosh », *Cahiers staëliens*, n° 10, juin 1970, p. 38. Sismondi justifie l'Acte additionnel dans sa brochure *Examen de la Constitution française*, Treuttel et Würtz, 1815. Pourtant, Mme de Staël fait en même temps sa cour à Joseph Bonaparte, parce qu'elle espère toujours pouvoir doter sa fille en récupérant l'argent de Necker (prêté au Trésor français). Cf. G. Solovieff, *Choix de lettres (1778-1817)*, Klincksieck, 1970, p. 493 et comparer avec la lettre à Bernadotte du 28 mars 1815, qui ne montre aucune illusion (repr. par N. King, « Correspondance suédoise de Germaine de Staël », *Cahiers staëliens*, n° 39, p. 134).

210. Cela ressemble au coup de poker, chez quelqu'un qui, on le sait, était aussi un joueur : « Les intentions sont libérales, la pratique sera despotique. N'importe » (31 mars 1815, *Œuvres*, Pléiade, p. 778). Le 2 mai, il note « Je crois que j'ai fait une sottise ». Le 13 mai : « Causé longtemps avec lui. Il entend très bien la liberté » (p. 783), etc.

211. Cité notamment par O. Pozzo di Borgo, p. 261. Même opinion chez Lanjuinais (*ibid.*, p. 262). Voir l'ensemble du dossier in *Mémoires sur les Cent-Jours*, publ. par O. Pozzo di Borgo, éd. cit., dont le « Mémoire apologétique » que Constant a adressé ensuite à Louis XVIII pour éviter d'être exilé.

212. Au moment où nous écrivons, l'affaire Touvier (éteinte par la mort de l'intéressé), l'affaire Papon non encore jugée. Signalons le très intéressant colloque : *Le Droit antisémite de Vichy*, Le Seuil, numéro spécial du *Genre humain*, mai 1996.

lation caractéristique de « transaction », par oppositon aux transactions légitimes, qui se font entre les intérêts représentés dans une assemblée.

Au total, les réflexions de Benjamin Constant sur la nécessité de l'appréciation de la loi révèlent une grande avance sur les opinions du temps, tant pour ce qui concerne le citoyen que pour les agents d'exécution. Chez le citoyen, cette fonction de jugement n'a jamais été vue d'un bon œil. On peut rappeler le tour très balancé de l'article 7 de la Déclaration de 1789 : « Ceux qui sollicitent, expédient, exécutent ou font exécuter des ordres arbitraires doivent être punis ; mais tout citoyen appelé ou saisi en vertu de la loi doit obéir à l'instant. Il se rend coupable par la résistance. » Étant donné la clause « à l'instant », il ressort que nul délai de réflexion ne peut être accordé, aussi bien à propos de la source de la loi (elle ne peut être que bonne du point de vue de la Déclaration), que du contenu même de la loi qu'il faut d'abord présumer bonne. Retarder l'exécution serait déjà entrer dans la « résistance » à cette loi. Quant à la « résistance à l'oppression », qui est un droit de l'homme, elle relève d'un autre domaine, la situation insurrectionnelle.

En ce qui concerne les agents d'exécution, il faudra attendre l'arrêt Langneur du Conseil d'État (1944), pour qu'un véritable *droit* de désobéissance aux ordres illégaux soit admis, même si, comme l'explique un juriste[213], la Cour de cassation s'est toujours refusée à concevoir une telle désobéissance pour le citoyen, l'assimilant à la rébellion. La jurisprudence Langneur a donc été un grand pas[214] par rapport à la doctrine de l'« obéissance passive » (que Constant discute dans les *Principes de politique*). Comme le signale É. Desmous, cette conception suppose, du point de vue philosophique, que « l'exécutant possède une faculté de juger qui lui permet, outre d'apprécier la légalité de l'ordre, de reconnaître la légitimité et la justesse du jugement du supérieur ». Entre la loyauté envers le supérieur et l'obéissance à la loi, le fonctionnaire est amené à considérer un espace commun de raison, où la certitude dogmatique ne prévaut plus et, avec elle, la présomption de non-faillibilité de l'autorité. Mais alors, comme le prévoyait déjà Constant, la controverse devient la règle et non plus un accident aberrant : « Sans doute la chance d'une punition pour avoir désobéi[215] jettera quelquefois les agents subalternes dans une incertitude pénible. Il serait plus commode pour eux d'être des automates zélés ou des dogues intelligents. Mais il y a incertitude dans toutes les choses humaines. Pour se délivrer de toute incertitude, l'homme devrait cesser d'être un être moral. Le raisonnement

213. Éric Desmous, « Le droit de résistance du fonctionnaire », *Droits*, n° 15, 1992, pp. 10-111.

214. Mais, selon la même source, l'arrêt Langneur a été passablement désamorcé, la jurisprudence a tendu à « retourner au profit de l'administration et de la loi un droit dont on avait lieu, de prime abord, de s'inquiéter ».

215. Et non « obéi », coquille dans les éditions Laboulaye, Roulin, Gauchet.

n'est qu'une comparaison des arguments, des probabilités et des chances. Qui dit comparaison, dit possibilité d'erreur et, par conséquent, incertitude » (*Principes de politique*, p. 357).

Aussi, pour donner à ce débat inévitable une forme institutionnelle, Constant demande que les agents de l'administration relèvent du jugement par *jurés*, les jurés étant « les représentants de la raison commune » et pouvant, de ce fait, entrer dans la procédure d'appréciation que Constant appelle de ses vœux.

Le contrôle des actes de justice

Donner aux administrateurs la responsabilité d'apprécier les lois, sous réserve de leur sanction éventuelle, donner au citoyen la même responsabilité, c'était peut-être faire preuve d'un esprit d'utopie ; aux yeux de Constant, néanmoins, ce n'était que réaliser pleinement le message de la Révolution française ; à ce prix seulement on pouvait être assuré d'avoir rompu avec la vision étatiste et absolutiste de la loi, monarchiste ou républicaine. Il vaut la peine de rappeler en quels termes Hobbes avait exposé dans le *Léviathan* l'exigence absolutiste : « Par bonne loi, je n'entends pas une loi juste, car aucune loi ne peut être injuste. La loi est faite par le pouvoir souverain, et tout ce qui est fait par ce pouvoir est cautionné *[warranted]* et reconnu pour sien *[owned]* par chaque membre du peuple ; et ce que chacun veut ne saurait être dit injuste par personne[216]. » On retrouve ici les termes de la *Politique* de Bossuet, enseignant au dauphin, que quand le prince a jugé, il ne saurait y avoir d'autre jugement.

Le soupçon sur l'injustice possible des lois est un *droit* du sujet politique, vivant dans l'État libéral. Étendant la perspective, Constant revendique en matière judiciaire le même type de contrôle. Un article paru dans la *Minerve française*, en rapport avec l'affaire Wilfrid Regnault, est particulièrement intéressant dans cette optique[217]. Regnault avait été condamné à mort par un jury normand pour assassinat ; montrant les vices de la procédure dans deux brochures (*Lettres à Odilon Barrot*, avocat de l'accusé), Constant avait soulevé l'opinion et obtenu

216. *Léviathan*, trad. F. Tricaud, Sirey, 1971, p. 370. Sur la formule « reconnu pour sien » qui signifie, précisément, l'impossibilité d'apprécier la loi, avec laquelle le citoyen ne peut que s'identifier, voir notre étude : « Le vocabulaire de la représentation politique de Hobbes à Kant », in *Hobbes et son vocabulaire*, sous dir. Y. C. Zarka, Vrin, 1992 (partic. pp. 234-240).

217. « Encore un mot sur le procès de Wilfrid Regnault, ou Réflexions sur cette question : L'examen public des actes de l'autorité judiciaire est-il contraire à l'esprit de la Charte, et blesse-t-il le respect dû aux tribunaux et à leurs sentences ? », *Minerve*, 13 mars 1818. Voir Constant, *Recueil d'articles*, éd. Harpaz, t. I, pp. 350-370, également *Cours de politique constitutionnelle*, publ. par É. Laboulaye, Guillaumin, 2e éd. 1872, t. II, pp. 423-434 : nous citons d'après cette dernière édition.

du ministre de la Justice un sursis à exécution[218]. Il se trouva dès lors attaqué par l'extrême droite qui ironisait sur le nouveau Voltaire ou, comme disait un journaliste, ces « écrivains sans mission » qui se mêlaient de réviser les actes judiciaires. Mobilisant l'opinion libérale qui s'exprime par voie de presse, de pétition et de souscriptions, Constant répond à un journaliste : « C'est aujourd'hui plus que jamais que les formes doivent être respectées. C'est aujourd'hui plus que jamais que *tout Français*[219] a droit de s'enquérir si on les observe, si toutes les vraisemblances ont été pesées, tous les moyens de défense appréciés à leur juste valeur » (p. 428).

Comme on le voit, plus que la légalité proprement dite ou l'exercice des formes constitutionnelles, ce qui est en question pour l'auteur, c'est la conscience critique qui doit accompagner cet exercice : il faut que l'assurance du respect extérieur des formes intègre une *exécution raisonnée des lois*. Constant introduit donc l'idée de responsabilité au sens où il l'entend, le fait pour les citoyens de pouvoir *répondre* du sens vivant de la loi parce que la liberté est dans cette vie du sens. « La déférence pour les jugements [judiciaires] est nécessaire ; l'examen n'est pas interdit. Légalement, les juges et les jurés sont irresponsables. Moralement, tout homme est responsable de tout ce qu'il fait ; aucune prescription, aucune ordonnance ne peut détruire cette responsabilité, supplément nécessaire des lois positives » (p. 430).

Les contradicteurs allèguent que les « formes protectrices », que la Charte a instituées, se suffisent à elles-mêmes ; pour Constant, les formes, en l'occurrence, ont été tournées et dès lors « ce ne sont plus elles qui sont protectrices. Elles ont elles-mêmes besoin d'être protégées, et ne sauraient l'être que par la publicité ». Il est d'autant plus ferme dans cette position qu'il est connu pour avoir fait l'éloge des garanties formelles à diverses reprises. Ainsi dans *De la force du gouvernement actuel* (1796), où il a plaidé pour la lenteur des procédures parce qu'une justice rapide est toujours suspecte : « Dans le corps politique, il n'y a que les formes qui soient stables, et qui résistent aux hommes. Le fond même, c'est-à-dire la justice, la vertu, peuvent être défigurées. Leurs noms sont à la merci de qui veut les employer. Robespierre peut invoquer la patrie, la liberté, la morale, comme Lanjuinais[220]. »

Il est vrai pourtant que Constant est attaquable sur ce terrain, puisque, au moment du 18 fructidor, s'il fait l'éloge des formes, « divinités tuté-

218. Il y aura finalement commutation de peine, malgré les efforts de Constant pour obtenir que l'accusé soit innocenté. Sur l'historique, voir E. Harpaz, *L'École libérale sous la Restauration*, pp. 153-154.

219. Nous soulignons.

220. *De la force du gouvernement actuel de la France et de la nécessité de s'y rallier*, publ. par Ph. Raynaud, éd. cit., p. 84. Cf. aussi p. 74 : les formes « perpétuent l'esprit », les formes « ramènent le fond ».

laires des associations humaines », on le voit en même temps approuver le coup d'État. L'appréciation au fond, le danger royaliste allégué, justifie que « quelques formes ont été violées [221] ». Justification bien périlleuse, d'autant plus que, dans ce discours, on retrouve souvent la rhétorique de Saint-Just et de Robespierre sur le luxe, la tyrannie de l'opinion et, pour les mesures violentes, l'invocation à la « force des choses » (p. 21) !

Si l'on revient à l'article de 1818, la revendication libérale en faveur de la publicité, telle qu'il la développe, fournira un puissant exemple pour les luttes à venir, ainsi que le souligne E. Harpaz [222]. Mais Constant donne à cette revendication une tournure démocratique et radicale ; d'une part en ce qu'elle est l'affaire de « tout Français » quant à sa source, et, d'autre part, en ce qu'elle sert, quant à ses finalités, les membres les plus humbles de la société : « La publicité est l'unique défense de cette classe innombrable, la plus importante de toutes par son utilité, mais qui est pour ainsi dire anonyme par sa multitude. Cette classe n'approche pas des grands. Elle n'est pas admise à leur parler à l'oreille. La publicité est son seul moyen de se faire entendre. Lui disputer la publicité, c'est refuser à un plaideur la faculté d'informer ses juges » (p. 433).

Ce n'est pas la seule fois – on vient de le voir à propos du 18 fructidor – que les propos de Constant paraissaient renouer avec Robespierre, avec le discours typiquement robespierriste (durant la phase oppositionnelle de l'Incorruptible). Le rapprochement était inévitable dès lors que l'extension des droits de citoyenneté, y compris sous un angle sociologique (classe la plus pauvre), est revendiquée. Chez Constant cette perspective débouche sur la défense de la liberté de presse, la grande affaire de sa vie, ou du jury, expression de la raison populaire. Il devra d'ailleurs, sur ces questions, s'affronter à d'autres courants libéraux qui privilégient l'ordre social sur la liberté.

On est donc chez Constant très loin du prétendu repos dans les jouissances privées, souvent attaché à sa mémoire. La liberté telle qu'il

---

221. *Discours prononcé au Cercle constitutionnel le 9 ventôse an VI*, Imprimerie Veuve Galletti, s.d. (1798), respectivement p. 16 et p. 18. Nous remercions Odile Rudelle de nous avoir communiqué ce texte peu répandu. On attend le livre consacré par Henri Grange à Benjamin Constant, dans cette période où il se montre assez peu libéral. Sur l'idée d'un « Constant jacobin » en 1794, voir la discussion menée par M. Barberis et G. Sebaste : « Comment devenir ce que l'on est : Benjamin Constant, Madame de Charrière et la Révolution » (*Benjamin Constant et la Révolution française*, sous dir. D. Verrey et A.-L. de Lacretaz, Genève, Droz, 1989, pp. 39-60) ainsi que la lettre du 9 septembre 1794 (nécessité de la coaction), adressée à Mme de Charrière : Benjamin Constant, Isabelle de Charrière, *Correspondance*, Desjonquères, 1996, p. 363 et suiv. Si Duvergier de Hauranne remet en question la réalité d'un péril royaliste (*Histoire du gouvernement parlementaire en France*, Michel Lévy, 1857, t. I, p. 394) et critique l'attitude de Constant (*ibid.*, pp. 399-400), il faut signaler que Constant lui-même a reconnu le caractère blâmable du 18 fructidor : voir par exemple, Constant, *Écrits et discours politiques*, publ. par O. Pozzo di Borgo, Pauvert, 1964, t. I, p. 130 et note 84, p. 233.

222. *L'École libérale sous la Restauration*, p. 155.

l'entend ne se satisfait pas du mécanisme des institutions, si bien huilé soit-il ; il peut y avoir, derrière la face visible du mécanisme, des tractations secrètes entre experts des institutions, si l'on peut risquer ce terme. Le libéralisme de Constant s'épanouit dans le cadre censitaire, mais il prépare l'esprit démocratique ultérieur.

Confiance libérale et défiance démocratique

Peut-on résumer ce qui constitue ce « sujet politique » d'un gouvernement libéral, que l'on a vu apparaître depuis la question de la représentation et de l'intérêt général jusqu'à la théorie du contrôle de la Justice ? Juger et avoir les moyens de juger, voilà, dans le fond, la condition de citoyenneté que Constant pose à l'existence d'un pouvoir véritablement fondé sur la liberté ; c'est-à-dire un pouvoir qui accepterait de subir le contrôle et même la défiance de ceux qui l'ont élu. Car un pouvoir fondé sur la liberté sait que, si bien agencé soit-il, il ne résume pas en lui le jeu des forces de la liberté. Aussi savant ou aussi juste qu'il soit, la société lui fait face. C'est ce que Stendhal appelait, en cette même année de l'article de la *Minerve* (1818), la *méfiance italienne* : « La méfiance italienne, le contraire de la badauderie française, est la meilleure disposition possible pour le régime constitutionnel. Hâtons-nous de démolir le plat bas-relief de 1815 qui déshonore le fronton de notre beau palais du Corps législatif et inscrivons-y en grandes lettres de bronze, ce seul mot : MÉFIANCE. »

De ce jour-là, le peuple aura confiance en son roi[223]. »

C'est ce qu'exprime Benjamin Constant dans son premier discours au Tribunat[224] : « Une constitution est par elle-même un acte de défiance, puisqu'elle prescrit des limites à l'autorité, et qu'il serait inutile de lui prescrire des limites si vous la supposiez douée d'une infaillible sagesse et d'une éternelle modération[225]. » Or cet acte de défiance, qui est *dans* la constitution elle-même, appelle à son renouvellement ou, pour reprendre le concept de Husserl, sa réactivation, toutes les fois qu'une loi est proposée.

En l'occurrence, il s'agissait d'une loi capitale, de type organique,

---

223. *L'Italie en 1818, in* Stendhal, *Voyages en Italie*, publ. par V. del Litto, Pléiade, 1973, p. 256. Cf. aussi J. Félix-Faure, *Stendhal lecteur de Mme de Staël*, Aran, Éditions du Grand Chêne, 1974, p. 92 : « Méfiance, véritable inscription d'un corps législatif » (marginalia aux *Considérations sur la Révolution française*).

224. Dont on a signalé *supra* qu'il le classait désormais dans l'opposition, et avait eu pour premier effet, le soir même, de vider le salon de son amie : cf. *Dix Années d'exil*, éd. S. Balayé et M. V. Bonifacio, Fayard, p. 86.

225. Discours au Tribunat du 15 nivôse an VIII (5 janvier 1800), repr. in *Écrits et discours politiques*, éd. cit. par O. Pozzo di Borgo, t. I, p. 142. Sur Constant au Tribunat voir B. Jasinski, « Benjamin Constant tribun », *in* É. Hofmann (dir.) *Benjamin Constant, Mme de Staël et le groupe de Coppet*, Oxford, The Voltaire Foundation, Lausanne, Institut Benjamin Constant, 1982, pp. 63-88.

puisqu'elle définissait les pouvoirs du Tribunat : Constant refuse que le Conseil d'État puisse présenter au Tribunat des projets de loi sans exposé des motifs. Cela aurait eu pour conséquence qu'ensuite, devant le Corps législatif, la discussion se fasse dans le vide : « Nous [tribuns] ne pourrons appliquer à ces projets que des considérations générales, les seules qui nous seront connues. » Tandis que, de leur côté, les trois conseillers d'État arriveront devant le Corps législatif « avec des informations, des faits, des détails d'une tout autre nature ». Cela revient à dire que tribuns et conseillers d'État « ne plaideront pas les uns contre les autres, mais les uns à côté des autres ; ils se combattront sans se voir ; ils s'avanceront sans se rencontrer ; et le Corps législatif, témoin immobile et silencieux de cette lutte bizarre, entendant souvent des deux côtés des objections sans réponse [...] sera forcé de prononcer de confiance ».

Que ce soit pour l'homme politique, dans le travail délibératif, ou pour le citoyen, juger et avoir les moyens de juger constitue la revendication du sujet libéral, dans la perspective ouverte par Mme de Staël et Benjamin Constant. C'est là, déjà, le « citoyen contre les pouvoirs » dont parlera ensuite Alain, et dont il vaut la peine de rappeler (même par une citation un peu longue) les conditions de possibilité qu'énonçait le philosophe : « Si nous voulons une vie publique digne de l'humanité présente, il faut que l'individu reste individu partout, soit au premier rang, soit au dernier. Il n'y a que l'individu qui pense ; toute assemblée est sotte. Il faudrait donc, d'un côté, un pouvoir concentré et fort, un homme qui ait du champ et qui puisse réaliser quelque chose, sans avoir égard à ces objections préalables qui empêchent tout. En même temps, et corrélativement, des spectateurs qui gardent leur poste de spectateurs, sans aucun projet, sans aucun désir d'occuper la scène, car le jugement vient du champ aussi. Et que chaque spectateur soit autant qu'il le peut solitaire, et ne se préoccupe point d'accorder sa pensée à celle du voisin[226]. »

Voilà, dira-t-on, une société bien morcelée, un citoyen étrangement fier de son indépendance, une pure utopie. Mais il est du philosophe de proposer l'utopie, ou, comme dirait Kant, une Idée de la République. Ce que le libéralisme de Constant demande et qu'Alain (qui serait peut-être surpris de cette filiation) retrouve pour sa part suppose une dialectique incessante de la confiance (base du système représentatif) et de la défiance. Si la confiance est nécessaire à l'institution, la défiance est indispensable pour retrouver et vivifier le sens de l'institution : le sujet libéral selon Constant est en fait le complément de la théorie des institutions, pour laquelle notre auteur est plus connu, tandis que ce *complément* est rarement analysé comme tel.

On pourrait donc dire, en corrigeant la formule constantienne exprimée

226. *Le Citoyen contre les pouvoirs*, Kra, 1926, pp. 159-160.

devant le Tribunat, que le constitutionnalisme est à la fois l'expression de la confiance libérale et de la défiance démocratique. C'est pourquoi il est à souhaiter, et cela dans un esprit libéral, que le pouvoir soit fort et non pas faible. Telle était d'ailleurs l'erreur de Godwin, selon Benjamin Constant, qu'il confondait la défiance nécessaire, avec une faiblesse du pouvoir qu'il souhaitait intrinsèque. De la première à la seconde, la conséquence n'est pas bonne : « Lorsqu'on déclare le gouvernement un mal, on se flatte d'inspirer aux gouvernés une défiance salutaire ; mais comme le besoin du gouvernement se fait toujours sentir, tel n'est point l'effet qu'on produit. » S'il est vrai que, pour Constant comme pour Germaine de Staël, le lieu et la perspective propres au pouvoir sont nécessairement marqués de limitations et de propensions à la méconnaissance vaniteuse[227], il reste que la recherche de l'affaiblissement du pouvoir est une erreur : Godwin, pensant qu'il était un mal nécessaire, « a conclu qu'il n'en fallait que le moins possible. C'est une seconde erreur. Il n'en faut point hors de sa sphère ; mais, dans cette sphère, il ne saurait en exister trop ».

Pour Benjamin Constant, le pouvoir n'est pas en soi *contraire* à la liberté, il y est, simplement, irréductible et non identifiable ; c'est pourquoi la dialectique de la confiance et de la défiance a lieu de s'exercer, comme jeu entre la liberté elle-même et ce qu'elle a produit, mais qui s'en est autonomisé. C'est elle qui détient le sens des institutions, mais ce sont ces dernières qui commandent, et par des hommes vite enivrés de leur situation : « La liberté gagne tout à ce que [le gouvernement] soit sévèrement circonscrit dans l'enceinte légitime ; mais elle ne gagne rien, elle perd au contraire à ce que, dans cette enceinte, il soit faible ; il doit toujours y être tout-puissant[228]. » Selon la leçon de Necker bien comprise par Constant, pouvoir et liberté s'épaulent réciproquement, les maladies qui atteignent l'un rejaillissent inévitablement sur l'autre. Mais ce que Constant a ajouté à l'enseignement de Necker, c'est le sujet libéral, le citoyen qui porte en lui les racines de la liberté ou, en d'autres termes, l'*intériorisation* plus grande de la liberté, que son amie, Germaine de Staël avait perçue dans l'esprit philosophique allemand. Pourtant, on va le voir, il existe des divergences sensibles, sur cette faculté même d'intériorisation, dès lors que l'on considère certains textes ou manuscrits de Benjamin Constant.

227. Cf. *supra* : « Toutes choses égales, il est toujours vraisemblable que les gouvernants auront des opinions moins justes, moins saines, moins impartiales que les gouvernés » (*Manuscrit des Principes*).

228. « De Godwin et de son ouvrage sur la justice politique », in *De la liberté chez les modernes*, éd. cit., p. 567. On peut lire l'*Enquiry concerning political justice* de Godwin, traduit par Constant, dans l'édition suivante : B. Constant, *De la justice politique*, publ. par B. R. Pollin, Presses de l'Université Laval, Québec, 1972.

LES AMBIGUÏTÉS DU LIBÉRALISME DE CONSTANT : SUJET LIBÉRAL ET MARCHE DE L'HISTOIRE

Il est à peu près impossible que les découvertes réalisées par un penseur original marchent toutes du même pas, et que ne subsistent pas soit des zones d'ombre, soit des contradictions – d'où, dans les sciences, le projet bachelardien d'une histoire récurrente, faisant la part des vérités sanctionnées et des vérités périmées. Dans le cas de Benjamin Constant, la contribution capitale apportée à une vision du libéralisme qui va cheminer jusqu'à Laboulaye et Renan dans les années 1870-1875, ne fait pas de doute, ainsi que l'avait pressenti son ami Sismondi après sa mort[229]. La communauté d'origine et la participation à ce qui a été appelé ici l'« œuvre de pensée » de Mme de Staël s'est également confirmée, ainsi qu'on a pu le constater. En revanche, plus complexe et plus confuse semble la tentative menée par Constant pour greffer les fondements du libéralisme sur une conception historique. Il s'agit d'une référence de nature téléologique (réalisation dans l'histoire de l'« idée mère[230] » d'égalité, selon une formulation très tocquevillienne), et de contenu à la fois politique, social et économique (division en stades de l'histoire européenne) ; enfin, c'est aussi une vision anthropologique qui est exposée. Beaucoup de facteurs, donc, sont mobilisés pour répondre à une seule question (pourquoi l'après 1789 est-il irréversible ?), ce qui risque fort de donner à la *Bildung* de l'individualité libérale la teneur et l'allure d'un roman.

Ce roman de l'individualité libérale oblige à reconsidérer le statut du libéralisme de la conscience, dont il a été question jusqu'ici, et à se demander jusqu'à quel point il serait tributaire des luttes et des circonstances au milieu desquelles il prend corps. Les deux fondateurs que sont Staël et Constant voulaient-ils décrire de façon normative un sujet de droit, indépendant du temps et des circonstances, comme il le semblait dans la teneur philosophique de leur propos, ou bien se bornaient-ils à faire le portrait du lecteur moyen de la *Minerve* ou du *Mercure* ? Question inévitable, par le fait même que seule la société de la liberté et de l'égalité, la société issue de la Révolution de France (et non des Pays-Bas ni même d'Angleterre)[231], fournissait les conditions pour penser le libé-

229. « Je sens bien qu'il est resté fort au-dessous de ce qu'il pouvait être, mais il me paraît en même temps s'être élevé fort au-dessus de tous ses contemporains. En politique, il a bien plus fondé de doctrines que ceux qu'on a nommés doctrinaires » (Lettre à Eulalie de Saint-Aulaire, du 13 décembre 1830).

230. *De la force du gouvernement actuel*, éd. Raynaud, p. 79.

231. Sur la difficulté pour l'ensemble du libéralisme français à s'inspirer de l'exemple anglais voir notre chapitre : « Les intérêts particuliers : une légitimité problématique ».

ralisme et la démocratie, le rapport confiance-défiance, les articulations de la société et de l'État moyennant une « liberté des modernes » élargie aux perspectives d'un progrès moral des citoyens. Dans les termes mêmes de Constant, ce moment est une transition vers un avenir difficile à déchiffrer : « Nous sommes une génération de passage. Nés sous l'arbitraire, nous sommes pour la liberté[232]. »

Et en effet, quand le libéralisme se découvre et se baptise lui-même dans la période de la Restauration, il ne peut savoir quel sera son avenir, ou même s'il en aura un, mais il a en même temps toutes les raisons de croire que l'alliance du *privilège* et de l'absolutisme ne pourra revenir de façon durable : les forces sociales et économiques, la législation, la condition faite à l'homme dans une société où « tout s'individualise[233] », le caractère injustifiable de l'inégalité devant la loi dès lors que le poids de la résignation religieuse s'affaiblit – voilà autant de facteurs qui poussent à penser le stade actuel comme un stade définitif. L'individualisation de la liberté, la réalisation de l'idée mère de l'égalité ne sont-elles pas la vérité même de l'homme, maintenant rendu à son essence ? Encore s'agit-il de savoir s'il s'agit de l'essence *sociale* du rapport humain, ou de la *nature* même de l'homme qui se révélerait dans l'histoire ?

Guizot choisira de célébrer en cette étape de l'histoire l'avènement politique et spirituel des classes moyennes, Marx (lecteur de Guizot), cherchera l'annonce d'une autre ascension (où se combineraient l'essence révélée de l'homme et la suppression des classes), Tocqueville scrutera dans les lointains un devenir « providentiel » de l'égalité dont le destin est cependant créateur d'inquiétudes. Quant à Constant, il hésite quelque peu entre ces diverses lectures de l'histoire, auxquelles il ajoute la théorie des progrès de l'esprit humain, reprise de Condorcet. Hésitation de longue durée chez lui, puisque le texte intitulé « De la perfectibilité de l'espèce humaine » était déjà prêt pour la publication en 1805[234] et que Constant l'édite un peu avant sa mort, en 1829, dans les *Mélanges de littérature et de politique*[235].

L'un des points intéressants de cette théorie de la perfectibilité est qu'elle s'écarte des acquis staëliens (*De l'Allemagne*) pour revenir vers la pensée du XVIIIe siècle, vers Condorcet, et même vers le sensualisme

232. Cité par Norman King, « Chevalerie et liberté », in *Sismondi européen*, Genève, Slatkine, Paris, Champion, 1976, note 7, p. 243.

233. Expression employée par Constant dans la *Minerve* du 23 janvier 1820.

234. Voir la note de M. Gauchet, n° 1, p. 699, in *De la liberté chez les modernes*. Mais, comme on va le voir, il faut remonter à 1796 (*De la force du gouvernement actuel*) pour la vision de l'histoire comme processus d'avancée des « idées ».

235. Nous citerons ce texte d'après l'édition Gauchet. On le trouve également dans l'édition donnée par Pierre Deguise, réuni à d'autres (*De la perfectibilité de l'espèce humaine*, Lausanne, 1967, L'Âge d'Homme), ainsi que dans les *Œuvres complètes* (III-1, sous dir. P. Delbouille et É. Hofmann). Au total, cette dernière édition donne quatre manuscrits concernant l'idée de perfectibilité.

des Idéologues. L'influence de Kant, perceptible dans *De l'Allemagne* et dans certains écrits de Benjamin (son Journal notamment), ne cristallise pas dans la pensée de Constant lorsqu'elle s'essaye à une philosophie de l'histoire. Aux Idées de la raison[236] sont substitués les modes de connaissance par la sensation et la « réflexion » sur les sensations, ainsi que le développement en extériorité des idées poursuivant leur marche propre.

L'apologie du progrès

À quelles conditions pouvons-nous penser que nous participons à l'immortalité ? Quelle est la supériorité de notre temps ? Ces deux questions qu'apparemment rien ne relie (pourquoi notre temps serait-il plus susceptible d'immortalisation ?) font l'objet de l'écrit publié en 1829. Constant part de la première question et répond à la fin à la seconde. Entre les deux s'intercale ce qu'il appelle preuve par les faits, c'est-à-dire la distinction « des quatre grandes révolutions qui se font remarquer jusqu'à nous : la destruction de la théocratie, celle de l'esclavage, celle de la féodalité, celle de la noblesse comme privilège » (p. 590). Ce long déroulement historique dévoile un *telos* qui cheminerait dès l'origine : les étapes « sont autant de pas vers le rétablissement de l'égalité naturelle. La perfectibilité de l'espèce humaine n'est autre chose que la tendance vers l'égalité. Cette tendance vient de ce que l'égalité seule est conforme à la vérité, c'est-à-dire aux rapports des choses entre elles et des hommes entre eux. L'inégalité est ce qui seul constitue l'injustice. Si nous analysons toutes les injustices générales ou particulières, nous trouverons que toutes ont pour base l'inégalité ». Dans ces conditions, l'amélioration de la psyché humaine va du même pas que l'évolution de l'histoire, dans la mesure où l'homme – il faut plutôt dire l'humanité – prend conscience de ce qu'est le devenir historique. Jetant les bases d'une vision historiciste, Constant risque de retirer à la conscience individuelle ce qu'il lui donne par ailleurs comme capacité native à l'autonomie[237].

En effet, la théorie de la « réflexion » qu'il développe dans ce texte suppose que l'esprit, s'il est actif, ne fait cependant que redoubler les sensations par lesquelles la société, le monde physique et social, l'affec-

236. Ainsi l'idée du droit ou du « contrat originaire », dans la *Doctrine du droit* kantienne. Constant n'utilise pas non plus l'*Idée d'une histoire universelle du point de vue cosmopolitique*, publié par Kant en 1784.

237. Cette ambiguïté a été bien vue par Pierre Manent, dans les termes d'une opposition, qui est aussi une hésitation, chez Constant, entre la nature et l'histoire. Constant a repoussé la fiction contractualiste de l'état de nature, remarque P. Manent, mais il écrit pourtant que « l'égalité seule est conforme à la vérité » : « pourquoi alors considérer que le régime électif ou représentatif est fondé sur l'autorité de l'histoire, lieu de la perfectibilité humaine, plutôt que sur celle de la nature ? » (*Histoire intellectuelle du libéralisme*, Calmann-Lévy, 1987, p. 182).

tent. Mais avant d'examiner cette théorie, il faut observer la conclusion que, visiblement, elle devait engendrer : « Toutes les fois que l'homme réfléchit, et qu'il parvient par la réflexion à cette force de sacrifice qui forme sa perfectibilité [238], il prend l'égalité pour point de départ ; car il acquiert la conviction qu'il ne doit pas faire aux autres ce qu'il ne voudrait pas qu'on lui fît, c'est-à-dire qu'il doit traiter les autres comme ses égaux [...] [et] que les autres doivent le traiter comme leur égal. »

Il peut paraître surprenant que cette capacité intérieure de « découvrir » l'égalité (en soi-même) ait besoin de passer par quatre stades historiques ; de cela l'auteur rend compte tantôt par une causalité matérielle (effet de ce que Marx appellera les « rapports sociaux »), tantôt par une causalité tenant au dynamisme des idées : « Toutes les fois qu'une vérité se découvre, et la vérité tend par sa nature à se découvrir [239], l'homme se rapproche de l'égalité. S'il en reste si longtemps éloigné, c'est que la nécessité de suppléer aux vérités qu'il ignorait l'a poussé vers des idées plus ou moins bizarres, vers des opinions plus ou moins erronées. Il faut une certaine masse d'opinions et d'idées pour mettre en action les forces physiques, qui ne sont que des instruments passifs. Les idées seules sont actives ; elles sont les souverains du monde ; l'empire de l'univers leur a été donné. »

Tandis que précédemment l'*ordre naturel* des idées, c'est-à-dire l'enchaînement cohérent des causes et des conséquences, fondait la possibilité du jugement vrai, l'exercice non arbitraire de la liberté et la résistance aux mensonges du pouvoir, il s'agit cette fois d'un *ordre historique* où la conscience devient le produit de son temps. Alors « l'espèce humaine [devient] mûre pour ces délivrances successives » : il s'agit de l'espèce, ou de la « race » humaine, bien plus que de la conscience individuelle. Voici que le libéralisme, philosophie de la liberté, devient une théorie de la nécessité des idées, dont l'« idée mère » égalitaire ; sa plus grande force de consolation n'est-elle pas de garantir l'immortalité à l'individu qui participe à une vision collective ? « Le système de la perfectibilité nous garantit seul de la perspective infaillible d'une destruction complète, qui ne laisse aucun souvenir de nos efforts, aucune trace de nos succès » (p. 580) [240]. Il est caractéristique qu'après une conversation avec Villers (27 janvier 1805) Constant note dans son Journal intime qu'il ne peut accorder à la personnalité individuelle tout ce que son interlocuteur lui attribue : « Comme il croit à l'influence des

238. On va voir que c'est le sacrifice du présent à l'avenir et des sensations à une idée.

239. On est loin de l'appétit de l'esprit pour la vérité, étudié précédemment.

240. Tenant qu'il existe « dans les idées une durée indépendante des hommes », Constant renoue avec le premier Mémoire sur l'instruction publique, de Condorcet, où l'homme « devient une partie active du grand tout et le coopérateur d'un ouvrage éternel » (cf. le texte cité par M. Gauchet, *ibid.*, pp. 699-700).

livres et à la possibilité d'améliorer les hommes ! Je crois aussi à la perfectibilité, mais ce n'est pas si individuellement. Les siècles l'amènent, mais chaque homme en particulier n'y contribue que d'une manière imperceptible » (Pléiade, éd. cit., p. 454).

Il faut constater que Constant est presque aux antipodes de l'individualisme étudié précédemment. Le refus de l'industrialisme optimiste (qui, rappelons-le, fondait l'anti-individualisme des saint-simoniens), le refus du positivisme benthamien, les durs efforts du sujet pour ne pas relâcher son appréciation critique sur les lois, se trouvent recouverts par une sorte d'*amor fati*, d'acquiescement heureux aux progrès des idées. Mais ces idées, quelles sont-elles ? C'est ce qu'il faut maintenant examiner.

Là où Renan verra la réalisation de Dieu dans le monde et le rapport de l'individu avec l'infini[241], Constant ne précise pas. Ces idées ne sont même pas la Raison à l'œuvre dans l'histoire, elles signifient simplement la convergence entre la vérité (dont la révélation va croissant) et l'amélioration morale de l'homme, ou ce que Constant appelle, de façon ambiguë mais significative, la « rectitude ».

« Dans la seule faculté de sacrifice [du présent à l'avenir, d'une idée à une autre idée] est le germe indestructible de la perfectibilité. À mesure que l'homme l'exerce, cette faculté acquiert plus d'énergie ; l'homme embrasse dans son horizon un plus grand nombre d'objets. Or l'erreur ne provient jamais que de l'absence de quelque élément qui doit constituer la vérité ; ou la rectifier, en complétant le nombre des éléments nécessaires. L'homme doit donc chaque jour acquérir un plus haut degré de rectitude » (p. 586). Comme on l'a compris, cette rectitude est le fait de l'espèce ; si l'individu l'améliore par sa faculté de réfléchir sur les sensations, d'opposer une idée réfléchie à une sensation présente, il est cependant *mû* en cela, par un moteur qui est celui des idées. L'homme « *doit* chaque jour acquérir » le degré supplémentaire de connaissance, ou de conscience, du vrai. L'essai *De la force du gouvernement actuel* (1796) avait déjà présenté, sans nuance, le caractère irrésistible des idées : « Il faut observer d'abord que les idées sont indépendantes des hommes. Comme tout dans la nature, elles ont leur marche, leurs progrès, leurs développements. Elles se forment des sensations, des expériences, des événements, toutes circonstances extérieures, qui ne nous sont nullement soumises. Il est donc impossible d'établir des idées que la force des choses n'amène pas, de faire rétrograder celles que la force des choses a amenées, ou de rendre une valeur à celles dont le règne est

241. Cf. la présentation qu'en donne Faguet : « Vous êtes immortel dès que vous comprenez qu'il y a quelque chose qui ne meurt pas, car dès que vous le comprenez, vous en faites partie ». La partie éternelle de chacun est donc dans le rapport avec l'infini. Chap. sur Renan, *Politiques et moralistes du dix-neuvième siècle*, 3e série, p. 343.

passé[242]. » On trouve des formulations analogues dans les *Fragments d'un essai sur la perfectibilité de l'espèce humaine*. Le fragment 11 expose une vision toute mécaniste : « Tout dans la nature a sa marche. Les hommes la suivent, l'accélèrent ou la retardent, mais ne peuvent s'en écarter. Leur volonté même est comprise dans cette marche, parce qu'ils ne peuvent vouloir que leur intérêt, et que leur intérêt dépend des circonstances cœxistantes[243]. »

Les grandes visions historicistes ne sont pas loin : il s'agit d'expliquer l'histoire à partir de l'état présent, en supposant que le devenir est un progrès. Mais, de ce fait, la théorie de la *réflexion*, qui vient ici de Condorcet et de Locke, prend une tournure entièrement déterministe. Elle fait advenir « la force des choses », qui s'élève à la conscience d'elle-même. Avant que Marx revête du pouvoir de la « critique pratique » le sujet collectif qu'est le prolétariat allié aux intellectuels, Damiron fera la théorie des philosophes comme « représentants » de ce que le peuple veut sans pouvoir le penser[244] : l'opposition majeure dessinée par l'éclectisme entre le spontané et le réfléchi vient peut-être de la pensée de Constant, c'est-à-dire de l'aspect qui est le moins individualiste dans cette pensée, ou le plus contraire au trait dominant de ce libéralisme. Pour autant que les doctrinaires et les éclectiques sont en conflit avec l'individualisme libéral, ils en sont aussi les héritiers contestataires.

La « faculté de comparer » :
un retour, antistaëlien, à l'intérêt bien entendu

On peut s'étonner que, pourfendeur du « pouvoir spirituel » et du « nouveau papisme », Constant n'ait pas vu la contradiction qui habitait sa pensée : ne publie-t-il pas dans les mêmes *Mélanges* de 1829 l'article « De M. Dunoyer et de quelques-uns de ses ouvrages » ? Il semble que l'essentiel lui paraît sauf, pour les deux raisons suivantes : d'une part, si l'homme est gouverné par les idées, il y a « la possibilité d'une indépendance morale complète et illimitée » (« De la perfectibilité », p. 586) – mais Constant qui, sur ce point, fait référence à la philosophie antique,

242. Éd. Ph. Raynaud, note de Constant, p. 78.

243. Reproduit *in* Constant, *De la justice politique*, éd. cit., appendice B, p. 368.

244. Damiron, *Essai sur l'histoire de la philosophie en France au dix-neuvième siècle*, introduction de la 2e éd. (1828) : « Ce sont les masses qui commencent, et, d'un mouvement spontané, se portent vers la lumière ; [...] leur sens est des plus simples : confus, enveloppé, incapable de s'expliquer et de se démontrer, ce n'est encore qu'une perception d'enfant et une vue sans raison. [...] Bientôt elles ont besoin de quelque chose de mieux : alors elles s'inquiètent, s'agitent, et commencent à réfléchir. [...] Elles expriment ce besoin, et, d'une voix commune, elles demandent de la science et invoquent la philosophie. [...] Le peuple a voulu des chefs spirituels, il a ces chefs ; il a des philosophes qui, d'accord avec lui et puisant au même fonds, réfléchissent à son profit et analysent dans son sens ». Voir notre dernière partie : « Les philosophes et le libéralisme ».

commet au moins une erreur, puisqu'il fait des idées une réalité non seulement objective mais aussi autogénératrice du mouvement historique[245]. D'autre part, nul gouvernement ne peut prétendre incarner la rationalité présente dans la société. La fin du texte explique que l'espèce est entrée dans l'âge des « conventions légales », ainsi définies : « Une sorte de raison commune et convenue, le produit moyen de toutes les raisons individuelles [...] qui compense le désavantage de soumettre les esprits éclairés à des erreurs qu'ils auraient secouées, par l'avantage d'enlever des esprits grossiers à des vérités qu'ils seraient encore incapables de comprendre » (p. 594).

Le point capital est que ces conventions légales (les lois, les institutions, les normes sociales) *résultent* de la raison humaine et non de l'adhésion à une puissance occulte ; se souvenant encore de Locke, Constant écrit que « l'homme ne veut consulter qu'elle [sa raison] et ne se prête tout au plus qu'aux conventions qui résultent d'une transaction avec la raison de ses semblables[246] ». La formation d'une convention se compare à l'élaboration de l'intérêt général à partir de la confrontation et de l'arbitrage entre les intérêts particuliers (cf. *supra*). On a vu que c'est la facuté de délibérer des individus qui devient décisive et qui doit suppléer au Moloch de l'intérêt général, lui-même incarné par l'État-despote.

Il reste néanmoins que, subordonnée au progrès de l'*espèce* exprimant elle-même le progrès des idées, la faculté individuelle de réflexion et de comparaison s'incline devant l'espèce comme nouvelle hypostase. C'est bien ici que la contradiction se fait jour : Benjamin Constant achoppe sur une liberté qui n'est que la prise de conscience de la nécessité. Il vaut la peine de retracer les données du problème, ou ce que l'on pourrait appeler ses bornes externes : les éléments contradictoires, appartenant à des contextes hétérogènes, que l'auteur voudrait concilier.

Constant part de la thèse selon laquelle « toutes les impressions que l'homme reçoit lui sont transmises par les sens » (p. 582), pour en tirer

245. Dans un manuscrit inédit, Constant avait préféré présenter l'égalité comme un appétit, un besoin de la nature humaine, et il montrait ce besoin en conflit avec les modes socio-politiques antérieurs : « Le besoin constant de l'espèce humaine, c'est l'égalité. Quelques tentatives qu'on ait faites pour obscurcir cette vérité, les hommes naissent égaux, c'est-à-dire, la différence des forces physiques et des facultés morales ne serait jamais de nature à fonder une inégalité permanente, si des institutions créées par ceux qui sont les plus forts momentanément ne venaient à l'appui de ces disproportions passagères. Suspendez l'action de ces institutions, les faibles se réuniront contre le fort qui les opprime, et leur réunion rétablira l'équilibre » (B. Fink, « Un inédit de B. Constant, "Du moment actuel de l'espèce humaine ou histoire abrégée de l'égalité" », *Dix-Huitième Siècle*, n° 14, 1982, p. 205). On revient donc ici à une nature première, une vérité d'origine (l'égalité native) que l'histoire recouvre, déforme, puis ramène à travers la lutte des hommes. De cette idée, plus claire et plus élaborée, l'auteur ne gardera dans les *Mélanges* qu'une trop brève formulation : « l'égalité seule est conforme à la vérité ».

246. Cf. la théorie des « modes mixtes » chez Locke.

la distinction entre sensations éphémères et idées durables, susceptibles de s'associer entre elles. Il peut alors affirmer : « Dans la *comparaison* de l'influence des sensations proprement dites et de ce que nous appelons idées, se trouve la solution du problème de la perfectibilité humaine. » Car « l'homme se gouverne par les idées », et en cela, « quoique essentiellement modifiable par les impressions extérieures, il n'est point dans une dépendance absolue et passive de ces impressions ». Mais là où Mme de Staël avait opposé le sentiment du devoir (comme capacité de s'abstraire du présent et sens d'un avenir à réaliser par la raison) aux attraits de la sensibilité (comme attachement aux intérêts personnels présents et pressants), Constant oppose en fait une sensation à d'autres sensations. On voit mal en quoi il se distingue ici de l'utilitarisme et de l'intérêt bien entendu. L'exemple qu'il donne est d'ailleurs naïvement révélateur : « Lorsque le plus sensuel des hommes s'abstient de boire avec excès d'un vin délicieux pour mieux posséder sa maîtresse, il y a sacrifice, par conséquent comparaison. Or, pour porter cet homme à des actions nobles, généreuses, utiles, il ne faudrait que perfectionner en lui la faculté de comparer » (p. 585).

On retrouve bien ici la perspective « idéologique » de l'intérêt mieux compris (être meilleur amant qu'ivrogne satisfait) et d'une éducation appropriée pour apprendre à analyser son intérêt supérieur. Constant surajoute une vision de la liberté, que les Idéologues n'auraient pas admise, mais qui reste purement nominale ; on voit même dans le texte combien l'enjeu politique dicte cette pièce rapportée : « Plusieurs causes, parmi lesquelles je range en première ligne l'arbitraire des anciennes monarchies, nous ont ravi cette indépendance[247] en nous énervant et nous corrompant. Devenus libres, il faut redevenir forts ; il faut considérer la volonté de l'homme comme constituant le moi, et comme toute-puissante sur la nature physique. » Cette primauté spiritualiste de la volonté (qui est sans doute un souvenir de Mme de Staël) ne concorde pas avec la thématique empiriste de la combinaison des idées à partir des impressions des sens. Ce n'est pas le sujet pensant qui ordonne les idées en lui, ce sont les idées qui développent leur dynamique propre : « Les idées, se conservant dans la partie pensante de notre être, s'associant, se reproduisant, constituent à l'homme une propriété véritable. [...] S'il ne peut ni les rappeler ni les multiplier à sa volonté, elles ont du moins [...] l'avantage inappréciable de se rappeler et de se multiplier l'une par l'autre » (p. 583).

On peut faire la même remarque à propos de l'image que l'auteur utilise : « Il en est de la destruction des abus comme de l'accélération

247. L'indépendance est celle de l'empire des idées sur les sensations. Au reste, les idées sont encore des sensations « combinées, prolongées, conservées » (note de Constant, p. 582).

de la chute des corps... » En effet, ce modèle mécaniste souligne la *nécessité commune* qui régit la « perfectibilité intérieure » et donc la combinaison des idées dans l'esprit, ou la « perfectibilité extérieure », c'est-à-dire le progrès de la société. Comme l'écrit Patrice Thompson[248] : « L'analogie des lois de la perfectibilité avec les lois de la physique n'est pas innocente : elle ramène l'analyse de l'esprit humain à une science positive, selon la finalité que se proposent les Idéologues. C'est sur une telle analogie que reposent les *Rapports du physique et du moral de l'homme* de Cabanis, que Constant devait lire en 1802. »

En fait, il est clair que Constant a voulu se donner une sorte d'harmonie préétablie qui organiserait « la marche de la perfectibilité extérieure et intérieure » : ce *deus ex machina* constitue une nouvelle version de l'intérêt bien entendu, dont l'auteur avait pourtant fait une critique sévère.

Entre l'individualisation de la liberté, c'est-à-dire la constitution du sujet libéral, et la célébration de la victoire sur l'Ancien Régime, le projet de Constant parce qu'il est politico-idéologique autant que théorique l'empêche d'opérer un choix avec clarté. Il était difficile d'articuler la vision du sujet avec la théorie constitutionnaliste – on a vu que Mme de Staël n'avait pu aller au bout de cette tâche –, il était tentant de légitimer le fait au nom du droit, c'est-à-dire de prophétiser l'avènement de l'égalité. De même, Pierre Manent montre que c'est en vue de tracer des limites à la souveraineté, et de faire du pouvoir le serviteur du social, que Constant donne la primauté à l'histoire sur la nature : « Si l'histoire est l'autorité, [...] l'instance politique se trouve dans une situation essentiellement subordonnée. » Mais l'autorité du moment historique pouvant être dangereuse entre les mains du gouvernement qui s'en réclame, « Constant retrouve le critère naturel : il y a des choses que le pouvoir n'a en aucun cas le droit de faire[249]. » Ce balancement, cette hésitation dénotent la difficulté d'une réflexion où le souci de légitimation est plus fort que l'esprit philosophique.

Benjamin a dépassé Germaine sur le plan de la pensée des institutions – après avoir été son élève, ainsi que de Necker[250] –, il a repris son projet qui était la recherche d'un sujet libéral à constituer, mais il a visiblement reculé devant l'ouverture au kantisme que son amie avait entamée, avec ce que cela impliquait dans la critique des idées du XVIIIe siècle. Guizot le suivra dans une certaine lecture dogmatique de l'histoire célébrant la victoire de la bourgeoisie, alors qu'il s'oppose à lui sur tant d'autres points.

---

248. In *Œuvres complètes*, III-1, note 1, p. 469.

249. *Histoire intellectuelle du libéralisme*, éd. cit., p. 183 et 184.

250. Cf. Henri Grange, « De l'influence de Necker sur les idées politiques de Benjamin Constant », *Annales Benjamin Constant*, n° 2, 1982, pp. 73-80.

CHAPITRE II

Un libéralisme élitaire. Guizot et les doctrinaires

> « Quand un peuple est devenu plus fort que ses lois, c'est-à-dire quand il sait le secret de les faire, il n'y a plus pour régir et pour gouverner la société que des influences au lieu de pouvoirs. »
>
> SAINT-MARC GIRARDIN, *De l'instruction intermédiaire dans le midi de l'Allemagne.*

> « L'ordre politique est nécessairement l'expression, le reflet de l'ordre social. [...] Le pouvoir est un fait qui passe, sans contradiction, de la société dans le gouvernement. »
>
> GUIZOT, *Histoire des origines du gouvernement représentatif.*

INTRODUCTION : UN LIBÉRALISME SANS PRIMAUTÉ DE L'INDIVIDU

Depuis le siècle dernier, la figure de Guizot a été davantage mise en lumière que celle de Benjamin Constant ; malgré l'échec de 1848, le groupe doctrinaire – dont Guizot est considéré comme le leader –, a attiré à lui le label même de « libéralisme ». Il a pour lui d'avoir gouverné, d'abord indirectement, sous la Restauration, en tant que groupe fournissant des avis aux ministres « constitutionnels » de la période 1815-1820, puis comme l'élément central du « parti de la résistance », sous Juillet, entre 1832 et 1835. Enfin, entre 1840 et 1848, Guizot assume la direction réelle du gouvernement (alors qu'une bonne part des doctrinaires se trouve dans l'opposition, avec Duvergier de Hauranne) [1].

1. Pour la tactique, l'évolution et les alliances du groupe doctrinaire sous la Restauration, une étude précieuse : E. de Waresquiel et B. Yvert, *Histoire de la Restauration*, Perrin, 1996.

Un écrivain lucide, républicain modéré, comme Pierre Lanfrey déplore sous le Second Empire que le courant de Benjamin Constant ait eu si peu d'efficacité politique, au regard de l'éclat des idées constitutionnalistes qu'il défendait : « Il est à jamais regrettable pour l'avenir des institutions libres dans notre pays que cette école, privée prématurément de ses chefs, ait été comme étouffée entre le triomphe des doctrinaires d'une part et la propagande démocratique et républicaine de l'autre, car elle représentait un élément dont la république et la démocratie ne peuvent pas plus se passer que les régimes parlementaires[2]. » Laudateur d'Armand Carrel (mort prématurément en duel) et témoin du désastre pour la liberté que constitue l'Empire du neveu de Bonaparte, Lanfrey estime que les doctrinaires ont développé une forme d'État favorisant l'oligarchie et l'emprise de l'autorité administrative, rejetant par là le plus grand nombre d'abord dans l'apathie, ensuite dans la révolte. Le système constitutionnel des Chartes n'a pas accompli les promesses du mariage entre citoyenneté et système représentatif : « Le régime parlementaire sous Louis-Philippe [n'a été] ni vraiment représentatif, ni vraiment libéral » (*ibid.*, p. 373). L'absence d'une représentation véritable, ou suffisante, se voit d'une part dans l'usage méthodique de la pression administrative et de la corruption, d'autre part dans la résistance obstinée que Guizot a opposée à l'élargissement du suffrage censitaire – ce qui fut une source directe de la révolution de 1848. Ce régime, ajoute Lanfrey, « n'a pas été libéral, car il a maintenu la centralisation, cette confiscation organisée des libertés les plus essentielles [...], [et] il n'a laissé subsister qu'une liberté de tolérance, une liberté qui a existé parfois à l'état de fait, jamais à l'état de droit ». Cette dernière formulation est cependant excessive, car les grandes lois de Juillet, si elles organisent sévèrement la liberté, ne la suppriment pas.

Dans la conduite de la politique, le « pouvoir personnel » de Louis-Philippe (selon la formule créée à ce moment) a pris la première place, malgré l'opposition de Thiers qui avait lancé dès 1829 la célèbre formule « Le roi règne et ne gouverne pas », malgré aussi les avertissements de Duvergier de Hauranne qui, *a posteriori*, apparaissent comme prophétiques. Ce type de pouvoir correspondait en fait à ce que furent les idées de Guizot au début de la Restauration, même si ce dernier avait ensuite défendu, dans un esprit tactique, contre Charles X, la soumission de l'action ministérielle à l'opinion majoritaire dans les Chambres.

Le diagnostic de Lanfrey sur l'oubli des vrais principes constitutionnels n'était pas isolé à l'époque : outre Duvergier ou Tocqueville sous Juillet, on voit Laboulaye exprimer, durant l'Empire, le même besoin d'un retour aux principes de liberté de Benjamin Constant – auteur dont

2. P. Lanfrey, « Du régime parlementaire sous le roi Louis-Philippe », in *Études et portraits politiques*, Charpentier, 1863, 2e éd. 1865, p. 365.

il se fait à ce moment l'éditeur[3]. Dans la préface à *L'État et ses limites*, Laboulaye écrivait qu'il fallait en revenir à une juste vue du pouvoir et de la liberté : « Ce sont deux éléments distincts qui font partie d'un même organisme ; la liberté représente la vie individuelle ; l'État représente les intérêts communs de la société. Ce sont deux cercles d'action qui n'ont ni le même centre ni la même circonférence ; ils se touchent en plus d'un point, ils ne doivent jamais se confondre » (éd. cit., p. VI). Cette séparation entre l'État d'un côté et la liberté de l'autre, qui anime l'État par délégation mais ne s'y aliène pas, ne réfute pas seulement le despotisme impérial ; est également visée la conception doctrinaire de l'*organisation* de la société par le pouvoir. D'ailleurs, plus loin dans l'ouvrage, l'auteur est amené à juger Juillet dans les termes qu'avait employés Lanfrey[4]. Et il conclut en ces termes : « En somme, on eut toujours l'administration impériale, animée, il est vrai, d'un esprit libéral et tempérée par la publicité ; mais si le vice originel fut pallié, il ne fut pas guéri. C'est par une autre voie qu'on mène un peuple à la liberté » (p. 44 de *L'État et ses limites*).

En cette période de l'Empire autoritaire, la faute du régime de Juillet paraissait lourde rétrospectivement : par son refus des réformes, il avait provoqué une instauration de la République aussi peu préparée qu'en 1792 et conduite par une minorité activiste. Ensuite, les déchirements qui ont suivi Février facilitèrent la solution césarienne. L'image de Juillet restera, même chez les républicains, celle d'une tentative d'enracinement de la liberté qui a été manquée ; à la sortie de l'Empire, un autre républicain libéral, Charles Renouvier, regrette que les doctrinaires n'aient pas fait avancer les idées de Constant : un roi neutre, irresponsable, laissant gouverner des ministres susceptibles, de façon convenue et explicite, d'être renversés par les Chambres. « L'école doctrinaire, écrit Renouvier, a fait échouer l'expérience monarchique de 1830 et précipité l'avènement de la démocratie[5]. » De son côté Laboulaye, tout en évitant de trop charger Guizot, exprime ainsi son regret : « Si je n'ai pas servi ce gouvernement, je l'ai aimé, j'en ai partagé les illusions avec toute la France ; je regrette les nobles institutions qui sont tombées avec lui. Mais il me sera permis de signaler l'erreur qui empêcha la liberté de prendre

3. Il s'agit du *Cours de politique constitutionnelle* (1861), déjà cité dans la seconde édition, 1872. Laboulaye publie également une intéressante biographie intellectuelle de Constant dans la *Revue nationale et étrangère* (entre 1861 et 1867). Voir également *L'État et ses limites*, Charpentier, 1863.

4. Lequel s'est certainement inspiré de Laboulaye, qu'il salue d'ailleurs dans les *Études et portraits politiques* pour le pamphlet *Paris en Amérique*. Le chapitre « L'État et ses limites », du même nom que le livre, avait d'abord paru en 1860. Lanfrey est né en 1828, tandis que Laboulaye a 29 ans en 1830, lorsque Louis-Philippe arrive au pouvoir, porté par Thiers, Guizot, de Broglie.

5. *La Critique philosophique* (revue dirigée par Renouvier et Pillon), n° 44, 4 décembre 1873, p. 284.

racine dans les âmes, erreur qui ne fut pas celle d'un ministre, mais de la France entière. Ce qui nous a perdus, c'est toujours la fausse notion de l'État. Nous aussi nous avons confondu la souveraineté électorale et parlementaire avec la liberté. » Cette confusion, il faut le dire, est au cœur de la pensée politique de Guizot, dans la mesure où il concevait la liberté non comme une faculté de l'individu source de droit, mais comme un *moyen de gouvernement*. C'est l'un des points fondamentaux qui l'opposent au courant ouvert par Mme de Staël et Benjamin Constant. Dans cette optique, le meilleur portrait de Guizot, mais non dénué d'ironie, a été tracé par Faguet. Il vaut la peine de citer ce passage malgré sa longueur : « Très autoritaire, très persuadé non seulement "qu'on ne gouverne que de haut en bas", mais encore que l'individualisme n'est qu'un égoïsme, et l'égoïsme qu'une impuissance [...] et, sans l'avoir jamais dit formellement, évidemment très enclin à croire que l'homme ne vaut que groupé, qu'associé, que concourant, que par la tâche commune où il participe[6], jamais il n'a envisagé, même un instant, la liberté comme un droit personnel, inhérent à l'homme, consubstantiel à lui et étant parce que l'homme existe. Personne n'a plus ignoré que Guizot la Déclaration des droits de l'homme. [...] Sur quoi se fonde le droit de l'homme à la liberté, et comment se tracent les limites où la liberté doit rester contenue, sont choses dont il s'est occupé moins encore[7]. »

Aigu et judicieux, le coup d'œil de Faguet met l'accent sur un problème capital du libéralisme naissant : quelle valeur faut-il donner à la Déclaration des droits de l'homme[8] ? Cette question est un facteur de clivage entre Constant, défenseur du jugement individuel sur le pouvoir, et Guizot, théoricien de l'interpénétration entre pouvoir et société[9]. Non seulement cette interpénétration est toujours envisagée du point de vue de l'aspiration, par le pouvoir, des élites potentielles qui se trouvent dans la société[10], mais Guizot ne part jamais de droits de l'homme premiers, inaliénables, pour penser la construction de la souveraineté, de la représentation, l'action en retour et la limitation de la puissance publique vis-à-vis des droits individuels. Au contraire, quand il lui faut rendre compte de l'idée de droits de l'homme, il préfère y substituer la notion

6. En fait, Guizot l'a dit : il conçoit notamment les inégalités de richesse comme facteur de complémentarité sociale, ainsi qu'on le verra.

7. *Politiques et moralistes du dix-neuvième siècle*, éd. cit., 1re série, p. 335.

8. Faguet a repris cette question dans son livre *Le Libéralisme*, qui est une sorte de long commentaire des Déclarations de 89 et de 93 sous l'angle de leur teneur philosophique et de leur application pratique.

9. Sur cette vision, le livre de référence est celui de P. Rosanvallon, *Le Moment Guizot*, Gallimard, 1985.

10. À commencer par l'élection elle-même : « Il y a dans la société des électeurs naturels, légitimes, des électeurs tout faits, dont l'existence précède la pensée du législateur et qu'il doit seulement s'appliquer à découvrir » (« Élections ou de la formation et des opérations des collèges électoraux », article de septembre 1826, repr. in *Discours académiques*, Didier, 1861, p. 384).

de *devoirs*[11]. Ou alors il consent à poser les droits comme la part exfoliée de la sphère politique mais dont il n'y a rien à dire, sauf qu'elle ne donne aucune compétence politique. On le voit, par exemple, dans le discours du 5 octobre 1831 qui défend l'hérédité de la pairie. L'argument développé, au service de l'esprit censitaire, est qu'« en matière de liberté il y a des droits universels, des droits égaux ; en matière de gouvernement, il n'y a que des droits spéciaux, limités, inégaux[12] ».

Dans ce discours, Guizot consent à distinguer la « liberté » et le domaine du « gouvernement », il reconnaît dans la première sphère « des droits égaux pour tous, des droits qui sont inhérents à l'humanité et dont aucune créature humaine ne peut être dépouillée sans iniquité et sans désordre ». Ces droits, qui sont « l'honneur de la Révolution française », « se résument dans ces deux-ci : le droit de ne subir de la part de personne une injustice quelconque sans être protégé contre elle par la puissance publique ; et ensuite, le droit de disposer de son existence individuelle selon sa volonté et son intérêt, en tant que cela ne nuit pas à l'existence individuelle d'un autre ». Il n'est donc question ni de droit d'intervention, ni de concours à la confection des lois, ni même d'une aptitude à apprécier la gestion des affaires publiques : Guizot se borne au domaine privé, sa mise en sûreté et son développement – ce que Isaiah Berlin appelle la liberté négative. Si la liberté humaine est plus que cela, alors elle passe du côté de ce que Guizot a appelé les « moyens de gouvernement[13] », elle s'envisage comme coopération à l'œuvre du pouvoir ; mais en ce cas, elle constitue une force sociale, un *groupe* donné, non une faculté individuelle. Il convient de pénétrer plus avant dans la vision que Guizot se faisait d'un libéralisme anti-individualiste, défenseur de la Révolution mais critique envers ses germes « anarchisants », préoccupé au premier chef de ce que l'on peut appeler la gouvernabilité de la France.

---

11. Dans un manuscrit (1816) de commentaire de la Charte, aujourd'hui déposé aux Archives nationales, Guizot critique l'idée de droits naturels « comme base primitive de la société » car ce n'est que l'état de guerre. Il faut dire, en fait, que « la société repose sur l'idée de devoir et tend même constamment à ne reposer que sur cette idée » (cité *in* C. H. Pouthas, *Guizot pendant la Restauration*, Plon, 1923, pp. 141-142). Ce n'est que l'un des thèmes par lesquels Guizot fait, dans l'ordre théorique, un bout de chemin avec la pensée contre-révolutionnaire. Pour une formulation plus atténuée sur le droit comme pure relation sociale, voir l'*Histoire des origines du gouvernement représentatif en Europe*, Didier, 1851, t. II, 18e leçon, p. 283.

12. Guizot, *Histoire parlementaire de France. Recueil complet des discours prononcés dans les Chambres de 1819 à 1848*, Michel Lévy, 1863, t. I, p. 309.

13. D'où le titre de l'ouvrage de 1821 : *Des moyens de gouvernement et d'opposition dans l'état actuel de la France*, Ladvocat. Claude Lefort en a donné une réédition préfacée (Belin, 1988).

LA CRITIQUE DE L'INDIVIDUALISME ANARCHIQUE

On sait que l'originalité du groupe doctrinaire a été de vouloir tenir le milieu – le fameux « juste milieu » – entre les excès de l'« esprit révolutionnaire [14] » et le rejet de la Révolution par le traditionalisme ultra. Dans ses *Mémoires*, Guizot consacre quatre pages à rappeler ce qui a uni le groupe doctrinaire et conclut ainsi : « Ce fut à ce mélange d'élévation philosophique et de modération politique, à ce respect rationnel des droits et des faits divers, à ces doctrines à la fois nouvelles et conservatrices, antirévolutionnaires sans être rétrogrades, et modestes au fond quoique souvent hautaines dans leur langage, que les doctrinaires durent leur importance comme leur nom [15]. » Beaucoup critiqués pour leur ton hautain sinon prêcheur, les doctrinaires furent malicieusement rapprochés, quant au nom, des Frères de la doctrine chrétienne chez qui certains avaient fait leurs études [16]. Ils tinrent en réalité un discours que l'on disait abusivement « philosophique ». Rédigeant ses Mémoires sous le Second Empire, Guizot n'hésite pas à reconnaître qu'il y avait là recherche d'un « effet » en vue des assemblées parlementaires : « Malgré

14. Défendre la Révolution (celle de 1789), combattre l'esprit révolutionnaire (du type jacobin ou radical) est le mot d'ordre de Rémusat, Guizot, Royer-Collard au début de la seconde Restauration. Cf. les *Archives philosophiques, politiques et littéraires* (juillet 1817-décembre 1818, Fournier, 5 vol.), qui reflètent bien cette ligne. Sous Juillet, le parti doctrinaire (on l'appelle désormais le parti « conservateur ») maintient cette perspective tandis que fleurissent insurrections et tentatives de régicide (par huit fois !). Dans un moment de découragement, Louis-Philippe disait à Guizot : « Vous êtes les derniers des Romains » ; car la ligne suivie retrouve toujours devant elle les deux adversaires, qui passent même parfois des alliances (« carlo-républicaines », comme l'on disait). « Ne vous y trompez-pas, ajoutait Louis-Philippe, un gouvernement libéral en face des traditions absolutistes et de l'esprit révolutionnaire, c'est bien difficile ; il y faut des conservateurs libéraux, et il ne s'en fait pas assez » (Guizot, *Mémoires pour servir à l'histoire de mon temps*, Michel Lévy, 1858-1867, t. VIII, p. 91).

15. *Mémoires*, éd. cit., t. I, p. 159. Il faut noter que Maine de Biran, qui les fréquente continûment au début de la Restauration, et participe au projet de fondation des *Archives philosophiques*, tient des propos assez durs sur leur compte, notamment à la suite des projets de loi sur la presse ou sur l'enseignement : « Voilà nos libéraux. Tel est le respect qu'ils ont pour cette opinion publique sur laquelle ils prétendent fonder tous leurs moyens de gouvernement. [...] Rendez-les forts et puissants comme Bonaparte, ils emploieront les mêmes moyens pour diriger et gouverner suivant ce qu'ils appellent *la raison*, dont ils se font les organes ou les interprètes exclusifs » (18 novembre 1817, *Journal*, éd. La Valette-Monbrun, t. I, p. 72).

16. Cette attribution est contestée. Cf. E. Spuller, *Royer-Collard*, Hachette, 1895, p. 135, note 1. Royer-Collard et Camille Jordan ont été formés chez les Doctrinaires, Barante est d'une famille janséniste alliée aux Pascal, tandis que Guizot avait pour grand-père paternel un pasteur calviniste.

tant de mécomptes de la philosophie et de la raison humaine [17], notre temps conserve des goûts philosophiques et raisonneurs, et les plus déterminés praticiens politiques se donnent quelquefois les airs d'agir d'après des idées générales, les regardent comme un bon moyen de se justifier ou de s'accréditer. Les doctrinaires répondaient par là à un besoin réel et profond, quoiqu'obscurément senti, des esprits en France ». Faisant partie de ces « praticiens politiques », Guizot s'est donné volontiers l'image d'un philosophe du politique. C'est d'ailleurs le titre même du manuscrit édité par Pierre Rosanvallon : « Philosophie politique : de la souveraineté [18] ». Cette philosophie, qui tient plus du montage que d'une systématicité en raison, doit être examinée comme légitimation des options doctrinaires : la critique de l'individualisme, en particulier, confirme l'éloignement d'une vision fondée sur les droits de l'homme, tandis que l'éloge du « souverain de droit » ou de la « souveraineté de la raison » introduit un dogmatisme qui contraste avec le second libéralisme issu de Coppet, postneckérien [19].

LA VOLONTÉ HUMAINE : CRITIQUE DE LA « LIBERTÉ DES PHILOSOPHES »

S'il est bien une thèse de philosophie politique que Guizot a pourfendue avec constance, c'est celle du « droit de juger en personne de la légitimité des lois et du pouvoir » : la formule se trouve dans l'article « Élections » de 1826, mais elle était déjà présente dans le cours de 1820-1822 (édité en 1851 sous le titre *Histoire des origines du gouvernement représentatif*). C'est à ce dernier qu'il convient de remonter : dans la 10e leçon du tome II, pour analyser le concept de représentation, Guizot développe une critique de l'égalité des volontés individuelles que suppose le suffrage universel, et il attribue cette vision aux philosophes (non en métaphysique mais en philosophie politique).

Comme toujours chez Guizot, on doit tenir compte de l'enjeu réel :

17. Il s'agit toujours du « dérapage » révolutionnaire. Le thème a été développé par Tocqueville pour ce qui concerne la responsabilité des sociétés de pensée, des théoriciens de salon, avant la Révolution. Mais il est lancé par Portalis, dans *De l'usage et de l'abus de l'esprit philosophique durant le XVIIIe siècle* (1820), après la controverse, sous le Consulat, entre Rivarol et Roederer. Cf. Roederer, *De la philosophie moderne et de la part qu'elle a eue sur la Révolution française* (1800).

18. *In* F. Guizot, *Histoire de la civilisation en Europe*, publ. par P. Rosanvallon, Hachette, « Pluriel », 1985.

19. Necker, parlant de « l'éternelle raison et l'éternelle justice », dans ses « Réflexions philosophiques sur l'égalité » (*De la Révolution française*, quatrième partie), et affirmant que là était la vraie souveraineté, a certainement donné le point de départ pour Guizot (cf. *De la Révolution française*, Maret, 1797, t. II, pp. 154-155). Mais, comme on le verra, il y eut aussi les cours de Cousin en 1818-1819. Mme de Staël ne continue son père sur ce point qu'en voulant marier la morale avec la politique, mais elle est plus « individualiste » dans sa vision de l'ordre politique libéral.

le but de la représentation, pour lui, est non seulement de « découvrir tous les éléments du pouvoir légitime disséminés dans la société, et de les organiser en pouvoir de fait, c'est-à-dire de concentrer, de réaliser la raison publique, la morale publique, et de les appeler au pouvoir » (*loc. cit.*, t. II, p. 150), il s'agit aussi d'un but préventif : écarter de l'expression publique les volontés aveugles, ignorantes, ou supposées telles. Le vote censitaire, et même capacitaire, est d'abord un vote de sélection avant d'être l'affirmation de « supériorités naturelles » (selon l'expression aimée de Guizot). Deux ans auparavant, Royer-Collard avait très bien expliqué en quoi la Charte « n'est point attributive de la capacité, mais seulement exclusive de l'incapacité ». Cette fonction d'exclusion, poursuivait-il, ce sont « nos garanties inexpugnables et contre l'oligarchie et contre la démocratie ». On retrouve ici l'ambivalence, sinon l'ambiguïté, de la politique du juste milieu : si elle semble élitaire intrinsèquement, si elle institue « le sacre des capacités » (Pierre Rosanvallon), elle se révèle cependant relative à deux fronts de lutte, deux dangers qu'il faut conjurer du même coup, l'ultracisme traditonaliste et le suffrage d'un peuple rendu souverain. Quand d'ailleurs le légitimisme ne revendique pas le suffrage universel, ce que fait la *Gazette de France* sous Juillet.

C'est pourquoi le souci des doctrinaires est finalement d'établir le *seuil* de l'élite, et non de définir (tâche impossible) ce qu'est l'élite. Dans l'intervention citée, Royer-Collard l'exprimait de façon énergique. Une commission de la Chambre des députés avait proposé que, lorsqu'une commune aurait à voter une imposition extraordinaire, les plus forts contribuables y résidant soient adjoints d'office au conseil municipal (non électif, à l'époque), et ce en nombre égal. Cet appel aux plus imposés – qui rappelle les listes électorales constituées sous l'Empire – rencontra l'opposition de principe de Royer-Collard : « Voilà l'oligarchie de la richesse constituée, la plus absurde des oligarchies. » À cette domination des notables les plus riches (soit les 10, 20 ou 50 les plus imposés d'une circonscription), l'orateur oppose l'idée de *seuil* de capacité, qui est fondatrice d'une égalité entre tous les présumés capables : « Selon les principes de notre gouvernement, qui sont ceux de la raison, une contribution plus élevée ne confère par elle-même aucune prééminence personnelle, aucun privilège, mais elle est exigée pour certaines fonctions comme une garantie nécessaire de l'indépendance et des lumières. Aussi remarquez, Messieurs, que les électeurs et les éligibles de la Charte, ce n'est pas tel ou tel nombre de *plus* imposés, mais tous ceux qui sont *assez* imposés pour être présumés capables de ces fonctions[20]. [...] La

20. 300 F pour le droit de suffrage, 1 000 F pour l'éligibilité (art. 40 et 38 de la Charte de 1814).

présomption de capacité étant attachée à une certaine contribution, tous ceux qui l'atteignent sont également capables[21]. »

C'est aussi dans le but de fixer un seuil que Guizot distingue entre représentation des volontés et représentation de la raison. « Dans le système de la représentation des volontés, écrit-il, rien ne peut justifier une telle limitation [du suffrage], car la volonté existe pleine et entière chez tous les hommes, et leur confère à tous un droit égal ; mais la limitation découle nécessairement du principe qui attribue le pouvoir à la raison, non à la volonté » (*Gouvernement représentatif*, t. II, p. 151). Ce qui n'est pas également réparti entre les hommes, c'est-à-dire à la fois les lumières et la participation à la raison, tel est le bon clivage, qui permet de démystifier la (prétendue) souveraineté du peuple[22]. Par cette distinction fondée sur l'instruction et sur la raison (que Guizot ne semble pas distinguer entre elles), l'auteur pense réfuter à la fois la Révolution française (dans sa phase postérieure au 10 Août) et les philosophes, dont Rousseau. Ce dernier est présenté comme ayant fondé la politique sur l'*arbitraire* de la volonté individuelle, qui peut à tout moment revenir sur ce qu'elle a accordé et qui, de plus, se refuse à la représentation[23]. En s'appuyant sur une citation du *Contrat social*, « il est absurde que la volonté se donne des chaînes pour l'avenir », Guizot présente Rousseau en théoricien d'un anarchisme individualiste. Tout ce qui concerne la volonté générale, sa différence d'avec une simple majorité et d'avec la « volonté de tous », ne retient pas l'attention de Guizot. Rousseau est utilisé ici pour incriminer le suffrage universel, puisqu'il a établi qu'en tout mode de gouvernement le peuple est, en droit, souverain.

Il est intéressant de constater ce qui, dans cette démarche critique, sépare Guizot de Constant ; lorsque le premier discute Rousseau, c'est pour montrer qu'il accorde trop à l'individu, c'est-à-dire à l'arbitraire du caprice individuel (une lecture assez stupéfiante de Rousseau) ; à l'inverse, Constant commente Rousseau pour établir que malgré son amour de la liberté, il étouffe la liberté individuelle au profit du fantôme de la volonté générale : « Il oublie que tous ces attributs préservateurs qu'il confère à l'être abstrait qu'il nomme le souverain résultent de ce

21. Barante, *La Vie politique de M. Royer-Collard*, Didier, 1861, t. I, p. 410 (discours du 13 mars 1818). Cette conception fonde la défense de ce que les doctrinaires appellent à l'époque la « démocratie » comme promotion des classes moyennes. Voir Rémusat, « De l'esprit de réaction. Royer-Collard et Tocqueville », *Revue des deux mondes*, 15 oct. 1861, pp. 794-798. Rémusat fait observer que le choix des plus imposés, principe « aristocratique », s'est maintenu même sous la République de 1848, et après.

22. Voir également *De la souveraineté*, éd. cit., p. 372 (chap. XX : « De la souveraineté du peuple »).

23. Comme beaucoup d'autres, Guizot néglige le fait que si « la volonté ne se représente pas », cela ne s'applique chez Rousseau qu'à la *volonté générale*, dans la spécificité de son concept. Cf. notre ouvrage sur la représentation (Fayard, à paraître).

que cet être se compose de tous les individus sans exception[24]. » Et, par conséquent, le pouvoir rousseauiste est trop fort : « Les lois les plus injustes, les institutions les plus oppressives sont obligatoires, comme l'expression de la volonté générale. » Pour Guizot, ce pouvoir est trop faible, ou même inexistant, car on ne peut ériger un pouvoir à partir d'une loi que l'homme se donne à lui-même ; on ne peut fonder la légitimité du pouvoir sur la libre volonté individuelle. Comme on le verra, c'est la légitimité par le social qui est la vraie légitimité, selon Guizot.

La divergence d'appréciation (Rousseau anarchique, Rousseau oppressif) est révélatrice de ce qui sépare en politique l'attitude de Constant et celle de Guizot. Le libéralisme du sujet pose d'emblée la question des garanties des droits individuels vis-à-vis de la sphère étatique ; le libéralisme des élites incarnées par la classe moyenne se préoccupe de la préservation du pouvoir et de son efficacité organisatrice, qu'il faut légitimer. On ne peut donc admettre, selon Guizot, le « principe de l'absolue souveraineté de chaque individu sur lui-même » (*ibid.*, p. 138), car on aura alors une représentation sans fondement ni efficacité. C'est selon lui le spectacle de la Révolution dans sa tentative républicaine de 1792 au 18 Brumaire, et c'est la loi de la démocratie de suffrage universel qui est construite sur un paradoxe insoutenable : « En droit, il y a un souverain qui non seulement ne gouverne pas, mais obéit, et un gouvernement qui commande, mais n'est point souverain. »

La solution consiste donc à donner le pouvoir à la raison, non à la volonté, en assignant comme *signe* tangible de l'usage de la raison, ce seuil, financier, de la capacité dont parlait Royer-Collard. Le souverain n'est plus le peuple, mais dira-t-on, la raison elle-même. Il y a là un saut : Guizot n'explique pas comment la « raison » alléguée peut être à la fois dans le ciel des idées[25] – car seul Dieu est « le souverain de droit » –, et se trouver investie, éparpillée, à l'intérieur de la société. Là réside précisément le miracle de l'accord entre le vote des notables, la désignation des représentants dotés de la capacité, et le « souverain de droit ». Cela ressemble inévitablement à un mode d'autoproclamation des notabilités bourgeoises[26].

---

24. Constant, *Manuscrit des Principes*, p. 33.

25. Cf. ce passage de la 10e leçon : « La légitimité du pouvoir réside dans la conformité de ses lois avec la raison éternelle, non dans la volonté de l'homme qui exerce le pouvoir, ni dans celle de l'homme qui le subit » (loc. cit., p. 147). Mais qui pourra vérifier cette conformité ?

26. Cf., dans le même ouvrage, le passage suivant : « Au lieu de dire que tout homme est maître absolu de lui-même, et que nul autre homme n'a droit sur lui contre sa volonté, il fallait proclamer que nul homme n'est maître absolu de lui-même, ni d'aucun autre, et que nulle action, nul pouvoir de l'homme sur l'homme n'est légitime s'il n'est avoué par la raison, la justice et la vérité qui sont la loi de Dieu. » Mais avoué par quelle

Si on a vu, précédemment, que la politique doctrinaire n'avait de contenu substantiel que sur la base d'une exclusion (écarter l'ultracisme et les classes ignorantes), c'est cette fois à une substitution qu'on a affaire. En effet, la doctrine commence par poser que nulle « souveraineté de fait » ne peut s'identifier à la « souveraineté de droit », ou que la souveraineté a été une *idole* grossière parmi les hommes[27], qu'il faut démystifier. Elle poursuit en laissant entendre que *tout* ce qu'il y a de capable dans la société a passé dans le gouvernement, bref, que le gouvernement est le meilleur qui soit quand il règne par et pour les classes moyennes : « La société tout entière se concentre et se contemple en vous », selon l'idéal exprimé dans *De la peine de mort en matière politique*. C'est ce curieux basculement de l'apparence critique (et libérale aussi parce que ennemie des extrêmes) en credo naïvement dogmatique qui a fait le caractère ventriloque du groupe doctrinaire, et a participé à son rejet, entraînant avec lui le régime de Juillet.

La pensée personnelle de Guizot, partie de prémisses anti-individualistes qui l'apparentent aux ultras[28], se figea dans une opposition telle aux réformes qu'elle en vint même à refuser le droit de capacité électorale à l'intelligence, exprimée dans une compétence sociale. Le fils de Rémusat constate, quelque cinquante années plus tard : « Chose étrange ! Dans un gouvernement qui se réclamait de la bourgeoisie, qui n'était que trop disposé à faire de la bourgeoisie une classe dirigeante, on n'admettait pas au vote les avocats, ni les médecins, la fleur même de la bourgeoisie française. C'est une de ces propositions sur lesquelles il semble facile de céder, et honorable de satisfaire une opposition, et c'est à la faire rejeter que M. Guizot a consacré l'un de ses plus admirables discours où il établissait une séparation profonde entre l'intelligence et la capacité[29]. » Dans le discours en question (26 mars 1847), s'opposant à la proposition Duvergier de Hauranne, Guizot refuse que les collèges électoraux passent de 120 ou 150 votants à 400 : ce serait là, dit-il, faire jouer le principe du nombre ! Ce serait commencer la marche vers ce funeste recensement des volontés individuelles qu'est le suffrage universel. Raidi dans cette position à la veille de 1848, Guizot confirme, de fait, l'*idée autoritaire* qu'il se fait du pouvoir, que ce soit dans la société,

---

bouche ? On voit qu'aux plus imposés de l'Empire, Guizot substitue les plus inspirés, si l'on ose dire.

27. Voir le début de *De la souveraineté* : « L'homme s'est fait des idoles ; il les a appelées dieu et il les a adorées » (chap. I : « De l'idolâtrie politique »).

28. Cf. notre étude « Guizot et la philosophie de la représentation » (*Droits*, n° 15, avril 1992, pp. 141-152) pour les rapprochements avec Bonald.

29. Paul de Rémusat, *Adolphe Thiers*, Hachette, 1889, p. 83. En 1846, Cousin faisait remarquer qu'il était professeur, doublement académicien, pair, membre du Conseil de l'Instruction publique, qu'il a été ministre, et que néanmoins...il n'était pas électeur (*in* A. Chambolle, *Retours sur la vie. Appréciations et confidences sur les hommes de mon temps*, Plon, 1912, p. 216).

dans la famille dont il fait le modèle de l'organisation politique[30], ou dans l'État. Par « autoritaire » il faut entendre : qui suppose le pouvoir irrésistible et infaillible, même si, en politique, on dit qu'il doit passer par l'épreuve de la publicité et du débat. Il n'est pas de droit d'appel concevable dans cette vision.

La capacité comme jugement socialement conditionné

La conception de la capacité électorale chez Guizot doit également s'apprécier en termes de motivations plus que de contenu conceptuel : il faut éloigner le vote de l'intervention des masses et de l'influence des grands propriétaires fonciers de tendance légitimiste. D'où d'abord la critique du courant démocratique de la Révolution, notamment chez Condorcet. On a signalé précédemment que, suivant une évolution qui le mène à la démocratie semi-représentative, Condorcet, dans son projet constitutionnel de février 1793, avait intégré le suffrage universel (mais sans les femmes, à son grand regret)[31]. Lorsqu'il fait le bilan de cette époque, dans un tableau comparatif intitulé *Trois Générations. 1789-1814-1848*[32], Guizot estime que la génération de 1789 a défendu trois idées fausses : « Nul n'est tenu d'obéir aux lois qu'il n'a pas consenties ; le pouvoir légitime réside dans le nombre ; tous les hommes sont égaux » (p. XVIII, éd. cit.). Ces thèses sont présentées comme solidaires entre elles et justifiant le suffrage universel : l'égalité d'*aptitudes*, égalité supposée entre les individus, conduit à la souveraineté numérique et cette dernière à ce que les hommes ne puissent obéir qu'aux lois qu'ils ont faites ou, du moins, sur lesquelles ils ont le moyen d'accorder ou de refuser le consentement. L'erreur de base résiderait dans l'égalité d'aptitudes en matière électorale : « Il n'est pas vrai que tous les hommes soient égaux : ils sont inégaux, au contraire, par la nature comme par la situation, par l'esprit comme par le corps ; et leur inégalité est l'une des plus puissantes causes qui les attirent les uns vers les autres, les rendent nécessaires les uns aux autres et forment entre eux la société » (p. XXI).

30. Cf. le passage de la 10e leçon où l'auteur veut prouver que la contrainte peut être légitime et que le pouvoir politique *ne naît pas du consentement* : « L'empire légitime n'appartient ni à la volonté de l'enfant à qui la raison manque, ni même à la seule volonté du père, car la volonté ne saurait jamais puiser en elle-même aucun droit : il appartient à la raison et à celui qui la possède. La mission que le père tient de Dieu est d'enseigner la raison à l'enfant, de plier sa volonté à la raison, en atttendant qu'il devienne capable de régler lui-même sa volonté. » De même, Bonald parlait à propos de l'éducation de l'enfant de l'« autorité de la raison » et de la « raison de l'autorité ». La meilleure critique philosophique de ces jeux de langage se trouve chez Biran (voir notre dernière partie).

31. Condorcet rend compte de son évolution dans l'exposé des motifs de l'acte constitutionnel : cf. *Archives parlementaires*, 1re série, t. LVIII, p. 583 et suiv.

32. Nous citons ce texte de 1863 d'après l'*Histoire parlementaire de France*, éd. cit., où il a été mis en tête du tome I par Guizot.

On remarque que cette inégalité des esprits n'est pas présentée comme un fait social appelé à disparaître avec les progrès de l'instruction et de l'aisance : si elle tient, pour une part, à la « situation » des individus, elle relève aussi de faits de nature[33] ; de plus, elle est constitutive de la complémentarité sociale.

Guizot explique, par ailleurs, que l'égalité des droits civils est, quant à elle, incontestable. « Ce qui est vrai, c'est que les hommes sont tous semblables et de même nature, sinon de même mesure, et que la similitude de leur nature leur donne à tous des droits qui sont les mêmes pour tous et sacrés entre tous les droits. » L'article « Élections » avait développé cette thèse, en la couplant à une perspective sociologique. Il s'agissait, là encore, de répondre à la question « qui a le droit de juger de ce qui est légitime ? »

Ce droit de juger n'est pas coextensif à toute la société, il s'identifie au droit de voter, c'est-à-dire de *prononcer pour* toute la société : « Les droits permanents et universels aboutissent au droit de n'obéir qu'à des lois légitimes. Les droits variables sont tous contenus dans le droit de suffrage, c'est-à-dire le droit de juger en personne, directement ou indirectement, de la légitimité des lois et du pouvoir[34]. » Le droit de n'obéir qu'aux lois légitimes, s'il est reconnu dans son universalité, ne peut cependant être exercé que par procuration : cela s'applique aux enfants et aux mineurs, fait observer Guizot, mais aussi à un groupe social déterminé, celui où font défaut « lumière et indépendance ». Le texte distingue en effet trois groupes sociaux.

D'abord, « les hommes à qui leur loisir *permet* de se livrer presque exclusivement à la culture de leur intelligence, à l'étude des objets, des rapports et des intérêts généraux » (p. 390). Ces hommes sont les propriétaires fonciers ou capitalistes, qui connaissent le loisir. Dans la deuxième catégorie, on trouve « les hommes que leur industrie *oblige* à acquérir des connaissances et des idées qui les élèvent également à l'intelligence des rapports et des intérêts généraux ». Eux ont une aptitude intellectuelle, plus attachée à leur industrie, qui s'emploie à faire valoir un capital propre ou des capitaux loués. S'ils ne possèdent pas tous l'intelligence des intérêts généraux, du moins ils peuvent « reconnaître et comprendre un dévelopement intellectuel supérieur, quand il se présente à eux » – point qui va être important pour Guizot dans la définition du lien électeur-élu.

Reste enfin la catégorie exclue de la capacité politique : « Les hommes que leur travail *empêche* de sortir du cercle étroit de leurs intérêts individuels, bornés à la satisfaction journalière des besoins de la vie. » Toute

33. La conception est donc plus fixiste que chez Sieyès et en tout cas que chez Constant, où des évolutions à venir sont explicitement considérées. Elle semble très proche de Necker dans ses « Réflexions sur l'égalité » écrites en 1793 (cf. *supra*).

34. « Élections », in *Discours académiques*, pp. 386-387.

activité salariée et dépendante empêche donc, matériellement et intellectuellement, de se prononcer sur l'intérêt général. On trouve ici le seuil décisif selon les doctrinaires, le trait « exclusif de l'incapacité » selon la formule de Royer-Collard. En principe, le clivage social est drastique et correspond à l'étroitesse du corps oligarchique de la Restauration et de la Monarchie de Juillet. Pourtant, dans ses Mémoires, et notamment à propos de la fameuse loi électorale de 1817, Guizot se défend d'une vision figée : « Avons-nous jamais conçu le dessein ou seulement entrevu la pensée que les bourgeois devinssent des privilégiés nouveaux, et que les lois destinées à régler l'exercice du droit de suffrage servissent à fonder la domination des classes moyennes en enlevant, soit en droit soit en fait, toute influence politique, d'une part aux restes de l'ancienne aristocratie française, d'autre part au peuple ? La tentative eût été étrangement ignorante et insensée[35]. »

À ce reproche, l'auteur objecte que la porte était ouverte au « mérite personnel de chaque homme, sans égard aux circonstances extérieures de la naissance, de la fortune ou du rang », et que la loi de 1817 voulait « l'influence non pas exclusive mais prépondérante de la classe moyenne ». Ce plaidoyer avait été maintes fois développé dans l'enceinte parlementaire. Ainsi le 3 mai 1837, où, d'un côté, Guizot justifie la prépondérance bourgeoise : « Oui, aujourd'hui comme en 1817, comme en 1820, comme en 1830, je veux, je cherche, je sers de tous mes efforts la prépondérance politique des classes moyennes en France, l'organisation définitive et régulière de cette grande victoire que les classes moyennes ont remportée sur le privilège et sur le pouvoir absolu de 1789 à 1830[36]. »

De l'autre côté, l'orateur faisait offre d'ouverture, appelant à rejoindre le parti du centre : » Il faut que toutes les supériorités, quelles que soient leur date et leur nature [...], acceptent ce fait, ce fait définitif de notre époque, le triomphe des classes moyennes, la prépondérance des intérêts généraux qu'elles représentent, et viennent nettement se réunir à elles pour reprendre leur place », et donc leur place d'Ancien Régime. Quant à ceux qui, comme Odilon Barrot, prétendaient que l'ouverture était fictive, il rétorquait en mai 1837 : « J'ai parlé de la nécessité de constituer et d'organiser la classe moyenne. Ai-je assigné les limites de cette classe ? M'avez-vous entendu dire où elle commençait, où elle finissait ? Je m'en suis soigneusement abstenu [...]. Lorsque, par le cours du temps, cette limite naturelle de la capacité politique se sera déplacée, lorsque les lumières, les progrès de la richesse, toutes les causes qui changent l'état de la société auront rendu un plus grand nombre d'hommes capables d'exercer avec bon sens et indépendance le pouvoir politique, alors

35. *Mémoires*, t. I, p. 168.
36. *Histoire parlementaire*, t. III, p. 74.

la limite légale changera[37]. » La « limite naturelle » évoquée était : vivre hors du salariat, avoir de la liberté et du loisir, des lumières et de l'indépendance. Le propos reste redondant et devient à peine plus précis lorsque Guizot évoque ensuite l'instruction primaire (qu'il a instituée en 1833), « provocation continue à acquérir des lumières plus grandes, à monter plus haut ».

Repris de discours en discours, puis renouvelé dans les Mémoires, ce plaidoyer reste peu convaincant, car toutes les données disponibles, la plupart des témoignages confirment l'esprit d'exclusivisme avec lequel Guizot défendait le pouvoir des classes moyennes, y compris à travers les places administratives de premier rang[38]. Sous Juillet, Tocqueville est l'un de ceux qui insistent sur la fermeture du système et en redoutent les conséquences. Il écrit dans ses manuscrits : « Je ne crois pas à l'organisation définitive du gouvernement pour les classes moyennes, et si je la croyais possible, je m'y opposerais. » Dans un brouillon accompagnant la seconde *Démocratie en Amérique*, il se propose de démontrer les points suivants : « Ce n'est que par la démocratie qu'on peut atténuer les maux de la démocratie ; l'impossibilité et le péril du gouvernement des classes moyennes ; la nécessité de tendre au gouvernement de tous par tous[39]. »

Il y a cependant des différences entre le discours guizotiste à la Chambre et les ouvrages théoriques. Dans ces derniers, il est exact qu'il ne défendait pas un critère de classe rigoureux. Dans l'article « Élections », Guizot pose la question des signes de la capacité : « Comment démêler à quelle classe appartiennent les individus, et dans chaque classe à quels individus appartient la capacité ? » (pp. 390-391, éd. cit.). Il ajoutait : « Si la richesse est nécessaire à la capacité politique, les professions industrielles et libérales la donnent aussi bien que la propriété du sol. » Et de préciser, en des termes que Paul de Rémusat reprendra d'un point de vue critique : « Qui dira qu'un avocat, un notaire, un médecin bien établis dans leur profession ont moins de lumières et d'indépendance que tout homme qui paye, pour ses champs, 300 F d'impôt ? » En effet ! Pourtant, l'idée de « signes » de la capacité, signes qui changeraient avec le progrès de la société, donnera lieu à des débats législatifs pléthoriques, pour un résultat très maigre[40].

37. Ibid., t. III, p. 104 (ou *Mémoires*, t. III, p. 272).

38. Point remarquable, cependant, et sur lequel il faudra revenir, dans le personnel électif c'est l'administration, ou le corps judiciaire, qui est mobilisé, non les membres de la bourgeoisie industrielle ou commerciale.

39. *De la démocratie en Amérique*, éd. Pléiade, p. 1179 pour le premier texte et p. 1123 pour le second. Comme le fait remarquer l'éditeur, ce n'est que dans les *Souvenirs* que Tocqueville se prononcera avec clarté sur l'illusion et la stérilité du monopole que défendait Guizot.

40. Nous ne retracerons pas ces débats : voir P. Rosanvallon, *Le Moment Guizot* (pp. 122-130), qui montre l'échec presque intégral d'une traduction concrète. Si la loi

Un autre point frappant dans l'argumentation de Guizot toutes les fois qu'il analyse l'acte électoral est le caractère d'opérateur de *nécessité* qu'il lui confère, pourvu que le vote soit bien organisé. L'essentiel à ses yeux semble d'ailleurs se situer là, dans le moment électoral, et non dans le débat parlementaire que la représentation a pour fonction de rendre possible. Finalement, conformément à une tendance française persistante, Guizot identifie le vote et la délibération.

En effet, l'article « Élections » définit ainsi la délibération : « La capacité d'agir librement et raisonnablement dans l'intérêt social » (p. 389). Mais, selon le même texte, la capacité « n'est autre chose que la faculté d'agir selon la raison » (p. 385). Les deux opérations s'équivalent donc dans l'esprit de l'auteur, d'autant plus que, comme on l'a vu, l'acte de choisir un député signifie le droit de se prononcer en personne (sur la légitimité des lois et du pouvoir) : élection = jugement = délibération, si l'on peut écrire cette équation. Chez Benjamin Constant[41], le souci prééminent était de dissocier ce qui est représentation des intérêts locaux, particularisés, et ce qui est construction de l'intérêt général par voie délibérative. L'opposition avec Guizot n'est pas tant sur le caractère censitaire du vote, largement développé par le chapitre VI des *Principes*[42], ni sur la loi électorale de 1817, avec laquelle Constant se déclare d'accord[43]. La divergence porte sur le sens même du vote, dans la mesure où Guizot lui attribue une fonction d'émergence, directe et irrésistible, pour l'intérêt général. Le vote exprime bien la société, dans son ordre naturel et ses besoins intérieurs, si les « supériorités » savent se faire reconnaître de ceux sur qui elles ont une influence quotidienne. Aux yeux de Guizot, quand l'égalité se donne libre cours, elle est productrice du conflit (si ce n'est de la guerre), alors que les diverses formes d'inégalité sont génératrices de complémentarité et, finalement, d'équilibre social. Ce qu'il avait clairement exprimé dans *Des moyens de gouvernement et d'opposition* : « En se faisant reconnaître, [la supériorité] se

---

municipale du 21 mars 1831 reconnaît, pour l'élection du conseil municipal, certaines capacités (comme les docteurs en droit, médecine, sciences et lettres), la loi électorale du 19 avril ne retient à peu près rien (membres de l'Institut, officiers à la retraite de l'armée) et en imposant, de surcroît, une condition de cens spécifique aux catégories retenues. D'où sans doute la plainte de Cousin citée par Chambolle (*supra*).

41. Cf. les *Principes de politique* au chap. V (« De l'élection des assemblées représentatives ») et *supra*.

42. Chap. VI : « Des conditions de propriété ». Constant écrit notamment : « Il faut une condition de plus que la naissance et l'âge prescrit par la loi. Cette condition, c'est le loisir indispensable à l'acquisition des lumières, à la rectitude du jugement. La propriété seule assure le loisir : la propriété seule rend les hommes capables de l'exercice des droits politiques » (éd. Gauchet, p. 316). En revanche, il y a désaccord sur les *professions libérales*, dont Constant fait une critique sévère (pp. 322-324).

43. Article du *Mercure de France*, 18 janvier 1817, repr. in *Cours de politique constitutionnelle*, éd. cit., t. II, p. 191 et suiv. Cf. A. Jardin, *Histoire du libéralisme politique*, pp. 234-235 pour un passage longuement cité.

fait obéir. C'est là l'origine du pouvoir ; il n'y en a point d'autre. Entre égaux il ne serait jamais né. La supériorité sentie et acceptée, c'est le lien primitif et légitime des sociétés humaines ; c'est en même temps le fait et le droit ; c'est le véritable, le seul contrat social[44]. »

L'intérêt général devient donc la légitimation ou la consécration de cet emboîtement social par lequel les notables « représentent » et portent au pouvoir central les intérêts de ceux sur qui ils ont un pouvoir « naturel ». Le vote bien conçu est un phénomène de consécration des hiérarchies, éventuellement de leur correction. « Toute élection est un résultat d'influences », explique l'article « Élections ». Guizot développe, dans le même texte, l'idée des affinités (dirons-nous électives ?) qu'il importe de fortifier : « Le brave se fait suivre de ceux qui sont capables de s'associer à sa bravoure. L'habile se fait obéir de ceux qui sont capables de sentir son habileté. Le savant se fait croire de ceux qui sont capables d'apprécier sa science. Toute supériorité a une certaine sphère d'attraction dans laquelle elle agit et groupe autour d'elle des infériorités réelles, mais en état de sentir et d'accepter son action » (p. 407).

Curieusement, on retrouve encore ici une vision des traditionalistes (l'alliance de l'aristocratie foncière et du peuple), transposée pour les besoins de la cause doctrinaire. C'était au nom de la reconnaissance des grands propriétaires par le petit peuple agricole que les ultras avaient demandé un abaissement du cens électoral et le vote à deux degrés, de façon à traduire politiquement l'affinité « naturelle » entre les groupes sociaux[45].

On peut récapituler quelques point communs à la logique hiérarchique que défendent doctrinaires et ultras, par ailleurs ennemis irréconciliables : le mécanisme des influences, la fécondité des inégalités, le caractère à la fois spontané et infaillible de la représentation de l'intérêt social. Cependant, toute la différence est là, il ne s'agit pas de la même hiérarchie, des mêmes groupes sociaux, ni, par conséquent, des mêmes circonscriptions électorales. Si la logique doctrinaire est anti-individualiste (parce qu'elle refuse le suffrage du nombre, c'est-à-dire des masses), elle ne peut prôner le retour aux corps et aux tutelles d'Ancien Régime. Voilà pourquoi, en fin de compte, elle choisit de présenter le vote comme l'*œuvre de la raison* – d'une raison inégalitaire, plus habilitée à s'exprimer dans les notables. La « main invisible de la raison » (selon l'expres-

---

44. *Des moyens de gouvernement et d'opposition*, éd. 1821, p. 164. Sur l'égalité comme concurrence assortie à l'inégalité comme source des élites, voir *Histoire du gouvernement représentatif*, 18e leçon du t. II, pp. 289-304.

45. Une perspective que nous retrouverons sous plusieurs points de vue, qui renaît en 1870-1875 dans le débat public, et qui avait en sa faveur le modèle anglais. Dans la revendication ultra, lors du débat préparatoire à la loi de 1817, l'enjeu était évidemment de savoir qui ferait l'élection, entre classe moyenne urbaine et propriétaires fonciers. Bonald défend les « prolétaires dont les grands propriétaires sont les chefs naturels » (voir P. Rosanvallon, *Le Sacre du citoyen*,, Gallimard, 1992, p. 223).

sion judicieuse de P. Rosanvallon) est ce qui permet de concevoir à la fois un ordre naturel dans la société, qu'il s'agit seulement de traduire, et un recours au groupe social, qui évite de valoriser l'individu comme source et arbitre du politique. La critique de la liberté anarchique de la volonté et l'appel à une raison diffuse dans le corps social convergent dans un but de stratégie politique : contourner l'individu comme atome de citoyenneté (fût-elle censitaire), valoriser cet individu qui est porteur d'une influence ou vecteur d'une clientèle sociale[46] ; mais ce n'est plus l'individu comme sujet abstrait d'une politique libérale, c'est le notable situé et enraciné.

C'est ce que Guizot admire dans le système politique anglais : avoir fortifié et en quelque sorte entériné le *pouvoir local* partout où il est traditionnellement présent. « Il n'y eut pas ici des électeurs, là des administrateurs, ailleurs des juges : il y eut des citoyens qui, dans les affaires locales, participaient à l'administration, à la justice, et, pour les affaires générales, élisaient des députés » (article « Élections », p. 382). Dès lors, la « raison » qui s'exprime au sein de la société française, qui reconnaît dans l'élu la capacité détenue, qui vient siéger au centre du pouvoir d'État, est simplement la traduction logique et nécessaire des opinions locales qui ont été rassemblées au chef-lieu du département : parlant des électeurs réunis en assemblée électorale, Guizot écrit que le vote est « le résumé de leurs opinions, de leurs vœux, et des influences naturelles qu'ils exercent les uns sur les autres[47] ». Conformément à la logique

46. Cf. *Des moyens de gouvernement et d'opposition*, chap. XII : « Cromwell, Henri IV, Richelieu, Bonaparte » savaient observer les individus pour mieux les « acquérir ». Il semble que plus que d'influence, il s'agit déjà de la perspective de corruption dans l'esprit de Guizot. En 1817, il écrivait qu'il fallait « utiliser », « s'approprier », « manier » les individus utiles, ce que Napoléon avait compris (et ce que Mme de Staël lui reprochait) : « N'avons-nous pas vu un gouvernement [...] se mettre à la poursuite des noms qui avaient brillé avec le plus d'éclat dans les rangs de ses ennemis, et prodiguer, pour conquérir ceux qui les portaient, la séduction et la menace, les emplois et les faveurs ? Plus le scandale était grand, plus la conquête était profitable » (« Du choix des hommes », in *Archives philosophiques, politiques et littéraires*, éd. cit., t. II, p. 69). Et dans *Des moyens de gouvernement*, Guizot redisait : « Il y a beaucoup à apprendre de Buonaparte. » Le système des députés-fonctionnaires (40 % des députés en moyenne, sous Juillet) peut être vu comme la concrétisation de cette idée, que finirent par condamner des doctrinaires en rupture de courant comme Rémusat (proposition de loi du 8 avril 1847) et Duvergier de Hauranne. Rémusat écrivit dans ses Mémoires : « Nous nous étions tous laissé aller à croire qu'une certaine part de corruption était indispensable à un régime de liberté » (cit. par A.-J. Tudesq, « La liberté contre la liberté. Le débat sur les incompatibilités parlementaires », in *Liberté, libéraux et constitutions*, éd. cit). Il ne faut pas oublier que Hume en Angleterre parvenait à la même conclusion en évoquant les moyens de pression de la Couronne : « Nous pouvons les appeler du nom de corruption et de trafic d'influence mais, dans une certaine mesure et sous une certaine forme, ils sont inséparables de la nature même de notre constitution et nécessaires pour préserver un *mixed government* » (cit. par H. Grange, « De l'originalité des idées politiques de Necker », *Cahiers staëliens*, n° 36, 1985, p. 61).

47. Après la réaction ultra de 1820, Guizot décrivait ainsi à Barante ce que devait être leur ligne de conduite en tant que parti des doctrinaires : « Il faut sortir de cette

anglaise avant 1832, plus que de « représentation » (d'une circonscription, de tendances politiques), il s'agit de *partage* de la puissance sociale depuis la périphérie jusqu'au centre, depuis le bas jusqu'en haut, depuis la société jusqu'au gouvernement de l'État.

Mais, dans la situation française, comme il s'agit de sélectionner les influences qu'on prétend laisser libres, comme il s'agit de consacrer certains rapports d'allégeance, le lieu du collège électoral est un enjeu capital : « Les influences éprouvées et librement acceptées constituent la société légitime. Loin de les craindre, c'est à elles seules qu'il faut demander le véritable vœu de la société. [...] Tel homme, fort capable de bien choisir dans un rayon de cinq lieues de sa demeure, en devient absolument incapable si le rayon s'étend à vingt lieues. Il avait, dans le premier cas, le plein usage de sa raison et de sa liberté ; dans le second, il le perd » (« Élections », p. 396 et 398). En fait, cette raison et cette liberté, dans l'esprit de Guizot, ne peuvent que s'incliner devant la nécessité sociale du « bon choix » qui s'impose eu égard à la taille de la circonscription. Malgré l'affirmation de l'ouverture des choix (« La vérité de l'élection naît du combat des influences »), il n'y a guère de place pour la pluralité ou l'indétermination. Guizot fait à la fois l'éloge de la compétition qui caractérise le gouvernement représentatif[48] et s'attache à déterminer les conditions concrètes de son appropriation par un groupe déterminé. La critique de la volonté libre des philosophes et l'apologie de la raison souveraine ratifient, dans l'ordre théorique, la stratégie poursuivie en politique.

GUIZOT ET RÉMUSAT : LE POUVOIR GOUVERNANT COMME GOUVERNEMENT DE LA VÉRITÉ

Il est clair que lorsqu'on confronte la philosophie du pouvoir de Guizot avec celle de l'école de Coppet, dans sa seconde génération, il faut toujours en revenir au statut controversé du sujet politique. Tandis que la vision des stades de l'histoire est comparable chez Constant et chez Guizot, il reste que, pour le premier, l'histoire, parvenue à l'âge des « conventions légales », consacre le droit de juger de l'individu : « Ce n'est qu'aujourd'hui qu'arrivé au point de ne plus reconnaître de puis-

---

ornière, appeler les influences au pouvoir et permettre à la vie de se manifester là où elle est ; la raison ne peut venir que d'en haut, cela est sûr, mais la vie ne peut monter que d'en bas ; elle est dans les racines de la société comme dans celles de l'arbre ; [...] notre problème est la création d'un gouvernement ; or il y a partout un gouvernement tout fait : il faut l'accepter et le régler » (*in* Mme de Witt, *Lettres de M. Guizot à sa famille et à ses amis*, Hachette, 1884, p. 10).

48. Carl Schmitt le considère à ce titre comme le meilleur porte-parole, dans *Parlementarisme et démocratie* (Le Seuil, trad. J.-L. Schlegel, 1988, p. 42 et suiv. et *passim*).

sance occulte qui ait le droit de maîtriser sa raison, l'homme ne veut consulter qu'elle, et ne se prête tout au plus qu'aux conventions qui résultent d'une transaction avec la raison de ses semblables[49]. » Au contraire, pour Guizot (comme pour Rémusat dans ses manuscrits), le stade du gouvernement représentatif, où est reconnue la souveraineté de la raison, est quasiment l'opposé du moment de la libre individualité... c'est-à-dire la barbarie, puis la féodalité. Que la féodalité fût fondée sur le pur consentement individuel et que par là les liens féodaux fussent sans cesse révocables est une thèse exposée dans l'*Histoire de la civilisation en France*[50]. La féodalité, par les liens vassaliques d'homme à homme, ne fait que limiter et régulariser la liberté barbare : « Le caractère dominant de la barbarie, c'est l'indépendance de l'individu, la prédominance de l'individualité ; chaque homme fait, dans cet état, ce qu'il lui plaît, à ses risques et périls. L'empire des volontés et la lutte des forces individuelles, c'est là le grand fait de la société barbare » (p. 274). Observant que la féodalité préserve le caractère dominant de la liberté individuelle, et ajoutant que « sans doute l'indépendance individuelle est respectable, sainte, et doit conserver [aujourd'hui] de puissantes garanties », Guizot conteste néanmoins qu'une société véritable puisse reposer sur ce principe : « Ce n'est point par la prédominance de l'indépendance individuelle que se fonde et se développe la société, car la société consiste essentiellement dans la portion d'existence et de destinée que les hommes mettent en commun, par laquelle ils tiennent les uns aux autres, et vivent dans les mêmes liens, sous les mêmes lois. » Certes, Guizot ne veut pas annuler les libertés modernes civiles et politiques, mais, selon sa pente d'esprit, ce qui fait la valeur d'une société c'est le degré de pénétration qu'y exerce le gouvernement. Constant valorise la société non seulement parce que la liberté du marché est un paramètre fondamental, mais aussi parce qu'il faut que le pouvoir soit tenu à distance et sous surveillance ; Guizot aspire à ce que la « gouvernabilité » soit la plus grande possible. Il ne s'agit pas à proprement parler d'un dirigisme, mais de l'idéal d'une *hégémonie* du politique qui se ferait accepter par toutes les élites sociales, pour leur profit.

On confirme donc que la critique de la représentation des volontés est exactement homologue à la critique du système féodal, avec sa « prédominance excessive de l'individualité ». Si la volonté individuelle commande à d'autres volontés individuelles, c'est à la fois le morcellement anarchique et la violence, dont la société (ou la quasi-société) féodale fournit l'illustration. Il faudrait donc que le pouvoir soit le lieu même de la raison, qui commande impersonnellement à la raison. C'est pour-

49. « De la perfectibilité de l'espèce humaine », in *De la liberté chez les modernes*, p. 595.

50. Nous citons d'après la 10e éd., Didier, 1868, t. III, 11e leçon.

quoi Guizot a prêté une grande attention à la théorie cousinienne de la « raison impersonnelle[51]. » Tel passage du manuscrit *De la souveraineté* exprime cette légitimation du commandement, qui est bon s'il est supposé opérer au nom de la raison : « Dans toutes les relations sociales [...], dans l'action de l'homme sur l'homme comme dans son action sur lui-même, nul n'a droit de donner la loi parce qu'il veut, de se refuser à la loi parce qu'il ne veut pas. Qu'il s'agisse de commandement ou de résistance, de gouvernement ou de liberté, la volonté ne confère aucun droit, aucun pouvoir légitime ; la raison a droit sur toutes les volontés[52]. »

Mais dire que le pouvoir est bon s'il parle avec raison risque de conduire à la thèse que le pouvoir *est* la raison, que le pouvoir *est* la vérité. C'est le pas qu'accomplit naïvement le jeune Rémusat, à la même époque, dans son manuscrit intitulé *Dissertation sur la nature du pouvoir*[53]. Après avoir exposé que ceux qui connaissent la société, ceux qui savent comprendre les relations et les affaires humaines ont nécessairement du pouvoir sur ceux qui ne savent pas, Rémusat ajoute : « On voit qu'avoir du pouvoir, c'est avoir raison » (p. 97 du manuscrit) ; et, un peu plus loin : « Le Pouvoir se fonde sur la Vérité que la raison représente dans ce monde. » Au reste, pour Rémusat, la nation constituée sous un gouvernement est une vaste « hiérarchie spirituelle » où les plus raisonnables, qui « portent plus de vérité en eux », commandent aux moins raisonnables[54].

La connotation théologique qui marque ces écrits de Rémusat est sans mystère, puisque lui-même affirme que la raison et la vérité sont synonymes, sont Dieu même, et que la raison humaine n'est qu'une émanation ou une participation de la raison divine. À travers ce climat augustinien et malebranchiste (vision des vérités en Dieu), se confime la rencontre avec les thèses de la contre-révolution sur le pouvoir. Bonald, dans *Législation primitive par les seules lumières de la raison*, écrivait que la Vérité, qui est de source révélée, notamment à travers le langage, est ce qui précède et ce qui donne naissance à la raison, et non l'inverse[55].

---

51. Nous y reviendrons dans la dernière partie consacrée aux philosophes. Voir aussi notre étude : « La raison politique chez Victor Cousin et Guizot », *La Pensée politique*, n° 2, 1994, pp. 242-253.

52. *De la souveraineté*, éd. cit., p. 370.

53. Archives municipales de Toulouse, fonds Rémusat. Nous devons à Dario Roldan la communication de cet essai de 1820 qui fonde, sur la base d'une critique de Lamennais, une vision dogmatique du pouvoir comme source de vérité. Nous remercions D. Roldan pour les nombreux manuscrits de Rémusat, qu'il nous a permis d'examiner. Les manuscrits sont évoqués par Sainte-Beuve dans son article sur Rémusat (*Derniers Portraits littéraires*, Didier, 1858, ou *Œuvres*, « Pléiade », t. II).

54. Dans un autre manuscrit, *Des élections. Système électoral*, l'auteur expose encore une fois, et avec une naïveté accrue, les idées sur la capacité et les inégalités individuelles qu'on avait vues chez Guizot. Le texte est probablement de la période 1820.

55. « Si la connaissance de la vérité forme la raison de l'homme, l'homme n'a pas de raison avant de connaître la vérité ; [...] il reçoit donc de la raison d'un autre être la

Il faut ajouter que non seulement Rémusat a publié plusieurs études sur les disputes théologiques de l'époque et un livre sur saint Anselme, mais qu'il mena deux controverses dans le *Globe* (en 1826 et 1829) avec Lamennais, ce qui fut l'occasion d'utiliser une partie de ses réflexions en manuscrit[56]. Lamennais et son école prétendaient que le *Globe* et, de façon générale, le libéralisme doctrinaire établissaient la *souveraineté de l'individu* en prenant pour autorité reconnue la raison, et non Dieu, représenté par son Église. Contre cette « souveraineté du jugement individuel », Rémusat a beau jeu de protester : « Oui, nous professons qu'aucune souveraineté humaine n'est absolue, c'est-à-dire que l'infaillibilité n'existe pas sur la terre. La loi souveraine, la raison infaillible est donc la loi, la raison, la sagesse divine, ou Dieu même : en ce sens "son royaume n'est pas de ce monde". Mais cette loi, cependant, se révèle en ce monde ; cette raison s'y communique à des intelligences qui la reconnaissent et la proclament. Elle "illumine tout homme venant au monde"[57]. » Alors que Lamennais voulait montrer que le libéralisme ne peut réellement se satisfaire de l'absence d'une Loi transcendante, absence qui ouvre le champ à un conflit d'opinions toutes égales entre elles, Rémusat affirme que le pouvoir libéral est apte à connaître la vérité et à la faire connaître[58]. Dans ce nouvel équivalent du droit divin, le pouvoir n'est peut-être pas infaillible, mais en tout cas infiniment supérieur aux esprits faibles en raison : « À qui donc appartient le pouvoir politique ? Aux plus capables de faire prévaloir la loi commune de la société, savoir la justice, la raison, la vérité. Quelle est la meilleure constitution politique ? La plus propre à mettre en lumière la vérité sur chaque chose, et à faire arriver le pouvoir dans les mains de ceux qui sauront le mieux l'exercer[59]. »

Il faut constater que le vague de telles formulations annule l'exigence *juridique*, la démarche de comparaison des constitutions, d'examen des

---

connaissance de la première vérité, ou la première connaissance de la vérité qui forme les premières lueurs de sa raison, et qui se développe avec elle. Ainsi, loin que l'homme découvre la vérité par la seule force de sa raison, il n'a de raison que lorsqu'il a connu la vérité. D'ailleurs, l'homme ne connaît ses propres pensées que par leur expression ; or il a reçu ses premières expressions, donc il a reçu la première connaissance de ses pensées » (in *Œuvres*, Adrien Le Clère, 4e éd., 1847, p. 128).

56. Cf. l'article du 13 mai 1826, « De la religion considérée dans ses rapports avec l'ordre civil et politique par l'abbé Lamennais », et suite le 20 mai. Également l'article du 11 mars 1829, à propos des *Progrès de la Révolution et de la guerre*, que venait de publier Lamennais. Voir une version combinée des deux textes dans Rémusat, *Passé et présent*, éd. cit., t. II, pp. 386-401.

57. La formule de saint Jean est constamment citée au XIXe siècle, dans une sorte de malebranchisme vulgarisé, notamment chez ceux qui combattent l'individualisme libéral.

58. Il lui arrivera, bien entendu, d'atténuer le propos selon la circonstance, ainsi dans son texte sur la procédure par jurés, où il expose la faiblesse de toute justice humaine : *De la procédure par jurés en matière criminelle*, Imprimerie d'A. Belin, 1820.

59. *Le Globe*, 11 mars 1829, t. VII, p. 157.

garanties individuelles – c'est-à-dire un domaine d'activité très important dans la famille libérale depuis Constant et Chateaubriand jusqu'à Laboulaye, en passant par Tocqueville. Bien sûr, on ne peut pas dire que la réflexion juridique est absente chez les doctrinaires, et surtout pas chez Rémusat, qui affirme d'ailleurs dans ses Mémoires s'être mis à l'école de Constant ; mais l'assimilation de l'exercice du pouvoir à la connaissance de la vérité est une tendance, ou une tentation, qui pourrait expliquer que chez eux le constitutionnalisme ressort comme une affaire d'opportunité [60] : ce n'est pas une préoccupation d'ordre fondamental, dès lors que la Charte existe et qu'il faut s'en servir. Et pourtant, ce sont les doctrinaires qui conduisent la révision de la Charte dans le feu de l'été 1830, parce qu'ils y sont contraints et forcés [61].

La véritable question intéressante pour les doctrinaires est celle de l'irrigation du pouvoir par la société, de la grandeur et de l'efficacité du pouvoir qui en résultent. Le traitement de cette préoccupation, chez Guizot, consiste à la transformer en une question *gnoséologique* : celle de la connaissance que le gouvernement peut prendre de la société, celle de la vérité dont il est susceptible d'enfanter l'engendrement. Dans le rapport gouvernement-société il y a un double mouvement à l'œuvre : d'une part, le gouvernement naît toujours de la société déjà là, avec ses structures, ses forces et ses particularités ; d'autre part, c'est seulement du gouvernement que peut provenir la vérité sur la société. Si bien que le gouvernement particulièrement réussi, l'optimation gouvernementale qu'est le pouvoir représentatif apparaît comme une réflexion de la société sur elle-même, réflexion qu'elle serait incapable de mener par ses forces propres. D'où le sens de l'*enquête* dont Guizot a fait preuve dans ses diverses fonctions de responsabilité et, bien sûr, la haute idée qu'il avait de l'État : dans les *Moyens de gouvernement et d'opposition*, il écrivait que le gouvernement « est le chef de la société ; et quand la société croit

---

60. Ainsi sur la question bien connue de la responsabilité ministérielle où, pendant la Restauration, l'évolution de Guizot et de Royer-Collard est considérable. Cf. par exemple, Joseph Barthélemy, *L'Introduction du régime parlementaire en France sous Louis XVIII et Charles X*, Giard et Brière, 1904, Mégariotis Reprints (s. d.), p. 276 et suiv., p. 187 et suiv. Sous Juillet, la loi sur la responsabilité des ministres, toujours annoncée et toujours différée, n'aboutit pas.

61. Voir le projet de Charte élaboré par de Broglie et Guizot (pp. 311-313) et celui de Rémusat (pp. 314-316) *in* P. Rosanvallon, *La Monarchie impossible. Les Chartes de 1814 et de 1830*, Fayard, 1994. C'est chez Victor de Broglie que l'on trouve le goût le plus prononcé pour l'esprit juridique et constitutionnel. Par exemple, il est le conseiller direct (d'après ses *Souvenirs*) de Benjamin Constant pour la rédaction de la brochure *De la responsabilité des ministres*, et, inversement, il a signalé lui-même combien il devait à Constant : « C'est lui qui a vraiment enseigné le gouvernement représentatif à la nation nouvelle » (*Souvenirs du feu duc de Broglie*, publ. par Albert de Broglie, Calmann-Lévy, 2e éd. 1866, t. I, p. 283). N'oublions pas que Victor a pour beau-père supposé Constant, et que, avant de rejoindre les doctrinaires dans la session de 1817-1818, le duc était membre des Indépendants, le goupe de Constant, par ailleurs fort hétérogène. À la Chambre des pairs, ce groupe se réduisait à quelques individus.

ce chef légitime, c'est en lui que vient se résumer et se manifester la vie sociale » (éd. cit., p. 175). Mais c'est peut-être dans la cinquième leçon de son *Histoire de la civilisation en Europe* que Guizot a synthétisé le plus clairement sa pensée sur ce point[62].

La leçon, qui porte sur l'Église entre le Ve et le XIIe siècle, va en tirer des développements décisifs sur l'essence du gouvernement civil et sur la définition du concept de légitimité : transposition du religieux au civil délibérée, et significative pour la question de la « vérité ». Guizot montre d'abord que dans l'Église « les hommes ne sont pas plus égaux en talents, en facultés, en puissance que partout ailleurs » ; là aussi le pouvoir se construit « naturellement », sans qu'il soit besoin d'envisager la force : « lorsque les choses suivent leurs lois naturelles, quand la force ne s'en mêle pas, le pouvoir va aux plus capables, aux meilleurs, à ceux qui mèneront la société à son but ». De même, dans la société civile, il ne faut pas croire que l'essence du gouvernement réside dans la contrainte ; elle est dans la *manifestation de la vérité*. C'est ce qu'on attend de lui. « De quelque chose qu'il s'agisse[63] [...], il y a en toute occasion une vérité qu'il faut connaître et qui doit décider de la conduite. La première affaire du gouvernement, c'est de chercher cette vérité, de découvrir ce qui est juste, raisonnable, ce qui convient à la société. Quand il l'a trouvé, il le proclame. Il faut alors qu'il tâche de le faire entrer dans les esprits, qu'il se fasse approuver des hommes sur lesquels il agit, qu'il leur persuade qu'il a raison. »

Il faut donc entendre que l'Église était avant tout un appareil de transmission et de formation pour une certaine vérité, et que le gouvernement moderne doit s'inspirer de l'Église sur ce point, au lieu d'y voir un système de coercition (à la façon, plus tard, d'un Louis Veuillot). La hiérarchie, si caractéristique dans l'Église catholique, tient à l'autorité de la vérité élaborée, défendue, proclamée[64]. Le parallèle conduit par

62. Nous citons d'après l'éd. Didier de 1864, pp. 128-131.

63. C'est-à-dire « une loi à rendre, une mesure à prendre, un jugement à prononcer ».

64. Très admirateur de cette « autorité de la vérité », Guizot publiera en 1838 trois articles dans la *Revue française* pour, de nouveau, appeler à s'en inspirer : « De la religion dans les sociétés modernes », « Du catholicisme, du protestantisme et de la philosophie en France », « De l'état des âmes ». Il écrivait dans le deuxième : « Quel est le mal qui travaille notre société temporelle ? L'affaiblissement de l'autorité. [...] Le catholicisme a l'esprit d'autorité. C'est l'autorité même, systématiquement conçue et organisée. [...] Le catholicisme est la plus grande, la plus sainte école de respect qu'ait jamais vue le monde. La France s'est formée à cette école, malgré l'abus qu'ont fait souvent de ses préceptes les passions humaines. L'abus est peu redoutable désormais, et le bien doit être grand, car nous en avons grand besoin » (repr. in *Méditation et études morales*, Didier, 4e éd., 1858, pp. 70-71). Ainsi le protestant Guizot considère que la dimension d'autorité doit être cherchée ailleurs que dans sa confession, où l'on pratique cet esprit d'examen auquel il rend hommage, dans le même texte, mais qui est désastreux en politique. Certains facétieux parlèrent de la « papauté de M. Guizot » (pamphlet de Taxile Delord).

Guizot le mène à conclure en ces termes : « L'essence du gouvernement ne réside donc nullement dans la coaction, dans l'emploi de la force ; ce qui le constitue avant tout, c'est un système de moyens et de pouvoirs, conçu dans le dessein d'arriver à la découverte de ce qu'il convient de faire dans chaque occasion, à la découverte de *la vérité qui a le droit de gouverner la société*[65], pour la faire entrer ensuite dans les esprits. »

Telle est donc la clef du libéralisme de Guizot, qui peut expliquer largement la tournure hautaine, autoritaire même, qu'il présente dans la pratique : le pouvoir élu, bien élu, dans des conditions légitimes[66], est détenteur de la vérité. C'est lui qui sait, non la société, qui attend de lui communication du savoir : découvrir la vérité d'abord, « pour la faire entrer ensuite dans les esprits ». Aussi, l'écrivain doctrinaire ne craint pas de faire du gouvernement moderne une *aristocratie de la vérité* ; selon un terme qu'on lui a reproché, mais qu'il a répété dans des contextes divers, Guizot a salué la naissance de la nouvelle « aristocratie ». Par exemple, dans l'*Histoire des origines du gouvernement représentatif*, il écrit que l'aristocratie a d'abord été celle de la force et qu'elle s'est fondée ensuite sur le savoir et la vertu : « Rien ne caractérise mieux la marche de la société qui commence par la prédominance de la force et tend à passer sous l'empire de la supériorité intellectuelle et morale. Le vœu et la tendance de la société sont en effet d'être gouvernée par les meilleurs, par ceux qui savent le mieux et veulent le plus fermement la vérité, la justice » (éd. cit., t. I, p. 100).

Sans doute Guizot satisfaisait-il la passion, périlleuse d'ailleurs, de river son clou à la noblesse d'Ancien Régime, en prétendant que le gouvernement représentatif créait tous les jours de la vérité et de la vertu qu'il tirait de la société ; l'objet de ce gouvernement, disait-il, est de « faire sortir du sein de la société cette aristocratie véritable et légitime par qui elle a droit d'être gouvernée et qui a le droit de la gouverner ». L'ancienne aristocratie est issue de la conquête franque, elle n'avait pour elle que la domination, la nouvelle aristocratie est un diffuseur de vérité. Le début de l'ouvrage intitulé *Du gouvernement de la France depuis la Restauration* expose comment la Révolution a résulté d'une *guerre* entre deux peuples, livrée depuis treize siècles, et dont la Charte fournit la conclusion. Le texte est d'une véhémence notable : « Le résultat de la Révolution n'était pas douteux. L'ancien peuple vaincu était devenu le peuple vainqueur. À son tour, il avait conquis la France. En 1814, il la possédait sans débat. La Charte reconnut sa possession, proclama que ce fait était le droit, et donna au droit le gouvernement représentatif pour garantie. Le roi se fit donc, par ce seul acte, le chef des conquérants

65. Nous soulignons.

66. Voir plus bas les objections de Duvergier de Hauranne vis-à-vis des moyens de cette « légitimité », Duchâtel étant préposé par Guizot à s'assurer la reconnaissance des députés.

nouveaux. Il se plaça dans leurs rangs et à leur tête, s'engageant à défendre, avec eux et pour eux, les conquêtes de la Révolution, qui étaient les leurs [67]. »

L'ÉTAT INSTRUCTEUR ET MORALISATEUR

Le pouvoir est donc l'ami des lumières, contrairement à ce que Benjamin Constant avait soutenu ; ce n'est même que par l'action du pouvoir que les lumières peuvent être vivifiées puis diffusées. Dans ses Mémoires, Guizot se montre très fier de l'œuvre qu'il a accomplie comme ministre de l'Instruction publique, poste qu'il a occupé à trois reprises, mais dont la phase la plus longue (1832-1837) vit le vote de la loi sur l'instruction primaire. Cette partie de l'action publique de Guizot a suscité le respect chez ses critiques du camp républicain parce qu'il a été le premier à affirmer le rôle éducateur de l'État, jusqu'à l'échelon de la commune (à la différence de Napoléon), et qu'il l'a fait passer dans les faits.

Guizot expose en ces termes sa conception ministérielle : « Le grand problème des sociétés modernes, c'est le gouvernement des esprits. On a beaucoup dit dans le siècle dernier et on répète encore souvent que les esprits ne doivent point être gouvernés, qu'il faut les laisser à leur libre développement, et que la société n'a ni besoin ni droit d'y intervenir [68]. » Guizot vise à la fois l'école de Constant et les catholiques, soit légitimistes soit libéraux, qui combattent l'Université napoléonienne [69]. Le trait caractéristique dans sa démarche est que l'instruction reçoit un sens éminemment politique, et que la promotion sociale que permettra l'instruction primaire ne doit jamais effacer la visée politique. En d'autres termes, il y a un « gouvernement des esprits », il y a un pouvoir scolaire, au même titre qu'il existe un pouvoir familial, un pouvoir de la presse, un pouvoir gouvernemental. Aussi la revendication du libre développement des esprits serait-elle pernicieuse : « L'expérience a protesté contre cette solution orgueilleuse et insouciante ; elle a fait voir ce qu'était le déchaînement des esprits, et rudement démontré que, dans l'ordre intellectuel aussi, il faut des guides et des freins. » Là encore, le modèle dont Guizot souligne qu'il faut s'inspirer se trouve dans l'Église : « L'Église

67. *Du gouvernement de la France depuis la Restauration et du ministère actuel*, Ladvocat, 1820, p. 3.

68. *Mémoires pour servir à l'histoire de mon temps*, t. III, p. 14.

69. En fait, Constant est très nuancé. Voir « De la juridiction du gouvernement sur l'éducation », in *De la liberté chez les modernes*. Constant se réfère à Condorcet, il veut surtout distinguer ce qui est éducation et ce qui est instruction ; il plaide finalement en faveur de la liberté d'enseignement : « L'éducation qui vient du gouvernement doit se borner à l'instruction seule. [...] J'espère beaucoup plus, pour le perfectionnement de l'espèce humaine, des établissements particuliers d'éducation que de l'instruction publique la mieux organisée par l'autorité » (p. 575 et p. 579).

avait seule jadis le gouvernement des esprits. Elle possédait à la fois l'autorité morale et la suprématie intellectuelle. Elle était chargée de nourrir les intelligences comme de régler les âmes, et la science était son domaine presqu'aussi exclusivement que la foi. »

Les conditions ayant changé, les sciences étant devenues le métier propre des esprits laïques, le pouvoir politique doit trouver une forme nouvelle qui associera le savoir et la formation morale : « Parce qu'elles sont maintenant plus laïques, plus puissantes et plus libres que jadis, l'intelligence et la science ne sauraient rester en dehors du gouvernement de la société » (*Mémoires*, t. III, p. 16). Pour cela, explique l'auteur, il faut « de grands établissements scientifiques et de grands établissements d'instruction publique ». Cela ne peut se faire qu'en s'appuyant sur les élites, qui sont maintenant les élites du savoir spécialisé : « Que les forces vouées aux travaux intellectuels, les supériorités lettrées et savantes soient attirées vers le gouvernement, librement groupées autour de lui et amenées à vivre avec lui en rapport naturel et habituel. »

On sait que c'est dans cette perspective que Guizot fit créer des chaires, fit engager des travaux de recherche et d'édition sur les archives de l'histoire de France, rouvrit la classe des sciences morales et politiques de l'Institut, fit rattacher à son ministère les grands établissements existants, etc.

En matière d'instruction primaire, la visée politique est tout autant afffirmée [70] ; le souci de prophylaxie sociale explique la distinction des deux degrés, le primaire élémentaire et le primaire supérieur : « Je ne connais rien de plus nuisible aujourd'hui pour la société, et pour le peuple lui-même, que le mauvais petit savoir populaire, et les idées vagues, incohérentes et fausses, actives pourtant et puissantes, dont il remplit les têtes. Pour lutter contre ce péril, je distinguai dans le projet de loi deux degrés d'instruction primaire » (*Mémoires*, t. III, p. 65). L'organisation fut conçue avec la collaboration de Victor Cousin, véritable rédacteur du texte de la loi et créateur de la formule « gouvernement des esprits [71] ». Luttant contre les amendements proposés par la Chambre des députés, Guizot veille à ce que l'instruction donnée dans les campagnes soit, dans ses matières, strictement limitée. Quant au primaire supérieur, il est réservé aux villes : « C'était faire assez pour la variété des situations et pour l'esprit d'ambition dans l'éducation populaire que de leur ouvrir les écoles primaires supérieures. » Le projet d'une « instruction primaire universelle » est chimérique, socialement pernicieux.

On voit avec quelles restrictions très précises, avec quel sens des hiérarchies sociales Guizot lance sa grande œuvre réformatrice : ici

70. Sur l'instruction secondaire (et notamment les débats de 1836 et 1844) voir le chapitre suivant.

71. Sur la part prise par Cousin et sur la finalité sociale des deux degrés, lire J. Simon, *Victor Cousin*, Hachette, 5e éd., 1921, p. 106.

comme ailleurs, l'*égalité* (qu'il reproche vivement au projet Condorcet)[72] doit être maintenue à certains niveaux, selon certains seuils. De plus, le « gouvernement des esprits » n'oublie pas ce que fut l'œuvre de l'Église : « Il faut aussi, pour que cette instruction soit vraiment bonne et socialement utile, qu'elle soit profondément religieuse [...] ; il faut que l'éducation populaire soit donnée et reçue au sein d'une atmosphère religieuse, que les impressions et les habitudes religieuses y pénètrent de toute part » (*Mémoires*, *ibid.*, p. 69). L'instituteur, qui est un nouveau pouvoir social, le délégué du pouvoir gouvernemental dans la commune, ne supplante pas le curé ou le pasteur, il les complète : « Si le prêtre se méfie ou s'isole de l'instituteur, si l'instituteur se regarde comme le rival indépendant, non comme l'auxiliaire fidèle du prêtre, la valeur morale de l'école est perdue, et elle est près de devenir un danger. »

Ces formules, que les républicains laïques n'ont pas toujours citées quand ils saluèrent l'œuvre de Guizot, confirment à quel point le parti doctrinaire se tenait dans l'ambiguïté, cultivait des « doctrines à la fois nouvelles et conservatrices » (selon une expression de Guizot lui-même déjà citée). Le 18 juillet 1833, le ministre adressa une circulaire à tous les instituteurs qui accompagnait le texte de la loi votée en juin[73]. La conduite de l'instituteur, son allégeance exigée étaient exposées sans fard : « L'instruction primaire universelle[74] est désormais une des garanties de l'ordre et de la stabilité sociale. Comme tout dans les principes de notre gouvernement est vrai et raisonnable, développer l'intelligence, propager les lumières, c'est assurer l'empire et la durée de la monarchie constitutionnelle. » Il est curieux de remarquer que Guizot, qui a critiqué Daunou pour avoir fait de l'instruction une fonction au service de la République, ne craint pas de déclarer que l'enseignement doit servir la Charte. C'est que, à ses yeux, ce gouvernement est le gouvernement « vrai et raisonnable », le seul possible. Louis-Philippe avait promis, par opposition à ce qu'avait fait Charles X, que « la Charte serait désormais une vérité[75] » ; pour Guizot, la Charte est *la* vérité de l'ordre politique moderne. L'instituteur sera donc le propagateur des principes doctrinaires (et de la philosophie éclectique selon Cousin), principes conservateurs et spiritualistes : il doit « s'appliquer sans cesse à propager, à affermir ces principes impérissables de morale et de raison, sans lesquels l'ordre universel est en péril [...]. La foi dans la Providence, la sainteté du devoir, la soumission à l'autorité paternelle, le respect dû aux lois,

72. Cf. *Mémoires*, t. III, p. 26 : « Tout le rapport et le plan de Condorcet sont dédiés à ce tyrannique dessein de l'égalité ».

73. Circulaire rédigée en fait par Rémusat, selon Guizot, reproduite en annexe des *Mémoires*, t. III, pp. 344-349.

74. Au sens de donnée à tous mais non au sens d'uniforme et pour toutes les situations.

75. Proclamation du duc d'Orléans, le 31 juillet 1830, repr. *in* P. Rosanvallon, *La Monarchie impossible*, p. 301.

au prince, aux droits de tous, tels sont les sentiments qu'il s'attachera à développer. »

Que l'on ouvre un manuel de morale à l'usage des instituteurs, publié au début du XXe siècle[76], on constatera qu'à travers l'école laïque, la IIIe République a repris à Guizot les principes de l'État éducateur et moralisateur. Jules Ferry considérait comme inconcevable « un État qui se croise les bras devant toutes les doctrines », et il se référait à « une patrie morale, un ensemble d'idées et d'aspirations que le gouvernement doit défendre comme le *patrimoine des âmes* dont il a la charge[77] ». Cependant, le projet de Ferry (qu'il ne faut pas confondre avec ses continuateurs) visait à l'autonomie individuelle et non à l'inculcation d'un catéchisme, même laïc. Il s'insurgeait contre l'idée de la transposition, de l'imitation de la cléricature : les droits de l'homme, les principes de la Constitution en vigueur, des notions d'économie politique, la « morale de nos pères », devaient constituer le bagage de l'élève[78]. Alors que dans les écrits de Guizot sur l'enseignement, jamais l'idée d'une formation à l'autonomie, d'un développement du *jugement*, n'est envisagé. Au contraire, elle est expressément condamnée comme source d'un orgueil populaire qui ne pourrait qu'engendrer les révolutions. L'école n'est pas émancipatrice mais socialisatrice.

Le gouvernement de la vérité n'est pas un gouvernement d'encouragement à la recherche de la vérité ; le partage entre ceux qui savent et ceux qui doivent recevoir d'en haut est aussi tranché dans la conception de l'enseignement que dans la théorie du gouvernement représentatif. Le risque était pourtant qu'à former des instituteurs par le moyen des écoles normales, ceux-ci, issus des couches populaires, fissent preuve de plus d'indocilité que les notables ou les députés-fonctionnaires qui participaient aux affaires : 1848 le montra bien. Jouffroy avait été conscient de la contradiction qu'il y avait à former une sorte de plèbe instruite qui risquait de devenir revendicative. Il exprima cette inquiétude lors d'un rapport sur les mémoires reçus par l'Académie des sciences morales et politiques (concours sur les écoles normales) : « Ou vous refusez aux

76. Pour exemple d'un ouvrage qui apparaît aujourd'hui comme extrêmement moraliste et tatillon, nous citerons le *Cours de morale* de Jules Payot (Armand Colin, 1904), « destiné aux maîtres de l'enseignement primaire et de l'enseignement secondaire, aux Écoles normales, aux étudiants et aux pères de famille ».

77. Discours du 26 juin 1879, *in* G. Weill, *Histoire de l'idée laïque en France au XIXe siècle*, Alcan, 1925, p. 270. Et le lendemain, il demandait aux députés « si le moment vous paraît venu de livrer la direction des jeunes esprits à l'anarchie des opinions, et de faire une République qui abandonnera au hasard le développement intellectuel de la nation, qui laissera tout faire et laissera tout passer, et qui se contentera d'être un grand constructeur de chemins de fer et un honnête collecteur d'impôts ? » (*in* Ferry, *La République des citoyens*, éd. cit., t. I, p. 389).

78. Sur cette révision de l'image de Ferry, voir notre note signée dans la *Revue française de science politique* (février 1997), à propos de l'édition par O. Rudelle de *La République des citoyens*.

maîtres la lumière, et alors ils pourront avoir l'humilité de leur condition ; mais ils n'auront pas la capacité de leur tâche ; ou vous la leur donnez, et vous aurez alors créé du même coup la capacité et la révolte[79]. » Ces propos, tenus en 1840, révèlent par leur franchise l'importance du point de vue politique dans l'enseignement doctrinaire et orléaniste.

L'IDENTITÉ SOCIÉTÉ-ÉTAT : ÉVIDENCE FACTUELLE OU PROGRAMME D'ACTION ?

Le moteur de la pensée doctrinaire se trouve dans la conviction de *réconcilier* la société et l'État à travers le règne des classes moyennes, et de satisfaire ainsi à un projet que la Révolution n'avait pu faire aboutir. Chez Guizot, cette conviction est étayée par une théorie concernant la légitimité politique : il est le premier à avoir dit que la légitimité était le problème politique fondamental, et que tous les régimes ont dû s'en réclamer parce que la question déborde largement le cas du seul pouvoir royal auquel Talleyrand avait affaire lors du célèbre Congrès de Vienne. La grande idée de Guizot, maintes fois reprise par la suite chez les théoriciens de Juillet, est ce que nous appellerons la « légitimité par la société » – une légitimité qui finirait par trouver son accomplissement dans la civilisation européenne.

Comment Guizot a-t-il défini la légitimité sous la Restauration, en quoi a-t-il pu y trouver une ressource pour son action politique, et peut-on expliquer par là sa conduite sous Juillet : telles sont les questions principales à examiner.

Le « gouffre de la Révolution » ou le Sphinx du libéralisme

« Combler le gouffre de la Révolution », l'expression, maintes fois employée, confirme la présence d'une obsession chez le personnel politique français, obsession dont François Furet a montré la force jusqu'à Jules Ferry au moins – mais dont il faut se demander si l'actuelle Ve République ne renoue pas avec elle, cette fois sous l'effet des bouleversements induits par l'intégration européenne. Le divorce déclaré au sortir de la Révolution est entre la légitimité même de l'État, qui se voit remise en question, et la citoyenneté active, la souveraineté attribuée au peuple. Les divers moments révolutionnaires (1830, 1848, 1871), les diverses tentatives pour créer un régime nouveau (1814, 1830, 1848,

79. Cit. *in* P. Rosanvallon, *Le Moment Guizot*, pp. 251-252.

1852, 1875, mais aussi 1946 et 1958) confirment la difficulté de réconcilier le peuple avec son pouvoir, ainsi que d'harmoniser représentation du peuple et pouvoir exécutif. La crise qui balaie la première Constitution française, celle de 1791, a eu précisément pour enjeu la capacité de l'exécutif à participer à la formulation de la volonté générale, à incarner la durée et la faculté d'arbitrage entre les partis en conflit. La même question resurgit en 1830. La tâche des doctrinaires était autant de réconcilier le pouvoir représentatif et le pouvoir exécutif que d'enraciner l'État dans la société.

On a vu dans le chapitre précédent que la doctrine représentative de la Constituante ou sa théorie de la « souveraineté nationale » était une fiction à double visée : reprendre la souveraineté au roi d'Ancien Régime (quitte à la partager avec un monarque constitutionnel), assurer l'indépendance de mouvement à l'élite dirigeante pour calmer les passions démocratiques. Quand s'effondre la solution autoritaire de l'Empire, le groupe animé de l'esprit de Coppet et le groupe doctrinaire font une lecture différente des tâches à accomplir. Pour Benjamin Constant, il faut accepter la séparation entre la société et l'État, et la gérer rationnellement ; d'une part, reconnaître l'autonomie du jugement au sujet politique qu'est le citoyen (en passant par la précaution d'une phase censitaire), d'autre part instaurer une structure constitutionnelle qui serve de référence commune, de cadre désormais incontesté. C'est, finalement, la place du pouvoir d'État, rendu légitime par sa capacité de *neutralité*[80], qui doit répondre à cette préoccupation, ainsi que la traduction des principes de valeur constitutionnelle par des mécanismes de garantie des libertés. La république n'est pas impossible (cf. les manuscrits de Constant), mais, pour assurer l'unité et la stabilité du pouvoir d'État, mieux vaut la monarchie constitutionnelle : c'est l'explication que Constant donne avec franchise dans ses articles du *Temps*[81], à la veille de la révolution de 1830.

Du côté doctrinaire, le projet confère la primauté au *sociologique* sur le politique : l'énigme de la Révolution, sa capacité à faire renaître les passions dans les esprits et les émeutes dans la rue connaîtra une fin dès lors que les héritiers du tiers état exerceront la gestion des intérêts sociaux à travers l'État et ses prolongements administratifs. Le choix fait au début de la Restauration par Royer-Collard et par Guizot est de considérer la Charte comme un pacte d'alliance entre les deux France, et Louis XVIII comme le monarque à même de réaliser les principes de 1789. Guizot écrit donc que le roi s'est mis à la tête des « conquérants nouveaux » *(Du gouvernement de la France depuis la Restauration).*

80. Le point sera développé au chapitre suivant, consacré à la souveraineté.

81. B. Constant, *Positions de combat à la veille de juillet 1830. Articles publiés dans le Temps*, publ. par E. Harpaz, Paris et Genève, Slatkine, 1987.

Quant à Royer-Collard, il intervient avec constance à la Chambre des députés pour faire prévaloir la prérogative royale, qui protège d'autant mieux les nouveaux intérêts de la société qu'elle est constitutionnellement puissante et respectée. Aussi les Chambres ne sont-elles qu'un *conseil* auprès du roi, les députés ne sont que des fonctionnaires de la Charte, et non la traduction d'une souveraineté nationale qui viendrait se mesurer au roi à travers ses ministres. Citons, par exemple, une intervention de 1817, lors d'un débat sur la presse : « La Chambre n'agit point, elle ne donne point la vie, elle n'imprime pas le mouvement à ses conceptions, elle les adresse à une sagesse supérieure qui, après les avoir pesées, les approuve ou les rejette [82]. »

Royer-Collard et Guizot seront obligés d'évoluer, de concéder ce qu'ils avaient d'abord combattu durant l'offensive ultra des premières années : la Chambre des députés est représentative, les ministres doivent être à son unisson et distingués du roi. Voilà donc le « pouvoir ministériel » dont avait parlé Constant qui fait son entrée. Mais, au-delà de ce revirement tellement discuté, le groupe doctrinaire maintient son idée majeure : la Charte a été faite pour un gouvernement socialement déterminé, celui des classes moyennes. Si l'on relit le discours de Royer-Collard sur la pairie au lendemain de la révolution de 1830 – qu'il ne supporte pourtant qu'avec aigreur –, on constate que, sur ce plan, le cap est maintenu. Tout d'abord, la Charte est vivante, elle est même devenue, selon le mot fameux du duc d'Orléans, « une vérité ». Comparée à la Constitution de 1791, œuvre logique parfaite mais renversée en un an, « la Charte de 1814, où la logique est faussée à chaque ligne [83], parce qu'elle n'est qu'une suite de transactions entre des temps et des principes contraires, la Charte a ouvert la première, a marqué l'ère des gouvernements représentatifs. Elle subsiste dans ses modifications mêmes, parce qu'elle déclare fidèlement l'état de notre société ; elle durera autant que cet état. Ce n'est pas contre la Charte, on le sait assez, que la révolution de 1830 a été faite [84] ». Ce premier point ayant été exprimé et consolidé (la Charte ne fait que refléter la société française), l'orateur peut le développer en une théorie de la représentation. Il ne s'agit pas de représenter les volontés, autrement dit la souveraineté du peuple, il s'agit d'une *autre légitimité* : « Votre légitimité ne vient donc pas d'elle [la souveraineté du peuple] ; elle vient de ce que, représentant des intérêts, ces intérêts parfaitement exprimés par les vôtres, vivent, pensent, agissent

82. Barante, *La Vie politique de M. Royer-Collard*, t. I, 359.

83. Cet aveu de taille rompt avec l'affirmation antérieure, et tout aussi péremptoire, que la Charte est un monument de conciliation raisonnée. Sur les évolutions de Royer-Collard, voir la thèse à ce jour insurpassée de Robert de Nesmes-Desmarets, *Les Doctrines politiques de Royer-Collard*, Montpellier, Imprimerie Firmin, Montane et Sicardi, 1908.

84. Barante, *La Vie politique de M. Royer-Collard*, t. II, 460.

dans chacun de vous [...]. Devant le roi, protecteur universel, représentant perpétuel de l'unité, de la force et de l'indépendance de la nation, paraissent les deux Chambres pour former avec lui la représentation nationale. Si elle est fidèle, la société a passé dans le gouvernement, avec tous les droits et tous les intérêts qui la composent ».

Il reste donc une spécificité absolue, sinon une prééminence en puissance, du personnage royal ; il reste surtout une légitimité sociologique qui fonde le credo doctrinaire : des intérêts « parfaitement exprimés », une société qui « a passé dans le gouvernement ». De ce point de vue, le Royer-Collard de 1831, si ébranlé soit-il par la chute de la branche aînée des Bourbons, est à l'unisson du Guizot des années 1820 lorsqu'il professait sur le gouvernement représentatif. Un régime a en réalité péri, la Charte n'est plus sous la protection de la « divine Providence[85] », le nouveau texte a fait l'objet d'un serment du roi devant les Chambres, il reste que les intérêts de la société postrévolutionnaire sont saufs et même mieux garantis. Telle est la véritable légitimité, substituée à la fiction de la race régnante.

Guizot théoricien de la légitimité

L'étude de la légitimité politique dont Guizot se veut l'analyste pourrait être menée sur de nombreux textes et discours car il ne cesse d'y revenir. Les développements les plus importants se trouvent dans le manuscrit *De la souveraineté*, dans le chapitre VII du livre sur le *Gouvernement de la France depuis la Restauration*, qui est intitulé « De la légitimité », et dans les leçons 3 et 5 de l'*Histoire de la civilisation en Europe*. Au point de départ de l'analyse de Guizot, il faut rappeler que son projet, d'esprit pragmatique, est de concilier le fait et le droit. S'il n'écrit jamais explicitement que le droit naît du fait accompli, il laisse cependant entendre que toutes les souverainetés ont commencé par la force, au lieu de s'appuyer sur un principe raisonnable et consenti ; mais elles ont duré, elles se sont fait reconnaître comme souverainetés. Montrer qu'elles se sont pénétrées d'une dose de « légitimité », exposer comment cette part s'accroît dans l'histoire européenne jusqu'à donner le gouvernement représentatif, tel est le but de Guizot. Dans l'*Histoire du gouvernement représentatif*, il critique ce qu'il appelle l'école philosophique pour « le mépris, on pourrait dire la haine avec laquelle elle juge et traite les faits ». Il plaide pour la prise en compte du caractère mixte des sociétés : « Nous demandons

85. Préambule de la Charte du 4 juin 1814, faisant s'exprimer Louis XVIII : « La divine Providence, en nous rappelant dans nos États après une longue absence, nous a imposé de grandes obligations. [...] Nous avons volontairement, et par le libre exercice de notre autorité royale, accordé et accordons, fait commission et octroi à nos sujets [...] de la Charte constitutionnelle qui suit. »

que, parce qu'un fait contient beaucoup d'éléments illégitimes, on ne suppose pas *a priori* qu'il n'en contient point d'autres, car cela n'est point. Plus ou moins, il y a du droit partout, et partout le droit doit être respecté [86]. Plus ou moins aussi, il y a du faux, de l'incomplet dans l'idée spéculative que nous nous formons du droit, et il y aura de la violence, de la force injuste dans le combat qui fera prévaloir cette idée, et dans les nouveaux faits qui naîtront de son triomphe [87]. »

Il s'agit donc de reconnaître la mixité présente dans les phénomènes juridico-politiques (du moins avant l'ère du grand fait moderne qu'est le pouvoir représentatif).

L'origine de la société est dans la force qui ne peut rester force pure, qui doit donc se légitimer : « Du seul fait de la durée, on peut conclure qu'une société n'est pas complètement absurde, insensée, inique ; qu'elle n'est pas absolument dépourvue de cet élément de raison, de vérité, de justice, qui seul peut faire vivre les sociétés [88]. » Pour durer, le pouvoir même injuste doit faire un minimum de concessions. De là l'idée reçue que la légitimité résiderait dans l'ancienneté d'un pouvoir (et on sait que cette idée vaut encore aujourd'hui, en matière internationale, après avoir été la doctrine de l'Église). De là, enfin, l'assimilation de la légitimité à la transmission monarchique héréditaire (exposée par Talleyrand en 1814), autre idée reçue dont Guizot veut faire la critique : « C'est dans le système monarchique seul qu'on a coutume de considérer la légitimité politique. On a tort. Elle s'y présente, il est vrai, sous une forme spéciale et plus apparente. Mais le principe qui la fonde et ses conséquences se rencontrent dans toutes les sociétés, dans tous les systèmes de gouvernement » (*De la souveraineté*, p. 348).

Quel est donc ce principe qui « fonderait » la légitimité, si la légitimité n'est pas elle-même un principe ? C'est le fait de « satisfaire aux besoins généraux et actuels de la société [89] ». La légitimité se manifeste donc

86. On notera la divergence totale avec les textes de Mme de Staël et de Constant sur les « transactions » condamnables, sur la participation que certains ont accordée aux gouvernements illégitimes pour éviter un mal supposé quantitativement ou qualitativement plus grand.

87. *Histoire du gouvernement représentatif*, t. II, 290.

88. *Histoire de la civilisation en Europe*, éd. cit., p. 69.

89. Même thèse dans un discours de Victor de Broglie très intéressant, entièrement consacré à la notion de légitimité : « Sur le projet de loi relatif aux grades et décorations conférés pendant les Cent-Jours », 14 octobre 1831, *in* V. de Broglie, *Écrits et discours*, Didier, 1861, t. III. Cf. notamment p. 353 : « La légitimité d'un gouvernement dépend de sa conformité avec les vœux raisonnables du pays ; [...] de sa conformité avec les intérêts vrais et généraux du pays », etc. Pour de Broglie, un gouvernement peut devenir légitime ou peut perdre cette qualité. C'est la société, « raisonnable » dans ses vœux, qui donne le critère. Revenant sur la fameuse question des biens des émigrés, de Broglie plaidait pour le pragmatisme : « Point de règle générale, point de restitution universelle et à titre de droit ; des actes particuliers, des mesures individuelles, gracieuses, limitées ; faire de son mieux, mais ne s'engager à rien » (p. 370). Dans ses *Souvenirs*, de Broglie s'exprime avec un pragmatisme accru à propos du procès du maréchal Ney : « C'est à

dans la compréhension qu'une forme de gouvernement exprime envers le peuple gouverné : autant durent les effets de cette compréhension, autant dure la légitimité du gouvernement (qu'il soit républicain, aristocratique ou monarchique). C'est bien dans cette forme de compréhension que Guizot place le droit : il s'agit d'une *légitimation* réciproque, entre le pouvoir et les assujettis. « Meilleur, le pouvoir est jugé plus légitime ; cru légitime, il en devient meilleur » (*De la souveraineté*, p. 350). On pourrait s'étonner qu'un jugement d'approbation puisse se fonder sur le seul fait de l'habileté politique ; c'est que, pour Guizot, le *progrès* du droit émerge nécessairement du progrès en gouvernabilité. Lorsque les hommes jugent de la légitimité actuelle, ils le font en fonction d'une légitimité plus haute, d'une visée du « souverain de droit » auquel ils comparent le « souverain de fait ». La véritable légitimité est une « présomption morale », elle est un idéal de « conformité avec les lois éternelles de la raison ». Cette présomption cherche à se vérifier par deux critères empiriques : l'accord du pouvoir avec les besoins sociaux, la durée qui sanctionne cet accord.

Comme on le voit, aucun pouvoir n'est dès lors illégitime, puisqu'il ne peut l'être entièrement sous peine de s'anéantir, et aucun pouvoir n'est légitime, puisqu'il ne le sera jamais pleinement, il ne sera jamais le « souverain de droit » incarné sur terre. Guizot peut donc écrire que, lorsque le pouvoir *cesse* de répondre aux besoins de la société, « il ne possède plus une part suffisante de légitimité véritable » ; alors commencent les révolutions : « une légitimité nouvelle, plus forte bien que plus jeune, se lève clairement sur l'horizon ». La thèse de l'attestation par la seule ancienneté ne vaut pas, elle est même profondément erronée.

Cependant, le gouvernement représentatif échappe à ce cycle de légitimations et de révolutions, car il traduit les intérêts *les plus généraux* de la société. Et, pour Guizot, ce sont les classes moyennes qui portent les intérêts généraux [90]. Le gouvernement représentatif vérifie pleinement la présomption morale qui est à l'œuvre depuis les temps barbares. En cela, la légitimité, norme socio-historique, devient connaissance vraie réalisée de façon substantielle, gouvernement scientifique et qui se sait tel. La mixité qu'il fallait reconnaître à l'œuvre dans l'histoire s'efface

---

l'histoire, à l'histoire seule qu'il appartient de prononcer entre les vaincus et les vainqueurs, de dire de quel côté étaient le bon droit, la justice, le véritable et légitime intérêt du pays » (éd. cit., t. I, p. 328). Voilà des propos qui n'auraient pas eu l'agrément de sa belle-mère, Mme de Staël. Notons cependant que ce pragmatisme robuste n'a pas empêché de Broglie de défendre le droit de résistance et même d'insurrection (*Écrits et discours*, t. II, p. 144) ou de lutter contre la traite des nègres, de concert avec tout le groupe de Coppet.

90. « En dépit de ses imprévoyances et de ses fautes, la classe moyenne n'en était pas moins le représentant vrai, honnête et fidèle des intérêts généraux de la société française telle que la Révolution l'a faite. » Ce texte des *Mémoires* (t. IV, p. 278) concerne la polémique avec Barrot, en 1837, sur le gouvernement des classes moyennes.

devant la pureté, la valeur *per se* du fait et du principe représentatif. Le cours sur le gouvernement représentatif énonce triomphalement la légitimité insurpassable d'un pouvoir en symbiose avec la société : « Nul homme et nulle réunion d'hommes ne connaissent et ne pratiquent pleinement la raison, la justice et la vérité ; mais ils ont la faculté de les découvrir[91] et ils peuvent être amenés à y conformer de plus en plus leur conduite. Toutes les combinaisons de la machine politique doivent donc tendre, d'une part, à extraire de la société tout ce qu'elle possède de raison, de justice, de vérité, pour les appliquer à son gouvernement ; de l'autre, à provoquer les progrès de la société dans la raison, la justice, la vérité, et à faire incessamment passer ces progrès de la société dans son gouvernement[92]. » On peut aussi bien entendre que beaucoup reste à faire (« provoquer les progrès de la société ») ou que tout est déjà acquis (« extraire de la société tout ce qu'elle possède ») : ce qui signifie que le discours est fonction de l'occupation du pouvoir. Celui qui gouverne estimera probablement que la légitimité est parfaite, celui qui lutte pour conquérir le gouvernement appréciera le pouvoir comme imparfait.

Ce mixte de dogmatisme et de relativisme dénote certes une faiblesse radicale dans la prétention théorique, mais aussi un pragmatisme politique non dénué d'efficacité. D'ailleurs, la leçon suivante énonce, en définissant l'« aristocratie », l'identification à l'élite qui anime l'auteur, pour finir sur une formule que l'on a déjà rencontrée : « Rien ne caractérise mieux la marche de la société qui commence par la prédominance de la force et tend à passer sous l'empire de la supériorité intellectuelle et morale. Le vœu et la tendance de la société sont en effet d'être gouvernée par les meilleurs, par ceux qui savent le mieux et veulent plus fermement la vérité, la justice ; en ce sens tous les bons gouvernements, et particulièrement le gouvernement représentatif, ont pour objet de faire sortir du sein de la société cette aristocratie véritable et légitime par qui elle a droit d'être gouvernée et qui a droit de la gouverner » (*ibid.*, t. I, p. 100).

La théorie guizotiste de la légitimité est une autolégitimation du droit de Guizot à dire si l'aristocratie des meilleurs est ou non au gouvernement[93]. Il faut reconnaître d'ailleurs que nul n'a en politique tenté de définir le concept, si flou, de légitimité sans croire qu'il en bénéficiait. Mais si la légitimité, ou plutôt l'assertion de légitimité, est tellement ployable, que vaut la règle de droit et que valent les institutions ? On comprend que l'appréciation d'opportunité soit déterminante ; la légitimation par la vérité permet de défendre les institutions prises comme un

91. Le terme « découvrir » réintroduit la connaissance parfaite qui vient d'être récusée.

92. *Gouvernement représentatif*, t. I, p. 98, 6e leçon.

93. Comme captation de la légitimité, elle s'apparente étrangement au discours robespierriste sur la *vertu*, qui permet de qualifier ou de disqualifier les protagonistes du conflit politique. Le monopole de la vérité est aussi drastique que le monopole de la vertu.

tout (et, en l'occurrence, les trois pouvoirs définis par la Charte), elle ne vise pas et elle ne suffirait pas à cerner l'attribution exacte de chaque pouvoir, à développer la logique constitutionnelle.

On a sans doute là un élément de compréhension pour le fameux revirement doctrinaire, acceptant tour à tour prérogative royale et prérogative parlementaire, revirement doublé chez Guizot de retours en arrière pendant la Monarchie de Juillet, à l'étonnement de ses anciens alliés[94]. Tant que le groupe estime que telle option va dans le sens des classes moyennes, il lui apporte son appui ; le jour où, comme dit Guizot, « la place est livrée aux assaillants », alors « tout est changé ; ce qui était garantie devient péril. Je le dirai avec une entière franchise[95] ». Dans ses Mémoires, il montre la même franchise à propos d'une visite que lui fit en 1820 Manuel, libéral de tendance républicaine et bonapartiste. Ce dernier lui proposant un changement de dynastie au profit de Napoléon II, étant donné l'impasse créée par l'assassinat du duc de Berry, Guizot explique sa conception froidement utilitaire : « Ce qui importe aujourd'hui à la France, c'est d'expulser l'esprit révolutionnaire qui la tourmente encore et de pratiquer le régime libre dont elle est en possession. La maison de Bourbon convient très bien à ce double besoin du pays. Son gouvernement est antirévolutionnaire par nature et libéral par nécessité[96]. » Telle est la légitimité du moment, dans l'évaluation qu'en donne Guizot : les Bourbons présentent l'avantage d'être opposés à la Révolution, puisqu'ils sont, en la personne de Louis XVIII, la vivante image du roi martyr Louis XVI, mais, en même temps, ils sont contraints de vivre à l'heure de la Charte, ils correspondent aux besoins actuels de la société, ils sont « libéraux par nécessité ». On retrouve dans cette appréciation du rapport de forces ou du calcul des intérêts la « présomption morale » dont parlait le théoricien de la légitimité : jusqu'à preuve du contraire (ce seront les ordonnances de Charles X), le gouvernement Bourbon ne viole pas les lois éternelles de la raison et de la justice. De même, sous Juillet, lors

94. Il y a de même l'opposition flagrante entre le Royer-Collard de 1814-1816 et le chef de file oppositionnel de 1830 (Adresse des 221). Benoît Yvert insiste sur une continuité doctrinaire pour Guizot et Rémusat et une rupture perceptible chez Royer-Collard en 1830, conjuguée avec les différences de génération. La question nous paraît devoir être envisagée sur un autre plan, tenant à l'opportunisme principiel de la vision doctrinaire, qui se constate chez Guizot, de Broglie, Barante, Rémusat, Royer-Collard, etc. Voir B. Yvert, « Aux origines de l'orléanisme. Les doctrinaires, le *Globe* et les Bourbons », in *Guizot, Les doctrinaires et la presse (1820-1830)*, sous dir. D. Roldan, Fondation Guizot-Val Richer, 1994 (Actes du colloque de 1993, hors-commerce), et du même auteur (en collaboration), *Histoire de la Restauration*, éd. cit., notamment p. 221.

95. *Du gouvernement de la France depuis la Restauration*, éd. cit., p. 211. Dans ce passage, Guizot opposait « la légitimité, impartiale et neutre de sa nature » au gouvernement représentatif, « instrument de triomphe, place de sûreté ». En réalité, chez lui la légitimité n'est pas plus neutre que le pouvoir ; tant vaut la légitimité évoquée que vaut, aux yeux de l'homme politique Guizot, le pouvoir en place ; et non l'inverse.

96. *Mémoires*, t. I, p. 311.

de la fameuse « coalition » qui s'oppose au gouvernement Molé (rapprochement de Barrot, Thiers, Guizot avec l'appui carliste et républicain[97]), on fait remarquer à Guizot qu'il n'est plus dans la ligne du parti de la résistance[98]. Le *Journal des débats* le trouve pathétique dans ses contradictions, Garnier-Pagès le loue ironiquement d'oublier l'ordre pour « voler au secours de la liberté ». Si le chef du parti doctrinaire se montre embarrassé jusque dans ses Mémoires[99], il a cependant le sentiment de rester fidèle à son principe de base, la légitimité par la société. Il le montre en apostrophant ainsi le cabinet Molé : « Vous êtes trop étrangers au pays et à ses représentants les plus immédiats ; vous ne le représentez pas vous-mêmes assez véridiquement, assez fermement auprès de la couronne. Les intérêts, les sentiments, toute la vie morale et politique du pays n'arrivent pas, fidèles et entiers, par votre organe, auprès du trône[100]. » L'ancien ministre passé dans l'opposition s'intéresse peu, en réalité, à la question des droits de la Chambre, pourtant vitale en régime parlementaire : il lui suffit de déclarer que la légitimité dont il s'est institué le contrôleur ne soutient plus l'équipe au pouvoir.

Guizot ne se sent donc nullement tenu par ses positions antérieures. Sa vision sociologisante du pouvoir comme son identification personnelle à la légitimité par la société ne lui permettront pas d'être en prise sur le débat, qui rebondit sous Juillet, concernant la nature exacte du système parlementaire[101]. D'ailleurs, la Chambre élue comme instance de *délibération* n'a jamais fait l'objet d'une analyse de sa part ; on a vu que pour lui l'acte important c'est l'acte électoral, et que la délibération véritable réside dans le moment du vote : choisir les hommes, gouverner, faire agir les influences pour mobiliser les secteurs de la société qui comptent, telle est la réalité du politique pour Guizot, le cadre institutionnel restant très flou.

On peut le constater encore lorsque, vingt ans après la coalition, il

---

97. Louis-Philippe avait nommé Molé le 6 septembre 1836, avec Guizot à l'Instruction publique, qui s'en va le 15 avril 1837 et, un peu plus tard, entre dans la coalition. Sur l'histoire de la coalition, les rapprochements et brouilles successifs, voir Thureau-Dangin, *Histoire de la monarchie de Juillet* (Plon, 7 vol., 1888-1897), au tome III. Les Mémoires de Guizot (t. III) sont également intéressants (quoiqu'en dise E. Schérer que nous citons plus loin).

98. Ministère Casimir Périer du 13 mars 1831, ministère Thiers-Guizot-de Broglie du 11 octobre 1832.

99. « Pour satisfaire à ce que je regardais comme un droit et un intérêt spécial du régime parlementaire, je m'étais séparé un moment du gros de mes amis » (*Mémoires*, t. IV, p. 296, cf. aussi p. 293).

100. *Mémoires*, III, 462 ou Thureau-Dangin, *loc. cit.*, III, 349. Il s'agit d'un manifeste aux électeurs, à la suite de la seconde dissolution opérée par le roi pour sauver le cabinet Molé : *M. Guizot à ses commettants*.

101. C'est-à-dire en 1836-1838, à travers les prises de position de Henri Fonfrède, Prosper Duvergier de Hauranne et le cours de droit constitutionnel que Guizot fait attribuer à Pellegrino Rossi : voir P. Rosanvallon, *La Monarchie impossible*, pp. 156-166.

définit dans ses Mémoires ce qu'est le gouvernement parlementaire : c'est « l'harmonie librement établie entre les grands pouvoirs publics » à travers l'homogénéité du ministère et un parti dominant dans les Chambres (*loc. cit.*, VIII, 97). Rien n'est dit sur l'origine du ministère et sur les conditions qui doivent présider à son remplacement. C'est en fait, chez Guizot, le retour aux écrits de 1816-1820 sur l'unité nécessaire des trois pouvoirs [102]. Un fondateur de la IIIe République, protestant de tendance libérale, Edmond Schérer, note combien Guizot se révèle étranger aux questions constitutionnelles [103]. Que ce soit sur la philosophie propre des doctrinaires (p. 94) ou sur les moyens de déterminer la capacité électorale, Schérer se déclare déçu, mais se montre quasiment indigné par le chapitre des Mémoires consacré à la coalition contre Molé : « Il est peu d'événements du règne de Louis-Philippe qui aient eu autant de gravité, et il n'est aucun point de la conduite de M. Guizot qui ait autant besoin d'explication. L'écrivain n'en a pas moins trouvé le moyen de parler sans jeter aucun jour sur cet épisode de sa vie politique. Il ne daigne même pas nous rappeler les principes qui étaient alors en question. En un mot, si le lecteur ne connaissait déjà les faits, il ne se douterait point qu'il s'agit ici d'un des coups les plus sensibles qu'ait reçus la royauté de Juillet » (pp. 95-96).

De même, quand Guizot mène sa controverse avec Thiers sur le rôle respectif du roi et du ministère, il est frappant de le voir raisonner en termes uniquement psychologiques, et non juridiques ou politiques. Selon lui, Thiers voudrait, par pur esprit d'*orgueil*, que la responsabilité propre du gouvernement soit consacrée, alors qu'il faut « s'effacer au profit de la couronne et pour laisser aller à elle la reconnaissance publique [104] ».

---

102. Il avait évoqué la nécessaire « fusion des pouvoirs » dans *Du gouvernement représentatif et de l'état actuel de la France*, (Maradan, 1816, voir p. 25 et suiv.). La même année, dans ses notes sur Ancillon, il écrivait : « Un temps viendra où le gouvernement et les Chambres se seront pénétrés réciproquement et si bien identifiés qu'on ne pourra plus dire à qui appartient l'initiative » (*in* F. Ancillon, *De la souveraineté et des formes de gouvernement*, Lenormant, 1816, p. 136). Cf. aussi l'article « Du Conseil d'État » dans les *Archives philosophiques* (t. III, p. 142, avril 1818) : il faut que les pouvoirs de la Charte « s'amalgament et se fondent ensemble de telle sorte qu'une unité véritable s'établisse entre eux ». Sur ces textes de Guizot et l'opposition tant avec Sieyès (malgré le thème de l'unité) qu'avec Constant, voir M. Barberis, *Benjamin Constant*, éd. cit., pp. 231-233.

103. E. Schérer, *Études critiques sur la littérature contemporaine* (Michel Lévy, 1863, 1re série).

104. Discussion du budget, 28 mai 1846, *Histoire parlementaire*, V, 209. Guizot ajoutait : « Il y a eu, de tout temps et dans tous les pays, des conseillers de la couronne, des ministres de la couronne qui se sont appliqués à l'effacer, à s'interposer entre elle et le pays, pour se grandir eux-mêmes et eux seuls. Ce n'est pas mon goût ni mon devoir. »

Les critiques de Duvergier de Hauranne

Le débat que Duvergier de Hauranne entretient avec Guizot est un vivant témoignage de la divergence de perspectives. Doctrinaire d'origine et fils d'un député libéral, lui-même libéral convaincu et soucieux d'un bilan de l'histoire constitutionnelle et politique française à la lumière des expériences anglaise et américaine [105], Duvergier de Hauranne a fait cause commune avec Guizot lorsque ce dernier est entré en opposition avec Molé, instrument trop dévoué de Louis-Philippe. Duvergier a même théorisé la coalition dans des articles de la *Revue française*, puis dans un livre [106]. Juriste dans une famille où c'est une tradition, lecteur attentif de Benjamin Constant, Duvergier croit comme tous les doctrinaires à la prédominance des classes moyennes, mais il voudrait fonder le gouvernement représentatif (qu'il ne tardera pas longtemps à appeler « parlementaire ») sur des principes plus fermes. Son analyse principale porte sur l'erreur de la Constitution de 1791, le déséquilibre en faveur du législatif, une séparation des pouvoirs telle que le ministère ne constitue pas un *élément médiateur* entre le roi et la Chambre élue : ce dernier thème sera le *leitmotiv* de Duvergier dans sa carrière politique. Pour lui, comme pour Thiers, « le roi règne et ne gouverne pas ». Quand Guizot remonte au pouvoir dans le cabinet du maréchal Soult (29 octobre 1840), Duvergier est très vite déçu par l'appui que son ami donne au « pouvoir personnel » du roi. Un nouvel ouvrage, publié en 1847, recensera les maux qui rongent le régime de Juillet : la corruption, la centralisation administrative, le système des députés-fonctionnaires, l'étroitesse de ce que Guizot lui-même avait appelé « le pays légal [107] ».

L'auteur n'a pas de peine à montrer que Guizot n'a défendu le principe parlementaire qu'à partir de 1820, et que c'était encore sa ligne de conduite vis-à-vis de Molé, tandis que maintenant il adopte l'attitude inverse : « N'est-il pas fort curieux qu'après un voyage de trente années, M. Guizot soit exactement revenu à son point de départ ? » (*loc. cit.*, p. 49) [108]. La conséquence de cette attitude, explique Duvergier, c'est que la majorité est achetée par les ministres pour maintenir l'apparence d'un

105. On lui doit l'*Histoire du gouvernement parlementaire en France* (Michel Lévy, 10 vol., 1857-1871) : allant de la Révolution de 1789 à celle de 1830, l'ouvrage reste une source précieuse.

106. Voir *Des principes du gouvernement représentatif et de leur application*, Just Tessier, 1838.

107. Duvergier de Hauranne, *De la réforme parlementaire et de la réforme électorale*, Paulin, 1847. Nous citons d'après la 2e éd., même année, qui comprend une nouvelle préface.

108. Duvergier de Hauranne vient de citer ce passage tiré du livre de 1816 *Du gouvernement représentatif* : « On aura beau brouiller les idées, dénaturer les situations,

accord entre l'opinion et le gouvernement, mais l'idée représentative est alors vidée de son contenu : « En supposant que le Parlement soit mort, le pays ne l'est pas, et les événements, si je ne me trompe, se chargeront bientôt de le tirer de sa torpeur. Dieu veuille alors qu'on ne passe pas d'un extrême à l'autre ! » (p. 284). Duvergier, qui ouvrira la campagne des banquets en 1848, perçoit très bien que la situation de 1830 est en train de se répéter, Guizot tenant cette fois... la place de Polignac. En 1838, Duvergier croyait pouvoir écarter une telle perspective catastrophique, la coalition étant une opération purement parlementaire qui restait dans les limites du système d'alliances et d'alternance à l'anglaise, tandis que maintenant la situation est devenue beaucoup plus périlleuse.

Il y a à cela deux raisons principales. Si le roi s'identifie au ministère, lorsque ce ministère est pris en faute, l'institution royale, le système tout entier peut être mis en cause : « En d'autres termes, il y a deux hommes dans le roi : le chef permanent de l'État, investi à ce titre, quoi qu'il arrive, de certaines attributions constitutionnelles ; le chef de parti, soumis comme tel à toutes les vicissitudes, à tous les mécomptes de la vie politique ; tantôt vainqueur, tantôt vaincu » (p. 62)[109]. Il est clair que, par sa politique de refus des réformes et de soumission du gouvernement au personnage royal[110], Guizot entraîne Louis-Philippe dans son impopularité. On a souvent demandé, comme Rémusat dans ses Mémoires[111], pourquoi le roi partit sans esquisser de résistance devant la révolution de Février : lui-même a jugé que sa *légitimité* était entièrement épuisée dans les choix que le gouvernement avait faits en son nom. Ce fut la sagesse et la loyauté du « roi bourgeois » que d'en tirer les conséquences. En 1847, il avait refusé la proposition de départ que Guizot lui avait présentée devant les dangers suscités par la campagne des banquets[112]. Louis-Philippe observait que Guizot avait gagné les élections de 1846

abuser des théories, *il sera éternellement vrai* que le gouvernement appartient de droit, appartient de fait au pouvoir qui gouverne en effet partout et à tout moment, c'est-à-dire au pouvoir exécutif, participant à la puissance législative ». L'éternité du vrai est de nature élastique chez Guizot.

109. On sait que la Ve République retrouve ce problème dans l'ambiguïté qui entoure le président de la République, à la fois « arbitre » et obligé de faire campagne devant le suffrage universel, à la fois au-dessus des partis et conduit à se constituer au Parlement une majorité électorale, responsable devant le suffrage universel et néanmoins hors de toute responsabilité, constitutionnellement réservée au gouvernement, etc. Sur ce personnage Protée, cf. notre étude « De Gaulle dans l'histoire française de la souveraineté », in *De Gaulle en son siècle*, Institut Charles de Gaulle, La Documentaton française, 1992, t. II, pp. 15-27.

110. Comme le rapporte Montalivet dans ses Mémoires, Louis-Philippe ne prétendait pas au « pouvoir personnel » mais à « sa part personnelle dans le gouvernement de la France » (cit. *in* P. Rosanvallon, *La Monarchie impossible*, p. 157).

111. Ou encore Renan, dans deux études sur la monarchie constitutionnelle (1859 et 1869), réunies dans les *Œuvres complètes*, Calmann-Lévy, 1947, t. I, p. 29 et suiv., p. 477 et suiv.

112. Cf. Thureau-Dangin, *op. cit.*, VII, 335 et Guizot, *Mémoires*, VIII, 542-545.

et que rien, constitutionnellement, ne justifiait une telle décision. De même, s'attachant à un légalisme étroit, il estimait que 1830 ne pouvait pas recommencer : « Je suis dans la Charte. Je n'en sortirai pas comme Charles X. Je suis donc inexpugnable. » Le vrai problème était que, sans sortir de la Charte, le gouvernement faisait une politique intérieure et extérieure qui était celle du roi, comme le reconnaissait d'ailleurs le prince de Joinville, dans une correspondance révélée par la suite. Il écrivait en effet au duc de Nemours que leur père avait « faussé les institutions constitutionnelles » et ajoutait : « Il n'y a plus de ministres ; leur responsabilité est nulle, tout remonte au roi [113]. »

La seconde cause de crainte chez Duvergier de Hauranne tient au système clientéliste, que le gouvernement de Guizot n'a certes pas inventé mais qu'il a puissamment encouragé. « Les questions politiques sont mortes, répète-t-on chaque jour aux électeurs ; [...] ce qui vous importe, c'est que le chemin qui passe à votre porte soit réparé, c'est que votre église ne tombe point en ruine, c'est qu'on vous accorde l'alignement ou le défrichement dont vous avez besoin, c'est surtout que vos enfants soient bien placés » (*loc. cit.*, p. 21). Ce témoignage sur le gouvernement des intérêts particuliers substitué à la gestion politique est confirmé par la page célèbre de Tocqueville dans les *Souvenirs*, où il écrit que la classe gouvernante « prit un air d'industrie privée », que le gouvernement lui-même avait « les allures d'une compagnie industrielle où toutes les opérations se font en vue du bénéfice que les sociétaires peuvent en retirer [114] ».

Si de tels propos doivent être pris avec précaution chez quelqu'un issu de l'esprit légitimiste, des historiens comme André-Jean Tudesq apportent cependant de larges confirmations [115]. Doit-on penser qu'il existe chez Guizot une contradiction entre les principes et les actes ? En fait, l'« abus des influences » (selon l'expression qu'il a lui-même employée à la tribune), la fabrication de l'élection par les avantages accordés font confluer deux idées qui sont bien les siennes : l'idée théorique de légi-

---

113. Saisie en février 1848, cette lettre (datée novembre 1847) est reproduite en partie par Thureau-Dangin, *op. cit.*, VII, 331, note 2. Première publication, intégrale, dans *La Revue rétrospective*, n° 31, Paulin, 1848, pp. 481-482.

114. Tocqueville, *Œuvres complètes*, t. XII, *Souvenirs*, publ. par L. Monnier, 1964, p. 31. Voir aussi les entretiens avec Senior : Louis-Philippe est « le souverain le plus autocrate qui ait régné en France depuis Charlemagne [...]. Il avait si profondément corrompu la Chambre qu'il n'avait plus à craindre d'opposition parlementaire, et si complètement corrompu les 200 000 électeurs qu'il n'avait rien à redouter d'une opposition électorale » (*Œuvres*, VII-2, *Correspondance anglaise*, Gallimard, 1991, p. 265, conversation de 1850). Le propos est simplificateur.

115. Voir par exemple A.-J. Tudesq, « Parlement et administration sous la Monarchie de Juillet », in *Administration et Parlement depuis 1815*, sous dir. H. Bruguière *et alii*, Genève, Droz, 1982, et l'étude précédemment citée in *Liberté, libéraux et constitutions* (Economica). L'œuvre de référence est la thèse du même auteur : *Les Grands Notables en France, 1840-1849*, PUF, 1964.

timité par la société et l'idée plus pragmatique de gouvernement « conforme aux besoins du pays ». Duvergier de Hauranne ne semble pas mesurer à quel point Guizot est en accord avec sa vision propre, qui était d'instituer la société par le pouvoir et de se donner dans la réussite de ce programme la vérification d'une « présomption » de légitimité.

Pourtant, Duvergier perçoit très bien la corrélation entre la perversion du principe parlementaire et l'appel à la corruption (ou, le plus souvent, au trafic d'influence). Il montre que le système de la « monarchie administrative » conduit tout député, du gouvernement ou de l'opposition, à promettre des avantages locaux et passer des ententes avec le préfet et l'administration, pour pouvoir devenir un élu national. C'est le cas de Tocqueville aussi bien, comme l'a prouvé récemment A.-J. Tudesq : l'élu normand est un solliciteur efficace auprès de l'administration, au point que l'on peut dire que, « très prononcée contre la politique de Guizot, l'opposition de Tocqueville est bien plus nuancée face à l'administration ou d'autres ministères dans lequels il ne manque pas d'influence [116] ». Les clivages politiques sont ainsi surmontés au profit de services réciproques très palpables. Au vu des exemples donnés, auxquels nous renvoyons, A.-J. Tudesq peut conclure : « Le libéralisme de Tocqueville [...] s'accommodait en fait du gouvernement orléaniste et s'en accommodait d'autant plus en fait qu'il le dénonçait en parole » (*ibid.*, p. 27).

De même, Duvergier de Hauranne avait montré la relation quadripolaire qui s'établissait à ce moment : « Ne peut-il pas, ne doit-il pas arriver que, d'une part, les électeurs et les députés pèsent par leur vote sur les ministres, que, de l'autre, les ministres pèsent, par toutes les forces de l'administration, sur les électeurs et sur les députés ? N'est-il pas à craindre, enfin, que cette action, cette pression réciproque ne pervertisse la justice administrative en même temps qu'elle détruit l'indépendance parlementaire et la pureté électorale [117] ? » La fiction de l'intérêt général étant ouvertement bafouée, il n'y a ni État ni élection mais un système de contrainte impulsé par en haut : le gouvernement dit représentatif « s'écroule par la base comme par le sommet » (*ibid.*, p. 100). Dans un style plus pamphlétaire, cause de son succès, le juriste Cormenin décrivait lui aussi le jeu quadripolaire entre demande électorale d'un côté et ministre, préfet et député de l'autre : « Le préfet, pour ne pas déplaire à son député, pour lui plaire même, édifiera des ponts là où il sait parfaitement qu'il n'y a pas d'eau dans la rivière ; [...] il créera des emplois d'inspecteurs là où il n'y a rien à inspecter [118]. »

Quelles réponses Guizot peut-il faire aux critiques de Duvergier de

---

116. A.-J. Tudesq, préface à Tocqueville, *Œuvres complètes*, t. X, *Correspondance et écrits locaux*, publ. par Lise Queffélec-Dumasy, 1995, p. 16.

117. *De la réforme parlementaire et de la réforme électorale*, éd. cit., p. 89.

118. Nous ne soulignerons pas le caractère actuel de tels propos où le « surréel » devient réel. Voir Timon (pseudonyme de Cormenin), *Ordre du jour sur la corruption*

Hauranne et de bien d'autres ? À en juger par ses discours à la Chambre des députés, la situation ne suscite en lui ni scandale moral ni inquiétude politique. Il avoue certes ce qu'il appelle l'« abus des influences », pour le mettre sur le compte des faiblesses humaines et, surtout, pour affirmer que l'essentiel est ailleurs, car la forme la plus *légitime* du pouvoir moderne a été trouvée. C'est proprement la fin de l'histoire qu'accomplit le règne des intérêts bourgeois. Dès 1837, à l'époque de son opposition contre le gouvernement Molé, il énonce son credo : « Il faut que toutes les supériorités [...] acceptent ce fait, ce fait définitif de notre époque, le triomphe des classes moyennes, la prépondérance des intérêts généraux qu'elles représentent [...] ; les intérêts généraux, qui étaient révolutionnaires en 1789, sont maintenant satisfaits et devenus conservateurs [119]. » Dans cette phase d'opposition, Guizot propose donc un programme d'action qui est purement conservateur et qui révèle que son conflit avec le gouvernement n'est qu'une querelle de personnes, en vue de l'occupation du pouvoir. Nombre d'observateurs ont d'ailleurs confirmé ce point [120] : il n'y a pas de divergence politique réelle entre Guizot et Molé, il y en aura davantage avec la gauche dynastique (Barrot) et partiellement avec Thiers.

C'est dans le même discours que Guizot fait pratiquement l'éloge de la pression administrative comme moyen d'obtention du vote : « Il faut que votre administration locale, vos fonctionnaires, vos lois, vous servent à rallier ces classes conservatrices, à les organiser ; il faut qu'elles se pressent autour de votre administration, qu'elles l'entourent, qu'elles la soutiennent, qu'elles lui apportent leur force et leur influence » (*ibid.*, p. 86). Cohérent avec sa vision de la légitimité et de la rationalité, Guizot fait l'apologie, quasi caricaturale, d'un gouvernement de classe rigoureux où le social aurait réussi à ployer à sa vérité tout ce que le politique et le juridique portent encore comme médiation, indétermination ou résistance. Cependant, et contrairement à ce que peut dire Guizot, ce gouvernement de classe ne consiste pas à appeler les nouvelles couches sociales au pouvoir. En termes de composition de la Chambre des députés, Duvergier de Hauranne montre que, de 1832 à 1847, la part des *fonctionnaires* n'a cessé de croître : en 1847, le groupe était de 160 pour 459 députés [121]. Selon une autre source, l'historien Thureau-Dangin, il y avait 130 fonctionnaires en 1828, 140 en 1832, 150 en 1839. Mais si

---

électorale et parlementaire, Pagnerre 3e éd., 1846, p. 34. Ce que nous appelons jeu quadripolaire est décrit à partir des archives départementales par S. Mannoni, *Une et indivisible*, éd. cit., t. II, 1996, pp. 70-83 (dans la période de la Restauration et de Juillet).

119. *Histoire parlementaire*, éd. cit., t. III, p. 75 et p. 77.

120. Cf. par exemple le livre de Louis de Carné, *Du gouvernement représentatif en France et en Angleterre*, Olivier Fulgence, 1841, seconde partie. Là encore le point de vue critique d'un légitimiste est ratifié par les historiens d'aujourd'hui.

121. L'historien A.-J. Tudesq donne un chiffre nettement plus élevé : avec les élections de 1846, les dernières du régime, on compte 216 fonctionnaires sur 459 députés, soit

l'on ajoute à ces députés fonctionnaires ceux qui ont « un intérêt direct ou indirect dans les marchés passés avec l'État », plus des deux tiers de la majorité sont dans la main du gouvernement [122]. À la Chambre des pairs, entre 1840 et 1848, sur 406 membres au total, on recense 187 hauts fonctionnaires en exercice. On arrive à un chiffre record à la veille de 1848 : sur 311 pairs, il y a 220 fonctionnaires ou anciens fonctionnaires, 163 environ si l'on se limite à ceux qui sont en activité [123]. On peut donc dire, en un sens, que « les banquiers et les négociants n'ont jamais véritablement constitué la classe politique dirigeante [124] », mais à condition de rappeler que le fonctionnaire et le député, distingués ou confondus, sont mis en place pour servir de courroie de transmission à ces couches sociales. C'est sans doute un autre trait étonnant chez Guizot que de le voir faire l'apologie d'une situation qui n'existe pas en ces termes, même si le but effectivement poursuivi est la « prépondérance de la classe moyenne » dont il parle inlassablement.

Il faut redire d'ailleurs que Guizot n'est pas l'inventeur du système des députés fonctionnaires. Rien que de 1830 au projet Rémusat de 1847, la « réforme parlementaire » a été proposée, selon Thureau-Dangin, dix-sept fois [125] !

On comprend finalement pourquoi Marx dira qu'il n'est pas l'inventeur de la lutte des classes, mais qu'il l'a trouvée chez des historiens comme Guizot. Bien entendu, pour Guizot, la lutte des classes est terminée, en même temps que la nécessité du politique comme activité vraiment distincte des tâches gestionnaires. C'est au fond ce que dit le discours du 15 février 1842 : « Il n'y a plus de lutte entre les classes ; il n'y a plus d'intérêts profondément divers, contraires. [...] L'électeur à 300 F représente parfaitement l'électeur à 200 F, à 100 F : il ne l'exclut

---

47 % (« Les comportements électoraux sous le régime censitaire », in *Explication du vote*, sous dir. D. Gaxie, Presses de la FNSP, 2e éd. 1989, p.122).

122. Duvergier de Hauranne, *De la réforme parlementaire et de la réforme électorale*, p. 151.

123. Voir A.-J. Tudesq, « Les pairs de France au temps de Guizot », *Revue d'histoire moderne et contemporaine*, 1956, p. 270.

124. P. Rosanvallon, *Le Moment Guizot*, p. 132.

125. Thureau-Dangin, *Histoire de la monarchie de Juillet*, VII, 11. Pour les arguments rituellement échangés, voir *ibid.*, IV, 147-148. Les uns vantaient la connaissance des affaires, l'expertise que les fonctionnaires pouvaient apporter avec eux, les autres rappelaient que bien souvent on se faisait élire député comme occasion et marchepied soit vers l'avancement accéléré soit vers l'accès à un poste administratif. On entre député et on sort fonctionnaire avait dit Tocqueville, qui se montre toutefois partagé dans son discours du 7 février 1840 (*Œuvres complètes*, III-2, pp. 237-244). Il ne déposera jamais l'amendement qu'il avait annoncé et préférera laisser agir son ami Gustave de Beaumont, à l'origine d'une enquête parlementaire sur les pressions gouvernementales. Guizot a recensé, dans sa correspondance avec lord Aberdeen, le nombre de députés promus ou nommés sous Juillet, qu'il estime très modeste : D. Johnson, « Guizot et lord Aberdeen en 1852. Échanges de vues sur la réforme électorale et sur la corruption », *Revue d'histoire moderne et contemporaine*, janv.-mars 1958, pp. 66-67.

pas, il le représente, il le protège, il le couvre, il ressent, il défend les mêmes intérêts[126]. » En revanche, là où Guizot se sent vraiment initiateur et créateur dans l'ordre du politique, c'est dans le domaine des relations internationales : il voulait faire de la France l'arbitre des forces en Europe, aspect qui est longuement développé dans ses Mémoires.

CONCLUSION : L'ÉCOLE DOCTRINAIRE COMME TEST DU LIBÉRALISME À LA FRANÇAISE

Au total, il ressort une certaine cohérence dans la vision doctrinaire quand elle se définit elle-même dans ses prétentions théoriques ou qu'elle est confrontée aux tâches de gouvernement pendant les deux régimes régis par la Charte. Cette cohérence d'ensemble souligne d'autant plus le contraste avec les théories et les conduites de l'autre groupe, issu de l'esprit de Coppet. Même s'il existe à certains moments des alliances ou des transferts d'un groupe à l'autre, les divergences sont nettement exprimées et repérables ; on retrouvera dans l'étude de divers grands enjeux (presse, enseignement, justice, etc.), les lignes de partage entre les deux visions. L'une privilégie le groupe social, l'autre l'individu comme sujet du jugement politique, l'une sera plus portée aux mesures préventives, l'autre recherchera l'exercice de la responsabilité assortie de la répression, etc. Et ce sont parfois les mêmes acteurs que l'on rencontrera dans les débats successifs, occasion de vérifier la prégnance des présupposés et des desseins qui les rattachent à des types différents de libéralisme : ainsi Benjamin Constant opposé à Guizot, de Serre, Royer-Collard sur les questions de presse, ou Barante tentant de mettre en pratique la création de la « nouvelle aristocratie » par la réforme administrative ; mais on verra aussi qu'à d'autres générations, le conflit des logiques en présence se reproduit alors qu'il arrive que les individus évoluent, parfois de façon considérable ; tel est le cas de Rémusat se rapprochant de plus en plus d'une position de centre gauche, voire républicaine, ou Sismondi jetant les bases d'une pensée socialiste en économie politique. Mais si le conflit des conceptions garde un sens, toutes choses égales par ailleurs, c'est qu'il témoigne d'une certaine permanence dans les données et dans les obstacles que rencontre le libéralisme affronté à l'histoire politique française. La place de l'État, le choix entre garanties de la société et garanties du pouvoir, la reconnaissance ou non de l'autonomie individuelle sont déjà des traits qui ressortent comme fondamentaux, et qui réapparaîtront dans chaque enjeu de liberté et de pouvoir qui sera étudié. Pour le moment, il convient de récapituler l'apport propre du courant

126. Guizot, *Histoire parlementaire*, III, 555 et 556.

doctrinaire, et en quoi il constitue une autre réponse que celle apportée par Mme de Staël et Constant.

La vision doctrinaire se voulait *libérale* – même si l'étiquette est d'abord occupée par le groupe des Indépendants sous la Restauration –, dans la mesure où elle traduisait une lutte passionnée contre un groupe social en déclin qui voit ses chances s'éteindre : l'aristocratie des grandes familles ultras, que Chateaubriand a tenté de gagner à un esprit de modernisation et qui fournira ensuite les troupes légitimistes. Libéraux, les doctrinaires le sont donc au sens où 1830 réalise une prise de pouvoir, en continuité avec l'ascension sociale ouverte par 1789, sous l'égide du drapeau tricolore. Albertine de Staël, devenue duchesse de Broglie, qui reçoit la plupart des chefs doctrinaires dans son salon, les décrit avec une sorte de curiosité mêlée d'ironie. Ce sont pour elle des « métaphysiciens révolutionnaires ». Ce qu'elle explique ainsi : « Ils sont révolutionnaires d'idées morales, nullement d'idées politiques ; ils ont trop d'esprit pour vouloir l'inapplicable ; mais ce sont des jacobins de méditations qui rejettent les anciennes idées comme les jacobins de 89 rejetaient les titres et les privilèges, et veulent faire maison nette en philosophie, comme les autres voulaient faire en politique. C'est ce qui fait qu'ils sont obscurs. Ils ont un profond dégoût pour toutes les idées convenues. C'est pour cela qu'ils blessent tant[127]. »

Le portrait vaut par la contradiction suggérée entre la tournure prétendue « méditative » du groupe et la radicalité qu'il montre : serait-on devant de nouveaux Descartes révolutionnant la pensée ? En fait, la radicalité du groupe est éminemment politique, elle vise à occuper une position, qu'habille le discours d'allure philosophique. On se souvient que Guizot en a fait l'aveu dans ses Mémoires. Pour préparer les esprits, le groupe doit mener un combat en littérature, en philosophie, et dans toutes les activités artistiques et intellectuelles. Ce combat est celui du *Globe*, des *Archives philosophiques*, de la *Revue française*, entre autres. La prise de pouvoir doit venir ensuite et, en quelque sorte, naturellement. Albertine de Staël le reconnaît sous le voile de l'antiphrase, à la fin de son portrait : « Ces idées qui arrivent tambour battant, flamberge au vent, renversant tout ce qui a existé pour prendre la place, ces idées-là mettent tout le monde en fureur. Le mot de la Révolution : "Ôte-toi de là que je m'y mette", les doctrinaires ne l'appliquent pas aux personnes ; mais l'appliquent aux principes, ce qui est aussi un élément de discorde. »

Il est clair qu'ils l'appliqueront bientôt aux personnes, et que, à la différence d'un Royer-Collard qui n'acceptera jamais de gouverner, même lorsqu'on le lui propose, les « jeunes doctrinaires » préparent la conquête du pouvoir. Il faut voir d'ailleurs avec quelle tranquille ambition de Broglie décrit son passage des Indépendants au goupe des doctrinaires :

127. Journal d'Albertine de Staël *in* Victor de Broglie, *Souvenirs*, t. II, p. 137.

« En me plaçant dans ses rangs, j'héritais tout naturellement de la situation de ma belle-mère dans le monde, comme j'avais hérité du titre et du rang de mon grand-père dans l'État ; j'entrais dans une opposition qui prétendait au pouvoir avec chance d'y parvenir » (*ibid.*, pp. 390-391). En somme, le groupe doctrinaire c'est un salon, l'apparente continuation de Mme de Staël, et c'est la liberté même, qui doit bientôt gouverner !

Il est vrai que c'est en partie par le courant doctrinaire, même si ce n'est pas seulement avec lui, que la France de l'égalité triomphe sur la France du privilège en 1830. Dans *Passé et présent*, Rémusat présente Juillet comme l'aboutissement nécessaire de l'« esprit libéral [128] » : « Si maintenant un sceptique chagrin me demandait ce qu'a produit tout ce mouvement si complaisamment décrit, je n'hésiterais pas, et je répondrais : il nous a rendus capables de la révolution de 1830, et je croirais assez dire. En effet, il est remarquable que tout ce grand mouvement intellectuel, provenu d'une impulsion politique, a de même abouti à la politique. Aussi ai-je toujours pensé que le meilleur côté de notre temps, c'est la politique ; sa force est là. Là est à mes yeux l'honneur de la France [129]. » On peut sourire de la naïve assurance, ou bonne conscience, des Broglie et des Rémusat, mais elle n'a pas été sans efficacité politique.

Le libéralisme ainsi conçu consiste à laisser jouer les talents, les aptitudes et les richesses acquises, à encourager, par un programme explicite, les influences sociales que les élites (intellectuelles ou notabiliaires) peuvent acquérir. Lorsque Guizot justifie ce programme, il prend soin d'ajouter que la dimension de la *publicité* est devenue fondamentale (par l'élection, les Chambres et la presse), car ainsi chacun peut juger du mérite à gouverner revendiqué par les individus et par les partis ; il dénomme également publicité ce que nous appellerions aujourd'hui transparence de la vie publique [130]. La *liberté* doctrinaire réside dans le jeu d'influences et de réseaux que les individus développent pour conquérir le pouvoir, et dans l'utilité sociale dont ils portent témoignage une fois parvenus au pouvoir en sachant se rendre indispensables à la société civile. La liberté n'est ni abstraction, ni déracinement, ni culte de l'esprit d'opposition : elle se prouve par la puissance sociale que l'on détient ou que l'on pourra mobiliser si besoin est. Elle est en cela assez proche de l'idée anglaise de liberté, enracinée dans des goupes sociaux qui assimilent leur brillant, leur luxe et leurs intérêts matériels au prestige de toute la nation. Mais la base sociale de la liberté à

128. Un esprit libéral lui-même accouché par les philosophes du XVIIIe siècle, plus 1789, plus « le noble esprit des bords du lac Léman » (Mme de Staël), plus l'école de Royer-Collard, qui engendre Guizot et Cousin : voir cette préface à *Passé et présent*, éd. cit., pp. 19-24.

129. *Ibid.*, p. 25.

130. Bien entendu, c'est précisément le point le plus contesté sous Juillet : les influences sont autant occultes que publiées.

l'anglaise étant absente en France (l'aristocratie comme classe modernisatrice), la liberté doctrinaire et orléaniste prouvera vite sa fragilité ainsi que le caractère artificiel de sa prétendue métaphysique politique. Il reste qu'elle a eu un écho jusqu'à aujourd'hui, d'abord à droite et ensuite à gauche, avec l'« alternance socialiste » : dans l'hégémonie de l'économique et du social sur le politique proprement dit, dans la croyance, devenue si forte ces trente dernières années, à la légitimation par le social. C'est en quelque sorte la revanche posthume de Guizot, le vaincu de 1848, sur une culture de la citoyenneté critique, issue d'une partie de la Révolution (cf. Condorcet), reprise par Benjamin Constant, puis par l'école républicaine, et qui est entrée en crise sous la Ve République, notamment du fait de la part croissante que les savoirs mathématiques et techniques conquièrent sur les savoirs humanistes. Le débat entre l'amour des humanités et le culte de la richesse continue à diviser le libéralisme, qui ne s'entend pas, par exemple, sur les missions de l'école. Alors que ce divorce n'existait pas, ou pas à ce point, dans l'idéologie orléaniste, il se développe maintenant comme l'une des conséquences de la légitimation par le social, devenue quasiment un dogme incontestable chez les héritiers du libéralisme ; mais aussi au sein de la gauche française, qui voit l'esprit de la social-démocratie l'emporter sur les composantes républicaines ou jacobines.

Le plus grand paradoxe de l'esprit doctrinaire, lorsqu'on veut le considérer comme l'une des formes de l'esprit libéral, se trouve dans les traits autoritaires qui ont été plusieurs fois relevés. Certes, il ne s'agit pas d'un autoritarisme au sens de la contre-révolution, c'est-à-dire intrinsèque ou, si l'on peut dire, « intégral » ; il s'agit de réquisits ou de conséquences du mode de pouvoir envisagé : le nécessitarisme sociologique et gnoséologique (évidence de la raison)[131], le modèle même de la formation du pouvoir (l'autorité familiale), l'exclusivisme (refouler le suffrage « ignorant »). Il s'agit là d'une veine venue de l'histoire et de la culture française qui rend artificielle la référence, tellement pratiquée, à l'Angleterre, la conséquence d'une vision de la *souveraineté*, dont le dépositaire privilégié est, explicitement ou implicitement, le pouvoir exécutif, doté

131. L'esprit doctrinaire renoue avec l'*évidence physiocratique*, dont on montrera l'importance pour la rencontre du cousinisme et de l'économie politique : voir la troisième partie sur les philosophes et le libéralisme. Un spécialiste des doctrinaires, Luis Diez del Corral, a bien montré que lors même qu'il est conduit aux mesures d'exception (en 1834 et 1835), sous la pression des émeutes, Guizot considère que de telles lois ne suppriment pas la liberté mais en régularisent l'exercice. Car la thèse générale de Guizot est la suivante : « La liberté dont les germes peuvent être semés au vent des révolutions ne s'enracine et ne grandit qu'au sein de l'ordre et sous le pouvoir régulier et durable. » Étouffant la liberté d'association et frappant durement la presse, Juillet *ne peut pas* être tyrannique, « il ne porte pas la tyrannie dans ses flancs » : là encore l'« évidence » n'appelle aucune modération (cf. notre chapitre III, deuxième partie, sur la presse en 1835). Sur cette conception : L. Diez del Corral, *El liberalismo doctrinario*, Instituto de Estudios Politicos, Madrid, 2e éd., 1956, pp. 328-333.

de la centralisation administrative. La « souveraineté de la raison » n'était pas seulement un moyen de légitimation propre, ainsi que d'exclusion du « règne de la multitude » ; c'était aussi une façon de faire comprendre que la souveraineté restait la question névralgique depuis le scénario profondément ambivalent de la Révolution – où 1789 est balayé d'une part par le 1793 jacobin, d'autre part par le 18 brumaire bonapartiste.

La souveraineté, cette question que la Charte avait recouverte d'un voile prudent, consonait avec la prééminence de l'*État* dans la définition et la garde de l'intérêt général. À sa façon, l'école doctrinaire dit que le libéralisme ne peut être un libéralisme contre l'État (ce que Constant « tribun » pouvait laisser croire), mais *par* lui, par son chef et par ses moyens administratifs. Duvergier de Hauranne exagérait quelque peu en reprochant à Guizot et à Louis-Philippe de « faire prévaloir l'esprit et la pensée des monarchies absolues, tout en respectant les formes et les apparences des monarchies constitutionnelles » : Juillet n'avait certes pas l'esprit de la monarchie absolue de Louis XIV et de Bossuet, mais le régime avait remis en débat, et même obscurci, la conciliation entre souveraineté et liberté[132]. C'est cette idée de la souveraineté que le chapitre suivant devra examiner, jusque dans ses origines apparemment lointaines, sous la monarchie absolue, mais aussi en faisant sa part à un troisième courant du XIXe siècle, le catholicisme libéral, qui confirme lui aussi que la question était toujours en travail, que le partage entre les garanties de la liberté et les garanties du pouvoir divisait l'entendement libéral. Si le courant doctrinaire est un test des difficultés, des enjeux et du style très particulier que prend le libéralisme français, les catholiques libéraux en sont un complément révélateur quoique trop souvent oublié. *Les* libéralismes se divisent sur la reconnaissance de l'individu parce qu'ils se divisent sur la nature et les attributs de la souveraineté, ainsi que sur la portée *spirituelle* qu'elle pouvait revendiquer. C'est là encore Rémusat qui nous met sur la voie, lorsqu'il évoque le combat qui était au cœur de l'esprit libéral pendant la Restauration : « Jamais l'esprit philosophique n'avait, avec une conscience aussi claire de son dessein, entrepris de consommer l'alliance du fait et du droit, de l'action et de l'idée, de l'abstraction et de la réalité ; jamais il n'avait ambitionné à ce

132. Ce que Renan relevait, par exemple, à propos de la liberté de réunion et d'association, en rappelant que les articles rigoureux du Code pénal (291 et 294) avaient été remis en vigueur deux mois après la révolution de Juillet. Sans méconnaître l'activisme des clubs, Renan pense que le fait porte à l'interrogation : « Je fais seulement remarquer la bizarrerie d'un peuple qui brise une dynastie pour défendre la liberté, et qui, peu de jours après, est amené à se donner de telles chaînes. [...] Comment a-t-il pu se faire qu'au lendemain d'une révolution libérale, une telle mesure ait été prise par des hommes fort libéraux ? » (« Philosophie de l'histoire contemporaine », 1859, in *Œuvres complètes*, éd. cit., t. I, p. 59). Renan concluait : « L'Angleterre n'a pas de conspirateurs, parce qu'elle a des meetings. »

point de réunir tous les caractères d'un pouvoir ensemble spirituel et temporel. À lui désormais les deux glaives, à lui les deux couronnes. Il rend la pareille à l'esprit du Moyen Âge ; il aspire aussi à la domination universelle[133]. »

133. *Passé et présent*, préface, p. 17.

CHAPITRE III

Église et politique : les souverainetés rivales

INTRODUCTION : LE DISCOURS VÉRIDICTEUR DU SOUVERAIN

La question du rôle de l'État, de la légitimité de ses compétences vis-à-vis de la société, traverse tout le XIXe siècle et exerce des effets dans le discours de toutes les forces en présence. Rencontrant soit l'approbation, soit l'exécration [1], l'État se concevait comme celui qui définit, détient et promulgue l'intérêt général. D'où l'image appropriée chez Tocqueville, qui l'associe à la Providence, un terme que reprend ensuite Émile Ollivier sous le Second Empire en termes de politique « sociale ». En 1835, Lamartine également avait demandé que l'État crée « une Providence visible, éclairée, active sur tous les points souffrants de la population [2] ». Une telle puissance bienveillante pourra-t-elle laisser aux individus une part de jugement et d'initiative, telle est la question que posait Tocqueville. Chez lui, l'État-providence est le retour sous un visage renouvelé d'une ancienne configuration. La société des individus modernes, affranchis des liens de corps et d'allégeance, s'assujettit à une puissance tutélaire, impersonnelle, exerçant un despotisme dispensé avec douceur. La puissance souveraine a cette vertu de consacrer l'*égalité* à laquelle les individus sont attachés : « Dans cette extrémité, [l'individu] tourne naturellement ses regards vers cet être immense qui seul s'élève au milieu de l'abaissement universel [3]. » Les gouvernés en tirent une

1. Deux positions extrêmes : le libéral jacobin Dupont-White, qui fait un éloge obstiné de la fécondité de l'État centralisateur pour la survie de la liberté, le fédéraliste Proudhon, qui y voit un principe d'aliénation pour l'individu libre dès lors qu'après avoir incité, l'État prétend aussi exécuter ; soit, selon l'une de ses formules, « cette cinquième roue du char de l'Humanité, qui fait tant de bruit, et qu'on appelle en style gouvernemental l'État » (*Système des contradictions économiques*).

2. Également en 1844 : l'État sera « la Providence du peuple ». Cf. Lamartine, *La Politique et l'histoire*, publ. par Renée David, Imprimerie nationale, 1993, p. 458.

3. *De la démocratie en Amérique*, Garnier-Flammarion, t. II, p. 360.

jouissance spécifique, ainsi définie : « On est l'égal de tous ses semblables moins un. »

La critique tocquevillienne retrouve certains développements de Constant mettant en garde contre la bénévolence de la puissance collective : « Quelque touchant que soit un intérêt si tendre, prions l'autorité de rester dans ses limites. Qu'elle se borne à être juste ; nous nous chargerons d'être heureux[4]. »

Si l'État pouvait être contesté dans sa prétention à produire le bonheur en revêtant un visage providentiel, ce n'était pas sans lien avec l'histoire religieuse française. L'État s'était voulu *gallican* vis-à-vis de la puissance spirituelle et temporelle des papes : la Déclaration des quatre articles (1682), rédigée par Bossuet et approuvée par l'Église de France, a marqué une étape capitale, en relation directe avec l'essor de l'absolutisme. À ce moment se noue la relation complexe entre ce que Marcel Gauchet a appelé une « monarchie d'abstraction » et une « monarchie d'incarnation[5] », relation inséparable d'un contexte théologico-politique. Il nous faut, pour notre part, attirer l'attention sur les tendances à la *sacralisation* de la puissance, résultant du discours absolutiste et gallican, comme on le voit dans la *Politique* de Bossuet. Cette sacralisation, perçue et dénoncée par les ultramontains sous la Restauration, doit conduire à construire un concept de la souveraineté en d'autres termes que ceux habituellement utilisés (puissance suprême, puissance de décision ultime, etc.), qui restent dans un cadre juridique. Si l'on est attentif à la revendication *spirituelle* que favorisent les origines religieuses de la souveraineté, on comprend d'autant mieux ce caractère paradoxal, providentiel et pourtant profane, observé par Tocqueville en son temps.

On verra, en d'autres termes, en commentant la *Politique* de Bossuet (sans cesse rééditée, enseignée et glosée au XIXe siècle), que la souveraineté est avant tout un *registre de discours* : le discours unique, impartageable et irréfutable de celui qui est habilité à dire le Vrai sur le Bien des gouvernés. Ayant sur cette terre la possession et la seule possession concevable (donc le monopole) de la Vérité, le souverain détient la légitimité la plus haute, la plus forte qui soit. Le modèle même de ce discours véridicteur est la « plénitude de puissance » des papes. De là découlent les attributs juridiques, les « marques de puissance » que Bodin donnait au souverain dans sa *République*. On n'a pas assez observé la *position symbolique*, étroitement associée au pouvoir religieux – dont elle provient et qu'elle ne cesse d'imiter – qui est caractéristique de la souveraineté, et qui se traduit par la personnalisation du souverain, auteur du discours de vérité sur le bien de tous. En témoigne par exemple la

---

4. *De la liberté des anciens...*, éd. Gauchet, p. 513.
5. M. Gauchet, « L'État au miroir de la raison d'État », in *Raison et déraison d'État*, sous dir. Y. Zarka, Vrin, 1994, p. 210.

formule monarchique « de notre certaine science », qui fait du titulaire du pouvoir le détenteur d'un savoir sans partage[6]. Un théoricien comme Hobbes avait tenu le plus grand compte de la corrélation et affirmait par exemple que vouloir juger des lois *ou* du bien et du mal à la place du souverain équivalait à reproduire la faute d'Adam[7].

Par ses origines théologiques et absolutistes, réélaborées dans le creuset gallican, la souveraineté est en France l'attribut de l'État lui-même, ce qu'il confirme en étant seul apte à connaître l'intérêt général et à le faire respecter. On peut observer que, dans l'inconscient français, toute question qui semble engager l'intérêt général, du moins au XIXe siècle, oblige à invoquer l'État et, dans tous les sens du terme, la figure de l'État. Qu'il s'agisse de décentralisation, d'un pouvoir de nomination (par exemple le jury par le préfet), d'un contrôle (de la presse, par exemple, par le gouvernement), ou qu'il s'agisse du titulaire nominal de la souveraineté (souveraineté nationale, ou du peuple, ou du roi), c'est toujours l'État qui est appelé au débat parce que, incarnateur de l'intérêt général, il *sait* où ce dernier réside. Plus précisément, il s'agit du pouvoir d'État, c'est-à-dire du chef du pouvoir exécutif et de l'appareil administratif qu'il commande. Cette matrice prestigieuse rendra possible la transition de la monarchie à la République, plutôt d'ailleurs en termes de réaménagement qu'en termes de renversement complet, bien que les partis en présence aient paru engagés dans un conflit sans merci. De là le caractère central du libéralisme puisqu'il comporte dans son programme l'obligation d'harmoniser la souveraineté avec la liberté, l'autorité et la responsabilité. L'obligation est d'autant plus durement ressentie par le catholicisme libéral, chez qui s'exacerbe la difficulté de faire sa part au discours souverain et au jugement des citoyens libres et égaux : la seule souveraineté du vrai se trouve dans l'Église et l'État ne peut y prétendre, la liberté des individus ne peut se dire dans le langage des droits de l'homme et du citoyen. Reflet des contradictions de l'époque, le « catholicisme libéral » semble, par

6. Comme le marque Olivier Beaud, cette formule justifie que « le Prince puisse, à l'instar du pape, prendre des décisions seul et s'affranchir des lois antérieures, c'est-à-dire devenir *legibus solutus* » (*La Puissance de l'État*, PUF, 1994, p. 46). La compétition n'est pas seulement dans la puissance mais dans la « science » de la souveraineté. Le tournant du XVIe siècle, tout en dégageant les caractères de la souveraineté, laisse souvent apercevoir comment elle se réalise dans un *discours* sage et savant du souverain ; ainsi chez François de Gravelle, dans ses *Politiques royales* (1596) : « En toutes monarchies, le roi est la loi vive et parlante, auquel, à cette cause, il nous faut obéir, persuadés que c'est l'ordonnance et voix publique, approuvée de Dieu, auteur des puissances supérieures, qui parle à nous. »

7. Citant la Genèse (« Vous serez comme des dieux, sachant le bien et le mal »), Hobbes poursuivait le parallèle en ces termes : « Les personnes privées, en voulant prendre connaissance du bien et du mal, affectent de devenir comme des rois, commettent un crime de lèse-majesté, et tendent à la ruine de l'État » (*De cive*, I, XII, 1, éd. R. Polin, Sirey, 1981, p. 222).

l'appellation qu'il se donne, se susciter à lui-même une contradiction redoublée ou décuplée.

Avant d'en venir au catholicisme libéral, il faut observer l'importance que prennent de nouveau la Restauration et la Monarchie de Juillet, si l'on adopte les deux hypothèses qui viennent d'être énoncées : l'absolutisme comme matrice théologico-politique de la souveraineté, le pouvoir d'État comme détenteur irrésistible du discours souverain. Tant que l'histoire des idées politiques attribue l'intérêt principal à l'avènement du suffrage universel, le système de la Charte ne peut être considéré que comme une parenthèse dans la parenthèse plus vaste qui va de 1792 à 1848. Dès que l'on prend au sérieux la question du conflit entre la souveraineté (ainsi redéfinie) et la liberté, la perspective et la périodisation changent. C'est à l'apogée de l'absolutisme qu'il faut d'abord remonter pour observer combien cette tension traverse le dispositif même de la Déclaration de 1789. Surtout, le système de la Charte apparaît comme un véritable test car est tenté à ce moment un accord entre le principe monarchique (où le chef de l'État est le surveillant suprême de l'intérêt général) et le principe électif. Ce qui avait échoué avec la Constitution de 1791 revenait ainsi sous la forme d'une constitution organisant la « transaction » entre le passé d'Ancien Régime et la France post-révolutionnaire : il ne s'agissait de rien de moins que de l'hypothèse d'un lien entre la nation et le monarque, d'un « appel au peuple » fait par ce dernier lorsqu'il considérait que l'intérêt général devait être tranché en faisant parler l'opinion. Proposée une première fois par Mirabeau le 1er septembre 1789[8], l'idée est profondément transformée par Benjamin Constant pour donner la théorie du « pouvoir neutre », rendue publique un mois avant la publication de la Charte[9]. Ainsi qu'on aura l'occasion de le constater, la pensée du pouvoir neutre répond à la souveraineté absolutiste, sans la nommer, pour tenter d'en conjurer définitivement le retour. On peut résumer ainsi le problème que se pose Constant : comment établir une souveraineté *qui ne gouverne pas*[10] ? Une souveraineté qui, en ce sens, donnerait l'équivalent du point fixe, symbolique et représentatif de la souveraineté du peuple que fournit la Constitution aux États-Unis. Mais la voie ne pouvait être la voie américaine (où Necker soulignait le rôle décisif du fédéralisme) ; aussi fallait-il se tourner vers l'Angleterre. D'où l'apparente importation d'un modèle étranger, ainsi

8. Sur l'importance de cette conception pour comprendre les suites jusqu'à de Gaulle et la réforme impulsée par ce dernier, voir notre étude : « L'État républicain selon de Gaulle », *Commentaire*, n° 51 et 52 (1990 et 1991).

9. Constant publie trop tard (le 24 mai 1814) ses *Réflexions sur les constitutions* pour pouvoir influer sur la rédaction de la Charte.

10. Problème que, précisément, la pratique de la Charte ne permettra pas de résoudre (cf. chapitre précédent) et qui débouchera sur les deux crises de 1830 et 1848.

que Constant semble le confesser[11], mais qui n'est en fait que le retraitement des données françaises de la question : garder le souverain comme clef de voûte de l'édifice institutionnel, mais lui enlever son pouvoir de « véridiction » qui l'autorisait à parler toujours et partout à la place des gouvernés. L'expérience napoléonienne rendait particulièrement évidente la nécessité de repenser la question, que l'on voit d'ailleurs cheminer dans les *Fragments sur une constitution républicaine*.

La difficulté française de renoncer au modèle absolutiste, sans sacrifier le prestige de l'État, est ressentie par nombre de contemporains. Tocqueville, Guizot et d'autres emploient pratiquement la formule qui est celle de Constant à propos des hommes de la Révolution : « Leur courroux s'est dirigé contre les possesseurs et non contre le pouvoir même. Au lieu de le détruire, ils n'ont songé qu'à le déplacer[12]. » Libéraliser la royauté, tel était bien l'enjeu du régime de la Charte, à l'encontre de la matrice de la souveraineté ; la preuve de la présence de cette dernière est sa résurgence dans les deux crises de 1828-1830 et de la coalition contre Molé : il s'agit bien d'un conflit d'interprétation sur la Charte, où l'un des camps entend défendre la puissance du roi, qui serait absolue, non liée, voire constituante ou même dictatoriale. Cottu d'un côté, Henri Fonfrède de l'autre réveillent la veine absolutiste que tout le système de dispersion ou d'euphémisation de la souveraineté tentait de faire oublier aux Français. Dans la première circonstance, on voit même un journal ultra (*La Quotidienne*) rappeler la formule « L'État c'est moi », au titre de « l'un des mots les plus royaux qui eussent été prononcés[13] ».

Mais surtout la prégnance têtue de la matrice absolutiste de la souveraineté s'exprime dans le discours des *catholiques libéraux* tout au long du siècle. Si l'on considère l'un des amis de la liberté parmi les plus attestés de ce courant, Henri Lacordaire, les *Conférences de Notre-Dame*, commencées en 1835 devant un vaste public, révèlent bien la logique à l'œuvre, avec les tensions qu'elle tente de surmonter. D'un côté, c'est la demande de libertés fondamentales (enseignement, presse, associations) et la dévalorisation des souverainetés profanes, de l'autre, l'orateur fait allégeance à la seule *souveraineté vraie*, souveraineté spirituelle (« intellectuelle », dit Lacordaire) qui est celle de l'Église et de son chef dans la Ville éternelle. On constate comment le refus réitéré, explicite, de l'absolutisme en politique (qui est aussi la position de Lamennais au

11. Dans son introduction à la première édition des *Réflexions sur les constitutions*, Constant écrit : « Je n'ai point cherché l'originalité : je ne me suis, sur beaucoup de points, écarté en rien de la Constitution anglaise ; j'ai plutôt expliqué pourquoi ce qui existait en Angleterre était bon, que je n'ai proposé quelque chose de nouveau. » Passage supprimé ultérieurement, comme le remarque R. Von Thadden (*La Centralisation contestée*, Arles, Actes Sud, 1989, note 35, p. 187).

12. *Manuscrit des Principes*, p. 39.

13. Sur la formule et sur le contexte politique, cf. P. Rosanvallon, *La Monarchie impossible*, p. 94.

moment de *L'Avenir*) provient en fait d'un attachement d'autant plus fort (inentamé, dirions-nous) à l'absolutisme catholique : Dieu étant « la vérité souveraine », son vicaire jouit de l'infaillibilité, c'est-à-dire d'une autorité irrésistible sur les esprits.

Du fait que Dieu est « la vérité souveraine, la vérité vivante, la vérité qui ne se regarde pas pour se voir mais qui se voit sans ouvrir les yeux », et du fait que « nul esprit n'est le souverain d'un autre esprit » (Dieu excepté), Lacordaire peut donner à l'Église le monopole de la souveraineté sur terre : « La plus haute puissance métaphysique, la plus haute puissance historique, la plus haute puissance morale, la plus haute puissance sociale[14]. » Selon une admirable expression, Lacordaire affirme de l'Église qu'elle « a constitué la vérité socialement », c'est-à-dire qu'en elle se retrouve l'origine même de la souveraineté, ainsi que la ressource vivante dont le gallicanisme a prétendu s'affranchir pour en tirer un profit *par imitation* : les rois ont rêvé de s'emparer du discours de la Vérité sur le bien humain, bien moral qui fonde tout bien politique, et qui n'appartient qu'au souverain pontife, selon son juste titre.

Il importe donc d'observer comment, au XIXe siècle, par-delà le célèbre conflit entre ultramontanisme et gallicanisme qui déchire le monde catholique jusqu'au Ralliement, le débat concernait l'idée même de souveraineté. Pouvait-il y avoir deux souverainetés de nature différente ? L'une prétendant à l'infaillibilité parce qu'elle est le porte-parole ou le symbole de la Vérité souveraine, l'autre laissant exister les libertés modernes de conscience, de presse, d'enseignement, d'association. Le passage d'un courant catholique au camp libéral[15] s'accomplit d'abord pour des raisons d'opportunité politique (obtenir la liberté d'enseignement) ; progressivement, ces catholiques découvrent une idée du libéralisme qu'ils tentent de rendre compatible avec l'autorité et l'infaillibilité dont l'Église romaine continuera de jouir. Il faut donc examiner quelle sorte de souveraineté civile se propose pour des esprits qui maintiennent un absolutisme spirituel dont le libéralisme doit, par principe, se détacher. Si la rupture de Lacordaire et de Montalembert avec Lamennais (condamné par Rome en 1832) les conduit à un libéralisme de plus en plus affirmé, ce qui les mettra en conflit avec Napoléon III, il reste que la question de la souveraineté *civile* est un point embarrassant, sur lequel il leur faut faire silence. Mais c'est bien cette souveraineté qu'ils retrouvent et combattent dans la controverse sur le « monopole », c'est-à-dire l'Université héritée de Napoléon. D'où les trois sections entre lesquelles

14. Respectivement, quatorzième conférence (1843) et deuxième conférence (1835).

15. On peut dater ce passage de la lutte contre les ordonnances Martignac (1828) en matière d'enseignement et du livre de Lamennais *Des progrès de la Révolution et de la guerre contre l'Église* (1829), comme le montre Georges Weill : *Histoire du catholicisme libéral en France, 1828-1908*, publiée en 1909, réimpr. Slatkine, 1979 (voir tout le premier chapitre).

va se partager ce chapitre : le problème de la souveraineté, le catholicisme libéral face à l'État, la controverse sur l'Université en tant que domaine de la souveraineté de l'État.

Telle est donc, en fin de compte, la question ou le nouveau Sphinx que doit affronter le libéralisme dans ses diverses composantes : qui peut renoncer à la matrice de la souveraineté telle qu'elle a présidé à la formation de l'État absolutiste ? Et à quel prix ? Qui pourra conjurer les risques de son retour en force ? C'est dire que l'*émancipation* envers l'État et envers l'Église, que l'on attribue au premier libéralisme des philosophes et de l'Encyclopédie, n'est pas une tâche accomplie, dépassée, dans l'espace temporel qui va de Bossuet à la Révolution. Et c'est au XIXe siècle une question toujours présente parce que ce siècle bute de nouveau sur la figure du souverain étatique, garant de l'unité et de la continuité nationales, détenteur de l'intérêt général. « Le souverain est l'être qui fait l'unité », dit encore Lacordaire, dans une formule que bien d'autres pourraient reprendre [16]. Le règne durable de Napoléon III suffit à montrer que cette vision restait profondément attractive, de même que le long conflit sur la liberté d'enseignement – de la Restauration à Jules Ferry et même au-delà – l'illustre abondamment.

La matrice de la souveraineté renvoyait tout autant à la question du pouvoir de type monarchique et à ses prérogatives légitimes qu'au modèle, à l'héritage et à l'influence continuée de l'Église : c'est cette dernière, en fait, qui a élaboré l'image d'un Dieu comme souverain, et d'une monarchie pontificale fondée sur la hiérarchisation des lumières reçues de la Source première. « L'Église n'est pas une démocratie », comme l'a rappelé à plusieurs reprises l'actuel pape, Jean-Paul II. Aussi, libéraliser la royauté et catholiciser le libéralisme [17] constituèrent deux projets distincts mais dont les routes ne pouvaient que se rencontrer. Ce qui fait que, avant la condamnation exprimée, et pour longtemps, par le *Syllabus*, Lacordaire et Montalembert se retrouvent en accord posthume avec Tocqueville [18].

16. Trentième conférence de Notre-Dame, intitulée « Pourquoi la doctrine catholique seule a fondé une société intellectuelle publique ».

17. Cette dernière formule est de Lamennais : « Le libéralisme fait peur, eh bien, catholicisez-le. »

18. Lacordaire succède à Tocqueville à l'Académie française et fait son éloge (1861), Montalembert affirme l'union indispensable du catholicisme et de la liberté au congrès de Malines en 1863 (*L'Église libre dans l'État libre*) : cf. l'étude déjà citée de F. Mélonio, *Tocqueville et les Français*.

PREMIÈRE SECTION
LA SOUVERAINETÉ ET SON HÉRITAGE

> « Il est certain que l'assujettissement qui met le souverain dans la nécessité de prendre la loi de ses peuples est la dernière calamité où puisse tomber un homme de notre rang. »
>
> LOUIS XIV, *Mémoires*

Pour comprendre l'héritage vis-à-vis duquel doit se situer le catholicisme libéral, on commencera par rappeler la vision de la souveraineté civile chez Bossuet, à laquelle on opposera en contraste le pouvoir neutre de Constant. L'évolution de Lamennais, Lacordaire et Montalembert ayant été retracée, on examinera, dans la deuxième section, la controverse sur le monopole universitaire.

LA MATRICE DE LA SOUVERAINETÉ : BOSSUET ET LE DISCOURS SUR LE PRINCE

La *Politique tirée des propres paroles de l'Écriture sainte* a été écrite par Bossuet à l'intention du dauphin et publiée après la mort de l'auteur[19]. Comme miroir de l'absolutisme, elle constitue la contribution la plus achevée et la plus brillante, ainsi que concluait le philosophe Nourrisson dans l'ouvrage qu'il lui a consacré[20]. Le passage auquel on s'arrêtera est celui que Bossuet a consacré à la notion de *majesté*, bon résumé de toute sa pensée[21]. Ce texte a pour trait remarquable de développer un long parallèle entre Dieu et le prince ; il s'agit d'ailleurs de

19. Nous citons d'après l'éd. scientifique due à J. Le Brun, Genève, Droz, 1967.

20. Nourrisson, *La Politique de Bossuet*, Didier, 1867. Si Nourrisson critique Bossuet pour avoir sacrifié la liberté à l'autorité, et pour avoir méconnu la souveraineté nationale (ce qui est pour le moins anachronique), il considère néanmoins que, « caduque dans ses fondements », cette vision est celle d'un grand patriote. Pour lui, « la liberté dans l'autorité », cette « quadrature de la politique », reçoit son côté vrai (celui de l'autorité) dans l'œuvre de Bossuet (cf. le chapitre final du livre). On ne saurait mieux exprimer l'ambiguïté de tout un courant libéral français. La formule « liberté dans l'autorité » pourrait caractériser la vision de Guizot (en matière d'enseignement par exemple), qui d'ailleurs l'emploie presque littéralement.

21. Liv. IV, article IV, 1re proposition, p. 177 et suiv.

savoir si s'exprime là une comparaison, ou bien une identification du roi à Dieu, comme pourraient le laisser penser des formules du type suivant : « Je l'ai dit : vous êtes des dieux, c'est-à-dire vous avez dans votre autorité, vous portez sur votre front un caractère divin. »

Peut-être s'agit-il plutôt d'une subordination du monarque à l'être divin mais non sans que, dans l'exercice de sa puissance terrestre et de façon *mimétique*, ce monarque garde quelque chose du divin dont il se détache. Inférieur à Dieu quand il regarde vers le Dépositaire de la puissance, le roi serait quasiment divin lorsqu'il fait face à son peuple : il faut mieux préciser l'enjeu d'une telle représentation – enjeu déjà aisé à deviner – pour celui qui parle ainsi au prince et fait parler le prince, nous voulons dire l'évêque de Meaux. On suivra donc le texte dans sa logique propre, en lui adressant ces questions.

Le peuple est dans le souverain

En premier lieu, la « majesté » est ce qu'il y a de commun à la puissance divine et à la puissance terrestre : « La majesté est l'image de la grandeur de Dieu dans le prince. Dieu est infini, Dieu est tout. Le prince, en tant que prince, n'est pas regardé comme un homme particulier : c'est un personnage public, tout l'État est en lui ; la volonté de tout le peuple est renfermée dans la sienne. Comme en Dieu est réunie toute perfection et toute vertu, ainsi toute la puissance des particuliers est réunie dans la personne du prince. Quelle grandeur qu'un seul homme en contienne tant ! »

Si l'image de l'incorporation organiciste est sans doute reprise du *Léviathan* de Hobbes[22], et était en tout cas fréquente sous Louis XIV, elle fonde plutôt une comparaison qu'une assimilation ; car, sauf à développer une vision panthéiste, il était difficile de soutenir que Dieu « contient » en lui tous les hommes[23]. Mais en sens inverse, du fait de sa puissance tutélaire qui supporte tout le royaume, le souverain devient véritablement un dieu sur terre : il n'est parmi les « particuliers » aucune force qui lui soit extérieure et opposable. Il est vrai que le souverain est porteur de toute la *puissance* des sujets, et non de « toute perfection et toute vertu » ; mais pourtant, comme le montre la suite, il faut, en termes

22. Cf. notre livre *Hobbes et l'État représentatif moderne* (1986). On sait que Bossuet avait les diverses éditions de Hobbes dans sa bibliothèque. Voir aussi l'ouvrage fondamental de G. Lacour-Gayet, *L'Éducation politique de Louis XIV*, Hachette, 1898 (liv. II : la théorie du pouvoir royal).

23. Il est vrai que la question est plus complexe, Dieu étant « le lieu des esprits » selon la formule de Malebranche. L'image du *corpus mysticum*, la célèbre épître de Paul aux Corinthiens (I, 12, 12), pouvaient prêter à cette vue « compréhensive ». Lacordaire, dans sa correspondance avec Foisset, soutient que Dieu est « le lieu des esprits », tout comme, en termes de corps mystique, l'Église est, dira-t-il, la « patrie des âmes ».

politiques, le réputer dépositaire de toute la sagesse du royaume : « Voyez un peuple immense réuni en une seule personne [...]. Voyez la raison secrète qui gouverne tout le corps de l'État renfermée dans une seule tête, vous voyez l'image de Dieu dans les rois. » L'« image » : la comparaison ne cesse d'appeler l'identification.

Cette oscillation se poursuit dans l'analyse des effets du commandement. S'exprime ici l'idéal d'une autorité *irrésistible* du souverain, dans la transparence parfaite (c'est-à-dire sans déperdition) entre la volonté du prince et le corps du royaume que cette volonté affecte : « La puissance de Dieu se fait sentir en un instant de l'extrémité du monde à l'autre : la puissance royale agit en même temps dans tout le royaume. Elle tient tout le royaume en état comme Dieu y tient tout le monde. Que Dieu retire sa main, le monde retombera dans le néant : que l'autorité cesse dans le royaume, tout sera en confusion. »

Cette fois, l'égalité est entière entre les deux souverainetés ; le roi semble même... faire plus, car si Dieu *transmet* sa force « en un instant », la puissance du roi « agit en même temps dans tout le royaume », par où il faut voir sans doute l'action des « commissaires départis », ces « intendants de justice, de police et de finance [24] ». Sans doute cela s'explique-t-il de nouveau par le fait que le monde ne fait pas partie de Dieu, alors que le corps du royaume est le corps même de l'État, c'est-à-dire du roi. On devine le sens de cette progression dans l'exposé sur la majesté : Bossuet veut proportionner l'action quasi métaphysique du roi – lorsque, littéralement, il agit sur son peuple – à l'impossibilité d'autonomie mais aussi d'identité propre de ce peuple. Comme le confirme la polémique avec Jurieu dans les années 1688-1689, Bossuet redoutait avant toute chose la souveraineté du peuple, dont Jurieu croyait voir l'expression concrète dans la *Glorious Revolution* anglaise [25] : cette souveraineté eût signifié que le peuple peut exister en dehors de son souverain princier, qu'il peut tirer de lui-même son principe d'identité et d'unité. « C'est, écrit Bossuet, mettre un gouvernement avant tout gouvernement et se contredire soi-même. Loin que le peuple en cet état [26] soit souverain, il n'y a même pas de peuple en cet état. [...] Il peut bien y avoir une troupe, un

---

24. Sur cette police du royaume cf. F. Bluche, *Louis XIV*, Hachette, « Pluriel », 1986, p. 477 et le livre de Lémontey que nous commentons dans *Échec au libéralisme* : *Essai sur l'établissement de Louis XIV*, 1818.

25. Voir Bossuet, *Avertissements aux protestants*, le cinquième des avertissements : « Sur les lettres du ministre Jurieu contre l'*Histoire des variations*. Le fondement des empires renversé par ce ministre. » Ce texte très célèbre connut de nombreuses rééditions. On peut consulter l'édition récente donnée par S. Goyard-Fabre : Pierre Jurieu, *Lettres pastorales XVI-XVII-XVIII, suivies de la réponse de Bossuet, Cinquième Avertissement aux protestants*, université de Caen, 1991.

26. État d'autonomie ou état de nature.

amas de monde, une multitude confuse, mais il ne peut y avoir de peuple[27]. »

On comprend donc l'importance de l'image organiciste dans la *Politique*, même si elle perturbe quelque peu la comparaison avec l'être divin : il s'agit d'établir l'indissolubilité du lien entre le roi et le peuple, autant que l'irrésistibilité de l'action du roi, action sur soi-même. Comme avait dit Hobbes, « le roi est ce que je nomme le peuple » *(De Cive).* Ou encore, pour qu'il y ait souveraineté, il faut qu'il y ait domination ; le roi, dominant son peuple, peut, en ce sens, être dit « se » dominer lui-même, mais le peuple, si on le suppose souverain avec Jurieu, qui dominera-t-il ? Telle est la question par laquelle Bossuet pense terrasser son adversaire : « Où tout est indépendant, il n'y a rien de souverain : car le souverain domine de droit ; et ici [en cet état supposé de souveraineté naturelle] le droit de dominer n'est pas encore : on ne domine que sur celui qui est dépendant[28]. » Il est donc contradictoire de supposer à la fois une indépendance première des hommes, un état de nature et la formation de la souveraineté.

Il est intéressant d'observer cette argumentation reparaître, symétrique et inversée, chez Lamennais, lorsque ce dernier veut fonder une souveraineté inhérente au peuple ; la souveraineté, dira-t-il, est non pas domination mais *indépendance*. La communauté est souveraine, comme Dieu l'est, dans sa pleine indépendance[29]. L'opposition entre Bossuet et Lamennais, le conflit entre le monarchiste et le démocrate d'après la révolution de Juillet se déroule dans le cadre d'une même vision absolutiste de la souveraineté. Pour Bossuet, le peuple est dans le souverain, tandis que pour Lamennais le peuple ne rencontre aucune souveraineté hors de lui ; pour l'un, il y a toute liberté dans le roi parce qu'il est le souverain, pour l'autre, il ne peut y avoir de souveraineté de l'État si les libertés individuelles existent, et ces libertés sont celles mêmes du souverain populaire. Le libéralisme démocratique mennaisien est un absolutisme inversé, celui de Bossuet mais qui se mettrait à parler un langage ultramontain et de visée démocratique.

LE ROI ET L'ÉVÊQUE : L'INÉVITABLE CONCURRENCE

Si l'on examine encore la définition de la majesté telle qu'elle est développée par Bossuet, il semble que l'identité entre les deux souverainetés devienne complète : « Les desseins du prince ne sont bien

27. Éd. cit., p. 465. La différence entre peuple et multitude, la transformation de cette dernière en peuple unifié et policé par le souverain avait été exposée par Hobbes.
28. *Cinquième Avertissement*, éd. cit., p. 466.
29. Préface de Lamennais, en 1836, au tome X de ses *Œuvres complètes* consacré aux articles de presse (Daubuée et Cailleux, p. LVI).

connus que par l'exécution. Ainsi se manifestent les conseils de Dieu : jusque-là personne n'y entre que ceux que Dieu y admet. » Outre le caractère irrésistible de la puissance princière, sa raison, comme secret d'État ou raison d'État, est absolument impartageable ou incommunicable : seul le roi sait ce qui est bon pour l'intérêt de tous ou de chacun – c'est, dit Bossuet ailleurs dans l'ouvrage, une véritable science –, et les simples individus, les « particuliers », ne peuvent qu'en constater les effets. Pénétré de cette idée, Louis XIV écrivait à l'intention de son fils : « Il est sans doute de certaines fonctions où, tenant pour ainsi dire la place de Dieu, nous semblons être participants de sa connaissance aussi bien que de son autorité, comme, par exemple, en ce qui regarde le discernement des esprits, le partage des emplois et la distribution des grâces. » Jouissant d'un esprit d'impartialité véritablement attaché à sa fonction, embrassant l'ensemble des affaires, le souverain doit donner à chacun son dû et attribuer notamment les charges à qui les mérite. En ce qu'il sonde les mérites et les talents, le roi tient donc « la place de Dieu[30] ».

Cependant, et c'est le grand retournement argumentatif, tout en donnant beaucoup au prince, Bossuet lui enlève ce qui pourrait nourrir l'idolâtrie : il ne doit pas oublier que son pouvoir (moral, intellectuel, matériel) prend sa source en Dieu : « Ainsi, Dieu donne au prince de découvrir les trames les plus secrètes. Il a des yeux et des mains partout. [...] Il a même reçu de Dieu, par l'usage des affaires, une certaine pénétration qui fait penser qu'il devine. [...] Elle est si grande, cette majesté, qu'elle ne peut être dans le prince comme dans sa source ; elle est empruntée de Dieu. »

Il ne suffit donc pas que le roi puisse être pensé comme un dieu sur terre, l'important (pour qui ? bien entendu, pour l'évêque Bossuet) est que Dieu soit un *plus grand roi que le roi*. Ici apparaît le discours d'Église qui, après avoir exhaussé la souveraineté terrestre, lui rappelle ses manques, que seule l'Église sait discerner, dans l'ombre de la confession. Cette puissance, dit Bossuet qui s'adresse cette fois aux princes et avec un ton d'autorité, « elle vous est appliquée par le dehors. Au fond, elle vous laisse faibles ; elle vous laisse mortels ; elle vous laisse pécheurs et vous charge devant Dieu d'un plus grand compte ».

La péroraison, par laquelle le discours sur le prince devient discours au prince *(ad usum delphini),* confirme combien le politique a été conçu sur le modèle du religieux, et que ce qui fait la force du magistrat devant le peuple (pour autant qu'il adhère à cette représentation) fait sa faiblesse

30. Le « pour ainsi dire » concédé par Louis XIV se faisait vite oublier ; comparer avec Fénelon, qui émet les plus expresses réserves sur l'*illusion* de croyance à son infaillibilité pour le titulaire du trône, assiégé par les courtisans. Voir notre étude « Fénelon critique de la déraison d'État », in *Raison et déraison d'État*, *op. cit.* Soumis aux lois, le prince ne peut jamais se croire à la place de Dieu, même « pour ainsi dire ».

aux yeux de l'Église. Il y a, avec l'accord de Bossuet, un transfert de transcendance, car l'ordre social est à ce prix, mais il ne faudrait pas que cette logique livrée à sa propre impétuosité conduisît à ce que le prince se substitue à l'évêque [31]. Car il y a aussi compétition, concurrence même. Sans pouvoir entrer dans la controverse sur le gallicanisme, l'affaire de la Régale et la Déclaration de 1682, il faut rappeler que Fénelon estimait la situation grave : « Les libertés de l'Église gallicane sont de véritables servitudes [...]. Le roi, dans la pratique, est plus chef de l'Église que le pape en France [32]. » C'est exactement le diagnostic que porteront en 1830-1831 les catholiques groupés autour de *L'Avenir* : le gallicanisme a consacré l'idolâtrie de la puissance monarchique et, par là, de l'État lui-même. Cette thèse, maintes fois répétée par Lamennais [33], fondera l'alliance, à première vue bizarre, entre l'ultramontanisme religieux et le libéralisme politique.

Les caractères de la souveraineté

À partir de l'épure qu'en donne Bossuet, la souveraineté que Bodin avait définie comme « puissance perpétuelle d'une République » et par laquelle on commande à plus petit que soi reçoit ses traits absolutistes définitifs : elle est une, impartageable, inaliénable, irrésistible. Surtout elle est, selon l'expression de Bossuet, « injusticiable » (sauf dans son rapport à Dieu). Seul le prince est *juge* en matière d'intérêt général, en matière d'intérêts particuliers qu'il faut soumettre à l'unité d'ensemble [34]. « Quand le prince a jugé, il n'y a point d'autre jugement » (*Politique*, IV, I, 2e prop., p. 93). Comme l'indique le terme même de « particuliers » utilisé pour les sujets du prince, il n'y a de pensée ou de raison *publique* que dans l'esprit princier, qui est le public tout entier. Certes, il doit

31. Tout comme, dans l'ordre civil, la puissance lui est « appliquée par le dehors », selon le bon vouloir de Dieu ; comparativement à l'Église qu'il aide et protège, le prince est « évêque du dehors ».

32. Lettre du 3 mai 1710 citée par Nourrisson (éd. cit., note 1, p. 276).

33. Cf. le chap. II, « Du libéralisme et du gallicanisme », dans *Progrès de la Révolution et de la guerre contre l'Église* : « En 1682, des évêques serviles proclamèrent comme un dogme de la religion ce qui n'avait été jusque-là qu'une lâche flatterie des cours judiciaires, savoir que la souveraineté chez les peuples chrétiens est indépendante du Christ et de sa loi » (Daubrée et Cailleux, t. IX, 1837, p. 47). Ce que Lamennais reproche à la Déclaration (dans son article 1er) c'est de rendre les souverains indépendants de la puissance ecclésiastique dans les choses temporelles : le souverain est le grand véridicteur en matière de bien public. D'où l'assimilation du gallicanisme politique au despotisme et l'utilisation de Fénelon qui est faite par Lamennais, un Fénelon qui devient précurseur du libéralisme : « On n'a plus parlé ni de l'État ni des règles, on n'a parlé que du roi et de son bon plaisir » (cit. de Fénelon, *ibid.*)

34. Bodin disait déjà : « Le prince peut bien casser et annuler une bonne ordonnance [...] pourvu que le profit soit public et le dommage particulier » (*Les Six Livres de la République*, I, 8).

respecter les coutumes et lois fondamentales ainsi que la loi de Dieu, mais de cela, pour Bossuet, seul le prince est juge. On doit donc penser que le prince est juste : « Contre son autorité, il ne peut y avoir de remède que dans son autorité. » Si l'on faisait l'hypothèse que le roi se trompe ou qu'il est injuste, tout serait perdu[35].

On pourrait s'étonner qu'un tel crédit soit porté au compte du souverain par les théoriciens de l'absolutisme : une révérence véritable et non pas une simple fiction (comme dans le cas anglais où « le roi ne peut mal faire »). Il s'agit d'un legs historique dans la construction de la souveraineté de l'État contre les tendances particularistes, les privilèges féodaux, les déchirements religieux (dont Bodin avait éprouvé toute l'acuité). Il faut que le prince sache mieux que nul autre ce qui est bon pour le royaume dont il garantira l'unité en même temps que la perpétuité ; c'est à ce titre que, apportant son appui à l'Église de France, Louis XIV révoque l'édit de Nantes au nom de l'unité de loi, de roi et de foi[36].

D'un côté donc, l'Église estimait avoir, dans son magistère, le monopole du *discours de vérité*, adossé à la légitimité divine, la plus forte qui soit : on peut encore aujourd'hui en retrouver l'écho dans la récente encyclique de Jean-Paul II, intitulée *La Splendeur de la Vérité*[37]. De l'autre côté, le pouvoir politique s'est senti contraint à imiter l'Église pour asseoir sa crédibilité : la souveraineté du roi est, reprise à l'Église et au pape, ce discours infaillible qui détermine, à la place des particuliers, où se trouve leur bien (au moins comme bien de la coexistence sociale), et le leur signifie sans qu'aucune altérité (de situation ou d'opinion) lui soit opposable[38]. De là l'idée de la monarchie de droit divin, c'est-à-dire où le prince reçoit *immédiatement* son pouvoir de Dieu, et non du pape ou encore du peuple (comme chez Bellarmin et Suarez).

C'est ce caractère d'infaillibilité que Lacordaire restitue à l'Église, tandis que l'impossibilité de l'attribuer au souverain temporel fonde, mais *par défaut*, les libertés de la société dont, au premier chef, les libertés d'opinion et de presse. La matrice du catholicisme libéral se loge précisément là, à l'origine : dans le manque constitutif de l'ordre

35. Hypothèse permanente, au contraire, chez Fénelon. D'où le conflit des enseignements entre Bossuet et Fénelon auprès du duc de Bourgogne, petit-fils de Louis XIV. La parution inopinée du *Télémaque* déclencha l'ire royale.

36. Malgré les graves nuisances qui pouvaient en rejaillir pour le royaume : Louis XIV en était conscient semble-t-il, d'après un mémoire (laissé par le duc de Bourgogne) qui reflète les débats antérieurs à la Révocation (texte *in* Nourrisson, *op. cit.*, p. 261, note 1).

37. Il est frappant de voir le pape affirmer 1) qu'il ne peut y avoir d'hésitation sur ce qui est « intrinsèquement mauvais », 2) que lui seul détient la transmission et la reconnaissance de la vérité en matière de foi et de mœurs, 3) que, selon la formule de l'apôtre, « cette vérité vous libérera », et elle seule.

38. On laissera de côté la résistance des Parlements, qui n'en est que plus significative, l'indocilité janséniste, etc.

politique à se refermer sur une forme de perfection qu'il définirait par ses propres forces, et dans sa radicale impuissance à le faire. Chez d'autres libéraux, le relent d'infaillibilité qui entoure la souveraineté leur fera dire que le terme même secrète le despotisme. Selon la formule de Royer-Collard souvent citée, « dès qu'il y a une souveraineté, il y a despotisme ; [...] demander où est la souveraineté, c'est être despotique et déclarer qu'on l'est ».

Au-delà de ces formulations – qui suscitaient plus de problèmes qu'elles n'en résolvaient –, il restait les effets produits par le creuset absolutiste, et notamment la *personnalisation* qui semblait devoir s'attacher à la souveraineté. Pouvait-on concevoir un Sujet souverain, fût-il roi, peuple, nation, puissance étatique, sans que le monopole de jugement et de doctrine ne lui soit attribué ? À l'indispensable voix du souverain, comment associer ou opposer la légitime expression de l'opinion des gouvernés ? La théorie du pouvoir neutre chez Constant est la seule doctrine libérale qui ait tenté véritablement de répondre à ces questions ; à la fois isolée[39], mais connue et méditée par tous les publicistes du siècle, cette conception a reçu nombre d'hommages platoniques, comme il a déjà été signalé. Il est donc nécessaire, avant d'entrer dans le contexte propre au catholicisme libéral, de prendre la mesure de cette doctrine constantienne, véritable défi à l'héritage absolutiste.

BENJAMIN CONSTANT : LE SOUVERAIN NEUTRE, PUISSANT ET FAILLIBLE

Pour comprendre, de façon comparative, le ressort du pouvoir neutre, il faut prendre la théorie dans sa phase intermédiaire : entre le premier moment d'élaboration, où elle achoppe sur l'hypothèse républicaine[40], et la mise au point définitive (les *Principes de politique* de 1815) ; cette période est celle où, envisageant d'influer sur la rédaction de la Charte, Constant se pose la question d'un roi qui, n'étant ni Louis XIV ni Napoléon, s'émanciperait de l'absolutisme, sans endurer la faiblesse d'un Louis XVI dans la Constitution de 1791. C'est donc aux *Réflexions sur les constitutions* (1814), mais enrichies des additions et notes de 1818,

39. Mais évidemment inspiratrice de la *Monarchie selon la Charte*, chez Chateaubriand, selon l'observation ironique que fera Constant dans l'édition de 1818 : il a fait « une très éloquente paraphrase » de la séparation entre pouvoir royal et pouvoir ministériel, tout en l'exagérant, selon Constant (Note C, « Du pouvoir royal », dans les *Réflexions sur les constitutions et les garanties*).

40. Les *Fragments sur une constitution républicaine*, édités par H. Grange.

qu'il faut prêter attention[41]. Le retour aux *Réflexions* que pratique Constant en 1818 révèle que la première élaboration de l'idée restait encore attachante pour l'auteur qui, après sa phase républicaine, avait, à l'école de Necker, reconsidéré les vertus propres à la monarchie.

La critique de l'identification entre roi et peuple

Parmi les traits attachés au pouvoir royal neutre, l'un des plus célèbres est répété inlassablement et sur tous les tons dans les *Réflexions* : la séparation entre le chef de l'État et le ministère, entre le roi et le gouvernement. « Le pouvoir ministériel, bien qu'émané du pouvoir royal, a cependant une existence réellement séparée de ce dernier : et la différence est essentielle et fondamentale entre l'autorité responsable et l'autorité investie de l'inviolabilité[42]. » Ce dédoublement du pouvoir exécutif, si parlant pour les Français de l'actuelle Ve République, avait été prôné par Necker lorsqu'il soumettait à la critique la Constitution de 1791, puis celle de l'an III : élever le pouvoir exécutif dans la personne du roi, rendre l'autorité d'autant plus visible, était à ses yeux une condition fondamentale de la liberté pour la société. Mais faire de ce *chef de l'État* un élu du peuple, un président de la République, n'aurait été concevable que dans le cadre d'une république fédérative, comme aux États-Unis. Lors même que, face à Bonaparte, Necker envisage en 1802 l'hypothèse d'une République une et indivisible, il observe encore : « La responsabilité du ministre et l'inviolabilité du chef de l'État sont des conditions monarchiques et nullement républicaines[43]. »

De quelle monarchie peut-il s'agir pour Constant, dès lors qu'il faut – dans la fiction sinon dans la réalité – que le roi ne gouverne pas ? « Il reste aux monarques, sous une constitution libre, de nobles, belles, sublimes prérogatives[44] » : l'auteur se défend d'avoir dépouillé les monarques (le terme « souverain » étant dans ce passage soigneusement évité). D'où une longue énumération d'attributions : dissoudre les assemblées représentatives, nommer les ministres et les renvoyer, nommer des pairs héréditaires, instituer les organes judiciaires, exercer le droit de grâce ; enfin, « la distribution des grâces, des faveurs, des récompenses [...], prérogative qui donne à la monarchie un trésor d'opinion inépuisable ». Qu'en est-il cependant de la *solidarité* entre le roi et le peuple, point névralgique

41. L'édition citée est celle de Laboulaye, dans le *Cours de politique constitutionnelle*, 2e éd. 1872, t. I.
42. P. 295.
43. *Dernières Vues de politique et de finance*, cit. donnée par H. Grange, « De l'influence de Necker sur les idées politiques de Benjamin Constant », *Annales Benjamin Constant*, 1982, p. 76.
44. *Réflexions sur les constitutions*, p. 297 (note C de 1818 : « Du pouvoir royal »).

de l'ancienne idée monarchique ? Elle ne peut être établie sur la base de la toute-puissance royale, comme l'avait voulu l'absolutisme ou encore Napoléon, ce roi de la Révolution : le roi ne porte pas en lui la nation et la société ; au contraire, elles lui font face et c'est donc un tout autre type de lien qui doit être envisagé. Ce serait égarer le roi, écrit l'auteur, que de lui suggérer le regret de « cette puissance despotique, sans bornes ou plutôt sans frein », qui perd et les rois et les peuples. Le lien entre le monarque et le peuple sera tissé par de multiples médiations qui creuseront à la fois sa distance et sa présence vis-à-vis d'un pouvoir d'opinion qui est devenu capital.

Il faut insister sur le fait que cette conception se construit en polémique avec l'ancien usage. Chez Bossuet, l'action immédiate et ubiquiste du roi, notamment pour écraser les ennemis du royaume, était la marque de ce qu'il portait de divin. Constant écrit au contraire que « toute puissance arbitraire est contre la nature du pouvoir royal » (p. 298). Certes, Bossuet avait réfuté l'idée d'une puissance arbitraire dans le royaume de France[45], mais on sait qu'il laissait le souverain seul juge en la matière. Par « puissance arbitraire » Constant entend une puissance illimitée, laissée à son appréciation propre. Le modèle est bien celui de l'incorporation organiciste du peuple au souverain, comme le confirme la note A (« De la souveraineté du peuple et de ses limites »), qui fait la critique d'un ouvrage où Molé avait cru bon de ressusciter cette imagerie au profit de Napoléon[46]. Parmi les fauteurs du despotisme, écrit Constant, « j'en connais un qui, de même que Rousseau avait supposé que l'autorité illimitée réside dans la société entière, la suppose transportée au représentant de cette société, à un homme qu'il définit l'espèce personnifiée, la réunion individualisée. [...] L'homme constitué société ne peut faire de mal à la société parce que tout le tort qu'il lui ferait, il l'éprouverait fidèlement, tant il est la société elle-même[47]. » Par-delà la flatterie évidente, Molé renouait avec une conception selon laquelle la *représentation* du corps social dans son dirigeant devait dispenser ce dernier de toute responsabilité.

Inversement, pour Constant, le vice de l'idée républicaine est de rendre le chef suprême directement responsable, ce qui affaiblit inévitablement l'État. Il faut donc organiser un système tel que le principe de la responsabilité suppose la *distance* entre le roi inviolable et l'opinion qui juge, mais tout en donnant au roi un *lien* avec l'opinion. Lien non pas

45. Cf. *Politique*, VIII, II, 1re prop. : « Il y a parmi les hommes une espèce de gouvernement que l'on appelle arbitraire, mais qui ne se trouve point parmi nous, dans les États parfaitement policés » (p. 291 et suiv.).

46. Molé, *Essais de morale et de politique*, parus en 1806. Du chef, représentant de la société qu'il s'incorpore, Molé écrivait que « ce n'était plus un homme, c'était un peuple ». On retrouve bien l'identification venue de Hobbes et de Bossuet.

47. *Réflexions...*, note 1, p. 278.

antagoniste de l'irresponsabilité mais fort, au contraire, du caractère de neutralité endossé par le personnage royal. Alors, le monarque est à la fois un organe actif de médiation et l'objet de diverses médiations, ainsi qu'on va le voir.

LE LIEN ENTRE LE ROI ET LE PEUPLE

Les *Réflexions* énoncent ainsi l'objet de la recherche : « Établir un point fixe, inattaquable, dont les passions ne puissent approcher » (p. 196), étant entendu une fois pour toutes que « rien de pareil ne peut arriver dans une république où tous les citoyens peuvent arriver au pouvoir suprême ». Ce point fixe qu'au moment de la crise de 1830 Constant appellera une « clé de voûte » est le « pouvoir neutre et *intermédiaire* » (p. 183). Le second qualificatif devient déterminant : le roi accomplit une fonction de médiation. Il se tient entre le peuple, représenté par ses élus, et les ministres, il juge de l'accord entre une politique que seuls les ministres assument et l'état de l'opinion. Il renvoie les ministres si l'opinion lui paraît insatisfaite. La séparation entre le « point fixe » et le gouvernement ouvre l'*espace d'expression* de l'opinion : on peut et on doit contester les ministres, on n'attaque pas le roi, c'est-à-dire le pouvoir d'État qui se situe sur le plan de la nécessaire pérennité des institutions.

La *souveraineté* du roi – car il s'agit en fait de cela – n'est que celle de la puissance publique, de la protection due à l'intérêt général. Le pouvoir d'État constitue une instance d'arbitrage (par le retour aux urnes ou le renvoi du ministère), et non, dans les termes d'aujourd'hui, l'organe de choix partisans. Arbitrant entre la Chambre élue et le ministère, ou entre les ministres et l'opinion extérieure à la Chambre[48], le souverain doit représenter l'unité nationale. Dès lors il importe peu de dire si l'opinion est souveraine ou si le roi est souverain : la puissance royale, comme avait dit Mirabeau, n'est que le patrimoine de la nation[49]. Du fait que le roi ne se confond pas avec son peuple, dont il protège cependant la volonté durable, le lien qui s'établit est celui de l'*appel* toujours possible : Constant reprend, en termes propres, l'« appel au peuple » énoncé par Mirabeau. Il n'y a pas là une simple coïncidence historique, car on voit la notion réapparaître lors de l'adresse des 221 où Constant

48. C'est Chateaubriand qui insistera sur cette idée au chap. XVII de la *Monarchie selon la Charte* : « Dans un gouvernement représentatif, il y a deux tribunaux : celui des Chambres, où les intérêts particuliers de la nation sont jugés ; celui de la nation elle-même, qui juge en dehors les deux Chambres. [...] Comment le ministère et les Chambres connaîtront-ils l'opinion publique qui fait la volonté générale, si cette opinion ne peut librement s'expliquer ? » Chateaubriand désignait ici la liberté de presse.

49. « La sanction royale n'est point la prérogative du monarque, mais la propriété, le domaine de la nation », discours du 1er septembre 1789, *Archives parlementaires*, 1re série, VIII, 538.

s'exprime en ces termes : « On dirait que cette Chambre toute-puissante ne peut être dissoute. Mais la dissolution répond à tout et renverse tous les arguments du ministère. Nous ne voulons pas faire la loi au monarque, comme on ose nous en accuser. Nous lui disons avec respect : "Que votre majesté prononce, qu'elle daigne en appeler à son peuple, que des élections libres lui fassent connaître si ses ministres se trompent ou si nous nous trompons" [50]. »

Cette conception était inadmissible pour les tenants d'une souveraineté royale réduisant les ministres à de simples instruments de sa politique ; et donc, si le roi se met dans la position d'un arbitre, qui lui-même est en attente d'une opinion qui lui est extérieure, la souveraineté lui échappe. Le grand débat du 15 mars 1830 a porté sur cette divergence fondamentale. Le ministre Guernon-Ranville, en accord avec les ultras, s'écrie : « La prérogative royale serait comprimée si l'on admettait l'espèce de sommation faite au roi de choisir entre ses ministres et la Chambre [51]. »

Dans la perspective de Constant, il ne s'agit pas d'une sommation car la neutralité et la souveraineté bien comprises du roi consistent à aller au-devant de la crise, pour la dénouer à temps. Il y aurait (et il y eut effectivement) sommation si l'on en revenait à l'interprétation absolutiste : la volonté du roi est tout, sous peine de dissoudre l'unité du corps politique. On peut remarquer que c'est en poursuivant la même logique que Cabanis avait fait en l'an VIII l'apologie de l'« unité du pouvoir électoral » (au profit du Sénat consulaire), ou qu'un projet préparatoire à la Charte envisageait de donner au roi le choix définitif des députés « présentés [52] ». Le roi neutre de Benjamin Constant protège l'unité de la nation sans en être le démiurge : il exerce une médiation entre les organes du pouvoir parce qu'il n'est pas lui-même un tel organe, il n'est pas une partie du mécanisme [53].

Mais, outre ce rôle de médiation, la neutralité royale est elle-même soumise à médiations : autant le monarque préserve le peuple du maintien en place des mauvais ministres, autant les ministres préservent le peuple de volontés royales qui seraient nocives.

---

50. Discours du 19 mars 1829, repr. *in* B. Constant, *Écrits et discours politiques*, publ. par O. Pozzo di Borgo, t. II, p. 152.

51. Cf. P. Rosanvallon, *La Monarchie impossible*, p. 99.

52. Projet d'ailleurs évoqué par Constant (*ibid.*, note 3, p. 212). Son éditeur du Second Empire, Laboulaye, ne manque pas de faire le rapprochement avec les « candidats recommandés » par César et Auguste : l'actualité du propos était évidente.

53. Ce que les *Principes de politique* énonceront ainsi : quand les trois pouvoirs « se croisent, s'entrechoquent et s'entravent, il faut une force qui les remette à leur place. Cette force ne peut pas être dans l'un des ressorts, car elle lui servirait à détruire les autres. Il faut qu'elle soit en dehors, qu'elle soit neutre en quelque sorte » (éd. Gauchet, p. 280). Mais, comme on le voit, tout tient à l'acceptation par le monarque de cette ligne de conduite, qui n'a rien de mécanique.

Tout d'abord, il faut rappeler l'existence des pairs héréditaires (chap. IV des *Réflexions*) qui, se plaçant *entre* le roi et le peuple, veillent au sort des libertés et, s'il le faut, contiennent le peuple. En mettant obstacle à certains projets de lois, la pairie peut autant, de façon implicite, s'opposer au roi, qu'elle s'oppose aux députés. En second lieu viennent les ministres qui font écran entre le souverain et son peuple : un écran certes surmontable, comme on vient de le dire, mais d'une importance essentielle puisque, faisant exister la responsabilité, il permet que l'autorité neutre soit aussi « préservatrice » (note C, p. 296). En public, le roi n'est que préservateur des institutions et de leur harmonie (tant interne que par rapport à l'opinion) ; ce rôle public n'empêche pas que dans le secret du cabinet, il puisse ordonner, prescrire des projets de loi. Mais pour que la stabilité soit assurée, il importe que le gardien de l'État ne soit pas en même temps l'instigateur public de la politique du moment. Subissant dans ses actes la médiation que lui impose la présence du ministère, le roi peut paraître inactif, ce qui est le destin des antiques souverainetés : « L'action directe du monarque s'affaiblit toujours inévitablement, en raison des progrès de la civilisation » (p. 297). En réalité, ce roi apparemment inactif ne doit pas être un roi potiche, mais il importe que si ses initiatives sont mauvaises, il n'en fasse pas pâtir la dignité de l'État. On peut donc dire que le lien direct du monarque avec l'opinion (appel au peuple) traduit un pouvoir souverain effectif, contrebalancé par l'*absence* d'une volonté politique active par laquelle le souverain agirait sur les citoyens. La rémanence de la souveraineté est calculée de sorte que l'État soit dissocié de tout sujet prétendant l'incarner. En fait, on fait appel au roi en contestant le ministère (tout comme, en dissolvant, le roi fait appel au peuple), mais pas dans une relation directe de face-à-face.

La matrice primitive de la souveraineté supposait que le titulaire de la charge *dise* pour ses sujets où se trouve leur bien ; le souverain de Benjamin Constant ne peut jamais le dire, car le discours de l'opinion et celui des ministres relancent tour à tour un débat jamais achevé. Sans être muet[54], le souverain ne peut jamais tenir un langage ouvertement partisan, faute de quoi il contredirait l'axiome de base, selon lequel « toute puissance arbitraire est contre la *nature* du pouvoir royal ». Il deviendrait en ce cas un ministre, « une espèce de ministre plus redoutable » (p. 298). C'est exactement le piège où tombèrent Charles X d'abord – avec les fameuses ordonnances qui provoquèrent la révolte –, puis Louis-Philippe et son ministre Guizot (accusé de protéger le « pouvoir personnel » du roi). Commentant de façon prémonitoire l'article 14 de la Charte[55], Constant écrivait que le roi ne doit signer aucune ordon-

54. Version caricaturale que l'on a donnée parfois de la théorie constantienne et à laquelle il a prêté par certaines formules des *Principes de politique*.

55. Note G : « Signature des actes du pouvoir ministériel par les ministres seuls », pp. 306-307.

nance ou acte ministériel : le chef du pouvoir exécutif *fait faire* les règlements et ordonnances. Ce qui confirme que, en tant que pouvoir d'État extérieur aux partis, « le pouvoir royal ne doit ni être atteint par aucun individu, ni en atteindre aucun ».

Si la pointe du pouvoir exécutif atteignait jusqu'aux simples individus, on en reviendrait à la vision absolutiste, à cette conception du souverain-Argus qu'exposait complaisamment Bossuet : « Il a des yeux et des mains partout. [...] Ses longs bras vont prendre ses ennemis aux extrémités du monde ; ils vont les déterrer au fond des abîmes. Il n'y a point d'asile assuré contre une telle puissance[56]. » Et c'est bien à ces rêves de toute-puissance, illustrés par les célèbres lettres de cachet, que rétorque Constant lorsqu'il écrit : « On a concédé souvent cette autorité aux rois parce qu'on les considérait comme désintéressés et impartiaux » ; de fait, le calcul est mauvais : on a détruit, « par cette concession, l'impartialité même qui lui servait de prétexte » (p. 298). Au contraire, il faut entendre l'heureuse impuissance du roi vis-à-vis des individus comme le corrélat de sa puissance effective[57].

Que penser, enfin, de l'objection selon laquelle la pensée de Constant est purement « théorique », puisque ceux qui ont gouverné, dans les institutions organisées par la Charte, ont agi différemment ? L'objection ne tient pas puisque, précisément, l'analyse de l'article 14 de la Charte permet à Constant de mettre en garde contre un danger possible. La pratique ne vaut comme argument contre la théorie que lorsque, contre elle, elle a prouvé sa réusssite (ou que, du fait de l'imprévu, on sort des prémisses de la théorie) : ce ne fut pas le cas, et tout le libéralisme, on l'a vu, a déploré l'échec de Juillet, qui n'avait pas su tirer les leçons de l'outrecuidance de Charles X.

C'est sur l'échec de la Charte, sanctionné par une onde de choc révolutionnaire, que Louis-Napoléon fonde sa prise de pouvoir, annonçant la responsabilité directe du président (puis de l'empereur) devant le peuple « auquel il a toujours le droit de faire appel[58] ». Un peu plus tard, ayant sous les yeux l'expérience du Second Empire, Renan observe une incompatibilité entre la volonté d'être *populaire* et l'acceptation du rôle

---

56. Bossuet, *Politique*, V, IV, 1re prop., p. 179. L'idée que le pouvoir exécutif ne doit pas être en contact avec les citoyens vient sans doute de Sieyès (qui refuse d'ailleurs le terme « pouvoir exécutif »).

57. Sans doute peut-on entendre en ce sens la formule de Marcel Gauchet sur « l'arrière-fond absolutiste de la notion constantienne du pouvoir neutre, impuissant parce qu'incarnant une toute-puissance » (p. 661 de l'introduction à *De la liberté chez les modernes*). De même Mauro Barberis écrit à propos des *Fragments d'une constitution* que Constant tentait à ce moment « d'acclimater dans un humus rationaliste une notion de neutralité née sur le terrain traditionaliste de la *sacralisation* du monarque » (*Benjamin Constant*, éd. cit., p. 189). Sur le passage du pouvoir neutre républicain au pouvoir neutre monarchique, voir l'analyse minutieuse de M. Barberis (p. 173 et suiv.).

58. Selon les termes de la proclamation du 14 janvier 1852, repr. *in* J. Godechot, *Les Constitutions de la France depuis 1789*, Garnier-Flammarion, 1979, p. 289.

de monarque constitutionnel. Il écrit à propos de Louis-Philippe : « L'esprit français fut, à vrai dire, le premier coupable dans cette tentative imprudente qui, sous prétexte de rendre la royauté populaire, lui enlevait en réalité son caractère libéral. Un des défauts de la France, c'est de vouloir que ses souverains soient en rapports intimes avec elle. [...] Le roi conçu comme une sorte de personne neutre à qui l'on impose d'abdiquer sa personnalité pour le bien de tous est la chose du monde qui est chez nous le moins comprise[59]. » Le « roi républicain » voulu par La Fayette, soucieux de sa popularité quasiment élective, conduit inévitablement, selon Renan, au pouvoir personnel. « Un grand ambitieux, écrivait Renan, dans un tel état de choses, désirera bien plutôt d'être ministre que d'être roi. » De façon conséquente, le bonapartisme réduit le ministère à une fonction technique. Le président étant responsable, écrit Louis-Napoléon, « il faut que son action soit libre et sans entraves. De là l'obligation d'avoir des ministres [...] qui ne forment plus un Conseil responsable, composé de membres solidaires, obstacle journalier à l'impulsion particulière du chef de l'État[60] ». On comprend que dans cette restauration de la souveraineté du chef d'État l'étape ultime est l'Empire ou République césarienne. Ce qu'exprimait Troplong en 1852 : « La République est virtuellement dans l'Empire, à cause du caractère contractuel de l'institution, et de la communication et de la délégation expresse du pouvoir par le peuple. Mais l'Empire l'emporte sur la République, parce qu'il est aussi la monarchie, c'est-à-dire le gouvernement de tous confié à l'action modératrice d'un seul, avec l'hérédité pour condition et la stabilité pour conséquence[61]. » En fait, vivante contestation de Louis-Philippe, et en faveur d'un « pouvoir personnel » explicitement revendiqué, Napoléon III ne réussit pas à balancer la popularité par l'hérédité : aucun souverain français n'a pu transmettre le pouvoir depuis 1791.

Les perspectives de Benjamin Constant gardent leur intérêt aujourd'hui. Qu'est-ce que la Ve République, sinon la tentative de retrouver un arbitrage d'État distinct de la fonction gouvernementale ? Aujourd'hui, de la nécessité de préserver les libertés, nous déduisons le Conseil constitutionnel comme complément nécessaire à la fonction de « gardien des institutions » qu'a reçue le président de la République, alors que Constant en déduisait l'hérédité de la pairie ; la préoccupation reste analogue, dans un contexte où les solutions ne peuvent plus, concrètement, être les mêmes.

---

59. « Philosophie de l'histoire contemporaine », 1856, *in* Renan, *Œuvres complètes*, éd. cit., t. I, p. 51.

60. Proclamation déjà citée, en tête de la Constitution de 1852.

61. Troplong, « Rapport sur le sénatus-consulte soumis aux délibérations du Sénat pour demander le rétablissement de l'Empire », in *Documents historiques relatifs au rétablissement de l'Empire*, Paris, 1852, p. 22.

DEUXIÈME SECTION
LE CATHOLICISME LIBÉRAL FACE À L'ÉTAT SOUVERAIN

> « Ni la certitude de la loi ni l'obligation de s'y soumettre ne reposent sur notre jugement individuel, sur la clarté avec laquelle notre entendement la conçoit. »
> LAMENNAIS, *Essai sur l'indifférence*, t. II.

> « Une constitution, une tribune, des journaux ! C'est-à-dire du papier et des paroles. »
> VEUILLOT, 1853

LA NAISSANCE DU CATHOLICISME LIBÉRAL : NOVATIONS ET TRADITION DANS LA SOUVERAINETÉ

Le choc entre le libéralisme et le catholicisme pouvait sembler inévitable et sans issue lorsque, démentant les attentes naïves de trois des collaborateurs de *L'Avenir*[62] partis pour Rome afin de recevoir la sentence pontificale, Grégoire XVI émit une première encyclique de condamnation des « erreurs » ; celle-ci allait engendrer diverses répliques jusqu'à ce que tombe le couperet du *Syllabus*. Dans *Mirari vos* (1832), tournée contre *L'Avenir* sans le nommer, le pape désigne l'*indifférentisme* comme l'unique source de « cette thèse erronée ou plutôt délirante selon laquelle la liberté de conscience doit être accordée à qui le demande ». Il fustige également « l'exécrable et détestable liberté de la presse », les associations entre personnes de religions différentes, ce qui conduit à « préconiser toute espèce de liberté », etc.[63]. La condamnation allait ouvrir un drame prolongé, mais que les trois pèlerins ont vécu de façon différente.

---

62. Lamennais, Lacordaire et Montalembert. Les fondateurs du journal avaient été Lamennais, Gerbet, de Coux, Harel du Tancrel et Waille. Nous citerons les articles de *L'Avenir* d'après l'excellent recueil italien : *L'Avenir, 1830-1831*, publ. par Guido Verucci, Rome, Edizioni di storia e litteratura, 1967.

63. Voir G. Weill, *Histoire du catholicisme libéral en France*, éd. cit., p. 46 (avec le texte latin en note), ou A. Latreille et R. Rémond, *Histoire du catholicisme en France*, t. III, Éditions Spes, s. d. (1964), p. 288. Lamennais a reproduit intégralement en appendice aux *Affaires de Rome* (1838) les encycliques *Mirari vos* et *Singulari nos* de Grégoire XVI.

Le premier Lamennais : l'*Essai sur l'indifférence*

Avant la crise de 1832, le système d'autorité qui était celui de l'Église avait l'adhésion de Lamennais, de Montalembert et de Lacordaire ; le premier surtout avait prétendu en donner la justification *philosophique* dans son *Essai sur l'indifférence*[64] qui connut un immense succès d'édition. De jeunes esprits distingués comme Hugo, Lamartine, Chateaubriand en firent le plus grand éloge, ne craignant pas de le comparer à Pascal[65]. Lamennais entendait montrer que l'homme, par sa « raison individuelle », ne pouvait parvenir à la certitude (notion philosophique qu'il assimile à l'« infaillibilité »). Il fallait que l'esprit humain suive la « raison générale » ou « sens commun ». « La folie, écrit Lamennais, consiste à préférer sa propre raison, son autorité individuelle, à l'autorité générale ou au sentiment commun[66]. » Cette autorité générale ou raison collective du genre humain, Lamennais l'identifie à l'Église catholique, à la religion qui est « la plus grande autorité visible[67] ».

Dans le contexte des années 1820, aux yeux d'un mennaisien, le libéralisme doctrinal pouvait être tenu pour une pensée en folie ; selon des formulations empruntées à la contre-révolution bonaldienne, Lamennais faisait équivaloir raison et *principe d'autorité*. Il écrivait : « Ne dites point “cela répugne à mon jugement” ; qu'est-ce que votre jugement et de quel droit osez-vous l'alléguer ? De qui avez-vous reçu l'intelligence, sinon de la société ? Elle vous a donné la parole, elle vous a donné la pensée, et avec cette pensée d'emprunt, vous prétendriez réformer les siennes ! » (*ibid.*, p. 273).

La raison véritable étant celle de la société, l'individu ne peut juger ce qu'il a reçu du dehors, par quoi et en quoi il pense maintenant. Soumettant l'individu à l'inculcation sociale, il restait à Lamennais à prétendre que la raison cheminant dans l'Histoire était le christianisme lui-même, pour faire de l'Église et de son chef « la plus grande autorité visible ». Dès lors, la « souveraineté de la raison individuelle » (p. 287) étant une absurdité, puisqu'elle supposerait une universalité possible dans l'individu[68], il convient d'y opposer la *souveraineté papale*, héritière du Christ. Le Christ lui-même est encore cette « raison générale »

64. Premier volume paru en 1817, deuxième en 1820. Au total cinq volumes, avec une *Défense de l'Essai sur l'indifférence*.

65. Voir, par exemple, F. Duine, *La Mennais*, Garnier, 1922, p. 59 et suiv.

66. *Essai sur l'indifférence en matière de religion*, 8e éd., 1829, Belin-Mandar et Devaux, t. II, p. 160.

67. *Ibid.*, t. II, p. 84.

68. Selon Lamennais c'est croire que « chaque homme est toute la société ». Piètre philosophe, Lamennais confond l'universel philosophique avec le collectif numérique. Le terme même de raison chez lui, et appliqué à l'individu, signifie en fait opinion,

véritable dont parle sans cesse Lamennais, mais « manifestée par le témoignage de l'Église » (*ibid.*, pp. 103-104).

Le conflit du libéralisme et de l'Église prend donc le sens d'un conflit entre le *jugement* d'un côté, la foi et l'obéissance de l'autre. Libéralisme, protestantisme et cartésianisme sont jetés dans le même sac par les traditionalistes de la Restauration : ils relèvent tous de la catégorie d'individualisme, dissolvante de toute souveraineté [69].

Si Lamennais évolue ensuite, jusqu'à rechercher une alliance avec le libéralisme [70] puis jusqu'à se déclarer libéral lui-même (fondation de *L'Avenir* le 16 octobre 1830) [71], c'est sous l'effet de la politique intérieure française (ordonnances Martignac, révolution de Juillet) et aussi sous l'influence du combat pour la liberté chez des nations catholiques comme la Pologne et l'Irlande. Après Juillet, l'alliance en Belgique du parti catholique et du parti libéral, qui permet de conquérir l'indépendance nationale, va avoir une puissante action sur Lamennais et ses amis : un libéralisme catholique est véritablement né ou, ainsi qu'on l'appelle, un « catholicisme libéral » ; terme plus exact car on peut constater que presque rien des convictions fondamentales n'a été changé, mais qu'un *déplacement* a été opéré. Ce n'est pas le libéralisme (pour autant que son unité existe) qui a attiré à lui l'esprit catholique, c'est la vision autoritaire du catholicisme qui fait une certaine place aux idées de liberté ; en cette place se joue le rapport ambigu de la souveraineté avec les droits individuels ou sociaux.

LA DEMANDE DES LIBERTÉS ET SON AMBIGUÏTÉ : *L'AVENIR*

Les droits de presse, d'association, de liberté des cultes et d'enseignement sont quatre revendications qui caractérisent « un vrai libéral »,

---

sentiment, perception. La confusion, visible chez Bonald et de Maistre, était fréquente à l'époque.

69. Sur le libéralisme, de Maistre avait écrit qu'« il n'est que le protestantisme en politique ». Quant au protestantisme lui-même, Lamennais écrit : « Le catholique dont la foi repose sur l'autorité de l'Église, qui n'est que l'autorité de Dieu même, commence son symbole en disant : "je crois en Dieu" ; mais le protestant, qui n'admet aucune autorité visible, doit nécessairement commencer le sien en disant : "je crois en moi" » (*Essai*, t. II, p. 113).

70. Tournant de l'année 1829 : *Progrès de la Révolution et de la guerre contre l'Église*.

71. On peut discuter sur le point de savoir *combien* il y a de phases du mennaisianisme : selon le sous-titre évocateur du livre de G. Verucci consacré à cet auteur (« Dal cattolicismo autoritario al radicalismo democratico »), l'arc des options est très ouvert. Cf. les propos violents tenus en 1852 ou 1853 par Lamennais à un journaliste américain : sur la quatrième révolution dont il espère être le témoin (il est né en 1782), sur l'aristocratie qu'il faudra balayer (« Ce sont des voleurs et des assassins ; on devrait les exécuter comme les autres criminels »), sur le socialisme, seule forme viable de la république, etc. (*in* F. Duine, *La Mennais*, pp. 294-296).

écrit *L'Avenir* (qui ajoute souvent la décentralisation à opérer en faveur des communes et des provinces)[72]. Ce sont les mêmes revendications, mais avec un contenu différent (il s'agit d'assurer, de diffuser, de transmettre sa foi), qu'expriment les catholiques, la question étant de savoir si le catholique voudra ces libertés pour lui seul ou s'il doit « les vouloir aussi pour tous ». La réponse du journal est affirmative, non par décision de principe mais au vu de l'*expérience* historique, à la fois antérieure et actuelle : à l'heure présente, « l'état de suprématie pontificale et exclusive », s'il s'exerçait comme jadis sur la pensée des citoyens, engendrerait trop de conflits. Il faut donc, par exemple, admettre la liberté de la presse, et pas seulement au bénéfice de la presse catholique. Cela voudrait-il dire que la *souveraineté de la vérité* propre au catholicisme ne serait plus reconnue : « Mais quoi ! la liberté pour tous ? la liberté pour l'erreur ? » En fait non, car, « la liberté étant donnée à tous, il restera à la vérité sa puissance propre ». Grâce au « sens général » qui est dans le peuple, la religion vaincra finalement. « Eh bien oui ! la victoire nous demeurera parce que la presse use l'erreur, parce que la presse a usé en trois siècles le protestantisme qui avait une constitution assez puissante pour vivre mille ans[73]. »

Telles sont les limitations à l'intérieur desquelles le goupe mennaisien peut se dire libéral : il faut vouloir la liberté civile et politique pour tous, mais cela ne veut pas dire que la vérité se constituera par un processus d'émergence au sein d'opinions qui se combattent. On a pu faire remarquer[74] que le complément exact du sous-titre de *L'Avenir*, « Dieu et la liberté », était « Le pape et le peuple ». La vérité existe *toute formée*, dans le dépôt dont l'Église est la gardienne (les Écritures et la tradition), et dans la parole que son Chef délivre *urbi et orbi*. En fait, l'alliance est un combat : comme l'explique le prospectus du journal[75], « le libéralisme, après avoir épuisé toutes les combinaisons matérielles pour constituer un ordre quelconque, se trouvera conduit, à force d'instabilité et d'agitation, à reconnaître que les vrais fondements de la société sont ailleurs ».

Il arrive pourtant aux rédacteurs de se vouloir *intrinsèquement* libéraux ; le journal fait remarquer que chaque parti, chaque leader ne

72. Article non signé du 3 janvier 1831 : « Qu'il est contradictoire de ne pas être libéral quand on est catholique » (éd. cit., p. 219 et suiv.).

73. C'était une croyance du moment que le protestantisme était sur sa fin. Lacordaire exprime le même avis dans ses conférences de Notre-Dame et Montalembert renouvelle le pronostic dans son livre de 1852, *Des intérêts catholiques au* XIX*e siècle*. À vrai dire, Bossuet attendait déjà cette issue : le protestantisme n'est qu'une hérésie de plus dans l'histoire de l'Église catholique et ne saurait dépasser un siècle ou deux.

74. Vapereau, *Dictionnaire universel des littératures*, Hachette, 1876, art. « Lamennais ».

75. Rédigé par Gerbet et paru le 20 août 1830 dans l'écho encore très fort de la révolution orléaniste : cf. *L'Avenir*, éd. cit., note 1 p. 3 et, pour la citation donnée, p. 7.

demande de liberté que pour son avantage politique personnel : « Mais où sont les écrivains qui défendent la liberté pour elle-même ? » Seul *L'Avenir* serait dans ce cas[76]. Cependant, il est clair que cette liberté pour elle-même est liberté de *reconnaître* la vérité préexistante, parce que la liberté est un don de Dieu. La « conquête des *véritables* droits de l'homme[77] » n'a de sens que religieuse. On retrouve cette revendication d'une liberté à conquérir sur les pouvoirs civils mais au profit de la souveraineté du catholicisme dans les deux importants articles de Lacordaire consacrés à la liberté de la presse[78]. Avec l'habileté pédagogique qui sera toujours la sienne, Lacordaire dose l'argumentation suivant les publics différents qu'il espère toucher : tandis que le premier article vise les catholiques raidis dans le conservatisme politique, on croirait entendre, dans le second, un entretien avec les amis de Benjamin Constant.

Le point d'appui pris par Lacordaire est le suivant : les pouvoirs civils ne peuvent rien dire sur le vrai et le faux en matière politique (comme, bien sûr, en matière religieuse). Il ne peut donc plus être question – dirons-nous – de ce souverain qui savait à la place de ses sujets où était leur bien. Nombre de catholiques « ont fait de grand cœur les funérailles du pouvoir absolu ». Le prospectus de *L'Avenir* avait flétri « le despotisme qui, sous Louis XIV [...], définitivement constitué dans l'État, s'étendit aussi sur l'Église. Une théologie servile [...] présenta la volonté du prince comme la source de tous les droits. Elle plaça l'arbitraire sous l'égide sacrée de la religion et n'offrit aux peuples d'autre ressource contre les plus monstrueux abus de la force qu'une résignation éternelle ». Ces temps sont, littéralement, révolus. Et, dans une formule révélatrice, Lacordaire n'y voit que profit pour l'Église : « Nul prince ne peut être à l'égard d'aucun d'eux [les citoyens] juge suprême de la vérité sans que l'Église catholique ne soit anéantie à l'instant. » Si la rivalité du souverain laïque avec le souverain spirituel cesse, la *puissance* de ce dernier a tout à y gagner[79]. Dès lors, pour les catholiques pénétrés de cette évidence, « il n'y a à choisir qu'entre deux partis : la liberté de la presse ou la censure exercée par l'Église. Voilà la position. » La

76. Article du 26 mars 1831 : « Que *L'Avenir* est le vrai journal libéral », pp. 395-396.

77. Prospectus du journal, p. 5, citation d'un manifeste par le chef des libéraux belges Louis de Potter, membre éphémère du gouvernement provisoire de la révolution belge.

78. 12 et 27 juin 1831, repectivement p. 542 et suiv., p. 549 et suiv. Également *in* P. Fesch, *Lacordaire journaliste (1830-1848)*, Delhomme et Briguet, 1897.

79. Sur la rivalité en question, voir la trentième des Conférences de Notre-Dame : « Nous croyons que Dieu s'est réservé la souveraineté intellectuelle et que tout essai pour s'en emparer n'aboutira jamais qu'à la servitude des âmes par l'autocratie, ou à leur ruine par le doute et la négation. Ces deux épreuves, du reste, sont nécessaires à la glorification de l'unité catholique, afin qu'assaillie toujours par des imitateurs armés de la science ou du casque, elle passe au milieu de leurs complots sans faillir à sa destinée, toujours vierge, toujours mère, toujours reine, etc. » (Lacordaire, *Conférences de Notre-Dame de Paris*, volumes 2 à 4 des *Œuvres de Lacordaire*, Veuve Poussielgue-Rusand, 1861, t. II, p. 48).

censure papale serait bonne, si elle restait historiquement réalisable ; elle serait meilleure que son *imitation* par la censure des gouvernements de la Restauration : « La censure [civile] n'est pas autre chose que la substitution du prince au pape [...]. C'est un despotisme impie qui n'a pas de nom : c'est M. de Montalivet fait Dieu. » Aussi, les catholiques qui veulent la censure gouvernementale pour protéger la religion en France se fourvoient-ils, puisqu'ils demandent « l'infaillibilité ministérielle mise à la place de l'infaillibilité papale, le Veau d'or à la place du Sinaï ».

On voit à quelle conclusion tend l'auteur : « Reste donc la liberté. » Une liberté par défaut de la censure légitime, qui serait celle de l'Église. La liberté n'est pas première, comme un droit naturel de l'homme d'exposer, diffuser et confronter ses opinions ; elle est constituée socialement : c'est une nécessité du temps présent. Mais il y a aussi un autre aspect : c'est la deuxième phase d'argumentation, toujours dans l'article du 12 juin. Métaphysiquement, dans la liberté humaine, Dieu a voulu le combat de la vérité contre l'erreur. Dieu a voulu... le régime répressif – cher aux libéraux exigeants –, contre le régime préventif. Ce que Lacordaire expose en ces termes colorés : « L'enfer n'existe que parce que la censure est impossible à Dieu même : il a préféré, du moins, le régime de l'enfer au régime de la censure. Car, si l'enfer fait des damnés, il fait aussi des hommes et des saints, au lieu que la censure n'eût peuplé le monde que d'idiots immortels. »

Belle repartie de la part d'un futur dominicain, qui va rétablir en France l'ordre des Frères prêcheurs ! Lacordaire dira dans sa correspondance qu'il a toujours aimé la liberté, et c'est en effet lui qui se tiendra au plus près de la conception libérale du politique, comme le montre la suite de sa vie publique[80]. Face aux catholiques qui ne veulent pas d'un « droit à l'erreur » (ce droit fermement revendiqué par Benjamin Constant), Lacordaire affirme que la fondation et la propagation du christianisme se sont faites sans la béquille du pouvoir absolu. Il ressort de cette dynamique propre de l'histoire chrétienne que « la liberté est le bien par excellence contre lequel le crime ne prévaut pas, puisque le crime est une preuve même de la liberté ». Tel est le génie du christianisme qu'il conduit à répondre à ceux qui se tiennent dans la peur ou dans le passéisme : « La liberté ne tue pas Dieu. »

Par ces considérations, Lacordaire tente de donner, comme Chateaubriand, un fondement métaphysique à la liberté dans son expression civile et politique, tentative ni très rigoureuse ni très fréquente au sein du catholicisme libéral. Comment concilier la défense du *dogme* (ce qui est tenu pour vérité indiscutée) avec le droit donné à autrui de l'attaquer ou

80. Il n'hésite pas, par exemple, devant le coup d'État de 1851, alors que Montalembert se rallie quelque temps par souci de l'ordre.

de nier toute vérité à son égard ? C'est exactement ce que Grégoire XVI va condamner, en citant Augustin : « La liberté de l'erreur est la mort de l'âme[81]. »

Dans son second article, Lacordaire va plus loin – mais, visiblement, il songe à un public différent – en reprenant les thèses les plus libérales en faveur de l'édition : c'est du débat, du choc des opinions que la vérité jaillira contre l'erreur. Il n'expose plus, cette fois, un acte de confiance dans la liberté donnée par Dieu pour recouvrer la lumière et la rapporter à sa Source, mais un ensemble de considérations sur le *mode social* d'engendrement de la vérité : aujourd'hui, ce sont les lecteurs qui façonnent les journaux et non l'inverse, les feuilles sans doctrine sont vite démasquées, l'opinion publique est mûre ; plutôt donc que la censure qui conduit les auteurs à s'exprimer par périphrases ou en termes voilés – ce qui est une source de maux –, il vaut mieux « les déclarations les plus vives dont le bon sens public finit toujours par faire justice ». Cela pourrait être signé de Benjamin Constant.

Que faut-il penser de ces écrits de Lacordaire ? La liberté évoquée est-elle une liberté d'opportunité sociale, une liberté pour Dieu[82], une liberté valant en elle-même ? Il semble que Lacordaire pense tour à tour à ces modalités, suivant d'ailleurs les publics auxquels il s'adresse, mais il est douteux que la liberté pût devenir à ses yeux un bien spécifique si elle n'avait pas été un bien octroyé par Dieu. Et si le libéralisme consiste à penser que la liberté *en elle-même* est le bien, le seul bien universellement exposable dans l'État, Lacordaire ne peut être un libéral, pas plus que Lamennais (dont il ne partage pourtant ni les vues ni la ratiocination confuse).

Il semblerait qu'après la publication de *Mirari vos*, à laquelle il fait sa soumission, Lacordaire redevient très réservé envers la liberté de presse, ainsi que l'expose une lettre de décembre 1833 à Montalembert : « Es-tu bien persuadé que la liberté de la presse n'est pas l'oppression des intelligences faibles par les intelligences fortes et que Dieu, en courbant tous les esprits sous l'autorité de l'Église, n'a pas plus fait pour la liberté RÉELLE de l'humanité que les écrits de Luther, de Calvin, de Hobbes, de Voltaire, que le *Constitutionnel* ou la *Tribune du Mouve-*

81. Quant à la discipline catholique, rappelons les paroles de Bossuet dans sa *Première Instruction pastorale sur les promesses de l'Église* : « L'hérétique est celui qui a une opinion, et c'est ce que le mot même signifie. Qu'est-ce à dire avoir une opinion ? C'est suivre sa propre pensée et son sentiment particulier. Mais le catholique est catholique : c'est-à-dire qu'il est universel, et sans amour de sentiment particulier, il suit sans hésiter celui de l'Église. [...] Ce qui fait qu'il n'invente rien et qu'il n'a jamais envie d'innover. » Léon XIII écrira de l'obéissance que la tradition chrétienne « en a toujours fait [...] le signe caractéristique auquel on peut reconnaître les catholiques » (encyclique *Sapientiae christianae*, 10 janvier 1890).

82. *Ordinata ad Deum*, comme dirait saint Thomas (cf. Jean-Paul II, *Veritatis splendor*).

ment ? Est-il bien démontré pour toi que la liberté de la presse ne sera pas la ruine de la liberté européenne et de la littérature[83] ? »

La liberté de la presse devient donc ce qu'on ne peut que tolérer, lorsque l'usage en est socialement établi (cf. ci-dessous, Léon XIII), mais elle perd toute qualité éducative pour la formation des esprits, même considérés comme citoyens s'exprimant au sein de la cité.

Quant aux textes textes pontificaux ultérieurs, avant le grand changement introduit par Vatican II, ils ont souligné que la liberté n'est pas un bien en elle-même. Ainsi l'encyclique *Libertas praestantissimum* (1888) de Léon XIII : « Une chose demeure toujours vraie, c'est que cette liberté accordée indifféremment à tous et pour tous n'est pas, comme nous l'avons souvent répété, désirable par elle-même, puisqu'il répugne à la raison que le faux et le vrai aient les mêmes droits [...]. Il est absolument impossible de comprendre la liberté de l'homme sans la soumission à Dieu et l'assujettissement à sa volonté. Nier cette souveraineté de Dieu et refuser de s'y soumettre, ce n'est pas la liberté, c'est abus de la liberté et révolte ; et c'est précisément d'une telle disposition d'âme que se constitue et que naît le vice capital du *libéralisme*[84]. »

La liberté chrétienne ne saurait donc être neutre, en ce sens qu'elle n'est liberté que *pour* la Vérité, dont elle affirme la prééminence personnalisée en Dieu ; elle ne peut avoir cette configuration que lui donne le libéralisme, d'être à la fois un bien et d'être indéterminée dans ses orientations et ses choix à venir[85]. Le caractère neutre et formel d'un tel bien est une absurdité du point de vue catholique : le bien n'est ni neutre ni formel en ce monde comme dans l'au-delà.

Les ambiguïtés ne font que se renforcer si l'on confronte ces écrits en faveur des libertés civiles et politiques aux textes sur la souveraineté.

---

83. Cité par Foisset, *Vie de Lacordaire*, Lecoffre, 1870, t. I, p. 560, dont le livre reste d'un apport irremplacé. Sur le dossier des réactions suscitées par l'encyclique auprès des trois amis, voir *ibid.*, chap. VI.

84. *Lettres apostoliques de Léon XIII*, Maison de la bonne presse, s. d., t. II, p. 207. Léon XIII n'admet les libertés modernes (presse, culte, opinion, enseignement, etc.) que comme tolérées là où l'usage en est déjà établi et où il convient d'éviter un mal plus grand que celui que produirait l'interdiction. C'était dire que l'Église ne faisait jamais que s'adapter, et dans le provisoire.

85. La liberté libérale évoque cette « liberté d'indifférence » dont Descartes considérait, pour sa part, qu'elle n'était « que le plus bas degré de la liberté », qu'elle « fait plutôt paraître un défaut dans la connaissance qu'une perfection dans la volonté » (Méditation quatrième). On peut s'étonner que la liberté cartésienne, d'autant plus puissante qu'elle se porte vers le vrai et le bien, soit qu'elle le connût en toute clarté, soit que Dieu éclairât l'homme, ait déplu aux théologiens. À ces derniers, Descartes écrivait encore : « L'indifférence n'est point de l'essence de la liberté humaine, vu que nous ne sommes pas seulement libres quand l'ignorance du bien et du vrai nous rend indifférents, mais principalement aussi lorsque la claire et distincte connaissance d'une chose nous pousse et nous engage à sa recherche » (Réponses aux sixièmes objections). En tout cas, au XIXe siècle, le terme même d'« indifférence » devient pour l'Église un état où l'on se complaît, un scepticisme *social* que le libéralisme glorifie : c'est l'« indifférentisme ».

On pourra alors mesurer la portée de l'ouverture des catholiques au libéralisme sous le régime de la Charte.

LA NOTION DE SOUVERAINETÉ

L'autorité du spirituel

Dans la trajectoire complexe qu'a suivie Lamennais, il est difficile de définir un élément de permanence ; on pourrait dire pourtant qu'il réside dans l'*autorité du spirituel*, mais il est vrai que le terme s'applique aussi à tous les catholiques de l'époque ; gallicans ou ultramontains, tous s'entendent sur le fait que le catholicisme est un système de foi où l'autorité et où par conséquent l'institution de l'Église a la prééminence. La difficulté commence lorsque, passant à l'ordre civil, il faut définir le *rapport* entre les deux puissances ou les « deux glaives » comme on avait dit au Moyen Âge[86], dans un État où les libertés n'ont pas de fondement religieux et où, cependant, les lois touchent fréquemment à des questions spirituelles ou à des intérêts catholiques ; comme le disait Lacordaire en 1835, il est des questions « d'une nature mixte et obscure qui sont un sujet de contestations perpétuelles entre les deux puissances ». L'orateur sacré référait au jugement de Dieu l'arbitrage de telles questions[87].

Le propre de Lamennais fut de vouloir *fonder* l'autorité du spirituel, tant pour la foi que pour l'ordre social, alors que, en tant que telle, elle ne demandait pas un tel fondement : les Écritures, la tradition des Pères, les promesses de Jésus-Christ à son Église, garanties de l'infaillibilité de cette dernière[88], faisaient que le message catholique parût s'imposer en lui-même et par lui-même. Comme le disait saint Augustin, « Vouloir

86. Lamennais reproduit en appendice à *Progrès de la Révolution...*, la célèbre bulle de Boniface VIII contre Philippe le Bel, définissant les deux glaives. Le glaive temporel est remis par l'Église à l'État, pour qu'il la protège, le glaive spirituel est gardé par l'Église.

87. « Lorsqu'on demande qui sera juge entre la puissance spirituelle et la puissance civile, on oublie qu'il existe un Dieu qui gouverne le monde, et l'on demande une solution qui, si elle était possible visiblement sans l'intervention divine, chasserait Dieu du gouvernement général des affaires humaines » (6e conférence, « Des rapports de l'Église avec l'ordre temporel », *Conférences de Notre-Dame de Paris*, t. I, p. 112).

88. Par exemple, concernant les Évangiles, Fénelon note que nous n'avons que des copies de copies, et non des textes autographes : « Il faut donc reconnaître que l'Église est infaillible en vertu des promesses, pour nous répondre d'un texte authentique, c'est-à-dire à peu près conforme aux autographes. » Cette infaillibilité ne doit pas s'entendre comme vérité de foi, mais comme assistance spéciale du Saint-Esprit, de l'esprit de vérité (*Jean*, 16, 13 ; cf. aussi *Veritatis splendor*, Éditions du Cerf, 1993, p. 48). Le cardinal de Bausset, au XIXe siècle, citant ce texte de Fénelon, ajoute : « Sans cette autorité infaillible, [...] tous les fondements de la foi et de la révélation s'écrouleraient, puisqu'ils reposent entièrement sur l'authenticité des livres sacrés » (*Histoire de Fénelon*, Lebel, 4e éd., 1833, t. III, p. 254).

voir la vérité pour purifier l'âme, tandis qu'il faut purifier l'âme pour voir la vérité, c'est le renversement de l'ordre, et c'est l'autorité qui le rétablit, en aidant l'homme à devenir pur et capable par conséquent de la contemplation du vrai [89] ». Quant à vouloir donner un fondement *commun* à l'ordre social et à la foi, c'était inévitablement renouer avec l'esprit théocratique.

Aux thèses qui ont été celles de Lamennais dans l'*Essai sur l'indifférence*, Lacordaire, revenu de la crise morale de 1832, et n'ayant jamais en fait partagé les idées du prêtre breton [90], oppose la leçon qu'il appuie sur Augustin ; il y a trois facteurs concourant à la foi : « L'impuissance de la philosophie, c'est-à-dire du raisonnement, pour unir les hommes dans la vérité ; la nécessité d'un enseignement divin par voie d'autorité pour arriver à ce but ; l'existence de cette autorité enseignante et infaillible dans l'Église catholique seule [91]. » Dans sa doctrine de la « raison générale », Lamennais a prétendu identifier au genre humain (considéré dans son développement historique) l'autorité de l'Église et du pape. Si, d'un côté, il va déprécier, sous la Restauration, la souveraineté royale au nom de son *modèle* véritable et dont elle n'aurait pas dû s'émanciper [92], qui est la souveraineté du pape, d'un autre côté cette dernière souveraineté ne serait – selon Lamennais – que l'expression de la « raison générale », la tête du corps entier de l'humanité. Comme le prétend la préface du second volume de l'*Essai sur l'indifférence*, l'« autorité » qu'invoque le propagandiste – cette autorité qui appelle la foi et non la liberté et le raisonnement – doit être dite *en même temps* autorité de l'Église et... du genre humain [93]. Lacordaire comprend en 1833-1834 qu'il y avait une obscurité foncière dans le discours mennaisien, lorsqu'il prétend définir ce qu'est la certitude, pour en tirer un ordre théologico-

---

89. Cité par Lacordaire au moment où il entreprend de se libérer du mennaisianisme : *Considérations sur le système philosophique de M. de La Mennais*, Derivaux, 1834, p. 74.

90. Cf. cette lettre de 1825, donc bien antérieure à la rupture : « Je n'aime ni le système de M. de La Mennais, que je crois faux, ni ses opinions politiques, que je trouve exagérées » (cit. *in* Chocarne, *Le R. P. H.-D. Lacordaire, sa vie intime et religieuse*, Poussielgue, 5e éd., 1879, t. I, p. 112). Voir aussi *Le Testament du P. Lacordaire*, Douniol, 1870, pp. 52-53 : pendant huit ans, Lacordaire hésite à faire la rencontre de Lamennais. il faut rappeler qu'à la fondation de *L'Avenir* Lacordaire avait vingt-huit ans, Montalembert vingt ans et Lamennais quarante-huit ans. Dans une lettre à Foisset, en 1858, Lacordaire dresse un portrait intéressant de Lamennais : il insiste sur son incapacité à saisir les nuances, sur la faiblesse de sa formation première, théologique et intellectuelle (*in* Foisset, *Vie de Lacordaire*, t. I, pp. 564-568).

91. *Considérations sur le système philosophique de M. de La Mennais, loc. cit.*

92. Notamment depuis le tournant gallican de 1682 : cf. *Progrès de la Révolution et de la guerre contre l'Église*.

93. Cf. la préface du second volume de l'*Essai* : « En défendant l'autorité, et non seulement celle de l'Église mais encore *celle du genre humain*, en prouvant que la certitude n'a point d'autre base, nous avons donc défendu tout ensemble et la religon et la morale [...] et la société humaine aussi bien que la société divine » (p. 118).

politique : ou bien il fallait parler en termes d'autorité (ce qu'il approuve), ou bien en termes de raison.

La « raison générale » de Lamennais, qui réside à la fois dans les papes et dans les peuples, n'est qu'un artefact construit pour échapper à l'alternative[94]. Il est clair qu'en 1817-1823, période de l'*Essai sur l'indifférence*, la prédominance est donnée par Lamennais au pape, vis-à-vis du peuple : il reprend en fait et il *reporte* sur le pape l'incorporation du peuple au roi que le gallican Bossuet avait décrite (et réservée à la nation française). Pour délégitimer la monarchie française – absolutiste d'abord, puis reconstituée par la Charte –, Lamennais déplace sur l'autorité papale (au spirituel et au temporel) ce que la conception absolutiste avait donné à l'autorité royale. C'est une théocratie, mais d'inspiration « populiste » qui, passant par-dessus la tête des évêques français, prétend unir directement les fidèles au vicaire de Rome comme, en politique, il prétendra passer par-dessus la tête du roi. L'historien Thureau-Dangin écrivait : « Il veut agir par le bas-clergé et le pape ; ce théocrate, qui n'est au fond qu'un révolutionnaire, rêve de transporter dans l'Église une sorte de césarisme démocratique[95]. »

Avant 1829-1830, les potentialités démocratistes ou populistes de cette conception ne sont pas encore exprimées. Il reste que si Lamennais est passé au libéralisme avec *L'Avenir*, et même au démocratisme républicain[96], c'est parce qu'il avait des ressources dans ce qu'on peut appeler son répertoire de notions hybrides, notamment la fameuse « raison générale ». Une abondante littérature a posé la question des points de continuité dans une évolution qui aboutit au *révolutionnaire* de 1848[97]. Récemment, Maurice Barbier a repris la question de la continuité, considérant que toute référence au pape disparaît dans la période marquée par *L'Avenir*, du fait de la séparation de l'Église et de l'État demandée par le journal[98]. En réalité, les deux vont de pair, comme le montrent nombre d'articles, dont celui rédigé par d'Eckstein, intitulé « De Rome, dans le présent et l'avenir ». Cet auteur écrivait : « De Rome doit nous venir le salut, si Rome sait accomplir ses destinées. [...] La souveraineté de Rome sur le monde moral sera une souveraineté *libre* pour ceux qui l'acceptent

---

94. De façon polémique, Lacordaire en déduit que chez Lamennais la vérité résidant dans le genre humain est privée d'*organe d'expression* – autrement dit que l'Église devient sans force ni légitimité. D'où la sentence finale : coupant le peuple de Dieu de son chef, le mennaisianisme est un protestantisme, « le plus vaste protestantisme qui ait encore paru » (chapitre XI des *Considérations* de 1834).

95. Thureau-Dangin, *Royalistes et républicains*, Plon et Nourrit, 1888, p. 285.

96. Le témoignage étant l'article « De la République », paru le 9 mars 1831.

97. Député en 1848, réélu en 1849, Lamennais fonde *Le Peuple constituant*, puis dirige trois mois *La Réforme*. Sous la Restauration, il avait collaboré au *Conservateur* (1819), au *Drapeau blanc* (1822), puis au *Mémorial catholique* (1824).

98. M. Barbier, *Religion et politique dans la pensée moderne*, Nancy, Presses universitaires de Nancy, 1987, pp. 161-184.

[...]. La foi épousera la science et la science sera pénétrée de la foi, etc.[99]. » Quant à Lamennais lui-même, il suffit de consulter l'article « Le pape » (22 décembre 1830), qui annonce le jour où les peuples « auront un Père commun et, fatigués de leurs longues discordes, [...] se reposeront au pied de ce Père, qui n'étend la main que pour protéger, et n'ouvre la bouche que pour bénir[100] ». L'image de l'unité du troupeau sous l'autorité sainte et unique du pasteur revient toujours. Visiblement, cette unité devra être *politique* (paix entre les peuples) autant que spirituelle[101].

En fin de compte, l'élément de continuité réside dans l'*autorité du spirituel*, élément proprement catholique et qui peut expliquer que, malgré tous ses revirements, Lamennais marque définitivement son siècle. Une double postérité s'en dégage, représentée sur le versant autoritaire par Veuillot, et sur le versant libéral par Montalembert et Falloux (ce dernier regroupant une mouvance légitimiste). Tandis qu'il va perdre sur le terrain du magistère en 1864 (condamnation par le *Syllabus*), le catholicisme libéral a obtenu sa victoire en 1850, par la loi sur l'enseignement secondaire (dite loi Falloux, mais votée sous le ministère Parieu).

Au moment de *L'Avenir*, Lamennais aboutit donc à ce paradoxe d'être à la fois théocrate, ultramontain et allié au libéralisme de Juillet ; le journal prétend d'ailleurs que « ce roi [Louis-Philippe] nous a reconnus pour le vrai souverain[102] », et qu'il a admis qu'en cas de manquement au pacte « nous avions tout droit de nous donner à un autre, ou de nous en donner un autre ». Le paradoxe peut s'expliquer dans le sens où la souveraineté menaisienne est purement spirituelle, se résout en une certaine idée de l'autorité du spirituel : pape, roi, peuple, son support incarnateur peut se déplacer. Au moment de *L'Avenir*, c'est le pape qui est appelé à tenir le rôle auquel il se refusera dans l'encyclique de 1832 (*Mirari vos*). En 1834, les *Paroles d'un croyant* affirmeront avec violence que le pape ne saurait accomplir cette mission ; à quoi répliquera la condamnation, cette fois nominale, exprimée par *Singulari nos*.

Purement spirituelle, la souveraineté mennaisienne est également pénétrée d'imaginaire : elle joue le rôle d'une instance d'*ordre*, opposée aux éléments mauvais. L'un des thèmes permanents de *L'Avenir* est la réconciliation de l'ordre et de la liberté : plus les thèses deviennent d'esprit démocratiste et même anarchiste, plus l'appel à l'ordre est affirmé. La figure de Lamennais n'est pas sans évoquer le moine Savonarole.

---

99. *L'Avenir*, éd. cit., p. 486.

100. *Ibid.*, p. 192.

101. Ce que confirme P. Bénichou, *Le Temps des prophètes*, Gallimard, 1977, p. 159.

102. Article de Rohrbacher, le 14 décembre 1830 : « Le droit divin des rois exclut-il la souveraineté des peuples ? » (éd. cit., p. 184).

Le combat de L'Avenir *: une critique autoritaire des autorités*

Devant le discrédit qui entourait le clergé au sortir de la Restauration, du fait de l'alliance entre le trône et l'autel [103], *L'Avenir* entend parler haut et fort, régénérer le catholicisme au contact des réformes réalisées dans la société. En fait, les rédacteurs, occupant la position qui a été décrite (allégeance à une certaine idée de l'autorité), peuvent se montrer plus libéraux que les libéraux au pouvoir : ils protestent contre les lois sur la presse, contre les restrictions apportées au droit d'association, contre le refus de la liberté d'enseignement promise par la Charte révisée, contre la centralisation maintenue, etc. Parce qu'ils sont théocrates inconséquents, ils peuvent désigner l'inconséquence du libéralisme politique, qui ne saurait les intimider. On pourrait dire que l'autorité qu'ils revendiquent n'est pas de ce monde, mais au sens où elle est nourrie d'imaginaire. Le rêve de la société parfaite est fondée sur le grand refus.

Soit, par exemple, l'article de Rohrbacher déjà évoqué, sur le droit divin des rois et la souveraineté des peuples. L'auteur se demande si la souveraineté du peuple est synonyme d'anarchie – comme le pense Rome depuis la Révolution française. La réponse est : oui... dans le cas des nations protestantes. Car celles-ci, purement individualistes, ne peuvent s'assujettir à l'autorité : « Chez une nation catholique, au contraire, c'est-à-dire chez une nation qui prend pour règle dans les choses humaines le sens commun, dans les choses divines l'autorité de l'Église universelle, autrement dit de l'humanité entière constituée divinement dans l'unité, la souveraineté du peuple sera la souveraineté de la raison commune, ou plutôt de Dieu de qui elle émane [104]. »

Versant populiste (le sens commun) et versant autoritaire (l'Église universelle) sont unis dans une construction dont on voit mal quelle pourrait être la traduction précise, mais qui, aux yeux de l'auteur, peut être appelée cité parfaite et gouvernement catholique : « Plus une nation sera catholique dans son gouvernement, c'est-à-dire plus elle y suivra le sens commun pour le temporel et l'autorité de l'Église pour le spirituel, plus elle sera calme, forte et heureuse. »

Les auteurs croient à cette Jérusalem terrestre, elle leur permet un combat où la société de Juillet est condamnée. C'est l'extraordinaire ton autoritaire qui frappe dans leur combat pour les libertés. Ils parlent en effet au nom de Dieu, ce qui leur permet de s'adresser directement aux chrétiens, en court-circuitant la pastorale. On comprend que Rome – à

---

103. Tous les mémorialistes signalent qu'à Paris les prêtres ne pouvaient plus sortir en soutane. Le pillage de Saint-Germain-l'Auxerrois et la destruction de l'archevêché traduisirent l'exaspération populaire du moment.

104. On aura noté que l'abbé Rohrbacher se sert du vocabulaire mennaisien (« sens commun », « raison commune »). Il a publié en 1825 un *Catéchisme du sens commun.*

qui ils eurent l'innocence de demander son jugement – ait été effrayée de voir tant d'autorité exercée en dehors de l'Église, dans un discours qui nomme sans cesse l'Église et même, parle à sa place quand elle fait silence[105]. Il arrive d'ailleurs que les rédacteurs aient à reconnaître que l'évêque de Rome n'est pas conforme à l'idée (ou à l'imaginaire) de la souveraineté qu'ils défendent. Lorsque le cardinal Bernetti, prosecrétaire d'État de la Curie, mate sans indulgence une révolte en Romagne, d'Eckstein écrit avec mélancolie qu'un jour « le dogme de la souveraineté de Rome dans le monde spirituel correspondra au dogme de la souveraineté des peuples dans le monde temporel[106] ». Et d'Eckstein d'ajouter qu'en tant que souverain temporel le pape devrait faire des réformes, émanciper ses sujets, car la monarchie pontificale était restée, de notoriété publique, extrêmement archaïque[107].

La théocratie imaginaire qui se montre à certaines pages de *L'Avenir* est surprenante, puisqu'elle exalte un pouvoir romain qui n'existe pas et qu'elle appelle en France à une organisation politique rendue impossible depuis plusieurs siècles. Poussant encore plus loin la critique autoritaire de l'autorité, Lamennais célèbre en 1831 le mythe de la réduction de l'État à une simple agence administrative[108]. L'histoire marchant vers « l'âge de la plénitude du Christ », qui procurera la liberté régénérée, la France a devant elle une mission irrévocablement prescrite : « La France [...] tend à réaliser un ordre social fondé sur l'indépendance *spirituelle* la plus absolue à l'égard du gouvernement, qui ne sera désormais qu'un simple agent régulateur placé par la délégation nationale à la tête d'un système d'administrations libres, pour les unir entre elles et en former un tout harmonique et vivant. »

La nouvelle utopie, décentralisatrice et fédérative[109], veut résoudre un

105. Comme l'Église pontificale est le modèle primitif de la souveraineté (cf. *supra*), on peut dire que *L'Avenir* prétend à une pleine souveraineté sur les catholiques français. Le cardinal Pacca, accompagnant l'envoi de *Mirari vos* à Lamennais par une lettre, lui confiait que « [Sa Sainteté] a été beaucoup affligée de voir que les rédacteurs aient pris sur eux de discuter en présence du public et de décider les questions les plus délicates, qui appartiennent au *gouvernement de l'Église* et à son chef suprême » (cit. *in* Lamennais, *Affaires de Rome*, Pagnerre, 1844, p. 134). De son côté, l'Église de France a réagi en la personne de Mgr Astros, archevêque de Toulouse, qui publie en 1835 *Censure de cinquante-six propositions extraites de divers écrits de M. de La Mennais et de ses disciples*, le tout « par plusieurs évêques au souverain pontife Grégoire XVI ». Rome désapprouva ce texte, jugé théologiquement médiocre, sans rendre public son jugement (cf. Foisset, *Vie de Lacordaire,* t. I, p. 244).

106. *L'Avenir*, éd. cit., p. 486.

107. C'est notamment l'objet des rapports de Rossi, ambassadeur à Rome, adressés à Guizot, et dont il sera question plus bas.

108. « De l'avenir de la société », 28 et 29 juin 1831, *L'Avenir* éd. cit., pp. 554-566 ou Lamennais, *Œuvres complètes*, Daubrée et Cailleux, t. X, p. 318 et suiv.

109. C'est Harel du Tancrel qui se charge plus particulièrement des articles sur la décentralisation. Voir « De la loi sur les communes », 7 février 1831, pp. 308-316. Conseils de communes et conseils de provinces, élus au suffrage universel, élisent les

conflit qu'aurait expérimenté la Restauration entre souveraineté de droit divin et souveraineté nationale [110] ; désormais la querelle du droit divin est absurde : la France régénérée ne sera plus qu'une *grande commune*, or « qui a jamais parlé du droit divin à propos des magistrats de la commune ? » La fiction même de l'État souverain est déclarée caduque par Lamennais, car cette fiction appartenait aux temps où la propriété des *familles* n'était pas reconnue [111] : on faisait, « soit du prince, soit d'un être abstrait qu'on appelle l'État, le premier et suprême propriétaire du pays : fiction monstrueuse qui [...] est la base nécessaire du despotisme absolu [112] ».

Il semblerait donc que Lamennais veuille supprimer le terme même de souveraineté, mais également il veut éviter de faire l'éloge de la *souveraineté du peuple*, que Rome a condamnée. On le voit donc écrire, d'un côté, que « la souveraineté ne peut plus signifier que ce droit de s'administrer soi-même, droit auquel on ne saurait appliquer [...] rien de ce que les philosophes et les théologiens ont dit sur la question spéculative et dogmatique de la souveraineté du peuple » – tandis que, d'un autre côté, il avance que « le peuple est souverain *en ce sens*, c'est-à-dire naturellement libre », à l'encontre des prétentions « despotiques » en matière de propriété éminente. Plutôt que la souveraineté, Lamennais préfère, à ce moment, invoquer le catholicisme comme ferment de la libération des peuples, comme le levain qui travaille la pâte de l'histoire. Citant la Belgique, l'Irlande, la Pologne, le prêtre breton s'écrie : « Je vous le dis, le Christ est là [113]. »

Lamennais peut-il vraiment renoncer à la souveraineté et à la dimension verticale de commandement (sinon de transcendance) qu'elle véhi-

---

députés à la Chambre : noter la suppression du département, le retour aux États provinciaux (avec un « commissaire intendant du roi »), l'absorption de l'ordre politique dans l'ordre administratif. Sur la proximité avec les légitimistes, voir F. Burdeau, *Liberté, libertés locales chéries !*, Cujas, 1983, p. 108.

110. Lamennais insiste depuis longtemps sur ce conflit, notamment dans *De la religion considérée dans ses rapports avec l'ordre social et politique* (1825-1826). Pour lui, la Charte n'a instauré qu'une république démocratique déguisée sous le symbole royal. En 1829, le livre *Des progrès de la Révolution...* prédit une chute inéluctable pour les Bourbons (cf. notamment le chap. IV de l'ouvrage).

111. Comme le montre F. Burdeau (*op. cit.*), la famille et non l'individu est la base de ce nouvel ordre politico-administratif qui rapproche légitimistes et mennaisiens.

112. Thème fréquent à l'époque dès lors que les auteurs veulent critiquer les excès de la *souveraineté*, dont Louis XIV est le prototype. C'est le cas chez Lémontey (*Essai sur l'établissement monarchique de Louis XIV*) ou encore chez Tocqueville en 1856 : « Louis XIV avait enseigné publiquement dans ses édits cette théorie que toutes les terres du royaume avaient été originairement concédées sous condition par l'État, qui devenait ainsi le seul propriétaire véritable. [...] C'est l'idée même du socialisme moderne. Il est curieux de lui voir prendre d'abord racine dans le despotisme royal » (*L'Ancien Régime et la Révolution*, liv. III, chap. VI).

113. On est tenté d'évoquer l'apostrophe de Robespierre à Brissot : Vous dites « le peuple est là ! », mais n'y êtes vous pas aussi ? La question concerne le droit de parler *au nom* d'un symbole majeur.

cule ? Ce même article, « De l'avenir de la société », confirme qu'il ne s'agit de contester les souverainetés existantes, et la fiction même de l'État, que pour le profit d'une autre souveraineté et d'une autre fiction. En effet, le propagandiste évoque d'abord le Moyen Âge, où le catholicisme a confié la « paternité » aux rois parce que les peuples étaient encore des peuples enfants : « L'enfant, dans la famille, est libre par le père, et ne peut être libre que par le père obéissant à une loi de justice qui est la garantie de l'enfant. » Les peuples d'aujourd'hui ne sont plus dans l'enfance, le politique n'a plus à être subordonné au spirituel et d'ailleurs le politique disparaîtra au profit de l'ordre administratif. Cependant le modèle subsiste : Lamennais décrit une obéissance librement consentie au pape, retrouvant sa place de *père spirituel* des peuples. « Le gouvernement n'exercera aucun pouvoir spirituel quelconque et [...] le peuple entier n'obéira, dans cet ordre, qu'à l'Église et à son chef, et leur obéira librement », car « la liberté enfantera la foi ».

Ce n'est pas tout. Le genre humain marchant sous une même loi et dans une même société [114] – ce qui est un écho de l'*Essai sur l'indifférence* – voudra, par la pratique même de la liberté de pensée et de la liberté de conscience, sceller son alliance retrouvée avec le vicaire du Christ. À ce moment d'exaltation du triomphe de l'Église, on voit Lamennais réintroduire le terme de *souveraineté* qu'il paraissait avoir anathémisé : « La liberté s'alliera tellement à cette haute souveraineté qu'elles seront le fondement et la condition l'une de l'autre, et ne pourront ni exister ni être conçues séparément. » En dehors de cette souveraineté papale, que restera-t-il ? « Un ordre administratif essentiellement et totalement indépendant de l'Église. »

En somme, dans cette vision prophétique, les dépouilles ou les guenilles de l'État centralisateur, censeur et enseignant, sont tombées – pour le plus grand triomphe de la communauté des chrétiens. Mais cette communauté qui réconcilie le christianisme et la liberté, elle a un chef, elle est dominée par une haute autorité, qui n'est plus une contrainte. Tel est l'imaginaire de ce catholicisme de gauche si l'on peut risquer l'anachronisme – fondé par Lamennais.

Les autres figures de la souveraineté chez Lamennais

Il n'est pas dans notre propos d'étudier le Lamennais postérieur à la rupture avec Rome (opérée en 1834). On doit cependant signaler que lui-même s'est aperçu, en décidant de sortir de l'Église, combien le modèle absolutiste de la souveraineté avait influé sur sa pensée : l'autocritique apparaît notamment dans la préface de 1836, donnée au tome X

114. « ... que n'altéreront point les différences nationales ».

des *Œuvres complètes* (chez Daubrée et Cailleux)[115], qui comprend, précisément, les articles de *L'Avenir.* Lamennais entreprend à ce moment de redéfinir la souveraineté, qu'on a, dit-il, confondue avec « le pouvoir même, ou le droit de commandement ». Chaînon intermédiaire entre la vision de la France comme grande commune fédérative et les thèses de 1848 sur la souveraineté du peuple, ce texte affirme : « La souveraineté n'est aucunement le droit de commander, mais la pleine liberté, l'indépendance complète ; et en Dieu même elle n'est que cela. Il est souverain parce qu'il ne dépend que de lui-même[116]. » Il est difficile de comprendre, la souveraineté de Dieu n'étant plus commandement, en quoi l'homme peut dépendre de Dieu, ce que Lamennais continue à affirmer[117]. En tout cas, sur le plan politique, le théoricien de 1836 déduit que « la communauté, radicalement indépendante, est radicalement souveraine » (p. LX). Il anticipe l'idée du mandat impératif (p. LIX) qu'il va défendre en 1849, avec le suffrage universel et la souveraineté du peuple pleine et entière[118].

La contradiction est que, recherchant une souveraineté d'immanence, Lamennais s'affirme cependant, sous la IIe République, adversaire des papes et des rois du fait de la vision et de l'exercice de souveraineté qu'ils représentent : « Le pouvoir spirituel du pape lui soumet, et suivant l'ordre hiérarchique, à ses ministres, évêques, prêtres, la pensée et la conscience de l'homme. Radicalement incompatible avec la conscience libre, la pensée libre, il implique l'obéissance absolue de l'esprit [...], il fait descendre l'esclavage jusqu'au fond même de l'âme[119]. »

Lamennais ne croit plus que la liberté consiste dans l'allégeance au souverain spirituel, l'autorité personnelle du pape et l'autorité infaillible de l'Église[120]. A-t-il néanmoins renoncé à toute transcendance de l'autorité ? On peut en douter puisqu'on le voit maintenant faire l'éloge de la Patrie – et du dévouement absolu qu'elle appelle[121]. Sans doute y a-t-il

115. L'autre édition des Œuvres étant celle donnée par Pagnerre (1836-1837, puis 1844).

116. *Œuvres complètes*, éd. cit., t. X, 1836, p. LVI.

117. « De même que son être dépend de Dieu, sa raison et sa volonté dépendent des lois du vrai et du bien, qui ont leur origine en Dieu » (p. LVII).

118. Cf. son projet constitutionnel dans *Le Peuple constituant* (4 mai 1848) et *La Réforme* du 27 octobre 1849 : cit. *in* J. Poisson, *Le Romantisme social de Lamennais*, Vrin, 1932, pp. 328-329. Cet ouvrage reproduit en appendice quatre articles de *La Réforme* parus entre le 27 octobre et le 10 novembre 1849.

119. *La Réforme*, cit. *in* J. Poisson, éd. cit., appendice, p. 451.

120. Ou encore, il ne croit plus que la liberté civile et politique « a sa source et sa garantie dans la liberté religieuse et par conséquent dans la *souveraineté* qui maintient cette liberté », comme il l'écrivait en 1827 (manuscrit intitulé *Plan d'un ouvrage sur la société*).

121. Article « De la patrie » reproduit par J. Poisson. Voir chez cet auteur le chapitre « La Patrie et les patries » qui montre comment Lamennais développe là encore une logique qui a son point de départ dans le « répertoire » des premiers écrits et devient maintenant dominante.

là un fil qui conduirait à Charles Péguy, mais qui tombe hors des limites de cette étude.

Si l'autorité du spirituel n'est pas un vain mot chez Lamennais, elle déploie chez lui une complexité confuse du fait de la rencontre avec la notion clé de l'époque qu'est la souveraineté. Ravivée à la source théocratique, la souveraineté mennaisienne s'avoue tantôt comme discours d'autorité intransigeant, tantôt comme liberté d'immanence qui ne peut néanmoins se passer d'un absolu : c'est bien un jeu de bascule que l'on constate entre le traditionaliste, le démocrate radical, le révolutionnaire. Le point aveugle de cette pensée est la liberté comme liberté *individuelle*, comme propension intérieure et non fascination-subversion envers l'Ordre. Peu de temps avant sa mort, Lamennais peut dire à la fois qu'il est fidèle à ses prémisses (« on m'accuse d'avoir changé, je me suis continué, voilà tout [122] »), et que lui-même s'y perd quelque peu [123].

DE LA CONCURRENCE À LA COEXISTENCE : L'ÉVOLUTION DE MONTALEMBERT

Lorsque Lamennais se soumet à Rome *unice et absolute*, c'est-à-dire en écartant toute restriction mentale (déclaration du 13 décembre 1833), il sort en même temps de l'Église, selon un mouvement qui parut à beaucoup excessif et contradictoire ; il s'est convaincu que, dans l'ordre temporel, il faut renoncer à concilier la liberté civile et politique avec les exigences de la hiérarchie et de la doctrine romaines. Ce divorce est un drame pour les deux disciples, Lacordaire et Montalembert, car ils continuent à se vouloir catholiques (et non pas simplement chrétiens) et libéraux à la fois. L'évolution suivie par Montalembert est l'illustration des contradictions de ce courant : depuis son premier discours à la Chambre des pairs (contre les lois de septembre 1835, voulues par de Broglie et Guizot), jusqu'aux conférences de Malines en 1863, réunies sous le titre *L'Église libre dans l'État libre*.

D'un côté, Montalembert deviendra le chef du « parti catholique » dans la lutte pour la liberté d'enseignement. Sur ce terrain, ses options conservatrices peuvent s'harmoniser avec une liberté qui s'exerce au profit de l'Église et se concrétise dans la loi de 1850, préparée par

122. Cit. par M. Barbier, *op. cit.*, p. 162.

123. Entretien rapporté par Sainte-Beuve dans les *Nouveaux Lundis* (t. XV, p. 65) : « J'ai reçu de la Providence une faculté heureuse dont je la remercie, la faculté de me passionner toujours pour ce que je crois la vérité, pour ce qui me paraît tel actuellement. Je m'y porte à l'instant comme à un devoir, sans trop me soucier de ce que j'ai pu dire autrefois. On arrangera tout cela un jour après moi, on en tirera ce qu'on pourra. »

Falloux. Sous la IIe République, Montalembert est le chef moral du *parti de l'ordre*, et il sert les ambitions de Louis-Bonaparte. Mais, après avoir appelé à voter oui au plébiscite et s'être fait élire comme candidat officiel, il devient un opposant déterminé au despotisme impérial : il perçoit ce dernier comme une forme césarienne de la souveraineté *démocratique* ; c'est sa condamnation de la Révolution et de la démocratie moderne qui le conduisent à l'opposition au régime, sans être pour autant un légitimiste. Montalembert défend le gouvernement parlementaire et la liberté de la tribune, tandis que Veuillot attaque son livre *Des intérêts catholiques au XIXe siècle* (octobre 1852) : la polémique porte sur ce que signifie la « liberté de l'Église » et sur le type de souveraineté temporelle qui lui convient. Dans *L'Univers*, Veuillot marie l'absolutisme selon Bossuet à la figure du nouveau régime (salué par la plupart des autorités religieuses françaises).

Telle est alors l'autre face de l'action de Montalembert : son amour authentique de la liberté, qui le rapprochera de plus en plus de Tocqueville, va l'obliger à abandonner le précepte « Catholique d'abord », pour subordonner le catholique au *citoyen* et, en fin de compte, faire silence sur la question de la souveraineté, après une phase où il a remis violemment celle-ci en question. En 1863, époque où Montalembert cite Tocqueville (conférences de Malines) et où Lacordaire a fait l'éloge de ce dernier à l'Académie française, on peut dire que Montalembert est passé du « catholicisme libéral » à un *libéralisme catholique* ; il admet alors la démocratie comme état social, mais non comme régime politique. Cette transformation opérée sur trente années est un échec sur le plan théorique [124], et participe de l'essoufflement de la mouvance libérale dans les années 1870, ce dont va profiter le courant républicain, notamment chez Jules Ferry. Les fondements de la liberté civile seront rapportés aux droits de l'homme – ce que Montalembert avait refusé pendant quarante ans. Il a dû y venir néanmoins, presque sans s'en rendre compte, lorsque le *Syllabus* puis le concile du Vatican, peu avant sa mort (13 mars 1870), accroissent son désespoir. On peut comprendre la bataille de la laïcité qui se déroulera ensuite, dix ans plus tard, non seulement comme réponse à la virulence des catholiques engagés en politique, mais surtout comme exploitation de leur faiblesse à penser une liberté civile et constitutionnelle, une liberté prenant place dans l'espace public, comme droit individuel, et non comme prolongement des droits primitifs, prépolitiques, de la famille et de l'autorité du père de famille sur ses enfants. Montalembert a éprouvé jusqu'au déchirement le conflit entre ces deux visions

124. Échec à *penser* une liberté qui serait proprement chrétienne, dans le cadre d'une société de liberté et d'égalité. On peut songer à la réflexion conduite plus tard par un philosophe comme Maritain, pour qui les droits de l'homme s'enracinent dans la conception chrétienne de la personne : *Les Droits de l'homme et la loi naturelle*, New York, 1943 et Hartmann, 1945. Ce qui annonce les thèses de Vatican II.

à partir du moment où la défense de la « liberté de l'Église » ne pouvait rester en alliance avec le despotisme d'État : sortant des contradictions du catholicisme libéral, le libéralisme catholique en secrétait de nouvelles. La laïcité était-elle donc la vérité, la difficile vérité, du libéralisme ?

LE MODÈLE DOMINANT : LES DROITS DE L'AUTORITÉ ENVELOPPENT LES DROITS DE LA CONSCIENCE

Si l'on en croit Renan, qui ne manquait pas d'expérience en la matière, le terme de « liberté » ne peut avoir le même sens chez un catholique et chez un libéral ; la liberté pour le catholique, c'est « le droit de la vérité », ce qui équivaut en réalité au *devoir* envers la vérité détenue par l'Église. Renan concluait : « Ou l'on cesse d'être libéral, et l'on reste catholique ; ou l'on cesse d'être catholique, et l'on reste libéral[125]. » De fait, c'est bien ainsi que Lamennais a été conduit à éprouver les choses. Insatisfaite de la première soumission donnée par lettre[126], Rome demandait une adhésion « simple, absolue et illimitée » envers l'encyclique *Mirari vos*[127] : la moindre restriction pouvait apparaître comme une réserve de conscience et donc comme une désobéissance à la façon janséniste, distinguant le fait et le droit. Le cardinal Pacca rappelait à Lamennais le bon exemple de Fénelon, ce prélat français « qui fut bien plus illustre après son acte glorieux [de soumission] qu'il ne l'était auparavant[128] ». Affirmant avec saint Augustin que « la *liberté de l'erreur* est la mort de l'âme », *Mirari vos* la voit à l'œuvre dans les libertés civiles de conscience, de presse, ou encore de réunion entre confessions différentes[129].

Précisément, c'est la « liberté de l'erreur » que Lamennais avait voulu préserver dans sa lettre au pape du 5 novembre : « Si, dans l'ordre religieux, le chrétien ne sait qu'écouter et obéir, il demeure, à l'égard de la puissance spirituelle, entièrement libre de ses opinions, de ses paroles et de ses actes, dans l'ordre purement temporel. » C'était prétendre tracer une frontière nette entre les deux puissances[130], alors que

125. Article sur Lamennais, repris in *Essais de morale et de critique*, Calmann-Lévy, s. d. [1859], p. 168.

126. Lettre du 5 novembre 1833 à Grégoire XVI, repr. *in* Lamennais, *Affaires de Rome*, éd. Pagnerre, 1844, pp. 146-147.

127. Formules du cardinal Pacca, lettre à Lamennais du 28 novembre 1833, *ibid.*, p. 159.

128. Lettre du 16 août 1832, accompagnant *Mirari vos*.

129. Du type de l'Agence générale pour la défense de la liberté religieuse, qui a été créée par les mennaisiens.

130. Comme le remarque avec réprobation Foisset : « Qui donc tracera la ligne de démarcation ? Est-ce le simple fidèle qui dira au Souverain Pontife : ici s'arrête le domaine spirituel ; tu viendras jusqu'ici, mais pas plus loin ! » (*Vie de Lacordaire*, t. I, p. 248).

le partage même faisait problème, c'était retirer du domaine d'application de l'encyclique tout l'ordre civil et politique. Mais dans ce conflit Grégoire XVI restait fidèle à ses attributions traditionnelles, ainsi que le rappellera *Singulari nos*, en employant le langage du Souverain : « De notre propre mouvement, de notre science certaine, et de toute la plénitude de notre puissance apostolique, etc.[131]. » La *plenitudo potestatis* papale, forgée d'abord à Rome et reprise ensuite par les monarchies, impliquait la *suprématie* du spirituel sur le temporel, même si, pour s'adapter à des circonstances historiques et nationales, on acceptait la distinction des puissances, avec une apparente délimitation des compétences. Comme l'écrit un juriste contemporain, « la contradiction tient à ce que l'Église affirme à la fois l'égalité et la hiérarchie des deux pouvoirs. [...] En revendiquant le droit de contrôler l'État, l'Église nie en réalité la souveraineté de l'État, car "celui qui veille aux limites de la souveraineté est, en réalité, lui-même le souverain"[132] ». Il y a bien contradiction puisque si, théoriquement, les compétences sont égales et séparées[133], la supériorité de l'ordre spirituel sur l'ordre matériel conduit inévitablement l'Église à se concevoir comme dotée d'une mission plus haute et, ajoutons, à se concevoir comme immortelle face à un État toujours périssable. Face à l'impatience du politique, l'Église considère qu'elle a « tout le temps » devant elle, aussi peut-elle manier à la fois la diplomatie et rester fidèle à ses principes immuables : *non nova, sed nove*, disait Bossuet[134]. La contradiction entre le discours de la « séparation » et la réalité des préoccupations ne pourra être atténuée que par la problématique de la « thèse » et de l'« hypothèse », mise en avant par Mgr Dupanloup au moment du *Syllabus* et qui lui vaudra les félicitations de Pie IX[135].

Après la condamnation de leur maître, quelle est la difficulté principale pour Lacordaire et Montalembert ? Elle tient encore à une certaine idée de la souveraineté, qui reconduit le théologico-politique. En effet, ils

---

131. Le pape prenait cependant soin d'indiquer qu'il avait « entendu quelques-uns de nos vénérables frères, les cardinaux de la sainte Église romaine ».

132. O. Beaud, *La Puissance de l'État*, *op. cit.*, p. 64 et p. 65. La citation donnée par O. Beaud est de R. Schnur.

133. Cf. le célèbre texte de Gélase (*De Anathematis vinculo*) cité par O. Beaud (*ibid.*, p. 63) : seul le Christ peut concentrer toute la puissance, du fait de son humanité très parfaite, alors qu'il faut que « chaque puissance évite de s'enorgueillir en accaparant pour elle toute l'autorité », selon les propos de Gélase. Mais Léon XIII ne manquera jamais de rappeler que comme l'âme est supérieure au corps, l'Église est supérieure à l'État, et d'ailleurs elle constitue une « *société parfaite et divine* » (cf. par exemple *Libertas praestantissimum*, p. 209).

134. Sur cette ressource proprement unique de l'Église, lire les pages de De Gaulle (mêlées d'admiration et d'ironie) consacrées à la visite à Rome pour préparer la libération de la France et le sort futur d'une Église qui, en France, s'est trop compromise avec Vichy : *Mémoires de guerre*, Plon, 1956, t. II, pp. 232-234.

135. Sur cette problématique, voir *infra*.

admirent l'Église et les ordres monastiques comme autant de *sociétés parfaites*, de modes de gouvernement à imiter autant qu'il est possible, tandis que, par ailleurs, ils veulent participer à la vie publique de leur temps ; non sans ambiguïté, d'ailleurs, dans les motivations : la vie politique exprime-t-elle à leurs yeux une dignité de l'homme ? Peut-elle avoir un sens évangélique ? Ou, selon un calcul d'opportunité politique, est-elle un moyen utile à ne pas négliger, pour le plus grand bien de l'Église ? Ces trois motivations apparaissent tour à tour, tout en s'alimentant, intérieurement, au modèle de la société parfaite, réalisée dans l'Église[136]. On voit par exemple Lacordaire affirmer que l'obéissance religieuse n'est pas une obéissance *passive*, contrairement à ce qui est cru : « J'oserais affirmer le contraire, et soutenir qu'au monde il n'y a qu'une seule obéissance parfaitement libérale, qui est l'obéissance religieuse[137]. » Par différence avec la représentation politique et la production de la loi dans l'ordre temporel, qui, manifestant la divergence entre la minorité et la majorité, portent toujours un risque d'oppression[138], les ordres religieux pratiquent l'adhésion dans l'*unanimité* : « Ils ne regardent pas l'élection comme le résultat de leur volonté propre mais de l'influence invisible de l'Esprit saint, qui a dirigé leurs cœurs. [...] L'élu commande aux électeurs, parce que Dieu et eux l'ont voulu en même temps[139]. »

En cette même année 1839 où Lacordaire publie son *Mémoire*, il polémique avec Montalembert sur l'aristocratie et la démocratie, mais ils sont tous deux d'accord pour considérer que la société religieuse est un modèle pour la société politique[140]. Un tel modèle ne rendait pas facile, c'est le moins qu'on puisse dire, l'admission de la démocratie

---

136. L'idée de société parfaite n'a pas encore le sens qu'elle prendra chez Léon XIII (autonome, souveraine, ayant en elle-même sa fin propre) : il s'agit encore du sens trivial, c'est-à-dire « sans défaut ». Sur la société parfaite léontine voir l'excellent livre de Roland Minnerath, *Le Droit de l'Église à la liberté. Du Syllabus à Vatican II*, Beauchesne, 1982.

137. Lacordaire, *Mémoire pour le rétablissement en France de l'ordre des Frères prêcheurs* (1839), in *Œuvres*, éd. cit., t. I, p. 16.

138. Argument facile où l'on oublie que la loi est révisable et la représentation provisoire par définition.

139. Là encore, c'est beaucoup simplifier : il suffit de voir la longue discussion, dans l'histoire de l'Église, sur la *sanior pars*, que retracent les études de Léo Moulin : cf. par ex. L. Moulin, « *Sanior et maior pars*. Note sur l'évolution des techniques électorales dans les ordres religieux du VIe au XIIIe siècle », *Revue historique du droit français et étranger*, 1958, pp. 368-397 et 491-529. Le célèbre chap. LXIV de la règle bénédictine dispose que, dans l'élection du supérieur, « on prendra toujours pour règle d'instituer celui que se sera choisi toute la communauté unanime dans la crainte de Dieu, ou même une partie de la communauté, si petite soit-elle, en vertu d'un jugement plus sain » *(saniore consilio)*. Tel est le rôle de la *sanior pars*, « si petite soit-elle ». Au cas où la communauté choisirait par corruption, et « même à l'unanimité », un « complice de ses dérèglements », alors l'évêque, les abbés et les fidèles du voisinage pourvoiront à la nomination du père supérieur. L'unanimité est le cas idéal, dans des conditions idéales.

140. Voir ces lettres, fort intéressantes, d'août à décembre 1839, dans *Lacordaire, Montalembert. Correspondance inédite*, publ. par L. Le Guillou, Le Cerf, 1989. Égale-

moderne avec sa pluralité de doctrines, ses combats d'opinion organisés par les institutions mêmes, pour ne pas parler des tensions ou des révolutions entre le peuple et les pouvoirs. Dans la prescription de la règle monastique selon saint Benoît, par exemple, il est dit : « Un moine ne saurait détenir en propre un objet quelconque, non pas même un livre, ni des tablettes ni un style, bref, absolument rien, puisqu'il ne peut même plus disposer librement ni de son corps, ni de sa volonté, et qu'il attend du seul père de la communauté qu'il pourvoie à toutes ses nécessités [141]. »

Cette sévérité de l'obéissance à la règle ne peut évidemment être tenue pour « l'obéissance parfaitement libérale », malgré ce qu'en dit Lacordaire, puisque, par exemple, la propriété privée, fondement et garantie absolument nécessaire de l'individualité selon les libéraux, se trouve abolie. Il en va de même, *a fortiori*, pour la libre disposition de son corps et de sa volonté. Non seulement « tout est à tous », comme l'écrit saint Benoît, mais l'autorité de l'abbé dans le monastère est immense : lorsque le supérieur prescrit des « choses pénibles ou même impossibles », et si le supérieur persiste après respectueuses observations, « l'inférieur doit croire que cette épreuve est pour son bien [142] ». Il est clair que cet ensemble de dispositions est incompatible avec la vie civile issue des principes de la Révolution française. Quant à la *réforme* des ordres religieux, régis par des règles, des constitutions souvent subtiles et une jurisprudence, Lacordaire lui-même ressentira par la suite la difficulté à faire passer un changement qui n'apparût pas comme une audace, un fait du « jugement privé [143] ». C'est ce qu'exprime le P. Jandel en 1850, quand il invite les Dominicains de France à observer strictement la règle : « Une seule dérogation systématique serait un principe de mort, parce qu'elle introduirait l'arbitraire et le principe protestant ou rationaliste de l'autorité privée, avec toutes ses conséquences. En effet, si l'on met en question, de sa propre autorité, l'observation d'un seul article de la loi, on cesse dès lors de l'envisager comme l'expression de la volonté divine [144]. »

Le conflit de la loi et de l'usage, du juste et de l'équitable, que connaît

---

ment reproduites par A. Trannoy, *Le Romantisme politique de Montalembert avant 1843*, Bloud et Gay, 1942, en annexe (pp. 517-541).

141. *Règle de saint Benoît*, chap. XXXIII.

142. *Ibid.*, chap. LXVIII. Léo Moulin, pour sa part, insiste sur la *discretio* et la *consideratio* avec laquelle le supérieur doit exercer son pouvoir ; il considère que « le régime « politique » des religieux est un régime de droit écrit par excellence, extrêmement soucieux des droits de la personne et des minorités ». Voir cette étude sur « Le pouvoir dans les ordres religieux », *Pouvoirs*, n° 17, 1981 (numéro consacré à l'Église).

143. Voir dans Foisset le conflit qui divise la « province dominicaine » de France, les frictions entre Lacordaire, provincial de France, et le P. Jandel, général de l'ordre (chap. XVII). Il s'agissait de la plus ou moins grande rigueur dans l'observance de la règle (notamment l'heure du lever des moines, pour laquelle Lacordaire émit un règlement plus modéré).

144. Cit. *in* Foisset, *ibid.*, t. II, pp. 323-324.

toute autorité civile, se trouve ici exacerbé, sous la menace vite brandie du « principe protestant », et surtout, sous la contrainte que fait peser la confiance dans la *source* divine des institutions.

Il reste pourtant que Lacordaire a accepté la révolution de 1848, et a siégé, en froc de dominicain, comme député de la Constituante, pour une très brève période, il est vrai [145]. De son côté, Montalembert, alors qu'il siège du côté opposé en 1848 (à l'extrême droite de l'assemblée), va refuser très vite le régime du Second Empire, et rejoint sur ce point Lacordaire : les motivations méritent examen.

L'aristocratie du jugement selon Montalembert

S'il est bien un fil directeur dans la pensée de Montalembert, toujours soucieuse de se rendre raison à elle-même, c'est le thème de l'indispensable *aristocratie*, de façon à échapper au fleuve (ou, comme il dira en 1863, au « déluge ») de la démocratie. Lecteur précoce de Tocqueville (que, curieusement, Lamennais lui a fait découvrir), Montalembert conçoit d'abord la démocratie comme régime et comme état social, également condamnable sous ces deux formes : la seconde parce qu'elle est « incompatible avec les libertés », du fait qu'elle « a pour base l'envie sous le nom d'égalité [146] », la première parce que, fondée sur la souveraineté du peuple, « tantôt elle se personnifie en un chef unique, tantôt elle se gouverne par une assemblée souveraine [147] ». La démocratie régime politique est l'exaltation de la souveraineté absolue, elle-même source de despotisme.

À cette condamnation exprimée dès 1839 et qui le conduit à polémiquer avec Lacordaire (correspondance), amplifiée ensuite par le spectacle de la IIe République, Montalembert oppose le règne de deux aristocraties, celle du passé et celle des temps à venir. L'aristocratie d'Ancien Régime antérieure à l'absolutisme n'est en fait que la féodalité. Montalembert aime dans cette période les multiples obstacles, libertés locales, privilèges, que les corps pouvaient opposer à la puissance royale. Il reprend

145. Un biographe intéressant, le comte d'Haussonville, écrit qu'il « est assez difficile de s'expliquer l'enthousiasme soudain qu'inspirèrent à Lacordaire les événements de 1848 » (*Lacordaire*, Hachette, 1895, p. 184). En fait, Lacordaire n'avait accepté la République que sous la pression de ses amis l'abbé Maret et Frédéric Ozanam ; il était, jusque-là, partisan de la monarchie constitutionnelle (cf. *Le Testament du P. Lacordaire*, publ. par Montalembert, Charles Douniol, 1870, pp. 135-139). Précédemment, la *Lettre sur le Saint-Siège*, correspondant à une période de durcissement contre Lamennais (1837), affirmait que « la France ne peut être qu'une monarchie ou un chaos ». En 1845, la 29e des Conférences de Notre-Dame donnait une préférence évidente à la souveraineté monarchique, mise en parallèle avec la « souveraineté intellectuelle » de l'Église, du fait de la production commune d'*unité*.

146. *Des intérêts catholiques au XIXe siècle*, Lecoffre, 3e éd., déc. 1852, p. 96.

147. *Ibid.*, p. 97.

souvent la formule de Mme de Staël selon laquelle, en France c'est le despotisme qui est nouveau et la liberté qui est ancienne. Le XVIIe siècle et le gallicanisme ont forgé l'idole monstrueuse de la *souveraineté*, que l'on a tort d'attribuer à l'Église : « Le Moyen Âge catholique n'avait pas la moindre notion de la souveraineté moderne, c'est-à-dire d'une domination, d'une tutelle sans limite exercée sur tous les corps et tous les individus qui composent la société. C'est le droit moderne et rationaliste qui a ressuscité cette idée païenne, morte avec le Bas-Empire, afin d'opprimer l'Église sous prétexte de la contenir[148]. »

Exemptant l'Église de cette monstruosité, le comte de Montalembert voit le *bonapartisme* comme l'expression de la souveraineté absolutiste, démocratique et égalisatrice : « Le gouvernement d'un homme qui prétend agir pour tous, parler pour tous, penser pour tous, voilà l'idéal du paganisme tel qu'il a été réalisé sous l'empire romain[149]. » À la fois héritier d'une conception païenne et enfant de la Révolution française[150], Louis-Napoléon accomplit le destin de la démocratie moderne.

Cependant, celui qui s'est désigné comme « fils des croisés[151] », se défend de vouloir rétablir un ordre ancien : pour lui la période de l'esprit féodal est révolue, et, depuis un article retentissant[152] de *L'Avenir,* il a toujours fait reproche aux légitimistes de se tromper d'époque. La seconde aristocratie reste donc à inventer. Retrouvant ici la majorité du courant libéral, Montalembert la conçoit, de façon floue, sur le modèle des pairs héréditaires (dont il a fait partie), complétés par les talents de la fortune et de l'esprit. Casimir Périer et Thiers (qui ont réclamé le maintien de l'hérédité de la pairie) sont pour lui de tels « aristocrates[153] ». Si Montalembert peut paraître ici peu original, proche des Barante et des Guizot, il reste que pour lui l'aristocrate est celui qui, sans attaches de parti, exerce son *jugement* vis-à-vis du pouvoir : « Car ce qui constitue surtout l'aristocratie, et ce qui surtout répugne à la démocratie, c'est

148. *Ibid.*, p. 113.

149. La thèse deviendra fréquente, Napoléon III disant son admiration pour César, sur qui il préparait un ouvrage ; Montalembert perçoit l'idéologie à venir du régime.

150. Aussi Montalembert affirme-t-il que le libéralisme issu de Voltaire (qu'il appelle « le faux libéralisme ») est puni par où il a péché : « Il voulait faire dater le monde de 1789, et c'est au nom des idées et des principes de 1789 qu'on le bâillonne » (*ibid.*, p. 74).

151. Débat sur la liberté d'enseignement (16 avril 1844), qu'on étudiera ultérieurement. La formule était devenue célèbre : le côté « chevaleresque » de Montalembert a été salué par tous, y compris ses adversaires. On trouve la même vision chez Burke, parmi d'autres analogies. La formule précise de Montalembert avait été : « Nous sommes les fils des croisés et nous ne reculerons pas devant les fils de Voltaire. »

152. Article « À ceux qui aiment ce qui fut ». En 1844, Montalembert appelle « stupide doctrine » le légitimisme (lettre à Veuillot).

153. Lettres à Lacordaire en 1839. Ce dernier est nettement plus réticent. Il faut ajouter chez Montalembert son attirance pour l'aristocratie anglaise, qu'il exprimera dans l'ouvrage de 1855 : *De l'avenir politique de l'Angleterre*. Lié à ce pays par des attaches familiales, il avait admiré en 1839, lors d'un voyage, les relations de patronage, d'économie patriarcale et de foi commune (fût-elle protestante !).

l'*indépendance*, c'est la force personnelle et permanente qui peut résister au pouvoir et lui survivre [154]. » L'aristocratie n'est pas la couche gouvernante en osmose avec le pouvoir, mais la force de résistance aux empiètements exercés sur les libertés : de là la sympathie pour Mme de Staël et pour Tocqueville.

De ce point de vue, Montalembert a effectivement exercé sous l'Empire cette aristocratie de l'esprit politique ; dès la première discussion du Corps législatif, il proteste, en présence de Louis-Napoléon, contre le régime et s'élève contre l'obligation despotique de voter le budget en bloc [155]. Persigny avait pressenti les difficultés qu'allait créer le député indocile et avait envisagé de faire combattre sa candidature : « Il a le caractère trop chevaleresque ; il aime trop défendre les faibles pour que le gouvernement le voie arriver avec plaisir au Corps législatif [156]. » Repoussant toutes les avances que le régime lui fit, Montalembert se désolidarisait de ce qu'il appelait les « palinodies » des catholiques : ceux-ci avaient demandé le respect des libertés (largement à son instigation) sous Juillet et sous la République, pour se jeter ensuite dans les bras de l'Empire.

En effet, l'indépendance d'esprit, cette marque d'« aristocratie », n'était pas le fort d'évêques comme Parisis ou Salinis, autrefois mennaisiens et libéraux, et qui reproduisaient maintenant à l'adresse de Napoléon III les compliments outrés que Bossuet exprimait au « nouveau Constantin ». Ainsi Mgr Parisis à Arras : « Ce prince fait sans efforts ce qui paraît impossible, parce que Dieu le fait avec lui : c'est beaucoup trop peu de dire qu'il est un grand homme, puisqu'il est manifestement l'instrument efficace et glorieux de Celui qui est grand [157]. » Ou encore le P. Ventura, orateur prestigieux, qui compare la résurrection de l'Empire... à celle du Christ [158].

Non seulement Montalembert réprouve cette attitude parce qu'elle contredit le libéralisme autrefois affiché, mais elle a le tort à ses yeux de ne pas marquer la *distance* qui doit exister, dans la société, entre le pouvoir politique d'un côté et les citoyens ou les autorités religieuses de

---

154. *Des intérêts catholiques...*, p. 138. Cf. ensuite Stuart Mill évoquant le processus croissant d'uniformisation par l'ascendant de l'opinion publique : « Il cesse d'y avoir aucun soutien social pour la non-conformité – à savoir aucun pouvoir *indépendant* dans la société [...] qui a intérêt à prendre sous sa protection les opinions et les tendances opposées à celles du public » (*On liberty*, chap. III).

155. Voir le récit dans Lecanuet, *Montalembert*, Veuve Poussielgue, 3 vol., 1895-1901 : biographie de référence. Nous citons d'après la 3e éd., 1905, t. III, pp. 54-58.

156. Cité par Lecanuet, *ibid.*, note 1, p. 54.

157. Cité *in* Lecanuet, *Montalembert*, t. III, note 3, p. 87. Sur Salinis, voir sa lettre d'allégeance à la République et de candidature aux élections, d'avril 1848, *in* Foisset, *Vie de Lacordaire*, t. II, pp. 537-544.

158. Jour de Pâques 1857, chapelle des Tuileries. Le texte est reproduit dans une lettre de Montalembert à Guizot du 10 septembre 1859 (*in* Montalembert, *Catholicisme et liberté. Correspondance inédite...*, Éditions du Cerf, 1970, p. 440).

l'autre. C'est parce que le pouvoir laïque n'est pas le pape, ou cette « société intellectuelle publique » dont parlait Lacordaire à propos de l'Église, que la prétention à communier avec le pouvoir est une idolâtrie (d'autant plus grave de la part d'évêques). D'ailleurs, même vis-à-vis du pape, Montalembert s'indigna, quelques jours avant sa mort, que les catholiques ultramontains en vinssent à « immoler la justice et la vérité, la raison et l'histoire, en holocauste à l'idole qu'ils se sont érigée au Vatican [159] ».

Si Montalembert découvre l'attitude d'indépendance de la conscience vis-à-vis des autorités temporelles comme réquisit d'une société de liberté, jusqu'où peut-il justifier et fonder cette attitude ? On voit bien qu'il ne peut en donner une justification philosophique ou doctrinale. D'une part, ce serait rendre les armes aux Droits de l'homme, qu'il n'admet pas ; d'autre part, le précédent du *protestantisme* (mais dont il sent la force chez Mme de Staël) continue, probablement, à jouer un rôle inhibiteur – tant il est vrai que le parallélisme et la transposition du religieux au politique, et réciproquement, ne cessent de jouer à l'époque. Le protestantisme est crédité d'avoir inventé la souveraineté du peuple (des monarchomaques à Locke et à Rousseau), sinon le libéralisme. La voie restante est donc celle de l'explication *historique*, plus ou moins érudite et scientifique.

Pour Montalembert, l'indépendance du jugement en matière civile est bonne parce qu'elle retrouverait les conditions du Moyen Âge, véritable inventeur du gouvernement représentatif : « Il est né de la combinaison naturelle des éléments constituant la société à cette époque ; il est né de l'union et de l'action commune de la royauté catholique avec l'Église, l'aristocratie foncière et les municipalités émancipées. [...] Ce qui a fait la force et la durée du système représentatif en Angleterre est précisément ce qu'elle a conservé du Moyen Âge dans ses lois et dans ses mœurs [160]. »

Du même coup, organisant des forces diversifiées entre elles, le Moyen Âge a échappé à l'emprise de la *souveraineté* qui nivelle et étouffe l'esprit d'indépendance : « Le clergé, la noblesse féodale, les corporations commerçantes, municipales, rurales, mille privilèges, mille usages traditionnels tenaient l'autorité souveraine comme enlacée dans des liens inextricables. » Mais il ne s'agit pas de refaire le Moyen Âge, répète

159. Article du 7 mars 1870, à propos du concile œcuménique du Vatican qui devait proclamer l'infaillibilité doctrinale du pape (cit. *in* G. Weill, *Histoire du catholicisme libéral*, p. 183). À ce moment Montalembert bute sur ce que Lamennais avait annoncé dans les *Affaires de Rome* : l'infaillibilité individuelle du pape, comme souveraineté non partagée avec les conciles. Voir *infra* la conclusion de cette deuxième section.

160. *Des intérêts catholiques...*, p. 163. Chateaubriand avait exposé dans ses *Réflexions politiques* (chap. XVI) la thèse selon laquelle le gouvernement représentatif était né « des institutions chrétiennes » (cit. in *Chateaubriand politique*, publ. par J.-P. Clément, Hachette, « Pluriel », 1987, p. 164). Évoquant aussi la source franque, il n'y avait guère insisté, voulant surtout relativiser le « modèle » anglais.

l'auteur, qui pourtant ne peut appuyer la vision qu'il a de lui-même que sur cette société disparue[161], lorsqu'il s'agit de caractériser la parole libre contre les pouvoirs. « Nous ne sommes pas des romantiques, mais des catholiques [...]. Il ne s'agit donc pas de ressusciter le Moyen Âge[162]. » D'ailleurs, avec une sombre ironie, il dépeint « les catholiques adorateurs tardifs du Moyen Âge » comme « tout aussi français que pour le reste : ils acceptent volontiers un maître, et ne savent point supporter de chefs » (*ibid.*, p. 166).

Telle est la contradiction de ce libéralisme authentique et sincère, mais qui peine à se définir parce qu'il voudrait maintenir le principe « Catholique d'abord » et que ce principe, ce mode d'éducation aussi, ne portent nullement à l'émancipation de la conscience. Lorsque l'aiguillon religieux ressurgit dans le feu des controverses politiques, le discours du « fils des croisés » semble se durcir de nouveau : « Je n'hésite pas à le dire : si on pouvait supprimer la liberté de l'erreur et du mal, ce serait un devoir. » Mais « l'expérience prouve » qu'on étouffe « également la liberté du bien » (*ibid.*, p. 120). L'expérience est le frein à ce qu'il faut bien appeler une pulsion d'intolérance. La liberté « aristocratique » revendiquée sera donc rabattue sur l'histoire et sur l'expérience, pour retrouver la liberté selon M. Thiers : « Ce que j'aime et ce que je désire, c'est la liberté réglée, contenue, ordonnée, tempérée, la liberté *honnête et modérée* » (*ibid.*, p. 84). En 1849, lorsqu'on lui avait reproché de voter les lois de réaction, comme celle sur la presse, il avait tenté de définir une constante chez lui, qui serait le libéralisme aristocratique issu de Montesquieu[163]. Au moment du livre sur les *Intérêts catholiques*, il conclut que la liberté est un bien, mais seulement un « bien relatif » eu égard à l'absolu, qui est dans les lois de Dieu.

L'évolution de Montalembert va cependant se poursuivre. Si l'on résume sa position au début de l'Empire, on peut dire qu'on ne trouve pas chez lui une idée de la liberté du *sujet* (et, particulièrement, du sujet religieux), comme c'était le cas chez Constant et Mme de Staël. Ensuite, le recours à l'expérience, faute de pouvoir désigner une école libérale précise, le mène à citer de *grandes figures* dans la préface de 1860 à ses discours parlementaires : il a des prédécesseurs « désavoués ou dépassés par la démocratie moderne », telle qu'elle est devenue sous l'Empire. Ce sont Fénelon, Mme de Staël, Royer-Collard, Tocqueville[164] : de gran-

161. D'ailleurs, dans ses conversations avec Louis-Napoléon il avait caressé l'espoir d'une restauration corporatiste, selon un projet rédigé avec le vicomte de Melun : Lecanuet, t. III, p. 47.

162. *Des intérêts catholiques...*, p. 54.

163. Dans une conversation avec Dom Guéranger, résumée par Lecanuet (t. II, p. 434), il déclare qu'il a toujours aimé la liberté, séparée de l'égalité, de la démocratie et de l'esprit révolutionnaire. Il se réfère alors à Burke et à Maistre. C'est le moment du parti de l'ordre.

164. Mais également Montesquieu, Turgot, Chateaubriand et Casimir Périer.

des individualités avant tout, qui ont incarné une certaine idée de la liberté par leur formation personnelle, par leurs actes ou leurs paroles au risque de déplaire aux alliés. La référence à Fénelon est caractéristique, à la fois par le courant du libéralisme aristocratique que ce dernier a inspiré [165], par son opposition à l'absolutisme de Louis XIV, par ses démêlés avec Bossuet et l'Église de France qui n'ont pas empêché l'acte de soumission, extérieure et intérieure, quand Rome, talonnée par le roi et par Bossuet, a fini par l'exiger. Pour mieux définir l'unité de sa conduite passée, Montalembert ajoute : « Sous tous les régimes, instinctivement d'abord [166], puis par raison et conviction, j'ai toujours prêché et défendu le *self-government*, le libre gouvernement de l'individu par lui-même, sous la tutelle de la foi et de la conscience [167]. » Cette affirmation est nouvelle par la place qu'elle donne à l'autorité de la conscience personnelle ; cette façon renouvelée de vivre la loi religieuse trouvera son débouché trois ans plus tard, dans les interventions de Malines.

Avant d'en venir à cette période tournant, il faut s'arrêter sur la controverse déclenchée par Veuillot à propos du livre *Des intérêts catholiques* : malgré ses excès, ou peut-être à cause d'eux, le publiciste a perçu certaines des contradictions du courant catholique libéral, qui va devenir chez Montalembert un libéralisme à spécificité catholique.

De Bossuet à Napoléon III : Veuillot panégyriste du « pouvoir chrétien »

Ancien allié de Montalembert au journal *L'Univers* [168] qui était d'abord de tendance libérale, Veuillot s'en est séparé après le coup d'État ; pour lui, la France vient de trouver sa vraie voie, qui la replace dans la continuité de la monarchie absolue : « C'est un pays d'autorité et d'unité. Elle n'est forte, fière et libre que sous un chef en qui elle se sent vivre et qui la personnifie [...]. Elle a une notion vraie de l'autorité, un senti-

165. Cf. l'étude de Barante : « De la politique de Fénelon », in *Études littéraires et historiques*, Didier, 1858, t. I (d'abord dans *Le Correspondant*, t. 42, 1857).

166. Ce qui n'est pas sans rappeler le mot de Lacordaire sur son lit de mort (et rapporté par Montalembert) : qu'il avait été dans sa jeunesse « libéral par instinct » (*Testament*, p. 40). Recevant une dernière fois la jeunesse de Paris, Lacordaire avait également dit : « Je compte vivre et mourir en pénitent catholique et en libéral impénitent » (*in* Montalembert, *Un moine au dix-neuvième siècle, le père Lacordaire*, Lecoffre, 1881, p. 252).

167. Montalembert, *Discours,* Lecoffre, 1860, t. I, pp. XII-XIV. Les discours constituent les trois premiers volumes des *Œuvres*.

168. Mais refroidi par la loi Falloux, trop modérée à ses yeux, et dont Montalembert est l'un des instigateurs (1850).

ment profond de l'unité, et elle ne met qu'au troisième rang, dans ce qu'elle aime, la liberté [169]. » La liberté dont il est question est la liberté politique, étant entendu que Veuillot revendique par ailleurs la seule liberté *prééminente*, celle de l'Église catholique. Une série d'articles vont prendre pour cible le livre de Montalembert, en insistant sur le fait que ce dernier serait injuste avec Bossuet [170].

Des contradictions de Montalembert

Veuillot n'a pas de peine à montrer que les maux que Montalembert énumère comme occasionnés par le régime parlementaire sont peu dissociables de cette tribune, maintenant disparue et dont il fait l'éloge dans le même écrit : « Il condamne ce que nous réprouvons, en s'applaudissant de l'avoir fait lui-même » (p. 194). Il rappelle qu'en février 1848 « ce ne fut pas comme libéraux que nous fûmes choyés [...], ce fut comme conservateurs », et que, pour la bourgeoisie libérale, Montalembert était « un réactionnaire si marquant » que les électeurs du Doubs faillirent « le laisser au fond du scrutin [171] ».

Veuillot croit pouvoir conclure que le comte de Montalembert « n'a pas la foi parlementaire », car ce qu'il dit de ce régime est extrêmement imprécis. Sur ce point, le polémiste touche juste. Il ne peut que regretter que l'ancien allié « travaille à nous faire sortir du terrain de la liberté catholique [...] pour nous jeter dans cette risible bicoque de la liberté parlementaire, où les débris de l'orléanisme nous tendent les bras » (p. 203). Mais cela ne durera pas : « Il restera ce qu'il a été, ce qu'il est, ce que nous sommes : catholiques avant tout » (p. 182) [172].

Le XVIIe siècle, modèle d'autorité

Les deux derniers articles de Veuillot visent à défendre Bossuet et notamment la *Politique tirée des propres paroles de l'Écriture sainte.*

169. Nous citons d'après le recueil des articles de *L'Univers*, intitulé par Veuillot *Mélanges religieux, historiques, politiques et littéraires (1842-1856)*, Vivès, 6 vol., 1856-1857. Ici, t. I, p. 76, 26 décembre 1851 : Veuillot salue le coup du 2 décembre.

170. Articles du 6 novembre, 12 novembre, 22 décembre 1852 et janvier 1853, tous reproduits au tome I des *Mélanges.*

171. Cf. d'ailleurs la *Biographie des 900 représentants à la Constituante et des 750 représentants à la Législative*, Victor Lecou, s. d., p. 194 : « Il ne s'agit point de savoir si un homme tel que M. de Montalembert s'est rallié ou non à la République », car les électeurs ont voulu rendre hommage à une personnalité de talent, probe et courageuse.

172. D'où l'inquiétude de Lacordaire qui, renouant après quatre années de brouille, supplie Montalembert d'accentuer la rupture avec l'Empire et avec le très influent journal de Veuillot : lettre du 10 novembre 1852, *in* Montalembert, *Correspondance inédite*, p. 24.

Montalembert avait critiqué le gallicanisme[173], la prétention de Louis XIV à être le possesseur éminent de tout le territoire, la dérision avec laquelle Bossuet parlait du « vain tourment » de ceux qui veulent limiter la souveraineté. La théorie de Bossuet, écrivait même Montalembert, est « indigne du nom chrétien ». Veuillot répond qu'il est faux que le despotisme date de trois siècles en France ; sous le prétendu absolutisme, il existait une constitution, mais non pas « le pouvoir illimité de l'homme sur l'homme ». Certes, après Bossuet, c'est-à-dire entre Louis XIV et le roi martyr Louis XVI, il manqua quelque chose en France : « Ce ne fut pas la liberté, ce fut l'autorité. » Veuillot en veut pour preuve que les idées révolutionnaires « se sont formées sous la monarchie » ! Inversant complètement la théorie libérale et staëlienne de l'histoire[174], il fait du gallicanisme – que, pourtant, en toute logique ultramontaine, il devrait haïr – le modèle de l'alliance à rétablir entre l'Église et l'État. Dans cette lignée, il fera un éloge croissant de Bonaparte, pour avoir relevé les autels, même s'il a quelque peu malmené Pie VII...

On voit que Veuillot n'est pas exempt de contradictions, mais il triomphe lorsqu'il montre que Montalembert ne peut faire sienne la formule célèbre de Mme de Staël, qui serait pourtant la vraie réponse libérale à l'absolutisme : « Il n'est aucune question, ni morale ni politique, dans laquelle il faille admettre ce qu'on appelle l'autorité. La conscience des hommes est en eux une révélation perpétuelle, et leur raison un fait inébranlable[175]. » Mme de Staël peut le dire parce qu'elle est protestante, et la formule signe son origine. Pas plus sérieuse, estime Veuillot, est la référence à Fénelon pratiquée par Montalembert. Car Fénelon, c'est Salente, c'est-à-dire, dans les termes d'aujourd'hui, le communisme de Cabet !

Bien entendu, Veuillot a lui aussi ses références historiques favorites : de Louis XIV aux Bonaparte, la conséquence est bonne, car la révocation de l'édit de Nantes n'était pas « politiquement moins nécessaire que la révocation de la Constitution de 1848 », ou le 18 Brumaire (p. 223). Mieux vaut donc un despote que l'anarchie, car, comme le disait Bossuet, tout souverain, même excessif dans ses vues, sait prendre en compte « les bornes de son propre intérêt ». La référence est au *Cinquième Avertissement aux protestants*, contre Jurieu, mais l'idée est également développée dans la *Politique*. On peut remarquer que *Mirari vos* a employé, à l'égard des souverains, le même argument : suivre l'Église,

173. « Où l'on voyait vingt évêques au lever du roi, mais où c'eût été un crime d'État pour un de ces évêques de songer à aller à Rome visiter les tombeaux des apôtres suivant le serment qu'il avait fait à son sacre » (*Des intérêts catholiques*..., p. 49).

174. À savoir que c'est le despotisme qui est nouveau, et c'est la liberté qui est ancienne.

175. Pour cette citation des *Considérations*, cf. notre premier chapitre.

c'est aussi servir son intérêt bien compris[176]. Le monarque qui a souci des clercs fait toujours un bon placement – si mauvais que soit par ailleurs le prince.

On pourrait estimer que dans cette controverse Bossuet sert de prétexte polémique à Veuillot, qui n'approfondit jamais les ouvrages qu'il cite et pratique un journalisme à effets faciles. Mais l'enjeu fondamental est là et ne peut être négligé : pour Veuillot, « il ne faut pas confondre la liberté politique et civile des citoyens catholiques avec la liberté de l'Église » (p. 251). La première est de droit commun (« la plume, la parole, le vote »), tandis que la seconde est un *privilège* que seule la souveraineté autoritaire, monarchique, a les moyens et la volonté de préserver. C'est bien ce que Bossuet avait vu (malgré les torts du gallicanisme), il avait compris l'intérêt réciproque du roi et de l'évêque. Montalembert commet la faute de vouloir une liberté qui, étant le résultat fragile et révisable de citoyens nécessairement divergents d'opinion, abandonnera l'Église tôt ou tard – et Veuillot ne croit pas aux constitutions. Or l'Église n'a pas par elle-même de puissance sociale : « Le Pouvoir n'a pas de traditions, l'Église n'a pas d'armure [...]. L'Église doit être libre ; mais elle n'est complètement libre que si le Pouvoir la protège contre les passions » (p. 264 et 265) – ce qui d'ailleurs a été une revendication immémoriale dans l'histoire du rapport entre les deux glaives. Veuillot – qui retourne au premier Lamennais dans ce qu'il appelle le « pouvoir chrétien » – exprime ici son vœu le plus profond, tout en faisant ressortir l'inconfortable position de Montalembert, laminé par le conflit entre les deux types de liberté. C'est ce dernier point, visiblement central dans les controverses de l'époque, qu'il faut préciser.

La liberté de l'Église incompatible avec les libertés modernes ?

Et moi aussi j'aime la liberté, peut rétorquer Veuillot à Montalembert et à tous ceux qui, autour de lui, vont relever la grande revue du catholicisme libéral, *Le Correspondant* (1855). Mais cette liberté, ajoute-t-il, est la liberté catholique : celle d'un corps, l'Église, et non celle des individus exerçant les droits de l'homme et du citoyen, celle d'une institution d'ordre, d'une institution de source divine qui se situe par-delà les temps historiques et peut donc voir plus loin (et plus haut) que les gouvernements séculiers voués au transitoire. Cette conception pourrait expliquer le paradoxe criant[177] de curés et d'évêques qui se rallient à 1848, affirment que la démocratie sort de l'Évangile, puis applaudissent

176. « Tout ce qui se fait pour l'avantage de l'Église, se fait aussi pour leur personne et pour leur repos » (cf. repr. *in* Lamennais, *Affaires de Rome*, éd. cit., p. 355).

177. Cf. réciproquement la surprise exprimée par le comte de Falloux, catholique de renom et monarchiste : « On vit alors un phénomène que les catholiques ne peuvent trop

au coup d'État devant les conflits répétés et insurmontables entre partis (orléanistes, légitimistes, républicains) durant quatre ans [178]. La culture d'ordre et d'*unité* qui est celle des clercs s'accommode mal du spectacle qu'ont donné les deux assemblées de la IIe République, sans compter les tentatives de coup de force exercées contre elles. Quelqu'un comme Lacordaire estime dès le 15 mai que la pression des clubs et de la rue signifie la fin inéluctable de l'espoir de 48, et il se retire [179]. Il ne faut pas oublier que Veuillot lui-même avait d'abord salué la révolution de Février, ce que ses adversaires ne se font pas faute de lui rappeler.

En fait, on peut dire que Veuillot et les catholiques autoritaires sont passés d'une position à l'autre dans leur revendication de liberté pour l'Église. Dans la première attitude (avant 1850), il s'agit de *partager* le droit commun : plus que de la liberté *de* l'Église, il s'agit des libertés en tant qu'elles concernent aussi l'Église, par un calcul simplement utilitaire. Comme le rappelle Falloux, le parti catholique ainsi nommé « est né du refus de la liberté d'enseignement », lors des ordonnances de 1828 frappant l'enseignement des Jésuites [180]. Lamennais le disait en 1836 dans *Affaires de Rome*, et Montalembert le répétera souvent, jouer la carte des libertés modernes était la chance même de l'Église : « Il n'existe en France aucune liberté qui ne soit au profit du catholicisme bien plus qu'au profit du reste de la nation [181]. » Avec son esprit soupçonneux, Lamennais estime que l'écart entre les principes de la Charte et la réalité des lois votées s'explique par la peur des gouvernements de la Restauration et de Juillet de voir remonter l'influence de l'opinion catholique : « Supposons la liberté de la presse enchaînée en France par la censure, qui cessera de pouvoir écrire ? Évidemment les seuls catholiques. Même sous la Restauration, la censure n'a guère été exercée qu'à leur détriment » (*ibid.*). De même pour ce qui concerne la liberté d'enseignement : si la liberté d'enseignement était effacée de la Charte, « quel sera le corps, quels seront les hommes à qui l'enseignement sera interdit ? Évidemment le clergé catholique, puisque, malgré la liberté d'enseigne-

---

profondément méditer, c'est-à-dire un déchaînement de passions révolutionnaires respectant l'Église » (« Le parti catholique », 1856, repr. *in* Falloux, *Discours et mélanges politiques*, Plon, 2e éd. 1882, t. II, p. 18).

178. Le R. P. Lecanuet, biographe de Montalembert, signale que l'adhésion des curés à Napoléon III est plus massive que chez les évêques, où des clivages apparaissent. *L'Univers* de Veuillot est d'ailleurs lu avec passion par des curés de campagne peu instruits et portés à la réaction, bien plus que par la hiérarchie.

179. Le 15 mai 1848, la foule envahit l'Assemblée durant trois heures : « Le peuple, si c'était le peuple, avait outragé ses représentants sans autre but que de leur faire entendre qu'ils étaient à sa merci » (*Testament de Lacordaire*, p. 141). Pendant ces trois heures, ajoute Lacordaire, il ne cessait de se dire : « La République est perdue. » Voir tout le récit dans le *Testament*, ainsi que d'Haussonville, éd. cit., pp. 194-197. Tableau coloré dans Tocqueville, *Souvenirs* (Gallimard, 1964), p. 134.

180. Cf. Falloux, *Discours et mélanges politiques*, *loc. cit.*, p. 12.

181. *Affaires de Rome*, éd. cit., p. 62.

ment stipulée dans la Charte, le gouvernement fait des efforts inouïs pour enlever au clergé le bénéfice de cette loi ».

La thèse est unilatérale, notamment pour ce qui regarde la presse (Villèle ne craignait pas que les catholiques ultramontains) ; mais elle a l'intérêt de confirmer que là où l'on parle de liberté à ce moment, il s'agit de concurrence pour l'hégémonie. Sous la Charte, les pétitionnaires et les gouvernants, héritiers de la situation créée par la Révolution et l'Empire, pensent que la liberté est bonne contrôlée par eux, que l'accorder à leurs adversaires, c'est anéantir la liberté [182]. Le mot de Saint-Just – qu'il ne faut pas donner la liberté aux ennemis de la liberté – garde tout son écho. Aussi, en 1852, Veuillot résume en ces termes l'espèce de connivence dans le conflit entre libéraux et parti catholique depuis trente-huit ans : « Ils ne veulent point de liberté pour nous, parce qu'ils ne veulent point de religion pour eux [183]. » De même que ce genre de catholiques autoritaires n'admet pas la « liberté pour l'erreur », car seule la vérité a des droits, les libéraux redoutent que la religion, une religion précise, acquière un privilège, puis impose le monopole. D'où d'ailleurs la fureur de Veuillot devant la loi de 1850, parce qu'elle opère un *partage* du « monopole universitaire », au lieu de faire de l'Église la seule puissance enseignante : les évêques siègent dans les conseils académiques et dans le Conseil de l'instruction publique.

Avec le coup d'État, les esprits plus modérés, anciens amis de Lamennais comme Montalembert ou nouveaux leaders comme Falloux, considèrent que le pacte conclu dans le parti catholique est rompu : il était entendu que l'on demandait la liberté pour tous, que le catholique restait un citoyen, et non que l'on chercherait à cléricaliser le pouvoir. Du point de vue de Montalembert, si calcul utilitaire il y avait, du moins devait-il être soutenu avec *loyauté* ; il s'indigne de voir qu'un évêque comme Salinis jette le masque dans son instruction pastorale de 1853 *Sur le pouvoir*. Ce dernier écrivait avec cynisme : « On a accusé le clergé dans ces derniers temps d'avoir, en passant au pouvoir, déserté trop facilement la cause de la liberté. Il semble qu'on voudrait qu'il n'eût consenti à être libre qu'à la condition que tout le monde serait libre comme lui. [...] Or sommes-nous rigoureusement obligés à ne souffrir qu'on soit juste envers nous qu'après que l'on aura été juste envers tous [184] ? »

C'était oublier étrangement le message évangélique : la « liberté » que Salinis saisit avec empressement est clairement celle du privilège, qu'il

182. En d'autres temps (1962), alors qu'Alain Peyrefitte adjurait de Gaulle d'avoir une politique « libérale » envers la RTF, le Général répondit : « Libéral, libéral ! Vous appelez libéral celui qui se prive de ses pouvoirs pour les remettre à d'autres, qu'il laisse faire à sa place ? » (*in* A. Peyrefitte, *C'était de Gaulle*, de Fallois-Fayard, 1994, p. 496). C'est en effet toute la question.

183. Veuillot, *Mélanges...*, t. I, p. 192, 12 nov. 1852.

184. Cit. *in* Lecanuet, *Montalembert*, t. III, p. 88.

avait repoussée en 1848, comme candidat aux élections. Dans sa lettre-programme à l'archevêque de Bordeaux, du 5 avril 1848, il écrivait : « Les privilèges qui furent accordés à l'Église, et dont l'Église peut se passer, l'histoire dira qu'elle les acheta souvent bien chèrement au prix d'une dépendance qui entravait plus ou moins sa divine action. Ce que l'on nous promet vaut mieux. La liberté dans le droit commun, c'est ce qui sied à l'Église. Plus rien d'exceptionnel [185]. »

Puis, avec l'avènement de l'Empire (qui va les décevoir assez vite), Veuillot et Salinis développent leur véritable pensée : la liberté est le fait de l'autorité, et même de la seule Église. « La liberté de l'Église comprend toutes celles dont les honnêtes gens ont besoin ; elle suffit à la dignité humaine [186]. » L'Église est en effet un corps et c'est en obéissant à ce corps que l'on sert la liberté la plus haute et la plus digne qui soit concevable, inséparable du bien commun des croyants et des baptisés. De même, dans sa lettre pastorale déjà citée, Mgr Salinis écrivait : « Du moment que l'Église est libre parmi nous, nous possédons le principe de toutes les libertés. Toutes, même les libertés sociales et politiques sortent naturellement de la liberté de l'Église et meurent toujours avec elle. » Mais l'Angleterre, objectera-t-on, cette terre des libertés civiles ? Salinis nie « qu'il y eût de la liberté en Angleterre » puisque l'Église romaine n'y est pas libre !

Malgré sa nostalgie de l'ordre ancien, Montalembert ne peut admettre de tels propos où l'intérêt purement politique est trop visible [187]. Selon une formule qu'il a plusieurs fois répétée, ces catholiques demandaient la liberté là où ils étaient les plus faibles et la méprisèrent lorsqu'ils furent devenus les plus forts [188]. Ulcéré par cette « palinodie », cette « apostasie », selon son autre expression, et témoin de l'évolution de l'Empire forcé à se libéraliser, Montalembert franchit un pas dans les années 1860.

Le tournant de Malines en 1863

Sachant que les congrégations romaines se préparaient à dresser le catalogue des « erreurs modernes » (le *Syllabus*), Montalembert réunit

185. Cité par Montalembert, *L'Église libre dans l'État libre*, Douniol, Didier, 1863, p. 124. Texte intégral *in* Foisset, *Vie du R. P. Lacordaire*, t. II, pièce justificative n° 25.
186. *L'Univers* du 4 juillet 1854.
187. Cf. sa lettre à Ladoue, où il fustige Salinis tour à tour royaliste, libéral, républicain et impérialiste : ces hommes « ont enseigné à la France à passer de main en main comme une prostituée » (Lecanuet, éd. cit., t. III, p. 419). Lacordaire écrivit directement à Salinis une lettre du même ton : « *L'Univers* est à mes yeux la négation de tout esprit chrétien et de tout bon sens humain, etc. » (cit. *in* Montalembert, *Le Père Lacordaire*, éd. cit., note 2, p. 257).
188. Cf. par exemple *Des intérêts catholiques...*, p. 129.

chez lui, à La Roche-en-Brény, les chefs de son courant : Mgr Dupanloup, Falloux, Cochin[189]. Désireux de prendre de vitesse le pouvoir romain, il développe là une perspective qui sera rendue publique un an plus tard (25-26 août 1863), au congrès de Malines où il parlera devant plus de 3 000 assistants, laïcs ou religieux de diverses nations. L'idée nouvelle : ce que veut la société moderne est *indispensable à l'Église*, et, réciproquement, ce qui manque à cette société ne peut être apporté que par la religion. C'est un changement de perspective, puisqu'au lieu de regretter une forme de liberté (la « liberté pour la vérité ») et un *ethos* absents du monde actuel, il s'agit de montrer que ce monde cherche par lui-même à se corriger : l'esprit général est exactement à l'opposé de celui qui va inspirer le *Syllabus*. Et, dans les termes où a été exposée la question directrice de ce chapitre, il faut, pour Montalembert, substituer et faire admettre la *complémentarité* au lieu de la concurrence des souverainetés dans le temporel et dans le spirituel. Mais cette révision implique de modifier l'appréciation portée sur la démocratie ; si les catholiques n'acceptent pas d'y prendre place, ils finiront par ne plus être entendus : « La vie publique, ce glorieux apanage des nations adultes, ce régime de liberté et de responsabilité [...], c'est là ce qui manque le plus, en dehors de la Belgique, aux catholiques modernes. Ils excellent dans la vie privée, ils succombent dans la vie publique[190]. » Il ne s'agit pas de dire maintenant que le régime démocratique est bon en soi, mais, sous forme d'une « démocratie libérale », il est meilleur que ce que montre l'Empire : « Quant à moi, je ne suis pas démocrate ; mais je suis encore moins absolutiste » (p. 14). Surtout, la démocratie est un état social qui permet la confrontation loyale des opinions et, par là, une action constante de la société sur elle-même : « L'avenir de la société moderne dépend de deux problèmes : corriger la démocratie par la liberté, concilier le catholicisme avec la démocratie » (p. 18).

Que veut dire « concilier le catholicisme » ? Sur ce point où Montalembert va s'attirer bien des reproches, il faut comprendre que l'Église ne peut plus demander « une liberté privilégiée comme un patrimoine inviolable, au milieu de la servitude » (p. 25). L'option de Veuillot est rejetée comme anachronique. Défendues du sein de la société, les *valeurs*

---

189. Albert de Broglie est retenu par son discours à l'Académie française, où il succède à Lacordaire. Il y a également Foisset, le confident de toujours, et de Meaux. Sur cette réunion, commémorée par une plaque dans la chapelle du château de la Roche-en-Brény, voir Lecanuet, t. III, pp. 330-333.

190. *L'Église libre dans l'État libre*, éd. cit., p. 9. Ces conférences ont paru d'abord dans le *Journal de Bruxelles* (25-26 août 1863). Sur le même thème chez Lacordaire mais dix ans plus tôt, cf. les *Lettres à un jeune homme sur la vie chrétienne* (1852) : « Ayez une opinion. [...] Ce n'est pas d'orgueil qu'il s'agit, mais de dignité. Dans notre siècle, presque personne ne sait vouloir. [...] Je vous prie de garder cette parole : *Ayez une opinion*. Si vous le faites, vous serez de grands citoyens ; sinon vous déshonorerez votre pays ; peut-être le vendrez-vous » (cit. *in* d'Haussonville, *Lacordaire*, p. 211).

catholiques seront d'autant plus jeunes et plus fortes : « Plus on est démocrate, plus il faudrait être chrétien ; car le culte fervent et pratique du Dieu fait homme est le contrepoids indispensable de cette tendance perpétuelle de la démocratie à constituer le culte de l'homme se croyant Dieu. [...] L'apothéose de la raison souveraine du peuple souverain, ce poison inhérent au développement de la démocratie, ne rencontre d'antidote que dans la foi et l'humilité du chrétien » (p. 55). Montalembert peut citer Tocqueville : plus un peuple est libre, plus il a besoin de croire pour se garder de ses propres excès. Pour la première fois, Montalembert estime que la démocratie requiert par elle-même certaines vertus, que l'on retrouve dans le catéchisme [191], et qui compensent le « poison » dont il parle. Comme Tocqueville, il voit dans le mode de vie démocratique un appétit de jouissances matérielles qui, en même temps, se ressent obscurément comme voué à rester insatisfait. On peut, au vu de ces considérations, se demander ce qu'est devenue la suprématie et même l'incomparabilité du spirituel, vivant dans l'Église comme institution parfaite ? Cette suprématie reste vraie, objet de certitude [192], mais elle doit se vivre dans la *conscience* du citoyen.

Ici, il faut interpréter ce qui n'est pas rendu explicite par Montalembert. Il semble que ces propos veuillent dire que la religion relève du privé et non du public ; à la souveraineté de la Vérité est substituée la voix et le témoignage d'une conscience, certes militante, mais qui se sait subjective. Alors la « société intellectuelle » de Lacordaire ne risque-t-elle pas de devenir une « église invisible », proche de l'Église de Luther ? À Malines, Montalembert affirme que l'Église visible, cette antique institution, en sortira plus forte [193], mais les adversaires ne l'entendent pas de cette oreille – car, pour eux, si la suprématie du spirituel n'est pas affirmée au départ et, à proprement parler, *a priori*, on ne la trouvera pas dans les résultats de la vie sociale. Aussi les conseillers du pape agissaient-ils pour que Rome condamne ces imprudences. Montalembert devance la sentence en écrivant au cardinal Antonelli, secrétaire d'État : on répète que l'erreur n'a pas de droits. « Qui pourrait nier cette vérité évidente ? Sachons toutefois le reconnaître : la question n'est pas de savoir si l'erreur a des droits, mais si les hommes qui se trompent de bonne foi n'en ont pas [194]. » Par cette rectification

191. Il cite la prudence, la justice, la tempérance et la force d'âme.

192. Montalembert a tenté de se garder sur le plan théologique, en prévenant qu'il parlait en citoyen et non en théologien, qu'il admet « pleinement la distinction si justement consacrée entre l'intolérance dogmatique et la tolérance civile, l'une nécessaire à la vérité éternelle et l'autre nécessaire à la société moderne. » Comme le signale Lecanuet, il prépare la distinction de Dupanloup entre la thèse et l'hypothèse.

193. « On aura beau lui refuser toute influence dans les conseils des princes, toute intervention dans les lois et les traités, toute pompe officielle ou légale, elle n'en sera pas moins puissante et populaire. »

194. Cit. *in* Lecanuet, t. III, p. 368.

capitale, Montalembert sortait de la problématique établie qui consistait à *objectiver* la vérité, tout autant que l'erreur. Au lieu de penser la vérité comme un processus de constitution, jamais achevé, de la connaissance, et donc comme le *rapport* évolutif entre la connaissance et son objet, l'Église pensait dogmatiquement que la vérité est Dieu lui-même, le Christ étant venu « pour témoigner de la vérité » ; par extension, la vérité consistait dans le dépôt laissé entre les mains de l'institution voulue par Jésus (« Tu es Pierre... »). D'où la prétention à l'infaillibilité : Adamantius, père de l'Église, a écrit que « l'Église catholique vit avec justice, piété et sainteté dans la vérité exclusivement. Ceux qui se sont écartés d'elle et se sont égarés en dehors d'elle se trouvent loin de la vérité [195] ». De la même façon, l'erreur n'est pas pensée comme un acte subjectif par lequel l'esprit se méprend – ou, comme chez Descartes, par lequel la volonté s'étend plus loin que ce que l'entendement conçoit actuellement –, mais comme un point de fait, ou un catalogue d'opinions intrinsèquement fausses. Selon la formule de l'un de nos contemporains, « ce n'est pas la conscience qui juge de la vérité, c'est elle qui est jugée » (R. Minnerath, p. 128).

Montalembert voulant attirer l'attention, derrière l'« erreur », sur l'esprit individuel qui erre, se rapproche des droits de l'homme. Il admet qu'au lieu de partir d'en haut (la souveraineté spirituelle du Vrai exercée par l'Église), on devait comme citoyen chrétien partir d'en bas, des opinions *libres*, diverses et contradictoires. La société avait donc un droit de parole, et non le seul devoir d'obéir.

D'ailleurs, continuant à se défendre, le publiciste catholique exposait à Antonelli qu'on ne pouvait parler de liberté qu'au sein d'un droit commun, d'une *égale* liberté, ce qui était encore retrouver l'esprit de la Déclaration de 1789 : « Demander la liberté pour les autres en la demandant pour soi », ce n'est pas accorder des droits à l'« erreur », car là n'est pas la question ; c'est admettre « les exigences inévitables et invincibles de ses adversaires ; mais demander la liberté pour soi, en déclarant qu'on s'en servira pour la refuser aux autres, c'est perdre d'avance sa cause et la perdre en la déshonorant. »

Au nom de la vérité, l'intolérance passée avait fait fi de la *personne* d'autrui, cet autrui qui est aussi un homme, tout plongé dans l'erreur qu'on le considère : Montalembert redécouvre cette personne et le *self-*

195. Cit. dans la partie « Témoignages » du *Catéchisme catholique*, par le cardinal Gasparri, Éditions du Cerf, 1932, p. 454. Et, *ibid.*, question 144 du catéchisme : « L'Église est-elle infaillible dans son enseignement ? R. : Grâce à l'assistance perpétuelle du Saint-Esprit promise par Jésus-Christ, l'Église est infaillible dans son enseignement quand elle propose, comme devant être crues par tous, des vérités ou révélées en elles-mêmes ou connexes avec des vérités révélées, qui se rapportent à la foi ou aux mœurs, soit que cet enseignement soit donné par le magistère ordinaire et universel de l'Église, soit qu'il soit l'objet d'une définition solennelle de l'autorité suprême » (pp. 166-167).

government dont il parlait trois ans plus tôt en préfaçant ses discours parlementaires. Surtout, il le redécouvre non au titre de pure concession politique, mais comme dimension morale. C'est la *liberté de conscience*, saluée par un beau passage des interventions de Malines, et dont la péroraison devint aussitôt célèbre : « L'inquisiteur espagnol disant à l'hérétique "la vérité ou la mort !" m'est aussi odieux que le terroriste français disant à mon grand-père "la liberté, la fraternité ou la mort !" La conscience humaine a le droit d'exiger qu'on ne lui pose plus jamais ces hideuses alternatives. » Sur tous ces points, on peut observer que, avec cent ans d'avance, Montalembert anticipait sur le concile Vatican II[196].

Ni Antonelli ni l'entourage papal ne se satisferont de cet esprit d'ouverture. À terme, on sait que le nouveau choc reçu par le catholicisme libéral fut infligé par *Quanta cura* et le *Syllabus* (8 décembre 1864), concernant notamment les droits de Dieu et les devoirs de l'homme. Pie IX ne craignait pas de reprendre dans son encyclique le passage de *Mirari vos* sur ce « délire » que constituait « la liberté de conscience et des cultes [comme] droit propre à chaque homme » ou encore la liberté de presse, sans limite imposée par l'autorité ecclésiastique ou civile. Pie IX renforçait la condamnation : « En donnant pour certitudes des opinions hasardeuses, ils [les modernistes] ne pensent pas, ils ne se rendent pas compte qu'ils prêchent la *liberté de perdition*, et que "s'il est toujours permis à toutes les convictions humaines de contester tout, il n'en manquera jamais pour oser résister à la vérité et faire confiance au verbiage de la sagesse humaine"[197]. »

Non seulement Montalembert pouvait mesurer sa défaite, mais, dans la brochure officielle contenant les deux textes du Saint-Siège, il était ajouté une lettre de Rome félicitant un jeune inconnu belge[198] pour son livre *L'Erreur libre dans l'État libre*. Montalembert souffre et essaie de garder le silence : « Je relis avec soin les *Affaires de Rome*, afin d'apprendre à ne pas faire ce qu'il [Lamennais] a fait. »

---

196. Le lecteur se reportera au livre très complet de R. Minnerath, *Le Droit de l'Église à la liberté. Du Syllabus à Vatican II*, éd. cit. Ce n'est plus la vérité qui a des droits mais la personne humaine comme *sujet* (p. 132, note 22 : document préconciliaire de Fribourg). Les droits de l'homme sont alors acceptés et intégrés par l'Église (Jean XXIII, *Pacem in terris*), tandis que les derniers irréductibles soutiennent, en septembre 1965, que seule la vérité peut avoir des droits et non la personne (R. Minnerath, *op. cit.*, p. 155).

197. D'après l'édition de poche : Pie IX, *Quanta cura et Syllabus*, publ. par J.-R. Armogathe, J.-J. Pauvert, 1967, p. 31. La première citation (« liberté de perdition ») est de saint Augustin, la seconde de saint Léon.

198. Val de Beaulieu. Cf. Lecanuet, t. III, pp. 380-381 : Montalembert est attaqué soixante-quinze fois en quatre-vingt treize pages.

CONCLUSION DE LA DEUXIÈME SECTION : LE POINT D'ARRÊT DE LA SOUVERAINETÉ PAPALE

Quand est rendue publique l'encyclique de 1864, il est clair que l'histoire se répète pour les catholiques libéraux – ou pour ce que Montalembert est devenu, un libéral catholique. Si le dilemme dans lequel a été enfermé Lamennais se reproduit, c'est parce qu'un même choix, apparemment impossible, revient à formulation : ou bien se taire, ou bien reconnaître que le pape, souverain en matière de foi, de dogme et de morale (consacré en cela, peu après, par le concile du Vatican)[199], ne peut l'être en matière civile et politique. Mais une telle dissociation est-elle tenable pour un catholique dès lors que chaque sujet politique engage des perspectives morales ? La question est encore en débat de nos jours[200], puisque entre les deux puissances une frontière étanche ne saurait être tracée. Et surtout, pour se tenir à la logique du présent chapitre, comment le *modèle religieux* de la souveraineté pourrait-il rester sans effet sur la vision du citoyen et de l'ordre politique ? Montalembert a critiqué la notion de souveraineté en politique, comme on l'a vu, dès lors qu'elle s'affranchit des freins et contre-forces ; il devrait donc, logiquement, passer outre aux condamnations qu'exprime l'encyclique lorsqu'elle s'avance sur le terrain civil[201], pour garder sa fidélité au pape exclusivement sur le terrain dogmatique – exactement ce que

199. Aux termes de la *Constitution Pastor Aeternus* (chap. IV), de 1870, il y a « dogme divinement révélé » lorsque le pontife romain « parle *ex cathedra* », définit les termes en lesquels « une doctrine sur la foi ou les mœurs doit être tenue par l'Église universelle », de façon infaillible ; alors « ces sortes de définitions du pontife romain sont irréformables par elles-mêmes et non en vertu du consentement de l'Église ». On rappellera que l'infaillibilité, dénoncée par Montalembert comme un acte d'« idolâtrie », ne concerne que la vie interne de l'Église (croyants et clercs), non la société civile.

200. Voir les récentes encycliques de Jean-Paul II, *La Splendeur de la Vérité* et surtout *L'Évangile de la vie* (1995), où le pape expose que la désobéissance à la loi civile est requise dans certains cas, que la démocratie, étant un moyen et non une fin, ne saurait instituer une souveraineté morale et spirituelle : « Son caractère "moral" n'est pas automatique, mais dépend de la conformité à la loi morale, à laquelle la démocratie doit être soumise comme tout comportement humain : il dépend donc de la moralité des fins poursuivies et des moyens utilisés » (§ 70, Cerf-Flammarion, 1995, p. 111). La souveraineté *politique* des citoyens est légitime mais n'est la source ni du pouvoir ni de la Loi morale. Ces interventions de Jean-Paul II ravivent des tensions, et même des contradictions, que Vatican II semblait avoir dénouées.

201. L'encyclique *Quanta cura* est accompagnée du résumé (c'est le *Syllabus*) de différents textes du pontificat de Pie IX : 80 propositions sont présentées comme erronées, comme opposées aux allocutions, encycliques, lettres du pape. La plus célèbre proposition condamnée est la dernière : « Le pontife romain peut et doit se réconcilier et transiger avec le progrès, le libéralisme et la civilisation moderne. »

Lamennais avait tenté de faire quelque trente et un ans plus tôt [202]. Mais c'est ce pas que Montalembert se refuse à franchir, précisément en termes de la fidélité à la souveraineté spirituelle du pape. À Léon de Malleville, protestant libéral qui le presse de parler pour tous les chrétiens [203], il avoue clairement le type d'autorité qui, *en toutes matières*, prévaut pour lui : « Quelles que soient mes souffrances intérieures et ma déconfiture publique, ma conscience me défend impérieusement de songer à élever la voix contre celui que je crois chargé par Dieu de régir son Église. » Le protestant Malleville ne pouvant comprendre la profondeur de l'allégeance que Montalembert accepte d'assumer, ce dernier tente de lui expliquer la force du sentiment qui unit un catholique au pape : « Supposez qu'il ne s'agisse pas d'une autorité spirituelle, d'une question religieuse. N'envisageons que les devoirs d'un homme public engagé par conviction au service de son pays ou de son prince. Le pape est un roi, roi absolu selon les uns, roi constitutionnel selon les autres, mais toujours roi, roi suprême et incontesté de cette patrie des âmes qui s'appelle l'Église. Cette royauté spirituelle, je l'ai librement acceptée et proclamée au début de ma vie ; je l'ai loyalement servie pendant trente-cinq ans. »

Ainsi, désireux de donner une comparaison, Montalembert livre en fait le ressort de son attitude : la loyauté envers le pape, roi spirituel, successeur de Pierre et représentant du Christ, ne peut se limiter à un domaine « purement » spirituel – et problématique en tant que tel. Ce qui implique que cette loyauté est entière ou n'est pas, et que donc la loyauté du catholique envers son « roi » vient limiter (parfois prohiber) les formes séculières de loyauté, dans la société civile. Il semble que « répudier les doctrines illibérales du pape », comme le demande Léon de Malleville, serait accepter une forme de « ralliement » (comme on dira plus tard) où le politique commencerait à prendre une forme de vérité propre : le pape condamnateur serait, pour le citoyen catholique, au mieux incompétent, au pire dans l'erreur. On sait que d'autres facteurs ensuite permettront l'évolution des esprits – tant chez les catholiques français que dans le Saint-Siège –, non sans graves crises entre la République et Rome. Il est, par exemple, caractéristique que selon Pie X, la loi de Séparation méconnaisse la structure hiérarchique qui est celle de l'Église, lorsqu'elle appelle à créer des association cultuelles *laïques* (encyclique *Vehementer nos*) [204].

202. On se souvient de sa formule dans la lettre à Grégoire XVI du 5 novembre 1833 : « Si, dans l'ordre religieux, le chrétien ne sait qu'écouter et obéir, il demeure à l'égard de la puissance spirituelle entièrement libre de ses opinions, de ses paroles et de ses actes dans l'ordre purement temporel. »

203. « Osez dire au Saint-Père que son infaillibilité ne s'étend pas au domaine temporel, politique ou civil, et que vous répudiez ses doctrines illibérales » (cit. *in* Lecanuet, t. III, p. 392).

204. Selon l'encyclique, l'Église « est par essence une société *inégale*, c'est-à-dire une société comprenant deux catégories de personnes, les pasteurs et le troupeau [...] ;

L'encyclique et le *Syllabus* ont jeté la consternation chez les rédacteurs du *Correspondant* (au point que Montalembert avait proposé le retrait du comité de rédaction), tandis que les amis de Veuillot triomphaient[205] ; mais il y eut une tentative de distinguo habile de la part de Mgr Dupanloup, ami de Montalembert : il fallait distinguer, pour chaque proposition condamnée, entre la « thèse » et l'« hypothèse », entre ce que l'Église voulait dans l'absolu et ce qu'elle acceptait, tolérait dans le relatif[206]. Par exemple, le pape est contre la thèse d'une liberté de presse *illimitée*, sans censure civile ou religieuse, il n'est pas contre une certaine forme de liberté de la presse. En ce sens, l'encyclique n'aurait nullement condamné la société moderne, mais les prétentions à l'émancipation complète de cette société. La brochure de Dupanloup connut un immense succès, en France (100 000 exemplaires au bout de quinze jours), et en Europe où elle fut traduite dans toutes les langues. Par un bref du 4 février 1865, Pie IX affirma qu'il avait été bien compris par Dupanloup et lui adressa ses félicitations.

Il est vrai que ce distinguo retrouvait une certaine tradition ou jurisprudence du droit ecclésiastique ; on a vu précédemment comment Lacordaire ou Montalembert s'étaient approchés de cette idée de concession pragmatique. Néanmoins, dans l'état d'esprit qui était devenu le sien depuis le congrès de Malines – réhabilitation de la démocratie, du débat d'opinions, des *vertus* de la vie publique –, Montalembert ne pouvait s'en tenir là, et il ne se sentit pas convaincu par la brochure de Dupanloup : il n'était pas certain que le pape ne condamnait pas, en fait, la société moderne dans ses fondements. Il n'était pas convaincu qu'il pût y avoir « du bon » dans cette société aux yeux de Rome[207]. Finale-

ces catégories sont tellement distinctes entre elles, que dans le corps pastoral seul résident le droit et l'autorité nécessaires pour promouvoir et diriger tous les membres vers la fin de la société ; quant à la multitude, elle n'a pas d'autre devoir que celui de se laisser conduire et, troupeau docile, de suivre ses pasteurs » (repr. *in* E. Préclin et P. Renouvin, *Textes et documents d'histoire*, PUF, 1939, t. IV, p. 26).

205. Le contexte est retracé avec soin par Lecanuet, t. III, chap. XVIII.

206. Dupanloup, *La Convention du 15 septembre et l'encyclique du 8 décembre*, Charles Douniol, 1865 ; nous citons d'après la 19ᵉ édition. Le texte est reproduit en grande partie dans Pie IX, *Quanta Cura et Syllabus*, éd. cit. (J.-J. Pauvert). La convention du 15 septembre est celle par laquelle, négociant avec le Piémont, la France s'engage à abandonner, d'ici deux ans, la papauté à la garde de l'Italie : le retrait de la protection française va peser lourd dans le raidissement politique, mais aussi doctrinal du Saint-Siège.

207. Selon Dupanloup, « dans ce que désignent nos adversaires, sous ce nom si vaguement complexe de *civilisation moderne*, il y a du bon, de l'indifférent, et il y a aussi du mauvais. [...] Et il en est de même, dans la même proposition 80ᵉ, de ces autres mots, également vagues et complexes, de *progrès* et de *libéralisme*. Ce qu'il peut y avoir de bon dans ces mots et dans ces choses, le pape ne le rejette pas ; ce qui est indifférent, il n'a pas à s'en occuper ; ce qui est mauvais, il le réprouve ; c'est son droit et son devoir » (*La Convention du 15 septembre et l'encyclique du 8 décembre*, éd. cit., p. 105). Le problème est de savoir ce qu'il y a « de bon » : cela n'est jamais dit, or c'est précisément ce que Montalembert valorisait de plus en plus, à ses risques et périls. En

ment, la réunion du concile du Vatican et les projets de proclamation de l'infaillibilité personnelle du souverain spirituel le jetèrent dans la colère et lui firent réaliser cet acte public que Léon de Malleville avait demandé : il publie dans la *Gazette de France* une correspondance privée (lettre à Lallemand) où il condamne le nouvel esprit ultramontain, le refus généralisé de la liberté, dans la société comme dans la foi, qui risque de l'emporter au concile.

Avançant le terme d'« idole », Montalembert signale que l'idée lui en est venue par une lettre que lui écrivait Mgr Sibour, archevêque de Paris, en 1853, rédigée en ces termes : « La nouvelle école ultramontaine nous mène à une double idolâtrie : idolâtrie du pouvoir temporel et idolâtrie du pouvoir spirituel[208]. » Sibour estime que l'idée ultramontaine première, telle que Montalembert et lui-même la défendaient, avait un autre sens : « Nous ne faisions pas disparaître tout pouvoir intermédiaire, toute hiérarchie, toute discussion raisonnable, toute résistance légitime, toute individualité, toute spontanéité. Le Pape et l'Empereur n'étaient pas l'un toute l'Église et l'autre tout l'État. »

Ce même thème du délire des néo-ultramontains est développé par Montalembert en mars 1870, dans l'avant-propos écrit pour *Le Testament du P. Lacordaire* : il croit pouvoir affirmer que son ami (mort en 1861) « eût regimbé [...] contre l'autocratie pontificale érigée en système, imposée comme un joug à l'Église de Dieu, au grand déshonneur de la France catholique et, ce qui est mille fois pire, au grand péril des âmes » (*loc. cit.*, p. 17). Il en veut pour preuve ce que Lacordaire lui avait écrit en mai 1847, alors que Pie IX apparaissait comme un pape libéral. Si l'*« omnipotence papale »* est bien une expression reconnue dès le concile de Florence, « tous les catholiques instruits savent que le pape ne peut rien contre les dogmes et les institutions apostoliques. Mais les ignorants, qui sont nombreux, ne le savent pas ». Conformément à leur idée sur le modèle présent dans les ordres religieux et dans l'Église, les deux amis pensent que « rien n'est moins absolu et moins arbitraire que le pouvoir pontifical ». Aussi, continuait Lacordaire, il est important de ne pas laisser se répandre cette opinion mal informée, et malveillante, du pouvoir illimité du pape en matière spirituelle : « *Le gallicanisme raisonnable*[209], qui consiste à redouter un pouvoir qu'on lui présente comme sans limites et s'étendant par tout l'univers sur deux cents millions d'individus, est un gallicanisme très vivant et très redoutable, parce qu'il est fondé sur un instinct naturel et même chrétien. Des catholiques parfaitement romains ont défini l'Église "une monarchie tempérée d'aris-

outre, dans le monde moderne, que pouvait signifier une liberté (par exemple de la presse) limitée par le pouvoir religieux ?

208. Cit. *in* Lecanuet, t. III, p. 467.

209. Nous soulignons. On peut dire qu'en 1870, Montalembert se retrouve dans ce « gallicanisme raisonnable », à son corps défendant.

tocratie" et même "une monarchie représentative". Je n'ai vu nulle part qu'elle fût appelée une monarchie absolue. » Or elle en prend l'apparence avec le concile du Vatican.

Il est à peine besoin de souligner combien ces divers textes, rédigés ou publiés quelques jours avant la mort de Montalembert, confirmaient la difficulté à s'évader du conflit des souverainetés : le pouvoir politique et le pouvoir ecclésiastique se montraient en rivalité profonde, pour des raisons tenant à leur histoire et à leurs ambitions. De son côté, le pouvoir civil était engagé non pas simplement dans une lutte pour l'émancipation, mais aussi dans une conquête par substitution, dans un combat pour l'hégémonie. L'aveu poignant de Montalembert, dans la lettre à la *Gazette de France*, est qu'il y a là un *mimétisme réciproque*, piège dans lequel s'est jeté le nouveau camp ultramontain ; et Montalembert relève qu'il y a autant de « théologiens laïcs », que de « docteurs ultramontains[210] ».

Cette thèse de l'imitation réciproque et de la surenchère pour un « gouvernement des esprits » (Cousin et Guizot) désigne en effet le lieu de friction entre les deux puissances : elle s'applique d'un côté au point de vue défendu sur le versant ecclésiastique (qui a pour lui la théorie de la « société parfaite » et « divinement instituée »), de l'autre à celui prôné par le versant civil et social, le pouvoir d'État, comme on va le voir dans la grande querelle sur la liberté de l'enseignement. L'idée même de *liberté*, qui est un enjeu de la constitution du sujet moderne[211], ne peut

210. C'est la phrase souvent citée : « Qui est-ce qui pouvait prévoir l'enthousiasme de la plupart des docteurs ultramontains pour la renaissance du césarisme, les harangues de Mgr Parisis, les mandements de Mgr de Salinis, et surtout le triomphe permanent de ces théologiens laïcs de l'absolutisme, qui ont commencé par faire litière de toutes nos libertés [...] devant Napoléon III, pour venir ensuite immoler la justice et la vérité, la raison et l'histoire, en holocauste à l'idole qu'ils se sont érigée au Vatican ? » Bien entendu, de son côté, le gouvernement de Napoléon III voit d'un très mauvais œil la proclamation de l'infaillibilité : sur l'ensemble de la question, le livre d'Émile Ollivier est précieux (*L'Église et l'État au concile du Vatican*, Garnier, 1879).

211. C'est un point que souligneront ensuite les documents pontificaux, notamment chez Léon XIII. Si le sujet moderne est un sujet qui s'affirme par une liberté sans la transcendance de la Loi, ou selon une loi qu'il se donne à lui-même, Léon XIII affirme qu'il y a là la forme la plus condamnable du *libéralisme*. Pour lui, le libéralisme dans l'ordre moral et civil découle du « rationalisme » dans l'ordre philosophique, ainsi défini : « Le principe de tout rationalisme, c'est la domination souveraine de la raison humaine qui, refusant l'obéissance due à la raison divine et éternelle, et prétendant ne relever que d'elle-même, ne se reconnaît qu'elle seule pour principe suprême, source et juge de la vérité » (*Libertas praestantissimum*, p. 187). Selon Léon XIII, cette prétention dans l'ordre de la connaissance engendre dans l'action un individualisme qui est caractéristique des libéraux : « il n'y a dans la pratique de la vie aucune puissance divine à laquelle on soit tenu d'obéir, mais chacun est à soi-même sa propre loi. De là procède cette morale que l'on appelle *indépendante* » et qui confond liberté (sous la Loi) et licence. Le pape critique donc tantôt la liberté illimitée (pour l'ordre civil), tantôt la liberté relativiste (pour l'agir moral). Il fait sortir les prétentions des majorités « créant seules le droit et le devoir », de l'usage individuel de la raison, lorsqu'il ne s'assujettit pas à Dieu. *Non serviam*, parole de Satan, serait la matrice du libéralisme, qui connaît par

que se ressentir des conditions historiques au milieu desquelles elle s'exprime, à ce moment, sinon en tout temps. Du point de vue des défenseurs de l'État, la revendication de liberté chez les catholiques libéraux s'entend non seulement comme affirmation d'un droit à la différence – par exemple dans le type d'enseignement dispensé –, mais comme la menace d'une entreprise de reconquête. Précisément parce que le catholicisme libéral ne parvient pas à se dégager du modèle où la liberté est un *devoir* envers Dieu et l'Autorité qui le représente, il est soupçonné de vouloir imposer, ou de laisser imposer autour de lui, au nom des « droits de la vérité », les contenus moraux ou cognitifs que cette liberté fait siens[212]. La querelle du « monopole universitaire » est en premier lieu le choc entre deux intransigeances, chacune brandissant le drapeau de « la » liberté, chacune portant ses contradictions propres.

TROISIÈME SECTION
ÉTAT LAÏQUE, ÉTAT CONTESTÉ : LA LIBERTÉ D'ENSEIGNEMENT

> « La guerre est plus haut que les rois, plus haut que les peuples ; elle est entre les deux formes mêmes de l'intelligence humaine, la foi et la raison, la foi devenue par l'Église une puissance, et la raison devenue elle-même une puissance qui a ses chefs, ses assemblées, ses chaires, ses sacrements. »
>
> LACORDAIRE, *Lettre sur le Saint-Siège* (1837).

> « Le principe d'une éducation nationale est inséparable de celui d'une religion nationale. »
>
> MONTALEMBERT, 1844.

> « Il fallait à la fois garder la place et en ouvrir les portes. »
>
> GUIZOT, *Mémoires*.

ailleurs des degrés dans son application à la société (cf. notamment la lettre du cardinal Rampolla « Sur le libéralisme », 6 avril 1900, *ibid.*, *Lettres apostoliques de Léon XIII*, t. VII).

212. C'est le concile Vatican II qui franchira le pas décisif : il abandonne la thèse selon laquelle seule la vérité religieuse aurait des droits civils (cf. R. Minnerath, *Le Droit de l'Église à la liberté*, note 34, p. 135), il distingue entre la liberté intérieure de l'Église (don du Christ et qui ne regarde qu'elle) et la liberté *ab extra* : celle par laquelle l'Église prend sa place dans la société civile, au milieu du droit commun (*Déclaration sur la liberté religieuse*, promulguée par le concile le 7 décembre 1965). L'État n'a plus à choisir la « vraie religion », à exercer la « tolérance » envers les fausses, il n'a plus de mission religieuse envers la société.

Le débat sur la liberté d'enseignement ne saurait ici être suivi dans son détail et dans ses multiples rebondissements : on doit renvoyer, pour l'historique, aux études spécialisées[213]. Il convient de privilégier la période de 1844, où est discuté le (second) projet de loi Villemain sur l'enseignement secondaire. Ce projet faisait suite à celui de Guizot en 1836, et un autre de Villemain en 1841. Le texte de 1844 fournit l'occasion d'une controverse capitale de la Monarchie de Juillet et est à la source d'un argumentaire repris ensuite par un camp ou par l'autre.

L'UNIVERSITÉ NAPOLÉONIENNE AU CŒUR DE LA CONTROVERSE DE 1844

Deux grands rapports délimitent cette période d'intense polémique : celui déposé par le duc de Broglie au nom de la commission de la Chambre des pairs chargée d'examiner le projet du ministre[214], celui que rédige Thiers pour la commission, cette fois, de la Chambre des députés[215]. Bien que le projet de loi fût ensuite abandonné par le gouvernement Guizot – notamment du fait d'une crise de folie chez le ministre Villemain –, les deux rapports restèrent à titre de précédents importants ; l'un parce que, tout en étant d'origine doctrinaire, il semblait chercher la conciliation dans les *principes* énoncés, l'autre parce que, faisant un flamboyant éloge de l'Université napoléonienne, il volait au secours de Victor Cousin qui avait été sérieusement contesté et malmené à la Chambre des pairs. Devant se défendre à la fois sur les missions de l'Univer-

213. Notamment Louis Grimaud, *Histoire de la liberté d'enseignement en France*, dont il y a une édition première plus succincte (Arthur Rousseau, 1898) et une autre en 6 volumes, qui présente le détail des controverses (débats des Chambres, articles, pamphlets) mais s'arrête à la Monarchie de Juillet. C'est cette édition (Arthur Rousseau, puis Grenoble, chez Arthaud, et enfin Apostolat de la Presse, 1946-1954) que nous citerons.

214. « Rapport sur la liberté d'enseignement » du 12 avril 1844, repr. *in* de Broglie, *Écrits et discours*, éd. cit., t. III, pp. 218-316.

215. Rapport du 13 juillet 1844, repr. *in* Thiers, *Discours parlementaires*, Calmann-Lévy, 1880, t. VI. Sauf pour Broglie, Thiers et Montalembert, nous citerons d'après l'officieux *Journal général de l'Instruction publique*, année 1844. On peut également consulter les interventions au *Moniteur*, ou dans le recueil suivant : *Discussion de la loi sur l'instruction secondaire à la Chambre des pairs*, Paul Dupont, 1844. Ce recueil ne contient donc pas le rapport Thiers, lu à la Chambre des députés. Pour Guizot, nous compléterons par les *Mémoires* et par l'*Histoire parlementaire* (éd. cit.).

sité[216] et sur la place de la philosophie, Cousin voit avec douleur la Chambre des pairs voter un amendement proposé par de Broglie : le programme du baccalauréat (notamment pour la philosophie) ne sera plus décidé mais *proposé* par le Conseil royal de l'instruction publique ; il sera rendu sous la forme d'une ordonnance royale, sous la catégorie des règlements d'administration publique, c'est-à-dire préalablement soumis au Conseil d'État[217]. C'était enlever le contrôle des programmes aux universitaires pour le donner aux ministres, en fonction d'inévitables considérations politiques : bien que ce ne soit pas, de son point de vue, un gain de liberté, la presse catholique applaudit à ce camouflet donné à Cousin, maître tout-puissant de l'enseignement philosophique.

Si Victor Cousin, Villemain et Thiers défendent une idée commune de l'Université comme *corporation d'État*, c'est sur cette notion que les catholiques attaquent, des plus modérés aux plus extrémistes. Guizot soutient ses alliés sur ce point car il est attaché à un « corps enseignant » – une appellation dont il va falloir préciser les enjeux. Quant à de Broglie, son discours est plus partagé sinon contradictoire. De façon novatrice, il se refuse à concevoir l'enseignement comme une prérogative de souveraineté. Le centre de gravité de ce débat riche et tumultueux porte sur l'étendue du *droit de la famille* face à la souveraineté de l'« État enseignant », formule qu'avait utilisée Cousin. Selon ce dernier, le droit du père de famille s'arrête où commence l'École, et il n'existe pas de « droit naturel d'enseigner » (revendiqué par Lamennais ou par Lamartine), puisqu'il ne s'agit que d'un « pouvoir public que la loi confère[218] ». La question débattue est donc de savoir si l'État peut légitimement garder le monopole que lui a donné Napoléon ; et dès lors qu'il se veut laïc, est-il contraint de s'épurer de la « philosophie d'État » dont on l'accuse de s'être doté en remplacement du catéchisme impérial[219] ?

À l'heure où la Charte a promis la liberté d'enseignement[220], c'est de nouveau le modèle d'une souveraineté sans limites, impartageable, par laquelle le trône s'appuyait sur l'autel, qui plane sur les débats. Pour une bonne part, le sens du libéralisme de Juillet se joue sur la question de l'enseignement, selon, d'ailleurs, l'engagement explicite que, pendant les Trois Glorieuses, Lafayette avait pris devant la population de Paris. Mais, par suite de l'aiguisement des conflits, Lamartine s'interrogeait en

216. Selon l'idée napoléonienne, il faut entendre par Université l'ensemble enseignement secondaire et enseignement supérieur.

217. Amendement du 3 mai 1844, *Journal de l'Instruction publique*, 1844, p. 365.

218. Séance du 22 avril 1844, *Journal de l'Instruction publique*, p. 273.

219. Voir l'article « Catéchisme impérial » dans le *Dictionnaire Napoléon* : il unit la référence à saint Paul avec l'obligation personnelle envers Napoléon Ier.

220. À l'article 69, la Charte de 1830 annonce une loi « dans le plus court délai possible » pour (8e alinéa) « l'instruction publique et la liberté d'enseignement ». D'après l'article 6, la religion catholique n'est plus « la religion de l'État » (Charte de 1814) mais se trouve simplement « professée par la majorité des Français ».

1843 sur la possibilité de dénouer ce qui était devenu inextricable : « Comment rentrerons-nous peu à peu dans la triple vérité de la religion libre, de l'État souverain et de l'enseignement sincère[221] ? » Politiquement, l'échec fut total ; le cas de l'instruction secondaire ne pourra être réglé que sous la IIe République, à l'instigation de Falloux, relayé par Parieu : à ce moment, du fait de l'instauration d'un dualisme scolaire, le monopole peut être dit sinon démantelé, du moins largement ébréché car mis en partage entre l'autorité civile et les évêques.

Le projet conçu par Napoléon

Alors qu'il est en conflit avec Ferry, Jules Simon écrit en 1882 : « Depuis la fondation de l'Université impériale, qui était dans la pensée de son auteur une sorte d'Église laïque, toutes les questions religieuses ont pris la forme d'une discussion sur l'enseignement[222]. » En ces quelques mots, l'auteur évoque un thème nullement original, mille fois repris par les adversaires de l'Université, mais aussi souvent confessé, avec plus ou moins de réticences, par ses défenseurs : à l'Église enseignante et aux collèges de Jésuites Napoléon emprunte des méthodes, mais aussi une organisation et un esprit d'*autorité* qu'il renforce considérablement. « Le caractère propre de l'Université, écrit Jules Simon, c'est son unité : unité du corps, unité du chef, unité de la doctrine, unité de la méthode » (*ibid.*, p. 121). De même Dubois écrivait dans *Le Globe* en 1828 : « Unité, perpétuité, immobilité, sacerdoce moral et politique, caste de résistance aux innovations et aux réformes, voilà l'Université dans la pensée de son fondateur[223]. »

Si l'on regarde en effet les grands textes législatifs ou réglementaires de l'Empire, c'est l'effort de rationalisation croissante au profit de l'État qui frappe l'observateur : loi générale sur l'Instruction publique du 1er mai 1802, qui impose l'autorisation préalable pour l'ouverture de toute école secondaire (par la commune ou par un particulier), décret du 10 mai 1806 qui institue un corps enseignant, décret de 1808 instaurant le monopole universitaire, ensuite renforcé par le grand décret de 1811. La logique de l'Université impériale, du point de vue qui est ici traité, peut se résumer en deux points : d'une part tout est dans l'Université,

221. Lamartine, *L'État, l'Église et l'enseignement*, repr. in *Œuvres de Lamartine*, Pagnerre, t. XIV, 1849, p. 141 (vol. 2 des « Études oratoires ou politiques »). Repr. partielle *in* Lamartine, *La Politique et l'histoire*, éd. par R. David, éd. cit. pp. 201-219.

222. J. Simon, *Dieu, patrie et liberté*, Calmann-Lévy, 4e éd. 1883, p. 115. Voir tout le chap. II, où Simon trace un historique suggestif mais engagé : « L'Université et la liberté d'enseignement avant la Troisième République. »

223. Dubois s'appuie sur une instruction adressée par Napoléon à Fontanes, d'un style très remarquable : voir Dubois, *Fragments littéraires*, Ernest Thorin, 1879, t. II, pp. 232-233.

d'autre part l'enseignement dispensé est accompagné sinon coiffé par la religion. Le second aspect découle du décret du 17 mars 1808, article 38 : « Toutes les écoles de l'Université impériale prendront pour base de leur enseignement : 1° les préceptes de la religion catholique, 2° la fidélité à l'Empereur[224]. » Quant à l'intégration à l'Université, elle est complète depuis depuis le décret du 15 novembre 1811, qui irrita tellement les catholiques sous la Restauration. Les séminaires avaient d'abord joui d'un régime spécial, puisqu'ils ne dépendaient que des évêques et archevêques, qui nommaient et révoquaient comme ils voulaient directeurs et professeurs et n'étaient pas soumis à la « rétribution universitaire » (acquittée par chaque élève) : cette dérogation est accordée par le décret de 1808. Ensuite, avec le décret de 1811, aucun établissement « particulier » (c'est-à-dire privé), laïc ou religieux, aucun séminaire non plus ne peut échapper à l'Université ; pour ce qui est des institutions et pensions, les élèves « au-dessus de l'âge de dix ans seront conduits par un maître aux classes des lycées ou collèges », toutes les fois que la ville possède un lycée ou un collège (art. 22). Quant aux séminaires, « toutes ces écoles seront gouvernées par l'Université ; elles ne pourront être organisées que par elle, régies que sous son autorité, et l'enseignement ne pourra y être donné que par des membres de l'Université étant à la disposition du Grand Maître » (art. 25). De plus, les élèves des écoles ecclésiastiques, tout en portant l'habit religieux, devront être conduits au lycée ou au collège. Les professeurs de ces écoles ne sont plus que des répétiteurs.

L'esprit de l'institution impériale peut changer dès lors que la Restauration donne la liberté aux séminaires, pour les confier entièrement à l'évêque, sans condition de diplôme, de surveillance ou de rétribution. Un élément de *concurrence* s'introduit car les écoles secondaires ecclésiastiques, les « petits séminaires », deviennent des lieux de scolarisation pour des élèves qui ne se destinent nullement à la voie ecclésiastique : l'effectif y dépasse largement celui des collèges royaux. C'était pour empêcher cette évolution, déjà, que Napoléon avait pris le décret de 1811. Par suite des multiples abus qui s'introduisirent et de la force proportionnelle des Jésuites dans cet enseignement, le ministre Martignac signa en 1828 les célèbres ordonnances[225] qui devaient susciter la revendication catholique de « liberté » et de « droit égal » avec l'Uni-

224. Pour ces différents textes, *Recueil de lois et règlements concernant l'Instruction publique*, 1re série, Brunot-Labbe, 1814, t. II à IV. L'élaboration des différents textes, leur portée, sont minutieusement retracées par L. Grimaud, au t. IV de son *Histoire de la liberté d'enseignement en France*. Voir aussi A. Chervel, *Histoire de l'agrégation*, INRP et Kimé, 1993.

225. Limitation du nombre d'élèves admis dans les séminaires, obligation pour les maîtres de déclarer par écrit qu'ils n'appartiennent pas à « une congrégation non autorisée » (ce qui vise les Jésuites), etc.

versité. Selon le rapport donné par Thiers en 1844, il y a 20 000 élèves dans 118 petits séminaires, tandis que les 46 collèges royaux regroupent 19 000 élèves. Par ailleurs, 36 000 élèves relèvent de l'enseignement privé (laïc ou religieux), tandis que l'Université contrôle 26 000 élèves des collèges communaux [226]. Il y a donc dans les faits une compétition avec l'Université, qui peut cependant garder la primauté grâce à l'obligation du certificat d'études et par là l'accès au baccalauréat, qui est délivré par elle [227]. À son tour, le baccalauréat commande l'ouverture aux fonctions publiques ou aux professions de prestige. Ce sont sur les conditions de cette compétition (réglementation des écoles, réglementation de l'examen) que roule le débat de 1844. Mais le *sens* même de cette compétition ne doit pas être oublié : l'Université napoléonienne ayant été conçue pour éviter que l'État rencontre une quelconque rivalité, la difficulté pour les libéraux installés au gouvernement réside dans le fait qu'ils veulent conserver l'édifice, tout en l'ouvrant à une logique différente par laquelle « la liberté » pourrait entrer. La survie même du monopole semble en jeu dès lors que l'on touche à ses fondements et à sa finalité première. À l'origine, Napoléon poursuivait un but éminemment *politique*, dont il ne faisait pas mystère : « faire renaître un esprit national », en enlevant la jeunesse aux congrégations religieuses [228]. Selon ses propres paroles, l'Empereur cherchait « un moyen de diriger les opinions politiques et morales. Cette institution – ajoutait-il – sera une garantie contre le rétablissement des moines ».

Cependant, le « corps enseignant », formé par l'État, rétribué par lui et lui devant totale soumission, avait été conçu sur le modèle des congrégations [229] ; on avait donc songé à l'équivalent des vœux religieux, et en nommant Fontanes grand maître de l'Université, Napoléon lui disait : « Je vous fais chef d'ordre. » C'est cette organisation qu'admire Guizot et dont il lui semble qu'elle reste appropriée au grand problème de la société moderne, le « gouvernement des esprits » (discours du 25 avril

226. Contestant le chiffre de 36 000 pour l'enseignement privé, Lecanuet le porte à 58 000 (in *Montalembert*, t. II, pp. 197-198).

227. Le certificat d'études secondaires a été institué par le décret du 16 février 1810. Pour se présenter aux épreuves du baccalauréat, il apportait la preuve qu'on avait fait sa rhétorique et sa philosophie dans une école autorisée à ce double enseignement ; sous Napoléon, il y eut des attestations de complaisance : voir les articles « Université » et « Lycées » dans le *Dictionnaire Napoléon*.

228. Formule d'une circulaire citée par J. Godechot (*Les Institutions de la Révolution française et de l'Empire*, PUF, 1968), ainsi que pour les textes qui suivent. La source est en fait Louis Grimaud. Nombre de nuances sont à relever dans le *Dictionnaire Napoléon (loc. cit.)*, pour ce qui est de l'application véritable.

229. Dans un premier temps, les conseillers de Napoléon lui avaient suggéré d'*utiliser* des congrégations existantes et réputées comme les Oratoriens. Aux termes du décret du 17 mars 1808, « non seulement les maîtres d'étude, mais encore les proviseurs et censeurs des lycées, les principaux et régents des collèges seront astreints au célibat et à la vie commune ».

1844). Par-delà Cousin, la formule vient des conseillers de Napoléon, Rœderer notamment ; la circulaire citée plus haut ajoutait : « Le département de l'Instruction publique est une direction d'esprits par l'esprit. »

Le remaniement doctrinaire

Dans ses deux grands discours du 25 avril et du 9 mai 1844, Guizot délivre une vision vigoureuse et cohérente sur laquelle Pierre Rosanvallon a attiré l'attention[230]. Le premier porte sur la fonction d'hégémonie intellectuelle de l'Université, le second sur le conflit inévitable avec les congrégations.

La laïcité revendiquée

Véritable inspirateur du gouvernement de 1844, dont Villemain est le ministre préposé à l'Instruction publique, Guizot insiste sur la nécessité de répondre aux besoins nouveaux, ce qui pour lui signifie une *éducation de la liberté individuelle* : « Au sein même de la liberté, les esprits ont besoin d'être dirigés, dressés[231]. » Il se défend de vouloir retirer à l'Église la part d'influence qu'elle peut prendre, mais cette part ne peut être que complémentaire, et postérieure dans le temps, c'est-à-dire en fait subordonnée : « L'éducation universitaire est une bonne et nécessaire préparation à l'éducation religieuse qui appartient à l'Église. » L'instruction, qui est aussi façonnement moral et social et donc éducation, sera, quant à elle, laïque : « L'État a évidemment besoin qu'un grand corps laïque, qu'une grande association profondément unie à la société, la connaissant bien, vivant dans son sein, unie aussi à l'État, tenant de l'État son pouvoir, sa direction, qu'une telle corporation exerce sur la jeunesse cette influence morale qui la forme à l'ordre, à la règle et sans laquelle, quand

230. Voir le chapitre « L'État instituteur » dans P. Rosanvallon, *Le Moment Guizot* (p. 231 et suiv.). Précisons que les interventions de Guizot s'opposent à Montalembert et au tout petit groupe de catholiques qui le suit à la Chambre des pairs, non à des groupes ultras (ou légitimistes) comme le suggère parfois P. Rosanvallon. Et Montalembert met le plus grand soin à ce que la question de la liberté d'enseignement n'apparaisse pas comme le cheval de Troie du légitimisme. Cf. par exemple ses lettres à Veuillot en 1843-1844, à l'époque de l'alliance avec ce dernier et avec *L'Univers*, *in* Eugène Veuillot, *Louis Veuillot*, Victor Retaux, s.d., t. I, pp. 425-427. Ou *ibid.*, p. 492 : « L'iniquité la plus menaçante pour nous, c'est le légitimisme, c'est cette stupide doctrine qui a si longtemps exploité l'Église à son profit, [...] qui a désarmé tous les cœurs catholiques de leur énergique nature, et qui, à l'heure qu'il est, infecte l'élite de notre jeunesse et la transforme en apprentis d'antichambre. » Prônant le « Catholique d'abord », Montalembert trouve *L'Univers* trop complaisant envers le camp traditionaliste. Il rappelle à Veuillot que la scission opérée avec *L'Avenir* a été et reste la grande date, le grand moment de vérité (*ibid.*, p. 425). La « liberté », ce n'est pas le parti légitimiste.

231. *Journal de l'Instruction publique*, 1844, p. 309, séance du 25 avril.

une fois ils sont arrivés à l'âge mûr, les esprits s'échappent et se déchaînent en tous sens. »

Le terme de *laïcité* (souvent repris par Guizot) signifie donc un type de formation tout aussi puissante que l'éducation religieuse, et qui devra remplacer cette dernière pour ce qui concerne les besoins propres de la société issue de Juillet. L'État, insiste Guizot, n'est pas athée mais il est laïque : l'orateur reprend explicitement ce qu'a dit Pellegrino Rossi le 16 avril, lorsqu'il parlait de « l'indépendance et de la souveraineté de l'État comme du premier principe de notre droit public[232] ». De fait, polémiquant avec Montalembert sur les libertés gallicanes, Rossi avait expliqué que la souveraineté de l'État était en jeu dans les questions universitaires : dans ce domaine, et par excellence, l'État affirmait l'indépendance de l'esprit moderne par rapport aux opinions religieuses[233]. Quant au terme de *corporation* utilisé par Guizot, il pouvait paraître provocant dans la mesure où, depuis la Révolution, il ne saurait y avoir de corps au sein d'une société d'individus libres et égaux. N'est-ce pas un paradoxe que de vouloir former les individus, dans leur jeune âge, à la liberté, au moyen d'une « corporation » ? Le reproche adressé aux ordres religieux enseignants, et notamment aux Jésuites, n'était-il pas de suivre un esprit de discipline, un esprit de corps, qu'ils transmettaient à leurs élèves ? Cette question est traitée avec audace dans le second discours de Guizot.

La corporation selon Guizot

La loi en discussion stipulait que nul ne pourrait enseigner sans certifier par écrit ne pas appartenir à une congrégation non autorisée : c'était la continuation du long conflit avec les Jésuites – tolérés quoique interdits en France –, qui avait suscité des débats passionnés sous la Restauration[234]. Dans son discours du 9 mai, Guizot dépeint le tableau des corporations enseignantes d'Ancien Régime « existant par elles-mêmes, étrangères à l'État, se faisant concurrence entre elles et se partageant le domaine de l'Instruction publique[235] ». Il explique que ces organisations sont désormais condamnées parce qu'elles ne vivaient que de droits spéciaux, dont chacune était jalouse, à l'intérieur d'un système où la loi

232. Ce thème de la *souveraineté de l'État* est développé en 1845 par Cousin dans une intervention à l'Académie des sciences morales et politiques, où il s'agit de combattre une infaillibilité personnelle du pape, qui menacerait jusqu'à l'Université : voir « Gallicanisme et philosophie », *in* Cousin, *Instruction publique*, t. II, Pagnerre, 1850.

233. Juriste fondateur du droit constitutionnel, installé dans une chaire par Louis-Philippe à la demande expresse de Guizot, Rossi détient à ce titre une forte légitimité dans ses interventions de 1844, qui ont été publiées séparément.

234. Au point qu'on a pu parler d'un véritable mythe jésuite : M. Leroy, *Le Mythe jésuite*, PUF, 1992.

235. *Journal de l'Instruction publique*, p. 421.

égale pour tous n'avait pas sa place. Aujourd'hui, il n'y a plus de « petits pouvoirs collectifs, existant par privilège [...]. D'une part la puissance publique ; de l'autre les libertés individuelles ». Le face à face de l'État souverain et des individus soumis à son droit commun a remplacé les petits organismes : « Toutes les anciennes corporations ont quitté la scène, l'État est monté à leur place, et avec l'État les citoyens. »

On comprend pourquoi Guizot accepte de reprendre le terme napoléonien de corporation ou de corps enseignant[236]. L'État embrassant tout en tant que source du droit, il est *la* corporation, la seule légitime. Et, comme l'ont dit Rossi et Victor Cousin, « l'Université c'est l'État enseignant ». Si, d'une part, la question du *droit d'enseigner* ne concerne plus que des individus (et non des associations) et si, d'autre part, l'enseignement se pratique par unité de méthode, de programme et de personnel, l'Université est bien un corps, ce corps se confond avec l'État. Du moins tant que l'idée d'un statut des *fonctionnaires* ne fera pas apparaître la possibilité de droits à faire valoir vis-à-vis de la puissance publique, à l'intérieur de l'obligation hiérarchique.

Par corollaire, la liberté d'enseignement qui a été promise par la Charte ne peut plus se concevoir hors de l'Université, en tout cas en dehors du cadre et des conditions qu'elle prescrit. On ne saurait légitimer de façon plus radicale la substitution qui est opérée vis-à-vis des institutions dont les catholiques demandent la survie ou la remise en route : « l'État est monté à leur place[237] ». Comme on l'a déjà vu (chap. II), la politique de Guizot consiste à reprendre et, pourrait-on dire, à occuper les institutions créées par Napoléon, de façon à les utiliser au profit des classes moyennes. Dans un discours de 1846, de nouveau consacré à l'Université, Guizot s'est expliqué sur cette stratégie vis-à-vis des créations de l'Empire : « La liberté peut entrer dans ces puissantes machines créées pour le rétablissement et la défense du pouvoir. Quoi de plus fortement conçu dans l'intérêt du pouvoir que notre régime administratif, les préfectures, les conseils de préfecture, le Conseil d'État ? Nous avons pourtant fait entrer dans ce régime les principes et les instruments de la liberté [...]. La même chose peut se faire pour la grande institution de l'Université, et le pouvoir y trouvera son profit aussi bien que la liberté[238]. » C'était poser que la liberté *s'envisage du point de vue du pouvoir*, non comme ce qui lui est extérieur, non comme un droit concurrent (inhérent à l'entrepreneur en éducation, ou à la famille), mais comme ce qui

236. Cf. sa brochure de 1816, *Essai sur l'histoire et sur l'état actuel de l'Instruction publique*, où il développe cette perspective (cf. aussi Rosanvallon, *op. cit.*, note 1, p. 234).

237. Le projet Guizot de 1836, jugé plus « libéral » par les historiens, avait fait le silence sur les congrégations, point qu'un amendement fit ressortir, ce qui mena à la déroute du projet.

238. Discours du 31 janvier 1846, repr. *in* Guizot, *Mémoires*, t. VII, p. 380 ou *Histoire parlementaire*, V, 72-73 (texte légèrement modifié).

coopère aux buts de l'État pour le « décharger d'une partie du fardeau » (comme disait encore Guizot en 1846). Est-ce à dire que cette liberté n'est rien avant la codification législative, à la différence de la liberté et des droits naturels de l'homme ? C'est le sous-entendu que va dénoncer Montalembert (cf. *infra*).

En fait, Guizot est persuadé que, pour achever véritablement la Révolution française, il faut refaire une deuxième fois ce qu'a fait Napoléon avec ses propres outils. Malgré l'esprit despotique qui caractérisait ce dernier, Guizot tente d'attribuer à Napoléon, dans ses *Mémoires*, son propre but d'hégémonie des classes moyennes à travers l'Université : « Il savait qu'après les prodigieux bouleversements de notre Révolution, après la chute violente de toutes les existences hautes, au milieu de tant de fortunes nouvelles et soudaines, pour consacrer de tels résultats, pour sanctionner, en quelque sorte, le triomphe des classes moyennes et assurer leur influence, il fallait cultiver et développer dans ces classes les études fortes, les habitudes de travail, l'esprit, le savoir, la supériorité intellectuelle[239]. »

On voit que Napoléon parle parfaitement ici le langage doctrinaire. Il restait cependant à créer de nouvelles modalités.

Le rapport souveraineté-liberté

L'une des grandes différences avec la période impériale consiste dans l'*organisation* de la liberté : dans le domaine de l'enseignement comme dans celui de la presse (comparaison souvent faite à l'époque), il faut substituer un régime de responsabilité à l'autorisation préalable (à la censure et à ses équivalents, pour la presse). C'est cette considération juridique qui intéresse Guizot et non un débat sur la partie de « droit naturel » qui resterait indépendante de l'État et de sa loi. Concrètement, Villemain a remplacé l'obligation faite aux établissements privés d'envoyer leurs élèves au collège royal ou au lycée (décret de 1811) par une exigence de diplôme *à l'intérieur* des établissements privés[240]. Victor de Broglie explique dans son rapport que cette vision est conforme à la philosophie doctrinaire de la *liberté capable* : « Le grade obtenu est, dans la carrière de l'enseignement, ce qu'est, dans la carrière politique, le cens électoral ou le cens d'éligibilité ; le grade atteste des études bien faites, et les fortes études attestent une vie bien employée, des habitudes laborieuses[241]. »

---

239. *Mémoires*, t. III, p. 101. Même thèse le 15 mars 1837 où Guizot intervient en faveur de son propre projet d'enseignement (*Journal de l'Instruction publique*, vol. 6, 1837, p. 157 et suiv.).

240. Les chefs d'institution devront avoir le grade de bachelier ou de licencié, les professeurs et même les surveillants devront être au moins bacheliers, etc.

241. *Écrits et discours*, t. III, p. 268.

En conquérant le diplôme à l'intérieur de l'Université, les chefs d'établissement, les enseignants, les maîtres de pension attestent de leur qualification ultérieure pour instruire et éduquer en dehors de l'Université : la « liberté » ainsi évoquée est celle qui se forme au sein même de l'Université. *Alma mater*. Lorsqu'elle s'exercera en dehors de l'institution nourricière, la liberté des enseignants ne pourra se tourner contre elle, du moins l'espère-t-on. Ce n'est d'ailleurs pas tout : le projet Villemain édicte aussi, pour l'ouverture d'établissements, ce que le juriste Rossi reconnaît relever des mesures *préventives*. Citant le régime de la presse, Rossi rappelle que « le cautionnement, la déclaration, l'éditeur responsable sont des mesures préventives[242] », et il expose qu'il en va de même pour le *certificat de moralité* et le *brevet de capacité* exigés du chef d'établissement : « Nous demandons des garanties de moralité et de capacité ; une fois ces garanties acquises, faites-vous instituteur où bon vous semble ; vous n'avez pas d'autorisation à demander ; vous n'avez qu'une déclaration à faire ; en conséquence, la liberté est assurée[243]. »

Ce n'est donc pas une « liberté » qui est jugée à ses seuls résultats, sauf répression, et dans la compétition ouverte avec le service public d'enseignement ; car ici l'on n'expérimente pas pour voir, c'est une liberté qui a subi des conditions précises au départ et ne doit se développer qu'en fonction de ces bases premières : il s'agit bien de « prévention », tout comme on exige un diplôme pour le médecin ou l'avocat. L'idée de concurrence n'est pas refusée, mais étroitement réglementée. Ce n'est certes plus le régime napoléonien de l'autorisation préalable où l'administration décide et révoque (selon le principe de l'arbitraire administratif), c'est un régime légal, mais avec un filtrage sévère où, semble-t-il, la plupart des institutions privées ne pouvaient guère s'adapter et survivre (bien qu'un délai de trois ans fût accordé). Pour elles, la concurrence devenait une fiction, la « liberté » un fantôme.

Enfin, pour préserver la qualité du baccalauréat, on agit aussi de façon préventive, en diminuant le flux des postulants : le *certificat d'études secondaires* est maintenu ; seul un élève ayant fait sa rhétorique et sa philosophie dans un établissement public ou « de plein exercice » (répondant à la possession de diplômes précis chez les maîtres) peut se présenter à l'examen. Le certificat d'études (que Guizot supprimait dans son projet de 1836) achève de restreindre les possibilités de la concurrence : c'était

242. Faute du point de vue des libéraux de l'école de Constant. Le cautionnement fut toujours contesté comme contraire à l'esprit libéral, comme instaurant des conditions préventives là où ne devrait exister que le régime répressif. L'enseignement pouvait-il être tenu pour un cas exceptionnel parce qu'il relevait de la formation de l'homme et donc d'une *obligation* de l'État ? C'était la question.

243. *Journal de l'Instruction publique*, 1844, p. 299.

peut-être la mesure la plus contraignante vis-à-vis des établissements privés, mais que de Broglie tente de présenter comme un service rendu aux familles[244].

Entre le brevet de capacité au départ chez les maîtres et le baccalauréat en fin d'étude chez les élèves, les élèves d'institutions privées devaient passer par un maillage fortement tenu par la puissance publique. Mais il y avait une dérogation de taille pour les petits séminaires, exemptés du certificat d'études à condition qu'ils eussent deux licenciés et un bachelier parmi leurs enseignants. « C'est, affirme Thiers, la liberté pure et simple, car ces conditions éloigent jusqu'à la possibilité de l'arbitraire. Elles exigent, il est vrai, un haut mérite ; mais la liberté n'a jamais été imaginée pour dispenser les hommes du mérite[245]. » La liberté qui se mérite se forgerait donc dans le moule universitaire : elle ne pouvait se comparer à celle que les catholiques français observaient en Angleterre, aux États-Unis et surtout en Belgique. Un journal catholique s'était même fondé avec ce titre militant, *La Liberté comme en Belgique*, vite devenu célèbre. Victor de Broglie repousse la prétention d'ouvrir des collèges ou des universités « sans avoir à remplir d'autre formalité que de prendre patente, comme s'il s'agissait simplement d'ouvrir un magasin ou de tenir une boutique ; on réclame le droit d'enseigner ce qu'on veut, à qui on veut, comme on le veut, sans être tenu de se soumettre à une surveillance quelconque ». La liberté absolue avait été en effet réclamée, la thèse la plus extrême étant peut-être celle de Charles Dunoyer[246]. L'économiste libéral, qu'on a déjà rencontré à propos de la discussion que menait Benjamin Constant sur l'un de ses livres (chap. Ier), soutient que la fonction d'enseigner ne relève pas de l'État ; elle n'est pas un attribut de sa souveraineté, elle n'engage pas sa responsabilité, puisque c'est « une profession, non une magistrature ». Dunoyer donne à la logique concurrentielle son déploiement maximum, considérant que l'individu avisé et la famille avisée devront assumer toute la responsabilité de leur choix.

244. « Veut-on ou ne veut-on pas qu'il y ait quelque gradation, quelque hiérarchie entre les établissements d'instruction secondaire ? Veut-on ou ne veut-on pas que les pères de famille soient éclairés sur la force relative de ces établissements ? Veut-on ou ne veut-on pas que le niveau des études et des examens se maintienne ? » (*op. cit.*, p. 275). C'était aussi, pour le renom de la France à l'étranger, une question d'intérêt national, comme le signale de Broglie qui n'a pas d'estime pour la « liberté belge ».

245. Rapport à la Chambre des députés, *Journal de l'Instruction publique*, p. 676 et *Discours*, éd. cit., p. 496.

246. Dunoyer, « La liberté d'enseignement », *Journal des économistes*, 1844. Voir aussi L. Grimaud, t. VI, pp. 472-474.

LES AMBIGUÏTÉS DU PROJET VILLEMAIN : APPARENCES ET RÉALITÉS

Il reste que, même du point de vue de la liberté doctrinaire, qui a été appelée « liberté capable », bien des ambiguïtés existent dans le projet Villemain et dans les intentions du législateur, ainsi que n'a pas tardé à le révéler le débat soit dans les Chambres, soit par voie de presse. Il faut insister ici sur deux points qui ont motivé un grand nombre d'interventions : 1) la conciliation reste factice, bien que le gouvernement tente de le cacher, entre le monopole universitaire et ce qui est appelé « liberté d'enseignement » ; 2) la revendication de laïcité manque de clarté puisque, dans le même mouvement, Guizot et Cousin prétendent *aussi* à un enseignement de portée religieuse, ou équivalent, dans la formation qu'il donne, à l'éducation religieuse. La liberté et la laïcité sont deux voies par lesquelles le vaisseau Villemain fait eau, conduisant finalement le gouvernement à y renoncer. À prétendre donner satisfaction aux catholiques, tandis qu'on les combat un peu partout et qu'on rêve de supplanter l'Église, le gouvernement de Juillet, majoritairement d'esprit voltairien, cache mal ses ambiguïtés. On verra que ce double langage provoque ce que redoutait Tocqueville d'entrée de jeu : pousser la hiérarchie de l'Église à se poser en adversaire politique.

LES DISPARITÉS DU RAPPORT DE BROGLIE

Le rapport rédigé par de Broglie au nom de la commission de la Chambre des pairs pourrait ne pas refléter l'opinion personnelle du rapporteur, et même du courant doctrinaire, dans la mesure où il s'agit d'une élaboration synthétisant des options différentes. En fait, le ton adopté, l'enchaînement des idées dans le rapport, la *correspondance* échangée montrent que de Broglie fait siennes les thèses présentées, et notamment les *principes* exposés au début du rapport. Ces principes sont en fait en contradiction avec les modalités du projet Villemain (que la commission n'amende pourtant que sur des points secondaires). Le rapporteur commence par expliquer que si l'État peut seul inciter aux « humanités », à l'« éducation libérale », non tournée vers les débouchés professionnels[247], il n'est pas de son rôle exclusif de *donner* cette instruction :

247. Autrement, « la France ne serait bientôt qu'un atelier, un comptoir, une fabrique » (*Écrits et discours*, t. III, p. 220).

« L'État ne doit ni tout attirer à lui ni tout entreprendre ; le droit d'enseigner n'est point, en ses mains, l'un des ces droits éminents, l'un de ces attributs du pouvoir suprême, qui ne souffrent aucun partage. Tout au contraire, en matière d'enseignement, si l'État intervient, ce n'est point à titre de souverain ; c'est à titre de protecteur et de guide ; il n'intervient qu'à défaut des familles hors d'état, pour la plupart, de donner aux enfants, dans leur propre sein, une éducation purement domestique[248] ; il n'intervient que pour suppléer à l'insuffisance des établissements particuliers, pour les remplacer, pour les susciter là où ils manquent, etc. » (*ibid.*, p. 221).

Voilà un langage bien fait pour plaire au « parti catholique » mais qui contraste curieusement avec la philosophie générale du projet exposée par Rossi, Cousin ou Guizot, et amplifiée par Thiers ensuite : selon de Broglie, l'enseignement n'est pas un attribut de la souveraineté de l'État. Comment cela est-il compatible avec les exigences que l'on a vues en matière de « garanties » de l'État enseignant ? De Broglie prétend exposer une situation de *parallélisme* entre l'entreprise conduite par l'État et les entreprises des particuliers : « L'État n'exerce pas seul le droit d'enseigner ; les personnes privées, les simples citoyens ont qualité pour l'exercer comme lui ; ce que fait l'État, tout Français peut le faire, s'il s'en montre digne par les mœurs et par la science » (*ibid.*, p. 219). Certes, cela laisse entendre que l'*exercice* du droit d'enseigner sera codifié par l'État (les garanties), mais en lui-même le droit appartient à l'individu. Soit l'État ne l'exerce que par délégation, soit il se met (comme « corporation » particulière) sur la même ligne que les autres prétendants. Et, de fait, de Broglie fait l'éloge de la *compétition* entre le public et le privé : « Il est bon que les établissements particuliers se fondent et se multiplient ; [...] ils peuvent se régler plus ou moins sur les intérêts, sur les inclinations des populations qui les entourent ; se proportionner aux besoins spéciaux des localités, se frayer des routes nouvelles, inventer des méthodes, risquer des essais dont l'État lui-même est appelé à faire son profit. » Évoquant la nécessité de la concurrence dans les *méthodes*, ajoutant le poids des intérêts, faisant droit également à la « liberté de conscience[249] », le duc de Broglie parle comme certains libéraux de gauche (Tocqueville notamment à cette époque) et comme certains catholiques (Montalembert). Aussi cette argumentation fera-t-elle date : on dira au *Correspondant*[250], et dans l'ensemble de la presse catholique,

248. Le préceptorat est admis par le projet de loi : le père de famille peut délivrer le certificat d'études (sous des conditions de contrôle que Thiers reconnaîtra précaires).

249. Cette même liberté de conscience au nom de laquelle, ensuite, Ferry revendiquera la laïcité : l'argument est réversible ; on le voit aujourd'hui encore, où (affaires des foulards islamiques) la liberté des consciences est invoquée contre une laïcité dite « étroite ».

250. Voir *Le Correspondant* de 1844 (t. V à VIII).

que les bons principes ont été posés, que l'avenir apportera, tôt ou tard, la réalisation de l'authentique liberté d'enseignement.

On peut s'interroger sur le statut exact de l'intervention de De Broglie : précaution de pure diplomatie parlementaire[251] ? Ou indécision fondamentale sur le sens de la fonction éducative (et de la part de quelqu'un qui est revenu à la religion) ? Comme le montre ensuite la réponse de Cousin, le 22 avril, qui se plaint que le rapporteur n'ait pas eu un mot d'encouragement pour l'Université, il y avait hésitation et divergence au sein du goupe qui détient le pouvoir mais qui, par ailleurs, partage un espoir commun : que l'Église laisse faire et accepte de se laisser supplanter, alors que, pour le moment, les effectifs scolarisés sont de son côté ou presque[252]. De façon plus cohérente, Villemain (auteur de l'exposé des motifs) et Cousin s'appuient sur l'histoire française : l'Université poursuit la continuation d'un droit que l'État a toujours eu, bien avant Napoléon. L'État a pu déléguer cette mission, explique Cousin, mais il ne s'en est jamais dessaisi : de Charlemagne à Napoléon, la conséquence est bonne. Il est absurde de dire que l'État intervient par défaut : il consent à s'autolimiter, ou plutôt à faire une place aux initiatives étrangères, sous les droits de souveraineté qui restent prééminents. Thiers ira un peu plus loin dans son rapport du 13 juillet : c'est l'État qui gère la concurrence envers les initiatives privées – et non l'inverse – et par là il les contraint à élever le niveau. La prééminence des droits de la souveraineté témoigne d'une histoire qui n'est pas celle de l'Angleterre, des États-Unis ou de la Belgique.

Les critiques exprimées par Montalembert

Au sein de la Chambre des pairs, peu appuyé mais très écouté, Montalembert intervient une quinzaine de fois. Dans l'intervention majeure du 26 avril, il réclame une liberté *de droit naturel* : « Votre loi est d'un bout à l'autre la sanction de cette doctrine qui regarde la liberté comme une concession du pouvoir et non comme le droit naturel de la société

251. Pour Veuillot, il y a là une habileté redoutable : « Nous redoutions à bon droit cet art de poser des principes de la liberté, pour conclure contre la liberté » (in *Louis Veuillot*, ouvrage de son frère, éd. cit., t. I, p. 488). Pour Montalembert, c'est « une théorie d'oppression déguisée sous des dehors moraux » (intervention du 26 avril 1884 devant les pairs).

252. En revanche, sur le plan politique, l'opinion est réticente et ne suit pas la campagne du « parti catholique » fondé par Montalembert en 1843 avec sa brochure *Du devoir des catholiques dans la question de la liberté d'enseignement*. L'évêque de Saint-Flour écrit à Montalembert : « Les masses ne sont pas pour nous [...]. Il y a une froideur glaciale parmi les pères de famille. On redoute nos empiètements. » À ce moment, Montalembert se plaint en effet du silence des familles comme des évêques. Dupanloup vient d'entrer dans la danse, en écrivant deux *Lettres à M. de Broglie*, mais comme simple abbé (qui a eu le feu vert de l'archevêque de Paris).

[...]. La liberté n'est qu'une exception, un privilège qui doit être motivé, en quelque sorte excusé aux yeux de la loi. Je soutiens que dans un pays libre [...] c'est la restriction, l'intervention du pouvoir qui doit être motivée et démontrée nécessaire[253]. »

Sur ce terrain, l'orateur catholique n'a pas grand chance d'être entendu ; soit parce que la fonction d'enseignement est ressentie comme spécifique, soit parce que, classiquement, on distingue entre la possession et l'*exercice* d'un droit, surtout dans un système d'esprit censitaire. Et, en tout cas, dans le légicentrisme français, tant qu'il n'existe pas un gardien de la constitutionnalité, les droits naturels n'ont d'étendue que dans la limite que le droit positif leur donne. En fait, on a vu comment Guizot répondait par sa théorie de la « corporation » : dès qu'il n'existe plus que des individus, des citoyens, au lieu de corporations jouissant de droits enracinés et consacrés par l'histoire[254], l'État est juge de l'étendue des libertés – c'est-à-dire de leurs conditions d'exercice – à travers les grands corps qu'il crée. Il n'y a donc pas, en définitive, une « liberté d'enseigner », malgré ce que suggère le modèle de la presse, mais un « pouvoir public que la loi confère » et étend à qui elle veut, comme le disait Cousin.

Montalembert voudrait enfermer ses adversaires dans une alternative qui est inefficace. Ou, dit-il, l'on s'appuie sur le passé historique (comme Villemain et Cousin) en remontant jusqu'à l'Ancien Régime, ou l'on fait droit à la situation créée par Juillet : dans le premier cas, une éducation par le souverain implique la *religion* qui était celle du souverain ; dans le second cas, l'Université est l'État lui-même, comme on l'a dit, elle est une corporation, mais, étant donné les libertés nouvelles, elle ne peut s'imposer à tous : « Là où il n'y a pas une religion de l'État, une foi nationale, le monopole est une odieuse inconséquence[255]. » En d'autres termes, on ne peut avoir à la fois le monopole et la liberté, l'État laïque et l'unité d'éducation : c'est bien la laïcité de l'État qui est, qui devrait être le plus conforme à la liberté, sens véritable de la révolution de 1830. Voulant le monopole, Napoléon était plus conséquent dans ses visées, rappelle l'orateur, puisqu'il avait, aux termes du décret de 1808, institué « les préceptes de la religion catholique » comme « base » de l'enseignement.

Quoique habile, l'argumentation est inefficace parce que la Chambre des pairs perçoit sans peine l'ambivalence qui habite aussi, et de façon symétrique, les propos de Montalembert. D'un côté, il revendique au nom des pères de famille ce qu'il appelle les droits de la conscience : « La conscience est hors de l'atteinte des légistes[256]. » Il oppose ces

253. Montalembert, *Discours*, t. I, pp. 428-429.

254. L'Angleterre étant la vivante illustration.

255. Montalembert fait remarquer que la réciproque n'est pas mécanique : « Où il y a une religion de l'État, il n'en résulte pas la nécessité du monopole de l'éducation nationale, témoin l'Angleterre » (loc. cit., p. 430).

256. Intervention du 16 avril, *Discours*, I, 390.

droits à la thèse de la souveraineté de l'État : « Il y a un autre axiome, non moins incontestable et qui est la conquête de l'esprit moderne, c'est l'indépendance des consciences. [...] L'État n'est et ne sera jamais omnipotent dans l'ordre de la conscience[257]. » Mais, par ailleurs, ces droits de la conscience *individuelle* sont les mêmes que ceux d'une organisation instituée, ceux par lesquels l'Église se justifie dans sa conformation et ses aspirations[258].

Dans l'épreuve de force engagée dans tout le pays, les rôles sont donc symétriques : les uns revendiquent la « corporation » pour y soumettre les droits individuels dans le cadre d'une mission d'intérêt général, les autres réclament le respect des droits individuels, dans la particularité assumée, mais en vue de redonner à un corps (d'institution divine) la suprématie spirituelle qu'il détenait de façon pluriséculaire. Le conflit universitaire est un conflit éminemment politique, dont la souveraineté constitue l'enjeu. Mais quelle souveraineté dira-t-on ? Il faut remarquer que les considérations sur le *savoir*, sur le niveau des études ne sont que très rarement abordées, alors que l'éducation morale et religieuse, le prestige de l'État et l'unité nationale fournissent l'essentiel des thèses débattues. Il s'agit bien du gouvernement des esprits au sens de Guizot – ce qui revient à aller chercher les catholiques sur leur terrain – ou encore, comme le dira Thiers ennemi des Jésuites, il y va de « l'esprit de la Révolution française » à l'intérieur de l'Université[259].

Face aux affirmations insistant sur la souveraineté de l'État, l'autre camp paraît plus libéral ; Montalembert et les évêques qui commencent à l'appuyer demandent « la liberté pour tous », « le droit commun », l'application des promesses de la Charte. Mais cet engagement est reçu avec scepticisme, étant donné la force de l'Église française dans les croyances et la puissante originalité de ses institutions[260].

Le discours de Montalembert du 26 avril est particulièrement intéres-

257. Intervention du 17 avril, *ibid.*, p. 408 et p. 409.

258. Cf. une autre discussion parlementaire, le 6 juin 1842, où Montalembert s'appuyait sur trois articles de la Charte (6, 5 et 69) pour affirmer que l'Église devait recevoir son dû en vertu des libertés de l'individu moderne : « C'est donc à l'abri d'un triple droit que la religion réclame cette liberté. Elle n'en exclut personne ; mais elle avoue volontiers que c'est elle qui en profitera avec le plus d'avantage et de puissance » (*ibid.*, p. 349). Mais c'est là que gît le lièvre : les droits de la conscience font la force de l'Église.

259. Dans cette perspective, voir les travaux de Christian Nique : *Comment l'École devint une affaire d'État*, Nathan, 1990, *L'Impossible Gouvernement des esprits*, Nathan, 1991. Quant à Thiers, il faut rappeler qu'effrayé par 1848 il changera complètement d'avis, pour ce qui concerne l'enseignement primaire, et fera appel au clergé par esprit de conservatisme social : il tient, dans la commission extra-parlementaire qui prépare la loi Falloux, les propos les plus crus. Voir P. de La Gorce, *Histoire de la Seconde République*, Plon, 1904, t. II, p. 277.

260. L'ambiguïté de l'appel aux droits de la conscience ne cesse de rebondir. Dans sa brochure de 1843, Montalembert avait demandé que le droit d'enseignement soit donné aux congrégations *comme telles*. Dans son discours du 8 mai 1844, il fait, avec

sant, car le fond de la querelle, du point de vue des protagonistes, s'y montre avec clarté. Au-delà des controverses sur la liberté, à revêtement philosophique ou juridique, le puissant polémiste reconnaît que deux souverainetés s'affrontent, en terme de *valeurs* devant diriger la société : « L'Église n'a jamais sacrifié à aucun pouvoir, quelle que fût son origine ou sa nature, cette indépendance souveraine de son enseignement et de son autorité, qui constitue son caractère universel et sa fécondité éternelle. Vous voulez bien de son concours, mais vous ne voulez pas de son indépendance[261]. » Le choix était en effet, à ce moment, entre deux types de façonnement des esprits, à travers deux types de pouvoir. Précédemment, Napoléon avait fait dire par Fourcroy que chaque élève doit « ne former avec ses camarades qu'un seul corps, n'avoir qu'un même esprit et concourir au bien public par l'unanimité des sentiments et des efforts[262] ». La continuité évoquée par Cousin et par Thiers n'était pas un vain mot. Il était donc inévitable que la controverse abordât aussi les valeurs de l'Université défendue par le gouvernement : l'éducation religieuse et morale à laquelle elle prétendait, la philosophie enseignée dans les collèges. Le piège de la rivalité mimétique se referme ici sur les alliés de Guizot.

LA FORMATION ET LES VALEURS

Instruire et éduquer

C'était une attaque courante à l'époque – relayée par des pamphlets très violents comme celui de l'abbé Combalot – que de dire que les collèges de l'Université pouvaient donner une instruction mais non l'éducation ; Tocqueville, par exemple, évoquait « l'instruction du cœur et des mœurs » par différence avec l'instruction de l'esprit : appuyé par ses amis Chambolle et Corne, de la même tendance politique, il avait émis cette critique lors de la discussion de l'Adresse, à la Chambre des députés (17 janvier 1844). Villemain lui avait répondu avec irritation : « Voulez-vous des professeurs de morale ? » et faisait valoir qu'il était absurde de

---

un certain courage, l'éloge des Jésuites. Pour dénouer cette question, Guizot envoie Rossi à la Cour de Rome et obtient une dissolution *de facto* de la Compagnie, qui préserve les apparences : cf. Thureau-Dangin, *Histoire de la monarchie de Juillet*, t. V, p. 556 et suiv., ainsi que le très intéressant développement des *Mémoires* de Guizot (t. VII, pp. 387-464). Guizot reproduit sa correspondance avec Rossi, fin négociateur et pénétrant observateur de la papauté.

261. Ce qui annonce la formule que lui retourne Veuillot, devenu adversaire, en 1852 : « Ils ne veulent point de liberté pour nous, parce qu'ils ne veulent point de religion pour eux » (compte rendu critique sur *Des intérêts catholiques au XIXe siècle*).

262. Exposé des motifs de la loi du 10 mai 1806, relative à la formation d'un corps enseignant par Fourcroy.

séparer l'instruction de toute « éducation », comme si les professeurs n'avaient pas aussi une influence éducative : « Croyez-vous que ces hommes [...] puissent donner cet enseignement élevé qu'on ne conteste pas aux écoles de l'État, sans y mêler ces sentiments moraux qui sont la vie de la science et des lettres, comme ils sont l'éducation du cœur[263] ? » Dans le même sens, Cousin déclarait le 22 avril : « Partout où il y a une instruction véritablement saine et forte, il y a déjà un fonds d'éducation[264]. »

Il est très clair que Tocqueville partageait le point de vue traditionnel des catholiques, comme le confirment ses notes personnelles sur la question : il y cite avec éloge un passage « qu'il faut copier tout entier et avoir toujours sous la main » et qui est de Saint-Marc Girardin[265]. Ce dernier avait en effet écrit : « L'éducation domestique, quand elle est bonne, est préférable à tous les collèges laïcs ou ecclésiastiques. [...] Les collèges donnent l'instruction, mais, quoi qu'ils fassent, ils ne peuvent pas donner l'éducation. [...] Il y a dans le patriotisme et dans la religion un principe d'éducation. Mais de nos jours quelle influence la patrie et la religion ont-elles sur l'éducation ? [...] Nous ne faisons pas plus de citoyens que de dévots dans nos collèges. »

Ces regrets du courant libéral qui n'était pas de tendance voltairienne formaient le lot habituel des reproches adressés à l'Université. Pourtant, dans son exposé des motifs, Villemain soulignait qu'il avait mis l'instruction morale et religieuse en tête du projet de loi : « L'entreprise de former une école sans croyance et sans culte n'est pas probable, il est vrai ; mais il faut, pour l'honneur public, que l'essai n'en soit même pas possible[266]. » C'est Thiers qui fit l'éloge le plus vibrant de la portée éducative des collèges.

---

263. *Journal de l'Instruction publique*, 1844, p. 36.

264. *Journal de l'Instruction publique*, p. 281. Parmi l'abondante littérature des catholiques, (mais aussi de la gauche républicaine) accusant l'Université, on citera la note confidentielle de Mgr Affre (archevêque de Paris) aux évêques de France : « Le tort le plus grave des professeurs de l'Université est moins encore dans leur empressement à répandre de mauvaises doctrines que dans le spectacle d'une vie qui laisse deviner aisément l'absence de foi et de sentiments sincèrement chrétiens » (*in* Thureau-Dangin, *L'Église et l'État sous la monarchie de Juillet*, Plon, 1880, p. 153). Mgr Affre, qui avait du style, parle encore d'une « impiété muette qui frappe tous les regards », ce que confirment Montalembert, Lacordaire et d'autres dans leurs souvenirs de collège. En juillet 1830 (avant la révolution), Lacordaire rédige pour l'archevêché un mémoire d'enquête sur les collèges et les présente comme des écoles de déchristianisation (cf. T. Foisset, *Vie du R. P. Lacordaire*, t. I, pp. 86-91). Voir aussi *Le Testament du R. P. Lacordaire*, p. 36, sur son propre parcours. Pour une opinion totalement opposée sur la vie dans les collèges royaux, voir Jules Simon, qui insiste sur la présence permanente des aumôniers (logés dans les établissements) et sur la prudence que devaient s'imposer les professeurs : *La Liberté de conscience*, Hachette, 6e éd. 1883, p. 376.

265. Tocqueville, *Écrits et discours politiques*, vol. III-2 des *Œuvres complètes*, Gallimard, p. 556.

266. *Journal de l'Instruction publique*, p. 68.

Il expose d'abord que, vis-à-vis de l'enfant, « l'État a le droit de vouloir qu'on fasse un citoyen plein de l'esprit de la Constitution, aimant les lois, aimant le pays, ayant les penchants qui pourront contribuer à la grandeur, à la prospérité nationale. » C'est donc une véritable *morale civique* que Thiers veut rencontrer dans l'enseignement secondaire, et il ne cache pas son admiration pour l'éducation antique, ni pour ce qu'avait envisagé la Convention dans ses projets : « C'était du délire, mais le délire du patriotisme. » Répondant à ceux qui valorisent les institutions privées où l'enfant est suivi de plus près, de façon plus individualisée (notamment par les maîtres d'étude), Thiers en admet le bien-fondé, mais il fait alors un éloge de la *discipline* qui rappelle ce que Guizot a souvent dit ou écrit : « L'idée de la règle de l'égalité domine par-dessus tout les collèges royaux. [...] L'idée de la règle, de la règle inflexible, devant laquelle il n'y a ni riches ni pauvres, ni grands ni petits, voilà ce qui fait des citoyens ; la franchise, la loyauté des rapports, voilà ce qui, dans l'enfant, prépare l'honnête homme[267]. »

Pugnace et provoquant, Thiers ne manque pas d'évoquer la délation qui règne dans des institutions religieuses et il affirme que les principaux et proviseurs du système public sont plus libres de la discipline à appliquer parce qu'ils ne craignent pas les pressions morales ou financières des familles : sur ce point également, le débat mobilise les arguments qu'on ne cessera désormais de retrouver dans la « guerre scolaire » française.

La philosophie en question : Victor Cousin

La polémique sur la valeur et les effets de la philosophie devait être encore plus vive et passionnée. Dans son intervention du 26 avril, Montalembert interpelle la philosophie, incarnée à ce moment par Victor Cousin, au titre d'un *symbole nouveau* qui prétend remplacer l'unité catholique : « Ce qu'on veut, c'est qu'un mandarinat de gens [...] qui font de la philosophie un voile propre à recouvrir les choses les plus disparates et les plus contradictoires [...] vienne usurper, au nom de l'État, l'autorité morale la plus délicate et la plus sacrée, prétendre à la haute police des âmes et des intelligences, et mettre la main sur ce qui était autrefois le domaine exclusif de la foi et de l'obéissance religieuse[268]. »

Propos certes violents, procès d'intention qui ne tombait pas à faux comme le comprirent aussitôt les contemporains. Au lieu de plaider son incompétence par rapport à la religion et de défendre la philosophie uniquement comme formation de l'esprit à l'autonomie et au jugement

267. Thiers, *Discours*, t. VI, p. 523.
268. Montalembert, *Discours*, I, 431.

critique, Cousin s'était lancé dans la protestation de sa bonne foi, dans l'affirmation de la révérence obligée de la philosophie pour toutes les religions révélées. C'était une nouvelle ambivalence, inscrite dans le projet des doctrinaires et des éclectiques, et qui ne pouvait échapper aux dénonciations du camp adverse. Dans ses interventions principales [269], Cousin tient à reprendre la formule de Guizot : « L'État n'est pas athée, mais il est laïque », qui répondait à une accusation célèbre de Lamennais. C'est ce que redira ensuite Jules Simon (élève de Cousin) quand il demandera, contre Jules Ferry, la reconnaissance des « devoirs envers Dieu [270] ». Le rôle de la philosophie, dans cette optique, est d'être *utile* aux religions : l'Université, dit Cousin, « a voulu, elle veut toujours [...] que l'enseignement philosophique de ses écoles ait un caractère séculier, qu'il ne repose sur le dogme d'aucune communion, précisément pour les servir toutes. [...] Nous voulons que la philosophie de nos écoles soit profondément morale et religieuse [...]. Nous voulons que la philosophie serve tous les cultes sans se mettre au service d'aucun d'eux en particulier [271] ». Protestant de son respect, particulièrement pour le catholicisme, attaqué par les évêques sur son enseignement depuis les années 1828 [272], Cousin se défend principalement contre deux grands reproches : 1) la philosophie *moderne* est dangereuse parce qu'elle prend Descartes pour père et pour initiateur au doute méthodique ; 2) sa philosophie à lui, la théorie de la « raison impersonnelle », conduit au panthéisme.

Quoiqu'il y eût des éléments dans l'éclectisme de Cousin qui pussent faire penser au panthéisme [273], l'accusation était hyperbolique ; elle provenait surtout du livre à grand succès de l'abbé Maret, *Essai sur le panthéisme dans les sociétés modernes* [274]. Paru en 1840, l'ouvrage connaît une troisième édition en 1845, enrichie d'une préface qui fait le point des polémiques avec les cousiniens (Franck, Simon, Saisset, Bouillier). La discussion parlementaire de 1844 fait sa place à la diatribe de Maret, à travers certains membres de la Chambre des pairs, avant de relancer, par voie de retour, la réédition de 1845. Le simplisme des thèses

269. 22 avril, 3 et 4 mai 1844. Cousin a réuni l'ensemble, avec d'importantes pièces annexes, dans *Défense de l'Université et de la philosophie*, Joubert, 1845. Voir aussi *Instruction publique,* t. II, Pagnerre, 1850, in *Œuvres de Victor Cousin*, cinquième série, Instruction publique.

270. Outre *Dieu, patrie et liberté* (éd. cit.) voir, de Jules Simon, *La Liberté civile* : « La vérité est que l'État ne peut être athée. Il a une religion, quoiqu'il n'adopte en particulier aucune forme religieuse. Sa forme est la religion naturelle. En d'autres termes, il est indifférent aux religions positives, mais il n'est pas indifférent à la religion » (Hachette, 3ᵉ éd. 1876, p. 345).

271. *Journal de l'Instruction publique*, p. 371.

272. Année où il est rétabli dans sa chaire, qu'il a perdue comme Guizot et Villemain à la suite de la phase de réaction (assassinat du duc de Berry en 1820).

273. Cf. ce qu'en dit Simon dans le livre savoureux mais sévère qu'il a consacré à son maître : *Victor Cousin*, éd. cit., p. 40.

274. Méquignon et Leroux. Nous citerons d'après l'édition de 1845.

de Maret peut s'apprécier à l'aune de cette affirmation : « Toute intelligence qui se place hors du catholicisme est de fait aujourd'hui entre deux abîmes, le scepticisme ou le panthéisme[275]. » Quant à Cousin, bien qu'il proteste de son attachement à trois grandes vérités (existence de Dieu, immortalité et liberté de l'âme), il ne peut qu'être panthéiste, parce qu'il identifie la raison humaine à la raison divine (*loc. cit.*, p. 7). On n'entrera pas ici dans l'examen des conceptions de Cousin[276]. Il faut en revanche souligner l'équivoque qui habite son plaidoyer à la Chambre des pairs, et qui reconduit au premier grief, à ce que l'on pourrait appeler la « question Descartes ».

Le rapport de Broglie avait rendu un hommage appuyé à Descartes, au doute méthodique, au but que Descartes aurait atteint : « Quel est le but définitif que Descartes s'est proposé et qu'il a atteint ? C'est d'établir l'indépendance complète et réciproque de la philosophie et de la religion, indépendance sans laquelle il ne peut exister ni philosophie digne de ce nom, ni religion solidement et régulièrement démontrée. Ces principes sont excellents[277]. » Néanmoins, le rapporteur donnait comme continuateurs à Descartes Bossuet et Fénelon (inscrits au programme des collèges)[278], et il finissait par proposer que la métaphysique soit réservée à l'enseignement des facultés : c'est-à-dire « toutes les questions qui peuvent ébranler, ne fût-ce qu'un moment, les données sur lesquelles repose la conviction spontanée et unanime du genre humain[279] ».

Dans son plaidoyer, Cousin se donne l'apparence de s'appuyer sur le rapport de Broglie, mais en ajoutant qu'on ne peut pas plus séparer de l'enseignement philosophique la métaphysique que l'histoire des doctrines (à laquelle il est très attaché). Et Descartes ? Il faut qu'on se rassure : « Le doute, même provisoire, n'est pas le principe véritable du cartésianisme [...]. Je vous impose la certitude [dit Descartes] au nom même de votre doute, et votre scepticisme est détruit dès le premier pas[280]. » Cependant, rien n'y fit : un pair, le vicomte de Ségur-Lamoignon, dépose le 29 avril un amendement tendant à réserver à l'enseignement supérieur la philosophie et la théodicée. Pour asseoir son offensive, le distingué

275. Éd. cit., p. 89. Maret accomplit le tour de force d'interpréter ainsi la philosophie de l'histoire de Guizot : elle « ne nous paraît pas autre que celle de l'individualisme absolu » (p. 48). Quoique Maret s'en défende, il s'agit chez lui de la continuation du mennaisianisme, réinvestie dans la dénonciation du « panthéisme ». Ce thème se retrouve jusque chez Tocqueville : cf. *De la démocratie en Amérique*, II, chap. VII de la première partie : « Ce qui fait pencher l'esprit des peuples démocratiques vers le panthéisme ».

276. Voir notre troisième partie, sur les philosophes et le libéralisme.

277. De Broglie, *Écrits et discours*, III, 240-241.

278. Cf. les pièces annexes dans Cousin, *Défense de l'Université et de la philosophie* : Fénelon (*De l'existence de Dieu*) est inscrit dans le règlement du baccalauréat de 1809 (dû à Cuvier), Bossuet (*Traité de la connaissance de Dieu et de soi-même*) est ajouté par celui de 1842, dû à Cousin.

279. *Écrits et discours*, III, 244.

280. *Journal de l'Instruction publique*, p. 357.

orateur lit à la tribune l'*Introduction à l'histoire de la philosophie* de Cousin (cours de 1828), contenant un passage devenu célèbre sur la mission de la philosophie : « Heureuse de voir les masses, c'est-à-dire le peuple, c'est-à-dire à peu près le genre humain tout entier, entre les bras du christianisme, elle se contente de leur tendre doucement la main, et de les aider à s'élever plus haut encore. » Ce « plus haut » paraît inacceptable au vicomte : n'est-ce pas exprimer que la religion est l'affaire des ignorants et que la philosophie est l'autorité par excellence, le lieu d'une vérité supérieure ? Telle était en effet la conception de Cousin ; la célèbre distinction pratiquée par l'éclectisme entre « philosophie spontanée » dans le peuple et « philosophie réfléchie » dans les élites retrouvait la hiérarchie entre croyance et savoir. Cousin explicitera encore sa vision – dont la portée politique n'a pas besoin d'être soulignée – dans sa *Philosophie populaire*, publiée en 1848 : « Le peuple a sa philosophie et pour ainsi dire une métaphysique naturelle qui sort des suggestions spontanées de la conscience. [...] Le sens commun est déjà une philosophie bornée, mais solide, ou plutôt complète en son genre, et à laquelle manquent seulement les développements illimités et hasardeux de la réflexion. » Cousin pouvait à la fois saluer le sens commun, prétendre le rendre juge des systèmes de réflexion « hasardeux », et assigner à la « philosophie populaire » sa place nettement subordonnée. Ce jeu de bascule, tour à tour démagogue ou élitiste, ne pouvait satisfaire les catholiques qui voulaient voir dominer la Vérité indiscutée, le dogme catholique.

Ce n'est en tout cas pas une *formation critique* que défend à l'intérieur de l'enseignement philosophique Cousin et son « régiment » d'agrégés[281], car il s'agit au contraire de retrouver et de confirmer les croyances établies. À qui accepterait de l'entendre, Cousin le fait comprendre dans son intervention du 4 mai : il n'y a pas de « philosophie d'État », comme on en accuse à tort l'éclectisme, puisque tous les systèmes sont appelés à l'examen, mais il y a une direction, bien marquée, vers les *saines opinions* : « Quelquefois, il est vrai, en posant les questions [du programme de philosophie], nous avons mis sur la voie de certaines solutions ; nous avons demandé que l'on donne des preuves de l'existence de Dieu, de la spiritualité et de l'immortalité de l'âme. C'est supposer, j'en conviens, qu'il existe de telles preuves[282]. »

---

281. Selon la formule pittoresque rapportée par J. Simon dans son *Victor Cousin*.
282. *Journal de l'Instruction publique*, p. 377.

NAISSANCE DE LA LAÏCITÉ ET COMBAT POUR L'HÉGÉMONIE : LA PLACE DE COUSIN

On aura compris que le débat sur la philosophie, et sur la notion d'« éducation », obéit à la même logique et recouvre les mêmes enjeux que la controverse sur le monopole universitaire : dans un cas comme dans l'autre, les oppositions (républicaine, libérale de gauche, libérale catholique, légitimiste) dénoncent l'assimilation d'un *groupe* à l'État. Quand Cousin dit de l'Université : « Elle n'est point un corps distinct de l'État ; elle est l'État lui-même appliqué à l'éducation de la jeunesse, en la forme que réclame cette partie du service public » (22 avril), on comprend que c'est son Université qu'il défend et qu'il dirige d'une main de fer, tantôt au ministère, tantôt au Conseil royal de l'instruction publique, et, vingt-cinq ans durant, comme président du jury d'agrégation. Il nomme ou fait écarter les candidats à l'agrégation avec un esprit d'exclusivité que tous les témoignages concordent à souligner. Jules Simon rappelle en quoi 1830 fut l'heure du triomphe : « Il lui plaisait qu'il fût, à quarante ans, membre des deux Académies, conseiller d'État, pair de France, professeur titulaire de la Sorbonne, chef suprême de l'École normale et membre du Conseil royal de l'Instruction publique[283]. »

Si Cousin a incontestablement élevé le niveau des recherches savantes et de l'enseignement (Jules Simon ne manque jamais de le dire), il le faisait exclusivement sous le drapeau d'une doctrine qu'il imposait – le spiritualisme éclectique –, et avec les hommes qu'il choisissait : dans la double identification de l'Université à l'État et de l'Université à Cousin, l'observateur d'aujourd'hui remarque qu'il manquait un statut propre, de fonction publique, pour le corps enseignant. Ce dernier restait, dans la tradition napoléonienne, directement et personnellement tributaire du ministre (encore appelé grand maître) et du spécialiste de la discipline siégeant dans le Conseil de l'instruction publique. Le recrutement, l'avancement et l'enseignement lui-même ne dépendent pas de la « souveraineté de la raison », mais du bon vouloir, de l'arbitraire, du personnel doctrinaire ou éclectique au pouvoir. Cousin est peu crédible quand il déclare à propos de Napoléon : « Il se proposa ce grand problème : faire un corps – car sans cela l'Instruction publique n'a pas son gouvernement –, mais un corps qui, en ayant la puissance inhérente à l'esprit de corps, n'en ait point les dangers, et ne puisse jamais être atteint des vices qui ont perdu les anciennes corporations[284]. » Tout aussi peu crédible quand

283. J. Simon, *Victor Cousin*, p. 79.
284. *Journal de l'Instruction publique*, p. 277, 22 avril 1844.

il lance à Montalembert et à ses amis : « Non, Messieurs, ce n'est pas la liberté qui se plaint, c'est l'esprit de domination qui murmure » et qu'il écarte l'accusation de fonder « une nouvelle corporation monastique[285] ». L'autorité était personnalisée de façon irrécusable. Dans le Conseil royal de l'instruction publique, Cousin pour la philosophie, Dubois pour les lettres et Saint-Marc Girardin pour l'histoire décidaient personnellement de l'avancement et des mutations des professeurs[286].

Dans ces conditions on comprend pourquoi Cousin prétendait parfois – avec une belle imprudence – qu'il était chef d'une « Église laïque » : la substitution de pouvoir était assez claire, et on le lui faisait sentir au reste. Jules Simon écrit, pour la période postérieure à 1830, qu'il avait « accepté de diriger la haute police de la philosophie[287] » et qu'il avait « aimé et cultivé surtout la politique de la philosophie » (*ibid.*, p. 178). La préoccupation politique l'emportait sur la préoccupation philosophique ou, plus exactement, l'induisait dans le sens des combats à mener. Le principal combat, en l'occurrence, c'était le refrènement de l'aspiration du catholicisme à diriger la société, aspiration vis-à-vis de laquelle le goupe cousinien apparaissait volontiers comme le camp de la Raison. Cousin ne pouvait admettre la liberté d'enseignement – au fond, pas plus qu'il n'admettait, dans son propre camp et pour son « régiment », la liberté de penser.

Pour mesurer à quel point la lutte était personnalisée (en se bornant à la conjoncture 1844), quel sens réel revêtait ce premier combat pour une « laïcité » ambiguë, il suffirait de citer la lettre écrite par de Broglie à son fils Albert le 11 mai 1844 : « J'avais prévenu plus d'une fois Cousin qu'il se tînt très tranquille, sous peine de voir passer un amendement dirigé spécialement contre lui ; [...] il y a en ce moment en France un petit pape de la philosophie, avec un petit clergé philosophique, qui prétend disposer de l'enseignement philosophique sans que personne y regarde, et qu'on ne puisse devenir avocat, médecin, pharmacien, fonctionnaire public, professeur ou autre chose sans avoir souscrit le formulaire de la raison impersonnelle. J'ai fait passer l'amendement aux neuf dixièmes des voix[288]. » On est évidemment loin de la question que

285. *Ibid.*, p. 279.

286. Dubois note que, dans l'année 1841, il lui a fallu traiter 2 500 dossiers en quinze jours : *in* Paul Gerbod, *P. F. Dubois universitaire, journaliste et homme politique*, Klincksieck, 1967, p. 226.

287. Il ajoute : « Il est curieux d'entendre Cousin dire aux philosophes : "Vous n'êtes pas libres, mais soyez heureux, car vous n'avez pas d'autre maître que moi, qui suis philosophe", et de le voir ensuite se tourner vers l'Église pour lui dire : "Je réclame pour moi et pour tous les philosophes une indépendance absolue, mais n'en concevez nul souci [...] car ma philosophie est orthodoxe" » (*Victor Cousin*, p. 126).

288. Cit. *in* Thureau-Dangin, *Histoire de la monarchie de Juillet*, t. V, note 1, pp. 541-542.

Lamartine avait posée en 1843 : comment faire vivre ensemble « la religion libre », l'« État souverain » et l'« enseignement sincère[289] » ?

UN ENJEU HISTORIQUE : ESPACE PUBLIC CONTRE ESPRIT FAMILIALISTE

On sait que le sens d'un débat historique ne peut se résumer à la reprise ni même à la synthèse des termes dans lesquels les protagonistes conduisent la controverse qui les oppose. Du côté des historiens favorables à la liberté d'enseignement (comme Thureau-Dangin, Lecanuet, Grimaud), on a privilégié la perception que les libéraux comme Tocqueville ou les catholiques comme Montalembert ont eue de Cousin et de ses alliés ; mais, pour ces historiens, le conflit eût été évité si le projet Guizot de 1836 avait été conduit à bon terme. C'est dire que les traits qu'ils ont soulignés pour la période 1844 (la personnalisation du conflit, la tentative de substitution d'un pouvoir universitaire éclectique à une souveraineté spirituelle traditionnelle) ne constituaient pas à leurs yeux des facteurs durables, significatifs de structures plus profondes. On peut en douter, pour peu que l'on confronte les courants libéraux en présence et que l'on compare avec la nouvelle donne qui apparaîtra sous la République de 1880. Ce qui ressort alors c'est l'importance de l'idée de la *souveraineté*, thème principal de l'actuel chapitre ; la souveraineté comme condition d'un *espace public*, vision qui oppose le libéralisme doctrinaire à un autre esprit libéral, tourné vers le respect de la *particularité* à travers le droit de la famille. On sera donc conduit à s'interroger sur « la liberté » elle-même : les équivoques résident-elles dans la liberté, qui serait forcément objet d'options inconciliables ? Ou dans l'interprétation donnée par certains groupes, que l'on pourrait dire prémoderne et inhibant la possibilité même de l'espace public ? Historiquement, même s'il cède un temps par peur sociale (c'est le moment de l'alliance Thiers-Falloux), le libéralisme de l'espace public laïc va trouver sa continuation et, finalement, sa victoire, dans les lois scolaires de Jules Ferry. De ce point de vue, la dette de Ferry envers Guizot est incontestable (et sera reconnue comme telle). Pour anti-individualiste que soit le libéralisme de Guizot (ce qui n'est pas le cas de Ferry), pour désireux qu'il soit de favoriser la « corporation » universitaire, il reste qu'il est bien, en pratique, le défenseur de l'espace public dont la liberté républicaine aura besoin. Mais il faut se demander, finalement, si la laïcité et la liberté républicaines ne sont que des options transitoires et contingentes ou si

289. Cf. *supra*, Lamartine, *L'État, l'Église et l'enseignement*.

elles réalisent l'achèvement de l'émancipation individuelle raisonnable. Sans épuiser la question, le présent chapitre peut contribuer à l'éclairer.

LE PROJET GUIZOT DE 1836 RÉPUTÉ PLUS LIBÉRAL

Il est juste de rappeler que si le conflit s'envenime en 1843-1844, cela s'est produit malgré les tentatives du goupe dirigeant pour le désamorcer et non du fait d'une stratégie de combat qui aurait été voulue au départ (comme dans l'anticléricalisme du début du XXe siècle). Comme on le voit dans le rapport remis par Cousin sur l'enseignement en Prusse[290] ou dans le projet Guizot de 1836, l'idée avait été de garder l'Université mais en ouvrant des brèches appréciables dans le monopole. C'est la violence des attaques lancées à partir de 1840 contre l'Université et la moralité des professeurs[291] qui mèneront Villemain, Cousin et Guizot à une contre-offensive énergique et à camper désormais sur ce qui est à leurs yeux le minimum incompressible.

En 1836, on constate d'une part que l'Église n'est pas intervenue contre le projet et que, d'autre part, ce dernier fait une part considérable à la question des *méthodes* d'enseignement ; les critiques ne viennent pas des catholiques mais de la gauche libérale de la Chambre des députés : Tracy (fils de l'Idéologue), Arago ou Tocqueville sont les plus représentatifs. Dans son exposé des motifs, Guizot annonce qu'il faut « substituer aux maximes du monopole universitaire celle de la concurrence ». L'idée est que l'enseignement d'État pouvait tendre à la sclérose s'il ne subissait pas les effets de la compétition avec les établissements privés, parmi lesquels certains se vantent d'avoir des méthodes nouvelles. Le rapporteur du projet, Saint-Marc Girardin, orateur libéral très écouté, s'était fait le défenseur de cette thèse[292]. À en croire Guizot lui-même

290. Cousin, *Rapport sur l'état de l'Instruction publique dans quelques pays de l'Allemagne et particulièrement en Prusse.* Dans la troisième édition (mars 1840), tandis que Cousin vient de succéder, depuis cinq jours, à Villemain (ministère de l'Instruction publique), on peut lire : « Le monopole doit être détruit [...]. Que la jeunesse française soit entièrement libre de suivre ses collèges, et que des établissements privés on puisse se présenter à l'examen du bac ès lettres, sans autre certificat d'études que les connaissances dont on fait preuve » (Plon, p. 384).

291. Les plus célèbres parmi les pamphlets sont *Le Monopole universitaire. L'Université jugée par elle-même*, du chanoine Desgarets, le *Mémoire sur la guerre faite à l'Église et à la société par le monopole universitaire*, de l'abbé Combalot. En 1842, Veuillot publie dans *L'Univers* une lettre dénonçant nominalement dix-huit professeurs ou écrivains : l'Université « ne veut que des doutes et des blasphèmes à ces innombrables enfants qui viennent lui demander le lait de la vérité et le pain de l'intelligence ». L'Église française est gênée et réprobatrice devant ces excès.

292. Cf. le rapport de 1833, demandé par Guizot et que Saint-Marc Girardin a publié en deux parties (1835-1839, chez Levrault) : *De l'instruction intermédiaire et de son état dans le Midi de l'Allemagne*. On a vu qu'il était apprécié de Tocqueville.

dans ses Mémoires, la libre compétition était la visée sincèrement poursuivie, que fit échouer un amendement (déposé par Schauenbourg[293]), lequel suscita le conflit avec les catholiques. « Une seule solution, écrit Guizot, était bonne : renoncer complètement au principe de la souveraineté de l'État en matière d'instruction publique, et adopter franchement, avec toutes ses conséquences, celui de la libre concurrence entre l'État et ses rivaux, laïques ou ecclésiastiques, particuliers ou corporations. C'était la conduite à la fois la plus simple, la plus habile et la plus efficace[294]. » Gardant le silence sur le statut particulier des petits séminaires et sur les collèges religieux, le projet Guizot ne renonçait pas *en réalité* « au principe de la souveraineté de l'État », puisqu'il fixait des conditions : l'État exigeait des diplômes, un brevet de capacité (délivré par un jury), un certificat de moralité (délivré par le maire) – mais, il est vrai, pour les seuls directeurs d'institution et non pour les enseignants. Si l'on ajoute que le projet n'imposait pas aux élèves l'obtention du certificat d'études pour se présenter au baccalauréat, il est vrai que ce texte était beaucoup moins rigoureux que celui présenté par Villemain en 1841 ou en 1844.

Faut-il donc penser que Guizot n'avait pas une doctrine parfaitement arrêtée en matière d'enseignement et que le poids des circonstances a été déterminant ? Par exemple, dans la loi de 1833 sur l'enseignement primaire, la liberté religieuse fut accordée aisément parce que 1) le ministre n'avait pas à compter, ici, avec le précédent napoléonien et 2) la bourgeoisie souhaitait cette disposition[295]. En fait, il y a une pensée de Guizot sur le rôle enseignant de l'État, qui est cohérente avec la vision du « gouvernement de la vérité » que l'on a vue au chapitre précédent[296]. On peut le confirmer par la façon dont il conduit la discussion sur son projet de loi, au printemps 1837 : notamment sur la question du droit des familles ou sur la liberté communale revendiquée par certains députés.

293. L. Grimaud fait remarquer que les historiens ont attribué à tort cet amendement à Vatout (lequel portait en fait sur une autre question que celle du serment de non-appartenance à un congrégation non autorisée).

294. Guizot, *Mémoires*, III, 102.

295. Cf. le chap. précédent, et les *Mémoires* de Guizot (t. III, chap. XVI : « Instruction primaire »). Il s'agissait de l'enseignement du peuple, l'accord était fort pour qu'il soit soumis à la religion. De même, en 1850, Thiers veut donner tout l'enseignement primaire aux curés, mais résiste pour l'enseignement secondaire.

296. L'évolution de Guizot est surtout appréciable au début de la Restauration, depuis l'ordonnance de février 1815, à laquelle il contribue et qui brise l'Université impériale en dix-sept universités locales et autonomes, jusqu'à la réhabilitation de l'œuvre napoléonienne qui commence dès l'année suivante avec l'*Essai sur l'histoire et l'état actuel de l'instruction publique*. Voir l'étude de Paul Gerbod : « François Guizot et l'instruction secondaire », in *Actes du colloque François Guizot*, Société française de l'histoire du protestantisme, 1976.

DROIT DES FAMILLES CONTRE DROIT DE L'ÉTAT

Le thème des droits de la puissance paternelle fournissait l'un des arguments en faveur de la liberté d'enseignement[297]. C'était proprement le point séminal à partir duquel la revendication avait commencé à s'organiser depuis la Restauration. On le constate par exemple dans les brochures de Lamennais de cette époque ; il écrit que « l'éducation de l'enfant, de droit naturel, appartient au père », et pour lui toute instruction se ramène à cette éducation primitive et primordiale. Significativement, Lamennais demande à ce moment un catéchisme arrêté, plutôt qu'un savoir en prise sur le progrès des connaissances : « Il importe assez peu au bonheur de l'homme, et moins encore au bonheur de la société, que son intelligence se développe au-delà de certaines bornes ; [...] le père est seul juge de l'instruction qui convient ou qui suffit à son fils[298]. » À ce moment, la vision de Lamennais est expressément traditionaliste et autoritaire, mais sa défense du droit de la famille pourra ensuite être mise au service du credo libéral victorieux en 1830. Il faut relever que la « liberté à être enseigné selon son choix » restera une liberté pour la famille, et conçue comme une liberté existant *dans* la famille, contre l'Université accusée d'imposer le dogme de la philosophie d'État ou de la doctrine d'État. Mais l'ultracisme violent de Lamennais va nourrir insensiblement le libéralisme de Juillet, dans le courant qui revendique au nom du droit familial. Ainsi, Lamartine, qui intervient en faveur du projet de loi de Guizot, lui apporte des arguments d'ordre traditionaliste. On avait dit à gauche (Arago, Tracy, Sade) que ce n'était pas une vraie loi d'ensemble sur l'enseignement secondaire. Lamartine répond que dans la loi « il y a ce grand, ce saint principe de la liberté d'enseignement qui contient tous les autres, la liberté religieuse d'abord, la liberté politique ensuite ; il y a la propriété d'elle-même restituée à la famille, car la famille ne se possède réellement elle-même que si vous lui reconnaissez le droit de se transmettre, de se perpétuer elle-même dans ses enfants, avec ses mœurs, sa religion, sa foi, ses opinions[299] ».

297. Le 15 mars 1837, Guizot résume ainsi l'ensemble des arguments évoqués : « Les partisans de la liberté d'enseignement se fondent sur les promesses de la Charte, sur les droits de la puissance paternelle, sur la liberté d'industrie, sur l'utilité de la concurrence » (*Journal de l'Instruction publique*, 1837, vol. VI, p. 159). Significativement, il ne mentionne pas ce que Montalembert appellera « liberté de conscience ».

298. Ces citations sont prises dans la brochure *Du droit du gouvernement sur l'éducation*, 1817, repris *in* Lamennais, *Œuvres*, Daubrée et Cailleux, t. VI, p. 362, 363, 364.

299. *Journal de l'Instruction publique*, séance du 23 mars 1837, p. 193. Même thème le 8 mai 1834 : « La liberté d'enseignement ! C'est la première des libertés humaines [...] ; c'est le droit naturel que tout homme a reçu de revivre, de se transmettre lui-même tout entier, avec sa pensée, sa religion, ses mœurs, dans l'enfant qui le perpétue ici-bas ;

On confond donc entièrement, dans ce courant, l'instruction avec l'éducation la plus privée, présentée comme un droit que l'Université opprimerait. On retrouve en fait le *pouvoir paternel* que Lamennais érigeait contre le monopole « injuste et odieux ». Dans sa brochure *De l'éducation considérée dans ses rapports avec la liberté* (1818), Lamennais l'évoquait en ces termes : « Le père, roi dans sa famille comme le roi est père dans l'État, est lié par des devoirs imprescriptibles, fondement de son pouvoir et de ses droits. On avoue qu'il doit nourrir ses enfants [...], ne doit-il pas préserver leur cœur, leur intelligence, de la corruption[300] ? »

À travers les propos de Lamennais sur le père « roi dans sa famille », on constate, encore une fois, comment une revendication de *liberté* peut s'appuyer sur une visée à la fois autoritaire (du point de vue du destin de l'enfant) et particulariste (du point de vue de l'espace public). Si, pour reprendre les termes de Hegel, l'enfant a « droit d'être éduqué », en sorte que l'on puisse « éveiller l'*universalité* qui sommeille dans sa conscience et dans sa volonté[301] », c'est une visée contraire qui anime ce que nous appellerons le libéralisme familialiste. Il s'agit en effet plutôt de veiller à ce que l'enfant reste conforme au modèle présent dans une famille particulière : le père doit « se transmettre tout entier », disait Lamartine, et c'est en cela que ce père « se possède lui-même ». Le propre de l'esprit de particularisme est de faire de l'enfant une propriété et non une liberté *compos sui* qui se choisirait progressivement par rapport à la règle qu'elle reconnaît et par rapport à l'universel[302]. Il est caractéristique que Guizot, dans son intervention du 15 mars 1837, ait nié avec éclat que l'enfant dût rester conforme à ce que sa famille a été ou même à ce qu'elle attend de lui. Évitant d'en faire une thèse philosophique générale, il argue du fait que les familles ne sont pas assez éclairées pour que l'État se décharge sur elles : « Les mœurs démocratiques sont faibles, molles, et [...] la puissance paternelle ne s'exerce pas en matière d'éducation avec toute l'énergie dont l'éducation aurait

---

c'est le droit de possession de soi-même » (*in* Lamartine, *La Politique et l'histoire*, pp. 80-81).

300. Repris *in* Lamennais, *Œuvres*, éd. cit., t. VI, pp. 378-379. On consultera aussi dans ce recueil « De l'Université impériale » (1814) et surtout « De l'éducation des peuples » (1818). Au XXe siècle, un juriste a défendu l'idée que le droit du père de famille est un fait d'autorité, « un pouvoir sur quelqu'un » et non une *liberté* individuelle du type des droits de l'homme : R. Gilles, *Les Droits du père de famille dans l'enseignement*, thèse, Giard et Brière, 1920, p. 9 et suiv. L'enseignement à domicile est « une véritable souveraineté » (p. 88).

301. Hegel, *Principes de la philosophie du droit*, § 174 (trad. R. Derathé, Vrin, 1986, p. 208).

302. Le libéralisme de Locke, on le remarquera, *commence* par l'affirmation que l'enfant n'est pas une propriété, qu'il est, en droit sinon en fait, toujours apte au « consentement » : cf. Locke, chap. II du *Premier Traité du gouvernement civil* et chap. VI du *Second Traité*.

besoin. » Si l'on veut de l'autorité... les pères de famille sont insuffisants. Mais c'est à la nécessité d'une *règle* commune que pense Guizot, comme il l'exprime ailleurs.

Soulevant les protestations d'Odilon Barrot et de ceux qui, par calcul électoral, ne veulent pas contrarier les familles, le ministre Guizot révèle que tous les trois mois il se fait rendre compte « de la conduite et du progrès, soit intellectuel soit moral, de tous les enfants qui vivent dans les collèges de l'État ». Sur la base de ces informations, il écrit lui-même aux familles, pour les cas les plus graves, ou fait écrire par les chefs d'établissement. Pour lui, comme on le voit clairement ici, il est de la mission de l'État d'éduquer cette liberté dont l'indiscipline lui fait horreur : il s'agit d'une mission d'ordre social (et Guizot est persuadé que les révolutions proviennent d'une éducation défectueuse[303]), mais aussi d'ordre intellectuel et moral : l'État est éducateur, incitateur du sens de l'universel dont parlait Hegel (pour ce qui concerne l'enseignement secondaire). À Odilon Barrot, défenseur de la bourgeoisie conformiste, Guizot lance une apostrophe sans ménagement : « Croyez-vous que ces pères de famille, incertains eux-mêmes sur ce qu'ils croient, sur ce qu'ils veulent, sachent très bien ce qu'il faut inculquer à leurs enfants, et quelles sont les idées dans lesquelles il faut les élever[304] ? »

Dans ces propos, qui n'ont rien perdu aujourd'hui de leur pertinence, Guizot prend à contrepied l'opinion « libérale » commune, le familialisme qui traverse en fait divers courants : républicains, libéraux dynastiques ou de centre-gauche, catholiques libéraux, légitimistes. En réponse au discours d'autorité qui s'exprime par la bouche du ministre, et qui pouvait sembler en revenir à Napoléon[305], les oppositionnels développaient une idéologie familialiste qui, elle, reprenait la continuité avec le traditionalisme de Bonald et de Lamennais. Mais on est aussi tenté de dire, en termes contemporains, que c'est un conflit entre espace public et *esprit communautariste* qui se fait jour dans le débat de 1836-1837[306]. Il faut remarquer que c'est bien ainsi que l'a compris Cousin en 1844 : si l'on acceptait la thèse d'un droit des familles à déterminer le type d'enseignement, l'unité de la *nation* française céderait le pas à la diversification des écoles – catholiques, protestantes, juives, peut-être musul-

---

303. L'idée est exprimée à propos de 1789 dans l'*Essai* consacré par Guizot à l'instruction publique. Cf. C. Nique, *Comment l'École devint une affaire d'État*, éd. cit., p. 113.

304. Pour tout ce passage, voir *Journal de l'Instruction publique*, 1837, vol. VI, p. 159.

305. On remarquera que c'est dans ce même discours du 15 mars que Guizot fait un vif éloge de Napoléon éducateur des *classes moyennes*, dont on a vu le pendant (cf. *supra*) dans ses Mémoires.

306. Pour une vision simplifiée de la question, voir les réflexions d'Étienne Tassin : « Espace commun ou espace public ? L'antagonisme de la communauté et de la publicité », *Hermès*, 1992, n° 10, pp. 23-37.

manes[307] – ; de plus, fait remarquer Cousin, dans cette diversité, une confession serait prépondérante : « S'il y a un enseignement, et le plus important de tous, qui repose sur les principes d'un culte particulier, tous les enfants des autres cultes sont exclus de cet enseignement ; le collège n'est plus l'image de la société commune. » Or l'Université napoléonienne donnait bien cette image[308].

Il est vrai que, comme l'a fait remarquer Montalembert, l'unité voulue par Napoléon, unité d'une « éducation nationale », s'accompagnait de la présence d'une religion (selon le texte de loi fondateur) qu'il fallait enseigner. D'où cette observation que croyait pouvoir en tirer Montalembert : « À vrai dire, le principe de l'éducation nationale est inséparable de celui de la religion nationale. » Principe mis à mal par la Charte, selon cette argumentation, puiqu'elle ne reconnaît plus une religion nationale. L'esprit familialiste (qui n'est pas réellement celui de Montalembert) va plus loin, il en déduit que l'enseignement doit être entièrement rendu à la pluralité vivante dans la société, que c'est la société qui institue l'École et non l'École qui forme à l'apprentissage des règles communes.

Les nombreux écrits de Tocqueville sur l'enseignement secondaire[309] expriment cette conception familialiste qui a sa faveur d'une part parce qu'elle devrait faire de l'Église une alliée de la démocratie moderne, d'autre part parce que Tocqueville est convaincu (comme Saint-Marc Girardin) que l'Université peut instruire mais non éduquer. Dans un article anonyme du *Commerce* (3 décembre 1844), Tocqueville affirme que la « liberté d' être enseigné » est un droit naturel[310], et il cite avec chaleur les opinions de Lamartine évoquées plus haut. Toujours en 1844, il écrit une série d'articles pour le *Commerce* (mais que le journal n'acceptera pas de publier) pour prouver, à la lumière des débats de 1837, que l'affrontement avec l'Église n'avait rien d'inévitable. Il loue Saint-Marc Girardin parce que cet universitaire éminent, qui met en garde

307. Intervention du 21 avril 1844 : « Dès l'enfance nous apprendrons à nous fuir les uns les autres, à nous renfermer comme dans des camps différents, des prêtres à notre tête. »

308. Propos repris par le très gallican André Marie Dupin, dit Dupin l'aîné, qui, en 1844, s'affirmait comme un farouche défenseur de la souveraineté de l'État : « Le principe de la souveraineté nationale ne permet pas que dans l'État, il y ait une seule parcelle du territoire qui ne soit soumise à l'investigation de ses officiers ; de même qu'il ne doit pas y avoir un citoyen ou un habitant, clerc ou laïque, qui soit soustrait à l'action des lois » (article de juin 1844, dans *Le Constitutionnel*, repr. in *Mémoires de Dupin*, Plon, t. IV, 1861, p. 582). Par ces propos, Dupin défendait la nécessité pour l'État d'exercer la surveillance sur les petits séminaires, même jouissant d'un statut particulier (projet Villemain).

309. La question de l'enseignement et de la liberté des cultes représente plus de 300 pages dans les *Écrits et discours politiques*, vol. III-2 des *Œuvres complètes* (Gallimard). On trouve des écrits publiés de façon anonyme et des brouillons divers dans ce recueil.

310. Éd. cit., p. 570.

contre les dangers de l'esprit universitaire, oppose même cet esprit à... l'« esprit laïque », attribué aux institutions privées !

On est donc de nouveau, en 1837, devant un chassé-croisé dans les termes, un combat qui se mène à fronts renversés : il faut l'analyser dans son contexte pour en comprendre le sens. À la séance du 17 mars 1837, on discute le fait que les membres du jury de capacité soient désignés par le ministre (projet Guizot). Dubois estimait que c'était rendre l'Université maîtresse du choix des pédagogies, tuer l'innovation pédagogique dans l'œuf. L'intervention de Girardin doit être citée plus longuement[311] : « Je dis moi que vous le composez [le jury] d'universitaires, s'ils sont tous nommés par l'Université et par le ministre de l'Instruction publique ; je ne prétends pas qu'on ne pourra jamais nommer des *laïcs* ; je demande pardon de me servir de ce terme de laïcs, je sais bien que nous ne sommes pas des ecclésiastiques ; j'emploie cette expression pour la clarté de la discussion. [...] Vous substituerez à l'examen de moralité si nécessaire pour la direction des établissements, un examen sur le grec et le latin. »

Curieusement, cette qualification de l'Université ne se veut pas injurieuse, et c'est ainsi que Tocqueville l'entend : l'Université, dit-il, « exerce une sorte de sacerdoce au sein du pays [...]. C'est là où est en effet sa force et sa gloire[312] ». Mais ce sacerdoce ne peut avoir la préoccupation et les effets que les *familles* attendent. Aussi Girardin demande-t-il que « l'esprit du monde, de la société, l'esprit des pères de famille [...] soit représenté dans le jury[313] ». La « laïcité » est donc mise au crédit de la société, tandis que l'esprit sacerdotal est attribué à l'Université. Le contenu même de l'examen de capacité serait une sorte de certificat de vie bourgeoise : « Nous voulons, dit Girardin, qu'on soit examiné non seulement sur ce qu'on sait, mais aussi sur la manière dont on a vécu. Nous voulons qu'il y ait d'honnêtes gens et pour cela nous demandons un examen de moralité non seulement séculier mais aussi religieux. »

Ni Girardin ni Tocqueville, qui cite ces propos, ne semblent percevoir de contradiction entre l'appellation de « laïcité » et la « moralité religieuse ». Il s'agit clairement d'une confiance dans la bonté de la famille, laissée libre dans ses croyances, préservée de l'abstraction uniformisatrice infligée par le savoir universitaire : c'est exactement la conception combattue par Guizot, pour qui l'enseignement, étant de l'ordre des intérêts *généraux*, ne peut être laissé au bon choix des groupes particuliers. Plus exactement, Guizot estimait que la liberté s'apprécie *du point de vue des nécessités générales*, sous la contrainte des garanties

311. Nous la prenons dans le *Moniteur* de 1837 (p. 605), car le *Journal de l'Instruction publique* s'est gardé de reproduire ce passage en détail.

312. *Écrits et discours politiques*, III-2, p. 540.

313. En l'occurrence par l'appel aux conseils généraux et au premier président de la Cour royale ; ce sera plus tard l'appel aux notables (projet Villemain et rapport Broglie) puis aux ecclésiastiques (loi Falloux).

exigibles[314]. Il présente ainsi le problème dans le chapitre de ses Mémoires traitant de cette période : « J'avais à introduire la liberté dans une institution où elle n'existait pas naturellement, et en même temps à défendre cette institution elle-même contre de redoutables assaillants. Il fallait à la fois garder la place et en ouvrir les portes[315]. »

Ce à quoi Tocqueville objecte que ce n'est pas la liberté puisqu'il n'y a pas *égalité* entre la puissance publique et le droit des familles porté par les institutions privées : « Le projet de loi de 1837 n'était *rien moins que libéral* puisqu'il faisait dépendre la liberté des citoyens en matière d'enseignement du bon plaisir d'un jury choisi par le ministre lui-même[316]. »

Outre le fait que, comme on l'a déjà remarqué, la qualité du *savoir* paraît complètement négligée, au profit des « méthodes », il est frappant de constater que la liberté est conçue comme le jeu d'une concurrence sans règles ; et enfin que, en dehors même du facteur religieux, le débat tend à opposer le droit des familles au droit de l'État, c'est-à-dire à une *souveraineté* oppressive : comme si l'État n'exprimait en rien l'intérêt des familles et qu'il n'instruisait les enfants qu'en vue de son intérêt propre. Il faut sans doute voir là l'effet du legs napoléonien, qui pèse sur les esprits, et l'on comprend pourquoi ensuite, dans la controverse de 1844, la personnalisation du pouvoir universitaire va jouer un tel rôle. La possibilité même d'une puissance *publique* était la question sous-jacente dans la mise en accusation dirigée contre les alliés de Guizot, mais ce fut aussi la question de tout le régime. La dissociation entre État et gouvernement, l'un des tests de la Monarchie de Juillet, représenta, par son échec, une cause directe de l'effondrement de 1848.

Le droit des communes

Une autre circonstance où le ministre de l'Instruction publique put montrer le lien qu'il établissait entre l'enseignement et l'unité de l'espace public fut la controverse qui l'opposa à Charles Dupin. Ce dernier, cité également avec approbation par Tocqueville[317], voulait que le *programme* des enseignements soit proposé par les communes, de façon à s'adapter aux « besoins particuliers des localités[318] ». Dupin s'exprimait en ces

314. Et, dans le cas précis de l'enseignement, la liberté ne s'apprécie pas chez lui comme formation d'une liberté intérieure, l'acquisition de l'autonomie, mais comme inculcation de la règle, sens de l'effort et du mérite. Une telle discipline devant favoriser la réussite de la classe moyenne au sein de la société. Le point de vue de Guizot est sociologique en dernier ressort, mais de façon autre que le libéralisme familialiste.

315. Guizot, *Mémoires*, III, 88.

316. Tocqueville, *Écrits et discours politiques*, III-2, p. 546.

317. Tocqueville, *ibid.*, p. 545.

318. À l'origine, il s'agit d'un amendement de Quinette (24 mars 1837), approuvé par toute la gauche et défendu par Dupin. Élu député député pendant quatorze ans sous

termes : « Ce que je repousse, c'est le pouvoir absolu de l'Université, c'est cette prérogative despotique de rédiger à son gré les programmes, et de les imposer par force aux localités. Sous un gouvernement représentatif tel que le nôtre, il doit toujours être de principe que celui qui paie volontairement peut disposer de son argent[319]. » Dupin souhaite que les programmes soient l'œuvre des communes, en faisant appel aux « citoyens les plus éclairés », au conseil municipal, aux chambres de commerce et aux chambres des arts et manufactures.

L'offensive se mène donc cette fois au nom de la spécificité des besoins locaux et de l'autonomie des intérêts communaux ; il existait une hiérarchie de collèges, les collèges communaux étant eux-mêmes divisés entre ceux qui dispensaient une formation générale complète et ceux qui bornaient leurs ambitions[320]. L'originalité de la proposition faite par Dupin est de pousser jusqu'au bout la *diversification*, en traitant l'enseignement sur le modèle des activités à rentabilité directe. « Ainsi dans les départements, quand les conseils généraux votent les fonds d'une route départementale, ils les votent à condition qu'elle ira de tel point à tel autre » ; on ne saurait concevoir que le gouvernement se mette à décider du lieu de passage : « Eh bien, si cela est absurde pour les routes, cela n'est pas plus raisonnable pour l'instruction communale. »

Comme on peut le supposer, Guizot s'éleva avec force contre la proposition, car une pareille liberté signifiait à ses yeux que l'État n'avait plus en face de lui des individus à scolariser mais des « corporations », décidant des programmes auxquels les individus auraient à satisfaire : en d'autres termes, des groupes d'intérêt ; ce serait ici une congrégation religieuse, là un entrepreneur faisant commerce d'enseignement – comme, de fait, il existait nombre d'entreprises de ce type à l'époque. Il y avait décidément, pour ce qui concernait la politique d'enseignement, plusieurs maisons dans la demeure libérale.

---

le régime de Juillet, le baron Quinette de Rochemont a toujours voté avec la gauche et s'est posé en spécialiste des questions administratives. Quant à Charles Dupin, il s'agit du frère de Dupin aîné évoqué précédemment : économiste et statisticien, il était très apprécié par la bourgeoisie libérale, dès la Restauration, pour son esprit rationnel en matière de mise en valeur du territoire. Le développement de l'instruction publique était l'un de ses chevaux de bataille (cf. Vapereau, *Dictionnaire des contemporains*, 5e éd.).

319. *Journal de l'Instruction publique*, 1837, p. 198. Voir aussi Tocqueville, éd. cit., pp. 544-545 (avec quelques erreurs de date dans les notes de l'éditeur).

320. Le projet Guizot aménageait cette hiérarchie héritée de Napoléon : dans le secondaire comme dans le primaire (chap. précédent), Guizot a toujours tenu à ménager des gradations selon les milieux sociaux scolarisés, pourvu que l'État, d'en haut, en prenne la décision et en garde le contrôle.

CONCLUSION : LES ÉQUIVOQUES SUR LA LIBERTÉ

Il est amplement confirmé que la souveraineté a constitué l'enjeu et la *quaestio vexata* du libéralisme, si l'on attribue à la notion de souveraineté la portée très large qui lui a été donnée ici, et qu'elle prenait dans le discours des acteurs : le droit pour l'Autorité de prononcer sur le bien des gouvernés, en fonction d'un savoir, d'une *vérité* sur ce bien. C'est ce droit que revendique le libéralisme doctrinaire, qui trouve en face de lui les défenseurs du catholicisme (attachés à une certaine idée des « droits de la vérité ») ainsi que les défenseurs intransigeants d'un droit de la famille ou de la société.

Antérieurement, dans la souveraineté absolutiste telle que l'exposait Bossuet, le « public » était le prince lui-même : un « personnage public », qui ne rencontre devant lui que les « particuliers ». La modernité a créé la double séparation du public et du privé, de la société et de l'État, et le droit de la société de juger la conduite de l'État. En tant qu'il prétend au gouvernement de la vérité, le libéralisme doctrinaire espère être un agent de conciliation entre la société et l'État, grâce à la médiation des classes moyennes dont il veut satisfaire les aspirations (et dont il tient les aspirations pour connues). Il voudrait par là effacer la *référence à la souveraineté*, de façon à porter toute l'attention et focaliser le débat sur les moyens concrets de la *gouvernabilité*. Mais ce groupe est contesté dans la représentation qu'il donne de lui-même comme « gouvernement de la vérité » et en matière de libertés (au pluriel), il est accusé de reproduire les tendances autoritaires dont Napoléon s'était fait l'instigateur : ce qui se constate dans la controverse sur la liberté spécifique de l'enseignement se vérifiera, aussi bien, pour la décentralisation ou pour la justice administrative.

De leur côté, les catholiques militants mobilisent à leur service la cause de la liberté, en tentant de démontrer que la *souveraineté* doctrinaire est le problème fondamental, qu'il s'agit d'une copie, qui ne trompe pas, de la vraie souveraineté spirituelle, dont l'Église est le détenteur comme « mère et maîtresse » d'une doctrine divine. Dès lors, la rhétorique de la liberté se déploie dans un espace où Guizot et ses alliés ne parviennent pas à garder la maîtrise des prémisses sur lesquelles ils veulent s'appuyer. Il leur faut avouer qu'il en va bien de la souveraineté dont l'État est le gardien, en vue de préserver l'unité des esprits et de la nation que le monopole universitaire tient sous son contrôle.

Confronté à une logique du tout ou rien (ou le monopole ou la concurrence), le libéralisme doctrinaire paraît d'abord en retrait (1836) puis en contradiction (1844) avec les promesses de la Charte. Les défenseurs du catholicisme libéral ou de l'idéologie familialiste peuvent, quant à eux, paraître plus sincères et plus libéraux. On a vu qu'en réalité les responsabilités de l'État ont été préservées et prises en charge par les gouvernants de Juillet : aux yeux de l'observateur actuel, l'aboutissement se trouve dans l'idée républicaine de l'espace public et laïque. Si l'on enferme le libéralisme dans une logique du tout ou rien, on aboutit à des positions extrémistes : l'esprit du libéralisme raisonnable consiste à *libéraliser* pour permettre la concurrence, non à tout abandonner à la concurrence sans règles. Il est vrai que cette dernière position n'est pas souvent exprimée telle quelle par les opposants, mais elle est bien le sens implicite qui se dégage de nombre d'attaques. Elle avait d'ailleurs ses lettres de noblesse depuis les célèbres articles de Paul-François Dubois sous la Restauration.

Intervenant à propos de la grande controverse sur les Jésuites, en 1825-1826 (pamphlets de Montlosier) et en 1828 (ordonnances Martignac), Dubois avait voulu à la fois défendre l'Université et demander la liberté pour les Jésuites, considérant que le vrai critère d'un libéral est de donner à l'adversaire la même étendue de liberté que l'on réclame pour soi. Selon Dubois, le nœud de la question était dans le monopole universitaire, qu'il appelait à détruire, au profit de la *libre concurrence*. Le monopole, écrit-il, c'est « l'enseignement distribué par l'État sans concurrence », alors qu'il faudrait, au contraire, faire droit à la réalité sociale : « Ce régime est un contresens dans notre société politique, vaste caravansérail de toutes les religions et de tous les systèmes [321]. » Dubois, qui a été formé à l'École normale, sous la direction des Cousin et des Villemain, et qui en est un vibrant défenseur contre les attaques que le parti clérical lui a portées sous la Restauration, estime que l'École normale, l'agrégation et les collèges ont besoin de ne pas s'endormir dans la routine : « L'École normale, avec la concurrence contre l'Université, est la plus nécessaire et la meilleure des institutions ; sans la concurrence, c'est un fléau pour le pays, une société secrète, un clergé nouveau, une mission perpétuelle entre les mains du pouvoir [322]. »

Marquant ainsi leur différence, désapprouvés par Guizot et même Rémusat (pourtant « globiste »), les Jeunes Turcs du *Globe* prônaient une liberté bruyamment applaudie par le camp adverse, mais qui paraissait plus théorique que soucieuse des réalités ; ils se voulaient les porte-parole des « droits de la société » et, quoiqu'ils s'en défendissent, ils concevaient

321. Dubois, *Fragments littéraires*, éd. cit., t. II, p. 224 et 229. Ce recueil posthume donne tous les articles importants de Dubois parus dans le *Globe*. Voir aussi les commentaires de Paul Gerbod, *Paul-François Dubois universitaire, journaliste et homme politique (1793-1874)*, Klincksieck, 1967, pp. 86-90, et de Jean-Jacques Goblot, *La Jeune France libérale. Le Globe et son groupe littéraire*, Plon, 1995, p. 192 et suiv. Jules Simon reprendra souvent à Dubois le thème de la « concurrence » comme liberté nécessaire à l'enseignement.

322. *Fragments littéraires*, t. II, pp. 228-229, article du 6 septembre 1828.

le savoir sur le mode d'une *opinion* ou d'une *doctrine* qu'il fallait soumettre au feu de la compétition entre toutes les opinions et toutes les doctrines. « On ne pourrait apprendre que ce que le pouvoir voudrait ? » ironise Dubois, faisant état de ce qu'un projet de loi, pour être adopté, doit d'abord être débattu dans les deux Chambres, dans la presse, au grand jour[323].

Le débat de 1844 illustre une difficulté de fond : organiser la concurrence, pour permettre son essor à l'intérieur de règles équitables, ce qui est au fond l'épreuve de tout libéralisme d'esprit modéré. On peut, en ce sens, *libéraliser* les institutions, c'est le projet Guizot vis-à-vis de l'héritage napoléonien. Il consiste à donner un droit égal aux talents, aux aptitudes, sous la souveraineté de la loi, qui institue les critères d'excellence (par exemple le certificat d'études secondaires). Faut-il en déduire qu'un droit égal devrait être donné aux congrégations religieuses en tant que telles ? Voire sans garanties de capacité, en s'affranchissant du droit commun ? On pourrait répondre oui, si l'on pense que le choix est de la seule *responsabilité* des familles : c'est la tendance des traditionalistes qui, malgré leur esprit autoritaire, prennent paradoxalement le visage de « libéraux[324] ». Mais il faut répondre non (comme le fera encore Jules Ferry), si l'on pense que le savoir est proprement de la responsabilité de l'État, ce qui implique alors une surveillance, des critères de capacité et, comme la suite le montrera, le monopole de la collation des grades. Un « enseignement libre » peut dès lors vouloir dire l'organisation d'un pluralisme, mais sous contrôle, faisant droit au « caractère propre » de certains établissements : on sait que c'est la direction prise ensuite en France, entérinée par le Conseil constitutionnel dans sa décision du 23 novembre 1977. La compétition est encouragée, mais aux conditions d'excellence que l'État a fixées.

Commentant cette décision et la confrontant au préambule de 1946[325], Louis Favoreu et Loïc Philip observent : « Si l'État a le devoir d'organiser un enseignement public gratuit et laïque à tous les degrés, cela ne signifie pas qu'il ait le devoir d'organiser un enseignement unique[326]. » Il n'y a

323. *Ibid.*, p. 225. Mais en 1837 Dubois avait complètement changé d'avis et se montrait... plus sévère que Guizot dans les garanties exigibles envers l'enseignement privé, au grand dam de Tocqueville (cf. Tocqueville, *Écrits et discours politiques*, III-2, pp. 536-537 et p. 543).

324. C'est aussi le point de vue des économistes comme Dunoyer, dans son article cité (« De la liberté de l'enseignement », *Journal des économistes*, mai 1844) : Dunoyer estime qu'il faut laisser les familles demander l'éducation qu'elles peuvent payer, favoriser l'industrie privée de l'enseignement, briser le monopole du grec et du latin au profit des langues étrangères et des savoirs pratiques : ce texte est étonnamment « moderne ».

325. « L'organisation d'un enseignement public gratuit et laïque à tous les degrés est un devoir de l'État », selon la formule du Préambule de la Constitution de 1946. À l'époque, l'Assemblée constituante avait repoussé la liberté d'enseignement de la liste des droits fondamentaux.

326. L. Favoreu et L. Philip, *Les Grandes Décisions du Conseil constitutionnel*, Sirey, 4e éd., 1986, p. 374. Voir le contexte politique de cette controverse et l'intéressante

donc pas « un *monopole* de l'enseignement au profit de l'État », comme le remarquent les auteurs et c'est en ce sens que la *liberté* d'enseignement devient « principe fondamental reconnu par les lois de la République ». Le financement du secteur privé est alors concevable (il s'agissait du projet de loi Guermeur) dès lors qu'il ne porte pas atteinte aux engagements financiers de l'État dans le secteur public. Il devient même une obligation de l'État. La conciliation entre divers principes opérée par le Conseil constitutionnel est de nature juridique, comme toujours, et non pas philosophique, mais on peut observer qu'elle reste attachée à l'*organisation* par l'État de formes distinctes d'enseignement (sans que l'on puisse entrer ici dans les modalités précises). C'est parce que l'État est celui qui a la responsabilité d'organiser l'enseignement, et les formes de la « liberté d'enseigner », qu'il a le devoir de financer. On reste très proche de l'argumentation qui était celle de Guizot, pour qui la liberté se conçoit du point de vue des règles posées par la puissance publique dès lors qu'un intérêt général est en jeu.

Si l'on veut mieux cerner les équivoques qui pèsent sur la controverse, il est bon de reprendre les réflexions d'un sociologue philosophe comme Raymond Aron à propos de la « liberté libérale » et la « liberté libertaire[327] ». En effet, Aron, écrivant après la tourmente de 1968 et dans le contexte d'apparition d'une Nouvelle Gauche, insistait sur deux aspects de la liberté pour la pensée libérale. Tout d'abord, selon la leçon de Montesquieu, la liberté existe par la *loi* et seulement par elle (ce qui implique l'extension de la loi à ceux qui, pour diverses raisons, n'en bénéficieraient pas). Ensuite, et ce n'est que le corollaire, la loi garantit ma liberté en *interdisant* à d'autres d'*interdire* ce qui fait mon droit. Pour des raisons d'époque mais aussi avec une réelle acuité théorique, Aron mettait donc au premier plan le caractère interdictif et fondateur de la loi politique ; il faut comprendre qu'il n'y a pas de droits naturels et premiers que la loi viendrait consacrer, mais une attribution de droits à l'individu grâce à l'interdiction que la loi fait peser sur les autres individus : interdiction d'interdire la jouissance de ces droits. En même temps, cette interdiction est féconde pour l'universel car ce que l'on permet ainsi à chacun n'est ni une dérogation à la loi ni un privilège mais un bien partagé ou, si l'on préfère, également distribué. Selon la distinction opérée par Raymond Aron, on fonde ainsi *une* liberté positive, par différence avec *la* liberté, qu'il appelle de nature philosophique (et sur laquelle on reviendra).

Le libéralisme de Guizot répond bien à cette problématique, car il consiste, au fond, à interdire à l'Église d'interdire un enseignement

---

discussion sur la « liberté de conscience » des maîtres de l'enseignement privé : pp. 370-379.

327. R. Aron, « Liberté, libérale ou libertaire ? », étude parue en 1969, repr. *in* R. Aron, *Études politiques*, Gallimard, 1972, pp. 235-274.

national, dispensé par l'État, et de type « laïque » (selon le terme utilisé par Guizot ou par Cousin). C'est ainsi que, *historiquement*, la chose se présente, depuis l'œuvre napoléonienne d'instauration de l'Université : le terme même de « monopole » désigne l'acte d'interdiction exercé contre l'Église et les ordres religieux. Outre le détail précis des mesures prises par Napoléon, l'interdiction est symboliquement d'autant plus forte qu'elle se traduit comme expression de la *souveraineté* de l'État, qui refuse de déléguer une fonction et exerce donc dans l'Université une compétence qu'il identifie à la sienne propre[328].

Cependant, face à une revendication « naïve » de liberté, ou libertaire, les initiatives de Guizot et de Villemain se heurtent à deux difficultés majeures, qui entretiennent les équivoques sur la « liberté ». La première difficulté résulte directement de la sévérité du projet de loi Villemain, la seconde provient de l'esprit propre au catholicisme libéral. Le projet Villemain, à la différence de celui de Guizot en 1836, impose des conditions telles que les institutions « libres » (au sens reçu et ancien du terme) ne peuvent pratiquement pas s'adapter. Dans son étude, Raymond Aron rappelait que, sous l'effet de la critique socialiste, le libéralisme avait dû s'assouplir, reconnaître les écarts entre la liberté-droit et la liberté-capacité effective : sans une aide sociale (bourses par exemple), l'égalité d'accès à l'éducation n'est pas réalisée pour les milieux populaires[329]. La liberté (d'enseignement) par la loi, telle que conçue par Villemain, donne une liberté d'impuissance pour beaucoup d'institutions privées, du moins dans l'immédiat : c'est le côté *illibéral* de ce libéralisme de la loi qui ressort alors, et est dénoncé comme tel par Montalembert et par les évêques.

Telle est la première équivoque, qui se traduit en apparence par la confrontation entre deux idées de la liberté : celle qui serait d'ordre naturel (dont parle Montalembert) et que l'État supprime, celle qui serait de droit positif et que l'État institue. En fait, dira un juriste de Juillet, la liberté d'enseignement n'est pas de droit naturel, ou ne peut être telle que dans l'ordre domestique et à supposer que lui seul existe (société patriarcale) : « L'éducation domestique ne peut rester privée en devenant publique, ni se soustraire à la police de l'État en entrant dans son domaine. » Et l'auteur ajoutait : « Il y a cette différence entre la liberté de droit naturel et celle qui n'en est pas, que la première a droit à la

328. Identification si forte qu'elle conduit en 1845 à la mise en question d'un caractère de dépendance, de politisation et d'arbitraire dans le Conseil royal de l'instruction publique : cf. les interventions de Tocqueville en ce sens, in *Écrits et discours politiques*, III-2, p. 617 et suiv. Controverse très analogue à celle menée à propos du Conseil d'État, jugé « chose de l'exécutif et de l'administration » plutôt qu'instance arbitrale (cf. notre chapitre sur « Le citoyen et la justice », *infra*).

329. Sans compter les différences culturelles – mais que l'auteur n'oublie pas –, en tant que système de valeurs intériorisées. Là aussi notre transposition va se vérifier.

garantie de la loi, et que la seconde *doit à la loi* la garantie que celle-ci lui demande[330]. » C'était aussi ce qu'avait exprimé Cousin.

La deuxième contrainte pour le groupe dirigeant se trouve dans l'état d'esprit des catholiques libéraux. Ils vivent à cette époque une double difficulté. D'une part il leur faudrait régler une difficulté d'ordre interne vis-à-vis de l'autorité institutionnelle qui est la leur : c'est la redoutable question des « droits de la vérité » et de la souveraineté pontificale. D'autre part, leurs intérêts politiques et l'intérêt même des familles demandent qu'ils découvrent une forme de conciliation avec l'État enseignant. Mais on peut se demander, à la lecture des débats passionnés qu'on a rencontrés (et qui continuent bien après), s'ils ne sont pas, consciemment ou inconsciemment, heureux de rencontrer un « despotisme » à combattre, celui de l'Université napoléonienne – qui est visiblement en rivalité mimétique avec la souveraineté spirituelle, et qui, en quelque sorte, les décharge du conflit douloureux qu'ils ressentent envers l'autorité religieuse. Ce mécanisme, en tout cas, est assez visible chez Lamennais, perpétuellement en quête d'un susbstitut de l'« autorité du spirituel », à révérer puis à combattre. Chez Victor de Broglie, chez Montalembert et chez leurs amis comme Foisset, la correspondance privée et le discours public évoquent une logique analogue : d'où leur dénonciation de la « cléricature » Cousin[331].

On comprend comment l'idée, chez Guizot, d'ouvrir le monopole[332] est reçue par les catholiques militants comme la désignation d'un rôle à tenir qu'ils jugent humiliant et inacceptable. La religion, qui se veut pensée ou visée de la Totalité, se voit ravalée au rang d'un contenu *particulier*, ou d'une composante subordonnée du droit d'enseigner. Le droit d'enseigner ne pouvant être, à leurs yeux, que le droit d'enseigner la Vérité, un conflit douloureux apparaît entre l'idée qu'ils se font de leur mission et le statut de droit commun qu'ils disent accepter mais qui les soumettrait à des contraintes spécifiques. La tentation revient alors de revendiquer la Totalité juste, contre cette autre totalité usurpée à laquelle aspire le pouvoir universitaire et doctrinaire.

Cette contradiction se voit par exemple chez Montalembert dans un discours du 6 juin 1842. D'un côté, il proteste du fait que les catholiques n'ont jamais demandé « la liberté de l'enseignement absolue, sans mesure et sans frein [...]. Jamais [...] le clergé n'a demandé l'abolition

330. G. Hello, *Du régime constitutionnel dans ses rapports avec l'état de la science sociale et politique*, 1827, 2e éd. 1830. Nous citons d'après la 3e éd., 1848, Auguste Durand, t. I, pp. 32-33 et p. 35.

331. Curieusement, Raymond Aron montre le même mécanisme, *mutatis mutandis*, chez les « contestataires » de l'époque (p. 266 de l'ouvrage cité). La « société libérale » sert de cible à une lutte contre le Père qui ne peut plus s'exercer et n'a pas à être mieux traitée que la société totalitaire.

332. Cf. sa formule : « Garder la place et ouvrir les portes ». Il a souvent développé le thème dans ses discours.

de l'Université et n'a prétendu se substituer à elle ». Mais par ailleurs il cite avec faveur les propos du comte de Gasparin qui, quoique protestant, se plaint de l'Université : « Le christianisme n'y pénètre pas toutes les branches de l'enseignement ; il n'y exerce pas cette domination absolue à laquelle il a droit et en dehors de laquelle il n'y a pas d'éducation vraiment bonne[333]. » On voit mal en quoi la « domination absolue » ne se transformerait pas en « liberté absolue » d'un groupe confessionnel.

Il faut enfin en venir à *la* liberté au sens philosophique, qu'évoque Raymond Aron : à travers l'exercice *des* libertés (d'opinion, d'enseignement, d'association), la société libérale encourage la *liberté de se choisir*, qui peut être plus ou moins illusoire chez les individus[334], mais répond au credo fondateur des temps modernes. La portée philosophique de cette réflexion aronienne sur les pièges de la « revendication de liberté » est que, pour accepter cette capacité de se choisir, cette responsabilité de l'autodéveloppement, il faut que l'individu le veuille, y soit préparé par son éducation, n'en soit pas détourné par les diverses formes de l'« esprit de corps » et donc l'attraction de l'opinion. Rien n'est plus malaisé que d'être soi-même[335]. Il faudrait, à la limite, que l'individu soit au clair sur la « liberté libérale » : qu'il la considère comme un bien en soi. On a vu que c'était là une *exis* ou une tâche quasi impossible pour les catholiques libéraux de cette époque. On sait quel parcours la forme spécifique de l'esprit d'autorité a imposé à une personnalité aussi riche que celle de Montalembert.

333. Montalembert, *Discours*, I, 348 et 349. Citation tirée de la brochure de Gasparin : *Appel aux protestants*.

334. Si l'on songe à la « tyrannie de la majorité » selon Tocqueville et Mill (cf. *infra* notre chapitre sur la liberté de la presse).

335. Non au sens de la revendication d'originalité (sens souvent présent chez John Stuart Mill), et qui est encore l'esprit « libertaire », mais de l'exercice responsable d'une liberté tournée vers l'universel.

DEUXIÈME PARTIE

LE LIBÉRALISME À L'ŒUVRE

CHAPITRE PREMIER

Les intérêts particuliers : une légitimité problématique

INTRODUCTION : L'APORIE LIBÉRALE ET LE MODÈLE HÉGÉLIEN

Les intérêts du pouvoir sont-ils les mêmes que ceux de la société ? Cette simple question concerne l'esprit général du libéralisme puisqu'elle suppose un principe de différenciation, et elle laisse entendre qu'une vigilance, une limitation et peut-être des formes d'organisation propres doivent être présentes en dehors de la sphère étatique. Elle suppose aussi que le pouvoir aurait des intérêts en tant que tels, qu'il cherche à satisfaire : c'est, on l'a vu, l'un des présupposés à l'œuvre dans la revendication d'un « enseignement libre ». Enfin, la question posée veut faire pièce à l'*identification* jacobine du gouvernant au gouverné et que l'on retrouve chez nombre de républicains et (ou) de socialistes du XIXe siècle. Quelqu'un comme Louis Blanc, qui se veut souvent modéré et conciliateur, se montre intraitable sur le plan des principes : partisan de l'élection du maire par les administrés, au lieu qu'il soit nommé par le gouvernement comme un quasi-fonctionnaire, Louis Blanc s'insurge contre la thèse répandue des *intérêts spécifiques* et purement locaux qui caractériseraient la sphère communale. À ses yeux, l'erreur de l'école de Constant est de transformer la nécessaire décentralisation en conquête des libertés *contre* le pouvoir d'État central : « Pour établir l'utilité de l'existence communale, Benjamin Constant est parti de ce point de vue que, dans une société, l'individu a des intérêts qui ne regardent que lui et que les fractions de la société ont des intérêts qui ne concernent en rien la société tout entière[1]. » Cette vision est erronée : selon Louis Blanc, il n'existe pas d'intérêt particulier qui « ne se lie intimement à la satisfaction de l'intérêt général ».

1. « La commune », article paru dans *Le Bon Sens* en 1841, repr. *in* L. Blanc, *Questions d'aujourd'hui et de demain*, Dentu, 1873, t. I, pp. 307-308. L'article est divisé en trois parutions.

En fait, la discussion est peu claire au sein de l'article écrit par ce républicain et futur socialiste de 1848. Peu claire puisque, un peu plus haut, lui-même se déclare partisan d'une décentralisation administrative définie en ces termes : « C'est la liberté laissée aux intérêts purement spéciaux de se développer suivant la loi des mœurs, des habitudes ou des convenances locales. » Il y aurait donc des intérêts qui ne regardent que l'individualité communale ? Oui, en ce sens que c'est dans le principe de l'*association* à l'échelon communal que l'auteur pense voir la conciliation de toutes les tensions[2]. L'important est de comprendre que pour lui, comme il l'écrira en 1850, la démocratie (c'est-à-dire la République) « fait du pouvoir le résumé vivant de la nation tout entière[3] ». Par conséquent, et selon ses propres termes, il n'y a pas à opposer l'individu et l'État, l'intérêt particulier et l'intérêt général, ni la commune démocratisée au pouvoir central élu démocratiquement : « L'État, c'est le moi de Louis XIV prononcé non plus par un homme, mais par le peuple. » De ce point de vue, qui est bien la continuation du jacobinisme, Louis Blanc ne peut que s'opposer au principe même du libéralisme, et particulièrement celui de Constant, car ce dernier estime qu'on ne peut pas – et, en saine méthode, on ne doit pas – supposer l'interpénétration des intérêts du pouvoir gouvernant avec ceux des gouvernés. Dans l'article cité qui portait sur le suffrage universel, Louis Blanc va jusqu'à instruire le procès de la monarchie constitutionnelle d'avant 1848 précisément parce qu'elle a cherché à donner des *limites* au pouvoir : « Chercher uniquement les garanties de la liberté dans des conditions restrictives mises à l'exercice de l'autorité, c'est faire de la défiance entre gouvernants et gouvernés un principe de gouvernement ; c'est placer imprudemment en face du pouvoir une provocation permanente qui le décourage ou l'irrite, [...] lui souffler la dangereuse tentation de s'en affranchir. »

La *légitimité* de l'intérêt particulier a toute peine à se frayer un chemin en France car, prenant d'abord naissance dans la critique du despotisme (ainsi chez Montesquieu), elle se heurte bientôt à la vision installée par la Révolution : l'abstraction de la citoyenneté à la française empêche que soient exprimées et reconnues des *particularités* solidifiées en groupes ou en corps ; dans le même sens, l'identification de l'intérêt collectif à l'État, ainsi que la fonction de préservation de l'égalité dévolue à ce dernier, font que l'intérêt particulier (d'individu ou de corps) est passible de l'accusation de « privilège » – c'est-à-dire à la fois d'archaïsme et d'injustice[4]. De là à la fois les incertitudes présentes dans le libéralisme

2. « La commune ! Ce qu'il y a au fond de ce mot, c'est l'association ; ce qu'on a voulu y voir, c'est l'individualisme », *ibid.*, p. 304.

3. Article « Du suffrage universel », *ibid.*, p. 205.

4. D'où l'hésitation déjà nette chez Sieyès entre la protection et la suscipicion envers les « intérêts particuliers ». Cf. notre livre *Le Discours jacobin et la démocratie*, p. 159 et suiv.

– s'agit-il de reconnaître les intérêts présents ou d'instituer à neuf des intérêts jugés louables ? – et sa recherche d'un modèle *qui serait fourni par l'Angleterre*, recherche en quelque sorte inépuisable mais vaine au total. Depuis la Révolution et jusqu'à la fin du XIXe siècle, chaque génération libérale tente de prendre ses leçons outre-Manche, alors que ni la structure du pouvoir ni, surtout, la structure sociale ne peuvent s'exporter : le thème de l'*aristocratie* à l'anglaise, classe de service, ouverte à la mobilité sociale, qui n'est pas la noblesse française – repliée sur la filiation par le sang et sur le privilège perdu – mérite un examen approfondi car c'est un révélateur du traitement de l'« intérêt particulier » dans la période qui nous occupe.

L'Angleterre, comme l'a bien vu Hegel, représente un libéralisme de la particularité triomphante, qu'il oppose dans ses *Leçons sur la philosophie de l'histoire* à l'administration centralisée à la française[5]. « L'Anglais, dit Hegel, a le sentiment de la liberté dans le particulier ; il ne se préoccupe pas de la raison, mais tout au contraire il se sent d'autant plus libre que ce qu'il fait ou peut faire est contraire à la raison, c'est-à-dire à des déterminations générales[6]. » Hostile à cette conception de la liberté comme *défense d'un intérêt clairement spécifié*[7], Hegel ne cache pas les avantages du système anglais comparé à la France de l'époque, c'est-à-dire peu avant 1830 : en Angleterre, « l'intérêt général est concret et l'on y sait et l'on y veut l'intérêt particulier ». Par ailleurs, s'il est vrai que les hommes qui gouvernent le font grâce à la corruption, ils ont expérience et compétence, « car le sens de la particularité [présent chez les électeurs] reconnaît aussi la particularité générale des connaissances, de l'expérience, de la pratique que possède l'aristocratie qui se consacre exclusivement à ce genre d'intérêt ».

Autrement dit, à la différence de la vision abstraite à la française où l'État doit se dépenser sans compter pour instituer le social tel qu'il l'entend, et pour le modeler conformément aux grands principes politiques (1789) et administratifs (Napoléon), la « Constitution » anglaise consiste dans l'admission, toute empirique, des diversités héritées de l'histoire, si bizarres soient-elles parfois puisque des bourgs sont « représentés » qui n'existent plus[8]. Aussi Hegel écrit-il : « La Constitution

5. Voir pp. 344-345 des *Leçons sur la philosophie de l'histoire*, Vrin, 1979, trad. J. Gibelin.

6. Hegel, *ibid.*, p. 322.

7. L'hostilité est particulièrement nette dans l'article de 1831 intitulé « À propos du Reform bill anglais », repr. *in* Hegel, *Écrits politiques*, publ. par K. Papaioannou, Champ libre, 1977.

8. En 1831, au moment où Hegel publie son article sur le projet de réforme électorale discuté au Parlement, il y a 34 « bourgs pourris », c'est-à-dire anciens villages abandonnés : « Par exemple, écrit K. Papaioannou, le bourg de Berralston n'a plus qu'une seule maison ; celui de Dunwich est enfoui sous les eaux depuis longtemps ; Gatton est devenu un parc » (Hegel, *Écrits politiques*, éd. cit., p. 351). Quant aux « bourgs de poche »,

d'Angleterre n'est composée que de droits particuliers et de privilèges particuliers ; le gouvernement est essentiellement administratif, c'est-à-dire qu'il veille aux intérêts de tous les états et de toutes les classes particulières ; ces églises particulières, communes, comtés, sociétés, s'occupent d'eux-mêmes, en sorte que nulle part en fait le gouvernement a moins à faire qu'en Angleterre. C'est là surtout ce que les Anglais appellent leur liberté ; c'est le contraire de la centralisation administrative comme on la trouve en France [...]. Nulle part moins qu'en France on ne peut supporter de laisser faire quelque chose aux autres. »

On comprend pourquoi l'expression des intérêts particuliers ne pose pas en Angleterre le problème qu'elle pose en France, au point que la réforme progressive des lois électorales (de 1832 à 1885), l'entrée des ouvriers dans le corps électoral, mais aussi l'intégration de la classe ouvrière *via* le syndicalisme connaîtront un parcours moins heurté (scandé par les insurrections) qu'en France.

Même s'il disparaît relativement tôt dans le siècle, c'est-à-dire en 1831, Hegel est un bon appréciateur de ces différences ; de plus, la théorie de l'État rationnel qu'il donne dans les *Principes de la philosophie du droit* fournit un *modèle interprétatif* intéressant pour l'étude du discours libéral. En effet, Hegel est vraiment le penseur de la conciliation des intérêts particuliers (de localité, de profession, de famille, de religion) avec l'universel représenté par le pouvoir d'État : « L'essence de l'État moderne consiste dans l'union de l'universalité avec la totale liberté de la particularité [...] ; l'universalité du but ne peut progresser sans le savoir et le vouloir de la particularité, qui doit conserver son droit[9]. » En insistant sur cette légitimité d'un domaine « qui doit conserver son droit », Hegel s'installe au cœur de la problématique libérale, qui pourrait être définie comme l'ambition de faire s'exprimer les traits de particularité au sein de l'universel (et non à son encontre). Cet aspect du libéralisme trouve son précédent dans le célèbre passage de Montesquieu sur l'harmonie comme moyen de synthèse entre éléments variés – un passage souvent invoqué mais avec peu d'effets[10]. Mais on sait que pour Hegel l'expression de la diversité suppose l'enracinement de l'individu dans la société civile, le refus de la représentation démocratique-

« toutes les maisons y appartiennent à un grand propriétaire qui désigne à ses locataires le député à élire ». Selon Sismondi, en 1815, seul un tiers des députés était élu sans corruption ou protection (*Examen de la Constitution française*, Treuttel et Würtz, 1815, p. 36). Voir une analyse récente dans P. Pombeni, *Introduction à l'histoire des partis politiques*, PUF, 1992, p. 244 et suiv.

9. Hegel, *Principes de la philosophie du droit* (1821, Vrin, 1986), § 260 add., p. 264.

10. Montesquieu écrivait « Ce qu'on appelle union dans un corps politique est une chose très équivoque. La vraie est une union d'harmonie qui fait que toutes les parties, quelque opposées qu'elles nous paraissent, concourent au bien général de la société, comme les dissonances dans la musique concourent à l'accord total » (chap. IX des *Considérations sur les Romains*).

atomistique : c'est en tant que membre de la commune et de la corporation que l'individu est membre de l'État[11]. À ce prix, Hegel peut affirmer que « l'État est la réalité effective de la liberté concrète », car « la liberté concrète consiste en ceci que la personne individuelle et ses intérêts particuliers trouvent leur développement complet et obtiennent la reconnaissance de leur droit pour soi dans le système de la famille et de la société civile ». L'État ne s'oppose plus aux intérêts locaux, aux intérêts socio-économiques les plus divers, ni à l'« esprit de famille », comme chez nombre de libéraux[12], car il *reconnaît* tout cela en donnant les médiations (délégations, droits, entités) qui structurent la société civile et irriguent le pouvoir princier, le pouvoir légiférant et l'administration.

Du système hégélien de l'État on peut dire à la fois qu'il est d'esprit libéral et qu'il assène une critique radicale au libéralisme du type Constant, car ce dernier reconduit le face-à-face de l'individu et de l'État et traduit malaisément l'intégration des intérêts particuliers dans l'intérêt général ; il suffit de se reporter à la page auparavant citée où Constant définissait l'alchimie de la représentation : « La nécessité finit toujours par réunir [les députés] dans une transaction commune, et plus les choix ont été sectionnaires, plus la représentation atteint son but général[13]. » Ce libéralisme soucieux de la particularité – du « patriotisme de localités », comme dit également Constant – ne peut proposer, en fin de compte, que la « transaction » comme règle d'unification. De même, Sieyès écrivait en 1789 : « L'intérêt général n'est rien s'il n'est pas l'intérêt de quelqu'un ; il est celui des intérêts particuliers qui se trouve commun au plus grand nombre de votants [...] ; modifiés, épurés par leurs efforts réciproques, ils finissent par se concilier, pour se fondre en un seul avis[14]. » La nécessité de la conciliation finissant par l'emporter, le conflit terminé de guerre lasse, tel est le modèle – optimiste et insuffisant – que le libéralisme de l'individualité doit adopter, faute de mieux : on touche ici au problème de la « représentation des intérêts », maintes

11. On reviendra sur l'importance de la corporation, « secret du patriotisme des citoyens ». Signalons dès à présent le livre utile de J.-C. Pinson, *Hegel, le droit et le libéralisme*, PUF, 1989.

12. Cf. chap. précédent. En matière d'instruction publique, cependant, Hegel, défenseur d'une prérogative de l'État, considère (notamment à la lumière de l'expérience française) que le conflit avec les familles est inévitable : voir surtout § 239 add. et, pour le rapport avec les Églises, § 270 ainsi que l'addition à ce paragraphe capital, dans les *Principes de la philosophie du droit*.

13. B. Constant, *De la liberté chez les modernes* (éd. Gauchet), p. 306.

14. *Vues sur les moyens d'exécution dont les représentants de la France pourront disposer en 1789*, s.l., 1789, p. 91. On trouve des formules voisines dans les manuscrits de Sieyès : « L'intérêt général ne peut se déterminer que par le choc des intérêts particuliers, qui se heurtant, se mêlant, se confondant, finissent par donner le résultat de la réunion du plus grand nombre » (cit. *in* S. Mannoni, *Une et indivisible*, éd. cit., t. I, pp. 240-241).

fois évoqué, abandonné et réévoqué dans le débat français. On l'étudiera dans la période 1870-1875, où il revient en force contre le suffrage universel.

Le modèle hégélien se veut la réconciliation, quelque peu provocatrice, des apories de ce libéralisme. Il affirme triomphalement : « Le principe des États modernes a cette force et cette profondeur prodigieuses de permettre au principe de la subjectivité de s'accomplir au point de devenir l'extrême autonome de la particularité personnelle et de le ramener en même temps dans l'unité substantielle » qui est celle de l'État. Ce modèle est éclairant : on verra que certains auteurs et protagonistes du débat politique le citent directement ou en retrouvent des aspects. Il faut cependant préciser que ce beau modèle de réconciliation entre ce qui est la liberté subjective moderne et ce qui fut la totalité harmonieuse des anciens (la Cité) suppose résolu l'*autre problème* des modernes. Tout tient chez Hegel à la classe administrative, le corps des fonctionnaires porteur de l'universel : par son impartialité, cette classe universelle (*der allgemeine Stand*) assure la médiation capitale entre la société et le prince, et même entre le prince et les deux chambres (propriétaires fonciers, représentants de la société civile)[15]. Du coup, l'opinion publique (qui « mérite autant d'être appréciée que méprisée ») n'est pas ce qui instruit les agents de l'État mais ce qui s'instruit à leur école[16]. Lorsque « s'exprime avec compétence le point de vue correct sur les intérêts de l'État » (§ 319), l'opinion et donc la presse... n'ont plus rien à dire d'important.

Par son administration formée avec efficacité, recrutée par concours, l'État hégélien résout trop aisément ce qui est en question – car si l'État sait clairement le rationnel, la liberté individuelle ne peut plus que consentir à l'évidence du vrai ; face à la subjectivité fondée en raison du monarque, il n'y a plus que l'expression « arbitraire » de l'opinion (§ 320 add.) ou la vanité du Moi. Mais c'est bien ce que finissait par croire Guizot (cf. le chap. II précédent) et qui rendit si contestable le libéralisme d'esprit élitaire. C'est aussi ce qui nourrit de nos jours les griefs exprimés à l'égard de la classe administrative dont la vocation d'État (ENA) est jugée de plus en plus en divorce avec les besoins de la société et les fluctuations de la vitalité démocratique[17].

Lorsque le philosophe Éric Weil résume la question du droit de l'État

---

15. Sur la classe universelle : *Principes de la philosophie du droit*, § 303, p. 310 et note de R. Derathé, n° 47, p. 299, avec la citation d'Éric Weil : « N'étant politiquement rien, le fonctionnariat est tout dans l'organisation de l'État. »

16. « Elle apprendra de cette façon [grâce à la publicité] à mieux connaître et donc à apprécier les occupations, les talents, les vertus, les qualités des autorités et des fonctionnaires de l'État » (§ 315 des *Principes de la philosophie du droit*, p. 317). Voir aussi, sur l'opinion publique, § 317 et 318.

17. L'autre symptôme observable dans la vie politique française est l'inflation de l'adjectif « citoyen » (qui signifiait « populaire » au XIXe siècle), appliqué à tort et à

face au jugement individuel, on croirait entendre Guizot blâmant Benjamin Constant pour avoir « fait sa cour à la presse [18] » : « L'État et toute autre organisation ne peuvent s'en remettre à la conscience morale, à la libre appréciation, à la conviction personnelle : ce n'est pas parce que la construction philosophique en pâtirait, c'est parce qu'autrement il n'y aurait plus d'État. La liberté ne peut être énoncée que de l'État ; c'est lui qui est ou n'est pas réalisation de la liberté. » On ne saurait mieux dire. La prétention à ce que la liberté ne puisse être énoncée « que de l'État » fait souvenir de la position tenue par Guizot en 1844, et du grief que formulait Montalembert : une liberté de concession.

On aura compris que Hegel n'est pas considéré ici comme la résolution philosophique des problèmes de la liberté chez les modernes, mais au titre d'un diagnostic, pertinent, sur les conflits qui traversent le libéralisme, et aussi comme un modèle interprétatif éclairant. Les deux enjeux concrets qu'il faut privilégier dans ce chapitre sont la *décentralisation* et la *représentation des intérêts* ; le premier thème revendicatif s'exerce à l'encontre de l'état de fait existant (la centralisation héritée de Napoléon), le second à l'encontre du suffrage censitaire et, surtout, du suffrage universel.

En ces domaines, on peut trouver deux courants qui ont pensé les problèmes de façon élaborée, sinon même systématique : les doctrinaires, qui veulent reconstituer une élite dirigeante par en haut, et y appliquent une idée limitative de la décentralisation, les légitimistes de la IIe République ou des débuts de la IIIe République, qui tentent de refaire des communautés de base et pour cela portent le plus loin le projet décentralisateur, tout en envisageant une organisation autre du suffrage. Les raisons de l'échec sont tout aussi intéressantes que les finalités poursuivies, car ces visions conflictuelles ont pour commun dénominateur l'impossible production du *lien social* dans la France postrévolutionnaire. Quelles ressources tirer de l'intérêt particulier ? Cette question est familière à la philosophie anglaise, de Locke à John Stuart Mill, mais elle est l'une des plus malaisées pour la conception française de la liberté ; car cette dernière a nombre de raisons et d'incitations à poser la question dans un sens opposé : comment *se garder* de l'intérêt particulier, vecteur ou créateur du privilège ?

---

travers – ainsi « l'entreprise citoyenne » – dès lors que l'on prétend concilier l'universalité et le primat du politique, caractéristiques de la vision française de la citoyenneté, avec les besoins sociaux de coopération ou de discipline. Cette inflation sémantique est symptomatique d'un lien social devenu nébuleux.

18. L'expression est utilisée dans le portrait acide fait dans les Mémoires de Guizot. La citation d'É. Weil provient du livre *Hegel et l'État*, Vrin, 1950, p. 53.

À LA RECHERCHE D'UNE ARISTOCRATIE : L'ANGLOPHILIE FRANÇAISE

« L'esprit français est de ne pas vouloir de supérieur. L'esprit anglais est de vouloir des inférieurs. »
TOCQUEVILLE, 1835.

« J'étais dès lors [1817], et je suis toujours resté depuis, novateur dans l'ordre, sans regret d'ancien passé, aspirant à l'avenir. *Pour l'avenir* : c'était la devise de mon esprit comme celle de ma famille. »
Victor de BROGLIE, *Souvenirs*.

« Nous n'avons plus ou nous n'avons point encore d'aristocratie, il nous faut la recevoir du temps. »
ROYER-COLLARD, 1816.

LA LIBERTÉ COMME DÉPÔT D'UN GROUPE SOCIAL

L'expérience historique montre que non seulement la liberté demande des institutions pour en organiser l'exercice et en protéger l'existence, mais aussi l'existence d'une *conviction* mise à son service. L'amour de la liberté n'est ni une tendance innée ni une disposition qui subsiste sans fléchissement dans l'esprit des peuples. Au XIXe siècle, la défense de la liberté comme conviction à fortifier va de pair avec la lancinante question de la classe dirigeante en formation. Les bouleversements de la Révolution, la tentative napoléonienne de stabilisation, le retour des Bourbons amènent à la préoccupation que Tocqueville formulera un peu plus tard dans *L'Ancien Régime et la Révolution* : trouver des capacités qui s'évadent de la « politique abstraite et littéraire ».

On connaît le contraste observé par Tocqueville dans la France prérévolutionnaire : « La France était depuis longtemps, parmi toutes les nations de l'Europe, la plus littéraire ; néanmoins les gens de lettres n'y avaient jamais montré l'esprit qu'ils y firent voir vers le milieu du XVIIIe siècle, ni occupé la place qu'ils y prirent ailleurs. [...] Ils n'étaient point mêlés journellement aux affaires, comme en Angleterre : jamais, au contraire, ils n'avaient vécu plus loin d'elles ; ils n'étaient revêtus d'aucune autorité quelconque et ne remplissaient aucune fonction publique dans une société déjà toute remplie de fonctionnaires[19]. » Ce divorce entre des fonctionnaires présents à tous les échelons et une minorité intellectuelle qui publie des livres et écrit dans des journaux se retrouve dans la France postrévolutionnaire de la Charte : la correspondance de Guizot et de Barante, après le tournant de 1820, en fait suffisamment état. L'idée exprimée par ces deux publicistes, qui ont tâté du gouvernement et de l'administration[20], est que la France manque d'un moyen d'appeler les nouvelles générations aux responsabilités ; c'est aussi le thème du livre de Guizot *Des moyens de gouvernement et d'opposition* (1821)[21]. Si la notion de légitimité (et de légitimation par le social) a été examinée précédemment[22], ce qui doit maintenant retenir l'attention c'est la notion d'*aristocratie* mise en avant par les doctrinaires, et notamment par Barante dans son livre, également de 1821 : *Des communes et de l'aristocratie*.

À l'heure où l'égalité civile devient une donnée irréversible de la constitution française, il est frappant de constater que la dénomination d'aristocratie comme lieu du mariage de la liberté avec l'administration locale remporte un grand succès. On a vu que le thème faisait l'objet d'une controverse par lettres entre Montalembert et Lacordaire ; mais c'est toute l'opinion libérale qui, regardant avec envie du côté de l'Angleterre, souhaiterait trouver un équivalent en France pour encadrer et stabiliser la montée démocratique. Les formules de Montesquieu n'ont jamais été aussi présentes : « Les familles aristocratiques doivent être peuple autant qu'il est possible. Plus une aristocratie approchera de la démocratie, plus elle sera parfaite » (*Esprit des lois*, II, 3).

L'aristocratie n'est pas la noblesse : c'est pour avoir confondu ces deux termes, estiment nombre de libéraux, que la France a préféré et préfère encore l'égalité à la liberté. La liberté aristocratique est cet esprit d'indépendance[23] qui trouve sa garantie dans un *enracinement social* :

19. *L'Ancien Régime et la Révolution*, liv. III, chap. I (Gallimard, Folio, publ. par J.-P. Mayer, 1967, p. 230).

20. Fils d'un préfet de Genève et amoureux un temps de Mme de Staël, Prosper de Barante a été lui-même préfet de Napoléon en Vendée (1809), puis préfet de Loire-Inférieure en 1813. Rallié aux Bourbons dès les Cent-Jours, il devient secrétaire général du ministre de l'Intérieur aux débuts de la seconde Restauration, et pair de 1819 à 1848 : son soutien continu à Guizot, y compris sous Juillet, le rend très représentatif de la ligne doctrinaire.

21. La même année 1821, de Nîmes où il retrouve des attaches familiales, Guizot décrit à Barante une situation d'attente : « Je me sens ici dans une atmosphère de désœuvrement qui lasse tous ceux qui y vivent ; je suis entouré de bon sens inutile, de forces sans emploi, de conversations sans but ; [...] il y a quelque chose d'inconcevablement faux et de souverainement déplaisant dans cette nullité obligée de toutes les influences réelles, dans cette déperdition universelle des forces vives » (lettre du 7 juillet 1821, in *Souvenirs du baron de Barante*, Calmann-Lévy, 1890-1901, t. II, pp. 493-494).

22. Cf. le chap. II, première partie.

23. Cf. au chapitre précédent l'indépendance de jugement assimilée à l'aristocratie par Montalembert. Il est intéressant de relire la liste des conditions que Burke, en

c'est là qu'apparaît le problème de la structure de la propriété en Angleterre, et le débat sur l'importance et les équivalents possibles de cette donnée.

Le modèle anglais, attractif et impossible

Tous ceux qui regardent vers l'Angleterre comme modèle du mariage entre tradition et individualisme, entre société commerciale et aristocratie terrienne savent que la transmission de la propriété (c'est-à-dire en France l'abolition du droit d'aînesse, des majorats et des substitutions) est la clef de l'avenir. Napoléon l'a exprimé avec quelque brutalité dans sa lettre de juin 1806 à Joseph, roi de Naples. Établissez le Code civil, dit-il à son frère, car il dissoudra les grandes maisons, sources de résistance au souverain : « Il ne reste plus que celles que vous érigez en fief[24]. » L'émiettement de la propriété est le meilleur moyen de supprimer ce que l'Angleterre a conservé : la liberté conçue comme multiplication de résistances à l'action unificatrice du pouvoir.

La première condition d'un esprit aristocratique de liberté est donc économique et sociale. On retrouve cette idée dans l'article « Libéralisme » rédigé, sous le Second Empire, par Nefftzer pour le dictionnaire de Block[25]. Citant lui aussi la lettre de Napoléon à Joseph, Nefftzer estime que la liberté de tester est une revendication fondée, tout en ajoutant que le risque, en France, est de fortifier l'Église par voie de donation ! Le partage égal « est beaucoup plus démocratique et répond aux règles d'une justice abstraite », mais « il est contraire à la liberté, il entame le principe de la propriété et l'autorité du père de famille ». À cette critique du Code Napoléon Nefftzer ajoute un développement très caractéristique de l'esprit libéral notabiliaire : pour garantir l'intérêt

---

Angleterre, énumère pour que l'on puisse parler d'une « véritable et naturelle aristocratie » : elles visent toutes à assurer à la fois une *hauteur de vues* qui fait l'esprit libéral et l'existence d'un intérêt qui n'est ni « séparé, ni séparable de l'État ». Ce texte, « Appel des whigs anciens aux whigs modernes » (p. 459, dans le recueil publ. par Ph. Raynaud chez « Pluriel »), est une référence importante pour Montalembert (et pour bien d'autres en France).

24. Lettre citée par Montalembert dans *De l'avenir politique de l'Angleterre*, Didier, 6e éd. 1860, note 1, p. 122. Napoléon, qui réduit considérablement les substitutions en France par le Code civil (art. 1048 et suiv.), va créer des majorats par ses décrets de 1806 et 1808 soit pour les nobles d'Empire, soit pour certains propriétaires : art. 896 du Code civil. L'institution de majorats nouveaux ne fut définitivement interdite que sous Louis-Philippe : loi du 12 mai 1835. Les substitutions, étendues sous la Restauration (loi du 17 mai 1826), sont abolies en 1849 (loi des 17 janvier-7 mai).

25. M. Block, *Dictionnaire général de la politique*, O. Lorenz, 2 vol., 1873-1874 (1re éd. 1863). Voir, ici, en appendice de notre ouvrage, le texte de Nefftzer. D'abord rédacteur chez Émile de Girardin à *La Presse* et fondateur du *Temps* en 1861, Nefftzer est un bon observateur du monde libéral.

général, il faut le faire s'exprimer à travers des intérêts particuliers satisfaits et stables qui exercent alors une mission de responsabilité collective. « Il importe à la chose publique que tout le monde n'ait pas toujours sa fortune à faire et qu'il y ait des situations personnelles indépendantes, fortes et stables, capables de tenir tête au pouvoir central. Les intérêts généraux devraient être aux mains de ceux qui n'ont plus à s'occuper de leur intérêt personnel. »

Telle était l'image reçue d'une aristocratie anglaise qui, loin de cacher sa richesse, la montrait au contraire avec fierté. Pratiquant la modernisation agricole mais investissant aussi dans le capitalisme mobilier, cette classe s'alliait à la bourgeoisie et faisait dire aux observateurs que « la langue anglaise n'a pas l'équivalent de ces mots si habituels à notre vieille noblesse, *mésalliance* et *parvenu*[26] ». De leur côté, Tocqueville et Montalembert relèvent que le mot « *gentleman* » est pratiquement intraduisible en français dans ce qu'il véhicule à la fois de statut social, de bonne éducation et d'esprit de service. Si l'aristocratie anglaise n'est pas la noblesse à la française, la question de la propriété, et singulièrement le droit d'aînesse, constitue néanmoins pour les esprits français ce *reliquat nobiliaire* que la Révolution a emporté. La tentative pour rétablir une inégalité en ce sens suscita en 1826, en France, une tempête extraordinaire (projet Peyronnet). Les libéraux sont donc partagés entre l'obligation (politiquement inévitable) de condamner le système révolu auquel voudraient revenir les ultras de la Restauration (que l'on va appeler légitimistes) et la tentation irrépressible d'inventer un équivalent de ce que connaissent les Anglais, de façon à former une classe gouvernante qui stabilise les effets de la Révolution et ralentisse les avancées de l'esprit démocratique.

Parmi les plus pénétrants et les plus nuancés sur l'Angleterre, l'écrit d'un jeune doctrinaire, Auguste de Staël, attire l'attention[27] : publié en 1825, l'ouvrage, qui veut montrer tout ce que ce pays a d'original, sera souvent exploité sans être cité. Sans doute est-ce dû au fait que ce fils de Mme de Staël est mort à trente-sept ans, deux ans après la parution du livre. La septième lettre, intitulée « Aristocratie et démocratie », est l'une des plus importantes, car elle illustre la *mixité des principes* qui caractérise l'Angleterre, au point que toute généralité formulée sur ce pays peut se voir opposer « une généralité toute contraire » (p. 145). Et

26. Article « Aristocratie » par l'économiste H. Baudrillart, *in* M. Block, *Dictionnaire*, éd. cit. L'observation vient du livre déjà cité de Montalembert, *De l'avenir politique de l'Angleterre*, d'abord paru en 1856. La même année, même observation chez Tocqueville, *L'Ancien Régime et la Révolution*.

27. A. de Staël-Holstein, *Lettres sur l'Angleterre*, Treuttel et Würtz, 1825. Il a édité les œuvres de Mme de Staël et de Necker, respectivement sa mère et son grand-père, et milité contre l'esclavage des noirs. Voir Benoît Yvert, « La pensée politique d'Auguste de Staël », *Annales Benjamin Constant*, n° 17, 1995, pp. 77-86.

l'on songe ici à Montesquieu disant que la république s'y dissimule sous le vêtement de la monarchie. Auguste de Staël écrit : « Division inégale des propriétés, primogéniture, substitutions, pairie héréditaire, influence électorale, distinction des rangs, prérogatives honorifiques, corporations privilégiées, partout se retrouve l'élément aristocratique. » Mais il ajoute aussitôt : « S'il est vrai de dire que l'aristocratie a de plus profondes racines en Angleterre que dans aucun autre pays du continent, il ne l'est pas moins d'affirmer que nulle part en Europe la démocratie n'est aussi réelle et aussi active[28]. » La démocratie que l'auteur a en tête, c'est avant tout celle de la commune auto-administrée, dont Tocqueville va ensuite chercher l'équivalent en Amérique. Pour Auguste de Staël comme pour ses proches Constant et Sismondi, la commune ainsi gérée est l'école du *patriotisme*[29] : « Chaque commune est un petit État démocratique ; [...] le mot de patriotisme cesse d'être une vaine abstraction ; il représente à chaque citoyen non plus une idée vague ou une gloriole nationale, mais l'image vivante des sentiments et des intérêts de toute sa vie » (p. 153 et 154). Le lien vivant qui relie la commune du *self-government* aux grands débats du Parlement se trouve dans le corps, toujours ouvert et renouvelé, de l'aristocratie. La « passion de l'égalité » (notion que reprendra Tocqueville) semble à l'auteur étonnament absente, au sein d'une société où les degrés de richesse sont si disparates, mais où, également, l'ascension sociale se fait continuement de bas en haut, y compris par l'intégration à la classe la plus élevée (jusqu'à la nomination à la pairie) : « Ce calme respect de supériorités si exorbitantes, uni à un sentiment énergique de liberté et à un désir actif d'améliorer sa propre condition, c'est là le miracle de l'ordre social » (p. 173).

Combattant les idées passéistes de son temps, Auguste de Staël met en garde ceux qui voudraient créer artificiellement en France des intérêts propriétaires analogues à la *gentry* anglaise : seule la concentration capitaliste peut réunir les propriétés aujourd'hui divisées ; il raille « ceux dont le projet favori serait de couvrir la France de petits majorats bourgeois, comme si l'aristocratie se faisait à la main et comme si elle pouvait naître d'autres éléments que du temps, des mœurs et du libre développement des forces individuelles » (p. 82)[30]. Il est sur ce point d'accord

---

28. *Lettres sur l'Angleterre*, p. 152. Dans ses Mémoires, Guizot écrira : « En Angleterre, l'aristocratie gouverne et la démocratie domine » (cf. P. Rosanvallon, *Le Moment Guizot*, p. 111 et tout le chapitre sur « La nouvelle aristocratie »). De même Rémusat, observateur en 1852 d'un meeting électoral anglais : « Qui sait si la société anglaise n'est pas toutes les sociétés à la fois ? » (*L'Angleterre au XVIIIe siècle*, Didier, 1856, t. I, p. 42). Il rend hommage à Auguste de Staël (p. 30) pour cette idée.

29. Cependant, Constant est hostile à l'aristocratie anglaise (cf. *infra*).

30. Cf. le souvenir rappelé par Carné sur l'ultra de la restauration Cottu : il « voulait que des girouettes placées au sommet de la *manse électorale* la désignassent au respect de toute la contrée voisine. C'était à qui proposerait sa recette pour faire pousser des

avec son ami Barante[31] qui, s'il appelle à une aristocratie de service, ne croit pas à sa genèse par un volontarisme législatif : « En Angleterre, écrivait Barante, la puissance des capitaux est venue presque sans intervalle succéder à la puissance territoriale de la féodalité et se placer dans les mêmes mains. [...] Il en a été économiquement parlant comme politiquement ; l'aristocratie de la civilisation nouvelle est dérivée sans secousse et sans interruption de l'aristocratie de la civilisation féodale[32]. »

Toute la difficulté, sinon la contradiction des doctrinaires, est dans ce refus d'une incitation législative que, ne pouvant développer au plan économique et social, ils vont cependant tenter d'exercer dans un registre purement politique (lois électorales, découpage administratif). D'ailleurs, Auguste de Staël nie tout déterminisme socio-économique simpliste : les fervents du majorat oublient que, « dans tous les pays du continent où [ce système] a été introduit, la nullité intellectuelle de la noblesse est devenue proverbiale » (pp. 113-114) ; par la négative, l'exemple de l'Italie ou de l'Espagne, mais aussi de la France d'Ancien Régime, montrent qu'il y a des facteurs moraux à prendre en compte, lesquels détournent la noblesse anglaise de l'état végétatif, solidifié par la morgue de caste : « C'est que cette aristocratie, loin d'être exclusive comme sur le continent, est toujours accessible à quiconque devient digne d'y prendre place ; c'est qu'elle n'est pas soustraite au principe fécond de la concurrence ; c'est que l'opinion publique d'un peuple libre est plus puissante pour stimuler les facultés, que les privilèges de naissance et de fortune ne sont habiles à les éteindre » (pp. 117-118). Désireuse de remplir un rôle tant local que national, manipulant les élections[33] mais sachant patronner les grandes individualités[34], prenant le parti des réformes électorales ou sociales lorsque le danger presse, l'aristocratie anglaise sait faire admettre que l'intérêt bien entendu des classes subordonnées s'incorpore à ses intérêts à elle. De plus, le choix entre whigs et tories,

aristocrates comme des champignons » (*Études sur l'histoire du gouvernement représentatif en France de 1789 à 1848*, Didier, 1855, t. II, p. 88).

31. Lequel le félicite pour les *Lettres sur l'Angleterre* : « Votre discussion sur la division des propriétés et le partage des successions est excellente » (in *Souvenirs du baron de Barante*, t. III, p. 262).

32. Barante, *Des communes et de l'aristocratie*, Ladvocat, 1821 (nous citons d'après la 3e éd.). L'ouvrage aura vraiment du succès en 1829, lors de la discussion du projet décentralisateur de Martignac.

33. Auguste de Staël déplore que 150 familles disposent à peu près totalement d'un corps électoral de 8 000 personnes (p. 293). Dans son écrit sur le *Reform bill*, Hegel donne sensiblement la même estimation.

34. À la différence de l'Amérique, le patronage aristocratique donne aux personnalités brillantes une ascension politique que la règle majoritaire tendrait à contrarier : cette observation faite par Auguste de Staël (pp. 296-297) sera souvent reprise. Cf. par exemple l'article cité de Baudrillart sur l'aristocratie (*Dictionnaire* de Block) : « Le père de sir Robert Peel, simple filateur et faisant souche aristocratique ; Macaulay, le grand historien, recevant le titre de *lord*, sont les symboles de cette libéralité intelligente. »

le bipartisme clairement affirmé joue un rôle intégrateur pour le conflit politique.

Mais en fin de compte, dira-t-on, de quelle portée peut être cette référence si en Angleterre le pouvoir de la classe dirigeante est davantage le produit de l'histoire que de la volonté du législateur ? On voit bien chez Auguste de Staël la formulation du projet doctrinaire de souveraineté de la raison (il emploie l'expression), mais les moyens font défaut : il ne peut qu'inviter à l'apparition d'une élite réformatrice. Et, comme chez Guizot, il s'agit de refréner la conception démocratique de la représentation :

« N'oublions pas ici une remarque essentielle ; c'est que les meilleurs champions de la cause du peuple, les véritables interprètes de ses sentiments, ce ne sont pas des députés sortis de son sein, mais des hommes qui, indépendants par leur fortune et par leur position sociale, se sentent animés d'une ardeur généreuse pour la défense des droits du faible et d'une vive sympathie pour les souffrances du pauvre » (pp. 298-299).

Citant les hommes qui, au sein du Parlement, défendent les journaliers ou les ramoneurs, Auguste de Staël ne conçoit pas l'entrée des masses dans la politique : « Un député pris dans les rangs inférieurs de la société aurait-il la même force, lors même qu'il serait porté à la Chambre par l'élection la plus libre ? Non sans doute. »

Cette conception de la liberté à l'anglaise ne laisse pas, en définitive, de s'enfermer dans le cadre qui a d'abord été proposé à titre simplement comparatif. La prémisse même contient une vision de la liberté qui est de type aristocratique, c'est-à-dire où la souveraineté ne modèle pas les droits mais en récapitule empiriquement les données et particularités, léguées par une mémoire et des usages. Burke l'avait déjà exprimé : « vrais métaphysiquement mais faux moralement et politiquement », les droits de l'homme et du citoyen ne sont pas du même univers que les « droits des Anglais[35] ». Ce n'est même pas l'idée moderne de *représentation* qui s'exprime dans le système anglais – du moins avant la réforme de 1832 –, mais plutôt le partage du pouvoir entre anciens barons et bourgeois, la procédure électorale (à voix haute) ne venant qu'à titre de ratification des allégeances coutumières[36] : ce qui découle de (mais

35. Cf. Burke, *Réflexions sur la Révolution de France*, publ. par Ph. Raynaud, Hachette, « Pluriel », 1989, p. 78. Il se peut d'ailleurs que le fils de Mme de Staël se souvienne de la représentation virtuelle chez Burke, lorsqu'il écrit : « Ce qui importe au peuple, ce n'est pas d'être représenté dans telle ou telle proportion numérique, ou par des hommes plus ou moins rapprochés de la classe qui les choisit, mais c'est que sa voix soit entendue » (*Lettres sur l'Angleterre*, p. 300). Son grand-père Necker distinguait lui aussi vœu et volonté du peuple : c'est le vœu qu'il s'agit de représenter, car, dit Necker, « c'est dans leur vœu et non dans leur volonté que les nations sont constantes » (cf. H. Grange, *Les Idées de Necker*, pp. 267-269). Même idée chez Sismondi, lui-même lecteur de Necker.

36. Voir plus loin les regrets exprimés par J. Milsand, en 1874, quand l'Angleterre adopte le vote secret.

aussi renforce en retour) la fonction à la fois économique, administrative et politique tenue par une aristocratie qui incarne vraiment le pays, face à la Couronne. Le point a été remarqué par Guizot, à sa façon, dans le cours qu'il fit en 1820-1822 sur les origines de la représentation en Angleterre : nulle théorie n'a présidé au XIXe siècle à la formation du Parlement. « La politique alors n'avait ni tant de science, ni de telles prétentions. Elle a eu besoin d'appeler au centre de l'État, de faire intervenir dans certaines affaires publiques les hommes importants du pays, négociants, propriétaires ou autres. Elle n'a point songé qu'elle créait là un droit nouveau, un nouveau pouvoir[37]. » Aussi, comme il existait des cours de comté où les francs-tenanciers rendaient la justice, elles furent appelées de façon toute pragmatique à envoyer des députés ; de même pour les corporations des bourgs.

C'est de là – de cette situation dans laquelle le pouvoir électoral n'est qu'un pouvoir social de plus pour les influences locales – que Guizot tire son axiome : « Le droit dérive de la capacité et lui appartient[38]. »

BARANTE : UNE « ARISTOCRATIE » CANTONALE ET DÉPARTEMENTALE

Mais si enviable que pût paraître le cas anglais aux yeux de Guizot ou d'Auguste de Staël, il fallait en fin de compte reconnaître que la situation française en différait profondément. Comment donc envisager, en France, l'action réformatrice ? Barante admet l'intervention du législateur dans le cadre du découpage administratif. S'il prend pour axiome que « l'action du législateur est vaine toutes les fois qu'il fait autre chose que de constater et de régler ce qui est[39] », il l'applique avant tout à la liberté d'industrie, contre ceux qui voudraient revenir aux corporations et jurandes. Mais, pour ce qui regarde la décentralisation (très limitée) qu'il envisage, Barante la conçoit comme moyen de « constituer la société ». Il estime que « cette combinaison si favorable à la liberté qui consisterait à propager l'esprit de délibération et à confier une portion du pouvoir à une aristocratie réelle et librement reconnue par les citoyens n'a pas été essayée un seul jour » (p. 64). Il est vrai qu'il ne s'agit que « de laisser surgir du sol des supériorités effectives, pour les consacrer, les affermir et créer ainsi une hiérarchie libre et légitimée par son utilité » (p. 58). On semble retrouver l'ambiguïté, fréquente, du vocabulaire doctrinaire : « créer » une hiérarchie, mais en « laissant surgir ».

De quoi s'agit-il en fait ? De quelques mesures modestes dont, au

37. *Histoire des origines du gouvernement représentatif en Europe*, éd. cit., t. II, p. 221.
38. Guizot, *ibid.*, p. 227.
39. Barante, *Des communes et de l'aristocratie*, p. 117.

jugement d'un juriste, « Barante escompte des effets mirifiques[40] » : élection des conseils municipaux et généraux (mais non du maire), droit de voter les fonds et de contrôler les dépenses, choix du canton comme lieu de l'élection des conseillers généraux, de façon à faire apparaître trente à quarante citoyens comme personnalités notables dans chaque département. C'est en se fondant sur cet échelon du conseil général que Barante attend la formation d'une nouvelle couche dirigeante, « réunion des hommes éclairés et influents » (p. 179) qui, par une action descendante envers les cantons et les communes, exercera à la fois la tutelle et l'éducation ; l'expression et la confrontation des intérêts locaux prendra la place qu'occupent indûment les affrontements des partis légués par la Révolution et l'Empire : « L'éducation constitutionnelle des citoyens se fera bien mieux par la discussion des intérêts que par la controverse des opinions, et il y a plus de vraie liberté à défendre des centimes contre les abus ou les concussions, qu'à déclamer à vide contre le pouvoir » (p. 180).

Ayant ainsi formé leurs concitoyens à débattre de l'emploi des ressources, les conseillers pourront, grâce à leur expérience et à la confiance suscitée, devenir les députés de la Chambre[41]. Et c'est à eux, sans doute, qu'écherra la controverse des opinions. Selon une jolie expression de l'auteur, la « popularité de carrefour » (p. 156) ne sera plus nécessaire à des hommes qui, durant cinq ans, « se sont rendus recommandables par leur capacité dans l'administration communale, ont montré du zèle pour le bien public, ont rendu de bons offices à ce qui les entoure, ont acquis de la considération et de l'influence » : connus pour leurs services, ils n'ont plus besoin de créer un appel factice à l'opinion, et, en ce sens, ils sont bien « surgis du sol », selon l'expression déjà rencontrée.

On comprend que, dans le cadre de la Restauration où tout organisme local n'est qu'un appendice de l'administration centrale[42], Barante ait l'impression qu'une nouvelle société doit apparaître pour peu qu'on aide à l'accouchement. Il n'oppose pas les intérêts locaux au pouvoir central ; pour lui, « il s'agit de faire que les citoyens puissent exprimer leur opinion sur ce qui est *resté dans* le domaine des intérêts locaux » : tout part du pouvoir communal doté d'un rôle consultatif[43].

---

40. F. Burdeau, *Liberté, libertés locales chéries*, Cujas, 1983, p. 87. Cet ouvrage est très utile pour tous les débats sur la décentralisation, compte tenu, cependant, d'une hostilité marquée aux thèses libérales.

41. On songe au Sénat de Gambetta, « grand conseil des communes de France » (discours du 23 avril 1875).

42. C'est la continuation de l'esprit napoléonien (loi du 28 pluviôse an VIII due à Rœderer). Pour les débats sous la Restauration, voir le précieux ouvrage de Rudolf von Thadden, *La Centralisation contestée* (éd. cit.), et notamment pour ce qui concerne Barante, p. 179 et suiv.

43. Et le conseil général s'occupe lui aussi des intérêts locaux, sans pouvoir se prononcer sur les questions d'*intérêt national* (cf. Barante, p. 190 et suiv.). Cette prudence

Barante fait observer en quoi le desserrement du contrôle exercé par l'État central, l'atténuation du conflit entre le principe administratif et le principe représentatif pourraient être la source d'un renouvellement de la classe dirigeante, tandis que « si les supériorités destinées à protéger les masses populaires étaient de création ministérielle, elles n'auraient point l'indépendance qui leur est indispensable » (p. 153). S'il peut paraître surprenant que Barante emploie le terme d'« aristocratie », il annonce dans ce vocabulaire un phénomène comparable aux « couches nouvelles » dont parlera Gambetta vers la fin du siècle. Le problème est le même (faire apparaître une élite de pouvoir après une période dictatoriale), mais la différence considérable est que le suffrage universel aura eu, tout d'abord, à faire la preuve qu'il est une grande force conservatrice[44]. On ne parlera plus alors d'aristocratie, tandis qu'en 1821 Barante doit encore convaincre que le nouveau terme, le quasi-oxymore[45], est plausible, c'est-à-dire que les meilleurs qui ont fait leurs preuves localement sont aussi les meilleurs au plan national, que la *minorité* peut porter les intérêts du tout : élus par les citoyens, au lieu d'être choisis par les ministres, « ces aristocrates seront condamnés à la condition salutaire et morale d'exister pour les intérêts généraux ». Refaire une aristocratie de service à l'anglaise supposait dans cette perspective le libre jeu du développement économique et l'action d'un réformisme très prudent qui, sans aller jusqu'à la décentralisation, introduisît le principe représentatif dans l'ordre administratif : Juillet allait y pourvoir.

Le débat de 1826 sur le droit d'aînesse

Le débat sur la nouvelle aristocratie n'avait rien d'académique : non seulement il va se poursuivre durant toute la Monarchie de Juillet, face à de nouvelles résistances, mais les ouvrages de Barante en 1821 et d'Auguste de Staël en 1825 répondaient à une conjoncture parlementaire agitée. Le premier fait suite à un projet de loi avorté sur les municipalités, tandis que le second précède de peu un autre projet de loi (Peyronnet), présenté à la Chambre des pairs, et qui souleva des passions dans tout le pays : le ministère Villèle voudrait établir un certain retour au droit

---

distingue Barante, et l'esprit doctrinaire, de la pensée légitimiste qui rêve souvent de restaurer les provinces. Dans l'étude attachante qu'il consacre en 1857 à Fénelon, Barante blâme ce dernier de n'avoir pas limité *préventivement* le pouvoir des états généraux, appelés à se réunir tous les trois ans : « Il ne songeait pas qu'ayant à traiter des intérêts généraux, leurs pensées et leurs opinions se porteraient non plus sur l'administration, mais sur le gouvernement » (« De la politique de Fénelon », *in* Barante, *Études littéraires et historiques*, éd. cit., t. I, p. 181).

44. Contrairement aux craintes du personnel légitimiste de 1871, dont on verra un bon exemple avec Charles de Lacombe (représentation des intérêts).

45. « Nouvelle aristocratie », « aristocratie ouverte ».

d'aînesse et étendre le degré des substitutions admises par le Code civil. Encore une fois, c'est tout le sens de 1789 qui paraît en question.

L'intérêt de la discussion conduite à la Chambre des pairs (11 mars-8 avril 1826) réside à la fois dans le but affiché par le gouvernement et dans la contre-offensive que mène la mouvance doctrinaire (Barante, Broglie, Molé, Pasquier). Cette dernière doit à la fois expliquer qu'il y a une mauvaise aristocratie, les « majorats bourgeois » qu'évoquait déjà Auguste de Staël, et une bonne aristocratie, qu'elle appelle de ses vœux. La réplique véhémente et brillante donnée par le duc de Broglie (le 4 avril)[46] est particulièrement éclairante sur ce que l'on peut appeler le « phantasme ultra » et sur l'espérance des futurs orléanistes.

De Broglie : la démolition en règle du projet Peyronnet

Officiellement, le projet de loi devait obvier à la division des propriétés foncières, dans l'idée qu'au rythme des changements en cours il y aurait bientôt disette d'éligibles et d'électeurs censitaires, et que la monarchie se trouverait sapée par la base : c'est la préoccupation que montre le discours d'ouverture de la session, prononcé par Charles X[47]. Rétablissant le privilège de primogéniture et celui de masculinité, la loi s'appliquait à un tout petit groupe social, acquittant 300 francs d'impôt foncier[48]. Elle avait pour but de rendre « déchiffrable » l'ordre social, de sorte que ceux qui participeraient à l'avenir à la vie politique le feraient en vertu d'un statut juridique et économique privilégié. L'intérêt terrien, matériellement constitué, juridiquement codifié, devenait l'opérateur politique élu par le législateur : selon les termes du père de Montalembert, il fallait une loi de succession compatible avec la monarchie constitutionnelle. Évoquant l'œuvre des hommes de la Révolution et de l'Empire, le baron de Montalembert affirmait : « Ce code fait une guerre à mort à la famille ; [...] leur loi finira par convertir la France, pour ainsi dire, en une vaste garenne où chaque individu aura un réduit d'où il ne sortira que pour se procurer une misérable existence. Ce code, enfin, n'établit que l'égalité de la misère[49]. » L'orateur exprime une hantise de

46. De Broglie, *Écrits et discours*, t. II, pp. 181-241. Un bon résumé de la discussion se trouve dans Vaulabelle, *Histoire des deux Restaurations*, Garnier, éd. en 10 vol., 1874, t. IX, pp. 14-30.

47. « La législation doit pourvoir par des améliorations successives à tous les besoins de la société. Le morcellement progressif de la propriété foncière, essentiellement contraire au principe monarchique, affaiblirait les garanties que la Charte donne à mon trône et à mes sujets » (*in* A. Lepage, *Les Discours du trône depuis 1814 jusqu'à nos jours*, Librairie des auteurs, 1867 [date erronée], p. 28).

48. Selon de Broglie qui présente des études chiffrées et détaillées : 80 000 familles sur 6 millions, moins de 1 % du territoire.

49. Résumé par Vaulabelle. Discours complet in *Archives parlementaires*, 2e série, t. 46, pp. 519-524.

la paupérisation des grandes familles que l'on retrouve souvent chez les légitimistes (avec le sentiment qu'une telle situation conduit à la république ou au despotisme d'un seul).

Trente ans après, son fils exprimera la même vision, réactivée, une fois de plus, par l'admiration pour l'Angleterre : « La stabilité des biens fonciers garantie par le droit de tester librement est le palladium de la société anglaise, le double boulevard qui l'a défendue jusqu'à présent contre l'omnipotence monarchique et contre les envahissements de la démagogie. Grâce à cette institution, le respect de soi s'allie au respect des ancêtres sous l'abri du toit paternel[50]. »

Faisant écho à la « garenne » dont parlait son père, Montalembert vante « l'esprit de liberté [...] dans ce sol qui n'a pas, comme ailleurs, perdu en quelque sorte la qualité d'immeuble pour devenir une terre inanimée, une poussière indifférente, possession éphémère d'une génération ou deux, sans liens avec le passé, sans intérêt dans l'avenir, sorte de monnaie un peu plus encombrante que l'autre, en attendant que les cédules hypothécaires et les nouvelles combinaisons du crédit l'aient transformée en valeur au porteur ». Opposition entre la terre qui assagit[51] et le capital mobilier qui circule sans nom et sans âme : l'option conservatrice pour une « liberté » singulièrement autoritaire a de beaux jours devant elle en France...

En tout cas, dans cette idéologie, les choses sont simples : à chaque intérêt économique répond une situation politique. Selon le baron de Montalembert, il y a deux classes en 1826, « dont l'une, livrée au commerce, à l'industrie, au travail manuel, penche vers les idées de la République, tandis que l'autre, en possession des places, des emplois, des dignités, se laisse entraîner vers les principes du pouvoir absolu ». La tâche est tout aussi simple à énoncer : il faut créer un troisième groupe. « La forme de notre gouvernement exige qu'il y ait une classe intermédiaire, que j'appellerai *classe politique* ; et c'est cette classe que le projet de loi, en arrêtant le morcellement des terres et en reconstituant le patrimoine des familles, est destiné à fonder et à maintenir. »

Bien que le projet de loi contînt en réalité des potentialités contraires à l'intention des auteurs[52], c'est son principe même et sa visée politique que combat de Broglie : il s'agit, dit-il, de « refaire la société *a priori* » ; « ce qu'on veut, c'est créer une aristocratie intermédiaire, une sorte de noblesse au petit pied, qui tienne le milieu entre la Chambre des pairs et le peuple[53] », et ce par droit de naissance, indépendamment du mérite, du travail et des aptitudes personnelles. Bref, « l'*inégalité des conditions*

50. *De l'avenir politique de l'Angleterre*, éd. cit., pp. 122-123.
51. Faut-il dire « qui ne ment pas » ?
52. Il risquait d'aggraver le morcellement, comme le montre de Broglie avec précision. Cf. aussi Vaulabelle, *loc. cit.*, p. 18.
53. De Broglie, *Écrits et discours*, t. II, p. 225.

par amour pour elle-même » : terme dont Tocqueville fera ensuite l'usage que l'on sait. Outre le principe, c'est la démarche et son point d'application que conteste de Broglie : il n'est pas vrai que la Révolution ait tout balayé, « nous ne manquons point en France d'hommes indépendants par leur fortune et par leur position ; il en existe dans nos départements, il en existe dans nos arrondissements » (*ibid.*, p. 192), la réforme communale les fera apparaître. Ici, l'orateur se souvient des thèses de Barante, d'ailleurs intervenu précédemment dans le débat[54]. Il y fait explicitement référence à propos de la croyance dans la toute-puissance des lois : « Est-ce que nous nous figurons par hasard que nous allons changer, à l'aide de trois articles de la loi, le mode de culture d'un royaume comme la France, et les habitudes de quinze millions d'individus ? » Car la propriété, considérée en elle-même, indépendamment des capitaux, ne signifie rien : la grande propriété oisive n'est pas supérieure à une terre qui est de taille moyenne mais exploitée selon des techniques, des machines et un savoir modernes. De Broglie n'a pas de peine à montrer que, soumises au même régime juridique, l'Angleterre et l'Irlande ont des résultats opposés parce que le mode de travail, le régime de fermage et l'esprit général diffèrent.

La conclusion s'impose : il est absurde de vouloir sauver la monarchie constitutionnelle par ces moyens. Les intérêts que l'on veut privilégier ne protègent pas la *liberté*, ils la détruisent en la corsetant : on voudrait « inféoder, en quelque sorte, de mâle en mâle, les titres d'éligibles et d'électeurs », on voudrait « créer une corporation d'hommes qui, débarrassés par la loi du soin des affaires privées, débarrassent à leur tour le gros de la nation du soin des affaires publiques, et ne lui laissent d'autre soin que d'assister à leurs débats et de les voir se disputer le gouvernement[55] ».

L'aristocratie véritable selon Victor de Broglie

Cependant, on connaît la puissance de l'argument anglophile : comment éviter d'avoir à y répondre ? C'est ici que l'orateur doctrinaire se montre aussi embarrassé que son beau-frère Auguste de Staël. Il lui faut reconnaître que l'aristocratie anglaise existe par ce qu'il condamne[56]. « Et pourtant, [...] l'aristocratie anglaise honore l'humanité », car, « associée de tout temps aux intérêts du peuple, elle n'a jamais cessé de revendiquer les droits du moindre citoyen, aussi courageusement que les

54. Le 30 mars 1826 (*Archives parlementaires*, t. 46, pp. 513-519).

55. De Broglie, *Écrits et discours*, p. 224.

56. De Broglie décrit le droit de primogéniture anglais « plus dur, plus injuste cent fois que ce que la loi actuelle ne nous le propose », l'obligation scandaleuse de distribuer les postes ecclésiastiques, les charges militaires, les emplois coloniaux, les sinécures diverses aux frères puînés des grandes familles.

siens propres ». Il y a donc un miracle anglais, comme l'on dit qu'il y a eu un « miracle grec » – ou, selon les propres termes du duc, « les voies de Dieu sont impénétrables » (p. 237). Cet étrange aveu, cette objurgation de ne pas « se livrer aux mêmes désordres afin de fournir à Dieu l'occasion d'un nouveau miracle » confirment combien il est difficile, pour toute l'époque, d'échapper à une référence qui fascine l'esprit libéral plus qu'elle ne l'inspire[57].

En Angleterre, « la distinction des rangs est conservée avec une exactitude pointilleuse et pédantesque » : cela est impressionnant, du point de vue de l'ordre social, mais malsain. La France doit donc procéder autrement : elle favorisera « cette *aristocratie naturelle et mobile* qui se compose de toutes les supériorités existantes », au lieu de la « seconde aristocratie », proposée par le gouvernement, « fixe, étroite, positive, investie de privilèges purement personnels » (p. 232). Ici apparaît donc le programme doctrinaire que les lois municipales et électorales de Juillet tenteront de mettre en musique : une aristocratie (c'est-à-dire une élite gouvernante), mais « naturelle », car issue du mouvement économique et par là « mobile ». Cette classe ouverte plongera ses racines dans l'industrie et le commerce, créera ainsi des *capitaux* utiles pour la grande propriété foncière et la grande culture. Il faut donc rassurer les membres de cette classe capitaliste : « Au lieu de les nommer démocrates, républicains, ce qui dans le langage du jour veut dire révolutionnaires ou carbonari, protégeons-les [...] par la considération, par la liberté, par la sécurité » (p. 207). Le choix est à l'opposé de ce que proposait le père de Montalembert.

Il ne s'agit donc pas tant de légiférer que de *laisser faire*, en établissant par la loi le cadre nécessaire au mouvement du capital : « Puisqu'il y a de l'avantage à réaliser les capitaux mobiliers en fonds de terre, soyons sûrs que les capitaux prendront cette route [...] ; du reste, laissons faire, laissons passer, laissons vendre, laissons acheter ; les intérêts privés nous répondent du reste » (p. 208). Souvent discrète sur ses fondements économiques et sociaux[58], la conception doctrinaire montre ici des choix fort clairs. Elle se veut la protectrice intelligente de la bourgeoisie, dont la vertu spécifique est d'être « naturelle » ou, comme l'écrivait Barante, promise à « sortir du sol ». Produire par le marché l'universalisation des

57. De son gendre, Mme de Staël disait qu'il « est vraiment le seul Anglais en France » (lettre du 22 septembre 1815, à Lady Davy, *in* Comtesse Jean de Pange, *Auguste-Guillaume Schlegel et Madame de Staël*, Éditions Albert, 1938, p. 543).

58. Sous Juillet, Rossi est réputé pour son *Cours d'économie politique* (1840-1841, 4e éd. en 1865 présentée par Joseph Garnier). Il vulgarise Malthus et Ricardo, mais valorise le rôle incitateur de l'État qu'il appelle « le conseil d'administration de la société civile ». Voir par exemple sa notice dans X. Treney, *Les Grands Économistes des XVIIIe et XIXe siècles*, Alcide Picard et Kaan, s. d., p. 261 et suiv. En matière de travail des enfants, Rossi s'est opposé, contre Montalembert, à une réglementation par voie législative : voir Montalembert, *Discours*, I, 195 (4 mars 1840).

intérêts particuliers, au lieu de circonscrire au moyen de privilèges les intérêts de quelques milliers de famille, telle est la ligne de conduite que fait apparaître le débat de 1826 : « Tant il est vrai que les classes élevées par position, par éducation, n'ont nul besoin pour se maintenir de se parquer, de se retrancher, de se pétrifier ! »

ARISTOCRATIE CONTRE LOIS DU MARCHÉ : LA CONTROVERSE CHEZ LES LIBÉRAUX

La grande difficulté créée par la référence anglaise est, et restera, son caractère boiteux, puisque les instigateurs de la comparaison doivent eux-mêmes avouer que le cas anglais n'est pas imitable. Comment une féodalité à privilèges est-elle devenue une classe ouverte : cette question intrigue le libéralisme français, convaincu depuis les *Considérations* de Mme de Staël que la stérilité de la noblesse française est une hypothèque majeure[59]. Mais pourquoi garder la notion d'aristocratie, si la comparaison ne peut suggérer ni un modèle ni même une inspiration partielle ? La logique du marché à laquelle en appelle Victor de Broglie ne peut procurer le *bénéfice* constaté dans l'exemple anglais : l'inclusion des intérêts, la hiérarchie de services et d'allégeances[60] entre classes populaires et classe terrienne et capitaliste. En Angleterre, le patronage, les *poor laws*, la réforme électorale, la justice administrative pratiquée par les propriétaires locaux (juges de paix) vont dans le sens du pouvoir intégrateur, et donc hiérarchique, d'une aristocratie, bien nommée de ce point de vue. C'est à ce titre que l'intérêt particulier s'affiche et se fait admettre[61]. Les doctrinaires puis l'orléanisme de Juillet vont tomber dans une contradiction, qu'ils voulaient éviter, mais que le terme malheureux de « nouvelle aristocratie » ou d'« aristocratie bourgeoise » rendait prévisible : se voir attribuer, par un effet en retour polémique, la constitution en classe dominante, qui suit son intérêt particulier et égoïste. C'est à l'Ancien Régime et au privilège – dont ils instruisaient pourtant le procès – qu'ils se trouvent renvoyés par les républicains et par les socialistes. Pour exemple d'apologie pour le moins périlleuse, on peut citer l'ouvrage en deux volumes

59. Montalembert exprime la même interrogation : « Certes, il n'y a point de problème historique plus digne de l'étude et de l'intérêt des érudits et des politiques : je le leur recommande » (*De l'avenir politique de l'Angleterre*, p. 103). Guizot consacre un essai à cette question : pourquoi la révolution d'Angleterre a-t-elle réussi ?

60. Un historien a parlé de « politique de déférence » : cf. D. C. Moore, *The Politics of deference. A study of the mid-nineteen century English political system*, Hassocks, Harvester Press, 1976.

61. Il y a bien entendu des résistances, que quelqu'un comme Benjamin Constant ne passe pas sous silence (cf. *infra*).

d'Édouard Alletz, entièrement consacré à glorifier le règne de la bourgeoisie[62].

Quant à l'idéalisation du système anglais, la critique vint de divers côtés. Sous le Second Empire, un juriste comme Maurice Block montre qu'il est inassimilable dans la tradition française d'égalité par l'État et par le pouvoir administratif : « Appliqué à la France, le système nous paraîtrait intolérable. Les juges de paix qui jouent un si grand rôle dans ce *self-government* sont des fonctionnaires non rétribués, nommés (en fait) à vie par le gouvernement [...], généralement choisis parmi les propriétaires riches ou du moins aisés[63]. » Indépendants par leur position financière, ces juges de paix qui sont à la fois juges, administrateurs et percepteurs ne sont pas élus : la liberté communale à l'anglaise est donc gérée par une sorte de chef naturel aux pouvoirs considérables, qui ne peut entrer dans le tableau du « gouvernement représentatif » à la française. La gratuité des fonctions deviendra aussi une revendication récurrente dans les projets légitimistes de décentralisation, mais peu transposable dans le cadre français. Même Victor de Broglie avait dû en convenir dans son discours de 1826 prononcé devant les pairs[64].

En définitive, devant la logique du marché, qui va dans le sens de la démocratisation et de l'individualisation des rapports humains, le thème de l'aristocratie à l'anglaise ne pouvait s'appuyer que sur la *fiction de la pairie*. Une fiction purement politique, à laquelle le régime de Juillet dut lui-même porter un coup fatal en 1831, sous la forme de l'abandon de l'hérédité. Avec tristesse, dans son exposé des motifs sur la pairie réformée, Casimir Périer observait : « Une indépendance constitutionnelle qu'on doit, en théorie, regarder comme protectrice de la liberté politique est confondue, dans l'imagination des peuples, avec l'ancienne aristocratie nobiliaire, oppressive de nos libertés civiles[65]. »

Les *Souvenirs* de Victor de Broglie sont éclairants sur cette conjoncture de 1831 où le gouvernement saborde à contrecœur l'hérédité de la

62. Alletz, *De la démocratie nouvelle, ou Des mœurs et de la puissance des classes moyennes en France*, Lequien, 1837, 2 vol. L'auteur vante « cet ordre qu'on a nommé le tiers état et qui, touchant à l'aristocratie par les lumières et les richesses, à la démocratie par la naissance et le nombre, est assez fort pour remplacer l'une et contenir l'autre » (préface, p. IX).

63. M. Block, *Dictionnaire de l'administration française*, Berger-Levrault, 1856. Nous citons d'après la 2e éd., 1877 (retirage 1881), article « Centralisation et décentralisation », p. 369.

64. « Tous les détails de l'administration sont dévolus à une vaste corporation de gentilshommes qui, sous le nom de juges de paix, de grands jurys, font tout, décident de tout, disposent de tout gratuitement, j'en conviens, mais aussi affranchis de tout contrôle, exempts de toute responsabilité positive » (*Écrits et discours*, II, 235).

65. Cf. Thureau-Dangin, *Histoire de la monarchie de Juillet*, II, 63. On verra que, quarante ans plus tard, le duc Albert de Broglie reprend le projet d'une représentation des élites : c'est le fameux Sénat orléaniste, qu'il baptise « Grand Conseil ». Cf. *infra* dans ce chapitre.

pairie. De Broglie accepte cette réforme mais espère voir ressusciter la continuité héréditaire sous une autre forme. Retenu à ce moment hors de la Chambre par le décès de sa fille Pauline, il envisageait de soutenir une autre proposition : le roi prendrait les pairs parmi les propriétaires, chefs de manufactures, du commerce et de la banque, ayant un revenu de 100 000 francs au moins. On aurait, écrit le mémorialiste, « une Chambre des pairs héréditaire en fait [...] parce que la grande fortune est, elle-même, naturellement héréditaire[66] ». Cette fois, de Broglie ne craint pas de reconnaître qu'il songeait à une élite très peu « mobile », où l'hérédité serait l'élément organisateur. Il l'avoue à l'encontre d'un député, Mosbourg, qui souhaitait des pairs *électifs*[67]. Son projet complet annonce celui que reprendra le fils : « Une pairie héréditaire en fait, une pairie perpétuellement recrutée par le choix royal dans l'aristocratie propriétaire du pays, sans préjudice des services rendus et de l'illustration personnelle. » Les services, le talent, la propriété, une élite perpétuellement régénérée : l'idée était apparue chez Mme de Staël dans l'ouvrage *Des circonstances*, elle est reprise par le gendre, elle va se confondre avec le rêve orléaniste. C'était l'équivalent de la pairie à l'anglaise, théoriquement adaptée aux conditions françaises, mais qui ne pouvait en fait s'enraciner dans un pays travaillé par le ferment égalitaire. Réciproquement, chez les républicains, l'idée de seconde Chambre restera longtemps associée à celle de la pairie. C'est l'argument premier de Gambetta contre l'existence d'un Sénat[68].

La notion de nouvelle aristocratie était probablement une erreur politique, au sujet de laquelle le libéralisme notabiliaire s'est entêté et déconsidéré[69]. Sur ce point aussi Benjamin Constant a pris assez vite ses distances : lorsque le projet Peyronnet passe devant la Chambre des députés[70], Constant repousse les références élogieuses à l'Angleterre.

---

66. *Souvenirs du feu duc de Broglie*, édités par son fils, Calmann-Lévy, 1886, t. IV, p. 313.

67. « Ce sera, disait de Mosbourg, au premier degré une aristocratie de richesse, qui rétablira, au second degré, l'aristocratie de naissance. C'était bien ainsi que je l'entendais. » De Broglie ne put soutenir son projet du fait du deuil qui le frappait mais aussi de la maladresse de Louis-Philippe qui, pour avoir une majorité, avait créé une fournée de 36 pairs. Le *Dictionnaire des parlementaires* écrit à tort sur de Broglie : « il vota pour le maintien de l'hérédité de la pairie » (notice Broglie). Même erreur dans le *Dictionnaire des contemporains* (éd. I à IV), due à la même plume (Vapereau).

68. « Vous voulez prendre au milieu de citoyens qui ne se distinguent ni par des privilèges de naissance ni par des privilèges de situation, une collection d'hommes en état d'exercer sur cette masse du suffrage universel un pouvoir de résistance, un frein ! Non, Messieurs, c'est une chimère » (*Discours*, III, 284, 28 février 1873).

69. Le libéralisme aristocratique de Chateaubriand partageait aussi ce rêve : voir le chap. XIV de la *Monarchie selon la Charte* (« Substitutions : qu'elles sont de l'essence de la pairie »). Chateaubriand prédit qu'on y viendra tôt ou tard : « Tel est le moyen de rétablir en France des familles aristocratiques, barrière et sauvegarde du trône. »

70. Amputé des majorats, c'est devenu un projet sur les substitutions. Voir l'intervention de Constant du 9 mai 1826, *Archives parlementaires*, t. 47, pp. 681-687.

Pour lui, du fait des soulèvements agraires et ouvriers et de sa justice de classe, l'Angleterre offre un spectacle peu enviable. De même, dans ses *Mélanges*, il ne peint pas l'Angleterre en rose. Outre les licenciements massifs (20 000 domestiques « mis sur le pavé presque au même jour dans la seule ville de Londres »), la révolte et les pillages, la sévérité de la justice, il souligne le poids *étouffant* de la classe dirigeante : « D'immenses propriétés réunies dans les mêmes mains ; des richesses colossales accumulées sur les mêmes têtes ; une clientèle nombreuse et fidèle, groupée autour de chaque propriétaire et lui conservant l'usage des droits politiques qu'elle semble n'avoir reçus constitutionnellement que pour en faire le sacrifice ; enfin, pour résultat de cette combinaison, une représentation nationale composée, d'une part, des salariés du gouvernement, et de l'autre, des élus de l'aristocratie : telle a été l'organisation de l'Angleterre jusqu'à ce jour[71]. »

Écrit en 1818, le texte de Constant constitue une remarquable analyse socio-politique du contre-coup des guerres napoléoniennes du côté anglais. La voie nouvelle choisie par la *gentry* consiste dans la hausse des baux à la campagne, la rupture des relations traditionnelles de patronage, le renvoi massif des domestiques : « Ils ont cru, et c'est une erreur dans laquelle l'aristocratie tombe toujours, ils ont cru qu'ils pouvaient s'affranchir des charges et garder le bénéfice. » La conséquence est qu'une grande partie du peuple est devenue ennemie de l'aristocratie. Celle-ci, au Parlement, ne se montre plus aussi ferme dans la défense des intérêts populaires. En 1826, Constant ajoute un post-scriptum pour l'édition des *Mélanges*, où il confirme son appréciation, en notant que l'émancipation des catholiques ajoute à la fragilisation de l'aristocratie anglaise[72].

Au total, on comprend pourquoi le libéralisme de Constant, admirateur du constitutionnalisme anglais, ne prône cependant pas l'idée d'une « nouvelle aristocratie » ; il se borne à l'éloge du marché et de la classe moyenne, point qui permet un accord limité avec Victor de Broglie[73]. Il a fait, dans le texte de 1818, une autocritique significative pour anglo-

71. « De la puissance de l'Angleterre durant la guerre et de sa détresse à la paix, jusqu'en 1818 », in *Mélanges de littérature et de politique*, Pichon et Didier, 1829, pp. 33-34.

72. Annonçant des troubles sociaux liés au morcellement de la propriété, Constant est proche de Tocqueville qui, voyageant une première fois en Angleterre en 1833, croit y percevoir les prémices de la révolution démocratique, avant de changer d'avis. L'ensemble de l'enquête est très riche : *Voyages en Angleterre, Irlande, Suisse et Algérie*, t. V-2 des Œuvres complètes (Gallimard, 1958). Tocqueville découvre littéralement la révolution industrielle, l'ascension de la classe moyenne, lors du second séjour, en 1835. Lui aussi avait été prisonnier du schéma faisant de l'aristocratie terrienne le nœud central du système social anglais. Voir l'ouvrage éclairant de Seymour Drescher, *Tocqueville and England*, Harvard University Press, 1964.

73. Comme de Broglie, dans le débat de 1826, Constant estime qu'entre les intérêts de l'industrie et ceux de l'agriculture, il y a « alliance, concours, coopération : il n'y a

philie excessive de sa part : il parle de ceux qui ont voulu « transporter ailleurs certaines institutions tenant aux privilèges et empruntées [...] de la constitution britannique. Je conviendrai même, de bonne foi, que je me suis pas toujours suffisamment préservé de cette erreur[74] ».

Le groupe de Coppet a donc hésité, lui aussi, sur l'ampleur des emprunts qui pouvaient être faits à l'Angleterre. La question se pose pour Sismondi. Dans sa seconde édition (1827) des *Nouveaux Principes d'économie politique*, Sismondi ajoute un appendice célèbre : il relève les effets de la récente crise économique (méventes, chômage, prolétarisation). « Quels sont donc les fruits de cette immense richesse accumulée ? [...] L'Angleterre, en oubliant les hommes pour les choses, n'a-t-elle pas sacrifié la fin aux moyens[75] ? » En même temps, Sismondi énonce ce qui lui paraît fort et original en Angleterre malgré l'arrogance de l'aristocratie : « Nulle part le pauvre, à côté d'une déférence qui nous étonne, ne conserve mieux au fond de l'âme la conscience de sa propre dignité. Dans aucun pays le sentiment de confiance dans la loi et de respect pour son autorité ne pénètre davantage toutes les classes ; dans aucun pays, le sentiment de commisération n'est plus général, ou les riches ne sont plus empressés de venir au secours de toutes les détresses ; dans aucun pays l'opinion publique n'est plus puissante » *(ibid.)*.

Quel éloge, décidément, de la part d'un des critiques les plus aigus de la dynamique capitaliste ! À Santarosa, Sismondi avait écrit : « Cette Angleterre est une source intarissable d'étonnements[76] », mais chez lui l'intérêt principal ne se porte pas sur l'aristocratie. D'ailleurs Sismondi, le seul auteur d'une théorie rationnelle de l'« aristocratie », ne parle quasiment pas de l'Angleterre dans l'essai consacré à cette question.

SISMONDI : DU BON USAGE DE L'ESPRIT DE CORPS

Il est très regrettable que Sismondi, théoricien de ce qu'il appelle « l'élément aristocratique » en tant que composante d'un ordre constitutionnel protecteur de la liberté, n'ait pas connu un plus grand renom[77] ;

point d'hostilité » (*Archives parlementaires*, *loc. cit.*, p. 683). Pour un éloge du dynamisme capitaliste, voir dans les *Mélanges* : « De la division des propriétés foncières » (repr. in *De la liberté chez les modernes*, p. 596 et suiv.).

74. Constant, *Mélanges*, p. 34.

75. Sur ce thème très sismondien, voir notre dernière partie consacrée aux philosophes. Nous citons d'après l'édition Jeheber, publ. par G. Sotiroff, Genève et Paris, 1951, t. I, p. 22.

76. Lettre du 1er novembre 1824, *Epistolario*, III, 14.

77. Redécouvert dans les années 1960-1970, il est peine mentionné chez André Jardin (*Histoire du libéralisme politique*) et absent du catalogue raisonné de Benoît Yvert (*Politique libérale*). Voir le portrait de Sismondi, finement tracé et riche en documents sur Coppet, donné par Schérer (*Nouvelles Études sur la littérature contemporaine*, Michel Lévy, 1865).

il est vraisemblablement l'inspirateur de l'idée de représentation des intérêts telle qu'on la trouvera chez Charles de Lacombe (cf. ci-dessous) et du Sénat des illustrations proposé par Albert de Broglie. Admirateur de Necker, ami de Constant et de Mme de Staël, il est à peu près le seul à avoir reconnu explicitement l'importance de l'esprit de corps, à avoir travaillé à son traitement à la fois rationnel et critique, au lieu de l'aborder allusivement ou encore de le déguiser et d'en ressentir quelque culpabilité. Mais c'est en même temps le défenseur des droits de l'individu, qui ne voit là nulle antinomie (contrairement à quelqu'un comme Constant). Dans ses *Études sur les constitutions des peuples libres*, il faut particulièrement prêter attention au 6e essai intitulé « De l'élément aristocratique dans les pays libres, ou du pouvoir conservateur[78] ».

Pour Sismondi, lecteur attentif d'Aristote, la perspective constitutionnelle ne consiste pas à construire sur la table rase mais à partir de l'ordre social tel qu'il est réalisé dans une société et une nation spécifiques, en évaluant le bien-fondé des institutions existantes, de façon à y introduire le degré de réforme le plus approprié possible. À cette constitution matérielle telle qu'elle existe, « le législateur ne doit toucher [...] qu'avec la lime, jamais la hache[79] ». Il ne s'agit pas de faire surgir une aristocratie du sol – pour reprendre les termes de Barante –, mais de donner une *typologie* des aristocraties là où elles existent et de se demander alors (comme chez Aristote ou Montesquieu) en quoi elles *peuvent* concourir à préserver la liberté commune. La racine de la formation des aristocraties se trouve dans une tendance anthropologique et sociologique dont on peut observer l'expression dans les armées ou chez les travailleurs manuels : l'*esprit de corps*, puissante incitation pour l'individu à se représenter à travers le corps auquel, par orgueil et par intérêt, il se sent appartenir et qu'il se doit de servir[80]. Comme tout phénomène examiné par le sage Sismondi, l'esprit de corps peut être une bonne ou une mauvaise chose : « Le moraliste philosophe, comme le législateur, seraient bien coupables si, après avoir reconnu les vertus, la constance, l'abandon de soi-même pour les autres, l'héroïsme que l'esprit de corps peut inspirer aux hommes, ils négligeaient d'en tirer parti pour l'avantage de toute la société » (p. 208). Et surtout pour le ou les groupes dirigeants,

78. Nous citons d'après l'édition Vervloet, à La Haye, 1836. Il y en eut une autre, même année, par Dumont, à Bruxelles. L'ouvrage est le premier volume d'un ensemble de trois sous le titre *Études sur les sciences sociales*. Sur Sismondi économiste, voir ici même notre troisième partie.

79. P. 22 de l'introduction (placée en tête de ce volume) aux *Études sur les sciences sociales*.

80. Ainsi, le soldat peut être pénétré de l'honneur du régiment, mis en avant par le général d'armée, alors même que, quelques mois auparavant, immergé dans les tâches d'intérêt personnel, il s'irritait de la venue de la circoncription (p. 207). Alain développera souvent ces identifications, productrices de ce qu'il appellera « une opinion qui n'est de personne ».

ces « classes élevées desquelles la nation peut attendre ou bien plus de bien ou bien plus de mal ».

Comme le disait Montesquieu, il y a naturellement dans toute société des citoyens que leurs qualités ou leurs avantages placent en situation éminente, d'aristocratie naturelle ; ce sont, selon Sismondi, « l'aristocratie de naissance, celle de manières, celle de talents et celle de richesses ». Ces quatre aristocraties ont chacune leur *ethos*, leurs valeurs propres, qu'il faut bien connaître avant d'essayer d'instituer une « aristocratie constitutionnelle » qui devra être une forme *mixte*[81].

Dans l'aristocratie de naissance, l'individu est appelé à faire vivre à travers lui la lignée, l'« honneur de sa race ». Dans l'aristocratie de manières, on cultive un certain goût commun, souvent raffiné, une conduite qui verse vite dans l'affectation, dans la recherche du frivole ; alors que ce groupe suppose originellement « un sentiment d'égard pour les autres proportionné à celui qu'on exige pour soi-même », on constate que « cette aristocratie de manières s'est reproduite surtout avec des prétentions exclusives parmi les peuples chez qui la loi n'admet aucune distinction de naissance, et c'est là que les offenses qu'elle a infligées ont été le moins pardonnées » (p. 209). On trouve l'affirmation de l'*individualité libre* principalement dans l'aristocratie de talents et d'éducation ; mais, du coup, « l'aristocratie de l'esprit n'est jamais une puissance politique ». Sismondi considère que l'esprit de corps a été le plus faible dans les académies[82], et, jugeant sans doute d'après lui-même (qui fut toujours d'esprit très indépendant), il affirme que « les esprits d'un ordre supérieur ne craignent point de se mettre seuls en opposition avec le monde ». Reste la dernière classe, à laquelle Sismondi consacre un long développement, car, en théoricien de l'économie politique, il y a déjà consacré de nombreux travaux : il décrit la prolétarisation du paysan et la précarité de l'ouvrier d'industrie, corollaire d'un « pouvoir qui devient tous les jours plus grand dans la société ». Dans ces pages on entend déjà le propos de Marx : « Dans la froide et abstraite oppression de la richesse, il n'y a point d'injure, point de colère [...] point de rapport d'homme à homme. » Parlant d'une « sorte de fatalité » qui gouverne le monde de l'industrie, il affirme que, « malgré les promesses de la liberté, de l'égalité, [elle] accable d'une effroyable oppression des millions de créatures humaines » (p. 213).

81. Terme qui indique pour Sismondi la condition *sine qua non* d'un ordre constitutionnel (c'est-à-dire garant de la liberté). Il faut profiter des avantages de chaque aristocratie naturelle pour arriver à ce qu'Aristote aurait appelé le régime tempéré ou *politeia* par excellence. Cf. *ibid.*, pp. 215-216. De même, chez Sismondi la constitution la plus viable combinera l'élément démocratique, l'élément aristocratique et l'élément monarchique, ce qui mène à redéfinir la souveraineté du peuple, notion que Sismondi accepte si on ne la confond pas avec le suffrage universel.

82. On peut contester cette thèse. Condorcet a fait l'éloge des sociétés savantes, « encouragement utile même pour les hommes de génie » (*Cinquième Mémoire sur l'instruction publique*).

Dès lors que faire ? Sismondi prophétise la survie de chacune de ces aristocraties. La dernière, c'est clair, ne fera que grandir puisque la société moderne est engagée dans la transformation de la nature ; l'aristocratie de naissance se perpétuera dans les mémoires et dans les mœurs « malgré l'abolition légale de la noblesse » ; l'aristocratie de manières sera d'autant plus vivace que l'ordre juridique et la doctrine officielle prétendront écraser les hiérarchies : il y aura toujours un snobisme de la « distinction » estime l'auteur, en bon sociologue. Quant à l'aristocratie de talents, produit de l'inégalité des facultés individuelles et de l'éducation que transmettent les parents, il est sans mystère qu'elle a la sympathie de Sismondi. Par ses grands théoriciens, par son aptitude à penser les intérêts généraux et à répandre le savoir dans toute la société, elle mérite d'être toujours représentée [83] et écoutée.

Cependant, il ne s'agit pas comme chez les doctrinaires de donner le pouvoir à une seule classe en présumant qu'à un niveau de richesse répondra généralement une aptitude et culturelle et politique. Même la classe lettrée, si elle détenait l'hégémonie, deviendrait nocive. Le grand principe adopté par Sismondi dans l'introduction générale est que tout pouvoir corrompt, « et surtout le pouvoir absolu » (p. 28). Il ne peut y avoir un droit privilégié de l'aristocratie du savoir, mais seulement un droit de *la nation* à faire concourir ce savoir à l'intérêt général : « Ce ne sont pas eux qui, en raison de leur vertu et de l'intelligence, ont droit à la souveraineté, c'est la nation qui, comme souveraine, a droit à toute l'intelligence et à toute la vertu qu'ils possèdent » (p. 39).

Visant directement la politique doctrinaire, il ajoute que, « si on les mettait à part pour faire d'eux une aristocratie gouvernementale, on leur donnerait un intérêt de caste qui détruirait probablement cette vertu ou cette intelligence ».

Le caractère remarquable de la problématique sismondienne est sa tendance constante à *dissocier* l'individu et l'intérêt, et également les partis et les intérêts – au rebours de tous ceux qui évoquent la notion d'aristocratie. De même que dans la représentation « il ne faut pas mettre les partis en opposition mais les intérêts en discussion [84] », de façon à susciter une riche pluralité, de même lorsqu'on valorise l'aristocratie de

83. Sur la représentation, voir la critique qu'il fait du régime de Juillet et le modèle qu'il propose : sur 525 députés, équilibrer la démocratie des campagnes et des villes (168 représentants) par 210 représentants de la bourgeoisie et 105 membres des professions lettrées (pp. 61-65). Pour lui, la question est nettement plus complexe que le simple abaissement du cens et la discussion sur un seuil à 200 ou à 100 francs. En abaissant *mécaniquement* le cens de 300 à 200 francs, Juillet « a seulement fortifié l'esprit de localité et les jalousies de voisinage ». Comme chez Burke critiquant Sieyès, un ordre social n'est pas un simple problème d'arithmétique.

84. Cette critique de la représentation des partis traverse tout l'ouvrage. Elle est fondée sur une théorie de la *délibération* qui affine Sieyès et Constant et se trouve très proche de Madison dans *Le Fédéraliste*.

talents il faut lui donner les moyens de l'esprit de corps pour que la grande individualité soit écoutée dans le concert d'ensemble, mais *pas au point* que n'importe quoi que dise cet individu soit reçu religieusement *du fait d'un privilège de position écrasant.*

En d'autres termes, Sismondi ne croit pas à la classe de fonctionnaires au sens de Hegel, ni, dirons-nous, au sens des « grands corps » reproduits chez nous par la voie du concours. Il faut que l'individu critique et créateur ne jouisse pas d'une rente de situation telle que l'esprit de corps prenne le pas sur les considérations de vertu et de vérité, et que le sens de la responsabilité personnelle s'émousse. La seule solution (dont Sismondi ne peut donner que le principe général) est d'opposer et de combiner les avantages et les défauts de chaque corps, afin qu'il y ait toujours lieu à comparer, confronter, négocier : « La liberté exige des transactions continuelles » (p. 100). Toute intransigeance sûre de son droit ou plutôt de sa force divorcera de l'intérêt *général*, parce qu'elle pourra faire fi des deux valeurs que Sismondi met sans cesse en avant : la vertu morale et la compétence intellectuelle.

Cette analyse prenait évidemment à contrepied les tenants de (l'unique) « aristocratie naturelle ». D'une part parce qu'elle proposait de rompre avec la logique mécanique et quantitative du suffrage atomistique sans verser dans la panacée du système censitaire. Ce dernier ne garantit pas que tous les intérêts seront écoutés et que les plus sages se feront entendre : il assure simplement une hégémonie oligarchique. Cette hégémonie est encore en termes quantitatifs (même si elle *présume* arbitrairement que le plus petit nombre est aussi le meilleur). Sismondi a lu chez Aristote que le travers des oligarques et des démocrates est le même dans son absoluité : ceux qui sont inégaux en un point se veulent inégaux en tout, tandis que les seconds « ont la prétention de participer à toutes choses (donc les charges) sur un pied d'égalité [85] ».

D'autre part, la démarche de Sismondi a pour moteur principal une réflexion sur la *délibération* qui est quasiment absente (comme il le remarque lui-même) de la pensée des libéraux français [86]. Il a constaté que lorsqu'une décision est en examen, l'opinion qui se dégage n'est pas la somme des pensées individuelles mais l'expression des *lignes de force* qui traversent l'assemblée ou la communauté délibérante. C'est donc en termes de sous-groupes qu'il faut raisonner, pour chercher des porte-parole des « intérêts » en présence. De là l'idée, purement fonctionnelle, d'aristocratie, consistant à s'appuyer sur ce qui existe pour l'infléchir à l'aide de choix prudents. Car le législateur se propose « avant tout de donner à chacune de ces parties de l'État, à chacun de ces intérêts

85. Aristote, *Politique*, V, 1 (Vrin, p. 338).

86. On a vu que l'exception notable est Benjamin Constant, qui est en dialogue permanent avec Sismondi.

qu'il doit ménager une langue pour s'exprimer, une main pour se défendre[87] ».

Si la classe intellectuelle – qui ne se confond nullement avec la bourgeoisie ! – a plus d'aptitude à concevoir les questions sur un plan général, elle n'*inclut pas* pour autant les divers intérêts (régionaux, économiques, religieux) qu'il faut faire s'exprimer. Car la véritable généralité ce n'est pas l'abstraction, mais elle doit être rendue concrète par toutes les déterminations recueillies. Sismondi développe souvent l'idée que si tout le monde ne peut avoir le droit de voter – du moins tant que l'instruction n'est pas généralisée –, tout le monde a le droit de faire connaître et ses vœux et ses doléances. Le gouvernement des intérêts suppose en premier lieu de bien connaître les intérêts, tout autant que la logique de l'esprit de corps n'est pas, en fait, radicalement antinomique de la logique d'autonomie individuelle – dès lors qu'un espace se crée parce que le pouvoir d'un corps arrête celui d'un autre corps et que le discours fondé sur l'intérêt est jugé par un *autre* discours.

Tant de subtilité et de réflexion[88] ne pouvait guère plaire aux apologistes de la « classe moyenne » engagés dans un combat plus simpliste : on est pour ou contre la souveraineté du peuple, on oppose le vote-droit au vote-fonction...

Il faut enfin remarquer que Sismondi ne parle pas de l'aristocratie anglaise (qu'il connaît pourtant *intuitu personae*[89]) : littéralement, cela ne l'intéresse pas, car à ses yeux un projet de transplantation est voué à l'échec. Et sans doute l'aristocratie anglaise n'est pas à ses yeux l'image du corps mixte qu'il faudrait favoriser : le lecteur de 1836 devait cependant souhaiter trouver plus d'explications au lieu de ce surprenant silence. D'autant plus que, sous Juillet, partagée entre l'admiration anglophile et la perplexité, la mouvance libérale va affronter une sévère crise de légitimité, là même où elle a voulu refonder sa légitimité : le règne économique, politique, intellectuel, moral même de la bourgeoisie. Dur contraste, à ce point de vue, que celui entre Sismondi ou des thuriféraires de Juillet comme Alletz ou Saint-Marc Girardin.

87. P. 22 de l'introduction générale.

88. Dans une préface, Sismondi rappelle qu'il a mis... quarante ans à réélaborer son manuscrit, refusé à l'époque par l'Institut (an IX) malgré l'appui de Constant. Et il souligne qu'il n'a jamais fait de l'esprit de corps une règle pour bien conduire sa pensée : « Un homme qui a longtemps vécu, longtemps écrit sur la politique, se voit toujours classé dans quelqu'un des partis qui divisent le monde. On croit savoir mieux sa pensée qu'il ne la sait lui-même ; on lui demande à peine ce qu'il a dit ; mais on regarde aux axiomes qu'on voit inscrits sur le drapeau qu'il est supposé suivre. » Cela a-t-il beaucoup changé depuis ?

89. Voir par exemple l'étude de N. King, « Sismondi et les libéraux anglais », in *Atti del colloquio internazionale sul Sismondi*, Rome, Accademia nazionale dei Lincei, 1973. Sismondi a épousé une galloise, Jessie Allen (correspondance in *Epistolario*, t. V), et il a pour beau-frère sir James Mackintosh, l'exemple même de l'« aristocratie de talents ».

BOURGEOIS ET BARBARES SELON SAINT-MARC GIRARDIN

Saint-Marc Girardin, aujourd'hui oublié, doit être considéré comme un porte-parole qualifié du mouvement libéral, à travers sa longue carrière de député, de journaliste et de professeur : depuis 1827 et pratiquement jusqu'à sa mort (1873), il écrit dans le *Journal des débats*, qui, sous Juillet, était presque une feuille officielle[90]. Chef du parti libéral à la Chambre, il n'entre en opposition avec Guizot qu'à partir de 1845. Ses articles sur la bourgeoisie, vifs et brillants, sont intéressants par la stratégie argumentative développée, par les pièges, aussi, dans lesquels il s'enferme mais qu'un esprit aussi mobile ne semble pas discerner lorsqu'il réédite ces articles en 1859 et s'emploie à les justifier[91].

Si, dans un premier article[92], Girardin développe l'idée qu'il n'y a pas de classe bourgeoise spécifique, parce que tout le monde y entre ou y entrera, le ton change brutalement avec le fameux article de décembre 1831 où apparaît l'épithète de *« barbares »*, à propos du soulèvement des canuts de Lyon[93]. Dans la première circonstance, le journaliste discute la notion d'aristocratie pour la relégitimer, dans la seconde il y renonce, au moins pour un temps. Dans ces textes transparaissent clairement les hésitations et dénégations de la mouvance orléaniste lorsqu'elle est acculée au péril social.

Harmonie : le corps englobant de la bourgeoisie

En juin 1831, l'auteur veut donner une réponse devant les soulèvements et émeutes qui assaillent les débuts du régime : « On nous accuse de vouloir séparer le peuple et la bourgeoisie. Nous ne voulons qu'une chose, c'est de séparer ceux qui font les émeutes et ceux qui les répriment. » Cette accusation d'ostracisme adressée aux dirigeants de Juillet ne tient pas, car « il n'y a plus en France ni peuple ni bourgeoisie. Il y a des partis, des sectes, des coteries ; il n'y a plus de classes, de tribus,

90. Saint-Marc Girardin quitte en juin 1872 le *Journal des débats* parce que ce dernier a qualifié de « manifestation des bonnets à poil » la délégation envoyée par les droites auprès de Thiers. Girardin était, à ce moment, l'un des chefs du centre-droit. Son importance se voit bien dans le fait qu'il préside la commission d'enquête sur la Commune, dite Commission d'enquête sur les actes du Gouvernement de la défense nationale (plus d'une quinzaine de volumes des *Impressions* parlementaires). On a vu, dans la controverse sur la liberté de l'enseignement, l'intérêt suscité chez Tocqueville par l'enquête de 1833 (instruction publique en Allemagne) et les interventions à la Chambre de Girardin.

91. *Souvenirs et réflexions politiques d'un journaliste*, Michel Lévy, 2e éd. 1873.

92. Article du 27 juin 1831, *loc. cit.*, pp. 121-130.

93. *Loc. cit.*, pp. 131-151, continué par l'article du 18 avril 1832 (pp. 151-158).

de castes. Dans une nation où il n'y a pas de noblesse, il ne peut y avoir de bourgeoisie ni de peuple ». L'argumentation de Girardin consiste à conclure de l'absence de *rangs* à l'absence de goupes sociaux spécifiés et fermés. « Tout le monde est peuple, tout le monde est bourgeois », écrit-il encore, en prenant pour preuve un corps éminemment politique comme la Garde nationale : « Quand nous montons la garde, banquiers, marchands, ouvriers, quand nous faisons faction l'un après l'autre, où est le bourgeois ? Où est le peuple ? » Comme la Garde nationale était destinée à donner une image réconciliée de la nation, elle sert la thèse de Girardin[94]. L'auteur veut aussi répondre sur l'accusation d'« aristocratie bourgeoise » que lance l'opposition républicaine : c'est un terme qu'il prétend rejeter alors qu'il a été avancé par des leaders éminents (comme Guizot), mais que finalement il reprend, non sans confusion. Il veut montrer, en définitive, que c'est la seule aristocratie légitime. « Nous ne comprenons pas, écrit Girardin, ce mot d'aristocratie bourgeoise : c'est un de ces mots vagues et creux comme les aime l'esprit de parti. » Néanmoins, « nous ne demandons pas mieux que de nous expliquer hautement et de dire ce que nous entendons par l'expression d'*aristocratie bourgeoise* ». Le vocable est donc repris, il doit signifier la réussite de l'ascension sociale à partir des classes populaires. « Que chacun de nous consulte l'histoire de sa famille : combien ont eu pour pères ou pour grands-pères de simples ouvriers ! Ces ouvriers ont été laborieux, actifs, intelligents, économes ; ils ont réussi. Voilà comment on devient aristocrate. » D'ailleurs, et contrairement à ce que soutenait de Broglie, la propriété acquise ne crée pas une sorte d'hérédité : « Par la division perpétuelle des biens et la médiocrité des fortunes qui en résultent, ces familles aristocratiques redescendent sans cesse dans le peuple, dans le peuple qui travaille. » Il n'y a donc pas d'aristocratie au sens ancien du terme : « le principe de la bourgeoisie nouvelle, c'est la mobilité et le changement. Où est donc l'aristocratie ? »

L'hésitation de l'auteur, qui conteste le terme mais... veut le rétablir, traduit le désir de la couche gouvernante : ennoblir moralement la bourgeoisie, montrer qu'elle est l'*idéal réalisé* auquel tout le monde devrait tendre, que toutes les couches sociales devraient admirer (plutôt qu'envier). C'est la conduite procurant la respectabilité qu'il s'agit de valoriser et donc d'universaliser : le sérieux, les bonnes mœurs, les bon-

94. La composition « ouvrière » de la Garde nationale est sujette à caution puisque, selon la loi du 22 mars 1831, le service est obligatoire pour tous les citoyens valides de vingt à soixante ans mais payant une contribution foncière et qui, de plus, doivent pourvoir à leur uniforme. Elle était essentiellement, depuis Lafayette, qui lui a donné son nom le lendemain du 14 Juillet, une force bourgeoise, qui a su marquer parfois son indépendance vis-à-vis du pouvoir par suite de l'esprit libéral qui animait l'institution. On notera que, selon la loi de 1831 (art. 19), « tous les citoyens pour lesquels le service habituel serait une charge trop onéreuse » sont placés dans le cadre de réserve.

nes habitudes. En personnage balzacien, le journaliste Saint-Marc Girardin estime que la fierté d'être membre d'une aristocratie – un goupe reconnu publiquement tenir le premier rang du fait de ses mérites – devrait devenir un sentiment mobilisateur même pour les émeutiers, ce qui est négliger l'option propre aux républicains, mais aussi les conditions de vie et les valeurs des ouvriers ou des artisans qui font les émeutes, les « classes dangereuses » : la mobilité sociale n'implique pas une seule vision du monde entre les diverses classes ou couches. Proposer à tous de devenir « aristocrates », même en un sens nouveau, dans une France où le souvenir de 1789 est puissant (et évoqué d'ailleurs par l'auteur), c'est raviver maladroitement les tensions et la distance que l'on prétend gommer.

Quand l'auteur conclut que « défendre l'aristocratie bourgeoise, c'est, à notre avis, défendre les fruits du travail ; c'est défendre la propriété qu'acquiert le travail ; c'est défendre les droits que chacun a d'arriver à tout ; c'est défendre tout ce qui s'élève par son mérite », il laisse entendre que la plus grande *dignité*, sinon même la seule dignité, est dans la condition bourgeoise obtenue, dans la réussite sociale. L'idée de minorité, de hiérarchie, d'excellence réservée à un très petit nombre entre inévitablement en conflit avec la notion de travail, de fruits du travail et de droit pour tous : pourquoi la bourgeoisie ne dirait-elle pas tout simplement qu'elle est la bourgeoisie, héritière de 1789 ? Ce jeu sémantique trahit une absence de confiance en soi qui jette la suspicion sur le libéralisme tout entier. La même mésaventure se voit chez Guizot, renversé par 1848[95]. Cet « autre chose que la démocratie » que Guizot voudrait décrire en 1849 est proprement l'aveu d'échec de l'esprit doctrinaire-orléaniste ; malheureusement, c'était aussi le point d'appui du discours de la légitimité, ou, comme nous l'avons appelée, de la « légitimation par le social ». Il fallait, apparemment, trouver un principe d'autorité face à la démocratie du suffrage universel, qui est la hantise de Guizot : la « déférence » à l'anglaise ranime alors, irrésistiblement, le terme d'aristocratie. Mais agit aussi l'autre hantise : celle de la révolution *sociale*, la lutte qui menace les prérogatives des propriétaires

95. Dans *De la démocratie en France* (1849, Victor Masson), rédigé sous le choc de la révolution de Février, Guizot se montre tout aussi peu clair et convaincant : « Les mots aristocratie, démocratie, noblesse, bourgeoisie, hiérarchie ne correspondent point exactement aux faits qui constituent aujourd'hui la société française, n'expriment point ces faits avec vérité. [...] Il n'y a point de classification hiérarchique, mais il y a des classes différentes. Il n'y a point d'aristocratie proprement dite, mais il y a des classes différentes, [...] mais il y a autre chose que la démocratie » (pp. 99-100 et 100-101). Guizot reproduit encore ces pages dans une étude peu connue, publiée en 1855 (« Nos mécomptes et nos espérances », *Revue contemporaine*), mais cette fois il dit ne plus *croire* dans le seul pouvoir des classes moyennes : il faut « un contrepoids » dans les grandes fortunes établies. Les contemporains ont été intrigués par ce propos.

d'entreprises. Cette peur motive l'autre article de Girardin, où sont nommés les « Barbares ».

Scission : l'exclusion du Barbare

Pour justifier, dans sa réédition, le retentissant article sur les « Barbares », Saint-Marc Girardin rappelle que le point de départ est dans l'émeute des canuts dont il fut le témoin à Lyon, et qui le frappa tellement qu'il décida de rester trois jours sur place pour observer et pour s'entretenir avec les protagonistes. Tandis que « les émeutes parisiennes étaient politiques, l'émeute de Lyon était une émeute sociale, une émeute des pauvres contre les riches, des ouvriers contre les fabricants ». Or s'agissait-il d'une entreprise de défense d'*intérêts particuliers*, destinée à rester un événement passager et contingent ? L'auteur estime que non, la suite ayant bien montré qu'une nouvelle exemplarité allait se faire jour : « Comme en France il y a toujours une pensée générale mêlée aux réclamations particulières et que l'intérêt privé se change vite en théorie, d'une question de salaire les ouvriers firent une question sociale et le prétendu droit au travail, tant discuté en 1848, fit sa première apparition en 1831 à Lyon. » On pourrait donc penser que l'auteur avait à cœur de dissiper cette transfiguration théorique si fréquente en France, qu'il allait tenir le discours apaisant de l'universalité, de l'appel à l'intégration sociale lancé aux ouvriers. Bien au contraire, il reprend le discours de la scission, pour le faire sien, tout en l'aggravant, puisque d'une part il reconnaît une lutte entre *classes* et, d'autre part, il forge ce syntagme de « barbare » qui va s'attacher pendant dix-huit ans au *Journal des débats*. *Exit* l'aristocratie ouverte à tous. Examinons les arguments de Girardin.

« Il ne faut rien dissimuler ; car à quoi bon les feintes et les réticences[96], la sédition de Lyon a révélé un grave secret, celui de la lutte intestine qui a lieu dans la société entre la classe qui possède et celle qui ne possède pas. Notre société commerciale et industrielle a sa plaie comme toutes les autres sociétés : cette plaie, ce sont ses ouvriers. » Cette fois donc, la séparation est nettement affirmée, dans un discours de registre médical (la plaie) ou historique : les ouvriers sont comparés aux populations *hors* de l'Empire romain, qui étaient venues l'envahir. L'auteur prétend que la comparaison n'est pas injurieuse, il s'en défend dans l'article suivant (18 avril 1832) : l'entrée des barbares ce fut, avec le christianisme, « la rénovation du monde [...] pour fonder une nouvelle civilisation dont nous sommes les héritiers et les dépositaires » (p. 156). Mais cette prétention de neutralité suppose que lesdits barbares n'ont rien à apporter de propre et doivent d'abord être contenus avant de se

96. C'est le début de l'article du 8 décembre 1831, au ton significatif.

laisser civiliser ; la métaphore ne peut qu'être reçue comme stigmatisante, lorsque l'auteur écrit que « les Barbares qui menacent la société ne sont point au Caucase ni dans les steppes de la Tartarie : ils sont dans les faubourgs de nos villes manufacturières ».

D'ailleurs, c'est un appel à mobilisation que l'auteur lance à l'autre goupe social, la bourgeoisie : « Il est nécessaire que la classe moyenne comprenne bien ses intérêts et le devoir qu'elle a à remplir. » La classe moyenne ne défend pas qu'elle-même, elle défend « la société » à l'extérieur de laquelle campent les barbares soumis aux aléas de l'agriculture et à la concurrence textile internationale. Il ne faut pas refaire l'erreur des Romains, explique Saint-Marc Girardin ; ce serait détruire la société si la classe gouvernante « laissait entrer le flot des prolétaires dans la Garde nationale, dans les institutions municipales, dans les lois électorales, dans tout ce qui est l'État. Il serait bien temps, vraiment, de vouloir repousser l'ennemi après l'avoir reçu dans la place ». Le mot est prononcé : les lecteurs du *Journal des débats* doivent savoir reconnaître « l'ennemi ». Et la Garde nationale qui, peu auparavant, était supposée attester de la fluidité et de l'unité sociale, se révèle une institution de défense contre l'« ennemi ».

Il est vrai que l'auteur propose cependant une autre perspective que la guerre. Si les « prolétaires » ne doivent pas entrer dans le royaume des droits politiques, il faut cependant organiser les lois pour qu'ils deviennent propriétaires, cessent d'être prolétaires et accèdent alors à la citoyenneté active. C'est civiliser la barbarie : « Point de droits politiques hors de la propriété et de l'industrie ; mais que tout le monde puisse aisément arriver à l'industrie et à la propriété. » Très curieusement, l'auteur en vient à dire qu'il ne faut point de *« lois aristocratiques »*, de lois « qui n'aient d'autre but que de nous défendre, qui soient exclusives et égoïstes ». Tant il est vrai que les mots ambigus finissent toujours par revenir, Saint-Marc Girardin retrouve, dans une connotation négative (celle donnée par ses adversaires), la notion qu'il présentait auparavant comme amendable et même glorificatrice : se comporter en « aristocratie » c'est l'erreur qui guette le régime.

On ne peut donc que constater la confusion qui obère la stratégie argumentative de cette figure de proue du libéralisme de Juillet. Il est facile de comprendre, car c'était de bonne guerre, pourquoi le régime du cens (électoral et municipal) puis les lois de 1835 seront perçus comme une législation « aristocratique ». Le « pays légal », selon une autre expression malheureuse de Guizot, apparut comme une forteresse que le pouvoir barricadait, et à laquelle, de plus, il prétendait identifier « la société ». Girardin lui-même ne fait qu'exarcerber l'opposition des intérêts, en prétendant (comme souvent dans ce discours censitaire) dénier tout intérêt spécifique aux non-propriétaires[97]. Il y a la Société et il y a l'Autre, dont la seule identité est de hanter les marges, ou le *limes* de l'Empire[98]. Le modèle anglais est en faillite. Apparemment, Saint-Marc Girardin ne veut pas le comprendre : la conclusion de son livre, sous le Second Empire, appelle le futur parti libéral à s'appuyer avec conviction sur l'« aristocratie naturelle », sur celle dont a besoin toute société démocratique pour être contenue[99]. Une société d'individus ne peut être gouvernée : telle est l'évidence qui s'impose au libéralisme notabiliaire qui, ne croyant pas à l'ordre constitutionnel, cherche à recréer des corps. Il veut, selon sa formule, « une aristocratie qui sort sans cesse de la démocratie[100]. » Ce sera de nouveau le thème, après le désastre de Sedan et la Commune, de la *réforme intellectuelle et morale*, mais selon une formulation plus durcie, plus agressive[101].

CONCLUSION : L'ANGLETERRE DANS LE MIROIR FRANÇAIS

Les historiens ont souligné qu'il y avait une « école américaine » à partir des années 1840, dont le républicanisme de Carrel puis le constitutionnalisme de Laboulaye se font les propagandistes, en passant par le relais majeur qu'a constitué l'œuvre de Tocqueville[102]. Il ne faut pas oublier pour autant le poids de l'école anglaise dans le libéralisme français : elle se reforme à chaque période de crise et d'interrogation des

97. « Nous ne donnons des droits politiques qu'à celui *qui a quelque chose à défendre* » : cette formule avait déjà, sous la Révolution, été contestée avec vigueur par Robespierre, à l'époque du discours sur le marc d'argent (1791).

98. Le syntagme créé par Girardin aura en cela une prodigieuse fortune : « Barbares, sauvages, nomades, tels sont les termes, écrit Louis Chevalier, pour désigner les classes populaires. » Des auteurs comme Proudhon reprendront le terme de « barbares », et Hugo encore écrira dans les *Misérables* : « Sauvages. Expliquons-nous sur ce mot. » Comme le montre Louis Chevalier (*Classes laborieuses et classes dangereuses*, Plon, 1958, p. 517), le terme est un *fait d'opinion*, socialement constitué : comme si parler des classes non bourgeoises de la société industrielle obligeait à passer par le terme, du moins sous Juillet.

99. « Je dirais, sans aucun paradoxe, que les sociétés démocratiques sont celles où il importe surtout de n'être pas le premier venu. Or un nom empêche qu'on ne soit le premier venu. [...] Empêchez donc, si vous le pouvez, l'industrie et le commerce de créer leurs aristocrates ! Empêchez l'armée de produire de grands noms ! Je ne parle pas des sciences, des arts et des lettres, etc. » (p. 493).

100. Formule récurrente, que Girardin emploie aussi (p. 496).

101. « La France [...] avait été créée par le roi, la noblesse, le clergé, le tiers état. Le peuple proprement dit et les paysans, aujourd'hui maîtres absolus de la maison, y sont en réalité des intrus, des frelons impatronisés dans une ruche qu'ils n'ont pas construite. L'âme d'une nation ne se conserve pas sans un collège officiellement chargé de la garder » (Renan, *Œuvres complètes*, I, 375).

102. Voir par exemple l'étude synthétique donnée par Jean-Claude Lamberti : « Le modèle américain en France de 1789 à nos jours », *Commentaire*, n° 39, automne 1987, pp. 490-498.

Français sur eux-mêmes. En 1814, en 1830, en 1848, en 1871, une partie du camp libéral regarde outre-Manche. Mais, plus que l'Angleterre dont ils débattent, c'est le commentaire lui-même qui est intéressant, en ce qu'il révèle sur les observateurs, plus que l'énoncé c'est l'énonciation présente dans le discours argumentatif. C'est ainsi que l'on voit apparaître, dans le libéralisme notabiliaire, le souci de reconstituer des corps qui, à la fois forts pour discipliner et hiérarchiser la société, seraient en même temps ouverts au recrutement et au renouvellement. C'est l'une des constantes de l'intérêt manifesté pour l'aristocratie anglaise. La tentative, ou plutôt l'écho, se renouvelle une dernière fois après le désastre de la guerre de 70 et de la Commune : en témoigne l'étude [103] publiée par Joseph Milsand en 1874. Ce publiciste déplore que l'Angleterre vienne d'adopter le scrutin secret ; il y a là, à ses yeux, le risque que se dissolve le puissant pouvoir de contrôle de l'intérêt général exercé, à travers le bipartisme, par l'aristocratie anglaise. Le vote secret est un encouragement à l'*immoralité*, bien symbolisée par cette urne, cette boîte « où la dissimulation, la lâcheté et l'égoïsme tiendraient en sûreté leurs assises [104] », alors que la publicité du vote est un moyen d'unité vertueuse. On comprend maintenant, écrit Milsand, « que la publicité du vote n'était ni plus ni moins que le grand moyen d'organisation morale, que c'était elle qui rendait le pays capable de se gouverner avec suite par des parlements élus, elle qui servait à grouper les intérêts divergents, qui ramenait le pêle-mêle des penchants individuels à deux ou trois partis perpétuels et impersonnels ».

Ces partis « perpétuels et impersonnels » traduisent, on le devine, le désir propre de l'observateur soulagé de trouver un pays où le compromis passé en 1688 délivre du retour des coups de force et place *dans l'organisation sociale* le moteur des évolutions à venir. C'est parce que la société a préservé des groupes d'intérêt organisés qu'elle peut assurer par elle-même le maintien de l'ordre – un ordre qui n'est pas ressenti comme oppression exercée sur la liberté mais pratique même de la liberté.

Pour un libéral comme Milsand, la liberté implique de s'enrôler dans un camp préétabli, d'y faire valoir ses demandes afin de recevoir en retour avantages et situation reconnue : « Le vote au grand jour faisait régner en matière d'élection ce que les anciens appelaient le *consilium* : il ne laissait passer que les candidatures qui pouvaient soutenir l'épreuve d'une discussion publique ; il obligeait les individus à s'enrôler dans l'une ou l'autre des grandes armées reconnues qui avaient un plan de campagne raisonné, et qui au fond représentaient surtout des manières

103. Milsand, « L'Angleterre et les nouveaux courants de la vie anglaise », *Revue des deux mondes*, 1874, vol. 5, pp. 5-30 et 366-388.

104. Milsand paraphrase une formule du poète Wordsworth.

d'entendre les besoins généraux. » Le terme d'aristocratie n'est plus prononcé, puisque les deux grands partis en constituent le prolongement institutionnel, pour une fonction de mise en scène du conflit politique et d'intégration du vote. « À droite comme à gauche, poursuit Milsand, l'individu était protégé contre ses propres faiblesses par un esprit de corps. »

Le maître mot est bien celui d'« esprit de corps » : à travers le suffrage, à travers le pouvoir d'influence sociale, à travers une élite administrative également, les libéraux de ce courant voudraient définir des groupements légitimes d'intérêt. C'est la question de Tocqueville, à propos de l'individualisme moderne, mais traitée sur un versant différent et avec un modèle de référence différent. On perçoit bien le conflit des perspectives que cela entraîne à travers la *critique du modèle américain* que mènent les alliés de Guizot. Ainsi Alletz dans son livre de 1837, *De la démocratie nouvelle* : « Le but de cet ouvrage est de chercher les lois du gouvernement des classes moyennes [105]. » Il s'agit véritablement d'une entreprise lancée contre Tocqueville, où Juillet est décrit comme l'avenir même de la civilisation : « Il a fait voir la possibilité d'une monarchie sans noblesse, d'une démocratie sans suffrage universel, d'une polycratie nouvelle, mobile comme la démocratie, d'une démocratie réglée qui appelle les plus sages et les plus habiles au maniement des affaires » (*ibid.*, p. VII). L'auteur revient souvent à cette thèse que la bourgeoisie a su, dans sa conquête historique, et saura « faire corps [106] ».

Ce qui sépare fondamentalement la vision tocquevilienne, qui en dernière analyse reste d'esprit individualiste, et la vision notabiliaire, c'est l'acceptation du suffrage universel. Le libéralisme notabiliaire et sa variante aristocratique (comme chez Barante) résisteront jusque dans la conjoncture 1870-1875, qu'ils abordent finalement en perdants. Ils se raccrochent au refus de l'exemple américain, fidèles à ce que Guizot disait en 1833, face aux jeunes comme Armand Carrel qu'il rabrouait en ces termes : « Je me bornerai à dire que ceux qui regardent le gouvernement des États-Unis comme l'état normal des sociétés, comme le dernier terme auquel elles doivent tenter d'arriver, me paraissent dans la plus puérile ignorance et de la nature humaine et des conditions de la société. »

---

105. Alletz, *De la démocratie nouvelle*, éd. cit., t. I, introd., p. XI.

106. Voir notamment au t. II, le chapitre intitulé « De l'esprit de corps dans les classes moyennes » (p. 330 et suiv.).

LA VOIE LÉGITIMISTE : LES LIBERTÉS COMME AUTORITÉ RAPPROCHÉE

« Le progrès consiste bien moins à innover qu'à renouveler : *non nova sed nove.* »
Charles de LACOMBE (1876)

On pourrait croire que, par définition, les légitimistes (issus des « ultras » de la Restauration pour beaucoup d'entre eux) ne peuvent être considérés comme des libéraux. Il est en fait plus exact de parler dans leur cas d'une « revendication libérale », concernant les libertés locales. De plus, le cas de Tocqueville [107], penseur issu de ces rangs, ne doit pas être négligé : le châtelain normand a reconnu combien la culture de son milieu d'origine l'avait prédisposé à constituer la *liberté* en objet permanent de sa recherche et à s'interroger sur la compatibilité de la liberté avec la dynamique égalitaire de la démocratie. De fait, les critiques et les propositions légitimistes se veulent une contribution à *deux libertés* fondamentales que la France postrévolutionnaire ne parvient pas à établir avec clarté et solidité : libertés locales, liberté d'association. Tels sont les deux points forts de l'intervention légitimiste, à quoi il faut ajouter dans la période 1870-1875 le suffrage fondé sur la représentation des intérêts [108].

À l'intérieur de la vision légitimiste, ce qui unit la demande de décentralisation et l'éloge de l'association, c'est la critique de l'individualisme – d'un individu abstrait, détaché de liens à la fois coutumiers (dans le temps) et associatifs (dans l'espace). Point n'est besoin de créer des réalités neuves qui seraient d'autres *fictions* substituées à la fiction de l'individu abstrait, citoyen universel sans inscription spatiale et temporelle : il suffit de constater les intérêts là où ils sont et de leur ouvrir des canaux d'expression tout naturels. Quel est cet « ordre naturel » dont le courant légitimiste se réclame ? L'ambiguïté dans laquelle il se meut tient à ce que, d'une part, il évoque ce qui fut – la société d'ordres et de corps – comme le plus propre à la diversité des intérêts, et que, d'autre

107. Mais aussi de Louis de Carné, souvent imitateur, en plus pâle, de Tocqueville et resté plus proche de la mouvance légitimiste. Cf. par exemple sa critique du régime de Juillet dans *Études sur l'histoire du gouvernement représentatif en France* (1855).

108. La période de 1870 voit réapparaître un légitimisme de tendances constitutionnalistes dont la *Monarchie selon la Charte* (Chateaubriand) avait marqué l'entrée en scène, cinquante-six ans plus tôt.

part, il affirme bien haut qu'il ne s'agit pas de la reproduire, tâche impossible, condamnée par l'histoire. Car le *privilège* et le *monopole*, statut attaché aux anciennes corporations de métiers, est injuste et économiquement contre-productif. Mais alors l'idée d'ordre naturel perd tout sens : le légitimisme ne peut s'évader de cette contradiction. Les théoriciens que nous examinerons, comme Béchard, Raudot, Charles de Lacombe, ne cessent de mêler dans leurs écrits ou leurs projets de loi un volontarisme évident avec une dénégation permanente quant à la puissance artificialiste de la loi.

Pour aménager cette contradiction, le moyen de fuite est une sorte de métaphysique de l'ordre : puisqu'il ne s'agit pas de ramener l'histoire en arrière, au moins faut-il « découvrir », par l'investigation, l'ordre naturel des sociétés : la contradiction était déjà chez les physiocrates [109], elle est aussi dans le libéralisme notabiliaire qui imagine une « aristocratie » toute prête (cf. Barante, *supra*). Ce qu'il y a sans doute de spécifique à l'idéologie légitimiste, c'est le caractère plus ouvertement métaphysique et chrétien de la hiérarchie qu'il souhaite : un penseur comme Bonald devient, à ce point de vue, d'une grande utilité, tandis que Barante ou Guizot en faisaient un repoussoir [110]. Dans son traité sur l'administration, vite devenu célèbre, Ferdinand Béchard donne en quelque sorte le *la*, citant Bonald dès l'introduction : « Je voudrais pouvoir réhabiliter l'esprit de famille, l'esprit de corps, l'esprit de cité, l'esprit de patrie, l'esprit de religion, l'esprit public enfin, âme de la société, principe de sa vie, de sa force et de ses progrès [111]. » Tout tient au terme « réhabiliter » : l'esprit collectif de chaque échelon hiérarchique (famille, corporation, cité, provinces, patrie) a été vivant dans un temps antérieur, il suffit de le réhabiliter pour métamorphoser l'ordre moderne ; on ne bouleverse pas la société en cela, on la restitue à sa *vérité éternelle* voulue par Dieu. La « loi d'association », selon l'expression de Béchard, fait partie de l'éternité du vrai : « Fondée sur les notions de la pure philosophie, consacrée par l'Évangile et éprouvée par l'histoire, cette loi est compatible avec toutes les formes politiques [112] » ; proprement source de miracles, elle a été comprise en Orient, en Grèce, à Rome, dans le

---

109. On sait que c'est la théorie de l'*évidence* (malebranchisme sommaire) qui pourvoit à la contradiction dans le courant physiocratique. Voir, sur Quesnay, notre dernière partie « Les philosophes et le libéralisme ».

110. Même si (cf. *supra*) il y a des interférences entre Guizot et Bonald, par exemple pour l'idée d'un ordre naturel dans la *famille* comme modèle primitif de l'autorité politique.

111. F. Béchard, *De l'administration de la France ou Essai sur les abus de la centralisation*, de Perrodil et Cie, 2e éd. 1845, t. I, introd. p. VII. Le livre est la reprise de l'*Essai sur la centralisation administrative*, paru en 1837.

112. Cf. aussi cet autre passage : « La loi de l'association est une loi naturelle ; elle est dans l'ordre moral ce qu'est la loi d'attraction dans l'ordre matériel. Tout tend à faire corps dans le monde social » : la référence est encore Bonald.

Moyen Âge chrétien et « jusque dans les républiques imaginaires des philosophes » ! Voilà qui change tout et délivre des sophismes politiques enchaînant l'homme dans la triple servitude de l'individualisme qui isole, de la démagogie qui échauffe et du despotisme centralisateur qui écrase.

Cependant, cette liberté qu'il faut redonner à l'homme vrai, qui est l'homme social des communautés concrètes, s'accompagne de *contraintes singulières* – c'est là le second caractère de l'esprit légitimiste : chaque entité qui se voit dotée d'une liberté propre (que Béchard appelle « autonomie »), comme la commune ou l'association ouvrière, exerce une autorité disciplinaire rigoureuse sur ses membres. La liberté est de suivre ce que les règles du corps ordonnent, selon les intérêts particuliers que ce corps a pour destination naturelle de défendre.

C'est cette alliance originale – transparence des intérêts, éloge de la particularité et démultiplication de l'autorité – qui fournit le noyau théorique de la rhétorique légitimiste, bien reconnaissable depuis les essais de Fiévée sous la Restauration. Elle ne vante pas la noblesse ancienne ou l'aristocratie nouvelle, mais tend à constituer des disciplines, des micro-pouvoirs. Contre l'État oppresseur (et notamment le pouvoir révolutionnaire, en 1848 ou en 1870), cette école de pensée demande la liberté, mais une liberté immédiatement hiérarchique. À la différence du catholicisme libéral, Béchard admet, en juriste gallican[113], toutes les libertés modernes : « Liberté de la conscience, liberté des cultes, liberté de la presse, liberté d'association, liberté d'enseignement, telles sont les libertés gallicanes au dix-neuvième siècle[114]. » S'il est opposé à la domination de l'Église, il applaudit à la loi Falloux non seulement parce qu'elle a réalisé la liberté d'enseignement moyennant le partage du monopole, mais surtout parce qu'elle décentralise l'autorité en combinant les intérêts. Dans *De l'état du paupérisme*, l'un de ses livres les plus remarquables, il développe longuement cette perspective. Considérant le conseil académique de 14 membres que la loi a donné à chaque département, Béchard y voit une synthèse de l'« intérêt du gouvernement », de l'« intérêt pédagogique » et des « forces sociales ». La commune, agrégation de familles, expression de l'esprit de famille, exerce par ses représentants du conseil général un contrôle sur l'école et entretient un dialogue avec l'Église et avec l'État[115].

---

113. En 1852, il est avocat au Conseil d'État et à la Cour de cassation.

114. *De l'administration de la France*, t. I, p. XII.

115. *De l'état du paupérisme en France et des moyens d'y remédier*, Charles Douniol, 1852, p. 180. Béchard critique un décret du prince-président (9 mars 1852) qui, supprimant la partie *élue* des conseils académiques, fait fi des opinions familiales. Le mode bonapartiste de l'autorité déplaît généralement au légitimisme. Il y eut cependant des alliances fructueuses : voir l'intéressante monographie de Michel Denis, *Les Royalistes de la Mayenne et le monde moderne* (Klincksieck, 1977, chap. VIII : « Les royalistes et le bonapartisme »). Une figure notable du journalisme politique conduisant le ralliement au bonapartisme, Charles Muller, écrivit que Louis XVIII aurait dû convoquer une

On suivra l'analyse de Béchard en 1852 sur le traitement du paupérisme, exposé d'un système complet d'autorité moyennant les « libertés locales », pour aborder ensuite le projet décentralisateur de son ami Raudot, proposé en 1871 à l'Assemblée nationale. Dans les deux conjonctures, le *socialisme* est l'ennemi déclaré, auquel on oppose des libertés-autorité qui sont aussi audacieuses, sinon davantage !

La sauvegarde par l'esprit de localité : Béchard

La thèse générale et d'apparence simple est la suivante : « Il n'y a pas de puissance au monde qui, pour la gestion des intérêts locaux et le bien à faire aux classes laborieuses, vaille la liberté » (p. 123). La question du paupérisme a été mal prise parce qu'on n'a pas songé à la traiter à la base, c'est-à-dire dans la commune. Il faut toujours partir du bas pour aller vers le haut, il faut construire le général à partir du particulier : l'axiome fondamental de Béchard est partagé par beaucoup de légitimistes – notamment parce qu'il retrouve le principe thomiste de *subsidiarité* : à chaque échelon doivent être traités les problèmes qui sont spécifiques à cet échelon. Il faut, par exemple, déplacer le site de l'opinion publique, laquelle justement conçue n'est nullement une fiction mais ce qui fournit à chacun l'aliment de la pensée[116]. L'opinion publique, « sujette à de grandes erreurs dans ce qui s'élève au-dessus de la sphère locale », est extrêmement apte à s'exercer au contact des mœurs domestiques et communales. « Elle est la gardienne sévère des vertus domestiques, du droit de propriété, de la religion des tombeaux. » Si on l'écoute là où elle parle avec vérité, on est sûr d'avoir des jugements droits. On sait que Hegel a opposé l'esprit de la cité et de la loi écrite, représenté par Créon, à la voix du foyer et de la famille, qui s'exprime chez Antigone. Pour Béchard, chantre des vertus du foyer, le choix n'est pas douteux : « Dans la vie communale, rien n'est en quelque sorte individuel ; sentiments, pensées, mœurs, costumes mêmes, tout est collectif. N'interrogez pas ailleurs la voix du peuple, elle n'est que là. »

Cette thèse prend évidemment le contrepied de la conception française dominante selon laquelle la volonté générale s'exprime chez les représentants hors de toute attache localiste. Béchard postule que, la vie

---

Assemblée nationale élue au suffrage universel pour « saper tous les monopoles » et fonder les libertés communales et provinciales (*La Légitimité*, Dentu, 1857, p. 273). Le légitimisme est souvent partisan du suffrage universel depuis Juillet, pourvu qu'il soit à deux, voire trois degrés. Voir l'étude de S. Rials, « Les royalistes français et le suffrage universel au XIXe siècle », in *Révolution et contre-révolution au XIXe siècle, op. cit.*

116. C'est le « sens commun » : « Un individu ne peut pas, sans l'appui des jugements d'habitude qui forment le sens commun des peuples, régler sa conduite privée par les seules lumières de sa raison » (p. 64). Béchard a lu et apprécié Lamennais.

communale étant une *école de moralité*, l'unité spirituelle se fera par convergence spontanée : « Sous les yeux de ses proches et de ses voisins, on devient meilleur ; tout y rappelle au devoir, tout y commande le respect des autres et de soi-même. La discipline intérieure de la famille et de la commune tient lieu de police, et la crainte de l'infamie est un ressort plus puissant que celui des peines matérielles » (p. 66) [117]. En fait, Béchard estime que c'est le pouvoir central, monarchique, qui imposera l'autorité d'en haut : « Le gouvernement au roi, l'administration au pays », selon l'adage connu [118]. Quant à l'amélioration morale qui est prônée au niveau communal, elle aura aussi ses instruments formateurs : il s'agit de mettre au pas les ouvriers désœuvrés et factieux. « Ramenez dans leurs villages les existences déclassées qui pullulent dans les grandes villes et vous aurez beaucoup fait pour leur régénération morale. »

À la différence d'auteurs comme Villeneuve-Bargemont, Béchard évite les thèses catastrophistes : le sort matériel des prolétaires s'est amélioré avec l'industrie. Mais moralement, il en va autrement : « La décadence morale des classes laborieuses marche en quelque sorte de pair avec leurs progrès matériels » (p. 17). Le souvenir de juin 1848 et de la loi électorale du 31 mai 1850 se laissent deviner à chaque étape du volumineux traité de Béchard sur le paupérisme (660 pages). Il faut « organiser le suffrage universel » (selon une expression mille fois reprise chez les conservateurs), à partir des unités communales : « 1° L'élection doit être faite dans la commune, et autant que possible par ordres et corporations. 2° Nul ne doit être admis à voter s'il ne justifie d'un droit de cité qui garantisse son intérêt à la conservation de l'ordre » (pp. 107-108).

De ce point de vue, le décret du 2 février 1852 est trop laxiste [119], car il ne requiert que six mois de résidence dans la commune, alors qu'il faut un véritable « droit de cité » ou « droit de bourgeoisie » : « Le citoyen pauvre mais honnête recevrait le titre de bourgeois, mais le repris de justice, le vagabond, le mendiant seraient écartés de l'urne électorale par le conseil municipal, qui conférerait le droit de cité, sauf recours au

117. C'est en réaction contre de tels propos que Dupont-White, libéral centralisateur, exprime son ironie et sa colère dans *La Centralisation* (1860) et *La Liberté politique considérée dans ses rapports avec l'administration locale* (1864). Il écrit notamment : « Plus on se connaît, plus on se hait » ; la liberté communale sert « à faire l'éducation du suffrage universel, éducation corruptrice, lui enseignant les profits du pouvoir et l'exploitation de la souveraineté comme une métairie » (cit. *in* F. Mélonio, *Tocqueville et les Français*, p. 208 et p. 209).

118. Comme le montre S. Rials (*Le Légitimisme*, PUF, 1983, p. 57), c'est la reprise de la formule d'Ancien Régime « Le roi en ses conseils, le peuple en ses États » ; ce que continuera Charles Maurras.

119. Décret organique pour l'élection des députés au Corps législatif : au suffrage direct, universel et secret, les électeurs (masculins) se réunissant au chef-lieu de la commune. Il y a pour chaque département un député en raison de 35 000 électeurs.

conseil général [120]. » Comme pour la loi qu'avait demandée Thiers contre « la vile multitude », le projet est de faire *s'exprimer les intérêts* et eux seuls : « Ainsi serait éloigné le péril que recèlent aujourd'hui dans leur sein ces masses d'ouvriers sans feu ni lieu, appelés par le seul fait de leur présence dans une commune à y devenir électeurs et éligibles, et à disposer ainsi d'intérêts qui leur sont tout à fait étrangers. » Empli de la volonté d'enregistrer les masses ouvrières pour en contrôler le flux et la moralité, Béchard fait souvent l'éloge de la loi du 22 juillet 1791, loi de police municipale qui distinguait les « gens suspects », les « gens sans aveu » et les « gens malintentionnés [121] ». Cette loi compense partiellement, aux yeux de Béchard, « la lacune qu'avait produite dans l'organisation des travailleurs la suppression des corps de métiers ».

Pour ce qui concerne les ouvriers à bonnes mœurs, l'auteur approuve les formes déjà existantes qui répondent à l'esprit d'association : sociétés d'assurance et de secours mutuel, associations de production avec procédures arbitrales ; il faudrait aussi constituer des *syndicats ouvriers* pour rendre les coalitions plus rares et donc revoir les articles 414 et suivants du Code pénal, mais également instituer des conseils de censure comme dans les professions libérales (avocats, notaires, médecins) [122]. Les syndicats à créer et les conseils de prud'hommes existants auraient un pouvoir d'arbitrage pour les conflits sur le salaire. Les vues de Béchard en la matière retrouvent le fonds commun du catholicisme social, plus ou moins tenté par le corporatisme [123]. En 1875, le rapporteur d'une com-

120. On notera que Lamartine, venu lui aussi du monde légitimiste et également soucieux de « moraliser » le suffrage universel, désigne le vote dans la commune et *dans la famille* comme condition indispensable : « Nous devrions, selon moi, l'instituer [...] au domicile. [...] Tout ce qui dépayse l'homme l'expose à la séduction et le démoralise. Il y a mille fois plus de conscience au foyer qu'il n'y en a sur la place publique [...] L'électeur qui se prépare à voter dans l'intérieur de sa famille, qui se consulte avec lui-même, avec son père, avec sa mère, avec sa femme, avec ses enfants, avec les hommes de sa naissance et de sa confiance habituelle, vote plus devant Dieu, parce qu'il vote plus devant sa famille » (*Le Conseiller du peuple*, numéro spécial : *Le Passé, le présent, l'avenir de la République*, 1850, p. 254).

121. Soit, respectivement, sans déclaration de résidence, sans profession régulière, ayant fait de fausses déclarations.

122. Ces idées sont courantes dans l'esprit d'association du légitimisme. On les retrouvera plus bas chez Charles de Lacombe.

123. Sur le rôle *effectivement arbitral* tenu par les conseils de prud'hommes, Alain Cottereau a apporté une réévaluation importante : il montre que « les conciliations réussies aboutissent à reconstruire interactivement des récits rétrospectifs acceptables par les deux parties » (« Justice et injustice ordinaire sur les lieux de travail d'après les audiences prud'homales – 1806-1866 », *Le Mouvement social*, n° 141, oct.-déc. 1987). Voir aussi le livre classique de J.-B. Duroselle, *Les Débuts du catholicisme social en France (1822-1870)*, PUF, 1951. Quant à la filiation de la « loi d'association », on peut citer encore en 1894 l'écrit du comte de Paris, *Une liberté nécessaire. Le droit à l'association* (Calmann-Lévy). Le prétendant approuve la loi de 1884 sur les syndicats professionnels, mais y voit un « privilège exorbitant » qu'il faut atténuer en l'étendant : « Les associations librement formées doivent représenter, en groupant les forces et les individus, en perpétuant la tradition et l'esprit de corps, les intérêts divers d'ordre moral et matériel,

mission parlementaire en matière ouvrière notait : « Ce n'est pas sans surprise, nous devons le dire, que nous avons trouvé, dans tous les projets de modification ou d'amélioration du régime actuel, le vague et à coup sûr inconscient souvenir d'un passé vers lequel on revient *tout en croyant marcher en avant*[124]. »

Chez Ferdinand Béchard, le souvenir du passé n'est ni vague ni inconscient, comme en témoignent les multiples références historiques dont il nourrit ses vues sur le travail, la commune, les institutions d'assistance, de crédit, etc. On retiendra surtout l'étrange alliance entre l'esprit d'autorité et la liberté revendiquée (ou plutôt les libertés), alliance que l'auteur appelle à la fin du livre « les libertés chrétiennes et municipales ». D'un côté, il nomme liberté ou autonomie[125] ce qui tend à séparer la sphère de l'État de la sphère locale ; alors la commune et surtout le département sont conçus comme des centres de résistance en prévision de Paris redevenant capitale révolutionnaire. 1830 et 1848 ont montré quel devait être le rôle des conseils généraux : « Il ne s'agit [...] que d'opposer à un centre d'insurrection permanente quatre-vingt-six centres de résistance légale[126]. » Dès qu'une insurrection éclate à Paris, les conseils généraux délibéreront *motu proprio* : c'est déjà la loi Tréveneuc de 1872, ou le projet Raudot de 1871 rétablissant les provinces.

Mais, d'un autre côté, dans le système de coagulation horizontale des intérêts (et d'empilement vertical des organismes), les libertés chrétiennes et municipales permettent de créer un *continuum* opposant ce que Béchard appelle le système de l'« autorité » au système du « pouvoir » (p. 47). Dans le système du pouvoir (inchangé depuis Napoléon), on veut organiser à partir du sommet, on aboutit à cette centralisation qui « a été justement comparée à une roue à grand rayon qui, mue par une force directement applicable à l'axe, est destinée à mouvoir une multitude de roues inertes posées à l'extrémité de sa circonférence » (p. 72). Le

---

en face de la pure loi du nombre qui est la forme moderne d'un despotisme vieux comme le monde » (p. 3). Ces dénonciations libérales-progressistes accompagnées d'un fort relent conservateur signent la confluence de l'orléanisme finissant (comme Albert de Broglie dans les années 1870) avec l'esprit légitimiste, alliance que Guizot avait tenté de parrainer sur un plan d'organisation des partis (la « fusion »), et qui échoua finalement sur la question du drapeau blanc.

124. Commission d'enquête sur les conditions du travail, rapport Ducarre : « Salaires et rapports entre ouvriers et patrons », *Impressions de l'Assemblée nationale*, t. 65, n° 3379, annexe à la séance du 2 août 1875, p. 16.

125. « Le mot autonomie [...] n'implique pas la liberté politique, c'est-à-dire la participation à la souveraineté, mais la liberté civile, c'est-à-dire le droit de pourvoir aux intérêts purement locaux » (p. 117). L'idée, depuis Henrion de Pansey et Royer-Collard, est d'enlever la commune au domaine du droit public, pour la faire entrer dans le droit privé : sur cette base d'accord entre royalistes et libéraux, voir R. von Thadden, *La Centralisation contestée*, note 455, p. 226, et surtout le t. II de *Une et indivisible*, éd. cit., 1996, par Stefano Mannoni. Sur Béchard en 1848, à l'Assemblée, voir dans ce dernier ouvrage, pp. 222-224.

126. *De l'état du paupérisme...*, p. 160.

souverain meut, l'administration « est la grande roue mise en mouvement », les cités « sont les roues inertes marchant par un moteur étranger ». Il n'y a plus d'esprit de cité. Au contraire, dans le « système de l'autorité », on part de la base pour constituer la vie de l'édifice : ce système, « appuyé sur les mœurs privées et publiques, tend à constituer la cité par la famille et l'État par la cité [127] ». Il s'ensuit une « liberté sagement réglée » en matière de travail, de charité et d'enseignement : cette autorité par la liberté réglée est le contraire du *socialisme d'État*, ou encore du « socialisme déguisé » qui, par le biais fiscal, ne distribue les richesses qu'à des « cohortes de fonctionnaires » (p. 49).

Député du Gard [128], animateur de la *Gazette du Languedoc*, et membre du conseil général du Gard pendant vingt ans, Béchard est persuadé que le principe d'unité français a fait du « fédéralisme » un phantasme très excessif : le droit à la particularité peut et doit être fermement encouragé, si le pouvoir central est fort par ailleurs. La particularité, ce n'est pas l'individualisme qui atomise, c'est, au contraire, la reconstruction des intérêts collectifs et locaux remis aux mains des autorités qui savent faire leur police propre. Reprenant Royer-Collard, Cherbuliez, Tocqueville (non nommé) [129], tout un courant de « démocratie communale [130] », Béchard y introduit un contenu assez différent, qui donne un caractère curieux et équivoque à son discours.

On comprend en tout cas qu'il se trouve à l'aise dans la *Philosophie du droit* de Hegel, qu'il cite dans un passage (p. 66) : le peuple ne doit jamais apparaître comme « multitude inorganique », on ne doit pas donner pour base à la sphère politique « la particularité abstraite du caprice et de l'opinion » qui se déploie dans le suffrage atomistique ; en revanche, éloge, cette fois, de la bonne particularité qu'est la propriété paysanne : « C'est l'état de la moralité naturelle qui a pour base la vie de famille et [...] la possession foncière, et qui ainsi, *dans sa particularité*, renferme un vouloir qui repose sur soi-même ». Hegel comparait lui-

127. Outre Bonald, l'auteur s'inspire certainement de Montlosier : « Vous voulez avoir de l'esprit public : vous n'en aurez point si vous n'avez d'abord de l'esprit de famille et de l'esprit de village » (*De la monarchie française*, 1815, p. 504). Voir l'analyse de von Thadden, *La Centralisation contestée*, pp. 92-93.

128. De 1837 à 1846 et de 1848 à 1849.

129. Béchard cite Tocqueville dans d'autres ouvrages. Le rôle occulte de Tocqueville, dans l'assemblée de 1848, peut surprendre, comme on l'a signalé plus haut (cf. F. Burdeau). Comme le montre S. Mannoni, il préfère pousser en avant ses amis légitimistes comme Kergorlay et Gobineau, notamment à travers la *Revue provinciale*, plutôt que de se compromettre. Cf. *Une et indivisible*, t. II, p. 221.

130. Voir le chapitre « De l'autonomie des communes, principe de liberté » (p. 117 et suiv.). Le caractère ambigu de la « démocratie communale » chez beaucoup d'auteurs mérite une étude spécifique, dont beaucoup d'éléments se trouvent maintenant chez S. Mannoni. Tocqueville a exprimé publiquement ce qui l'opposait au livre de Cherbuliez, *De la démocratie en Suisse* (1848), dans un rapport à l'Académie des sciences morales et politiques : *Mélanges*, t. XVI des *Œuvres complètes*, Gallimard, p. 203 et suiv.

même la particularité du sens paysan (naissance liée au sol, autosuffisance) au « Je veux » princier, dans une symétrie qui a tout pour plaire au monarchiste Béchard[131].

LE PROJET RAUDOT : « VIVRE AU PAYS » POUR LE GÉRER

Si Béchard écrivait son livre sur le paupérisme en ayant présentes à l'esprit les suites de la révolution de 1848 et du coup d'État de 1851, Claude-Marie Raudot va, pour sa part, tirer les leçons de la Commune[132]. Pour lui, l'État centralisé donne tous les moyens d'établir le communisme, mais l'idée n'est pas neuve chez Raudot[133]. Comme Béchard, il a été conseiller général (de 1842 à 1871, dans l'Yonne), comme lui il est pénétré de culture juridique : substitut de 1825 à 1830, il démissionne par fidélité à la branche aînée ; enfin, comme Béchard, il a été député quoique moins longtemps[134]. Surtout, il a été un protagoniste des initiatives de décentralisation qui ont échoué : il dirige le Comité de décentralisation de l'Assemblée en 1849, et en 1870 Émile Ollivier le nomme à la Commission sur la décentralisation. Il est capable d'une ironie mordante qui blesse parfois les sentiments de ses alliés. Dans *De la décadence de la France*, paru en 1850, il attaque la fameuse garantie des fonctionnaires (article 75 de la Constitution de l'an VIII), l'une des attributions du pouvoir central jalousement préservées à travers tous les régimes : les fonctionnaires, rappelle-t-il, « ne peuvent être poursuivis pour délits commis dans l'exercice de leurs fonctions par personne, ni citoyen, ni commune, ni association, ni ministère public, sans l'autorisation du Conseil d'État qui lui-même, jusqu'à ces derniers temps, dépendait entièrement du gouvernement[135] ». Mais l'essentiel de l'attaque porte sur la figure de l'État, employeur de main-d'œuvre et par là grand dispensateur de l'*uniformité* française. Pourquoi ne serait-il pas finalement le seul propriétaire, lui « qui choisit ses armées de fonctionnaires, qui fait toutes les affaires administratives, qui est déjà fabricant et marchand de tabac, imprimeur, constructeur de vaisseaux, fabricant d'armes, de

131. Pour les citations reproduites par Béchard, voir Hegel, *Principes de la philosophie du droit*, § 303 et § 305. Sur « Le prince hégélien », voir l'excellente analyse de B. Bourgeois, *Études hégéliennes*, PUF, 1992, p. 207 et suiv.

132. D'où son importante « Proposition de loi sur la décentralisation », *Impressions de l'Assemblée nationale*, t. II, n° 183, annexe à la séance du 29 avril 1871.

133. Voir notamment Steven D. Kale, *Legitimism and the reconstruction of French society, 1852-1883*, Bâton Rouge, Louisiana State U.P., 1992, pp. 89-90.

134. En 1848, 1849 et 1871-1876.

135. Raudot, *De la décadence de la France*, Amyot, 1850, 2e éd. revue et augmentée, p. 30.

machines et de voitures, tailleur, bottier, sellier, menuisier, boulanger pour l'armée et la marine, etc.[136] » ?

Sedan, l'effondrement de l'Empire, la Commune : dans ce grand choc national, Raudot pense que le moment est arrivé pour un projet de décentralisation complet, peut-être le plus radical qui ait été proposé. Sa grande idée est que tout doit se faire par « les hommes du pays », selon la formule sans cesse répétée. D'où la suppression des préfets quant à la tutelle administrative, l'abolition des conseils de préfecture en matière de justice administrative (que Raudot appelle « justice exceptionnelle ») ; toute plainte sera adressée devant les tribunaux ordinaires, notamment pour les actions individuelles à intenter contre les maires. Enfin, suppression des *fonds communs*, « c'est-à-dire des sommes laissées à la disposition des ministres pour les distribuer entre tous les départements et toutes les communes de France » ou à la disposition des préfets répondant aux demandes des communes. Au lieu de mendier auprès du gouvernement et de ses subordonnés, il faut appliquer systématiquement le principe de proximité : « Chaque département, chaque commune, chaque établissement, chaque individu doit pourvoir à ses dépenses avec ses ressources et ne pas s'ingénier à prendre l'argent de ses voisins » (p. 4)[137].

Dans l'inspiration qui guide le projet Raudot, la transparence absolue des intérêts est assurée en corrélation avec la transparence des décisions : les intérêts du « pays » sont gérés par les hommes du « pays » ; le maire est élu par le conseil municipal, la tutelle est assurée par l'arrondissement (substitué au préfet), quant au conseil général, également élu, il est débarrassé de la fonction d'administration qu'exerçait le préfet : « Un conseil général, traitant des affaires positives et voyant les hommes à l'œuvre, nommerait nécessairement des hommes capables, des hommes distingués. Lorsqu'un corps choisit dans son sein celui qui doit le représenter, défendre ses intérêts les plus graves, il est impossible qu'il choisisse l'homme nul ou taré qui déconsidérerait le corps et trahirait ses intérêts[138]. »

Il en va de même pour les finances du département : elles doivent « être séparées des finances de l'État, dans l'intérêt de l'État lui-même », de façon à éviter les révoltes contre le pouvoir central. En effet, actuellement, « le gouvernement porte la responsabilité de tout, et les charges votées par la commune elle-même, par le département lui-même, accroissent les mécontentements qui s'élèvent contre lui et contribuent aux révolutions » (p. 15). D'ailleurs, les percepteurs devront être nommés par le département, ainsi que... les ingénieurs, à qui on appliquera le

---

136. *Ibid.*, p. 57. Nous abrégeons une énumération développée sur 15 lignes.

137. Aussi tout secours spécial donné un département requerra une loi, et, dans le cas d'une commune, il faudra une délibération exprès du conseil général.

138. Raudot, « Proposition de loi sur la décentralisation », *loc. cit.*, pp. 13-14.

principe de la concurrence : « Ce sera à qui fera le mieux et le plus économiquement ; les plus beaux succès seront dus à la liberté et à l'intérêt bien entendu des populations » (*ibid.*, p. 16).

Décidément, tout est fait par les hommes du pays [139], qui sont l'expression vivante de la liberté : la liberté consiste dans l'autogouvernement (des communes et des départements) réglé par l'élection et par la concurrence. À la différence des idées de Béchard, les aspects traditionalistes se marient à un régime concurrentiel sans limite, puisque les grands corps de l'État sont dissous. Pour Raudot, l'autoformation des élites de gestion, d'administration et de travaux publics est synonyme d'*indépendance* : l'indépendance est conçue vis-à-vis de l'État-despote mais il est évident qu'elle se double d'une dépendance écrasante envers les puissances locales, les « hommes distingués » que le conseil général saura appeler.

Quand il parle du préfet haï ou du percepteur, Raudot se réfère au livre posthume de Victor de Broglie, qui est en effet devenu à ce moment la bible du courant légitimiste [140]. « On dirait, écrivait de Broglie, que la France est un pays conquis par son administration : point de localités où les fonctions publiques soient gérées par des indigènes ; point de localités où les fonctions publiques persistent dans les mêmes mains et se perpétuent dans les mêmes familles. Notre régime, c'est l'opposé du *self-government.* » Ainsi, l'image anglaise – qui était souvent peu appréciée des légitimistes – refait surface dans les années 1870, à travers le livre posthume de Victor de Broglie [141]. L'idée de reconstituer un pouvoir « indigène », qui s'hérite dans la famille comme on hérite du manoir, devient la nostalgie de tous les conservateurs.

De Broglie proposait une liste de candidatures par département, avec pour l'État obligation de choisir sur la liste : c'était en fait plus proche des « listes de confiance » de Napoléon que du système anglais ! Mais tout valait mieux pour la survie des intérêts locaux que ces fonctionnaires de l'État toujours de passage : « Une réunion d'hommes tombés des nues, vivant entre eux comme des voyageurs qui dînent à table d'hôte en attendant l'heure de la diligence [...], n'entretenant avec les naturels

139. À l'exemple « des pays d'états qui administraient ainsi une partie de la France il y a quatre-vingts ans à peine et beaucoup mieux que les intendants ».

140. De Broglie, *Vues sur le gouvernement de la France*. Saisi au domicile du duc de Broglie en 1861, l'ouvrage a été édité par le fils, Albert, en 1870.

141. Le terme de *self-government* avait sa magie sous le Second Empire, chez les républicains libéraux du type Laboulaye ou Jules Ferry ; voir la lettre de ce dernier aux auteurs du Programme de Nancy, leur reprochant leur trop grande timidité, leur méconnaissance du *self-government* : « J'ai dit autonomie, c'est le vrai mot. [...] J'aurais donc voulu voir disparaître de votre projet ce mot dangereux et faux de tutelle administrative » (cit. *in* S. Mannoni, *Une et indivisible*, t. II, p. 289). Paul Leroy-Beaulieu publie en 1870 un livre et en 1871 une étude sur la notion de *self-government* en France et en Angleterre (*Revue des deux mondes*, 1871, vol. III, p. 248 et suiv.).

du lieu que des relations de service ou de plaisir. » Le noble duc décrivait dans son style propre ce que de nos jours les salles de professeurs des lycées ou des universités appellent le « turbo-prof » : des fonctionnaires qui entendent autrement « résider au pays ». À cela le duc oppose la sage perspective d'« un corps de fonctionnaires bien assis, ayant feu et lieu, considéré à son propre titre, un corps où chacun ajoutant ses appointements à son patrimoine, sera à peu près content de son sort [142] ».

Dans le projet Raudot, chaque situation particulière reçoit donc son personnel approprié, délibérant et gérant sur place ; mais n'y aura-t-il aucun émissaire du gouvernement central ? Le fleuron du projet consiste dans la (re)constitution de *provinces*, dirigées par un « gouverneur » qui est choisi par le chef du pouvoir exécutif [143]: « Voulez-vous faire des espèces de républiques sans contrôle [dira-t-on] ? À Dieu ne plaise ! Nous n'aimons pas ce qui est sans contrôle, et plus nous aimons les institutions locales libres et actives, plus nous désirons les préserver de leurs écarts et les maintenir dans l'unité et une règle raisonnable » (p. 17 du projet Raudot).

Le gouverneur est comparable à la cour d'appel, à l'archevêque, au lieutenant général : il statue « en appel et définitivement sur presque toutes les questions » qui jusque-là remontaient aux ministres et au Conseil d'État. Le prestige du gouverneur est d'autant plus grand qu'on l'associera aux noms glorieux de nos provinces : Normandie, Champagne, Lorraine. Raudot conclut triomphalement : « Les révolutions seront impossibles » (p. 22). En effet, les gouverneurs [144] opposeraient des contre-forces à toute tentative de subversion apparue à Paris.

La liberté est donc d'une part dans l'indépendance vis-à-vis de l'État, qui ne peut plus offusquer les intérêts communaux ou départementaux, et réside d'autre part dans l'appui prêté à la partie saine de l'État par la sentinelle provinciale. L'intérêt général se voit reconnu dans cette police que pratiquent les provinces, un intérêt général proprement politique, qui n'interfère plus avec les intérêts particuliers, diversifiés, autonomes dans leur sphère, dégagés de toute contingence politique. Localement, par d'autres moyens que ceux présentés chez Béchard, chaque collectivité locale veille à assurer le bon ordre. Ainsi, « le conseil municipal *détermine* le traitement de tous les employés de la commune [145] ». Les instituteurs des écoles communales, les professeurs des

142. Cité p. 3 du Projet déposé par Raudot.

143. Mais choisi parmi les membres élus des conseils généraux. Le pouvoir central nomme également pour chaque arrondissement un commissaire du gouvernement, sur présentation du gouverneur. Nombre d'idées de Raudot viennent du système de décentralisation belge (loi de 1836), qui joue un rôle très attractif dans le débat de 1871-1875.

144. Appuyés sur un conseil provincial formé de délégués de tous les conseils généraux.

145. Art. 9 du projet de loi, p. 26.

collèges communaux sont nommés par le conseil municipal ; ils peuvent être suspendus ou même destitués par le seul conseil municipal [146]. La liberté telle que l'entendait Raudot risquait donc d'être rude. Mais son projet, reçu avec scepticisme, fut rejeté par l'Assemblée nationale [147]. Celle-ci, élue en février 1871, comportait un nombre considérable de monarchistes, dont les débats ont été peints avec verve par Daniel Halévy [148]. Ils partageaient le diagnostic porté par Tocqueville : « Quand un peuple a détruit dans son sein l'aristocratie, il court vers la centralisation comme de lui-même. » Mais ils ne pouvaient désormais revendiquer le retour à une féodalité provinciale dont le Second Empire avait miné les derniers lambeaux : la Commission de décentralisation formée au sein de l'Assemblée ne put aboutir ; la majorité conservatrice se divisa, les lois municipales et départementales n'apportèrent pas la fameuse décentralisation administrative dont il avait été tant débattu depuis la Restauration [149].

LA REPRÉSENTATION DES INTÉRÊTS, POINT DE CONVERGENCE DES CONSERVATEURS (1871)

> « Le suffrage universel est le Sphinx moderne. Il dévore ou dévorera tous les pouvoirs impuissants à deviner l'énigme. »
>
> Comte de BELCASTEL (1873)

La recherche d'un moyen de représentation des intérêts a constitué un véritable engouement dans l'Assemblée de Versailles, ainsi qu'un thème d'échanges entre orléanistes et légitimistes, ou entre le centre-droit et le centre-gauche qui, ensemble, feront les lois constitutionnelles de 1875. Leur point d'accord réside dans la critique du suffrage universel telle que Renan l'exprimait à ce moment : « Un tas de sable n'est pas une nation ; or le suffrage universel n'admet que le tas de sable, sans cohésion

146. Après avis consultatif de l'inspecteur des écoles primaires ou du bureau du collège (art. 6, p. 25).

147. Cf. le rapport Waddington sur les conseils généraux (*Impressions de l'Assemblée nationale*, t. III, n° 320, 14 juin 1871) et le premier rapport Chabrol sur les municipalités (*ibid.*, t. 43, n° 1913, 21 juillet 1873).

148. D. Halévy, *La Fin des notables* I, Grasset, 1930 et *La Fin des notables* II. *La République des ducs*, Grasset, 1937.

149. Outre le livre de première importance de S. Mannoni (*Une et indivisible*, t. II), sur les divisions et les palinodies on peut consulter l'ouvrage cité de F. Burdeau (*Liberté, libertés locales chéries*), pp. 196-199, toujours en termes très critiques.

ni rapport fixe entre les atomes [150]. » La critique de la base atomiste du suffrage universel (masculin) recèle, outre les enjeux directement politiques (peur des conservateurs après la Commune), des linéaments théoriques intéressants : c'est l'idée même du politique qui peut se trouver remise en question, soit au profit d'une pure gestion administrative, soit en vue d'établir le règne de l'esprit de corporation, soit enfin pour consacrer la fameuse « aristocratie mobile », à laquelle l'orléanisme ne renonce pas. Les projets de *seconde Chambre*, notamment chez Pradié et chez Albert de Broglie, réunissent ces trois aspirations, tandis qu'en matière de loi électorale des propositions tendent à redéfinir la conception même du citoyen : selon Pernolet, « on ne doit considérer comme citoyen complet, ayant droit à la plénitude des prérogatives électorales, que le père de famille ayant plus de deux enfants vivants [151] ». Dans cette logique où la famille est l'unité spécifique qu'il faut valoriser, le citoyen père de famille recevrait un suffrage comptant pour trois voix [152].

Dans cet extraordinaire laboratoire de visions constitutionnelles que forme l'Assemblée de 1871, la notion de « représentation » retourne à son origine étymologique – mais c'est dire que la représentation n'est plus celle de 1789 ou de Sieyès : le projet est d'exprimer la société dans ses forces vives, dans sa diversité, et, comme il est souvent dit, dans sa *« vérité »*. Quelle est au juste cette vérité, comment sert-elle le projet conservateur, la « République conservatrice et libérale » selon l'expression mille fois employée, telle est la question à examiner, et à laquelle introduit admirablement l'article de Charles de Lacombe sur « Le suffrage universel et la représentation des intérêts [153] ». Quoique paru après les débats constitutionnels, en 1876, ce texte fournit un remarquable repère théorique pour en dominer le foisonnement complexe, du côté conservateur. Il est d'ailleurs écrit par quelqu'un qui siégeait au sein du groupe légitimiste et fut membre de

150. Renan, lettre à Berthelot du 26 février 1871. Même formule dans *La Réforme intellectuelle et morale*, parue en novembre 1871 (*Œuvres*, t. I, p. 374). Sur différentes critiques ou propositions concernant le suffrage universel à ce moment, voir la synthèse de P. Rosanvallon, *Le Sacre du citoyen*, pp. 315-338.

151. Pernolet, Proposition de loi électorale du 26 décembre 1873, *Impressions de l'Assemblée nationale*, t. 47, n° 2139.

152. Républicain modéré siégeant au centre-gauche, Pernolet est contre la représentation des intérêts. Ce qu'il veut, c'est le vote plural en vue de récompenser le citoyen qui aura, dans sa descendance, assuré l'avenir démographique de la Patrie. Cf. Lamartine en 1850 : « Un jour viendra, je n'en doute pas, où le père de famille aura autant de voix dans le suffrage qu'il y a de vieillards, de femmes et d'enfants à son foyer ; car, dans une société mieux faite, ce n'est pas l'individu, c'est la famille qui est l'unité permanente. L'individu passe, la famille reste » (*Le Passé, le présent et l'avenir de la République*, p. 249).

153. *Le Correspondant*, 25 novembre 1876, pp. 593-650.

la première Commission des lois constitutionnelles, dite commission des Trente [154].

THÉORIE DE LA REPRÉSENTATION DES INTÉRÊTS CHEZ LACOMBE

L'article de Lacombe, véritable projet théorique normatif et programme d'action, veut se présenter sous la forme d'un essai de science politique et d'une épistémologie de la connaissance [155]. La vérité par la société et la vérité sur la société, tel est le fil directeur de cette refonte du politique.

L'urgence de retourner à la vérité sociale

Pour que, dans une république démocratique, la société se montre de façon visible et lisible, il faut la décentralisation, explique l'auteur. Il entend en fait par là un fédéralisme, puisque les deux exemples qu'il analyse sont les États-Unis et la Suisse. Dans le cas français, faute d'un desserrement comparable opéré par le pouvoir d'État, la réalité de la société est entièrement transportée et donc *transposée* dans l'ordre politique ; la société ne peut se connaître qu'à travers l'alchimie du sufrage universel, telle que l'a adoptée la Constitution de 1875 : « Particuliers, communes, provinces, tout est absorbé, tout se concentre dans l'État qui lui-même vient périodiquement se plonger dans l'urne où le suffrage universel tient son sort » (*loc. cit.*, p. 596).

Il en résulte que l'image que la société a d'elle-même est non seulement faussée mais *chaotique* parce que constamment remise en question : « Toujours en être à se recommencer soi-même ! Toujours se sentir joué à pile ou face sur une arène électorale ! Toujours douter ! Toujours trembler ! En vérité, cela n'est pas vivre pour une société riche, industrieuse, puissante, qui ne demande qu'à se déployer au loin dans l'avenir et dans l'espace. »

Lacombe propose donc un moyen par lequel le pays n'aurait pas à se chercher à intervalles réguliers ; il s'agit de supprimer l'*indétermination*, dont on a pu dire qu'elle est la règle même de la démocratie moderne (Claude Lefort), en créant la transparence des rapports sociaux, l'adé-

---

154. Lacombe, ami de Berryer dont il a édité une biographie, appartient à ce petit groupe de Clermont-Ferrand qui a une grande vitalité politique et intellectuelle : baron de Barante, vicomte de Chabrol, notables républicains comme Agénor Bardoux (bisaïeul de Valéry Giscard d'Estaing), Guot-Pouzol. En octobre 1870, il prend la direction de *L'Indépendant du Centre* (à Clermont) et écrit qu'il est prêt à accepter la République si l'ordre, la liberté et le régime constitutionnel sont assurés. À l'élection du 8 février 1871, la liste du journal passe tout entière dans la Chambre. Voir le très intéressant recueil par A. Hélot, *Journal politique de Charles de Lacombe*, A. Picard, 1908, 2 vol.

155. Essai d'ailleurs très informé, riche en perspectives, excellemment écrit.

quation du politique (ou ce qu'il en reste ?) à ces rapports. Car l'indétermination qui est caractéristique du vote moderne permet l'exploitation démagogique.

Soit le cas des ouvriers : privés de la représentation d'intérêts corporatifs [156], ils ne peuvent se retrouver dans le vote anonyme et atomistique. « Dans son état présent, le suffrage universel n'est aux classes ouvrières qu'une machine de destruction ; elles refusent d'y voir l'instrument de la représentation effective à laquelle elles aspirent. » Aussi, pour qui votent-elles ? « Leur choix va-t-il à quelque interprète autorisé de leurs revendications et de leurs besoins ? Prennent-elles un de leurs frères aînés, un ouvrier qui a fait fortune, un enfant du travail qui, né au milieu d'elles, pétri des mêmes souffrances, allaité aux mêmes mamelles, a frayé la voie et percé les rangs à force de patience, d'invention, de sagesse [157] ? » Il n'en est rien : les ouvriers choisissent plutôt un « bourgeois déchu » ou un « avocat sans causes », qu'ils méprisent (voyez Gambetta), car ce professionnel de la politique finira par susciter le désordre dans lequel les classes ouvrières « mettent leur espoir pour rebâtir ensuite un monde meilleur ».

Le problème de la représentation politique des ouvriers – soulevé surtout depuis le Second Empire – sert ainsi de révélateur au besoin d'une restitution de vérité, ou, si l'on peut dire, il exprime une vérité sur la vérité du politique. Cette vérité serait en même temps *justice* pour l'auteur, ou comme il dit, « représentation équitable ». L'équité s'oppose à l'égalité numérique, elle consiste à accorder autant de force d'intervention dans la décision que l'on possède de poids dans la société. Prenant l'exemple de l'élection municipale à Paris, Lacombe se lance (p. 602) dans un développement particulièrement éloquent : « C'est le monde renversé : les premiers deviennent les derniers ; les favorisés dans l'ordre social deviennent les déshérités dans l'ordre politique. » En effet, Paris est la ville « de Notre-Dame et du Louvre, de la Sorbonne et de l'Institut, de la Banque et de la Bourse », mais tous ces intérêts sont méconnus le jour de l'élection du conseil municipal : « Instruction, crédit, expérience, services rendus, compétences spéciales, charges supportées dans l'impôt, rien ne compte plus ; tout est confondu, tout est jeté en tas dans la même urne ; c'est une fosse commune, c'est un néant où,

156. On discute beaucoup à ce moment de la syndicalisation ouvrière, celle des patrons étant tolérée. Voir, par exemple, E. d'Eichtal, « Les grèves d'ouvriers et les conseils d'arbitrage en Angleterre », *Revue des deux mondes*, 1871, vol. III, p. 697 et suiv.

157. On peut remarquer, dans la demande exprimée, l'inverse exact de qu'écrivait Auguste de Staël, pour qui « les meilleurs défenseurs de la cause du peuple [...] ce ne sont pas des députés sortis de son sein » (cf. *supra*). La représentation virtuelle à l'anglaise est l'opposé de la représentation des intérêts conçue comme « photographie » de l'état social.

comme dans celui dont parlait l'orateur sacré, on ne reconnaît plus ni princes ni capitaines ni les autres qualités qui distinguent les hommes. »

Le vote représentatif des « qualités » devrait donc restituer l'inégalité dans l'égalité, le qualitatif au sein du quantitatif ; tel est l'esprit de la justice distributive pour Charles de Lacombe, ou de la « justice représentative » comme il dira plus loin, dans un long développement sur le comte de Serre (ami des doctrinaires qui a créé l'expression, sous la Restauration). La Prusse a su acquitter cette « maxime d'équité » (p. 611) en maintenant son système des trois collèges électoraux, selon la cote des contributions, à la fois pour la loi municipale [158] et pour la loi électorale.

Une épistémologie du jugement de particularité

Le projet de Lacombe est intéressant par la remise en question des « évidences » du suffrage universel qui n'étaient pas encore installées à l'époque, même si le long règne de Napoléon III avait jeté les bases. Se servant de Machiavel (pp. 630-633), l'auteur plaide pour l'expression des *divisions* du corps social, au lieu qu'on les masque derrière l'uniformité engendrée par la règle « Un homme, une voix ». L'idée de refléter les divisions d'intérêt telles qu'elles existent [159] est habilement rattachée par Lacombe à un autre principe de Machiavel : « Les hommes, quoique sujets à se tromper sur le général, ne se trompent pas sur le particulier [160]. » La particularité jugeant sur la particularité, c'est l'exercice fondé du jugement civique – dont on comprend combien il s'accorde avec les sympathies monarchistes qui sont celles de Lacombe. Ce dernier consacre une page entière à analyser les corporations d'artisans et les divers organismes qui votaient dans la « démocratie florentine » pour constituer une liste d'éligibles, ensuite tirée au sort. Cette organisation du jugement social (à chacun selon sa compétence) autorise l'auteur à

158. Comme l'explique Maurice Block : « Si nous supposons qu'un ensemble de 10 000 électeurs paient 300 000 F d'impôt, il faudra peut-être 100 ou 200 contribuables pour parfaire les 100 000 F [de cote] du premier collège, 1 000 ou 1 500 pour les 100 000 du deuxième, et le troisième collège comptera plus de 8 000 membres » (*Dictionnaire de l'administration française*, 1881, p. 1429). Or chaque collège nomme un tiers du conseil municipal. Même principe pour l'élection au Landstag, avec un vote à deux degrés et un nombre de grands électeurs proportionnel à la population (*ibid.*, p. 856). Le système prussien est constamment évoqué dans les débats de 1871-1875, tout comme l'antique division romaine en 193 centuries, à laquelle Lacombe le compare.

159. On verra que les rapporteurs de l'Assemblée de 1871 concluent généralement que c'est contrarier l'esprit français d'unité et exacerber la cascade des révolutions au lieu de l'arrêter.

160. Machiavel, *Discours sur la première décade de Tite-Live*, chap. XLVII. Sur cette distinction entre la particularité accessible au peuple et le Prince apte au général, voir Sami Naïr, *Machiavel et Marx*, PUF, 1984, pp. 50-51.

distinguer entre le « peuple » et la « foule », ou aussi l'opinion et la pluralité des voix :

« Comme, au lieu de voter tous ensemble, les citoyens votaient selon les divisions habituelles de leurs intérêts, “chacun était à même de juger en particulier des objets qu'ils auraient mal jugés avec l'universalité” [Machiavel] ; de cette manière, s'il arrivait que la foule incohérente et inconsciente mettait le désordre dans les rues, il arrivait aussi que le peuple assemblé et consulté finissait par remettre l'ordre dans l'État. »

Le principe *légitimiste* (le peuple doit élire ses chefs naturels, lesquels prononcent pour tous au lieu central du pouvoir) se trouve ainsi réhabilité, restauré et réconcilié par Lacombe avec la *professionalisation* suscitée par la société moderne. En effet, il ne faut pas croire que les exemples de l'auteur soient seulement dans le passé : outre la Prusse de son temps, sa référence favorite est celle des organisations professionnelles « libérales » qui existent en France. L'esprit de corps qui règne dans ces associations est présenté comme la vérité recherchée ; une vérité bien perçue, bien traduite et incorporée, grâce à des spécialistes qui savent de quoi ils parlent. « Dans telle ville dont le député ne sera qu'un brouillon ignorant, dont même le conseil municipal sera livré à la démagogie la plus éhontée, toutes les *représentations particulières* [161], tribunal et chambre de commerce, conseil des prud'hommes, conseil de l'ordre des avocats, chambre des notaires et des avoués, sont irréprochables ; elles protestent par leur composition contre le mensonge de la représentation politique » (p. 630).

Précisément, le mode d'organisation donné en exemple n'est pas politique : la représentation des intérêts prend pour base une diversité qui est de l'ordre technique et non d'ordre politique ; aussi la vérité sociale et le jugement dont Lacombe se fait l'avocat remettent en question bien plus que le suffrage universel. La fameuse thèse de Sieyès, dont la sûreté n'était pas incontestable (la représentation est un produit de la division du travail) deviendrait cette fois une vérité (si l'on peut dire) puisque, au lieu de chercher des spécialistes de la politique, un métier politique [162], on mettrait les *métiers* à la place de la politique. C'était annoncer, sous une forme plus radicalisée, l'actuel modèle connu des politistes comme « néocorporatisme ».

En fait, Lacombe ne s'exprime pas ainsi, et il ne parle pas du gouvernement des choses substitué au gouvernement des hommes, mais il y tend silencieusement [163]. Son analyse est remarquable sur la question

161. Nous soulignons.

162. Cf. la formule de Sieyès : il faut « faire du gouvernement une profession particulière » (*Observations sur le rapport du Comité de constitution*, Baudouin, 1789, p. 35).

163. Outre l'école saint-simonienne, on peut comparer aux thèses d'Émile de Girardin dans *La Politique universelle* (1852) : même postulat de transparence totale et de gestion purement administrative du politique. Le livre de Girardin a été repris par lui dans

de l'*opinion*, où il met probablement à profit ses lectures d'Aristote et de l'Antiquité. L'opinion telle que l'entend Lacombe doit, comme chez Béchard [164], changer de site. Elle n'est pas une entité collective redoublant le suffrage universel, une sommation de voix individuelles : elle devient qualitative plus que quantitative, une fois que son site de rattachement a été correctement restauré. Dans des pages remarquables (pp. 644-647), Lacombe fait parler en ce sens Berryer, le grand avocat et député légitimiste. Dans les élections de la vie politique, Berryer observe que ses confrères avocats votent mal (c'est-à-dire pour Benjamin Constant ou pour Lafayette), ils votent par passion, par ambition, « ils s'imaginent qu'ils feront plus aisément leur trouée dans le branle-bas d'une révolution ». Au contraire, lorsqu'ils élisent dans l'ordre des avocats, « ils ne regardent plus qu'à l'intérêt du corps, ils songent qu'ils vont désigner ceux de leurs anciens qui seront plus particulièrement chargés de soutenir la bonne réputation de leur compagnie, ils n'iront qu'aux plus capables et qu'aux plus dignes ». Ici, selon Berryer, on ne s'« imagine » plus rien, on fait un choix de vérité. Bien entendu, il faut redresser le propos : il s'agit encore d'imagination et d'opinion, puisque la « bonne réputation », l'image sociale est en jeu. Cette réputation – dont Berryer explique qu'elle va dans le sens des déférences monarchiques – est ce que le légitimisme appelle la représentation vraie.

L'opinion devient donc cette attitude selon laquelle l'individu écoute l'intérêt de son corps d'appartenance et juge en fonction de ce que ce corps recevra comme avantage social. Il s'agit bien d'une attention à la *particularité* – non par amour de la vérité en soi, mais en fonction d'une agrégation d'intérêts qui, à la fois, préexiste (statut professionnel) et se trouve fortifiée par l'exercice du jugement individuel. Sur ce point, Lacombe n'est pas loin de Hegel pour qui la fierté de corporation (*Genossenschaft*) est un élément vital de patriotisme et de vie de l'universel *dans* le particulier [165]. Inversement, on comprend que la représentation politique de suffrage égalitaire dissout ce système de repérage, puisque lorsque l'offre et la demande politiques s'accordent, comme il est prévisible, sur des intérêts de « corps » (couches, classes sociales), cela ne peut être qu'en arrière-fond, par sous-entendu ou, au pire – dans un système qui condamne le *lobbying* –, à travers un refoulement plus ou

Questions philosophiques. Questions de mon temps (1852-1857), Michel Lévy, 1868. Prétendant à la synthèse de toutes les écoles, Girardin est inclassable.

164. On se souvient qu'il s'agissait chez Béchard du « sens commun », se développant au foyer et dans la commune (cf. *supra*).

165. Hegel, *Principes de la philosophie du droit*, § 251, pp. 254-255 (éd. cit.) : « Dans la corporation, le but égoïste orienté vers l'intérêt particulier s'appréhende lui-même et s'affirme comme but universel. En fonction de ses aptitudes particulières, le membre de la société civile est aussi membre d'une corporation dont le but universel est tout à fait concret et ne s'étend pas au-delà de la sphère des affaires et des intérêts propres à cette corporation dans l'activité industrielle. »

moins inaperçu. Le député français doit feindre de s'adresser à la seule nation comme destinataire légitimement identifiable. Il est incontestable que la représentation proposée par Berryer et Lacombe parle, sous cet aspect, un langage de plus grande vérité [166].

Mais peut-on dire que cette perspective relève du libéralisme ? Là encore, il faut prêter attention à ce que le publiciste qu'est Lacombe, désigne comme liberté.

Une liberté inégale et canalisée

Il serait inexact de voir dans tout le mouvement légitimiste postérieur au Second Empire un libéralisme économique (les groupes d'intérêt) conjugué avec un « illibéralisme » politique (la représentation des hiérarchies). Car le mouvement est en fait diversifié – on ne peut ici en donner la typologie –, et compte notamment une composante chez qui l'esprit constitutionnaliste est (re)devenu fort. Il reste qu'une partie du légitimisme tend vers un libéralisme pluraliste, un libéralisme des groupes d'intérêt, qui s'oppose au libéralisme individualiste et à tendance démocratique issu de la Révolution française (de Constant à Laboulaye). Le libéralisme républicain d'un Laboulaye, vers 1875, accepte le poids du nombre et tente de le canaliser par le jeu des institutions (seconde Chambre, pouvoir exécutif fort, etc.), tandis que le libéralisme des groupes d'intérêt voudrait *calquer* les institutions sur les rapports sociaux dominants. Il ne s'agit plus de la voie doctrinaire tentée sous Juillet, époque où, selon l'expression de Lacombe, le « pays légal » était une « prison », la Chambre des députés « un palais de cristal, magique et sonore ». À la différence du système censitaire, *personne ne doit être exclu*. Mais il faut éclairer le suffrage universel, « essayer de donner des yeux, de donner une intelligence et une conscience à ce géant qui porte le monde sur ses épaules, et qui ne voit pas clair pour se diriger ; disposer l'exercice du droit électoral de telle manière que non seulement chacun vote, mais que chacun puisse savoir à peu près ce qu'il fait en votant [167] ».

Or la solution existe, toute prête : l'auteur montre comment, malgré la loi Le Chapelier, les groupes d'intérêt se sont reconstitués, professions libérales, chambres de commerce, chambres consultatives, chambres syn-

166. Lorsqu'il est avocat des ouvriers charpentiers (1845) et des ouvriers typographes (1862), Berryer n'a pas de peine à montrer qu'on fait l'éloge de l'association et du syndicat « mais à une condition cependant : c'est qu'on soit maître ! » Avant 1864, les ouvriers tombent sous le coup du délit de coalition. Là aussi la vérité des intérêts *collectifs* n'est pas reconnue. Les chambres syndicales ouvrières ont été tolérées à la suite du rapport Forcade La Roquette (30 mars 1868), mais il faudra attendre la IIIe République (1884) pour une reconnaissance légale. Pourtant, des études comme celle, citée, de Leroy-Beaulieu avaient montré l'intérêt de prendre exemple sur les *trade-unions* d'Angleterre.

167. Charles de Lacombe, art. cité, p. 648.

dicales, etc. On trouve la même perspective chez un membre respecté de l'univers légitimiste, Alexandre de Laborde, dont l'ouvrage portait un titre éloquent[168]. Point n'est besoin d'innover[169], il suffit d'aider au mouvement que la société induit d'elle-même. D'où les formules qui fleurissent sous la plume de Lacombe : une « espèce de génération spontanée », une organisation qui « s'était trouvée faite par la société elle-même ». La science n'est que le respect des *œuvres de la liberté* : « Cette distribution des forces dans une société s'opère toute seule [...] ; elle est le fruit de la liberté humaine qui s'y répand et s'y joue comme la sève s'épanche dans la magnifique et luxuriante végétation du chêne. La science politique n'a qu'à recueillir et respecter ces faits qui la dominent. »

Cette apparente soumission aux faits est en réalité un coup de force par rapport à la passion d'unité qui anime la culture politique française – coup de force que l'auteur tente d'atténuer par une phrase d'allure bénigne : la science « n'a qu'à faire passer dans l'organisation du suffrage universel cette organisation de la société ». Triomphante simplicité ! Le libéralisme notabiliaire a cherché l'aristocratie nouvelle qui faisait défaut ; en cela il avait peine (cf. Barante, par exemple) à dissimuler l'infléchissement qu'il faudrait imposer à l'état de choses réel. Mais le libéralisme des groupes d'intérêt estime, lui, qu'il a déjà ses points d'appui : il pense que des « couches nouvelles » (pour reprendre l'expression de Gambetta) sont disponibles.

Cependant, et c'est là tout le problème, jamais la liberté n'avait autant été disjointe de l'égalité : d'où, finalement, l'échec du projet. En effet, lorsqu'il commente dans son article les initiatives du comte Hercule de Serre[170], Lacombe reconnaît le caractère oligarchique de la liberté prô-

168. *De l'esprit d'association dans tous les intérêts de la communauté ou Essai sur le complément du bien-être et de la richesse en France par le complément des institutions* (Gide, 1835, pour la 3e éd.).

169. *Non nova sed nove*, dit Lacombe, reprenant une formule chère à Bossuet lorsqu'il combat le protestantisme « novateur ». Même discours ambigu chez Falloux, lorsque, écrivant à Lacombe (4 septembre 1872), il fait l'éloge de *L'Ancien Régime* de Tocqueville : « Il démontre, pièces en mains, avec quelle sincérité chaque intérêt était représenté par ses hommes les plus compétents et les plus éprouvés. Plusieurs des corporations d'alors n'existent plus, mais cependant, avec les chambres de commerce, les bureaux de bienfaisance, les fabriques de paroisse, les chambres de notaires, etc., etc., on pourrait encore retrouver des éléments sûrs et solides » (*in* A. Hélot, *Journal politique de Charles de Lacombe*, t. I, p. 124).

170. Il s'agit du discours à la Chambre des députés du 30 mai 1820 : rallié, à ce moment, à la réaction, de Serre a rompu avec ses amis doctrinaires et appuie la loi du double vote. L'idée du double vote vient d'abord de Victor de Broglie et du comte de Serre, contre Royer-Collard et Camille Jordan : voir les *Souvenirs* de Victor de Broglie (t. II, pp. 69-72) et la longue conversation qu'Albertine de Broglie a avec de Serre sur ces projets (*ibid.*, pp. 153-159). De Serre poursuivait une idée qu'il avait déjà exprimée à propos de la fameuse loi électorale de 1817 : séparer les intérêts, susciter la « nouvelle aristocratie ».

née. De Serre disait : « Que signifient des intérêts et des droits *également* protégés et défendus ? Ou cela ne signifie rien, ou cela signifie des intérêts et des droits *suffisamment* défendus. » Comme certains intérêts sociaux sont davantage attaqués, ils devront être plus protégés, en étant plus représentés : devant le péril du nombre, la *revendication* libérale à laquelle fait droit le légitimisme devient strictement conservatrice. La liberté n'étant pas de même ampleur pour tous dans l'ordre économique et social, il faut la maintenir telle politiquement et la canaliser, au lieu de la corriger ou de la voiler au point de la rendre méconnaissable.

L'option *républicaine* va consister à refuser cette voie, pour poser sur d'autres bases la liberté politique. Aussi, contre le projet municipal de la Commission de décentralisation, Jules Ferry énonce ce qui deviendra la thèse classique : « L'État moderne repose *tout entier* [171] sur la conception de l'intérêt général qui fait plier devant lui tous les intérêts particuliers. C'est là ce qui distingue l'État moderne de l'État féodal. » Au-delà de l'épithète polémique d'État féodal, il s'agissait bien d'un projet d'État inégalitaire que le courant de représentation des intérêts essayait de promouvoir. Cette conception avait sa cohérence mais se trouvait déjà condamnée au moment où elle recevait sa formulation la plus dense : l'Assemblée de Versailles, rentrée à Paris, allait progressivement modérer ses ardeurs.

L'ÉCHEC DU PLURALISME À L'ASSEMBLÉE DE VERSAILLES

Sur le plan socio-économique, Lacombe pressentait que le contrôle de l'organisation ouvrière allait devenir un enjeu crucial de la société industrielle, qui pouvait aussi modifier tout l'ordre politique ; parlant des syndicats, il écrivait : « La prudence ne conseillerait-elle pas aux conservateurs de les arracher aux mains empoisonnées de la démagogie pour les soumettre à leur contrôle, pour les élucider, pour en dégager la portion de vérité susceptible de passer dans la loi [172] ? »

Quant au plan strictement politique, il est frappant de voir les reculades opérées par les rapporteurs de l'Assemblée sur *toutes les questions* où pouvait s'envisager le pluralisme de la représentation d'intérêts (et où les projets n'avaient pas manqué) : rapport Batbie sur la loi électorale, rapports Waddington et Chabrol sur la décentralisation, rapport Lefèvre-Pontalis sur la Chambre haute. Les deux rapports de

---

171. Nous soulignons. Cette citation (discours du 17 juin 1874) est donnée par P. Rosanvallon, *Le Sacre du citoyen*, p. 328. Également chez S. Mannoni, qui présente un excellent panorama sur la vision légitimiste de la « décentralisation » en cette période (*Une et indivisible*, t. II, pp. 314-353).

172. P. 621 de l'article cité de Charles de Lacombe.

Chabrol[173], concernant les municipalités, ont cependant gardé l'idée (venue de la Monarchie de Juillet) de l'adjonction des plus imposés, appliquée au moment de l'élection du maire au sein du conseil municipal[174]. Mais ce n'est plus exactement de représentation des intérêts, au sens strict, qu'il s'agit dans cette disposition : le rapporteur tente de prouver que les plus imposés ne représentent pas des intérêts privés et affichés comme tels, mais un *intérêt public*, celui de la propriété en général, du capital détenu par la commune comme corps de propriétaires (*loc. cit.*, pp. 57-64). Cette Commission de décentralisation, que préside Raudot et où siège Lacombe, avec nombre d'illustrations aristocratiques (marquis de Talhouët, vicomte de Chabrol, baron de Barante, marquis d'Andelarre, vicomte de Bonald, etc.), se replie sur les textes de lois de l'*orléanisme*. Chabrol cite notamment une circulaire ministérielle de 1843 pour établir que les plus imposés remplissent une fonction de caractère public : « La qualité de plus imposé *disparaît* devant celle de représentant de l'intérêt public communal[175]. »

Cette « disparition » (qui ressemble fort à un vœu, ou, si l'on veut, à un « acte performatif ») prélude à l'échec que les droits *de la particularité* subiront à l'été 1874 avec le vote définitif de la loi municipale[176]. On est loin, à ce moment, de la proposition du marquis de Franclieu qui voulait cinq représentations spéciales, élue chacune par les électeurs *ad hoc* : le salariat, le commerce, l'industrie, les propriétaires et locataires à bail, le savoir. Les ouvriers, disait Franclieu, « ont des intérêts particuliers, qu'il est de leur droit de défendre avec énergie [...]. N'essayons pas de détruire ou de comprimer cette puissance nouvelle qui nous effraie par ses excès, mais qui deviendra aussi légitime qu'utile le jour où nous saurons le vouloir ; opposons-lui des pouvoirs ayant les mêmes attributions, les mêmes forces et les mêmes origines, et le problème sera résolu[177] ». C'était donc un véritable pluralisme des groupes d'intérêt que devait installer la loi municipale conçue par Franclieu, qui voulait l'étendre ensuite au plan national. La nation française aurait été vérita-

173. Le vicomte de Chabrol de Tournoël a collaboré à *L'Indépendant du Centre* de Lacombe. Conservateur libéral, il représente le Puy-de-Dôme à l'élection de février 1871 et siège au centre-droit.

174. Voir le premier rapport Chabrol, *Impressions de l'Assemblée nationale*, t. 43, nº 1913, 21 juillet 1873.

175. Argument d'opportunité, en fait, que Chabrol contredira dans son second rapport, comme le signale S. Mannoni (*Une et indivisible*, t. II, p. 340 et p. 349) : la représentation des plus imposés retourne au statut de mandat de *droit privé*, ce qui, du coup, n'est pas sans ressusciter le mandat impératif, et les difficultés qu'il entraîne.

176. Selon la loi du 7 juillet 1874, sont électeurs municipaux tous les citoyens de 21 ans, jouissant de tous leurs droits civils et politiques et n'étant dans aucun cas d'incapacité prévu par la loi. Les plus imposés sont appelés à délibérer pour les contributions extraordinaires et les emprunts, si la commune a moins de 100 000 francs de revenu. Ce qui reconduit la loi de 1837 : mince victoire des conservateurs.

177. *Impressions...*, t. 43, nº 1863, 7 juillet 1873, p. 4.

blement composée de corps sociaux distincts, à traduction politique différenciée, selon une sorte de balance des forces. Dans ces conditions, disait encore Franclieu, on ne pourrait plus « dire impunément qu'on est le représentant de toute la France, lorsqu'on est celui du nombre ». Et on aura admis en vérité, par un vote plus « sincère » (selon l'expresion souvent employée), que « toutes les spécialités du travail sont également nécessaires à la prospérité générale ».

La *diversité de la société* était un thème peu représenté dans le libéralisme français – passé les suggestions de Benjamin Constant et la tentative de l'Acte additionnel en 1815 –, un thème qui s'est vite réduit au débat sur l'adjonction des capacités sous Juillet [178], mais qui resurgit après 1870 dans le camp monarchiste. Cependant, cette problématique va être particulièrement mise à mal dans le rapport Batbie concernant la loi électorale [179]. Batbie, brillant jurisconsulte et ancien républicain de 1848, est devenu l'un des chefs du parti monarchique de l'Assemblée. Il a lancé la célèbre formule du « gouvernement de combat » à l'encontre de Thiers et présidé la commission des Trente.

Mais finalement la montagne a accouché d'une souris, de l'aveu du rapporteur : « La grande majorité [de la commission] était d'avis que, dans la composition de la Chambre des députés, il serait bon de tempérer la puissance du nombre [...] en y ajoutant la représentation des intérêts. On était d'accord pour reconnaître que ce qui est rationnel dans la gestion des affaires privées pourrait, avec fruit, être transporté dans la conduite des affaires publiques. On ne s'est pas entendu sur les moyens de remédier au mal [180]. »

Pourquoi cette désunion ? C'est que le sentiment de l'égalité est trop fort en France, explique le rapporteur. On se souvient que Charles de Lacombe, lecteur de Machiavel, préconisera de laisser s'exprimer toutes les oppositions présentes dans la société : c'est un thème majeur des *Discorsi*. Batbie répond à ce type de conception : « La majorité de la commission a craint que, dans un corps électoral composé d'éléments divers, l'antagonisme ne fût systématique. » On a bien envisagé de combiner l'élection à deux degrés avec, en nombre égal, les plus imposés de chaque commune, ainsi que diverses capacités [181] ; mais dès lors un spectre hantait la commission, l'effondrement du régime de Juillet ! « On verrait renaître une sorte de pays légal » où, de plus, les capacités alliées aux plus imposés combattraient les électeurs de second degré qui, eux, seraient protégés par les partis. C'est donc une seconde déroute, sur la loi électorale après la loi municipale. Il restait la question de la seconde

178. Nous renvoyons, sur cette question, aux belles études de Pierre Rosanvallon.
179. *Impressions...*, t. 51, n° 2320, 21 mars 1874.
180. Rapport Batbie, *loc. cit.*, p. 4.
181. C'était une proposition de Chesnelong, Kerdrel et Lefèvre-Pontalis, autres figures monarchistes éminentes.

Chambre : ne pouvait-elle constituer un refuge et une compensation pour la représentation des intérêts ?

L'IDÉE D'UN SÉNAT DES ÉLITES

La question du Sénat, autre lieu de rencontre pour les esprits à la recherche d'une « république conservatrice et libérale », signe en même temps la tentative du libéralisme orléaniste pour diriger le mouvement de restauration de la France –, le tout en s'appuyant sur un président à la Mac-Mahon, contre l'incontrôlable M. Thiers. Dans les deux projets les plus remarquables, celui de Pierre Pradié et celui d'Albert de Broglie, un syncrétisme, fédérant diverses préoccupations, se laisse percevoir. Tout d'abord, une recherche d'autorité et d'équilibre constitutionnel : la Chambre haute doit être l'appui du chef de l'État (Thiers puis Mac-Mahon), servir de médiation vis-à-vis de la Chambre des députés, ou de levier pour le titulaire de l'exécutif s'il veut dissoudre la Chambre basse : on laissera de côté cet aspect constitutionnel. Vient ensuite le thème de la formation d'une *nouvelle aristocratie*, retour en force de l'idée jadis doctrinaire et maintenant orléaniste ; elle s'exprime particulièrement chez Albert de Broglie et s'appuie, notamment, sur *La France nouvelle* de Prévost-Paradol : ce dernier avait envisagé de prendre le corps électoral dans les conseils généraux, en ajoutant « des sièges attribués à certaines hautes fonctions qui supposent chez ceux qui les occupent soit l'illustration personnelle, soit le talent, soit au moins l'expérience [182] ». Le projet Pradié, anticipant celui d'Albert de Broglie, fait droit à cette vision, évoque un « Sénat de l'élite » et affirme que le conflit fructueux sera entre l'« ignorance » (la Chambre basse) et la « science » (le Sénat). Mais, plus largement, Pradié, futur membre des Trente, veut créer une « miniature ou photographie exacte et fidèle de la nation » (*loc. cit.*, p. 18), afin de « terminer la Révolution » (p. 29), en « donnant la majorité aux représentants des intérêts conservateurs de la société ». La représentation des intérêts est chez lui particulièrement importante, à la différence du duc de Broglie qui privilégie les carrières, les hauts fonctionnaires, les illustrations de l'Institut et de la Légion d'honneur, etc.

Pradié est un ancien républicain de 1848, de l'école de Buchez : il avait siégé à l'extrême gauche de l'Assemblée constituante, et sa préoccupation principale était d'ordre religieux. Rallié à la monarchie en 1871, son postulat de base est qu'avec une représentation photographique de la France, la fraternité et la solidarité entre les classes s'établiront aisé-

182. Prévost-Paradol, cité par Pradié dans son projet de loi : *Impressions...*, t. 40, n° 1769, 4 avril 1873. Le même jour, le n° 1769 rectifié modifie le projet de loi sur divers points. Nous nous en tiendrons à la première version. Au total, il y en eut trois, la dernière étant du 15 novembre 1873, t. 46, n° 2010.

ment : « Il n'y aura plus de classes de capitalistes et de salariés, de patrons et d'ouvriers, quand dix ouvriers siégeront officiellement à la Haute-Chambre avec le titre de sénateurs, à côté et sur le même banc que les premiers présidents des cours, les maréchaux et les cardinaux » (p. 30). La représentation des intérêts est conservatrice, ou conservatoire, en ce sens qu'elle ouvre au dialogue, à la compréhension réciproque, au lieu du refus : comme chez Lacombe, la divergence entre les positions acquises est créatrice de *stabilité* dès lors qu'elle s'exprime de façon institutionnelle. Pradié l'affirme avec confiance : on fera « siéger à côté les uns des autres les représentants des corps sociaux les plus différents sans être contradictoires ».

Ce postulat d'harmonie dans la différence – un intéressant transfert de l'extrême gauche chrétienne à la droite conservatrice – s'incarne dans le corps électoral : d'une part, il y a le département, « considéré comme un corps organique, avec son préfet, son conseil général, ses conseils d'arrondissement, ses conseils municipaux », d'autre part « les divers corps de l'État et les groupes organisés ». Si le département élit les deux tiers du Sénat (243 membres), le reste sera constitué de représentants de l'ordre judiciaire, de l'armée, du corps enseignant, de la banque, du commerce et de l'industrie, des cultes et enfin... des pauvres et des ouvriers. Comme ces deux dernières catégories reçoivent 30 « délégués [183] » sur un total de 370 sénateurs, on comprend que les « intérêts conservateurs » seront prépondérants ou plutôt écrasants. La « photographie exacte et fidèle de la nation » est pour le moins sujette à caution ; la « vérité » de la société se révèle, comme chez Lacombe, extrêmement partiale. Il est vrai que, cette fois, la perspective d'ensemble est d'opposer le corps entier du Sénat à la Chambre basse que l'on abandonnerait au suffrage universel : il faut donner « une représentation à cette partie élevée et intelligente de la nation, dont le suffrage universel a fait une classe de véritables parias » (p. 14). Mais en définitive – la fin de la citation le montre bien –, l'idée est la même que chez Lacombe : redonner une *tête* au suffrage universel qui, laissé à lui-même, met « le monde à l'envers » et des premiers fait les derniers [184].

183. Pradié emploie systématiquement ce terme, caractéristique d'une vision qui se veut corporative.

184. Pour plus de précision, la prétendue représentation photographique de Pradié est infidèle aux chiffres que lui-même donne, par ailleurs, dans un projet de loi municipale et de loi électorale : 2 millions d'ouvriers en France sur 10 millions d'électeurs devraient avoir un cinquième de sénateurs, soit 74 représentants *et non 15*. De plus, son « organisation du suffrage universel » est assez particulière : par imitation des comités radicaux (les ennemis), une assemblée cantonale, réunie de façon officielle au chef-lieu, *choisira* les candidats et les proposera aux électeurs, que ce soit pour la Chambre haute, la Chambre basse et les conseils municipaux. Voir les projets Pradié du 20 mai 1873 (t. 40, n° 1783 des *Impressions*) et du 20 juin 1873 (t. 43, n° 1818).

Sur le danger à combattre, le diagnostic de Pradié ne manque pas de lucidité et il s'accorde avec la fameuse prédiction de Gambetta : « Avec le suffrage universel, affirme-t-il, l'avènement des *nouvelles couches sociales* n'est qu'une question de temps, de mois peut-être[185]. » Pradié détaille souvent avec précision les couches constituant la menace et dont le radicalisme fera effectivement sa force. Il écrit, par exemple, dans son projet : « Avec le suffrage universel, l'influence du clergé, des hautes classes, de la bourgeoisie, s'efface et disparaît devant l'influence de la petite bourgeoisie, des gros bonnets de village, des meneurs de la classe ouvrière ». La petite bourgeoisie et la classe ouvrière : dans ces milieux, la sortie de l'Empire marque un tournant et l'organisation de la représentation devient un enjeu considérable. Les débats sur le scrutin de liste, sur la proportionnelle et sur le Sénat vont ensuite scander les progrès du mouvement républicain.

Le projet Pradié ne sera finalement pas retenu par le rapporteur des Trente, qui se modèle sur les idées d'Albert de Broglie : comme chez ce dernier, Lefèvre-Pontalis propose trois catégories de sénateurs ; les uns de droit (cardinaux, maréchaux, hauts magistrats, etc.), les autres nommés par le président de la République, enfin ceux élus par les départements et les colonies selon un collège de notables proche de celui du duc de Broglie[186]. Le projet Broglie est célèbre par le caractère audacieux, irréaliste, qu'il présentait ; Daniel Halévy lui a consacré deux pages mordantes : « On lisait la liste des fonctionnaires ou notables désignés comme électeurs : magistrats inamovibles, officiers généraux, bâtonniers, présidents des chambres d'avoués ou de notaires, et il semblait qu'on eût sous les yeux la liste des notabilités ou propriétaires de charges du XVIIIe siècle[187]. »

Comme le souligne Halévy, les réalités économiques et sociales étaient méconnues par le duc, alors vice-président du Conseil de Mac-Mahon. Plutôt que de représenter les intérêts dans leur réalité et leurs différences, il s'agit chez le fils de Victor de Broglie de donner une place à la

185. Sept mois auparavant (septembre 1872), à Grenoble, Gambetta disait : « N'a-t-on pas vu apparaître sur toute la surface du pays [...] un nouveau personnel politique électoral, un nouveau personnel du suffrage universel ? [...] Oui ! Je pressens, je sens, j'annonce la venue [...] d'une couche sociale nouvelle qui est aux affaires depuis tantôt dix-huit mois » (*in* Gambetta, *Discours,* publ. par J. Reinach, Charpentier, 1881-1885, t. III, p. 101.

186. Rapport Lefèvre-Pontalis, *Impressions...*, t. 56, n° 2860, 3 août 1874. À la suite de l'amendement Pascal Duprat qui avait fait voter le retour au suffrage universel, Lefèvre-Pontalis présenta une nouvelle version (22 février 1875) votée deux jours après.

187. D. Halévy, *La République des ducs*, éd. cit., p. 135. À comparer avec le projet propre de Renan, pour « un corps conservateur de tous les droits et de toutes les libertés », rassemblant tout ce qui est individualité « collective » dans la société et dans l'État : une classe de l'Institut, une grande ville, un dirigeant du clergé, etc. (*La Réforme intellectuelle et morale*, in *Œuvres*, I, 387-388).

propriété, de récompenser l'« aristocratie mobile » : il recourt à l'adjonction des plus imposés dans le département[188].

« À la vérité, écrit de Broglie, nous réservons une place aux possesseurs de la propriété foncière ou commerciale », mais c'est pour ajouter : « Dans la proportion où ils sont désignés par la part qu'ils prennent aux charges de l'État. » Et de reprendre alors le plaidoyer que l'on a vu chez son père, chez Saint-Marc Girardin et dans l'orléanisme : « Il ne s'agit pas dans notre pensée, comme on l'a dit, de constituer une oligarchie ou une classe privilégiée. Ceux que nous appelons sont tous ceux qui s'élèvent, sans distinction, des rangs dont ils sont partis, tous les fils de leurs œuvres, tous les parvenus de l'intelligence et du travail » (*loc. cit.*, pp. 8-9).

En fait, le mépris perce chez de Broglie, plus respectueux d'intérêts spirituels que matériels[189]. Dans le collège de département, les contribuables les plus imposés (contributions foncières et patentes) sont présents pour moitié : c'est honorable, sans plus. Le marquis d'Andelarre avait proposé d'aller plus loin, c'est-à-dire d'adopter le modèle prussien. Dans chaque département, un sénateur serait élu par un triple collège : les imposés jusqu'à 300 francs, jusqu'à 200 francs, et les *minores*. Là encore, le rapporteur, ou plus exactement la commission des Trente prit peur : « Cette mesure, dit Lefèvre-Pontalis, en parlant du projet d'Andelarre, ne pourrait manquer de mettre aux prises non seulement dans l'élection des sénateurs mais encore, dans un Sénat ainsi élu, des intérêts différents ou contraires », et elle « perpétuerait des rivalités funestes à la paix publique aussi bien qu'à l'unité nationale[190] ».

Le « grand conseil des communes de France » (Gambetta) qui allait naître le 24 février 1875, n'aura rien à voir avec la seconde Chambre que de Broglie avait baptisée Grand Conseil pour éveiller des échos monarchiques. Gambetta triomphe de ce que ses adversaires ont fini par donner pour source au Sénat ces trente-six mille communes longtemps tenues en tutelle et s'ignorant les unes les autres depuis toujours. Voilà maintenant qu'on se réunira au chef-lieu de département : « Aujourd'hui, la vie politique va circuler du hameau à la ville, les communes vont délibérer, s'instruire réciproquement ; elles s'informeront, se renseigneront et pour quoi faire ? Pour dicter leurs volontés, c'est-à-dire pour régner[191]. » Mais ce règne, Gambetta le décrit comme celui des gens notables et d'esprit posé, ce qui est le meilleur de l'esprit orléaniste

188. Art. 6 du projet Broglie, *Impressions...*, t. 51, n° 2369, 15 mai 1874.

189. Rappelons qu'il est longtemps, aux côtés de Falloux et de Montalembert, rédacteur essentiel du *Correspondant*, et auteur d'ouvrages variés, tant sur l'histoire de l'Église que sur les questions théologiques ou métaphysiques.

190. P. 19 du rapport Lefèvre-Pontalis, du 3 août 1874.

191. Gambetta, *Discours*, éd. cit., t. IV, p. 316, discours du 23 avril 1875 sur les lois constitutionnelles.

finalement passé dans la loi : « Dans le mode d'élection du Sénat, il y a encore un autre avantage, qui est de discipliner, de grouper, de hiérarchiser la démocratie » (*ibid.*, p. 320). Hiérarchie *et* démocratie du suffrage universel, la synthèse républicaine, ou radicale, est trouvée : conservatrice mais radicale, la IIIe République allait se couler dans un modèle *partiellement hérité de l'orléanisme* – notamment en ce qu'il gardait un système électoral à deux degrés, et donc de filtrage, pour la désignation des sénateurs [192]. Quant aux fameux sénateurs « inamovibles », qui sont élus par la Chambre des députés, on saura bientôt s'en débarrasser une fois l'occasion venue – comme le prédit encore Gambetta. Les droites auraient-elles, décidément, joué à l'arroseur arrosé ? Ayant exprimé des visées à l'encontre du suffrage universel, du « poids du nombre », les légitimistes ont suscité la crainte des libéraux conservateurs, et la tentative de reprise en main par les orléanistes. Mais, à leur tour, ces derniers doivent négocier, ce qui fait naître le fameux compromis du centre-droit et du centre-gauche. La tendance Broglie doit s'effacer, quelque peu ridiculisée : le « sénat des élites » ne sera qu'un sénat des notables ruraux. La République a trouvé son « peuple ».

CONCLUSION : DU RÊVE ANGLAIS À LA RÉPUBLIQUE RURALE

La question du droit de la particularité a donc véritablement poursuivi le libéralisme tout au long du siècle, tantôt sous la forme de la « nouvelle aristocratie » à inventer, tantôt dans les projets de décentralisation et d'organes de représentation pour des intérêts reconnus comme distincts, ou, rarement, conflictuels. Cette dernière aspiration caractérise plutôt le légitimisme, tandis que la décentralisation fut un thème obligé des divers libéralismes, de Constant à Odilon Barrot, de Barante à l'auteur des *Vues sur le gouvernement de la France*. Il ne pouvait être question ici de traiter l'ensemble de la revendication décentralisatrice – qui justifierait un ouvrage à elle seule –, tout au plus voulait-on montrer que dans le cadre de la mouvance légitimiste, qui n'est pas d'esprit libéral mais hiérarchique et autoritaire, sinon même « holiste » (Louis Dumont), il y avait en effet une *revendication*, qui pouvait consoner, à certains moments, avec le combat libéral.

---

192. Un point que Gambetta a tout de suite valorisé : « Voilà des communes qui, aujourd'hui, ne vont pas faire une seule élection de conseiller municipal sans s'enquérir auparavant des opinions politiques de chaque candidat, sans savoir par avance, dans le cas où il aurait à participer à une élection de sénateur, quels seraient son vote, ses tendances, ses opinions » (*ibid.*, pp. 314-315). Sur la synthèse entre principes libéraux et exigences démocratiques, sa mise en pratique dans les années 1880-1885, on lira Serge Berstein : « La culture républicaine dans la première moitié du XXe siècle », in *Le Modèle républicain* (sous dir. S. Berstein et O. Rudelle, éd. cit.), notamment pp. 162-164.

Ici plus qu'ailleurs la recherche d'un enracinement des libertés, avec un *groupe social* qui en serait plus particulièrement le terreau nourricier, s'est faite, chez les libéraux, sans contrôle sur l'avenir prévisible, sans maîtrise du chemin qu'il a fallu suivre au fur et à mesure. Chaque fois que les composantes de la mouvance libérale tentent une avancée, elles pensent au modèle anglais, pour constater aussitôt qu'il est inapproprié et inapplicable. En 1852, Rémusat y revient encore, au propre comme au figuré, puisqu'il fait le voyage en Angleterre : « Qu'ai-je à faire de mieux, en pensant à la France, que de regarder l'Angleterre [193] ? » Les droits de la particularité, la distinction entre la *dérogation*, qui serait nécessaire et le privilège, qui est condamné [194], la liberté comme pouvoir de s'exempter du cas général, toutes ces idées reviennent périodiquement, et notamment après chaque période de crise, mais elles sont vite frappées du tabou. Libéraux et conservateurs entrent à reculons dans la démocratie moderne et égalitaire en regardant vers Montesquieu et vers l'Angleterre alors qu'ils vont aborder, poussés par les vents contraires, chez Gambetta et Jules Ferry. Mais leur effort n'a pas été vain, le message n'est pas perdu : de l'esprit de Coppet, de la vision de Guizot et de l'orléanisme des Broglie quelque chose d'important s'est transmis. Apparaît alors une synthèse qui était en effet imprévisible : mi-République, mi-monarchie, avec des libertés importantes, parfois arbitrairement reprises (comme l'a montré Jean-Pierre Machelon), mais aussi avec une centralisation maintenue dans ses grandes lignes. En 1875, le vieux Rémusat, recru de lassitude et qui mourra quelques mois plus tard, note dans ses Mémoires que le débat d'Assemblée a été insipide, mais il vote la IIIe République.

Quant au devenir de la vision légitimiste, dans sa critique de l'atomisme, de l'individualisme abstrait, il sera complexe. Si elle donne d'un côté le corporatisme chrétien d'Albert de Mun qui fonde en 1871, avec La Tour du Pin, les Cercles catholiques ouvriers, elle va avoir aussi des prolongements dans les heures les plus sombres de Vichy. Dans l'un de ses projets de Constitution, le maréchal Pétain déclarait : « Le problème que nous avons à résoudre consiste à rétablir le citoyen abstrait, juché sur ses droits, dans la réalité familiale, professionnelle, communale, provinciale et nationale [195]. » Tout comme l'école légitimiste autoritaire,

---

193. Rémusat, *L'Angleterre au XVIIIe siècle*, t. I, p. 7. Et d'ajouter : « Pour moi, je veux bien l'avouer, voici le rêve de ma vie : "Le gouvernement anglais dans la société française" », (p. 10).

194. Distinction que Hegel, de son côté, peut faire, lorsqu'il explique qu'il ne faut pas assimiler les droits des corporations aux privilèges proprement dits, au sens étymologique : « Ces derniers constituent des exceptions contingentes par rapport à la loi universelle, tandis que les premiers ne sont que des déterminations légales, ayant leur fondement dans la nature même de la particularité d'une branche essentielle de la société » (§ 252 des *Principes de la philosophie du droit*).

195. Message au Conseil national (chargé de rédiger un projet de constitution) du 8 juillet 1941, *in* Pétain, *La France nouvelle*, s.l.n.d. [1994, Imprimerie Kapp], t. I, p. 11.

renouvelée par Maurras, Pétain place « la vraie liberté » dans la recouvrance des hiérarchies. Le qualitatif doit primer sur le quantitatif, comme chez Lacombe : « Il ne suffira plus de compter les voix ; il faudra peser leur valeur pour déterminer leur part de responsabilité dans la communauté [196]. »

Revenir aux communes en tant que « fédération de familles », aux métiers comme « professions organisées [197] », aux « pays fédérés en provinces qui ont marqué l'esprit français d'une empreinte indélébile » : ce programme, assez irréaliste dans le cadre d'une situation de guerre et d'un pays soumis à l'occupant, traduisait cependant des aspirations et des insuffisances que le discours légitimiste avait prises en charge, et que la République française du XXᵉ siècle finissant, ouverte sur l'Europe, doit de nouveau traiter, avec d'autres moyens et de nouveaux cadres idéologiques.

196. *Ibid.*, p. 12.

197. Soit le cas de la Corporation paysanne : ce qui se joue sous Vichy ressemble souvent à un répertoire que l'on a déjà rencontré. D'un côté, le régime affirme que la Corporation n'est nullement un retour à l'Ancien Régime : inévitable dénégation ; de l'autre, Marcel Déat montre tout son mécontentement (*L'Œuvre*, 31 mai 1941) en affirmant que les dirigeants choisis par le pouvoir sont des hobereaux et grands propriétaires et que donc on ne laisse pas les paysans se gérer eux-mêmes, selon leurs intérêts réels, tout comme dans l'enseignement il est clair « qu'on referme la forteresse culturelle de la bourgeoisie, qu'on reconstitue son *privilège* éducatif ». C'est la relation d'attraction et d'opposition entre corps et privilèges. Enfin, Déat prétend que, disposant de leurs intérêts, dans les organismes associatifs qu'ils avaient créés avant guerre, les paysans votaient toujours bien : « Ils ont pu se tromper en votant pour un candidat politique, ils ne se sont jamais égarés quand il s'est agi de choisir un gérant et ont toujours désigné le meilleur et le plus apte, le plus habile et le plus sûr. » On croirait relire Berryer, sous la plume de Lacombe ! Pour l'ensemble de ces citations, voir l'ouvrage d'Isabel Boussard, *Vichy et la corporation paysanne*, Presses de la FNSP, 1980, pp. 96-97.

CHAPITRE II

Le citoyen et la justice : Conseil d'État et jury criminel

« Chez un peuple libre [...], le chef-d'œuvre de la législation est de savoir bien placer la puissance de juger. »
MONTESQUIEU, *Esprit des lois*, XI, 11.

PREMIÈRE SECTION
UNE SOUVERAINETÉ DE FACTO *: LE POUVOIR ADMINISTRATIF*

« L'administration est devenue le sacerdoce de la société. »
Louis de CARNÉ, *Revue des deux mondes*, 1837.

« Le nœud du problème est de garantir le justiciable sans enchaîner le gouvernement. »
CORMENIN, *Questions de droit administratif*, 1837.

INTRODUCTION : UNE JUSTICE AU SERVICE DE L'ADMINISTRATION

On a vu dans le chapitre précédent combien la prise en charge des « intérêts particuliers » faisait problème dans la conception française, y compris à l'intérieur du camp libéral. Face à la figure de l'État, le *dualisme* général/particulier est tel que le second terme se trouve d'emblée dévalorisé, comme si on n'avait guère progressé depuis les propos de Rabaud Saint-Étienne, rapportés par Tocqueville : « On parle à propos de la division des pouvoirs des divers intérêts qu'il s'agit de contrebalancer : mais c'est une injustice de contrebalancer l'intérêt de tous avec celui de quelques-uns. L'un de ces intérêts est un droit, l'autre une usurpation[1]. » L'antagonisme entre le *droit de l'État* et le droit de la particularité s'est cristallisé de façon très visible dans la controverse sur la justice administrative et sur le rôle du Conseil d'État. Entre un libéralisme de tendance individualiste (très vite en perte de vitesse) et un libéralisme d'esprit « étatiste », c'est le second qui fournit à l'époque le contingent majeur de publicistes et de juristes, ouvrant eux-mêmes la voie à la conception républicaine. Le ralliement des républicains, et notamment de Gambetta qui avait pourtant combattu la justice administrative sous le Second Empire est significatif de la passation des pouvoirs qui allait s'opérer. Intervenant le 19 février 1872, Gambetta donne la réplique à Raudot qui plaidait pour l'abolition du Conseil d'État : il « est une création française et c'est une des meilleures de la monarchie française ». Il ajoute que l'État « a bien le droit de comparaître devant une juridiction spéciale : cette juridiction, c'est la juridiction du Conseil d'État[2] ».

Dans ce débat très répétitif, où la plupart de l'argumentaire est exposé dès la Restauration (années 1828-1829), deux enjeux fondamentaux doivent être retenus, et qui d'ailleurs viennent affleurer dans le discours des protagonistes : la liberté d'action du pouvoir exécutif d'une part, l'autonomie des droits de l'individu d'autre part, ou, plus précisément, le droit qu'aurait l'individu *de juger de son droit* et de le faire sanctionner par une instance équitable. En d'autres termes, c'est bien la question de la souveraineté qui était de nouveau pendante, au sens que nous lui avons donné : l'habilitation à émettre un *discours* sans contrepartie (ou sans contradicteur reconnu comme légitime et établi en situation d'extériorité) – discours portant sur ce que doit être le bien des administrés[3].

Ce conflit entre courants du mouvement libéral concernait le *contentieux administratif* ; c'est-à-dire, en première définition, le recours contre un acte de l'administration portant atteinte à un droit présent dans la société civile. Mais, comme le terme même l'indique, entre l'individu et le pouvoir exécutif intervient un troisième personnage qui est l'Administration. La définition de l'administration, sa nature même, ses différences avec le pouvoir politique font problème durant cette période. Paradoxalement, l'administration est à la fois ce qui protège le pouvoir d'État à travers la juridiction qu'elle exerce (conseils de préfecture et Conseil d'État), et ce qui n'a pas de force propre lorsqu'elle est contestée, ce qui reçoit sa force exécutoire de la sanction apportée par le pouvoir exécutif. Quoiqu' appelés abusivement « arrêts », les avis du Conseil d'État ne possèdent pas les attributions qui légitimeraient ce titre : au

1. Tocqueville, *L'Ancien Régime et la Révolution*, in *Œuvres complètes* II-2 (Gallimard), p. 162. Texte corrigé, *ibid.*, note 2. On peut citer également Sieyès dont « toute la politique est réduite à un calcul de nombre » (Tocqueville).
2. Gambetta, *Discours et plaidoyers politiques*, éd. cit., II, 210-211.
3. Cf. *supra*, chap. III de la première partie.

contentieux, c'est par la signature du ministre que les délibérations prises se transforment en ordonnances ou en décrets.

La loi de 1872 finira par accorder la « justice déléguée » à la section du contentieux du Conseil d'État : pendant près de soixante ans, les différents gouvernements ont bataillé durement pour éviter de consacrer une juridiction directe du Conseil, accordée un bref moment sous la IIe République (loi de 1849) mais vite annulée par le Second Empire. La « justice retenue », legs de l'ancienne monarchie, permettait au chef de l'État et à ses ministres d'instaurer le curieux chassé-croisé que l'on vient d'évoquer : le pouvoir exécutif, mettant en avant la *responsabilité* qui est la sienne, endosse les avis du Conseil d'État et place ainsi l'Administration à couvert pour des décisions qui, en fait, sont les siennes vis-à-vis des revendications des particuliers ; réciproquement, rassuré par les compétences qui sont réunies au sein du Conseil, le pouvoir exécutif fait participer l'administration à une souveraineté *de facto* qui se justifie par la mission d'intérêt général dont celle-ci est chargée à un double titre : comme activité *discrétionnaire*, ou de « pure administration », comme activité *juridictionnelle*, tranchant sur les litiges qu'elle a avec des particuliers, des entreprises, des municipalités.

On remarque d'ailleurs que les défenseurs de la justice administrative se gardent de reprendre la notion de *pouvoir administratif* qu'avait avancée Henrion de Pansey dans son ouvrage classique *De l'autorité judiciaire en France*[4]. C'était en effet reconnaître le lien indissociable du roi et du corps administratif, c'était affirmer que si dans l'ordre judiciaire le roi avait délégué la justice à des magistrats *inamovibles*, dans l'ordre administratif il avait retenu une justice spéciale, un droit exceptionnel : « Il est tout à la fois le juge de l'utilité des mesures qu'il prend et des réclamations auxquelles leur exécution peut donner lieu[5]. » C'est parce qu'il est le premier administrateur du royaume que, dans sa personne, « le droit de juger dérive du droit d'administrer » (*ibid.*, p. 669). Selon un principe fameux, qui passera dans la doctrine, Henrion de Pansey avait écrit que « juger l'administration, c'est encore administrer[6] ».

La notion de *pouvoir administratif* n'est pas reprise par les libéraux

4. Personnalité prestigieuse, devenu premier président de la Cour de cassation en 1828, Henrion de Pansey a donné trois éditions à son livre : 1810, 1818, 1827. Nous citons d'après la dernière édition, dotée de nombreux ajouts, *in* Henrion de Pansey, *Œuvres judiciaires*, B. Dussillon, 1843. Signalons qu'en 1830 l'auteur finit par se convertir à la thèse de la justice déléguée.

5. Henrion de Pansey, *op. cit.*, p. 652.

6. « Statuer, par des décisions sur les réclamations auxquelles ces ordonnances peuvent donner lieu, et sur les oppositions que des particuliers se croiraient en droit de former à leur exécution, c'est encore administrer » (p. 654). Jacques Chevallier, dans un ouvrage fondamental pour cette question, attribue à Henrion de Pansey la paternité de l'axiome. Voir J. Chevallier, *L'Élaboration historique du principe de séparation de la juridiction administrative et de l'administration active*, LGDJ, 1970.

défenseurs du Conseil d'État, car on sait, depuis Montesquieu, que le prince ne doit pas juger lui-même les affaires, sous peine d'être juge et partie, ce qui est le cas du despotisme. La prérogative du pouvoir exécutif n'est donc maintenue qu'à travers la *fiction* du ministre responsable, tandis que le Conseil d'État exerce une activité réellement juridictionnelle sans pourtant avoir la qualité d'un juge et sans donner au justiciable les garanties de l'ordre judiciaire. De ce fait, c'est l'Administration qui, à travers la protection que lui accorde le Conseil, est accusée d'être juge dans sa propre cause, de se comporter à la fois comme juge et partie – ce dont ne saurait la décharger la fiction du ministre responsable[7].

Dans la relation équivoque nouée sous la Restauration entre le pouvoir exécutif et l'administration (dans son activité juridictionnelle) se conserve l'optique napoléonienne : l'État, injusticiable du droit commun, ne relève ni des tribunaux civils (le juge judiciaire, de façon plus large) ni d'une juridiction qui serait spécifique, indépendante, voire inamovible. L'État possède sa propre juridiction parce qu'il défend l'intérêt collectif qui ne saurait être de même niveau que les intérêts particuliers, qu'il lui arrive de froisser dans les mesures qu'il prend. Dans un rapport célèbre de 1834, le comte Portalis expliquait que ni l'ordre judiciaire ni un tribunal indépendant ne seraient à même de seconder la mission de l'administration : « La juridiction est le *complément* de l'action administrative. » Eugène Poitou, magistrat de l'ordre judiciaire et disciple de Tocqueville, répond avec indignation à cette thèse : « Le complément ! je le crois bien, et un notable complément, un complément qui la fait souveraine, qui l'affranchit de tout frein et de tout contrôle[8]. »

En effet, pour le libéralisme individualiste, la justice exercée de l'intérieur de l'ordre administratif est une justice inéquitable, synonyme d'arbitraire et de despotisme : l'intérêt individuel – même reconnu comme « droit individuel » par les défenseurs du Conseil d'État – n'est envisagé que du point de vue de la puissance publique, de ce qu'elle considère de façon prétorienne comme étant l'intérêt général. Pourtant, s'il est vrai qu'il y a des *droits* en jeu, découlant d'un texte de loi, du Code civil ou d'une ordonnance, il faudrait que la justice ordinaire soit saisie, employant la démarche syllogistique habituelle : énoncé de la loi

7. « Qui donc est responsable, demande Tocqueville : ce n'est pas le conseiller d'État, qui n'a ni signé ni prononcé l'arrêt ; ce n'est pas le ministre, qui n'a pas examiné l'affaire ; ce n'est personne. Je vois bien un jugement, je ne vois pas de juges » (article anonyme du *Commerce*, pendant discussion de la loi de 1845, repr. *in* Tocqueville, *Œuvres complètes*, Gallimard, III-2, p. 163).

8. E. Poitou, *La Liberté civile et le pouvoir administratif en France*, Charpentier, 1869, p. 66. Cet ouvrage est l'un des plus vigoureux en faveur du droit commun, dans la lignée de Constant, Tocqueville, Laboulaye.

(majeure), constatation du fait (mineure), application (conclusion du raisonnement). Les partisans de la justice administrative refusent cette « thèse judiciaire » (J. Chevallier[9]), en faisant valoir plusieurs ordres de raisons. La séparation de l'administratif et du judiciaire est affirmée indispensable pour que les juges ne se transforment pas en administrateurs, comme sous l'Ancien Régime ; le caractère discrétionnaire de l'action administrative, la nécessité d'une solution rapide pour que l'État ne soit pas entravé excluent la procédure qui est familière aux tribunaux et s'accompagne de lenteurs insupportables ; en outre, la démarche *syllogistique* qui est celle du juge ne saurait s'appliquer ici – ne serait-ce que parce que les prémisses auxquelles il faudrait recourir (textes du droit administratif, données jurisprudentielles) sont encore en nombre fort réduit, mais surtout parce que le mécanisme même du syllogisme ne convient pas au caractère complexe du contentieux[10]. Si « juger l'administration est encore administrer », c'est l'État qui devrait être protégé, plus que les intérêts particuliers dont les juges se feraient facilement une arme : le spectre des parlements, qui convoquaient administrateurs ou intendants devant eux et prenaient des arrêts de règlement pour fixer l'interprétation des lois, est invoqué sans cesse dans le débat parlementaire. L'exemple *anglais*, où les actes administratifs pouvaient être attaqués devant les tribunaux civils, va alimenter la « thèse judiciaire », sans obtenir une traduction législative : ce fut finalement la thèse quasi judiciaire qui l'emporta en 1872, donnant les garanties procédurales – à l'intérieur de l'ordre administratif – que des juristes comme Cormenin et Macarel avaient réclamées très tôt (de 1818 à 1828).

On avait fini par reconnaître que le Conseil d'État jugeait véritablement et qu'il fallait donc donner des garanties de bonne justice : les ordonnances de 1831 (introduction du débat oral avec avocats, de la publicité des séances et d'un ministère public) marquèrent un progrès en ce sens. On avait aussi admis que la fiction du ministre responsable était une garantie dérisoire au regard de la jurisprudence du Conseil d'État qui, elle, fondait la *naissance* d'un droit administratif spécifique. Aussi, en 1871, Dufaure, garde des Sceaux de Thiers, estima le moment venu d'établir la juridiction pleine et entière du Conseil d'État : « Grâce aux lumières spéciales qui l'ont inspirée, la jurisprudence du Conseil d'État a, dans plusieurs circonstances, protégé plus efficacement les

9. Par différence, selon J. Chevallier, avec la « thèse administrative » donnant le contentieux au Conseil d'État et la thèse « quasi judiciaire » qui voudrait un tribunal administratif indépendant et inamovible.

10. Sur le mode d'argumenter, la « méthodologie souvent déroutante » que le Conseil d'État a utilisée jusqu'à nos jours, voir le tableau non dénué d'ironie qu'en donne un professeur de droit : « définitions stables à contenu variable », « notions limitrophes à frontières mouvantes » où « c'est le régime désiré par le juge qui conditionne la détermination de la notion », etc. : P. Weil, *Le Droit administratif*, PUF, 1964, p. 20.

citoyens contre les excès de zèle de l'autorité administrative que ne le faisait la jurisprudence de la Cour de cassation elle-même [11]. »

Le libéralisme individualiste, partisan de la thèse judiciaire, avait perdu la partie : le contentieux administratif ne relèverait pas des tribunaux attachés à l'application du Code civil. Pour la majorité des libéraux du moment, alliés sur ce point à Gambetta, la liberté et la propriété seraient protégées par la sagesse du Conseil d'État, au fait des nécessités administratives et jouissant désormais de la stabilité de la *loi* (pour quatre-vingts ans), au lieu d'ordonnances toujours révocables, qui avaient fait vivre l'institution dans le provisoire. Ceux qui avaient tenté une dernière fois d'attaquer la justice administrative, à travers la suppression des conseils de préfecture [12], avaient échoué, avec tout le courant monarchiste d'esprit décentralisateur.

Si on le compare à la pratique qui prévalait en Angleterre, le débat se résume dans une observation de Necker : « L'administration est tout dans un système politique où il n'y a point de balance [13]. » L'absence de « balance » réfère à une vision de la souveraineté qui est déterminante, même si elle n'est pas toujours explicite chez les défenseurs du pouvoir administratif. C'est elle qu'on privilégiera puisqu'elle divise profondément la mouvance libérale entre un courant qu'il faut appeler « étatiste » (faute de mieux) et un courant individualiste. On examinera d'abord la défense du pouvoir exécutif que le premier courant tente de construire : à travers la thèse de la responsabilité ministérielle ou de la séparation des pouvoirs, les contradictions prolifèrent. La référence à Montesquieu, argumentation généralement mobilisée par le camp libéral, se révèle impossible cette fois parce que Montesquieu favorise de façon évidente une habilitation du pouvoir judiciaire.

Du côté du courant individualiste, la défense du droit de propriété et d'intérêts distincts de l'intérêt général fait saillir le caractère mouvant et en fait indéfinissable du contentieux administratif. C'est tout une ten-

11. Dufaure, projet de loi sur la réorganisation du Conseil d'État, *Impressions de l'Assemblée nationale*, t. II, annexe à la séance du 1er juin, 1871, nº 279, p. 7. Mais il faut noter que, si le Conseil d'État obtient une juridiction pleine et entière, cela ne signifie nullement un gain d'*indépendance* vis-à-vis du pouvoir de l'Assemblée, en 1872, puis du pouvoir exécutif en 1875 : au contraire, comme le montre un juriste, Y. Laidié, le *corollaire* de la justice déléguée, c'est, pour les républicains, l'amovibilité des conseillers. Protéger l'Administration reste, au yeux du pouvoir exécutif, sa mission sacrée. Sur cette question, sur la faible indépendance à ce moment des membres du Conseil d'État, sur la totale dépendance (jusqu'en 1926) des conseils de préfecture vis-à-vis du préfet, voir : Yan Laidié, « Le Statut de la juridiction administrative », thèse en droit public, université de Bourgogne, 1993 (notamment pp. 358-359).

12. Cf. Rapport pour la commission de décentralisation par Amédée Lefèvre-Pontalis du 14 juin 1872, *Impressions...*, t. XV, nº 1217. Ce rapport fait suite au projet Raudot (29 avril 1871) évoqué au chapitre précédent.

13. Necker, *De la Révolution française*, cité par P. Legendre, *Trésor historique de l'État en France*, Fayard, 1992, pp. 429-430.

dance de l'histoire française, liée à la prééminence de l'État et à la centralisation, qui se trouve par là éclairée : le conflit entre les analyses de Tocqueville et celles de Dupont-White, partisan de la solution « statocentrique », confirment l'impossibilité pour le libéralisme français de s'inspirer de l'exemple anglais ou américain. Dans ce cadre, la liberté n'est finalement conçue que comme un don gracieux, une *libéralité* accordée par le pouvoir d'État, non comme ce qui s'enracinerait dans une sphère « qui est de droit hors de toute compétence sociale », selon la formule de Benjamin Constant. La séparation dont la société civile jouit vis-à-vis de l'État est très nettement une relation de *subordination* – sur laquelle la centralisation et le légicentrisme montent la garde.

L'APANAGE DU POUVOIR EXÉCUTIF

L'institution du Conseil d'État tel que l'a voulu Napoléon restait dans la filiation de l'Ancien Régime (notamment le Conseil des parties) ; traduction de la « justice retenue », elle entrait en contradiction avec cet esprit des monarchies tempérées que Montesquieu opposait au despotisme. Chef hiérarchique de l'administration sous l'Empire, le Conseil est supérieur aux ministres qu'il surveille. Dans une formulation contestée, Cormenin dira qu'il était « le siège du gouvernement, la seule parole de la France, le flambeau des lois et l'âme de l'empereur [14] ». En fait, il est à la fois une source d'avis pour Napoléon et un moyen de surveillance de l'administration, d'où le discrédit qui le frappe en retour sous la Restauration. On allègue alors le fait que cet organe n'est pas nommé dans la Charte [15], qu'il n'est donc pas constitutionnel, qu'il ne survit qu'à coups d'ordonnances royales, et on en conclut qu'il faudrait soit le supprimer, soit le réorganiser par une loi ; mais il s'avère vite que le pouvoir royal trouve utilité à son existence, notamment pour le contentieux. C'est en 1828 que la controverse atteint son maximum : le juriste L.A. Macarel publie *Des tribunaux ou Introduction à l'étude de*

14. Cormenin, *Le Livre des orateurs*, cit. *in* J. Chevallier, *op. cit.*, p. 103. Comparer avec la notice « Conseil d'État », in *Dictionnaire Napoléon*, par Charles Durand. Napoléon n'hésitait pas à se dire l'éducateur du Conseil d'État : « Le but de l'institution est de mettre sous la main de l'Empereur des hommes d'élite [...] qui se formeront, pour ainsi dire à son école » (cit. *in* D. Chagnollaud, *Le Premier des ordres. Les hauts fonctionnaires (XVIIIe-XXe siècle)*, Fayard, 1991, p. 44). Sur la parodie d'examen instituée pour l'auditorat en 1810, sur l'existence d'une hiérarchie (auditeurs, maîtres des requêtes, conseillers) qui ne doit pas, aux yeux de Napoléon et ses successeurs, signifier un processus de *carrière* garanti, voir M.-C. Kessler, *Le Conseil d'État*, Armand Colin, 1968 (notamment pp. 38-39).

15. Mais la Cour des comptes non plus.

la jurisprudence administrative[16] où il propose la création d'un haut tribunal administratif, indépendant et souverain, tout en passant en revue et en réfutant les opinions les plus éminentes sur la question. Victor de Broglie répond, la même année, par un article anonyme de la *Revue française* – devenu dès lors une référence – où il propose, pour sa part, de déférer aux tribunaux civils une partie du contentieux administratif[17], ce qui était faire un pas important vers le libéralisme du type Constant. Pendant ce temps, à la Chambre des députés, une proposition a été déposée par Gaëtan de La Rochefoucauld pour que les attributions du Conseil d'État soient enfin réglées par une loi (8 avril 1828). La proposition n'aboutit pas, ce qui conduira un certain nombre de députés, comme Dupin aîné[18], à rogner la part du Conseil dans le vote du budget pour 1829.

On retiendra ici, en matière de défense des prérogatives royales, le rapport Hély d'Oissel[19], en date du 26 juin 1828.

La responsabilité ministérielle comme brise-lame des contestations

À ceux qui objectent que le Conseil d'État, révocable à volonté, n'a pas les garanties d'indépendance du juge judiciaire, Hély d'Oissel répond qu'il y a méprise : la justice n'est pas l'administration, et le Conseil ne *juge* pas. Si la Charte porte que « toute justice émane du roi et s'administre en son nom, par des juges qu'il nomme et qu'il institue » (art. 57) et qui sont « inamovibles » (art. 58), cela ne concerne que l'ordre judiciaire. Les litiges administratifs font partie de l'ordre administratif et, par là, de la *justice retenue* du roi : « Le roi s'est imposé par la Charte quelques conditions, quelques restrictions dans l'exercice de cette partie de sa puissance qui a rapport à la distribution de la justice dans l'ordre

16. Au bureau du recueil des arrêts du Conseil d'État, J.-P. Roret éditeur.

17. De Broglie, « De la juridiction administrative », repr. in *Écrits et discours*, éd. cit., t. I, pp. 251-331.

18. Dupin faisait état du « désespoir des plaideurs quand on leur annonce qu'ils seront jugés par le Conseil d'État » (*Archives parlementaires*, 2e série, t. 53, p. 261). Voir aussi ses *Mémoires*, Plon, 1856, t. II, pp. 36-38. Par ses importantes fonctions judiciaires (procureur général près la Cour de cassation de 1830 à 1852 et de 1857 à 1865), Dupin est un élément orléaniste intéressant : il est à la croisée du conflit entre les deux autorités (l'ordre judiciaire, l'ordre administratif) qui revendiquent le contentieux administratif. Partisan de l'*inamovibilité* du juge administratif, il dit dans ses *Mémoires* regretter cette opinion : « Des conseillers d'État inamovibles seraient les maîtres de l'administration et détruiraient la responsabilité ministérielle. » En 1856, une telle rétractation ne pouvait qu'agréer Napoléon III qui cultivait la fiction de la responsabilité impériale pour tous les actes du Conseil revêtus de sa signature.

19. Déposé au nom de la commission examinant la proposition La Rochefoucauld : *Archives parlementaires*, t. 55, pp. 365-373.

judiciaire ; il ne s'en est imposé aucune en ce qui touche au gouvernement et à l'administration » (p. 368).

S'il existe quelque chose comme une justice administrative (terme que le rapporteur ne veut pas employer), elle se confond avec l'administration pure, que le roi exerce à travers ses ministres. L'idée d'« indépendance » est donc impropre : le roi « nomme donc et peut révoquer à son gré tous les agents de l'administration publique, et s'il en était autrement, il ne serait plus comme le veut la Charte, le chef suprême de l'État, il n'aurait plus le moyen de veiller au maintien de l'ordre et de protéger les intérêts de la société ». On voit ici en quoi la *souveraineté* royale semble en jeu et comment le Conseil d'État, dont les missions sont toujours définies en termes identiques (maintien de l'ordre social, protection des intérêts *généraux*), doit à la fois s'identifier à la fonction du chef de l'État et... disparaître derrière celle-ci[20]. Qu'il s'agisse de la souveraineté ne tient pas au cas particulier de la Restauration, contrairement à ce qu'écrit J. Chevallier[21], car la même logique se trouve réutilisée sous Juillet. Par exemple, lorsque Barthe, garde des Sceaux, présente pour la seconde fois un projet de loi sur le Conseil d'État, il déclare : « Il ne s'agit rien moins que de régler l'exercice du pouvoir royal dans plusieurs parties essentielles de ses attributions[22]. »

En 1828, chez Hély d'Oissel, régler l'exercice du pouvoir royal eût été une proposition incongrue ; en vertu de la centralisation administrative complétée ou compensée par la publicité des Chambres, le pouvoir exécutif doit s'exercer dans sa plénitude, y compris vis-à-vis des revendications des particuliers : on estime donc que la responsabilité des ministres pourvoira aux justifications et aux rectifications nécessaires[23]. « Que deviendrait cette responsabilité des ministres, demande Hély d'Oissel, si des conseillers inamovibles avaient le droit d'annuler ou de modifier à leur gré les arrêtés des préfets et des

---

20. Ambivalence reflétée par l'observation suivante de Maurice Block : « Sous la Restauration, les délibérations du Conseil d'État en matière contentieuse, promulguées sous forme d'ordonnances royales, étaient souvent inscrites au *Bulletin des lois* avec le titre d'Arrêts du Conseil » (*Dictionnaire de l'administration française*, « Arrêts du Conseil »). Victor de Broglie, écrivant à l'époque du Second Empire, résumait bien le problème suscité sous la monarchie selon la Charte : le Conseil gardait une « part d'autorité plus réelle qu'apparente, plus de fait que de droit, et par là plus facile à attaquer qu'à justifier » (*Vues sur le gouvernement de la France*, Michel Lévy, 1870, p. 256).

21. Le fondement du principe de justice retenue « ne peut plus dériver de l'idée de souveraineté royale, puisque, à partir de 1789 et sauf sous la Restauration, la souveraineté réside dans la nation. Il s'explique en fait par l'adage "Juger l'administration, c'est encore administrer" » (*op. cit.*, p. 108). Du point de vue de l'histoire des idées politiques, c'est l'adage lui-même qui est à interpréter.

22. *Archives parlementaires*, t. 85, p. 595, 11 janvier 1834.

23. Une responsabilité que la Restauration et Juillet ne parviendront jamais à définir avec clarté ni, surtout, par une disposition législative : elle est proprement l'Arlésienne dont on parle toujours.

conseils de préfecture, les décisions ministérielles et les ordonnances royales ? »

Telle est la grande ligne argumentative développée jusqu'en 1872 : puisque la France moderne demande un contrôle des actes de l'Administration, cela implique la responsabilité politique ; contrairement à ce que demandait Benjamin Constant[24], la responsabilité des agents du pouvoir ne peut se développer à tous les échelons, elle est le fait du pouvoir hiérarchique supérieur, nommé par le chef de l'État (présumé en accord avec l'opinion). Quand le roi signe lui-même une ordonnance (ce que d'ailleurs Constant ne souhaite pas), celle-ci est contresignée par le ministre qui, en validant sa légalité, en porte la responsabilité[25]. La souveraineté royale, qui incarne celle de l'État lui-même, est donc à la fois éclairée (par les avis du Conseil d'État) et couverte (par le contreseing ministériel), du moins en théorie. La solidarité organique du bloc que constitue l'Administration (dont seule la tête ministérielle est susceptible d'être atteinte)[26] est frappante : elle résultait d'une conception explicite chez les collaborateurs de Napoléon, aux fins de transmettre avec célérité les volontés du pouvoir, mais au risque de laisser sans recours toute résistance, même légitime. Ainsi Chaptal parlait-il de la « transmission des ordres et de la loi avec la rapidité du fluide électrique », à travers le préfet, le sous-préfet et les maires. Un journaliste écrivait en 1800 : « Du Premier Consul au maire d'un village des Pyrénées, tout se tient, tous les maillons de la chaîne sont liés ensemble. Le mouvement du pouvoir [...] trouvera partout l'exécution et nulle part l'opposition, toujours des instruments et point d'obstacles devant lui[27]. » Mais supposons que dans ce village des Pyrénées dont parle le journaliste, un citoyen ait à se plaindre du maire, fonctionnaire nommé par le préfet, comment se fera la remontée de la chaîne ? Le « mouvement du pouvoir » a-t-il été conçu pour s'inverser au profit du citoyen ? En 1845, tandis que l'on discute de la garantie des fonctionnaires, Tocqueville s'attache à démontrer que non : « Quoi ! demander à l'administration elle-même la réparation d'un abus administratif ! Me forcer de venir à Paris réclamer d'un tribunal [le Conseil d'État] qui ne voit point les pièces, qui n'entend pas les témoins, qui ne motive pas ses décisions, le

---

24. Constant, *Principes de politique*, chap. XI : « De la responsabilité des agents inférieurs ».

25. En fait, cette *authentification* par le contre-seing n'implique pas automatiquement l'existence d'une responsabilité politique véritable ; cette dernière requiert, comme le montre par exemple S. Rials, un ensemble de facteurs qui ne sont pas réunis à l'époque.

26. Atteinte encore une fois bien théorique, car on voit mal les *litiges privés*, ou plus précisément des particuliers vis-à-vis de l'État, venir s'exposer dans le débat des Chambres ! Or ce n'est que devant les Chambres que s'exerce ladite responsabilité ministérielle.

27. *Le Publiciste*, 19 février 1800, cité par J.-J. Chevallier, *Histoire des institutions et des régimes politiques de la France moderne*, éd. cit. (1967), p. 133.

droit de poursuivre un maire de village qui aura violé la loi à mon égard dans un canton des Pyrénées[28] ? »

On aura à revenir sur la garantie des fonctionnaires, mais que constate-t-on à comparer cette question avec celle du contentieux administratif ? La « responsabilité » alléguée étant très éloignée de ceux sur qui s'applique l'action administrative est par là rendue théorique : elle sert de fiction protégeant l'irresponsabilité conjointe du chef de l'État et du Conseil d'État. Éclairant le Prince, le Conseil le garde contre tout risque d'emportement, tandis que, bénéficiant de la confiance de l'administration, il peut trancher des questions où elle est vitalement concernée : le Conseil jouit silencieusement, et derrière le paravent ministériel, *de l'exercice pratique de la souveraineté*. Au prix cependant de justifications théoriques fort laborieuses : ainsi le fait qu'il rende des jugements sans être un juge. Portalis, fils du célèbre jurisconsulte de Napoléon, explique, dans son rapport de 1834 devant la Chambre des pairs, que lorsque le Conseil d'État juge, c'est en fait le ministre qui juge[29], et que ce jugement vaut arbitrage pour les droits individuels : « Les ministres ne sont point partie dans les affaires du contentieux administratif : ils sont de véritables juges [...]. Les citoyens qui soutiennent leur droit contre l'État ou les établissements que l'État représente, loin de considérer les ministres comme leurs adversaires, ne doivent voir en eux que les tuteurs de cette bonne police, de cet ordre, et de cet intérêt public dont le maintien importe à tous sans exception et même à celui qui, dans une conjoncture particulière, se débat accidentellement contre eux[30]. »

En définitive, entre Hély d'Oissel (1828) et Portalis (1834), le progrès consiste en ce que les défenseurs du gouvernement reconnaissent maintenant qu'il y a une *justice administrative* et que le Conseil d'État rend des jugements. Mais la concession s'annule aussitôt. D'un côté, Portalis affirme qu'« il n'y a qu'une autorité administrative qui puisse réformer les actes d'une autorité administrative » ; mais, d'autre part, si l'on peut améliorer les règles de l'organisme juridictionnel en *séparant* mieux, dans l'administration, ce qui est action et ce qui est juridiction, il reste que séparer la juridiction du *gouvernement* lui-même serait ruiner l'État. Pour ce libéralisme soucieux d'autorité, le gouvernement se confond avec l'État[31], conservateur de l'ordre social et de l'ordre public : « En résumé, la décision des affaires contentieuses administratives appartient

28. « De la responsabilité des agents du pouvoir », publié de façon anonyme dans *Le Commerce*, 16 février 1845, *in* Tocqueville, *Œuvres complètes*, Gallimard, III-2, p. 156.

29. C'était déplacer ou redoubler les difficultés. Sur la doctrine du ministre-juge et sa longue persistance, voir J. Chevallier, *L'Élaboration historique du principe de séparation...*, p. 148 et suiv.

30. *Archives parlementaires*, t. 85, p. 730.

31. On retrouve donc, spécifiquement sous Juillet, cette assimilation gouvernement-État déjà rencontrée à propos de l'enseignement et de l'exercice de la souveraineté en général.

au gouvernement : il ne saurait la déléguer sans abdiquer. Le Conseil d'État est l'instrument dont il se sert pour la rendre ; mais c'est en dernière analyse le gouvernement seul qui la rend[32]. » Position évidemment fragile, puisque cela sous-entend qu'il n'y a pas un *ordre légal* (un droit administratif) qui existerait et s'imposerait du dehors au gouvernement ; c'est donc que celui-ci procède par jugement d'opportunité, c'est-à-dire selon l'arbitraire de ses appréciations. Il est vrai qu'en fait le pouvoir exécutif a presque toujours suivi les avis du Conseil d'État[33], mais là n'est pas le point important si l'on veut comprendre les tensions qui traversent le libéralisme français : à partir du moment où le « recours contentieux » était distingué du « recours gracieux » (qui s'exerce par appel au supérieur administratif hiérarchique et selon son bon vouloir), place n'aurait pas dû être laissée au pouvoir discrétionnaire du gouvernement, c'est-à-dire *des politiques* – fût-ce même de façon théorique. Que, dans le cas contraire, l'administration active pût être ralentie dans sa marche et que la haine des corps parlementaires d'Ancien Régime fût agissante, on ne saurait en douter ; il reste que les juristes d'aujourd'hui, familiers de la justice déléguée, expriment leur étonnement sur ces débats passionnés : « On est surpris d'y voir des hommes, dont la plupart étaient des libéraux sincères, manifester des craintes très vives devant la justice déléguée. La substitution de celle-ci à la justice retenue n'aurait pas seulement, à leurs yeux, porté atteinte au principe de la séparation des pouvoirs, elle aurait été une grave menace pour les intérêts supérieurs de l'État[34]. »

La séparation des pouvoirs selon Vidaillan : un argument contradictoire

D'après la citation qui vient d'être donnée, il y aurait eu deux objections majeures chez les libéraux d'esprit « étatique » : d'une part la séparation des pouvoirs, d'autre part la mission de l'État. En fait, l'argument de séparation des pouvoirs – si souvent invoqué dans les débats – se révèle dénaturé et autocontradictoire, dominé qu'il est par le second élément, le credo que l'État est toujours gardien de l'intérêt général.

Qu'implique d'abord la thèse de la séparation des pouvoirs au titre de la célèbre loi des 16-24 août 1790 (article 13) ? Que les fonctions administratives resteront distinctes des fonctions judiciaires, au sens où il ne doit pas y avoir de juge-administrateur. Le texte des constituants pres-

32. Rapport Portalis, *Archives parlementaires*, t. 85, p. 725.

33. Il a pu retarder l'homologation à laquelle, de fait, il se livre : J. Chevallier, *op. cit.*, pp. 110-111.

34. *Le Conseil d'État. Son histoire à travers les documents d'époque (1799-1974)*, sous dir. L. Fougère, CNRS, 1974, p. 335.

crivait que « les juges ne pourront, à peine de forfaiture, *troubler*[35] de quelque manière que ce soit les opérations des corps administratifs » ; de ce fait, les juges ne pourront plus « citer devant eux les administrateurs pour raison de leurs fonctions ». Si l'on suit l'analyse de Jacques Chevallier[36], ce texte ne préjugeait pas du sort du *contentieux administratif*, que les constituants avaient laissé en suspens : il visait avant tout à interdire l'immixtion du judiciaire dans l'administration *active*. En tout cas, et quel que fût le contresens intéressé que les auteurs du XIXe siècle aient commis sur la pensée des constituants[37], la séparation des pouvoirs avait une deuxième conséquence logique : pour qu'une bonne justice soit rendue, l'exécutif ne devait pouvoir ni influer sur le jugement ni modifier le jugement rendu. Pourtant, nombre de libéraux revendiquent à la fois la séparation des pouvoirs et la soumission de l'instance juridictionnelle au pouvoir exécutif.

C'est le cas, par exemple, de Vidaillan, maître des requêtes au Conseil d'État, dans son livre de 1841[38]. La juridiction directe, c'est-à-dire la justice déléguée, est contraire à la séparation des pouvoirs, expose l'auteur : « Elle en sape le principe ; elle en rend la barrière flottante. Un corps investi d'attributions [contentieuses propres] deviendra judiciaire, quoiqu'il provienne de la nature administrative. Alors il sera difficile de décider où finit l'administration, où commence la justice[39]. » Devenue inamovible, dotée de la capacité de rédiger des arrêts, la section du contentieux changerait de nature et elle bouleverserait « la constitution du pays ».

Mais, juste auparavant, c'est bien une juridiction propre que l'auteur a revendiquée pour l'État et au profit de l'exécutif : il s'agit d'un « tribunal exceptionnel » (p. 161), tribunal nécessaire parce que « l'État ne peut être jugé que par lui-même ». Que devient alors la séparation des pouvoirs, entendue cette fois dans les rapports entre l'exécutif et le judiciaire, ce judiciaire – exceptionnel – qu'incarne le Conseil d'État ? En fait on comprend que ce n'est pas la règle de séparation des pouvoirs qui importe ici, mais la liberté d'action de l'exécutif : un motif tout politique[40].

---

35. Nous soulignons.
36. Voir l'étude décisive de J. Chevallier : « Du principe de séparation au principe de dualité », *Revue française de droit administratif*, 6 (5), sept.-oct. 1990, pp. 712-723. On trouvera aussi de nombreux éléments chez J.-L. Mestre : « Le contentieux administratif sous la Révolution française d'après des travaux récents », *Annuaire d'histoire administrative européenne*, Baden-Baden, 6, 1994, 281-298.
37. Notamment en créant le principe « Juger l'administration, c'est encore administrer ».
38. A. de Vidaillan, *De la juridiction directe du Conseil d'État [...] selon le projet de loi du 1er février 1840*, Dufey, 1841. Cet opuscule combat le rapport Dalloz du 10 juin 1840, faisant lui-même suite à un projet de loi déposé le 1er février.
39. Vidaillan, *op. cit.*, p. 166.
40. Dans l'article précité (*Revue française de droit administratif*, p. 712), J. Chevallier observe que c'est encore la visée d'Hauriou qui donne une interprétation « politique »

Non seulement Vidaillan subordonne la section du contentieux au pouvoir exécutif, mais il inflige un second démenti au principe de séparation des pouvoirs en justifiant cette subordination par l'idée de la responsabilité ministérielle que l'on a vue précédemment : en droit, le pouvoir exécutif doit pouvoir se faire lui-même juge. C'est une fiction, explique l'auteur, mais une fiction indispensable : « Pour substituer à la sagesse du Conseil d'État l'*arbitraire du ministre*[41], il faut un coup d'État ministériel. Là, cependant, est la responsabilité, cette base du gouvernement représentatif. Il faut qu'en fait cela n'arrive jamais, et qu'en droit cela puisse arriver toujours[42]. »

L'équivoque du terme « arbitraire » se montre constamment dans le débat de l'époque : d'un côté, on veut désigner le jugement d'opportunité, non réglementable, inévitable dans les actes d'administration[43] ; d'un autre côté, employé pour une fonction juridictionnelle qui statue sur les demandes des particuliers, le terme évoque une justice léonine, un déni de justice. Pour lever ce reproche souvent fait, Vidaillan prétend montrer que, défendant l'intérêt général, l'arbitraire d'État est un arbitraire juste : « Le principe fondamental de tout gouvernement est que son action ne soit jamais suspendue. Est-ce *par l'arbitraire*[44] qu'il écartera les obstacles ? Non, c'est par les intérêts de tous, aux dépens du droit de quelques-uns » (p. 165).

Au total, l'argumentation est confuse. Par l'arbitraire, l'État peut mal faire ; mais c'est indispensable pour fonder en principe la responsabilité ministérielle. Du reste, l'État n'agit pas avec arbitraire dans l'exercice d'un droit exorbitant puisqu'il défend l'intérêt général. Telle est la pétition de principe qui se trouve en réalité à la base du discours d'« esprit étatiste » : le *despotisme* n'est jamais le fait de l'État. Il ne peut naître que des prétentions du juge judiciaire, ou de la tyrannie des intérêts particuliers.

---

de la séparation des pouvoirs, dans son *Précis de droit administratif*. Par ailleurs, dans la même revue, F. Burdeau montre que la séparation des pouvoirs servait d'argument aussi bien pour les défenseurs de la justice administrative que pour ses détracteurs (« Les crises du principe de dualité de juridictions », *loc. cit.*, p. 727, note 23 bis).

41. Nous soulignons.

42. Vidaillan, *op. cit.*, pp. 164-165.

43. Napoléon disait en 1806 : « Il y a dans tout cela un arbitraire inévitable ; je veux instituer un corps demi-administratif, demi-judiciaire, qui réglera l'emploi de cette portion d'arbitraire nécessaire dans l'administration de l'État » (cité par Marceau Long, « L'état actuel de la dualité des juridictions », *Revue française de droit administratif*, numéro cité, p. 689).

44. Nous soulignons.

MONTESQUIEU : L'ORACLE CONTREDIT

Il peut paraître singulier qu'une grande partie de la mouvance libérale se rallie à la vision archaïque de la souveraineté – et, plus précisément, de la souveraineté du pouvoir exécutif. Au prix, d'ailleurs, d'une entorse évidente à la doctrine de Montesquieu, que *Le Fédéraliste* avait jadis appelé « oracle du gouvernement constitutionnel ». Montesquieu avait écrit que, « dans les États despotiques, le prince peut juger lui-même. Il ne le peut pas dans les monarchies : la constitution serait détruite, les pouvoirs intermédiaires dépendants anéantis ; on verrait cesser toutes les formalités des jugements [...]. Le prince est la partie qui poursuit les accusés et les fait punir ou absoudre ; s'il jugeait lui-même, il serait le juge et la partie[45] ».

Si l'on reprend la classification donnée par J. Chevallier, trois positions s'affrontaient sur le Conseil d'État. La thèse « judiciaire », qui voulait remettre le contentieux au juge ordinaire (Tocqueville, par exemple), comme c'était le cas en Angleterre, la thèse « administrative » (dont Vidaillan est un exemple), la thèse « quasi judiciaire ». Cette dernière était le fait de Macarel, auteur d'un livre remarquable (*Des tribunaux administratifs*) et l'un des pères du droit administratif[46]. Fidèle à Montesquieu, qu'il cite longuement, Macarel estime que ce qui s'applique à la justice ordinaire *doit aussi* se retrouver, *de façon transposée*, dans l'ordre administratif, grâce à un tribunal administratif spécifique. Prenant l'exemple des contraventions de grande voirie, exemple qui concerne les conseils de préfecture, Macarel observe : « Le roi de France est la partie publique : c'est en son nom que les contrevenants sont poursuivis par les préfets. Convient-il qu'en statuant lui-même [en appel] [...] le roi de France soit tout à la fois juge et partie[47] ? » Non seulement Macarel souhaite que le chef de l'État se retire du jugement des litiges administratifs, mais il considère comme intenable la fiction du ministre-juge, appliquée aux avis du Conseil d'État : « Comment les ministres pourraient-ils être responsables d'une délibération qui leur serait étrangère ? » (*ibid.*, p. 492).

---

45. *Esprit des lois*, VI, 5.

46. La distinction entre les trois options avait déjà été faite par Cormenin, autre père du droit administratif : voir son « Étude du droit administratif », *in* Dupin, *Profession d'avocat*, Alex-Gobelet, 1832, t. I, p. 404 et suiv. Le premier ouvrage de référence dû à Cormenin est de 1818 : *Du Conseil d'État envisagé comme conseil et comme juridiction dans notre monarchie constitutionnelle.* Les amis de Constant (en l'occurrence Étienne Aignan) en avaient donné un compte rendu critique, mais de façon nuancée, dans *La Minerve*, t. I, pp. 612-622, 1818. Voir aussi l'étude de René de Lacharrière sur Cormenin (dans sa deuxième partie) : « Cormenin, politique, pamphlétaire et fondateur du droit administratif », *RDP*, vol. 57, 1940-1941, pp. 333-366.

47. Macarel, *Des tribunaux administratifs*, éd. cit., p. 490.

D'ailleurs, en la matière, Montesquieu avait particulièrement enfoncé le clou dans un chapitre intitulé « Que, dans la monarchie, les ministres ne doivent pas juger » (VI, 6). La séparation des pouvoirs constitutive d'une monarchie tempérée interdit « que les ministres du prince jugent eux-mêmes les affaires contentieuses ». De la même façon, Macarel soutient, contre Henrion de Pansey, que le roi n'a pu garder pour lui-même l'exercice des fonctions administratives : la délégation de ces fonctions est aussi nécessaire, juridiquement, que la délégation du pouvoir judiciaire [48]. Ainsi Macarel avait-il l'audace de contester la thèse de Henrion de Pansey, selon laquelle le roi est juge *parce qu'il est administrateur*.

Ce sont donc les intérêts du pouvoir d'État [49] – c'est-à-dire de l'assimilation de l'État à l'exécutif – qui conduisent une partie des libéraux à contredire Montesquieu. Ce que d'autres composantes de la mouvance libérale ne se font pas faute de leur rappeler. Dans un rapport sur Macarel où il se montre assez injuste [50], Tocqueville souligne les dangers qui peuvent naître de cette révérence envers l'État. À ses yeux, le principe selon lequel « l'intérêt de l'État est engagé » peut ouvrir la porte à tous les abus. C'est notamment ce principe qui permettait aux préfets d'« élever le conflit », comme l'on disait, c'est-à-dire de faire enlever aux tribunaux civils le droit de juger certaines affaires. Tocqueville ne manque pas de rapprocher ce principe du droit d'*évocation* par lequel l'ancienne monarchie s'assurait des juridictions dociles : « Quant à moi, je déclare que je ne vois aucune raison de ne pas en conclure qu'il convient de renvoyer devant le juge administratif la connaissance des crimes et délits politiques. Assurément, l'intérêt de l'État est ici plus engagé que quand il s'agit de l'exécution d'un marché [51]. »

Généralisation polémique mais qui n'est pas sans fondements, comme le montrera ensuite l'expérience du Second Empire : de l'État administratif à l'État instrument de la dictature de l'exécutif, le raccourci pouvait être tentant dans l'histoire française. Il n'est que de lire l'article d'un « libéral autoritaire », Dupont-White, publié en 1874, sur la justice administrative [52]. Connu pour ses prises de position en faveur de la centrali-

48. Macarel, *op. cit.*, pp. 335-338.

49. Cf. la question que nous posions au début du chapitre précédent : l'État a-t-il des intérêts distincts de la société, et dans quelle mesure son statut de « représentant » de la société permettrait-il d'oublier ou de relativiser pareille différence ?

50. Tocqueville a fait en 1845 devant l'Académie des sciences morales et politiques un rapport sur le *Cours de droit administratif* de Macarel. Cf. Tocqueville, *Mélanges*, t. XVI des *Œuvres*, Gallimard, pp. 185-198. Sur les mobiles de l'attitude de Tocqueville, voir la note de F. Mélonio (*loc. cit.*, note 9, p. 192) : Tocqueville fait payer injustement à Macarel la loi promulguée le même jour (19 juillet 1845), qui maintient la justice retenue.

51. Tocqueville, *Mélanges*, p. 193.

52. *In* M. Block, *Dictionnaire général de la politique*, éd. cit. (1874), t. II, p. 168. Signalons que Dupont-White développe ses thèses à l'encontre de l'école individualiste

sation administrative, Dupont-White affirme que la France ne peut être l'Angleterre : « Parmi nous telle est la tradition et l'inclination que le gouvernement est le déclarateur suprême, le gardien exclusif de l'intérêt général. » Une fois de plus, la puissance administrative est confondue avec le gouvernement, qui procède discrétionnairement vis-à-vis des intérêts particuliers. Il semble que l'auteur ne distingue même pas le contentieux du domaine de l'administraction active : « L'administration est juge de l'intérêt général et présumée infaillible dans l'appréciation de cet intérêt[53] : elle ne peut être recherchée juridiquement pour la part d'avantage ou de préjudice qu'elle impose à chacun dans cet exercice souverain de sa plus haute faculté ; à tel point qu'elle est seule à décider des cas d'expropriation [...] [alors qu'en Angleterre] il faut une autorisation législative, un *private bill*, pour toute expropriation. »

Cette prérogative de l'exécutif administrateur est vivement défendue par la majorité des libéraux qui se montrent peu émus par la question du contentieux. Comment envisager de contrôler, voire de freiner, une administration dont on a affirmé par ailleurs la nécessité souveraine ? Pour autant qu'il se conçoit comme libéral, ce courant « étatiste » est aux antipodes du libéralisme de Montesquieu. Aussi, avec quelque véhémence, Eugène Poitou écrit à la fin du Second Empire : « L'Administration, en France, c'est l'arche sainte : nul n'y touche sans une sorte de tremblement. Nous avons été élevés dans l'idolâtrie administrative. C'est proprement la maladie française[54]. »

LA PRÉCARITÉ DU DROIT INDIVIDUEL

Qu'en est-il maintenant si l'on essaye d'envisager la question du point de vue des droits des administrés, et non plus du point de vue favorable à la puissance publique ? C'est sous cet angle qu'apparaissent clairement les réticences ou les refus de la pensée dominante, y compris chez les libéraux. Cela est vrai tant pour le domaine du contentieux administratif que dans celui de la responsabilité des agents du pouvoir (la « garantie des fonctionnaires »).

---

dans *La Liberté politique considérée dans ses rapports avec l'administration locale*, Guillaumin, 1864. Sur la justice administrative, voir p. 119 et suiv.

53. On reconnaîtra ici les traits que nous avons donnés à la réinterprétation de la *souveraineté*.

54. E. Poitou, *La Liberté civile...*, éd. cit., préface, p. XII.

L'IMPOSSIBLE DÉFINITION DU CONTENTIEUX ADMINISTRATIF

Dans son article de 1828, Victor de Broglie avait proposé d'ordonner le droit administratif (encore largement à créer) en séparant deux grands types de contestation. D'abord les réclamations s'exerçant contre « un acte quelconque du gouvernement, statuant de puissance à sujet. Là s'exerçait véritablement la souveraineté [jusqu'à présent], et l'action administrative était discrétionnaire[55] ». C'est à ce type de situation que de Broglie voulait réserver l'appellation de « contentieux administratif », car l'intérêt public se trouvait nettement engagé. En revanche, toute plainte « qui se fonde sur les termes exprès d'une loi, d'un décret, d'une ordonnance, d'un arrêté » relevait d'un contentieux proprement *judiciaire*, selon la démarche habituelle des tribunaux : « Les faits étant vérifiés, il ne reste plus qu'à voir ce que porte le texte invoqué, jusqu'à quel point il s'applique ou ne s'applique pas[56]. »

Continuer à confondre les deux serait persévérer dans une « justice de pacha ou de cadi ». Lorsque survint la révolution de Juillet, de Broglie (par ailleurs président du Conseil d'État) considéra que le moment était venu de procéder à la réorganisation nécessaire : une ordonnance du 30 août 1830 annonça que Benjamin Constant était nommé président de la commission chargée de réformer le Conseil d'État[57]. Mais il fallut vite déchanter : Constant mourut peu après et il semble que le projet qu'il avait mis en route suscita la colère de Louis-Philippe[58]. Lorsque de Broglie prit à son tour la présidence de la commission, le projet rédigé par Vatimesnil, d'ampleur considérable (245 articles), n'eut pas de suite.

55. Signalons que le recours contre l'excès de pouvoir, développé surtout à partir du Second Empire, viendra tempérer l'aspect discrétionnaire, sans le supprimer pour autant. Après la loi de 1872, il est acquis que l'on distingue le contentieux proprement dit ou « de pleine juridiction », le contentieux « de l'annulation », pour incompétence ou excès de pouvoir, le contentieux « de l'interprétation » – étant entendu par ailleurs que les actes dits *de gouvernement* échappent à toute espèce de recours contentieux devant les tribunaux administratifs. Cf. par exemple l'excellent ouvrage d'un disciple de Hauriou : R. Foignet, *Manuel élémentaire de droit administratif*, Arthur Rousseau, 1895, Annexes, p. XXIV. Pour une définition du contentieux sous le Second Empire voir le chap. III de Dareste, *La Justice administrative en France ou traité du contentieux de l'administration*, Auguste Durand, 1862.

56. De Broglie, *Écrits et discours*, I, 295.

57. Cf. P. Bastid, *Benjamin Constant et sa doctrine*, éd. cit. (1966), I, 470. Dans ses *Souvenirs* (IV, 98), de Broglie écrit de Constant qu'il était « le très inutile président de cette commission », ce qui semble injuste. La malveillance envers Constant (son présumé beau-père !) chez lui et chez les doctrinaires est un fait fréquent, une fois accordé le rituel hommage au « constitutionnaliste ».

58. Sur les deux textes manuscrits laissés par Constant, voir Bastid, II, 1027-1028, et la cote précise dans É. Hofmann, *Catalogue raisonné de l'œuvre manuscrite de Benjamin Constant*, Genève, Slatkine, 1992, pp. 190-192.

Les problèmes touchant à la compétence spécifiées de la juridiction administrative restaient en suspens : les auteurs qui évoquent par la suite cette tentative concluent qu'elle est impossible à mener à son terme. Il y a toujours un point, affirment-ils, par lequel *les intérêts particuliers touchent à l'intérêt général* : on ne peut définir *a priori* le contentieux administratif[59].

On préféra donc oublier ce que Macarel avait montré avec une grande liberté d'esprit : dans une énumération de dix pages, il prouvait que la tendance était trop fréquente de faire passer pour de simples *intérêts* des *droits* véritables ; il citait le cas des travaux publics (contestations entre entrepreneurs et administration, notamment sur le sens des contrats), les réclamations des particuliers en matière de travaux publics (route, canal, pont), les plaintes pour vices et défauts de construction, etc.[60].

Les juristes et publicistes ne suivront pas Macarel dans cette voie, ni de Broglie – lequel a beaucoup assagi ses positions sous Juillet, en montant aux affaires[61]. Ils conclurent comme le fera Vivien dans ses *Études administratives* : « La véritable définition du contentieux administratif se trouve dans la jurisprudence du Conseil d'État », ce que l'avenir va vérifier, mais qui sonne comme une véritable *autolégitimation* du Conseil d'État[62]. Car c'était entériner un état de fait, et même un rapport de force entre les deux juridictions, ce n'était pas procéder par la voie d'une analyse rationnelle qui aurait, sans doute, bouleversé le devenir

59. En 1837, Vatout, rapporteur sur un projet de loi, déclarait : « Dans ces sortes d'affaires, dans celles mêmes qui paraissent le plus dériver d'une loi ou d'un droit écrit, il est bien rare que par un point quelquefois imperceptible, elles ne touchent à la chose publique, et dans cette situation mixte, nous avons pensé que l'intérêt de tous devait l'emporter sur l'intérêt privé » (*Archives parlementaires*, t. 113, p. 653). Cette idée de l'inséparabilité de l'intérêt public d'avec les autres intérêts – véritable roche Tarpéienne de l'esprit libéral – est abondamment illustrée chez P. Sandevoir, *Études sur le recours de pleine juridiction*, LGDJ, 1964, pp. 217-227.

60. Macarel, *Des tribunaux administratifs*, p. 510. Signalons que la tendance était de distinguer le *recours gracieux*, fondé sur un intérêt froissé, et le *recours contentieux*, fondé sur un droit violé ou méconnu. Tandis que le second est soumis à l'autorité de la chose jugée et peut être porté en appel devant le Conseil d'État, ce n'est jamais le cas du recours gracieux qui n'est que supplique ou demande portée à l'autorité administrative. Cf. R. Foignet, *Manuel élémentaire de droit administratif*, Annexes, p. XXIX, ou, de façon très développée, le chap. III chez Eugène Poitou, *La Liberté civile et le pouvoir administratif en France*.

61. Dans ses *Vues sur le gouvernement de la France* (écrites en 1861 et publiées en 1870), de Broglie reprend les thèses de 1828 en ce sens qu'il continue à demander le dessaisissement de la section du contentieux pour les cas simples d'application des textes. Mais, défenseur de la justice retenue, monarchiste, théoricien d'un Conseil où siégeraient les ministres, il s'intéresse davantage au *renforcement* du Conseil d'État : voir son chap. VII, « Des conseils du roi ».

62. Vivien, *Études administratives*, Guillaumin, 3e éd. 1859, t. I, p. 128. L'ouvrage, qui eut sa première édition en 1845, est resté un livre-témoin en la matière. Il provient en grande partie d'un article de 1841 (*Revue des deux mondes*). Sur Vivien, voir l'ouvrage au titre suggestif d'O. Pirotte : *Vivien de Goubert. Contribution à l'étude d'un libéral autoritaire*, LGDJ, 1972.

suivi par les institutions en France. « Le Conseil d'État, écrit un de nos contemporains, a secrété le droit administratif comme une glande secrète son hormone : la *juridiction a précédé le droit* et, sans celle-là, celui-ci n'eût pas vu le jour[63]. » Du même coup, le Conseil a dû dégager la règle de droit en même temps... qu'il l'appliquait, il a dû lui-même arbitrer entre les nécessités de l'action administrative et les limites qu'il fallait lui imposer. D'ailleurs, dans son évolution au XXe siècle, le Conseil puis les tribunaux administratifs sont devenus de plus en plus un corps d'administrateurs qui juge l'administration, selon un rapport proximité/distance, familiarité/indépendance qui suscite encore parfois la controverse[64].

Vivien prend acte de ce qu'il considère comme inconciliable : « l'esprit de l'autorité judiciaire », pour qui la loi est *égale* entre l'État et le particulier, « l'esprit de la juridiction administrative », qui ne peut l'admettre. Selon une formule souvent citée ensuite, Vivien rappelle qu'« un jour, le premier président d'une cour royale refusait d'accorder un tour de faveur à une cause qui intéressait l'État. Il s'agissait d'une maison faisant saillie sur la voie publique. Cette maison laissée debout, dit-il, attestera qu'en France la justice est égale pour tous : voilà l'esprit de l'autorité judiciaire ». Le même cas, porté devant le Conseil d'État, aurait eu une solution inverse : « Voilà l'esprit de la juridiction administrative. » Le droit du particulier s'apprécie du point de vue prétorien de l'État[65], telle est l'optique qu'adopte, semble-t-il, Vivien. Il considère par exemple que, lorsque l'État rompt un marché, il le fait pour des raisons impérieuses qui lui sont propres, dont il est seul à pouvoir juger. Dès lors, il ne doit pas à l'entrepreneur la même indemnité qu'un particulier vis-à-vis d'un autre particulier : « L'État, c'est-à-dire la collection de tous les citoyens et le trésor public, c'est-à-dire l'ensemble de tous les contribuables, doivent passer avant le citoyen ou le contribuable *isolé*, défendant un intérêt individuel. »

L'appellation de « droit » ou d'« intérêt » devient en fait secondaire, ou élastique, si l'on peut considérer que l'idée de la *collectivité* est en jeu. Seuls ceux qui sont « initiés aux nécessités des affaires publiques », écrit Vivien, peuvent comprendre cela ; ce qui revient à disqualifier le jugement des particuliers, le droit, dirons-nous, de *juger de son droit*. Mais c'est surtout une disqualification du monde judiciaire : « L'État

---

63. P. Weil, *Le Droit administratif*, p. 12. Passage souligné par nous.

64. En 1963, le garde des Sceaux disait du Conseil d'État : « Il est l'Administration qui se juge » (cit. *in* P. Weil, *op. cit.*, p. 11). Sur la montée en puissance des tribunaux administratifs depuis une dizaine d'années (inamovibilité, création de cours d'appel administratives, etc.) on lira la mise au point faite par Claire Jeangirard-Dufal, président du tribunal administratif d'Orléans : « La vision d'un membre du corps », in *Le Juge administratif à l'aube du XXIe siècle*, sous dir. G. Gardavaud et H. Oberdorff, Presses universitaires de Grenoble, 1995.

65. Cf. chez Guizot la défense de la souveraineté de « l'État enseignant » (*supra*), mais où nous avons montré que la mission d'intérêt général était plus aisée à dégager.

n'est à leurs yeux qu'un être abstrait, qui les touche moins que le citoyen contre lequel il plaide. Trop souvent le premier leur paraît un oppresseur et l'autre une victime[66]. » On devine chez ces civilistes impénitents un milieu porté à comprendre le libéralisme issu de Mme de Staël et de Constant : ils défendent « l'individu isolé » (comme dit Vivien)[67].

En 1831, Locré, survivant prestigieux du Conseil de Napoléon, observait : « Le droit civil [...] ne connaît que l'intérêt privé, ne protège que l'intérêt privé, fait tout céder à cet intérêt[68]. » Locré estime lui aussi que, pour créer un tribunal administratif spécifique (qui devra alors être couvert par l'inamovibilité), il faudrait faire appel à des préfets ou à des membres du comité du contentieux, car juger l'administration supposerait « des connaissances et surtout un tact, une expérience, des habitudes que les tribunaux ordinaires n'ont pas eu l'occasion d'acquérir ».

La défaite du « pouvoir » judiciaire

Au fond, pour le libéralisme d'esprit étatiste, la reconnaissance du droit individuel (tel que le privilégie le Code civil) ne saurait être première ; elle s'obtient par soustraction ou par autolimitation des prérogatives de la puissance publique. Ainsi que l'observe un juriste contemporain, le célèbre arrêt Blanco du tribunal des conflits (1873), s'il permet d'indemniser des droits privés du fait de la responsabilité de l'État, vise aussi à ne pas déroger au principe que « juger l'administration, c'est encore administrer[69] », et donc à instituer ou à renforcer un critère de *compétence juridictionnelle spécifique*. Au terme de l'arrêt Blanco, la responsabilité pour des dommages causés à des particuliers « ne peut être régie par les principes qui sont établis par le Code civil pour les rapports de particulier à particulier ; [...] cette responsabilité n'est ni générale ni absolue ; elle a ses règles spéciales qui varient suivant les besoins du service et la nécessité de concilier les droits de l'État avec les droits privés ». La légitimation du pouvoir normatif du Conseil d'État avait pris à cette date un tournant décisif qui marquait la défaite du libéralisme centré sur les droits individuels.

Cette défaite est également celle du pouvoir judiciaire dont l'indépendance et le statut de protection des libertés individuelles ont toujours

66. Vivien, *Études administratives*, I, 142.
67. Réponse faite par Poitou à Vivien : entre l'État et l'individu, « si la balance devait pencher plutôt d'un côté que de l'autre, il semble que ce devrait être du côté de l'intérêt individuel, toujours plus faible et plus digne de ménagements » (*loc. cit.*, p. 61).
68. Locré, *Quelques Vues sur le Conseil d'État...*, Gosselin, 1831, p. 48.
69. P. Sandevoir, *Études sur le recours de pleine juridiction*, pp. 227-233.

fourni matière à contestations en France[70]. Il est caractéristique que Tocqueville revienne sur le « pouvoir » judiciaire à la fin de la seconde *Démocratie en Amérique* (1840) ; il s'interroge dans ce passage sur les moyens pour « conserver à l'individu le peu d'indépendance, de force, d'originalité qui lui restent ; le relever à côté de la société et le soutenir en face d'elle[71] ». Parallèlement à l'action de la presse, Tocqueville institue la justice comme moyen indispensable de l'autonomie individuelle face au « pouvoir social ». Cette conception, qui est en continuité avec les prémisses du libéralisme individualiste de Constant, résonne maintenant comme un argument de l'école américaine, c'est-à-dire étrangère au développement suivi par la France : « Les droits individuels qui se rencontrent chez les peuples démocratiques sont d'ordinaire peu importants, très récents et fort instables ; cela fait qu'on les sacrifie souvent sans peine et qu'on les viole presque toujours sans remords. »

Cette précarité du droit individuel est particulièrement illustrée aux yeux de Tocqueville par le cas français parce que l'idée de l'*intérêt général*, qui a été si forte sous la Révolution française, a trouvé son champion dans l'État et dans le pouvoir, bien réel, de l'Administration. Or « il est de l'essence du pouvoir judiciaire de s'occuper des intérêts particuliers », et « la force des tribunaux a été, de tout temps, la plus grande garantie qui se puisse offrir à l'indépendance individuelle ».

Sur ce point, une fois encore, Montesquieu a été abandonné par ceux qui faisaient profession d'adopter ses principes. L'école de Tocqueville, Poitou, etc. n'a pas de peine à rappeler le chapitre 15, livre XXVI, de *L'Esprit des lois* : « Qu'il ne faut point régler par les principes du droit politique les choses qui dépendent des principes du droit civil. » Il abonde en formules devenues cinglantes au vu de la situation française : « C'est un paralogisme de dire que le bien particulier doit céder au bien public : cela n'a lieu que dans les cas où il s'agit de l'empire de la cité, c'est-à-dire de la liberté du citoyen ; cela n'a pas lieu dans ceux où il est question de la propriété des biens, parce que le bien public est toujours

---

70. L'actuelle Constitution de 1958, définissant l'autorité judiciaire comme « gardienne de la liberté individuelle » (art. 66), parle, précisément, d'« autorité judiciaire » et non de *pouvoir* judiciaire. C'est pourquoi les différents projets visant à accorder une indépendance plus grande, voire entière, aux tribunaux vis-à-vis du pouvoir exécutif se heurtent au fait que tout l'édifice constitutionnel pourrait en être modifié. En 1988, le président de la République, François Mitterrand, déclarait : « Sous le prétexte de protéger les magistrats contre les abus éventuels du pouvoir politique, toujours soumis au contrôle du Parlement et de l'opinion publique, on instaurerait l'emprise, sur la magistrature, de pouvoirs irresponsables » (*Le Monde* du 25 juin 1996). Au moment où nous écrivons, les propositions du président (Jacques Chirac) et du garde des Sceaux (Jacques Toubon) relancent ce débat. Les adversaires de l'indépendance complète font observer qu'il faudrait 1° élire les juges comme aux États-Unis, 2° changer de Constitution.

71. Tocqueville, *De la démocratie en Amérique* II, éd. cit. (Garnier-Flammarion), p. 396.

que chacun conserve invariablement la propriété que lui donnent les lois civiles. »

Dans cet appel à la *loi civile*, gardienne de la propriété – par distinction avec la loi politique, gardienne de la liberté –, Montesquieu affirmait qu'une telle loi était la protection même de l'individu, car c'est « avec des yeux de mère, [qu'elle] regarde chaque particulier *comme toute la cité même* ». Formule particulièrement énergique qui, au fond, est exactement l'inverse de l'esprit de libéraux du type Vivien[72].

Cette promotion de l'intérêt particulier, dont il semble que la bourgeoisie régnante sous Juillet eût dû faire son cheval de bataille, n'était apparemment pas appropriée à un discours de l'universalité et de l'abstraction que les élites françaises ont repris tour à tour. Il ne faut pas oublier que le défi historique relevé par le libéralisme bourgeois fut de défendre un système où la « république monarchique » s'est proposée plusieurs fois avec insistance ; quand Tocqueville réfléchira ensuite sur la *centralisation* comme levier de l'exécutif (*L'Ancien Régime et la Révolution*), il aura le sentiment de découvrir la clef de la continuité française, de la contradiction qu'elle recèle entre un individualisme déclaré et un « corporatisme » régnant dans la pratique[73]. Dès lors, à l'en croire, ce n'est pas tant l'évolution propre de la démocratie qui expliquerait les contradictions françaises, que des raisons politiques. En fait, Tocqueville a longtemps sous-estimé le poids du modèle monarchique de la souveraineté. Comme l'a noté une spécialiste de la pensée de Tocqueville, la *souveraineté* est systématiquement ignorée par Tocqueville[74]. Pourtant, la seconde *Démocratie*, analysant le « pouvoir social »,

---

72. Faut-il le dire, Montesquieu n'est pas sans savoir que l'expropriation est parfois indispensable : « Si le magistrat politique veut faire quelque édifice public, quelque nouveau chemin, il faut qu'il indemnise » ; mais alors « *le public est, à cet égard, comme un particulier qui traite avec un particulier* ». Sur le « particulier » chez Montesquieu, voir J. Ehrard : « Présence-absence de l'individu dans la pensée de Montesquieu », in *L'Individu dans la pensée moderne*, sous dir. G. M. Cazzaniga et Y. C. Zarka, Pise, Edizioni ETS, 1995 (t. II, p. 643 et suiv.).

73. C'est-à-dire la fidélité à un *esprit de corps* pourvoyeur de sécurité et de force. Sous l'Empire, Maurice Block observe dans son *Dictionnaire de la politique* qu'on ne parle jamais d'un « corps administratif », notamment parce que « un employé ou un fonctionnaire administratif dépend – en France – du bon plaisir de celui qui l'a nommé » (article « Corps-esprit de corps »). Il concluait son analyse en ces termes : « L'Administration ne constitue pas réellement un *organisme*, bien qu'elle renferme une hiérarchie. » À vrai dire, l'absence de statut n'explique pas tout : la gêne à parler de « corps » était d'autant plus forte que l'attitude réclamée vis-à-vis de l'exécutif était la docilité et, en quelque sorte, la solidarité organique. On a vu que Guizot n'avait pas ces prudences pour la « corporation » universitaire. Pour une analyse raffinée des « corps de l'État », voir Dominique Chagnollaud, *Le Premier des ordres* (éd. cit.) : l'analyse traverse trois siècles.

74. Françoise Mélonio évoque souvent ce point. Par exemple dans la préface à *L'Ancien Régime* (Garnier-Flammarion, 1988, p. 29) : « Le silence sur la souveraineté, pour mieux prôner la solidarité dans la société civile, se paie dans *L'Ancien Régime* comme dans la *Démocratie* d'une incapacité à penser la politique internationale. »

notait aussi, comme en passant, que « l'œil et la main du souverain s'introduisent sans cesse parmi les plus minces détails des actions humaines[75] ». Ce qu'il percevait dans l'espace instauré par le comparatisme, Tocqueville le recouvrait par une explication plus sociologique (le « pouvoir social[76] ») que fidèle au donné historique. Tant qu'il identifiait le souverain au collectif, la puissance de l'État à celle de la société, il restait aveugle au poids spécifique d'un appareil de gouvernement où les légistes et les publicistes tenaient un rôle de légitimation décisif[77].

La garantie des fonctionnaires, un verrou inamovible

Ce que l'on appelait « garantie des fonctionnaires » ou parfois « garantie constitutionnelle » montrait de façon hyperbolique la disproportion entre le droit individuel et la protection dont jouissaient les « agents du gouvernement ». Il s'agit à l'origine d'un article de la Constitution de Bonaparte qui va traverser tous les régimes et dont l'esprit renaît encore après le décret d'abolition pris par le gouvernement provisoire en 1870 : « Les agents du gouvernement, autres que les ministres, ne peuvent être poursuivis *pour des faits relatifs à leurs fonctions* qu'en vertu d'une décision du Conseil d'État ; en ce cas, la poursuite a lieu devant les tribunaux ordinaires » (art. 75)[78].

C'est donc l'organe le plus élevé de la juridiction administrative qui appréciait[79] en l'occurrence si un agent du gouvernement pouvait être justiciable des tribunaux ordinaires, y compris pour des délits d'ordre *pénal* accomplis pendant ses fonctions ; car l'expression « faits relatifs à leurs fonctions » était interprétée de façon très extensive. Du moins, comme le montre J.-L. Mestre, la Cour de cassation a-t-elle révisé sa jurisprudence : si en 1846 elle admet qu'il suffit d'exercer « une portion quelconque d'autorité publique », elle revient sur cette thèse sous le Second Empire : « Il ne suffit pas [...] que les faits incriminés se soient produits pendant que [l'agent] remplissait sa mission[80]. » Ce privilège

75. *De la démocratie en Amérique* II, éd. cit., p. 392.

76. C'est d'ailleurs une expression de Guizot.

77. Cf. sur ce point les analyses de Pierre Legendre qui insistent sur les traits de continuité par-delà la rupture révolutionnaire. Par exemple, dans l'*Histoire de l'administration de 1750 à nos jours*, PUF, 1968.

78. Pour un bilan sur les controverses, voir deux études de Jean-Louis Mestre : « Les juridictions judiciaires françaises et la garantie des fonctionnaires », *Revue de la recherche juridique*, 1, 1990, pp. 77-91 ; « La garantie des fonctionnaires », in *Liberté, libéraux et constitutions*, sous dir. J.-P. Clément, L. Jaume et M. Verpeaux, éd. cit. Sur le retour de la garantie après 1870, du fait de la jurisprudence du Tribunal des conflits (jugement du 30 juillet 1873), voir Block, *Dictionnaire de l'administration française*, 1881, p. 982.

79. De concert avec les cours judiciaires lorsqu'une action est d'abord introduite devant elles. Dans ce cas, la Cour de cassation juge en dernier ressort.

80. Cit. par J.-L. Mestre, in *Liberté, libéraux et constitutions*, éd. cit., p. 82.

était en effet exorbitant : un vol, un attentat à la pudeur pouvaient être couverts par la garantie des fonctionnaires, si bien que la poursuite était malaisée et dissuasive pour le simple citoyen, *a fortiori* pour les milieux modestes.

La liste des agents ainsi protégés est révélatrice de la vision qui tendait à confondre l'administration et le pouvoir gouvernemental comme le note Eugène Poitou : « Que fallait-il entendre par ces mots : *agents du gouvernement* ? On ne les avait appliqués d'abord qu'aux fonctionnaires qui, comme les préfets et sous-préfets, participaient à l'*action* administrative. Mais bientôt on confondit l'autorité publique avec l'action gouvernementale ; et, partant de ce principe, on étendit peu à peu la garantie à une foule de fonctionnaires [81]. » Sous Juillet, les intervenants du débat parlementaire estiment qu'il y a 150 000 bénéficiaires. Poitou donne une énumération de 15 lignes [82] : on y trouve des gardes forestiers (quatre catégories), les inspecteurs des halles et des marchés, les agents de la voirie, les membres des bureaux de bienfaisance, etc. Bien entendu, les maires, leurs adjoints, les préfets et sous-préfets sont protégés au premier chef. Là encore, la part de la fiction est importante : on exclut les militaires, les gendarmes et les sergents de ville parce qu'ils sont considérés comme ne faisant qu'obéir aux ordres, tandis que les catégories citées sont supposées exercer « une portion d'autorité publique » avec esprit d'initiative, et donc une part de *responsabilité* qu'il faut faire remonter au supérieur hiérarchique. Tocqueville constate que, « s'agît-il du plus petit agent et d'un fait où la politique est le moins intéressée, il me faut demander au Conseil d'État la permission de m'adresser aux tribunaux pour avoir justice [83] ».

On ne saurait trouver d'exemple plus avéré de ce que, de peur de voir les fonctionnaires avilis ou molestés, les gouvernants refusaient aux citoyens le droit d'apprécier quel dommage ils avaient subi et si même il y avait dommage. Tocqueville énonçait dans le même texte la thèse qu'il tient fondamentale pour le *libéralisme véritable* : « Le droit de poursuivre les agents du pouvoir devant la justice, ce n'est pas une partie de la liberté ; c'est la liberté même, la liberté dans ce qu'elle a de plus clair et de plus tangible. » La liberté tocquevillienne est ici une liberté-résistance, un droit primant celui dont l'État se fait le bénéficiaire et qui est porteur d'un contrôle des actes de l'administration non par les organes représentatifs mais par la *société* elle-même. Là encore, il renoue avec les perspectives « individualistes » de Constant (qui avait fait d'ailleurs insérer dans l'Acte additionnel la promesse de mettre fin au « scandale »). Comme on s'en doute, dans cette controverse répétitive, qu'on

81. E. Poitou, *La Liberté civile*..., p. 152.
82. Voir aussi J.-L. Mestre, in *Liberté, libéraux et constitutions*, p. 80.
83. Tocqueville, article anonyme et déjà cité du *Commerce*, *Œuvres*, III-2, p. 156.

ne détaillera pas ici, les arguments échangés reprennent ceux qu'on a vus à propos du Conseil d'État et du comité du contentieux [84].

Pour les libéraux du type Tocqueville, l'article 75 viole la séparation des pouvoirs, il rend le Conseil d'État juge et partie, et dépouille les tribunaux judiciaires [85]. De nouveau, l'administration se protège derrière la fiction du ministre responsable. Mais celle-ci est encore moins tenable sous Juillet, puisque la Charte de 1830 annonçait (art. 69) une loi spécifique, distinguant la responsabilité des ministres et celle « des autres agents du pouvoir ». Tocqueville relève en 1835 que cela fait quinze ans qu'a été promise « dans le plus court délai possible [86] » la loi annoncée. Ceux qui protestaient contre les dispositions de l'article 75 à l'époque de la Restauration sont maintenant au gouvernement, ils en sont devenus les défenseurs [87].

C'est le cas, par exemple, de Vivien en 1835 (projet Sauzet) et en 1845 (projet Isambert), lequel affirme que donner à l'autorité judiciaire le droit de juger les agents du gouvernement c'est lui permettre de s'immiscer dans les actes de l'administration : la séparation des pouvoirs est donc également utilisée dans des sens opposés (cf. *supra*). On ne trouvera plus de citoyens prêts à assurer les fonctions de maire, affirment les libéraux d'esprit étatiste : Vivien, Thiers, Persil font chorus sur ce thème destiné à effrayer les Chambres [88].

Mais c'est sans doute Salvandy qui, en cette matière, est le plus représentatif de l'esprit de Juillet : il explique, dans le débat de 1835, que « la révolution de 1830 a beaucoup apporté aux libertés privées et publiques », y compris jusqu'à affaiblir le pouvoir. Par conséquent, la garantie des fonctionnaires est un rempart nécessaire, un contre-poids aux libertés accordées. La nouvelle « aristocratie mobile », que le régime promeut, identifie donc sa cause à celle de l'administration (que le malicieux Louis de Carné baptise « sacerdoce de la société »). Salvandy écrivait : « Plus la société française est démocratique par ses mœurs et par ses lois, plus il faut lui demander que son gouvernement ne le soit pas, pour résister à ce flux et reflux de trente-deux millions d'hommes égaux et libres [89]. » Le libéralisme notabiliaire et étatiste exprime ici sa

84. Ce comité est d'ailleurs habilité à répondre sur les autorisations de poursuivre demandées à l'encontre des agents du pouvoir.

85. Lesquels ont été longtemps complaisants, comme le relève J.-L. Mestre dans sa première étude citée supra.

86. Expression utilisée en 1830 par la Charte.

87. Tocqueville en fait la remarque à propos des projets de loi avortés sur le Conseil d'État : « Rien de changé ? Rien, excepté ceci pourtant : la plupart de ceux qui parlaient et qui écrivaient contre le Conseil d'État d'alors sont conseillers d'État aujourd'hui » (*Œuvres complètes*, III-2, p. 165).

88. Cf. les citations données par J.-L. Mestre dans le débat de 1835 : *Liberté, libéraux et constitutions*, p. 93.

89. Salvandy, *Vingt Mois ou la révolution de 1830 et les révolutionnaires*, 2e éd., G. Barba, 1832, p. 44. Salvandy a réédité ce livre avec diverses variantes (4e éd. 1855).

vérité profonde : étendre davantage le droit individuel, ce serait aller vers une absurdité, la souveraineté du peuple. Il faut (cf. Guizot) *libéraliser* les structures napoléoniennes, tout en les conservant.

Lorsque, sous le Second Empire, la responsabilité ministérielle disparaît, le paravent de la fiction ne peut plus dissimuler les moyens d'arbitraire donnés par l'article 75 : une affaire célèbre à l'époque, celle de l'éditeur Michel Lévy, est analysée en détail par Eugène Poitou [90]. En 1863, le commissaire de police saisit chez le brocheur un ouvrage du duc d'Aumale (*Histoire des princes de la maison de Condé*), alors que la déclaration préalable a été donnée à l'administration. Lorsque l'auteur et l'éditeur intentent une action contre le préfet de police devant le tribunal de la Seine, le préfet invoque son titre d'agent du gouvernement. Il est suivi par le juge civil. Pourtant, il était clair que les plaignants émettaient une revendication de *propriété* et n'engagaient pas une poursuite personnelle contre le préfet. La cour impériale, puis la Cour de cassation ayant approuvé le tribunal civil de la Seine, il fallut demander au Conseil d'État (section de législation, puis section du contentieux) l'autorisation de poursuivre. Le ministère déclara, à travers la section du contentieux, que « la saisie a été une mesure de haute police ».

De ce fait, le Conseil d'État se déclarait incompétent pour connaître du pourvoi (décret ministériel du 9 mai 1867). Ainsi, le préfet a d'abord fait disparaître la question de droit civil (propriété de l'auteur, dans la conformité aux lois), il l'a transformée en affaire administrative et de haute police ; il a ensuite bénéficié de la docilité conjuguée du pouvoir judiciaire et du Conseil d'État. Néanmoins, un rapporteur du Conseil d'État, Léon Aucoc, connu pour son esprit d'indépendance, avait signalé l'usage exorbitant de l'article 75 : « Si l'administration [...] s'emparait d'une propriété privée sans remplir les formalités exigées par la loi, l'autorité judiciaire serait seule compétente pour faire respecter la propriété, et la situation ne changerait pas suivant qu'il y aurait ou qu'il n'y aurait pas une décision ministérielle pour ordonner cette mesure [91]. »

Le comte de Salvandy, partisan d'abord de la branche aînée, eut un rôle important sous Juillet, notamment par ses deux ministères à l'Instruction publique. Il affirma contre la République de 1848 et contre le Second Empire son amour de la liberté. Comme Guizot, il est vraiment le partisan en France d'un « torysme bourgeois ». Voir la longue notice de Vapereau (*Dictionnaire des contemporains*, 1e éd. 1858).

90. E. Poitou, *La Liberté civile...*, pp. 223-242. Cette affaire fait aussi l'objet d'un ouvrage par Casimir-Périer, fils du ministre de Louis-Philippe : *L'article 75 de la Constitution de l'an VIII sous le régime de la Constitution de 1852*, Le Chevalier, 1867.

91. L'indépendance d'esprit de Léon Aucoc tranche avec la docilité que le Conseil d'État a montrée envers les pouvoirs forts. Aux Cent-Jours, il présentait ainsi le 18 Brumaire : « La souveraineté réside dans le peuple, il est la seule source légitime du pouvoir. [...] En l'an VIII, Bonaparte, déjà couronné par la victoire, se trouva porté au gouvernement par l'assentiment national ; une constitution créa la magistrature consulaire » (cit. in *Le Conseil d'État*, éd. cit., p. 231). L'euphémisation est remarquable. Quant au neveu de Bonaparte, il fit sentir dès 1852 la docilité qu'il attendait : dans

De façon tout aussi arbitraire, sans jugement intervenu, l'administration impériale restitua au duc d'Aumale ses exemplaires imprimés, comme elle le fit aussi pour les *Vues sur le gouvernement de la France* du duc de Broglie. Victor de Broglie, d'ailleurs, voulut assigner le préfet de police devant le tribunal de la Seine et reçut de ce dernier l'autorisation nécessaire, sous le chef de *délit de forfaiture*[92]. Le pouvoir impérial, ne pouvant recourir à la protection du Conseil d'État, envisagea de contre-attaquer : mais, de Broglie étant grand-croix de la Légion d'honneur, il eût fallu constituer la Haute Cour pour le juger ! On lui rendit donc ses manuscrits litographiés. L'arbitraire administratif avait été deux fois ridiculisé.

On peut dire, en conclusion, que Tocqueville avait vu juste lorsqu'il critiquait la formule très commode « l'intérêt de l'État est engagé » et annonçait qu'elle conduirait à des prétentions de plus en plus démesurées[93]. Si notre époque récente en a connu d'autres illustrations, peu conformes à « l'État de droit », dans le cas de la *garantie des fonctionnaires* au XIXe siècle on rencontre incontestablement un instrument approprié à la dilatation de l'« intérêt de l'État ». Pourquoi ces prétentions se restreindraient-elles si même les libéraux, dans leur majorité, ont longtemps soutenu que le droit commun ne pouvait s'appliquer que par concession ou par soustraction ? Il leur semblait que c'était la stabilité même des institutions qui était en jeu dans les privilèges juridictionnels de l'administration.

Pourtant, on peut citer l'observation faite par Tocqueville dans la première *Démocratie*, telle que la reproduit Eugène Poitou : « Il ne m'a pas paru qu'aux États-Unis, en rendant tous les fonctionnaires responsables des tribunaux on eût affaibli les ressorts du gouvernement. Il m'a semblé, au contraire, que les Américains, en agissant ainsi, avaient augmenté le respect qu'on doit aux gouvernants, ceux-ci prenant beaucoup plus de soin d'échapper à la critique. [...] Cela ne tient pas à la forme républicaine [...], car la même expérience peut se faire tous les jours en Angleterre. » Mais décidément c'était souligner que le libéralisme était d'esprit anglo-américain, voire suisse, voire protestant. Un message plutôt désagréable pour la patrie des Droits de l'homme. On a souvent dit

---

l'affaire de la confiscation des biens de la famille d'Orléans, révocation du commissaire du gouvernement (Reverchon), et du conseiller qui était rapporteur (Cornudet). Cf. Y. Laidié, « Le Statut de la juridiction administrative », thèse cit., p. 337. En septembre 1870, seul Léon Aucoc est maintenu dans la commission provisoire créée par les républicains.

92. Voir l'excellent article de Victor de Pange : « Le duc de Broglie et la liberté d'expression sous le Second Empire », *La Revue de Paris*, janvier 1970. Je remercie l'actuel propriétaire du château de Coppet, le comte Othenin d'Haussonville, de m'avoir fait connaître ce texte et de m'en avoir communiqué l'extrait tiré à part.

93. Cf. son rapport sur un ouvrage de Macarel, devant l'Académie des sciences morales et politiques, en 1845.

que la garantie des fonctionnaires n'avait pas été inventée par Bonaparte ; non seulement cela est exact, mais il est d'autant plus remarquable de constater comment le « sage de Coppet » admonestait déjà la monarchie sur ce point – et sur le problème plus général d'une administration ressentie comme juge et partie – dans son *Mémoire sur les administrations provinciales*. Dans les pays d'élection, écrivait-il, il n'existe « aucun contradicteur légitime du commissaire départi », ce qui fait qu'à moins « qu'on ne soit averti par des injustices éclatantes, ou par quelque scandale public, on est obligé de voir *par les yeux mêmes de l'homme qu'on aurait besoin de juger* ». En cas de plainte, le ministre transmet à l'intendant qui à son tour transmet « comme un jugement réfléchi du Conseil » sa propre fin de non-recevoir. Et Necker de conclure : « V. M. peut aisément se faire une idée de l'abus et presque du ridicule de cette prétendue administration. »

DEUXIÈME SECTION
LE JURY CRIMINEL OU LE CITOYEN-JUGE

> « Le juge prononce la peine que la loi inflige pour ce fait ; et pour cela, il ne lui faut que des yeux. »
>
> MONTESQUIEU (VI, 3).

> « Le jury apprend à chaque homme à ne pas reculer devant la responsabilité de ses propres actes, disposition virile sans laquelle il n'y a pas de vertu politique. »
>
> TOCQUEVILLE, *De la démocratie en Amérique* I.

INTRODUCTION : UNE REVENDICATION LIBÉRALE : LA « PARTICIPATION DU PAYS AUX JUGEMENTS »

La situation du jury peut sembler un cas inverse de ce que l'on a vu sur la justice administrative ; parce que, cette fois, c'est le citoyen qui est appelé, en matière criminelle ou dans les procès de presse, à juger de la violation de la loi par un autre citoyen, et aussi parce que c'est le simple bon sens, la capacité naturelle de juger qui – en théorie du moins – est requise. Création de la Révolution en France, spécialement en la personne d'Adrien Duport, le jury relève de l'inspiration conjuguée des Lumières et de la pratique anglaise ; il fait en gros l'unanimité du camp libéral comme institution pénale nécessaire à un pays libre – c'est-à-dire où la société se gouverne et se contrôle elle-même pour ce qui touche à la vie et à l'honneur, ou encore à la liberté d'expression de ses membres. On peut même dire que cette institution est un critère majeur de l'option libérale[94], par opposition aux thèses franchement autoritaires ou rétrogrades : on dispute des critères de formation du jury (aptitudes, capacités, moralité), de son mode de désignation (intervention de l'autorité administrative ou judiciaire ou d'organes élus), on restreint éventuellement sa capacité à traiter les questions politiques exprimées par voie de presse (lois de septembre 1835), mais, du côté libéral, on ne remet pas en cause l'institution.

De plus, les conceptions exprimées sur le jury sont intéressantes par leur richesse théorique, voire philosophique, ainsi que le montre le traitement particulier qui leur a été réservé par Hegel. Si la conjoncture politique pèse inévitablement sur l'accent adopté à tel ou tel moment, l'argumentaire général reste à peu près fixé depuis les grands débats à la Constituante en 1790. Sous la Restauration, le débat sur le jury prend un nouveau départ dans la conjoncture de l'hiver 1817 : lors de la discussion du projet de loi Pasquier sur la presse, Camille Jordan et surtout Royer-Collard, reprochant au ministère, avec qui ils ont fait alliance, de ne pas introduire la procédure par jurés, prononcent deux discours qui feront désormais référence. Dans une formule novatrice, Royer-Collard a affirmé : « Le jury remplit dans l'exercice du pouvoir judiciaire la même destination qui est assignée à la Chambre élective dans l'exercice du pouvoir législatif ; il le limite en le partageant. [...] Députés, vous êtes le pays qui concourt aux lois ; jurés, vous êtes le pays qui concourt aux jugements[95]. »

Les jurés forment dans cette optique un organe de *représentation*, parce qu'ils sont, avec la Chambre élective, un lieu de rencontre entre le pouvoir et la société ; mais ils sont aussi un lieu de tension et de conflit, car, depuis la Révolution (et avant), le pouvoir judiciaire est soupçonné de velléités despotiques toujours à craindre. La « souveraineté du jury », dont il va être constamment débattu, exprime à la fois une liberté d'autogouvernement et une contre-force que la société exerce pour s'assurer que l'individu en société est bien assujetti aux *lois* et non à d'autres hommes. C'est, selon l'expression de l'orateur doctrinaire, une institution éminemment politique. Thèse la plus avancée du libéralisme de ce point de vue, alors que, par ailleurs, la majorité du camp libéral n'admet pas la souveraineté de la nation et veut voir dans toute représentation l'exercice d'une *fonction sociale*, non d'un droit naturel ; même de composition censitaire et capacitaire, harmonisé à la loi électorale dans son mode de recrutement comme c'est le cas de 1827 à 1848,

94. Même si les républicains partagent également l'enthousisasme pour le jury, comme on le voit dans la législation de 1848 et de 1872.

95. Barante, *La Vie politique de M. Royer-Collard*, éd. cit., I, 351, 16 déc. 1817.

le jury est cependant l'expression d'une vigilance de la société qui entre en rapport de force avec l'autorité judiciaire ; mais une vigilance tempérée par le rôle décisif que joue le *choix du préfet* pour la formation de la liste de service annuelle. Sur ce point on retrouvera la divergence qui sépare le courant proche de Constant (critique des pouvoirs accordés au préfet) et le courant franchement notabiliaire qui voudrait pour jurés des hommes instruits et « sûrs ».

Un second argument avancé par Royer-Collard en 1817 concerne plus spécifiquement le jury en matière de presse, mais il reste significatif d'un caractère à la fois original et problématique qui est attaché à l'institution : la séparation rigoureuse du fait et du droit. Or ce qui caractérise les délits de presse, de l'avis de tous les orateurs de la Restauration, c'est le caractère complexe, subtil, mais aussi variable du fait à examiner : l'intention réelle du journaliste ou de l'auteur[96], l'appréciation du sens explicite et du sens voilé d'une formulation, l'effet présumable sur l'esprit des lecteurs. Autrement dit, le supposé « délit de presse[97] » échappe à la codification légale rigoureuse qui est le grand credo français depuis la Révolution : « Il n'y a de vrais jugements que ceux qui sont écrits d'avance dans les lois », rappelle Royer-Collard, c'est-à-dire que le juge n'a, dans le cas authentique, qu'à appliquer la loi, jamais à l'interpréter. Selon la formule de Beccaria qui est dans tous les esprits, « en présence de tout délit, le juge doit former un syllogisme parfait : la majeure doit être la loi générale, la mineure l'acte conforme ou non à la loi, la conclusion étant l'acquittement ou la condamnation ».

Afin que le juge ne cède pas à ses passions et à ses opinions, ce qui serait la porte ouverte à l'arbitraire tant honni, il convient que le prononcé du fait (la mineure du jugement) échoie aux représentants de la société ; autrement, le juge pourrait interpréter le fait en fonction de la loi qu'il connaît, et interpréter la loi en vue de la conformer au fait. Chose qui serait particulièrement à redouter dans le cas des écrits, explique Royer-Collard, car ici la loi peut encore moins qu'ailleurs tout envisager : « C'est donc uniquement par des *décisions particulières*[98] dont elle est chaque jour l'objet, non par les lois, qu'en définitive la liberté de la presse existe dans un pays ou qu'elle n'y existe pas[99]. » On rencontre là un usage inévitable de l'« arbitraire », poursuit l'orateur, selon qui il faut des « arbitres », c'est-à-dire des personnes 1° toujours renouvelées,

96. Comme on le verra ensuite, on appelle longtemps « presse » tout texte imprimé. Le terme se spécialise pour les journaux vers la fin de la Monarchie de Juillet.

97. L'une des avancées des lois de 1819 sur la presse (dont Victor de Broglie est le maître d'œuvre officieux) consiste dans la thèse qu'il n'y a pas de délits de presse en tant que tels ; il n'y a que des *provocations* aux crimes et délits définis par le Code pénal. On verra (chap. suivant) que le texte de loi est en réalité plus retors.

98. Nous soulignons ce terme de « décision », qui revêt ici une importance certaine.

99. Royer-Collard, même discours du 16 décembre 1817, loc. cit., p. 348.

mobiles comme l'est l'*opinion* du moment, 2° appréciant en fonction des circonstances, de l'état des mœurs, du bon sens nourri par la vie quotidienne. Tel est le jury, à la fois instance d'équité et magistrat politique selon Royer-Collard : « Dans la déclaration du fait [...] est engagée la liberté de la presse tout entière. Il est donc ici indispensable que le fait reste en la puissance de la société, qui ne le fera parvenir au juge qu'après l'avoir constaté elle-même dans son intérêt, par des arbitres tirés de son sein, qui soient sa parfaite image, et qui, pour ne cesser jamais de l'être, se renouvellent sans cesse comme le fait lui-même. »

Dans cette présentation, Royer-Collard fait servir subtilement l'enjeu politique du procès de presse (que la société puisse rester juge des opinions) à la bataille sur la *légitimité des termes*, dont celui d'« arbitrage » : il sait que, sous l'Ancien Régime, les juges étaient dits « arbitres » parce qu'il leur revenait, par examen prolongé, en conscience, de choisir les peines. Comme le rappelle un spécialiste de la question, « l'arbitraire était [...] l'un des principes de base de la justice pénale, unanimement accepté : c'était le droit qu'avaient les magistrats d'"arbitrer" les peines, c'est-à-dire de choisir dans chaque affaire la sanction la plus adaptée aux "exigences du cas" [100] ». De là un examen de tous les éléments constitutifs du délit, les faits, les circonstances, la personnalité du délinquant dont il fallait soupeser la responsabilité propre. « Il n'existait à ce niveau – ajoute J.-M. Carbasse – aucune règle écrite : ni les coutumes rédigées ni les ordonnances royales n'abordaient ces questions. »

De façon délibérée, Royer-Collard transporte dans le jury moderne le caractère d'appréciation en conscience, dans le silence de la loi écrite, qui était donné au juge avant la Révolution : ce qui est maintenant interdit au juge – par le caractère de légalité des peines – et concrètement irréalisable – du fait de la variabilité des cas – ouvre la voie à l'*arbitrage de la société*. Juges d'équité, les jurés sont aussi la « parfaite image » de la société. Le juge d'avant 1789 devait être image de Dieu (Domat), le juge moderne, parce que juge du fait, sera image de la société [101].

Non seulement la société est conviée à « participer aux jugements », mais, lorsqu'on juge un auteur d'écrits, c'est la liberté de presse *elle-même* qui comparaît, ajoute Royer-Collard ; la société juge elle-même de son droit et *se juge* elle-même car, dans ces limites, la loi n'a presque rien à dire sur le plan matériel, elle fait s'exprimer l'opinion du pays sur ce qui est tenu pour licite et moral. On comprend qu'en adoptant une telle perspective le jury soit tout, et le juge presque rien, sinon la bouche

100. J.-M. Carbasse, *Introduction historique au droit pénal*, PUF, 1990, p. 167. Voir aussi l'importante conclusion de cet ouvrage : « Naissance du droit pénal contemporain ».

101. En 1820, Rémusat écrira : « L'effet évident de cette forme de jugement est de rapprocher la justice sociale et légale de la justice individuelle et naturelle » (*De la procédure par jurés en matière criminelle*, Imprimerie d'A. Belin, 1820, p. 51).

de la loi dans sa généralité (réprimer en toute matière la provocation aux crimes et délits).

L'*ignorance* des individus appelés à composer le jury, souvent évoquée par ses adversaires et notamment par les magistrats [102], ne saurait servir d'objection. À Siméon qui avait dit : « L'estimation de l'intensité des délits [de presse] étant nécessairement arbitraire, l'arbitraire des hommes instruits est préférable à celui des hommes qui ne le sont pas [103] », Camille Jordan répondit que c'était méconnaître la question. Si la société est offensée, « le sens droit et la logique sans art du juré » saura le dire : « Plus il est homme simple, plus il devient juge compétent, et son ignorance elle-même, loin d'être l'objection à son bon jugement, en devient presque la condition et la garantie [104]. » L'homme sans instruction n'est pas pour autant ignorant des effets produits sur lui par les écrits, soutient le jeune orateur doctrinaire (au prix, il faut le reconnaître, d'un paradoxe qui frise le sophisme).

Le parti doctrinaire saura mettre des gardes-fous à la liberté de la presse [105], il reste que sur la question du jury, il s'est porté parmi ses défenseurs résolus (avec pour concrétisation les grandes lois de 1819). « Magistrature » d'esprit démocratique (mais qui peut recevoir un contenu élitiste), représentation du pays, exercice du sens commun appliqué au cas dans sa particularité, le jury apparaît au total comme un exercice prudentiel du jugement au service des garanties individuelles, précisément en ce qu'il échappe au statut professionnalisé et routinisé de la magistrature institutionnelle.

On devine dès lors que les pouvoirs autoritaires considèrent avec inquiétude ce droit de déclarer la culpabilité conféré à une fraction de la société, laquelle, en outre, n'a pas à motiver son jugement et retourne à l'anonymat une fois sa fonction accomplie : sous le Second Empire (loi du 4 juin 1853), le préfet redevient tout-puissant pour choisir, on peut dire *sélectionner* les membres du jury. En fait, une fois considérée l'argumentation théorique ou philosophique donnée en faveur du jury par la mouvance libérale, il faut prendre en compte les difficultés, et

102. Il existe sur ce point une littérature très abondante, que l'on retrouvera à la fin du siècle chez Gabriel Tarde. Des anecdotes célèbres circulaient, dont Louis Gruel (*Pardons et châtiments. Les jurés français face aux violences criminelles*, Nathan, 1991) rappelle deux exemples. Un juré avait écrit « voui », le président ayant dû en appeler à un nouveau vote, l'auteur du « voui » ; plutôt que de prendre le risque d'une nouvelle maladresse opta pour une formule qui ne reflétait vraisemblablement pas sa conviction mais dont il savait maîtriser l'orthographe : il vota « non », ce qui décida de l'acquittement. Dans un autre cas, un juré, « invité avec ses collègues à répondre oui ou non aux questions posées », aurait écrit : « oui ou non ». Pour une vue d'ensemble sur les critiques adressées au jury, on peut lire B. Schnapper, « Le jury français aux XIXe et XXe siècles », *in* B. Schnapper, *Voies nouvelles en histoire du droit*, Poitiers, PUF, 1991.

103. *Archives parlementaires*, t. XIX, p. 725.

104. *Ibid.*, t. XIX, p. 736.

105. Voir chapitre suivant, consacré à la presse.

même les impasses, que suscite l'institution. La distinction du droit et du fait, une fois traduite dans la séparation rigide de deux fonctions (le juge, le juré), se révèle problématique parce que artificielle. De plus, dans le contexte français, qui est différent de ce que connaît l'Angleterre, mère du jury moderne, le fossé entre magistrats et jurés induit ces derniers à tenir un rôle où le politique submerge le judiciaire : c'est la thèse de l'« omnipotence du jury », c'est-à-dire d'une souveraineté combattant jusqu'au législateur (dans le refus de servir la loi telle qu'elle est faite et selon l'intention qui l'anime).

Enfin, comme le montre à la fin de l'Empire la *France nouvelle* de Prévost-Paradol, institution au service de l'individu, le jury criminel est en fait assujetti à la structure hiérarchisée que mettent en scène les cours d'assises. Comme en témoignent aujourd'hui encore (1996-1997) les controverses sur les assises, la prédominance de la logique étatique pèse sur l'inspiration libérale qui animait l'institution. Dans un tel contexte, le citoyen-juge et le « jury souverain » se montrent porteurs d'effets pervers.

L'ARGUMENTAIRE PHILOSOPHIQUE ET SOCIOLOGIQUE

JUGEMENT COMMUN OU JUGEMENT UNIVERSALISANT ?

L'un des apports majeurs à la théorie du jury chez les philosophes se trouve chez Hegel, à la fois dans l'*Encyclopédie* (§ 531 - Remarque) et dans les *Principes de la philosophie du droit* (§ 227 et 228) [106]. Le premier point qui intéresse Hegel réside dans la certitude morale, d'ordre subjectif, que requiert le jugement par jurés : c'est l'*intime conviction*, et elle seule, que le juré doit consulter en lui-même. Un article célèbre du Code d'instruction criminelle de 1808 en donne l'énoncé [107] : « La loi ne demande pas compte aux jurés des moyens par lesquels ils se sont convaincus ; [...] elle leur prescrit de s'interroger eux-mêmes dans le silence et le recueillement, et de chercher, dans la sincérité de leur conscience, quelle impression ont faite sur leur raison les preuves rapportées contre l'accusé, et les moyens de sa défense. »

Ce jugement sans règles prescrites doit à la fois résulter d'une attitude passive (le choc entre l'accusation et la défense fournit le spectacle que

106. Les deux ouvrages sont comparés dans l'édition Vrin des *Principes* (pp. 242-244), la traduction de R. Derathé donnant en outre (note 73) le précieux commentaire de Véra, fait au XIXe siècle, sur le texte de l'*Encyclopédie*.

107. Art. 342, lui-même repris de l'article 372 du Code des délits et des peines, dû à Merlin de Douai (an IV).

le juré a pour mission d'observer – c'est l'« impression » dont parle le Code) et d'une attitude active, puisque le juré, une fois retiré dans la chambre de délibération, s'interroge « dans le silence et le recueillement ». Mais il ne s'interroge qu'en fonction de l'acte d'accusation [108], pour déclarer, ou non, la culpabilité de l'accusé : l'*application* de la peine est expressément exclue par le Code de la déclaration des jurés. « Leur mission n'a pas pour objet la poursuite ni la punition des délits ; ils ne sont appelés que pour décider si l'accusé est, ou non, coupable du crime qu'on lui impute. » Cette séparation, souvent dénoncée comme artificielle, résulte de la distinction du droit et du fait. Libre de former son opinion dont il n'a pas de justification à produire hors du délibéré, le juré ne l'est plus pour l'examen des conséquences, supposées découler du texte de la loi dont le juge est gardien. Son rôle, observe Hegel, est en réalité de *suppléer* l'accusé en disant, à la place de ce dernier, s'il est coupable ou non. Selon une formule du philosophe [109], le jury « fait abstraction de l'aveu » qui tenait dans l'ancien système judiciaire une place capitale [110]. Au lieu de contraindre l'accusé à prononcer ce qui le condamne, chose contraire au droit naturel (conservation de soi-même par tous moyens) et qui peut conduire au faux aussi bien qu'au vrai, le jury reconstitue (selon une logique certes probabilitaire) ce que le coupable éventuel ne peut dire [111]. Auguste Véra, traducteur et commentateur de Hegel à la fin du XIXe siècle, écrit que « la conscience du jury est la conscience de l'accusé » ; en effet, en tant qu'il formule sa conviction, le jury invite l'accusé à s'y reconnaître. Il lui propose l'accès à l'universel dont la société a besoin : « Elle est, de plus, cette conscience épurée, affranchie de ses éléments individuels, contingents et subjectifs, et élevée à la conscience générale, à la conscience de la loi et de la justice. »

Représentant de la société, le jury n'en est pas la simple image, il fonctionne comme une *médiation* entre cette dernière et le pouvoir de

---

108. Cf. art. 337 sur la question principale que le président des assises doit poser au jury : « La question résultant de l'acte d'accusation sera portée en ces termes : "l'accusé est-il coupable d'avoir commis tel meurtre, tel vol ou tel autre crime, avec toutes les circonstances comprises dans le résumé de l'acte d'accusation". »

109. Note 73, p. 243 des *Principes de la philosophie du droit*, éd. cit.

110. Cf. J.-M. Carbasse, *op. cit.*, p. 141 : le système des « preuves légales » impliquait la torture productrice de l'aveu ; paradoxalement, « c'est parce que les juges n'ont pas le droit de se fier à leur intime conviction qu'il leur faut un aveu ». L'aveu donne la « preuve pleine » (*probatio plena*), pour le bien de l'accusé.

111. Ou, bien entendu, vient à son secours si le doute l'emporte. Cette procédure anglaise fait l'admiration des commentateurs français, parmi lesquels on peut citer Charles de Franqueville, auditeur au Conseil d'État et avocat à la cour impériale : *Les Institutions politiques, judiciaires et administratives de l'Angleterre*, Hachette, 1863. C'est l'un des ouvrages les plus précis sur les *institutions* anglaises, en attendant les grandes synthèses de fin du siècle (du type E. Glasson, *Histoire du droit et des institutions [...] de l'Angleterre*, 1883, 6 vol.). Charles de Franqueville ne doit pas être confondu avec son père (Ernest), grand organisateur des chemins de fer en France (cf. la bonne notice sur lui dans le *Dictionnaire du Second Empire*, sous dir. J. Tulard, Fayard, 1995).

la loi. Dans les termes mêmes de Hegel, le procès judiciaire doit accomplir une double réconciliation ; réconciliation objective « de la loi avec elle-même, car, par la suppression du crime, la loi se rétablit elle-même et retrouve ainsi sa validité », réconciliation subjective, c'est-à-dire « du criminel avec la loi qui est sa loi, qu'il connaît et dont il reconnaît la validité pour lui et pour sa protection » (§ 220 de la *Philosophie du droit*). Au premier pôle (objectif) on trouve le magistrat professionnel, au second (subjectif) le jury, représentant de la conscience purifiée de l'accusé.

Plus empiriquement, chez les auteurs qui défendent le jury, le sentiment premier qui est supposé animer le jury est la *mansuétude* : à la différence du juge, il n'est pas porté à supposer d'emblée la culpabilité, il redoute qu'un innocent soit opprimé. Chez un fondateur du jury comme Duport on trouve l'affirmation souvent répétée que la police constitue le droit de la société sur l'individu, tandis que la justice fait paraître le droit « de l'individu *contre* la société [112] ». Le juré doit se mettre à la place de l'accusé, en comprendre les mobiles, en partager au moins imaginairement les diverses impressions reçues du milieu, de l'éducation, du mode de vie [113]. C'est en fonction de cette sympathie qu'il peut ressentir l'innocence ou la culpabilité dans son intime conviction, et qu'il lui revient alors de déclarer, sans dissimulation [114].

L'analyse de Hegel, du moins sous l'aspect que Véra privilégie, correspond bien aux justifications données par l'opinion libérale. Ainsi Benjamin Constant écrit : « C'est la raison du coupable, dans son état ordinaire d'innocence, qui juge cette même raison, égarée momentanément par le crime [115]. » Le défi et, pourrait-on dire, le miracle du jury

112. Cf. notamment : Duport, « Principes fondamentaux de la police et de la justice », 22 décembre 1789, *Archives parlementaires*, 1re série, t. X, p. 745, note 1.

113. Le système des *récusations*, dont Montesquieu fait l'éloge chez les Anglais, tend également à ce que l'accusé puisse accorder sa *confiance*, tenir le juré pour homme de bonne foi. Sur l'idée d'être jugé par ses « pairs » voir le discours de Sieyès du 8 avril 1790 (*Archives parlementaires*, t. XII, p. 583).

114. Ceux qui combattent le jury parlent volontier d'« instinct » et rabaissent par là le mode de formation de la conviction. Inversement, Beccaria écrit qu'il suffit « d'un simple et ordinaire bon sens, moins trompeur que le savoir d'un juge habitué à chercher à toute force des coupables et qui ramène tout à un système factice emprunté à des études. Heureuse la nation où les lois ne seraient pas une science ! » (*Des délits et des peines*, 1764, trad. M. Chevallier, Garnier-Flammarion, 1991, p. 92). Un auteur, développant naïvement la théorie de l'instinct-intuition chez le juré, écrit de ce dernier qu'il est « le délégué de la nature », qu'il doit prononcer un cri comme s'il s'éveillait en sursaut d'un rêve (J. E. Bonnet, *Du juri* [sic] *en France*, Maradan, 1802, p. 13).

115. *Manuscrit des Principes* (éd. Hofmann), p. 553. Constant reproduit une formule de Lauze de Peret qui avait publié en 1805 un *Traité de la garantie individuelle*. Beccaria avait dit : « L'accusé semblera ainsi se condamner, pour ainsi dire, de lui-même » (*Des délits et des peines*, p. 92). En 1828, Cormenin dira à la Chambre : « C'est l'opinion qui se constitue en tribunal de conscience pour s'examiner elle-même, se condamner ou s'absoudre. » Il s'agissait cette fois du jury en matière de presse : la thématique est absolument parallèle.

c'est qu'il doit être à la fois un extrait de la société (des citoyens momentanément retirés à leurs occupations) et un condensé de ce qu'il y a de meilleur dans la conscience sociale, lorsqu'elle s'élève au niveau de l'intérêt général [116].

D'où la polémique que Constant entretient avec des auteurs comme Gach, président du tribunal de Figeac [117]. La thèse de ce dernier est simple : les jurés, manquant généralement d'instruction, s'identifieront tellement aux classes populaires (qu'il s'agit le plus souvent de juger) que la société ne sera pas en fait protégée. La réponse de Constant est conforme à la critique qu'il adresse par ailleurs aux *doctrinaires* : « L'intelligence n'est pas répartie aussi inégalement entre les hommes que se plaisent à le supposer ceux qui voudraient établir une oligarchie intellectuelle pour appuyer et perpétuer l'oligarchie sociale et politique [118]. »

Confondre l'intelligence et l'instruction, c'est nier l'exercice du *jugement*, de ce bon sens que Descartes voulait considérer comme « la chose du monde la mieux partagée ». Or, explique Constant, il s'agit ici de « juger sainement et facilement d'un fait clairement exposé, attesté ou combattu par des témoignages qui s'éclairent et se balancent, et placé sous tous ses points de vue par les débats respectifs de l'accusateur et de l'accusé ».

Constant développe également son principe de base, que nous connaissons déjà [119], à savoir que la détention d'un pouvoir fausse inévitablement l'exercice naturel du jugement, parce que tout pouvoir se crée un *intérêt* propre dont il devient de plus en plus difficile de faire abstraction. Comme on le sait, Constant radicalise la thèse libérale de *défiance* envers le pouvoir – non sans rappeler l'attitude qu'avait déjà eue Robespierre sur le jury : « Certes, si on me proposait d'être à mon choix jugé par douze artisans sans connaissance aucune, ne sachant, si l'on veut, ni lire ni écrire, mais tirés au sort, et ne recevant d'ordres que de leur conscience, ou par douze académiciens les mieux façonnés à l'élégance, par douze hommes de lettres les plus exercés dans les finesses du style, mais nommés par l'autorité, qui tiendrait suspendus sur leurs têtes les cordons, les titres et les salaires, je préférerais les douze artisans [120]. »

---

116. C'est cette articulation entre la société et la loi qui va faire justement problème, notamment dans les assises des campagnes, où les présidents constatent que le jury suit une logique coutumière, localiste, extra-étatique. Voir sur ce point l'étude d'É. Claverie, « De la difficulté de faire un citoyen : les "acquittements scandaleux" du jury dans la France provinciale du début du XIXe siècle », *Études rurales*, juillet-décembre 1984.

117. Gach, *Des vices de l'institution du jury en France*, Petit, 1804.

118. Constant, *Commentaire sur l'ouvrage de Filangieri*, 1822-1824, II, 3e partie, chap. X, repr. in *Œuvres de Filangieri*, J.-P. Aillaud et P. Dufart, nouvelle éd. 1840, t. III, p. 361.

119. Cf., ici même, le premier chapitre de la première partie.

120. Constant, *Commentaire sur l'ouvrage de Filangieri*, *loc. cit.* Cf. en 1791 la réponse de Robespierre au projet Duport de prendre les jurés parmi la classe moyenne, c'est-à-dire les « citoyens actifs » : « Je propose que tout citoyen puisse être admis à

Thèse radicale à l'extrême puisque, jusqu'à la loi de 1978 et au XIXe siècle en tout cas, quasiment personne n'a soutenu le choix *intégral par le sort*. Le décret du 7 août 1848, qui tient compte du fait nouveau qu'est le suffrage universel masculin confie cependant le choix pour la liste annuelle à une commission cantonale, à la place du préfet[121]. Quant à la loi du 21 novembre 1872, de nouveau en période de suffrage universel[122], elle fait dresser la liste annuelle par des représentants de l'élément judiciaire et des représentants de l'élément électif, avec prépondérance donnée au président du tribunal civil[123].

La société autorégulée ?

Il est aussi un argument apparenté que l'on rencontre chez les libéraux défenseurs du jury : l'institution est un agent de sociabilité (explique par exemple Mahul), ou (selon Tocqueville) une école du peuple. Adolphe Mahul, publiciste de la mouvance de Guizot[124], édite en 1830 un *Tableau de la constitution politique de la monarchie française selon la Charte*, où il présente le jury comme une pierre angulaire de la liberté constitutionnelle. Selon une vue qu'avait déjà exprimée Sieyès, la procédure par jurés est le « jugement par les pairs », c'est-à-dire par ceux qui ont un intérêt d'affinité ou de communauté avec l'inculpé, fondement de l'esprit d'équité et de mansuétude. Mahul écrivait : « L'accusé paraît devant ses juges : ce sont des citoyens de son pays, qui ont vécu à côté de lui, qui furent la plupart les contemporains de sa vie, qui sont destinés à se retrouver face à face et chaque jour en présence de ses frères ou de ses

exercer les fonctions de juré. La restriction qu'on vous propose est contraire à tout principe, aux conditions du contrat social, à la qualité la plus essentielle du juré, qui consiste en ce que l'accusé soit jugé par ses pairs. » De même le grand discours du 7 avril 1791 (*Archives parlementaires*, 1re série, t. XII, p. 574 et suiv.).

121. Une circulaire du ministre de la Justice, en date du 10 septembre 1848, parle du « pouvoir discrétionnaire » de choisir qui est donné aux commissions cantonales électives : « Être juré, c'est être appelé à juger, c'est-à-dire participer à l'une des opérations les plus difficiles de l'intelligence humaine » ; il faut donc « capacité intellectuelle » et « capacité morale ». *In* Dalloz, 1848, 4, 92-95.

122. Le Second Empire pratiquait le suffrage universel, mais confiait intégralement le choix des jurés à l'administration : loi du 4 juin 1853.

123. Il est créé une commission d'arrondissement « composée du président du tribunal civil ou du magistrat qui en remplit les fonctions, [en tant que] président des juges de paix et des conseillers généraux » (art. 11). Dufaure, garde des Sceaux, avait déclaré dans l'exposé des motifs : « Être juré n'est pas un droit, mais l'exercice d'une haute et difficile fonction » (*Impressions de l'Assemblée nationale*, t. XV, 1872, n° 1186, p. 2). Assimiler le juré à une « fonction », c'était revenir à l'esprit de la loi censitaire et capacitaire de 1827, non, évidemment, à sa lettre. Mais sous le Second Empire on avait également repris cette thèse.

124. Il est député à deux reprises (1831-1834 et 1846-1848) et s'est rendu célèbre chez les satiristes par son éloge du système des députés-fonctionnaires (cf. le *Dictionnaire des parlementaires* par Robert, Bourloton et Cougny, 1891).

enfants, sans aucune autre protection que celle de la loi commune. Dans ces circonstances, il est selon toute probabilité que de tels juges ne se décideront à déclarer la culpabilité qu'autant que le cri de leur conscience leur en fera un irrésistible devoir [125]. »

Pour cette vision qui conçoit de façon idyllique les relations de voisinage [126], deux présomptions se font face : le juge, défenseur inflexible des lois, tend à soupçonner la déviance, le juré « redoute de rencontrer la preuve du crime ». Si la preuve s'impose malgré les liens de familiarité, c'est qu'alors la conscience a parlé, plus forte que toutes les attaches. Au fond, pour Mahul, le juré ne devrait pas se prononcer facilement : il lui faudra vaincre les liens sociaux dont il est le produit. Mahul ne peut ignorer qu'en cela il prend des libertés avec la formule du *serment*, qui avertit le juré d'avoir à compter « avec l'impartialité et la fermeté qui conviennent à un homme probe et libre [127] ». Pour Mahul, l'attitude spontanée du juré sera légitimement la sympathie et l'indulgence.

Quelques années plus tard, dans la première *Démocratie en Amérique*, Tocqueville considère le jury comme une école de formation, en souhaitant – comme Duport et beaucoup de libéraux – son extension *au civil* : « Chacun, en jugeant son voisin, pense qu'il pourra être jugé à son tour. [...] Le jury sert incroyablement à former le jugement et à augmenter les lumières naturelles du peuple [128]. » Le jury américain, qui se prononce au civil sur le fait et sur le droit, sert aux yeux de Tocqueville d'élément intégrateur tout comme l'esprit d'association (dont on sait l'éloge qu'en fit l'auteur). Tout en étant un mode d'expression des capacités individuelles, le jury corrige les tendances individualistes puisqu'il soumet chacun à la règle de réciprocité et fait ainsi sentir l'intérêt général par intérêt réciproque bien compris.

Si l'idéal de l'autorégulation sociale est peu souvent exprimé chez les libéraux français, puisque, comme on l'a constaté plusieurs fois, c'est l'État qui se montre comme l'instance dispensatrice de l'intérêt général, on peut dire que le jury constitue une exception notable. Mais cette vision pacifiante se heurtait à de retentissants démentis : tant dans son mode de fonctionnement que dans son rapport avec l'autorité judiciaire, le jury reste une matrice de conflits.

---

125. Mahul, *Tableau...*, Achille Désanges, 1830, p. 537.

126. Elle a sa vérité cependant, d'après les études modernes comme celle d'Élisabeth Claverie déjà citée. La communauté paysanne, « représentée » par le jury, faisait front contre les juges.

127. Art. 312 du Code d'instruction criminelle.

128. *De la démocratie en Amérique* I, *Œuvres*, Gallimard, « Pléiade », t. II, 1992, p. 315. Tocqueville reprend littéralement des formules de Gilpin, avocat américain qu'il avait interrogé (cf. « Voyage en Amérique », in *Œuvres*, « Pléiade », t. I, p. 306). Sur la désaffection des Américains envers le jury, voir d'autres entretiens (*ibid.*, t. I, p. 307 et p. 310) et note de l'éditeur sur ces passages (note 1, p. 1353).

LA SÉPARATION DU FAIT ET DU DROIT : UNE SOURCE DE CONFLITS

SÉPARATION DES POUVOIRS ET SÉPARATION ENTRE « DROIT » ET « FAIT »

La séparation du droit et du fait, correspondant à la distinction de deux opérations *intellectuelles*, a été traduite dans la séparation organique de la Cour et du jury, de l'élément professionnel et de l'élément social ; mais comme le jugement rendu est finalement le *concours* de ces deux opérations, il apparaît difficile de réunir ce que l'on a tellement disjoint. De là une controverse qui commence très tôt[129], et qui se poursuit très tard, une loi votée en 1932 ayant « pour objet d'associer le jury à la cour d'assises pour l'application de la peine[130] », la controverse ayant repris encore tout récemment bien qu'elle concerne davantage le pouvoir de dernier mot des assises. Le point de départ, encore une fois, se trouve chez les révolutionnaires de 1789. En examinant la question dans l'un de ses grands rapports[131], Duport prétendait délivrer les juges du point de fait afin qu'ils n'interviennent que dans l'application de la loi pure et entière ; dans le cas contraire, disait Duport, le juge se trouverait partagé « entre son esprit et ses affections » : « Il est difficile de supposer qu'un homme veuille et puisse appliquer franchement la loi, [soit] au civil, à un fait dont l'existence lui aura paru douteuse, [soit] au criminel, en faveur d'un homme qu'il aura jugé peu favorablement. »

En d'autres termes, si le juge professionnel s'est d'abord fait une *opinion* sur la culpabilité de l'accusé, s'il a commencé par cette première investigation, cherchant des preuves, des moyens, des circonstances entrant dans la culpabilité, sa tendance naturelle sera d'anticiper et de favoriser dans le tarif des lois l'application la plus sévère. « Il disputera sur le sens de la loi, sur son application à l'espèce, et de là la subtilité,

129. En 1804, au Conseil d'État, lors de l'élaboration du Code d'instruction criminelle, Cambacérès notait déjà : « La distinction [est] chimérique dans l'usage : généralement les jurés s'occupent aussi du droit et examinent toujours quel sera le résultat de leur déclaration. » Cit. *in* J. Dabin, *Le Pouvoir d'appréciation du jury. Étude historique et critique*, Bruxelles, Van Fleteren, Paris, Arthur Rousseau, 1913, note 2, p. 31. Sur toute cette question, l'ouvrage de Dabin fait référence.

130. Examen *in* F. Lombard, *Justice représentative et représentations de la justice*, L'Harmattan, 1993, p. 273. Voir aussi *ibid.*, p. 276, la formulation ironique de l'avocat Toulemon à la cour d'appel de Paris, en 1930 : « Deux opérations intellectuelles qui doivent constituer un même acte de conscience sont confiées à deux organismes distincts. Et ces deux organismes doivent s'ignorer. »

131. « Principes et plans sur l'établissement de l'ordre judiciaire », 29 mars 1790, *Archives parlementaires*, 1re série, t. XII, p. 408 et suiv.

l'équivoque, l'incertitude dans les jugements au lieu d'une décision simple et naturelle. »

Inversement, Duport fait l'hypothèse du juge porté à l'indulgence par le premier examen du fait : « Le juge qui n'aurait pas vu l'accusé coupable dans le premier tour d'opinion, peut-il le condamner à mal dans le second [qualification légale du fait] sans renoncer à tous les sentiments de la nature et de l'humanité ? » Pour épargner ces dilemmes générateurs de confusions, Duport veut qu'on incarne les deux démarches distinctes en deux organes distincts[132], les jurés ne devant pas entrer dans le domaine du droit, la cour ne devant pas se mêler du fait : la responsabilité de la déclaration de culpabilité revient au jury, quelles que soient les conséquences entraînées pour l'accusé. Mais en cela le système français s'écarte considérablement du *trial jury* des Anglais, dont, au point de départ, il s'inspirait explicitement : comme l'expliquent les historiens du droit, la distinction du fait et du droit n'est pas exclusive d'une *coopération* entre juge et jury chez les Anglais ; le juge anglais éclaire le jury, l'aide à prévoir les conséquences pénales de la qualification des faits[133].

Dans le célèbre article 342, cité plus haut pour son alinéa 1er[134], le Code d'instruction criminelle était formel : « Toute la délibération du jury porte sur l'acte d'accusation, c'est aux faits qui le constituent et qui en dépendent qu'ils doivent uniquement s'attacher ; et ils manquent à leur premier devoir lorsque, pensant aux dispositions des lois pénales, ils considèrent les suites que pourra avoir, par rapport à l'accusé, la déclaration qu'ils ont à faire. »

Avec des dispositions aussi expresses le jury devait travailler, en quelque sorte, avec un bandeau : « Si les jurés interrogeaient [...] le président, notamment quand ils le faisaient venir dans la salle de délibération pour avoir un renseignement, ce dernier devait se garder de dire quelles étaient les intentions de la cour ni même quelle était la peine prévue par le code. Si un avocat dans sa plaidoirie se permettait d'informer le jury, le président devait l'interrompre et l'avertir[135]. »

Dans ces conditions, on devine aisément la tactique de défiance qui fut celle des jurys : craignant des excès dans l'application de la peine dont la décision (degré notamment) revenait à la cour, le jury préféra souvent nier l'évidence, et acquitter l'accusé. Dans certains cas, notamment de crime ou d'avortement (ou d'infanticide sur nouveau-né), les

132. En outre, il faut rappeler que, dans la phase d'instruction, et conformément aux vues de Duport, la Révolution avait créé un *jury d'accusation*, qui se prononçait sur l'admission de l'acte d'accusation (cf. titre 1er, art. 22 de la loi du 16 septembre 1791, *Archives parlementaires*, 1re série, t. XXX, p. 699).

133. Cf. notamment A. Padoa Schioppa, « Le jury d'Adrien Duport », in *La Révolution française et l'ordre juridique privé*, université d'Orléans et PUF, 1988, t. II, pp. 617-618.

134. Alinéa faisant appel à l'*intime conviction*.

135. B. Schnapper, *op. cit.*, p. 256.

jurés ressentaient la culpabilité mais refusaient le châtiment, qui était disproportionné à leurs yeux.

Comme le rappelle encore Bernard Schnapper, la séparation du droit et du fait avait créé sous la Révolution une prépondérance du jury, rendu maître de la culpabilité, face à des juges élus temporairement par le peuple ; à partir du code de 1808, « la séparation droit/fait signifiait [...] l'antagonisme de la cour et du jury. Elle entraînait un peu les mêmes effets pervers que la séparation radicale des pouvoirs dans un régime politique [136] : pression de la cour sur le jury, acquittements abusifs, reprise du procès "manqué" en correctionnelle et finalement sclérose du droit pénal incapable d'évoluer sous la pression des jurys ».

De là aussi la façon compliquée dont le président devait poser les questions au jury, en évitant d'employer les termes du Code pénal et en les remplaçant par une définition. Non pas « Untel est-il coupable d'avoir volé ? », mais « est-il coupable d'avoir soustrait frauduleusement ? ». Le jury pouvait ruser à son tour, en refusant l'adjectif « frauduleux ». Goupil de Préfeln explique que, si l'on pose une question de droit (« Y a-t-il eu effraction ? »), comme certains présidents s'y obstinent, le jury croira répondre sur le fait mais traitera en réalité une chose prise pour une autre [137] ; la cassation deviendra impossible, puisqu'on ne saura plus si le jury a estimé que le fait est constant ou s'il a plutôt apprécié le fait dans sa « qualité légale ». Pour l'auteur de cette étude, la bonne question serait : « L'accusé a-t-il forcé la serrure pour commettre le vol ? »

Ce qui est inadmissible aux yeux des défenseurs de l'article 342 – essentiellement le personnel judiciaire –, c'est que le jury soit chargé de décider, *à la place du législateur*, si, par exemple, c'est commettre une « effraction » que de forcer le pène d'une serrure, alors que sur ce point le législateur s'est clairement expliqué, en y consacrant trois articles entiers (393 à 396) du Code pénal : ni les juges ni les jurés ne sont habilités à se substituer au législateur. Les seconds parce qu'ils n'ont pas la science des lois et ne déterminent que ce qui touche aux faits, à l'acte commis, à l'intention du coupable [138], aux excuses allégables, les premiers parce que le despotisme régnerait dès lors que ceux qui appliquent les lois en seraient en même temps les auteurs. Mais tel n'est pas

136. La comparaison n'est pas fortuite. Cf. par exemple le titre significatif d'un essai de Goupil de Préfeln, petit-fils du député aux états généraux et fils du tribun de Napoléon : « De la séparation des pouvoirs du jury et des cours d'assises », *Revue de législation et de jurisprudence*, 1835, t. I, pp. 291-299.

137. C'est le *qui pro quo*.

138. Le code de 1808 a éliminé la *question* sur l'intention, de peur qu'en la rendant explicite, on ne favorise les hésitations et donc le laxisme des jurés. La question était présente dans le premier Code pénal déjà évoqué (loi des 16-29 septembre 1791) : cf. *Archives parlementaires*, 1re série, t. XXX, p. 704, art. 19 et art. 21. De même dans le Code des délits et des peines de Merlin de Douai (1795).

l'avis de tout un courant du libéralisme, du moins pour ce cas exceptionnel qu'est le jury.

« OMNIPOTENCE » DU JURY ET « ACQUITTEMENTS SCANDALEUX »

La controverse qui défraie tout le XIXe siècle est celle des « acquittements scandaleux » : outre le décalage qu'ils peuvent traduire entre le discours du droit et les logiques *sociales* propres aux jurys des campagnes[139], ils signifient la défiance envers la sévérité des peines, qui ressortit au « choix » des magistrats. On se met alors à parler de l'« omnipotence du jury ». Contrairement à ce qu'estime B. Schnapper[140], l'apologie de ce thème (sinon l'expression elle-même) n'attend pas Juillet pour s'exprimer ; certes longuement développée chez Mahul en 1830, elle se trouvait chez des libéraux du début de la Restauration, chez Constant dans le texte de 1822-1824 (*Commentaire sur Filangieri*), lui-même repris d'un ouvrage antérieur[141] : « Si les jurés, a-t-on dit, trouvent une loi trop sévère, ils absoudront l'accusé et déclareront le fait non constant contre leur conscience [...], et l'auteur suppose le cas où un homme serait accusé d'avoir donné asile à son frère et aurait par cette action encouru la peine de mort. Qui ne voit qu'ici ce n'est pas le jury, mais la loi dont on fait une satire sévère. »

Cette attitude n'est pas surprenante chez Constant, puisque conforme à sa thèse sur les limites de l'*obéissance à la loi*, qu'il applique à tout agent d'autorité, et également à tout juré car « on est homme avant d'être juré », selon son expression. La conclusion pour l'auteur est que le jury ne peut et ne doit ignorer la loi quand la loi elle-même est fautive : « Quand les jurés sont placés entre un sentiment irrésistible de justice et d'humanité et la lettre de la loi, ce n'est point un mal qu'ils s'en écartent. »

Comme on le remarque, Constant n'évoque même pas la séparation du fait et du droit : avec une belle assurance, il va droit à la distinction qui lui importe, celle de la lettre et de l'*esprit* de la loi. C'est dire que le jury se place au-dessus des lois : il fait ce qui est interdit même aux juges spécialistes du droit. Il devient un organe politique de *résistance* aux lois injustes, une représentation quasiment subversive en face de la représentation constitutionnelle : on se doute que les partisans de l'auto-

139. Deux travaux parus dans *Études rurales*, juill.-déc. 1984, font référence : Élisabeth Claverie, déjà citée, et Y. Pourcher, « Des assises de grâce ? Le jury de la cour d'assises de la Lozère au XIXe siècle ».

140. *Loc. cit.*, p. 265.

141. Chapitre XIX des *Principes de politique* (éd. Gauchet, p. 419).

rité ont évoqué, devant ces propos, la menace d'un « quatrième pouvoir [142] ».

Ce thème du jury-résistance semble avoir été lancé au début de la Restauration par le courant du *Censeur européen* (Charles Comte et Dunoyer), souvent allié à *La Minerve* et au groupe de Constant, les Indépendants. Comte écrivait : « La procédure par jurés a une telle puissance qu'elle serait, au besoin, une protection contre les actes mêmes du Parlement, si ces actes devenaient tyranniques [143]. »

C'est cette finalité toute politique que reprend Mahul, en 1830, dans son ouvrage [144], non sans dissimuler qu'elle contrevient à l'article 342 du Code d'instruction criminelle : « Les jurés sont, il est vrai, spécialement juges souverains du fait qui leur est soumis ; mais ils sont aussi les délégués de la société pour sa protection et sa défense. Sous ce point de vue, n'ont-ils pas mission de corriger les vices mêmes de la loi par tous les tempéraments possibles ? »

Dans une allusion assez transparente au juge-automate de Beccaria (modèle syllogistique), Mahul institue le juré en position exactement inverse : les jurés « ne sont point des automates, sans moralité et sans responsabilité ». Il ne s'agit pas ici de la question de la *majorité*, opposée à l'unanimité requise en Angleterre, que Mahul a également traitée de façon développée et intéressante [145], mais de la façon dont il faut entendre l'intime conviction comme *voix intérieure* à l'individu-juré. Mahul s'intéresse en moraliste à la psychologie du juré, à sa responsabilité politique. Il ne craint pas de proclamer une sorte d'anarchisme de la conscience, au nom du ressort humain que tout jugement met en œuvre : « En vain on répétera au juré la loi qui aspire à maîtriser sa conscience : le juré entend au-dedans de lui-même une voix plus imposante, qui le rend sourd à toute autorité mortelle ; et en présence de l'échafaud, il

142. Comme on l'a fait aussi pour l'hypothèse d'une juridiction directe du Conseil d'État accompagnée de l'inamovibilité du juge (*supra*) et comme on l'a fait pour la presse (voir chap. suivant).

143. Comte prête ce pouvoir au jury anglais dans sa traduction et sa présentation de l'ouvrage de sir Richard Phillips, *Des pouvoirs et des obligations des jurys*, 1819, abondamment cité par Mahul (*op. cit.*, p. 534). Comte donnera une nouvelle édition, très modifiée en 1828 (chez Rapilly), à la suite des lois de 1825 en Angleterre et 1827 en France.

144. Mahul, *Tableau...*, pp. 552-553.

145. Inutile d'ajouter que de la Révolution à nos jours, chaque régime a modifié la majorité qui était requise pour emporter condamnation. On laissera de côté cette face de la controverse car elle ne touche qu'indirectement à notre propos. On pourrait comparer par exemple le Guizot libéral de la loi du 4 mars 1831 (*Histoire parlementaire de France*, I, 179 et suiv.) et le Guizot répressif des lois de septembre 1835 (*ibid.*, II, 420 et suiv.). Le premier veut une majorité de 8 contre 4, un président sans assesseurs placé seul face au jury, le second réclame la majorité simple, ce qui est le sommet de la sévérité, accompli en 1793 !

défie le législateur de dompter la souveraine indépendance de la déclaration du jury [146]. »

« Omnipotence du jury », appréciation de « la question intentionnelle, comme indivisible de la question matérielle », Mahul légitime tout ce que le Code de 1808 visait à écarter des délibérations du jury. La séparation rigide du droit et du fait se révèle un point douloureux du rapport entre société civile et pouvoir d'État, y compris chez les notables [147] : elle continue et aggrave une tendance déjà présente à l'époque révolutionnaire. On peut l'illustrer par un cas que rapporte le juriste Charles Beudant [148].

Un homme est poursuivi pour fausse déposition (en faveur d'un accusé prévenu d'assassinat) : le faux témoignage est passible de vingt ans d'emprisonnement (loi du 5 pluviôse an II). Le jury, trouvant la peine excessive, après avoir déclaré (première question) que le fait était constant – c'est-à-dire qu'il y avait eu une fausse déposition –, affirma que l'accusé n'avait pas agi dans une intention coupable [149]. « Ces deux réponses, observe Beudant, étaient évidemment contradictoires, l'intention criminelle étant inséparable du faux témoignage. » La cour annule la délibération, mais n'obtient alors du jury qu'une déclaration en sens opposé : la fausse déposition n'est pas (ou plus) vérifiée, l'accusé est acquitté. Enfermé dans le système qui le dépossède de tout regard sur la pénalité, profitant de la question de l'intention, le jury prend donc une voie qui bafoue son serment mais soulage aussi sa conscience. La déficience du système, qui se voulait d'une implacable logique, est patente. Dès lors, on peut dire, et pour défendre l'inverse de ce que soutenait Véra : le jury est « la conscience de l'accusé », mais loin de l'« élever » à la hauteur de la loi, il bafoue cette dernière, parce qu'il n'attend aucune compréhension de la part du juge professionnel. La belle rigueur axiomatique du syllogisme est prise en défaut ; en réalité, les juges ont autant

146. « Défi » un peu vite affirmé car les jurés des tribunaux révolutionnaires n'ont guère montré cette « souveraine indépendance ». Quant à Napoléon, toujours porté au cynisme, il osa faire inscrire au Code d'instruction criminelle : « Sa Majesté se réserve de donner aux jurés qui auront montré un *zèle louable* des témoignages honorables de sa satisfaction » (art. 391, abrogé en 1827). Les historiens sont d'accord pour dire que la noblesse du jury a d'abord été souillée par sa servilité envers le pouvoir politique.

147. On ne peut cependant réduire le conflit à un rapport de classes comme le fait F. Lombard dans l'ouvrage cité (cf. *loc. cit.*, p. 185 et suiv. : « Le jury et le libéralisme politique »), ni à un « expédient pour la conquête du pouvoir » (p. 196) contre la noblesse terrienne. La question des « acquittements scandaleux » est posée *avant* Juillet – il faut le redire –, et l'auteur montre d'ailleurs qu'on en débat encore dans les années 1930. Il reste que le recrutement du jury se fait dans un milieu social très étroit, même aux débuts du XXe siècle, en suffrage universel : outre les tableaux donné par Françoise Lombard, voir B. Schnapper, *loc. cit.*, pp. 307-311.

148. Beudant, *De l'indication de la loi pénale dans la discussion devant le jury*, Cotillon, 1861. Beudant a été doyen de la faculté de droit de Paris de 1879 à 1887, c'est une personnalité connue qui publiera en 1891 *Le Droit individuel et l'État*.

149. On est avant le Code de 1808 : la question de l'intention est formulée.

pénétré dans le domaine du fait que les jurys ont tenu compte de l'application pénale de la loi.

LE CAS DES « CIRCONSTANCES ATTÉNUANTES » : UNE AGGRAVATION DES CONFLITS

C'est pour combattre la « doctrine dangereuse de l'omnipotence », selon l'expression du garde des Sceaux de 1832, que la Monarchie de Juillet adopta l'une des grandes lois de l'histoire du jury criminel : le droit pour le jury de déclarer qu'il y a des circonstances atténuantes. Aux termes de la loi du 28 avril 1832, le président, aussitôt après avoir posé les questions résultant et de l'acte d'accusation et du débat, doit *avertir* le jury « que, s'il pense, à la majorité de plus de sept voix, qu'il existe [...] des circonstances atténuantes [...], il devra en faire la déclaration ».

Le pouvoir de Juillet cède donc à un mouvement d'opinion qu'on ne peut plus méconnaître. Barthe, garde des Sceaux, constate dans l'exposé des motifs : « Le jury s'habitue à faire cas de sa propre sincérité ; il se réfugie dans les fictions, c'est-à-dire dans le mensonge ; il se parjure de peur d'être cruel. Les devoirs d'humanité se concilieront avec ceux que la vérité impose lorsque le jury sera laissé maître de déclarer les circonstances atténuantes [150]. » C'est une novation de taille et même d'« immense portée théorique et pratique [...]. Dès 1840, 68 % des arrêts de condamnation en cour d'assises comportaient reconnaissance des circonstances atténuantes. Sur le plan des principes, la règle de séparation du droit et du fait était ébranlée. Il fallait bien que les jurys tiennent compte du niveau de la peine pour décider, qu'ils "apprécient la loi avant de l'appliquer" [151] ». Sur le plan pratique, la peine était abaissée d'un degré, voire, si la cour le voulait, d'un second degré. Les crimes pouvaient être punis de peines correctionnelles. Sur le plan *politique*, c'était une grande victoire libérale [152], car précédemment, lorsque Peyronnet avait fait voter une loi sur les circonstances atténuantes (5 avril 1824), c'était pour donner cette attribution aux juges. « Le choix et l'application de la peine, rappelait-il, sont exclusivement dans les attributions du juge », et cela en conformité avec la doctrine reçue. Cette fois, par la loi de 1832, la doctrine se trouve ébranlée : « En un mot, écrit Beudant,

150. Cf. Ch. Beudant, *op. cit.*, p. 160.

151. B. Schnapper, p. 263. La citation *in fine* est de Charles Beudant qui consacre tout son livre de 1861 aux conséquences de la loi de 1832.

152. Que remettront en question les lois de Septembre (1835) sur les assises : vote au scrutin secret et à la majorité simple, possibilité pour la cour de renvoyer l'affaire à une session suivante, etc. Le régime se sentait menacé à la suite des attentats. On a signalé *supra* la volte-face de Guizot en la matière.

l'omnipotence est régularisée et, dans les limites assignées, elle devient légitime : voilà toute la réforme de 1832. Proscrite comme violation du serment prêté quand elle prétend au droit d'acquitter [...], l'omnipotence est consacrée comme légitime quand, au nom de l'intérêt qu'inspire l'accusé, ou de la désapprobation qu'excite la loi [153], elle ne réclame que le privilège d'atténuer la condamnation [154]. »

Ce privilège du jury consiste en effet à réviser les « incriminations » prévues par la loi, à affiner les gradations, à contrôler la pénalité en proportionnant la peine à l'infraction : majoritairement, les magistrats s'estiment dessaisis. Pourtant, l'article 342 du CIC, dans son alinéa 2, est maintenu ! Selon une logique schizophrénique, le jury doit maintenant se partager en deux personnages ; lorsqu'il répond en premier lieu à la question sur la culpabilité, il ne doit pas envisager la peine (art. 342), alors qu'il a été pourtant averti (art. 341) qu'il peut y avoir lieu aux circonstances atténuantes. Ensuite, « quand ils en viennent à la seconde partie de leur mission, à l'examen des circonstances atténuantes, c'est les yeux fixés sur la peine qui atttend l'accusé que [les jurés] doivent délibérer et voter [155] ».

Conçu pour ne pas ruiner totalement la séparation du droit et du fait, le compromis qui consiste à maintenir l'article 342, dans son second alinéa, va engendrer une controverse interminable. Le serment des jurés impliquait respect de l'article 342 : ce respect étant intenable, on parlait de « fraude pieuse »...

Mais surtout le jury a acquis un pouvoir tout nouveau que la doctrine a bien de la peine à concilier avec la *séparation des pouvoirs* : contrôlant la loi pénale dans les incriminations qu'elle fixe, révisant le tarif des peines, le jury semble participer du pouvoir législatif. Le spectre de Benjamin Constant est de retour ! Pour Beudant, les choses sont claires, quoique surprenantes : le législateur a voulu trouver dans le jury « une sorte de commission d'enquête et de surveillance intérimaire [156] ».

Toutes ces raisons conduisent Beudant à conclure que l'article 342, alinéa 2, a subi une « abrogation virtuelle ». Pourtant, il vivra longtemps encore (jusqu'en 1932), après avoir été dénoncé dans les années 1870 par Crémieux comme « absurde ». Le point était visiblement trop douloureux : le progrès apporté par 1789 pouvait-il être devenu régressif ? Le compromis entre l'État et ses juges pouvait-il être remis en question jusqu'à ce point ? La IIe République avait envisagé un temps de rompre le nœud gordien : selon l'article 62 d'un projet de loi sur l'organisation judiciaire, rédigé par une commission parlementaire, « l'interdiction faite aux jurés de prendre connaissance des dispositions de la loi pénale

153. C'était, on s'en souvient, la thèse de Constant ou de Mahul.
154. Ch. Beudant, *De l'indication de la loi pénale...*, pp. 170-171.
155. *Ibid.*, p. 469.
156. *Ibid.*, p. 160.

applicable à la suite de leur déclaration est abrogée ; la deuxième partie de l'instruction contenue dans l'article 342 du CIC est supprimée [157] ». Le projet fut promptement abandonné après les journées de Juin. On serait tenté de reprendre la formule connue : « En France, tout se termine par des "journées". »

Cependant, la perspective de Charles Comte et de Constant, l'analyse de Beudant en 1861 ne sont pas restées des hypothèses d'école : le pouvoir du jury sur le législateur s'est confirmé au XXe siècle. On le voit émettre des vœux pour la modification de la loi, qui sont adressés au ministre de la Justice [158], on le voit, à la suite d'acquittements répétés, obtenir modification de la loi [159].

L'ESPRIT ILLIBÉRAL DE LA JURIDICTION D'ASSISES SELON PRÉVOST-PARADOL ET LA GRASSERIE

Si l'on essaie de prendre la mesure de l'opinion libérale, eu égard à la *protection de l'individu* en matière judiciaire, vers la fin du siècle, deux études ressortent comme particulièrement critiques et perspicaces : celle d'un publiciste orléaniste, Prévost-Paradol, dans *La France nouvelle* [160], celle d'un juriste, Raoul de La Grasserie, dans « Des origines, de l'évolution et de l'avenir du jury [161] ». L'intérêt principal de ces travaux est de donner à lire, à travers l'organisation du procès d'assises, les tendances profondes de l'histoire et de la culture politique françaises, par différence avec l'Angleterre. Prévost-Paradol souligne le caractère proprement illibéral de l'instruction puis de la conduite des débats par le président d'assises, centrées toutes deux sur la recherche de l'*aveu*, legs archaïque de l'ancienne conception de la justice. Le « concours de l'accusé contre lui-même » est le nerf du système français, estime Prévost-Paradol ; ce qui non seulement relève de la procédure inquisitoire, qui a la préférence française par rapport à la démarche accusatoire, mais enlève toute possibilité crédible d'*arbitrage* au président et soumet

157. Cité par Beudant (p. 46) qui conclut avec ironie : « Que le serment soit violé, qu'importe, si le principe de l'institution est sauvé en apparence ! » En pratique, il semble que les présidents d'assises « s'arrangeaient », mais à huis-clos, avec les jurés (*ibid.*, pp. 203-204) : la coopération entre juges et jurés, ouverte en Angleterre, se faisait en cachette en France. L'entrée du président dans la chambre de délibération ne fut réglementée que par la loi du 10 décembre 1908. Il devait être accompagné de l'avocat de l'accusé, du représentant du parquet et du greffier (cf. B. Schnapper, pp. 302-303).

158. Cf. Louis Gruel, *op. cit.*, p. 30 (1922) et A. Padoa Schioppa, *op. cit.*, p. 301 (en 1911).

159. Ainsi en 1901, où l'infanticide commis sur le nouveau-né par la mère échappe à la peine de mort et devient passible des travaux forcés (B. Schnapper, p. 299).

160. Publiée en 1868. Voir son chapitre VII : « De la magistrature et de l'administration de la justice ». Nous citons d'après l'édition Garnier, 1981, publ. par P. Guiral.

161. Extrait de la *Revue internationale de sociologie* édité par Giard et Brière, 1897.

le jury à une ambiance de grand malaise[162]. Raoul de La Grasserie reprend la même vision critique du scénario des assises pour insister sur le fait que le jury français ne peut remplir sa mission qu'à travers diverses dérives rendues inévitables. Selon La Grasserie, le magistrat professionnel « représente la justice et ses droits, le juré représente l'individu et les siens. C'est, contre l'omnipotence sociale, le plus actif organe de la résistance individuelle[163] ».

Le thème apparu chez Comte et Constant trouve ici son plein développement : le jury est nécessairement une instance « individualiste », qui entre en tension avec le pouvoir judiciaire, représentant de l'intérêt général. C'est dans ce sens que l'auteur interprète la règle d'*unanimité*, exigée en Angleterre et que la France n'avait adoptée que durant trois ans sous la Révolution : « Une idée en apparence aussi singulière, pour avoir persisté [en Angleterre], doit avoir de profondes racines ; elle les a dans le droit individuel où le jury a tout entier son domaine, l'individu n'y peut obéir qu'à lui-même quand plaideur il choisit le juge, de même que quand juge il décide : la minorité ne peut se courber devant la majorité ; l'individu est irréductible[164]. »

Pour l'auteur, en résumé, le magistrat serait « de droit social », le jury serait « de droit individuel ». Il en conclut que « ce sont deux juridictions contraires, anatagonistes, complémentaires l'une de l'autre ». Toute la question est alors de savoir comment une relation qui est *à la fois* d'antagonisme et de complémentarité peut s'organiser. Raoul de La Grasserie montre que cela se traduit en France par deux effets : 1° le caractère éminemment politique que prend le jury, qui, cessant de s'inscrire dans le seul registre du droit criminel, a « gravité » autour du droit électoral et du droit civique[165]. Dès lors, le jury, l'électorat et la Garde nationale deviennent trois modalités de « représentation du pays » ; 2° le président d'assises s'arme en France d'un pouvoir discrétionnaire, qui se développe en dehors des textes (un peu comme le président du Conseil est né en dehors des lois de 1875). Le président s'autorise, comme on l'a vu, à entrer dans la chambre de délibération du jury. Il peut aussi conduire un interrogatoire qui semble *redoubler* celui qu'organise le ministère public (lequel n'existe pas dans le système

162. On peut du moins le déduire, car le chapitre de *La France nouvelle* ne traite du jury que de façon latérale.

163. Raoul de La Grasserie, *loc. cit.*, p. 10.

164. En fait, on a souvent montré combien l'unanimité était une fiction en Angleterre qui « courbait » la minorité. Guizot ne se fait pas faute de le rappeler en 1835 pour faire adopter les lois de Septembre (cf. Guizot, *Histoire parlementaire*, II, 427-428).

165. Le phénomène devient très net à partir des lois du 2 mai 1827 et du 2 juillet 1828 : ajout des « capacitaires » à la liste électorale, *mode de révision* des listes électorales et du jury qui corrige les manipulations auxquelles se livrait l'administration. D'où ensuite la loi du 19 avril 1831 qui abaissait le cens à 200 francs et, instaurant un seuil de 100 francs pour les « capacités », accroît le recrutement des jurés, etc.

anglais). En Angleterre, accusation (par la partie privée) et défenseur *sont sur le même pied* : « Quels que soient les coups qu'elles se portent, ce sont des coups d'égal à égal[166], dont les jurés jugent en spectateurs d'un pugilat intellectuel. En France, au contraire, c'est d'en haut que le ministère public, qui est une magistrature, parente de celle du président qui juge au centre, et située au même étage, porte ses coups à la défense placée au-dessous. Souvent, le juré peu versé dans les choses judiciaires confond le président et l'avocat général, pour lui c'est la société qui parle en double, il ne sait pas trop pourquoi, tandis que la défense parle en simple[167]. »

Cette forte représentation de la magistrature (siège et parquet), incarnant la majesté de l'État, a bien entendu des conséquences : « La défense devient passionnée, oratoire, politique lorsque c'est possible, pour compenser ces avantages » et faisant exhibition d'une sorte d'« oppression », elle appelle le jury à marquer son indépendance, particulièrement en matière de presse : les jurés « sont saisis au nom de la politique, ils absolvent au nom contraire » (*ibid.*, p. 30). Raoul de La Grasserie détaille les facteurs qui poussent le jury vers la fameuse « omnipotence » : ne pouvant motiver ses verdicts, appréciant les mobiles subjectifs, il tient à marquer que ni les juges ni la loi ne sauront l'enchaîner : « On a beau lui prouver et il a beau reconnaître que tel crime a été commis, il déclare que ce n'est pas un crime, lorsqu'il estime que le crime est puni par la loi d'une peine trop forte qu'il ne peut pas diminuer. Alors, se faisant une conscience spéciale, il se croit autorisé à mentir et à déclarer que l'infraction n'existe pas et il acquitte » (*ibid.*, p. 31). L'auteur n'en tire pas grief contre le jury, puisqu'il propose au contraire de l'étendre au civil, en correctionnelle, de rétablir le jury d'accusation, etc.[168]. Le caractère fécond du jury, selon lui, c'est qu'il fait avancer la législation : une thèse qui désormais a fait son chemin.

Omnipotence contre omnipotence, chez Prévost-Paradol le terme résume le rôle abusif *tenu par le président d'assises* – une forme d'omnipotence qui d'ailleurs traduit l'idée que le Second Empire (et pas seulement lui) se fait du chef souverain : entre le président anglais et le président français d'assises, « il existe à peu près la même différence qu'entre un souverain constitutionnel, simple gardien des lois, élevé

---

166. *Fair play*, dit de son côté Prévost-Paradol.

167. R. de La Grasserie, p. 20. Propos remarquables de la part de quelqu'un qui a été juge (après un passage au barreau). Raoul de La Grasserie (1834-1914) est un esprit remarquablement érudit, à qui l'on doit des livres de philologie, de grammaire et de lettres (poésie y compris), en dehors d'études de sociologie portant sur les religions, les classes sociales et... le droit. Voir par exemple Vapereau, *Dictionnaire des contemporains*, 6e éd. 1893, et *Grand Larousse encyclopédique* (10 vol., 1962).

168. Ce libéral, dans le droit fil de Benjamin Constant, écrit : « L'indépendance est si belle et si rare que ses excès mêmes sont excusables. »

au-dessus des partis, et notre souverain responsable, légalement mêlé au conflit des factions et exposé à tous leurs coups[169] ».

L'intervention permanente du président d'assises, l'usage qu'il s'est attribué d'interroger l'accusé, les questions qu'il pose lui-même aux témoins à charge ou à décharge font transparaître son opinion et conduisent à penser qu'il harcèle l'accusé en vue de le faire se contredire, d'obtenir un aveu. La procédure accusatoire à l'anglaise, estime l'auteur, ouvre un *espace de débat* tout différent : « La loi anglaise, d'accord sur ce point avec la nature des choses, reconnaît que l'interrogatoire d'un témoin ne peut être que partial, et acceptant franchement cette partialité inévitable, elle en tire ingénieusement profit pour faire jaillir de ce conflit des intérêts et des opinions dans l'interrogatoire la manifestation de la vérité[170]. »

Ce que Raoul de La Grasserie va appeler « pugilat intellectuel » consiste donc à donner le spectacle (au jury) de deux thèses en présence, *incarnées* dans deux camps de façon visible. Acceptation d'un pluralisme ou en tout cas d'une pluralité de fait, caractéristique de l'empirisme anglais. L'accusation appelle ses témoins, puis les abandonne à la défense, « la défense produit à son tour ses témoins » qui vont subir le contre-interrogatoire de la partie accusatrice. Le président a un rôle de gardien des débats « et sa parole est d'autant plus respectée que sa voix est plus rarement entendue ».

Le second élément capital de cette analyse est la place donnée au *droit naturel* de l'accusé, y compris, le « droit naturel à mentir » (*ibid.*, p. 217). Non seulement, d'ailleurs, l'instruction publique et contradictoire est la règle, mais « la loi proscrit tout interrogatoire de l'accusé, depuis le début jusqu'au terme de la procédure ». Et l'on sait que, dans la phase d'instruction (publique et non secrète), si le suspect se met à parler, il est prévenu que tout ce qu'il dira pourra être utilisé contre lui-même : l'auteur développe longuement les garanties nécessaires dans le cadre français mais empêchées, à son avis, par le secret de l'instruction[171].

169. *La France nouvelle*, p. 220. Ce passage est à rapporter au chapitre précédent du livre « Du chef suprême du pouvoir exécutif », que nous avons commenté dans notre étude déjà citée (« L'État républicain selon de Gaulle »). Prévost-Paradol, tentant de renouveler l'orléanisme comme Victor de Broglie dans ses *Vues sur la France*, plaide pour un « surveillant général de l'État » – selon son expression – muni du droit de dissolution afin de redonner la parole au peuple, mais sans sortir de son rôle d'arbitrage. Les critiques de Prévost-Paradol reprennent de nos jours une étonnante actualité. Rappelons par exemple qu'à la suite d'une condamnation contestée, la Ligue des droits de l'homme a fait une déclaration concernant « la procédure d'audience, qui doit être authentiquement contradictoire. Le président ne doit avoir qu'un rôle d'arbitre entre l'accusation, la partie civile, la défense » (*Le Monde* du 15 février 1994, affaire Omar Raddad). Le projet d'une réforme des assises, actuellement en discussion, provient en partie de cette circonstance, mais a pris une autre orientation, celle d'un « droit d'appel » : cent trente ans après la *France nouvelle*, les pouvoirs du président semblent peu menacés.

170. *La France nouvelle*, *ibid.*

171. On sait que cette question est également redevenue d'actualité, du fait de la puissance de la presse, amenée à s'exercer à l'encontre du secret de l'instruction. En 1990, la commission Justice pénale et droits de l'homme, sous la direction de

La conclusion de Prévost-Paradol est sans mystère : les intérêts de l'accusation sont privilégiés, aux assises, sur les intérêts de la défense : « L'idée du *droit individuel*, c'est-à-dire de cette lutte à armes égales que les Anglais appellent *fair play* (franc jeu) », est étrangère à la conception française, imbue de la majesté de l'État. Prévost-Paradol retrouvait par ces termes les origines de l'esprit libéral : on songe à Duport parlant des « droits contre la société ». Mais pareille conception ne faisait pas l'unanimité dans la mouvance libérale, dont on a suffisamment vu combien elle pouvait être soucieuse d'ordre social. La lutte contre l'Empire explique nombre d'audaces : c'est en temps d'oppression ou d'autoritarisme que le libéralisme se tourne vers le renforcement des droits de l'individu.

CONCLUSION : L'INDIVIDU ENTRE DROIT DE JUGER ET « GARANTIES DE LA SOCIÉTÉ »

Dans le cas de la justice administrative comme dans celui du jury criminel, il s'agissait en réalité d'un enjeu très similaire, et que nous avons appelé « le droit pour le citoyen de juger de son droit ». En effet, dans les deux cas, bien que l'administration et l'autorité judiciaire soient présumées représenter la société et veiller au respect de l'intérêt général, le point de vue libéral exige que, par précaution *a priori*, les droits de l'individu soient considérés comme séparés des *intérêts* du pouvoir – aussi convergents que soient ces intérêts avec l'intérêt général. Il faudrait donc d'une part que l'Administration ne soit pas juge et partie, de façon que sa mise en cause, si nécessaire, puisse se faire avec clarté ; il faudrait d'autre part qu'une véritable sentinelle des droits individuels siégeât au cœur du dispositif judiciaire. Conscient de ces deux exigences, le libéralisme y a répondu en France avec une grande timidité pour ce qui concerne la première. Que l'individu pût juger de son droit a été en général considéré comme exorbitant par rapport aux prérogatives que l'État avait conquises et qui parurent indispensables à maintenir, dans une « constitution » d'ensemble fort différente de ce qui existait en Angleterre ou encore en Amérique[172]. C'est l'histoire du long parcours

Mireille Delmas-Marty, a proposé d'introduire la publicité lors même de la phase d'instruction. Sur l'attitude du magistrat instructeur anglais, le point avait été développé par Charles de Franqueville, dans son ouvrage *Les Institutions politiques, judiciaires et administratives de l'Angleterre* (1863) : « Loi vraiment généreuse qui ne permet pas à un homme de témoigner contre lui-même ! » (p. 206). Franqueville fait partie de ces serviteurs de l'Empire pouvant dialoguer en la matière avec Montalembert, Rémusat ou Prévost-Paradol car il ne partage pas le mépris bonapartiste pour l'Angleterre et la « liberté à l'anglaise ».

172. Soit par exemple le cas de ce qu'on appelle le contentieux d'interprétation, qui porte ou sur les actes ou sur les contrats administratifs. Un juriste de la fin du siècle

vers une justice spécifique, affirmant son autonomie envers le pouvoir politique, et de la construction d'un droit exorbitant, exceptionnel par rapport au droit commun : tous les hommages rendus après 1872 à la sagesse du Conseil d'État ne doivent pas cacher le rapport de force qui s'est historiquement construit et perpétué. Bien que le débat reparaisse parfois, il est en principe clos depuis que le Conseil constitutionnel a solennellement légitimé la dualité des juridictions [173].

Quant au jury criminel, on a vu qu'il divisait moins l'opinion libérale. Cependant, le partage entre droits individuels/droits de la Justice produit de nouveau ses effets. Ceux qui ont vraiment défendu dans le jury un droit de « se juger soi-même » par représentation promouvaient l'*autoréflexion* du citoyen et de la société par méfiance envers la Justice expression du pouvoir d'État. C'était revenir à l'inspiration des plus libéraux de 1789, comme Goupil de Préfeln, qui avait déclaré : « Les jurés nous préviennent des erreurs et du despotisme du pouvoir judiciaire, qui peut, même en matière civile, porter une véritable atteinte à notre liberté. »

Au fond, d'un point de vue philosophique, penser le jury comme représentant du jugement et de l'autoréflexion individuelle impliquait un libéralisme enraciné dans le *sujet*, comme c'est le cas chez Mme de Staël et Constant. Et, dans le cadre anglais, il faut songer à ce qu'écrivait Locke pour définir la notion de *personne* : « C'est, à ce que je crois, un être pensant et intelligent, capable de raison et de réflexion, et qui peut *se consulter soi-même* comme le même [...] étant impossible à quelque être [humain] que ce soit d'apercevoir sans apercevoir qu'il aperçoit [174]. »

écrit comme une évidence : « Quand il s'agit d'interpréter un contrat administratif, il n'est pas possible d'admettre qu'une des parties en cause vienne seule déclarer quel est le sens de la convention. » Ainsi, la juridiction administrative seule aura cette *science du droit* et cette autorité en vertu de laquelle elle dira à la partie concernée quel est le sens de la convention. « Le conseil de préfecture sera appelé à interpréter en premier ressort tous les contrats dont le contentieux lui est déféré par la loi », de même que le Conseil d'État en premier et dernier ressort pour certains cas (*in* J.-B. Simonet, *Traité élémentaire de droit public et administratif*, Cotillon et Pichon, 2e éd. 1893, p. 159). Mais cela était par ailleurs controversé, puisque « en principe, les actes contractuels passés par l'administration sont, par leur nature même, dans le contentieux des tribunaux judiciaires » (R. Foignet, *Manuel élémentaire de droit administratif*, éd. cit., 1895, p. 327). Dérogation fut faite pour les marchés de travaux publics et les marchés de fourniture.

173. Par sa décision du 22 juillet 1980, le Conseil constitutionnel a rangé l'existence de la justice administrative parmi les « principes fondamentaux reconnus par les lois de la République ». La controverse, aujourd'hui, semble s'être déplacée sur l'étendue de la compétence de la juridiction administrative : voir la thèse citée d'Y. Laidié, sur « Le statut de la juridiction administrative ».

174. Locke, *Essai philosophique concernant l'entendement humain*, liv. II, chap. XXVII, § 9 (Vrin, 1972, p. 264). Sur la *consciousness* lockienne, voir la longue note que le traducteur du XVIIIe siècle, Coste, a mise dans ses diverses éditions (p. 264 de l'édition de 1755 donnée en reproduction par Vrin). Grand érudit protestant, ami de Montesquieu, diffuseur de la philosophie anglaise en France, Coste a senti qu'il y avait là une question de première importance.

C'est cette faculté de « se consulter soi-même » (reprise à Descartes par Locke) qui permet à la conscience individuelle de se reconnaître dans son identité et de se poser « soi-même comme un autre » (pour reprendre une expression de Paul Ricœur) : la proximité et la distance, l'identité et la différence fondent la possibilité du jury, qui est bien une instance de représentation. L'individu a le droit de juger de son droit, par représentation, comme dans la représentation politique, il a le droit de se gouverner moyennant la confiance qu'il accorde à ses représentants[175]. Le libéralisme de la conscience est dans le prolongement de cette conception lockienne de la « personne ». Mais l'histoire française a fait que pareille conception tourne vite à l'antagonisme ouvert du jury avec la cour, et à l'apologie ou à la condamnation de l'« omnipotence » : le libéralisme d'esprit « étatiste » ne peut approuver une telle conséquence, même s'il l'a encouragée par moments (cf. Royer-Collard), mais – encore faut-il le préciser – parce qu'il s'agissait de la question très politique de la *presse*.

Il subsiste encore une grande ambiguïté dans le rôle du jury en ce qu'il est dit représenter tantôt l'individu, tantôt la société. En principe, les deux ne devraient pas être dissociés : pour un Duport ou un Sieyès (par ailleurs en désaccord), le jury, étant « jugement par les pairs », était d'abord le fait du voisinage. Ainsi Duport disait à l'Assemblée : « Un juge chargé d'appliquer la loi doit tenir ce langage aux parties : êtes-vous d'accord sur les faits ? Si vous n'êtes pas d'accord, je vais assembler vos amis, vos voisins ; ils vous accorderont et alors je vous dirai ce que prononce la loi[176]. » Le jury est donc ce moyen d'autogouvernement ou d'autorégulation qui a été évoqué plus haut, et selon la fiction, ou l'utopie, d'un juge qui n'est que la bouche de la loi, au point, en quelque sorte, de disparaître[177].

Ici les *garanties* de l'individu prennent place dans les garanties de la société, face à l'oppression toujours possible, venant d'un « pouvoir » judiciaire qui se reconstituerait ou d'un législateur qui ferait des lois iniques, mais ce discours peut se modifier de façon surprenante. Il peut arriver qu'au nom des « garanties à donner à la société » on abaisse les

175. Ce que, on le sait, conteste Rousseau puisqu'on ne devrait obéir, en droit, qu'à « la loi qu'on a faite soi-même ».

176. Duport, 30 avril 1790, jour où *il perd sur le jury au civil* (*Archives parlementaires*, 1re série, XV, 342).

177. Si bien que, à travers le jury, le pouvoir social est tout et l'autorité judiciaire presque rien : le règne de la Loi est doux et réconciliateur. Rappelons les termes de Duport dans son grand rapport de mars 1790 : « Le juge, borné à appliquer la loi à un fait constaté, n'a pour ainsi dire rien de libre dans ses fonctions : il est déterminé par la loi [...]. *La partie importante* se trouve vraiment confiée aux jurés, c'est-à-dire à des hommes du même état, du même intérêt que les parties, pour lesquels l'intégrité étant un devoir et un intérêt sera bientôt une habitude » (*Archives parlementaires*, XII, 414). Admirable utopie, que les faits vont démentir très vite.

pouvoirs du jury, représentant de l'individu isolé. La société « passe » alors (en termes rhétoriques) du côté de la magistrature, tandis que la dangerosité incombe à l'accusé, voire au jury qui en prendrait trop partialement la défense...

Cette ambiguïté et ce retournement où les « garanties de la société » deviennent les garanties du pouvoir – contre lequel, pourtant, il s'agissait de protéger –, le groupe doctrinaire les a illustrées au moment des lois de Septembre (y compris en réintroduisant la peine de déportation) [178] ; mais on va les rencontrer constamment dans les controverses sur la presse.

178. Guizot interprète les complots et les attentats républicains comme l'expression du *mal* moral et métaphysique qui habite la nature humaine. C'est donc plutôt d'une incrimination de cette dernière qu'il s'agit, étant entendu que certains individus sont plus exposés à céder à la tentation : « Il faut qu'un pouvoir constant, énergique, redoutable, veille sur l'homme et le contienne ; sans quoi vous livrez l'homme à toute l'intempérance, à toute la démence de l'égoïsme individuel » (Guizot, *Histoire parlementaire*, II, 434 ou *Mémoires*, III, 314). Mêmes propos après le choc de 1848 et le coup d'État de 1851 (« Nos mécomptes et nos espérances », *Revue contemporaine*, mars 1855).

CHAPITRE III

La presse, un « privilège » embarrassant

> « Il n'y a point de durée pour une constitution sans opinion publique, et il n'y a point d'opinion publique sans liberté de la presse. »
>
> Benjamin CONSTANT (18 août 1814)

> « C'est l'arme aux coups mortels, l'arme chérie des ennemis de la religion et de la dynastie régnante, l'arme chérie des amis du protestantisme et de l'illégitimité ou de la souveraineté du peuple. »
>
> SALABERRY (février 1827)

> « Lorsqu'un courant les entraîne, les gouvernements croient que ce sont les journaux qui les emportent [...]. Ce que les gouvernements appellent la puissance de la presse, c'est la force du courant. »
>
> Émile de GIRARDIN, *Les Droits de la pensée.*

L'IMPOSSIBLE NEUTRALITÉ INSTRUMENTALE

Le libéralisme s'est passionné pour la conquête et la défense de la liberté de presse, et l'on peut dire que cette question a été un facteur de ralliement pour la mouvance libérale comme dans le cas du jury : tout d'abord contre ceux qui refusaient les principes de 1789, puis dans la résistance à l'autoritarisme bonapartiste des années 1851-1870. La lutte fut particulièrement âpre. On peut dénombrer 34 lois depuis la Restauration, jusqu'à celle de 1881 qui nous régit toujours, auxquelles il faut ajouter 6 décrets de Napoléon III, sans compter de nombreuses ordonnances. Les deux grandes dates des lois libérales sont 1819 (législation due au groupe doctrinaire) et 1881, moment où la République assurée recueille quelques-unes des grandes thèses énoncées pendant soixante-dix ans de controverses, dont au premier chef celle-ci : il n'y a pas de délits spécifiques de la presse.

Cependant, et on ne s'en étonnera plus, la mouvance libérale s'est profondément divisée sur les questions de presse : les options de Benjamin Constant le mettent en conflit, sous la Restauration, avec Guizot et Royer-Collard. Le premier défend une perspective de résistance au pouvoir (la presse périodique est un moyen de jugement critique, de transmission de doléances)[1], tandis que les seconds veulent considérer avant tout un *moyen d'organisation de la société*, réglé par le pouvoir législatif. Divergence qui retrouve, à ce niveau, l'opposition entre le libéralisme individualiste et à tendance démocratisante et le libéralisme notabiliaire[2]. Le groupe doctrinaire retrouve en fait certains éléments de la conception *napoléonienne* (par exemple en exigeant le cautionnement) et fournit par la suite une base d'appui aux idéologies dirigistes ou franchement autoritaires : le journalisme est une « fonction » sociale, un magistère, un pouvoir dans l'État, sinon un « pouvoir d'État ».

Il n'est d'ailleurs pas surprenant que l'argumentation libérale soit dissonante puisqu'elle touche ici à un domaine qui n'est pratiquement jamais analysé de façon explicite, et encore moins rigoureuse : l'*opinion publique* comme rapport entre les individus, entre les groupes sociaux, point de rencontre d'une double expression (celle de la société, celle du pouvoir)[3]. La presse périodique, tout autant que le jury, posait la question de l'autonomie de la société vis-à-vis du pouvoir d'État, mais les conditions de possibilité de cette autonomie ne sont généralement pas envisagées : il faudrait non seulement écarter la tentation (toujours renaissante) d'attacher des délits propres à la chose écrite, mais admettre pleinement le jeu pluraliste, le choc des opinions, la compétition du vrai et du faux, ou plutôt des degrés de plausibilité. Or la liberté pour le conflit et la divergence (qu'Émile de Girardin résumait par la formule « Réfutez-vous les uns les autres[4] ») requiert la suprématie et donc la

1. Comme signalé plus haut, le journal ou presse périodique est d'abord englobé dans ce qu'on appelle « presse » qui implique tout écrit – feuille volante, opuscule ou ouvrage. Les orateurs de la IIe République remarquent que le terme commence à désigner le seul journal, qui prend une extension nouvelle sur le plan politique. On précisera donc, à l'occasion, s'il s'agit de l'imprimé en général ou du journal comme écrit périodique, voire quotidien.

2. En 1822, dans la phase des lois dictées par la réaction, Royer-Collard reprend l'idée de la publicité comme « une sorte de résistance aux pouvoirs établis ». Ce célèbre discours du 22 janvier n'est que conjoncturel.

3. Les réticences à analyser la notion d'opinion publique remontent à la Révolution française : cf. notre étude sur « Les Jacobins et l'opinion publique », in *Le Modèle républicain*, sous dir. S. Berstein et O. Rudelle, éd. cit.

4. Girardin (qu'il faut distinguer de Saint-Marc Girardin) est un journaliste prolifique, un patron de presse considérable, créateur de la presse à bon marché (le journal à 40 francs), et un brillant essayiste ou polémiste (qui traîna le remords d'avoir tué Armand Carrel en duel en 1836). Il a donné un recueil très utile pour suivre les différentes

stabilité de la norme constitutionnelle. Même Constant, penseur par excellence des équilibres constitutionnels, ne peut s'élever à cette vision car la « garantie de la constitution », constate-t-il, se dérobe (si elle n'est pas confiée au monarque du « pouvoir neutre »)[5].

Il est caractéristique que Constant doive penser le journal comme une *arme* pour le cas où les branches législative et exécutive se coaliseraient de façon périlleuse, idée que l'on retrouve chez Chateaubriand. « Sans l'opinion, affirme Constant, les Chambres seraient funestes ; elles le seraient non seulement à la liberté, mais au pouvoir. Dès qu'elles cessent d'être surveillantes, elles deviennent des complices[6]. » Car – différence avec Montesquieu – Constant ne pense pas que la limitation de la souveraineté soit fortement garantie par la séparation des pouvoirs[7]. Contre le projet de loi Peyronnet (« loi de justice et d'amour »), Chateaubriand fait l'hypothèse que « les trois pouvoirs pourraient s'entendre pour détruire toutes les libertés ; un ministère conspirateur contre ces libertés, deux Chambres vénales et corrompues, votant tout ce que voudrait ce ministère, plongeraient indubitablement la nation dans l'esclavage[8] ».

La presse périodique est donc l'ultime recours dans les cas extrêmes ; elle est aussi la « garantie des garanties » dans les périodes apaisées. Cette dernière notion, créée par Constant, n'a pu trouver sa pleine vérité qu'en entrant – récemment – au port du constitutionnalisme : dans sa décision des 10-11 octobre 1984, le Conseil constitutionnel estima qu'il s'agit, en matière de liberté de presse, « d'une liberté fondamentale, d'autant plus précieuse que son exercice est l'une des *garanties essentielles*[9] du respect des autres droits et libertés et de la souveraineté nationale ». L'ère du constitutionnalisme au sens plein (c'est-à-dire du juge gardien de la constitutionnalité des lois) assure le déploiement du pluralisme, la possibilité du conflit des opinions dans un cadre constitutionnel stabilisé, et par là le droit d'expression de la minorité qui

controverses : *Les Droits de la pensée. Questions de presse : 1830-1864*, Serrière et Michel Lévy, 1864. Malgré le sous-titre, l'ouvrage fournit des éléments bien antérieurs à 1830 (Révolution, Empire, etc.). Il est précédé d'un long essai de 104 pages (« Le droit à l'imprimerie »), sorte de lettre ouverte dédiée au ministre Rouher, en pagination romaine. Le passage cité est p. LXXXVIII. Journaliste influent, député pendant des décennies, Girardin a servi tous les régimes en prétendant maintenir une distance critique. Consulter Vapereau, *Dictionnaire des contemporains*, 5e éd. 1880 et M. Reclus, *Émile de Girardin, le créateur de la presse moderne*, Hachette, 1934.

5. Cf. les *Fragments sur une constitution républicaine* et le commentaire de M. Gauchet in *La Révolution des pouvoirs*, Gallimard, 1995.

6. Constant, le 21 avril 1819, *Archives parlementaires*, XXIII, 720.

7. « Elle sera garantie d'abord par la force qui garantit toutes les vérités reconnues, par l'opinion » (*Principes de politique*, éd. Gauchet, p. 278).

8. Chateaubriand, « Opinion sur le projet de loi relatif à la police de la presse », in *Mélanges politiques*, Dufour et Mulat, 1852, p. 248.

9. Nous soulignons.

s'estime lésée. Ce pluralisme est malaisément envisageable dans la jeunesse du libéralisme parce que le combat autour de l'héritage révolutionnaire se continue, vite redoublé par la lutte des républicains contre l'orléanisme, puis des socialistes contre l'appropriation bourgeoise du pouvoir.

Inévitablement, la presse périodique tend à apparaître comme un moyen de résistance, comme *un pouvoir* faisant face au pouvoir d'État. C'est là la contradiction majeure du libéralisme : pour assouplir la législation et la vision héritées de Napoléon, il faudrait démystifier la presse et cesser de la penser comme un pouvoir. C'est ce qu'exposent à satiété sous le Second Empire un Laboulaye ou un Émile Ollivier (s'inspirant lui-même, pour partie, de Girardin). Mais, dans la mesure où le même libéralisme *valorise* la presse à un très haut degré (« garantie des garanties »), la présente comme une composante *sine qua non* du gouvernement représentatif, il contribue à renforcer ce statut de pouvoir que dénoncent les adversaires. C'est le diagnostic que porte Ollivier, fervent défenseur du retour de la presse au « droit commun » ; selon lui, Constant, demandant le jury pour les crimes et délits de presse (ce qu'accordèrent les lois de 1819), a favorisé une législation à fondement de privilège, par là dangereuse, contraire à ses intentions libérales. Rappelant que, dans le droit ancien, le médecin était un auxiliaire pour les interrogatoires sous la torture, Ollivier écrit : « Le jury a joué dans la législation de la presse le rôle réservé, dans la torture, au médecin. Il a permis d'édicter des dispositions oppressives que, sans la prétendue garantie qu'il offrait, on n'eût même pas osé proposer[10]. » Le combat pour le jury se serait donc enferré dans une contradiction : si l'on veut faire de la presse un simple *instrument* des pensées et des opinions, on ne doit pas lui accorder une juridiction externe et supérieure au champ correctionnel, on ne doit pas la surprotéger.

Critique un peu simple que celle d'Émile Ollivier car elle fait fi du fait que le délit d'opinion était réintroduit même dans les lois de 1819, comme on le verra[11], et que devant les emprisonnements de journalistes[12], le recours au jury était de bonne guerre. Ollivier n'est pas non plus exempt de contradictions car lui aussi tend à faire de la presse un

10. É. Ollivier, « De la liberté de la presse », extrait de la *Revue de France*, 1879, p. 662 (repr. in *Solutions économiques et sociales*, Société des écrivains français, Bellier, 1894). Cf. aussi la critique du maintien du jury dans la loi de 1881 : É. Ollivier, *L'Empire libéral*, t. X, Garnier, 1905, p. 401, note 1. S'il n'y a plus de délits d'opinion, écrit Ollivier, il n'y a plus lieu de faire appel au jury. Sur l'évolution d'Ollivier, un bon livre, quoique un peu hagiographique, celui de Pierre Saint-Marc, *Émile Ollivier*, Plon, 1950. Fait également référence l'ouvrage de Th. Zeldin, *Émile Ollivier and the Liberal Empire of Napoleon III*, Oxford, Clarendon Press, 1963.

11. Sous la forme du délit d'offense à la « morale publique et religieuse ».

12. Tels Béranger et Paul-Louis Courier, cependant condamnés par le jury.

pouvoir spécifique : il la compare aux représentants de la nation [13], il la considère comme une activité élitiste, de nature « aristocratique » par rapport au droit de réunion, qui serait véritablement démocratique et populaire [14].

Mais ce qui embarrasse véritablement la pensée libérale, au long de soixante-dix ans de controverses, c'est la nature même de l'*opinion* au sein d'un espace qui ne peut être pluraliste. On veut croire que la presse est un « instrument », selon l'expression employée dans le débat de 1819, neutre, transparent, simple véhicule des paroles et des idées. On pressent en réalité qu'il n'en est rien à ce moment (et pas plus aujourd'hui) [15]. Car la transitivité propre à un instrument ne concorde pas avec la propriété capitaliste que constitue l'entreprise de presse [16], avec sa fonction d'opérateur de légitimité ou de délégitimation, et surtout, avec son rôle de *medium* pour l'expression de l'opinion. Les protagonistes des régimes successifs sentent que la presse n'est pas pour l'opinion un « moyen » qui lui resterait extérieur, mais le lieu même où elle se constitue, et se relance. Qui tient la presse tient un formidable enjeu de pouvoir –, ce que le libéralisme sait, soit qu'il gouverne soit qu'il se trouve dans l'opposition. Ceux qui argumentent sur l'« impuissance » de la presse, comme Émile de Girardin, ne disent qu'une demi-vérité, sinon une contrevérité.

L'argumentation est largement tactique. En 1862, voulant réfuter la thèse du pouvoir bonapartiste selon laquelle les journaux sont un moyen puissant pour les partis, Girardin rétorque qu'on se trompe de cible : « Le baromètre indique la pluie, mais ce n'est point le baromètre qui fait pleuvoir [...]. À Marseille il marquait hier *tempête*, à Paris il marquait hier *beau temps*. Le journal est au parti dont il indique les opinions ce que le baromètre est au beau temps dont il indique les fluctuations [17]. »

---

13. Députés et journalistes « ont reçu également une délégation des citoyens, quoique d'une manière différente. La délégation faite au député est directe et formelle, celle donnée au journaliste est indirecte sans être moins formelle » (« De la liberté de la presse », *Revue de France*, p. 666). Thèse développée également le 22 janvier 1864 au Corps législatif : cf. É. Ollivier, *Démocratie et liberté*, Librairie internationale, 1867, pp. 129-131.

14. « La presse est, de son essence, une faculté aristocratique, car il faut deux espèces de capitaux que tout le monde ne peut réunir : un capital matériel, l'argent ; un capital intellectuel, l'instruction acquise » (« De la liberté de la presse », *Revue de France*, p. 673).

15. Pour notre époque, cf. l'idée récurrente qu'il faudrait que le journalisme se donne un « code de déontologie ». Il est vrai que dans la conscience contemporaine, le journalisme est un *métier*. Cette idée n'apparaît pratiquement pas au XIXe siècle, ce qui tend à passionner et politiser toute controverse sur la presse périodique.

16. Ce point est par ailleurs abondamment souligné par les doctrinaires en 1819 et repris ensuite par les défenseurs du *cautionnement*, maintenu sans interruption de 1819 à 1881. Plus tard, les annonces commerciales (introduites par Girardin) et la spéculation financière feront de la presse un agent économique important.

17. É. de Girardin, *Les Droits de la pensée*, « Impuissance et impunité de la presse », p. 417.

En fait, à la fin de l'Empire, comme le note P. Albert, « jamais la puissance de la presse ne fut plus évidente puisque l'affaire de la souscription Baudin, en décembre 1869, puis l'affaire Pierre Bonaparte en janvier 1870, furent suscitées par la presse d'opposition[18] ». Les veilles de 1830, 1848 et la crise de 1870 ont montré l'efficacité de l'action de presse pour surexciter les esprits.

Pensant au système américain dont avaient parlé Tocqueville puis Laboulaye, Girardin feint de nier la réalité française pour inviter à un pluralisme sans racines dans l'expérience française d'instabilité constitutionnelle. S'adressant à Rouher, il écrit : « J'ai cessé de croire à la puissance des journaux, mais je n'ai pas cessé de croire à leur intolérance. Le moyen de la combattre ne varie pas : il consiste à multiplier les dissidences et les rivalités en multipliant les journaux, à mettre les journalistes aux prises entre eux[19]. »

L'idée que la presse n'est pas auteur des révolutions, que l'on doit distinguer l'opinion elle-même et la presse qui n'en est qu'un canal se trouve souvent exprimée chez Constant : elle vise à contrer la diabolisation fulminée par le camp adverse[20].

Il conviendra donc d'aborder la controverse sous l'angle suivant : en quoi est-elle révélatrice de la connaissance ou plutôt de la méconnaissance entretenue sur l'opinion ? Hegel, analyste toujours précieux de l'État libéral, dit de l'opinion qu'elle est à la fois « inorganique », et qu'elle constitue « un grand pouvoir [...] particulièrement à notre époque où le principe de la liberté subjective a tant d'importance et de signification[21] ». Le vertige spécifique qu'éprouve le libéralisme devant la presse résulte du statut de quasi-institutionnalisation de ce qui n'est pas institutionnel. « La liberté de la presse, explique Royer-Collard en janvier 1822, a la vertu d'une institution. » La presse, moyen théoriquement au service de l'individu social, échappe à sa racine individuelle ou collective, pour apparaître comme une force *sui generis*, qui relance la hantise du « quatrième pouvoir[22] ».

Mais, à travers la querelle du « privilège », on retrouvera aussi la question rencontrée à propos des défenseurs de la liberté d'enseignement : est-ce une forme de pouvoir, *spécialement au profit d'un groupe*,

---

18. P. Albert, in *Dictionnaire du Second Empire*, p. 1058.

19. *Les Droits de la pensée*, p. LXXXVIII. C'est l'argument « à la Madison » dans le *Fédéraliste* et que l'on trouve aussi chez Constant : pour parer au danger des sectes religieuses, il faut en multiplier le nombre. Seize ans après ces pages, Girardin publie un autre ouvrage intitulé *L'Impuissance de la presse. Questions de l'année 1878*, Plon. Il faut dire qu'en juin 1848 Cavaignac lui avait infligé quarante-deux jours de suspension et de mise au secret pour avoir « déchaîné l'émeute populaire » !

20. Diabolisation exprimée, par exemple, par cet écrit anonyme de la Restauration : *Des crimes de la presse, considérés comme générateurs de tous les autres*, Potey, s. d.

21. Hegel, *Principes de la philosophie du droit*, § 316 add., Vrin, p. 318.

22. Formule apparue dès la Restauration, souvent signalée et contestée par Laboulaye.

que le libéralisme en fait revendique ? Demander soit la même liberté pour tous, soit un privilège de corps ou de groupe : cette alternative a pesé sur le discours libéral, principalement de type notabiliaire. Les « droits de la pensée » pouvaient être aussi la fonction d'*influence* sur la société que tantôt on avoue rechercher, tantôt on dénie [23].

L'ESPRIT NAPOLÉONIEN EN MATIÈRE DE PRESSE [24]

LA LOI DE 1814 : UNE FILIATION IMPÉRIALE

De l'avis général, les trois lois de 1819 (17 mai, 26 mai, 9 juin), dues au groupe doctrinaire, ont marqué l'entrée en scène du point de vue libéral en matière d'imprimés – notamment en établissant une nomenclature des délits et une échelle graduée des peines (première loi), en abolissant la censure tout autant que l'autorisation préalable donnée par l'administration, en établissant (seconde loi) la compétence du jury pour les délits [25]. Précédemment, la Restauration avait connu diverses lois d'exception qui n'avaient été présentées que comme provisoires [26]. L'esprit général était hérité de l'Empire, il s'exerce à plein dans la loi de la première Restauration due à Guizot et Royer-Collard : loi du 21 octobre 1814, qui rend passibles les écrits de 20 feuillets et moins (soit 320 pages in-8°) d'un comité de censure *pouvant* être saisi par les préfets, en province, et par le directeur général de la librairie, à Paris. Pratiquement, vu le volume retenu, tous les ouvrages risquaient cet examen diligenté avant l'impression : « Si deux censeurs au moins jugent que l'écrit est un libelle diffamatoire, ou qu'il peut troubler la tranquillité publique, ou qu'il est contraire à la Charte constitutionnelle, ou qu'il blesse les bonnes mœurs, le directeur général de la librairie pourra ordonner qu'il soit sursis à l'impression [27]. »

23. Aussi pourrait-on montrer que sur la presse comme sur la liberté d'enseignement, le goupe du *Globe* (plus à gauche que le milieu doctrinaire et en partie pour des raisons de génération), a un *leitmotiv* identique : la même liberté pour tous, surtout pour l'adversaire (jésuite ou contre-révolutionnaire). Nous renvoyons à la riche étude de J.-J. Goblot, *La Jeune France libérale.* Le Globe *et son groupe littéraire*, Plon, 1995.

24. Nous reprenons un développement donné dans notre contribution « Heurs et malheurs de la liberté de presse », in *Liberté, libéraux et constitutions*, 1997, éd. cit.

25. Sauf pour les diffamations ou injures envers les particuliers.

26. Quatre au total : 21 octobre 1814 (en fait la première loi *doctrinaire*), 9 novembre 1815 (dite loi sur les cris séditieux), 28 février 1817, 30 décembre 1817. Il faudrait ajouter les deux ordonnances royales du 20 juillet et du 8 août 1815, qui remplacent la censure des journaux par l'autorisation préalable.

27. Article 4 de la loi. À ce moment, le directeur général de la librairie n'est autre que Royer-Collard.

Dans une brochure qu'il avait publiée peu de jours auparavant *(Quelques idées sur la liberté de la presse)*, Guizot, secrétaire général du ministre de l'Intérieur, avait justifié la censure préalable sur les livres et l'autorisation du roi pour les journaux par le fait que la « multitude ébahie » n'était pas, dans l'état actuel de la France, prête pour la liberté [28]. La maladresse de l'abbé de Montesquiou, qui présenta la loi comme un texte définitif (au lieu d'une mesure d'opportunité) et fit l'éloge de la censure... sous Louis XIV, provoqua un déluge de protestations [29]. C'était pourtant la première *proposition de loi* (5 juillet 1814) depuis la promulgation de la Charte, le 4 juin : le rapporteur de la Chambre des pairs, Raynouard, la déclara « inconstitutionnelle [30] ».

En réalité, Guizot, Royer-Collard ou Rémusat (*De la liberté de la presse*, 1814) ne se départissaient pas d'une certaine admiration pour la façon dont Napoléon avait gouverné moyennant le contrôle de la presse [31]. De même, la loi de 1814 reprend à l'Empire l'obligation faite aux imprimeurs du brevet et du serment, en rendant le brevet particulièrement précaire puisqu'il suffisait pour son retrait d'un jugement de contravention. Enfin, dès qu'un ouvrage avait été déféré aux tribunaux, la saisie et le séquestre étaient réalisables sans limites assignées dans le temps. Les dispositions de « police de la presse [32] » portant sur le brevet révocable des imprimeurs méritent d'être soulignées car elles vont subsister à travers tous les régimes. Un peu comme l'article 75 de la Constitution de l'an VIII [33], la loi Royer-Collard de 1814 sera maintenue dans certaines dispositions du titre II jusqu'en 1881 : l'article premier de la loi de 1881 a dû en effet énoncer que « l'imprimerie et la librairie sont libres [34] ».

On peut imaginer la pression que la loi de 1814 a fait peser (pendant au moins cinquante-six ans) sur les imprimeurs : pour éviter que les

28. Repr. *in* Guizot, *Mémoires*, I, 413 : « L'esprit public n'est encore ni formé par le bonheur ni éclairé par l'expérience ; il n'existe donc dans la nation que très peu de lumières contre le mauvais esprit, tandis qu'il existe dans le gouvernement beaucoup de lacunes par où peut s'introduire le désordre : toutes les ambitons se réveillent et aucune ne sait à quoi se fixer ; [...] le bon sens, qui n'invente rien mais qui sait choisir, n'a point de règle fixe à laquelle il puisse s'attacher ; la multitude ébahie, que rien ne dirige et qui n'a pas encore appris à se diriger elle-même, ne sait quel guide elle doit suivre. »

29. Voir la brochure de Constant, « Observations sur le discours prononcé par S. E. le ministre de l'Intérieur en faveur du projet de loi sur la liberté de la presse », *Œuvres*, « Pléiade » (éd. cit.), pp. 1281-1305.

30. *Archives parlementaires*, XII, 227.

31. Cf. P. Rosanvallon, *Le Moment Guizot*, p. 66.

32. Titre II de la loi.

33. Cf. chap. précédent : la garantie des fonctionnaires. Sur la lutte de Constant, jusqu'à ses derniers jours, en faveur de la liberté de l'imprimerie, mais pas toujours bien vue de la corporation, cf. P. Bastid, *Benjamin Constant et sa doctrine*, t. II, p. 808 (proposition du 13 septembre 1830).

34. Mais c'était en principe acquis depuis une loi du 10 septembre 1870 : « Art. 1er – Les professions d'imprimeur et de libraire sont libres ».

ouvrages fussent déférés aux tribunaux, l'imprimeur devait être défiant envers tout projet (article ou livre) qu'on lui soumettait et, par là, il faisait obstacle à la liberté des auteurs[35]. Aux termes de l'article 14 de la loi, « nul imprimeur ne pourra imprimer un écrit avant d'avoir déclaré qu'il se propose de l'imprimer, ni le mettre en vente ou le publier [...] avant d'avoir déposé le nombre prescrit d'exemplaires ». La rétention à la source était un moyen draconien, reposant sur l'arbitraire administratif, dont Napoléon avait fait ample usage et dont Louis XVIII, vu les périls internes et externes dans la France occupée, estima ne pouvoir se passer[36].

Quelle était en effet la conception impériale ? L'écrit, étant acte de *publicité*, devait être soumis à la puissance publique, se conformer aux grandes tendances de l'« esprit public », dont seul le gouvernement pouvait être fait juge. C'est donc Napoléon qui estampille la fonction d'imprimeur et celle de journaliste du beau titre d'utilité publique[37], créant ainsi la difficulté dont le libéralisme aura constamment à connaître. Comment libéraliser ensuite ce dont on juge que l'intérêt collectif y est engagé, quoique fondé sur des capitaux privés ? Devant le Conseil d'État, Napoléon déclarait le 12 août 1809 : « L'imprimerie n'est point un commerce ; [...] il s'agit ici d'un état qui intéresse la politique et dès lors la politique doit en être juge. Les imprimeurs doivent être assimilés aux notaires, aux avoués qui n'entrent que dans les places vacantes et qui n'y entrent que par nomination[38]. »

Quant aux journaux, Napoléon leur a porté un intérêt permanent, les surveillant depuis l'étranger lorsqu'il était en campagne, imposant un censeur *ad hoc* rétribué par le journal à l'intérieur de celui-ci ou bien expropriant le possesseur : il y avait à Paris, en thermidor an VIII, 73 journaux d'information politique, et il n'en reste plus que 4 en 1811. Il fut même question de tout réduire au *Moniteur*. Fiévée, censeur appointé, écrivait au Premier Consul que « depuis son entrée au *Journal*

35. À quoi il faut ajouter l'enjeu économique et social pour les métiers liés à l'écrit. Au moment du projet Peyronnet (1827), selon une pétition de 252 imprimeurs et libraires, 100 000 familles au total (du marchand de chiffons au fondeur de caractères) vivaient de l'édition. Le rapporteur Bonet, pour ce même projet, signale que « l'imprimerie est à Paris la seconde des professions dans l'ordre du nombre et du salaire des ouvriers qui y sont employés » (*Archives parlementaires*, IL, 441). En frappant d'un timbre très lourd les « petits ouvrages » (à diffusion populaire), le projet Peyronnet menaçait 40 000 ouvriers.

36. Mais Louis XVIII était loin, personnellement, de l'esprit tyrannique ou chagrin. On sait aujourd'hui qu'il n'a pas dédaigné de collaborer (anonymement) à la presse satirique ou facétieuse, notamment le fameux *Nain jaune*, qui avait créé contre les ultras l'ordre des Chevaliers de l'Éteignoir. Cf. E. Hatin, *Bibliographie historique et critique de la presse périodique française*, 1866, réimpr. Anthropos, 1965, p. 320 et suiv.

37. Il s'agit d'un autre esprit que celui de l'Ancien Régime, à base de corporatisme et de privilège royal. Voir articles « censure » et « librairie » in *Dictionnaire du grand siècle*, sous dir. F. Bluche, Fayard, 1990, ainsi que l'article « censure » dans le *Dictionnaire de l'Ancien Régime*, sous dir. L. Bély, PUF, 1996.

38. Cité in *Dalloz*, 68, 4, 63, débat préparatoire à la loi du 11 mai 1868.

des débats, il a reçu notification de 46 sujets interdits », et que s'il avait appliqué les consignes, le journal eût dû « paraître en blanc[39] ».

Si Napoléon ouvre la voie aux considérations souvent reprises par la suite – la presse journalistique est l'expression officielle de l'esprit public, pour ne pas dire « la voix de la France » –, il analyse aussi ce moyen d'action sur les esprits en songeant à l'expérience révolutionnaire. Pour lui, le journal était comparable à une *tribune* d'où l'on pouvait toucher, de façon simultanée, une collectivité dispersée, et cette tribune devait elle-même être rapprochée des clubs : « Qu'est-ce qu'un journal ? Un club diffus. Un journal agit sur ses abonnés à la manière d'un harangueur de club sur son auditoire. Vous voulez que j'interdise des discours qui peuvent être entendus de quatre ou cinq cents personnes et que j'en permette qui le soient de plusieurs milliers[40] ? »

De fait, la compression de la presse alla de pair avec la mainmise administrative sur les réunions et associations[41]. La question de la presse sert de révélateur, dès l'an VIII, pour toute l'organisation de l'espace public.

LA CHARTE ET LE RÉGIME RÉPRESSIF

Les choses devaient-elles changer radicalement sous le régime de la Charte ? En principe, oui, puisque l'article 8 stipulait : « Les Français ont le droit de publier et de faire imprimer leurs opinions, en se conformant aux lois qui doivent réprimer les abus de cette liberté. » La substitution du régime *répressif* au régime *préventif* marquait le passage à l'esprit libéral. La liberté est de droit naturel, elle n'est pas fondée par le pouvoir mais circonscrite par la loi : est autorisé tout ce qui ne nuit pas à autrui dont la loi marque la protection (Déclaration de 1789). Mais cette thèse était loin de s'imposer sous la Restauration, la tendance à revenir à la « prévention » se marquait jusque chez Royer-Collard, comme le signale son ami Barante[42].

39. Cit. *in* A. Cabanis, « Presse », *Dictionnaire Napoléon*, p. 1402. Voir du même auteur *La Presse sous le Consulat et l'Empire*, Société des études robespierristes, 1975. Il existe une étude ancienne, utile pour les perspectives qu'elle donne : G. Peignot, *Essai historique sur la liberté d'écrire*, Crapelet, 1832, réimpr. Slatkine, 1970. On peut compléter par les études réunies dans l'*Histoire de l'édition française*, sous dir. H.-J. Martin, R. Chartier et J.-P. Vivet, t. II et t. III (1984-1986) pour la période ici concernée. Sur la législation il existe la classique *Histoire générale de la presse française*, sous dir. C. Bellanger, J. Godechot, P. Guiral et F. Terrou, PUF, 1969, t. II (période 1815-1871)

40. Cité in *Correspondance de Napoléon*, publ. par M. Vox, Gallimard, 1943, note 12, p. 500. Le lendemain paraissait le décret du 17 nivôse an VIII, qui limita à 13 le nombre de journaux parisiens.

41. Mais le Code pénal (art. 291 à 294) maintint sur les réunions une contrainte plus durable.

42. Barante, *Vie politique de M. Royer-Collard*, I, 143 et 145. Même observation chez Duvergier de Hauranne (*Histoire du gouvernement parlementaire*, II, 241-242). Le

Lors de la rédaction de la Charte, une première formulation de l'article 8 disait : « ... en se conformant aux lois qui doivent prévenir et réprimer les abus de cette liberté[43] ». Dans les débats parlementaires de l'ensemble de la Restauration, nombre d'orateurs (notamment du côté ultra) tentèrent de prouver que « réprimer » incluait de façon tacite « prévenir », ou encore que la Charte parlait des écrits *autres* que les journaux – et que donc ces derniers étaient laissés au bon vouloir du législateur. En 1827, Saint-Chamans conclut à propos du projet Peyronnet : « La Charte donne la liberté de la presse sous l'expresse condition qu'on la *préservera* de ses abus[44]. » Et, en l'occurrence, selon le projet Peyronnet, tout article devait être déposé cinq jours à l'avance !

Si contraires à la Charte que fussent ces dispositions de combat, elles revinrent après le tournant de 1820 (assassinat du duc de Berry) ; il fallut attendre le ministère Martignac (loi du 18 juillet 1828) pour que soient abolies la censure d'une part, l'autorisation préalable à fonder un journal d'autre part. La thèse libérale consistait à soutenir qu'il fallait s'en tenir à la lettre de la Charte : le souci de *constitutionnalité*, certes plus affiché que réel, faisait néanmoins son chemin car on ne pouvait plus inscrire l'office de censure dans une constitution, comme l'avait fait Napoléon[45] en 1804.

Il faut remarquer que le projet d'enfermer les Bourbons dans la Charte (« jusqu'à ce qu'ils y étouffent ou qu'ils en sortent ») fut l'idée d'un journal, *Le National*, fondé par Thiers et Mignet le 3 janvier 1830. Et, parmi les ordonnances du « coup d'État » de 1830, celle frappant les journaux fut une cause directe de la « révolution des journalistes ». Le fameux manifeste du *National* disait : « Les citoyens appelés les premiers à désobéir [*sic*] sont les écrivains des journaux ; ils doivent donner les premiers l'exemple de la résistance à l'autorité qui s'est dépouillée du caractère de la loi. » La presse, tenant son existence de la Charte, ne devait pas être frappée au nom de la Charte (par le recours, très controversé, à l'article 14).

Le point sur lequel devait porter l'offensive libérale – une résistance et une offensive qui relient la Restauration à l'Empire –, c'est le *délit*

---

préambule de la loi de 1814, signé par Louis XVIII, faisait de ladite loi un « effet » de la Charte (cf. *Archives parlementaires*, XII, 105). La censure pouvait-elle être un effet de la Charte ? Quelques jours après, Guizot était nommé censeur par ordonnance royale.

43. Attesté notamment par les Mémoires de Beugnot. Cf. Hatin, *Histoire politique et littéraire de la presse en France*, Poulet-Malassis, 1861, t. VIII, p. 42, et P. Bastid, *Les Institutions politiques de la monarchie française*, Sirey, 1964, note 1, p. 374. Les différentes versions de la Charte ont depuis été données en appendice *in* P. Rosanvallon, *La Monarchie impossible*, éd. cit.

44. *Archives parlementaires*, IL, 637.

45. Cf. G. Peignot, *Essai historique sur la liberté d'écrire*, éd. cit., p. 158 : « Une commission de sept membres, nommés par le Sénat et choisis dans son sein, est chargée de veiller à la liberté de la presse » (art. 64 du sénatus-consulte organique, 28 floréal an XII). Les plaignants devaient adresser une pétition, au bon vouloir de la commission.

d'opinion. Les ennemis de la presse la considèrent comme une source de délits spécifiques : il y a de bonnes et de mauvaises doctrines que l'écrit est particulièrement apte à divulguer, et c'est en frappant l'écrit qu'on atteindra efficacement la doctrine immorale, impie ou impolitique [46]. Non seulement les écrits imprimés sont porteurs d'opinions que le gouvernement doit contrôler, mais, soutiendra-t-on parfois, ils sont *en eux-mêmes*, en tant qu'imprimés, une libéralité du pouvoir. C'est ce que prétend Decazes à propos du projet [47] qui deviendra la loi du 28 février 1817. Tandis que Chateaubriand fait valoir qu'un journal est une *propriété* et qu'il est donc protégé par la Charte, Decazes répond que les journalistes « n'ont qu'une concession, un privilège, ou du moins leur propriété, si on peut ainsi l'appeler, est comminatoire et conditionnelle [48] ». Le roi n'a-t-il pas rendu leurs journaux aux possesseurs expropriés par l'Empire ? Ceux-ci n'ont-ils pas accepté la loi de 1814 ? Dès lors le roi « leur a donné un nouveau privilège ; de sorte qu'ils tiennent également de lui et leur ancienne propriété et leur nouveau privilège ». Le marché énoncé par Decazes est d'un cynisme clair : si l'on recourt à la bienveillance du pouvoir, il faut accepter, en contrepartie, l'autorisation et la surveillance. Il y avait d'ailleurs, encore à ce moment, des censeurs appointés à l'intérieur des journaux [49].

Tels sont, en fin de compte, les trois aspects contre lesquels les lois de 1819 vont créer une avancée restée mémorable : la thèse du délit de presse spécifique, la théorie du privilège par concession royale, le refus du jury. Même si le régime préventif devait revenir par la suite, notamment sous le Second Empire [50].

---

46. Cf. en 1825 la loi sur le sacrilège, dont Royer-Collard montrera qu'elle impliquait une « vérité légale » en matière religieuse qui ne correspond pas à la Charte. Le texte constitutionnel « se garde de disposer sur la vérité, qui n'est pas un fait humain dont elle ait connaissance » (Barante, *La Vie politique de M. Royer-Collard*, II, 253).

47. Seul sera adopté l'article qui requiert l'autorisation du roi, pendant un an, pour la parution des journaux.

48. Decazes, *Archives parlementaires*, XVII, 415.

49. Il ne faut pas oublier, et les ministres de Louis XVIII le savent bien, que la France est sous occupation étrangère. De Broglie, qui ferraillait à cette période de sa jeunesse pour la liberté et le jury, écrit dans ses *Souvenirs* : « J'avais tort assurément. La liberté des journaux était impossible en présence de cinq cent mille étrangers » (t. II, p. 5).

50. Le décret organique de 1852 sur la presse soumet la création de tout journal « traitant de matières politiques ou d'économie sociale » à l'autorisation du gouvernement. Persigny, qui est l'auteur de cette mesure, expliquait en 1867 à l'Empereur qu'il était prêt au retour au droit commun à condition... que les délits de presse n'échappent pas au droit commun ; car c'est un « privilège » des journalistes qu'a créé la loi de 1819 en admettant que les délits ne sont pas *poursuivis d'office* par la justice, mais seulement à la demande des plaignants. Cette vision de la justice, protectrice infaillible des particuliers, rentrait selon Persigny dans « l'esprit de prévention » indispensable. En 1827, ce fut l'objet de l'article 21 du projet Peyronnet : « Tout délit de diffamation commis envers les particuliers pourra être poursuivi d'office, lors même que le particulier diffamé n'aura pas porté plainte. » Cf. *Mémoires du duc de Persigny*, Plon, 1896, pp. 413-435. Le Second Empire passa de la prévention à la répression par la loi de 1868. De 1852 à

LES LOIS DE 1819 ET LEUR POSTÉRITÉ

LE RETOUR AU DROIT COMMUN

Selon l'expression de Victor de Broglie dans ses *Souvenirs*, « la discussion sur la presse fut le beau moment du ministère doctrinaire » : Serre au ministère, Guizot comme conseiller d'État et commissaire du roi, Royer-Collard à la Chambre des députés, de Broglie à la Chambre des pairs (où il donne un rapport de grande importance) sont les champions du projet, déposé en trois textes le 22 mars 1819. Si l'on suit de Broglie, c'est lui le grand concepteur du projet, alors que, assez injustement, Guizot ne le mentionne ni dans ses *Mémoires* ni dans son *Histoire parlementaire*[51].

Selon la présentation faite par de Serre à la Chambre des députés[52], les trois projets de loi ont pour caractéristique de considérer la « presse » (c'est-à-dire tout écrit imprimé) comme un « instrument » pur et simple qui ne crée par lui-même aucun délit nouveau par rapport à ceux que contient le Code pénal. En revanche, cet instrument peut être utilisé pour la « provocation » à une action que le Code définit comme crime ou délit[53]. Ce retour au droit commun s'effectuait pour la première fois. De Serre déclara : « Il n'y a point de délits particuliers de la presse ; mais quiconque fait usage de la presse est responsable, selon la loi commune, de tous les actes auxquels elle peut s'appliquer » (*Archives parlementaires*, XXIII, 318).

Le rapport de De Broglie devant la Chambre des pairs[54] ajoute que l'acte d'écrire, d'imprimer et de faire paraître doit être inclus dans une catégorie plus large : la « publication » prise au sens littéral, c'est-à-dire confier au public. Dès lors, une « publication » réprimandable peut aussi bien recourir au cri ou à la parole, tout autant qu'à l'impression[55]. Quel

1866, 109 journaux de Paris avaient été « avertis », et 6 d'entre eux supprimés. Voir l'excellent article « Presse » déjà cité de Pierre Albert (*Dictionnaire du Second Empire*).

51. Cf. Guizot, *Histoire parlementaire,* I, 2 et de Broglie, *Souvenirs*, II, 35-43 : la distinction des trois projets, la logique générale des deux premiers textes seraient entièrement de lui. Il renvoie à ses manuscrits, dont il faut espérer que les actuels détenteurs ouvriront l'accès un jour prochain aux chercheurs (château de Broglie, dans l'Eure).

52. *Archives parlementaires*, XXIII, 323.

53. Pour le commentaire juridique voir J.-B. Duvergier, *Collection complète des lois, décrets, ordonnances*, t. XXII, p. 147 et suiv.

54. *Archives parlementaires*, XXIV, 255-264. Également *in* de Broglie, *Écrits et discours*, t. II : « Rapport sur la loi de la presse ».

55. D'où l'intitulé que l'on retrouvera jusque dans l'actuelle loi en vigueur (1881), dans son chapitre IV : « Des crimes et des délits commis par la voie de la presse ou *par*

est donc le trait commun au sein de l'espace public ainsi envisagé ? Il faut que se réalise *une intention de nuire à autrui*, intention qui, passant de la sphère privée à la sphère publique, affecte la personne et la liberté d'autrui. On voit donc de Broglie revenir aux considérations de *droit naturel* qui avaient été celles de Sieyès[56]. « L'exercice d'une faculté quelconque est de droit naturel », et la loi a pour seule fonction de lui poser des limites.

À ceux qui demandent de définir de bonnes et de mauvaises opinions, d'indiquer ce qui est permis et ce qui est nuisible, de Broglie répond qu'il ne saurait en être question ; le législateur pénal n'enseigne pas, il ne prescrit pas ce qu'il y a à faire : « Demandez-lui ce qu'il défend : cela seul peut être dit par avance, cela seul importe à savoir. Raisonner autrement [...] c'est déclarer aux citoyens qu'ils ont besoin d'une autorisation spéciale [...], c'est leur signifier que le législateur entend gouverner en maître leurs pensées et leurs opinions, tandis qu'il n'en est que le modérateur et le surveillant[57]. »

L'orateur doctrinaire faisait ainsi barrage à une tendance devenue puissante : la demande d'un État incitateur pour le bien et la vérité, la mise en minorité des esprits (pour reprendre la formule de Kant sur les Lumières, « sortie pour l'homme de sa minorité »). Il retournait à l'esprit de la Déclaration de 1789, qui ouvrait théoriquement un espace public, neutre et plural, pour la liberté de controverse[58] – malgré la référence à l'Être suprême dans le préambule et la curieuse rédaction de l'article 10 sur les opinions « même religieuses ».

En conséquence, la loi nouvelle punit trois cas de manifestation *publique* : la provocation aux crimes ou délits (particulièrement pour ce qui concerne le trône ou les Chambres), la diffamation[59], l'injure. En revanche, dans le cas des fonctionnaires publics, la loi admettait la *preuve* des faits, ce qui obligeait le fonctionnaire à se justifier. Cette idée, qui avait aussi ses antécédents révolutionnaires[60], était une avancée libérale consi-

---

tout autre moyen de publication » ; les « discours, cris ou menaces proférés dans des lieux ou réunions publiques » sont considérés au même titre que les écrits et les imprimés (art. 23 de la loi de 1881).

56. Sieyès, Rapport du 20 janvier 1790 pour le Comité de constitution, *Archives parlementaires*, 1re série, XI, 259 et suiv. Cf. L. Chassin, *La Presse libre selon les principes de 1789*, Paris, « Chez tous les libraires », 1862.

57. De Broglie, *Archives parlementaires*, XXIII, 255-256.

58. Cf. art. 5 de la Déclaration : « Tout ce qui n'est pas défendu par la loi ne peut être empêché, et nul ne peut être contraint à faire ce qu'elle n'ordonne pas ». Cf. aussi Constitution de 1791, chap. v, art. 17.

59. Au lieu de la « calomnie », car cette dernière supposait la fausseté dans les faits incriminés. Il n'y a pas à apporter la preuve en matière de diffamation, ce qui protège la vie privée. Il fallait donc modifier le Code pénal (art. 367 à 372, 374, 375, 377).

60. Robespierre n'avait pas eu gain de cause pour obtenir la preuve des faits reprochés aux fonctionnaires. Cf. Constitution de 1791, chap. v, art. 17.

dérable, que Benjamin Constant appuya fortement et qui fut reprise dans la loi de 1881[61].

En fin de compte, de Broglie avait la satisfaction d'affirmer qu'il ne s'agissait pas d'une loi « sur la liberté de la presse », car on ne saurait dicter un contenu à cette liberté, toute loi de ce genre étant une loi *contre* la liberté ; il s'agissait ici du dommage public apporté à autrui ou aux institutions de l'État. Broglie donnait ainsi satisfaction aux libéraux les plus exigeants du courant de Benjamin Constant ou du *Censeur européen* dirigé par Comte et Dunoyer. Charles Comte écrivait à ce moment : « Une loi sur la liberté des opinions ou sur la liberté de la presse serait aussi ridicule qu'une loi sur la liberté de la voix, sur la liberté de la plume ou sur la liberté des mains ; il n'y a qu'une longue tyrannie qui ait pu faire demander des lois sur un tel sujet[62]. »

La presse ne devait plus être diabolisée : l'intention de nuire, quand elle existe, n'est pas le fait du journal mais de l'auteur, qu'il faut considérer comme personne responsable. De Broglie introduisait son rapport en ces termes : « La liberté de la presse sera éternellement en question tant que la presse elle-même n'aura pas été replacée au rang de simple instrument propre à servir au bien et au mal, en un mot tant qu'on ne cessera pas de faire des lois soit contre elle, soit sur elle, soit même pour elle. »

En réalité la thèse avait quelque chose d'artificiel : on établissait la fiction d'un élargissement de la question pour rentrer dans le droit commun. Cette fiction pouvait être payante (dépassionner la vindicte politique, ou du moins la désarmer), mais elle se soldait inévitablement par des entorses sérieuses envers la thèse avancée. La première entorse consistait à créer un *délit nouveau*, dont de Broglie reconnaît lui-même qu'il est embarrassant ; la seconde réside dans le fait qu'on consacre aux journaux une loi spécifique (celle du 9 juin), alors même qu'on prétendait ne pas leur réserver un sort spécial[63]. Il faudrait ajouter le fait que ce qui était de l'ordre du *délit* recevait pourtant le privilège d'être renvoyé en cour d'assises. Enfin et surtout, l'obligation du *cautionnement*, imposée aux propriétaires de journaux, avait à voir avec le régime préventif

61. Art. 35 de la loi de 1881 sur « la vérité du fait diffamatoire » relatif aux fonctions exercées. Sur ce point, voir P. Bilger et B. Prévost, *Le Droit de la presse*, PUF, « Que sais-je », 2e éd. 1990.

62. Ch. Comte, *Réflexions sur le projet de loi relatif aux crimes et délits commis par la voie de la presse ou autres moyens de publication*, extrait du 17e volume du *Censeur européen*, Imprimerie de Fain, 1819. Cf. aussi Hatin, *Manuel théorique et pratique de la liberté de la presse*, 1868, t. I, p. 172 : article de Comte dans *La Minerve*, paru de façon anonyme.

63. La loi, dit encore de Broglie, « ne doit parler ni d'auteurs, ni d'imprimeurs, ni de journalistes, ni de libraires » (*Archives parlementaires*, XXIII, 263). Et pourtant ! Il suffit de consulter la loi du 9 juin, dite « relative à la publication des journaux ou écrits périodiques ». Mais il est vrai que de Broglie parlait des *délits*, ce qui constitue l'objet de la première loi.

qu'on prétendait aboli. On retiendra ici le premier et le dernier point parce qu'ils suscitèrent une controverse immédiate et de portée révélatrice sur les tensions de l'esprit libéral.

LE CAS ÉPINEUX DE LA « MORALE PUBLIQUE ET RELIGIEUSE »

Un chapitre de la loi du 17 mai 1819 (réduit à l'unique article 8) est destiné à punir « tout outrage à la morale publique et religieuse, ou aux bonnes mœurs ». Le Code pénal de 1810 réprimait déjà les images, chansons, écrits « contraires aux bonnes mœurs » (art. 287 et 477). La notion de « morale religieuse » ne fut pas le fait du duc de Broglie mais a été ajoutée en séance ; elle suscita les moqueries de Chateaubriand qui avait toujours demandé que la liberté de presse s'accompagne d'une sévère protection en faveur du catholicisme, mais considérait que le présent libellé avait honte de nommer clairement la religion catholique [64].

C'est l'appellation de « morale publique » qui est vraiment due à de Broglie : « Je comprenais, dans ma pensée, non seulement l'outrage à la morale universelle, non seulement l'outrage à la religion naturelle, base et sanction de la morale, mais l'outrage à chaque culte particulier, à chaque croyance naturelle ou positive [65]. »

Bien entendu, de Broglie entendait faire la distinction entre ce qui serait la libre controverse philosophique ou religieuse et ce qui comporterait une tonalité ou une intention « outrageante ». Mais, en référant à un certain *contenu* de valeurs, qui n'était pas d'ordre constitutionnel [66] mais éthique, l'article 8 ouvrait à toutes les interprétations en fonction des gouvernants en place : la « morale publique » rappelait inévitablement l'« esprit public » dont l'État napoléonien se voulait le gardien et le juge. Dans son rapport à la Chambre des pairs, de Broglie s'avoue embarrassé, mais il prétend ne pas verser dans le délit d'opinion caractérisé puisque le jury appréciera souverainement : « Le mot [morale publique] était nouveau, il pouvait être critiqué ; mais il avait au moins l'avantage de ne rien exclure et de ne rien désigner, de remettre seulement entre les mains de la société, représentée par plusieurs jurys successifs, une arme pour se défendre précisément sur le point où elle se sentirait blessée [67]. »

---

64. Catholicisme « religion d'État », rappelons-le, d'après la Charte de 1814 (art. 6). Bonald, du coup, objectera que « la religion est publique, la morale est privée » (*Archives parlementaires*, XXIII, 684), et qu'il fallait donc protéger la religion de façon explicite. Passé à la réaction, de Serre fit voter la loi du 25 mars 1822 qui punit, cette fois, les outrages à la « religion de l'État » ou à toute autre religion dont l'établissement est légalement reconnu en France (art. 1er).

65. De Broglie, *Souvenirs*, II, 38.

66. En revanche, les chapitres III et IV de la loi concernent les offenses envers la personne du roi, la famille royale, les Chambres, les chefs d'État étrangers.

67. De Broglie, *Archives parlementaires*, XXIV, 261.

Le délit d'opinion avait toujours traduit l'existence d'un pouvoir despotique, tel n'était plus le cas, selon l'orateur, puisque c'est la conscience naturelle, la *morale naturelle* qui appréciait, à travers le jury, représentant de la société et donc de cette même morale naturelle[68].

C'est ici toute l'ambiguïté de la presse journalistique ou pamphlétaire qui est en jeu : elle est le lieu du « public », de l'affirmation empirique de cette morale « publique » dont de Broglie veut considérer que l'universalité la préserve des querelles politiques. La presse ne serait que la bouche de la Société – comme les juges ne seraient que la bouche de la Loi. En fait, la pratique montra aussitôt que le pouvoir cherchait à tirer le maximum de profit d'une notion faite pour « ne rien exclure et ne rien désigner ». La première poursuite en application de la loi fut lancée contre Gossuin (pour avoir édité *De la religion, de l'État et de ses ministres*) et contre *Le Constitutionnel* (article sur les missionnaires) : le jury acquitta[69]. Une affaire plus retentissante eut lieu avec Paul-Louis Courier, jugé en 1821 pour son *Simple discours [...] pour l'acquisition de Chambord.*

Courier s'était élevé contre l'idée de donner le château de Chambord, avec souscription des communes à l'appui, au jeune duc de Bordeaux récemment né. Il s'attaquait à la noblesse : « Achetez, donnez Chambord, c'est la Cour qui le mangera ; le prince n'en sera ni pis ni mieux. » Comme le montra Berville, avocat de Courier, c'est en faisant œuvre de *moraliste*, dans une tradition bien française, que Courier était accusé d'outrage à la morale publique[70]. Il fut condamné à deux mois de prison et 200 francs d'amende. En décembre 1821, ce fut le tour de Béranger sous le même chef (trois mois de prison, 500 francs d'amende).

Le durcissement doctrinaire : septembre 1835

Avec ou sans le jury, selon les fluctuation parlementaires, l'« outrage à la morale publique et religieuse » resta dans l'arsenal répressif jusqu'à la loi de 1881, et fut abondamment utilisé contre les écrivains[71] ou les

68. On peut soutenir, bien entendu, la thèse inverse, en disant que le débat d'opinion n'assure le respect d'aucune norme (« naturelle ») car il fluctue au gré des passions et des modes sociales : on verra plus loin que *chaque régime*, de 1814 à 1881, a prohibé des opinions déterminées.

69. Données fournies par J. Gaultier, *Un délit d'opinion : l'outrage à la morale publique et religieuse (1819-1881)*, thèse en droit, Caen, éd. Rousseau, Paris, 1923. Nos remerciements vont à Jean-Marie Carbasse, pour nous avoir fait connaître cette étude et nous avoir guidé sur la question du jury.

70. Voir dans P.-L. Courier, *Œuvres complètes*, « Pléiade », publ. par M. Allem, 1940, le plaidoyer de Berville, notamment p. 117.

71. Ainsi Flaubert, poursuivi sous ce chef en 1857 et acquitté. De même Baudelaire, condamné la même année : voir le dossier du procès, avec accusation et plaidoirie, dans

journalistes. Jules Simon dira en 1881 que la loi était « idiote et liberticide ». L'infortune de Victor de Broglie fit qu'en 1835, à la suite de l'attentat dont Louis-Philippe avait réchappé de peu, il dut, comme président du Conseil, proposer une nouvelle loi sur la presse qui, cette fois, poursuivait explicitement deux types d'opinion politique : le carlisme, le républicanisme[72]. Il y avait désormais des opinions inconstitutionnelles, traduites ou non en actes, et que de Broglie fustigeait en ces termes : « Vous ne direz pas en désignant un prince désormais étranger à la France : *Voilà notre roi* ; vous ne vous appellerez pas républicains sous la monarchie ; en d'autres termes, vous serez tenus de respecter, dans votre langage, le gouvernement à qui vous demandez protection, la Charte dont vous invoquez le maintien, et les lois derrière lesquelles vous cherchez un abri[73]. »

Il s'agissait d'éviter même toute *discussion* sur les fondements de la Monarchie de Juillet, ainsi que de Broglie et Guizot le soulignent. Dans ses *Mémoires*, Guizot exhale une colère encore vivace : « On s'arrogeait le droit de tenir et de remettre incessamment toutes choses en question [...]. C'était là ce qu'on appelait la liberté de l'esprit humain et de la presse. Il fallait attaquer et vaincre dans son principe cette prétention anarchique, après l'avoir vaincue dans sa conséquence matérielle et armée, l'insurrection[74]. »

Soumise à des campagnes de presse violentes et à l'attaque de caricaturistes comme Daumier[75], la Monarchie de Juillet a produit l'une des lois les plus sévères de l'histoire et les plus contraires à l'égalité de

---

Les Fleurs du mal, volume des *Œuvres complètes de Baudelaire*, publ. par J. Crépet, Louis Conard, 1922, p. 314 et suiv.

72. Article 7 de la loi du 9 septembre 1835 sur la presse. Par la notion d'« attentat à la sûreté de l'État », le jury se trouvait en outre dessaisi, au profit de la Chambre des pairs : Royer-Collard protesta violemment et affirma (il parlait d'expérience) que c'était rétablir les cours prévôtales (cf. Barante, *La Vie politique de M. Royer-Collard*, II, 502). L'offense à la personne du roi et l'attaque contre le principe du gouvernement devenaient des *attentats* (contre la sûreté de l'État), la loi avait une sévérité qui renouait avec les heures les plus sombres de la Restauration. *Le National* et *La Réforme* ne pouvaient plus se dire républicains. Lamartine s'écria qu'on était revenu quarante ans en arrière, puis esquissa un parallèle féroce entre la Chambre des pairs et le Sénat napoléonien.

73. De Broglie, *Écrits et discours*, II, 468-469.

74. Guizot, *Mémoires*, III, 310. Montalembert rétorqua à la Chambre des pairs : « Que devient donc cette souveraineté de la raison, la seule que l'on veuille reconnaître aujourd'hui ? [...] Jamais [...] il n'a été dit au monde ce que vous allez dire dans vos lois : qu'en France il est permis de nier Dieu, mais qu'en revanche il est défendu de nier le roi » (*Discours*, I, 39-40).

75. Les avatars et les avanies de la « Poire » sont restés célèbres. Pour une vue d'ensemble, cf. par exemple *Caricatures politiques, 1829-1848, De l'éteignoir à la poire*, Conseil général des Hauts-de-Seine, Maison de Chateaubriand, 1995. On trouve p. 116 la litographie de Despéret : *Élévation de la poire. Adoremus in aeternum sanctissimum philipoirum.* Les articles de journaux républicains ou légitimistes pouvaient être d'une rare violence ou, parfois, grossièreté.

traitement que suppose l'esprit libéral[76]. Elle rétablissait même l'*autorisation préalable* pour toute gravure, dessin ou pièce de théâtre[77] : la justification que donnait de Broglie résidait dans le spectacle donné par Paris à l'étranger, la nécessité de défendre la nation qui « tient le premier rang en Europe depuis deux siècles pour l'élégance de ses mœurs, pour la délicatesse de ses goûts, pour son urbanité ».

Les doctrinaires, qui avaient voulu dépassionner l'attention censoriale portée à la chose écrite et imprimée, se trouvèrent ainsi portés à reconnaître qu'elle restait une question d'État, que le *pouvoir intellectuel* était en France une force avec laquelle il fallait compter. Ce « message » de la monarchie de Juillet a été entendu et suivi par les autres régimes, républicains ou bonapartiste.

LE CAUTIONNEMENT, UNE PRÉVENTION MAL DÉGUISÉE

Le troisième projet présenté par le ministère de Serre s'intitulait « Des journaux et écrits périodiques ». De Serre argua que les journaux, « publications d'une nature toute spéciale, devaient être soumis à une législation spéciale » – ce qui, on l'a signalé, infirmait pour une part les propos du rapport de Broglie. On reprenait cette fois explicitement la conception de l'Empire. « Un journal est une véritable tribune d'où l'écrivain peut parler à des milliers d'abonnés ou de souscripteurs[78]. » La formule paraît être de Napoléon, elle est proférée par de Serre. Selon ce dernier, le journalisme doit être distingué de cette activité reconnue par la Charte qui consiste à publier *individuellement* des opinions : « Cette influence politique, Messieurs, qui résulte d'un établissement public, est-il donc un seul citoyen autorisé à la revendiquer comme son droit naturel[79] ? »

Répudiant le discours du droit naturel, de Serre et l'ensemble du groupe doctrinaire alignent le droit de fonder une « entreprise publique » sur l'électorat censitaire. Le journalisme « remplit une véritable *fonction*, exerce un véritable pouvoir, et la société a le droit de s'assurer que cette fonction sera fidèlement remplie, que ce pouvoir ne sera point dirigé contre elle et contre ses membres ». On est donc passé des « garanties individuelles » aux *« garanties de la société »*, dont le pouvoir détient

76. Rappelons que Guizot réintroduisit à cette occasion la déportation pour raisons politiques (cf. chapitre précédent). Il affirme dans ses *Mémoires* (III, 312) que « la déportation, avec des conditions diverses, était dès lors et sera de jour en jour plus acceptée comme la peine la mieux appropriée aux crimes politiques ».

77. 8 830 œuvres théâtrales ont ainsi subi l'examen préalable entre septembre 1835 et février 1848.

78. De Serre, *Archives parlementaires*, XXIII, 322.

79. De Serre, *ibid.*, XXIV, 254.

les conditions comme pour les avoués, médecins ou avocats ; non pas que le journalisme soit un métier [80], mais parce qu'il faut s'assurer qu'il défend des intérêts qui vont dans le sens des grands intérêts généraux de la société.

Benjamin Constant n'a pas de peine à faire remarquer que cette théorie du journalisme-fonction conduit aux antipodes de l'idée de l'« instrument neutre », simple canal d'expression des opinions et des doléances. Royer-Collard lui répond par un discours, resté classique, du 3 mai 1819 [81], ainsi que Guizot le même jour [82]. Le cautionnement défendu par ces orateurs [83] répond à deux ordres de préoccupation : le système capacitaire, la structuration des courants ou partis.

Le journalisme, organe capacitaire et non démocratique

Pour Royer-Collard, il s'agit d'une « entreprise », il y a des « entrepreneurs » : il faut donc que ces derniers assument des « engagements » en termes de solvabilité financière (de façon à faire face aux poursuites pénales) mais également des engagements de respectabilité morale, de sérieux vis-à-vis de la société à laquelle on s'adresse. Guizot, de son côté, insiste sur ce dernier point : la solvabilité n'est pas la raison principale du cautionnement [84], il s'agit davantage d'une caution morale et politique, ce que l'on pourrait traduire par un brevet de bourgeoisie : « Il ne convient ni à la société ni aux partis eux-mêmes que ces organes publics [les journaux] soient pris et placés dans la région inférieure des opinions et des intérêts qu'ils expriment. Il est utile, il est sage de les contraindre à partir d'une sphère plus élevée, où se rencontrent à la fois plus de lumières et plus de véritable indépendance, et des intérêts individuels plus étroitement unis à l'intérêt général. »

Discours qui est « du Guizot à l'état le plus pur », si l'on peut dire ! Benjamin Constant conteste cette vision notabiliaire de la fonction du journalisme, en des termes que Guizot ne lui pardonnera

80. L'idée n'est jamais exprimée, même à travers le terme, souvent polysémique, de « capacité ».

81. Voir *Archives parlementaires*, XXIV, 173 et suiv., ou Barante, *La Vie politique de M. Royer-Collard*, I, 481 et suiv.

82. *Archives parlementaires*, XXIV, 165 et suiv. ou Guizot, *Histoire parlementaire*, I, 2-13.

83. Cautionnement de montant variable : 10 000 francs pour les quotidiens, 5 000 francs pour les périodiques s'il s'agit de la région parisienne, à quoi s'ajoute l'impôt du timbre. Le tarif est moins élevé en province.

84. Le thème sera repris par divers orateurs du camp gouvernemental dans les débats ultérieurs (cf. le florilège donné par Girardin, *Les Droits de la pensée*, pp. LXIV-LXVII). En 1828 le comte Portalis (rencontré précédemment à propos du Conseil d'État) dira : « Le cens de l'électeur, le cens de l'éligible sont aussi des cautionnements. » Si le ministère Martignac supprime à ce moment la censure et l'autorisation préalable des journaux, il n'est pas question de toucher au cautionnement.

jamais[85] : « Je me refuse à cette sorte d'aristocratie intellectuelle qui ferait regarder les lumières et la raison comme le partage exclusif d'une partie de la société[86]. » D'ailleurs, le véritable objet des journaux n'est pas là où le place Guizot, commissaire du roi ; il ne s'agit pas de « "traiter avec maturité les questions de politique générale" ; [...] c'est là le partage des écrivains politiques et des livres que la presse produit. Les journaux, éphémères de leur nature, sont consacrés au jour qui les voit naître ». Ils ont donc « un objet d'utilité » qui ne se construit pas d'en haut, mais émane d'en bas : « Cet objet est de dénoncer les abus, d'accueillir la plainte, d'appeler l'attention sur l'arbitraire et les excès du pouvoir. Les journaux ne sont pas des recueils de philosophie : ils sont, et doivent être, un recours ouvert à l'opprimé pour faire entendre sa réclamation et pour l'assurer que, interdite ou étouffée par les voies ordinaires, elle parviendra par les effets de la publicité aux oreilles du gouvernement. »

Ce sont donc deux conceptions de la *publicité* qui s'affrontent. L'une suppose que la publicité est à organiser, pour faire descendre depuis le centre jusque dans les provinces les vues du gouvernement, en s'appuyant sur les grands intérêts individuels « plus étroitement unis à l'intérêt général ». La presse est proprement un « moyen de gouvernement », dans la mesure où ce dernier sait agir de concert avec l'élite de la propriété qui est supposée être aussi celle des lumières[87]. Au contraire, dans l'optique de l'autre libéralisme, celui de Constant, la presse est un *moyen de contrôle* sur le pouvoir, dans un espace de publicité qu'il faut étendre au lieu de le resserrer, qu'il faut libérer davantage qu'organiser. Le cautionnement n'est plus alors qu' une ruse oligarchique, un moyen de prévention déguisé. Constant poursuit : « Le droit commun veut que celui qui abuse d'un instrument [...] soit puni. Mais le droit commun ne veut pas que celui qui se sert d'un instrument donne caution qu'il n'en abusera pas. Que si vous dites que la presse est un instrument d'un genre particulier, ou que les journaux sont un emploi particulier de la presse, reconnaissez qu'après cinq ou six lois d'exception sur les journaux, vous faites à leur égard une septième loi d'exception ; mais ne parlez plus de droit commun. Ne posez pas un principe que vous vous croyez forcé de violer une heure après. »

Le débat est exemplaire en ce qu'il reproduit le conflit qui avait eu lieu sous l'Empire – exemplaire notamment aux yeux de Constant, auteur de l'Acte additionnel, et qui sait de quoi il parle. Mais il y a aussi

85. Cf. le tableau acide dressé à propos des obsèques de Constant : « Il avait fait à la presse, sous toutes ses formes et à tous ses degrés, une cour assidue » (*Mémoires*, II, 143). Évidemment, un contradicteur pourrait dire que Guizot ne courtisait pas : il achetait.

86. Constant, *Archives parlementaires*, XXIV, 168.

87. Guizot a varié, on le sait, mais il a parlé aussi de « bourgeoisie intellectuelle » dans ses projets d'encyclopédie.

transposition et non simple répétition, car chez les doctrinaires le projet napoléonien doit être aménagé et transformé au service de la « France nouvelle [88] », du dynamisme et de la synergie à établir entre les couches nouvelles et le pouvoir : le pouvoir n'est plus ce qui censure, il doit devenir un incitateur et, à certains moments, un diffuseur de lumières ou un réformateur des institutions léguées par l'Empire. De plus, et c'est le second enjeu du conflit, il faut faire entrer la vie politique dans l'âge des « partis ».

Organiser les partis

C'est là une erreur fondamentale de Constant, au dire de Guizot : « Les journaux ne sont point l'expression pure et simple de quelques opinions individuelles ; ils sont les organes des partis ou, si l'on veut, des diverses opinions, des divers intérêts auxquels se rallient des masses plus ou moins nombreuses de citoyens. » Il est clair que ce que Guizot entend par « partis » n'a pas le sens actuel, même s'il va plus loin ensuite dans ses Mémoires où il définit les contours de la coalition de type parlementaire [89]. Un parti est avant tout ce qui fédère autour des notables locaux des intérêts qui leur sont assujettis et qui, par là, s'assure de votes captifs. Finalement, un « parti » est – ou serait – une machine de capitalisation et de répartition du potentiel électoral sur le territoire national, mais à la façon de l'aristocratie anglaise (cf. *supra*) et du mouvement tory. Royer-Collard exprime le projet avec plus de clarté : alors que la gauche, réunie autour de Constant [90], estime que la quotité des cautionnements fera disparaître les journaux, Royer-Collard laisse entendre que ce n'est pas une mauvaise chose compte tenu de l'échelle adoptée : « Le nombre total des journaux n'est pas donné par le nombre total des lecteurs, mais par celui des opinions dominantes et des nuances d'opinion. Toute opinion qui a un certain nombre de partisans fait exister un journal qui a pour elle le mérite de la défendre [...]. Et puisque ce sont les journaux qui constituent les opinions dans la société, et qui sont en quelque sorte leur gouvernement, il est de l'intérêt des partis d'être constitués en eux-mêmes, et pour eux-mêmes, sur le même plan que la société à laquelle ils appartiennent [91]. »

88. Une expression fréquente chez Guizot et dont Prévost-Paradol fera l'usage qu'on a vu (chap. précédent).

89. Cf. l'intéressante réflexion sur le *centrisme* comme forme parlementaire de parti : le centre « chœur politique » et « modérateur habituel » ne peut, en même temps, gouverner (*Mémoires*, I, 193). Voir aussi le développement commençant ainsi : « La France n'a jamais été un pays de vrais partis politiques » (*ibid.*, II, 211).

90. Durant ce débat de 1819, la droite a décidé de se retrancher sur l'Aventin et se tait.

91. Le même Royer-Collard, en 1817 (projet Decazes), avait vitupéré les *partis* qui accaparaient les journaux et déforment « la véritable opinion publique ». Il ajoutait :

Selon l'attitude typiquement doctrinaire, le discours mêle le descriptif au prescriptif : les journaux sont le « gouvernement » de l'opinion. Cette légitimation de l'état de fait [92] est en réalité l'expression d'un vœu : les doctrinaires souhaitent réguler et apaiser la controverse politique, pour faire émerger ce « torysme bourgeois » que Guizot évoque dans ses Mémoires, asseoir une stabilité constitutionnelle qui, dans l'état présent, reste improbable.

La période de réaction qui va s'ouvrir moins d'un an après avec l'assassinat du duc de Berry, puis celle des années 1828-1830 confirmeront que la lutte autour des institutions demeure virulente. Il n'empêche que la *croyance* dans le gouvernement des opinions par les journaux fera école, ainsi que l'idée qu'on ne peut ramener la réalité de la presse au jeu des opinions individuelles. En cela l'école doctrinaire suscite des filiations jusque chez ses adversaires.

Les vertus du cautionnement : un débat durable

On le voit par exemple dans le rapport au roi [93], remis par ses ministres, qui accompagnait, à titre de préambule, l'ordonnance de Charles X frappant les journaux, le 25 juillet 1830. Ce document affirme qu'« il n'y a pas de publicité en France, en prenant ce mot dans sa juste et rigoureuse acception » car les journaux déforment la vérité. « Organe prétendu de l'opinion publique, [la presse] aspire à diriger les débats des deux Chambres. » C'est là une interprétation, sur le mode passéiste et vindicatif, du programme doctrinaire : la presse veut « subjuguer la souveraineté », « envahir les pouvoirs de l'État ». Mais surtout Chantelauze reprend ce qu'a dit Royer-Collard le 3 mai 1819 : 1° les journaux sont en dehors de l'article 8 de la Charte ; 2° « le droit de publier ses opinions personnelles n'implique sûrement pas le droit de publier, par voie d'entreprise, les opinions d'autrui. L'un est l'usage d'une faculté que la loi a pu laisser libre ou soumettre à des restrictions ; l'autre est une spéculation d'indus-

---

« L'hypocrisie est la vertu des partis. [...] Il faut qu'ils meurent pour que nous n'ayons plus à les craindre » (Barante, *loc. cit.*, I, 313 et 314). C'est qu'en 1819 l'espoir avait changé de camp. De même, en décembre 1817 (projet Pasquier), il faisait l'éloge de « la libre publication des *opinions individuelles* par la presse » qui « seule peut former au sein d'une nation une opinion générale sur ses affaires et ses intérêts » (*loc. cit.*, I, 340), mais là encore il ne parle comme Constant que parce qu'il s'agissait de se poser en s'opposant vis-à-vis de Pasquier...

92. Cf. Première partie, chap. II et ce que nous avons appelé « légitimation par le social ».

93. Bien que signé par Polignac, président du Conseil des ministres, ce rapport est dû à Chantelauze (cf. Hatin, *Histoire politique et littéraire de la presse en France*, t. VIII, pp. 532-533) ; reproduction partielle dans G. Peignot (*op. cit.*, pp. 190-195) et intégrale dans Rosanvallon, *La Monarchie impossible*, pp. 283-290, d'après les *Archives parlementaires*.

trie qui, comme les autres et plus que les autres, suppose la surveillance de l'autorité publique[94] ».

Bien entendu, Chantelauze n'en déduisait pas la nécessité du cautionnement, mais proprement de la censure – soit l'examen préventif des textes. Le piquant est que le retour de la censure devra être organisé en ressuscitant... la loi Royer-Collard de 1814 ! N'est-elle pas, continue Chantelauze, « en quelque sorte l'appendice de la Charte » ? Et d'ailleurs elle a été présentée aux Chambres un mois après la promulgation de la Charte. En 1819, « il fut hautement proclamé que la presse périodique n'était point régie par la disposition de l'article 8. Cette vérité est d'ailleurs attestée par les lois mêmes qui ont imposé aux journaux la condition du cautionnement ».

À son grand dam, Royer-Collard pouvait se reconnaître dans cette lecture (fâcheuse) de ses propos. Juridiquement, l'argumentation de Chantelauze est faible[95] : le cautionnement, par son esprit capacitaire, est-il conforme à la Charte ou bien, en tant que « précaution » (comme avait dit de Serre, pour éviter « prévention »), rétablit-il le régime préventif ? On en a beaucoup discuté chez les juristes. Ainsi Pellegrino Rossi qui, comme souvent, adopte une voie intermédiaire : il y a une mauvaise prévention (censure et autorisation préalable), il y en a une bonne avec le cautionnement[96]. En tout cas, du point de vue des sentiments et des attentes vis-à-vis de la presse, l'argumentation de Chantelauze montrait des échos de la thèse docrinaire.

De même, sous le Second Empire, Émile Ollivier se verra objecter que la presse n'a pas à être conçue en termes de libertés individuelles mais comme *organe des partis* ; elle devait, à ce titre, être soumise à des conditions du type de l'autorisation préalable. Ou encore, sous la IIe République, on avait vu Léon Faucher reprendre les arguments de Royer-Collard et du comte de Serre pour appuyer le renouvellement du cautionnement (décret du 9 août 1848) : « La presse individuelle, c'est la publication des livres, des pamphlets ; il suffit que l'auteur en réponde. La presse collective, c'est l'expression d'une opinion, c'est l'organe d'un parti, c'est une association et, au point de vue industriel, c'est une

94. Répondant à Constant, Royer-Collard avait dit : « Publier des opinions et entreprendre un journal, est-ce la même chose ? [...] L'établissement d'un journal diffère de la simple publication en ce qu'il implique nécessairement une spéculation à la fois politique et commerciale » (Barante, *La Vie politique de M. Royer-Collard*, II, 482 et 483).

95. Chantelauze est une personnalité intéressante : cf. Vapereau, *Dictionnaire des contemporains*, 1re éd., 1858. Magistrat, il avait parfois défendu en politique les idées libérales. Traînant les pieds à accepter le cadeau empoisonné du ministère de la Justice (19 mai 1830), il se jeta ensuite résolument dans la bataille et entraîna le Conseil des ministres au coup d'État légal. Jugé et condamné à l'emprisonnement, il eut une attitude noble et même humoristique. Il fut amnistié sous Louis-Philippe (1838).

96. Rossi, *Cours de droit constitutionnel*, Guillaumin, 1866, t. III, pp. 79-85. Ce cours fut professé en 1836-1837. Rappelons que Rossi est *le* juriste appuyé par Guizot.

entreprise [...]. Quel est le but de ceux qui combattent le projet de loi ? Leur but est de faire des journaux une presse individuelle, c'est d'altérer profondément la presse politique. [...] Je crois qu'il est bon pour tout pays, qu'il est de l'essence de la politique, que les opinions se groupent, qu'elles forment des partis, et que ces partis aient des organes[97]. »

Face à cette volonté d'organiser le débat public en concentrant et en raréfiant les forces en présence, Louis Blanc pouvait répondre en reprenant les critiques apparues chez Constant quelque trente ans plus tôt : on simplifie les opinions, on appauvrit la pluralité. D'ailleurs, le discours de Louis Blanc est l'un des très rares, au XIXe siècle, à faire l'éloge de ce que l'on appelle aujourd'hui le pluralisme. Il montre que chercher dans le cautionnement une « garantie » c'est peser dangereusement sur le débat des idées : « En quoi consiste en effet une garantie véritable, suprême ? Est-ce que ce n'est pas dans l'opposition des jugements, dans la diversité des appréciations, dans le choc aussi répété que possible des idées, dans la rivalité aussi nuancée que possible des opinions ? [...] Devant un seul intérêt, devant une seule opinion, sans contradicteur, le public risque d'être asservi, il risque d'être abusé ou entraîné. [...] La décentralisation de la presse, voilà donc la route dans laquelle il faut entrer ; or le cautionnement nous en éloigne[98]. »

Bien entendu, l'argument économique n'était pas non plus à négliger, et Louis Blanc présente le cautionnement comme un « monopole », ou, « en termes plus énergiques et plus précis, l'interdiction de la presse des pauvres[99] ».

Quel bilan tirer de cette invention du cautionnement par les doctrinaires ? On peut voir que, par-delà les divergences doctrinales et les différences de contexte, se perpétue un débat où est engagée la question de l'autonomie mais aussi de la *diversification* de l'espace public, et se répète un jeu de pendule entre la presse comme expression de la citoyenneté et la presse concentrée ou monopolisée par des groupes influents. Aussi, dans un beau mouvement de libéralisme utopique, Laboulaye accuse Royer-Collard d'avoir concouru au premier chef à faire de la presse « le quatrième grand pouvoir dans l'État », alors qu'il fallait, au

97. *Dalloz*, 1848, 4, 145. Économiste de renom, surtout pour ses études sur l'Angleterre, Faucher avait une bonne expérience du journalisme : il a collaboré au *Temps*, au *Constitutionnel* et a été sous Juillet rédacteur en chef du *Courrier français*. Adversaire doctrinal des socialistes, il vit dans la IIe République une illustration saisissante du clivage entre « partis ».

98. Louis Blanc, *Dalloz*, *ibid.*, p. 145.

99. Le décret (loi en réalité) du 9 août 1848 maintient le cautionnement tout en l'abaissant : de 100 000 francs pour les journaux paraissant à Paris plus de deux fois la semaine (loi de 1835), il tombe à 24 000 francs. Mais dès juillet, Lamennais doit arrêter *Le Peuple constituant* : « Il faut aujourd'hui de l'or, beaucoup d'or, pour jouir du droit de parler. Nous ne sommes pas assez riches. Silence au pauvre ! » Cet ultime numéro, bordé d'un crêpe noir, fut répandu à 400 000 exemplaires à travers la France, tirage prodigieux pour l'époque (cf. F. Duine, *La Mennais*, éd. cit., p. 287).

contraire, pousser à l'*éclatement* des partis et à la dissolution du magistère des journaux : « Le journal n'est un drapeau que lorsque la jalousie de la loi force toutes les nuances d'un parti à se fondre ensemble ; il n'est une tribune politique que lorsque la loi contraint des gens qui ne pensent point de même à se servir du seul organe qu'on leur laisse. De leur nature, les partis et les opinions tendent à se diviser et à se disséminer à l'infini ; ne gênez point ce penchant, vous aurez toutes les variétés de l'opinion, au grand profit de la liberté et sans inconvénient pour l'État[100]. »

Le cautionnement est typiquement, explique Laboulaye, ce qui oppose l'école de Constant à l'école doctrinaire, laquelle « s'est crue plus sage que les libéraux, en cherchant une conciliation entre deux politiques contradictoires ; elle a toujours plus ou moins mêlé la prévention à la répression ; elle n'a pas eu moins de confiance dans la sagesse de l'administration que dans le libre effort de l'individu ». Mais précisément, en 1819, la question avait été de savoir *si l'on pouvait construire sur l'individu* : comme on va le voir, la question est énoncée en toute connaissance de cause.

Presse et centralisation : le choc Guizot-Constant

« Décentraliser la presse » : le programme ou la revendication (et parfois le refrain) ne cessa de reparaître au long du siècle car il en allait dans ce domaine comme dans les autres ; il s'agit toujours de savoir comment le pouvoir central peut « être chargé à la fois de gouverner avec la liberté et d'administrer avec la centralisation[101] ». Dubois attaque en 1828 le « monopole » qui « vicie à la fois l'opinion du journaliste

100. Laboulaye, introduction, écrite en 1861, au *Cours de politique constitutionnelle* de Benjamin Constant, 2e éd. 1872, t. I, p. XLVIII. Sur l'éloge de la diversité, qui renoue avec Constant et avec Louis Blanc en 1848, Laboulaye prolonge certainement le livre du vrai penseur de la question, Guillaume de Humboldt, dont l'ouvrage, écrit en 1792, a été publié en allemand en 1851 et que Laboulaye a lu dans cette langue (cf. d'ailleurs *L'État et ses limites*, qui contient une étude sur Humboldt). Le livre, dont nous reparlerons dans la partie consacrée aux philosophes, s'intitule : *Essai sur les limites de l'action de l'État*. Sous Martignac, Dubois, dans *Le Globe*, avait attaqué le cautionnement (loi de 1828) dans la même perspective que Laboulaye : « Les diverses opinions du pays, celles qui ne sont pas assez fortes pour constituer un parti et qui, par la publicité, peuvent cependant neutraliser et à la longue même *dissoudre les partis*, celles-là sont à jamais enchaînées par le projet » (repr. *in* P. F. Dubois, *Fragments littéraires*, Ernest Thorin, 1879, t. II, p. 89).

101. C'est Guizot qui formule la question (*Mémoires*, I, 189), on sait que c'est aussi toute la problématique de Tocqueville sous Juillet et, en fait, de bien d'autres, dont au premier chef les légitimistes.

par l'apparent assentiment des masses et l'opinion des masses par l'opinion du journaliste ». Il se plaint que « plus de 100 journaux naissant dans les départements » et reposant souvent sur 150 abonnés chacun soient étouffés par le cautionnement et le timbre. Les conditions de la publicité sont donc délibérément viciées.

C'était bien le sens de la réplique donnée par Guizot à Constant le 3 mai 1819 ; car, dans son esprit, il importait de donner « une garantie contre la puissance des journaux », de ne pas la confier à de « petits intérêts locaux » qui se tourneraient contre l'administration. Guizot fait ici l'analyse qu'il reproduira sous Juillet à propos de l'Université : il n'y a plus de corporations, « il n'y a plus aujourd'hui en France que le gouvernement et des citoyens ou des individus. La puissance publique est la seule qui soit réelle et forte [102] ». Là encore, Guizot affirme ne pas regretter le passé, « ces puissances intermédiaires ou locales que créent ailleurs [103] soit le patronage aristocratique, soit les liens des corporations, soit les privilèges particuliers ». Faute de pouvoir susciter, en tout cas dans l'immédiat, de nouveaux corps intermédiaires, il faut favoriser les « partis » pris dans la « région supérieure » des opinions et des intérêts – comme on l'a vu. Mais il faut surtout prendre garde aux nouveaux dangers introduits dans la société par l'*atomisation* postrévolutionnaire : « Toute action, toute influence exercée sur la société, soit par le gouvernement, soit par d'autres que lui, s'y propage et s'y fait sentir d'une manière plus prompte, plus universelle et plus vive », car il n'y a plus les anciens obstacles ou écrans qui filtraient l'influence sur les masses. Au sein de cette « susceptibilité sociale, s'il est permis de le dire », la tyrannie napoléonienne a su exercer sa propagande. Il faut, *mutatis mutandis*, y substituer l'influence légitime, confiée aux « supériorités ».

Dans un amendement qu'il dépose deux jours plus tard, Constant polémique et tire la conséquence suivante : « Nous avons décrété les cautionnements et repoussé par là de toute influence sur l'opinion publique cette classe intermédiaire que nous avions appelée, il y a deux années, à coopérer aux élections [104]. » S'il partage le constat de Guizot, s'il admet que l'atomisme est propice à la tyrannie [105], il lui semble que

102. Guizot, *Archives parlementaires*, XXIV, 166. Cf. *supra*, le chapitre sur « Église et politique », première partie.

103. Discrète allusion à l'idyllique Angleterre, par celui qui instaurera l'Entente Cordiale.

104. C'était rappeler aux doctrinaires leur œuvre, la loi électorale de 1817. Royer-Collard avait dit à ce moment : « C'est en effet, évidemment, dans la classe moyenne que tous les intérêts pouvaient trouver leur représentation naturelle. »

105. Cf. par exemple ce qu'il dira en 1827 : les feuilles quotidiennes « sont l'organe d'opinions diverses ; elles forment un lien intellectuel entre les citoyens qui professent ces diverses opinions ; elles leur servent à s'entendre. Or il ne faut pas que les citoyens s'entendent. Aucun lien ne doit exister entre eux ; le despotisme peut rouler alors sur ces atomes isolés comme sur la poussière » (« Sur le projet de loi relatif à la presse », *Œuvres de Constant*, « Pléiade », p. 1386).

c'est montrer peu de confiance dans la classe moyenne que de s'en remettre aux « partis » : « L'opinion *solitaire et par là même paisible et impartiale* [106] est condamnée au silence : en adoptant les cautionnements nous avons proscrit l'impartialité. » Enfin, mais tel est sans doute le but escompté, le pouvoir administratif local en sortira renforcé : « En étendant aux départements les cautionnements [107], nous avons probablement tué toute feuille de département, sauf celles que les préfets toléreront pour les diriger. Le préfet sera le régulateur de l'opinion, le secrétaire de la préfecture en sera l'organe et, je le suppose, les employés seront les lecteurs [108]. »

Constant poursuit toujours le même ordre d'idées, comme Guizot le sien. L'un veut surmonter l'individualisme social par des moyens issus de l'individualisme lui-même (laisser faire et laisser passer), l'autre veut le contraindre et l'absorber. En 1814, Constant avait fait observer que la concentration de la presse au profit de Paris ne permettrait pas de solder le passé révolutionnaire [109]. La presse, selon lui, n'est pas maîtresse de l'opinion, mais l'absence de liberté de la presse est toujours l'indice d'un divorce avec l'opinion, déclaré ou à venir : « Quand un gouvernement repose sur une opinion répandue dans tout l'empire, et qu'aucune secousse partielle ne peut ébranler, sa base est dans l'empire tout entier. [...] Mais quand l'opinion de tout l'empire est soumise à l'opinion apparente de la capitale, ce gouvernement n'a de base que dans sa capitale. Il est pour ainsi dire sur une pyramide, et la chute de la pyramide entraîne le renversement universel. »

C'est, on l'a déjà noté, le propre et le caractère étonnant de l'orléanisme doctrinaire que d'avoir beaucoup parlé de la « classe moyenne » tout en lui mesurant chichement (par exemple dans la représentation politique) les moyens de son épanouissement. L'utopie doctrinaire est celle d'une hiérarchie d'influence dans une société pourtant travaillée par l'égalité, l'utopie du libéralisme de Constant est celle d'un tout qui vivrait de la somme des interactions individuelles : dans le discours de 1814, il citait la description de l'Angleterre par Delolme. « Il n'arrive jamais qu'un objet intéressant véritablement les lois, ou en général le bien de l'État, manque de réveiller quelque plume habile, qui, sous une forme ou sous une autre, présente ses observations... De là vient que,

---

106. Nous soulignons. Guizot ne cache pas, dans son intervention du 3 mai, qu'il n'a pas confiance dans les membres actuels de la classe moyenne : « On peut leur inspirer des méfiances, leur communiquer des illusions injustes, chimériques, absurdes mêmes » ; le cautionnement servira donc à sélectionner la « bonne presse ».

107. Mais de façon décroissante (voir art. 1er de la loi du 9 juin 1819).

108. B. Constant, *Discours à la Chambre des députés*, t. I, p. 87.

109. Voir les très belles pages du discours « De la liberté des brochures, des pamphlets et des journaux considérée sous le rapport de l'intérêt du gouvernement » (*Œuvres*, « Pléiade », pp. 1264-1267). Pour une fois, l'orateur accepte de considérer « l'intérêt du gouvernement ».

par la vivacité avec laquelle tout se communique, la nation forme, pour ainsi dire, un tout animé et plein de vie, dont aucune partie ne peut être touchée sans exciter une sensibilité universelle, et où la cause de chacun est réellement la cause de tous [110]. »

« Sensibilité universelle » pour Constant à travers Delolme, « susceptibilité sociale » pour Guizot : à partir d'un même constat sur la modernité, deux options opposées.

LES LIBÉRAUX ENTRE HABILETÉ ET DÉSENCHANTEMENT

L'OFFENSIVE DU LIBÉRALISME OPTIMISTE

Les divers régimes de 1819 à 1881 ont cru devoir se défendre contre les journaux en légiférant sur des délits politiques qui reflètent chaque fois une inquiétude du régime sur sa légitimité. Sous la Monarchie de Juillet, on trouve les attaques contre la propriété, le respect dû aux lois, les attaques contre « le principe et la forme du gouvernement », la « provocation à la haine entre les diverses classes de la société » (loi du 9 septembre 1835). La IIe République renouvelle la loi de 1822 en la mettant au goût du jour : la « haine ou mépris du gouvernement de la République » sera punie, ainsi que « la haine des citoyens les uns contre les autres » (décret des 11-12 août 1848). Un article particulièrement sévère de ce même décret punit de trois à cinq ans de prison (et d'une amende de 300 à 6 000 francs) les attaques « contre les institutions républicaines et la Constitution, contre le principe de la souveraineté du peuple et du suffrage universel ». À quoi s'ajoutera la nécessité du « respect dû aux lois » (loi du 27 juillet 1849) [111]. La IIIe République, de son côté, rétablit le jury pour délits de presse (1871) supprimé depuis vingt ans, mais elle revient au cautionnement (loi des 6-11 juillet 1871), et reformule les délits [112].

L'un des cas les plus spectaculaires, parce que violant la séparation des pouvoirs, fut le privilège de poursuite donné aux Chambres par la

---

110. Delolme, *Constitution de l'Angleterre*, 1787, t. II, chap. XII. Sur le contrôle et la vigilance d'opinion, J.-P. Machelon a montré les traits qui relient Delolme à la pensée d'Alain : cf. J.-P. Machelon, *Les Idées politiques de J. L. Delolme (1741-1806)*, PUF, 1969, pp. 85-86.

111. Odilon Barrot, particulièrement impliqué dans les lois répressives en 1849 puis en 1850, se vit rappeler comme président du Conseil (nommé le 20 décembre 1848) la prophétie de Guizot : « Si vous étiez à ma place, vous feriez comme moi. »

112. L'attaque « soit contre les lois constitutionnelles, soit contre les droits et les pouvoirs du gouvernement de la République » est punie par la loi des 29 décembre-3 janvier 1876.

loi du 25 mars 1822 : la Chambre, victime d'une « offense », pourra « ordonner que le prévenu sera traduit à sa barre. Après qu'il aura été entendu ou dûment appelé, elle le condamnera, s'il y a lieu, aux peines portées par les lois ». Cette loi exorbitante resta en vigueur jusqu'en 1875. On peut signaler, par exmple, que Guizot fit condamner le gérant du *Siècle* (journal de l'opposition constitutionnelle) par la Chambre des pairs, à un mois de *prison* et 10 000 francs d'amende. Qu'avait dit le journal libéral ? Que la Chambre ressemblait « à un salon aristocratique plus qu'à une assemblée politique ».

L'article était de Chambolle[113]. À la Chambre des pairs, Daunant, agent de Guizot, déclara que le journal était « d'autant plus dangereux qu'il était modéré » : un sophisme qui pouvait conduire loin. Non seulement ces jugements violaient le principe de la séparation des pouvoirs, mais les Chambres devenaient juge et partie comme aux temps de la révolutionnaire Convention. Tout en reconnaissant que cette attribution était « despotique[114] », Royer-Collard l'approuva comme propre à préserver l'indépendance du législatif vis-à-vis du judiciaire. Quelle indépendance !

On comprend pourquoi la presse a été perçue avec continuité comme ce « quatrième pouvoir », dont la première mention semble apparaître dans les débats de 1827 sur le projet Peyronnet, moment où les ultras lancent ce thème qui va ensuite considérablement diffuser. Ainsi Salaberry fustigeant « l'apparition d'un quatrième pouvoir qui demain sera plus puissant que les trois autres [...]. Son nom générique est la liberté, mais son nom propre est la licence de la presse, et son nom de guerre est le journalisme[115] ».

Il existe un tel pouvoir, explique Salaberry, parce qu'on croit à l'existence d'une opinion publique comme réalité extérieure aux Chambres et dont le journaliste se ferait le porte-parole. En réalité, cette opinion est le produit du journalisme : « Un journaliste politique est-il autre chose aujourd'hui qu'un écrivain anonyme qui dit tous les matins : *je suis l'opinion publique* ? Et il s'imprime autant d'opinions publiques qu'il y a de coteries, de cabales, de partis, de doctrines et de religions politiques. Chaque journaliste est l'organe de l'opinion publique qu'il fait lui-même, qu'il façonne à ses passions ou à son intérêt. »

Du côté libéral, la répartie est symétrique et inverse : elle consiste à souligner que la hantise du quatrième pouvoir s'entretient elle-même,

113. Chambolle raconte l'histoire dans *Retours sur la vie* (éd. cit., pp. 213-215).

114. Affaire Berton, *in* Barante, *La Vie politique de M. Royer-Collard*, II, 168.

115. *Archives parlementaires*, IL, 555. Quelques jours après (1er mars 1827), Josse-Beauvoir reprend le terme de « quatrième pouvoir » (*ibid.*, L, 41), ainsi que Sesmaisons (*ibid.*, L, 64-65). La scission dans le parti ultra achève de s'opérer à cette occasion. La discussion sur le projet Peyronnet dure un mois : cf. Duvergier de Hauranne, *Histoire du gouvernement parlementaire*, IX, 157-192.

produit ce qu'elle dénonce en multipliant régime préventif, timbre, cautionnement, etc. Le thème est particulièrement mis en musique sous l'Empire ; par exemple dans le livre de Laboulaye, *Le Parti libéral* (1863), véritable manifeste de la coalition organisée contre le pouvoir [116]. Pour Laboulaye, continuateur de Constant, le journal est synonyme de *libération des capacités individuelles* : il « donne une voix aux intérêts qui souffrent ; le moindre citoyen, s'il se croit sacrifié, peut défendre et plaider sa cause devant la nation. Devant ce cri, répété et grossi par mille échos, l'égoïsme et l'intrigue sont sans force » (p. 273). La presse est également utile pour le commerce, pour la garantie de la rente, pour tout ce qui appelle la publicité [117].

Dans ce libéralisme optimiste, il n'y a aucune ombre au tableau, la conclusion s'impose : « La presse est la pierre de touche du vrai libéralisme. Quiconque a peur des journaux et ne voit pas le rôle qu'ils jouent dans la civilisation moderne, celui-là [...] n'aime pas la liberté, ou, ce qui revient au même, il ne la comprend pas » (p. 297). Pourtant, cette « compréhension » de la liberté ne s'exprime pas toujours en termes aussi optimistes dans le courant du libéralisme qui est le plus porté à la défense de l'individu. À la même période, quelqu'un comme Prévost-Paradol se montre plus nuancé. Mais c'est Tocqueville qui est allé le plus loin dans les propos désenchantés.

LIBÉRATION ET CONFORMISME : LE SCEPTICISME LIBÉRAL

Ouvrant sur des réflexions de moraliste, le chapitre consacré à la presse dans *La France nouvelle* évoque les « services que la presse ne cesse de nous rendre, même lorsqu'elle nous fait expier le plus chèrement ses bienfaits ». Il est entendu que la licence accompagne la liberté (ce pourquoi la liberté illimitée ou « impunité » ne saurait être accordée, malgré les thèses devenues célèbres de Girardin), mais le *jury* sert de garantie infaillible [118]. Surtout, la presse est un facteur de *discipline sociale* : c'est là ce que l'auteur considère comme son bienfait principal. Il retrouve ainsi ce que Locke avait appelé « loi d'opinion », norme tacite par laquelle la société fait triompher de façon anonyme, par pression collective, ce qu'elle considère à un moment donné comme le bien et le juste [119]. Il n'est donc point

116. *Le Parti libéral, son programme et son avenir*, Charpentier, 1863. Nous citons d'après la 8e éd., 1871, revue et augmentée.

117. Voir tout le chapitre XVII du livre de Laboulaye.

118. « Avec le verdict souverain du jury en perspective, aucune loi répressive sur la presse n'est mauvaise, car les inévitables défauts de la loi sont corrigés par l'absolue liberté du juge » (*La France nouvelle*, éd. cit., p. 228).

119. Cf. Locke, *Essai philosophique concernant l'entendement humain*, liv. II, chap. XXVIII, § 10 : « La mesure de ce qu'on appelle vertu et vice, et qui passe pour tel dans tout le monde, c'est cette approbation ou ce mépris, cette estime ou ce blâme qui

besoin que le pouvoir intervienne de façon autoritaire et préventive, il suffit de laisser agir l'invisible main de l'opinion commune, à la fois issue des jugements individuels et pôle de cristallisation de ces derniers : « La crainte que nous inspirent le contrôle et le jugement de nos semblables a sur nos actions un pouvoir au moins égal à celui de notre conscience ; il est même un grand nombre d'hommes à qui cette crainte salutaire tient lieu du sentiment du devoir, imparfaitement développé par l'éducation ou amorti par la difficulté de la vie. La presse n'est autre chose que ce contrôle et ce jugement public, se produisant avec une puissance et une continuité inconnues aux générations qui nous ont précédés dans ce monde[120]. »

Texte remarquable parce qu'il se détache de la vulgate libérale, bien implantée à ce moment, sur la presse « reflet » de l'état social, thermomètre de l'opinion, organe de « représentation » des partis ; bien qu'issue du collectif, et parce qu'issue du collectif, la presse est par excellence un moyen d'action *sur* la société ; elle concerne l'individu non tant en ce qu'elle exprime ses pensées et ses désirs, mais en ce qu'elle les normalise, les soumet à la norme de généralité. Locke observait qu'« il n'y a point d'homme qui venant à faire quelque chose de contraire à la coutume et aux opinions de ceux qu'il fréquente, et à qui il veut se rendre recommandable, puisse éviter la peine de leur censure et de leur dédain ». Il allait jusqu'à affirmer : « De dix-mille hommes, il ne s'en trouvera pas un seul qui ait assez de force et d'insensibilité d'esprit pour pouvoir supporter le blâme et le mépris continuel de sa propre coterie. »

Cette pression de conformité, si importante dans le libéralisme de Locke pour fonder le lien psychosociologique entre individuel et collectif, Prévost-Paradol la voit à l'œuvre dans la société moderne où commence la presse à grand tirage. Ce n'est plus – point de vue de Constant ou de Laboulaye – la presse comme tribune pour ceux qui ressentent une souffrance, mais comme instance de *réalisation* du « tribunal de l'opinion », qui se prononce sans juges spécifiés. « Elle tend, écrit l'auteur, à rendre, par le seul fait de son existence, les crimes des particuliers plus rares, les grandes iniquités de l'État plus difficiles, les dénis de justice en matière criminelle et l'inégalité des citoyens devant la loi pénale presque impossibles. » Formules qui peuvent faire sourire car le trait est trop péremptoire ; il reste que, de nos jours, bien des observations confirmeraient ce rôle « censorial » des journaux – dont témoigne, par exemple, le débat sur le secret de l'instruction judiciaire. Il reste surtout que l'auteur a discerné dans le journal un « facteur de conformité » dont la sociologie d'un Stoetzel, quelque soixante-dix ans plus tard, montrera

s'établit par un secret et tacite consentement en différentes sociétés et assemblées d'hommes » (Vrin, p. 281).

120. Prévost-Paradol, *La France nouvelle*, p. 222.

l'importance pour que se constitue dans un groupe le phénomène « opinion publique ».

« L'opinion publique, écrira Jean Stoetzel, s'engendre elle-même. Les individus se mettent d'accord en constatant l'accord de leurs pensées [121]. » Il faut, pour cela, que chaque individu *estime* que son groupe a déjà un avis, en regard duquel il peut et il doit se situer lui-même. La presse *fait exister le public* comme tel [122] : c'est au fond ce que Prévost-Paradol voulait dire en écrivant qu'elle « n'est autre chose que ce contrôle et ce jugement public ». Mais ainsi s'éclaire aussi la part de vérité qu'il y avait dans le sentiment – formulé et redouté chez les libéraux – que le *pouvoir* de presse est une quasi-institution. Dans une société d'individus rendus libres et égaux devant la loi, tout ce qui tend à produire la norme de généralité, à rendre *sensible* le public comme tel, joue le rôle d'une institution.

Le choix devenait donc entre la tentative d'orientation de l'institution vers le haut (ce fut l'idée doctrinaire) ou laisser jouer le marché (puisque la presse intéresse de plus en plus les propriétaires de capitaux) [123] et, bien entendu, la logique sociale des interactions. Mais la liberté de presse ainsi comprise signifiait-elle une liberté de jugement accrue pour l'individu ? Ce n'est pas ce que laisse entendre Prévost-Paradol, tandis que Tocqueville l'avait ouvertement contesté, presque quarante ans auparavant.

Les libéraux du Second Empire aiment à citer le chapitre de la première *Démocratie en Amérique* sur la liberté de la presse. Mais la citation est sélective : elle montre les bienfaits du pluralisme des organes de presse, elle ne reproduit généralement pas les réflexions de Tocqueville sur le conformisme américain, sur le « silence inconcevable » que crée l'association entre souveraineté du peuple et liberté de la presse [124].

On cite donc le côté de l'analyse tocquevillienne qui démystifierait, semble-t-il, la puissance supposée de la presse. Comme il n'y a aux États-Unis ni patente d'imprimeur, ni timbre, ni cautionnement, la création d'un journal est facile ; peu d'abonnés suffisent et la vie locale sans

121. J. Stoetzel, *Théorie des opinions*, PUF, 1943, p. 155.

122. Cette question sera reprise dans la dernière partie : l'école écossaise comparée à la lecture qu'en donne Cousin. Voir aussi le chapitre « Opinion publique » dans notre ouvrage *Échec au libéralisme*. Pour une part, la controverse contemporaine sur les sondages d'opinion tient à cette puissance « constituante » de la presse écrite ou audiovisuelle.

123. Le point de vue économique, par exemple en matière de *timbre*, intéressait aussi l'État. C'est ce qu'exprime en 1867 le rapporteur du projet de loi Pinard, qui combat un amendement de suppression du timbre venant des républicains (Garnier-Pagès, Jules Favre, Jules Simon) : « Le timbre produit 7 millions en chiffres ronds pour le Trésor. Si on l'abolit absolument, par quoi le remplacera-t-on ? [...] C'est une faute de se priver d'un impôt ancien, accepté, légitime, car le journal est une propriété fort lucrative et la propriété doit payer l'impôt. »

124. Cf. *De la démocratie en Amérique* I, IIe partie, chap. III, in *Œuvres* « Pléiade », t. II, p. 202 et suiv., ainsi que les manuscrits reproduits en note par cette édition.

la centralisation à la française suscite un besoin aisé à satisfaire : « Les Américains les plus éclairés attribuent à cette incroyable dissémination des forces de la presse son peu de puissance : c'est un axiome de la science politique aux États-Unis, que le seul moyen de neutraliser les effets des journaux est d'en multiplier le nombre » (*loc. cit.*, p. 207). À partir de cet axiome – où l'on retrouve le conseil de Madison, dans le *Fédéraliste* n° 10, pour neutraliser le risque inhérent aux « factions » –, Tocqueville peut dérouler le tableau des contrastes entre l'Europe et le Nouveau Monde : « L'esprit du journaliste, en France, est de discuter d'une manière violente, mais élevée, et souvent éloquente, les grands intérêts de l'État. » Tandis qu'aux États-Unis, souvent grossier, d'esprit concret, le journaliste a tendance à s'attaquer aux personnes, à la vie privée ; il ne défend pas une thèse d'allure philosophique.

Pourtant Tocqueville montrait aussi l'« immense pouvoir » que la presse exerce en Amérique (*ibid.*, p. 209) car elle « rallie les intérêts autour de certaines doctrines et formule le symbole des partis ». Songeant aux grandes campagnes électorales, il observe que, de forces émiettées qu'ils sont, les organes de presse peuvent aussi converger pour un temps : « Leur influence à la longue devient presque irrésistible et l'opinion publique, frappée toujours du même côté, finit par céder sous leurs coups. » Ce passage n'est plus cité par les libéraux français : il ferait le jeu du pouvoir impérial qui accuse la presse d'être l'organe redoutable des « anciens partis ». Surtout, c'est le sous-chapitre rédigé par Tocqueville, rempli de fines notations psychosociologiques, qui est passé sous silence : « Que les opinions qui s'établissent sous l'empire de la liberté de la presse aux États-Unis sont souvent plus tenaces que celles qui se forment ailleurs sous l'empire de la censure. »

Que montrait en effet l'auteur ? Que les peuples (Angleterre, Amérique du Nord), où la liberté de la presse a pu s'enraciner, « s'attachent à leurs opinions par orgueil autant que par conviction » (p. 210). En effet, la fierté (la vanité, disait Hegel) de pouvoir présenter une opinion comme son *bien propre* est déterminante. Le fait qu'elle soit « sienne » prime sur le fait qu'elle soit réellement fondée et *a fortiori* rationnellement démontrable. D'autant plus lorsque la contestation de toutes les doctrines politiques ou religieuses est devenue la règle admise – lorsqu'on peut discuter l'existence même de la république[125] –, ceux qui ont adopté une thèse « la gardent non pas tant parce qu'ils sont sûrs qu'elle est bonne, que parce qu'ils ne sont pas sûrs qu'il y en ait une meilleure ».

Selon Tocqueville, la liberté de la presse aboutit à une étrange alliance d'indécison secrète et d'entêtement personnel ou de dogmatisme affiché : « Quand une idée a pris possession de l'esprit du peuple américain,

---

125. Contrairement donc à ce qu'imposaient Guizot et de Broglie sous Juillet, puis Odilon Barrot sous la IIe République.

qu'elle soit juste ou déraisonnable, rien n'est plus difficile que de l'en extirper. » Par un remarquable renversement, le principe de tolérance voulant que toute opinion soit digne d'être exprimée et publiée peut favoriser l'apparition d'une croyance collective à puissants effets de conformisme. Ainsi naît, par exemple, l'idéologie du « politiquement correct ». Dans l'un de ses brouillons d'esprit hardi mais finalemnt abandonné, Tocqueville décrivait à propos de la presse ce qu'il appellera plus loin dans l'ouvrage la tyrannie de la majorité. Il y a, note-t-il, des options taboues aux États-Unis, à certains moments ; devant la majorité exprimée, « l'opinion opposée ne trouve plus moyen de se produire. Ceux qui la pratiquent se taisent, tandis que leurs adversaires triomphent à haute voix. Il se fait tout à coup un silence inconcevable dont nous autres européens ne saurions avoir d'idée. Certaines pensées semblent disparaître tout à coup de la mémoire des hommes. La liberté de la presse existe alors de nom mais en fait règne la censure et une censure mille fois plus puissante que celle exercée par les pouvoirs [126]. »

De tels propos, qui s'élèvent à une règle de valeur générale puisque c'est là, pour Tocqueville, le résultat inévitable de la souveraineté du peuple en possession de la presse, étaient difficiles à assumer pour ceux qui combattaient en faveur de la liberté à établir : ils ne devaient pas apparaître comme combattant pour un pouvoir, même en faveur du peuple, et encore moins pour leur pouvoir. Mais l'admiration tocquevillienne pour l'Amérique s'accompagnait indiscutablement d'une sévère mise en garde sur l'avenir de la démocratie de parole et de pensée. « Je ne connais pas de pays, écrivait encore l'auteur, où il règne, en général, moins d'indépendance d'esprit et de véritable liberté de discussion qu'en Amérique [127]. » Enfonçant le clou, il affirmait que la majorité y vit « dans une perpétuelle adoration d'elle-même », et que les *courtisans* dans la républicaine Amérique « parlent sans cesse des lumières naturelles de leur maître ». C'était préparer la voie au plaidoyer de John Stuart Mill pour le droit à l'« originalité » (*On liberty*). De telles conséquences n'étaient sans doute pas ignorées chez les libéraux français – ils avaient lu Tocqueville autant que Constant –, mais elles devenaient peu avouables. La presse, « instrument » de l'opinion, moyen de contrôle du pouvoir politique, école de formation du citoyen, pouvait-elle aussi servir de moyen de discipline sociale et d'exercice d'une hégémonie ? Pourtant, là était la véritable « puissance » : si la liberté de la presse délivrait des pouvoirs oppressifs et des liens visibles, elle ne garantissait pas des préjugés et au contraire elle pouvait les favoriser. Prévost-Paradol l'avait en somme suggéré, mais le scepticisme dont il faisait preuve n'était pas à imiter. Car, pensent les libéraux de la fin du siècle, il faut des croyances.

126. Tocqueville, « Pléiade », p. 990 (note sur la p. 212 par l'éditeur).
127. *Démocratie en Amérique* II, « Pléiade », p. 292.

C'est toute l'ambiguïté de l'Opinion, que le libéralisme se devait de prendre en charge, y compris à son profit – puisqu'il avait milité en sa faveur. Tocqueville, observant qu'il n'y avait pas de position *intermédiaire* tenable entre la liberté complète d'expression et l'asservissement de la pensée [128], ajoutait qu'il n'aimait la liberté de la presse (comme la démocratie) que pour les maux qu'elle écartait [129] ; dans les faits, la majorité « croira sans savoir pourquoi, ou ne saura pas précisément ce qu'il faut croire [130] ». Quant à la « conviction réfléchie et maîtresse d'elle-même qui naît de la science et s'élève du milieu même des agitations du doute », ce n'est pas de la liberté de la presse en elle-même qu'il fallait l'attendre. Une telle *liberté intellectuelle* est par-delà les aménagements politiques, car « il ne sera jamais donné qu'aux efforts d'un très petit nombre d'hommes de l'atteindre ».

Ainsi, la lucidité libérale ne peut renier l'esprit aristocratique qui la motive, comme l'a excellement montré Alan Kahan dans son ouvrage sur le « libéralisme aristocratique [131] » : Tocqueville professe cet esprit avec quelque cruauté, en position décalée par rapport à ses engagements – voire son parti –, comme c'est souvent le cas chez lui.

Les angoisses du libéralisme fin de siècle

Une fois la grande loi de 1881 obtenue, la mouvance libérale affichera davantage ses états d'âme ; d'où la grande enquête lancée par la *Revue bleue* sur « Les responsabilités de la presse contemporaine [132] ». L'article d'ouverture, par Henry Bérenger, affirme : « L'école, la presse, le Parlement, voilà les nouveaux pouvoirs dirigeants de la France », pour constater que les trois institutions sont en crise. L'argent (après l'affaire de Panama) est désigné comme le grand moteur de la presse, tandis que cette dernière se laisse percevoir comme un « pouvoir multiforme et mystérieux » suscitant les passions, avide de pornographie, qui échappe donc à l'élégance et à la bienséance libérales. Le diagnostic tocquevillien est cette fois repris à plein : « Le journal nous laisse libres en apparence

128. Une thèse dont Laboulaye rend grâce également à Benjamin Constant (*Cours de politique constitutionnelle*, p. XLVI) et que Mme de Staël avait déjà littéralement exprimée. Notre époque partage cette conviction et en ressent toutes les conséquences.

129. Cela n'est pas sans rappeler une autre thèse, déjà citée, de Karl Popper : la démocratie est bonne en tant que préservatif contre le totalitarisme, pouvoir où l'on ne peut plus chasser les dirigeants.

130. Tocqueville, *Démocratie en Amérique* I, « Pléiade », p. 211.

131. A. Kahan, *Aristocratic liberalism.* éd. cit. Kahan analyse la dimension humaniste de ce libéralisme. Voir notamment le chapitre II (« The spirit of the majority »). Stuart Mill fait part à Tocqueville de sa préoccupation devant l'uniformisation et donc « la stagnation à la chinoise » qui menace la démocratie (p. 47).

132. *Revue politique et littéraire*, dite *Revue bleue*, années 1897 (du 4 au 25 décembre) et 1898.

et l'on sait combien les Français sont jaloux des apparences de la liberté. Le journal nous asservit en nous laissant croire qu'il nous affranchit. » C'est dire combien l'optimisme de Benjamin Constant semblait maintenant lointain. Pour Bérenger, le remède ne peut être que dans le thème décidément insubmersible de la nouvelle aristocratie : « Tant que l'aristocratie pécuniaire ne sera pas remplacée par une aristocratie intellectuelle et morale, la presse continuera de tout subordonner aux besoins d'argent, c'est-à-dire que la corruption du journalisme ne fera qu'accroître la corruption nationale [133]. »

Le doute qui saisit les libéraux rejoignait d'une certaine façon celui des républicains de l'école Ferry, ardents propagandistes de l'alphabétisation, à la même époque : les historiens montrent leur déception devant le succès du journal à un sou et de la littérature populaire de colportage [134] : le suffrage universel et l'obligation scolaire étaient en train de changer les enjeux de l'écrit, une autre époque commençait. La pédagogie républicaine, dans l'école et dans la société, allait prendre le relais de l'élitisme libéral devenu très morose.

CONCLUSION : LA CHOSE ÉCRITE, BIEN COMMUN DU LIBÉRALISME

> « Seule plaie dont Moïse oublia de frapper l'Égypte. »
> RIVAROL, sur la presse
> (*Lettre à la noblesse française*).

On comprend au total que les libéraux aient attaché une telle importance à la question de la presse. Par-delà leurs divergences, ils ont ressenti que, comme l'avait écrit Lamartine dans son essai *Sur la politique rationnelle*, la presse est « la parole même de la société moderne ». Elle consacre par son existence ce qui n'est plus en discussion et fonde la possibilité de toute discussion : une forme de gouvernement qui est le gouvernement moderne dans sa plus grande généralité. Cette forme, écrivait encore

133. *Revue bleue*, 1897, p. 709. Henry Bérenger est auteur d'un livre, *L'Aristocratie intellectuelle*, paru en 1895 (Armand Colin). Sa conception de l'« aristocratie » est très extensive et donc floue : le terme signifie en fait « goupe dirigeant ». Le livre est un témoignage de l'esprit « fin de siècle » : « En marge de la société égalitaire créée par la Révolution, deux grandes castes se sont développées : la ploutocratie et le parlementarisme » (p. 241).

134. Ainsi Maurice Crubellier écrit : « Le succès de l'école se retournait contre l'idéal de l'école. Le goût des lectures distrayantes contrecarrait la vulgarisation des lectures utiles. [...] Les meilleurs esprits n'avaient jamais douté que la lecture acheminerait l'homme à la vertu, la vertu civique plus encore que morale, c'est-à-dire à la bonne insertion de chacun dans l'ordre sociopolitique. Mais leur confiance commençait d'être ébranlée. Ils étaient partagés entre leurs espoirs et leurs craintes » (« L'élargissement du public », in *Histoire de l'édition française*, Promodis, t. III, 1985, p. 39).

Lamartine, « tous l'admettent ou tous y tendent ; elle est donnée pour nous par le fait même de notre civilisation ; c'est la forme libre, c'est le *gouvernement critique de la discussion*, du consentement commun[135] ».

La presse était le complément de la naissance du parlementarisme comme organisation réglée de la délibération, ainsi que l'avait montré l'expérience anglaise, à laquelle les libéraux ne pouvaient décidément éviter de se référer. D'ailleurs, les grands débats de la Restauration n'ont cessé de citer le passage de *L'Esprit des lois*, où, parlant de l'Angleterre, Montesquieu disait aux libéraux ce qui était en train de devenir leur expérience partagée : « Dans une nation libre, il est très souvent indifférent que les particuliers raisonnent bien ou mal ; il suffit qu'ils raisonnent ; de là sort la liberté qui garantit des effets de ces mêmes raisonnements » (XIX, 27).

Cela constituait le fonds commun du libéralisme ; la divergence commençait quand il fallait décider jusqu'où cette confiance dans la liberté pouvait s'étendre, jusqu'où le « gouvernement commun de la discussion » devait être celui des individus, plutôt que celui des « partis » ou de l'élite supposée. La question de la capacité de l'*individu* était la grande ligne de clivage : on l'a retrouvée sur tous les grands enjeux étudiés. Il faut examiner maintenant son traitement chez les philosophes : comment vont-ils rendre compte du jugement du citoyen, de l'opinion publique, des interactions qui brassent et soudent la société ? Qu'est-ce pour eux que la société civile ?

---

135. Lamartine, *Sur la politique rationnelle*, fac-similé de l'éd. Charles Gosselin de 1831, Genève et Paris, Slatkine et Champion, 1977, pp. 58-59. Ce texte était primitivement une lettre au directeur de la *Revue européenne* et se trouve aussi au t. I des *Mémoires politiques* de Lamartine. Lamartine a accompli son premier grand discours politique en attaquant la loi Broglie de 1835, sur la presse précisément – suscitant par là l'admiration étonnée de Royer-Collard, qui s'exclame qu'il « parle par la fenêtre » (cf. *Mémoires politiques*, t. I, p. 325, vol. 37 des *Œuvres complètes*, Chez l'auteur, 1868 et pour un portrait au vitriol des doctrinaires, *ibid.*, p. 316-317). Guizot a répondu à Lamartine, celui qui l'avait fait chuter (la « révolution du mépris »), et qui avait chuté à son tour, par un portrait écrit de la même encre dans ses *Mémoires* (IV, 289-291).

TROISIÈME PARTIE

LES PHILOSOPHES ET LE LIBÉRALISME

INTRODUCTION : L'INDIVIDU EN TUTELLE ?

« Des services ! Des talents ! Du mérite ! Bah ! Soyez d'une coterie. » STENDHAL, *Le Rouge et le Noir* (d'après le *Télémaque* de Fénelon).

DES PRÉMISSES THÉORIQUES AUX OPTIONS PRATIQUES. LE CONFLIT INTIME DU LIBÉRALISME

On a pu constater que le libéralisme en France, dans ses tendances majoritaires, a privilégié l'ordre et l'autorité sur les exigences de la liberté, les moyens préventifs par rapport au système répressif, le pouvoir d'État par rapport à l'initiative individuelle et l'auto-organisation sociale. La mission qu'il s'est assignée, de protection de l'individu et d'émancipation de la personne humaine, il la conçoit – ou s'oblige à la concevoir – comme portée par la loi, dans la sphère d'exercice de la puissance publique et non en dehors d'elle ou, encore moins, contre elle. Ainsi que le remarquait récemment un ministre de la Justice, « l'État de droit, en France, s'est identifié pendant longtemps avec le droit de l'État. Droit à travers lequel on pouvait jouir des libertés publiques et faire valoir ses droits [1] ». Cette vision contribue à donner une apparence singulière au libéralisme d'une autre espèce, présent chez Benjamin Constant, qui prétend que le pouvoir ne doit être, ni dans les faits ni dans les vœux, le propagateur de la vérité et le protecteur des lumières ; en ajoutant même que les gouvernements n'ont pas *intérêt* à trouver devant eux des

1. Jacques Toubon, interview, *Le Point*, 8 juin 1996, p. 60.

citoyens éclairés [2]. La culture de défiance envers le pouvoir (dont on a vu que Stendhal disait qu'elle était à reprendre des Italiens) [3] n'est pas vigoureuse dans le libéralisme français.

Dès lors que ce présupposé intellectuel, tel que Constant l'énonce avec fermeté [4], n'est pas répandu et reconnu, on peut prévoir que les conséquences qu'il appellerait (la réduction des prérogatives de l'État) seront également absentes ; car il y a évidemment solidarité entre l'existence reconnue d'un sujet sur le plan de la pensée, du jugement et du savoir, et les responsabilités qu'on lui attribue dans la vie sociale et pratique. Si l'on considère des auteurs pris en dehors de la mouvance de Benjamin Constant, il y a pour le moins tension à l'intérieur de la pensée libérale lorsqu'elle fait l'éloge de l'émancipation individuelle. Ce serait, par exemple, aisé à montrer chez Renan.

Dans une préface aux *Essais de morale et de critique*, Renan définit comme « l'œuvre essentielle de notre temps la fondation de la liberté par la régénération de la conscience individuelle [5] ». Et il ne veut pas séparer la formation morale de l'individualité, qui est pour lui caractéristique du libéralisme, de l'élévation des *peuples* : il précise dans ce passage que le mot même de libéralisme « représente assez bien pour moi la formule du plus haut développement de l'humanité ». En cela, le libéralisme est l'enfant des Lumières et de 1789, il signifie la conciliation de l'ordre et de la liberté pour l'épanouissement des qualités humaines de tolérance, de bienveillance, de générosité même. Ce sont ces vertus libérales qu'expose, vers la même époque, l'article « Libéralisme » du *Dictionnaire général de la politique*, écrit par Auguste Nefftzer [6]. « Le libéralisme est la conscience que l'homme libre a de ses droits, mais aussi de ses devoirs ; il est le respect et la pratique de la liberté ; [...] le libéralisme a une foi, la foi du progrès, la conviction que la liberté est bonne et qu'elle tend au bien, que la vérité se dégage de la discussion et qu'un perfectionnement indéfini est le mouvement naturel à l'humanité. » En fondant *Le Temps*, qui va devenir le phare du libéralisme français, Nefftzer était allé encore plus loin. Il avait donné dans le Pro-

2. Nous renvoyons au début de cet ouvrage (première partie, chap. Ier) et, dans le *Manuscrit des Principes*, aux chapitres intitulés : « De l'autorité employée en faveur de la vérité » (pp. 362-365), « De la protection des lumières par l'autorité » (pp. 365-368).

3. Dans *L'Italie en 1818* et dans ses marginalia aux *Considérations* de Mme de Staël : « Méfiance, véritable inscription d'un corps législatif ».

4. « Toutes choses égales, il est toujours vraisemblable que les gouvernants auront des opinions moins justes, moins saines, moins impartiales que les gouvernés » (*Manuscrit des Principes*).

5. Renan, préface aux *Essais de morale et de critique*, Calmann-Lévy, 1859, p. XI.

6. Édition 1873-1874. Reproduit ici en appendice, d'après *Œuvres d'A. Nefftzer*, Librairie du *Temps*, 1886, pp. 113-136. Sur la vie de Nefftzer, journaliste mêlé, comme Émile de Girardin, à toutes les luttes du temps, voir R. Martin, *La Vie d'un grand journaliste, Auguste Nefftzer... d'après sa correspondance et des documents inédits*, Besançon, Éd. L. Camponovo, 2 vol., 1948-1953.

gramme du journal (25 avril 1861) un vibrant plaidoyer en faveur de l'individualité libérale, qui est l'individu même jouissant de sa raison et exerçant son jugement sur les autorités constituées : « Il ne suffit pas que *tous les citoyens* aient les mêmes franchises et les mêmes obligations ; l'idéal auquel il faut tendre, c'est qu'ils acquièrent *tous* une égale conscience de leurs droits et de leurs devoirs, et qu'ils arrivent à se prononcer sur les affaires publiques avec la compétence absolue des jurés, avec cette conscience éclairée et souveraine, cette pleine possession de soi-même, qui est la vraie liberté, la liberté première, base et racine de toutes les autres[7]. »

L'appel à la « conscience éclairée et souveraine », rapprochée de façon significative de l'institution du jury, renoue avec l'impulsion originelle du libéralisme et avec son sens philosophique parfois bien oublié : l'émancipation du « for intérieur » qui a été à l'origine de la Révolution française[8], l'accomplissement de la révolution cartésienne du *sujet*, qui tisse la certitude à partir de la critique radicale développée dans le doute méthodique (les *Méditations métaphysiques*). Enfant de 1789, le libéralisme serait donc aussi un produit de la révolution philosophique apportée par Descartes, philosophe français qui a dû fuir la monarchie absolue de son pays pour penser en toute liberté.

Pour une part, cela est vrai et l'on observe chez les philosophes, à la suite de l'impulsion donnée par Cousin, une redécouverte de Descartes : le doute cartésien est le point de départ de tout, écrit Rémusat dans ses *Essais de philosophie*. Il reste que, comme on le verra, c'est un Descartes singulièrement limité et assujetti que présente la philosophie cousinienne (qu'on l'appelle éclectisme ou spiritualisme). Quant à Renan (d'ailleurs lecteur de Cousin) ou Nefftzer, leurs thèses émancipatrices s'accompagnent d'importantes restrictions. Dans la préface aux *Essais de morale et de critique* citée plus haut, Renan n'expose la thèse libérale que pour souligner en quoi elle se trouve maintenant anéantie par les effets politiques et idéologiques de la Révolution : « Je croyais la Révolution synonyme de libéralisme », et c'est une erreur. Le coup d'État de Louis-Napoléon, qui jette un grand pessimisme dans l'âme de Renan[9], lui fait interpréter 1789 dans un sens opposé : « Je ne voyais pas encore le virus caché dans le système social créé par l'esprit français ; je n'avais point

7. Cit. par R. Martin, *La Vie d'un grand journaliste...*, t. II, p. 141. Les termes soulignés le sont par nous.

8. Sur le rôle du « for intérieur », la lecture indispensable est celle de R. Koselleck, *Le Règne de la critique*, Éditions de Minuit, 1979 (notamment p. 130). Voir également chez Bayle le principe de « ne point agir contre l'inspiration de la conscience » et la thèse que « toute action qui est faite contre les lumières de la conscience est essentiellement mauvaise » (in *Commentaire philosophique sur ces paroles de Jésus-Christ : Contrains-les d'entrer*. Repr. *in* P. Manent, *Les Libéraux*, t. I, p. 127).

9. Cf. sur ce point, Keith Gore, *L'Idée de progrès dans la pensée de Renan*, Nizet, 1970.

aperçu comment, avec sa violence, son code fondé sur une conception toute matérialiste de la propriété, son dédain des droits personnels, sa façon de ne tenir compte que de l'individu et de ne voir dans l'individu qu'un être vierge et sans liens moraux, la Révolution renfermait un germe de ruine qui devait promptement amener le règne de la médiocrité et de la faiblesse, l'extinction de toute grande initiative, un bien-être apparent, mais dont les conditions se détruisent elles-mêmes. »

Il se peut, ajoute Renan, que, deux-cents ans après – soit en 1989 –, les « hommes éclairés » considèrent la Révolution comme ayant fondé dans le monde « la liberté politique, religieuse et civile ». Mais nous n'en sommes pas là : en 1859, les principes de 1789 signifient « ce qu'on leur fait trop souvent signifier », c'est-à-dire « le despotisme des intérêts matériels » et, « sous prétexte d'égalité, la dépression de tous ».

Ainsi, malgré la formule de prudence réservant l'avenir, Renan ne voit le salut de la *personne libérale*, la « fondation de la liberté par la régénération de la conscience individuelle », que dans une formule politique qui sera nécessairement élitiste. Comment fuir le despotisme démagogique de l'Empire et trouver une nouvelle aristocratie qui soit aussi « fondation de la liberté » ? Comment le faire en oubliant désormais la Révolution [10] ? Cette question n'est pas neuve parmi les courants de la mouvance libérale en France : on l'a déjà rencontrée sous les espèces de la conciliation entre particularité et intérêt général, sous la forme de l'introuvable « nouvelle aristocratie » ou « aristocratie naturelle » proche de la préoccupation burkienne en Angleterre [11]. À ce point de vue, on peut considérer une sorte d'emboîtement dans les différentes étapes renaniennes : l'auteur de *La Réforme intellectuelle et morale* (1871) est déjà dans celui des *Essais de morale et de critique*, qui est déjà dans nombre de réflexions du spiritualisme libéral à l'école de Cousin. Certes, le coup d'État de 1851, puis la guerre avec l'Allemagne suivie des déchaînements de la Commune portent des assauts très rudes à l'espérance renanienne, mais en définitive le plus petit commun dénominateur de l'idéologie libérale à la française n'est pas seulement attaché à ces facteurs historiques. Quand Renan écrit « Il faut un centre aristocratique permanent, conservant l'art, la science, le goût, contre le béotisme démocratique et provincial [12] », il formule à la fois l'esprit de l'assemblée de Versailles (cf. *supra*) et le fond commun de l'esprit doctrinaire sous Juillet. C'est-à-dire une tendance qui, lorsqu'elle s'exprime à propos de la personne

10. « Si 89 est un obstacle pour cela, renonçons à 89 » (*Essais de morale et de critique*, p. XI).

11. Cf. notamment, Burke, « Appel des whigs modernes aux whigs anciens », texte dont on a signalé l'importance pour Montalembert quant à l'idée d'« indépendance du jugement ».

12. *La Réforme intellectuelle et morale de la France*, *in* Renan, *Œuvres complètes*, I, 376.

libérale et de l'individu, ne peut considérer que l'individu d'une classe et, mieux encore, ne peut envisager qu'un groupe ou un corps au sein duquel cet individu prendrait naissance et dont il ne pourrait être isolé. Comme le dit Burke, en matière de représentation, « il y a dans la nature et dans la raison un principe qui veut que pour leur avantage, on néglige non l'intérêt mais le jugement de ceux qui sont *numero plures* en faveur de ceux qui sont *virtute et honore minores*[13] ». Les tendances fondamentales du libéralisme français, malgré ses prémisses et malgré les antécédents historiques qu'il aime parfois invoquer, *ne sont pas de type individualiste*, et elles le portent à la recherche d'une voie qui, rompant avec l'individualisme, ne fraye cependant pas avec le traditionalisme contre-révolutionnaire (Bonald). Tel est l'un des problèmes que rencontre ce libéralisme depuis Guizot, dans l'ordre intellectuel : il faudra examiner si, dans la *philosophie* proprement dite, ses porte-parole montrent plus d'aisance ou bien retombent dans la même ornière inconfortable.

Vouloir fonder la liberté sans accepter, finalement, 1789, ou l'interprétation que l'on donne de 1789 au service de la souveraineté du peuple, la même tension est observable chez Nefftzer – quoique présentée de façon moins accusée. Car ce dernier accepte le suffrage universel pourvu qu'il marche de pair avec l'instruction[14] ; mais autant le Programme du *Temps* valorisait la souveraineté du jugement individuel, autant l'article « Libéralisme » souligne les différences entre l'esprit libéral et l'esprit *démocratique* : ce dernier constitue souvent une menace pour les valeurs auxquelles le libéralisme est attaché, dans l'ordre de l'esprit comme dans l'ordre politique ou économique. « La démocratie s'attache surtout à la forme du gouvernement. Le libéralisme vise la liberté et les garanties de la liberté. Les deux poursuites peuvent s'accorder ; elles ne sont pas contradictoires, mais elles ne sont pas non plus identiques ni nécessairement connexes et solidaires. » Là encore l'expérience de l'Empire (perçu comme « démocratie césarienne ») a passé par là, mais cela n'explique pas tout, pas plus que chez Renan. Ce que Nefftzer retrouve c'est la crainte que l'élite ne disparaisse du fait de l'oppression que la démocratie amène à prévoir, par son idéal du gouvernement de tous par

13. Burke, *Appel des whigs modernes aux whigs anciens*, repr. in *Réflexions sur la Révolution de France*, éd. Ph. Raynaud, p. 459.

14. « Un gouvernement libéral, le parti libéral, les esprits libéraux, doivent s'appliquer avant tout à instruire le suffrage universel, à l'éclairer, à l'élever, à l'armer, en un mot, de capacité. L'instruction obligatoire est aujourd'hui le premier article du programme libéral ». Nefftzer annonce lui aussi Gambetta et Ferry : ses amitiés ont toujours débordé le cadre de l'orléanisme, comme le signale Philippe Régnier à propos de la *Revue germanique* que Nefftzer a fondée en 1858. Voir Ph. Régnier : « Une germanistique pré-universitaire : les premières "revues germaniques" (1826-1865) », in *Les Études germaniques en France (1900-1970)*, sous dir. M. Espagne et M. Werner, CNRS Éditions, 1994, pp. 73-75.

tous[15] ; il n'est jusqu'à la *représentation* qui ne soit menacée, car la tendance de la démocratie est de revenir au mandat impératif, estime Nefftzer, faisant écho à Tocqueville et à Stuart Mill, selon qui la tentation fâcheuse est de « substituer la délégation à la représentation[16] ».

Et donc, là encore, la position de principe – l'individu rendu souverain par sa conscience éduquée et éclairée – ne peut que subir une distorsion considérable. Seuls certains milieux restreints peuvent comprendre l'idéal libéral dans un pays qui est pétri d'une autre tradition[17]. Par ailleurs, dans les considérations *économiques* fort intéressantes qu'il développe, Nefftzer rappelle comment Napoléon avait fait du Code civil une arme délibérément tournée contre les grandes familles nobles : un moyen d'*individualisation* de la propriété, apte à renforcer la puissance du pouvoir administratif et politique. Nefftzer cite la lettre de Napoléon à Joseph, roi de Naples, déjà rencontrée plus haut sous la plume de Montalembert[18]. Le Code, dit Napoléon, « consolidera votre puissance, puisque par lui tout ce qui n'est pas fidéicommis tombe, et qu'il ne reste plus de grandes maisons que celles que vous érigez en fief ». CQFD.

De cette vue économique et sociologique, de cette société où « tout s'individualise » (pour reprendre une formule de Constant), Nefftzer ne fait certes pas une cause de déploration ou de regret, mais, en homme pratique, il en tire argument pour l'établissement d'un gouvernement des classes notabiliaires. La recherche du groupe, de la classe de services, prend le pas sur l'apologie du jugement souverain confié à l'individu : « Il importe à la chose publique que tout le monde n'ait pas toujours sa fortune à faire, et qu'il y ait des situations personnelles indépendantes, fortes et stables, capables de tenir tête au pouvoir central. Les intérêts généraux devraient être aux mains de ceux qui n'ont plus à s'occuper de leur intérêt personnel. » Ainsi, la bourgeoisie qui est actionnaire du *Temps* se trouve, en termes socio-économiques, le meilleur vecteur de la vision libérale, et on peut espérer, puisqu'il faut accepter le suffrage universel, qu'elle en sera également le meilleur contrepoids. Plus « progressiste » que chez Renan, le texte semble en partager les appréhensions.

Peut-être la première origine de cette vision, tournée vers « l'aristocratie à l'anglaise », se trouve-t-elle chez Barnave qui avait formulé avec

15. Le libéralisme, poursuit Nefftzer, « veut aussi l'extension progressive des droits politiques et la participation de plus en plus nombreuse des citoyens au gouvernement, mais il n'admet pas du tout *a priori* le principe du gouvernement de tous par tous, qui est la visée démocratique par excellence ».

16. Nous renvoyons au compte rendu publié par Mill sur la première *Démocratie*, dans la *London Review* (1er octobre 1835) ; réédition *in* J. Stuart Mill, *Essais sur Tocqueville et la société américaine*, publ. par P. Thierry,Vrin, 1994, p. 79.

17. Cette tradition, un grand ami de Nefftzer, Charles Dollfus, va nous l'exposer (cf. *infra*).

18. Montalembert, *L'Avenir politique de l'Angleterre*, éd. cit., note 1, p. 122.

vigueur l'idéal du libéralisme par les classes moyennes : « La seconde garantie [pour le suffrage] est dans l'intérêt à la chose publique de la part de celui que la société a chargé de faire ses choix, et il est évident qu'il sera plus grand de la part de celui qui aura un intérêt particulier plus considérable à défendre [19]. » Prétendant combattre la corruption, inévitable chez ceux que la faiblesse économique mettait en situation de dépendance, Barnave faisait des « intérêts particuliers » de la classe moyenne l'opérateur du bien public. Cet « intérêt à la chose publique » ainsi substantivé dispensait de rechercher un sujet politique risquant de conduire aux aventures de la démocratie, ballottée entre anarchie et dictature.

Considéré dans son devenir au XIXe siècle, le libéralisme français se trouve tiraillé entre cette vision, qui lui convient mais qu'il ne peut asseoir politiquement, et ses prémisses d'ordre individualiste, qui conduisent à un démocratisme qu'il redoute. Est-ce à dire que l'individu comme sujet politique ne peut décidément trouver sa place, sauf à supporter une mise en tutelle ? Cette question dont on a vu toute l'importance dans la controverse sur les institutions doit être maintenant reprise à l'intérieur du discours théoricien et des professionnels de la philosophie. Et, tout d'abord, il faut examiner si le conflit originel – entre le thème fondateur du libéralisme et ses options pratiques – a été *perçu* comme tel. On en trouve le témoignage dans l'ouvrage de Dollfus publié en 1860, *Liberté et centralisation*.

Le diagnostic de Charles Dollfus

Aujourd'hui bien oublié, Charles Dollfus a été l'ami intime de Nefftzer avec qui il a fondé la *Revue germanique* ; comme lui lecteur des publicistes et des philosophes allemands, il s'exprime sur la France du point de vue de la pensée allemande et du protestantisme. La condamnation portée dans *Liberté et centralisation*, recueil de ses articles, est sans nuances : la France souffre d'une centralisation en tous domaines qui est le fruit d'une longue complicité, puis d'une rivalité, entre l'État et l'Église catholique : « Le communisme des consciences soit par l'Église, soit par l'État n'est pas facile à détruire en ce pays, si peu individualiste [20]. » Pour Dollfus, avocat de formation, et apparenté à la grande dynastie industrielle de l'Alsace [21], le protestantisme est la véritable

19. Barnave, in *Archives parlementaires*, 1re série, XXIX, 366.

20. C. Dollfus, *Liberté et centralisation*, Michel Lévy frères, 1860, p. 154. La notion d'un « communisme des consciences » entretenu par les institutions se retrouve chez Dupont-White à la même époque. Mais ce dernier publiciste y voit un bien précieux. Il est curieux que deux publicistes libéraux s'opposent à ce point à partir d'un constat partagé.

21. Sur Dollfus voir l'autre ouvrage de R. Martin, *La Vie et l'œuvre de Charles Dollfus*, Berger-Levrault, 1934.

culture minoritaire qui permet d'appréhender l'histoire de l'esprit français ; dans son essence, le protestantisme est plus que la Réforme encore « esclave d'une tradition écrite », sa vérité se trouve dans « la souveraineté absolue de la conscience individuelle ». Ou encore il est « l'interprétation souveraine de la conscience » (p. 156). Considérés dans cette perspective, les Français sont capables de grandes initiatives, ainsi que d'héroïsme *collectif*, mais individuellement ils ne savent pas résister au despotisme : « Pour se fonder et se maintenir, la liberté ne doit pas compter sur l'amour de la gloire, ni même sur la faculté de l'enthousiasme ; ce qu'il lui faut, c'est un aliment quotidien, ce sont des qualités de résistance individuelle à l'arbitraire plus encore que d'initiative et d'emportement général contre lui » (p. 21). Dollfus se sert ici de Tocqueville, qu'il cite (*L'Ancien Régime*), mais sans doute aussi de Germaine de Staël, implicitement contestée dans la référence à l'enthousiasme.

De même que de Gaulle, dit-on, aimait la France et n'appréciait guère les Français de son temps[22], Dollfus est partagé entre admiration et désapprobation : « Si l'on n'a pas appris à distinguer entre le Français agissant comme nation et le Français agissant comme individu, tout paraît contradictoire dans notre histoire et dans notre société » (p. 28). Cette contradiction, qui tient à l'absence de formation, de *Bildung* de l'individu comme tel, se lit particulièrepment dans l'attitude vis-à-vis du privilège et de l'inégalité. La contradiction entre ce que la nation a proclamé et ce que les individus recherchent éclate en plein jour : « Il est évident que la France veut l'égalité ; et il ne l'est pas moins que chaque individu pris isolément recherche le pouvoir, au moins par fragments, et qu'il aspire à ressaisir à son profit particulier [...], fût-ce sous l'infime costume du garde-champêtre, un lambeau de ces privilèges abolis par lui. » Le Français a entendu la leçon de la liberté, dont son pays s'est fait le propagandiste dans le monde, mais il est *tenté* de « faire goûter à son amour-propre les délices de l'inégalité dont il craint si fort le retour ». Partout s'épanouit « l'amour des fonctions », qui enserre finalement chacun dans les réseaux de la centralisation[23], tout en distribuant des bénéfices de vanité.

---

22. Il le déclare à Alain Peyrefitte en 1962 : « Ce qui est vrai, c'est qu'en face de la grandeur de la France je rencontre souvent la petitesse des Français. Ils mijotent dans leurs petites querelles et font cuire leur petite soupe » (*in* A. Peyrefitte, *C'était de Gaulle*, éd. cit., p. 280). On rappellera que, dans leurs échanges épistolaires, le Royer-Collard de Juillet et Tocqueville ont pour *leitmotiv* l'absence de la « grandeur » chez les Français de leur temps. Tocqueville décrit « ses » paysans comme pénétrés par l'individualisme et l'esprit intéressé, ce qui éteint « l'enthousiasme » ; ce à quoi l'ex-doctrinaire répond : « Cet égoïsme prudent et intelligent, c'est les *honnêtes gens* de notre temps. » Et un peu plus tard : « Il me faut de la grandeur, n'en fût-il plus au monde. » Voir Tocqueville, *Œuvres complètes*, XI, Gallimard, 1970, publ. par A. Jardin, pp. 64, 66 et 117.

23. Centralisation politique, administrative, intellectuelle, religieuse : ces têtes de chapitre évoquent la table des matières du livre publié par Odilon Barrot l'année suivante : *De la centralisation et de ses effets*, H. Dumineray, 1861. Mais le propre de Dollfus est

En somme, l'analyse de Dollfus consiste à reprendre la thèse de Tocqueville sur l'Ancien Régime, pour montrer que la France post-révolutionnaire s'est logée dans le même esprit de recherche des *bénéfices*, sorte de synthèse entre le collectif et le particulier. Cependant, le moralisme propre à l'auteur le pousse à mettre l'accent sur le façonnement catholique des esprits (dont Tocqueville ne disait mot). L'absence de révolution religieuse, au sens que Quinet avait donné à cette notion, expliquerait que l'individualisation investie dans les « fonctions » se soit substituée à la véritable révolution individualiste, celle des consciences : « La France à la fois révolutionnaire et servile à l'encontre de l'État a témoigné du même tempérament vis-à-vis de l'Église » (p. 159). Religion de soumission, le catholicisme a fortifié le culte de l'État autoritaire et de la loi qu'on ne discute pas. Mais Dollfus va plus loin dans l'analyse morale de cette individualité française, qui est forte de sa participation au groupe (y compris dans l'héroïsme national) mais pauvre quant aux ressources qu'il lui faudrait tirer d'elle-même en situation isolée. En termes assez rousseauistes, il oppose la *fierté* à la *vanité* : la première est la vertu propre à l'individualité libre (l'âme libérale, pourrait-on dire), tandis que la seconde caractérise l'esprit français formé dans les cours, les salons et, maintenant, les administrations. « Dans sa pureté originelle, la fierté représente chez l'individu la conscience de la valeur inhérente à la nature humaine ; voilà pourquoi elle forme la racine de la liberté » (p. 25). La fierté cultive donc cette indépendance morale qui est l'esprit du protestantisme et qui force à voir le pouvoir tel qu'il est[24], tandis que la vanité est foncièrement rapport à autrui : « Un homme fier n'appartient qu'à lui-même [...] ; un homme vain appartient à sa vanité ; sa vanité dispose de lui ; elle le livre pour un ruban, pour un titre, pour un morceau de pouvoir qui le mettra en évidence. Vain et vénal sont deux adjectifs qui marchent de compagnie. »

Tandis qu'Adam Smith faisait de l'opinion vaniteuse un puissant ressort social qui permet de comprendre à la fois le jeu des libertés et l'unité d'ensemble du tout[25], Dollfus, en moraliste austère, refuse d'y voir un principe autre que négatif. La vanité reflète l'état d'une civilisation connue par sa culture intellectuelle et artistique, la finesse de son goût, le maniement de la litote et de l'ironie, mais où le courage individuel fait défaut : si « Robinson est l'épopée du génie individualiste, le pur miroir de la race saxonne », il faut constater avec tristesse que « jamais un Français n'aurait imaginé l'invention de Robinson Crusoé » (p. 33).

---

de montrer que l'individualisme se paye d'un retour à l'« esprit de corps » et s'anéantit par là.

24. On songe au « citoyen incommode » dont parle Alain, qu'il soit philosophe nourri de ses pensées ou travailleur manuel habitué à se confronter à la résistance du monde matériel. La fierté est bien une qualité du « jugeur » selon Alain.

25. Sur Smith, voir *infra*.

D'où un axiome, aussi contestable que tous ceux qui prétendent définir un peuple en quelques mots : « L'Anglais est généralement fier, le Français généralement vaniteux » (p. 27). Combinée à l'amour de la justice, « qui est le plus pur instinct de la France », la vanité, c'est-à-dire la passion d'être important pour autrui, a donné la recherche pathologique de l'égalité, « la lèpre de l'envie démocratique ».

Dollfus n'est certainement pas original, car on reconnaît au passage nombre de traits pris chez Tocqueville, Staël, Rousseau et les moralistes français du XVIIe siècle. Mais sa critique de l'esprit français présente de l'intérêt, tant par ses aspects justes que par une certaine méconnaissance. Sur le premier point, d'abord, on ne peut que songer au thème du « retour des privilèges », arme capitale dans la rhétorique politique, tant à gauche qu'à droite, quand il faut disqualifier un adversaire, dénoncer une « dérive monarchique » ou faire avorter une réforme. On peut penser aussi au souci, si fréquent dans les discussions intellectuelles et politiques, de savoir à partir de quelle « position » s'exprime quelqu'un, afin de pouvoir le classer, de l'assigner à un *groupe* dont il est utile et presque « ontologiquement » nécessaire qu'il relève. Il faut avoir une appartenance, par intérêt bien compris, ou, à son corps défendant, relever d'un parti : nombre d'analyses de Bourdieu ont, sur ce point, fait mouche. Il est très difficile, et socialement risqué, en France, de parler en son nom propre ; l'intellectuel qui n'est pas d'une école risque d'être rejeté de l'École ou, si l'on préfère, de la Corporation – même si le bon goût veut que l'on euphémise une telle appartenance, ou mieux encore, que la chose soit tenue désormais pour notoire : on devient alors « représentatif » d'un courant et on est « consulté » comme tel. Inversement, certains demi-habiles – au sens pascalien – cultivent une « marginalité » d'apparence qui procure une plus-value médiatique.

Mais si pénétrante que soit cette critique, elle reconduit par ailleurs un présupposé majeur : tout occupée du rapport à l'autorité, qu'elle soit sociologique ou étatique, l'analyse conduite par Dollfus ne soupçonne aucune positivité dans le lien social institué, dans la sociabilité française. Ce libéralisme dénonce l'aliénation aux pouvoirs mais ne peut rien dire sur la liberté par rapport à autrui. Ou bien ce qu'il en dit est extrêmement classique, se retrouve dans l'ensemble des conceptions libérales et reste suspendu à la figure de l'État[26]. Le rapport non perverti des individus reste indéterminé chez Dollfus, car ni l'appel à la « vertu » de fierté, ni le formalisme de la loi, ni le mythe de Robinson ne peuvent fonder un

26. C'est le début du livre, sur la réciprocité des volontés garanties par l'État : « Le droit est l'élément commun des libertés individuelles. Pour formuler le droit, il faut donc extraire de l'ensemble des volontés particulières ce qui constitue la condition générale de leur exercice » (p. 4). L'État peut être soit respectueux de la réciprocité, soit despotique – que ce soit indirectement par le pur laisser-faire, ou directement, en s'immisçant dans le champ individuel –, mais la seule clef réside dans l'État.

libéralisme sur le mode positif, qui dépasserait le stade de la critique. Cet achoppement est sans doute caractéristique de cela même que l'auteur dénonce : une difficulté du libéralisme français à concevoir ce que les Lumières écossaises ont appelé la « société civile » et la « société commerciale ». Tout le jeu des passions sociales (Hume, Mandeville, Smith, Ferguson), qui est l'une des voies de fondation du libéralisme en philosophie, est d'emblée écarté. On verra que quand les philosophes ou les économistes de l'école de Cousin tentent d'y entrer, c'est pour en méconnaître complètement le sens. Le lien social ne sera théorisé que du point de vue de ce que Cousin appelle la « raison impersonnelle », curieux bricolage philosophique qui ne résiste guère à l'examen et qui conduit par exemple un économiste-philosophe comme Baudrillart à écrire que Smith est surpassé... par Fénelon dans son *Traité de l'existence de Dieu*.

Il faut donc pénétrer dans cette philosophie française du XIXe siècle, qui s'est mise majoritairement au service du libéralisme politique, qui a été particulièrement fertile dans ses productions mais dont les déterminations et les préoccupations socio-politiques ne se font jamais oublier. Comment se fait-il qu'il n'y ait pas eu en France, au XIXe siècle, de grand philosophe *fondateur* de l'esprit libéral, pouvant s'égaler, par exemple, à Mill en Angleterre ? Et surtout, Montesquieu mis à part, pourquoi n'y eut-il pas un penseur de la taille de Locke, embrassant la psychologie, la morale et la politique dans une perspective libérale de grande fécondité pour les siècles suivants ? Le génie mis cette fois à part, ce sont les contraintes historiques et sociales qui pèsent d'un poids lourd. Le diagnostic de Dollfus reste éclairant : la fondation d'un *sujet* libéral, après Locke et après Kant, achoppe sur la crainte d'un individualisme qui légitimerait le protestantisme et les passions démocratiques ; quant à la voie écossaise, souvent glosée et contestée chez nous, elle est discréditée sous le chef d'un « empirisme » étroit accusé d'abaisser la suprématie de la raison. La « politique de la philosophie » est le fil directeur par lequel il faut aborder les élaborations françaises sur la liberté : la philosophie est une question d'État[27], selon les libéraux français, qui ne l'oublient jamais.

27. Comme on l'a déjà constaté dans la querelle de l'Université sous Juillet.

CHAPITRE PREMIER

La papauté philosophique de Victor Cousin

> « Tout le secret de cette vie, c'est que Cousin a aimé et cultivé surtout la politique de la philosophie. [...] Ses grands états de service sont de l'ordre politique. »
> Jules SIMON, *Victor Cousin.*
>
> « On ne gouverne le monde qu'avec des croyances. Des croyances, le genre humain en demande à la raison, et la raison invoque la philosophie. La philosophie répondra-t-elle ? »
> RÉMUSAT, *Essais de philosophie.*

Qui veut étudier l'histoire et le rôle de la philosophie française au XIXe siècle doit passer par celui qui en est la figure centrale et impose sa doctrine dans l'Université au moins de 1830 à 1848, mais en fait jusqu'aux dernières années du siècle ; Victor Cousin exerce un contrôle personnel de l'enseignement philosophique à travers diverses institutions : jury d'agrégation de 1830 à 1850, nomination aux chaires d'enseignement supérieur, Conseil royal de l'instruction publique et inspection des professeurs du secondaire, concours de l'Académie des sciences morales et politiques, etc. – sans compter son propre ministère en 1840 et, dès 1832, la refonte du programme d'enseignement de philosophie des lycées [1].

1. Pour une perspective résumée, voir l'article de S. Douailler et P. Vermeren : « L'institutionnalisation de l'enseignement philosophique », in *Encyclopédie philosophique universelle*, sous dir. A. Jacob, PUF, 1989, vol. I, « L'univers philosophique », pp. 808-815. Une analyse détaillée de la stratégie cousinienne est donnée dans le livre de P. Vermeren, *Victor Cousin. Le jeu de la philosophie et de l'État*, L'Harmattan, 1995. Le livre de Jules Simon déjà cité (*Victor Cousin*, Hachette) reste une référence utile. Rappelons également les actes du colloque *Victor Cousin, les Idéologues et les Écossais*, Presses de l'ENS, 1985, ainsi que les études de Jean-Pierre Cotten (*Autour de Victor Cousin :*

C'est Cousin qui forge la tendance dominante de la philosophie universitaire en France jusqu'aux débuts du XXe siècle : un spiritualisme assez fade qui se donne pour mission de sauver les vérités morales (liberté, immortalité de l'âme, existence de Dieu), d'affirmer par là la dignité de la personne humaine, mais en se gardant des cheminements et des conséquences de la philosophie du sujet chez Descartes et chez Kant. Le parfum insistant de spiritualisme dans l'école cousinienne s'exerce toujours contre le « sensualisme », l'« empirisme », le « matérialisme ». Cousin a lancé le combat contre la « philosophie de la sensation » (incarnée selon lui par Locke) ou de la « sensation transformée » (Condillac) parce que cette philosophie lui paraît avoir partie liée avec le matérialisme, nie la liberté humaine et, par là, rendrait la morale impossible. En réalité, quand Cousin lit Locke, il le déforme profondément pour combattre les thèses qu'il lui prête.

La liberté : un choix stratégique de Cousin

Le trait le plus frappant du spiritualisme issu de Cousin est son souci d'affirmer un sujet moral qui ne puisse jouir d'aucune indépendance ni même de l'autonomie au sens kantien[2]. L'enjeu vital de cette doctrine, où le sujet doit se trouver assujetti par la « raison impersonnelle », c'est la question de la liberté. Le problème non pas théorique mais véritablement stratégique que Cousin poursuit avec continuité pourrait s'énoncer ainsi : comment ne pas aller trop loin dans l'affirmation de l'irréductible liberté qui fait le sujet humain ? Aller trop loin serait verser « dans l'indiscipline et le libertinage intellectuel », pour reprendre les formules de Boutroux, qui remercie Cousin (en 1897 !) d'avoir introduit la très modérée philosophie écossaise de Reid et de Dugald Stewart dans l'enseignement secondaire[3]. Comme le disait encore Boutroux dans cette conférence prononcée à Édimbourg : « Bien qu'imposées par l'autorité et présentées comme une sorte de philosophie d'État destinée à servir des fins politiques et sociales, ces doctrines [écossaises] [...] charmèrent nombre d'esprits et entretinrent dans une importante partie de la société un goût réel pour les études philosophiques. » À la différence de la philosophie allemande, savante et obscure, les doctrines écossaises

une politique de la philosophie, Annales littéraires de l'université de Besançon, Paris, diff. Les Belles Lettres, 1992), dont nous aurons à citer la thèse sur « La jeunesse de Victor Cousin », doctorat d'État, Paris-I, 1996. Un recueil récent, sous dir. É. Fauquet : *Victor Cousin homo theologico-politicus*, Kimé, 1997.

2. L'autonomie repose sur le fait que la raison, en chacun, se reconnaît dans la forme de l'universalité prescrite par l'impératif catégorique ; par là, chaque sujet se prescrit à soi-même la loi morale : c'est proprement cette capacité que combat Cousin.

3. É. Boutroux, « De l'influence de la philosophie écossaise sur la philosophie française », repr. *in* Boutroux, *Études d'histoire de la philosophie*, Alcan, 1897.

« appelaient des rapprochements continuels avec les réalités de la vie morale et sociale ; elles provoquaient la réflexion individuelle et donnaient à chacun l'espoir de faire, en observant avec méthode, quelque petite trouvaille [4] ». Aussi, poursuivait Boutroux, cet enseignement écossais qui dominait encore en 1870 suscite-t-il maintenant le souvenir ému de plus d'un père de famille se plaisant « à vanter devant les générations nouvelles, avides de science abstruse, les charmantes leçons qui ont ouvert son esprit au culte des choses morales, qui l'ont excité à penser sans le jeter dans l'indiscipline et le libertinage intellectuel ». Valorisant le « sens commun » qui permet d'affirmer qu'il existe des *croyances* primitives que l'on ne peut raisonnablement mettre en question, les doctrines écossaises revues pour les besoins du spiritualisme permettaient de refréner l'ivresse et l'orgueil que pouvait engendrer le redoutable doute cartésien.

Mais la position de Cousin est également la transposition, en philosophie, de la thèse du juste milieu de ses amis doctrinaires ; aussi la question stratégique (« Comment ne pas aller trop loin ? ») s'accompagne-t-elle d'une interrogation en sens inverse : comment aller assez loin pour combattre l'école traditionaliste ? Face à Bonald et à son disciple Lamennais (dont l'*Essai sur l'indifférence* est un prodigieux succès), il importe d'affirmer le droit de la philosophie et par là le droit du sujet pensant. Le choix *libéral* en la matière consiste à se servir de la philosophie pour combattre la politique de réaction, de refus des acquis de 1789, qui est, chez Bonald et chez le Lamennais première manière, solidaire de leur philosophie. C'est ce contexte qui peut expliquer une observation sur laquelle on aura souvent l'occasion de revenir : il n'y a pas, dans le cas français, une *philosophie du libéralisme*, à strictement parler, mais un usage, à dessein libéral, de thèses philosophiques ou empruntées aux philosophes ; on a pu de même remarquer, dans les chapitres précédents, qu'il n'y avait pas une *doctrine* libérale consistante et unifiée, mais des *prises de position* autour d'enjeux institutionnels. Prises de position auxquelles on peut, finalement, assigner un certain centre de gravité qui les ordonne en courants diversifiés [5]. Ainsi, l'usage que fait Cousin du XVIIe siècle (Fénelon, Malebranche, Bossuet) et le « retour à Descartes » qu'il conduira en France à partir de Juillet ont eu pour finalité d'objecter à l'école catholique traditionaliste qu'il y avait

4. Disposition que l'on retrouvait d'ailleurs dans l'enseignement de l'après-guerre (baccalauréat) chez les disciples d'Alain (si nous pouvons en attester notre propre expérience au lycée Henri-IV, peu avant 1968).

5. En toute rigueur, la logique philosophique (celle d'un Descartes ou d'un Kant) est d'un autre ordre, puisqu'elle doit tendre à l'unité objective et subjective de la pensée, voire au système des concepts. Elle suppose en outre un *mode du penser* (un exercice de la « lumière naturelle », disait par exemple Descartes) qui s'autonomise par rapport aux enjeux sociaux, et qui empêche la philosophie d'être une histoire des idées ou de la culture.

une « vraie philosophie chrétienne » faisant sa part à la liberté philosophique et à la liberté du sujet pensant[6] : telle semble être, en dernière analyse, la portée de la « raison impersonnelle » cousinienne. Mélange de Platon, de conceptions alexandrines, de Malebranche et de Fénelon, elle sert à attester une liberté de l'esprit mais qui ne peut s'exercer que pour l'erreur, et, avant tout, un acquiescement *nécessaire* aux vérités éternelles ; elle vise à « corriger » Descartes par Fénelon (ainsi que Fénelon lui-même en avait indiqué la voie dans son *Traité de l'existence de Dieu*).

L'ENSEIGNEMENT PHILOSOPHIQUE COMME ENSEIGNEMENT DE DOCTRINES : CHARLES BÉNARD

Si l'on veut avoir une idée de la façon dont le cousinisme s'enseignait dans les collèges, il suffit d'ouvrir un manuel comme celui de Charles Bénard, dont la première édition est de 1841[7]. Commençant par la *« psychologie »*, ou théorie de l'âme, car c'est là le point de départ de la philosophie que Cousin pense avoir trouvé chez Descartes et chez les Ecossais[8], l'ouvrage consacre ensuite deux pages à ce thème : « De l'origine des idées dans Dieu » (pp. 160-161).

On rappelle d'abord que la vraie philosophie mène un combat : « Dire que la raison ou l'entendement est la source des idées nécessaires et des vérités absolues, c'est sans doute se placer au-dessus du système grossier qui les fait dériver des sens et de l'expérience. » Voilà pour l'école de Locke et de Condillac.

Il faut ensuite donner un coup de chapeau aux sources que le spiritualisme s'est attribuées : « Dire que [les idées nécessaires] sont innées en ce sens que l'esprit les puise dans son fonds propre et qu'elles sont comme sa substance la plus intime, c'est exprimer la même vérité d'une

6. Nous suivons ici l'analyse de L. Foucher, *La Philosophie catholique en France au XIXe siècle avant la renaissance thomiste et dans son rapport avec elle (1800-1880)*, Vrin, 1955. Cf. notamment p. 156 : les raisons pour lesquelles, en 1839, Cousin et Damiron mettent le cartésianisme au concours de l'Institut. En 1842, Cousin écrit de Lamennais que sa pensée est « contraire au génie permanent du catholicisme » (cit. *ibid.*, p. 159). Voir aussi de G. A. Kelly, *The Humane Comedy : Constant, Tocqueville and French liberalism*, Cambridge UP, 1992 : développement sur Cousin, p. 155 et suiv.

7. Nous citerons d'après la 7e édition : *Précis de philosophie* (d'abord intitulé *Précis d'un cours élémentaire de philosophie*), Ch. Delagrave, 1872. Bénard, agrégé de philosophie en 1831, docteur en 1838, a traduit l'*Esthétique* de Hegel (5 vol., 1840-1851), ainsi que Schelling. Il a participé en 1863 à la restauration de l'enseignement philosophique après la phase de répression ouverte par le coup d'État. Il est une personnalité reconnue dans l'enseignement philosophique, ayant édité de nombreux ouvrages sur le cours et la dissertation en cette matière.

8. L'appellation, on le verra, vient de Maine de Biran, à qui Cousin a beaucoup emprunté : on s'élève de la psychologie à l'ontologie.

manière plus profonde. Contemporaines de l'âme, elles sont alors, suivant la belle expression de Descartes "comme le sceau de l'ouvrier empreint sur son ouvrage". Et l'on peut dire qu'elles sont non seulement innées mais *concréées* (Leibniz). »

C'est en fait un détournement de sens : Descartes n'avait utilisé l'expression citée que pour l'*idée de Dieu*, qu'il trouve en lui[9] et dont il se convainc, à l'épreuve du doute méthodique, qu'elle n'a été ni forgée par l'esprit ni reçue par l'entremise des sens.

Il s'agit ensuite de dépasser le moment cartésien qui reste frappé, dans l'école cousinienne, de l'étiquette de « scepticisme ». Il faut s'élever à Dieu, et non le démontrer comme tente de le faire Descartes : « Cependant, ce n'est pas s'élever assez haut encore. La philosophie, qui est la recherche des principes, doit remonter jusqu'au premier principe de toute connaissance et de toute vérité. C'est ce qu'elle fait par l'organe de ses plus illustres interprètes, Platon (*Rép.*, VI), Descartes, Leibniz, Fénelon, Bossuet, Malebranche[10]. Ces grands génies, en effet, n'hésitent pas à placer l'origine véritable de nos idées nécessaires dans Dieu, source et principe de toute vérité, comme à rattacher la raison humaine à la raison divine, dont elle est l'image et le reflet. »

Les philosophies sont ainsi prises comme délivrant des *résultats*, des vérités ; comme ces vérités sont détachées du processus par lequel elles sont engendrées dans l'esprit qui philosophe[11], elles deviennent des opinions, ici dogmatiquement assenées. Il faut d'ailleurs remarquer que « les opinions des philosophes » est une expression fréquente dans l'école cousinienne – ou, de façon équivalente, la « doctrine » d'un philosophe. C'est à ce titre que Jules Simon affirmera que l'école républicaine ne peut être *neutre* et que si elle ne veut pas enseigner Dieu, elle enseignera nécessairement une autre « doctrine[12] ».

---

9. C'est l'idée de l'être parfait : « Par le nom de Dieu, j'entends une substance infinie, éternelle, immuable, indépendante, toute connaissante, toute-puissante » et par laquelle, moi-même, dont j'ai la certitude de l'existence, et toutes les choses (dont je fais l'hypothèse d'existence) ont été créées (Méditation troisième). Si l'idée du parfait est la marque du Dieu-artisan dans l'homme, être imparfait, la volonté libre me fait également connaître « que je porte l'image et la ressemblance de Dieu » (Méditation quatrième).

10. Tous ces noms reçoivent en note une citation pour illustration.

11. Démarche dont Kant et Hegel, chacun à sa façon, diront qu'elle est antiphilosophique par excellence : il n'y a pas de « philosophie des résultats » et il n'y a pas de philosophie vivante sans *acte* de philosopher.

12. Voir toute la p. 121 de son *Victor Cousin* : « On a inventé, tout récemment [Jules Ferry], par respect pour les athées, un enseignement primaire qui est neutre, c'est-à-dire nul, et cela veut dire précisément un enseignement primaire qui ne comprend aucune notion philosophique ; car si la philosophie y pénètre, sous quelque forme que ce soit, adieu la neutralité, la philosophie étant par définition un corps de doctrine. » Simon ajoute que le père de famille « qui ne sait plus un mot de philosophie » devra maintenant faire « une enquête sur les doctrines du maître avant de lui confier son fils » ; et si ces doctrines étaient bonnes mais que le maître change, il devra « retirer brusquement son fils » soumis à « un maître d'opinion différente ». On sait que, selon l'idée (et parfois

La dernière étape de la rhétorique de Bénard – pour employer le terme approprié – consiste à dispenser la dose nécessaire de théologie : « Notre raison doit être éclairée par une lumière supérieure qui nous fasse apercevoir ces vérités. *Comme le soleil semble éclairer tous les corps*[13], *de même le soleil d'intelligence éclaire tous les esprits* (Fénelon, *Existence de Dieu*). Mon esprit n'est point la raison primitive, il est seulement l'organe par où passe cette lumière et qui m'est éclairé. *Il y a un soleil des esprits qui les éclaire beaucoup mieux que le soleil visible les corps* (*ibid.*). »

Cette montée fénelonienne en Dieu étant cependant trop mystique, Bénard va introduire un tempérament final. Mais l'enjeu important de l'enseignement cousinien a été atteint : la raison humaine n'a rien de personnel ou d'individuel, elle n'est que *par participation* à la raison divine[14]. Se voulant libéral au sens trivial du terme, Bénard feint de laisser le choix : « Telle est la réponse[15] que fait le spiritualisme à la question de l'origine des idées. Qu'on l'accepte entière ou qu'on s'arrête en chemin, toujours est-il que la *raison* est la vraie source de nos idées. Les idées ne sont-elles que des *formes subjectives* de l'entendement *humain* (Kant) ? Ou sont-elles les idées de la raison absolue et divine apparaissant dans la raison humaine (Platon) ? C'est à la raison elle-même à décider. »

Passons sur le contresens sur Kant (confusion entre les *idées* et les *catégories*) ou sur Platon (les idées « dans » la « raison » humaine), fréquents à l'époque ; il peut paraître étrange que l'on ait à « décider », que l'on puisse « accepter » entièrement ou « s'arrêter en chemin » : est-on en philosophie ou devant un étal de marchandises ? S'agit-il de faire son marché en matières de doctrines ? Le trait n'est pas fortuit, car dans l'école de Cousin, on se *prononce* pour des opinions qui nous conviennent davantage (et qui conviennent donc aux usages sociaux dont cette école est si soucieuse). Deux disciples de Cousin, Jouffroy et Damiron, diront même que l'on « vote » pour une thèse contre une autre.

Telle est en effet la notion du « sens commun » chez ces deux philosophes éclectiques. Pour eux, une philosophie n'est que le sens commun passé de la spontanéité à la réflexion mais qui se reconnaît plus ou moins dans son produit éminemment variable. Jouffroy écrit : « Le sens commun n'est donc autre chose qu'une collection de solutions des questions qu'agitent les philosophes : c'est donc une autre philosophie antérieure à la philosophie proprement dite, puisqu'elle se trouve spontanément au

la pratique) courante aujourd'hui encore, il vaut mieux, le jour de l'examen, ne pas « contredire les opinions du correcteur ».

13. Fénelon écrit en fait : « Comme le soleil *sensible* éclaire tous les corps... »

14. Exposé pour la première fois par Cousin dans le cours de 1818 *Sur le fondement des idées absolues du vrai, du beau et du bien*, édité en 1836 (Hachette).

15. La réponse, c'est-à-dire le résultat, qui prime sur la démarche.

fond de toutes les consciences [...]. Il y a donc deux votes sur les questions qui intéressent l'humanité, celui du vulgaire et celui des philosophes, le vote spontané et le vote scientifique, le sens commun et les systèmes[16]. »

On verra plus loin comment Damiron file la métaphore, faisant des philosophes les « représentants » et les leaders naturels des masses, qui ne peuvent que voter pour eux. Il est dès lors clair qu'il existe une « politique de la philosophie » puisque la philosophie *a un rapport direct au politique*, qu'elle mène dans l'ordre théorique une lutte pour séparer les « idées saines » (l'adjectif est fréquent) des opinions basses et erronées (le sensualisme). On ne s'étonnera pas que Marx et ses héritiers (ainsi Althusser lecteur de Lénine) aient pu puiser dans ce vivier : ainsi que l'a montré O.-R. Bloch, l'opération commence au moment de la *Sainte Famille*[17]. On peut dire que la pensée du jeune Marx (avant le moment feuerbachien et la théorie de l'idéologie) consiste à opter, à « voter » pour tout ce qui va dans le sens du matérialisme, lui-même identifié à l'arme de la classe souffrante – comme Jouffroy et Damiron optent pour la « nouvelle philosophie », arme de la politique libérale alliée au sens commun. Reprise d'un sous-produit hégélien, la conception de la philosophie comme *représentation* d'une société et des forces qui la travaillent avait de beaux jours devant elle. Cousin en a été l'accoucheur, plus spécialement dans son cours de 1828.

La visée explicitement politique du cousinisme

L'hégémonie de Cousin ne pouvait guère se cantonner à l'aire philosophique universitaire, puisque sa vocation, annoncée sous la Restauration et réalisée en Juillet, était d'apporter la conscience de soi à une France libérale en lutte contre les tentatives ultra et contre le potentiel révolutionnaire de la souveraineté du peuple. On voit Cousin inspirer la doctrine de Guizot en matière politique : ainsi que le rappelle Vacherot, il est le premier à lancer le thème de la souveraineté de la raison[18]. Guizot lui reprendra littéralement diverses formulations, comme celle-

16. Th. Jouffroy, « De la philosophie et du sens commun », 1824, repr. in *Mélanges philosophiques I*, Hachette, 1833. Ce texte est donné par S. Douailler, R.-P. Droit et P. Vermeren, in *Philosophie, France, XIXe siècle*, Livre de Poche, LGF, 1994, p. 66. Même idée chez Rémusat : « De la convocation libre de toutes les doctrines philosophiques, il doit tôt ou tard résulter un *vote* général en faveur d'une certaine doctrine qui se distinguera des autres sans en opprimer aucune » (*Essais de philosophie*, Ladrange, 1842, t. I, p. 56).

17. Cf. l'étude de O.-R. Bloch qui a établi la transcription, parfois ligne à ligne, que Marx réalise sur un manuel de philosophie du jeune Renouvier, encore lié à l'éclectisme : « Marx, Renouvier et l'histoire du matérialisme », *La Pensée*, n° 191, février 1977.

18. Avertissement, par Vacherot, pour le tome I de V. Cousin, *Cours d'histoire de la philosophie morale au XVIIIe siècle (cours de 1819 et 1820)*, Ladrange, 1839, pp. VIII-IX :

ci : « Nulle raison n'est infaillible, donc nul pouvoir absolu n'est légitime sur terre[19]. » De façon quelque peu audacieuse, voulant « dériver » la Charte de sa philosophie[20], Cousin identifie la monarchie constitutionnelle à la raison elle-même – ce que Guizot finit par penser mais évita de dire *expressis verbis*. Selon Cousin en effet, le gouvernement constitutionnel « est le premier où la Raison absolue ait été vraiment représentée ; jusque-là tous les éléments du gouvernement étaient des pouvoirs purement humains. Nous n'avons connu pendant longtemps que la souveraineté de la force ou de la volonté ; l'institution du gouvernement constitutionnel a consacré la souveraineté de la Raison[21] ».

Cette ambition d'une philosophie qui adopte un sens politique même au sein des envolées métaphysiques, Cousin ne s'en cache pas ; dans le cours de 1818, matrice de toute sa pensée ultérieure, il annonce ainsi la recherche portant sur l'idée du bien : « Nous pouvons donc poser la question en ces termes : quel est le principe moral qui, dans ses conséquences, engendre la liberté ou une politique libérale[22] ? » On verrait mal Locke écrire au début du *Second Traité*, ouvrage pourtant de pensée politique, que tout le livre vise à légitimer la *Glorious Revolution* de 1688 ; d'ailleurs, cette hypothèse a fait l'objet d'une longue controverse chez les commentateurs. De même, chez Rousseau, on discute encore de savoir quel type de régime spécifié peut avoir sa préférence à partir du *Contrat social*. Cousin n'a pas ces réserves et peut passer de l'évocation de Platon ou de Fénelon au régime de la Charte, comme il le fait dans le cours de 1818, celui de 1819-1820, et selon un geste encore renouvelé dans le cours de 1828[23].

« L'expérience avait consacré trois principes de gouvernement, le droit divin, la souveraineté du nombre, ou l'empire de la force [...]. M. Cousin invoqua le premier la souveraineté de la raison. Rien de plus simple que sa théorie, elle n'est qu'une application rigoureuse des principes posés dans sa morale ». Voir notre étude citée : « La raison politique chez Victor Cousin et Guizot » (*La Pensée politique*, n° 2, 1994).

19. Cousin, dans le *Cours d'histoire* cité, t. I, p. 306. À rapprocher du manuscrit de Guizot *De la souveraineté* (même période).

20. Le roi représente le principe d'unité, les Chambres le principe de diversité. « Voilà donc trois grands principes sociaux, principes éternels et universels, à savoir : le besoin d'ordre, le besoin de liberté et la nécessité de mettre en harmonie l'ordre et la liberté » (p. 343). Cousin déduit même les « conditions de capacité » (p. 332-333). Cela lui est aisé car « en fait, la philosophie est l'aristocratie de l'espèce humaine » (cit. donnée par G. A. Kelly, *The Humane Comedy*..., p. 156).

21. *Ibid.* (*Cours d'histoire*...), pp. 315-316. On a souvent signalé que dans son livre canonique paru sous le Second Empire, *Du vrai, du beau et du bien*, Cousin se montre très assagi. Bien qu'il regrette l'époque de la Charte (*loc. cit.* éd. de 1853, pp. 427-428), il ne parle plus en politique de souveraineté de la raison, mais de « principes éternels » comme la justice, la charité (souvenir de 1848), la liberté, l'égalité, etc. Le livre a connu plus de quinze réimpressions après sa sortie en 1853.

22. *Cours de philosophie sur le fondement [...] du vrai, du beau et du bien*, éd. cit., 30e leçon, p. 305.

23. Le cours de 1828 est édité sous le titre *Cours de l'histoire de la philosophie. Introduction à l'histoire de la philosophie*, nouvelle éd. revue et corrigée en 1841

HENRI BAUDRILLART : L'ÉCONOMIE POLITIQUE ACCUEILLE VICTOR COUSIN

Une philosophie aussi énergique et qui avait l'ambition de reprendre le projet totalisant de Hegel devait étendre son emprise sur la pensée économique. L'économie politique libérale part d'ailleurs d'une vision de l'homme qui lui paraît indispensable au titre des fondements de la science : c'était déjà le cas chez les Idéologues, notamment Destutt de Tracy[24]. Mais, précisément, l'anthropologie économique des Idéologues développait ce « sensualisme » que le libéralisme régnant veut (après Mme de Staël) combattre. Aussi voit-on une alliance s'établir entre le cousinisme et des économistes comme Baudrillart, de façon à fonder le spiritualisme en économie. Baudrillart prétend à une compétence égale en philosophie et en économie, ainsi qu'en témoignent ses diverses publications[25] : les liens entre le libéralisme politique et le libéralisme économique passaient par Victor Cousin ; ce qui n'allait d'ailleurs pas sans des contestations de frontière, comme le montre la controverse qui oppose Cousin à Dunoyer, en 1852, dans une séance à l'Académie des sciences morales et politiques[26],

(Didier). Cf. la 13e leçon, « Analyse de la Charte ». C'est ce cours de 1828, avec celui de l'année suivante, qui assura la célébrité de Cousin auprès de la jeunesse étudiante : 800 auditeurs (ou « spectateurs » si l'on pense à l'art oratoire de Cousin) le suivent avec un enthousiasme que les témoins ont souvent rapporté. Dubois écrit : « M. Cousin, debout dans la chaire, dominant tout l'auditoire, paraissait tirer des profondeurs de la méditation ses pensées, trahies seulement par le feu de son regard noir et flamboyant, montant pour ainsi dire tout armées, ou se dégageant dans le trajet, pour tomber comme des perles dans l'écrin d'une phrase accomplie » (in *Cousin, Jouffroy, Damiron*, Perrin, 1902, p. 84). L'auditoire éclatait en applaudissements aux perles cousiniennes.

24. Cf. Destutt de Tracy, *Traité de la volonté et de ses effets*, 1815, 2e éd. Veuve Courcier, rééd. Corpus des œuvres de philosophie en langue française, Fayard, 1994, texte établi par A. Deneys-Tunney et H. Deneys.

25. Baudrillart est d'abord suppléant de Michel Chevalier à la chaire d'économie du Collège de France (1852) dont il devient titulaire en 1866. Rédacteur en chef du *Journal des économistes* à partir de 1855, il publie de nombreux articles dans les revues libérales. Parmi ses ouvrages, *Études de philosophie morale et d'économie politique*, *Jean Bodin en son temps*, *Des rapports de la morale avec l'économie politique*. Nous utiliserons principalement le premier livre (Guillaumin, 2 vol., 1858). Son *Manuel d'économie politique*, où l'on retrouve beaucoup de Cousin (mais aussi de Bastiat), connaît sa première édition en 1857. *Last but not least*, Baudrillart réédite la traduction de la *Théorie des sentiments moraux* d'Adam Smith, due à la veuve de Condorcet, en la truffant de notes « spiritualistes » (Guillaumin, 1860).

26. Prétendant faire de l'économie politique la science totalisante, notamment grâce à une théorie des « biens immatériels », Dunoyer voulait l'émanciper de la philosophie. Cette même année, en bon cousinien, Baudrillart mène la contre-offensive à l'égard de Dunoyer, dans son fief du Collège de France. Les échanges avec Cousin et Michel Chevalier sont reproduits dans les *Notices d'économie sociale* de Dunoyer, sous le titre : « Des limites de l'économie politique ».

ainsi que la politique de louvoiement que doit adopter Michel Chevalier[27].

En 1850, dans la *Revue des deux mondes*, Baudrillart publie une longue étude sur Cousin, reprise ensuite dans ses *Études de philosophie morale et d'économie politique* : « Du rôle de la philosophie à l'époque présente. Philosophie morale de M. Victor Cousin ». Alors que le pouvoir institutionnel de Cousin est fortement affaibli, à la suite de la révolution de Février, Baudrillart veut montrer que le maître de l'éclectisme spiritualiste incarne parfaitement la mission sociale de la philosophie, son « rôle » comme le précise le titre. Il nous livre ainsi sans mystère la clef du cousinisme, du point de vue d'un économiste qui entend défendre l'ordre social après les dangereuses utopies de 1848. Grâce à une telle démarche, où le pragmatisme joue un grand rôle, on peut apporter une confirmation sur ce que nous avons appelé le choix stratégique de Cousin dans sa vision de la liberté, mais aussi se préparer à comprendre ce qui a opposé Cousin à Maine de Biran, véritable penseur du *sujet*, ou à la conception de Smith, théoricien de l'organisation sociale par le jeu des passions. On constate que c'est l'idée cousinienne de la *raison*, et de l'assujettissement de la liberté à la raison, qui a rempli la fonction recherchée : un usage de la philosophie aux fins du libéralisme, du moins celui qui domine sous Juillet.

Baudrillart mène une opération publicitaire ou propagandiste : il tente de convaincre les conservateurs qu'on ne doit pas renoncer à la philosophie, parce qu'elle est une force de stabilité : « Les ennemis de la philosophie ont beau faire. Entre eux et le principe particulier qu'ils évoquent, *intérêts, religion, autorité, instinct conservateur*, ils retrouvent toujours en tiers la raison moderne », c'est-à-dire issue de trois siècles de philosophie. Ce que Juillet a accompli – d'une part mettre l'Université au pouvoir, favoriser la philosophie d'autre part – reste une idée à retenir : « On conteste cette solidarité du bon sens d'un peuple, de sa science et de sa philosophie. C'est cette solidarité que nous revendiquons. » La philosophie, en effet, pénètre dans les masses, nourrit le bon sens, stimule les sciences : « N'y aurait-il donc pas un peu de légèreté et d'oubli à négliger, à dédaigner cette puissance qui modifie tout le reste ? » Dès que nous parlons droit, liberté, devoir, justice, « que faisons-nous, sinon remuer le fonds essentiel de la philosophie » ?

Il est vrai qu'il y a une bonne philosophie – aujourd'hui c'est le spiritualisme –, et une mauvaise qui est matérialiste, sceptique, pan-

---

27. Sur cette polémique et les enjeux tant politiques que disciplinaires pour l'économie politique, voir l'excellente étude de Corinne Delmas : « D'une autonomisation au sein de l'Académie des sciences morales et politiques », in *Victor Cousin homo theologico-politicus*, éd. cit. La question de la subordination de l'économie à la morale, et par là au spiritualisme, hante constamment les débuts difficiles de la « science » économique au XIXe siècle, comme le montre l'auteur (qui ne mentionne cependant pas Baudrillart).

théiste : « Cette philosophie peut s'appeler la philosophie des appétits, la philosophie de la chair. » Or Victor Cousin représente le spiritualisme dans toute sa force, qui vient réparer les destructions que le XVIIIe siècle a engendrées parce que ce siècle a suivi le précepte dangereux de Descartes[28]. Enfin Cousin vint : « M. Cousin eut promptement le sentiment de la mission élevée et conciliatrice de la philosophie nouvelle. Le rôle de cette puissance, dans l'idée qu'il s'en formait, devait être à la fois conservateur et libéral. [...] D'une puissance qui avait été le plus actif des dissolvants, il comprit qu'il était possible de faire, en y ajoutant le caractère moral qui lui manquait, une force sociale de plus. »

Comment l'éclectisme sera-t-il à la fois conservateur et libéral alors que, de l'aveu de Baudrillart, il y a là pour le moins une tension à gérer ? Autrement dit – ce n'est que suggéré –, comment faire pour que le libéralisme ne soit pas libéral et révolutionnaire, comme il l'a été en 1789, puis sous la Restauration avec l'alliance des « indépendants » de Benjamin Constant et des bonapartistes ou des *Carbonari*, et encore en 1830[29] ? Eh bien, la méthode de Victor Cousin, si on l'avait bien comprise, permettait de circonscrire les prétentions anarchiques de l'individualité : « Il lui parut que [cette puissance philosophique] était en mesure de tirer de son propre sein ces règles et lois supérieures à l'individu, dans le cercle desquelles doit se mouvoir l'activité humaine, sous peine d'aller d'erreur en erreur. » Tirer de son propre sein : il s'agit de la « méthode psychologique » par laquelle la conscience, se consultant elle-même, s'aperçoit qu'elle ne produit pas la vérité mais la reçoit, et qu'elle ne fait que réfléchir en elle-même une raison impersonnelle qui l'habite[30]. Elle est libre, puisqu'elle se saisit elle-même indépendamment de la sensation et de l'univers matériel, mais elle est tributaire, pour la

28. C'est-à-dire « ne rien admettre que sur la foi de la raison » (p. 147). Comme on le voit encore chez Rémusat (dans les *Essais de philosophie*), Descartes est à la fois un fondateur et un danger. Il porte la responsabilité de l'esprit destructeur du XVIIIe siècle. Dans cette école, la Révolution est presque plus « la faute à Descartes » que la faute à Rousseau. Mais comme 89 a son bon côté, Descartes retrouve sa part de légitimité. Sur la complexité du rapport entretenu avec Descartes, voir l'étude de F. Azouvi, « Descartes », in *Les Lieux de mémoire*, sous dir. P. Nora, Gallimard, 1984, t. III.

29. Il faut rappeler que, sous la Restauration, Victor de Broglie doit employer ses énergies à plusieurs reprises à sauver son beau-père comploteur, Voyer d'Argenson, des poursuites policières (cf. ses *Souvenirs*), et que Cousin est très vraisemblablement *carbonaro*. Le libéralisme est, surtout après 1820, lié pour un temps aux sociétés secrètes.

30. Dans le cours de 1828, Cousin affirmait : « La vérité en elle-même est aussi indépendante de la raison, dans son état actuel, que la raison est en elle-même indépendante de l'homme en qui elle apparaît » (éd. cit., p. 133). Et, dans le même esprit : « Il n'y a rien de moins individuel que la raison » (p. 130). Le thème est abondamment orchestré par le disciple Francisque Bouillier dans *Théorie de la raison impersonnelle*, Joubert, 1844. Il écrit dans sa préface que cette conception est « le lien qui unit toute l'école éclectique, elle est le centre auquel tout vient aboutir » (p. IV). Grâce à elle, Cousin a pu opposer « une digue invincible au scepticisme sorti de l'école de Kant » (*ibid.*).

connaissance, de la raison présente en elle, sous elle, et qui procure « l'aperception spontanée de la vérité ». Grâce à ces philosophèmes, Cousin a rempli une tâche capitale : « Appuyer pour la première fois la cause de 89 sur un spiritualisme net et savant. » L'erreur des Idéologues et de toute l'école de Condillac fut de croire appuyer cette cause sur la philosophie de la sensation. Baudrillart cite à ce propos les conclusions du premier cours de Cousin, en 1815 : « Nous voulions être libres avec la morale des esclaves. Non, la statue de la liberté n'a point l'intérêt pour base, et ce n'est pas à la philosophie de la sensation et à ses petites maximes qu'il appartient de faire les grands peuples. Soutenons la liberté française encore mal assurée et chancelante au milieu des tombeaux et des débris qui nous environnent, par une morale qui l'affermisse à jamais » (p. 419).

Baudrillart a bien repéré la reprise et la répétition par Cousin de la *rupture* entre Mme de Staël et les Idéologues (voir le début de cet ouvrage), rupture que Cousin reconduit vis-à-vis de Laromiguière[31]. Mais l'élément médiateur pour ce « démarrage » de Cousin fut Royer-Collard, introducteur de la philosophie écossaise du sens commun, pénétrée de religiosité. L'école écossaise en philosophie (qu'il faut distinguer des économistes philosophes comme Smith ou Ferguson) sert à contester aussi bien Descartes que l'idéologie. Cousin supplée Royer-Collard dans la chaire d'histoire de la philosophie moderne de 1815 à 1820, tout en enseignant aussi à l'École normale où il a commencé comme répétiteur de littérature, préparant une thèse sur Thucydide[32]. Il apparaît que c'est Royer-Collard qui a « jeté » le jeune Cousin dans la philosophie et lui a donné la consigne de rompre avec Laromiguière.

Baudrillart reste mesuré sur la valeur des citations qu'il donne à propos de la fameuse raison impersonnelle. De tels passages risqueraient d'effaroucher les libéraux conservateurs auxquels il s'adresse. Il cite notamment une préface de Cousin aux *Fragments philosophiques* : « Cette raison descend de Dieu et s'incline vers l'homme [...]. Si la raison était toute personnelle, elle serait de nulle valeur et sans aucune autorité hors du sujet et du moi individuel. La raison est donc à la lettre une révélation, une révélation nécessaire et universelle, qui n'a manqué à aucun homme et a éclairé tout homme à sa venue en ce monde : *Illuminat omnem hominem venientem in hunc mundum* » (p. 433)[33].

Mais là n'est pas l'important, explique Baudrillart, car « ce qui dis-

31. Cf. sur ce point le livre d'un laromiguiériste du XXe siècle : Prosper Alfaric, *Laromiguière et son école*, Les Belles Lettres, 1929.

32. Sur ces commencements de Cousin, voir l'étude de J.-P. Cotten in *Victor Cousin, les Idéologues et les Écossais*, éd. cit., pp. 122-126.

33. La citation de saint Jean est très courante à l'époque, elle autorise un certain usage de Malebranche (vision en Dieu) chez les doctrinaires (Rémusat notamment) et chez les éclectiques.

tingue entre toutes les autres doctrines, même spiritualistes, la doctrine de M. Cousin, c'est un vif sentiment de la personnalité humaine ». Tel est le point capital : Locke, Condillac, n'ont pas ce sentiment[34], et leur philosophie conduit au mieux au théisme, au pire au panthéisme. Le moi, la personnalité libre comme agent moral mais tributaire dans l'ordre de la connaissance de la raison divine, voilà pour Baudrillart les *résultats* qui comptent, puisque la philosophie a pour fonction d'apporter des opinions, c'est là sa « puissance ».

Au contraire, la philosophie de la sensation produit de mauvais résultats : « Point de principes absolus, point de justice naturelle, point de vérité antérieure aux conventions humaines ; le raisonnement né de la sensation façonnant seul la société : de là en politique l'idée d'un contrat purement artificiel, toujours révisable ; [...] en un mot, un monde factice, que l'homme peut changer, puisqu'il l'a créé. Voilà comment, sans le vouloir et sans s'en douter, l'abbé de Condillac produit logiquement toute l'école révolutionnaire » (pp. 438-439).

D'où le deuxième « résultat », particulièrement important pour l'économiste Baudrillart : il y a un ordre *naturel* de la société que les principes d'autorité présents dans la philosophie de Cousin excellent à consacrer. Si le sujet économique jouit du libre arbitre, il lui faut cependant s'insérer dans des rapports économiques qui lui préexistent et s'imposent irréversiblement à lui ; la relation de contradiction est développée chez un autre économiste d'esprit spiritualiste, Bastiat, notamment dans les *Harmonies économiques*.

Enfin, le troisième résultat notable du cousinisme c'est qu'il rend possible le gouvernement des masses, ce que Guizot désignera comme gouvernement des esprits : on retrouve cette *laïcité spiritualiste*, dont on a vu toute l'importance dans la controverse sur l'Université. Cousin, écrit Baudrillart, a su réorganiser l'enseignement de la philosophie en conformité avec la doctrine qu'il avait fondée : « Un spiritualisme décidé fut enseigné d'un bout à l'autre de la France et une morale honnête prêchée à la jeunesse » (p. 46). Cet enseignement a été, certes, attaqué : Baudrillart ne veut pas polémiquer, mais il se doit de rappeler le bénéfice qu'il procure : « La société laïque, par la diffusion des grandes vérités métaphysiques et morales démontrées par la raison, prouve en outre qu'elle n'abdique point sa part de pouvoir spirituel. » Il s'agit bien du « pouvoir spirituel », revendiqué aussi par Auguste Comte, mais sur de tout autres bases philosophiques[35].

---

34. Affirmation directement contraire à ce qu'écrit en fait Locke dans l'*Essai philosophique concernant l'entendement humain*.

35. Dans ses *Considérations sur le pouvoir spirituel* (1825), Comte écrivait : « Le pouvoir spirituel a pour destination propre le gouvernement de l'opinion, c'est-à-dire l'établissement et le maintien des principes qui doivent présider aux divers rapports sociaux » (*in* Comte, *Du pouvoir spirituel*, publ. par P. Arnaud, « Pluriel », 1978, p. 301).

En résumé, le moi, le caractère naturel de l'ordre social, le pouvoir spirituel : Cousin est, selon Baudrillart, le refondateur du libéralisme, un libéralisme dont la face politique et le versant économique ne peuvent être disjoints sans péril. À constater le succès que le spiritualisme de Cousin va continuer à avoir, et la façon dont il se diffuse jusque dans les années 1870[36], on peut se demander *pourquoi* le libéralisme français devait en passer par ces idées[37] : en quoi le cousinisme, douchant les intempérances de l'individualisme redouté, était-il la doctrine (ou la pseudo-philosophie) le mieux appropriée ? Sans doute les affinités entre cette conception et une partie des doctrines économiques du moment peuvent-elles éclairer une tendance de la culture politique française : la distinction des deux libéralismes (en politique et en économie) est ici à relativiser. C'est ce qu'il faut examiner, avant d'en revenir à la question du sujet chez Cousin pour l'étudier dans sa logique interne.

Il est intéressant de rappeler que la conception de la « corporation savante » dans cet écrit a notamment pour fonction de lutter contre la prépondérance des intérêts matériels valorisés par les *économistes*.

36. Époque où Renouvier et *La Critique philosophique* l'attaquent explicitement d'un point de vue à la fois libéral et républicain. Sur les continuateurs (tels que Jules Simon) voir l'ouvrage de W. Logue, *From philosophy to sociology. The evolution of French liberalism, 1870-1914*, De Kalb, Northern Illinois University Press, 1983.

37. « Devait » de son point de vue et en réponse à des contraintes très fortes : nous ne suggérons pas ici un déterminisme ou une dynamique interne des idées.

CHAPITRE II

Un fil conducteur, l'économie politique providentialiste

« Euclide est un véritable despote, et les vérités géométriques qu'il nous a transmises sont des lois véritablement despotiques. »

MERCIER DE LA RIVIÈRE,
L'Ordre naturel des sociétés politiques.

Il faut entrer dans le domaine de la théorie économique de façon à mieux prendre la mesure d'une tendance du libéralisme français : sa recherche obstinée d'un ordre naturel, et même providentiel, qui ne fait pas abstraction de l'individu mais le soumet à la loi et à la science de la *nécessité*, dès lors que cet individu est reconnu chercher le maximum de satisfactions. Ce fil conducteur, qui chemine des physiocrates à Bastiat en passant pour partie par les Idéologues, par Dunoyer (l'école industrialiste), trouve dans le cousinisme philosophique un supplément d'âme précieux. Car la raison impersonnelle de Cousin répète la nécessité du vrai et du bien que les uns cherchent dans l'« ordre naturel » et l'harmonie générale des intérêts, les autres dans la participation de la conscience à une raison et une vérité qu'elle « ne fait pas ». On ne saurait ici retracer l'ensemble des doctrines économiques, il faut se borner à signaler les analogies, les schémas de raisonnement les plus significatifs[1]. C'est surtout la conjoncture physiocratique qui est éclairante comme *terminus a quo*, et l'on pourra s'aider de la réinterprétation récente donnée par Catherine Larrère, qui fournit nombre d'éléments utiles[2].

1. Cette analyse retrouve des tensions et des contradictions dégagées par A. Vachet, *L'Idéologie libérale*, Anthropos, s.d. [1970].
2. C. Larrère, « Malebranche revisité : l'économie naturelle des physiocrates », *Dix-Huitième Siècle*, n° 26, 1994, pp. 117-138.

François Quesnay ou l'individualisme ployé à la nécessité

L'étude de C. Larrère montre parfaitement qu'il y a une conception individualiste de l'économie chez les physiocrates – ce qui avait été contesté du fait de l'insistance sur les « lois naturelles » des sociétés –, mais que l'individu concerné n'a d'autre choix que de s'inscrire dans une globalité sociale. Il ne se détache pas de la nature pour exercer sur elle un mode d'appropriation et de transformation (selon le modèle du *travail* que l'on trouve longuement développé dans la philosophie de Locke), mais s'y inscrit et se soumet à ses conditions. Pour se borner ici à Quesnay, le modèle guidant ce dernier est emprunté à Malebranche ; non seulement pour la théorie de l'*évidence* (notion à laquelle Quesnay consacre un article célèbre de l'*Encyclopédie*) mais surtout pour l'idée d'un monde physique que Dieu gouverne selon les voies les plus simples, les plus générales et pour le plus grand bien. Lorsqu'il réutilise les lois cartésiennes du *mouvement*, Malebranche en fait l'expression de la Providence dans l'ordre physique : « Ce qu'on appelle Nature, écrit-il, n'est rien autre chose que les lois générales que Dieu a établies pour conserver son ouvrage par des voies très simples, par une action toujours uniforme, constante, parfaitement digne d'une sagesse infinie et d'une cause universelle[3]. »

Quesnay, de son côté, ne garde que le seul ordre de la nature pour abandonner celui de la grâce, développe une théologie purement naturelle et conçoit l'action de l'homme comme la recherche de la plus grande jouissance possible « à raison de ce que l'on s'attache à l'observation des meilleures lois possibles qui constituent l'ordre le plus avantageux aux hommes réunis en société[4] ». Si l'individu est d'un esprit éclairé, s'il fait « un bon usage de sa liberté », il comprendra que c'est là l'unique façon de réaliser son droit naturel – défini par Quesnay « le droit que l'homme a aux choses propres à sa jouissance ». Il existe certes dans le monde social, dans l'application des lois politiques au mode économique, des « dérèglements » (terme repris à Malebranche, comme le montre C. Larrère), mais ceux-ci proviennent toujours d'une « violation de l'ordre » : soit par l'ignorance des individus, soit par la sottise des gouvernements. Dans un passage remarquable[5], Quesnay explique que le mal n'a aucune base de réalité naturelle ; pour ce qui est de l'*inégalité*

3. Ce passage du *Traité de la nature et de la grâce* est cité par C. Larrère (*op. cit.*, p. 121).

4. Quesnay, article « Droit naturel », repr. *in* Quesnay, *Physiocratie*, publ. par J. Cartelier, Garnier-Flammarion, 1991, pp. 85-86.

5. « Droit naturel », éd. cit., p. 75.

dans l'accès aux jouissances[6], elle « n'admet ni juste ni injuste dans son principe ; elle résulte de la combinaison des lois de la nature ; et les hommes ne pouvant pénétrer les desseins de l'Être suprême dans la construction de l'univers, ne peuvent s'élever jusqu'à la destination des règles immuables qu'il a instituées pour la formation et la conservation de son ouvrage ».

Les hommes devraient savoir que *tout se fait selon l'ordre* ; que « la pluie qui incommode le voyageur fertilise les terres[7] » ; d'ailleurs on peut utiliser le calcul, et l'on découvrira que le mal engendré par certaines causes « résulte nécessairement de l'essence même des propriétés par lequelles elles opèrent le bien ». Grâce au calcul économique (comme le fameux *Tableau économique*), réintroduisant la rationalité là où un moralisme superficiel développe la déploration[8], chacun devrait se persuader que les faits négatifs ne sont que « des lois obligatoires pour le bien ». Il ne s'agit donc que de faire un usage éclairé de notre liberté, essayer par notre prudence d'éviter le mal. Ce n'est pas Dieu qui est responsable du mal, par les lois physiques qu'il a instituées[9] : « Si un gouvernement, écrit Quesnay, s'écartait des lois naturelles qui assurent les succès de l'agriculture, oserait-on s'en prendre à l'agriculture elle-même de ce que l'on manquerait de pain ? »

Et l'individu dans ces conditions ? S'il est responsable du mal qu'il peut introduire (par « dérèglement »), il n'est *jamais responsable du bien*, puisqu'il vit dans un monde qu'il n'a pas fait. Selon Dupont de Nemours, « l'homme ne peut pas plus créer et constituer l'ordre naturel qu'il ne peut se créer lui-même[10] ». Ou, comme dira encore Dupont dans sa controverse épistolaire de 1815 avec J.-B. Say : « Dieu seul est producteur[11]. » Dans ces conditions, le travail ne consiste pas dans une oppo-

---

6. Sur le lien possible entre droit naturel et inégalité, cf. L. Jaume, *Les Déclarations des droits de l'homme*, textes préfacés et annotés, Garnier-Flammarion, 1989, p. 67 et suiv.

7. Nouvelle formule reprise à Malebranche.

8. De même que le moralisme *janséniste* avait introduit en économie la condamnation de l'intérêt personnel, de la concupiscence – laquelle est en réalité à sa place dans l'ordre ; voir à ce propos la discussion que mène C. Larrère sur le livre de J.-C. Perrot, *Une histoire intellectuelle de l'économie politique*, Éd. de l'EHESS, 1992.

9. Et ce n'est pas non plus la science économique : tout au long du XIXe siècle, et notamment contre les écoles soit catholiques soit socialistes, les théoriciens devront défendre l'économie politique de l'accusation d'apologie de l'égoïsme, de la cupidité et de l'injustice. On arrive ainsi aux *Harmonies* de Bastiat. Mais, comme on le verra, Sismondi porte un sérieux coup à l'optimisme libéral.

10. Citation donnée par C. Larrère, tirée du livre *Despotisme de la Chine*.

11. On est très proche de Cousin, du fait du contexte malebranchiste qui sert de modèle analogique. La raison, explique Bouillier, étant Dieu lui-même, ne peut commettre l'erreur. Il cite alors Malebranche : « C'est une impiété de dire que cette raison universelle à laquelle tous les hommes participent, et par laquelle seule ils sont raisonnables, soit sujette à l'erreur ou capable de nous tromper. Ce n'est point la raison de

sition de l'homme à la nature, à travers laquelle il tenterait de lui imprimer son empreinte ; le travail s'établit par soumission aux lois de la nature : d'ailleurs, les bœufs et les chevaux travaillent mieux que les hommes [12]. Il faut dire que c'est la nature qui travaille à travers l'homme, simple cause occasionnelle de l'universelle transmission du mouvement – tout de même que, chez Malebranche, lorsque je veux remuer mon bras, « il n'y a que Dieu qui le puisse et qui le sache remuer ». Thèse d'autant plus intéressante que chez Maine de Biran, dans la constitution d'une philosophie du sujet, c'est précisément le sentiment de l'effort résultant de la motilité volontaire qui est le moyen par lequel je m'appréhende comme moi et comme intériorité [13] ; Malebranche fonctionne dans la philosophie du XIXe siècle comme un point d'appui qui est interprété contradictoirement, mais plutôt dans le sens du refus d'une théorie du sujet [14].

Le libéralisme économique des physiocrates est caractéristique d'une direction prise par le libéralisme français, par opposition à celui de J.-B. Say. Le « Laissez-faire, laissez-passer », dont ils ont forgé la formule, suppose un souverain puissant en politique (le fameux « despotisme légal » ou « autorité tutélaire » dont se moquait Turgot, en disciple indépendant), ainsi qu'un individu réhabilité dans sa *liberté* – mais en tant que celle-ci consiste exclusivement dans le droit aux jouissances que l'individu peut atteindre. Le souverain comme l'individu ne créent rien, ils sanctionnent un ordre providentiel ; s'ils prétendaient créer, s'ils croyaient qu'il y a de l'indéterminé, ils manifesteraient un fantôme d'indépendance, pour ne produire que l'erreur et le mal. Comme le courant dominant du libéralisme *politique*, ceux que l'on a appelés les Économistes ont mis la figure de l'État au centre de leur vision. Il est vrai que c'est un État singulièrement modeste. On rappellera la définition du monarque chez Quesnay : « Autorité tutélaire établie par la société pour la gouverner par des lois positives, conformément aux lois naturelles qui forment décisivement et invariablement la constitution de l'État » (*Despotisme de la Chine*). Curieux despote, indispensable, qui ne peut

l'homme qui le séduit, c'est son cœur » (*in* Bouillier, *Théorie de la raison impersonnelle*, p. 242).

12. C. Larrère, étude cit., p. 133.

13. Inversement, dans sa critique de Biran, Taine objecte que nous ne percevons pas l'application de la conscience sur le muscle ; ce n'est que « par une induction lente que nous découvrons la liaison de nos résolutions morales et de nos mouvements physiques » (*Les Philosophes classiques du XIXe siècle*, Hachette, 11e éd., 1912, p. 76). Dans toute cette période, la conscience de soi du sujet est bien l'enjeu majeur, et Taine ne cache pas qu'il préfère Condillac, les Idéologues et Laromiguière à Biran : la méthode de Condillac « est un des chefs-d'œuvre de l'esprit humain » (*ibid.*, p. 17).

14. C'est le cas également de Fénelon, autre auteur clef de l'époque. Il faut rappeler que Biran redevient fénelonien et quiétiste à la fin de sa vie, lorsqu'il réfléchit sur la passivité de l'âme sous l'action de la grâce.

commettre que le bien dès lors qu'il est savant[15]. Il réalise proprement la *souveraineté de la raison*, dans la transparence du politique à l'ordre social.

On comprend comment, à sa façon, Victor Cousin peut retrouver cette conception qui prétend poser la liberté tout en la supprimant – car c'est l'individu qui se trouve neutralisé : il dira que la vérité est pure nécessité, donnée dans l'« aperception spontanée » de la raison, qui se fait en nous et sans nous, tandis que l'erreur réside dans le moi, dans l'opération de « réflexion » par laquelle il se constitue. Le « gouvernement de la vérité » tel qu'on l'a vu chez Guizot, fort proche de l'évidence chère aux physiocrates, partage le même dogmatisme. Ce libéralisme dogmatique – si l'on peut dire – est aux antipodes de la conception probabiliste et pluraliste que l'on trouve chez un Locke, chez un Hume ou chez Adam Smith. Ainsi que l'observe très justement Catherine Larrère, « ce qui en Angleterre est le discours moral d'un individu privé apparaît en France comme le discours politique d'une monarchie réglementaire » (p. 127). Pour une part, les physiocrates ébranlent ce modèle en ce qu'ils réhabilitent l'intérêt particulier, mais en définitive ils s'y inscrivent encore en excluant toute pensée du *lien interindividuel*, toute consistance de la société civile – alors que c'est peut-être la question majeure des Anglais et des Lumières écossaises.

Baudrillart, on ne s'en étonnera pas, fait un grand éloge de Quesnay[16]. Il l'oppose à Adam Smith qui s'est fondé sur le sentiment (la sympathie) : « or quoi de plus mobile, de plus contradictoire que le sentiment ? » Quesnay a pris soin de requérir l'évidence rationnelle, qui, elle, ne trompe pas ! Certes, il s'est illusionné dans son utopie du despote bien intentionné, mais au moins a-t-il fondé la fraternité (!) qui réside dans « l'harmonie des intérêts ». Et, en tant que « philosophe de l'économie politique », c'est grâce à ses principes que « la science moderne poursuit sa double guerre contre un protectionnisme égoïste qui semble insou-

15. Quant à la puissance législative (qu'on ne peut séparer de l'exécutive), elle a son origine « dans la volonté du créateur et dans l'ensemble des lois de l'ordre physique le plus avantageux au genre humain » (cf. *Physiocratie*, éd. cit., texte donné par J. Cartelier, p. 55).

16. Alors que souvent la physiocratie était présentée comme une tentative malheureuse, une secte qui avait cru que la terre était la seule source de la richesse (selon la fameuse théorie du « produit net »). On trouve une réhabilitation assez comparable dans l'ouvrage déjà cité de Xavier Treney, *Les Grands Économistes des* XVIII*e et* XIX*e siècles* (Alcide Picard et Kaan, s.d.), qui reflète assez bien, dans ses morceaux choisis et dans les notices, l'opinion libérale de la fin du XIXe siècle. La grande référence était la *Collection des principaux économistes*, chez Guillaumin. Outre Rossi, l'économiste le plus réputé est Adolphe Blanqui, qui passe des thèses libérales à des options socialisantes après 1848 et qui, de ce fait, se marginalise. Son *Histoire de l'économie politique en Europe* (1837, plusieurs fois rééditée et corrigée) est plutôt décevante. Pour une synthèse récente, voir *L'Économie politique en France au* XIX*e siècle*, sous dir. Y. Breton et M. Lutfalla, Economica, 1991.

cieux de la justice et de la liberté, et contre un socialisme insensé qui ne les invoque que pour les outrager ou les mettre aux prises[17] ». Pour Baudrillart, à quelques erreurs près, la physiocratie est le libéralisme vrai. C'est dire combien prudente et limitée est la vision du développement capitaliste dans ce courant éclectique et spiritualiste. On en aura une autre confirmation lorsqu'on verra Cousin discuter, en chaire, Adam Smith[18].

FRÉDÉRIC BASTIAT : LES *HARMONIES ÉCONOMIQUES*

Dans la lignée des économistes providentialistes, Bastiat tient une place majeure ; non seulement il a lutté en politique pour la liberté des échanges, que le libéralisme gouvernant n'accordera pas et qu'un pouvoir autoritaire issu du coup d'État parviendra seul à imposer aux négociants et aux industriels, mais il a donné dans ses divers écrits, souvent pamphlétaires[19], une formulation en quelque sorte extrême à la thèse de l'harmonie des intérêts, à la critique de tout ce qui intervient « artificiellement » contre l'ordre naturel. Plus d'une thèse physiocratique (sans le « despotisme légal ») reparaît dans les ouvrages de Bastiat. Son ouvrage posthume, *Harmonies économiques*[20], reprend à Cousin la définition de l'homme – « une force libre » – et entend démontrer la nécessité à laquelle cette force se trouve soumise, pour son plus grand bien, si, comme chez Quesnay, elle fait un bon usage d'elle-même.

Dans son introduction, « À la jeunesse française », Bastiat explique qu'il prend la plume contre les socialistes[21]. Ces derniers, tout comme l'école catholique, ont cru à l'antagonisme des intérêts, et par là ils ont eu la tentation de recourir à la contrainte. Pour Bastiat, qui aime les antithèses, les choses sont simples : « Dans le premier cas [sa propre

17. Baudrillart, *Études de philosophie morale*, éd. cit., t. II, p. 529. On remarquera que Napoléon III va lui aussi mener cette double guerre, comme instaurateur du libre-échange et comme « empereur des ouvriers » : serait-ce le bon despote enfin trouvé ?

18. Mais, comme toujours, *Le Globe*, sous la Restauration, avait fait entendre sa différence, notamment par la plume de Duchâtel : éloge du laisser-faire, mais aussi de Malthus, acceptation des inégalités comme rançon du développement. Cf. J.-J. Goblot, *La Jeune France libérale*, pp. 310-325.

19. Né en 1801, Bastiat ne commence à écrire qu'en 1844 (*Journal des économistes*), pour une ascension dès lors foudroyante ; rendu célèbre par son livre sur Cobden et par la fondation de l'Association pour la liberté des échanges, député sous la Constituante en 1848 puis sous la Législative, il meurt en 1850 sans avoir achevé l'œuvre maîtresse, les *Harmonies économiques*. En six ans, Bastiat écrit ou édite plus de sept ouvrages. On lira plusieurs de ses textes vifs et impertinents dans le recueil publ. par Pierre Manent, *Les Libéraux*, t. II.

20. Édité sur la base d'une révision des manuscrits au tome VI des *Œuvres complètes*, Guillaumin. Nous citons d'après la 8ᵉ éd., 1881.

21. Ce manuscrit, rappelons-le, est du lendemain de la révolution de Février.

conception], il faut demander [la solution] à la Liberté ; dans le second, à la Contrainte. Dans l'un, il suffit de ne pas contrarier ; dans l'autre il faut nécessairement contrarier » (p. 2). Contre le « scepticisme » régnant, Bastiat affirme ce qu'il appelle sa « foi scientifique et raisonnée ». Son credo développe une théologie naturelle : « Je crois que celui qui a arrangé le monde matériel n'a pas voulu rester étranger aux arrangements du monde social. [...] Je crois que sa providence éclate au moins autant [...] dans les lois auxquelles il a soumis les intérêts et volontés que dans celles qu'il a imposées aux pesanteurs et aux vitesses » (p. 21).

Comme dans la physiocratie d'esprit malebranchiste, la société est réglée avec la même précision que le cours des astres et la chute des corps. Aussi, la déclaration de Droz, économiste chrétien, est-elle absurde : « Le but de l'économie politique est de rendre l'aisance aussi générale que politique. » Thèse absurde, car « que dirait-on de M. Arago s'il ouvrait ainsi son cours : "Le but de l'astronomie est de rendre la gravitation aussi générale que possible"[22] ? »

On peut se demander dès lors quelle place reste pour la liberté humaine. Il est vrai, répond Bastiat, que les hommes agissent « sous l'influence du libre arbitre. Mais il y a aussi en eux une force interne, une sorte de gravitation ; la question est de savoir vers quoi ils gravitent ». Est-ce vers le mal ? Alors il n'y a pas de remède. « Si c'est vers le bien, voilà le moteur tout trouvé : la science n'a pas besoin d'y substituer la contrainte ou le conseil. Son rôle est d'éclairer le libre arbitre, de montrer les effets des causes, bien assurée que sous l'influence de la vérité, le bien-être tend à devenir aussi général que possible. » Apparemment, le résultat n'est-il pas le même que celui que Droz donnait à la science ? La différence est que dans ce dernier cas il s'agissait d'intervenir, de créer des moyens artificiels ; dans la thèse de Bastiat, il suffit de connaître l'ordre tel qu'il est, de *déclarer* l'état de choses. Ce qu'il appelle « libre arbitre » n'est en fait que la connaissance de la nécessité : le spiritualisme économique résorbe la dualité au moment même où il la pose[23]. Comme dans l'économie physiocratique et comme dans la philosophie de Cousin, la cible est l'individualisme excessif qui méconnaît l'ordre providentiel : « Nous croyons à la liberté parce que nous croyons à l'harmonie universelle, c'est-à-dire à Dieu. [...] Du point de vue de l'athée, il serait absurde de dire : *laissez faire* le hasard ! Mais nous, croyants, nous avons

22. Le propos est repris par Baudrillart, *Manuel d'économie politique*, éd. cit., p. 20. Il le rapproche d'un autre de Sismondi qui, dans ses *Principes d'économie politique* (1819, puis 1827), refuse précisément de croire à des lois économiques purement objectives. Voir plus loin sur Sismondi.

23. Bastiat admet que « le libre arbitre implique l'erreur comme possible et à son tour l'erreur implique la souffrance comme son effet inévitable » (p. 600). Le socialisme supprime le libre arbitre dans la mesure où il veut éradiquer le mal : « Dans la société artificielle telle que l'invente un organisateur, le mal ne peut paraître. »

le droit de crier : *laissez passer* l'ordre et la justice de Dieu ! [...] Et la liberté ainsi comprise n'est plus l'anarchique déification de l'individualisme ; ce que nous adorons, par-delà l'homme qui s'agite, c'est Dieu qui le mène[24]. »

Mais Dieu est-il responsable du mal économique ? Non, car il existe ce que Bastiat appelle la « responsabilité », « système complet de peines et de récompenses *fatales* » (p. 602). À force d'éprouver les conséquences de ses actions, à force d'ignorance punie, l'homme en vient à prévoir, donc à progresser et à trouver la voie du bien. Du coup, il faut dire que le mal a une « mission », qu'il se providentialise : « Il a une mission qui est de détruire sa propre cause, de se limiter ainsi lui-même, de concourir à la réalisation du bien, de stimuler le progrès » (p. 607). Par exemple, l'utilisation de la fraude trouve sa sanction : la société découvre par elle-même les bienfaits de ce que l'auteur appelle « loi de la responsabilité naturelle ». Mais, dira-t-on, n'est-ce pas le rôle de la loi *civile* que de punir la fraude ? Bastiat l'admet, mais au sens où la loi ne fait que *déclarer* le précepte naturel : « On peut dire que la sanction légale n'est que la sanction naturelle organisée et régularisée » (p. 611). Cependant, la loi est souvent inutile ou nocive, il faut laisser faire la responsabilité naturelle, c'est elle qui a permis à la civilisation de surmonter tous les obstacles dressés par la paresse.

Voudrait-on faire une loi contre la paresse ? Que de maux nouveaux n'engendrerait-on pas ! « Et puis, quand commence la paresse ? Dans chaque cas soumis à la justice, il faudra une enquête des plus minutieuses et des plus délicates. Le prévenu était-il réellement oisif, ou bien prenait-il un repos nécessaire ? Était-il malade, en méditation, en prières, etc. ? Comment apprécier toutes ces nuances ? [...] Que de témoins, que d'experts, que de juges, que de gendarmes, que de résistances, que de délations, que de haines ! » (p. 615). Un État socialiste, prévient Bastiat, prendrait des lois contre la paresse. Les socialistes « ont flétri la Responsabilité sous le nom d'*individualisme* » ; ils prétendent combattre l'individualisme, mais c'est alors pour étendre démesurément la solidarité, ce qui produit l'effet exactement inverse à ce qu'on attendait : « Pour aboutir à cet abrutissant niveau d'une solidarité factice, officielle, légale, contrainte, détournée de son sens naturel, on érigeait la spoliation en système, on faussait toute notion du juste, on exaltait ce sentiment individualiste qu'on était censé proscrire » (p. 616).

En effet, de même que l'individualisme est l'individualité détachée de son orbite naturelle[25], la solidarité artificielle pervertit la grande loi

24. Bastiat, *op. cit.*, note p. 590-591. La formule « Tandis que l'homme s'agite, Dieu le mène » est de Fénelon. Il semble que cette note soit en fait un développement de l'éditeur ; elle est tout à fait en conformité avec le texte de Bastiat.

25. Fondement théologique là encore : la confusion des ordres, dénoncée par le jansénisme.

naturelle de solidarité. Cette dernière est le complément de la responsabilité : elle étend à autrui le bien et le mal de l'action individuelle. L'individualisme s'arrange pour que « les bonnes conséquences de ses actes lui reviennent et que les mauvaises retombent sur autrui » (p. 625). Mais alors intervient l'opinion, reine du monde, « qui est fille de la solidarité, rassemble tous ces griefs épars, groupe tous ces intérêts lésés en un faisceau formidable de résistances ». Il y a donc une justice immanente de la solidarité qui finit par faire retomber sur nous les conséquences que nous voulions ignorer : si l'individu rencontrait quelques avantages dans ses habitudes vicieuses, « ils se trouvent bientôt plus que compensés par les souffrances qu'accumule sur lui l'aversion publique »[26]. C'est donc véritablement une « théodicée » que l'économie réalise aux yeux de Bastiat : elle ne fait apparaître le mal que pour qu'il en vienne à « détruire sa propre cause », selon l'expression qu'il aime à employer, tout comme, en positif, elle fait apparaître le libre arbitre pour servir le bien une fois vaincues les ignorances et les illusions. En fin de compte, la solidarité voulue par Dieu est « un système de peines et de récompenses réciproques, admirablement calculé pour circonscrire le mal, étendre le bien et pousser l'humanité dans la voie qui amène au progrès ». Comprendre cela c'est tracer sa voie au législateur terrestre : il lui faut, à l'inverse de ce que prêchent les socialistes, « circonscrire la solidarité » et renforcer la responsabilité (p. 628).

Le lecteur aura reconnu quelques-uns des grands thèmes qui feront la fortune du credo libéral en matière économique : *contre* l'État tutélaire, providentiel, créateur de prothèses qui accroissent les maux qu'elle visent à soigner (effets pervers), *pour* la libre initiative individuelle assumant la responsabilité du risque. Mais dans la rhétorique de Bastiat tout phénomène économique ou social reçoit son doublet moral, voire religieux : la marche du progrès est fatale mais l'homme est libre, la concurrence est un fait indestructible, mais elle n'existe qu'en « l'absence d'une autorité arbitraire comme juge des échanges », etc. C'est le passage constant de l'objectif au subjectif, du descriptif au prescriptif qui fait l'originalité de Bastiat – alors qu'on ne trouvera pratiquement aucun développement moral ou philosophique dans la phase de maturité de Jean-Baptiste Say. L'équivoque permanente de l'adjectif « libre » chez Bastiat doit retenir particulièrement l'attention : « il faut laisser faire la liberté » relève pour lui du constat objectif.

On se demande alors à quoi sert la théorie économique. Bastiat n'est pas sans s'être posé la question, qu'il aborde à la fin, restée inachevée,

26. Lecteur de Smith (même s'il ne le cite pas), Bastiat est un économiste qui intègre l'*opinion* comme facteur de l'équilibre social. À cette époque, le fait est rare, comme on le verra.

de son ouvrage[27]. La science, observe-t-il, multiplie la connaissance des causes efficientes et fait reculer les causes finales : « N'en résulte-t-il pas qu'à mesure que la science avance Dieu recule ? » (p. 657). La réponse est évidemment non ; ce que nous découvrons chaque jour un peu plus « comme en physique, comme en anatomie ou en astronomie », c'est que tout se tient dans le système des harmonies voulues par Dieu. La finalité de l'ordre naturel (des sociétés) est une *hypothèse* nécessaire, contrairement à ce qu'avait répondu Laplace au Premier Consul[28]. Il est clair que l'hypothèse finaliste modifie profondément ce qu'on appelle de façon trop indifférenciée le libéralisme économique : elle permet de prétendre à une *unité* des phénomènes (loi de solidarité), d'écarter l'aléatoire et donc d'éviter le recours que fait l'école écossaise à la pluralité des appétits individuels se rencontrant sur le marché. L'hypothèse providentialiste est l'antonyme, de ce point de vue, de l'hypothèse de la main invisible qui fonctionne chez le théoricien dans le registre du *comme si*[29]. Dans la perspective de Bastiat, il n'existe ni décalage ni résidu entre le point de vue de l'individu éclairé et rationnel et le point de vue de Dieu tel que restitué par la science, le principe architectonique du tout. Tel n'est pas le cas chez Smith, comme on le verra, puisque ce décalage est même *constitutif* de la structure de la société civile.

Enfin, il faut ajouter que le fond dogmatique (théologie naturelle et théodicée) de l'école de Bastiat permet une équivoque très profitable du point de vue de la polémique politique. On a vu que la liberté est un fait (le libre arbitre humain, le marché libre) et une norme (il *faut* laisser faire la liberté), de même la solidarité humaine n'est pas à créer, elle existe déjà. Quelqu'un comme Baudrillart, grand lecteur de Bastiat, écrit que « la liberté du commerce est l'expression économique de la solidarité », qu'elle constitue la « fraternité véritable » entre classes et entre peuples, qu'elle se réalise en une « solidarité pratique[30] ». La morale n'est jamais, en fin de compte, en contradiction avec les intérêts – thèse appropriée au point de vue politique ; on pourrait l'appeler la « générosité réaliste[31] ». Baudrillart annonce triomphalement la convergence des cultures, la mondialisation selon le langage d'aujourd'hui : « Jamais le monde n'a paru, comme aujourd'hui, se rapprocher d'un certain type général, vivre sur le même fonds d'idées, de croyances, de sentiments. »

---

27. « Rapports de l'économie politique avec la morale, avec la politique, avec la législation, avec la religion » : chap. XXV.

28. « Citoyen, je n'ai pas eu besoin de cette hypothèse ».

29. Le très utile ouvrage de Claude Gautier, *L'Invention de la société civile* (PUF, 1993) montre bien comment la « main invisible » est un principe heuristique chez Smith et non une réalité d'ordre ontologique ; elle relève même de la métaphore.

30. Baudrillart, *Études de philosophie morale*..., t. II, p. 102 et suiv. : « De la solidarité, à propos du reproche d'individualisme adressé à l'économie politique. »

31. Ainsi nos gouvernants expliquent-ils qu'aider le tiers monde est un acte de moralité mais aussi économiquement profitable et politiquement avisé.

L'école écossaise, surtout chez Smith, et encore plus chez Ferguson, se gardait de prophétiser un progrès général et un optimisme universel, car, dans une autre vision libérale, le conflit et la décadence sont aussi des facteurs de ce monde voué au libéralisme.

Dissidence dans le libéralisme : Sismondi penseur du conflit

La thèse providentialiste en économie a trouvé très tôt son contradicteur au sein du camp libéral, chez le Genevois Sismondi. C'est un parcours remarquable qu'accomplit cet ami de Mme de Staël et de Benjamin Constant, qui se déclare d'abord disciple d'Adam Smith (*De la richesse commerciale*, 1803), pour rompre ensuite bruyamment avec le libéralisme économique en 1819 : *Nouveaux Principes d'économie politique, ou de la richessse dans ses rapports avec la population*[32]. Devant la grave crise économique et sociale que connaît l'Angleterre en 1825, Sismondi réédite son ouvrage et le fait précéder d'un avertissement où il prend acte des divergences et du désintérêt rencontré chez ses collègues économistes : « Je ne m'étonnai point de n'avoir pas fait une impression plus profonde ; je remettais en doute des principes qu'on regardait comme arrêtés ; j'ébranlais une science qui, par sa simplicité, par la déduction claire et méthodique de ses lois, paraissait une des plus nobles créations de l'esprit humain ; j'attaquais une orthodoxie enfin, entreprise dangereuse en philosophie comme en religion[33]. »

Cette orthodoxie était celle de l'*harmonie des intérêts* sur un plan général et, de façon plus précise, la loi des débouchés de J.-B. Say : « Les produits s'échangent contre des produits » et, par là, la production crée la consommation dont elle a besoin. Sismondi analyse les multiples facteurs générateurs des crises de surproduction, dont la sous-consommation due aux bas salaires des travailleurs. Dans la perspective libérale optimiste, puisque la concurrence suscite un meilleur marché des produits, le niveau général de consommation doit progressivement s'élever. Sismondi estime que c'est faire un pari démenti par les faits et dont les crises anglaises fournissent le contre-exemple. Absorbée dans l'étude exclusive de la production et des conditions de son accroissement, l'économie politque est devenue une pure « chrématistique », selon le terme repris à Aristote. Elle a de ce fait substitué l'attention portée aux

32. Voir l'utile biographie donnée par J.-R. de Salis, *Sismondi. La vie et l'œuvre d'un cosmopolite philosophe*, 1932, réimp. Slatkine, 1973 (2 vol. en un).

33. *Nouveaux Principes d'économie politique*, avertissement de la deuxième édition, t. I, p. I. Nous citons d'après la réédition de G. Sotiroff, Genève-Paris, Éditions Jeheber, 2 vol., 1951-1953. Cet ouvrage indique chaque fois la pagination de l'édition donnée par Sismondi en 1827 chez Treuttel et Würtz. Il existe une édition plus récente chez Calmann-Lévy, 1971, publ. par Jean Weiller et Guy Dupuigrenet-Desroussilles.

choses à l'attention portée aux hommes, véritable *leitmotiv* de Sismondi[34]. Inversant l'économie politique du libéralisme en ce qu'il part du point de vue de la consommation et de la redistribution et qu'il demande la régulation par le gouvernement[35], Sismondi brise l'orthodoxie de l'affinité entre les intérêts. Étant donné la thèse souvent exposée « que la plus libre concurrence détermine la marche la plus avantageuse de l'industrie, parce que chacun entendait mieux son intérêt qu'un gouvernement ignorant et inattentif ne saurait l'entendre, et que l'intérêt de chacun formait l'intérêt de tous », Sismondi observe de son côté : « L'un et l'autre axiome est vrai et la conclusion n'est cependant pas juste. L'intérêt de chacun *contenu par tous les autres* serait en effet l'intérêt de tous » ; mais il n'en va pas ainsi dans la concurrence pour produire au plus bas prix, ni dans la lutte que les capitalistes mènent pour l'abaissement des salaires : « Chacun cherchant son intérêt propre aux dépens des autres, aussi bien que dans le développement de ses propres moyens, n'est pas toujours contenu par des forces égales aux siennes ; le plus fort trouve alors son intérêt à prendre, et le plus faible trouve encore le sien à ne pas lui résister[36]. » Il en va de même pour le travail des enfants : le journalier qui fait travailler ses enfants dès six ans et compromet la santé et l'existence de toute sa classe suit un intérêt soumis à la contrainte et autodestructeur[37].

Même critique de la prétendue identité des intérêts (défendue par la « chrématistique ») dans les *Études sur l'économie politique* : « Cherchez votre intérêt avant tout », lui fait dire Sismondi, à titre de principe directeur ; mais est-ce au prix de la ruine des concurrents ? « Ce n'est pas votre affaire : vous représentez l'intérêt des consommateurs ; or chacun est consommateur à son tour ; vous représentez donc l'intérêt de tous, l'intérêt national[38]. » Théoricien de la plus-value, salué à ce titre

34. Comme le montre notamment Paul Chamson, dans un ouvrage qui ne cache pas par ailleurs ses sympathies corporatistes : *Simonde de Sismondi (1773-1842), précurseur de l'économie sociale*, Institut d'études corporatives et sociales, Paillard, 1944. L'ouvrage est pour partie une suite de citations de Sismondi, et précieux à ce titre. Voir également les morceaux choisis publiés par Élie Halévy : *Sismondi,* coll. « Réformateurs sociaux », Félix Alcan, 1933. L'introduction de Halévy est reproduite dans *L'Ère des tyrannies*, Gallimard, 1938.

35. Spécifiquement combattu par Lénine en 1897 (réédition 1924) sous le chef de « romantisme économique », Sismondi a été réhabilité par la doctrine de Keynes en 1936 (*Théorie générale de l'emploi, de l'intérêt et de la monnaie*), on devine pourquoi. Cette pensée originale a été un lieu de controverse entre toutes les écoles.

36. *Nouveaux Principes...*, t. I, p. 304 (éd. 1827, t. I, p. 407).

37. *Nouveaux Principes...*, éd. cit., t. I, p. 287 (éd. 1827, p. 382). Cf. aussi P. Chamson, p. 45.

38. *Études sur l'économie politique*, Treuttel et Würtz, 1837-1838, t. I, p. 30. Les deux volumes font partie des *Études sur les sciences sociales*. Le tome premier contient les *Études sur les constitutions des peuples libres*, Bruxelles, Dumont, 1836 : le système politique, le libéralisme politique de Sismondi va de pair avec la redéfinition de l'éco-

par Marx, au même titre que Necker[39], c'est une véritable *lutte* entre les propriétaires de capitaux et les ouvriers – les prolétaires, dit-il[40] – démunis des moyens de production qu'il décrit. Du rapport salarial tel qu'il est établi, il résulte « un partage plus ou moins inégal entre le capitaliste et l'ouvrier, partage dans lequel le capitaliste s'efforce de ne laisser à l'ouvrier que ce qu'il lui faut pour maintenir sa vie, et se réserve à lui-même tout ce que l'ouvrier a produit par-delà la valeur de cette vie. L'ouvrier, de son côté, lutte pour conserver une part un peu plus considérable dans le travail qu'il a accompli[41] ».

Observant la paupérisation engendrée par le mécanisme de production illimitée, Sismondi en vient donc à changer complètement la problématique de l'économie politique, qui reçoit un fondement *moral* mais fort différent de celui des harmonies providentialistes. L'économiste, ainsi que l'homme politique qui le lit, doivent autant avoir en vue la consommation que la production, et autant le *développement humain*, celui de tous les hommes, que le bien-être physique.

C'est ce qu'expose l'introduction aux *Études sur l'économie politique*. « Quel est donc, demande l'auteur, le but de la société humaine ? » S'il consiste à éblouir par le luxe, à dominer la nature, à étendre les communications, à « donner à deux ou trois individus contre cent mille le pouvoir de disposer d'une opulence qui suffirait à mettre ces cent mille dans l'aisance », alors « nous sommes riches d'invention, riches d'activité, riches de pouvoirs scientifiques, riches de marchés surtout ». Mais dès que l'on pose la question du développement humain, et si l'on inclut dans les richesses les « biens moraux et intellectuels », l'économie devient vraiment une science morale et politique. « Est-il bien sûr qu'en cherchant la richesse nous n'ayons pas oublié l'ordre et la règle de la maison et de la cité, l'économie politique[42] ? »

On comprend pourquoi les « nouveaux principes » s'écartaient autant de Smith que de Say ou Ricardo ; l'économie politique en tant que science ne peut être purement descriptive, sinon elle cautionne un *désordre* que, d'ailleurs, elle aggrave, elle n'embrasse pas l'ensemble des intérêts sociaux, elle se tient dans une abstraction qui sert les intérêts les

---

nomie politique, en ce sens qu'il a le souci de faire droit à la *pluralité* des intérêts à concilier.

39. Sur cette question, voir les importants développements d'Henri Grange, *Les Idées de Necker*, éd. cit., pp. 248-252 (« Necker et Sismondi ») et pp. 93-98 (le rapport de Marx à Necker).

40. Le « prolétaire, dont le nom, emprunté aux Romains, est ancien, mais dont l'existence est toute nouvelle. [...] On pourrait dire presque que la société moderne vit aux dépens du prolétaire, de la part qu'elle lui retranche sur la récompense de son travail » (*Études sur l'économie politique*, t. I, p. 34).

41. *Nouveaux Principes...*, t. I, p. 101 (éd. 1827, p. 103).

42. *Études sur l'économie politique*, t. I, p. 28. On retrouve ici le lecteur d'Aristote que Sismondi fut toute sa vie.

plus puissants : « Notre but à nous, déclare Sismondi, sera donc de déterminer quelle *doit* être la règle de la société quant à ses intérêts matériels et quant à sa subsistance. Mais au lieu de la chercher dans des notions abstraites sur la valeur ou le prix réel, nous n'apprécierons la richesse elle-même que dans son rapport avec le bonheur et la dignité morale de l'homme. » C'était considérer que le rôle du *gouvernement* pouvait être décisif : très remarquable à ce point de vue est le chapitre des *Nouveaux Principes* intitulé « De l'influence du gouvernement sur la richesse commerciale » (liv. IV, chap. 12). Comparant les États-Unis, dont la société est bouleversée et corrompue par la frénésie de production, avec les vieilles aristocraties endormies ou dispendieuses (Italie), Sismondi montre combien est réelle et délicate la responsabilité des gouvernants. Dans certains cas, il leur faut inciter à moderniser, à produire, à échanger avec les autres nations, dans d'autres cas, il leur faut savoir modérer ou corriger, pour chercher « l'ordre qui ne laissera dans la nation personne en souffrance[43] ». Thèses qui paraissent aujourd'hui, à l'heure du « libéralisme d'État », étonnamment anticipatrices.

C'est bien cette visée explicitement morale et politique, donc interventionniste, que Dunoyer, chantre du libéralisme économique, reprochera à Sismondi. Il commente en 1827, dans la *Revue encyclopédique*, la réédition des *Nouveaux Principes*[44] : il ne nie pas l'importance des questions soulevées par Sismondi, notamment en matière de surproduction, mais considère que le gouvernement est incapable, c'est-à-dire sans compétence, pour régler l'ajustement de l'offre et de la demande : « On ne peut régler ce qu'on ignore » (p. 246). Comme Bastiat et Baudrillart plus tard, il fait grief à Sismondi de la définition que celui-ci donne de l'économie politique et qui est voisine de celle de Droz : « Recherche des moyens par lesquels le plus grand nombre d'hommes, dans un État donné, peut participer au plus haut degré de bien-être physique qui dépende du gouvernement » (*ibid.*, p. 245)[45].

---

43. Formule donnée au livre Ier, chap. premier des *Nouveaux Principes*, p. 38 (éd. 1827, p. 9). Le but du législateur, « ce n'est point l'égalité des conditions, mais le bonheur dans toutes les conditions ».

44. « Observations sur les Nouveaux Principes d'économie politique de M. de Sismondi », repr. *in* Dunoyer, *Œuvres*, t. II, *Notices d'économie sociale*, Guillaumin, éd. posthume par son fils, 1870, pp. 227-248.

45. Si l'on se réfère à la notice « Gouvernement » publiée par Dunoyer dans le *Dictionnaire de l'économie politique* (dirigé par Coquelin et Guillaumin) en 1852, on voit que le gouvernement *fait partie* de l'économie politique : « Il sera considéré avec raison [...] comme un art essentiellement producteur. » Car Dunoyer étend considérablement la notion de production (ce qui crée la polémique avec Cousin en 1852) : « Sa tâche particulière [...] est d'apprendre aux hommes à bien vivre entre eux, à mettre dans leurs rapports les plus essentiels de la justice et de la mesure. Je dirai [...] qu'il est producteur de sociabilité, de bonnes habitudes civiles » (t. II, p. 837 du *Dictionnaire*, repr. in *Œuvres*, t. II). Le gouvernement a, chez ce libéral, une fonction directement moralisatrice, mais non une portée d'intervention *dans* l'économie au sens étroit du

Dans la perspective qui nous intéresse ici, la pensée de Sismondi comporte une originalité à double facette, peu répandue dans le libéralisme français : 1) l'expression de la *pluralité des intérêts* – en brisant tout optimisme théologique 2) la recherche d'un mode d'expression pour les classes sociales qui passe pourtant par l'individu. Sur le premier point, l'influence exercée sur Marx est très importante, quoique le bilan exact reste à établir[46]. Dans un cahier de 1862, « Théorie de la plus-value », Marx exprime son admiration pour lui : Sismondi a « le sentiment profond que la production capitaliste est contradictoire ; que [...] les contradictions (valeur d'usage-valeur d'échange, marchandise-monnaie, achat-vente, production-consommation, capital-travail salarié) prennent des proportions d'autant plus grandes que la force productive s'accroît[47] ».

Mais ce que Marx désigne comme « contradiction » signifie pour Sismondi la nécessité d'une politique de solidarité sociale dans le respect de la propriété privée : participation de l'ouvrier aux bénéfices de l'entreprise, obligation du manufacturier et du fermier aux soins sociaux, y compris en journées d'hôpital et, sur le plan politique, *représentation spéciale* des corps économiques[48]. Marx rejette évidemment ce traitement du conflit social, accusant Sismondi (par ailleurs historien des corporations) de socialisme féodal : le *Manifeste communiste* l'attaque nommément comme « réactionnaire et utopique », après un vif éloge de son « analyse extrêmement pénétrante[49] ».

Il est très remarquable que ce membre éminent du cercle de Coppet, ami de Germaine de Staël, de Constant, de Victor de Broglie pour une part (dont il est le témoin de mariage), cet historien des républiques italiennes, de l'histoire française, ce constitutionnaliste, ce sociologue des littératures, soit aussi une des sources du socialisme ! Grand admirateur de Necker, dont il revendique souvent l'influence (notamment dans sa correspondance), il ne pensait pas que l'État pût se borner à la police et à la justice. Chez lui les tensions internes du libéralisme, avec

---

terme. Ce n'est pas le gouvernement qui domine l'économie, c'est l'économie qui fait du gouvernement un instrument de socialisation, de moralisation et d'éducation (non comprise la « liberté d'enseignement »). Voir la notice de Marc Pénin, « Charles Dunoyer, l'échec d'un libéralisme », in *L'Économie politique en France au XIXe siècle,* sous dir. Y. Breton et M. Lutfalla, éd. cit.

46. L'index des *Œuvres* de Marx, dans la « Pléiade », notamment *Économie* I et II, signale à « Sismondi » de nombreuses occurrences. Voir aussi la préface de J. Weiller et G. Dupuigrenet-Desroussilles dans l'édition Calmann-Lévy des *Nouveaux Principes.*

47. Marx, *Œuvres. Économie* II, « Pléiade », 1968, note p. 1682.

48. Quelques citations sont données par P. Chamson, pp. 126-129. Sur la solidarité sociale, voir *Nouveaux Principes*, liv. VII, chap. VIII : « Comment le gouvernement doit protéger la population contre les effets de la concurrence », et chap. IX : « L'ouvrier a droit à la garantie de celui qui l'emploie. »

49. Voir ce développement dans Marx, *Œuvres. Économie* I, « Pléiade », pp. 185-186.

la confrontation du constitutionnalisme et de l'économie[50], l'hésitation entre modèle corporatif et individualisme moderne, sont portées à un point extrême.

En politique, le libéralisme « aristocratique » auquel il aboutit reste une émanation de l'esprit de Coppet : l'unité politique résulte non de l'hégémonie légitime des classes moyennes, mais de l'expression de la pluralité, qu'il faut d'abord reconnaître, pour la dépasser ensuite. « Il faut, non pas la balance des forces mais leur union. Il faut enfin qu'une seule volonté résulte toujours du choc et de la fusion des volontés diverses. Mais de telle sorte que toutes les volontés aient été entendues, que tous les intérêts aient été consultés, que toutes les causes aient été plaidées, et que l'expression de la plus haute vertu qu'on puisse trouver dans le pays, éclairée par la plus haute intelligence, se prononce enfin sans appel sur toutes les questions[51]. »

Dans l'appel sismondien à cette « plus haute intelligence », on est loin du pouvoir neutre, mais la représentation négociée des volontés et des intérêts retrouve les thèses présentes dans les *Principes de politique* de Constant[52], ainsi que la représentation des intérêts organisée par l'Acte additionnel. La formule de Constant sur « le patriotisme de localités », elle est chez Sismondi, et plonge dans leur commune expérience suisse.

Enfin, et il s'agit cette fois de l'autre facette, concernant le caractère sacré de l'individualité, cette même page des *Études sur les constitutions* renoue avec un passage de l'*Allemagne* de Germaine de Staël ; on se souvient que cette dernière repoussait le sacrifice napoléonien de l'individu au présumé intérêt collectif[53]. De son côté, Sismondi écrit : « Le pouvoir de la société s'arrête devant l'injustice. Elle peut bien appeler le citoyen à sacrifier, pour l'avantage de tous, sa fortune et son existence, elle ne peut pas lui demander son honneur [...]. Quel que soit le prix de la vie de l'individu, la vie de l'État est plus précieuse encore, et c'est ainsi que la société est autorisée à sacrifier la partie pour le tout. Mais dans l'ordre moral, c'est le tout lui-même que la vertu de l'individu. Car

50. Outre son traité publié tardivement (1836) sur *Les Constitutions des peuples libres*, Sismondi intervient aux côtés de Constant pour la défense de l'Acte additionnel : ses articles dans le *Moniteur* provoquent le célèbre entretien avec Napoléon le 3 mai (cf. de Salis, *op. cit.*, p. 292 et suiv.). Voir le texte revu et corrigé que Sismondi a publié sous le titre *Examen de la Constitution française*, Treuttel et Würtz, 1815.

51. *Études sur les constitutions des peuples libres*, éd. cit., 1836, p. 30. À Eulalie de Saint-Aulaire, Sismondi écrit : « Je suis libéral, et mieux encore, républicain, mais jamais démocrate. [...] Mon idéal en fait de gouvernement, c'est l'union et l'accord des éléments monarchiques, aristocratiques et démocratiques, c'est la république romaine enfin, dans ses beaux jours de vertu et de force et non les principes modernes que je ne reconnais nullement pour des principes » (*Epistolario*, III, 284, lettre du 6 juin 1835).

52. Et pour cause : en 1800-1801, Constant avait entre les mains un manuscrit des *Études sur les constitutions des peuples libres.* Cf. le manuscrit publié par Marco Minerbi sous le titre *Recherches sur les constitutions des peuples libres*, Genève, Droz, 1965.

53. Cf. notre première partie, chap. Ier.

c'est l'éternité opposée au temps. C'est le tout lui-même que l'injustice publique et l'autorité de tous recule devant la conscience de chacun. »

À la fois économiste, sociologue, écrivain, historien, Sismondi était bien un penseur de l'individu et de la liberté enracinée dans l'individu. Il refuse les prétendues harmonies providentielles, mais en religion il s'interroge jusqu'à la fin de sa vie sur la conciliation entre le libre arbitre et la prédestination divine[54]. Il est attentif, en toute question, à la diversité qui fait l'humanité : « C'est une des conséquences de la variété infinie des formes de l'esprit humain que l'interprétation du même livre ou du même symbole réveille dans des individus divers des idées absolument différentes[55]. »

Lui qui installe en économie la notion de « prolétaire » et qui analyse le mécanisme de reproduction des classes sociales a toujours souci en politique de défendre les droits de la minorité[56]. Il prétend même qu'en économie, le vrai législateur « ne perd pas plus de vue le développement de quelques-uns que le bonheur de tous ». Il faut toujours penser à l'élite, mais jamais au détriment d'une vie honorable pour la masse, tel est son principe directeur que Norman King a rapproché de l'esprit de chevalerie[57].

Sismondi résume en ces termes l'œuvre du législateur-philosophe : lorsqu'il « réussit à organiser une société dans laquelle les *individus* peuvent arriver à la plus haute distinction d'esprit et d'âme [...], mais dans laquelle en même temps *tous* les membres de l'association sont assurés de trouver protection, instruction, développement moral et aisance physique, il a accompli sa tâche[58] ». Souci de l'individu d'élite *et* État-providence : Sismondi, penseur du conflit, est à égale distance de Tocqueville, de Ricardo et de l'orthodoxie économique libérale.

---

54. Cf. par exemple, sa lettre du 1er mai 1832 à Eulalie de Saint-Aulaire : il dit ne pas admettre « cette providence dirigeant chaque action et détruisant par là, dans mon opinion, la liberté et, par conséquent, la moralité des actions humaines » (*Epistolario*, III, 138-139). Pour lui, la prière reste un mystère.

55. À la même correspondante, *Epistolario*, III, 259-260, lettre du 14 décembre 1834.

56. Dont il fait la théorie dans les *Études sur les constitutions des peuples libres*. Rappelons qu'avec Mme de Staël, il souhaitait qu'Étienne Dumont, « réécrivant » Bentham, redonne la première place à cette question pour l'étude du système parlementaire.

57. Nous renvoyons à la remarquable étude de N. King, « Chevalerie et liberté », in *Sismondi européen* (éd. cit., 1976).

58. *Nouveaux Principes*, t. I, p. 34 (éd. 1827, p. 3).

CHAPITRE III

Liberté et nécessité dans les *Cours* de Cousin

« Où est le vrai, là est le drapeau. La raison n'est plus libre dès qu'elle voit la vérité, et l'acte le plus éminent de sa puissance est comme le signal de sa soumission. »
RÉMUSAT, *Essais de philosophie.*

« Nous apportons au monde les principes que le monde a lui-même développés en son sein. Nous lui montrons seulement pourquoi il combat, de façon précise, et la conscience de lui-même est une chose qu'il devra acquérir. »
MARX.

À LA RECHERCHE D'UN CERTAIN SUJET MORAL

L'apparent paradoxe que présentent la doctrine de Cousin et les théories des économistes qui y font référence se trouve dans leur déclaration d'intention : se fonder sur la liberté humaine, faire sa part au libre arbitre. C'est en fait par le contexte, par les enjeux poursuivis que l'on peut comprendre un tel écart entre l'intention déclarée et le contenu de ce qui est exposé. Et c'est sous cet éclairage qu'il faut maintenant entrer dans l'articulation entre la liberté et la nécessité, déterminer dans quelle mesure Cousin donne des matériaux pour penser quelque chose comme le *sujet libéral*, ou plus probablement, pour vider la notion de ses potentialités théoriques et politiques.

Il faut d'abord rappeler que les économistes spiritualistes entendaient réhabiliter le libre arbitre *contre* la pensée économique de Condillac et des Idéologues – courant de faible influence politique dans la France des années 1810-1815 mais d'une réelle consistance et fécondité théorique. Il était clair que, proche de la philosophie de Hobbes, la conception économique exposée par Destutt de Tracy dans le *Traité de la volonté et de ses effets* repose sur une métaphysique de l'individualité, et plus précisément de la volonté, qui exclut nommément le libre arbitre. Tracy écrivait : « Toutes les fois que notre sensibilité éprouve une attraction ou une répulsion quelconque [...], c'est ainsi que je conçois la volonté dans toute sa généralité [1]. » La volonté devient donc un *effet* des facteurs qui agissent sur l'homme, ce qu'il précisait encore en ces termes : « La faculté de vouloir n'est qu'un mode de la faculté de sentir ; c'est notre faculté de sentir modifiée de la manière qui la rend capable de jouir ou de souffrir, et de réagir sur nos organes » (introduction du *Traité*). Cette perspective permet d'écarter la question de la nature du moi : phénomène de l'organisation corporelle, propriété d'une âme, elle-même spirituelle ou corporelle, Tracy dit qu'il réserve ces possibilités et que cela importe peu. Le seul point qui compte est que nous ne pouvons connaître le moi que dans la sensibilité en exercice et par elle : « Sentir quoi que ce soit, c'est sentir son *moi* sentant, c'est se connaître soi-même sentant. » Et en fait, comme Tracy le précise plus loin, il n'y a pas de différence observable entre la volonté et le désir.

C'est précisément ce fondement donné à l'économie – et la vision de l'homme comme être de *besoins* – que Baudrillart conteste lorsqu'il consacre une étude critique à Tracy [2]. De même, les journalistes du *Globe* opèrent une conversion au spiritualisme pour purger l'économie « de l'utilitarisme de Bentham ou de l'idéologie condillacienne », ainsi que l'observe J.-J. Goblot [3]. Pourtant, ce spiritualisme flamboyant (dignité de l'être humain doté d'une âme libre et immortelle) partage le même scientisme et le même esprit nécessitariste que ce qu'il combat. Tel est le paradoxe que nous évoquions.

C'est que, dans la réhabilitation du sujet moral, qui se veut une sorte de continuation de l'élan staëlien, il ne faut point aller trop loin ; en l'occurrence, vers ce que l'autre école – le traditionalisme cette fois – appelle *protestantisme*. Quand Damiron écrit dans *Le Globe* « aujourd'hui, grâce à Descartes, nous sommes tous protestants en philosophie [4] », il joue avec le feu et vend la mèche. La provocation suffit (il s'agissait de répondre aux théocrates mennaisiens du *Mémorial catholique*), on ne saurait la pousser trop loin. La préoccupation est donc toujours politique, la règle est de rester dans le « juste milieu ». Quant

1. Nous citons d'après l'édition de 1815 (Veuve Courcier), pp. 60-61.

2. Baudrillart, tome II des *Études de philosophie morale et d'économie politique*. On avait rencontré chez les Idéologues la même vision déterministe en matière d'éducation : cf. notre première partie, chap. Ier.

3. J.-J. Goblot, *La Jeune France libérale*, p. 312. Duchâtel, dans ce journal, s'en prend à Tracy (cf. *ibid.*, note 25, p. 639). Rémusat, de son côté, en philosophie, démolit Tracy dans son essai nº 6 intitulé « De l'idéologie » (in *Essais de philosophie*).

4. Article du 20 août 1825, cit. *in* J.-J. Goblot, *op. cit.*, note 106, p. 619.

à Cousin lui-même, ses variations d'attitude envers Descartes, que l'on peut appeler avec F. Azouvi ses « palinodies », elles sont également révélatrices des enjeux du moment. À la Chambre des pairs, il prend sa défense car il y va de l'existence et de l'autonomie du sujet pensant[5]. Mais le même Cousin enseignant à la Sorbonne considère Descartes comme le père du scepticisme moderne parce qu'il donne Berkeley et la dangereuse théorie des « idées représentatives », génératrices du solipsisme. À la Chambre des pairs, il fallait combattre pour l'enseignement philosophique, à la Sorbonne il s'agit de faire valoir la doctrine cousinienne, « la philosophie nécessaire du siècle » comme dit le cours de 1828. Mais qu'est-ce donc, alors, que le sujet moral et intellectuel pour l'éclectisme, tel qu'il doit se poser à la fois contre Locke, Descartes et Kant ?

LE SUJET, ÉPIPHÉNOMÈNE DE LA RAISON IMPERSONNELLE

Si l'on considère en premier lieu le cours de 1818 (édité en 1836 par Adolphe Garnier), on peut y percevoir le fil conducteur adopté par le jeune professeur. La cible est la philosophie de Locke parce que cette dernière est (d'après Cousin) incapable de penser le moi, qui, du fait du sensualisme, devient un simple « contre-coup du monde sensible » ; mais aussi la philosophie de Kant, parce qu'elle aurait « subjectivé la vérité » à travers les catégories de l'entendement[6]. Le cours de 1828 poursuit dans cette lignée : « Kant, après avoir arraché au sensualisme les catégories, leur a laissé ce caractère de subjectivité qu'elles ont dans la réflexion[7]. Or, si elles sont purement subjectives, vous n'avez pas le droit de les transporter hors de vous, hors du sujet pour lequel elles sont faites ; [...] après avoir commencé par un peu d'idéalisme, Kant aboutit au scepticisme[8]. »

5. « Le dessein avoué de Descartes est de détruire dans sa racine le scepticisme et d'établir inébranlablement l'existence de l'âme et celle de Dieu. [...] Quoi ! cette grande philosophie qui a été faite contre le scepticisme, y conduit, parce que, pour le réfuter, elle en parle ? Elle fait douter, parce qu'au doute même elle arrache la vérité et le force de reconnaître l'autorité souveraine de la conscience et de la pensée ? » (*Œuvres de Victor Cousin. Instruction publique*, éd. cit., t. II, p. 112 et 113). Pour une lecture différente du Descartes cousinien, voir F. Azouvi, « Descartes », éd. cit. (*Lieux de mémoire*, III), pp. 758-760.

6. Rappelons que Cousin confond allègrement les catégories et les formes *a priori* de la sensibilité, confusion que la vulgarisation de Kant par Kinker (*Essai d'une exposition succinte de la Critique de la raison pure*, 1801) ou par Villers a beaucoup fait pour répandre.

7. Chez Cousin, la réflexion, qui signifie l'œuvre propre du moi et le moi lui-même, s'oppose à la spontanéité de la « raison ».

8. Cours de 1828 : *Introduction à l'histoire de la philosophie*, éd. cit. (1841), p. 174. Il en existe une réédition « Corpus », Fayard, par P. Vermeren.

Et de rappeler que la solution se trouve donnée dans le cours de 1818, par la distinction de la raison spontanée, impersonnelle, en communication avec l'absolu, et de la conscience du moi, forme réfléchie, subjective. Il faut aller au « résultat », puisque c'est ce qui compte dans cette démarche : la « souveraineté de la raison » est la souveraineté de la substance divine, dont émanent le Vrai, le Beau, le Bien. Le moi n'est, en dernière analyse, qu'un mode réfléchi de la substance : les ennemis de Cousin n'ont pas manqué de dénoncer là un « panthéisme » de type spinoziste, dont, effectivement, Bouillier, moins prudent que le maître, a donné la formulation[9]. Aussi Jules Simon, devenu un disciple émancipé, dira-t-il des adversaires comme Maret : « Il est bien difficile de ne pas leur donner raison. Qu'est-ce que le panthéisme, sinon la croyance de l'unité de la substance et de la cause, *natura naturans* ? Et qu'est-ce que Dieu, à la fois Dieu, nature et humanité[10], si ce n'est le Dieu même de Spinoza ? Si Dieu n'est pas tout, il n'est rien, c'est Cousin qui le dit. Donc, Dieu est tout[11]. »

Où Cousin voulait-il en venir à travers ce spinozisme involontaire qu'il tente ensuite de corriger en évoquant Fénelon ? Il s'agissait de montrer que la vérité est indépendante de l'esprit qui la conçoit, qu'elle est en fait reçue et non œuvre d'un *jugement libre* : la vérité n'est ni construite à travers l'usage des catégories, appliquées aux phénomènes (Kant), ni attestée par l'assentiment de la volonté aux idées claires et distinctes que l'entendement lui présente (Descartes) ; elle ne consiste pas dans l'accord de la connaissance avec son objet. La vérité n'est littéralement pas objet du connaître mais fusion ou participation de l'âme à l'absolu : ce que Cousin dénomme « aperception pure de la vérité par la raison ». C'est bien, en fait, le sujet qu'il s'agit de disqualifier dans ses prétentions au savoir : « Cette aperception est pure, non engagée dans les liens de la réflexion, sans mélange du moi humain, qui est un élément réfléchi. La raison aperçoit la vérité ; quand cette aperception se réfléchit dans la conscience, le je intervient ; mais la raison s'est d'abord développée sans le *je*[12]. »

---

9. Dans sa *Théorie de la raison impersonnelle*, Bouillier tire les conséquences de ce que Cousin avait suggéré : « La raison n'est-elle pas impersonnelle, n'est-elle pas en nous, sans nous appartenir, sans faire partie de nous-même ? N'est-elle pas Dieu en nous, Dieu en qui nous sommes et par qui nous sommes, Dieu présent substantiellement en nous en vertu de son infinité ? » (éd. cit., p. 222). Bouillier développe une logique de relation entre l'infini et le fini, selon laquelle le mode est le moyen par lequel la substance se réfléchit et se connaît de façon partielle et limitée. « Ce n'est pas Dieu qui est en nous, c'est nous qui sommes en Dieu » ; nous voyons donc « quelque chose de la vérité absolue », mais « pas toute la vérité absolue » (p. 266 et 267). Cousin n'ira pas jusque là. Ni lui ni Bouillier n'emploie le concept spinoziste de « mode de la substance », que nous introduisons par commodité.

10. Formule de Cousin dans la célèbre préface à la première éd. des *Fragments philosophiques*, en 1826.

11. J. Simon, *Victor Cousin*, p. 40.

12. Cours de 1818 (*Sur les idées absolues...*), pp. 374-375.

Pour Cousin, Kant n'aurait pas soupçonné que sous le *je*, avant le *moi*[13], il y avait l'activité, en quelque sorte inconsciente, de la raison, faculté de l'absolu. Alors que dans la *Critique de la raison pure* nous pouvons *penser* l'absolu (grâce aux idées de la raison), mais non le connaître, puisque toute connaissance s'effectue dans l'espace et le temps, conditions indépassables de la constitution des phénomènes, Cousin restitue une intuition de l'absolu, selon une perspective qui n'a plus rien à voir avec le criticisme. Il va d'ailleurs très loin dans la réduction de la sphère propre du sujet et qui permettrait de le constituer comme tel : la *sensibilité* et la raison sont toutes deux données ou imposées à l'homme : « Avant cette sorte de répercussion de la raison et de la sensibilité dans la conscience, l'une et l'autre sont impersonnelles. La vie intellectuelle et la vie sensible pourraient, à la rigueur, marcher [sic] sans la conscience [...]. Avant la vie réfléchie est une vie spontanée où le *moi* ne s'aperçoit pas lui-même, où il n'existe même pas (car c'est la réflexion qui le fait être) et où, par conséquent, il ne peut ni conditionner ni subjectiver la vérité. L'équation de Kant entre raison et raison humaine est donc vicieuse » (*ibid.*, p. 375).

Dans ce cours (que Cousin a soigneusement révisé avec l'aide de Garnier) il faut donc comprendre que la raison n'a rien d'humain : étincelle de divinité que le cours de 1828 va identifier à l'inspiration, l'enthousiasme (au sens étymologique) et la prophétie. Vision qui ne pouvait que plaire au mouvement romantique, à l'époque où, rappelons-le, il passe du traditionalisme au libéralisme : le romantisme devient « le libéralisme en littérature ». Que reste-t-il, cependant, du sujet, pris en tenaille – si l'on peut dire – entre une sensibilité et une raison également incontrôlables ? Il reste le moi, c'est-à-dire, d'après Cousin, la liberté, mais ce moi libre est disqualifié dans ses prétentions à la connaissance. Le dépassement de la conscience[14] que prône Cousin que peut-il être sinon un mode d'objectivisme, œuvre de la nécessité ? À première vue, il est paradoxal de donner cette conception comme un fondement pour la politique libérale. Pourtant le chef de l'éclectisme répète souvent (et la formule passe chez les économistes) : « Je définis l'homme une force libre ». Cette force qui s'exerce en dehors de la raison et possède la capacité de réflexion, tel est le sujet au sens où veut l'entendre Cousin :

13. Cousin néglige totalement le caractère *transcendental* du sujet kantien et sa distinction d'avec le moi empirique : c'est sortir d'emblée de la philosophie de Kant. Sur les distorsions infligées à Kant (qui n'est lu avec sérieux qu'à partir de Lachelier, dans la traduction Barni), on peut consulter : R. Verneaux, *Renouvier, disciple et critique de Kant*, Vrin, 1944, p. 111 et suiv.

14. « Il faut dépasser le point de vue réfléchi où la vérité est tombée dans le *moi* ; il faut arriver jusqu'à cette aperception pure, qui n'est telle qu'à la condition de s'ignorer elle-même ; dès que le moi en a conscience, elle n'est plus » (p. 375). Étrange connaissance qui est une inconscience, si l'on peut dire, un mode de l'inconscience. Étrange raison qui est un irrationalisme.

il n'est guère armé pour les remises en question, et c'est en quoi il remplit la visée anti-individualiste qui nourrit la démarche.

Comme le remarquera ensuite Renouvier[15], placer le modèle de la liberté dans l'action motrice, au lieu de le mettre dans la *suspension du jugement*, dans la décision d'accorder son adhésion en connaissance de cause, c'était refuser l'un des apports les plus importants de Descartes, la véritable marque de liberté que l'on peut requérir du sujet en métaphysique et du citoyen en politique. Sur ce point, en effet, le cours de 1829 va se montrer très énergique : *juger n'est pas un acte de liberté.* Au moment où l'intelligence « juge qu'une proposition est vraie ou fausse, qu'un acte est bon ou mauvais, qu'une forme est belle ou laide, en ce moment il n'est pas au pouvoir de l'intelligence de porter un autre jugement que celui qu'elle porte ; elle obéit à ses lois qu'elle n'a point faites ; elle cède à des motifs qui la déterminent sans aucun concours de la volonté[16] ».

Si l'on comprend bien, c'est le jugement lui-même qui devient impersonnel ? En tout cas, Cousin ne craint pas de décharger l'homme (ou ce qui juge en l'homme) de toute *responsabilité* : « En un mot, le phénomène de l'intelligence, comprendre, juger, connaître, penser, quelque nom qu'on lui donne, est marqué du même caractère de nécessité que le phénomène de la sensibilité. Si donc la sensibilité et l'intelligence sont sous l'empire de la nécessité, ce n'est pas là qu'il faut chercher la liberté. »

Cette thèse doit encore se comprendre à l'aune d'une tactique : Cousin joue ici Maine de Biran (l'aperception de la conscience dans le sentiment de l'effort) *contre Locke*. La confirmation par la négative peut d'ailleurs être apportée grâce à la reproduction d'un cours de Cousin (semestre d'hiver, 1819-1820) qu'a procurée le doctorat d'État de J.-P. Cotten[17] : on voit l'enseignant se mettre à parler comme Benjamin Constant. Brève erreur, ou imprudence, qui ne donnera jamais lieu à publication. En effet, Cousin terminait en exhortant ses interlocuteurs à *juger les pouvoirs*, capacité qui révèle à lui-même le sujet libre : « Mais tant que les individus ne seront pas affranchis, tant qu'ils ne seront pas libres et souverains juges dans leurs croyances, toutes les intelligences seront frappées de cette idée que ces croyances ne sont pas le fruit d'un mûr et libre

15. Renouvier, *Philosophie analytique de l'histoire*, Ernest Leroux, 1897, t. IV, p. 83. On trouvera, pp. 52-83, un intéressant panorama critique de l'éclectisme (dont Renouvier est issu).

16. Cours de 1829 : *Cours de l'histoire de la philosophie. Histoire de la philosophie au* XVIII*e siècle*, Didier, 1841, t. II, pp. 449-450.

17. J.-P. Cotten, *La Jeunesse de Victor Cousin et la naissance de la « nouvelle philosophie française »* (Paris-I, 1996) : nous citons d'après la page 475 du volume reproduisant ce manucrit, lequel porte la cote 1906 dans le fonds Cousin de la Sorbonne (12e et dernière leçon du cours).

examen, qu'elles peuvent être le produit d'une civilisation plus ou moins avancée, et que par conséquent elles peuvent passer avec elle. »

Dans ce véritable *hapax* à l'intérieur de la doctrine cousinienne, l'orateur appelle à « l'émancipation de l'individu », un propos qui pourrait être tenu par les Indépendants, ou écrit dans *La Minerve*. Et d'ajouter, pour insister sur la portée politique de la philosophie du sujet : « Surtout quand on est convaincu comme moi que la vérité y gagnera cet immense avantage de ne pouvoir plus être attribuée à la ruse des gouvernements et à la faiblesse des gouvernés. » Il est clair que le cours de 1829 n'a plus le même programme, la liberté ne s'exprime plus dans l'acte de juger.

Mais Cousin court un risque dans cette conception à la fois antisubjectiviste et anti-individualiste ; il *flirte* (*kokettieren* dirait Marx) avec le schéma traditionaliste que l'on trouve chez Bonald et Lamennais : la distinction entre la « raison générale » (ou « sens commun ») et la « raison personnelle », cette dernière étant disqualifiée comme impropre à accéder à la vérité. Maine de Biran considère, à juste titre, la distinction comme absurde et antiphilosophique : « Comment la raison peut-elle être universelle si elle n'est d'abord ou en même temps individuelle, comment la même lumière pourrait éclairer tous les esprits, si elle ne se communique également à chacun en particulier[18] » ? De même que pour la querelle du « panthéisme », Cousin protestera de ses intentions, mais les mots étaient plus forts que tout calcul de prudence : le cousinisme va se retrouver tout proche de ce qu'il voulait combattre. *Fata sua libelli habent.* Renouvier et Pillon (dans la *Critique philosophique*) signaleront fielleusement la proximité, rappelée également par Faguet dans l'essai qu'il consacre à Cousin[19] et où il fait de la *souveraineté* l'enjeu du débat entre Cousin et Lamennais. Le débat eu effectivement lieu, par un échange de correspondance entre les protagonistes. En 1825, Cousin répond qu'il admet l'autorité du « consentement universel » cher à Lamennais – mais en tant que dérivée et pensée par la conscience[20].

La lecture cousinienne de Fénelon

Naviguant entre le Charybde du panthéisme et le Scylla du traditionalisme, Cousin se considère donc obligé à la fois de poser l'existence

18. Maine de Biran, « Notes sur *L'indifférence en matière de religion* », in *Œuvres de Maine de Biran*, t. X-1, publ. par Marc B. de Launay, Vrin, 1987, p. 172.

19. Faguet, *Politiques et moralistes du dix-neuvième siècle*, 2e série, voir notamment pp. 250-251.

20. En mai 1826, Lamennais envoie ses observations sur les *Fragments philosophiques* où il est attaqué dans la préface, sans être nommé. Voir Lamennais, *Correspondance générale*, publ. par Louis Le Guillou, A. Colin, 1971, t. III, pp. 66-67, 546-547, t. IV, pp. 94-95 et 204-206.

d'un sujet moral et connaissant et d'en combattre toute possibilité d'autonomie ; il a senti qu'il retrouvait en cela des antinomies déjà présentes chez Fénelon, un auteur qu'il a beaucoup lu, cité, et recommandé dans le programme d'enseignement de la philosophie[21]. Cette pensée était particulièrement attractive car on peut considérer que, par sa philosophie et sa politique, elle se tient aux abords de la vision libérale (à l'époque de Locke en Angleterre) mais sans y pénétrer. En effet, la conception fénelonienne du sujet est ambivalente : elle affirme la *liberté* du jugement avec Descartes, mais en pose aussi le dépassement et la quasi-disparition pour des raisons théologiques (problématique de la « désappropriation » et du « pur amour »). Enfin, en politique, c'est au nom de la primauté de la Loi et du point de vue du Prince que Fénelon engage la critique de l'absolutisme : il ne se place pas du point de vue des gouvernés, ce qui le conduirait à entrer dans la conception contractualiste[22].

Formellement, dans son *Traité*, Fénelon aboutit à une conclusion malebranchiste qui convient à Cousin : « C'est à la lumière de Dieu que je vois tout ce qui peut être vu[23] ». Fénelon frôle lui aussi le panthéisme dans la mesure où il écrit que quand nous « consultons nos idées » (formule de Malebranche), c'est Dieu lui-même que nous percevons, mais jusqu'à l'évanouissement possible du sujet : « Que vois-je dans toute la nature ? Dieu, Dieu partout, et encore Dieu seul. Quand je pense, Seigneur, que tout l'être est en vous, vous épuisez et engloutissez, ô abîme de vérité, toute ma pensée ; je ne sais ce que je deviens : tout ce qui n'est point vous disparaît, et à peine me reste-t-il de quoi me trouver encore moi-même » (*ibid*., p. 77).

Ce dépassement de la subjectivité vers l'unité, qui est l'Être même, sera repris et affiné par Fénelon dans la théorie de l'amour de Dieu totalement désintéressé, qui sera finalement condamnée par Rome à la demande de Bossuet et de Louis XIV. Reproduisant des pages entières du *Traité* dans *Du vrai, du beau et du bien*, Cousin redit avec Fénelon : « Où est cette raison parfaite, qui est si près de moi et si différente de moi ? Où est-elle ? Il faut qu'elle soit quelque chose de réel [...]. Où est-elle cette raison suprême ? *N'est-elle pas le Dieu que je cherche*[24] ? »

21. Fénelon (*Traité de l'existence de Dieu*) faisait déjà partie des auteurs à enseigner pour le baccalauréat en 1809 (décret impérial). En 1842, Cousin fait rajouter les *Lettres sur divers sujets de métaphysique*, avec Bossuet, Arnauld, Buffier, Ferguson et Reid.

22. Cf. notre étude citée, « Fénelon critique de la déraison d'État » (in *Raison et déraison d'État* sous dir. Y. Zarka).

23. *Traité de l'existence et des attributs de Dieu*, in *Œuvres de Fénelon*, publ. par Aimé-Martin, Firmin-Didot, 3 vol., 1867 (1re éd. 1835), t. I, p. 98. De son côté, Malebranche écrit : « La raison que nous *consultons* quand nous rentrons en nous-même est une raison universelle. » En effet, « si la raison que je consulte n'était pas la même que celle qui répond aux Chinois, il est évident que je pourrais pas être aussi assuré que je le suis, que les Chinois voient les mêmes vérités que je vois ».

24. Fénelon cité *in* Cousin, *Du vrai, du beau et du bien*, p. 90.

Des générations de commentateurs répéteront la dernière formule fénelo-cousinienne.

Mais la pensée philosophique de Fénelon est plus complexe, puisqu'elle fait l'éloge de la volonté, et entend, avec Descartes, ne pas déposséder l'homme du libre arbitre. Certes, l'homme est un être qui n'existe que « par emprunt[25] », mais sa liberté est réelle car Dieu a voulu doter l'homme du privilège du libre arbitre : « Je suis dans mon vouloir comme Dieu dans le sien. C'est en cela principalement que je suis son image et que je lui ressemble. Quelle grandeur, qui tient de l'infini ! [...] C'est une espèce de puissance divine que j'ai en mon vouloir ; mais je ne suis qu'une simple image de cet être si libre et si puissant » (*ibid.*, p. 67). Développement – qui vient des *Méditations* cartésiennes – selon lequel j'existe, malgré ma finitude, « comme Dieu », et que Cousin ne garde pas, car il ne se concilierait pas avec la thèse nécessitariste sur le jugement et l'impersonnalité attribuée à ce jugement. Si chez Fénelon je consulte mes idées qui sont Dieu même[26], il reste que pour opter il faut un choix de ma volonté. « On peut abuser de la volonté pour vouloir mal, pour tromper, pour nuire, pour faire l'injustice », mais il existe aussi le bon vouloir : « Le bon vouloir est ce qu'il y a de plus précieux dans l'homme ; c'est ce qui donne le prix à tout le reste ; c'est là, pour ainsi dire, tout l'homme[27]. »

Parce que l'homme est un être créé et limité, cette volonté du bien ne peut s'exercer que sur des perceptions faibles et relatives : c'est par là que Fénelon s'approche au plus près de la vision libérale (ou l'inverse). Il introduit en effet une théorie de la délibération – que Cousin ne peut, non plus, prendre en compte –, dans un autre traité, les *Lettres sur divers sujets de métaphysique et de religion*. L'homme est nécessité à aimer et à vouloir le bien, mais dans ce monde[28], il ne peut le rencontrer comme tel, et c'est ce qui fonde l'exercice de la liberté : « Il est aisé de voir que dans le cours de cette vie, la plupart des biens qui se présentent à nous sont ou si médiocres en eux-mêmes ou si obscurcis qu'ils nous laissent en état de les comparer. C'est par cette comparaison que nous délibérons pour choisir ; [...] c'est dans le contrepoids des biens opposés que la liberté s'exerce[29]. »

25. Sa liberté est « empruntée et dépendante » et « n'est en lui que comme par prêt » (*Traité*, p. 65).

26. « Tout ce qui est vérité universelle et abstraite est une idée. Tout ce qui est idée est Dieu même » (*Traité*, p. 95).

27. On songe au Kant du *Fondement de la métaphysique des mœurs* : la bonne volonté est si précieuse que, alors même qu'elle n'aboutirait à rien, « elle n'en brillerait pas moins, ainsi qu'un joyau, de son propre éclat, comme quelque chose qui a en soi sa valeur tout entière ».

28. Hors l'expérience mystique, qui apparaît dans l'*Explication des maximes des saints*, et encore, pour partie seulement.

29. In *Œuvres de Fénelon*, éd. cit., t. I, p. 140.

Le même Fénelon qui écrit donc, à propos de Dieu, « tout ce qui n'est point vous disparaît », entend montrer l'exercice courant de la liberté en ce monde, qui consiste constamment à choisir entre des biens multiples, biens véritables ou éventuellement fallacieux : « L'homme ne peut choisir qu'entre des objets dignes de quelque choix et de quelque amour en eux-mêmes, et qui font une espèce de contrepoids entre eux. [...] Il faut que l'entendement et la volonté soient en balance entre ces biens vrais ou apparents » (*loc. cit.*, p. 139). Certes, « si le bien suprême venait à se montrer tout à coup avec évidence [...] il ravirait d'abord tout l'amour de la volonté et il ferait disparaître tout autre bien, comme le grand jour dissipe les ombres de la nuit ».

Relativité de la perception du bien, obligation de choisir et d'engager sa responsabilité : ce côté augustinien et cartésien de Fénelon pouvait ouvrir à une théorie pluraliste du gouvernement humain, qui se développera ensuite dans l'empirisme écossais et l'idée du « gouvernement par opinion ». Étant donné sa conception de la souveraineté de la raison, Cousin refuse de s'engager dans cette voie : le « gouvernement de la vérité » ne peut se concilier avec une telle latitude d'appréciation. Le cours de 1828 repousse clairement cette perspective : « La raison n'est point individuelle. [...] Si ces conceptions n'étaient qu'individuelles, nous ne songerions pas à les imposer à un autre individu, car imposer ses conceptions individuelles et personnelles à un autre individu, à une autre personne, serait le despotisme le plus extravagant[30]. »

Qu'en est-il alors du gouvernement fondé sur l'opinion ? Lorsque Cousin reprend ces questions en 1853, on le voit embarrassé : l'opinion, mise à part la vanité, peut être tenue pour bonne, elle est « notre propre conscience transportée dans le public[31] » ; mais, en même temps, elle ne saurait prévaloir contre le « témoignage ferme et assuré de notre conscience ». Cette difficulté témoigne de l'embarras d'un dogmatisme naïf qui, pris entre deux feux, n'évoque le « libre arbitre » que de façon purement argumentative : il reste le *terme*. Sous le Second Empire, l'antisubjectivisme dont la doctrine éclectique a fait preuve se trouve, malheureusement, pris au mot. On comprend que ce soit à ce moment que le « parti libéral », coalition d'opposants, se tourne plutôt vers les écrits de John Stuart Mill. Par exemple, la même année 1853, Gustave de Beaumont cite les *Principes d'économie politique* : « Jamais il n'a été plus nécessaire d'entourer l'indépendance individuelle de la pensée, de la parole et de l'action, des plus puissantes garanties, afin de maintenir

30. Repris dans *Du vrai, du beau et du bien* (note 1, p. 107) contre l'école de Lamennais. On observe comment prétendant servir l'universel (dans une philosophie du « fondement absolu »), Cousin s'interdit en réalité de le penser.

31. *Ibid.*, p. 282.

cette originalité d'esprit et cette individualité de caractère qui sont la source de tout progrès[32]. »

On a beaucoup discuté sur les effets exacts qu'a eu sur Cousin, *via* Royer-Collard, sa lecture de Reid. Dès le discours d'ouverture de son enseignement (7 décembre 1815) Cousin cite Reid, et il semble même, d'après ses dires, qu'il aurait enseigné la philosophie écossaise au lycée Bourbon pendant l'été 1815. Sa théorie de la raison impersonnelle, exposée en 1818, pouvait être nourrie de la fréquentation de la philosophie du « sens commun », bien que cela n'apparaisse guère. Sans que l'on puisse reprendre ici cette discussion[33], il apparaît en tout cas que, du point de vue des enjeux poursuivis par Cousin et dans la visée antisubjectiviste qui est la sienne, Reid ne pouvait être qu'un bon *renfort* dans la méfiance envers Descartes et dans la critique de l'empirisme (c'est-à-dire Hume, aux yeux de Reid). D'ailleurs, Degérando, auteur d'une *Histoire comparée des systèmes de philosophie* très connue au début du siècle (1804), avait prétendu que de Fénelon à Reid, la conséquence était directe[34]. Reid convenait à Cousin en ce qu'il pense y trouver l'« aperception pure de la vérité », qui est chez Reid la définition même du sens commun : « Il y a des propositions, écrit Reid, qui sont crues aussitôt que comprises. Le jugement qui les adopte suit nécessairement la conception qui les saisit ; il est l'ouvrage de la nature, et résulte immédiatement de l'action de nos facultés primitives. Nous n'avons pas besoin de chercher des preuves, ni de peser les arguments ; la proposition n'est déduite d'aucune autre ; elle n'emprunte point la lumière de la vérité ; elle la porte en elle-même[35]. »

Reid, théologien et pasteur à l'origine, puis professeur de philosophie dans la chaire d'Adam Smith de 1763 à 1780, servait donc de renfort à la lutte contre le « scepticisme[36] ».

---

32. Gustave de Beaumont, *Journal des économistes*, janvier 1853, p. 13. Beaumont rend compte d'un ouvrage de Cornewall Lewis (en anglais), *De l'influence de l'autorité en matière d'opinion*. Question qui était de pleine actualité !

33. Voir les Actes du colloque *Victor Cousin, les Idéologues et les Écossais*, et spécialement la communication de J.-P. Cotten qui apporte beaucoup d'éléments : « La philosophie écossaise en France avant Victor Cousin. Victor Cousin avant sa rencontre avec les Écossais ».

34. Texte cité par J.-P. Cotten (p. 114 du colloque *Victor Cousin, les Idéologues et les Écossais*) : « Ce qu'il y a de plus remarquable dans Fénelon, c'est la définition du sens commun et l'importance qu'il lui a donnée en philosophie ». Cette lecture consiste, comme chez Cousin, à prétendre que Fénelon corrige Descartes par le caractère irrésistible des croyances. En réalité, le « correctif » ne se fait pas là ; la seconde partie du *Traité de l'existence de Dieu* répète avec exactitude les étapes du doute métaphysique : suspension du jugement, cogito, démonstration de l'existence de Dieu par l'idée du parfait. Ensuite, la réflexion fénelonienne prend un tour augustinien (perception des degrés de perfection en Dieu) et malebranchiste.

35. T. Reid, *Essais sur les facultés de l'esprit humain*, trad. Jouffroy, Sautelet, 1828-1829, t. V, p. 69.

36. Dans l'ouvrage intitulé *Philosophie écossaise* (Librairie nouvelle, 1857, prétendument 3e éd.), Cousin a expliqué les raisons *sociales* et *politiques* pour lesquelles il

LES GRANDS HOMMES : LE NÉCESSITARISME EN HISTOIRE

Si la doctrine de Cousin avait pour enjeu politique la souveraineté de la raison – au sens que Guizot lui donnera –, elle comportait aussi un versant patriotique qui ne manquera pas, à la fois, d'enthousiasmer la jeunesse de 1828 et de susciter le scandale : Cousin, imitateur cette fois de Hegel, fait l'éloge du grand homme comme produit de l'esprit d'un peuple, produit de la nécessité historique à laquelle il convient de se rallier. Dans la 10e leçon du cours de 1828, il affirmait : « Il faut être du parti du vainqueur, car c'est toujours celui du présent et de l'avenir, tandis que le parti du vaincu est toujours celui du passé[37]. »

De tels propos scandalisèrent parce que, dans cette période de lutte aiguë (c'est le moment de l'ouverture opérée par Martignac envers la gauche), il était évident que Cousin faisait allusion à l'épopée napoléonienne. Le providentialisme, mais cette fois en histoire (cf. aussi Mignet et Thiers), était porté aux nues : le grand homme, qu'il fût un capitaine ou un philosophe, devenait la clef de l'unité d'un peuple. Ravivant le souvenir et la honte des traités de 1815, Cousin déclarait : « Le patriotisme n'est autre chose que la sympathie puissante de tous avec tous dans un même esprit, dans un même ordre d'idées. Otez cette unité d'esprit et d'idées, c'en est fait de la patrie et du patriotisme » (p. 293).

Jouant sur le sentiment proprement romantique de l'indépendance et de l'individualité nationale, le chef de l'éclectisme faisait coup double : d'un côté, il affirmait la nécessité pour un peuple de se retrouver dans le grand homme, de l'autre il se posait lui-même en philosophe « fils de son temps » (comme avait dit Hegel), portant ce temps à la conscience de soi. Sur le premier point les formules abondent, reflet du bonapartisme latent qui habitera tout le siècle : « Un peuple est tout entier dans ses grands hommes » (p. 299), « La racine de la puissance d'un grand homme [...] c'est la croyance intime, spontanée, irrésistible que cet homme c'est le peuple, c'est l'époque » (p. 306)[38].

Quant au second registre, il répète sur le plan historique le *topos* éclectique du lien entre la « spontanéité » et la « réflexion » : le philo-

---

admire le sage conservatisme des Écossais : l'œuvre scolaire et par là moralisatrice du clergé presbytérien, le statut ecclésiastique de nombre de philosophes (Hutcheson, Reid, Beattie, Ferguson) ou la destination ecclésiastique de certains d'entre eux (Smith par exemple). Cousin se félicite que Hume ait été refusé à la chaire d'Édimbourg : c'est la « protestation du sens commun et de la conscience contre la philosophie de Locke » (éd. cit., p. 20).

37. *Introduction à l'histoire de la philosophie*, Didier, 1841, p. 322.

38. « L'Empereur, c'est l'homme qui résume la France » dira une brochure de propagande sous le Second Empire (cf. nos développements dans *Échec au libéralisme*, p. 73).

sophe est proprement la *représentation* du peuple, l'élaboration concentrée et systématisée de l'opinion commune. Comme il y a eu Alexandre, il y eut Aristote en philosophie : le grand philosophe est « le dernier mot de tous les autres grands hommes, et, avec le grand capitaine, le représentant le plus complet du peuple auquel il appartient » (p. 321). Entendez : il y a aujourd'hui l'éclectisme (ce que dégagera la 13e et dernière leçon)[39], il y a Victor Cousin.

Bien entendu, l'orateur de la philosophie explique que, pour être un grand capitaine ou un grand philosophe, il faut être proprement représentatif : dans l'individualité reflet de son temps, on peut lire toute l'époque. « Donnez-moi la série des grands hommes, tous les grands hommes connus, et je vous ferai toute l'histoire connue du genre humain » (p. 300). En revanche, ceux qui s'agitèrent sur la scène de l'histoire en ne faisant preuve que d'autorité ne représentent qu'eux-mêmes ; ils sont sans intérêt, ils ne seront pas vainqueurs : « car l'humanité n'a pas assez de temps à perdre pour s'occuper des individus qui ne sont que des individus » (p. 298). Voilà pour Charles X et son gouvernement, que Juillet allait bientôt emporter, donnant rétrospectivement à Cousin la gloire du prophète.

Ces pages ne manquent ni de souffle ni de style ; peu libérales par la fusion qu'elles évoquent entre le chef et les masses, elles confirment la force du jacobinisme et du bonapartisme, la faiblesse de l'esprit constitutionnaliste dans la culture politique française. Elles retrouvent sans aucun doute la justesse du diagnostic de Charles Dollfus vu précédemment : le caractère généreux du Français pris dans l'élan collectif, sa difficulté spécifique à exister comme individualité courante (autre que celle du leader), ou comme « fierté » dans le vocabulaire de Dollfus, son attirance pour le pouvoir fort et égalisateur. Mais il est à remarquer également qu'à travers le pastiche de Hegel sur Napoléon « âme du monde », Cousin est très près de développer une théorie de la philosophie comme reflet idéologique (Marx). Il conçoit en tout cas de façon explicite le combat idéologique comme logique d'une guerre à l'intérieur de la philosophie, et comme un évolutionnisme des idées : « Les philosophes aux prises entre eux donnent au monde le spectacle d'un certain nombre d'idées particulières, vraies en elles-mêmes, mais fausses prises exclusivement, qui toutes ont besoin d'une domination momentanée pour développer tout ce qui est en elles, et en même temps pour faire voir ce qui n'y est pas et ce qui leur manque : chacune fait son temps ; après avoir été utile, elle doit disparaître, et faire place à une autre dont le tour est venu » (p. 324).

39. « L'éclectisme est la modération dans l'ordre philosophique [...]. L'éclectisme est la philosophie nécessaire du siècle car elle est la seule qui soit conforme à ses besoins et à son esprit, et tout siècle aboutit à une philosophie qui le représente. »

Cet historicisme, conforme à la célèbre thèse éclectique (chaque philosophie est fausse par ce qu'elle nie, vraie par ce qu'elle affirme), développe une sociologie de la philosophie, faisant de cette dernière une *production* des circonstances, un reflet des besoins sociaux : on sait quel avenir cette conception aura. Chez Cousin le modèle n'est pas matérialiste (détermination en dernière instance par les forces productives et les rapports de production), il est proprement polémologique : tout philosophe mène une guerre contre l'hégémonie de son prédécesseur, et si grand soit-il, il sera vaincu à son tour : « Le grand homme vaincu est un grand homme déplacé dans son temps » écrit Cousin, dans le passage où il met en parallèle le capitaine et le philosophe. D'où le résumé donné en tête de la leçon : « Lutte des grands hommes dans la guerre et dans la philosophie. »

DAMIRON : LES PHILOSOPHES « ONT L'ÂME DE LEURS MANDATAIRES »

Cette conception a été réélaborée par Damiron, dans son introduction à l'*Essai sur l'histoire de la philosophie en France au dix-neuvième siècle*[40]. Lui aussi expose que les philosophes sont des « chefs » exerçant un pouvoir spirituel, résumé et systématisation des croyances des masses : « Le peuple a voulu des chefs spirituels, il a ces chefs ; il a des philosophes qui, d'accord avec lui et puisant au même fonds, réfléchissent à son profit et analysent dans son sens ; ils expliquent ses impressions et éclaircissent ses sentiments ; leur théorie n'est que sa conscience réduite à une expression scientifique. Ainsi, les philosophes ne font qu'un avec le peuple ; leur pensée n'est que sa pensée, leurs doctrines ne sont que sa foi[41]. »

Le philosophe porte donc au grand jour ce que les masses ont pressenti, lorsqu'il n'y a encore chez elles « qu'une perception d'enfant et une vue sans raison », il clarifie (grâce à la fameuse « réflexion ») leurs inquiétudes et leurs agitations, il confirme l'*opinion* en lui donnant un fondement : « Ils sont les représentants d'une opinion qu'ils ont comme tout le monde, mais que seulement ils entendent avec plus de savoir que tout le monde[42]. »

---

40. Nous citons d'après la 3e édition (Hachette, 1834). Les deux premières sont contemporaines du cours de Cousin : 1828.

41. *Loc. cit.*, t. I, p. 3.

42. Bouillier apportera un tempérament : la philosophie, expression du sens commun rationnel et non du sens commun empirique, ne fait pas que *répéter* les croyances communes, elle les dépasse ; cependant, elle ne saurait les contredire en profondeur (Discours d'ouverture à la Faculté des lettres de Lyon, 1842 : « Du sens commun rationnel et du sens commun empirique », appendice à Bouillier, *Théorie de la raison impersonnelle*, p. 350). La critique vise plus précisément Jouffroy : « De la philosophie et du sens commun ».

Toute cette élaboration est donc l'œuvre de la nécessité : soit que le sens commun s'agite et réclame de la philosophie, soit que la philosophie descende dans les masses[43], le philosophe ne peut qu'exprimer l'esprit de son temps ; il ne saurait être en retard car alors il serait rejeté, il ne saurait devancer l'époque car on ne pense qu'à partir des opinions déjà là. C'est Marx qui a écrit que « l'humanité ne se pose que des problèmes qu'elle peut résoudre », mais c'est Damiron qui aurait pu le dire. Chez lui, à la différence de Cousin, le modèle n'est pas polémologique mais plutôt politologique : le mécanisme de la représentation permet de comprendre comment une philosophie est possible. Évidemment, il s'agit d'une représentation à ressort déterministe : on choisit l'élite, et elle seule, parce qu'elle est l'élite : « C'est comme l'unité qui règne en politique entre les électeurs et les élus, quand ceux-ci ne sont choisis que par sympathie naturelle et libre mouvement de leur cœur : ils ont l'âme de leurs mandataires ; ils en ont les idées ; ils n'en diffèrent que par le degré d'intelligence. »

On comprend que ces représentants dotés d'une haute intelligence sont les « supériorités » dont parlera Guizot. La représentation, selon ce dernier, consiste à « extraire » du sein de la société la « raison publique » qui a droit de la gouverner. De même, pour Damiron, « la philosophie peut être considérée comme l'expression du sens commun ». Et tout comme le sens commun ne peut se refuser à l'aperception pure de la vérité (Cousin), le peuple ne peut retirer son allégeance à la philosophie, nouvelle Église enseignante : tel est l'effet de la mystérieuse et irrépressible « sympathie naturelle » qu'évoque Damiron. Finalement, on voit l'auteur jouer de façon significative sur un terme à la fois profane (registre électoral) et religieux : « ils ont caractère d'*élus* ». D'ailleurs, comme on l'a vu, l'acte philosophique est un vote, d'après Cousin, Jouffroy, Damiron ou Rémusat : on fait choix d'une opinion[44] ou on est « élu » dans son opinion, dans sa qualité à réfléchir le sentiment des masses.

Là encore, il ne s'agit pas de se présenter à titre d'*individu* pensant : la liberté de choisir – ce « contrepoids » des options qu'évoquait Fénelon – ne serait pas scientifique. Le choix philosophique est un choix d'assomption de la nécessité. Pourtant, dans le texte où il explique le statut représentatif de la philosophie[45], et qui est un texte consacré à Cousin, Damiron récuse cette fois l'idée du vote ; la contradiction est intéressante comme révélatrice des difficultés à rationaliser le vote censitaire de l'époque. Voici ce qu'écrit l'auteur : « Du moment que, dans sa conscience, l'homme ne peut pas se dire de ce qu'il voit : *il est, voilà le vrai*, mais se dit : *il me paraît, je pense*, il n'a plus une idée vraiment

43. Le christianisme et Mahomet sont l'exemple de la puissance des idées, qui prennent ensuite le glaive (Damiron, p. 8).
44. Que cependant on ne peut refuser.
45. Damiron, t. II, p. 162.

rationnelle, mais une opinion particulière, un sentiment, un vote ; il juge comme individu, et ne juge pas comme raison ; il a sa manière de voir, il n'a pas la science. »

La contradiction s'explique probablement par le contexte : voulant illustrer la raison impersonnelle du Maître, Damiron ressent que « voter pour elle », ce serait rester en-deçà de la nécessité invincible du vrai. Oui, le philosophe est divin, et devant cette « espèce d'aperception qui vient à l'homme comme d'en haut » (*ibid.*, p. 163), l'idée de choix ne vaut plus ; celui qui est « élu » n'a plus à élire.

Dans ces conditions, il est clair que la philosophie n'est pas distante du *pouvoir*, et encore moins son ennemie : elle en est l'exercice même, en tout cas chez ce pouvoir ami des lumières et dispensateur de la vérité, dont Constant se refusait à faire l'hypothèse. L'union de la philosophie avec les masses résout le problème de la conciliation de la liberté et de l'autorité, elle met les masses au pouvoir par représentation. Il est vrai que, du coup, il n'y a plus de liberté concevable : ni pour la philosophie, dans cette heureuse fusion, ni contre elle. Effrayé par ce dogmatisme, Sismondi écrivait à Channing en 1835 : « Toute l'école de Cousin, au lieu de faire avancer l'esprit humain, à côté des spéculations les plus hardies, le renvoie en religion au Moyen Âge[46]. »

46. Sismondi, *Epistolario*, III, 296.

CHAPITRE IV

Maine de Biran : une pensée du sujet, hostile au libéralisme

« J'ai senti que mes études habituelles isolaient trop ma pensée de la société, que mon point de vue psychologique tendait à faire de l'homme un être tout solitaire. »
MAINE DE BIRAN, *Journal*, 12 juin 1815.

« *Mortel.* Se dit d'un péché. C'est ce qui tue l'âme de l'âme, c'est-à-dire la volonté. [...] Plus généralement, mortel est cet attribut de l'homme qui défait ses résolutions, et enlève importance à toutes ses pensées. Et au contraire le héros pense et agit en immortel. »
ALAIN, *Définitions*, in *Les Arts et les dieux.*

Quand il s'agit de penser la société moderne, le cœur du problème philosophique se situe dans l'analyse du lien social comme *intersubjectivité* morale et politique. Si cette intersubjectivité est prise explicitement comme objet, il s'agit d'expliquer comment un ordre global naît de l'interaction des diverses libertés se percevant, se comparant et s'influençant entre elles : c'est la voie *écossaise*, représentée principalement par Hume (*Traité de la nature humaine*, 1734-1740) et par Smith (*Théorie des sentiments moraux*, 1759 pour la première édition). De façon simplifiée, on peut résumer cette approche en disant que l'opinion et le jeu de miroirs qu'elle introduit est l'opérateur du social et de la morale sociale en vigueur : « Les esprits des hommes, écrit Hume, sont des miroirs les uns pour les autres. »

Mais, tandis que Smith développera dans cette perspective sa théorie de la « sympathie » et du « spectateur impartial », devenue immédiatement célèbre quoique mal comprise, Hume expose plutôt une problématique de la contagion entre les esprits – bien que lui aussi ait employé le terme de « sympathie ». Il écrit par exemple : « La correspondance entre les âmes est si proche et si profonde que, aussitôt que quiconque s'approche de moi, il répand sur moi l'ensemble de ses opinions et entraîne mon jugement plus ou moins à sa suite. » Dans une société où l'absolu des valeurs ne peut exister du fait du déclin de la religion et où place doit être faite au relatif et au plural, la conception de Hume et de Smith paraissait adaptée et judicieuse. Le *collectif* est devenu une force qui tend à s'attribuer la légitimité, ainsi que Locke le comprend, en élaborant une théorie des majorités *(Second Traité)*, ainsi qu'une réflexion sur ce qu'il appelle « loi d'opinion » *(Essai sur l'entendement humain)*.

Dans cet ordre du collectif, qui est constitué de pôles d'opinion divergents et conflictuels, un élément de stabilité peut être réintroduit grâce à l'édifice constitutionnel, qui définit les règles de coexistence et les limites d'action. Il reste que, selon l'un des principes fondamentaux du libéralisme, la société n'est pas l'État : il faut expliquer ses lois d'équilibre interne, dans l'ordre moral comme dans l'ordre économique. Le complément de la théorie morale chez Smith se lit dans l'*Enquête sur la richesse des nations*, tandis que les *Lectures on jurisprudence* présentent la genèse du pouvoir politique ; de même, chez Locke, la publication la même année des deux grands traités cités plus haut traduit de façon frappante les liens de complémentarité entre l'ordre politique et l'ordre social et moral, même si les commentateurs s'interrogent sur ces articulations, tout comme sur le lien entre économie et « sentiments moraux » chez Smith. Le propre de la théorie lockienne comme de la problématique écossaise est d'établir l'autonomie de la société civile, d'en expliquer la genèse des valeurs, le jeu des passions et des intérêts : l'individu est à la fois maître et victime de sa liberté, jouissant de l'indépendance à laquelle il est attaché et tributaire des illusions sociales.

En France, cette autonomie de la société civile ne se fait admettre que malaisément, puisque l'ordre de la Loi tend, le plus souvent, à dominer, voire à supplanter les jeux de miroir de l'opinion. C'est, du coup, le lien social lui-même qui s'avère difficile à penser ; la dévalorisation qui affecte l'*opinion* – dans la double continuité du jansénisme et de Rousseau – fait barrage à la bonne compréhension de la perspective écossaise ; notamment lorsque cette dernière rend compte d'une élaboration empirique, par les individus sociaux, des règles de rapports entre eux. La lecture critique que mène Cousin de la *Théorie des sentiments moraux* est caractéristique : refusant le concept smithien de « spectateur impartial », confondant la sympathie, source de biens et de maux, avec la pure bienveillance, Cousin entend rapporter les normes morales à l'ordre d'une loi transcendante, et à cela seul. Après le refus de l'autonomie effective du sujet – au sens vu plus haut –, cette seconde perspective antirelativiste, ou « absolutisante », trace des limites étroites au libéralisme spiritualiste du XIXe siècle. Il conviendra de procéder de façon comparatiste, en soulignant les enjeux de la conception écossaise du lien social – on s'en tiendra à Smith –, et ce qui y résiste dans la vision française prise en charge par Cousin[1]. La question n'a pas qu'un intérêt théorique car il se trouve qu'un philosophe comme Maine de Biran occupe là une position médiatrice et nettement critique, en tout cas, vis-à-vis de la vision cousinienne. Non seulement Biran est un véritable penseur du sujet, de son autonomie et de sa liberté, mais il tente d'adopter à certains moments, pour analyser la morale et la politique, la perspective d'Adam Smith. Pourtant, on va le voir, comme penseur du sujet, Biran ne peut admettre la conception libérale qui semblerait découler de ses prémisses philosophiques ; théoricien lui aussi de la « sympathie », Biran en prononce finalement la dévalorisation pour des raisons religieuses qui le rapprochent de Bossuet et de Fénelon. Philosophe plus authentique que Cousin, théoricien de l'« homme intérieur » et de la « vie de l'esprit », Biran nous apparaît comme un penseur déchiré entre ses premières amitiés avec les Idéologues, sa compréhension de ce que demande la société nouvelle, et sa nostalgie pour le XVIIe siècle : « J'étais né pour vivre dans ces temps heureux de la monarchie où Malebranche, Arnauld, Leibniz, Pascal, etc., donnaient tant d'exercice aux facultés méditatives ! » Ou encore : « J'aurais dû naître aux temps de l'école de Descartes[2]. » Ce retour au XVIIe siècle se fait chez lui pour des raisons assez profondes, philosophiques et religieuses, mais il convient aussi particulièrement à Victor Cousin, qui fréquente Biran, le lit et publie ses œuvres posthumes[3].

LE *MOI* PENSANT : BIRAN CRITIQUE DE BONALD

Bien que Biran n'ait pas, semble-t-il, émis de critique à l'égard de l'école cousinienne[4], sa philosophie en est à l'évidence très éloignée. Il suffit de lire ses observations sur Bonald et sur Lamennais, dans la

1. C'est l'objet du chapitre V suivant.

2. Citations du Journal de Biran données par Henri Gouhier, *Œuvres choisies de Maine de Biran*, Aubier, 1942 (p. 21 de l'introduction). Bien qu'une édition scientifique des œuvres de Biran soit en cours chez Vrin, sous la direction de F. Azouvi, le recueil de Gouhier (avec le livre du même auteur, *Les Conversions de Maine de Biran*) reste une référence.

3. Cette édition Cousin a été elle-même rectifiée par plusieurs autres, dont celle de Pierre Tisserand (Alcan et PUF, 14 volumes). Nous n'entrerons pas dans le débat sur les « usages » que Cousin fait de Biran et qui supposerait une étude spéciale. Rappelons la critique violente lancée par Pierre Leroux : *Réfutation de l'éclectisme* (Gosselin, 1839, rééd. Slatkine, 1979) : cf. notamment pp. 127-133 sur le rapport Biran-Cousin.

4. Il se félicite même de voir « le plus sage éclectisme former aujourd'hui le caractère de la philosophie en France », dans son *Examen critique* de Bonald. En 1821, dans son journal, il note une conversation « avec le jeune professeur Cousin » où il relève des désaccords, mais le ton est élogieux (cf. *Être et penser*, publ. par H. Gouhier, Neufchâtel, La Baconnière, t. II, 1955, p. 303).

période où Biran est engagé dans sa dernière philosophie, celle de la « vie de l'esprit », pour mesurer les divergences : admiration pour Descartes et pour Kant, refus de toute « raison universelle » entendue comme ce qui s'imposerait en extériorité au sujet pensant[5].

Dans ses *Recherches philosophiques*, Bonald déniait à la philosophie le droit et la capacité d'examiner de façon critique les opinions reçues, sous le chef que ces dernières constituaient la « raison universelle du genre humain », tandis que le philosophe ne pouvait opposer que sa « raison particulière » qui est toute individuelle. Ainsi, écrivait-il, « lorsqu'il examine avec sa raison ce qu'il doit admettre ou rejeter de ces croyances générales sur lesquelles a été fondée la société universelle du genre humain [...], [l'homme] s'arroge, lui simple individu, le droit de juger le général, et il aspire à détrôner la raison universelle pour faire régner à sa place sa raison particulière, cette raison qu'il doit tout entière à la société[6] ». Combattant, bien entendu, Descartes et le doute méthodique, pour rétablir les droits de l'autorité, et notamment de la religion, Bonald prétendait qu'il ne faut pas « commencer l'étude de la philosophie morale par dire *je doute*, car alors il faut douter de tout et même de la langue dont on se sert pour exprimer son doute ». Que faut-il donc dire selon cette vision qui tient le langage pour l'exercice même de la pensée ? « Il est nécessaire, il est surtout philosophique de commencer par dire *je crois*[7]. » Biran montre que Bonald ne comprend pas le principe même de la philosophie, qui ne consiste pas à *recevoir* la vérité de l'extérieur, ou à opposer une opinion personnelle à l'opinion collective, mais à tirer de l'esprit, de l'intériorité pensante, les capacités d'universel qu'elle possède en soi : « Chaque esprit, chaque *moi* constitué personne pensante, trouve en lui-même ces vérités premières et ne peut les trouver qu'en lui, alors même qu'elles lui seraient dévoilées par une autorité quelconque. Nous n'apprenons pas, en effet, les vérités psychologiques et morales comme les vérités historiques, physiques ou même mathématiques » (sur Bonald, p. 74).

C'est que, pour Bonald, tout vient du langage, de l'acte d'autorité par lequel le père, transmettant les signes à ses enfants, leur fait attacher aux mots certaines idées préformées. Mais la philosophie n'est pas un simple usage des mots, elle est travail de l'intériorité sur elle-même : « Il faut

---

5. Il s'agit de manuscrits datant l'un de 1818-1819 et l'autre de 1819-1820 : « Examen critique des opinions de Monsieur de Bonald », « Notes sur le deuxième volume de l'*Essai sur l'indifférence en matière de religion* de l'abbé de Lamennais », *in* t. X-1 des *Œuvres*, publ. par Marc B. de Launay, Vrin, 1987. Nous citerons ainsi : sur Bonald, p. 20, sur Lamennais, p. 10.

6. *Recherches philosophiques sur les premiers objets des connaissances morales*. Nous citons d'après les *Œuvres de Bonald*, Adrien Le Clère, t. III, 1875, p. 56.

7. Ce que reprendra Lamennais, mais aussi, dans son domaine, le Bastiat des *Harmonies économiques*. On peut remarquer que c'est aussi la thèse des anticartésiens, à commencer par Reid : il est des croyances premières que l'esprit ne peut mettre en doute.

que nous les découvrions [les vérités morales] nous-mêmes, dans leur source intérieure, que nous les fassions ou que nous les inventions de notre côté, par l'emploi de la même activité intérieure qui a révélé ces idées au premier inventeur. » Et cet acte de pensée, non de répétition, que Biran dérive du précepte socratique (« Connais-toi toi-même »), n'a rien à voir avec le jugement de *nécessité* dont Cousin faisait la théorie. Bien au contraire, insiste Biran, les esprits sont tous « indépendants » les uns des autres et cette indépendance fait que les grands philosophes adoptent un « point de vue [8] » chaque fois différent : « C'est bien là certainement la vraie cause du défaut d'uniformité absolue d'idées et de signes qu'on remarque dans les doctrines de philosophie proprement dite, défaut dont les sceptiques ou les détracteurs de la raison humaine à un titre quelconque prétendent tirer un si grand parti. »

Face à Bonald et Lamennais qui prétendent que les philosophes se contredisent tous entre eux, signe qu'ils ne se plient pas à la raison générale du genre humain donnée par Dieu, Biran répond que la différence des points de vue n'est pas contradiction mais fécondité de la raison qui, sur un même objet, privilégie telle ou telle perspective. Entre Descartes, Leibniz, Malebranche, Spinoza, il y a à la fois un fonds commun de vérités de raison et une systématisation différente, conduite pas à pas par la réflexion.

Au fond, ce que demandent ces défenseurs de l'autorité c'est que tous les esprits s'*imitent*, en adhérant à une commune croyance. Ils pensent rendre témoignage, en cela, au Verbe johannique, à la « lumière qui éclaire tout homme venant en ce monde ». Mais ils se fourvoient, explique Maine de Biran. D'abord, il est vain de prétendre opposer la raison universelle à la raison du philosophe (conçu, de plus, comme une individualité empirique) : « Comment la raison peut-elle être universelle si elle n'est d'abord ou en même temps individuelle ? » (Sur Lamennais, p. 172). Ensuite, la motivation *politique* est trop claire : « Mettez de côté toute raison et supposez que les hommes ne se conduisent que par un principe d'imitation, en faisant tout ce qu'ils voient faire aux autres, en croyant aveuglément tout ce qu'ils disent [...]. Et quelle société aurez-vous ? Sera-ce une société d'êtres intelligents ? Sera-ce cette foi aveugle qui pourra développer, éclairer et fortifier la raison qui lui est restée étrangère ? » (*ibid.*, p. 173).

Enfin, de façon subtile, Biran fait observer que c'est quand les doctrines se ressemblent et s'imitent qu'elles sont mauvaises, parce qu'il y a artifice : « Une philosophie apprise ou d'emprunt ne consiste que dans de vaines paroles ou dans une simple fin de formes artificielles, et ceux

8. Notion biranienne essentielle. Voir F. Azouvi, qui montre que le thème des points de vue est « la véritable colonne vertébrale du biranisme » : *Maine de Biran. La science de l'homme*, Vrin, 1995.

qui n'ont pas puisé à la source intérieure pour se faire leur philosophie n'y entendent absolument rien » (*ibid.*, pp. 180-181). Et du coup, pour inverser complètement l'argument, il faut observer que les philosophies authentiques, parce qu'elles proviennent de la « source intérieure », patrimoine de la raison humaine à travers le temps, ont beaucoup de points de ressemblance. Il y a une *philosophia perennis*, explique Biran, par delà l'apparente diversité des systèmes : « Ceux qui sont vraiment originaux doivent se ressembler, parce qu'ils sortent tous, pour ainsi dire, du même monde intérieur. Ceux au contraire qui sont produits par imitation ou par enseignement *extérieur* des paroles d'un maître, ne sont que des combinaisons variables, artificielles. »

Ainsi Biran nous révèle-t-il une compréhension de la philosophie comme acte de *dialogue* avec soi-même et entre les systèmes qui le situe loin de l'idée éclectique du « juste milieu » ou de recueil des « opinions philosophiques », ou encore de « représentation » sociologique d'une époque[9]. Il parvient d'ailleurs dans ces manuscrits à des formulations remarquables (qui auraient pu intéresser Hegel) sur le rapport de l'universel et de l'individuel dans la pensée philosophique. Si l'on considère les premières vérités de la méditation philosophique à la façon de Descartes, le moi, la personne individuelle, sa liberté, sa dépendance envers Dieu cause suprême –, ces vérités, affirme Biran, ne sont universelles que pour autant qu'elles sont pensées par un *Je*, par un esprit individuel ; en ce sens, elles sont des notions « individuelles », ce qui fait la différence avec les représentations générales, avec les notions *sociales* dont Bonald prétend affirmer la suprématie. « Les notions individuelles dont nous parlons, écrit Biran, n'en sont pas moins universelles et nécessaires, ou n'en sont que plus aptes à prendre ce caractère par ce premier exercice de la raison ; et il faut bien remarquer ici que toutes les vérités qui ont leur source médiate ou immédiate dans la conscience du *moi* ne sont ou ne deviennent universelles et nécessaires qu'autant qu'elles sont individuelles et personnelles » (sur Bonald, p. 100). Autrement, ajoute Biran, si vous écartez « ce caractère personnel et simple des notions », vous les « confondez avec les idées générales collectives et vous ne trouverez que des abstractions, des collections artificielles ou leurs signes ».

Ce dernier texte confirme sans aucun doute possible que l'acte de penser en philosophe, ainsi exposé, ne peut se concilier, chez Biran, avec les formules de Cousin : « rien de plus impersonnel que la raison », « la raison n'est point individuelle », etc. Penseur du sujet et de l'ouverture du sujet à l'universel, Biran balaye à la fois la rhétorique cousinienne (de façon délibérée ou non) et la thèse bonaldienne du holisme sociolo-

9. Ce n'est pas Biran qui dira d'une philosophie authentique : « Chacune fait son temps ; après avoir été utile, elle doit disparaître et faire place à une autre dont le tour est venu » (Cousin, cours de 1828).

gique : « Comme si, s'exclame-t-il, la *société* était un être mystérieux, existant par lui-même, indépendant des individus et différent de leur réunion ; comme si la société, sans les individus, possédait un système de vérités qui lui auraient été données primitivement et que les individus recevraient passivement sans avoir même le droit d'examiner, ni par suite les moyens d'entendre ces vérités extérieures » (sur Bonald, p. 98)[10].

L'INTÉRÊT DE BIRAN POUR LA POLITIQUE : UN PROBLÈME D'INTERPRÉTATION

S'il est vrai que, comme l'a dit Bergson, un grand philosophe est quelqu'un qui développe toute sa vie une intuition fondatrice, dans le cas de Maine de Biran cette intuition est la découverte de la personnalité par et à travers l'expérience de l'effort. La conscience saisit immédiatement, dans l'effort, la *cause* que nous sommes, et l'on peut dire, en modifiant le Cogito cartésien : je suis, j'existe à titre de cause ou de force. Très tôt, à la lecture de Destutt de Tracy, Biran s'oriente vers cette conception, qu'il ne cessera de retravailler sous des « points de vue » divers. Lorsqu'il s'écarte de l'idéologie en général, et notamment de Tracy à qui il était lié de façon personnelle, il reprochera à ce dernier de n'avoir « considéré toute l'intelligence humaine que dans ses produits, ses résultats ou ses matériaux et non dans les *puissances* qui les mettent en œuvre ou dans ce qui fait le sujet, la partie vraiment active et opérante[11] ». La recherche de « ce qui fait le sujet » est désormais la préoccupation de Biran et l'amènera à dialoguer avec Descartes pour mieux définir le « fait primitif du sens intime[12] ».

Nous ne nous intéresserons pas ici à l'évolution de Maine de Biran, particulièrement complexe[13], mais aux rapports que cette pensée du sujet

---

10. Toute la page serait à citer pour son accent d'« individualisme méthodologique » avant la lettre. Noter que l'on se trouve ici sur le terrain de Benjamin Constant critique des « hypostases » (cf. première partie, chap. Ier). Mais on verra que la société de Constant ne peut pas être celle de Biran.

11. Cit. *in* Hallet-Barbillion, « Choix de notes inédites de Maine de Biran », *Annales de l'Université de Grenoble*, t. IX, 1932. Biran avait étudié avec passion le *Mémoire sur la faculté de penser* (1798) de Tracy, ainsi que la *Dissertation sur quelques questions d'idéologie contenant de nouvelles preuves que c'est à la sensation de résistance que nous devons la connaissance des corps* (1800). Entretenant avec Tracy une correspondance suivie, Biran doit donc opérer un mouvement de rupture intellectuelle qui n'est pas sans évoquer Mme de Staël. Il salue d'ailleurs en 1815 la lutte menée par *De l'Allemagne* contre le sensualisme (*Journal intime* I, 159) et rencontre maintes fois Mme de Staël sous la Restauration. Il a parfaitement compris l'originalité et le sens de l'attitude staëlienne.

12. Cf. l'*Essai sur les fondements de la psychologie* (rédigé vers 1812), repr. dans les *Œuvres choisies* (éd. Gouhier).

13. Voir les ouvrages cités de H. Gouhier et F. Azouvi.

pouvait entretenir avec la politique. Sous-préfet de Bergerac sous Napoléon (1806), membre du Corps législatif en 1812 et opposant à Napoléon avec son ami Lainé, député sous la Restauration et prononçant de nombreux discours, Biran n'était nullement étranger à la politique. Le point intéressant est de savoir pourquoi lui, qui admet les libertés apportées par la Révolution et n'accepte aucune forme de despotisme, est hostile aux libéraux de son temps. G. Romeyer-Dherbey relève « une contradiction entre théorie et pratiques politiques de Biran d'un côté et de l'autre le rôle central joué par l'individualité dans sa pensée philosophique [14] ».

En effet, tout en étant opposé aux ultras, et tout en se voulant un royaliste partisan des libertés [15], Biran repousse les projets des libéraux, tout autant que leur vision de la société. Il se montre hostile, en partie, au gouvernement représentatif et au règne de l'opinion qu'il implique. Intervenant sur le projet de loi concernant la presse de 1817, il affirme que le roi « doit diriger [l'opinion], la fixer dans la véritable ligne constitutionnelle, au lieu de s'enchaîner à sa suite et d'obéir à ses lois capricieuses [16] ». Dans une discussion avec Flaugergues sur les compétences de l'opinion publique, il estime que cette dernière ne doit être consultée que pour les « lois d'administration », non pour les « lois d'institution » ou « fondamentales ». Cela revient à dire que le pouvoir constituant est dans le roi et lui seul [17] : « Quand, écrit Biran, un gouvernement est une fois établi, il ne doit pas être permis d'en discuter les principes ; on ne

14. G. Romeyer-Dherbey, *Maine de Biran ou le penseur de l'immanence radicale*, Seghers, 1974, p. 29. Voir aussi, du même auteur, l'article sur Maine de Biran dans le *Dictionnaire des philosophes* (sous dir. D. Huisman, PUF).

15. Ce qui rappelle souvent Chateaubriand. Dans son Journal, il écrit que « quoique veuillent les royalistes en résultat final, leur intérêt premier c'est de montrer qu'ils veulent les libertés de la nation et qu'ils en sont les défenseurs ». Et si ce parti royaliste, non ultraciste, vient à l'emporter, « ce sera au nom et sous la forme et le fond de la liberté, jamais au nom d'anciens droits et privilèges. Avis au successeur de Louis XVIII » (1er février 1819, cit. *in* J. Lassaigne, *Maine de Biran homme politique*, La Colombe, Éditions du Vieux-Colombier, 1958, pp. 202-203). Sur l'importance du sentiment monarchique chez Biran, on lira l'étude d'Agnès Antoine : « Maine de Biran et la Restauration », *Commentaire*, n° 76, hiver 1996-1997, pp. 931-938.

16. Cit. *in* J. Lassaigne, p. 156. La même année (11 octobre), Biran commente l'habileté de Richelieu qui sut s'assujettir la diversité des places fortifiées grâce à une assemblée de notables : « Voilà tout le secret des gouvernements représentatifs, où la nation elle-même paraît associée à l'administration de l'État. [...] Il faut que ces assemblées soient menées par l'autorité. Le repos est le plus grand bien de la société ; point de repos sans autorité reconnue et non contestée. C'est là notre plaie. Il faut que ces assemblées servent les vues de cette autorité, tout en paraissant se diriger elles-mêmes et agir spontanément » (*Journal intime*, éd. cit., La Valette-Monbrun, II, 59). Trois jours plus tard, Biran écrit qu'il veut occuper une position intermédiaire entre la réaction ultra et ce qu'il appelle les « ultra-libéraux ». Il faudrait composer avec les principes et les intérêts de la Révolution, « de manière à les rapprocher avec le temps des anciennes habitudes monarchiques d'ordre et d'obéissance à l'autorité » (*ibid.*, p. 61).

17. Ce sera la thèse de Guizot dans le débat sur la régence, et au moment des lois de 1835.

peut supposer une opinion contraire à ces principes, car ce serait rébellion[18]. » Bref, Biran n'est pas ennemi des libertés, mais il les conçoit sous le primat de l'ordre, un ordre naturel qui s'identifie à la royauté. Pour lui, selon une formule qui l'allie à Chateaubriand, « les vrais libéraux ne peuvent être cherchés que parmi les royalistes[19] ».

Dans ces conditions, est-il fondé de dire que, étant donné ses prémisses philosophiques, « on s'attendrait, en politique, à le voir aux côtés d'un Benjamin Constant défendant, avec le libéralisme, les droits de l'individu, luttant pour la liberté de la presse, l'élargissement du droit de vote, etc.[20] » ? Et que Biran, pour assumer les thèses libérales eût dû élargir sa conception du fait de sens intime, comme l'écrit le même auteur : « Il ne faudrait pas le définir comme ce qui n'est donné qu'à un seul mais par exemple (et c'est ce que Scheler fera plus tard), comme sympathie constitutive d'un *nous* » ? Précisément, Biran a tenté cet élargissement, il a réfléchi sur la sympathie au sens d'Adam Smith, dans un texte remarquable, édité par Henri Gouhier, « Fragments relatifs aux fondements de la morale et de la religion ». En fait, ce texte constitue vraiment une synthèse de toute la pensée de Biran en 1818 ; il est riche des tensions qui l'habitent, il nous éclaire sur ce que le philosophe pouvait admettre de la politique moderne[21] : la contradiction entre sa conception du sujet et le libéralisme politique n'est pas aussi extérieure que l'écrit G. Romeyer-Dherbey[22]. Quant à la proximité avec Benjamin Constant elle est en fait, comme on va le voir, rendue impossible ou im-pensable pour des raisons de fond et non de conjoncture.

ENTRE PASCAL ET ADAM SMITH : LES TENSIONS D'UNE PENSÉE

Dans ce texte de 1818 (que nous désignerons par « Fondements[23] »), Biran se propose d'analyser la conscience morale en vue d'en démontrer le *dédoublement* – comparable au dédoublement de la conscience psychologique –, entre motivations venues de la sensibilité et actes désin-

18. Journal : *Être et penser*, II, 186.
19. Octobre 1820, *Être et penser*, II, 295.
20. G. Romeyer-Dherbey, art. cit., *Dictionnaire des philosophes* (1re éd., 1984, t. II, p. 1710).
21. En l'absence du travail sur les *Rapports de la philosophie et de la politique* que Biran projetait d'écrire et dont il entretient Lainé le 27 juillet 1817.
22. L'auteur estime que c'est pour des raisons politiques que Biran ne publie pas en 1812 l'*Essai sur les fondements de la psychologie*, œuvre en effet d'une facture très achevée.
23. « Fragments relatifs aux fondements de la morale et de la religion », in *Œuvres choisies*, éd. H. Gouhier, pp. 257-284. Voir la lecture de ce texte pratiquée par F. Azouvi, dans le cadre de l'évolution suivie par Biran (*op. cit.*, chap. VII : « L'anthropologie »).

téressés, les seuls proprement moraux. Lorsque la sensation est tenue « pour l'origine de toutes les idées » (c'est la thèse à critiquer), on confond tout, comme le fait l'idéologie : « On dira que vivre en soi ou pour soi, c'est la même chose que vivre dans les autres ou pour eux ; qu'il n'y a pas plus de mérite à se sacrifier au bonheur de ses semblables, à tout immoler au devoir, qu'à prendre ses semblables pour les instruments de ses plaisirs et de ses sacrifices. »

Qu'est-ce que la conscience morale ? Biran en donne une analyse pour partie empruntée à Adam Smith, mais qu'il semble ensuite contredire entièrement. La contradiction paraît résider dans le fait que le début du texte veut donner la *genèse* de la conscience morale[24], perspective smithienne, alors que la suite introduit la raison pure, la « loi du devoir » (beaucoup plus proche de l'Évangile que de Kant, dans ce fragment). Enfin, le manuscrit se termine sur une opposition entre ce que devrait être la politique, en relation avec l'absolu du devoir, et ce qu'elle est, immergée depuis Montesquieu dans le relatif : le lecteur reste sur une impression de malaise, comme si la cohérence échappait, mais qui est en même temps porteuse de sens.

La sympathie : un usage ambigu

Biran conclut son premier développement en ces termes : « Ainsi naît la conscience morale proprement dite, qui n'est autre que la conscience même du *moi* qui se redouble et se voit pour ainsi dire dans un autre comme dans un miroir animé qui lui réfléchit son image » (p. 261). On est ici à l'école de Hume et de Smith, pour un point commun à ces deux pensées : la conscience est interpersonnelle. L'auteur a commencé par définir la conscience comme ce que « le sujet peut seul savoir avec lui-même ou en lui-même » : c'est le *conscium* et le *compos sui*. Mais dans la morale ce savoir implique un autre et procède par identification : « L'homme non seulement *consent avec* son semblable par un instinct sympathique[25], mais de plus, en sa qualité d'homme ou d'agent moral, il lui transporte avec son *moi* une activité libre, une propriété personnelle, et par suite des droits pareils au sien, en même temps qu'il consent ou sympathise aux affections d'un autre par une sensibilité expansive. » On remarque que le propre de cette « conscience » est de se fonder sur la sensibilité : c'est parce que l'on sent avec quelqu'un (*consensus* dit Biran), que l'on sympathise avec lui, qu'on lui attribue les mêmes *droits* qu'à soi, qui deviennent devoirs pour nous. Apparemment, il n'y a aucune solution de continuité entre sensibilité et jugement de raison, entre sen-

24. § I à III du texte.

25. Biran vient de citer l'*Émile* de Rousseau : « Cette force d'âme expansive qui m'identifie avec mon semblable, par laquelle je me sens pour ainsi dire en lui, car c'est pour ne pas souffrir que je ne veux pas qu'il souffre. »

timents et droits : « Il sait avec lui ses propres sensations et, placé pour ainsi dire au centre d'une intelligence, d'une volonté qui sont en même temps à lui et à un autre, il juge de ce point de vue élevé ses sentiments, ses vouloirs les plus intimes, ses opérations les plus secrètes » (p. 259).

Le problème qui se pose est de savoir en quoi cette identification (il vaudrait mieux dire cette projection sur autrui) peut procurer un « point de vue élevé » ? Problème qui est le même dans la notion smithienne du *témoin impartial*, que Biran ne manque pas de faire intervenir dans la suite immédiate du texte : « Il les approuve [les sentiments] et les condamne comme un témoin impartial et croit entendre une voix qui retentit au fond de son âme, comme celle de l'écho réfléchit et redit à l'individu ses propres paroles ; l'individu sait avec un autre ce qui se passe en lui, et sait par lui ce qui se passe dans un autre. » Biran entend montrer que, *sans un autre*, l'individu ne peut ni se connaître ni se juger – et c'est là la dualité ou la polarité propre à la conscience morale, par différence avec la conscience psychologique qui, elle, nous dédouble en sujet et en objet. Cette dualité est issue directement de la sensibilité, me faisant entrer (du moins je le crois) dans les passions et les émotions d'autrui et me faisant par là percevoir les miennes[26]. Le processus est comparé avec le sentiment de l'effort cher à la philosophie de Biran : « Il y a en effet une activité et aussi une sensibilité vraiment morales, qui diffèrent également et de la simple activité déployée contre les résistances étrangères et inertes, et de la sensibilité physique excitée par des impressions dont les causes sont connues de l'esprit comme réalisées dans l'espace ou le temps. »

Le point commun est que l'esprit se saisit lui-même, se sait, dans la rencontre avec l'agent extérieur ; la différence est que l'individu ne réagit pas à l'extérieur mais se projette *activement* sur un autre agent, qu'il *ressent* comme identique à lui et même comme non dissociable de ce qu'il est pour soi-même. La sympathie fonde donc d'emblée une société, elle établit des droits, elle ouvre à une politique puisqu'il s'agit de se gouverner ensemble par un *Je* qui est aussi un *Nous* : « Dès lors, il ne sent plus seulement en lui, il n'agit plus uniquement en lui et pour lui, ou comme s'il était le centre unique du monde sensible, mais il se sent encore dans tous les êtres semblables à lui. [...] Et lorsqu'il agit pour soulager la douleur ou secourir la faiblesse, c'est comme s'il se délivrait lui-même d'un mal qu'il éprouverait » (p. 261).

On peut se demander dès lors comment l'égoïsme est même possible chez Biran. Et, à vrai dire, il ne pose pas la question : ce qui l'intéresse c'est de démontrer la force agissante de la sympathie pour le bien. « En

26. Chez Smith, du coup, l'agent *modère* ses émotions en tant qu'il ne veut pas qu'elles offusquent le spectateur sur qui il les lit en miroir : cet équilibre des sentiments est capital dans la sociologie morale de Smith. Mais pour Smith la sympathie est beaucoup plus autrui ressenti *en moi* que l'inverse.

vertu de ces principes d'action, [...] chaque personne morale pourra se mouvoir dans une sphère d'activité qui n'aura plus l'individu ou ses droits personnels pour rayon. » Il est trop clair que l'individu peut n'agir que pour soi, cette attitude tombe en dehors de la conscience morale. Mais la sympathie suffit-elle vraiment à expliquer la conscience morale ?

Biran a en fait introduit un nouvel élément qui est la loi morale évangélique à laquelle la sympathie sert de simple support. Il en avait averti plus haut en signalant que, « dans un troisième progrès intellectuel et *proprement moral*, la conscience relative cesse d'être, se perd entièrement, n'a plus un caractère relatif et s'identifie avec la science, avec la vérité absolue » : nous pouvons « avoir *conscience* de quelque chose d'absolu », qui fait que « l'âme élevée par le sentiment ou par la raison jusqu'à la cause des existences, voit avec Dieu et conçoit le réel, l'absolu, le nécessaire, ce qui est » (p. 259).

Il apparaît donc que Biran développe deux logiques en même temps dont la hiérarchisation manque de clarté : si la conscience de l'absolu est plus que la conscience de soi à travers autrui, en quoi procède-t-elle encore du sentiment ? Comment l'âme peut-elle s'élever « par le sentiment ou par la raison » jusqu'à Dieu ? Il s'agit évidemment du principe évangélique d'aimer les autres comme soi-même (cité p. 262), mais qui paraît difficilement conciliable avec l'opérateur affectif de la sympathie. D'ailleurs, on voit l'auteur nier ensuite dans le texte ce qu'il a posé au début : « Le principe de toute action vertueuse est tout entier dans ce besoin qu'a tout homme d'être estimé ou approuvé par d'autres âmes, c'est-à-dire par la raison même à qui toutes participent également » (p. 264). Cette participation au Verbe (Biran cite saint Jean, puis Bossuet) n'est plus du même ordre que la sympathie smithienne. Biran continue en ces termes : « Un tel principe, qu'on appelle devoir, n'a certainement rien de commun avec aucune modification, ni aucun attribut de la sensibilité ni individuelle ni excentrique. Il est également opposé aux uns et aux autres, parce qu'il a sans cesse à en triompher. »

Tout se passe donc comme si, parti pour analyser la conscience morale, Biran en décrivait une *genèse* qui ne peut qu'en donner les conditions extérieures mais non l'essence. La « conscience relative » qui s'exerce dans la sympathie n'est pas la conscience absolue ou de l'absolu que délivre le précepte évangélique, le devoir d'aimer Dieu plus que tout et son prochain comme soi-même. L'homme est donc bien un être par l'autre, et par le visage de l'autre, mais (comme chez Lévinas ensuite) c'est méconnaître l'appel moral que de le réduire au miroir, à l'effet spéculaire des passions[27]. L'Autre par qui l'homme est conscience de

27. Cf. plus haut, p. 261 : « Ainsi naît la conscience morale proprement dite, qui n'est autre que la conscience même du *moi* qui se redouble et se voit pour ainsi dire dans un autre comme dans un miroir animé qui lui réfléchit son image. »

soi morale, c'est Dieu ; la société virtuelle du genre humain – pour parler comme Bossuet – est celle qui se soumet à l'absolu de la loi de Dieu. C'est ce que développera la fin du texte sur le plan politique. La raison liée à l'absolu consacre en l'épurant ce que le sentiment, pris dans le relatif, suggérait : « Le moi sort de lui-même pour se juger du point de vue de l'être semblable avec qui il sympathise ; l'homme s'aime dans son semblable. [...] Ce que la conscience inspire, la raison, encore bornée au relatif, le légitime et le consacre » (p. 279). Vient alors la reconnaissance de Dieu comme cause de ce monde : « La politique vient puiser dans la morale et la religion comme au foyer de toutes les institutions grandes, fortes et aimables ; dès lors l'amour de la patrie devient un culte, tous les sentiments expansifs remplissent les âmes, toutes les passions sont grandes et généreuses, l'égoïsme et l'intérêt personnel sont en opprobre. »

Mais c'est encore l'ordre du relatif, explique Biran, et la politique ne pourra s'en évader : « Toutes les nations ont été et seront toujours dans le relatif, quels que soient les progrès des individus » (p. 283). Ce que peuvent espérer les gouvernements, c'est que leurs principes tendent « plus ou moins vers le but d'un perfectionnement absolu ». On n'est pas très loin de l'Idée du droit kantienne, archétype de toute constitution empirique ; ou, si l'on veut, d'un point de vue purement formel, on n'est pas très loin de la souveraineté de la raison chez Guizot et chez Cousin. Mais on n'est plus du tout dans l'univers d'Adam Smith, qui suppose une immanence radicale de l'ordre social[28] et le jeu d'une « main invisible », certes providentielle, mais qui se déploie par le ressort des passions humaines – ou qui, plus exactement, leur confère métaphoriquement un fil interprétatif.

La sympathie chez Smith, opérateur de l'immanence sociale

Soit par exemple l'amour de la patrie, dont parle Biran, et qui se trouve également analysé chez Smith. Dans la *Théorie des sentiments moraux* cette étude est menée à propos de la valeur et de la beauté que revêt pour la conscience humaine « l'apparence de l'utile[29] ». Or cette apparence de l'utile est toute tributaire de ce qu'*on* en dit, du témoin impartial que constitue non pas et empiriquement tel ou tel (c'est là un fait accidentel) mais la voix sociale elle-même. C'est pour obtenir

28. Compte non tenu, cependant, de la finalité d'ordre divin que Smith évoque à maintes reprises, et qui semble plus relever de l'espérance et de la pensée de l'observateur que de la nature de l'observé. C'est l'un des aspects énigmatiques de la *Théorie des sentiments moraux*.

29. Titre donné par Smith au chap. II de la IVe partie, trad. Mme de Condorcet, publ. par H. Baudrillart, Guillaumin, 1860, p. 215 : « De la valeur que l'apparence de l'utilité donne au caractère et aux actions des hommes ».

l'approbation sociale, les applaudissements d'un témoin désintéressé, que nous accomplissons ce qui est *aussi* utile mais d'abord objet d'un jugement de conformité à l'opinion[30]. Les actes de désintéressement répondent donc à un *intérêt moral* qui n'a rien à voir avec l'utilitarisme étroit, puisque nous parvenons à nous situer au point de vue de toute la collectivité et de l'intérêt général[31] : « Lors donc qu'ils préfèrent les autres à eux-mêmes, ils se conforment pour ainsi dire dans ce sacrifice aux *sentiments* du spectateur, et par une impulsion généreuse, ils agissent suivant les vues d'un témoin désintéressé » (p. 220, éd. cit.). Il faut comprendre, encore une fois, que le témoin désintéressé (auquel nous croyons) sert l'intérêt public ou national.

La force de la problématique de Smith c'est qu'elle fait l'économie d'un dualisme à la façon de Kant (entre les mobiles de la sensibilité et les exigences de l'impératif catégorique qui s'adressent à la raison en nous) : elle vise à rendre compte à la fois de la réalité de l'amour de soi, de la grandeur et de la pénibilité de l'action noble qui, cependant, à un certain point de vue, reçoit une sorte d'aisance par la force entraînante qu'elle met en œuvre : « Lorsqu'un jeune militaire expose sa vie pour acquérir à son souverain une province de plus, ce n'est pas parce qu'il préfère cet accroissement de territoire à la conservation de sa propre existence. Il s'estime beaucoup plus qu'il n'estime la conquête de tout un royaume pour le pays qu'il sert[32]. »

D'où vient alors le fait que ce soldat soit si persuadé de la valeur de son héroïsme qu'il fasse preuve comme on dit d'un « moral élevé » ? C'est qu'il examine les choses et les éprouve *du point de vue* de l'opinion générale : « quand il compare ces deux objets », sa vie et le royaume, « il ne les voit pas du point de vue sous lequel il devrait naturellement les envisager, mais comme ils le sont par la nation pour laquelle il combat. Pour celle-ci, le succès d'une guerre est de la plus haute importance, et elle compte presque pour rien la vie d'un seul individu ». De même, Brutus sacrifiant son fils s'identifie à la cause de Rome : « Il jugea ces effets non pas avec les yeux d'un père mais avec ceux d'un citoyen[33]. »

Au bout du compte, ce qui rapproche Smith de Biran est moins impor-

30. Smith appelle « propriété » ou convenance *(propriety)* cette conformité au jugement du public.

31. En fait, nous faisons *exister* la collectivité et l'intérêt général. Cf. notre chapitre suivant où la question est réexaminée.

32. À rapprocher de l'analyse par Sismondi de l'« esprit de corps » (deuxième partie, chap. Ier de ce livre). Le soldat qui maudissait la circonscription lorsqu'il était simple paysan est sensible au discours de l'honneur tenu par le général. Cependant, Smith introduit un sous-entendu persifleur, qui prend de l'importance dans d'autres passages : il ne s'agit que d'une « province de plus », peut-être le pur caprice du souverain.

33. On songe à la mère spartiate évoquée par Rousseau (*Émile*, livre Ier : « Voilà la citoyenne »). Lui aussi cherche les conditions de règne d'une opinion morale collective.

tant que ce qui les oppose. Smith veut critiquer le primat de l'utile tel que développé par Hume, comme Biran critique l'utilitarisme de Tracy. Il montre donc que le calcul de l'utile ne pourra jamais expliquer les actes d'héroïsme[34]. C'est le *discours* du patriotisme (comme chez Sismondi) qui est décisif, discours que tiendrait le « témoin impartial » du point de vue duquel le soldat peut se juger à ses propres yeux. En revanche, chez Biran, la solidarité sociale est trop forte pour ne pas être suspecte : dans l'ordre du relatif, cette conscience morale ne pourrait-elle se révéler pervertie ? Biran ne pose pas explicitement la question, mais il semble bien songer à cette hypothèse[35]. En effet, il cite la dualité que Pascal avait montrée au cœur du besoin d'être approuvé : « Si d'un côté cette fausse gloire que les hommes cherchent est une grande marque de leur misère et de leur bassesse, c'en est une aussi de leur excellence. » Nous ne pouvons souffrir, pour le bien comme pour le mal « de n'être pas dans l'estime d'une âme ». Cette ambivalence, marque de la corruption humaine, pourra être utilisée aux fins d'une société qui ne veut connaître que le relatif. Et cette société, elle est *le libéralisme lui-même* : « Ici, en effet, les institutions morales et religieuses pourront être dénaturées, perverties ou séparées de leur source pour n'être plus que des institutions politiques et des conventions humaines relatives à la civilisation de la société, à la nature du gouvernement, au sol, au climat, etc. : variables sous ces rapports dans la forme comme dans le fond[36]. »

La société des « conventions humaines », c'est, en propres termes, celle de Benjamin Constant[37] ; la société des facteurs empiriques, c'est celle de Montesquieu : « L'auteur de *L'Esprit des lois* a élevé un monument éternel à l'esprit de son siècle ; il a porté la science du gouvernement, la politique relative, au plus haut degré où puisse l'élever une théorie qui part du relatif et s'y termine. »

Il n'est pas sûr que Montesquieu s'en tienne au relatif puisqu'il privilégie, dans le cas anglais, un modèle qui « a la liberté pour objet[38] », et il nous semble que là est la clef cachée de *L'Esprit des lois*. Mais de cette liberté Biran ne peut être l'ami, parce qu'elle suppose le gouvernement représentatif, la liberté de la presse, le choc des opinions, le goût des richesses, le jeu des passions qui rivalisent entre elles[39]. En 1816

---

34. « L'utilité leur donne, il est vrai, un nouveau lustre et augmente encore notre estime et notre admiration ; mais elle n'est ordinairement aperçue que par ceux qui réfléchissent et qui combinent » (*Théorie des sentiments moraux*, p. 222).

35. Elle est, en réalité, illustrée tout au long par Smith.

36. Biran, « Fondements », p. 282.

37. Cf. première partie, chap. Ier.

38. *Esprit des lois*, XI, 5 : « Il y a aussi une nation dans le monde qui a pour objet direct de sa constitution la liberté politique. »

39. Et, quant aux mœurs, « tout citoyen aurait sa volonté propre », « chacun se regarderait comme un monarque » : ce n'est pas le lien social souhaité par Biran. Cf. le *Journal intime* du 28 avril 1814 : au lieu de « l'amour de nos rois », ce sentiment qui

(projet de loi électorale), Biran se plaint de la pente vers la démocratie : « Si un système *représentatif* tout populaire doit être désormais la base de notre législation, alors déchirons la Charte ! [...] Le roi de France n'est plus que le chef d'une république, la multitude fait la loi ; on compte les suffrages, on ne les pèse plus. » C'est l'ère de la politique relative telle que Constant et le groupe des Indépendants s'en font les défenseurs. Le conflit n'est donc pas extérieur à la pensée de Biran, il la traverse intimement : déchiré entre Pascal et Adam Smith, il bute sur la transcription en termes de *lien social* de sa découverte fondamentale, le sujet se saisissant comme volonté libre.

Biran n'est l'homme de la synthèse à aucun point de vue ; comme l'écrit Henri Gouhier : « Maine de Biran est l'homme d'un seul livre, et ce livre, il ne l'a jamais écrit[40]. » Comme le relevait aussi Sainte-Beuve, durant trente ans, Biran « reste toujours au seuil de son étonnement » : il est le philosophe de la pensée toujours remise sur le métier, de l'authenticité la plus forte mais aussi la plus douloureuse. Il en va de même sur le plan politique, qui nous occupe ici : Biran est représentatif de la difficulté française à penser le libéralisme en philosophie. Son spiritualisme véritable ne s'accommode pas des jongleries d'un Cousin qui « déduit » la Charte de l'éclectisme et de la nuageuse « souveraineté de la raison ». Il essaye d'intégrer les deux voies, très différentes, par lesquelles l'époque formulait la vision libérale : la voie d'une théorie du sujet, la voie écossaise de la *commercial society* et du jeu des passions. Pour lui, ces deux voies mènent à des apories, la difficulté fondamentale étant celle de l'acceptation du pluralisme et par là du règne de l'opinion.

---

seul peut « mettre un lien commun entre les hommes du même pays, [...] les philosophes ont réduit tout l'homme à l'individualité » (I, 79).

40. H. Gouhier, *Les Conversions de Maine de Biran*, Vrin, 1947, p. 6.

CHAPITRE V

La voie écossaise. Primauté de l'opinion contre primauté de la loi

> « Tous les rouages de la montre sont admirablement disposés pour l'objet qu'elle doit remplir, l'indication des heures. Leurs mouvements variés conspirent avec art à cette indication ; ils n'y conspireraient pas mieux s'ils étaient doués du désir et de l'intention de l'opérer. »
>
> Adam SMITH, *Théorie des sentiments moraux.*

> « Le labeur et le capital d'un homme sont moins dépensés à réaliser quelque chose qu'à persuader les autres qu'il a réalisé quelque chose. »
>
> John STUART MILL.

LA LIBERTÉ ET LA QUESTION DE L'INTÉRÊT GÉNÉRAL

Pour mieux caractériser la démarche que les philosophes ont privilégiée en France, il convient, comparativement, de définir la spécificité de la philosophie écossaise, notamment chez Adam Smith, dans la production du lien social. Rappelons d'abord la question générale que se pose le libéralisme : comment garantir l'émergence et le succès de l'intérêt général si chaque individualité poursuit ses fins propres et telles qu'elle les entend[1], et que l'on considère que cet état de fait est *légitime* ; non pas bon en tant que tel peut-être[2], mais en tout cas, nécessaire à admettre pour qu'il existe une société sans oppression ; nécessaire aussi parce qu'il y aura toujours une diversité des vouloirs et qu'il faut respecter cette diversité – pourvu cependant qu'elle n'attente pas à autrui, car ce

1. C'est la parabole chez Kant du « peuple de démons », qui pourrait faire désespérer de la liberté commune ; mais il n'en est rien, selon Kant, dès lors qu'on forge l'hypothèse d'une finalité de la nature.

2. Mais bon en tant que tel si l'on dit que la liberté est un bien en soi, quelles que soient les fins et les moyens de cette liberté.

serait transformer la société en rapports de domination, ce serait laisser se réintroduire l'oppression que la diversité écarte par son existence même ; enfin, ce serait supprimer jusqu'à l'idée même d'intérêt général[3]. Mais si la diversité des buts individuels peut provoquer son autodestruction, comment préserver ce qui est tout de même la fin commune : l'intérêt général ? Peut-il exister un garant ou un tuteur de cette fin commune, lorsqu'on n'exige pas de chaque individu qu'il intériorise la fin commune ? Il semble aporétique de vouloir à la fois la disparité des consciences, des libertés et des fins, d'un côté, la communauté d'intérêt et de fin de l'autre.

Ce que montre Smith dans sa *Théorie des sentiments moraux*, c'est qu'il n'est point besoin, pour parvenir à ce résultat, d'un Législateur supérieur qui saurait pour son peuple où se trouve le bien : on reconnaît ici la figure du Souverain analysée plus haut[4]. Il n'est pas besoin non plus d'une problématique de la *volonté générale* à la façon de Rousseau où, finalement, la réduction coactive à l'Un doit inévitablement s'opérer, avec ce paradoxe que si l'individu résiste, « on le forcera à être libre ». Pour Smith, il suffit d'un mécanisme immanent à la société elle-même (avec ses caractères de *civil society*), dans la mesure où ce mécanisme est servi par une anthropologie, fondatrice dans la pensée de Smith et qui en constitue l'enjeu fondamental. On peut dire, en un sens, que toute la *Théorie des sentiments moraux* vise à répondre à une même question : « Pourquoi l'homme a-t-il besoin de son alter ego[5] » ? Il serait peut-être plus exact de dire que Smith *décrit* le comment de ce besoin d'autrui, sans poser la question plus métaphysique du pourquoi.

Le grand principe de description anthropologique mis en œuvre peut s'énoncer ainsi : d'une part « Je souffre pour vous » – comme l'on dit, lorsqu'on sympathise avec la douleur de quelqu'un –, d'autre part « Je me juge par vous ». C'est ce principe qu'il faut maintenant détailler, en reprenant quelques-uns des nœuds théoriques où Smith fait puissamment ressortir ses *désaccords*, tant avec l'utilitarisme qu'avec le volontarisme appuyé sur la Loi. Précisément, la première école a son répondant en France dans la tentative des Idéologues, tandis que la seconde s'exprime

3. Le propre du libéralisme de Humboldt, tourné avant tout contre l'idée d'uniformité, est de supposer que si l'État n'intervenait plus pour contraindre les individus à se *ressembler* et les libertés à converger entre elles, la transparence s'établirait entre les individus pour le développement le plus varié de la nature humaine : « Chacun n'ayant plus rien qui le contraindrait à se faire semblable aux autres, serait plus fortement poussé à se modifier d'après eux par la nécessité toujours croissante de l'union avec autrui » (*Essai sur les limites de l'action de l'État*, publ. par H. Chrétien, Germer Baillière, 1867, p. 51). « Crayonnant », comme il dit, cette utopie, Humboldt se situe en dehors de la perspective écossaise, qui part des passions et du conflit pour tenter d'en indiquer une sagesse cachée.

4. Première partie, chap. III.

5. C. Gautier, *L'Invention de la société civile*, éd. cit., p. 111.

dans la critique spiritualiste exercée par Cousin et ses disciples envers Smith : le comparatisme peut se servir de la polémique que les pensées mènent entre elles[6].

LE SUJET SMITHIEN : UNE DÉPENDANCE FONDATRICE

Outre les développements connus sur la sympathie comme faculté de participer aux sentiments d'autrui sans nous confondre pourtant avec lui[7] et, par ailleurs, si différent qu'il soit de nous[8], la thèse de l'influençabilité fondamentale de l'homme est développée dans deux passages remarquables. Il s'agit d'un côté du chapitre « De l'origine de l'ambition et de la distinction des rangs[9] », que Smith avait rajouté dans la dernière édition de 1790 ; de l'autre, le chapitre « De la valeur [en fait : De la beauté] que l'apparence de l'utilité donne à toutes les productions de l'art, et de l'influence très étendue de cette valeur [de cette beauté][10] ». Les deux chapitres se rejoignent en ce qu'ils font la critique d'une thèse répandue : l'homme, égoïste par nature, jugerait de tout en fonction de son *intérêt* personnel calculé.

Dans le premier passage, Smith procède selon la méthode de l'interrogation : il contraint le lecteur à s'examiner pour dissiper l'illusoire explication par l'utile et le profitable. « Quel est l'objet de tous les travaux et de tous les mouvements des hommes ? Quel est le but de l'avarice, de l'ambition, de la poursuite des richesses, du pouvoir, des distinctions ? » (p. 54). La réponse reçue est qu'il s'agit, en tout cas, de subvenir à des besoins et, dans certains cas, à des besoins raffinés. Smith rétorque alors que « le salaire du moindre artisan peut y suffire ». Or la plupart des hommes *méprisent* cet artisan. Pourquoi ? « Pensent-ils que l'on digère plus facilement ou que l'on dorme d'un sommeil plus profond, dans un palais que dans une cabane ? » La réponse ne tient pas. Smith redouble sa question : « D'où naît donc cette ambition de s'élever, qui tourmente toutes les classes de la société ? » Tel est le problème.

La question n'est pas neuve, depuis Socrate. Pour Smith, la source de ces passions est toute imaginaire et non fondée sur la réalité de quelque besoin ; un *imaginaire* qui fait de l'homme un être voué au regard

6. On ne prétendra pas rendre compte de l'ensemble de la pensée de Smith à l'intérieur d'un ouvrage, *Théorie des sentiments moraux*, qui, il faut le reconnaître, est souvent obscur : ce sont les points de comparaison qui retiendront l'attention.

7. Ce que ne voit pas ou ne veut pas voir Maine de Biran, qui établit une relation spéculaire totale car purement projective.

8. Le cas type chez Smith est celui de la femme en couches avec qui je peux, sans expérience de la chose, sympathiser.

9. *Théorie des sentiments moraux*, I, III, 2 : nous désignons, dans l'ordre, la partie, la section quand il y en a une, le chapitre.

10. *Ibid.*, IV, 1.

d'autrui : le but, « c'est d'être remarqué, d'être considéré, d'être regardé avec approbation, avec applaudissement, avec sympathie [...]. C'est la vanité qui est notre but et non le bien-être ou le plaisir ». Comme le fait remarquer Pierre Manent, il faudrait donc dire avec Pascal que « c'est l'imagination qui donne leur prix aux choses » car elle les investit du label de choses *désirables*[11]. L'homme riche s'applaudit d'attirer les regards, et nous nous applaudissons des efforts, des moyens, de la stratégie qu'il déploie, non tant pour s'enrichir – comme possession objective de richesses – que pour... capter notre approbation. « Le pauvre, au contraire, est honteux de son indigence. Il sent qu'elle l'éloigne de la vue des hommes » (p. 55) et cela est tellement vrai, pourra-t-on observer, que quand le pauvre arrive à supporter le regard de la société, on parle d'une « pauvreté honorable ».

Considérons maintenant l'autre chapitre : il insiste sur « l'apparence de l'utile » (sa phénoménalité, pourrait-on dire) et enfonce le clou en avançant une thèse générale : « Nous faisons toujours plus d'attention aux jugements des autres qu'à nos propres sentiments et [...] nous considérons toujours la place où nous sommes, non de cette place même, mais de celle où sont les autres » (p. 209). Telle est la thèse anthropologique : l'homme ne se sait qu'à partir d'autrui, d'une convocation qu'il adresse à autrui – convocation d'ailleurs en termes qui peuvent être très matériels puisqu'il s'agit de la « place », de la situation sociale, mais également en termes moraux, cette approbation que nous requérons d'autrui en tant que « témoin impartial ». Il y a un ordre de priorité nécessaire, selon l'auteur, comme le souligne suffisamment le sous-titre de l'ouvrage : « Essai analytique sur les principes des jugements que portent naturellement les hommes d'abord sur les actions des autres, et ensuite sur leurs propres actions ». Et quand je juge les actions des autres, pour en venir *ensuite* à me juger moi-même, je les juge en fonction de ce que la norme morale établie (selon l'opinion dominante, selon l'expérience répétée) en dit.

Smith sait très bien qu'on lui objectera qu'en réalité on ne sympathise pas avec les riches – pour en revenir à cet exemple évidemment crucial –, mais plutôt qu'on les *envie*. Or la sympathie n'exclut pas l'envie, elle peut même être gangrenée par cette dernière[12] ; mais, fondamentalement, la

11. P. Manent, *La Cité de l'homme*, Fayard, 1994. Voir le chapitre III de l'ouvrage (« Le système de l'économie »), notamment p. 142.

12. Peut-être apparaît-il une différence entre la sympathie véritable, désintéressée, et la sympathie intéressée, qui retrouverait les thèses utilitaristes. Sympathie intéressée du côté du riche et du puissant qui *cherchent* à satisfaire leur vanité, sympathie intéressée du côté des spectateurs lorsqu'il voudraient être dans la situation du riche, être comme lui. Smith expliquerait par là la différence entre la société dont le philosophe peut approuver la moralité, et la société marchande où l'égoïsme prend le dessus : c'est la thèse développée par C. Gautier à partir d'une conférence (inédite) de J.-P. Dupuy sur « Das Adam Smith problem ».

sympathie ne découle pas de l'envie : elle « ne peut, dans aucun cas, être regardée comme un effet de l'amour de soi [13] ». Telle est l'erreur commise par les théoriciens de l'amour de soi (Hobbes, Mandeville), parallèle à l'autre erreur, celle des utilitaristes. L'homme est d'abord un être pour autrui (sans être entièrement *par* autrui), avant d'être un être pour soi.

Réexaminons en effet ces deux erreurs, en commençant par les utilitaristes. On dira que le crédit que s'attirent les riches est dû aux satisfactions qu'ils savent se procurer pour eux-mêmes. Smith montre qu'il faut décaler le regard : si on les admire, « ce n'est pas tant à cause des plaisirs vifs et recherchés dont on suppose qu'ils jouissent, qu'à cause des *moyens* nombreux et artificiels qu'ils ont de se procurer ces plaisirs » (p. 209). Ici apparaît l'idée capitale de la *fitness* [14], de la proportion des moyens aux fins, du *mécanisme* par lequel la vie riche se déroule avec continuité de bout en bout et avec aisance. « On ne les croit pas plus heureux que d'autres, mais on croit qu'ils ont plus de moyens de l'être. » Étrange formulation, puisque, en définitive, tout se joue dans la *croyance* : la phénoménalité de l'utile, ou du luxe en fait, plus que le résultat de l'utile (car finalement on ne les pense pas plus heureux) [15]. Ce qu'on admire donc dans les palais, les beaux mobiliers, les belles architectures, c'est un certain ordonnancement qui suscite en nous l'idée d'une belle proportion, d'une juste adaptation à la recherche du bonheur. Mais le bonheur lui-même ? D'après Smith, il n'est pas l'objet du crédit (de l'existence sous le regard d'autrui) que s'attirent les riches ! Et de même que pour Pascal c'est la chasse qui importe et non le lièvre poursuivi, pour Adam Smith, on admire chez les riches un style de vie bien ordonné à la poursuite du bonheur, de la conception qu'ils ont du bonheur.

Considérons maintenant l'erreur des théoriciens de l'amour-propre. Ceux-ci veulent que je ne puisse envisager autrui qu'en le ramenant à moi-même : par de multiples canaux, par les masques les plus variés (La Rochefoucauld), l'amour-propre ne se perdrait jamais de vue. Smith semble faire une concession : si je sympathise avec votre chagrin (par exemple si vous êtes un père qui a perdu son fils), il semble que « l'émotion que j'éprouve est fondée sur l'intérêt personnel, puisque cette émotion a lieu lorsque je me mets en imagination à votre place » (p. 373). Mais, précise Smith, la sympathie véritable (celle qui ne trouve pas une

13. *Théorie...*, VII, III, 1.

14. Soulignée par P. Manent, *op. cit.*, pp. 142-146.

15. Smith semble d'ailleurs penser que le sens commun a raison : « Pour tout ce qui constitue le *véritable* bonheur, ils [les pauvres] ne sont inférieurs en rien à ceux qui paraissent placés au-dessus d'eux. [...] Le mendiant qui se chauffe au soleil le long d'une haie, possède ordinairement cette paix et cette tranquillité pour laquelle les rois combattent » (*Théorie...*, IV, I, p. 212). On pourrait lui demander si cette « paix royale » est de même nature.

joie à humilier autrui) n'a pas besoin que je *m'interroge* sur ce que je sentirais, cette considération est immédiate et sans retenue : « Il me suffit de considérer ce que j'éprouverais si j'étais réellement vous et que je changeasse non seulement de situation, mais aussi *de caractère.* » Autrement dit, dans la sympathie je me fais réellement autrui (jusqu'à un certain point, dans le domaine considéré) ; car ma tendance première est non pas de me voir en vous mais de *vous* voir en moi. Je vous ai transporté en moi à cet instant : « Je souffre conséquemment pour vous, et non pour moi, ni par intérêt personnel. » Il suffit, rappelle Smith, de consulter l'expérience courante : ce n'est pas pour moi que je souffre, et ce n'est pas non plus (ou pas directement) pour me réjouir de n'être pas vous[16].

Smith repousse donc avec force l'une des idées le mieux installé par le XVIIIe siècle : celle de l'ego possessif d'une société atomistique. Il affirme de façon quelque peu triomphale : « Le système qui déduit toutes nos passions et tous nos sentiments de l'amour de soi, système qui a fait tant de bruit dans le monde, [...] n'est que le système de la sympathie pris dans un sens contraire au sens véritable » (p. 373). En somme, l'homme ne se connaît que par l'oubli de soi – paradoxe qui modifie considérablement les prémisses envisagées précédemment : une société de libertés diverses, concurrentes, en danger de perdre jusqu'au sens d'un intérêt de la communauté.

L'AMBIVALENCE MORALE DE LA SYMPATHIE

Mais faut-il penser dès lors que la sympathie s'égale à la *bienveillance* ? Et que, comme dira Cousin, Smith fait preuve d'un optimisme gratuit ? En réalité, la sympathie étant le signe de notre dépendance envers autrui peut s'exercer pour le bien comme pour le mal, c'est-à-dire au service des vertus honorables ou des comportements que la philosophie désapprouve. C'est pourquoi Smith peut écrire que si la sympathie est « propre à établir et à maintenir la distinction des rangs et l'ordre de la société » – c'est sa fécondité sociologique et en somme libérale – « elle est aussi la cause première et générale de la corruption de nos sentiments moraux[17] ».

On sympathise avec l'homme riche ou puissant, *comme* on sympathise avec la vertu, mais en fait, « à degré de mérite égal dans le riche et le pauvre, bien peu d'hommes sont capables de ne pas estimer davantage le premier que le second » (p. 67). On ne sympathise pas avec le criminel, dira-t-on ? Mais si l'on met en balance la vertu et la puissance sociale, le jeu n'est pas égal : « Nous voyons plus souvent l'attention et l'estime

16. Selon le célèbre *Suave mari magno...* de Lucrèce.
17. *Théorie...*, I, III, 3, p. 65.

des hommes se porter vers ceux qui sont riches et puissants que vers ceux qui sont sages et vertueux » (p. 66)[18]. Il est vrai, précise Smith, que les deux respects diffèrent, mais lorsqu'ils se trouvent en compétition, la majorité prendra une voie qui n'est pas douteuse.

On n'entrera pas dans tous les raffinements et les correctifs que l'auteur apporte à cette thèse ; il montre notamment que les classes moyennes ne suivront pas des critères identiques aux classes élevées. L'important pour la présente étude est de comprendre en quoi le jeu de la sympathie permet l'autorégulation sociale, c'est-à-dire une sorte de légalité sans loi, même s'il est bon que la loi intervienne aussi et amplifie les phénomènes encouragés par la société, en assurant ce que Smith appelle la justice.

UNE RÉGULATION EXTERNE À CHAQUE CONSCIENCE INDIVIDUELLE

Il est difficile, avons-nous signalé, de comprendre pleinement la pensée de Smith car certains passages de son texte ne semblent pas suivre la même logique, et il est plus difficile encore d'harmoniser la *Théorie des sentiments moraux* avec la *Richesse des nations* publiée dix-neuf ans plus tard, bien que l'on y trouve, dans les deux cas, le thème explicite de la main invisible. Alors que, dans le premier ouvrage, cette dernière opère principalement grâce à la passion de vanité, dans le second il s'agit de la recherche individuelle de la maximisation du gain, de l'intérêt à l'état pur[19]. Sans pouvoir entrer dans ce débat célèbre, il faut retenir l'aspect essentiel de ce que Smith a voulu montrer dans le premier ouvrage : ce n'est pas en attendant de l'individu une conscience et une visée de ce qui est utile à la société que cette dernière peut se construire et se développer. Et ce n'est pas ainsi que « fonctionne » la sympathie, même la plus authentique, celle qui est désintéressée. Il faut considérer que, dans ces passages, toute la pensée de Smith est en dialogue critique avec celle de Hume. Dans le *Traité de la nature humaine* (liv. III), Hume expliquait l'origine de la justice par une stabilisation conventionnaliste, artificialiste, des intérêts individuels : l'égoïsme de l'homme et la parcimonie de la nature ont fait naître à propos de la *propriété*, et par là de la justice, un « sens général de l'intérêt commun[20] ». Hume suppose que nous avons d'abord une vue d'ensemble de ce que demande l'intérêt

18. Cruelle observation, qui rappelle le mot de Simonide : « Comme la femme de Hiéron lui demandait s'il valait mieux être riche ou sage : "Riche répondit-il, car je vois les sages passer leur temps à la porte des riches". » (Aristote, *La Rhétorique*, Garnier, s. d., p. 231).

19. La différence est clairement présentée par P. Manent, *op. cit.*

20. *Traité de la nature humaine*, III, II, 2, *in* D. Hume, *La Morale*, Garnier-Flammarion, 1993, p. 90.

commun bien compris, à quoi se rajoute la sympathie : « La règle générale dépasse les cas qui l'ont fait naître [...]. Ainsi, l'intérêt personnel est le motif originel de l'institution de la justice ; mais une sympathie avec l'intérêt public est la source de l'approbation morale qui accompagne cette vertu » (*ibid.*, p. 101).

Il existerait donc une sympathie avec l'intérêt public, qui signale que l'individu comprend et ressent ce qu'exige la société. Bien entendu, Hume mentionne les décalages, les séparations qui existent entre le tout et les parties, entre la société comme « plan entier ou schéma d'ensemble » (p. 98), comme « système entier des actions » (p. 99), et l'activité ou la passion individuelle : cette différence est quasiment *fondatrice* de la vision libérale écossaise. Mais en définitive il semble que chez lui l'utilitarisme conduit à rendre l'individu apte à saisir le « plan entier » – alors que Smith met ses efforts à contester une telle vision.

Chez Smith, il faut inverser le mécanisme : c'est la société comme grand ensemble ordonné, comme « horloge » dont il n'existe pas d'horloger, qui agit à travers l'influence qu'autrui exerce sur moi et que donc, à certains moments, j'exerce aussi sur autrui. En cela, il y aurait au moins analogie avec ce que développe la *Richesse des nations* : le *system of natural liberty*[21] fait que l'individu est conduit par la puissance sociale, c'est-à-dire *comme s'il* existait une main invisible. « Son intention, en général, n'est pas de servir l'intérêt public et il ne sait même pas jusqu'à quel point il peut être utile à la société [...] ; il est conduit par une main invisible à remplir une fin qui n'entre nullement dans ses intentions ; et ce n'est pas toujours ce qu'il y a de plus mal pour la société, que cette fin n'entre pour rien dans ses intentions[22]. »

L'hypothèse de la main invisible et la métaphore de la montre dont les rouages accomplissent leur rôle sans connaître la fonction d'ensemble[23] auraient donc pour but de nous prévenir contre deux erreurs symétriques : la recherche du Grand Législateur d'un côté, erreur caractéristique des Lumières (françaises notamment) qui ont cru qu'une société était un jeu d'échecs[24] ; la croyance, de l'autre côté, à l'identification entre intérêt personnel et intérêt général *tel que conçu par les individus*. Cependant, on pourrait discuter la cohérence de la pensée de Smith. Si l'on comprend bien le sens général de ce qu'il veut montrer (l'ordre social est inintentionnel), n'emploie-t-il pas des arguments qui se contre-

---

21. Cf. P. Manent, *Les Libéraux*, t. I, p. 316, et le choix de textes pris dans la *Richesse des nations*.

22. In *Les libéraux*, éd. cit., t. I, p. 366.

23. Cf. épigraphe du présent chapitre.

24. Cf. *Théorie des sentiments moraux*, VI, II, 2, p. 273. « Les princes souverains sont les plus dangereux de tous les spéculateurs politiques. » Voir aussi le commentaire de C. Gautier, *op. cit.*, p. 231.

disent ? Ainsi, dans le chapitre « Du pouvoir de la conscience[25] », le témoin impartial n'est-il pas la représentation de cet intérêt général que l'individu consulte (et de plus, consulte en lui-même) et qu'il est donc apte à reconnaître ? Smith écrit en effet : « Il faut donc que nous changions de position, pour comparer les intérêts opposés : nous ne devons les voir ni de notre place, ni avec nos yeux, ni de la place ni avec les yeux de la personne en opposition avec nous, mais de la place et des yeux d'un témoin impartial et désintéressé » (p. 152). N'est-ce pas dire alors que nous consultons la *raison*, comme Baudrillart, éditeur de l'œuvre, le signale et comme Cousin, avant lui, l'avait dit dans son cours sur Smith ?

En un sens oui, et quelques pages plus loin l'auteur le formule en propres termes. Évoquant le conflit interne à l'individu entre la bienveillance et l'amour de soi, il écrit : « Un pouvoir plus puissant et qui s'exerce, pour ainsi dire, indépendamment de nous, nous entraîne alors : mais *c'est la raison*, c'est la conscience, c'est cette espèce de divinité que nous portons en nous » (p. 154). Triomphe de Baudrillart en note[26] !

Mais, à mieux y regarder, toujours subtil dans son expression, Smith a réintroduit derrière la conscience – en quelque sorte – le ressort qui la remonte et la ranime : lorsque nous nous préférons à autrui jusqu'à l'injustice, « la conscience nous dit aussitôt que ce serait nous estimer trop et estimer les autres trop peu, et que par là nous nous attirerions le mépris et l'indignation de nos semblables » (p. 155). En somme, le spectateur impartial (transposé en nous) n'est pas l'intérêt général, il n'en est que le gardien. La socialisation procurée par les multiples chocs entre individualités – et que Smith veut renforcer par l'éducation, créée par le législateur[27] – finit par faire triompher l'ordre public. Analyste délicat des rouages de la conscience, fin psychologue, Smith pense qu'en dernière analyse c'est le jugement social qui l'emporte. La puissance de l'opinion est bien ce qui unit les analyses de Locke, Hume et Smith, le propre de ce dernier étant d'insister sur le système de dépendance qui, réalisant un *plan d'ensemble*, providentiel mais non institué, agit jusqu'au tréfonds de la conscience individuelle. Cette « espèce de divinité que nous portons en nous » n'est rien d'autre que le pouvoir social – même si Smith ne cesse de suggérer Dieu, la Providence, la Nature, partout dans son livre. Il y a loin de la complexité de la pensée smithienne au simplisme ultérieur des *Harmonies économiques*, au déterminisme providentialiste ou à la genèse de l'*homo œconomicus*, atomisé, auto-

25. *Théorie...*, III, 3.

26. « Si Adam Smith s'en était tenu à cette idée que c'est la *raison* [...] qui est le siège suprême de nos actions et non une impression formée par la sympathie, il se serait épargné bien des explications systématiques. »

27. Il y a des interventions précises du législateur appelées par Smith, notamment pour l'éducation et les travaux publics.

nome et possessif[28]. Car ce que ne peut le sujet chez Smith, ni comme agent moral ni comme agent économique cherchant son profit, c'est agir de façon atomistique ou autonome : sa *liberté* même signe une dépendance qui est une interdépendance généralisée. Il est stupéfiant de constater combien un cartésien comme Alain a su comprendre cette analyse. C'est que ce cartésien était aussi un analyste politique de l'opinion. Dans un propos de 1928, il prend l'image d'un vol d'étourneaux, qu'il veut présenter comme une observation : « L'ensemble ondulait comme une draperie au vent. Nulle apparence de chef ; c'était le tout qui gouvernait les parties, ou plutôt chacun des oiseaux se trouvait gouverné et gouvernant, chacun imitant le voisin, et le moindre écart de l'un inclinant un peu tous les autres[29]. » Ce que veut montrer le philosophe, c'est qu'ici la problématique du Léviathan, de la souveraineté, le débat sur la démocratie menacée par les élites ou par la représentation n'a plus aucun sens. Judicieusement, il rapproche cet *ordre* (sujet du propos) des confréries et des « ordres » monastiques : « Une procession ou un cortège qui n'a d'autre fin que lui-même. L'ordre se termine à soi et vaut par soi. » Ce n'est pas le tambour qui « règle » la marche militaire, écrit Alain, ce n'est pas quelque instrument qui « règle » la danse : « Cela, c'est l'apparence. En réalité, c'est le bruit même de la danse qui règle la danse ; et la plus ancienne musique de danse fut le bruit des pieds, où les différences sont continuellement effacées. C'est ainsi que partout où des semblables sont réunis, l'ordre naît et renaît. Roi invisible et présent ; à proprement parler, Dieu. »

S'il paraît donc unifier les sociétés animales et les sociétés humaines par l'idée de l'imitation mimétique, Alain dit en fait bien plus : que l'individu est sans cesse en écoute du « semblable » dans autrui, que la société est extérieure et intérieure en chacun, que pareille unité toujours mobile, toujours recomposée, évoque un *plan divin*. À la fois comme métaphore, et... comme croyance bien réelle : « L'ordre enferme par lui-même une espèce de religion, et peut-être toute la religion. » Et enfin, la pensée la plus exigeante ne travaille pas autrement que les fêtes, les danses et le « miracle » de l'ordre social : « Quand je pense un objet, je me propose deux fins : penser conformément à l'objet, et penser comme mon semblable. La géométrie le fait voir. » Car si je trace le cercle ou le cube, je le trace aussi pour la pensée de l'autre (comme Socrate le montre avec l'exemple du Ménon, commenté ailleurs par Alain : « Socrate cherchait son semblable »).

Ainsi, pas de chef d'orchestre, pas de « souverain », une extériorité

28. Insistant sur ce point, C. Gautier marque la coupure avec l'école néoclassique de l'économie politique. Du même auteur, on lira une bonne synthèse sur la *finitude* constitutive de l'individu de la *commercial society* : art. « Individu », in *Dictionnaire de philosophie politique*, éd. cit.

29. Alain, *Propos sur les pouvoirs*, éd. cit., pp. 319-320.

qui est aussi une immanence[30] : Alain savait analyser « à l'écossaise » ; mais ce ne fut pas le cas des économistes et libéraux du XIXe siècle.

INCOMPRÉHENSION ET REFUS : LA RÉCEPTION FRANÇAISE DE SMITH

« Ni lu ni compris ?
Aux meilleurs esprits
Que d'erreurs promises ! »
Paul VALÉRY.

Si l'on met de côté les difficultés inhérentes à la pensée de Smith, on comprend pourquoi elle a été tellement citée en France dès le XVIIIe siècle, réinterprétée et contestée, mais au prix d'un certain nombre de méprises. Elle attire en ce qu'elle semble permettre une vision du lien social, qui est, on l'a vu, un grand problème du libéralisme. Chez les Idéologues, Destutt de Tracy intègre la sympathie comme facteur des échanges économiques, mais il en donne une vision simplificatrice : elle devient le « besoin de sympathie » et appartient à la « vie de relation » par opposition à la « vie de conservation » qui, elle, est autocentrée[31]. Cette lecture plate et appauvrie réintroduit la simplicité de l'*homo œconomicus*. D'autres idéologues voudront rattacher la sympathie à un fondement corporel et organique : la médecine devient, à côté de l'économie politique, l'une des voies de compréhension de l'intersubjectivité sympathique[32]. D'où une voie d'interprétation soit plus matérialiste soit plus intellectualiste de la sympathie : la marquise de Condorcet publie les *Lettres à Cabanis sur la sympathie*[33], qui visent à montrer qu'il y a un « sentiment de l'humanité » prouvé par la sympathie et qu'il suffit de développer par l'éducation et par les institutions.

Sophie de Condorcet greffe en fait la vision de son époux, considérée comme base des droits de l'homme, sur la notion smithienne de sympathie : l'homme étant « un être sensible capable d'idées morales »,

30. Comme nous l'avons signalé à propos de Biran (chap. IV), il y a dans la sympathie un « opérateur de l'immanence sociale », tout autant qu'il existe (ce chapitre) « une régulation externe à chaque conscience individuelle ».

31. *Traité de la volonté et de ses effets*, seconde partie, rééd. Fayard, pp. 401-402 et 412-413. Cette partie est d'ailleurs restée inachevée.

32. Nous devons à J.-P. Cotten la communication d'un texte (resté semble-t-il inédit) de Peter Dockwrey qui fait le point sur cette lecture « médicale » : « Adam Smith's moral philosophy in France ». Cf. aussi l'étude de J.-P. Cotten dans le colloque cité sur Cousin, les Idéologues et les Écossais.

33. Reproduction à la suite dans l'édition, par Baudrillart, de la *Théorie des sentiments moraux*.

s'aidant de la *réflexion* que lui procure la raison, il est aisé de montrer que la sympathie ne fait qu'actualiser sa nature, que l'ouverture à l'universel est donnée, sans qu'il faille supposer que l'égoïsme et la vanité expliquent toutes nos actions ; les idées morales sont l'élaboration que la raison opère sur l'*expérience* du bien occasionné à autrui.

Point n'est besoin donc de faire appel au spectateur impartial, du fait de cette dynamique interne à la conscience, de cette *sensibilité* aux plaisirs moraux partagés qui fait la sympathie : la sensibilité, « une fois éveillée et excitée dans notre âme, se renouvelle à la seule idée abstraite du bien ou du mal. Il en résulte pour nous un motif intérieur et personnel de faire du bien et d'éviter de faire du mal, motif qui est une suite de notre qualité d'*êtres sensibles et capables de raisonnement*[34] et qui peut, dans les âmes délicates, servir à la fois de moniteur à la conscience, et de moteur de la vertu[35] ». Comme on le voit, tout est réintégré dans la conscience, au « moniteur » qui l'habite, selon une réinterprétation qui puise chez Locke (les idées construites par « réflexion ») et chez Condorcet : on est loin de l'efficace sociale, du puissant moteur de l'opinion publique que Smith entendait privilégier. Conception bien française en fait, qui ne cherche pas tant à expliquer comment le tout social tient par la régulation réciproque des passions, qu'à fonder les droits de l'homme, les droits des individus libres et égaux. Après avoir montré l'« intérêt d'être juste[36] », Sophie de Condorcet étudie « les motifs qui peuvent porter l'homme à être injuste », ou, comme elle dit encore, « l'intérêt d'être injuste ». Sa conclusion reporte la charge sur la société : les « idées morales incomplètes et fausses », les « passions plus dangereuses que les passions naturelles » proviennent des institutions sociales qui contredisent la nature. En somme, la sympathie, qui ne dispense pas de la loi, ne pourrait même exister sans un minimum de bonnes lois : l'anthropologie smithienne est pliée au lit de Procuste de la Révolution française, aux idéaux de liberté, d'égalité et d'instruction publique.

Lecteur de Sophie de Condorcet, de Tracy et de Maine de Biran, Victor Cousin n'a aucune peine à contester aussi bien Adam Smith que ses interprètes français. Reprise plusieurs fois par la suite, cette lecture cri-

---

34. L'auteur cite ici la définition bien connue de Condorcet. Cf. par exemple l'*Esquisse d'un tableau des progrès de l'esprit humain* et notre commentaire d'un projet de Déclaration chez Condorcet (L. Jaume, *Les Déclarations des droits de l'homme*, éd. cit., p. 108).

35. P. 461 de l'édition Baudrillart, chez Guillaumin.

36. Autre préoccupation caractéristique pour une pensée en délicatesse avec l'utilitarisme : la formule est chez Rousseau (premier manuscrit du *Contrat social*) et engendre un dilemme majeur : voir notre analyse dans *Hobbes et l'État représentatif moderne*, p. 215. Sur cet « intérêt », Sophie de Condorcet écrit : « L'homme estimable est heureux d'estimer » ; c'est la « fraternité de la vertu » (lettre III, p. 455).

tique apparaît d'abord dans le cours de 1819-1820[37] : l'erreur de Smith, relève Cousin, est courante chez « beaucoup de gens du monde » ! Ce sont en l'occurrence « ceux qui font du public le juge suprême d'une conduite morale et qui voient dans son suffrage la marque décisive de l'estime que chaque agent peut avoir méritée » (p. 133). Le trait, comme on le voit, est assez méchant : il est dans la lignée de la critique janséniste du « monde » ou du *Traité de morale* de Malebranche, qui sont les fréquentations de Cousin[38].

Fort de sa théorie de l'« impersonnalité », qu'il attribue ici au bien comme à la raison, Cousin traite Smith avec quelque condescendance : « Je commence par lui demander si la sympathie est comme le bien un principe obligatoire, invariable, impersonnel » (p. 139). Cousin ne s'arrête pas au caractère *interpersonnel* de la sympathie smithienne, il lui suffit qu'elle soit un sentiment, donc un « principe personnel », pour qu'elle ne puisse suppléer la loi morale. Cet « instinct sympathique », écrit-il, n'existerait pas « si nous n'existions pas nous-mêmes ». On devine la suite : « Il n'a donc aucun rapport avec le bien, chose impersonnelle, placée en dehors des conditions et des vicissitudes de notre vie mortelle » (p. 141). Et puisque la raison est le lieu de l'universel, puisqu'un sauvage du Canada voit les mêmes vérités qu'un Européen[39], l'impartialité dont parle Smith ne peut être que le fait de la raison. Smith se contredit lui-même lorsqu'il évoque une « sympathie impartiale ». La condamnation portée par Cousin au nom de la philosophie ne surprendra pas : tous ceux qui veulent fonder la morale sur des bases empiriques attribuent à l'opinion des vertus que seule la Loi peut engendrer.

Il est également caractéristique que, passant ensuite à l'examen de l'économie politique, Cousin loue Smith d'avoir triomphé des physiocrates et, avant la lettre, des Idéologues (Tracy) : il a fait du travail la source de la valeur. Mais qu'est-ce que le travail selon Cousin ? C'est l'effet du *sujet*, de la véritable source de la valeur, que, pour le coup, Smith a méconnue, « l'être libre, la force productive, ce que la psychologie appelle le moi. Le moi agissant et libre, telle est la puissance dont le travail est le produit, telle est la force dont le travail est la manifestation, tel est en un mot le principe du principe de Smith » (p. 176). Le

37. *Cours d'histoire de la philosophie morale au dix-huitième siècle, professé à la faculté des lettres en 1819 et 1820*, éd. Danton et Vacherot, Ladrange, 1840. Il s'agit du t. II, 2e partie (« École écossaise »), 5e leçon. Voir l'excellente étude de J.-P. Cotten : « La "réception" d'Adam Smith chez les derniers idéologistes et dans la "nouvelle philosophie" », *in* J.-P. Cotten, *Autour de Victor Cousin*, éd. cit.

38. Cf. Malebranche, *Traité de morale*, II, XII, § XVII : « La société est une pénible et fâcheuse servitude pour tous ceux qui n'y sont point nés, et qui peuvent se passer des autres. [...] Que chacun examine donc ses forces et ne se laisse point surprendre au dangereux plaisir de connaître et d'être connu ; et ne lie de société qu'autant qu'il est en état et dans la volonté d'en remplir les devoirs » (Garnier-Flammarion, 1995, p. 330).

39. Cousin cite Fénelon. Comme on l'a vu, la source est Malebranche.

professeur d'Édimbourg en serait sans doute resté stupéfait, mais on retrouve là le point d'orgue *spiritualiste* dont l'école cousinienne en économie se fera la propagandiste : le lien social ne peut s'envisager que du point de vue de l'instance de la loi, de l'État, d'un moralisme des plus abstraits. Il faut d'ailleurs remarquer, avec J.-P. Cotten, que les éclectiques qui suivent Cousin dans la critique de Smith[40] sont bien moins engagés dans la *commercial society* et dans la déférence qu'elle peut susciter que les Idéologues : « Ce seront, pour la plupart, des hommes de loi, de futurs parlementaires, des professeurs, des administrateurs, parfois des propriétaires fonciers, jamais des chevaliers d'industrie. » Ce qu'ils expriment, c'est une certaine culture d'État, une valorisation de la puissance et de l'impartialité de l'appareil d'État dans la définition de l'intérêt général. C'est bien cette idéologie qui structure massivement le libéralisme français, comme l'introduction même au présent ouvrage le signalait (Lamartine). Ce qui est cohérent avec cet autre trait caractéristique, déjà signalé, que pour les philosophes libéraux, la philosophie est une question d'État.

40. Notamment Jouffroy *(Cours de droit naturel)* et Damiron *(Cours de philosophie)* : pour eux, la sympathie, ce ne peut être que la raison.

Conclusion

« Il va quérir la liberté, qui est si chère. »
DANTE, Le Purgatoire, chant I.[1]

Au terme d'une étude qui unit la théorie politique, l'histoire et la philosophie, il convient de déterminer ce qui, au sein de l'expérience libérale, reste attaché au contexte historique et ce qui revêt une portée plus large, source d'une pérennité, voire d'un renouvellement de l'*esprit libéral*. Par-delà la diversité et le *dissensus* des courants libéraux originaires, peut-on dégager un sens général de l'expérience libérale qui permettrait de comprendre, par exemple, en quoi un observateur et un penseur comme Raymond Aron a témoigné, dans les temps récents, de l'esprit libéral ?

Dire qu'il existe un esprit libéral, c'est faire l'hypothèse que le facteur subjectif, ou encore éthique, est prépondérant par rapport au domaine doctrinal ou au système (s'il existe) de la société libérale – y compris pour ce qu'on appelle de nos jours les « démocraties libérales ». Répondant ainsi aux interrogations données dans l'introduction, on montrera que le dilemme des libéraux, qui a été analysé précédemment sous diverses faces, a eu une vertu et une fécondité ; en effet, il a nourri, suscité même ce qui est précisément l'esprit du libéralisme : 1) une éducation à la *complexité* sociale et politique, au traitement des tensions qui sont insé-

1. On peut lire en anglais cet extrait de Dante sur un bronze de Triquetti, « Dante et Virgile », 1861 (visible au Museum of Fine Arts de New York). Dans la *Divine comédie*, fort appréciée par les romantiques et les libéraux, Virgile montre Caton d'Utique à Dante et lui dit : « Il va quérir la liberté, si chère à qui, pour la garder, sait rejeter la vie. » Sur le libre arbitre chez Dante, forme de l'immortalité qui doit être préservée contre la tyrannie, y compris au risque de la mort, voir Dante, *Œuvres complètes*, trad. A. Pézard, « Pléiade », 1965, p. 1120, note sur la liberté. En 1805, Mme de Staël écrivait à Louise de Saxe-Weimar : « Ce n'est pas seulement la liberté, mais le libre arbitre qui me paraît banni de la terre. »

parables de la liberté moderne 2) une formation à la *vertu de modération* dont Montesquieu a été, et reste, la pensée fondatrice[2].

Il est cependant un aspect proprement philosophique dont le libéralisme politique, sous sa forme nationale, en France, ne peut être dit la source ou le laboratoire : celui du pluralisme moral. Sur ce point, la troisième partie de cet ouvrage devrait être suffisamment parlante. Le pluralisme moral, dont la pensée de Locke est probablement le point de départ, suppose non pas un relativisme complet, mais la recherche d'une vision d'ensemble à l'intérieur de laquelle se déploie la possibilité d'une gradation d'approches diverses sur le bien ; cette vision ne peut être élaborée qu'à travers une analyse du jeu entre la norme et l'opinion[3]. Elle débouche aujourd'hui sur une théorie de la justice (Ralws par exemple) où il s'agit de fonder un consensus non autoritaire mais pluraliste.

Une telle orientation de pensée, visant à établir un pluralisme moral, n'est pas l'objet des libéraux français, fussent-ils philosophes et lecteurs (critiques) de Locke ou des Écossais. La pensée de la mouvance libérale est préoccupée, sinon fascinée, par la question du *religieux* ; elle oscille entre l'indépendance revendiquée vis-à-vis du religieux comme référence commune de la société et l'idée de la nécessité indépassable du religieux : les hésitations de Tocqueville et peut-être plus encore de Benjamin Constant sont révélatrices. « La religion, écrit Pierre Manent, est le lieu stratégique par excellence de la doctrine tocquevillienne[4]. » Pour la question de la morale dans le libéralisme, c'est le rapport à la loi, à l'État, parfois à l'opinion (tyrannie de la majorité) qui occupe tout l'espace. Ou, plus exactement, et c'est ce qu'il faudra préciser, la question devient celle d'une éthique du sujet en charge de sa responsabilité.

2. Il faudrait en fait montrer tout ce que Montesquieu reprend à Aristote (notamment sur la question de la *prudence*) ; nous ne le ferons pas ici.

3. Dans l'*Essai philosophique concernant l'entendement humain* (II, XXI, § 54), Locke écrit : « Je dis que tous ces différents choix que les hommes font dans ce monde, quelque opposés qu'ils soient, ne prouvent point que les hommes ne visent pas tous à la recherche du bien, mais seulement que la même chose n'est pas également bonne pour chacun d'eux. Cette variété de recherches montre que chacun ne place pas le bonheur dans la jouissance de la même chose, ou qu'il ne choisit pas le même chemin pour y parvenir. » Le pluralisme moral consiste à penser cette « variété de recherches », et il n'exclut pas que le philosophe soit très ferme, quant à lui, sur la voie du souverain bien. Dans le second des *Essais sur la loi de nature*, Locke observe que les hommes « sont conduits par l'opinion et par la réputation, non par la loi de nature » ; le philosophe aura à cœur de *juger* (*judicare*) la tradition établie, tout en faisant droit à ce que la vie sociale réclame. De là, ensuite, la réflexion des Écossais et ce qu'on a pu appeler « le whiggisme sceptique ».

4. P. Manent, *Tocqueville et la nature de la démocratie*, Fayard, 1993, p. 148. Rappelons la célèbre formule tocquevillienne : « Je doute que l'homme puisse supporter une complète indépendance religieuse et une entière liberté politique ; et je suis porté à penser que, s'il n'a pas de foi, il faut qu'il serve, et s'il est libre, qu'il croie. » La formule est citée, ou bien réinventée sans cesse au XIXe siècle.

LES DROITS DU SUJET : UNE QUESTION HÉRITÉE ET RENOUVELÉE

Le droit de juger de son droit

Pour autant que les libéraux français héritent des principes instaurés par 1789, ils doivent admettre que la légitimité du pouvoir politique s'apprécie du point de vue des gouvernés, et donc, pour commencer, qu'il existe un tel point de vue. Mais ce point de vue est-il un *droit* (la liberté d'opinion, par exemple, ou encore la liberté de conscience) ? Ou consiste-t-il dans une *réflexion* du droit sur lui-même, dans la constitution d'un sujet de ce droit dont on dira qu'il détient le *droit de juger de ses droits* ?

En fait, il existe là une ligne de partage qu'on a souvent retrouvée, affleurant plus ou moins dans la controverse et dans les discours des protagonistes : d'un côté ceux pour qui le bénéfice de droits civils et (éventuellement) politiques *fait* le sujet une fois pour toutes, institue la dignité de l'homme et du citoyen que l'État doit garantir. Dans cette conception, politiquement, le droit de l'individu est d'*être bien gouverné*, il n'est pas de participer à la souveraineté ou à la désignation de ceux qui exerceront la souveraineté. C'est le véritable fondement de la thèse censitaire, laquelle, au-delà de la question du niveau de cens, suppose une vision très précise : les droits civils sont universels, les droits politiques ne le sont pas[5]. L'autre perspective consiste à dire que le sujet libre ne se réduit pas à la *propriété* de certains droits (et à leur jouissance garantie) ; il faut aussi qu'il *exerce* un droit de second degré, un droit qui ne dépend que de son initiative personnelle (et éducable), un droit proprement par réflexion : le droit d'apprécier le contenu de ses droits, la limite qu'ils reçoivent, les sujétions que la loi leur impose[6]. D'où l'idée, capitale chez Constant, que le *sens* de la loi relève d'une appréciation à porter, d'un jugement en conscience. Mais nous sommes dès lors rendus responsables du bon droit, ou de l'iniquité, ou de l'arbitraire

5. C'est la thèse de Guizot, mais aussi de Sismondi qui refuse le suffrage universel et déclare explicitement que le droit du citoyen est d'être bien gouverné. Même idée chez Burke en Angleterre : « Si la société civile est faite pour l'avantage de l'homme, chaque homme a droit à tous les avantages pour lesquels elle est faite » (*Réflexions sur la Révolution de France*, « Pluriel », p. 74). Burke énumère alors les divers droits inhérents à l'individu de la société civile et ajoute : « Quant au droit à une part de pouvoir et d'autorité dans la conduite des affaires de l'État, je nie formellement que ce soit là l'un des droits directs et originels de l'homme dans la société civile. »

6. Dans une telle perspective les limitations censitaires ne sont plus que conjoncturellement justifiées ; elles n'ont pas cette nécessité en quelque sorte ontologique que le libéralisme notabiliaire tend à leur donner. Le libéralisme s'approche ici asymptotiquement de la démocratie (cf. Nefftzer).

armé de la légalité[7]. Il ne suffit pas d'avoir des droits, encore faut-il qu'ils existent pour quelqu'un : la société de liberté(s) n'est pas un Grand Automate, et « on ne fera jamais que l'homme puisse devenir totalement étranger à l'examen, et se passer de l'intelligence que la nature lui a donnée pour se conduire, et dont aucune profession ne peut le dispenser de faire usage[8] ».

Constant n'est pas le seul à avoir défendu cette thèse sur la réflexivité spécifique de la liberté, elle a été notamment formulée avec vigueur par Lamartine dans la *Politique rationnelle* : du pouvoir moderne, il écrit que « c'est la forme libre, c'est le gouvernement critique de la discussion, du consentement commun » – ce que tous les libéraux sont prêts à admettre –, mais il ajoute aussi : « Chacun est juge et gardien de son propre droit. » Si cette affirmation est prise au sérieux, elle implique que l'individu moderne ne peut être simplement gouverné mais doit aussi au moins apprécier comment il est gouverné, sinon influer sur la façon dont il est gouverné[9]. Burke avait bien compris l'importance de la distinction entre le citoyen comme être gouverné et le citoyen fait juge de son droit, et il la récuse en termes explicites : « Chaque membre de la société renonce au premier droit fondamental de l'homme naturel [*unconvenanted*], celui de juger par lui-même et de défendre son propre droit » (*loc. cit.*, p. 75). La convention (le *covenant*) qui fait la société civile implique, à ses yeux, que l'individu s'est dessaisi du droit de juger ; car, pour Burke, pareil droit conduirait à un droit de résistance qui, finalement, ruine la société.

Chez les libéraux français on sait pour quelle raison le courant dominant répugne à reconnaître une telle faculté d'autonomie chez l'individu soumis à la loi : il s'agit de préserver la prééminence des droits de l'État, assimilée à la prééminence de l'intérêt général. Et c'est notamment dans le rapport entre l'individu et l'Administration que le débat a été le plus vif ou le plus clair : il ne fallait pas que la marche de l'administration se trouvât ralentie ou paralysée ; si l'individu est rendu, grâce à la justice ordinaire, juge de son droit, il sera porté à hypertrophier ce qui lui revient, il renversera à son profit le déséquilibre colossal et justifié qui existe entre le droit de tous et le droit de quelques-uns[10]. La controverse sur la liberté d'enseignement a illustré également le refus opposé par le libéralisme gouvernant à ce qui est perçu comme un droit purement particulier ou particulariste.

7. Ce qui ne veut pas dire que le libéralisme élitaire, pour sa part, se désintéresserait du « droit des autres » : on va y revenir à propos de Burke.

8. *In* chap. XI des *Principes de politique*.

9. Chez Sismondi, si tout le monde ne peut voter, tout le monde, dans sa commune, à son rang ou à sa place, doit opiner.

10. Cf. les écrits exemplaires de Vivien.

Le legs absolutiste

Une fois établi le constat du dilemme présent à l'intérieur de la mouvance libérale, il est important d'évaluer ses sources, c'est-à-dire en quoi il renouvelle une configuration ancienne. Le dilemme a été *construit* antérieurement par la façon même dont l'État absolutiste a assis sa puissance au sortir des guerres de Religion et a distribué les rôles. On a déjà signalé l'intérêt de l'analyse menée par R. Koselleck : la scission entre d'un côté la sphère du « public », qui s'identifie à la toute-puissance du Prince et à la compétence donnée à la raison d'État, de l'autre côté, la sphère du « particulier », lieu du for intérieur, obéissant aux exigences de la conscience individuelle mais susceptible aussi d'une loi morale commune. Cette problématique a été récemment confirmée par un ouvrage sur les enjeux politiques de la littérature au XVIIe siècle [11] : lors de la querelle du *Cid*, Corneille fait appel au « public » qui n'est pas celui des cabinets et des érudits des lettres, mais prend vie dans le *sentiment* des spectateurs qui sont présents au théâtre. Le nouveau public est celui des individus, qu'ils soient à la Cour ou dans le peuple, qui jugent en tant que particuliers éprouvant un plaisir esthétique. Ces « particuliers » prennent donc une assurance, une visibilité et une corporéité (si l'on peut dire) que Richelieu tente d'anéantir en faisant appel à l'Académie : seul ce dernier corps peut parler au nom du « public », qui est l'État.

L'enseignement principal de l'analyse ouverte par Koselleck est que l'absolutisme a créé à la fois les causes de sa force et de sa faiblesse. Force parce que la conduite du Prince est par-delà toute morale du fait de sa qualité politique (raison d'État), faiblesse parce que dès lors, et comme le dit Turgot, « tout ce qui blesse la société est soumis au tribunal de la conscience [12] ». On voit quel problème est légué au libéralisme postrévolutionnaire : si le « public » est une société d'individus particuliers, au nom de quoi l'intérêt public garderait-il quelque chose d'externe à l'examen des dits particuliers et d'autant plus s'ils deviennent des citoyens investis de droits ? Question qui ne peut être refrénée qu'à supposer que les *intérêts* particuliers sont trop antagonistes pour que l'unité du bien triomphe : il faut une souveraineté, un certain pouvoir de dire où est le bien commun. En termes comtiens, dans cette « phase critique » où les intérêts matériels ne veulent plus connaître de limites,

11. Hélène Merlin, *Public et littérature en France au XVIIe siècle*, Les Belles Lettres, 1995. Nous suivons l'excellent compte rendu donné par R. Chartier, *Le Monde*, 17 mars 1995.

12. Cf. R. Koselleck, *Le Règne de la critique*, éd. cit., pp. 120-124.

l'erreur du libéralisme (la « doctrine critique ») est de refuser le « pouvoir spirituel [13] ».

C'est bien cette recherche d'un pouvoir spirituel que les orléanistes d'un côté, les catholiques libéraux de l'autre expriment chacun à leur façon. Le premier groupe entend ne pas renoncer aux droits dont 1789 a pourvu l'individu, mais il faut réincorporer cet individu, le soumettre aux « supériorités naturelles » qui permettent de réorganiser la société à partir de l'État. Dans cette vision, le pouvoir d'État devient plus *légitime* par les « corps » qu'il contrôle [14] que par l'individu qui (à en croire la pensée contractualiste) serait supposé l'instituer. C'est là le sens ultime de ce gouvernement de la vérité et de cette légitimation par le social que l'on a vus chez Guizot : si, selon sa formule, « le pouvoir est un fait qui passe, sans contradiction, de la société dans le gouvernement [15] », c'est parce que la société n'est pas faite d'individus mais de grands groupes d'intérêts : grands groupes que la presse, pour sa part, devrait consolider et légitimer dans leur influence sociale et intellectuelle.

S'il peut paraître d'abord surprenant de comparer la situation qui était celle de l'absolutisme au XVIIe siècle avec les conditions du gouvernement représentatif au XIXe siècle, puisque, en principe, tout les oppose, on ne doit pas oublier le chaînon intermédiaire, en fait capital, l'œuvre de Napoléon. Elle consiste, au fond, à revitaliser les *droits de l'État*, après la tourmente révolutionnaire. C'est alors que les droits de la conscience, la dimension réflexive et éthique du sujet sont réclamés par Germaine de Staël comme, précédemment, la conquête du « for intérieur » avait été menée par ceux qui combattaient ou contestaient l'État du souverain incarné. Comme si, quelques cent vingt ans après, une fierté calviniste (celle dont parle Dollfus), revenait battre en brèche ce vaisseau absolutiste dont elle avait été rejetée. De même, la critique de l'« esprit d'uniformité » et de l'obéissance passive, chez Benjamin Constant, sonne le réveil des « droits de la conscience errante » que Bayle a formulés vers 1690.

Une racine du libéralisme : le protestantisme de Bayle

En effet, si Bayle se garde bien de contester l'absolutisme en politique et s'oppose par là à l'autre exilé et contemporain capital qu'est Jurieu,

13. « De là la nécessité absolue d'une action continue, produite par deux forces, l'une morale, l'autre physique, ayant pour destination spéciale de replacer constamment au point de vue général des esprits toujours disposés par eux-mêmes à la divergence, et de faire rentrer dans la ligne de l'intérêt commun des activités qui tendent sans cesse à s'en écarter » (Comte, *Considérations sur le pouvoir spirituel*, « Pluriel », p. 310). Mais chez Comte la division du travail est génératrice à la fois des séparations, de la fragmentation et des hiérarchies que la phase organique saura régulariser.

14. Aussi bien les institutions comme l'Université ou le Conseil d'État que les groupes de notables et d'experts.

15. *Histoire des origines du gouvernement représentatif en Europe.*

il développe une analyse très aiguë du « *dictamen* de la conscience » – lequel, découlant de la lumière naturelle que Dieu nous a donnée, est la seule règle légitime pour nos croyances et nos actions[16]. Bayle fait remarquer que ce tribunal suprême de la conscience raisonnable est tellement reconnu que *même les théologiens* doivent faire « enregistrer » les dogmes devant le « parlement suprême de la raison et de la lumière naturelle » : ce parlement n'est en Dieu que pour autant qu'il est aussi présent et siège en chacun de nous[17]. Formule qui signe l'origine de la controverse, maintes fois renouvelée par Constant, d'un côté contre Bentham (il doit y avoir un droit naturel pour le sujet qui juge), de l'autre contre les doctrines de l'obéissance passive. On sait que Constant réclame le droit de se tromper comme un véritable signe de la liberté à la fois vécue et institutionnalisée[18]. À quoi quelqu'un comme Guizot objecte qu'on ne peut toujours tout remettre en question et que c'est bien là l'orgueil fou de l'esprit humain[19]. Ou quelqu'un comme Montalembert affirme que la plus grande partie des hommes est faite pour recevoir la vérité d'autrui, pour croire[20]. Bien sûr, l'un et l'autre le disent en période de crise, de doute ou de désespoir. Mais, cela a été suffisamment confirmé, ces propos ne font que dévoiler les prémisses propres des deux libéralismes opposés au « droit de juger de son droit » : l'un, le libéralisme de Guizot, estime que l'homme est foncièrement mauvais et doit être fortement bridé par la règle, l'autre, celui de Montalembert[21], considère que « seule la Vérité a des droits ».

---

16. Cf. textes et présentation par P. Manent, *Les Libéraux*, t. I. Et Bertrand de Jouvenel, *De la souveraineté*, Librairie de Médicis, 1955, pp. 356-357.

17. Cf. *Commentaire philosophique sur les paroles de Jésus-Christ "Contrains-les d'entrer"*, éd. cit., Press-Pocket, I, 1, p. 88 : « Ils ne feraient pas tant d'efforts [...] s'ils ne reconnaissaient que tout dogme qui n'est point homologué, pour ainsi dire, vérifié et enregistré au parlement suprême de la raison et de la lumière naturelle, ne peut qu'être d'une autorité chancelante et fragile comme le verre. » *A fortiori*, ceux qui emploient la contrainte en religion ne comprennent rien à ce qu'est l'intériorité de l'âme, à ce qu'est la religion comme rapport à Dieu, « une certaine persuasion de l'âme par rapport à Dieu ».

18. Cf. Bayle : « La conscience erronée doit procurer à l'erreur les mêmes prérogatives, secours et caresses que la conscience orthodoxe procure à la vérité. » Dieu n'exige qu'une chose des hommes : « qu'ils aiment ce qui leur paraîtra vrai » (éd. cit., p. 341).

19. Il le dit souvent, d'ailleurs, en termes « théologiques ». Il le redit dans « Nos mécomptes et nos espérances » : l'esprit de 89 a oublié le péché originel, qui « est l'expression et l'explication religieuse d'un fait naturel, le penchant inné de l'homme à la désobéissance et à la licence. Je tiens ce fait pour évident aux yeux de quiconque s'observe lui-même avec sincérité » (*Revue contemporaine*, mars 1855, p. 483). Le sujet qui s'examine doit battre sa coulpe. N'acceptant pas l'idée d'une *disposition au progrès* présente dans l'individu (et dans l'espèce humaine), Guizot est resté fermé à la philosophie de l'histoire de Kant. Refus énigmatique de la part de quelqu'un qui s'est tellement intéressé à l'éducation.

20. « Remarquez-le, ce qu'il faut à l'homme ici-bas, ce ne sont pas des problèmes comme lui en proposent la science et la philosophie, ce sont des solutions. [...] Il faut aux hommes des solutions et non des problèmes ; il leur faut une vérité toute faite ; il leur faut une règle morale » (Sur la liberté d'enseignement, séance des 18 et 20 septembre 1848, *Discours de Montalembert*, III, 73).

21. Avant la période 1863-1870.

Fortifier l'autonomie individuelle *ou* libéraliser les institutions attenantes à la puissance d'État : l'alternative était déjà construite par le passé monarchique, elle a été ranimée par l'œuvre napoléonienne, elle est léguée aux libéraux. Ils réinventent une question qui devient celle de leur temps – le conflit de deux légitimités[22] –, et ils pluralisent ainsi la vision de la liberté. Chaque courant tend finalement à privilégier un aspect, quitte à l'hypertrophier au détriment de tous les autres.

MONTESQUIEU ET L'ESPRIT DU LIBÉRALISME

Consignant ses *Pensées*, dans un raccourci qui n'a pas suffisamment attiré l'attention, Montesquieu donnait le sens véritable de la catégorie de « modération » : « Tout gouvernement modéré, c'est-à-dire où une puissance est limitée par une autre puissance, a besoin de beaucoup de sagesse pour qu'on puisse l'établir, et de beaucoup de sagesse pour qu'on puisse le conserver[23]. » L'intérêt de ce passage est de souligner que le gouvernement modéré n'a rien d'une mécanique qui fonctionnerait toute seule, d'un prétendu système physicien débarrassé des causes finales : il faut chez le législateur, et chez les « usagers », si l'on peut dire, de la sagesse, et même beaucoup de sagesse. Ce qui conduit à penser qu'avant d'être un attribut des régimes bien conçus la modération est une *vertu* qu'il faut connaître et aimer. Chez le législateur comme chez le gouvernant éclairé, elle relève d'une éthique du sujet. Le régime modéré n'est pas un régime qui aurait réussi à faire l'économie de toute vertu – parce qu'il aurait su bien combiner les forces – mais l'objectivation de l'esprit libéral par excellence, qui est l'esprit de modération[24].

Si le despotisme est chez Montesquieu l'antithèse du régime modéré, c'est parce que, refusant toute *complexité* dans la société et dans le pouvoir, il ne peut dès lors faire appel à aucune capacité présente dans l'être humain : « Il n'y a point de tempérament, de modifications, d'accommodements, de termes, d'équivalents, de pourparlers, ou remontrances ; rien d'égal ou de meilleur à proposer ; l'homme est une créature qui obéit à une créature qui veut[25]. » Toute la dialectique du consente-

22. Entre l'émancipation individuelle et l'autorité de l'État.

23. Montesquieu, *Mes pensées*, in *Œuvres complètes*, « Pléiade », publ. par R. Caillois, 1949-1951, t. I, pensée nº 1795, pp. 1429-1430.

24. Ce point a été souligné par S. Goyard-Fabre, dans *Montesquieu, la nature, les lois, la liberté*, PUF, 1993, pp. 266-267 : « La modération, avant que d'être l'axiome juridique présidant à l'autolimitation du Pouvoir, est un *état d'esprit* qui implique le refus de l'autoritarisme, lourd d'oppression, actuelle ou virtuelle. » Chez les sociologues, c'est également la thèse retenue par Bernard Valade : « On peut dire que l'idée de modération est le fil conducteur du libéralisme de Montesquieu » (p. 169 de l'*Introduction aux sciences sociales*, PUF, 1996).

25. *L'Esprit des lois*, I, 10, « Pléiade », t. II, p. 260.

ment et de l'obéissance, de la liberté comme sécurité protégée et en même temps comme pouvoir de faire « ce que l'on doit vouloir », est arasée par le despotisme qui aime la simplicité : selon la forte image donnée par *L'Esprit des lois*, le despote est comparable à celui qui coupe l'arbre pour atteindre le fruit. Aussi, « tout le monde est bon pour cela », il ne faut que « des passions violentes pour l'établir ». Au lieu de cela, « il faut faire un système[26] », qui sera le gouvernement modéré, mais pour le faire, besoin est d'une tournure d'esprit qui, par sa sagesse, est plus large, plus haute ou plus riche que toute réalisation réussie, issue d'elle. Pour exemple de ces réalisations, il y a la belle confédération lycienne, illustrant le problème de la sécurité d'une république[27], ou le gouvernement anglais, tel qu'il est conçu dans son principe mais non dans ses formes où perce déjà la corruption[28]. L'*esprit* de modération chez le législateur est donc le gage même de la liberté[29], parce qu'il veille à pluraliser les droits, les intérêts et les forces. En cela, cet esprit évalue autant qu'il constate[30], il recherche le *meilleur possible*, dont la réalité fournit les matériaux mais dont l'esprit détient la libre mesure. Montesquieu est par excellence celui qui a voulu concilier l'autonomie de l'individu, la force des corps intermédiaires, la puissance de l'État. L'individu, terme que Montesquieu n'emploie presque jamais[31], est son véritable souci. Si le despotisme ne rencontre plus qu'une « créature » qui obéit, c'est-à-dire un individu réduit à la survie toute nue, c'est parce qu'il a supprimé les pouvoirs « intermédiaires, subordonnés et dépendants », les prérogatives de corps, le dépôt des lois, les corps de justice indépendants (cf. *Esprit des lois*, II, 4 et VIII, 6). Ce que fit précisément Louis XIV, dont l'héritage se révèle, une fois de plus, déterminant[32].

26. Pensée 633, éd. cit., t. I, p. 1153.

27. « Une manière de constitution qui a tous les avantages intérieurs du gouvernement républicain et la force extérieure du monarchique » (*Esprit des lois*, IX, 1, t. I, p. 369). « S'il fallait donner un modèle d'une belle république fédérative, je prendrais la république de Lycie » (IX, 3, p. 372). C'est de ces réflexions que se serviront Hamilton et Madison dans le *Fédéraliste* pour illustrer la *prudence* à l'œuvre dans le nouveau système de l'Union.

28. Sur la pénétration d'un contemporain, Domville, qui avait compris que Montesquieu ne faisait pas un panégyrique de l'état présent de l'Angleterre, voir J. Dedieu, *Montesquieu. L'homme et l'œuvre*, Boivin, 1943, p. 153.

29. « Il me semble que je n'ai fait cet ouvrage que pour le prouver » (*Esprit des lois*, XXIX, 1, p. 865).

30. Débat fameux chez les lecteurs de Montesquieu, dont certains, depuis Condorcet et Helvétius, ont introduit le contresens du « conservatisme » de l'auteur. Nous employons le terme de « complexité » car, à lui seul, il suppose une dimension évaluative.

31. D'après Jean Ehrard, le terme se trouve sept fois dans les écrits principaux de Montesquieu, dont quatre pour *L'Esprit des lois* : voir J. Ehrard, « Présence-absence de l'individu dans la pensée de Montesquieu », in *L'Individu dans la pensée moderne*, éd. cit., t. II, p. 643.

32. Ce que ne manque pas de souligner Mme de Staël, notamment dans les *Considérations*.

Pourtant, « il est très dangereux à un prince d'avoir des sujets qui lui obéissent aveuglément » ; c'est dans l'obéissance réfléchie que repose la bonne association de l'individu et de l'État. Ou, comme le dira Mme de Staël dans *De l'Allemagne*, « l'indépendance de l'âme fondera celle des États [33] ».

Peut-on ramener la notion de complexité à celle de pluralisme politique et social ? Le pluralisme est plutôt un *produit* de la complexité pensée et organisée qu'une fin en soi. La gestion de la complexité constitue la *teknè* de l'esprit libéral, dont la vertu de modération forme la face morale : il faut combiner en vue du meilleur possible. Mais, en dernière analyse, penser et dominer la complexité veut dire que le pluralisme devra servir l'*unité* politique [34]. C'est évidemment le nœud des problèmes affrontés par le libéralisme français, sur lequel il achoppe le plus souvent ; lui aussi doit organiser la complexité sur plusieurs niveaux : articuler une élite gouvernante avec une société d'individus libres et égaux, fonder un lien social là où l'allégeance verticale à la loi et à l'État est devenu une tradition, susciter de l'autogouvernement dans un pays où l'intérêt de localité est pris, si on l'exprime comme tel, pour un risque de dislocation, etc. [35] La vertu de modération, qui consiste non seulement à assigner des limites mais à s'en assigner à soi-même [36], trouve peu de partisans dans une configuration où les uns finissent par ne poser la liberté qu'à l'encontre du pouvoir gouvernant [37], et les autres ne l'admet-

33. Mme de Staël estimait qu'il fallait comprendre dans la fameuse épigraphe *Prolem sine matre creatam* que l'ouvrage de Montesquieu avait pour mère la liberté, disparue au XVIIIe siècle.

34. C'est le sens du passage, précédemment cité, sur l'unité souhaitable : cette « union d'harmonie » où toutes les parties du tout « concourent au bien général de la société ». Dans le despotisme, on a juxtaposé les éléments pluriels du corps social : « Si l'on y voit de l'union, ce ne sont pas ces citoyens qui sont unis, mais des corps morts ensevelis les uns auprès des autres » (*Considérations sur les causes de la grandeur et de la décadence des Romains*, chap. IX).

35. On aurait pu citer aussi la question du *parti politique*, comme machine à collecter le vote et à organiser les candidatures, jugé généralement antinomique de la liberté individuelle. Un jeune orléaniste talentueux, Ernest Duvergier de Hauranne, fut pratiquement le seul à maîtriser la question, dans une étude pionnière mais restée sans effets directs (*Revue des deux mondes*, « La démocratie et le droit de suffrage », 1er et 15 avril 1868). Voir l'analyse de G. Quagliariello : *Politics without parties*, Aldershot, Avebury, 1996, pp. 67-74. Duvergier de Hauranne a très bien compris qu'entre le modèle des « influences » (façon Guizot) et celui du citoyen décidant rationnellement dans la solitude de sa conscience (idéal philosophique), il y avait place pour une autre logique, de l'agrégation partisane des votes. Ernest était le fils du député qui avait ferraillé contre Guizot et le système de la corruption.

36. Car la vertu elle-même « a besoin de limites » (*Esprit des lois*, XI, 4). Sa « place naturelle » est auprès de la liberté bien entendue (VIII, 3). Enfin, « il est mille fois plus aisé de faire le bien que de le bien faire » (XXVIII, 41).

37. Cf. Constant : toutes les chances d'erreur sont du côté des gouvernants.

tent que comme don d'un État et d'une administration réputés *a priori* servir l'intérêt général[38].

La question n'est évidemment pas de savoir si les libéraux français avaient lu Montesquieu, mais pourquoi ils l'ont si peu écouté, voire mal compris[39]. L'historien des idées politiques ne peut guère expliquer ce qui n'a pas eu lieu : le constat pourrait donc en rester là si un penseur comme Sismondi n'avait su tirer nombre d'enseignements ingénieux[40]. Quand Sismondi écrit que le législateur se propose « avant tout de donner à chacune de ces parties de l'État, à chacun de ces intérêts qu'il doit ménager, une langue pour s'exprimer, une main pour se défendre », il ne conçoit l'ordre social et politique que comme un ordre complexe ou, comme il aime à dire, mixte. De plus, cette composition d'organes divers, dans la commune, dans la vie sociale et dans l'État, n'a de valeur que si, en dernière analyse, elle sert un intérêt commun, une *unité* politique qui doit être la visée du législateur. Sa conception de la représentation et de la délibération (dont Constant s'inspirera en partie) est d'ailleurs caractéristique[41] : il s'agit de faire se prononcer la « raison nationale » après diverses procédures de filtrage, de freins et de contrepoids. Le choc des opinions, la confrontation des intérêts locaux, le système qui consiste à faire s'exprimer les groupes qui n'ont pas un intérêt déterminé sur une question à propos des positions prises par ceux qui y ont un intérêt direct, etc. –, toutes ces modalités visent à nourrir l'esprit de modération. « Nous ne dirons point, prévient Sismondi, que la souveraineté est également partagée entre les éléments démocratique, aristocratique et monarchique : nous dirons qu'elle appartient à la raison nationale, que les prérogatives de tel ou tel corps n'existent et ne se maintiennent que parce qu'elles sont favorables au développement et à la maturité de la raison nationale. »

La vision de Sismondi est restée une spéculation de cabinet, tout comme la théorie du pouvoir neutre chez Constant qui, à sa façon, reprenait et réinventait l'idée de la *modération* comme vertu de gouvernement : le souverain neutre, à la fois puissant et faillible, élément de médiation et élément médiatisé, était par excellence un organe modérateur[42].

---

38. Cf. la longue controverse sur la garantie des fonctionnaires (article 75 de la Constitution de l'an VIII).

39. Laboulaye, éditeur de *L'Esprit des lois* et historien des États-Unis, essaye de tirer un enseignement qui reste assez limité : déterminer avec précision ce qui revient à l'individu et ce qui revient à l'État.

40. Sur Sismondi, cf. deuxième partie, chap. Ier.

41. Voir *Études sur les constitutions des peuples libres*, éd. cit., pp. 107-123.

42. Cf. nos développements sur la souveraineté chez Constant (première partie, chap. III). Nous n'avons pas analysé ici ce qui pouvait unir Constant à Montesquieu, ayant dû laisser de côté dans cet ouvrage le point de vue proprement constitutionnaliste. M. Barberis a étudié ce qui les opposait dans une étude pénétrante (« Constant e Montesquieu, o liberalismo e costituzionalismo », *Annales Benjamin Constant*, n° 11, 1990) et a rappelé les propos très critiques à cet égard de Constant : « Il [Montesquieu] se fait,

Le thème ou l'idéologie de la « nouvelle aristocratie » est typiquement l'exemple d'une idée qui avait sa justification (toute société est nécessairement gouvernée par une oligarchie) mais qui a été développée dans le libéralisme notabiliaire sur un registre tellement simplificateur qu'il en est caricatural. Devant cette quête éperdue d'identité, on songe à certaines scènes du *Bourgeois gentilhomme*. En voulant fermer le régime sur une classe moyenne qui en serait l'alpha et l'oméga, en faisant du refus de l'abaissement du cens une question de principe, Guizot simplifie tellement les données du problème qu'il provoque sa chute. Sur toutes les questions, ou presque, comme on l'a vu, Juillet a été attendu comme un *test*, un test finalement négatif pour l'esprit de modération qui devait caractériser un gouvernement libéral[43] : rien de plus contraire à cet esprit que l'entêtement de Louis-Philippe qui, comme certaines études récentes le montrent, reste étonnamment imbu d'un esprit Ancien Régime. Il n'y avait à cela aucune fatalité, bien au contraire, dès lors que les libéraux savaient que le grand défi était d'en finir avec l'Empire. On doit considérer que, par les problèmes qu'il a légués (notamment celui d'un pouvoir exécutif à la fois monarchique et tricolore) et par l'image qu'il a donnée, le régime orléaniste a contribué à la constitution d'une *mémoire du libéralisme* finalement déformante car occultant la réalité et la diversité du débat. Pour les adversaires de la bourgeoisie gouvernante, il devint très facile d'entretenir l'idée que « le libéralisme, c'est (ou c'était) Guizot » : une expérience qui a sombré dans la déroute. Louis-Philippe doit s'enfuir aussi peu glorieusement que Charles X.

Faut-il donc considérer qu'il y aurait un « vrai » libéralisme (par exemple celui de Mme de Staël) et un faux ? Faut-il dire décidément que la France n'est pas libérale, en la comparant aux normes de l'Angleterre[44] ?

En réalité la question, apparemment simple, est confuse ; car le libéralisme n'est ni une essence éternelle ni une doctrine parfaitement arrêtée, et entièrement univoque sur la « bonne société » ou sur la limitation des pouvoirs[45]. À la différence du socialisme, par exemple, il est d'abord

pour ainsi dire, l'historiographe du hasard » (*loc. cit.*, p. 28 et cf. p. 27). Il nous semble que si l'on donne une place plus grande à la vertu de modération, l'antithèse tracée par M. Barberis entre Constant et Montesquieu, entre le « discours de la raison » qui institue et le « discours de l'expérience » qui institutionnalise, peut être largement atténuée.

43. Soumis, par ailleurs, au piège terrible des sociétés secrètes.

44. Comme le fait par exemple Rémusat, lors du mélancolique voyage de 1852 où il se propose « l'examen de conscience du parti libéral » et où il pose la question « Pourquoi avons-nous échoué ? » (in *L'Angleterre au XVIIIe siècle*). Pour une synthèse sur les thèmes dominants de la culture politique anglaise et écossaise (notamment la place de l'individu), voir les conférences Carlyle données par John Burrow, sous le titre *Whigs and liberals. Continuity and change in English political thought*, Oxford, Clarendon Presse 1988.

45. Ce qui n'enlève rien à la tentative de B. Manin pour différencier un « libéralisme de la règle » (à travers le marché ou le gardien de la constitution) et un « libéralisme de la balance » (entre forces ou intérêts institutionnalisés). Notre perspective est sur un autre terrain, celui de la place de l'individu, celui de l'éthique de modération, plus conforme

une culture politique, une *attitude* de l'individu ou du groupe, avant de produire un système d'organisation[46]. Il doit donc être évalué pour une part en regardant vers les expériences étrangères (l'Europe est faite de communications), mais aussi à partir des tâches qu'il se propose et compte tenu des données avec lesquelles il doit composer dans le cadre national[47]. Les trois grands courants qui ont été ici distingués ont approché chacun à sa façon, *et chacun avec ses excès*, du message libéral que le recul historique permet aujourd'hui de mieux déchiffrer. Ce message, largement anticipé par Montesquieu, est celui de l'esprit de modération, appliqué à une structure sociopolitique complexe. On peut songer aussi bien à la politique de « juste milieu » (doctrinaires), au pouvoir neutre (Constant), à la « démocratie tempérée » (Montalembert), à la philosophie du juste milieu et de la synthèse éclectique (Cousin) : si l'on tente de cerner la *tendance moyenne* au sein des controverses sur soixante-dix années, au cœur de la lutte pour aménager les institutions, si l'on pratique l'autopsie du discours libéral et du paradoxe majeur qu'il doit affronter, il nous parle bien de quelque chose comme la vertu de modération – même si, en réalité, il peine à la mettre en pratique.

Par ailleurs, le message libéral est aussi visée d'un *universel*, mais qui ne se traduit pas nécessairement par l'égalité de tous et en tout. C'est l'un des points sur lesquels l'élitisme libéral – qui lui est quasiment congénital – a été le plus mal compris. Il vaut la peine ici de faire appel au cadre anglais : lorsque Burke écrit à la fin des *Réflexions sur la Révolution de France* que c'est le livre « d'un homme dont presque toute la vie publique a été un combat pour la liberté des autres », il ne prononce pas des paroles en l'air. Ce whig qui va occasionner la scission de son parti (et quarante ans de pouvoir des tories), qui a défendu la liberté des Irlandais, des colons américains et bien d'autres causes[48] est un « authentique » esprit libéral : pas moins que Condorcet à la même époque, à qui

à la typologie qui a été construite. Voir B. Manin, « Les deux libéralismes : la règle et la balance », *in* I. Théry et C. Biet (sous dir.), *La Famille, la loi, l'État : de la Révolution au Code civil*, Imprimerie nationale et Centre Georges Pompidou, 1989.

46. Il serait même, à en croire Tocqueville, un certain « goût », un sens intime qu'il est parfois difficile d'expliquer : « Que manque-t-il à ceux-là pour rester libres ? Quoi ? Le goût même de l'être. Ne me demandez pas d'analyser ce goût sublime : il faut l'éprouver » (*L'Ancien Régime et la Révolution*).

47. Si du moins on parle du libéralisme tel qu'il a historiquement existé, et non d'une axiomatique que l'on envisagerait de construire à partir d'un certain nombre de réquisits (comme dans la *Theory of justice* de John Rawls). Le philosophe et politiste G. A. Kelly, très au fait du libéralisme français, écrivait à propos de Rawls : « We search in vain, however, for the vessel in which his "social ideal" would be embodied. In such a vision, the state seems totally insubstantial, and society's business is evidently conducted by lawyers and moral mathematicians » (*Hegel's retreat from Eleusis*, p. 105).

48. Ainsi le procès en *empeachment* du gouverneur de l'Inde (Warren Hastings) préparé par Burke depuis 1784, commencé en 1788 et qui ne finit qu'en 1794. Évocation par Rémusat et reproduction par Ph. Raynaud (« Pluriel »), note 29, pp. 774-775

presque tout l'oppose. Mais comme il s'est indigné des tendances que prenait la Révolution en France (dont il a parfaitement anticipé le devenir), comme il était attaché de façon prudentielle aux « libertés des Anglais », il a paru plus simple de le faire passer pour un ennemi des whigs, un esprit rétrograde[49]. Cette image n'a pas encore totalement disparu aujourd'hui : on ne doit toucher à la Révolution française que d'une main tremblante.

En France, au sein du libéralisme élitaire, on peut trouver l'équivalent de l'attitude de Burke, défenseur des droits des colons américains : c'est le cas du duc de Broglie protestant contre l'intervention menée en Espagne, au côté des puissances conservatrices, en vue de rétablir Philippe VII sur son trône : « Le droit de résistance à la tyrannie a donc disparu de la terre ? [...] Car enfin ce droit de compter sur soi-même, et de mesurer son obéissance sur la justice, la loi et la raison ; ce droit de vivre et d'en être digne, c'est notre patrimoine à tous ; c'est l'apanage de l'homme qui est sorti libre et intelligent des mains de son Créateur[50]. » On sera peut-être tenté de sourire devant cet appel au droit de juger de son droit, appel que le parti doctrinaire n'a pas toujours renouvelé (surtout au gouvernement) : il n'empêche qu'il a effectivement reconnu à certains moments la dimension d'universalité qui s'attache à la liberté, « notre patrimoine à tous », et qui devrait prévenir de la confusion parfois faite entre modération et mollesse, ou lâcheté. Ajoutons, pour rendre pleinement justice à Victor de Broglie, qu'il serait trop simple que le parti de Benjamin Constant eût le monopole du cœur.

Enfin, en réponse à la question « la France est-elle libérale ? », il faut observer que, dans la « mouvance » ici étudiée, il n'y a pas et, probablement, il ne pouvait pas y avoir unité doctrinale. C'est après tout le signe même que la liberté est prise au sérieux : il serait étrange que sur pareil objet les voies d'approche ne soient pas plurielles. Il serait inquiétant que les libéraux parlent en politique d'une seule voix[51].

---

49. Sur l'usage prudentiel de la raison chez Burke, voir l'intéressante interprétation de Franck Lessay : « Burke et la nationalisation de la raison », in *La Révolution française entre lumières et romantisme*, Cahiers de philosophie politique et juridique, université de Caen, 1989.

50. Discours du 14 mars 1823, in *Écrits et discours*, II, 143-144. Il faudrait aussi signaler la lutte contre la traite des noirs, à laquelle Victor de Broglie s'est particulièrement consacré. Sur ce point il existe une grande continuité avec l'esprit du « groupe de Coppet ».

51. Ce n'est d'ailleurs pas un hasard si les divers textes de Mao « contre le libéralisme » (dont celui de 1937 qui porte ce titre) font de ce dernier l'antithèse de la discipline de parti, d'une part, de la « lutte idéologique » d'autre part, où les « contradictions » doivent être menées jusqu'à leur terme ultime. À la différence du libéral, le communiste « se souciera davantage du Parti et des masses que de l'individu » (*Œuvres choisies de Mao Tsé-Toung*, Pékin, Éditions en langues étrangères, 1967, t. II, p. 27). Le libéralisme est perçu, à juste titre, comme une culture de compromis et de négociation – évidemment dénoncée comme « compromission ».

LE LIBÉRALISME ET LE MAL DU POLITIQUE

Ce que l'on peut dire des principes libéraux et même de la vertu de modération ne signifie pas que les libéraux aient toujours agi dans ce sens : sans doute le libéralisme est-il d'autant plus vivant dans les périodes où il a un « despotisme » à combattre. Charles X, Napoléon III, après le premier Napoléon, sont des moments d'effervescence créatrice. Ainsi se vérifie la part de vérité qu'il y a chez Carl Schmitt, lorsqu'il dit du libéralisme qu'il est uniquement une « critique de la politique[52] ». On peut d'ailleurs se demander si une « politique libérale » est vraiment possible dans les conditions de la démocratie moderne : ne donnera-t-elle pas tellement de chances et d'armes à l'adversaire qu'elle sera condamnée à court terme ? La politique moderne est machiavélienne, fondée non en totalité mais en partie sur la ruse, la manipulation, le double discours, la persuasion de masse[53]. Un spécialiste du libéralisme, Nicola Matteucci, remarque avec humour qu'après l'*Habeas corpus* des Anglais notre époque aurait singulièrement besoin d'un *Habeas mentem* : bien fou sans doute le gouvernement qui nous le donnerait[54].

Déjà, au début du XXe siècle, témoin des assauts menés par l'anticléricalisme, Faguet écrivait : « Il est absolument impossible à un gouvernement, quel qu'il soit, de ne pas considérer comme contraire à lui tout ce qui est en dehors de lui [...], de ne pas considérer comme "un État dans l'État" tout ce qui a un minimum de liberté et d'autonomie dans l'État. Il n'y a pas de gouvernement libéral. » Ces propos, que l'on a déjà eu l'occasion de citer, proviennent d'un commentateur de Montesquieu, d'un homme qui s'est toujours réclamé du libéralisme.

La notion de démocratie libérale n'est certes pas dénuée de sens – notamment lorsqu'elle établit la suprématie sanctionnée de la loi constitutionnelle (chemin dans lequel la France est entrée depuis 1971), et

52. « Il n'y a pas de politique libérale *sui generis*, il n'y a qu'une critique libérale de la politique » (C. Schmitt, *La Notion de politique*, Calmann-Lévy, 1972, p. 117). Sur la pensée de Schmitt, il faut désormais se référer à la somme de Carlo Galli, *Genealogia della politica. Carl Schmitt e la crisi del pensiero politico moderno*, Bologne, Il Mulino, 1996. Voir notamment le chap. XI sur la crise et la critique du parlementarisme libéral.

53. On n'insistera pas sur ce que l'homme peut faire à l'homme dans des pays qui se définissent comme libéraux. Ouvrons la presse récente : le président des États-Unis va présenter ses excuses aux Noirs américains (*Le Monde* des 20-21 avril 1997) ; de 1932 à 1972, à Tuskegee (Alabama), furent réalisées des « expériences médicales » sur des habitants noirs. Elles n'ont même pas soigné la syphilis dont ils souffraient pour 399 d'entre eux sur 623 : on leur administra des placebos. En France, un président qui a toujours voulu passer pour le protecteur des libertés apparaît, après sa mort, comme impliqué dans de ténébreuses écoutes administratives, etc.

54. Cf. l'article cité de N. Matteucci, « Per une definizione teorica della liberta », *Filosofia politica* (août 1993).

ouvre par là une voie importante à l'esprit de modération : le droit de l'opposition se trouve ainsi pris en compte. Mais il reste nécessaire que l'esprit du libéralisme, comme *critique de la politique*, soit vivant : il permet de doucher les illusions du bon Prince, de la société juste, du règne innocent ; il est, pourrait-on dire, un optimisme pragmatique : optimiste, il nous parle de la liberté, alors que ceux qui gouvernent ne l'aiment guère pragmatique également, il nous en prévient. Le libéralisme se veut une sagesse en politique, qui ne récuse pas l'exercice du pouvoir mais se défend d'en embellir les traits. On ne peut régner innocemment, disait une personnalité peu libérale ; on ne peut bien gouverner : le libéralisme a intégré cette constatation et aide à gouverner moins mal [55].

Raymond Aron et les « démocraties libérales »

Le lecteur aura sans doute deviné que le portrait qui a été tracé de l'entendement libéral trouve son répondant fidèle chez Raymond Aron. Ce dernier apparaît d'ailleurs comme une sorte de synthèse et de bilan critique vis-à-vis des différents courants que l'on a rencontrés. D'un côté, Raymond Aron se défie des formes contemporaines de l'*esprit de corps* dont il sait que sous les apparences éventuellement les plus critiques, elles signifient une atonie ou une annihilation de la liberté individuelle : il observe à propos des contestataires post-1968 que « l'aspiration à la communauté nourrit le refus de la compétition [56] ». C'est par ce refus que se signalent fondamentalement les conceptions illibérales : qu'elles soient ouvertement traditionalistes (religieuses ou non), qu'elles soient à prétention révolutionnaire comme les fascisme, nazisme, communisme, et autres « religions séculières » du XXe siècle, dont la liste n'est pas close depuis la mort de Raymond Aron. L'esprit de corps est la façon dont l'individu se fuit, voire se hait lui-même et se trouve pris en charge par la Corporation (qu'elle s'appelle le Parti, le Mouvement, la Nouvelle Église ou Big Brother) [57]. Or le point fondamental de ce que Aron appelle

55. Ou, selon la formule déjà citée de Montesquieu : il est plus aisé de faire le bien que de le bien faire. Dans son caractère elliptique, la formulation embrasse la nature machiavélienne d'une politique fondée sur l'idée d'opinion publique.

56. R. Aron, « Liberté, libérale ou libertaire ? », in *Études politiques*, éd. cit., p. 256. Nous avons utilisé cette remarquable étude pour la question de la liberté de l'enseignement (première partie, chap. III).

57. En juillet 1944, parlant des « doctrines politiques de notre temps », Raymond Aron écrivait : « Dès maintenant elles assurent dans la communauté fraternelle du parti l'anticipation de la communauté future de l'humanité sauvée. Elles exigent des sacrifices qui, dans l'instant même, sont payés : elles arrachent l'individu à la solitude des foules sans âme et de la vie sans espoir » (Londres, *La France libre*, repr. in *L'Âge des empires et l'avenir de la France*, Éditions Défense de la France, 1945, p. 290).

l'ordre libéral est qu'il « laisse à chacun la charge de trouver, dans la liberté, le sens de sa vie » (*Études politiques*, p. 273).

Mais par ailleurs Aron est aussi le critique exigeant d'une autre variante *libertaire*, celle qui ne veut considérer les organisations de pouvoir que du point de vue de l'opposition, et plus précisément, du point de vue de l'individu contre les pouvoirs. Il faut renvoyer à ses multiples textes sur Alain, dont il raconte dans ses *Mémoires* comment il a souhaité le rencontrer personnellement, et en quoi il fut à la fois attiré et déçu[58]. Alain, dont Aron reconnaît la grandeur (par son engagement dans la Première Guerre mondiale, par sa volonté de critiquer les passions de la guerre tout en participant à la guerre), est un sujet permanent d'irritation chez lui. Et c'est avec désespoir qu'il a vu survenir un cataclysme dont les élèves d'Alain et les professeurs de la Sorbonne ne voulaient rien savoir. Pour Aron, qui a séjourné en Allemagne durant la fatidique année 1933, les Propos d'Alain sur Hitler sont dérisoires et superficiels. La morale ne remplace pas la politique, fait-il observer.

Ce que Aron veut dire, bien qu'il n'emploie pas le terme, c'est qu'il y a chez Alain un *libéralisme* de l'individu qui est intempérant. Il en tire la leçon suivante, qui n'aurait pas déplu à Guizot aux prises avec le libéralisme de Constant : « La confusion entre pouvoir temporel et pouvoir spirituel frappe à mort la liberté. L'hostilité entre ces deux pouvoirs, érigée en principe, frappe à mort l'État[59]. » La critique, assez grave, formulée envers Alain est que son attitude a concouru à l'affaiblissement de la République. Mais, par moments, Aron revient sur ce jugement car il sait que « obéir sans respecter », « admettre le pouvoir sans croire au pouvoir », ce sont aussi des préceptes aroniens, dont il a suffisamment fait l'épreuve comme journaliste, comme conférencier prestigieux, comme « spectateur engagé ».

Il n'est pas besoin de développer en quoi Raymond Aron, dans sa critique des totalitarismes et dans son étude des sociétés « constitutionnelles-pluralistes », fait de la catégorie de *modération* une règle principielle. Comme l'exprime un commentateur américain, Aron incarne un type d'esprit politique (*a political spirit*) à même d'analyser à la fois la liberté et la nécessité en interaction dans une situation donnée[60]. C'est une certaine « voix » qui caractérise le texte aronien, comme l'indique encore D. Mahoney, un certain discours, qui s'adresse à la fois aux gouvernants – en marquant une distance mais en suggérant des

58. « Le citoyen contre les pouvoirs s'arroge immédiatement l'irresponsabilité. [...] Je pris une position extrême de l'autre côté : je me voulus responsable presque à chaque instant ; toujours enclin à me demander : qu'est-ce que je pourrais faire à la place de celui qui gouverne ? » Voir R. Aron, *Mémoires*, Julliard, 1983, pp. 41-45 et 55-57.

59. « Alain et la politique », 1952, rééd. in *Études politiques*, p. 81.

60. Daniel J. Mahoney, *The Liberal Political Science of Raymond Aron*, Lanham, Rowman and Littlefield Publishers, 1992, pp. 126-127.

possibilités d'action –, et aux gouvernés, en les incitant à la responsabilité civique[61]. Se refusant à être un philosophe de la politique – quoique grand lecteur d'Aristote et de Montesquieu[62] –, Aron illustre bien cet esprit libéral au carrefour des courants français qui se sont partagés sur la question du rapport individus-corps. Il a fait toute sa place à l'État et refusé de considérer, comme Hayek, que l'État-providence menait au totalitarisme ; il a fait sa place à l'individu également, dont la responsabilité est une donnée indépassable sauf à plonger dans la tératologie ; mais il considère que ni Hayek ni Isaiah Berlin ne rendent compte de l'*ensemble* de l'aspiration humaine à la liberté : à un certain moment, « l'exigence d'une sphère privée peut constituer le contenu essentiel de la revendication de liberté », il reste qu'il est « inacceptable de se référer à ce critère unique pour juger de toutes les sociétés actuelles[63] ». Dans les termes de Constant, Aron eût pu dire : c'est la liberté des modernes que nous voulons, mais il n'est pas question pourtant de renoncer à la liberté des anciens comme participation au pouvoir, « il faut apprendre à les combiner l'une avec l'autre ».

Enfin, Aron savait, ou avait suffisamment appris que l'histoire est tragique, et il lui est arrivé de le rappeler à un jeune président de la République française. Il aurait certainement souscrit à la citation qu'un de ses biographes a mise en exergue pour analyser son libéralisme : « La vie pour le salut de laquelle l'homme, destiné à la liberté, fait tout ce qu'il est possible de faire, est plus que la vie[64]. » L'analyse pourrait se continuer, nous ne la poursuivrons pas, puisque notre objet était le XIXe siècle ; il paraît suffisamment clair que Raymond Aron témoigne de la pérennité de l'esprit libéral. Il est le continuateur de cette quête de la liberté, qui s'est ouverte dans la fracture révolutionnaire et qui se continue aujourd'hui : recherche d'un libéralisme du sujet et de la conscience, tout autant que d'une liberté par l'État. Le champ de l'avenir n'appartient pas à ce livre, mais on peut estimer que si le libéralisme entend rester fidèle à ses origines, dans un contexte européen pourtant tout différent, il devra continuer à tenir les deux bouts de la chaîne.

---

61. D. Mahoney, reprenant une indication de P. Manent sur Aron sorte de Cicéron de la politique, écrit : « His voice then is constitutive of his political science. I have tried to capturate the intricate and intimate connectedness between Aron's thought and his voice ; that is the *rhetorical* dimensions of his political science. Rhetoric may be the missing link that our political science needs if it is again to become a genuine science of man ».

62. Sur Aron « political scientist » et non philosophe, et sur les liens avec Aristote néanmoins, voir l'appendice donné par D. Mahoney.

63. R. Aron, « La définition libérale de la liberté » (sur F. A. Hayek, *The Constitution of liberty*), 1961, repr. in *Études politiques*, p. 214.

64. K. Jaspers, cit. par N. Baverez, *Raymond Aron*, coll. « Qui suis-je ? », Lyon, La Manufacture, 1986, p. 41. Le même auteur a donné une biographie utile : *Raymond Aron. Un moraliste au temps des idéologies*, Flammarion, 1993.

APPENDICE

Article « Libéralisme », par Auguste Nefftzer*

* *In* Block, *Dictionnaire général de la politique*, 1873-1874 (1re éd. 1863). Voir aussi *Œuvres d'A. Nefftzer*, Librairie du *Temps*, 1886, pp. 113-136.

« Libéralisme »

Le mot « *libéralisme* » est moderne et presque contemporain ; mais la chose est ancienne et procède de la nature humaine elle-même, et des meilleurs germes déposés en elle, la raison et la bienveillance. Le mot est complexe et comporte des acceptions diverses, mais qui impliquent toutes une certaine hauteur de vues, une certaine générosité de sentiment, et qui toutes se ramènent à l'idée que l'humanité a d'elle-même et de sa dignité, à sa confiance en ses forces, à la capacité et au droit qu'elle s'attribue de vivre librement et de se gouverner, sans toutefois se croire infaillible, de s'éclairer par la discussion, et de se corriger par l'expérience même de ses erreurs. Le libéralisme est la conscience que l'homme libre a de ses droits, mais aussi de ses devoirs ; il est le respect et la pratique de la liberté ; il est la tolérance et la libre expansion. « Vivre et laisser vivre », telle pourrait être sa devise, mais à la condition de n'y attacher aucune idée de scepticisme, ni d'indifférence, car le libéralisme a une foi, la foi du progrès, la conviction que la liberté est bonne et qu'elle tend au bien, que la vérité se dégage de la discussion, et qu'un perfectionnement indéfini est le mouvement naturel à l'humanité.

On peut, dans les individus, distinguer le tempérament libéral, l'esprit libéral, le caractère libéral. Le tempérament libéral est une disposition spontanée à la bienveillance, à la générosité, à l'équité ; il peut être naturel ou acquis. L'esprit libéral implique nécessairement une certaine somme d'éducation et d'instruction ; un tel esprit est ouvert, pondéré, maître de lui, et reconnaît à la raison d'autrui les droits qu'il attribue à la sienne. Le caractère libéral est le produit de la combinaison du tempérament et de l'esprit ; il met le libéralisme en pratique ; il traduit en actes les suggestions du sentiment, les ordres de la raison. « Ne fais pas aux autres ce que tu ne veux pas qu'ils te fassent », telle est sa règle de conduite. Le vrai libéral, le libéral conséquent, est celui qui réclame la liberté même pour ses adversaires, tout droit de légitime défense expressément réservé, bien entendu.

Il y a toujours eu, dans les sociétés plus ou moins policées, avec des nuances et des gradations, de tels esprits, de tels caractères, de tels libéraux. Mais ils n'ont souvent été que l'exception, et n'en ont alors paru que plus grands.

Une société est libérale quand, en toutes choses touchant le libre arbitre des individus, elle s'interdit les précautions préventives, et en fait de répression, se contente du nécessaire. C'est pour cela que l'adoucissement des lois pénales va toujours de concert avec les progrès du libéralisme. Une religion est libérale, quand elle n'excommunie pas les autres, et plus libérale encore quand, dans son propre sein, elle aiguillonne, redresse et affermit les consciences au lieu de les asservir ou de les énerver. Le christianisme [...], libéral par son principe, s'est montré, dans ses manifestations historiques, tour à tour libéral et oppresseur. Un État est libéral quand il respecte les activités individuelles et collectives des citoyens, en tant qu'elles n'empiètent pas sur ses droits légitimes, car l'État réclame aussi sa liberté à lui.

Mais, dans le libéralisme des sociétés comme dans celui des individu, il y a des degrés. Avant le plein épanouissement, il y a les germes, les commencements. Il peut y avoir un certain libéralisme même dans ce qui paraît foncièrement illibéral. Une religion intolérante par son principe peut être, jusqu'à un certain point, tolérante, c'est-à-dire libérale, dans la pratique. Un gouvernement absolu peut être relativement plus ou moins libéral ; il l'est un peu, dès qu'il s'abstient de tendre à l'excès les ressorts du pouvoir, et que, par bienveillance ou par calcul, il laisse quelque jeu à la liberté des sujets, aux manifestations de l'opinion ; il l'est bien plus s'il favorise et étend l'instruction, ou s'il use de sa puissance pour introduire, *motu proprio*, dans les institutions la liberté ou les conditions de la liberté. C'est ainsi que, de notre temps, l'émancipation des serfs en Russie a été un acte libéral d'une très grande portée, accompli par un gouvernement absolu.

Par contre, une république peut ne pas être libérale, quoique la forme républicaine soit certainement, en théorie, l'idéal du *self government* ; – elle ne sera pas libérale si elle ne sait pas garantir la liberté des citoyens, ou si les minorités y sont opprimées ou même gênées dans leur liberté légitime par la majorité, ou enfin, si le grand nombre de ceux qui sont appelés à participer au gouvernement, en sont incapables par le manque d'instruction et d'indépendance. Dans ce dernier cas, d'ailleurs, l'État républicain est difficilement viable ; l'élite de la nation est submergée par la multitude, et la multitude, incapable de se gouverner, se laisse aller volontiers à s'incarner dans un maître. La démocratie, sans capacité libérale suffisante, est toujours exposée à glisser sur la pente du césarisme : l'histoire de Rome et quelques autres en font foi.

On voit déjà qu'il est nécessaire de distinguer l'esprit libéral et l'esprit démocratique. On les confond souvent, et le fait est qu'on les trouve souvent mêlés dans les grands mouvements politiques, comme ils l'ont été, par exemple, dans la Révolution française. Mais il est toujours possible de les discerner.

La démocratie s'attache surtout à la forme du gouvernement. Le libéralisme vise la liberté et les garanties de la liberté. Les deux poursuites peuvent s'accorder ; elles ne sont pas contradictoires, mais elles ne sont pas non plus identiques ni nécessairement connexes et solidaires.

Dans l'ordre moral, le libéralisme est la liberté de penser, reconnue et exercée. C'est le libéralisme primordial, comme la liberté de penser est elle-même la première et la plus noble des libertés. L'homme ne serait libre à aucun degré, dans aucune sphère d'action, s'il n'était un être pensant et doué de conscience. La liberté des cultes, la liberté d'enseignement et la liberté de la presse sont celles qui dérivent le plus directement de la liberté de penser.

Dans l'ordre économique, le libéralisme est la reconnaissance de la liberté de travail, et de toutes les libertés qui s'y rattachent, y compris le droit de propriété, extension légitime de la personnalité humaine.

Dans l'ordre politique, le libéralisme est, avant tout, la recherche des garanties de la liberté. Il n'admet pas que les hommes, en s'associant et en créant la société politique, soient tenus de sacrifier une portion quelconque de la liberté de leur individu. L'idée qu'il se fait du contrat social est tout autre ; il le conçoit comme une association de tous pour la garantie de la liberté de chacun. Seulement, il ne confond pas cette liberté avec l'arbitraire, ni avec la faculté d'empiéter sur celle d'autrui. La liberté qu'il entend garantir est celle qui convient à des êtres raisonnables, capables de se retenir et de se gouverner, et c'est précisément en vue de la garantir qu'il réclame des lois contre la licence, l'arbitraire et les empiétements de tout genre, y compris ceux de l'État. Ce qui le préoccupe avant tout, c'est d'environner des meilleures sûretés la liberté personnelle des citoyens, de façon à la préserver de toute atteinte. C'est là le point essentiel, et ce n'est pas sans raison que les Anglais considèrent leur *habeas corpus* comme la pierre angulaire de leur constitution. Les libertés de réunion et d'association peuvent être considérées comme un appendice de la liberté individuelle, et elles doivent être inviolables, à la condition de ne pas poursuivre un but subversif de l'État.

La principale garantie de la liberté et des libertés est dans la limitation constitutionnelle de la puissance de l'État, et dans la pondération réciproque des pouvoirs constitués. Toutefois, le libéralisme n'attache plus une valeur absolue à la célèbre formule de Montesquieu sur la séparation des pouvoirs. Dans les monarchies constitutionnelles, le pouvoir exécutif et le pouvoir législatif ne sont séparés que par une sorte d'abstraction ; en fait, ils se joignent et se confondent dans la personne des conseillers responsables de la couronne, qui ne sont autre chose que des délégués de la représentation nationale. Ce qui a plus de prix, c'est la séparation du pouvoir judiciaire, dont l'indépendance ne saurait être trop fortement établie. La séparation de la représentation nationale en deux Chambres est également considérée comme une condition presque essentielle d'un gouvernement libéral. L'esprit libéral aime à multiplier les contrepoids et les éléments de résistance et d'équilibre. L'esprit démocratique, au contraire, est simpliste et niveleur.

Une autre différence entre l'esprit libéral et l'esprit démocratique, c'est que la faculté de disposer de soi, qui est la liberté individuelle, n'implique pas nécessairement, au jugement du libéralisme, la faculté de disposer de l'État, c'est-à-dire de le gouverner. Le libéralisme veut le contrôle et la discussion ; il veut aussi l'extension progressive des droits politiques et la participation de plus en plus nombreuse des citoyens au gouvernement, mais il n'admet pas du tout *a priori* le principe du gouvernement de tous par tous, qui est la visée démocratique par excellence. Ce qui lui importe avant tout, c'est que les citoyens soient libres et garantis dans leur liberté, c'est de produire un *maximum* de liberté sous un *minimum* de gouvernement. Il veut que les citoyens soient maîtres de leurs personnes et de leurs affaires, mais il ne les admet à la gestion des affaires générales qu'en raison de certains titres établis ou du moins présumés. La démocratie ne considère que le droit, tandis que le libéralisme tient aussi compte de la capacité. La démocratie veut réaliser d'un coup un idéal absolu ;

le libéralisme ne méconnaît pas cet idéal, mais il y tend par des approximations successives : il est juste, en principe, que les affaires publiques soient gérées par tous, mais il n'est pas toujours politique d'accomplir cette justice. La démocratie est égalitaire, le libéralisme ne répugne pas absolument à une distinction de classes, à la condition que ces classes ne soient pas des castes fermées. La démocratie est révolutionnaire, le libéralisme est plutôt réformateur ; il respecte volontiers les faits historiques, et ne brise les obstacles qu'à son corps défendant, quand ils refusent de s'assouplir. Mais il faut qu'il soit actif et vigilant, et qu'il ait toujours l'œil ouvert sur les réformes possibles et opportunes, s'il ne veut être devancé par les impatiences de l'esprit démocratique. Celui-ci ne temporise ni ne réfléchit ; il procède par élans, et le libéralisme peut se trouver submergé, pour s'être quelque peu endormi. Dans ce cas, il ne proteste pas contre les faits accomplis, car il n'est pas plus réactionnaire que révolutionnaire, mais il s'efforce d'introduire par l'instruction la capacité dans les droits prématurément conquis, et, même en plein déluge démocratique, il garde son caractère particulier et sa raison d'être. Il sait que la démocratie ne peut s'affermir et durer qu'en se libéralisant, et il se fait un devoir de la libéraliser. Le dernier mot de la démocratie pure, c'est le mandat impératif qui repose à la fois sur la vaine hypothèse de l'égale capacité de tous, et sur l'idée, tout à fait logique au point de vue absolu de la souveraineté du peuple, de la supériorité des mandants sur le mandataire. Le libéralisme n'admettra jamais le mandat impératif ; il ne suppose pas chez tous les électeurs la capacité de gouverner ; il ne leur reconnaît que la capacité de discerner ceux qui paraissent capables de prendre part au gouvernement. Il considère l'élection comme un hommage rendu à la supériorité, et le régime représentatif comme le gouvernement de la nation par les plus dignes, désignés à ce titre et comme tels par leurs concitoyens. Une démocratie qui pousse la logique jusqu'au mandat impératif et qui s'y tient, ne peut pas subsister, car elle est contre la nature des choses qui se venge toujours quand on ne la respecte pas.

La démocratie tend nécessairement à la république, le libéralisme n'y répugne pas et n'en souhaite pas la chute quand elle est établie. Mais il s'accommode aussi fort bien avec la monarchie constitutionnelle, et il ne s'occupe même pas de la fameuse question de savoir si le roi règne et ne gouverne pas. Cette question tant controversée a été mal posée et est tout à fait oiseuse. Ce que le prince ne doit pas faire, et ce qu'il ne fera pas s'il comprend ses intérêts, c'est d'organiser derrière son cabinet un gouvernement occulte, une *camarilla* ; mais dès qu'il délibère avec ses ministres, il participe au gouvernement, et sa part est exactement proportionnée à ses facultés et à son ascendant. Qu'il persuade ses ministres ou se laisse persuader par eux, cela ne regarde personne, dès que le cabinet assume la responsabilité du gouvernement devant les représentants du pays. Prince ou premier ministre, le véritable chef du gouvernement sera toujours celui que son génie rend supérieur aux autres. La vraie formule de la monarchie constitutionnelle, c'est le gouvernement indivis entre la couronne et les représentants du pays.

Quant à la répartition de l'influence entre les détenteurs du pouvoir, c'est l'affaire du talent et de l'autorité, et non des formules. Sir Robert Peel, roi d'Angleterre, n'eût pas moins aisément accompli la réforme commerciale que sir Robert Peel, premier ministre, parce qu'il eût aisément trouvé des ministres pour le servir et une majorité pour les appuyer, dès que l'opinion était pour lui. La seule différence entre un souverain constitutionnel et un despote, c'est que le premier ne peut pas gouverner contre l'opinion ; il peut la précéder ou la suivre, mais il ne peut pas la contrarier ; et la seule limite qui lui soit imposée, c'est d'effacer son sentiment particulier quand ce sentiment se trouve en désaccord avec l'opinion générale, et de changer de conseillers responsables quand son cabinet est tombé en minorité. La vertu du régime parlementaire, ce n'est pas, comme on le croit vulgairement, de dépouiller le souverain au profit de ses ministres, c'est de toujours conférer le pouvoir au plus digne, c'est-à-dire à l'homme en qui s'incarnent le mieux le sentiment national et les besoins généraux du moment. Si le souverain est le plus digne, il domine ses ministres : il règne et gouverne ; s'il n'est pas le plus digne, ses ministres, portés au pouvoir par le sentiment public, le suppléent et le dominent : il ne gouverne pas et ne règne que nominalement.

L'essentiel, au point de vue libéral, c'est que l'État ne s'occupe que des intérêts généraux, et que ces intérêts soient réglés conformément au sentiment général. Dans le régime monarchique, la prédominance de l'opinion publique est assurée par le jeu de la responsabilité ministérielle ; dans le régime républicain, elle l'est par la durée limitée du pouvoir exécutif. Le libéralisme accepte également ces deux régimes, et, surtout, sans méconnaître la supériorité logique du second, il admet pleinement les raisons relatives et historiques qui peuvent en beaucoup de circonstances l'empêcher de prévaloir sur le premier. Il estime que la *sélection* presque infaillible par laquelle les chefs de partis montent au pouvoir dans la monarchie constitutionnelle, assure plus de garanties que l'*élection* républicaine, qui comporte toujours une part d'intrigue et qui ne donne pas toujours le pouvoir au plus capable, comme l'ont montré assez souvent les élections présidentielles des États-Unis. Mais il n'est jamais exclusif, il comprend aussi bien l'Angleterre monarchique que les États-Unis républicains, et il se rend compte des raisons qui font durer la monarchie en Angleterre, et de celles qui ont tiré de la même race, sur le sol américain, un type assez réussi de la forme républicaine. Mais il ne comprend pas plus la monarchie sans responsabilité ministérielle, qu'il ne comprendrait la république avec un pouvoir exécutif de durée illimitée. Dans une république les ministres ne doivent pas être responsables, puisque celui dont ils émanent se soumet lui-même périodiquement au verdict de la nation. Dans une monarchie, ils doivent être toujours à la discrétion de l'opinion, par la simple raison que le chef de l'État ne l'est jamais.

Le libéralisme, quoique tendant aux mêmes fins que l'esprit démocratique, s'en sépare donc à la fois par sa philosophie et par ses procédés. À bien plus forte raison, est-il opposé au socialisme, qui est une exagération de la démocratie. Le socialisme poursuit l'égalité sociale, qui est chimérique, et les procédés qu'il imagine seraient, s'ils pouvaient réussir, autant d'attentats à la liberté et à la propriété. Il ne se rencontre sur aucun point avec le libéralisme ; il ignore ou méconnaît les lois organiques du progrès et jusqu'aux conditions de la nature humaine. Le libéralisme ne peut donc que le combattre chaque fois qu'il le rencontre ; il ne peut pas entrer dans son esprit ; il ne peut lui donner aucune satisfaction directe ; mais il n'en doit pas moins reconnaître que le socialisme comporte, avec beaucoup d'ignorance, un certain fond d'aspirations légitimes, car il répond à l'instinct du juste, au désir du bonheur qui nous sont également innés, mais auxquels l'humanité doit se résoudre à ne donner que des satisfactions incomplètes, quoique de plus en plus approximatives. Pour le libéralisme, la vie, quoique incessamment facilitée et améliorée, sera toujours un combat ; mais par équité et plus encore par prévoyance, il est tenu, non pas de pactiser avec le socialisme, ce qu'il ne pourrait, mais de s'occuper de lui, et de le désarmer dans la mesure du possible, d'une part en l'éclairant, d'autre part en s'appliquant aux réformes économiques, aux améliorations sociales qui sont compatibles avec les lois naturelles du progrès. Tout ce qui favorise l'éducation, le travail, l'épargne et l'acquisition de la propriété est libéral. Cela n'est pas seulement affaire de législation, c'est aussi et surtout affaire d'initiative individuelle. Le propre du libéralisme, c'est précisément de ne pas tout attendre de l'État et d'exiger beaucoup de l'activité et de la prévoyance des citoyens.

Il faut encore signaler, d'une manière générale, que le libéralisme d'une société peut n'être pas en rapport exact avec sa législation. Il peut se faire qu'il y ait plus de libéralisme dans les mœurs que dans les lois. C'est ainsi que, de notre temps encore, la liberté presque illimitée dont la presse jouit en Angleterre est une affaire de mœurs plutôt que de législation. Il y a des lois restrictives, mais la tolérance générale d'une part, et la modération propre des écrivains d'autre part les ont fait tomber en désuétude. Ce dernier point est essentiel. Un esprit libre peut, s'il est généreux, dépasser son devoir, mais il doit ne jamais dépasser son droit, et même souvent, par prudence, ne pas l'épuiser. C'est ainsi qu'il garantira sa liberté, sans jamais gêner celle d'autrui.

Nous voulons compléter ce court exposé théorique par quelques données historiques.

Ainsi que nous l'avons déjà dit, l'esprit libéral a toujours été présent et actif dans le monde civilisé. Dans l'antiquité, Solon a été un législateur plus libéral que démocratique ; Cicéron a été un publiciste et un homme d'État libéral. La plupart des républiques de l'antiquité classique ont débuté par une démocratie libérale et pondérée pour tourner ensuite à la démocratie pure, et tomber enfin dans la démagogie et de là dans le principat, la tyrannie et le césarisme. Toutefois, le libéralisme de l'antiquité se distingue par des traits essentiels de celui des temps modernes. Il concédait, surtout chez les Romains, moins à l'individu, plus à l'État. Le domaine individuel est aujourd'hui plus étendu, plus distinct aussi et mieux défini. L'individu moderne se sent des droits, des devoirs et des rapports tout à fait indépendants de l'État. C'est au christianisme que cette évolution est due en grande partie. De plus, l'institution de l'esclavage faisait dans l'antiquité, de la liberté la plus élémentaire, le privilège du petit nombre, et le travail, que nous honorons en lui-même et dans ses résultats, était considéré comme dégradant et servile. C'est de l'antiquité que nous tenons ces expressions tout aristocratiques : éducation libérale, c'est-à-dire digne de l'homme libre, et arts libéraux, par opposition aux arts mécaniques, opposition fondée sur le préjugé antique contre le travail de l'artisan, et qui, dans notre société moderne, subsiste sans raison d'être, et par la seule force de l'habitude.

Le libéralisme moderne se rattache par une filiation incontestable à la Réforme, dont l'action ne s'est nullement bornée au domaine religieux, ni aux pays devenus protestants. Pour le fond des idées, le dix-huitième siècle français doit beaucoup à l'Angleterre protestante ; Voltaire et Montesquieu en font foi.

C'est la France toutefois qui a donné aux idées libérales une valeur européenne. L'Angleterre seule, et, sur le continent, deux États trop petits pour exercer une grande influence, la Hollande et la Suisse, avaient alors un régime libre et des institutions libérales ; mais, sous l'impulsion de la philosophie française, la plupart des États absolus du continent, les uns par volonté réfléchie, les autres par simple entraînement ou pour céder à la mode, entrèrent plus ou moins dans le courant du libéralisme. Joseph II, Léopold de Toscane et bien d'autres princes encore furent, avec des succès divers, des libéraux à leur manière. Frédéric II fut un type de despote libéral. Mais la France, d'où partait le mouvement, eut aussi dans Turgot la plus haute et la plus complète expression de ce libéralisme d'avant la Révolution et qui eût peut-être conjuré la Révolution si le pouvoir de Turgot eût égalé son génie et sa volonté.

La Révolution française fut elle-même une explosion de libéralisme, le plus grand et le plus généreux dont l'histoire fasse mention. Reprenant, précisant, généralisant tout ce que le dix-huitième siècle et les âges précédents avaient accompli, tenté ou entrevu, elle formula, dans ce qu'on appelle les *Principes de 89*, le code de l'Évangile libéral de l'humanité. Le résultat pratique toutefois ne répondit que très imparfaitement à la théorie. Précisément parce que le libéralisme est, de sa nature, plus réformateur que révolutionnaire, il se trouvait en contradiction avec la tâche redoutable que les circonstances lui imposaient. Contrairement à son plan primitif, la Révolution fut obligée de remplacer de toutes pièces, et sur des données idéales, un édifice politique effondré, et quand même toutes ses idées eussent été justes, elle eût pu encore ne pas réussir, car les constitutions politiques ne se traitent pas comme un problème de géométrie, et le monde concret ne supporte pas que l'abstraction ne compte pas avec lui. L'Assemblée constituante elle-même échoua dans la construction de la monarchie constitutionnelle, non seulement à cause de la faiblesse du monarque et des intrigues de la cour, mais surtout peut-être pour avoir pris au pied de la lettre et voulu appliquer trop rigoureusement la théorie absolue de Montesquieu sur la division des pouvoirs et la séparation de l'exécutif et du délibératif. Ce fut bien pis ensuite quand, à l'époque subséquente, le *Contrat Social* eut pris le dessus sur l'*Esprit des lois*. C'est surtout l'influence de Rousseau, combinée avec de fausses notions de l'état politique des anciens, qui fourvoya la Révolution. Les Assemblées qui succédèrent à la Constituante furent démocratiques à l'excès, mais nullement libérales. Il est vrai qu'il faut aussi tenir compte de la pression des circonstances.

Il est remarquable que, parmi les appellations de parti, si nombreuses au temps de la Révolution, le libéralisme ne figure pas encore, bien qu'aucune n'eût pu mieux caractériser l'Assemblée constituante dans son ensemble et dans quelques-unes de ses figures les plus éminentes, avant tout dans Mirabeau, qui est l'homme d'État du libéralisme par excellence. L'adjectif d'où est dérivé le substantif n'avait alors encore que son ancienne acception latine et aristocratique. C'est seulement vers l'époque du Consulat qu'on saisit les premières traces d'un groupe qui s'appelle ou qui est appelé *libéral* ; mais cet exemple n'est pas le seul d'une tendance ou d'une direction de l'esprit existant de tout temps et qui n'arrive à la définition d'elle-même qu'à un moment donné. Nous avons vu, de nos jours, naître le mot *césarisme* qui répond à une idée antérieure même au nom propre d'où elle est dérivée, à l'idée d'une société démocratique incapable de se gouverner, et qui préfère le despotisme à l'anarchie. On peut dire d'ailleurs, d'une manière générale, que toutes choses ont existé, et peuvent même avoir existé longtemps, avant d'être dénommées.

C'est dans une méchante épigramme du poète Écouchard Lebrun (méchante dans toutes les acceptions du mot), que le mot *libéral* apparaît pour la première fois comme désignation de parti, ou plutôt encore seulement de coterie :

Qu'est-ce que ce mot « libéral »
Que des gens d'un certain calibre
Placent toujours tant bien que mal ?
C'est le diminutif de libre.

Ces gens « d'un certain calibre » étaient probablement le cercle de Mme de Staël et de Benjamin Constant, et il n'est pas impossible que Lebrun ait voulu faire sa cour au Premier Consul en les raillant. Dans tous les cas, cette épigramme montre qu'il s'agit de quelque chose de nouveau, que des gens d'un autre calibre prenaient en mauvaise part. Sainte-Beuve attribue expressément à Chateaubriand[1] l'invention de la désignation, mais il ne donne pas ses preuves. Il est de fait que le mot figure dans le *Génie du Christianisme*[2] ; mais cet ouvrage ne parut qu'en 1802, et l'épigramme de Lebrun est antérieure. Mme de Staël emploie aussi le mot *libéral* dans sa nouvelle acception, dans *Corinne*, qui est de 1807.

L'Empire n'était pas fait pour le libéralisme ni le libéralisme pour l'Empire. L'antipathie était réciproque. Les libéraux étaient pour Napoléon les pires des idéologues, et se sentaient eux-mêmes dans un milieu tout à fait réfractaire. Ce qui les touchait le plus, la liberté individuelle, l'indépendance de la pensée, le contrôle, la discussion et, pour tout dire, la dignité humaine, était précisément ce que Napoléon ne pouvait supporter. Il n'avait pas un atome de fibre libérale et il discernait au contraire, avec une pénétration merveilleuse, ce qui, dans la démocratie, est distinct du libéralisme. Nous en avons un témoignage bien frappant dans une lettre où, donnant à son frère Joseph, roi de Naples, des conseils de gouvernement, il explique en ces termes les effets qu'il attend du Code civil : « Dites-moi les titres que vous voudrez donner aux duchés qui sont dans votre royaume. Ce ne sont que des titres ; le principal est le bien qu'on y attache. Il faudrait y affecter deux cent mille livres de rente. J'ai exigé aussi que les titrés aient une maison à Paris, parce que c'est là le centre de tout le système et je veux avoir à Paris cent fortunes, toutes s'étant élevées avec le trône et restant seules considérables, puisque ce sont des fidéicommis, *et que ce qui ne sera pas elles, va se disséminer par l'effet du Code civil. Établissez le Code civil à Naples, tout ce qui ne vous sera pas attaché va se détruire dans*

1. Dans son discours de réception à l'Académie française où il dit, en faisant l'éloge de Casimir Delavigne, que celui-ci se montra tout d'abord « l'organe de ces opinions mixtes, sensées, aisément communicables, si bien baptisées par un grand écrivain, le mieux fait pour les comprendre et les décorer de ce nom de *libérales* qui leur est resté ». Mixte exprime ici le caractère modéré du libéralisme et sa tendance aux compromis avec les faits existants, tendance dont il ne se défend pas.

2. « Si le siècle de Louis XIV a connu les *idées libérales*, pourquoi donc n'en a-t-il pas fait le même usage que nous ? » (*Génie du Christianisme*, III, II, 6).

peu d'années, et ce que vous voudrez conserver se consolidera. VOILÀ LE GRAND AVANTAGE DU CODE CIVIL... Il faut établir le Code civil chez vous ; il consolidera votre puissance, puisque par lui tout ce qui n'est pas fidéicommis tombe, et qu'il ne reste plus de grandes maisons que celles que vous érigez en fiefs. *C'est là ce qui m'a fait prêcher un Code civil et porté à l'établir*[3]. »

Ce que l'Empereur voulait dire, c'est que la justice idéale et mathématique du Code civil broie et détruit incessamment les fortunes et les situations acquises, que c'est toujours à recommencer, et que les éléments libéraux n'acquièrent jamais assez de consistance pour faire échec au despotisme. Toutes les familles, tous les citoyens sont trop constamment ramenés à leurs propres affaires pour pouvoir se tourner avec soin, indépendance et désintéressement vers les affaires publiques : leurs aspirations ne peuvent que renouveler les mythes de Tantale et de Sisyphe, et le despotisme reste maître du terrain. Cette opinion de Napoléon a du poids, et c'est par un juste instinct qu'une partie de l'école libérale contemporaine, sans regretter le droit d'aînesse, réclame la liberté de tester. Le partage égal est beaucoup plus démocratique et répond aux règles d'une justice abstraite, mais il est contraire à la liberté, il entame le principe de la propriété et l'autorité du père de famille ; il a de mauvaises conséquences sociales et politiques. Il importe à la chose publique que tout le monde n'ait pas toujours sa fortune à faire, et qu'il y ait des situations personnelles indépendantes, fortes et stables, capables de tenir tête au pouvoir central. Les intérêts généraux devraient être aux mains de ceux qui n'ont plus à s'occuper de leur intérêt personnel. D'ailleurs, entre le partage égal dans le sein de la famille et le partage égal dans la famille plus étendue de l'État, il n'y a plus qu'une différence du moins au plus et aucune différence de principe. Malheureusement, la liberté de tester a contre elle une forte objection, c'est l'abus qui en serait fait au profit de l'Église, autre despotisme qui, dans son organisation et son esprit présents, paraît plus redoutable encore que celui de l'État. C'est ainsi que le libéralisme navigue entre deux écueils ; mais le jugement de Napoléon sur le partage égal vaut assurément la peine d'être médité.

Soit coïncidence fortuite, soit importation française, le mot « libéral » subit en Espagne, sous l'Empire, le même changement d'acception qu'il avait subi en France, sous le Consulat, et devint aussitôt la désignation d'un grand parti politique, ce qui ne contribua pas peu à le répandre dans toute l'Europe occidentale. Les Espagnols assignent à ce changement la date précise de l'année 1810. « Considérez un moment, dit M. Benavides dans son discours de réception à l'Académie royale espagnole, deux mots des plus usités, des plus fréquemment employés, dans les temps modernes : libéral et liberté. Jusqu'à l'an X, libéral voulait dire généreux, splendide, magnifique ; tous les Espagnols s'accordaient sur cette signification, et personne n'avait le moindre doute à ce sujet. » Les libéraux espagnols furent les auteurs et les défenseurs de la Constitution de 1812, abolie par Ferdinand VII en 1814, rétablie en 1820, et violée de nouveau en 1823. Ils s'appelaient aussi le parti constitutionnel, et il est à remarquer que de 1815 à 1830 les mots « libéral » et « constitutionnel » ont été synonymes, non seulement en Espagne, mais aussi en France et dans divers États voisins.

3. *Correspondance de Napoléon Ier, publiée par les ordre de l'empereur Napoléon III*. T. XII, p. 432-433.

L'Allemagne, surtout dans les États secondaires, avait ses libéraux. Le programme de ces partis libéraux se résumait à réclamer des garanties constitutionnelles là où elles n'existaient pas, à les défendre contre la réaction là où elles existaient. Le mouvement démocratique proprement dit avait alors peu d'importance. L'opinion libérale pure était dominante et se contentait d'un trône entouré d'institutions constitutionnelles. C'est ce que l'Angleterre avait depuis longtemps ; mais les libéraux anglais ne chômaient pas pour cela : ils avaient d'autres réformes à poursuivre, notamment l'émancipation des catholiques et la réforme électorale.

En France, on peut presque dire que, sous la Restauration, le parti libéral fut la nation tout entière. Tout ce qui n'était pas *ultra* était libéral, ou du moins se disait tel, car il faut bien ajouter que le pavillon du libéralisme couvrait toutes sortes de marchandises, et notamment beaucoup de bonapartisme. Les chansons de Béranger sont l'expression de cette étrange combinaison de la légende de l'Empire et de celle de 89. Il y avait aussi, à côté de libéraux tels que Royer-Collard et Benjamin Constant qui se contentaient de la Charte et de la dynastie, à la condition que celle-ci ne conspirât pas contre la Charte, d'autres libéraux qui voulaient une autre dynastie, ou qui même, comme Lafayette, inclinaient à la République. Les premiers seuls étaient des libéraux conséquents, mais les ordonnances de Juillet posèrent un cas de légitime défense, qui réunit toutes les fractions du parti dans une résistance commune.

La révolution de Juillet fut le plus grand triomphe du libéralisme, et ses effets, comme on sait, ne se bornèrent point à la France ; elle agit même sur l'Angleterre, elle y porta les libéraux au pouvoir et hâta les réformes. Peu de temps avant 1848, un témoin peu partial, M. de Nesselrode, constatait que la position de la France n'avait jamais été plus forte en Europe que sous la Monarchie de Juillet, et par l'influence des idées libérales. Malheureusement le libéralisme victorieux manqua de grandeur et de confiance en lui-même. Il se fit étroit et timide. Le terrain électoral, c'est-à-dire le pays légal, demeura beaucoup trop circonscrit, et ceux qui l'occupaient s'y cantonnèrent comme dans une citadelle. Le libéralisme paraissant immobile et stérile, le mouvement démocratique prit le dessus, et la classe gouvernante expia sa paresse et son imprévoyance par la révolution de 1848.

Mais le libéralisme, culbuté et dépassé, n'a pas pour cela perdu sa raison d'être. Il n'a jamais pu élever contre le suffrage universel que des objections de simple opportunité. Aujourd'hui que le suffrage universel a pris les devants, sa tâche est de le poursuivre et de le rattraper. En d'autres termes, un gouvernement libéral, le parti libéral, les esprits libéraux doivent s'appliquer, avant tout, à instruire le suffrage universel, à l'éclairer, à l'élever, à l'armer, en un mot, de capacité. L'instruction obligatoire est aujourd'hui le premier article du programme libéral.

Le libéralisme n'admettra jamais que le suffrage universel soit infaillible, ni qu'il soit la forme ou la garantie suprême de la liberté, ni que la république soit la seule bonne forme de gouvernement. Il professe, au contraire, et professera toujours que les formes peuvent varier selon les données historiques, et que les intérêts de la liberté ne sont pas en rapport direct et nécessaire avec le nombre des électeurs. Mais, à l'égard du suffrage universel établi, il écartera comme illusoire et dangereuse toute pensée de réaction ou de restriction, tout comme sous une monarchie ; il repoussera l'expédient révolutionnaire, parce qu'il ne veut pas tenter l'inconnu. Mais il ne se paiera pas non plus de mots, et il demandera à la république les réalités et les garanties de la liberté, comme il les demandait à la monarchie ; il demandera la réduction de l'État à ses limites légitimes, et il ne trouvera pas meilleur le despotisme d'une Convention que le despotisme d'un seul. Contrairement à la logique absolue de la démocratie, il préférera deux Chambres à une Assemblée unique, à la condition toutefois de trouver les éléments suffisants d'une deuxième chambre. À défaut d'une telle institution, il cherchera d'autres conditions d'équilibre, parce qu'il sait qu'un pouvoir non pondéré devient nécessairement absolu.

Index

C

D

E

F

G

H

I

J

K

L

M

Q

R

T

V

Table des matières

DEUXIÈME PARTIE
LE LIBÉRALISME À L'ŒUVRE

TROISIÈME PARTIE
LES PHILOSOPHES ET LE LIBÉRALISME

Cet ouvrage a été composé par I.G.S. Charente-photogravure
et achevé d'imprimer en septembre 1997
sur presse Cameron,
par **Bussière Camedan Imprimeries**
à Saint-Amand-Montrond (Cher)
pour le compte de la librairie Arthème Fayard
75, rue des Saints-Pères – 75006 Paris

35-10-0178-01/0

Dépôt légal : octobre 1997
N° d'Édition : 4787. N° d'Impression : 4/904.

Imprimé en France

ISBN 2-213-59978-5